系列叢書

清代杭郡詩輯三種彙刊

# 國朝杭郡詩續輯

第一册

（清）吴振棫 編
杭州圖書館 整理

國家圖書館出版社

圖書在版編目(CIP)數據

國朝杭郡詩續輯:全五册/(清)吴振棫編;杭州圖書館整理.—北京:國家圖書館出版社,2021.7

(清代杭郡詩輯三種彙刊)

ISBN 978-7-5013-7274-4

Ⅰ.①國… Ⅱ.①吴… ②杭… Ⅲ.①古典詩歌-詩集-中國-清代 Ⅳ.①I222.749

中國版本圖書館CIP數據核字(2021)第093305號

書　　名　國朝杭郡詩續輯(全五册)
著　　者　(清)吴振棫編　杭州圖書館整理
責任編輯　南江濤　潘雲俠
封面設計　翁涌

出版發行　國家圖書館出版社(北京市西城區文津街7號　100034)
(原書目文獻出版社　北京圖書館出版社)
010-66114536　63802249　nlcpress@nlc.cn(郵購)
網　　址　http://www.nlcpress.com
印　　裝　河北三河弘翰印務有限公司
版次印次　2021年7月第1版　2021年7月第1次印刷

開　　本　787×1092(毫米)　1/16
印　　張　190

書　　號　ISBN 978-7-5013-7274-4
定　　價　3000.00圓

# 『襟江書舍』系列叢書編輯委員會

# 出版説明

清吴顥輯、其孫吴振棫重編的《國朝杭郡詩輯》三十二卷，清吴振棫編的《國朝杭郡詩續輯》四十六卷，清丁申、丁丙編輯的《國朝杭郡詩三輯》一百卷，三部杭州地域詩歌總集以一百七十八卷的篇幅，前後搜集了清朝從順治迄光緒年間杭州府詩人七千九百三十三人的部分詩作，這是一個非常龐大的數字。

國朝，指本朝，即清朝。杭州在清朝爲府，杭郡指杭州府，包括錢塘、仁和、富陽、餘杭、臨安、於潛、新城、昌化八縣與海寧州。新城，後易名爲新登，現并入富陽；昌化，今爲鎮，隸屬臨安區。海寧州，民國改州爲縣，新中國成立後劃入嘉興地區，現在是縣級市，儘管不隸屬於杭州，然而文脉相連。

這三部書文化積澱極其豐富，搜輯杭州地方詩人詩作，着重搜輯『名位未顯』或『後嗣式微』的詩人之作，而且所收詩人録小傳、所著集名以及詩人生平逸事和時人的評論，材料十分豐贍，是名副其實的清代杭州人物、人文史料的寶庫。

三部書的特點有：一、以詩存人，不論良莠，務求廣爲搜羅，詩人與詩作數量極爲龐大。二、詩輯的編纂所跨年代較長。《國朝杭郡詩輯》原輯刊行於清嘉慶五年（1800），重輯於清道光十年（1830），《續輯》亦在此時開始編纂，刊行則在清道光十五年（1835）後；《三輯》開輯於清同治十二年（1873），清光緒九年（1883）開雕，刊竟已是清光緒十九年（1893），前後歷時二十年。三、搜羅面極廣，上至公卿，下至布衣，旁及閨秀、方外，更有駐防杭州的八旗旗丁作品，以及咸豐庚辛（1860—1861）殉難於太平天國戰爭人士的作品，因此題材也極爲廣泛，咏懷、咏古、狀物、寫景、抒情等等題材都有涵括，涉及社會生活的方方面面。前後三編，共同爲保存和研究清代杭州地方的詩歌資料和創作面貌做出了重大的貢獻，保存了極爲豐富的清代杭州史料。

三種書清末雖有刊本，但流傳并不廣泛，然而杭州地方文史研究者和愛好者的使用需求却很高。杭州圖書館所藏品相完好，整個杭郡詩輯系列完整，爲了給相關研究者提供便利，我們將三種書影印出版，定名爲《清代杭郡詩輯三種彙刊》。

《清代杭郡詩輯三種彙刊》所收各書版本情况如下：

《國朝杭郡詩輯》乃吴顥輯、吴振棫重編，清同治十三年（1874）錢塘丁氏刻；《國朝杭郡詩續輯》乃吴振棫編，清光緒二年（1876）錢塘丁氏刻；《國朝杭郡詩三輯》乃丁申、丁丙兄弟合輯，清光緒十九年（1893）刻。

我們相信，《清代杭郡詩輯三種彙刊》的影印出版，對於發掘、保存杭州地方文化史料，以及進一步促進杭州地方史和清代詩歌等領域的研究均有積極意義。

爲了滿足不同研究人員的需求，我們根據三種書原來的刊行次序，分批次推出。去年，我們推出了《國朝杭郡詩輯》，今年繼續推出《國朝杭郡詩續輯》。

《國朝杭郡詩續輯》爲《國朝杭郡詩輯》的續編，體例一準《詩輯》。吴顥原輯《國朝杭郡詩輯》爲十六卷，清嘉慶五年（1800）刊刻。在《國朝杭郡詩輯》成書三十年後，因原輯多有脱漏，詩人詩作有待增補，吴顥之孫吴振棫在重輯原書的基礎上加以續補，編成《國朝杭郡詩續輯》四十六卷。《國朝杭郡詩續輯》初刊於清道光十五年（1835）後，清光緒二年（1876）錢塘丁氏重校刊行。道光初刊本鮮見流傳，我們選擇最爲通行的清光緒二年（1876）錢塘丁氏刻本作爲影印底本。

《續輯》收録順治初至道光十五年間詩作，共收録詩人一千七百五十八人。卷一至卷四十收順治初至道光十五年作品，主要以科目年輩爲序；卷四十一至卷四十三，收録『閨秀』作品；卷四十四、四十五收録『流寓』末附無名氏作品；卷四十六，爲『方外』作品。書前有索引，將所録詩人姓名按韻目編列；每卷卷前有本卷所收詩人目録，頗便檢閱。

杭州圖書館

二〇二一年六月

# 總目録

第一册

第二册

第三册



第四册

## 第五册

# 第一册目録

續輯 序目 姓氏韻編

# 國朝杭郡詩續輯

錢唐吳氏原刻本

光緒丙午閏五月

同里丁氏重校刊

杭郡詩輯十六卷先大父退庵公刊於嘉慶庚申越二十年而燬于火又十年庚寅棫居憂里門得舊印本重加纂錄釐爲三十二卷伏念順康以來原輯閒有脫漏先大父嘗爲續輯而未及成書自庚申去今踰三十年名卿耆宿魁儒僊流飄忽殂謝不可計數遂復搜羅編次得一千七百五十八人爲續輯四十六卷凡原輯續輯所錄之人有可考見輒爲綴敘或采自雜家或徵之聞見碎事脞言亦加攟拾其或未詳姑闕以俟貫覆閒與他書參差亦詳著焉草稿既定補官北行遂以屬之汪君小米遠孫小米敦崇道誼耽味騷雅素尚既洽贊助是勤削板未畢遽聞惡耗嗟哉生平喪此良友哲弟又村适孫繼任厥事用底于成小米之志棫之幸也參校疑誤實賴多賢至于抽掇淪逸增益未備雖至羸疾自力忘

倦則黃君鄭泉士珣之勞蔑以加之或曰蘭艾兼采珉玉並貴持擇之道得毋戾乎棫謂品隲良楛責在宗匠以詩存人務廣甄錄則先大父顯微闡幽之旨于焉斯在小子愚瞀不敢異同若夫蕪濫之病又何辭焉錢唐吳振棫毅父氏序

# 國朝杭郡詩續輯總目

卷十二　三十六人乾隆初人約畧爲次

卷十三　二十人乾隆二十一年丙子至二十五年庚辰以科目爲次

卷十四　二十二人乾隆二十六年辛巳二十七年壬午以科目爲次

卷十五　十九人乾隆間人約畧爲次

卷十六　二十五人乾隆間人約畧爲次

卷十七　二十六人乾隆二十八年癸未至三十三年戊子以科目爲次

卷十八　二十一人乾隆三十四年已丑至三十六年辛卯以科目爲次

卷十九　十六人乾隆三十七年壬辰至四十年乙未以科目爲次

卷二十　十六人乾隆四十二年丁酉四十三年戊戌以科目爲次

卷二十一　四十二人乾隆間人約畧爲次

卷二十二　六十六人乾隆間人約畧爲次

卷二十三　二十三人乾隆四十四年已亥四十五年庚子以科目爲次

卷三十六　十八人嘉慶十四年己巳至十六年辛未以科目爲次

卷三十七　十九人嘉慶十八年癸酉至二十五年庚辰以科目爲次

卷三十八　四十一人嘉慶道光間人約略爲次

卷三十九　四十四人嘉慶道光間人約略爲次

卷四十　十八人道光元年辛巳至十五年乙未以科目爲次

卷四十一　八十八人閨秀上

卷四十二　七十人閨秀中

卷四十三　七十七人閨秀下

卷四十四　三十一人寄寓上

卷四十五　二十二人寄寓下無名氏附

卷四十六　八十一人方外

凡一千七百五十八人

# 國朝杭郡詩續輯姓氏韻編

## 上平聲

東

童克昌 五〢〨 童基 六〡 童銓 三十三〥〢 童人傑 三十三〤〥

馮延年 一〢〨 馮軾 一〦〡 馮遵京 二〤〢 馮武京 二〥〢 馮緯 四十一

馮念祖 三十五〢〩 馮如璋 寓 馮文昌 寓

洪

洪簡 八〤 洪文炳 十七〢〩 洪正謨 三十九〢〩

翁永錫 四〢〩 翁大榮 十一〤 翁承高 三十三〡 翁名濂 三十九〤

鍾士驥 四〢〨 鍾士 四〢〨 鍾鏞 八〦〨 鍾式欽 十七〢〣 鍾式丹 二十四〥〤

鍾大源 二十六〣〣 鍾誠宜 二十六〡〡 鍾大濬 二十六〡〡 鍾震 二十七〡〡 鍾大進 三十〤

鍾式玉 三十三〡〡 鍾三餘 三十三〡〡 鍾鴻慶 三十七〡 鍾錫朋 四十〢〨

龔

龔煜 三〡 龔原 四〢〨 龔鑑 六〥〢 龔培學 六〢〣 龔謙 十〣

龔理身 十二〢〨 龔秉震 十四〤 龔導江 十七〥〢 龔敬身 十八〢 龔陳堯 三十三〥〤

江

江　衡十〡二　江　清二十〡〥　江　青三十三〥　江　鑑三十九〡一

麗兆懋十四〡二　麗　漣二十六〢一　麗　檀二十五〤　麗啟鯨二十九〦二

支

施　鵬三〡一　施文渠八〦二　施　坤八〡〥　施光輅十七〣三　施　燾十八〢一

施　爌十九〣　施　炘二十一〡一　施奇勳二十一〣三　施　鎬二十一〣〤　施　洲二十二〣三

施紹武二十〡二　施桂森二十七〡二

魚

余昂霄十〡一　余大觀十三〤　余　集十七〢一　余光治二十四〡〥　余　煜二十七〣〤

余　鍔三十三〣三

徐之瑞一〡一　徐允瑯一〢一　徐南珍二〣　徐　鯤三〤　徐仁振三〤

徐忠振三〤　徐　在四〢一　徐雲祥四〢〥　徐日焆四〣三　徐　顯五〡

徐雲瑞五〡〤　徐　杞五〢一　徐　林五〣三　徐承熙六〡　徐以烜六〦

徐　容六〡三　徐　綸七〦二　徐　昀七〢一　徐　蘭八〦　徐吳愈十〦二

徐　堂十一〡三　徐　元十一〡〤　徐世禧十一〢〤　徐錫禮十三〢　徐　煒十五〣

徐嗣曾 十七〦〢 徐紹安 十七〦〡 徐烺 十八〡 徐嶧 三十二〤 徐嵋 三十二〦〢
徐再陵 三十三〤 徐昌 三十三〥 徐泂 三十三〥 徐師歐 三十三〢 徐吳念 三十三〢
徐時行 三十三〢 徐以誠 三十三〤〢 徐濠 三十三〤〢 徐振 三十三〢 徐世烺 三十五〦
徐世球 三十五〤 徐文本 三十五〤 徐鑑凝 三十六〦 徐鑑常 三十六〦 徐啓曾 三十六〦
徐梅 三十六〦 徐壽 三十八〸 徐師騫 三十三〦 徐瀾 三十三〦 徐濬 三十三〦
徐鉽 三十三〢 徐廷錫 三十三〤 徐道潡 三十四〦 徐光綺 三十四〦 徐恭儉 三十四〦
徐暲 三十七〢 徐葵生 三十七〤〢 徐茂桂 三十九〢 徐鏠 三十九〤
諸王發 二〢 諸廷楝 八〦 諸省三 十五〣 諸以湆 十五〢 諸以敦 十七〤
諸以謙 十九〣 諸以暘 三十一〦 諸嘉杏 三十四〥 諸嘉樂 三十五〡
舒紹言 十二〥 舒毓楓 十八〦
虞
虞文彪 五〡
殳玉 七〥 殳荎 十三〥 殳蕙 三十一〤

吳太沖一巨　吳本泰一㐅　吳兆隆二丨　吳　鷹二巳　吳儀一二止

吳允嘉三ㄠ　吳學濂三亠　吳載燦四川　吳汝玠四川　吳培風四川

吳　奐四卄　吳謙光四非　吳謙益四非　吳山鳳四非　吳繼善四非

吳　漣五丨　吳邦熉六川　吳嗣爵六亠　吳邦熙七卜　吳　瑛七卜

吳震生八川　吳龍光八非　吳鳳詔八非　吳龍光九丨　吳　泰十丨

吳壽祺十卜　吳象乾十一巨　吳曾齡十二川　吳　顥十三上　吳文倫十三攵

吳福世十四丄　吳　淦十四㐅　吳履基十五卄　吳紹謣十五攵　吳　霖十六丨

吳　鶱十六丨　吳世驊十六十　吳　霽十七ㄠ　吳玉墀十八上　吳安世十八攵

吳　亨十九亠　吳錫麒十九文　吳　純二十丄　吳　璥二十卜　吳同穀二十一非

吳同璿二十一川　吳錫麟二十二ㄠ　吳錫福二十二丄　吳錫驥二十二非　吳　昇二十四丨

吳　華二十四非　吳荀龍二十四乢　吳元文二十五上　吳銒孫二十五非　吳聞世二十六丨

吳經世二十六ㄠ　吳　晟二十六丄　吳　錦二十七乢　吳襄世二十九亠　吳　鼎三十㐅

吳　瓚三二〥二　吳煜三三二〡二　吳麗金三二〡　吳顯德三三〣二　吳克勤三三〣二

吳克寬三三〣〤　吳上爵三四〡　吳　興三四〣　吳存楷三五〣　吳光鍔三五文

吳鉛孫三六文　吳順書三六〡二　吳文健三六〡〡　吳衡照三六〣〤　吳之瑨三九〣〡

吳之瑛三九〣〤　吳　熙四十〡　吳玉輝四十〥二　吳壽暘四十〣二　吳發馨寓

吳　脩寓

胡貞開一〦　胡自清一〩　胡大瀠二〡〤　胡　埏二〥　胡　兟六〡

胡龍友六〤　胡廷楗八〣二　胡際泰九〣　胡夢檜九〤　胡廷槐九〣二

胡　栗十一〡二　胡　蘅十二〢　胡龍文十二〦　胡高望十四〡　胡上林十六〥

胡允文三十〥三　胡　延三二〡〤　胡　煊三十〣〤　胡書常三二〥二　胡馥堂三八〢

胡　楷三八〢〥　胡裘錩寓

朱朝瑛一〤　朱之京一〣二　朱雝模三〥二　朱　桂三〦　朱有容四十

朱有志四〢〥　朱　瑋四〩　朱寧國七〦　朱　鍠七〦　朱　曉八〨

朱　楓八丄朱　棆八丄朱　璿八〡〨朱　球八收朱學周十四〢〤

朱文藻十五丄朱　彭十五十朱　點十六〡朱超之十六廿朱光照三十〡〡

朱文鍹三十十朱　喬三十〢〢朱　旭三十一十朱撥中三十一〢〢朱　琪三十一〢〤

朱上林三十一〢〤朱　熙三十六〡〨朱　鈺三十七〤朱兆琦三十八〢〢朱　型三十〢〢

朱觀蓮三十一〡朱　棫三十三〢〢朱人鳳三十三〡〨朱　銓三十三〢〢朱　華三十四文

朱　溥三十四〢〢朱　瀾三十七廿朱言然三十八〡〨朱　淇三十九〢〢朱應櫆三十九〢〤

朱　襄　寓

俞尚焜四〤俞之璿四〢〢俞星酉四〢〢俞泰樞五〢〢俞　耀八〢〢

俞鴻發八〤俞宗敏八〢〢俞　洲九〤俞葆寅十五〡〨俞　超二十〡

俞　理二十〢〢俞思謙三十〢〤俞廷藻三十〡〨俞作梅三十〡俞　雲三十〢〢

俞問和三十〤俞光第三十五〢〤俞如山三十六〢〤俞元任三十八〢〢俞廷槤三十〢〢

俞寶書三十〢〤俞　杭三十四〡俞象瞻三十四〡俞陸式三十五〡〨俞寶華三十六〢〢

俞邦成三八〢俞永升三八十俞恭仁三九〥俞興瑞四十〦

盧　璉〡五盧文韶〦八

符　鯤〣三九

瞿　鼒〢四

蘇啓鉽〡四蘇　燦〦十蘇許堂〥十二蘇　繹〡三五

屠　倬〡三五

齊

倪　廉〤四倪　璠〦五倪允超〦八倪承寬〦十倪一擎廿十二

倪廷模〦十三倪　炎〦三二倪懷經〡三三倪稻孫〤三三

奚　岡〡三二

嵇永仁寓

佳

柴世堂〦四柴潮生〢六柴繩高十二七柴東升十七柴景高〦九

柴步高〦三二柴廷甲〦三二

灰　梅調鼎五

雷　載廿四　雷　輅廿五

崔佳鈞卌

眞　陳之遴十一　陳曾蕠二　陳　銓三　陳世泰三　陳廷炳三

陳　瓆三　陳光弼四　陳　玿四　陳亘謨四　陳王謨四

陳　熹四　陳祺昌五　陳　峋五　陳邦直五　陳高永五

陳時夏六　陳　皐七　陳　寅七　陳元震八　陳世偁八

陳光斗八　陳光陛八　陳　玠八　陳　鏋九　陳　鍔九

陳顧瀞九　陳德星九　陳遇堯十　陳　宣十　陳　燦十一

陳智學十一　陳　璘十二　陳逑曾十二　陳繼曾十二　陳用敷十二

陳鳳舉十四　陳豹奇十四　陳鴻賓十五　陳祖蕃十六　陳　寅十六

陳庭松十七　陳昌圖十七　陳　燦十八　陳觀國十九　陳景福廿

陳世鏞三十一仁 陳世艮三十一巨 陳　浩三十一以 陳　棣三十一比 陳近勇三十三攴

陳文鑑三十四以 陳　時三十五上 陳若蓮三十五廿 陳培慶三十五乍 陳念本三十五乍

陳樹楷三十五以 陳敬璋三十六上 陳文駿三十六上 陳文騏三十六上 陳　瀾三十六上

陳　泗三十七仁 陳脩可三十七以 陳登泰三十七上 陳嘉穀三十七攴 陳　琪三十八上

陳振鷺二十九幺 陳　鱣三十九上 陳敬禮二十九上 陳希濂二十九文 陳鴻壽三十上

陳　岱三十比 陳大桓三十一丨 陳　杞三十一比 陳光斗三十一卅 陳慶贊三十一川

陳雙樹三十二比 陳汝會三十二比 陳　湜三十二卜 陳豫鍾三十三丨 陳文湛三十三左

陳　焯三十四十 陳　增三十四乍 陳傳經三十五比 陳　均三十六乂 陳光典三十八川

陳孝達三十八上 陳敬畏三十八上 陳廷表三十八巨 陳雲駿三十八以 陳景祚三十九上

陳裴之三十九以 陳洪綬寓 陳　梓寓 陳　韶寓

秦榮茂八比

文

聞元煥四卄 聞人儒十五巨 聞人煜三十八以

殷際盛四〣

元　孫　洽二〤　孫忠楷二〦　孫興宗二卅　孫永齡三〦　孫士寅五川

孫陳典六川　孫庭蘭八〨　孫宗溥九〢　孫庭槐九〦　孫宗濂九〦

孫　珠九〥　孫誦曾十一〹　孫　驥十三〤　孫　松十三〥　孫嘉樂十四川

孫　炎十五〹　孫以華十五〩　孫法登十六十　孫效曾十七〡　孫志祖十七卅

孫麗京十八卅　孫傳曾十九〨　孫　基十九〥　孫　謙二十五〤　孫　衡二十三〢

孫大椿二十四廿　孫晉寧二十七〤　孫　錫二十八〡　孫元灝二十八十　孫　儀二十九文

孫邦治三十〦　孫熙元三十〩　孫震元三十三十　孫顒元三十五〩　孫承禧三十六〦

孫　均三十七〩　孫枝繁三十九〤　孫　霖寓

溫庭鈞十四〹

袁　鴻四〦　袁匡肅十十　袁　知十四〥　袁　樹十七十　袁　果十七〦

袁攀鳳十八〦　袁　通二十三〹　袁　灝二十九〩

寒

韓用章三十九卌止　韓日華四十止

潘雲赤三川　潘沐五乂　潘兆新五止　潘涵十六卝　潘庭鈞三十止

潘兆龍三十三止　潘澂三十三止　潘洪疇三十三止　潘虎拜三十六卝　潘兆謙三十九亠

潘世鼎三十止　潘時敏三十一収　潘賢三十七〥　潘斌三十八乂

刪

關鍵二十一卄　關瑗若二十三卄　關邦幹二十九卝　關涵十四〥　關洵十九亠

關濬三十三止

下平聲

先

錢潤二〡〥　錢聖謨三亠　錢在培六止　錢玘十三十　錢廷謨十四川

錢栻三十収　錢匡三十三止　錢樹三十五止　錢本禮三十七亠　錢師曾三十七以

錢枚三十九以　錢知嚴三十二乂　錢炎煜三十二〥　錢馥三十二亠　錢林三十五十

錢東三十八川　錢廷烜三十八亠　錢時穎三十九从

田世官八〡〥　田穮三十止

蕭
蕭　彬 四 卜

饒　鍠 三十六 攸

姚永昌 一 非　姚　典 四 文　姚遠翮 六 乂　姚日升 六 亠　姚廷沆 八 攸

姚　錕 八 卝　姚立德 文 非　姚　珽 十一 亡　姚　猼 十三 亡　姚宏燮 十五 以

姚日宣 十六 以　姚邁德 二十一 川　姚思駿 二十二 亠　姚惇德 二十五 亡　姚嗣震 二十二 文

姚嗣悳 二十二 文　姚嗣懋 二十二 文　姚甲桓 二十四 亠　姚　珣 二十七 川　姚祖憲 二十八 攸

姚伊憲 二十八 卜

肴
茅德芬 十二 攸

包　芬 十一 亡

豪
高鳴驥 三 攸　高儀鳳 三 卜　高日時 五 十　高瀛海 八 廿　高觀鯉 九 廿

高　山 十 以　高樹穎 十六 乂　高樹新 十六 丄　高家駿 二十 川　高樹程 二十 攸

高家驥 二十四 非　高虞文 二十六 收　高傳占 三十二 川　高應午 三十二 廾

毛元存八文　毛　棠八卄　毛郁青十七卄　毛元勳三十二卜　毛際可寓

毛奇齡寓

勞　雋三十二卜

曹元方一卄　曹　儀四三　曹　儼四三　曹斯棟十二卜　曹尤文三十一〡

曹　綰三十二文　曹　杰三十六卄　曹　壽三十二卜　曹宗載三十七卜

陶錢浩四〢　陶大呂五卄　陶　鑒三十二十　陶元藻寓

歌

何　琪十五〡　何　琸十九〦　何國艮三十二十　何震伯三十二十　何光理三十三〦

何元錫三十三〣　何　廉三十九〣

柯元幹三〦　柯　觀十二〤

羅吉臣一卄　羅錦森十九卄　羅　典三十二〤　羅承烈三十三〤

麻

查　雍一〤　查繼昌二〢　查嗣易三〢　查昌洵三卄　查克承四〤

查嗣鏞四〦　查　樞四卄　查昌文四卄　查雲標五〨　查　謹五〤

查克宏五廿 查　遴五卌 查　基八〡 查　學八〢 查　銓九〩

查祖香十〤 查虞昌十〣 查昌和十三十 查茂蔭十四〡 查鳴昌十四〥

查世官三十六〤 查　揆三十〣 查奕善三十二〦 查世衡三十四十 查世佑三十四十

查有㳟三十四〡 查人和三十四〡 查一飛三十五文 查有新三十八十 查一騏三十八十

查　景三十八〤 查士標寓

陽

楊　模二〤 楊紹奇四〣 楊汝梓四收 楊存理五〡 楊中吉五〤

楊汝梗五廿 楊博羣七〡 楊式玉八〢 楊式金八〣 楊　澄八〣

楊　森八〦 楊　詠九三 楊引恬十一〡 楊恪曾十一廿 楊繼曾十一廿

楊　華十三十一 楊金蘭十三〨 楊元愷二十〨 楊國裕二十二〣 楊煥緯二十三〨

楊　芬二十五〤 楊執禮二十六廿 楊崇治二十六卅 楊華國二十六卅 楊三善二十二〦

楊思敬二十六卅 楊攀龍二十九廿 楊敬輿二十八廿 楊景濂二十九〨 楊家龍四十〣

張　標一〤 張官始一十二 張次仲一〢 張絅孫二〥 張振孫二〥

張郕會十二 張景會卜二 張 適非二 張聖濟丨三 張 勿亠三
張嘉論乂四 張奕光攸四 張 珍比五 張頴荀卄五 張供璐非五
張思閎亖七 張朝晉幺八 張錢澐以八 張奇生非八 張 現比九
張 衡非九 張 沅比十六 張 培十十七 張雲璈幺十八 張時憲比十八
張 采丨二十三 張昌基十二十三 張 諟乚二十三 張 蘭比二十三 張 霖非二十三
張昌運乂二十三 張 駿幺二十三 張國華十二十四 張 浙卜二十四 張 淦比二十五
張秋濤非二十五 張 燠比二十七 張 琦卜二十八 張 樞攸二十七 張繼樞仁二十八
張載春以二十九 張承輿乂三十二 張 增卄三十二 張天昊卄三十三 張理源非三十三
張玉璧寓 張師誠寓 張應鼎寓
章師鹿非四 章袁梓比八 章 煦丨丨十九 章承茂亠二十二 章 坤比二十八
章承熙乂三十九
王舟瑤上一 王 題卄一 王 翰卄一 王 澐丨丨二 王紹曾丨丨三

王之賓三文　王執禮四非　王廷獻五十二　王　璣五性　王作人六以
王君顯七巨　王景華八化　王　謨八叱　王際華九以　王漢皋十二乂
王元琨十二收　王　炳十三卜　王家駿十六丄　王　覲十六叱　王學淳十七化
王　賓十八乂　王　官十八叱　王　槐二十三文　王一紳二十三叱　王　沅二十四卅
王　樹二十五乂　王德浩二十五上　王兆正二十五叱　王崇本三十以　王　仁三十性
王又曾三十川　王　猷三十乂　王　槐三十性　王文誥三十收　王慶霄三十丨
王　堂三十卝　王　臺三十四叱　王立仁三十六收　王振綱三十九十　王　辰四十性
王艮士寓
黃　驁一文　黃　燦一化　黃　煒一叱　黃　鐘三上　黃　錚三上
黃正維三收　黃元嘉四卜　黃　墀四卝　黃啟圻四卝　黃敬脩四卝
黃龍眉五三　黃　鈞五上　黃　泓七上　黃　澐七收　黃　潤七收
黃　治七收　黃　湄十二十　黃　桂十二卝　黃　槐十二性　黃　杜十二性

黃　棠〡〢十二　黃　庭〡〣十六　黃　易〡〨十六　黃國鈞〨十八　黃　煜〡〢三十二

黃孫瀛〡〦二十七　黃起熊卅二十七　黃　模〦〡二十九　黃　杓〡三十二　黃朝棟〤〧三十二

黃孫燦〦〦三十三　黃泰階〡〢三十四　黃　新〣二十七　黃崇慶〤〡二十九　黃　淦〦〡四十

黃宗羲寓　黃百穀寓　黃游鵬寓

方　塘〢〡十三　方省三〡〢二十九　方賜祿〦〤二十九　方懋朝〦〡四十　方象瑛寓

方黍如寓　方　塘寓

梁履祥〡文四　梁同書〢十　梁玉繩〦〡十一　梁肯堂〡十三　梁寶繩〦〤二十四

梁　耆文二十八　梁祖恩〡二十九　梁祖勳〦〡二十九　梁紹壬十四十

郎　駒〣三　郎明允〨三　郎廷謨〡五　郎　濬〢九　郎開泰〦三十二

唐洪基〢三　唐士斌〦三十　唐鳳儀〡二十四

姜遂登〤〡三十三　姜　安〦〤二十七

桑繩球〦十一　桑庭橒〡二十八

常　朝〩卅九
湯　彝〡二三　湯學顯〢四　湯　燧〡〥十一　湯蕚棠〦十七　湯往聘〡〧廿二
湯　勳〣廿三　湯　熹〡〥廿三　湯禮祥〡〩廿三　湯錫蕃〡二廿六　湯　師〡〤卅九
康　熹〡二七　康大成〡〥廿六　康　莊〡〥廿六　康　辰〡二卅九
汪繼昌〣一　汪　渢〡二一　汪用成〡〦一　汪士桂〤四　汪　煜〦五
汪鳴瑞〡〥五　汪　燴〧七　汪　浚〡〦七　汪鍾啓〡〧八　汪　晞〡〩八
汪永錫〩十　汪邦憲〡〧十　汪雙承〣十二　汪蒼霖〡十二　汪學誠〡〧十二
汪汝瑮〧十六　汪　瑜〨十六　汪應紹〩廿　汪開讓〡〩廿二　汪應培〢廿三
汪日永〡〥廿三　汪金礪〡〥廿三　汪三益〡二卅四　汪　璐〡〧卅四　汪　誠〥卅六
汪　連〡〦卅九　汪之選〡二廿三　汪樹穀〣廿三　汪成穀〤廿三　汪用成〤廿三
汪豐穀〥廿三　汪興穀〥廿三　汪學海〥廿三　汪賢衢〦廿三　汪　琨〧廿三
汪繩祖〡〧廿三　汪家禧〡廿三　汪遠孫〦卅七　汪夢心〡卅六　汪　衡〩卅六

汪迪孫（三十九 〤〨）汪啓淑（寓）汪　淮（寓）汪艮璧（寓）汪嘉植（寓）

杭寬仁（十二 〡）杭志仁（十二 〡）杭　理（三十 〡）杭　棫（三十二 〤）

庚

成　嬪（三十八 〦）

程　章（一 〢）程光縉（二 〥）程名高（二 〥）程　鋐（三 〥）程　鈴（三 〥）

程　遠（八 〡）程　燾（九 〨）程　庚（十一 〥）程　潮（三十二 〥）程　岷（三十二 〧）

程　瑜（三十二 〣）程　煥（三十六 〥）程志堅（三十九 〥）程祖繩（三十二 〥）

青

丁文衡（二 〥）丁鼎相（二 〧）丁鵬南（七 〥）丁一善（八 〡）丁　傳（十一 〢）

丁　佺（十一 〨）丁　晉（十六 〤）丁　燾（三十四 〩）丁景震（三十二 〡）丁　衍（三十四 〡）

蒸

淩克誾（一 〥）淩紹英（十三）淩　丙（三十四 〢）淩　銓（三十六 〩）

應大觀（三 文）應蒼璧（四 〥）應文鶚（二十 〤）應　澧（三十二 〩）應文虬（三十五 〢）

應文虹（三十五 〢）

尤

劉文煒（七 十）

周文煜一〡 周文燮二〣 周宗樞二〣 周自豐四〦 周　霈四〢
周　準四〢 周兆鰲四〦 周　⿱雨淇四〢 周　浩八〡 周學蓮八〡
周　曉八〦 周　雷九〡 周　春十〢 周人傑十〤 周元瑛十二〣
周宗梗十二〦 周　思十三〦 周駿發十四〸 周　鍇十五〢 周青櫰二十〤
周嘉穀二十一〥 周星兆二十二〣 周大業二十三〢 周　冕二十四〡 周廣業二十四〦
周　昶二十四〩 周　南二十四〤 周兆松二十五〢 周　原二十五〤 周嘉穀二十五〣
周彥會二十五〦 周由厚二十七〣 周人英二十八〢 周　灑二十八〦 周雲熾三十〢
周壽親三十一〢 周　紱三十一〢 周　璜三十一〥 周世錦三十一〣 周　肇三十二〧
周紹蕙三十三〧 周光鼐三十八〢 周　官三十七〢 周　霽三十八〥 周　霞三十八〡
周如旋三十八〦 周　湘三十八〤 周思兼三十八〢 周慶承三十九〥 周　道三十九〣
周三燮四十〢
鄒直夫七〦 鄒　涫八十 鄒　謣十六〢 鄒　麒二十五〩

裘尊生八　裘春湛三十二

樓　錡三十二

邱　峻十三　邱　永十四

仇　林三十八　仇　鼎三十八

侵

金漢趾一　金　桂四　金　達八　金忠湆十二　金世經十五

金　瓣十六　金耀辰三十一　金廣學三十二　金　泳三十五　金　輅三十六

金友白三十六　金孝懋三十二　金孝純三十二　金孝介三十二　金　濤三十二

金　湜三十二　金　棻三十二　金　楷三十四　金　龍三十四　金　檈三十八

金　福三十八　金　馬三十九　金　濂四十

任紹奇七　任　景九　任　榮九　任　濤十

林國翰三十六　林成棟三十

覃

談　潮十六

藍 深三〢

鹽

嚴文昶七〢 嚴守田十八〢 嚴 冠三十二十 嚴我斯寓

上聲

董

董 鏞寓

孔傳綸三十六〡

講

項景希三〸 項 鵬七〤 項 燾八〣 項 豐十四〢 項本立二十四〤

項 墉三十五〦 項朝藁二十七〤 項賦棣三十三〣 項朝棻三十五〤 項鴻祚四十四〣

紙

李 南一〢 李 穎一〣 李元素一〹 李 芬四〡 李夢本四〤

李 軾四〣 李 坤四〤 李元煒八〣 李汪洪十二〡 李 芝十二〢

李紹安三十〢 李 恆三十二〥 李 芳三十二〢 李 彬三十二〤 李玉如三十五〢

李 縈三十五〩 李 蓮二十九〤 李若盧三十二〢 李 秉三十二〸 李鵬遠三十二〢

李方湛三十三〥 李方洽三十三〦 李 堂三十三〤 李世楷三十四〥 李紹城三十五〢

李式穀三十七乂 李　榮三十八卄 李岯源寓 李　崑寓

史　中四巳 史正義十二卄 史積芳三十三巳 史敬義三十三巳

語

許　旦四乂 許宏祚四丄 許惟模五十 許惟權五攵 許勉熹五攵

許　松八攵 許承基十二卜 許　慎十三丨 許　聿十四卄 許時若十七以

許肇封十九幺 許　烺十九土 許　鍊二十丨 許榮棨三十三卄 許乃來三十四十

許澄之三十四以 許元淮三十七土 許心坦三十八乂 許　柯三十九卜 許懋堇三十四以

許樹棠三十六川 許乃賡三十七卜 許延敬三十九夊 許乃穀四十丨 許宗彥寓

褚唐俊一文 褚唐傑一十 褚　綸八土 褚如通十六卜

呂　伊七文 呂相本三十八巳

麌

杜大魁三十三壯

魯　蕢十八乂 魯　興三十八幺 魯友芝三十九[illegible] 魯曾煜寓

吻

惲壽平寓

阮

阮　叟寓

旱

管文華一〤　管天錫二〢〥　管鳳岡三〡二　管宏湝五〥　管鳳苞五〡二

管式龍五〡二　管汝錫六〢　管　聯十三十　管應祥三十二〤　管題雁三十六〢〡

管世灝三十六〡三　管　升三十六〡三　管學詩三十六〡〤

銑

單元宰三〡〥　單　炤十五〡三　單麟年三十二〡

篠

趙憲斌三文　趙以文三〡二　趙　端三〡二　趙廷桂四〣　趙　荃四〡二

趙　瑜四〡三　趙鶱壁五〦　趙殿成七〡二　趙　畹八〡二　趙　佑十〡

趙　箕十二廿　趙咸寧十六〡〤　趙賜珍十八〡三　趙應鑰三十二文　趙炳文三十二〢〡

趙　傳三十五〤　趙　瑞三十五〡〤　趙　瑾三十二〡三　趙之鳳三十二〢〡　趙之棨三十二〢〡

趙觀海三十三〡〤　趙澄鑒三十三〢〡　趙　銘三十四〡〥　趙　機三十六廿　趙　魏三十七〢〡

趙承錫三十八十一　趙振盈三十九文　趙寶雲三十九〡三　趙　坦四十〡　趙金簡寓

趙文照寓

巧
鮑懋芳三十三 鮑　栻五川 鮑　楹五文 鮑　荃三三以 鮑曾椿三三廿
鮑　楷三三廿 鮑奐條三六巨 鮑善基三六巨 鮑　鈐寓 鮑倚玉寓
鮑倚雲寓 鮑廷博寓
哿
鎖　成三九川
馬
馬翔麟四小 馬登瀛四卄 馬中隆八山 馬　俞三五攸 馬履泰三七一
馬廷枏三九十二 馬　珩三二上 馬　鼎三四文 馬世芳三六文 馬　相三六十
馬　錦三六卜
養
蔣　標四文 蔣　博四十 蔣鳴珂八小 蔣　燦八止 蔣鍾文三三止
蔣師籥三三卜 蔣敬祺三十止 蔣　開三三巨 蔣承培三三止 蔣　楷三四十
梗
景江錦十九一 景　謙三九十三
有
栁　易八文
寑
沈洪瑞一川 沈武音一川 沈　璇一十二 沈　捷一攸 沈洪芳一止

沈　賦二〢　沈家恆二〤　沈聖旭二〡〦　沈聖昭二〡〦　沈聖清二〡〦

沈聖治二〡〦　沈存仁二〺　沈　誠三〣　沈一先三〤　沈溯洄三〦

沈如焴三〡〢　沈廣震三〡〤　沈廣開三〡〤　沈廣大三〡〤　沈淵躍三〡〤

沈應銓三〹　沈　謙四〡〥　沈國梓四〢〥　沈三畏四〡〩　沈之鈞四〡〩

沈之鎰四〺　沈國佐四〹　沈叔培四〹　沈叔玹四〹　沈施瀛四〹

沈　晃四〹　沈翼機五〡〢　沈鳳起五〡〣　沈寧遠五〹　沈淵澄五〹

沈璘森五〢〦　沈　鉽六〸　沈　甲七〥　沈廣焴八〦〢　沈植基八〡〦

沈　超八〡〩　沈毓蘭八〡〩　沈毓蕙八〡〩　沈守敬九〤　沈構堂九〦〢

沈紹湘十二〡〦　沈　萌十二〡〦　沈德音十二〡〥　沈開勳十四〡〢　沈　舲十五〡〦

沈赤然十七〢〦　沈　晨十八〡　沈恩湛十九〣　沈　度二十二〦〢　沈　仁二十二〡〢

沈夢蘭二十二〡〤　沈上青二十三〡〥　沈　颺二十三〡〢　沈景熊二十四〹　沈心醕二十五〡

沈錫鼎二十五〢　沈國器二十五〡〢　沈　樹二十六〡〥　沈起瀾二十六〹　沈起潛二十六〹

沈起潤三六〢十　沈　益三八十　沈慶曾三八丨　沈舒華三九丨　沈士亨三十上

沈玉書三三川　沈慶譽三三川　沈維桂三三〥　沈華樂三三〥　沈柏齡三三〥

沈香齡三三〥　沈啓培三三十一　沈德秀三三十三　沈毓蓀三三收　沈邦寧三四文

沈元熙三七丨　沈學誠三七川　沈元錕三八十三　沈　綱三八〤　沈　鶴寓

琰

湛大鴻三三〤

范　暹〥一　范　炳〨十二　范同治十四上　范文緯十五〥　范世琦三三〣

范　封川三三　范汝雯十三三三　范景福三三乂　范崇階寓

去聲

送

仲　恆〥一　仲蘊棨十〥

宋

宋　琦〤二　宋鼎銓〥五　宋　鑑〣六　宋大樽〣二十　宋　岳三三丨

宋　永〥三三　宋紹濂〨三三　宋振業丨三八　宋志熙〥三三　宋震培〤三九

宋葆湻寓

寘 季 煌四叹

未 魏周琬四皮 魏夢龍九卄 魏銀河十二匕 魏成憲二十四匕 魏 械二十五匕

費 湣十七十 費 觀二十六卅 費丙章二十五十

遇 顧 彝三亖 顧 玉四幺 顧祖榮五川 顧悅履五亖 顧士敏七丄

顧 乾八川 顧履恆八匕 顧正中八川 顧繩祖八匕 顧錫鬯九丨

顧 光九幺 顧 震十四川 顧敦臨二十三匕 顧 直二十五幺 顧 鵬二十七卄

顧 槐二十二丄 顧應會二十四以 顧 潮二十七皮 顧 均二十九以

傅辰三四匕 傅王露寓

霽 桂毓奇二十三匕

厲志黼十二叹

泰 蔡應彪九乂 蔡 杲十二十 蔡廷衡二十卄 蔡 源二十三匕 蔡許儒二十二以

蔡 鈺二十二以 蔡 任三十丨 蔡 焜三十九丨

隊
戴　清七〣　戴鍾祥三十二〢　戴安詩三十〣　戴　良三十二〦　戴定相三十四文
戴敦元寓
願
萬　福寓
嘯
邵學球三〢　邵宗寶四〡〥　邵胡然四〢〥　邵錫申四〨　邵元標四〢
邵宗元六〣　邵　溥十七〣　邵　棠十七〢　邵志望十七〨　邵希曾二十七十三
邵志純三十九〡　邵　南三十二〨　邵光榮三十九〣
繆之璿四〢　繆　艮三十九十一
號
郜　鼎三〦
禡
謝　湑三〤　謝聖堅四〡　謝慎餘十二〦
夏建寅三十二〤　夏建謨四十〥
華瑞璜寓
敬
鄭廷皋四十二　鄭　節八十　鄭　岱八〢　鄭之莊三十二〨　鄭　城三十五〨

鄭　鈞三十八〡三 鄭羽逵寓

盛之藩一〣 盛　時一〢 盛　逸三〡二

孟　芳三十八〡二

入聲

屋

陸曾紹二〡 陸宗楷六〡 陸嘉穎六十三 陸名輔八〦 陸曾永九攺

陸　熿十三〢 陸有仁十八〣 陸夢熊二十三〢 陸　珍三十六〦 陸　炘三十六〦

陸向榮二十六上 陸素生三十〨 陸　棨三十二〡 陸應宿三十二〡 陸祖授三十六〢

祝維健八十 祝　勳九〤 祝咸敘九〡 祝德麟十七〢 祝　熙三十一〦

祝萬年三十四〩 祝　雯三十五〨 祝　霞三十五〨 祝懋正三十九〨 祝庚輝三十五〦

祝德星三十九〨

卜爾昌三十九〦

郁大成三〦 郁　竑六〣 郁　禮十二〢 郁　青三十四〡 郁　基三十九〩

沃 曲映台〤八

覺 卓 彝〡一 卓天寅〥一 卓爾堪〣上二 卓允域〣上二 卓 敏〣止二

卓庭鏞〢三 卓元基〥五

岳 潭〡上三十

質 吉 謙收四

曷 葛以贊〡上八 葛懋勳〣三十六 葛慶會卄三十六

屑 薛偕文文二 薛偕昌文二 薛國秀〥四

藥 郭紹孔〣一 郭孝寬十三 郭 寅〣十八 郭憲高〡三十三

莫 栻〢八

駱 寬攸十九 駱 贇收三十一

錫 翟 濤十二七 翟 灝〥十

戚人鏡〡三十六

葉

葉溶七　葉藩九　葉以照十二　葉斌二十三　葉龍官二十四

葉之承二十九　槐三十三　葉之田三十六

國朝杭郡詩續輯卷一目

順治朝有科目者由前明科目入仕與不入仕及諸遺獻以次附焉

卓　彝　周文煜　程　章　沈洪瑞　汪繼昌

沈武音　管文華　張　標　查　雍　卓天寅

沈　璇　張官始　黃　鼇　褚唐俊　褚唐傑

陳之遴　胡貞開　王升瑤　張次仲　吳太沖

吳本泰　徐之瑞　汪　渢　馮延年　朱朝瑛

沈　捷　曹元方　闕　鍵　李　南　徐允瑯

汪用成　馮　軾　凌克闇　朱之京　仲　恆

黃　燦　黃　煒　李　頴　沈洪芳　李元素

胡自清　王　題　盛之藩　王　翰　盛　時

金漢趾　姚永昌　羅吉臣　范　暹　郭紹孔

凡五十人

凡五十人

金漢壯　姚承昌　孫古臣　范　進　錢綬孔

胡自清　王　題　盛之書　王　鞠　盛　時

姚　[illegible]　黃　坤　李　頼　王士芳　許元燕

汪用汲　吳　軾　凌東閣　朱之京　仲　蔚

沈　樞　曹元方　劉　鏞　李　南　徐文琳

吳本淳　徐之翔　汪　鳳　湯延年　朱嗣咏

陳　遂　胡自開　王　斗　蔣[illegible]　吳太中

汪　[illegible]　張吉[illegible]　黃　熙　蔣廷俊　諸錦儀

沈　容　曹文[illegible]　吳　[illegible]　查　[illegible]　[illegible]

卓　輝　周文[illegible]　程　[illegible]　[illegible]　[illegible]

國朝杭郡詩續輯卷一目

國朝杭郡詩續輯卷一　錢唐吳振棫毅父氏編

卓彝字朗鑒又字辛彝號密嚴武康籍仁和人順治丁亥進士官左春坊左庶子兼祕書院侍讀有瀛洲草

密嚴卒時有妾吳年二十方娠遺腹生男撫之成立見府志

徐野君讀杜詩有越女天下白即用爲起句以記所聞因和其韻

越女天下白女白能自憐續林越女社名文心遠滿裝衣樣鮮青絲飾紫貂窄袖錦爲沿冪飄學漢畱靡嚮自吳傳衣褶章侯筆風姿虢國賢才高作社伯韻勝遞相先刻燭金樽滿傳花粉蝶穿乍見秋瀾轉語久月常圓佳麗後前代聲容盛往年霸越紀竹帛浮湖繪史編斯人渺千載妙質復盈筵夜月不愁盡朝霞似錦連結交求愈已佐飲集清嬛知己聞風起贈

我以新箋野君滋感歎生男何寡緣同秋越女社名許爭附偕春

何未聯更逢憐女令顧阮筆如椽山陰令顧小阮有越水篇多擔鍾爲文婦之示

章多古調將以播新絃

周文煜字禾仲號元龍海寧人順治丁亥進士官湖廣黔

陽知縣府志作字穆仲

禾仲莅官甫三月值靖州降鎮陳友龍復叛出督餉遇賊被執不屈死妻施自縊死妾王投井死闔門殉節者八十餘人可謂烈矣祀湖廣名宦府志入忠臣傳

從軍行

北風獵獵胡笳咽白草黃雲無顏色腰間一雙金僕姑誓欲殺盡陰山賊男兒弧矢志四方有淚不灑妻子旁六韜三略無成法風雷指顧掃欃槍那忍俛首事文吏目中習見之無字又或齷齪競錢刀蛙鳴蠅鬬等兒戲揚鞭笑指天邊雲怒

馬踏盡隴頭塵親操枹鼓擐甲冑要與朔漠回陽春君不見燕頷虎頸飛食肉玉門生入功何卓又不見銅柱巍巍光史冊摩崖尚留一片石生亦不願封酒泉死亦不望圖淩烟日落醉臥沙場邊匈奴不敢張其弩丈夫快意此爲極紀功底用如椽筆

程章字含譽錢唐人順治戊子舉人官江南靑浦知縣有抱靑吟詩集

輶軒錄載顧豹文序曰余髮未燥識程子含譽於朱鷺洲所長身偉幹雄譚傾四座所爲詩皆刻露性情不屑爲三唐優孟會心處亦政不讓高岑未幾投檄歸以病瘍卒篇帙散亡子晉錫工文章走京師歷交名公卿哀含譽贈荅寄與之作載之家乘今復病卒孫魯望齒不踰終賈從哀毀中立援剞劂以成若考志余交於程氏四世矣與含譽爲昆弟交共風雨二十年又悲晉錫之欲大其世而才不逮命若此云云按抱靑吟今遍覓未見

懷陳悅二師

奬借何曾惜齒牙不堪棄擲等泥沙激昂敢負空羣賞顧盼還生枯管花治行當年推卓茂問奇此日滯侯芭行吟豈必湘江畔海岱清流自一家

題半月泉

星河穴底透清幽古寺飛泉接比邱滿鉢峩眉山下影一灣天目角中流烏號帶灑能穿石青鏡含光恰對樓自是姮娥施妙手永遺殘魄在溪頭

沈洪瑞字弱先號介庵仁和人順治戊子歲貢官嘉興教授有東園詩鈔

漚園

小築偏宜水幽閒此地賒游蜂頻刺蕊浪蝶故穿花雨過山

容潤林深鳥語譁遲遲欣晝永春老不成家

湖心亭

何年蜃氣結樓臺捲雨飛雲日幾回屏列兩山螺黛合星浮一水鏡花開烟中鷗鷺當窗下風外笙歌隔渚來最是夜深人靜後月光如水浸三台

初築蓮莊

去家纔數武小徑絕風塵羨彼幽人隱窗虛鳥弄春

汪繼昌字徵五號悔岸嘉興籍錢唐人順治己丑進士官湖廣下江防兵備道有悔岸詩集

憶內弟吳國佩

典型誰可託艮朋重擬前游淚欲冰報國文章推鄴下承家孝友繼延陵鶯花二月黃壚酒風雨深更古寺燈爲惜覩離

飊永隔皇天有眼竟何憑

沈武音字文谷號雪崖德清籍仁和人順治辛卯舉人官山西潞城知縣

雪崖家棲水而籍隸德清詩見塘棲耆舊集

和荅友人

常於絲筆羨高文珍重詩篇辱枉存允矣道交原有味薄乎雲態更無痕囊羞陸賈金千鎰室臏陶潛酒一樽經卷藥鑪耽永日嬾尋游伴逐東村

室邇恆懷道韻深況逢京國數追尋時無郭隗誰憐駿世有鍾期不廢琴乍向錦囊驚脫穎還看祕閣著高吟謾疑遇合難知已千古文章決寸心

贈鄧御六先生

鼓枻秋湖讀楚辭陽春一曲憶當時風流儒雅應猶在道義文章更屬誰晴竹數竿稱吏隱茅檐一榻靜書帷先生扃戶高吟罷滿院梅香拂面吹

管文華字君諧號均賢海寧人順治辛卯拔貢官秀水教諭

均賢少孤事母以孝聞長而履行醕謹潛心蕺山之學司鐸秀水捐俸庀材重新黌宮增創廡屋集諸生課誦其中一時人文稱盛康熙甲寅歲禁旅絡繹奉委督修水西驛官塘兼治城河積淤便馬利漕具見經濟因勞卒于官雍正二年入祀鄉賢祠

同人游烟雨樓

平生多幽興嘗擇勝地游勝地何處無鴛水清且幽漁村泛短楫蟹舍迎輕舟握手逢知已悠哉同勾留浮萍逐清波落日穿高樓煑茶趣欲仿釣鼇鉤先投寥天雁忽渡涵影菱花

洲

張標字嗣留海寧人順治壬辰進士官河南許州知州

嗣留崇禎癸未會試中式順治壬辰補殿試成進士孝友力貧丁父喪廬墓讀書凡天官地志禮樂兵刑河漕田賦無不貫串有字學三十卷付子美文正其譌佚以問世府志入文苑傳

秋夜感懷

年華一瞬感蹉跎搔首難禁醉後歌客思不隨砧響斷秋光半入月明多梁園舊夢千林落海畔寒雲一雁過似此遊蹤已淒絕極天風雪更如何

查雍字漢園號以齋海寧人順治癸巳拔貢

淮北道中

故人今日異淮左昔年遊萬戸臨沙岸層城帶濁流烟空天更遠樹老葉先秋海內離家客應同此地愁

雲隱山樓晨鐘

古樹覆高樓開簾宿雨收一聲清磬發萬戶曉烟浮歲月消蓬鬢行藏笑蒯緱西郊春色好吾欲放輕舟

卓天寅原名大丙字火傳號亮菴仁和人發之孫順治甲午副貢有靜鏡齋集

火傳爲左車孫珂月子其遠祖敬忠于建文事載鄭曉遜國諸臣記火傳構傳經堂即其舍旁宗祠也奉祖考之遺書教授子弟又常與友朋講習其中朱竹垞傳經堂記云仁和卓氏火傳立宗祠于舍東榜其堂曰傳經卓氏居塘西門才特盛以經學聞者五世然試多不利或薦于鄉矣而試于禮部輒下第或于省中式矣僅列副榜是豈卓氏于經術反未工與由其所學者非專事發策決科而務合乎古之學者故也王阮亭嘗作傳經堂歌送卓永瞻歸浙西因寄火傳永瞻火傳子也府志入文苑傳

芳杜洲葺成偶咏

月滿波乍流暮色縈如帶憑景斂愁心藏輝映山外八風動

虛閣老樹蕩根蒂殘鶯尚流音棲翅並來會溪容秀可挹林薄枝如蓋新篁漸披離憑垣出輕籟遠嶂青依然烟霄頗稱最紆徐泛小舠獨往聊擊汰盤礴竟何傷眾芳未蕪穢新交憶往緣搖落增微慨園西爲月波樓面臯鶴諸峯左爲靈籟館介如連層檻結構依河汜三峯石作臺舞袖帶寒水孤貞鮮所託消息辨眞理遠樹漾濃綠晴陰逝如駛樓殘夕陽半平廊澹徙倚爰申紹往心芳杜眷蘭芷落花點石淙環潄見流峙緬懷亭中人嶽立何齒齒園中爲介如堂三石臺有峯名舞袖東偏舊有夕陽明半樓今更爲廊

先生雅好吟堂成歌白雪交多四海推交薄應徐列中原七子與何李爲磬折含情慰沈冥邱壑恣恬悅甘泉賦早成封禪書堪述平陂散百憂微言未終絕田竇高樓臺風烟乍銷

滅陶猗眞蠅營窅然喪金穴以此悟推遷遐哉識優劣（園後爲白雪堂先光祿月坡公詩文結客之所）海桐何扶疎霜威傲松柏垂垂閱百年蒼然鬱寒色敷曼歲月移靈根不終坼縈石多蔽虧朝華頓焉易雨露非獨恩造物念滋息局促宇宙間蔓草遂奄忽寶之貽後人大隱麗金石（園有海桐二株名種也）

夏日傳經堂卽事次張介山王士宋受谷沈瑤銘諸子韻

烟霞求未遂乘興得相尋的的荷香杳萋萋竹徑深寒雲籠野沼靜鳥劃長林黃絹新詩好壺觴愧爾臨

帆影無情甚河流直北長（堂在大河之濱）閒關勞使節簫鼓動悲涼

誰築千金館空餘一草堂百年存舊德回首但旁皇

凭欄聊一望天際淡生幽花暗光難曙風清徑早秋燈殘生
遠夢樹盡起孤樓會得遙山助還從放眼收

制府勤民隱無憂杼柚空行田今日事枉駕古人風時督臺劉公枉過草堂諮訪民情憂勞倍至才老烟波裏春生浩蕩中嚴公遂攀陟吾幸
浣花同

賴有文章在依棲此唱酬聞鐘遙出寺落日半臨流小閣兼
天淨平原接樹稠榮華未岑寂消息肯淹留

和荅傳經堂讌集詩

余葺三世傳經堂于大河之濱垂數十年每四方諸君子至止輒流連觴咏其下詩文盈帙于時毘陵沈風山蔣馭鹿甬東董巽子萬允誠山陰錢去病虞山錢梅仙吳中高其文前溪韋六象西陵丁叔範俞掌天茗上吳

雲青張大千新安石庵上人暨里同學相期咸集分韻

漫和四首

棲遲愧我集琳琅感慨停車日未央斑管檀欒吟翠竹春帆宛轉下迴塘詹前影亂吹明蠟溪上人歸歎別觴咫尺暮雲生杳靄一時烟水到空堂相於閣上遙見遠帆

何幸雙柑柱聽鸝草堂虛負是橋西祠因椽筆諸詩重人許清流此日齊賸有數峯看突兀纔從一水識端倪臨風憔悴羞華髮徙倚晴廊傍樹低祠在大橋之西旁有橋西草堂

清涼臺上草迷離夢遠江南祖德祠松柏千年開廟社烟霜六代放耕犂天邊螺髻留高影望裏蓮車實導師灑涕龍門空史冢蕭條蘿臼寫殘碑先祖别號蓮句移家清涼山建先侍郎公祠旁創螺髻庵隱居三十年

一經垂老獨登樓，失路頻看杜若洲（先祖入齋公著書萬卷樓往來別業水一方）

冰雪墓田人萬里（先祖槀葬白門）風波堂構淚三秋（祠成遭大水圮而復葺者再）

桃花谷口憐搖落，梅雨江干望遠游（兒域時在都門）猶有杯棬遺恨

在，蒼烟碧蘚易生愁（母氏苦節逝世）

沈璇字亞斗號巨門錢唐人順治丁酉順天舉人有巨門

詩文集

丁酉科舉人覆試巨門第一巨門慷慨慕志節友人楊生瑩誤獲罪賴力救得免有估客女爲强暴所辱代爲申理幸脫于禍估客感之以女獻巨門堅拒不納座主學士曹本榮病于揚州亟馳往省視歿則經紀其喪以歸生平精于言易又熟于史事嘗爲史論一卷復取周秦以至趙宋君若臣之是非得失貫串而歌詠之爲詠史詩數百首宛平王公崇簡謂其沈吟獨往洞徹流連音消響寂如見古人

詠史詩引

何以酬靜業開緘啟書鑰與亡在胸臆古今恣商略我無引

滿酒而有讀書格短章寫心懷述而未嘗作

咏史詩跋

周秦迄趙宋代經一十六治亂自陰陽盛衰相倚伏智策競雄長積累世年卜始知大道隆陰謀徒碌碌

野老悲

黄河奔流帶風亟艤船欲歸歸不得茅屋孤村三五家雜沓輪蹄同偃息中有老人八十三泥垢肌膚瘢似刻亦知拂拭向人歡手進村醪與菜食食之甘美眞如飴肉食之人總未識爲問老人生幾男言有三男不得力大男長大已成人能向東阡藝黍稷次男三男初長成肯執犂鋤治溝洫一日飢荒降自天連年兵火頻相逼荒村飢餓人食人大男蹭蹬遭人賊次男飢餓不出門踰牆刀刃加脅肋三男疾病已垂亡

骨肉分鬻人似織煢煢飲痛哭無聲幸得宴癯免禍歷有孫三歲匿草閒賴天憐念我匍匐迄今一十有八歲生死存亡安可測猶記初生隆萬閒野滿桑麻無菜色當時身受不自知過後思維徒反側哀哉老矣復何言但願孱孫少蘇息草野無復不良人在朝朝官能盡職聞說朝廷猶用兵庶幾太平時在卽

漴中贈宋聞遠

問君君是宋家郎湘中明玉聲琅琅三江滁思劉仁裕百軸馳文陳子昂引酒勸君君莫辭勸君莫負少年時清風一榻窗前竹明月三春花下詩

張官始字與肆仁和人順治庚子舉人官國子監助教

壽友三首

采芝南山下停雲何悠悠青童結雙髻授我千歲卣願言進
三祝沆瀣共綢繆身羈千里外夢飛還故州披衣午夜起一
葉渡鷺鷗兼程來晉斝高堂瑞靄浮
秋山照翁廬秋香拂翁裾秋光迎翁塵秋風飄翁車廚熟胡
麻飯階盈藍圃瑀鬱鬱巖下桂矯矯雲中雛翁讀黃庭卷子
讀天祿書
言采臯鶴山光盈曲磵閒氤氳五雲座笙璈奏未闌宛若華
胥事翁亦喜動顏瑤宮今咫尺帝子與往還高歌將進酒既
醉舞斑斕

黃鼇字崙玉海鹽人海寧籍歲貢有鳳巢前後潄六草堂
等集

崙玉從父金鼎游學海昌遂占籍焉金鼎登前明天啟
甲子鄉薦崙玉克承家學築梧陰書舍教授生徒及門

稱盛杜宗伯臻陳侍郎論皆其高弟也

登淮安城樓

客有歸與歎登樓思渺然斗牛天上落吳楚望中懸羌笛梅花引秋風桂樹篇王孫何處問淮水自年年

褚唐俊字南來錢唐貢生官福建將樂知縣

南來為唐右僕射文忠公裔孫順治二年以明經從軍敘功授將樂令將樂兵燹之後民俗彫瘵壹意撫循三年寇犯福寧奉調防禦與賊戰身被重創死而復蘇者再四年寧化賊羅廷等寇將樂南來率壯士鏖戰殺賊甚衆次日賊益集遂與弟諸生唐秀并家丁等戰歿妻朱次子福生皆殉難其時南來年僅二十有九也長子驪未隨任幸免于難雲仍緜衍遺澤至今未艾云

泊舟漢口

臨流問水漫徘徊漢上晴峯點筆開戲日黿鼉浮浪出弄晴鷗鷺候潮迴千檣雲列東西立一線鴻分南北來兩岸平沙

催夕照飛霞片片落吟杯

登晴川閣

晴川閣下浪飛寒江上風帆欲駐難暮鳥帶雲還浦際淡烟和月起林端文通賦就花生筆摩詰圖成樹染丹忽聽簫聲驚客耳玉人何處倚闌干

次林令威過夢澤原韻

短衣斑髮客中心行李蕭然萬里深況有文名高宇內豈懸遊跡遍山林漢東秋色君同調楚北寒雲我獨任江上故園頻入夢問誰歸去寄鄉音

送春

栁葉翻風撩亂飛留春不住送春歸黃鶯猶憶前宵樹紫燕空懷故國衣無限韶華消夜雨滿庭淑景謝朝暉眼看節序

如流水紅顆櫻桃喜正肥

褚唐傑字萬長錢唐貢生官廣東龍川知縣

萬長為南來之弟康熙十三年耿逆之亂奉調防禦亦死于難蹈義成仁二難濟美信足繼僕射家聲矣

吳山夜飲

暮潮聲急抵錢塘把酒吳峯共舉觴遙望漁燈緣雨歇還看螢火傍風颺沈吟漸覺衣裳薄醉臥初知枕簟涼何處笙歌明月上良遊盡是惜秋光

除夕

太息流光一瞬遷經綸未展壯時年椒花燦爛承歡宴燭影輝煌博醉眠凍雪已消殘臘後寒葩先放早春前昇平預卜豐穰慶此夕農家炬照田

陳之遴字彥升號素庵海寧人歷官宏文院大學士有旋

吉堂詩草浮雲集

相國明崇禎丁丑進士第二人及第其父中丞祖苞以邊疆失事瘐死詔獄相國以其喪歸國初授侍讀學士累遷至大學士機智敏練嫻習掌故時政因革皆出其手後以建言獲咎謫居瀋陽旋召還直宿衞又有言其與中使往還者復下請室全家謫戍遂歿於戍所歿後五年夫人徐燦始得疏請歸骨先是相國有拙政園在蘇州齊婁二門之間園有寶珠山茶三四株連枝合理得勢爭高花時穠麗鮮妍爲江南所僅見相國始則翺翔政地繼則老死邊城此花迄未一寓目每讀吳梅村拙政園山茶歌未嘗不三歎也浮雲集十一卷有自序起康熙丙午盡戌所編次也

大淩河

轔轔車軫接曉涉大淩河斷岸春流急平原野燒多風輕橫俊鶻沙軟臥明駝尚憶嬰城日如雲萬騎過

讀若上諸子峴山秋禊詩悵然感舊

葉丹峯碧峴山秋三十年前此拍浮猶憶爾時羣彥集正如

公等少年遊看山共醑雙清眼作賦今存一白頭自古名區非易到牧之垂老得湖州

西湖竹枝詞

妾恨蓮心苦自知郎情卻是楊栁枝蓮花到死還望藕栁枝過春那復絲

珠兒錢粉曉勻描與郎偷踏第三橋千萬莫將楊栁折枝枝都學阿儂腰

胡貞開字循蜚號瑟菴又號臯鶴仁和人官湖廣推官有霜林寤歌集

循蜚生而夙慧喜放誕不羈年十三其祖襟寰中丞予告在里當清明拜墓怒其挑達欲撻之或勸以對代罰因誚之云小子猴牽應聲曰大人虎變中丞爲色霽稍長與吳默寘張恂如沈晉水諸先生讀書南樓合南北同人結大社禮致禾中馬純齋賫糧持檄徵四方文萬餘篇精選八百有奇名石鼓桐行世性喜弓馬通劒伎

善畫石崇禎己卯舉于鄉時有鄉貢舉子中式後試騎射之令九月上旬集舉人於壇下張侯較射皆謝不能循蜚獨騁馬拓弦三發貫革明年試春官南歸遇盜循蜚怒馬獨發逐盜四十里始返與諸同行者上酒樓劇飲咸驚歎爲天人入國朝後應詔署嘉興刑官尋改選湘東司理未幾謫商邱丞罷去既歸架小屋五椽蜨叟藍田叔倣南宮父子雲山一版因顏曰米山堂堂中插書數架早起參楞嚴一則言收其放心非佞佛也飯罷讀史有讀史隨筆三十卷午餘或作書或畫山水客到烹茶劇談不迎不送自言耳體空受感最捷因號耳空居士毛稚黃讀史隨筆序云循蜚先生才高官薄名飛身遁小築北墅逍遙著書葢米山堂在湖墅也

題畫

綠蕉新雨無人到閒倚書窗紀舊遊記得潯陽江上宿匡廬天半晚來秋

王舟瑤字白虹餘杭人官江南江浦知縣有水雲集

白虹父家貧讀書孝友白虹弱冠登崇禎壬午鄉榜屢困公車選江西興安令興安處萬山中屢罹寇患城惟瓦礫草房八九間而已白虹至設法招撫未期年烟火千家調江浦卒于任嘗與茅雪鴻兆儒偕渡大江風濤

洶涌白虹掀髯稱快曰吾胸中鬱勃之氣對此稍舒茅亦爲之放膽楚黃曹石霞嘗言每讀水雲集風雨欲來聲淚俱下府志入循吏傳

吳岱觀歸自都門過訪不值作此代訊

朔風黯黕去燕臺馬腹沙深並可哀回首參商天際邈經時裘葛旅中裁軟紅已厭狂游後薄笨誰堪共載來雙鬢逆知添白髮相逢何日更銜杯

張次仲字元岵海寧人有待軒詩文十二卷 謹按欽定四庫全書錄張次仲所著周易玩詞困學記十五卷待軒詩紀八卷列於明代諸家之末輶軒錄以其歿于康熙丙辰入國朝已三十餘年故收其詩與諸遺老並列今從之

次仲明天啟辛酉舉人窮經慕道是時鹽官言經學者推元岵及朱康流兩賢相得甚歡互相印可自榜其室曰待軒人稱曰待軒先生甲申後自號浙氾遺農隱處郊廛志甘蜚遁所居有梅花書屋陸冰修爲作賦徐狷次爲賦詩具見本集順治中舉賢良方正不就卒後邑里私謚曰文介

月出

微涼今夕至月出正當門岸幘輕風好鉤簾清露繁客來宜
卜夜吾醉孰畱髡軟語勞紅袖頻催碧玉尊

寄陸眞如

草綠風翻戶河平水繞村放船隨近遠隱几度涼溫盆貼新
荷葉窗依老樹根悠然觀化理清興與誰論

訪談觀若

端居寂寞道何尊一艇衝寒晚叩門野曠天高數株樹水枯
橋斷獨家村窗閒片紙風蕭瑟枕上遺書日討論攜手遲遲
向阡陌不知何處採芳蓀

屏迹蘇村漫題屋壁

鹽官城北郭溪東草屋蕭蕭寒雨中瓜架豆棚新築圃長竿

短笠老漁翁提攜小豎敲茶臼勞苦山僧理藥籠吾老自應耽伏枕人前那敢說冥鴻

苕逕

苕逕路攲危幽人自來去但聞啼鳥聲不識鳥啼處

春遊

桃紅柳白鬪新妝到處風飄百和香拚向玉缸沈醉殺風光肯讓少年場

青絲楊柳挂河津萬緒千頭惱亂人憑君折盡長條去省卻勞勞送客頻

落花何意各西東厭聽蕭條一夜風吹謝吹開都是汝教人嗔喜太匆匆

吳太沖字默寘號若谷海寧人有息心窩集

若谷崇禎辛未進士歷官右春坊右中允遷居錢唐武林者舊傳言宏光時以少宗伯召不至鼎革後遁跡空門號窅泉頭陀戴菔塘璐則言入　本朝不仕優游林泉以終不及薙染一節未知孰是按吳慶伯所撰行實言國朝制府張公存仁以原官徵巡撫蕭公起元巡按杜公果皆疏薦稱疾不就順治十二年卒年六十

青青河畔草

栁色今朝是春情明日非春情與栁色相照復相違對鏡初停織行歌自采薇紫騮陌上住夫壻夢中歸無計酬明月纔昏便掩扉

朱美之攜酒過

綠陰叢裏放玫瑰石几相延坐碧苔百里雙缾春酒釅一年幾个故人來廚丁細切溪頭筍稚子貪爭屋角梅信道朱游能折鹿談經且喜得相陪

吳本泰字美子號藥師又號㮚菴仁和人有海粟堂集秋

舫簝北游西征東瞻南還嶽游諸草府志從省志縣志以爲海寧人誤

檷菴爲前明崇禎甲戌進士除行人選授吏部主事改南京禮部歷郎中甲申後隱居不出西溪有蒹葭里者先是鄒文學師績劉孝廉廷獻有園棲止丁亥檷菴自海上還遯卜居焉菟裘焉近秋雪曲水等菴與僧智一寂瑞闍僧道援輩往還參叩而嚴徵君敏洪孝廉吉臣扁舟過泛相與爲廬社之遊張觀察懋謙陸國博之越沈令君自成及楚中黃起部周星時亦買棹過訪園居饒篁竹而乏梅智一移贈古梅數本斸地種之因自號西溪種梅道者著西溪梵隱志四卷曰紀勝曰紀刹曰紀詩曰紀文其序言署年爲順治辛卯蓋入 國朝八年矣今錄其隱居後詩其已見于明詩綜者不贅入云

河渚卜居除日

魚粱鹿柴暮蕭條餞歲酬詩酒一瓢遺累何能去妻肉謀生只合老漁樵蒙茸漸長會髡髮倔強猶存未折腰轉憶禁鐘催曉騎徹明燎火紫宸朝

溪堂早春

昨春凍雪淒行棹今歲晴曦媚草堂蝸殼餘生貪老健豚蹄奢願祝年康丹鉛錄事成三益梅竹香鄰自一方蘭若阿師曾有約趁晴隨喜雨花場

秋雪菴八詠

絮絮香雲出講臺層層溼翠帶縈洄雖無弱水三千里不是仙人不到來仙島蕩

月魄風痕共悄然四圍蒼菼半垂天路迷不放漁舠入祇許沙鷗自在眠幔蘆港

風颭雲衣水寺秋荻花飛絮滿汀洲數聲柔艣一帆白可是山陰乘興舟秋雪灘

縛屋開畦亂水漥法幢也似湧金沙鑪烟自裊蒲輪寂帀地能開四色花蓮花幢

曳雨拋烟曲澗隈宛如百雉護香臺東風忽漫分開綠卻放青山入戸來 楊栁城

小白花山是也非一袈裟地衆香圍若爲金翅來棲宿祇有穿籬蛺蝶飛 薝蔔籬

憑將慈願作金湯流水前身施象囊莫道方塘纔半畝十千天子禮空王 護生隄

半空清梵落雲頭乍可憑高見沃洲我已同龕彌勒久不須今日始開樓 彈指樓

秋雪六首

詠秋雪者夥矣夢破開士以逢衣而剃染出世者也另題六絕中寓感慨余讀而低佪太息者久之輒復如數效顰用呈夢破夢破無言相與黯然而已

冰雪文成手自攜畏人長欲覓幽棲何方小有清涼地只在西溪西又西

不隨熱客走名場最愛坡仙築雪堂秋雪僧巢更奇絕水中央是雪中央

東郭先生雪履穿雙畱履跡雪中看道人快踏蘆花雪赤腳行來也不寒

伴僧蕭寂伴鷗閒漠漠秋陰雪一灣歎息西巡穆天子空歌黃竹去人閒

雪殘鳩鵲夢依依水沒鸕鷀坐釣磯忽見荻灘飛絮起恍疑花點謝莊衣

不減終南雪色奇蒹葭秋望遠迷離若為題似香山老謾道都無秋雪詩白樂天有句云徧覽古今集都無秋雪詩

徐之瑞字蘭生錢唐人明詩綜作臨安人有横秋堂稿

蘭生崇禎丙子舉人申酉後棄孝廉遯居北烏山與汪魏美萬履安巢端明齊名浙中謂之四先生當時將欲推選蘭生不行或劫以危法則舉所佩帨以示之曰此我磬懸之具也黄宗羲言其詩長于樂府嘗爲西湖竹枝詞以寓變哀之怨其妻女亦皆能詩惜稿盡散佚府志入明隱逸傳

懷隱

清溪珥其流高山環其宅田廬亙蒼莽采藥恆日夕思憑滄海身仰止雲峯客桐几經千年風雨晦靈跡杵木變樵柯丹書亙毀蝕縹緲烟中區桃花覆蒼碧自非靈臺仙何爲食松柏

雞鳴嶺

披榛陟山椒輴摧馬盤桓歷險未云疲逶迤入雲端仰探巖谷偪俯視井邑殘千峯列遠戍兩崖壯重關垂蘿蔓幽壑怪

松支危垣灌木鬱蕭槮哀風嘯叢萑乘墉或失恃務德誠所
難蟋蟀在牀下我生詎遑安勞勞多苦辛惻惻起悲歎

行路難

太行北上雪刺天黄河西渡冰塞川狗屠擊筑各已老咸陽
逐客還游燕烏九夜破盧龍戍越烏朝棲日南樹長槍大槊
取通侯安用蓬門事章句

五十初度戲作一萬八千日歌

翔烏夾日東方起蟪蛄大笑蜉蝣死聽我萬八千日歌請從
握算軒轅始我生不逢唐與虞我死不返鴻濛初以尻爲輪
神爲馬手抉灝氣還虛無虎頭燕頷玉關路墮地儒冠脫相
誤將軍海外御樓船坐看蚩尤薇妖霧漩題兩角開明堂左
日右月魁中央豐隆屏翳伏不動弧矢一星猶射狼布衣樵

悴夷門客瞋目操椎大梁陌少年躍馬氣淩雲怒血衝冠髮先白南修蛇北封狐魂乎歸來不可處上乘白蜺游天都洞房繚繞明華燭珠綴交軒網交綠娭光縣渺睇層波半醉雙鬟袍絲竹北斗挹漿醥且清玉妃起舞吹鸞笙百壺一榼焉足算小臣再拜觴千齡天門朝開詄蕩蕩釼佩雞鳴劇相向已看恨骨委蓬蒿安用黃金鑄形像二十四氣黃鐘吹三萬六千璇璣椎元化回環貫金石丹官玉齒生寒灰平生豪健屠龍手蹭蹬麒麟落牛後夢中滄海幾回更勸爾長星一杯酒

春游詞四首

西山松柏翠成林十里橫塘水路深鸂鶒鴛鴦莫相妒荷花香處結同心

檀槽低攏小鸞青金鴈斜飛玉手輕弟子三吳零落盡橋頭弦索最知名

山頭擊鼓賽金錢檣上飛烏散舞筵長記迎神送神處石湖沙觜泊郎船

龍膏千炬繞芝楹銀鑰初收玉漏傾夜冷不禁羅袖薄雙鬟炙火更吹笙

汪渢字魏美錢唐人

魏美前明崇禎己卯舉人嶔嵜歷落言笑甚寡時人目曰汪冷喜黃庭參同契諸書甲乙之後奉母渡三江躋括蒼崎嶇山嶂者有年母老欲歸就養于兄澄魏美念母不忍遠離而又矢志不入城市遂藏身於北郭窮處每閒月輿母至相與抑搔色笑爲樂是時湖上有三高士魏美其一也當事重其名或割俸金爲壽不得卻則坎而瘞之一日監司盧公遠心相値于僧舍問汪孝廉何在魏美應曰適在此今已去矣盧公然之不知應者之卽魏美也朱竹垞嘗訪之大佛寺僧寮竹榻蘆簾不蔽風雪瓦鑪火死不能具盃茗又嘗偕魏處士允枏過

朱時已初冬共宿樓上所攜布被尚未裝棉也年四十九殁于寶石僧舍時在康熙之乙巳臨殁悉舉所著焚之故詩文無存者

府志入明隱逸傳

遺詩

冰泮水還澄雲開月方潔一旦破樊籠逍遙從此別

馮延年字千秋錢唐人有秋月菴稿

千秋爲前明秀水祭酒夢禎之孫祭酒娶于武林沈氏夢西湖之勝築快雪堂湖上千秋因入籍錢唐中崇禎己卯副榜貢入太學鼎革後歸隱秋月菴

爲復社耆宿與子首川融父子並著錄

秋月菴春暮

秋月菴居春也豪藥苗菜甲滿西臯三點五點社後雨欲落未落園中桃時光忽憶蓴菜滑采摘不厭輕舟勞一枝棲息吾意足乍可物外違塵囂

簡張天生

共誰聽雨夜連牀獨擁殘書怏雪堂雲斂鷺巢從樹出風來藕葉倍花香平湖小舫空秋月斷埼孤峯變夕陽吾欲糟邱營此老待君同酹水仙王

朱朝瑛字美之號康流又號罍菴海寧人有正誼堂詩集

康流居巷上以說經與張元岵齊名中崇禎庚辰進士官旌德知縣世變之際適丁外憂居里遂不復出吳慶百言康流如處女如定僧追往撫今又有嫠不恤緯之懼所著有讀易略記

過沈聞大葭莊

伊人何在在蘆之漪有堂有亭有林有池 一 爲邱不高爲壑不深其室則邇而有遐心 二 策杖以游遵彼一曲釣緡可垂巾酒可漉 三 與子分手於今六年百爾所思不如晤言 四

管寧

幼安亦賢者無乃太矯飾牽牛蹊我田而自與之食吁嗟有

深意衆人固不識干戈日相尋聞此庶少息

同姚有僕何義兆孟長民游栖眞洞

白日然犀火青泥滴乳泉暗須幾兩屐寒想五銖綿仙鼠翩翩掠瓜牛曲曲旋不知危石底忽露一條天

題畫

釣竿三尺寄浮查漂泊萍蹤一水涯日暮可憐紅蓼岸秋聲一夜繞漁家

沈捷字大匡海寧人

大匡爲前明崇禎庚辰進士歷任江南桃源武進知縣所至皆有廉名甲申後歸隱故鄉構別業于瑞石山下號石圃性穎悟學問淹貫尤長于詩

與慧公登雨花臺

竹閣憑淩上翠微厂燈古佛此垂帷晴波野鶩侵杯渡壑雨

獰龍出鉢飛蓮社客非宜醉茗慧峯人是覓傳衣法花臺下

西湖水吟咏洋洋日樂饑

曹元方字介皇號耘蓮海寧人有淯村詩集按題名碑作海寧人吳慶百所作行狀以爲嘉興海鹽人者葢海寧割海鹽之地行狀從其朔也又行狀前後皆作耘蓮輶軒錄云字耘庵未知何據

耘蓮爲前明少司馬履泰之子少司馬夢神人以袍袖拂其面袖有玉童投懷中驚而寤已而報耘蓮生少沈謹不好弄與沈宗塙朱嘉徵執弟子禮于吳宮允太沖之門崇禎癸未成進士未幾鼎革金陵權立授常熟令馬士英錢謙益皆欲招致之辭不應命劃江議起熊司馬汝霖以偏師入海寧耘蓮侍少司馬應之會汝霖還會稽而告密者引嘉興之師攻海寧將至淯村耘蓮父子走逸始得免閒關由括蒼至福州見隆武以爲驗封主事進郎中是時鄭芝龍稱大將軍或拂其意則蓺之海舶中生死予奪惟所命耘蓮獨能侃侃發舒洞制其隱無所畏居既而閩降少司馬疽發背死耘蓮自此遂晦迹以老矣所居在硤石鎮藏身匿影幾四十年年八十二卒卒前一日爲三月十九明烈皇帝殉社稷日也中堂設帝座哭而拜作詩以述其事日從此得追從于

鼎湖死無恨矣

### 樓頭

樓頭又見月嬋娟觴酌歡呼憶去年自覺顏衰羞對鏡每逢書好恨無錢飛雲驟雨塞翁馬淺水蘆花漁父船若把世緣冷眼看滿園蝶翅總蹁躚

關鍵字六鈴號蕉鹿錢唐人有送老詩鈔十二卷

六鈴少與錢希聲肅樂讀書勝果寺錢爲文務引繩墨六鈴則馳騁上下汪洋恣肆各樹壁壘不相下崇禎癸未六鈴成進士甲申除丹徒令時明鼎已覆南中擁立六鈴請設沿江水柵誅客將之劫商船者又以計禽勍賊鄧七不半年遽棄官歸歸隱四十四年以名德自重絕口不言世事尚書宛平王公相國眞定梁公皆同年交契欲推挽之卒不答兩公語督撫日君部中有吾故人悔子眞嚴君平之流也爲我善視之然六鈴竟謝病不往謁卒年七十有九

### 西溪題友人居

歎曲清池負草堂木橋斜度見斜陽野漁急艇求鰕菜花甫開門闘羽觴終日道書松館靜一牀丹訣荔陰涼城門散髮知何地空對巢居羨潁陽

李南字逸度號遂初錢唐人

遂初老人相傳爲徐中山後人官右班鼎革後棄家遠遁因挾崑山李氏子同竄以伯季呼故姓李來南故名南疾革時子嘉錫跪請宗姓所自及名字瞋目叱之終不言故其子孫懵不知自何氏也所居在沙河塘榜其齋日師可賣藥自給不妄與人交惟施相徐介諸隱君相往來而已卒年八十五輶軒錄言其詩僅存梅花百詠其元孫睿藏之黃氏武林先雅言著有楚歸吟一卷村居漫興一卷前後梅花二百詠

咏梅五言古百首乙丑春日作錄二

江左有羈客逢梅只獨尋珠影含香足瑤光入苑深歲時中夜淚風雨故鄉心一枝空折取髮禿不勝簪

淇園一水繞梅滿石城灣往跡叢足在落花空自閒久與江

鄉隔春風雪影寒此時人獨立想望唯悲歎洪園爲先世別業

徐允瑯字子山臨安人

子山隱居禹航阮窮守志精象律六壬諸書戴布冠踽踽市中夜則露坐山頂以測躔度次舍時與仁和徐介狷次海寧徐孟錞炯一稱三高士狷次嘗有詩曰允瑯眞志士孟錞本醇儒與爾成三隱偏予愧二徐其高節可想矣

洞霄宮用蘇公韻

峭壁如城不厭頑神功亦惜此區閒七巖有洞通靈界九鎖無風到世閒偶爲幽人騎虎背遂教虛谷識龍顏勝游一旦山千古依舊雲深泉自潺

汪用成字克賢號濟懷歙縣籍錢唐人有狂吟集

濟懷年十四時負米養親過婺州南門拾一布袋啟視皆白金伺其人還之申酉之際遯跡山陰逆旅中甘旨之奉一如平日詳見鹽法志

祇園夜坐

丁東澗水叶新詩檻外芙蓉照酒卮千里清光一樣月老夫別有會心時

馮軾字士式錢唐人有澹草七卷

士式自言鼎革後不閱題名墨藝嘗與沈去矜諸公結平泉詩社而毛稚黃稱其有抱石焚山之節蓋高隱士也澹草詩不下千餘首大抵率然爲之往往近俚汪氏振綺堂藏鈔本一冊每詩皆有吳慶伯先生評語

雪霽過訪元成即事再過誦其新作次韻

村林新霽色明淨及裾巾偶爾到門意欣然立雪人投慚瓿上物苔重枕中珍次日纔冬至先回葭管春

贈陳旋吉

村僻成幽築盈盈水一方風濤連樹吼草色到門香好句臨流得閒情取徑長愛他營事簡誦讀在耕桑

賊去復苦捕捕去復苦兵莫教聞杜老惻惻見詩情

有感八首之一

淩克闇字步騫號悅庵錢唐人悅庵先世通顯閥閱在新宮橋南鼎革後隱于市有牖東君之稱事母孝當其貧時能篤志於學書不用紙以退筆蘸水臨帖于琴塼日必千字康熙二十四年年六十謂家人曰世人畫像使後人見其形容夫見其形容何如聞其謦咳之爲快也乃爲詞以自壽越四年卒詞見毛西河所撰墓誌府志入義行傳

六十自述

余生不辰七歲喪父穉也伶仃母氏荼苦誰曰朱門不異蓬戶埋首誦讀仰承傴僂經帖茍明靑紫可取事乃大謬兵燹錯迕辭我管城而業商估嚴寒不冬酷暑無午漫擅奇贏庶給二餔于歸我室奉我筐筥舉男子三擢折草莽祝融肆餤惟餘燋土獨行煢煢託足靡所誅茅望仙按悅庵移屋望仙橋後仍復故居且

[造家廟爲合宗地]苟且搘拄劬勞罔極陟屺靡瞻枯骨未安遑問跋股幸妥先靈委蛻山塢乾也豐也[按長子名乾次子名豐]嗣續豆俎孰云其佳已乎猶愈淡泊秉素勿耽歌舞食取其飫何必魴鱮衣取其適何必楚楚恤其匱乏胡分爾汝資其嫁娶曰余是主凡我子姓亦或稍補拂逆之來理以自矩事得其平雖饑可侶謙謙君子人或相許鹿夢縈縈蝶飛栩栩花甲一周頓欲輕舉所俟式穀在乎善樹以此垂訓兼之作譜

朱之京字子祁號篁風又號漁友原名孔昭字子晉郡諸生

漁友生前明萬歷庚戌卒康熙甲子年七十五生七歲而孤王母氏沈母氏俞兩世孀居事之能先意承志弱冠以俞姓入郡庠與徐世臣陳際叔吳錦雯沈甸華諸先生訂師古社以道義文章相切劘工書法督學使者谷霖蒼先生嘗屬書郡邑兩庠碑記今猶豎泮宮云

贈郊居友人

竹籬梅嶼接雲汀促席銜杯漏未停自許潁川曾罵坐何妨揚子且談經桑麻曉色朝朝異絡緯秋聲處處聽欲向幽人叩元寂馳驅媿我鬢多星

仲恆字道久錢唐人有雪亭編年咏

道久父敬則以文行著于鄉道久九歲能文長負氣節事母金少不擇師長跪侯顏霽始起伯兄鼎遭誣下獄道久未弱冠變服爲傭保營救得釋居常泊如與其婦鍾校讎卷帙或累月不出庭戶于書無所不讀學者稱雪亭先生婦鍾忠惠公化民女孫名筠以賢孝聞府志入孝友傳雪亭編年詠殘稿三冊起戊戌迄戊寅中缺辛酉至辛未十一年又半爲蠹蝕不可甄錄卷中有塘西竹枝詞又有與卓亮菴沈瑤駱酬倡之作似家棲水又獲交查夏重德尹于未遇時戊寅之歲年七十五矣葢生于前明天啟四年甲子入　國朝窮老諸生中而不遇者也詩什九皆近體衝口率臆不屑屑于聲偶今就其寓身世之慨者錄入于輯

望遠曲

去年花發樓前樹此日郎從花下去今年花似去年春折花不見去年人曉起登樓望歸路隔江惟見烟和霧日暮登樓望落帆帆盡江空鷗鷺眠行人去不返盼斷南歸雁從今誓不上高樓樓高空自惹人愁

和卓遠條花林草堂四首 一錄

秋風一夜閒庭埽萬戶寒砧乘月擣候雁成羣天際飛喬松獨餘溪邊老東籬把盞和陶潛北牖吟詩傲賈島夜靜寒蛩繞砌鳴空階一任霜凝草

春雨喜晴

入夜猶陰晦朝來喜日升重裘未覺暖鴛瓦已無冰細草青于昨寒梅白漸增湖山春色秀攜酒欲先登

漫興

倏晴倏雨作去春寒兀坐空庭眼界寬節物何曾催我老溪山無恙任君看已嘗世味驅除盡未見詩文大略觀倦起仰天獨長嘯不須人勸自加餐

自慰

輕風小雨北窗幽弄筆揉牋儘自由敧枕睡魔來復去劫財窮鬼送仍留人言有酒能消悶我道無錢不解愁靜夜細思默有定浮生空費百端憂

紀夢

草青露白滌秋光閶闔風開桂子香病穩此身非我有貧依故土等他鄉憑軒靜看桐陰轉撥火閒烹紫筍嘗無奈夢魂難自主依稀猶入少年場

感夢

不走名場二十年甘心廢棄老于田忘情不似多情苦入世何如出世仙可恨夢魂萌故智猶拈翰墨寫新篇醒來自媿皤皤老形影何人解見憐

戊寅元旦

招搖轉處便爲春未及經旬值歲新（年前二十三日立春）衰老自甘貧病擾暑寒遞換歲華頻梅花清潔非迎客好鳥和鳴若媚人七十五年無可與只餘筆硯伴閒身

塘西竹枝詞（五首録一）

家住塘西西界河阿儂晨夕自經梭入市待翁沽酒去閒挑野菜唱山歌

黄燦字維舍仁和人

維舍爲明江西參議汝亭孫諸生茂梧子茂梧早卒時汝亭方宦游遺孤皆未毀齒母氏顧若璞敎之爲維舍

造船泊斷橋孤嶼幽絕處使吟諷其中名曰讀書船作詩紀事有且自獨居揚子宅任他遙指米家船之句吳吏部本泰為顧夫人臥月軒稿序略曰寓庸黃先生伯子東生先修文去顧夫人忍死茹荼持家秉肅壼政訓二孤尤篤二孤向從余受經每講肄訖退而省侍詰旦覆說經義多所解析且旁及子史傳記每與余意相發余詡問則對曰此吾母氏所指畫而口授者比余宦游歸幾二十年二孤蔚為聞人孫輩亦能操不律學雕蟲矣

東嶽來鶴山房贈曹鍊師

獨卧北窗下澄懷太古悠亂叢荒院靜高樹小池幽地既遠囂市人還淩勁秋夜深鐘磬杳素羽欵來游

橫山四首

入山翻得醉入世幾能醒解酲惟濁酒酩酊數峯青醉山樓

亭小綠陰濃幽香襲衣帶捫蘿尋山花香在無香界綠香亭

朝來無別事氤氳欲賣雲竟日無人買還籠冰雪文雲肆

春深泮薄冰一樹棃花雪枝頭泣杜鵑染就猩猩血豔雪庭有棃花一樹俄變紅色

坐西溪村閣二首

人家西復西草徑晚烟迷何處僧歸寺鐘聲帶月低

小閣不知寒擁月深林臥昨夜雨聲多流泉枕邊過

坐蝶菴望江閣偶成六言示道闇

窮愁不能著書落魄姑從飲酒眼青天外孤峯腸斷江邊衰栁

黃焯字維韞仁和人燦弟

維韞至性過人慷慨有經世志嘗論兵法屯田水利山川形勢務期可見諸行事與兄維含較論古文時稱爲二黃

寄江文波橫山

春日靜無事尋幽趁晚風魚吹細浪白雀啄野花紅短策孤烟裏長歌平碧中興來且自適休歎白頭翁

李頴字考叔錢唐人有續南華詩文稿

考叔少時從毛文龍於皮島甚久述袁崇煥殺文龍事與明史小有異同其後西出雁門南盡閩海復游宋荔裳憲副北平幕中荔裳嘗爲選刻其詩已不可得見陳扶雅廣文藏有考叔七十九歲手錄稿一冊因從借鈔附錄毛文龍傳略公至雙島崇煥相見恨晚一日宰牲結盟呼以長兄誓以生死六月初四日半席佯醉出門黎明座船正欲開洋崇煥差官上船曰昨晚因醉未盡欲言再請一磬衆船錫帆不能再回公止帶親隨十二人登岸崇煥身穿紅袍軍中非殺人不穿紅公遲疑歨西角門外役人力推而入崇煥厲聲曰毛文龍汝知罪乎公曰文龍有功於社稷無罪於督師崇煥曰有旨拿你公曰既有旨何必多言但萬世之後罵爾秦檜奴才耳及受刑頭內無血

南旺觀荷

南旺湖頭萬頃沙柳隄深處夕陽斜披襟箕踞閒揮麈指點

長須折藕花

沈洪芳原名洪傑字子旋更今名字茂子號椒羽仁和諸生有冰雪草蟋蟀吟病草磊菴畫中詩集桐草磊菴禳詠山居詩等集

椒羽工六法家棲水有西園竹木周帀環植梅林有玉蘭一本大可數圍花開時遠望如雪山後贅馮硯祥文昌之子褒仲于家劃其半以贈故又稱馮園

十子詠并序

棲溪背山臨水去臯亭黃鶴峯二十里而遥曲曲溪流繞超趾而東焉自棲溪望之森秀蜿蜒眞有悠然南山之意故居山下者多樸鄙少文而鍾靈多在棲市度百年閒文人肩背相望自邵康僖公而下代不乏人詩古文詞俱有集行世其閒稍遠者半歸零落余欲合選而

梓之使其卷帙觕而可久方窮愁蹇落今兹未能聊作

十子詠以誌余懷

邵康僖銳號端峯正德戊辰會元初迕瑾復逆藩濠不得入館閣仕籍亦艱卒謚康僖然清風高節先輩中競揚之一傳而室如荒祠矣有刻集已歸飄落僅存數葉

康僖古君子桑梓罕儔匹謇諤秋霜嚴麗藻春雲密澄理扶冰心琬詞綴蘭室嶽嶽神羊姿肯為羣邪屈百折不可回穨情資吒咄至今領麾地謳頌滿蓬蓽靜言挹清芬光彩豈云失

卓光祿明卿號月波起家太學為光祿丞嘉隆間名公如太倉濟南諸君子咸與倡和棲溪風雅一迻實公啟之有雅游集行世

光祿抱英姿文苑接芳躅縞紵天邊來艅艎烟際下林塘媚朝輝月光挂巖鏄聲牙戛清詞汨汨秋瀑瀉坦步覿儀容壇

坫互雄霸風流有總持閉戶謝休暇大集編雅游金玉非其價

家大參朝煥 號太元萬歷甲辰進士吾宗之雄於詩文者有泊如齋集官劍南備兵政績甚善備家傳中

吾宗老詩客事之當鑄金苦調挾孤韻抗壯而沈吟篇章既磊落出處亦嶔崟吁嗟蜀道難偉績誠所欽傾囊出著作使我聆清音山川雖幽渺多爲奇者尋塵想忽焉舍刻燭洗芳斟

呂山人霈 號水山通兵略曉奇門遁甲之書暮年懷奇不售盡焚祕籙狂恣益甚以其餘爲書畫俱有逸致平生與徐華亭相公善又同徐文長沈嘉則客胡梅林幕府時稱幕中三山人云無嗣著述亦旋佚矣

山人蘊魁奇抱膝發長嘯龍虎談韜鈐丁甲助靈妙餘事爲

文章勁紘彈古調長揖對達官自稱海上釣晚節益恣肆幅巾對沈燎尚有一圖存捫蝨而談笑覷彼世上兒細黠如黃鵠

家太學廷訓 號警韋閉門著書不交游不治產余之從伯祖也刻有清遠樓集

敗藁幾篇存滅沒不成卷況又性沈寂掩戶無人見若復更數秋忽爾隨奔電余來為捃摭展視且收繕手摩意悲涼恐失崑玉片平生寡所歡積筆與頑硯雖當杖國年談藝娓不倦文章道誼情正不在謀面異代遇知音定人又元撰

胡庶常允嘉 號休復萬歷癸丑進士讀書中秘未逾年而卒於京邸有栟堂集

胡公絕世姿文命惜相阨當其振藻時音響彌空碧氣與韻相涵妙理引人繹展卷動幽尋丹鉛出點畫感時追遺顏明月被蘭陌昔校天祿書今寡衣履跡嶽降多奇材惟推一眉

白自悵生也晚寄宇徒咫尺招搖弄柔翰絲棼理難擘埃塵集豪端澡雪誦餘澤所貴得師資何必曾晨夕

卓太學發之號左車寓金陵築室清涼山下名日祕園其文字交幾徧天下有漉籬集

古之偉岸人不肯不奇絕視此一蹄涔轉眼悲涸竭市上喧兒童一切等蠓蠛閱歷常苦辛慷慨多幽折方成桃葉章又吐青蓮舌羅襦與繡幢宛轉成一纈惟余達君心戲譃散鬱結爛爛舒大文横溢若河決雲物横古今松響傳勁節遐憶荒邱中白鶴來巖缺

朱茂才大輝號原信嘉興人得交胡庶常遂流寓焉曾爲吳子敏宗師所賞識餼于庠無家室每寄居黄鶴山之青草塢僧舍幾二十年有集甚廣且工書學因記室貴人從楚游竟浮沈之

靜一住深山林木爲襟裼苟或非其人終日傷岑寂茂才負

盛名不受世緣溺遂居竹石閒傲然脫羈靮嘗讀幻園文字形賞清滌杯湖盤谷中庶幾與君敵有品兼有韻胡爲藏菰菼空令想遺徽美髯而揚晳濤草天際連孤虹川上覿隃麋綠紛紛題詩向石壁迄今樵牧唱疑似山陽笛

卓明經人月 號珂月崇禎乙亥選貢左車子也與余稱莫逆嘗讀書余家懷烟堂刻二子唱和集又有蕊淵集蟾臺集性固隱傲意亦豪舉丙子試南雍被放歸里益深牢落之感才高遇艱齎志而歿

棲溪一尺地有此連城英賢父更賢子先後標才名蟾臺蕊淵集青蓮之後生煌煌中興頌奇作世所驚 珂月有中興頌集千字文爲阮亭所賞 如何因一第憂患相交并綺詞欲懺佛選賦空研京精靈倘來往定在芙蓉城吁嗟此才沒匣劒應悲鳴

徐武陵灝 號大津崇禎戊辰進士官武陵令有詩散見于選集中頗清健瀏亮無專集作

令頗强項以傷豪貴意獲譴待勘楚中卒于武昌旅舍人有傳其不死者亦一異也

于爾曠達心升沈不相越存固無所繫去亦未云歇說死與說生疑事誠可闕獨惜穎辨姿塡彼幽幻窟少年躡青雲命甯同磨蠍豪素第餘芬異秀亘足揭武陵避秦人或者爲君筏矜長不護短明鑑照眉髮十八終以君豈徒高門閥

和卓回別東園詩

臨溪曲曲有長松秋未逢霜楓未紅佳景乍來人漸去愁心欲遣話偏重枯藤似擬牽離袂頑石還多惜別容更語堂前三桂子堂中不是浣花翁

自題蒼林壘岫圖

桑苎未成鴻漸隱丹青聊作虎頭癡久知圖畫非兒戲到處雲山是我師

李元素字无垢錢唐人

福王稱制南京无垢入太醫院爲醫士順治十三年以二童子自隨負藥囊至嘉興梅會里榜其門曰太醫院李无垢總理內外大小十三科方脈里中醫嫉其大言謗者蠭起乃移寓萍橋僧舍著本草經多發新義論吉貝子不宜久服娓娓數百言朱檢討竹垞妻馮病熱踰二旬不汗羣醫皆曰傷寒不可治請辦喪具无垢診視之笑曰夫人所居閣四面俱木圍之木生火觸暑脈伏爾無他恙也亟以甘瓜井水投之越宿而餔糜再宿主中饋如故見竹垞所撰李无垢傳

題沈逸眞晚娛樓

飛樓百尺動山光叢桂芳蘭晚愈香月色如心偏皎皎雲痕拂鬢半蒼蒼尋常自在長生地難禁人求不死方漫道杜門容易事一般女子識韓康

胡自清字且漣錢唐人

題晚娛樓

徙倚芙蓉面面生翛然樓閣自餘清浮雲不變陰晴色落月偏增今古情已傍青山知隱計繇來白石主仙盟憐君有待成高臥不似江湖老尚平

王題字桂客海寧人

題晚娛樓

保身早已倦周流稅得東皐小築幽春草細烟封鶴蹟石窗虛月照羊裘青山舊是忘年友綠野新爲退老謀十畝閑閑贏八詠江南誰不識荆州

盛之藩字夢紫錢唐人

同陸鳴周許聖研郎三奇昆季過沈逸眞箇園

行處苔痕淨層樓上遠天就涼安秀石引潔弄清泉月逕花陰翠風梢竹影翩掩關棋一局相對卻疑仙

王翰字羽生海寧人

題沈逸眞園亭

花竹繽紛水一方仙翁應是費長房支頤坐對東臯月畐釀時傾北海觴蘭氣和風通曲檻桐陰流翠覆橫塘淸癯端有烟霞骨不覓金莖玉瀣嘗

盛時字淸伯海寧人

歲暮宿箾園

歲晚尋山此倦游主人門徑訝蓬邱西風夜醉陳蕃榻明月寒登庾亮樓繞砌百竿同渭水迴廊半壁亦滄洲此君軒內書連屋銷得三更客裏愁

金漢趾字振公仁和人

甘露泉

佛日山中寺門橫一片泉流雲光映紫和玉飲逾鮮徑曲嶺
衣古松深石骨堅那知天上澤功德湧紅蓮

姚永昌字璽文仁和人

永和塘

憑藉蠲湖患兼之塞白龍如弦亙南瀆相枕越邱峯蹀躞方
戎馬權遷幾柏松孰矜徭役苦諮及築時供

羅吉臣字敬叔仁和人

劒池

古池餘劒彩故老說錢王不見風雷吼空悲草樹芳清泉秋
觱沸紫氣夜蒼茫帶甲江南滿登臨幾斷腸

范暹字若千仁和人

塔基

金輪經廢久遺址益淒淒石古蒼雲沒臺高宿莽齊江山鬱
自抱風雨過常低安得標重建攀蘿聽鳥啼

郭紹孔字伯翼仁和人有墨巢詩鈔

伯翼詩毛稚黄採入詩辯坻中

黄犢嶺

空山原世外抱犢影煢煢谷口愚公操潁濱巢父情靑雲丹
桂偃白石紫芝榮何事商歌者偏多扣角聲

西湖竹枝詞

處士梅花蘇小松儂家修竹綠陰濃珍禽來往不獨宿兩兩
相呼到曉鐘

國朝杭郡詩續輯卷一終　　錢塘吳慶坻校字

# 國朝杭郡詩續輯卷二目 順治康熙間人約畧爲次

吴兆隆 查繼昌 王澐 沈賦 徐南珍

周文炗 周宗樞 沈家恆 楊模 孫洽

張綱孫 張振孫 薛佾文 薛佾昌 張郕曾

張景曾 陸會紹 吴鴈 胡大濚 錢潤

胡埏 沈聖旭 沈聖昭 沈聖清 沈聖治

孫忠楷 諸壬發 吴儀一 張適 馮遵京

馮武京 宋琦 沈存仁 孫興宗 陳曾藙

丁文衡 管天錫 丁鼎相 卓爾堪 卓允域

卓敏 程光縉 程名高

凡四十三人

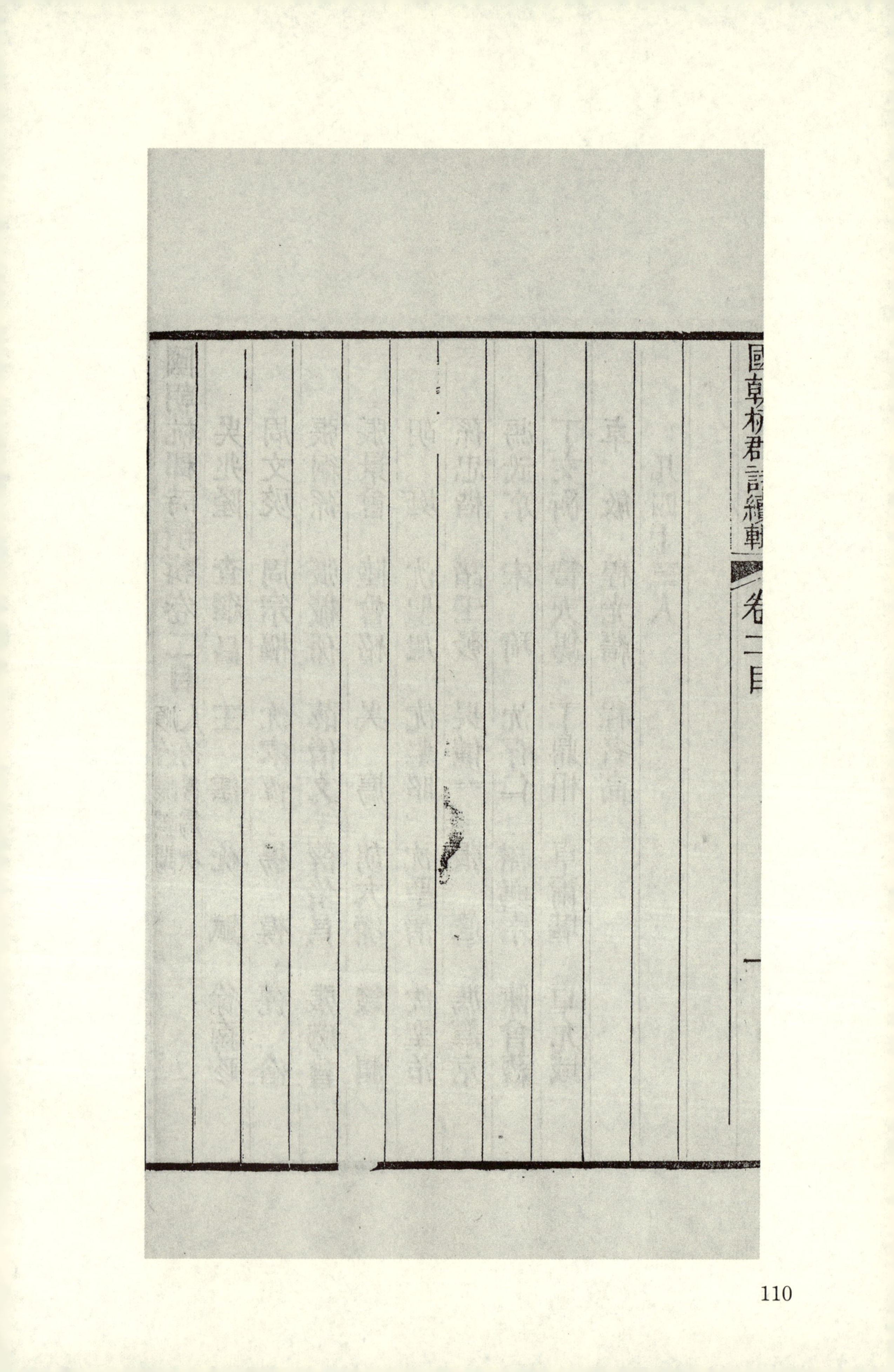

# 國朝杭郡詩續輯卷二

錢唐吴振棫毅父氏編

吴兆隆字北野仁和諸生有湯日樓詩

湯日樓詩古今體一百十八首藏錢蕙窗孝廉師會家其弟允隆作跋言北野撰有古今謚法考廿四卷兩朝科名盛事錄八卷史唾增删六卷甌若小紀一卷醉鄉雜史一卷生于順治歿于康熙年三十有八

哀燕

漢家宫裏妝飛紫玉之釵衞女簾前足繫紅絲之縷蹴花常驚客夢偶語似話閒愁憐汝纖微巢内不書戊已破余岑寂案頭早識春秋奈何殞命崇朝類雪衣孃竟符惡兆殘形頃刻覦花間友難返香魂用是覆此一坏借落英而爲苫蓋送之短句伴明水以作椒漿

燕子營新壘不自憂其力差池野水邊雙雙飛若織輕弱受風斜辛勤慣日昃危巢竟未成鷙鳥忽摧翼呢喃頓杳然梁

閒歸路黑細犇尚銜泥令我生悽惻呼童亟埋之毋令螻蟻食

齋居雜言

自傷也際命舛而途窮頭責子羽思更弦而易轍鬼笑伯龍漫爾書懷得詩四首錄二

强閉空齋坐窮愁入室多問年三十外埋土五分過生業唯愁病行藏一嘯歌撫髀傷歲逝無計柰他何

疾聲撼四壁燈黯復回光添酒不能寐開門直欲狂譬如逃世去安得隨風飈轉念老親在歎息入空房

寄朱左宸

知人獨數武皇朝天幸由來未必邀才氣無雙稱李廣封侯卻是霍嫖姚

至湖心亭見題壁者紛然口占一絕

黃鶴但留崔灝句匡廬只合謫仙詞如何白傅蘇公後今日西湖尚有詩

查繼昌字醉白海寧諸生

醉白七歲能吟詩十三補弟子員風儀秀偉詞說慷慨見者皆暱就之工書善鑒別書畫彝鼎繼室陸亦能詩嬿婉酬倡相得甚歡陸亡醉白哀痛咯血升許已復爲悼亡詩百首多酬陸韻意忽忽常若不樂踰年亦死

白桃花

洗盡濃妝露未乾玉容無語倚闌干重來崔護顏非舊獨立春風骨自寒粉淚空彈歌扇薄雪膚不假絳紗單冰魂合向緱山見塵眼何從得再看

王澐字子雲一字勇濤海寧人有薇水亭集

勇濤作懷古詩于九州畧盡使好事者身同臥游情不給賞吳梅村祭酒稱其橫絕古今必傳于後

乘雨宿北山禪舍

乘夕向蘭若停裝借榻橫暮城昏雨氣秋枕接潮聲心與禪燈淡夢隨曉磬清攬衣渾不寐星漢露微明

無題

朔風一夜散平蕪簫滿秦樓鳳有無翠幔香飄金麥穗珠簾風捲紫蝦鬚檣花竹葉傾鸚鵡錦瑟瑤箏落鷓鴣最是王昌惆悵甚銀燈燒盡夢還孤

沈賦字相如錢唐人

夏基西湖攬勝詩選言相如才情橫溢句句從塵土中洗出擬之唐人當是元和大歷間佳士

山中夜雨懷柯青來

晚霧依山宿行雲傍樹敷已知晴雨變其柰友朋孤風過花輕薄鐘殘夢有無寂寥當此際永夜獨愁吾

登靈鷲峯

不盡登臨興攜筇獨往還風鈴搖古殿好鳥亂晴山秋帶楓林老人隨屐齒閒自憐憔悴客那復舊時顏

徐南珍字時介號紫岡海寧廩生有思可堂集

時介頗苦力學于通鑑通考等書皆能成誦太倉相國稱爲才深韻潔學貫經史查聲山少詹言時介詩文絕去時下畦徑必窮高極退雕鎪鎔鑄令閱者如探巖穴如涉溪湖如觀名花異卉

偶占

花凍鶯寒不解飛兼旬風雨閣春暉湖雲更自凝于我咫尺家山不解歸

周文焌本名文熺字丙山號蕉圃海寧諸生

蕉圃與兄晦如簡士均負詩名且工倚聲之學著有北窗詩稿晚年不樂仕進吟詠自娛卒後門人私諡貞靖先生

喜冰脩過話有感

烏巾白袷足風流此日相看盡白頭尚有琴書供笑傲不妨詩酒老林邱軍書旁午催新稅涕淚酸辛話舊游回首少年三十載晨星落落幾人畱

閨中竹枝

越羅衫子五銖輕細襇宮裙百疊成蹙剌雲頭盤線巧鏤花高底步蓮生

珠辟輕塵犀辟寒妝成雙鬢拂春蘭翠翹碧襯鸞篦小一片春雲護牡丹

綵勝春旛綴碧珠綠窗銀管寫春符夜來燈下深深拜心事年年問紫姑

周宗樞字紫藩一字澹漪郡諸生

滄漪弱歲隨父之姚江官署屢躋棘闈嘗游豫章入西蜀泛皖江有松月樓吟稿四卷未梓以鄉人不戒于火盡爲灰燼

同人登小蓬萊賦海潮石分得幽字

南屏曲渚檥扁舟步入松篁路轉幽絕頂忽驚三尺浪懸崖誰借一篙秋龍噓雲至峯如削鼇駕山來翠欲流始識蓬萊眞面目不須海外訪瀛州

入蜀省侍早發江口

潮落江平散曉烟舟人猶自掩篷眠頻催莫笑征夫急違卻趨庭已七年

沈家恆字漢儀或作漢嘉一字巨山錢唐人

巨山家貧好客良友讌集輒慷慨沈飲或勸以少事生業對曰良朋尊酒吾故藉以生者其高致如此其室柴季嫺爲文章五名媛之首

清風店題壁

自歎何爲者離家萬里程烟雲分朔漠風雨近邊城衰鬢經秋白鄉心入夜深壚頭雖有酒相對倍傷情

楊模字子式仁和人有寄閒詩草

子式拳拳克孝心在會閔之閒生平不惑二氏言尤具定識

閏六月初七夜月

南訛莫認火西流顧兔高懸晷似鈎四日魄生方八夜七回弦上未成秋先期乞巧穿鍼線後月舒光照女牛半露姮娥能御暑廣寒深處玉爲樓

孫治字宙合錢唐人治弟

送吳豹蔚歸里

莫言故里日荒涼老父貧居臥草堂一片愁心何處寄還隨

四馬到錢塘

張絅孫郡人

懷陸子容蘭江

浮梁下鐵鎖暮艇欲何之揖客羣峯削盤灘老樹危江聲走

縣市戍火出城堞此際勞人宿烽烟只自悲

入七里瀨

百囀越山岑清江聽鳥音懸崖東水怒壘嶂插天陰石險清

潭底沙生老樹心釣臺須曉泊捫葛試登臨

張振孫字祖定錢唐人丹弟有兩峯樓集江行草

祖定爲前明孝廉維誠先生孫維誠講學馬塍山崇勵實德祖定世其先業貧而好學與吳大紳錢玉圖胡濬九有西湖竹枝詞合刻其兄祖望贈詩云盛明作者何信陽二十詩名滿大梁我弟十四足與敵伯仲之閒自同行其傾倒如此後隱居于西郭其婦翁日吳思亦賢士也乙酉後不樂居城市攜家往依焉布衣幅巾相與

尚羊于山水之閒遂以終老迨思歿遺命勿作佛事祖定以五子書日向柩前誦之皆可謂矯矯能自異者矣祖定卒時年四十有五爲詩最工五言如草新魚食脆花落燕泥香松梢懸栗鼠竹底出杉雞落花春草徑疎雨夕陽山松翠因生雨花香不待風皆極工雋

正月十七日李東琪招飲阻雨不往

明月匪離畢零雨胡滂沱階墀積行潦門戸生昔耶良友招我飲欲往車難過引領望路衢活活皆流波相去十餘里其路邈以遐出入更展轉徘徊屢咨嗟念我良友生嘉會匪蹉跎陳以白玉樽飲以九醞醝焚以蘇合香奏以幽蘭歌華燈竝照耀繁肴皆柔嘉二三同心友討論相切磋惟有山中人岑寂依巖阿

喜王丹麓過訪賦贈

遲遲春日暉照彼西山岑我友惠然至倉庚鳴芳林笑語不

知倦和風吹衣襟誠哉大易辭同心如斷金不朽良獨難立言子所任願言各努力無爲慕華簪駑駿必異馳雅鄭無同音流俗徒區區古人獲我心

贈姪壻薛麟友

余本躬耕士結廬依西山榮祿非所慕庶幾神形全英英薛氏子發藻春華鮮爲我伯氏甥結婚方盛年首夏成嘉禮鳴禽正翩翩弱質託君子婦德自勿愆之子璠璵美令德日以宣茂木有修根良田多豐年人生貴努力致身青雲顛愼毋學老農荷蓧隴畝閒

喜圯師孺懷二姪歸里

浮雲飛素秋山川渺以長揚鑣行安適辟雍在帝京二子竝英特令質如珪璋司徒升之學遂登洙泗堂籥管正備舉芹

藻俱升香宵雅既以歌司成授篇章庶幾學大成命服佩蔥
珩母氏忽焉沒尺書來故鄉長跪讀父書躃踊摧肝腸驅馬
出國門歲寒正繁霜繁霜被中野衰草何茫茫泰岱鬱崒嵂
大江浩無梁方舟一以濟引領心煩傷入門拜繐帷恍惚母
在傍父也見子來歡劇淚沾裳從茲日侍膳勿復志四方

田家女

十三田家女嫁作比鄰婦夫壻雖農夫田舍長相守初來作
新婦便令學養蠶隨姑行採桑飛燕語呢喃三月浴蠶種四
月蠶眠時五月蠶功畢煮湯繅繭絲舅姑語少婦織紝莫復
遲七月涼風生九月須寒衣上機秉杼織下機析薪炊炊黍
饁南畝夫壻正耘耔婦織不受寒夫耕不受饑夫婦日相樂
何用金錢爲

勵志詩

玉衡有轉杓羲和靡停軌四氣代相謝歲月何亹亹哀來不可禦樂去誰能止惟有立脩名庶幾企君子瞿瞿良士心坦坦幽人履大道病不求求之亦孔邇加采當後素涉山必由趾力田既克勤黍稷自嶷嶷搖木鮮定陰圓宇無方水一心苟縱逸其謬卽千里

檢書見吳威卿札

尺素依然在思君淚滿襟空藏三歲字徒抱百年心關樹啼魂惹江雲別夢深南樓和歌處惟有候蟲吟

祖望兄自姑蘇歸過予館中因同歸從野堂宿西軒

向夕同延眺疎星挂碧蘿墮階知果熟照水覺螢多濁酒臨池醉新詩按節歌偶歸一夜宿翻似客中過

孫獻葵過訪雨峯樓

爲客沽春酒高樓看雁飛未霜橙尚綠食稻蟹新肥落日生秋氣空山老布衣知君虁泉石訪我定忘歸

期堂庵暮眺

禪關一以眺空闊暮天涯野鴨飛千箇人烟接數家雨聲風出樹霜影月連沙色相終無盡浮生漫自嗟

寄題烟石磯贈余體崖鍊師

碧霞蒼樹裏學道自幽棲萬物原芻狗吾師已木雞汲泉烹白石攜杖躡丹梯我欲扁舟過桃源恐路迷

懷吳威卿客吳門和馬雄陶沈德隅陸桂林諸子

三月江南燕子飛思君何日布帆歸老親薄宦生涯苦好友離羣尺素稀娃館寒烏啼夜月吳城芳草映春衣故園朋舊

相攜處愁望雲山帶落暉

吳山子胥廟

巍巍石磴一躋攀伍相冠裳玉座閒古殿年深碑字剝晴沙日落海潮還老臣辛苦惟憂主詞客登臨獨愴顏最是佳人善傾國隔江何處苧蘿山

鄴水席上遇胡彥遠

良朋久別夢魂勞旅夜相逢興尚豪水市帆檣燈火亂秋天霜露雁行高十年淚迹生華髮一席開襟醉濁醪最是知音寥落甚朱弦喜爲故人操

送曹子蘊歸汾州

故園遙在古汾州知爾歸心不可畱萬里邊迴三晉闊中原河避太行流離亭醉酒攀青柳去路飛花躍紫騮薊北江南

鄉土異相思何日更同游

吳雲舉先生歸自關中

君賦西征幾載回河山戰後徧蒿萊人同漢苑飛鴻發馬背秦川返照來嶽色三峯寒樹遠關門五夜曙雞催勞勞萬里生華髮此際秋霜照酒杯

送四兄之越

阿兄東渡共晨興歲晏離羣思不勝海日照殘秦望雪天風吹合鏡湖冰一身浪跡同萍梗八口連年仗友朋此去主人還倒屣玉壺春酒正如澠

豔詩

新將廣被繡鶼鶼海燕雙飛每入簾掞瑟高堂三婦豔開窗初月兩頭纖生男那得如生女織素何須又織縑已信一心

堪白首明珠聊以報貂襜

春日同錢玉圃登吳山

石磴漸升憑樹杪春深吳越亂雲浮東西疊嶂連天起晝夜淸江入海流野岸桃花飛白鳥人烟栁色映朱樓射潮霸業何須恨南渡深宮又古邱

姜汝皐過訪從野堂時將歸越

花落秦亭鶯亂啼欣逢車騎到幽棲白雲正恨難持贈芳草何堪又解攜人對春風憐去住地因江水隔東西思君不待山陰雪乘興還來問剡溪

薛俏文字麟友郡人

麟友爲張祖望壻居豐樂橋之東見秦亭集又秦亭集有俞美英薛雯二壻過我時薛女已歿一詩雯當即是俏文特不知雯爲原名爲改名耳

中秋無月同弟鳳師

惆悵中秋月徘徊已二更如何天漢上不見露華明竹雨鳴蟲細桐烟落檻平獨吟呼我弟有酒暫同傾

過從野堂候秦亭外舅不遇

出郭來幽徑登堂叩綠筠松風空偃壁鳥語自留人路僻楓門靜苔荒虎跡新執經過此地不遇意難親

薛佾昌字鳳師郡人佾文弟

鳳師家有叢桂堂爲張秦亭所題言堂下實無一桂以其弟兄皆賢故名之耳秦亭又言其七律體格高秀如陟三峨超踰絕軌陳蘿故葛不藉攀附

送體巖余錬師入金筑坪

策杖攀藤上孤峯斗絕形道人來葺室永日誦黃庭虎跡依簷落龍吟閉目聽翛然自此適不復下林坰

雨中過諸氏澹廬偶爾賦贈

自居東巷口古木似荒村銀杏臨風墮金花帶雨翻爲山知岩崿畫水覺潺湲今日良朋會聊開灩灩樽秦亭先生日此贈子表兄君簡也表兄好畫有虎頭之喻此篇寫其幽致如素月圓垂清風林杪令人遙企

登北高峯

天外高盤絕磴深振衣碧落樹森森海門潮涌千峯失越岫雲生萬壑陰向日藤蘿懸古壁飲泉麋鹿走空林徘徊此際重搔首滿耳鐘聲入暮沈

張郕會錢唐人丹子

郕會從學於表兄沈武仲及吳大紳于南屏之淨慈寺會仲春之望其父祖望偕弟祖定至寺武仲大紳約作夜游因攜錢玉圖及大紳門人魯子共七人放小舟中流明月析波水雲薄樹洗斝共傾夜半俱醉諸子脫巾狂呼學爲鸛鶴與山犬吠聲不住徘徊徙倚比曉而歸此亦游賞之至樂也見祖望夜游記

夏雨懷陸德衣

驟雨傾村北山莊瓦亂鳴火雲奔古樹風色響孤城巖日一邊漏潭花幾處明寄言荷篠者林外好躬耕

送吳豫瞻游姑蘇

西陵一別翠烟新古柿蕭蕭河水濱縱使橫塘春色好吳宮花草慣愁人

懷邵介人

蒹葭秋老露爲霜夢裏懷人楚地長一片離心江水闊早隨明月度瀟湘

秋日別越中姜大汝皐

兩水亭前秋日晴歸舟早發越王城菊花千朵留人醉總是姜君繾別情

張景會錢唐人壇從孫

張秦亭言景會豪邁不羣壯游出塞直渡遼水賦詩寄志體格崢嶸

出山海關

十載江湖客今爲出塞游風烟生馬首塵土敝羊裘遼海波濤闊松山草木愁閒關何所事乞食笑迂謀

絕塞

絕塞深秋夜空齋獨掩扉愁心亂砧杵劇夢隔庭幃月逼星河淡霜清酒力微朔風今漸起誰補舊征衣

半山寺

巉巖千尺踞高原仄徑紆盤到石門鳴磬三秋多落葉吹沙萬里自孤村山迴石峪黃雲合天壓龍堆白日昏梵宇不隨城郭改渾河日夜聽潺湲

管幼安釣臺

空山寒澗兩悠悠漢代賢人不可求絕塞垂綸容處士高臺岸幘自清流黃羊野甸西風急白骨邊城落木愁龍戰幾經陵谷變至今明月古時秋

撫順堡

荒城昔日當衝要想像雄圖扼上游形勝直趨今鐵嶺提封旁挈古銀州北山寒立千尋雪渾水平傾萬里流短劒傲裘何所事乾坤綠鬢任悠悠

陸曾紹字德衣一作德扆郡人

德衣爲張秦亭詩弟子秦亭言其具紫鳳之才吐白雪之響五律詩出詞命意如高松含星好竹團露不棘不膚流珠奕奕

寄友人京邸

此日燕京客清明泛碧樽好花看上苑勝友集名園作賦應驚座揮毫可避喧暮雲飛雁過尺素慰平原

坐雨有懷九牧兄

秋月連旬雨氣浮冥冥陰翳獨登樓四圍巖岫空濛見百道江河汗漫流南畝新禾隨蝗化東郊老樹坐鷹愁天涯兄弟相思切盡日長歌欲白頭

三月九日過胡循蜚先生米山堂 按毛稚黃讀史隨筆序胡循蜚先生才高宦薄名飛身遁小築北墅逍遥著書識曲摘文海內少兩又云滌水一池修竹千個晤對米山儼然自得

梁園此日探芳菲燦爛春花點客衣山色遠從牆外入雲光遥傍檻前飛十年邱壑深招隱四壁琴書靜掩扉堪羨此間塵不到偶來游賞到斜暉

吳鷹字威卿錢唐人百朋子

威卿生數歲姿性開朗陸麗京見之喜以女字之嘗侍客坐或曰詩無孤獨連文者應聲荅曰孤雲獨去閒非佳句耶客大驚曰此兒眞不凡也稍長師張秦亭沈甸華而事陳際叔尢謹與向華子德隅秦亭弟祖定徐世臣子武令才名頡頏有錢唐四子詩會父被劾免官威卿扶服代父對簿詞旨激昂感動當路既以事未即白往來營救抵金陵觸暑疾歿葬于孤山之麓年僅二十二錦雯與嚴侍郎沆書有云元武湖邊青氈質柩水西門外白旐招魂蓋甚傷其子也

贈蕪湖蕭尺木

先生神氣眞瀟灑長年抱犢何爲者男兒有志不得伸安能鬱鬱守轅下當年杖策氣如虹于湖領袖推蕭公屋底著書千萬卷抽簪擬向黃金殿孰意一朝天地昏赤眉縱橫關內戰此時蕭公便高蹈長往潛身居土隩摩詰丹青杜甫詩與酬落筆俱精到西陵五月荷芰香解衣揮扇聊顛倒君來避

暑在東城兩峯三竺雲霞淸請君爲我書短幅我爲君賦長歌行君不見昔日陶元亮角巾漉酒耽高尚又不見孫公和臨水登山恣嘯歌古來高士多如此功名富貴等閒耳

長歌贈裴令延裴曾招飲虎邱

雷陳以來友道惡管鮑之交不可作昨日服官今日休那得門前不羅雀裴君天性本豪雄意氣不與流俗同報仇手把魚腸劍仰天背射烏號弓玉勒金鞍貴公子束髮辭家萬餘里看君自是人中龍不爾高名那如此前年我父在燕都囊空落魄悲窮途感君造廬來相訪一見便識高陽徒闔閭城外秋風起停驂秣馬蒲萄紫生平恥受會稽錢到來日飲滄洲水于嗟世事難預期蛟龍失水中道悲解紛排難有吾子安論紛紛輕薄兒我來未識虎邱路揚鞭策杖銜朝露長歌

短詠生公臺輕烟密雨眞孃墓銜杯擊節白日徂令我彷彿思西湖皐亭石匭堪登眺歸去雙峯好結廬明年三月桃花鮮相期同醉西山顛君今三十方少年何惜三百青銅錢

贈鎮江何坤甫

擁書萬卷閉戸讀飢來不解窮途哭男兒志氣未能酬姓名往往逃醫卜先生雅負濟時才一言寒谷春風開奇方盡從海外得博學豈是人間來傳家本出安城裔當年會合風雲際名馬常陪御輦游釣竿早作披裘計先生日讀黃帝書幅巾盤帶頗自如閣上梅花何遜宅風前芍藥子雲居由來秀氣鍾山阜庭內三槐植已久先生兄弟連翩飛一時獨步推京口君家諸子何絕羣階前蘭桂多紛紜陸機壯歲能為賦謝鳳童年已綴文昔時我父來珂里紵衣縞帶交公子秦箏

趙瑟夜未央琬液瓊酥醉不起桑田滄海同逝波人生哀樂何其多籠中飛鳥歸不得哀鳴失所當如何春來臥病淮陽郡感君造榻來相問清言殊勝放愁文妙藥何如養生論秋風戎馬正縱橫細雨悲笳鐵甕城輞川別業猶如舊好對樓頭夜月明蘇公隄上花開好翦韭飛觴天欲曉興來鼓棹須及早爾今童顏尚不老

初晴簡丁素涵徐武令

晴色今朝勝遥看興若何有書堪曝日隨地可攀蘿負子蟻歸穴探花蜂出窠徐陵原擬訪丁廙定相過水少依蒲淺樓虛受月多泥乾雙燕啄樹暖亂鶯歌及此風光好褰裳共涉波

吳門送梁仲木之河南

太伯祠前暮雀過暫時把袂醉中歌明朝相憶知何處淇水秋風馬上多

與劉望之

太行北望倚天開花滿劉伶醉酒臺聞說五侯方謝客君今挾瑟爲誰來

胡大瀠字文漪郡人

文漪爲張步青壇館甥其室名昊字槎雲亦工詩詞張祖望嘗言妹夫胡郎才氣英博閨房琴瑟洽洽雙絕又言文漪詩以淸新爲骨雅麗爲色其後槎雲夭殂文漪賦後惆悵詞四章比于潘生悼亡之篇有餘痛矣

春思

草色萋萋遲日長柳花宛宛拂簾香登樓思煞天涯客何處春光不斷腸

秋日偶感

西風池上自堪憐衰栁枯荷意渺然何事畫樓雙燕子秋來猶語翠簾邊

弔外舅張步青先生時歿燕京旅邸

去年離別跨雕鞍今日傳聞降玉棺千里燕臺空悵望不禁飛夢到長安

人亡物在最堪悲感舊依依湖水湄莫道文章傳海內千秋誰記蔡邕碑

錢潤字玉圃郡人

玉圃爲張祖望甥嘗讀書楊梅嶋祖望評其詩云秀琢之調安雅之態神情在王孟間

贈楊梅嶋湛持上人

藤蘿薇谷口逶迤曲徑通禪房何寂歷殿閣多松風名僧此駐錫山深無塵蹤月出萬籟靜清磬寒雲中巖翠映溪水林

烟護禪宮上人本奇士彩毫擅雕龍高蹈游物外趺坐色相空遊跡類惠遠談元如支公悠然無所牽開襟對諸峯

登樓

吳山看不厭日坐此高樓樹杪行人出雲邊古寺浮鳥飛天際沒河入市中流薄暮聞長笛因風到上頭

秋日同祖靜祖定舅氏過吳大紳村居

一棹溯西溪雲深古木齊到門人境僻入坐檞烟迷修竹啼鶯樂長藤結子低徜徉意俱適拚飲醉如泥

吳予幽棲地蒹葭一望平漁歌烟際響山霧日中生秋老飛花雪霜寒過雁聲高低桑柘外吾亦願躬耕

何地堪栖遁惟君有樂郊田園三徑隱風雨十年交鷺立寒沙畔鵶盤老樹梢蓬門攜手處細火出林坳

喜劇從吾舅輕舟秋水搖枯藤牽斷壁古木作危橋溪白殘霞映山紅野火燒賴君沽濁酒高唱荅漁樵

泛錢唐江

問渡臨春水開船駐遠情片帆衝白浪三折走江聲海氣吞沙岸濤聲撼古城越山隨處望天際暮雲平

胡埏字潛九錢唐人

潛九父字樸庵亦國初時負才高寄之士孫宇台言潛九湛深蘊藉喜篤信厭浮夸而其詩豪放不羈有不可一世之意

同俞右吉陳星馭美在孫獻葵游鴛湖分賦

南湖堪載酒青雀映漣漪罩岸花爲幔籠烟柳作絲彈箏出魚子隱几浴鷗兒俯仰還多興銀蟾照水湄

題畫

妙筆開幽境層峯秀可餐小童常捧硯居士不彈冠蜂蟯香
中老烟雲石底攢桃花流古澗常作避秦看

秋夕吳大紳湯允釗張祖定孺懷魯唯陸子容王雒
榮雍翼孫獻葵宴集從野堂

從野堂開月露清良宵載酒集羣英霏霏玉屑筵中落渺渺
銀河樹裏明近代風流推北地少年詞賦擬西京芙蓉應向
秋波發採罷江南無限情

張行表自塞外歸賦贈

勒馬長邊雪色來杳山日落壯懷開三秋大漠連烽火萬里
孤城沒草萊赤豹穴深藏栜麓黃熊烟黑上榆堆蒲河渡口
休回首蕭瑟西風兩鬢催

沈聖旭字輔升仁和人謙子

東江先生有子七人聖旭聖昭聖時聖旦聖曜聖麻聖暉聖旭先東江卒東江悲悼漸成疾疾數年竟卒見毛先舒所爲沈去矜墓誌銘

桐扣山

石鼓知何處蒼茫萬壑秋風雲迷虎穴松竹抱僧樓清詠增幽興憑高亦壯游今來誰博物欲問巳悠悠

沈聖昭字宏宣仁和人謙子有蘭皐集

宏宣少時耽畫善書又以其書法潦草之意移而畫竹故時人謂宏宣多枝毛稚黃亦有生子當如沈宏宣語爲張丹著籍弟子秦亭集有沈郎行其詩曰臨平沈郎能著書高齋桂樹色有餘窮年賣藥臨平市門外常停長者車宏宣祖若父皆以奇才堅操而隱於醫攜染之久故亦熟于素難諸書也

秋夜

初月纖纖下碧岑高樓極望倍愁心河光墮地秋風起露氣横江夜色深不少覆車悲遠道眞傷擣練急寒砧仰頭空有

賓鴻度歷歷南飛斷信音

早春湖心亭眺望寄沈德隅

亭欄重構水雲隈孤棹登臨四望開遠溆暮烟驚鼓吹南山晴雪照樓臺沙明浴鷺花開聚冰泮浮鷗鏡裏來獨憶新詩倍惆悵幾時乘興對銜杯

沈聖清仁和人謙從子

迷樓

隋帝今何在迷樓過客憐一從罷歌舞幾度歷烽烟楊柳仍低岸菰蒲半入田春鶯啼不歇錦纜憶當年

沈聖治字治臣仁和人謙從子

大安寺

寶所開吳越蕭森古木封到門通曲徑當殿削諸峯生計分

蜂蜜禪心見虎蹤殘碑雖在眼霸業可重逢

孫忠楷字獻葵錢唐人洽子有聽松樓詩

獻葵初字獻揆其從父宇台以爲唐孫揆不足法也改字曰獻葵且爲制字說後爲張秦亭弟子五古與湯允釗齊名秦亭稱其抽思謝監追軌少陵開闔頓挫均有神悟然允釗則學謝多獻葵則擬杜多也

送家大人之北

父年近半百勞勞苦行役歲暮犯嚴霜面目少潤澤別離從此去寸心滋慘慽歸家亦未久無語空脈脈父子本一體相見似旅客誰不樂故鄉奔走爲饑渴淅淅風沙生盈盈江水闊鬱鬱百憂新漫漫衰草白仰羨歸鴻飛恨不生羽翮中宵徒自悲淚眼迷咫尺

寄懷張孺懷兼與淇昉思

張子負逸氣挾策事遠游長安覲良友旅邸相綢繆賞心于

茲獲投分豈他求酣咏金臺下觀獵西山頭淺草落鷹隼奔沙翻騂騮英才擅嘉譽考藝何優游伊予獨棲遲俯仰在林邱相思隔千里矯首燕雲浮

春日寄陸邃延

新竹漸含籜弱柳已垂枝春風景物異君子將何為言念在旅館不得時追隨動作招世尤所患好為師喜見已奮翮翱翔薄天陲努力功名際仲秋以為期嗟我田閒人負耒不得辭援筆寫契闊中懷諒所知何時當訪君共醉倒接䍠

雨中偶題

火雲燒山嶽白日半空墜散髮坐空齋兩眼時昏閉竹簟難俯仰汗流溼薜荔倏爾長風生雨聲簷外至奔瀧密樹喧翻溜瓴甋碎孤電劃重雲驚雷動大地兒童相叫呼歡言帝所

睗覩此得天樂寸心亦自遂萬物感化功茲幸不憔悴長歌
儘偃臥伏枕喜寤寐

自祁門放舟順水至昌江

清晨就長途買棹西門外殘星乍明滅紅日起山背解纜下
急湍停篙任分派岸花聊過眼遠樹忽相對十里一烟村五
里一水碓奔流亂石中旋轉深潭內千峯淵底立萬水舟前
滙浩蕩天地傾滉瀁風雲會客子驚心魂前後相呼戒已過
祁山路忽入昌江界搔首望孤城夕陽埋松檜

假山

我居草堂側亂石堆桑圃何人構此山玲瓏頗適趣其高不
出牆其陰滴零露深洞綠蘿盤嵌空蒼苔布炎夏招輕颸披
衣聊散步水鷺浴清池鳴蟬蔭高樹娟娟翠篠長冉冉林花

吐庶幾供俯仰可以遠塵霧動息有至情莫爲他人語

鳳凰山懷古

鳳凰山頭宋宮闕可憐一片繁華歇古墓衰草滿眼新海門夜夜生江月江月江花春復秋秦皇纜石變佛頭山川面目已難識世間富貴君且休

古樹行同陸子容賦

金沙灘邊一古樹上接穹蒼吐雲霧荒草苔皮不記歲斷枝落葉委官路西湖日曉千峯碧倒影入樹樹葉赤長藤枯蔓貪結子老根盤踞將化石柯榦雖爲大廈具歲歲徒遭斧斤厄不知此樹生何年道傍觀者俱留連鬼哭荒村無白日往來寂寂寒鴟眠子同陸子偶值此不見人烟惟流水此樹摧折已不堪蕭條空有皮未死可憐寒烟日埋沒荒郊一片生

人骨君看世事自無常何必奔馳悲白髮歸去渡口多樵人野婦負草夫負薪千山萬木禿水濱山中何地知新春嗚呼樹兮樹兮天地生汝誠艱難旦旦伐汝必悲酸

送張步青先生之北

黃雲偃秋氣白草徧山城最苦風沙色因知離別情樹高霜脫曉月冷雁催更極目知愁在悲歌任此生

偕沈穆如往北山

愛看山林色相攜薄暮天寒鴉時在地臥栁半生烟雲腳危巖斷峯根古樹穿何當此卜室歌詠日陶然

憶汪鶱林

孤帆一爲別寂寞歎離羣世事終難問人情久易分蟬聲秋集木江路晚多雲獨坐開樽後狂歌更憶君

觀音山 一名觀音洞

行近觀音洞扁舟亂水中寒雲插危石古樹落殘虹地險人
難到山深賈不通可憐湖海士飄泊老孤篷

秋暮懷錢玉圃兼寄吳大紳

連朝陰雨暗孤城瑟瑟西風坐晚晴砧杵那堪愁裏聽蘋花
無數水中生三秋野樹含烟色八月寒潮帶雁聲君有吳筠
堪把臂憐予寂寞掩柴荊

中秋有感

數年浪跡怨蹉跎此夕愁驚節序過不柰砧聲連月起獨憐
秋色傍人多天空寒露酉楓橘夜靜殘星挂薜蘿我自徘徊
徒悵望漫攜樽酒向姮娥

送友出關

塞外沙寒春色遲蕭蕭白草磧中披馬頭六月猶飛雪不到
窮邊那得知

洞庭秋月寄舅邵介夫

洞庭秋水夜連天月白長空好泛船寄語瀟湘遠游客一年
能得幾回圓

西陵別滑又彬錢聖水及舅魯孔一

颯颯秋風不可禁樟亭日落暮潮深眼前無限蘆花色愁殺
江南行客心

諸王發錢唐人

錢唐十景同秦亭夫子作（按王發詩他處未見此十餘首皆附秦亭集中）

倏忽大風發羣龍若昂首青天無片雲夾岸雷霆走（浙江秋濤）

行經九里松蒼蒼陰蔽日石路斜杈枒炎天轉蕭瑟（九里虬松）

寥寥古洞深寂寂秋蟾照萬壑繞千峯哀猿響石竅冷泉猿嘯

唼波雙白鷺顧影兩黃鸝可憐楊柳樹不是舊時枝六橋烟柳

荒涼訪古亭巳到棲隱處先生若可見遲遲出烟樹孤山放鶴

日出海眼中人行山罅裏雲中雞犬鳴樹杪烏鴉起東海朝暾

近水白平野遠山紅入天早潮倏巳至江路亂流烟閒亭候潮

何處客舟至主人連手招店門臨渡口記取江漲橋北關夜市

日日江湖上勞勞不得閒歸覓虎跑寺泉聲滿故山虎跑泉湧

亭榭荒荒在鳧鷗各各飛夜深有湖月不復照羅衣西湖夜月

從野堂

一葉落未巳葉葉起秋聲空堂聽未了皎月山窗明

黃姑嶺

嶺下水照人人在翠微裏短詠復長嘯傲然惟一己

十里竹

日入萬山中孤霞繼樹杪不知十里竹步步見天小

古蕩

居人曉布網搖蕩水烟微神鯉無鼈守躍出雲蘿飛

下泥橋

鳥銜樹上果誤落橋柱裏逢春忽蔓生秋老垂紅子

秦亭山

仰看秦亭山翠色幾千丈蘿月報黃昏松風戀奇響

鐵佛寺

古寺多陰風幡動驚鳥雀我心自怡然臨階翫芍藥

馬塍

避跡馬塍村田閒數茅宇禾黍熟秋風雞豚歸晚圃

吳儀一字瑹符更字抒鳧又字吳山別名吳人錢唐布衣有吳山草堂集十六卷

吳山母張氏姙十五月而生于錢唐之松盛里五月能語有術者曰是子足心有文左龍右虎言蚤恐不壽因手摩其兩足遂不復言九歲徧十三經毛稚黃爲之語曰吳氏四郎目短心長以吳山行四短視故云稍長游三邊十嶽足跡殆徧然念母老數千里外歲必歸省後葬其父母于青芝塢墓左築苫庵居之號芝塢居士生平于書靡不讀高蠱上之志名益重所撰有夢園別錄四百餘種今已散佚娶三婦皆能文有合評湯若士還魂記行世阮亭詩云稗畦樂府紫珊詩還有吳山絕妙詞此是西泠三子者老夫無日不相思今吳山草堂集不可得見所錄納涼二詩則梁學士所藏卷子內倡和之作鳳梅一詩乃牆東雜鈔附刻者

蓮池精舍納涼

共愛東林勝扁舟到水湄苔經疎雨溼竹引午風吹白社遠公酒青山謝朓詩殘雷逗斜日愁絕欲歸時

禪隱兼書畫高齋任客窺試泉茶屢換就竹座頻移雨落芭

蕉急風開菡萏遲更憐初地月乘與待秋期

詠鳳梅和王丹麓

王家庭下舊時梅翩若淩虛玉鳳來常自破春香意動有時妬雪舞容開橘奴不比江陵種仙桂休論杜曲栽只此便成喬木在亦令通子久低回

張適一名陸鼎字我持錢唐諸生有奕文堂集

我持康熙中入交游如李魚川王仲昭孫宇台張祖望姜亶貽皆一時知名士屏居北郭不恆入城市蕭然閉戶或隨意作大小畫數紙若意所不欲即壽以千金不能得也

採雨

汲井知水鹹汲河知水渾清泉自山溪相致常苦煩好雨向晨來簷花落聲喧呼童展素幬空庭羅罌尊移時滿傾瀉洪源異崑崙澄鮮鑒眉毫取烹寧厭繁一飲沁齒腋再飲醒心

魂遐地力所詘用天庶易恩惟愧漢陰叟抱甕灌其園

行路難

贈君龍駒之白馬錯綵鏤渠之雕鞍紫鍔鹿盧之長劒雙珠玳瑁之寶簪金石摧燒桑海變萬物與世無常觀請君端坐聽一言我爲發音歌路難不見楊條攀折盡朱樓日暮空闌干

壬子西湖紀事

熙寧五年歲壬子清明日眉山蘇公看花吉祥寺詩見於集洪武五年楊公孟載看花西江省掖遇清明歲亦壬子懷感西湖去蘇公三百年矣因賦長句以誌歲月欲爲後三百年張本云今湖上久已荒落諸貴公復令插植花楊重開西子生面正歲在康熙壬子清明之時

乃屈指前紀又恰三百年古今上下之閒境事固殊然

時會所居與詠流連豈無同致聊賦此篇以紀之

憶昔西湖全盛事勝日蘇公常此至歲逢壬子節清明曾記看花吉祥寺寺裏千堆錦色稠如雷腰鼓打涼州五十三八花競獻醉歸綠髮簪滿頭歲月推遷八代改熙寧洪武三百載於時詩史見楊公裒然感慨長歌在借問西湖後若何繁華依舊歷年多幾度桑田滄海變樵歌牧唱日頻過近喜兵戈方宴息西子妝殘猶妙色官僚不惜買花錢千桃萬李紛紜植等閒桃李頓成蹊風動游船處處迷芳草落花仍共藉嬌鶯乳燕更相啼鳥啼花落風光好一片春工翻手造前因無復識青蓮再來誰辨眉山老眉山壬子十週全況是清明湖水邊此日轉懷楊孟載又隔詩人三百年

稽留峯訪邵雪樵隱居

稽留何處峯舊隱許由蹤聞道東陵老深居春草封白雲遲靜壑清吹滿高松亦有巖棲意相攀惜暫逢

寄吳次修侍御

自昔京華有報書故人矯首復何如三吳雲樹千家外十載風塵一劍餘徒向燕臺空極目更誰越客問離居懸知舊有綈袍意今日相如賦子虛

馮遵京字屺章錢唐人有補廬詩

蘇隄行

江南景物春逾好提鞭走馬西泠道十里湖光一片明兩山樹色千重曉湖山窈窕起樓臺無數游人倒玉杯紫燕自棲還自舞黃鶯飛去復飛來鶯啼燕語交相續春光到處堪行

樂露下桃花爛漫紅風前楊柳參差綠綠楊影裏車轔轔二月蘇隄多麗人香氣滿林融紫霧游絲百道亂紅塵紅塵紫霧長隄口猶說風流舊太守何處平橋泊畫船誰家阿閣飄長袖與酣直上高峯立芳草連天天一色今日花開不盡歡明朝花落空相憶春花春月總關情歲歲年年隄上行玉簫吹罷人何處遙見香車入鳳城

雪晴登湖樓春望

春雪不封樹山光一半開鏡中看日月雲裏見樓臺素影明窗牖餘寒到酒杯梅花應早發望遠思悠哉

晚泊

碧浪滾銀沙芳林散紫霞山城聚燈火澤國賤魚蝦月映藏鴉柳春生賣酒家扁舟斜纜處一帶水紅花

春江第一樓

望中烟樹接桐江此日登臨逸興長四面青山通別浦一行白鷺送歸航波搖落日樓臺靜春到高原草木蒼徙倚欲窮千里目海門風雨正茫茫

馮武京字重韓錢唐人

雪後登清平山

乘無下澤車御無款段馬結廬南山陲春雪被原野寒雲沈不飛哀泉凍難瀉層冰結重霤虛白生萬瓦貧家烟火無妻孥淚盈把一身良可哀何由庇廣廈

贈沈大方舟

丈夫少不讀書老空悔那知懷璧翻爲罪捲起明湖千頃波一洗胸中之磊塊羨爾新詩盈錦囊仙才敏捷不可當氣吞

大海蛟龍伏思入層霄雷電揚眼前車馬徒赫奕飲酒食肉酣朝夕衡門陋巷多貧儒狗盜雞鳴登上客我亦年來困賤貧與君攜手倍相親君看市井多輕薄誰識淮陰落魄人

贈毛稚黃先生

先生高致許推轂倚杖行吟白日閒得醉不妨還貰賦逃名何必更焚山花前瘦石如仙骨雪裏青松照古顏終歲優游何所事往來僧舍酒壚邊

宋琦字受谷號玉山仁和諸生有雲深草堂集

受谷居界河關小圃曰苟園黃土爲牆環以梅竹舍前有池植荷數百柄與金岕老諸人往來觴詠詩以揚陸爲宗殘稿惜已散佚今從塘棲耆舊集中錄得數章

寄張甥如山昆弟 張迎煦曰先從祖如山諱重祖爲從曾祖諱吉長子兄弟四人次諱耀祖字麗天次諱紹祖字衣聞次諱輝祖字充有俱著聲庠序麗天之子諱闇字希文充有之子諱溥字

巨源諱泳字次江亦皆以能文名而希文先生爲最不數十年而風流歇絶本支子孫無一存者欲求其賸稿遺編渺不可得讀受谷先生此詩爲之三歎

讀書曉大義涵養先氣質陶鎔去塵滓斂華當就實謹信慤始終孝友敦出入本根一云疎百行俱難必縱厲風雅林貽譏在經術爲善如登山進止不兩立白圭玷可磨鄉愿德之賊用力期崇朝違仁無終日諄諄以相勖自顧餘慚色閩南阻海濱道里遠莫卽一旦客天涯先已負子職作書纔數行時復淚沾臆爾父上公車壯游我甚悉待詔金馬門公卿競賞識朝直承明廬英華遂披拭長安當三春桃李紛如織顧我羇旅人遠託難爲憶汝母病體弱參苓常在側骨肉各一方能無增感惻聊用託晨風雲端寄雙翼子亦念渭陽展讀添於邑始我別子去子年巳十七夙慧本性成見解頗超軼

屢試不見收毋乃有通塞嗣後嚴課程愼勿曠時日正容對聖賢探討窮理窟涉世惡詭隨臨文忌直率相彼湘江流曲折妙無極譬若臨風翰迴翔而後集此中有神境領會自可得餘功學臨池金石搜故帙莫以歲苦飢儉嗇及紙筆或當出門時肅然敬父執道左翼如趨來前徑須揖廟享敘宗黨作止共語默一一隨尊行威儀務整飭宴會坐賓朋勿先杖者出輕暖節寒燠飲啜視勞逸汝師吾所欽文行素矜式稽古與居今由寅以迄戊進德戒二三立志貴專一明年泮冰期子行將授室巍然稱丈夫紛紜酬應集不于此乘時老大嗟何及煩予囑麗天寄語總如一四甥禁嬉戲夔勿加諸膝詩及三頌餘史應兩漢畢自此督時藝昕夕賴講習緩則恐廢弛急則嫌束溼勉哉叶塤篪庭闈歌既翕視我鮮兄弟獨

立暗成泣汝季尚孩提隱然露歧嶷保母勤撫摩斟酌棃與栗兩妹與汝母料各婣內則我言未終篇百感餘楮墨更有縷縷私老母煩視疾幼子在襁褓叮嚀善顧恤南行遇便郵報書抵萬鎰官舍漏稀微銀鐙暗蕭瑟緘罷不成眠沈沈鼓聲澁

爲禹九題春江放艇圖

我家皐亭下乃在塘之西廬舍足數椽風雨蔽幽棲薄田百餘畝春深看扶犂種秫供賓客鋤葵餉母妻別業饒水竹平疇接遠畦桑柘不分徑桃李自成蹊每當秋氣清園林香木犀芙蓉渚上發紅白紛萋迷時復蕩輕舠雙槳命小奚載友三四人來往皆阮嵇前汀下白鷺疎栁聞黃鸝斗酒相笑語形影無終睽行觴呼雉梟酣飲吸鯨鯢無客亦長往茶具欣

獨攜高潔歌栗里奇古詠昌黎興到成小詩賦罷忘所題回歸過夜半村巷鳴荒雞性自厭羅網逃名等蚋醢何來披子圖游歷同西溪隨意坐扁舟蕩漾波紋齊琴書置前後泛泛凌鳧鷺蘆葦漲秋雪鴻雁聲淒淒亦有木芙蓉隱約開長隄山與夕陽遠雲逐水禽啼童子扣舷視臨流羨魚兒以此愜素心已足覽山谿何必浮銀槎取月乘仙梯憶我曩時游翛然隔雲泥

九日獨步溪南小憩僧舍

桑徑沿溪轉瓜陰抱蔓垂偶因側帽過記是插萸時青眼逢人少黃花應候遲登山吾已嬾此亦慰遐思

精舍平橋內荆扉雙樹間興隨尋菊至時喜值僧閒茗草嘗秋岕櫻鞵話舊山每談奇絕處令我一開顏

上內叔陳勛與先生 塘棲耆舊集按勛與先生諱文彧其先有諱汝明者官南宋福王長史塘棲爲福王莊故傍莊構宅而居今里人所稱花園陳氏者是也先生性任俠讀書曉大義國初時從事廣西巡撫陳公幕府逆藩吳三桂梗化兵連廣東西無寧日乃令先生出師潮州適饒平縣山寇大起縣幾不支當事屬先生殲之接知饒平縣事會賊大至圍城一月有餘先生瀝血矢誓布告再三兵民士庶咸願決死戰遂出兵截擊賊盡驚潰降者萬八饒平遭亂後田園不治諸豪右往往遁逃先生寬猛相濟賞罰必信不數月饒大治升鳳城參將海逆猖獗突犯漳南大司馬姚公以總督重臣駐師其地廉知先生善用兵特疏奏請移師改任漳州參將海賊掩我師不備踞山列寨旁掠鄉邑先生知其主名懸賞格捕賊賊無可容乃率其黨羽殊死戰矢石交下衆莫敢攖先生馳至身挺賊賊益悉衆來奔會日暮先生大聲呼曰敢有言退者斬以殉聲震山谷乃勒兵爲左右翼以集賊不能支遂大敗俘獲數百人餘悉驅至泥淖中立斬之各寨悉平隨征銅山廈門諸海島皆下之兩臺錄軍功首上先生勞績升副總兵協鎮福州卒于官先生雖武臣然四方羽檄書問嘗令幕客操管口占授荅粲然有條亦非署名如屋者比也

世緒嘗邱振家聲頒水綿鳳鏘開大業鴻漸踵名賢作述原

從古經綸克纘前握機參妙畧攬轡策中堅銅柱懷柔遠繩

橋戡定先瘴烟澄桂嶺先時參戎粵東湛露濯桑田薏苡疑會白璠

璵操自全搴宏登啓事建鉞領戎旃旂鼓仙山外丹霞曲嶼

邊奪帆焚列寨麾扇滌遙天絕島鯨鯢避炎州翡翠翮功將

鼇極奠捷屢　鳳墀宣特拜兼城節專鼇省會權縣旌軍肅

伍奏凱士安眠原澤芃苗徧謙光大樹傳腹心推幕府意氣

溢賓筵北海樽常滿南州榻每聯九垓衣被廣千頃納茹全

鼎望方隆盛門風最郁然荀陳眞媲美桓鮑若隨肩玉案調

琴瑟靑箱授杞楩階前珠樹粲池上棣華鮮俱擅淩雲筆旋

占捧日年　鑾坡羣拜後虎邑益增騈酬　國宏勛永與宗

懋德延蔦蘿遙念切花萼好音卷猥及東牀末將伸西閣緣

仰瞻喬岱嶽俯愧器如瓮斗域星辰上榕城膏雨涓趨承猶子列服教佩韋弦

人日喜晴次岕老韻

觸指寒生几研中小奚蔟火地鑪紅忽傳人日詩無敵乍見晴光喜亦同早巳十年稱北面不虛一瓣爲南豐午餘又作橫飛雪恇怯羲和似病翁

次岕老自題新正兩翁字倡和卷韻

病退新年是兩翁閒情織似一機中冰絲絡就銀梭急雲錦裁成玉腕工頗怯冥搜容我短枉緣角勝砦詩窮錯綜韻腳難休歇賭采骰盆戲百紅（介山語余曰各賦五十首則得百紅矣）想爾行吟小閣中水沈香篆博山紅看來章法工夫細若箇清圓句子同生面不知有魏晉後塵難詆是熙豐憑將儉腹

閒相較君是江南足穀翁

謁范忠貞公祠

烏石峯前節鉞祠松杉雲黯不勝悲天心果厭三山亂臣力猶堪一木支未許田橫稱義士可憐南八是男兒謂隨公殉難者只今黃犬東門外若箇嬉游上蔡時

灼灼丹心氣吐虹徑須縊死看成功一弦纔畢孤臣恨三載空爲跋扈雄遼海有魂歸夜月閶天盡室哭西風可知膽落由公在井底蛙寧數巳窮

王左平姚夢虹金介山子尤卓次厚蔗村蒼濤招查德尹過飲雲深草堂和介山韻

村莊水竹也宜秋短徑眞成把臂游各有光芒高李杜卻如彝鼎出商周脫來木葉沿深浦悔不茅堂插小樓時欲構小閣未就德

尹亦云恨不見山燭跋更闌畱未得烟雲落紙爲余畱

沈存仁字子元號蕉田錢唐人

夜飲澄懷軒門吏以芍藥進次韻

花開婪尾後春期易水何緣見一枝似醉似醒初綻候欲啼欲笑折來時落霞明麗流燈藥香氣飄零到酒卮已是離人制離淚當筵那用贈將離

孫與宗字雲成錢唐人有蕉山近稿

蕉山近稿鈔本一冊皆雜文文品雅潔容成侯金炯傳絕似毛穎羅文二傳筆意後僅附詩二首或別有稿本耶評跋者爲吳蘭次徐而菴吳寶厓諸先生葢亦順康間一作手也

奉贈徐野君先生四十韻丁未又四月丙寅

我夔徐夫子風流震八埏龍門天下士鶴算地行仙品行南州遻文章東海傳徐摛東海人文體輕麗時謂之宮體乾坤推達伯宇宙淑高

賢閒氣鍾韋素耘情屬簡編曹劉堪竝駕徐幹統亮許隨肩徐庶美質欽無度香名飲有年衹今髮種種逾見腹便便博物儕劉向通經繼服虔學成元凱癖書狀怒猊猨徐浩善書世狀其法曰如怒猊抉石渴驥奔泉雖則功名迮爭看孝義全長歌動寤寐逸興足林泉宜列袁閎右還居韋著先鍊形師伏豹見道悟飛鳶慷慨傾豪俠經綸付筦弦光儀紛可尚爽氣獲相搴騏驥人中瑞徐勉字修仁宗人孝嗣稱之曰此人中之騏驥必能致千里麒麟天上緣雄才驚倚馬曠識類聞鶻但解幽閒趣渾忘時序遷折花翻蛺蜨聽水弄潺湲硯向澄溪洗琴當晝壁懸夢花生彩筆繡句疊瑤箋思入雲霞表篇輕月露連香畱殘火炷茶引白雲煎紗帳烟籠滿蔾牀坐欲穿飄飄多逸態黯黯得真詮喜竝鸞栖竹羞爲蟻慕羶忘機馴信鳥契理辟枯禪雅量知無校幽衷不寄筌

文壇標五鳳講席萃三鱣齒德榮聲望英華豫釆甄怡神安淡漠息影謝拘牽旣巳辭軒蓋何妨隱市廛歡游窮勝境適志藉芳荃野寺題詩徧妝樓染墨鮮尋芳恆着意覓世莫孤騫庭植羅含菊池盈茂叔蓮看山尤矍鑠觀象更迴旋寧用餐芝朮庸須效偓佺固知頤養貴伫守谷神延

陳會藙字叔毅仁和人祚明子有斵冰詩十二卷

叔毅能讀父書年十五作靈鷲山賦頗似三都兩京格調長參貴人幕府屢游京國與湯西厓朱文盎宋牧仲相唱和朱竹垞集中亦有聯句之作生平三賦悼亡一爲元配徐再則側室朱三爲繼室許詩皆淒絕他如無題云腕玉雙行下頭香一枕餘足鐙巧將新月隱面羅剛被好風開送人歸里云休爭故物當還我便不成名豈損君寄朱文盎云當日盡言眞苦口下風欲拜是甘心皆清警可喜見郭麐碎金集

悼元配徐

女子既有行男兒亦有常憶昔與君婚乜雁將翺翔結縭甫

四月迫獨罹禍殃我父痛終天繐帳懸高堂倚廬不相聞三日廢水漿阿母視兒來淚下何浪浪兒今滅性死何以慰未亡新婦侍姑來側立涕沾裳不敢近我前私心獨傍徨出亦以旁皇入亦以旁皇有娠方在腹弱草隕秋霜徵蘭迨卽吉含飴爲樂方再舉得兩雄復遭慈母喪是時草土生誰復相扶將免身値委頓宛轉悲在牀一病不復痊死孝良可傷負汝獨生存卽事情難忘

風吹楊白花飃落東流水化作浮萍生不如抱樹死自我離家室星歲踰十紀中閒閒一歸歡笑未及已班馬鳴前除徒御相顧起子常牽我衣欲語還復止強顏忍涕淚且爲治行李送我不出門遙望征車駛須臾隔行塵目斷空閨裏一慟返幃房哀音從此始誰知思婦哭不入征人耳終歲只淹畱

他鄉豈信美坐令別恨深神傷形亦毀生死永乖隔煩寃不可理喪旐已翩翩役車猶靡靡生者久不歸死者長已矣

南歸別妾

歸計今方得偏生離別嗟汝婚剛半載吾去爲全家黯黯傷心樹依依在眼花寸腸迴兩地隨處是天涯

別慣應忘恨情多未免愁轉令思舊日那不怨新秋簟上流螢火檐前度女牛了無今昔異一種在空樓

到津門後卻寄送九恆之任華亭

十年五度頻分袂此日征車各跨鞍算到重逢殊不易交相爲別倍知難馬蹄先發余三舍人意差强爾一官只恐徵車來縱揭倦游歸已臥江干

悼繼配許

無多緣分有多慳衫袖重重淚盡斑地下底須三婦豔人間又作一夫鰥弦悲纖指同流水黛憶修眉獨遠山莫怪情文深似昔中年家室倍相關

無憑消息報泥金孤負中閨祝願深錯認成名如反掌苦將下第太關心鑪香拜禱烟凝戶榜紙傳看淚滿襟熟視不言俄擲地一時愁病暗交侵丙子秋闈不得捷音索題名視之一慟幾絕自此抱病遂不起

悼側室朱

水晶簾下玉蘢蔥十樣新蛾畫未工留得青銅僅三尺更無人影在當中

半枝樺燭故熒熒記得歸遲掩曲屏比玉能溫花較活最難忘處是臨醒

避人洗手作羹湯不遣郎知試教嘗直到加餐方笑問阿儂

果否勝廚娘

丁文衡字公銓又字乃淸號茜園仁和布衣

茜園博雅工詩古文撰著最多極爲毛西河朱竹垞鑒賞汪水蓮惟憲其甥也爲之傳曰舅氏篤於朋舊一時相知有虞爾繩王玉樞沈八公金小郯王晴山馮吳公吳寶庭家無斗筲然一味之甘或遠方難得之物立折柬召客一日無客客至無以相娛則鬱鬱不快偶一日將午余偕友人辭君廷章吳君函望造舅氏廬値囊空如洗午餐缺然余與兩君辭而退以客至不能款飯憫然若有所失立門外目送之至無所見而罷余與兩君亦回顧嗟異蓋其愛客出于天性如此卒于雍正癸卯年年七十一無子按傳言所著有湖上詞二卷已刊乃淸詩十六卷彩露堂文集十卷四六五卷一家言二卷日記三十卷采采吟一卷且吟二卷對聯一卷集唐詩四卷詩若文盡付老友吳石倉允嘉託以傳日記藏丁處士敬身家今皆不可得見鈔本娛調集古今體詩一百六十首各爲錄出數篇蓋吉光之片羽也

送孟女黿采歸洪甥

七歲汝受學以父爲之師孝經旣成誦復又讀毛詩閒採古

樂府率皆清苦詞嗟余遭困頓汝母門戸持虀鹽每不給糜
粥珍一匙雖無羅衣裳進退有容儀但慮爲婦難不比在家
時
汝壻爲中子長姒富春秋凡事當相諮意氣毋自由清晨問
安畢中廚潔膳羞調和須極甘舅姑皆白頭諸姑亦長汝毋
爲他人尤
我今四十餘只有汝姊妹非不願相聚女子生有処使我加
餐飰我言汝應佩
梁鴻春廡下孟光卻華裙更有牛衣人時時挽鹿車羅綺非
不好布衣安麤疎明珠雖曜首楛釵今何如莫羨東鄰婦顏
色如芙蕖頭上靑絲髻乃用玳瑁梳人生貴有德往往詩中
譽

負薪女

石門風起黃熊立苦竹鵖啼山鬼泣冥冥林木溪水流烟青路黑歸樵急衣鉤棘刺露濡鞵朝朝暮暮負茅柴見說阿嬌金屋裏羅衣如雪玉爲釵

二月八日省顓夫閩中信卻寄

士有不得志栖遲江海間相知猶冷暖世路怯躋攀彩鷁來千里叢蘭想百蠻故人心鄭重晨坐淚斑斑

送張南村總之新城

昔游五嶽徧今又去新城山縣雖鄰近孤筇惜此行棠花春雨放櫧葉曉風輕最是清明節溪邊杜宇聲

五月十日徐紱錫見過

君出睦州城嚴灘放溜行日斜山木氣雨過畫眉聲作客雖

能老他鄉覺有情悤悤未肯去談笑慰平生

忠廕庵

大江南北憤孤忠獨上禪關泣戰功少保用兵神鬼避將軍有墓劒門通牛將軍臯墓在紫雲洞下庵近之一泓如鏡虛生白菴有虛白泉半嶺斜陽已墜紅爲問湯休在何處湯侍郎西厓之兄廣厓禪定于此可憐衫袖溼英雄

管天錫字嗣欽號立夫海寧諸生文華從子

立夫爲張楊園先生入室弟子嘗曰立夫信道篤進道勇吾道其有賴焉工制義踏棘闈十二次疊薦不售卒以諸生老殁後門人集其遺文百篇刊行之曰管立夫傳稿

題范北溟教子圖

讀書所貴敦夙好聰慧由來不足恃堪嗟末俗失家範專積贏金遺稚子持籌握算事徵逐奢靡驕縱從此始北溟先生

眞達人插架所貽僅書史膝下嬌兒雪不如揣摩硯北爲耘耔大者執卷正襟坐幼者趨侍請業起一簾草色綠侵階金石琅琅清入耳嗟予早歲悲失怙趨庭昔日同孔鯉年來負笈賴賢師信道幸弗墜前軌慕君庭訓嚴且肅我一仰止足頻跂績學須從砥礪深譬如器以陶鎔美他年經術著昌明不在紆青兼拖紫

丁鼎相字梅臣號調菴仁和監生

調庵爲雲驤字龍友之從孫少讀書後弟兄相繼歿以家累故遂業賈而此志不衰屢赴鄉舉終不得售年三十餘卽卒妻沈年二十九舅姑老二子炳煜俱幼沈仰事俯育守節二十二年見府志

三十初度述懷

年來多故甚憂煎勢若江心風送船最是獨撐難得到挂颿何日問青天

檢點吾身術亦窮堪嗟出處兩成空早封鄧禹時難再老棄馮唐事豈同

遠客他鄉非獨我我何臨別泣登舟只因獨子難離膝定省無人淚自游

不冠不履類狂夫性拙由來嬾更麤忙裏曾將書快讀未成一事歲多徂

卓爾堪字子任號寶香又號鹿墟仁和人有近青堂詩集

子任善擊劍挽五石弓年未二十從李文襄之芳南征閩逆爲右軍前鋒桃花嶺常山玉山並壓潮源口諸險之役摧堅陷戰身被數創猶居士卒之先從軍七年大功垂成聞母病即乞歸嘗輯忠貞公忠節錄二卷其近青堂詩有吳綺序極爲推重按吳偉業卓海幢墓表忠貞殉難後其子孫即流寓仁和揚州府志以子任爲江都人入隱逸傳豈嘗流寓邗上邪

宿紫陽山寶乘寺

石磴層層竹樹迷當門春草自萋萋遥聞梵語雲中落俯視江帆檻外低古殿鐘清山鬼拜危樓月滿夜烏啼重分僧榻南窗下客夢初迴百感齊

卓允域字永瞻仁和人天寅長子有思齋詩鈔

過橫潭草堂次董巽子韻

蕭瑟橫闌坐行歌見往還孤村遠樹裏小艇夕陽閒竹密風初過庭深日倍閒閉門人散後林鳥自關關

郭外夜泊

竟日晴光好依迴野岸邊遠波浮樹影暮色澹人烟曲彴通村舍疎燈照客船淩晨有佳興詠嘯雪溪前

寄懷

風雅思公輩偕來此探幽同時推博物獨許賦悲秋佳客三

珠樹高人百尺樓廣川羇旅客何日一帆收

登道峯訪兀庵上人不遇讀其新詩賦贈

羣峯迴古刹林鳥向人鳴趺坐惟留迹飛泉自有聲交應尋世外詩得謝時名太白亭前望禪燈相對明

尋幽通曲彴樵徑繞篔簹積雪空山白平臺落日黃巳荒杜老宅還過贊公房暮色催歸急殘冰觸短航

歸自都門過雲深草堂次壁間韻

遠游我自慚奔涉習靜君能簡送迎幾樹綠楊遮舊徑一林黃鳥弄新聲詞聯珠玉看佳句色帶風塵話遠行昨歲艮朋同叙別玉蟲猶憶綴燈檠

北固

郭外登高見海門側身睥睨古乾坤波浮山勢雙龍躍雪擁

江聲萬馬奔鼓角時鳴樓櫓壯星河欲動水天昏居人指點
干戈地殘壘蕭條何處村

卓敏字銓能號遜亭長齡子仁和諸生

即事四首

看花老眼霧中求情定遙知物自尤新得佳人名卻要願教
才子學無愁青衫蕉萃相逢晚翠袖鮮妍乍見羞笑靨初圓
元夜樂扶輪月在栜梢頭

妝樓一見鬢如絲追想盧郎年少時續命休教嗟薄命畫眉
聊且慰愁眉曲傳紅豆相思苦厄及黃楊遇閏癡微雨垂簾
腸斷句黃昏惟有阿灰知

佳期卻喜月朦朧路阻銀河一夜通棲燕任教歸夕夕蹇驢
莫遣去匆匆新歡鄭重星眸睨舊夢迷離玉頰紅從此專房

長被寵津頭何有毀妝風

垂老尋春不稱春樓頭牽引獨眠人金繖挑達逢司馬玉鏡猜疑嫁太眞倦客有情仍作壻閨房相敬願如賓何堪孤負香奩慣水上風濤陌上塵

程光縉字晉錫號鶴崖章子郡諸生有鶴崖詩集

癸卯寒食

晴日暉暉麗草堂參差紅杏隔籬香驚心又是逢寒食淚迹何時到故鄉鶯舌風翻聲更滑柳絲春老色全蒼獨憐冢上花如雪回首松楸欲斷腸

懷姜亶貽汪幼安徐武令

歲華荏苒二毛侵客裏覊愁自不禁萬里浮雲迷故國千家明月動寒砧愁聽鼓角聲悲壯靜對秋林色淺深回首東臯

荒徑在羊求何日許招尋

程名高字魯望號甑山光緒子郡歲貢官湯溪教諭著一瓻樓集

游吼山同沈來修敏溫恂儒棐忱作

應有蛟龍育沼中常噴腥霧晝濛濛兩崖拔地仙梁鎖一壁參天帝座通懸瀑射光爭夜月飛樓插漢聳秋風休文招我登臨醉險怪翻敎怖客衷

早行北郊暮歸

日色朦朧破曉霜蹇驢躑躅繞陂塘雲衣帶溼迷松岫蓼穗交枝護竹牆幾處山泉流屈曲一林楓葉雜丹黃遙看隔岸炊烟起知有人家在水鄉

國朝杭郡詩續輯卷二終　錢塘吳慶坻校字

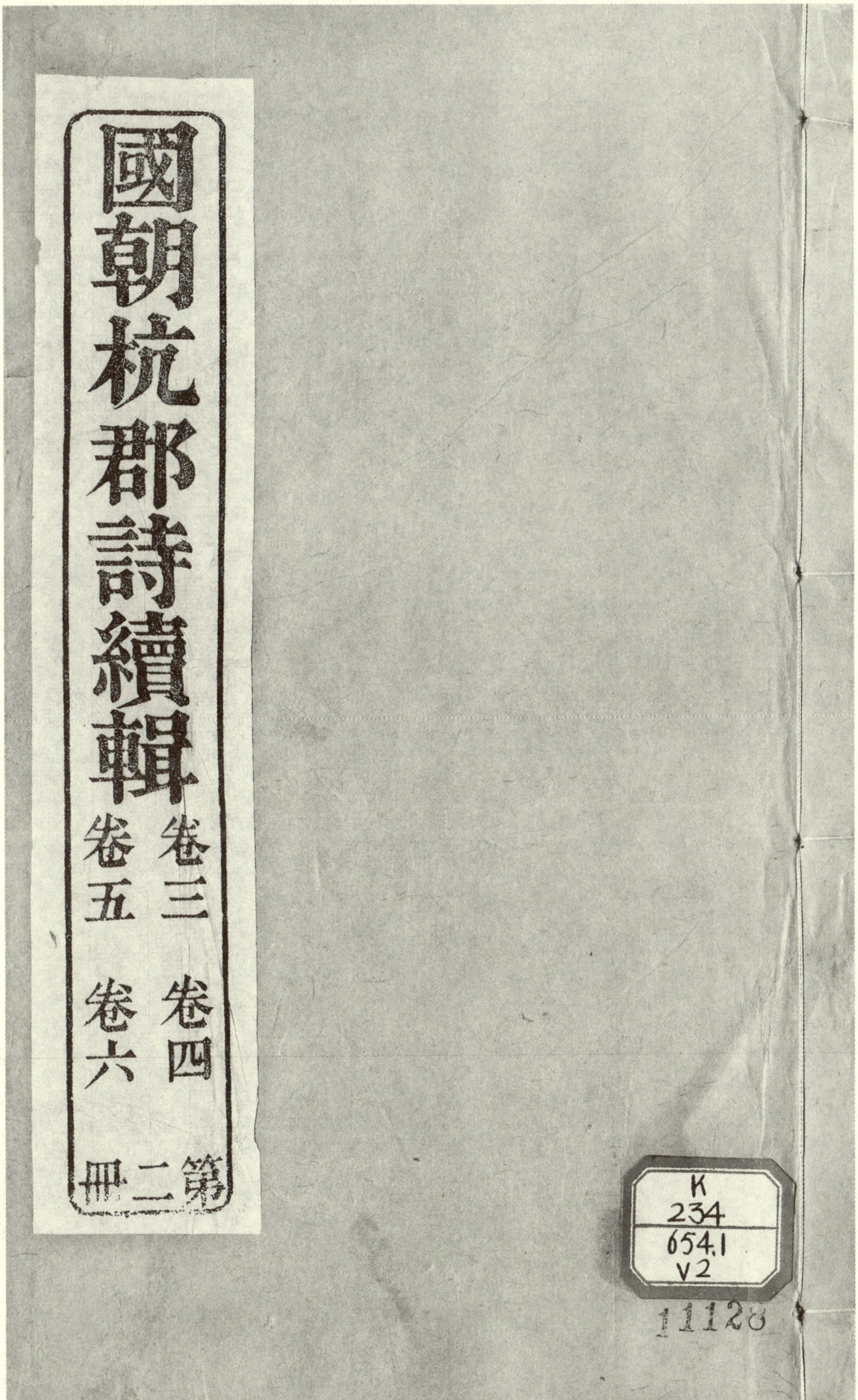
國朝杭郡詩續輯

卷三 卷四

卷五 卷六

第二冊

國朝杭郡詩續輯卷三目 康熙雍正閒人約略爲次

陳廷炳 陳瓚 湯彝 趙燕端 藍深

程鋐 程鈴

凡六十二八人

國朝杭郡詩續輯卷三　　錢唐吳振棫毅父氏編

龔煜原名國昌字旦公錢唐人

旦公五歲失怙事母至孝母歿擬屈子九章以鳴其哀讀者酸然居恆力行功過格以聖賢自期佐宗人作令閩中令卒巨盜猝發劫庫殺人遂挺然與盜相持盜退身負重傷輿控上官盜盡獲乃攜其旅櫬及孤嫠以歸其智勇絕人而不以死生存亡易其志有如此卒年五十二甘泉令鑑其孫也

抽思　擬九章之一

軀我思兮何所之中鬱結兮愁攢眉思登天以假道望白雲而淒迷思陟山兮問岠馬迺隤而僕痛思重泉兮可冀曹娥長逐乎飛鳧思采諼以樹背蕡到晦兮旋枯願竭蹶于寸草竟中道以相睽恃童心兮未改驚風木于忽摧痛慈幃之不再我所思兮抑何歸

張聖濟字顧博號硯樵仁和人郡諸生

硯樵書法鍾王大至方丈細如蠅頭無不入妙單幅片紙人得之珍逾一篳珠也

來歲甲辰九月爲爾雅叔九十誕辰預于今歲舉觴

稱慶並賦長歌爲壽

地屬杭郡之仁和家世村南之南河惟仁得壽之根本惟和受祜豈不那山有皐亭與黃鶴又有獅子龜馬之谿壑橫潭巨港屈曲流帆檣上下飛青雀文人傑士代挺生龐眉皓首杖藜行他姓耄耋不勝數吾宗族大多耆英指使老傳只尋常日耄日耋坐成行余王父玉池公享年九十有二叔祖五聚公享年八十有五余先子亦享年八十五有帛衣肉食　聖朝賜拜爵一級多恩光今年吾叔八十九明年九十稱大壽爲合親朋預舉觴春酒介眉酌大斗吾叔生平頗自憂絕匙腥羶趨附態鄙學窮經俗腐儒羞逐錐刀賈三倍浩浩落落晝掩門花鳥風月娛晨昏架上抽書恣

游目古今得失閒品論膝前有子年古稀振公弟年亦六十有六矣甘旨侍養無一違扇枕薰衾兩靡失如此子職世亦希孫復生孫半成立敦樸厚重絕時習斑衣五色舞庭除翁開笑口歡誰及子孝孫賢世所難 國恩家慶榮鄉邑

王紹曾字孝先仁和人

孝先與王東曙升潘夏珠雲赤陶羽逵儀唐子翼洪基俱出沈東江門下有東江八子集毛稚黃爲之序

晚過大慈院

紆徑尋僧舍斜陽澹客愁雲歸隨鳥沒冰斷帶魚流竹暗泉翻雪梅開月滿樓晚鐘聲不住襆被話前游

沈叔義爲拯俞使君難赴都門事平俞已物故更爲扶櫬歸時已酉夏初歸已庚戌春杪維持跋涉輒復經年金石易銷而意氣爾爾因有是贈

少年任俠向天都禍患論交信不渝獄底華星猶出劒浦中明月竟沈珠往來灼灼葵榴赤生死殷殷涕淚俱翻手誰言雲易變郎今羊左更難誣

唐洪基字子翼仁和人

中秋讌集同潘夏珠沈宏宣王東曙王孝先作

閒庭竹露月流光此夕論詩樂未央雲散碧空常五色花霏清夜有餘香銜杯金谷憐朋好授簡梁園任客狂已見參旗橫屋角玉簫何處度霓裳

同于畏之先生潘夏珠登臨平山聯句

夙慕茲山勝今同策杖行懋榮霧從巖下起江向日邊明雲赤有意乘黃犢何時弄玉笙洪基琳宫還徙倚夾徑起松聲懋榮

月華庵四詠和石眼上人

清池堪擬月指月已忘池長晝荷風起無言對坐時鑒公池

巢鶴無危枝卓錫有野逕三笑過長松悠然響清磬錫徑

故林復挂瓢新泉時鬵沸西鄰不洗丹流出丹砂味瓢泉其右為潘真人鍊丹井

雲根映蘿月言是隕來星已識堪攻玉何妨此曝經科經石

潘雲赤字夏珠仁和人有月軒詩集桐魚新扣詞

題鮑芝山別業

參軍殊俊逸別業敞寒林當戶一峯落繞溪叢竹深狎鷗看

世事流水寫琴心其有蒹葭思攜樽對夕陰

集東江草堂送沈會寧北上因憶春時會於此別叔

義云

惜別又今夕北行君更豪西風驅匹馬秋色滿江臯京國看鴻集雲山入夢勞經過應有賦一問廣陵濤

景星觀卽事

仙觀崔嵬倚翠崗丹泉藥竈隱松杉筧流雪乳通靈瀑花滿溪雲上客衫白鶴歲深栖老樹黃精春暖出長鑱恣游不覺山鐘暝斷嶂迴看落日銜

郞駒字季千原名世英錢唐諸生

章慶堂讌集同祝天孫陸驤武麗京

玉露金風爽氣催蘭堂星聚綺筵開紅牙按曲梁塵繞綵燭流觴斗柄迴管鮑誼高東海士機雲藻掞洛陽才不須中坐生愁歎已志澄淸在草萊

沈誠字羽階仁和人

植梧桐於晚娛樓前

金井山樓下青桐水檻西枝高扶碧玉花密翦紅犀重疊春雲溼闌干夜月底東風好將護畱與鳳皇棲

同人讌集章慶堂

鳳膏雲幄鬱金堂夜集清流進羽觴鄠杜廣交通俠少邯鄲徵伎使名倡媿無美酒行蘭室已見鴻文擅柏粱此夕可矜投轄事有人星部奏奇光

沈一先字道傳仁和人

將入郡過毛稚黃先有此寄

迢迢會面稀傳情託雙鯉君詩近更嘉五編最精美大言炳日星餘彩亦成綺上可溯曹劉下不讓何李卓哉一代才吾鄙悉披靡莫怪陳給事嗟賞良有以我才實鄙陋誰能不自

揣學步反匍匐效顰洵可恥他時與盟會聊以奉鞭弭習習春風吹奕奕崇蘭蕊相思如調飢命駕發千里

謝湆字樸先郡諸生

遊趵突泉

歷下多名泉趵突名最顯三穴來王屋洑流千里遠波駛若珠飛濤湧如輪轉初疑河漢落俯視冰雪卷丹房沈青靄碧殿映清淺而我慕勝迹登臨意無限樓中千山入窗外竹依阪悠悠然似仙境渺爾與世斷矯首見黛色光耀層城晚吾願飲瓊液暫得滌塵眼

徐鯤字左魚海寧人

秦王松

秦王松五大夫膺帝爵離帝都寒溪無聲草木枯白鶴來巢

第一株

吳允嘉字志上號石倉仁和人有石甑山房詩府志作錢唐人

石倉爲湖墅耆宿嘗纂輯武林耆舊集自漢唐迄前明甄錄極博又輯錢唐縣志補皆魏志所未備他若四古堂文鈔甑山詩集石倉存稿石倉賸稾東堂雜錄其稿本不知尚在否碧溪詩話言其手鈔書數百冊已散落人間予借汪氏振綺堂藏書見其評選各種下語皆能貫穿精核書法醇茂之中挾蕭散之趣誠篤學樂道之士也府志入文苑傳

宣和石硯歌

趙家宣和一片石質比元圭色如漆內府昔盛瑪瑙盤乘輿播蕩因遺逸漠北難追天子車江南流落野人居墨花慘淡失顏色不是崇文寫詔書此石云是純陽精嚴冬貯水水不冰池邊斑駁星斗黯匣底髣髴雲霧蒸我父愛之若瓊玖含笑賜嘉再拜受寶物由來得喪多誰能百世常相守君不見

魏王漳水起高臺丹甍玉礎委塵埃世人徧愛銅雀瓦掘破西陵鬼夜哀又不見汴梁艮嶽連天起牟駝岡上生荆杞玲瓏花石盡消亡獨留此硯磨寒水

秋漁

我昔家河渚蘆花護釣船披蓑秋雨後挂網白雲邊笭箵隨波放鷗鳧伴醉眠祇今炎海上烟水憶當年

秋寺

曲徑經行徧尋僧都未逢白雲閒深院黃葉打霜鐘果熟隨鴉啄林荒少鹿蹤廬山寒更早雪灑石門松

蓮池精舍納涼

結得烟霞侶河東訪舊僧到來消百慮何必問三乘静鳥窺茶臼幽花覆古藤圖書看不厭況復酒如澠

小庵不遠市野竹護禪關客到思逃暑吾兼愛看山水常經竈下雲或出衣間揮手醉相別扁舟棹月還

秋柳

離亭日日送行車一樹垂垂一樹斜灞岸水寒猶帶影章臺人去只棲鴉已無飛絮霑芳草賸得長條拂蓼花遊子不堪三弄笛曉風殘月正思家

南宋雜事詩題詞

錢家宮殿趙家陵轉眼繁華感廢興不有才人追七子誰將詩史續千燈白蘇往蹟隨波逝楊郭遺編踵事增宋人楊公濟郭功父皆有西湖百咏懷古搜奇頻歎息幾多名勝屬山僧

蒼山碧水思無窮今昔池臺了不同蟋蟀感秋唫敗砌狐狸乘月瞷離宮西陵車馬青松下南渡冠裳白墖中手把此編

和淚讀斜陽衰草自悲風

口占示兒輩

幾卷殘書幾畝田祖宗相守已多年後人窮死休相棄免使而翁恨九泉按此詩爲臨歿時口占蓋絕筆也

郜鼎字子大號雪青海寧諸生

讀書藻野園

綠覆雙扉一徑斜行吟不斷細烟遮隄牽柳恨時生雨池課魚糧更落花欲覓好懷酬勝地且酉幽思駐窗紗閉門靜坐纔經月幸未悤悤負歲華

沈淛洄字泝原錢唐人用濟弟

贈兒方舟

我母夢奇花豔豔吐采筆孟春之月生我兒香風迴繞芝蘭

室長眉大眼眞男子堂上二親心歡喜十三作賦氣淩雲十五吟詩思不羣年少蓬門甘守獨壯志窮途不用哭銀河可吸月可吞醉來欲抱蟾蜍宿庸流不識沈方舟嶔巖歷落毋與儔敝衣破冠何所求終年不喜亦不憂羨君錦囊多佳句揮灑風雲與月露艮賈深藏外若虛旁人按劒還相妒

吳學濂字曦洲休寧人仁和諸生有香雪堂集

楊椒山先生祠

祠宇重新古驛旁姓名猶覺滿城香五姦已褫權臣魄一疏堪爭烈日光謝卻蚺蛇眞有膽撐將鐵骨不隨楊階前請鑄分宜像斫地行人共激昂滿城香不隨楊皆椒山朝審詩中字也末用岳墓鑄秦檜像事

柯元幹字貞華郡諸生

送潘元嘉之遼陽

一葉孤舟萬里身天涯何處息勞人丈夫縱不謀衣食男子豈甘長賤貧暑雨途中還自愼鶺鴒原上好相親龍江柳塞功名路看爾歸來氣象新

盛逸字無疆海寧人

無疆窮困年七十餘無妻子其姪壻張爾佳于紫雲山房爲築兆域厚葬之并刊其詩行世

九日

今日重九日忽忽秋已暮獨坐對南山悠然與古晤茱萸持作囊夕英持作脯有酒斟酌之良辰莫虛度但惜登高名筋力不如故徘徊籬落閒聊以適吾素

坦步

坦步應吾道春來病未刪小門深閉草壞壁遠當山野興鳴禽續詩懷醉夢閒橋頭梅漸好新漲已平灣

錢聖謨字昭平海寧貢生官宣平教諭有玉巖樵唱

昭平工詩爲朱止溪所賞與仇滄柱查他山祝豹臣查聲山諸先生時有倡和

登北固山

第一江山地乾坤入望中雲連京口樹濤壯海門風吳楚中流合金焦鼎峙雄孫劉千古蹟登眺幾人同

張勿字長韶原名默字潛夫仁和人有枯吟集

長韶以折枝花鳥得名又善臨摹古迹一石一水過目輒能仿效

幽思

幽思不知何故發夕陽將下鸛鳴迴林梢夜白江沙闊村落秋黃嶺巘開閱世風壓吹野馬勞人詩料酌尊罍相聞舊有袁閎室孤坐唯招古月來

顧彝字名六號德庵仁和人有夔今草

秋夜感懷

入世逢多難蕭然賸此身乾坤燈共語湖海月相親抱瑟將何往吹竽正有人摩挲腰下劒十載恥風塵

宿金山饒益樓

孤懷能出世淸夜憩高樓山色月中遠鐘聲水面浮雲烟接瓜步歌管競揚州自歎西風裏蕭蕭兩鬢秋

鮑懋芳字芝山仁和諸生

芝山工書人爭寶之

石筧

甃石靑苔古喧喧萬井前腴饒喜今日疏鑿定何年曲水穿河黑崇隄障海偏沿流楓盡赤落照淡人烟

夏夕同人集沈氏南園

客醉溪亭暝禽歸野樹蒼擊壺悲老驥駐轍歎亡羊甾曳星深碧桐嵌月澹黄時危便鼓角命薄厭文章豪飲追河朔名園勝辟疆池荷紛馥郁鄰笛劇淒涼睡鴨銷香篆飛蛾赴燭光露眠褰廣葛高論據胡牀漏盡渾忘返詩成更舉觴還期叢桂發同集小山旁

徐仁振字敦昭海寧諸生

景星觀

漠漠古雲關千秋鎖碧山吹簫人不見燒藥竈常閒苔磵多龍臥松巢有鶴還黃昏拱星斗虛照石壇閒

徐忠振字格王海寧諸生

安隱寺

何年安隱寺遺蹟翠微前苔色牆頭字松聲戶外泉香林開

寶所野鴿語秋烟卻喜囂塵寂端居忘世緣

應大觀字我生仁和人

藕花洲

溪漲合成湖風蒲颭一區雲飛芳潋灔山入亂烟孤舊社磨題刻新吟感畫圖誰憐今杜若輞水寫花姑

趙憲斌字尹施仁和監生

像光湖

臨湖開寶地光怪憶神龍氣白吞吳雨波深倒越峯漁人閒鼓檝鹿女坐鳴鐘秋漲年年闊丹青古殿重

王之賓字示周仁和人

明因寺

地得優婆勝明因後主傳洗妝鳴玉磬施鏡禮金仙覓落花

隨逝垣積月自懸六朝餘綺麗臨眺欲潸然

郭孝寬字西韋仁和諸生

冰谷泉

憶昔酉泉石何年灌莽侵響隨淸澗落源共白雲深竹靜涵朝翠松高覆夕陰不須愁寂寞幽意託孤岑

凌紹英字倍千號烟客又號胥山錢唐諸生有平昌雜錄滇遊詩草

倍千爲子健兄子健孤介遇不當意則一切謝去倍千才思踔厲與人無高下輒得其歡每同人會集倍千言如翻水竟日不竭子健則傾耳而已然兩人性情雖不同而爲骨肉知己蓋有眞意相契合焉倍千十困場屋遂幕遊四方張谷貞提督滇楚招與俱行鵰勦紅苗皆從其計時人比之胡汝貞徐天池云

暮春思得家信

一坐十餘起旅行如轉圜鄉心爭去鳥家信問重山幾夕夢

已斷那堪春欲還愁深獨搔首指爪不曾閒

足疾初平適久雨開霽喜賦

人與天同運天晴病亦蘇好山開一面嬌鳥足千呼圜筍抽
多少林花謝有無欲看步未健藤杖且相扶

送春

春風共我到平昌今日春歸祇自忙無計畱君拚一醉若能
將信寄千行荼蘼開處飛紅藥杜宇啼殘暗綠楊惜別臨岐
倍惆悵更憑誰慰客愁長

大理官署遣懷兼憶大兒爾增

過卻知非又二年飄蓬自楚復之滇一春花事時光換萬里
鄉心日夜懸洱海竟無澆渴酒西湖尚欠買山錢兒行邗得
如飛鳥越嶺翩然到我前

施鵬字天池號瓶巖仁和諸生有蠹餘集

瓶巖兒時警悟過八九歲咏蜂云賦質雖乖性亦靈君臣冠履秩然分探花遠入芳叢去爲釀甘飴豈憚勤長益勵學所讀書恆手繕有四書直講春秋三傳異詞並藏于家體羸善病年三十二卒士林惜之見施朝幹武林人物新志

宿山家卽事

無事山家靜新涼換葛衣晚風吹草徑宵月浸柴扉樹老棲鴉古庭深落葉稀幽光看不足馳逐悔吾非

庚寅元日大雪

元朝爆竹催春早入歲冰簷散曉花禦凍纔沽三合酒解寒初撥一甌茶雲低茅屋迷炊影玉積柴門斷客車自是豐年光景好瓊瑤先爲潤桑麻

送春

枝頭紅褪綠初勻懊惱年年是送春病骨支離渾不耐可憐鶯語故相親

趙以文字允明又字止庵錢唐人

止庵多長者之行性沈默寡言笑有以疑事質者論如懸河一座盡傾工詩文且善畫康熙癸巳游京師會大學士王公掞開館繪萬壽圖止庵與王學士奕清交遂招之往主繪事已而出居庸盡圖塞外花草識其名而歸晚歲喪子依朱排山楓以居繪西廬三老圖三老者止庵排山與排山弟棆也年七十卒詩附刊排山小集後

宿漁浦

漁浦乘潮泊蒲帆捲暮烟孤舟斜劃水危塔遠撐天客路方經日離情似隔年悽然成野宿愁夢繞江邊

夢歸吳山自鍾翠亭過半月池訪居雲處士得一㵎落花春水漫數峯殘照野雲間之句醒而足之

故人何處掩柴關只在松陰鳥語間一澗落花春水漫數峯殘照野雲閒偶耕已負林中叟識路空憐夢裏山握手他時成一笑蕭蕭相對鬢毛班

查嗣易字天行海寧人有自怡集

天行好作詩慕香山之爲人以自怡名其集又以無地不樂隨遇而安作樂安先生傳葢自謂也

近況

柴門一逕入桑麻四壁蕭然處士家時爲買書傾槖米偶緣排悶灌盆花桐孫未斲先營譜梅子初肥漸減茶底事壯心消不盡夢隨驃騎獵龍沙

卓庭鏞字巨容號豐山元基子仁和諸生

元日至人日晴對庭梅誌喜次高青邱韻

清癯骨格雪霜姿敢把梅花贊一辭聊向空簷來索笑還將

枵腹去尋思平章有句羞隨俗寄贈無人嬾折枝狎恰新年好新月橫斜疎影正當時

三衢放舟同家大人用誠齋韻

頻年忘卻計歸程今日言歸歸始成風景宛然渾不改潺湲依舊此灘聲

沈如焻字尹求號溉齋錢唐人存仁從子有溉齋詩賸

溉齋三四歲時其父以五岳朝天命屬對應聲曰三潭印月稍長力學攻苦而無所遇乃橐筆佐人幕府年大將軍當館穀之惡其驕恣拂衣去歷游齊豫粵東西幾五十年性好吟誦晚年刪存詩七百首若敖鬼餒遺稿今藏陳扶雅孝廉家蠶眠小字皆八十後所手錄者如分詠海味野蔬詩十餘首皆博而能核按溉齋嘗與諸礪亭省三以詩相倡和惟榕齋詩鈔中作沈焞字尹球未知孰是

沙園即事

羨君卜築有幽致屋後層巒屋外沙綠栜繞門高士宅紅牆

沿水埜僧家送梅雨過移花墢破泿船歸載網車我得餘閒來此住便教逸與老烟霞

和汪象九雨後移花韻

年來夢想花爲屋須學坡仙雨後鉏芍藥叢深翻舊徑芙蕖葉長放新渠陰晴常得如吾意蜂蝶從今識此廬七尺藤牀方丈室不須更羨大方諸（天仙上眞之宮有大方諸小方諸宮）

范湖草堂

范蠡湖邊舊築廬東風先入小方諸極思刻竹題詩在尚想高眠借榻居梛下汲泉春煑茗松閒聽吹畫攤書夒閒心事終難遂花裏黃鸝暗笑余

二月十九日連雨不止枕上懷舊

洗盆終朝雨不停（大士誕日雨俗謂洗盆水）禁烟節近峭寒增（去寒食僅六日）淸

齋棻具廿七味消冷酒沽三兩升小研魚箋詩信手短檠絮被夢無徵春淙橋下琤琮水坐聽松陰記昔曾前歲是日偕仲弟天竺進香適當雨霽之後溪水涌激而下歸至春淙橋坐聽久之

孫永齡字蘇門郡人

蘇門康熙雍正間人幕游津門最久李西齋嘗見其手錄詩一冊緣庵詩話所載五言如正喜得微雨忽逢來故人野水遙連淀春山都傍城猿吟深澗水僧定一樓雲醉嘯此亭月夢尋何處鐘嶺雲依澗碧塞草入盤青貝經濡露寫芝草帶雲蒸堂靜燕囮客山靈鼠護經山月照大地松風吹太清怪石險當道好松橫壓溪寺鐘催曉色寒雁帶秋聲日妍花信早風輭布帆遲官柳舞初霽岸花明晚春露清江水白樹隱戍燈紅旅懷芳草遠倦眼落花多箚韡自然解燕雛初學飛風骨皆極妍秀惜無全什僅錄鄉塾一章

鄉塾

霜毛皤皤正襟坐羣童拍手且酣臥空梁新積燕泥滿舊歷斜糊紙窗破違爾之師告爾翁夏楚懲此頑劣風一時肅然

習誦讀青蛙夜鬧池塘中夕陽在樹鳥聲亂參差長揖羣童散先生高步獨歸遲山風颼颼冷書館

沈廣震字武定仁和人謙從孫聖治子

桂芳橋

市橋遺故宅耆舊尚傳聞鴈齒平翻雨虹腰遠截雲土風猶樸略估舶競紛紜憑弔吾曹在晴川又夕曛

沈廣開字龍文號天門聖昭子仁和諸生有天門遺草

客中對月

一片桐梢月移來向客明是誰今夜裏牽我故園情林靜笛還起天空雲自行不知因底事和影坐殘更

客感

不慣風塵事今知行路難雞聲孤榻曉雨色萬山寒夢欲隨

雲去愁偏入鏡看蕭蕭窗外竹應笑滯江干

晚涼

塵襟當晚滌倒景上簾微靜領一庭竹不知風滿衣倦螢花底坐歸鳥月邊飛心羨澄波寂分涼入素幃

沈廣大字虎文謙孫聖時子仁和監生

初夏晚步

綠樹陰陰四月天撩人詩在夕陽邊鐘傳小院僧初定門掩孤村蠶正眠度嶺白雲閒似我出牆新竹淡于烟短橋西畔娟娟月自照歸人柳下懸

沈淵躍字時偕仁和監生

登慈相寺鐘樓

緩步共攀躋凭欄客思迷夕陽開小閣遠樹接清谿鐘響千

峯動僧歸萬壑低此中堪避俗襆被未能攜

郎明允字孝則仁和諸生

晚眺

西山蠟屐少經過林景參差入望多涼氣細生疎雨鎛夕陽斜挂亂雲窩夔澆磈礧傾囊醉喜聽滄浪鼓枻歌傲睨風塵聊自適塞翁得失任如何

高鳴驥改名高叟字囦哉號灌園老人官河南商邱典史有灌餘吟一卷江行日記一卷

自題且灌園

半畝田中宅呼為且灌園三間竹葦屋一帶薜蘿垣種桂稱佳客傾醪笑瓦盆主人非避世休認作桃源

小圃開何許村南遠市塵數重花樹內十字水田邊環碧亭

之外臨虛閣以前波光與嵐色幽景總天然
村居稀過客蓬戶鎮常關曲徑圍修竹高樓對遠山妻孥容
膝好僮僕荷鋤閒酒熟花開候漁樵或往還
隙地饒營室分區翼草堂浮香榜書屋小鷲額山房位置圖
兼史招攜詠亦觴此中有深趣不羨白雲鄉

烟水亭

多病心情祗覺慵偶然閒步自攜筇且撐艇到湖中寺更上
樓看窗外峯也復有烟兼有水何如宜淡又宜濃龍池古剎
聲初動錯認南屏打晚鐘

單元宰號穀庵仁和諸生有初游稿

送廟灣巡檢金德芳調任

薰風習習送行鞭三疊歌終意悄然澤在士民羣戀惜情深

朋輩倍蓰連官閒幸有栽花徑俸薄猶支買鶴錢莫謂卑棲羞枳棘鳳鸞應許歲三遷

征途雜詠

朋儕詩酒劇清狂今日分襟別故鄉風飽一帆天際闊初程晩泊大船坊

邵學球字文叔仁和諸生有綠蕉庵稿一卷

重至廣陵作

昔年我行廣陵道萬樹垂楊拂青草今我重至廣陵城垂楊對我如有情垂楊垂楊綠如故柰何白首猶行路飄泊天涯作絮飛不慣折腰空自誤若使垂楊解認人應笑丰姿異前度

秋夜

客去雙扉掩翠微夜涼山氣逼秋衣雨餘荒徑蝦蟆吠風靜空堂蝙蝠飛壁上琴絃調後潤案頭詩草病來稀無聊檢得樊川集讀罷鑪香細結霏

秦淮酒樓贈王士祜

十里春波兩岸桃尊前相對解征袍嗟予淚跡盡鴻爪羨子少年眞鳳毛萬疊雲山供畫稿一門伯仲亦詩豪他時棲水相思夢應憶湖樓倒濁醪

移居丁山湖

無多眷屬無多具一里而遙挈最便稚子老妻凡五口藥鑪茶竈巳三遷峯巒送綠排湖面橘柚分香到榻前卻喜題詩新粉壁北窗須讓老夫眠

高儀鳳字敬思號碧岑仁和人有碧岑山房詩

碧岑少善屬文讀書太學考授州同効力河南攝郡丞事生平沈毅淵雅於書無所不讀手自詳錄者幾數百種徧歷幕府南游衡湘東經泰岱北過宣大西至伊犂晚年往來兩峯三竺間卒年六十三以子觀鯉宰甘肅環縣贈如其官

勛馬

馳驅久負出羣材一日猶思徧九垓未遇知心甘伏櫪纔經展足絕駑駘會看赤電因風起行見蒼蠅附尾來冀北空羣成底事莫從儕輩浪鳴哀

黄鐘字朗亭號鐵菴仁和例貢歷官刑部廣西司郎中有春華閣詩鈔四卷

鐵菴倜儻好施予有告無不得官京師時京城之東多荒邱客死遺骸狼藉爲義舉屬主僧覆土既而夢屨其地尚有殘骨未瘞旦詰諸僧僧歸細搜得之薶藏無遺者然則魂魄在幽猶能信公感公謂仁誠貫徹無限于生死信有之邪所著春華閣詩鈔張文敏符藥林賞之爲序于首

庚午至瓊州喜晤若谷四弟

未買江西棹先題庾嶺詩瓊州今日到渴解數年思喜得攜書劍無愁乏酒資論心頻翦燭不覺漏殘時

辦赦暮歸紀事

喜奉天書議減刑如山案牘詎勞形曉來一盞黃虀飯到得歸時日已暝

題圓蒲扇

誰把青蒲織細紈攜來皓月比團圞輕搖漸覺涼風至猶帶湘江五月寒

黃鍔字憲威號若谷鐘弟仁和例貢歷官廣東雷瓊道有粵游草一卷

粵中題禁旅將軍馬公官署八景錄二

小樓四面列青山錯認匡廬在此間一簇芙蓉飛匹練幾行鷗鷺浴雙灣珠簾有影遮雲竇玉樹無痕雜蘚斑天畀詩情兼畫意臨風彷彿聽潺湲鮑山晴瀑

赤城霞起對晴坡酒勸飛花莫便過倒影不嫌秋水隔流輝偏是遠山多禽聲迢遞喧林麓畫意分明染薜蘿忘卻一鉤新月上共珍餘彩照酣歌坡峯夕照

管鳳岡字上九號莿堂又號晚香居士海寧人鳳苞從弟

有莿堂詩鈔一卷

莿堂善書摹靈飛韭花等帖垂老不倦暮年喪讀釋氏書每手寫楞嚴金剛諸經以捨藍若

夜吟

夜色漸濛濛蕭蕭四壁空花迎上牆月竹送隔溪風伏櫪終羞老炊藜敢怨窮萬般身外事一笑酒盃中

鈔書口占

七十衰翁力不支閒憑不律寫烏絲借書鈔與兒孫讀消遣春風上巳時

朱雝模字三農號皐亭錢唐人有三農外集詩草四卷

碧溪詩話朱三農不知其名亦不知其里居集中有中丞高安可亭遺閩越嘉果詩注云高安遷派按茶院族譜系至可亭紀世二十有九于文公世系紀二十有一次子一行始知其姓朱氏也詩稱三農外集因遂稱其爲朱三農云外集則不知其內集者何如也外集又祗卷三卷四缺卷一卷二且不知卷四以下完缺否也卷三目爲三吳寓草兩淮寓草卷四爲秦豫寓草江右寓草可以得其遊歷大槩矣未有小黃山別業詩草其爲吾杭人無疑卷中有戊午穀日八十初度則其人去今僅三十餘年而知之者甚少可慨已吾友沈桐溪得其不全殘缺本選錄之後見湖墅詩鈔乃知其名雝模云按三農外集今尚有全本共四卷分八集卷一爲梅花書屋詩草西泠寓草卷二爲鑑湖寓草東甌寓草卷三四即朗齋所見殘本也所謂內集者爲農事三略周禮質辨六經小翼類史徵治地理名銓堪輿五篇醫學七書也書前有雝模印章惟自序稱小黃山三農而不署

名耳又畫徵續錄言雝模字臯亭號南廬錢唐人善山水乾隆十九年年九十有六猶不倦點染著有醫書若干卷府志八方技傳

次韻留别吳木欣時木欣將歸山左

滿目滄波載一船尊前斜日下寒川曾尋江閣看秋月中秋同木欣登金山玩月又向園亭坐晚烟千里平分黃葉路寸心獨繫白頭年君歸尚有田園樂世事忘言不用詮

殘夏過白田主人寓齋是日買醉五栁居及放船湖心亭同賦

湖中佳興待誰收攜杖來尋湖上樓五樹栁陰留小酌兩峯嵐翠落扁舟舉棋水檻消殘醉分韻山僧憶勝遊初夏集湖上適靈隱巨濤上人舟次相晤同分韻去遊宦由來閒境少還期相探芰荷秋

秋杪小黃山掃墓

東望皐亭感輒深歲時雨度卜晴陰纔過春雨桃花岸又踏秋霜黃葉林風木遺人終古恨墓廬愧我百年心攜藤欲就山庵住補種松楸聽暮禽

上元前一日同守廬過萬峯禪房

守廬人老駐容顏每歲來尋浴鵠灣同采雲芝穿鹿徑轉攜藤杖到雲關名藍古蹟初經歷高士詩僧舊往還聞說滿城燈市盛何如流憩萬峯閒

黃正維字萊堂錢唐人官四川榮縣知縣有轂音集

萊堂宦蜀十年五換劇縣其詩衝口而成不言標格槩本好作奇字龍龕玉鏡剌取頗多顧逸詩百聯中如琴沾花氣常含潤酒得詩情亦太清白鳥數聲紘外曲青山一抹鏡中螺千點暮山當檻出一灣寒水繞溪回算術何能工九九禪鋒只待悟三三飛閣迴臨雲雨上乘槎直犯斗牛閒皆清雅可誦集刻于乾隆十六年其人在雍正前

懸車

倦鳥知還捘翅歸故園邱壑果堪依閒攜古錦遊山寺靜把長竿拂釣磯有酒會須徵野客無錢何不典朝衣北堂色養南陔樂四十懸車未必非

陳銓字坦之海寧人侍郎論子候選通判

自題閒園待月圖

一筇冷踏雲滿山半榻高眠雪盈屋淨于雪影白于雲何如待月闌干曲空濛畫出幾樹花搖曳陰添數竿竹纖鉤忽破碧烟痕送影玲瓏到書幄誰家玉笛飛春聲香霧茫茫鶯夢足閒園夜靜人亦閒詩情迸入生綃幅

項景希字眞若仁和人

七夕集趙恆夫寄園以詩牌限韻集字

冰魄初回冷星稀翠更濃駕牛迎宿約促織送芳容岫𡌛霜猶墜人狂興每從金閨雙愛惜塵夢一難逢拂拂瓊葩淨娟娟珠屋封依然苔徑步亭招咽寒松

陳世泰字岱宗海寧人

七夕集趙恆夫寄園以詩牌限韻集字

爭搜賦奇句落葉寄園黃共想停梭態頻聞野卉香恍猜迷院落旋覺失炎光玩墅分巖島臨流倒石梁高蟬和鳥喚幽圃借花襄擬與登樓伴吹燈駐望相

關瑗若字敬扉錢唐人

七夕集趙恆夫寄園以詩牌限韻集字

幽賞臨園圃分班索硬黃搜奇傳逸響覓句吐眞香蟬飲露梧葉蟾流伴卉光蝶鬢迷野砌鳥羽駐河梁犄錦鶯千縷停

梭賦七襄從知仍寥落高臥細端相

郁大成字琴川仁和人

七夕集趙恆夫寄園以詩牌限韻集字

梧葉霑高砌巖花落細黃樓頭蟾翳吐斗畔鳥銜香望久知梭折驚分惱石光那爭持錦棹且穩臥河梁共訴幽千縷仍爲賦七襄紛紛聞逸響大地莫端相

查昌洵字恆侯海寧人

七夕集趙恆夫寄園以詩牌限韻集字

旅遇蔟朱輪綠陰低塢右坡長澗水環韻險强辭紐虹渚接銀潢帝娥催月曰霞明佇好音雀舞遲亘偶閣靜女呈蔬漏深絲亂藕聯憑眼境明同引盞中有

沈應銓字省庵郡人

七夕集趙恆夫寄園以詩牌限韻集字

敧徑塵非僻元亭草更濃勝遊依筍步愛夢就芳容渺渺禽初咽娟娟駕可從雙星今不寐一旦又齊逢幾約扶筇度休因著屐封瓊欄迎楚岫翠拂數枝松

朱桂字存仁海寧人

七夕集趙恆夫寄園以詩牌限韻集字

排俗殊非僻扶觴愛酌濃聽雞論不厭遊屐可齊容燭耀筵初設楓敧瀑急從織星遷觔度牛宿隔窗逢枝墜寒禽戀苔遮徑草封依稀雙岫並壑上鎖垂松

陳廷炳字昭夏仁和人

七夕集趙恆夫寄園以詩牌限韻集字

癡癖耽輕靄攤書忘寤寐絮飄已弗歸萍蹤卻如寄晴霄願

亦豪烏渡候元易沈思早堪憐牽情誰忽遂會見合新歡行看彈絳淚傾醪洗瓜李慇懃漫酬意

陳瓊字士雅郡人

七夕集趙恆夫寄園以詩牌限韻集字

近通咫尺橋遠涉東西驛日斂浮槎青曲終漢影碧烟機罷此宵風御馳前夕烹茗識龍團燒丹憶棗核貧棲夜悠紆病嬾山遥隔郭翰小家兒區區私枕石

湯彝字篆辛仁和人

七夕集趙恆夫寄園以詩牌限韻集字

林柯結素心采集競推奬吟篁隱桐鋪蘋波試艇上莎衣綴露痕琴趣多遐爽鶴囀繡茵肥蜻紅簾箔網聯裾隸事羣投老湖汀想薄醉暢澄懷朋簪畱雅賞按寄園雅集吾郡人尚有仁和趙景行駿期趙

道元訪濂皆見寄園集詩中而詩有佚者因附記於此

趙端字立山錢唐人

次恆夫錢字韻

涼颸響疎梧細雨滴枯蓮暑褪塵襟外秋添老眼前溪迴雙澗合山障半亭偏座映澄潭色窗縈遠岫烟稻芟橋畔畝爨起墅西麈里倡慚巴曲賡謠盡蜀箋余半亭詩辱諸公賜和箋粘滿壁詩筒郵遞至仙句鶴飛傳半亭向多乩仙題咏晉中閻季亨學博自石艾寄題半亭詩景從姪於濟寧任所和余詩先後寄至雁陣排空谷魚喁躍酒泉玩花垂絕壁喜石墜平田辛卯甲辰乙丑之間巖巔屢有石墜昨雨過又墜大小二石漸水新流改張園古樹全仲弟寄園爲月張舊址有元時老樹東皋吾嘯傲北闕弟沈員何日同攜杖閒來貰酒錢

藍深字謝青錢唐諸生有過秦草

謝青爲東皐蝀叟之孫攻舉子業名噪甚朱竹垞太史亟賞之與龔蘅圃侍御早年相契方侍御尊人開藩白下謝青亦信宿瞻園其將歸也侍御唱離亭燕以送之其相憶也和鶯啼序以寄之見紅藕莊詞卷後遊京師入成均無所遇適范陽曹鼎望出守鳳翔挈之偕往而謝青已垂垂老矣蝀叟書畫名重當時謝青承其家學皴染皆合古法而眞蹟流傳葢寡余友黃君鄭泉家藏其山寺圖上附論畫一則曰郭河陽著林泉高致論山川林木屋宇津梁無不合四時明晦學者宜準此爲金科玉律獨春山日淡冶如笑最難摹寫挺管偶成效顰貽誚矣九日登嵗光山房跋筆圖分五層皴擦疎朗微染赭綠最上兩層烟嵐浮動筆意堆堆筆痕俱化書復秀情灑落軼文董而上之眞神品也過秦草二冊不分卷數附以尺牘雜文及題畫詩跋中多塗改似其手稿前有曹鼎望李因篤兩序年在康熙乙丑葢皆居鳳翔時作也章君次白得之門攤惜多斷爛今錄其可屬讀者八

于輯

望家書

家書無一字歷盡可憐宵客過問鄉里時移看斗杓堦前蛩語急雲外雁聲遙獨立黃昏後燈花不敢挑

小砌黃花遍無煩載酒尋曾呼延壽客絕勝辟寒金西輔驚

署齋喜多叢菊

秋晚東籬繫客心笑他春事豔風雨不能禁

程鉉字聲士名高子錢唐諸生

偶成

屏除百事養天眞寂靜蕭齋日未曛況水香添閒讀畫梛花

如雪撲簾紋

程鈴字冰鑑一字韜士鉉弟郡庠生

春早喜晴

旭日高懸畫閣東羅浮夢返尚朦朧問誰偷得春消息數點

飛花鳥語中

國朝杭郡詩續輯卷三終　　錢塘吳慶坻校字

# 國朝杭郡詩續輯卷四目

康熙雍正間人約畧爲次

謝聖堅　李　芬　蘇啟鉽　湯學顯　趙廷桂

吳載燦　吳汝玠　吳培風　張嘉論　查克承

許　旦　汪士桂　薛國秀　顧　玉　許宏祚

馮　緯　周自豐　鄭廷臯　瞿　鼐　曹　儀

曹　儼　殷際盛　陳光弼　蔣　標　姚　典

梁履祥　蔣　博　朱有容　黃元嘉　陶錢浩

趙　荃　趙　瑜　史　中　袁　鴻　俞尚焜

馬翔麟　邵宗寶　沈　謙　李夢本　周[illegible]

周　準　蕭　彬　倪　廉　陳　玿　鍾士驥

傅辰三　龔　原　周兆鼇　鍾　士　張奕光

魏周琬　吳　奐　查嗣鏞　吳謙光　吳謙益

周霙　金柱　陳艮謨　陳王謨　邵胡然

沈國梓　楊紹奇　朱有志　查樞　陳熹

徐在　邵錫申　繆之瑨　吉謙　楊汝梓

沈三畏　沈之鈞　沈之鎰　朱瑋　沈國佐

沈叔培　沈叔埏　馬登瀛　聞元烘　吳山鳳

翁永錫　俞之瑨　李軾　章師鹿　吳繼善

沈施瀛　王執禮　李坤　季煌　柴世堂

徐雲祥　查昌文　黃墀　黃啟圻　黃敬修

徐日焻　俞星畱　沈晃　應蒼璧　邵元標

凡百人

國朝杭郡詩續輯卷四　　錢唐吳振棫毅父氏編

謝聖堅字睿庵錢唐人有竹枝詞

睿庵居鐵冶嶺少時讀書南屏龍井諸僧院閉戸下鍵蕭然無俗好壯而出游經歷頗遠嘗爲西湖秦淮蘇臺鑑湖等竹枝詞合爲一集康熙辛巳鏤板以行

西湖竹枝詞

夭桃穠李爛花朝留得風光是柳條四十年前歌管地秦樓亘接定香橋

湖上春風拂袖輕湖邊遊女踏歌聲聲聲盡是相思曲驚起鴛鴦睡不成

李芬字人表號復亭仁和人

復亭博聞强記狀貌偉岸安貧積學老猶授經一時請業者甚衆翟晴江灝亦其著錄弟子也屢試不售以游眺吟詠自適年八十餘卒

江村

久覓幽棲罕所宜卜居差足愜心期時看江練更圖畫日爲山光勸賦詩履坦自逢如砥道巢危多在最高枝草堂五柳皆寥落宇宙茫茫安所之

蘇啟鉽字靜庵仁和諸生有蓮輝堂詩集

齊河送余大參北發

折柳齊河畔春風日正遲相逢談往事話別訂前期未許東山臥頻縈北闕思文無且莫贈（古今註相別贈以文無乃當歸草也）歸老尚非時

沈紀榮招陪徐觀察春夜遊大明湖

歷下多名士風流孰可當賓留徐孺子座有沈東陽四面湖連屋三春柳拂塘酒酣明月上簫鼓送歸航

湯學顯字孔茹號宜齋右曾子仁和貢生有蒓鄉葉居集

慧山

九峰欝雲根蜿蜒羅青蒼㑹緣入幽磴長史舊草堂只今法象空寶旛馴鴿翔葉落拂牀塵花放見佛光癯僧不談禪哦詩草木香孤意與俱永隨在如坐忘

颯灑林風生寒空弄淸樾山禽隔葉鳴好音聞不絕訪碣剔烟蘿斂腳半磨滅蝶老抱秋花松疎漏涼月際此孰含毫秀采芙蓉發

葡萄瑪瑙壺歌

按松陵志壺爲沈萬三故物瑪瑙質通明類水晶上有葡萄天成如墨點中注酒光彩滿室後坐藍黨籍沒壺亦不知所在天順間邑人李銘夜見市中溝渠有光私

發獲之卒爲張監所得余作歌以紀之

明初逐鹿羣雄走珍器遷流不遑守素侯爭貸勝爭王富甲寰中稱沈秀周莊小市東吳東樓臺簾幕羅春風華筵夜起珊瑚燄轝卮細滴眞珠紅忽漫呼童發繡絲座客驚訝意何在主人一笑寶豔生玉注金提少光彩由來野鬼丹邱血巧斲樽壺泣冰雪天然馬乳絡芳痕似向雲藍灑烏玦洛姬倚出龍珠帳羅衣繡入新花樣大宛香醅暖更濃色味中邊相醞釀猗歟此器神工全造化詎許多畱連酒冷花寒罷歌舞霜螭攫取飛雲烟天風飄墮埋香土回頭熱粉紫瑱苦月漉西沈隱璇宇蛟虹騰氣溝渠吐

耘松亭立秋夜

一葉落何處冥茫烟色沈花期相與冷秋事始於今此夕爲

吾有殘鐙見客心櫓前風戛鐸也似作商音

謹校先大人懷清堂詩集付梓二首

何物青氈稱舊貲簏中手澤獨攜持名山粉本猶無恙喬木家聲只在茲過眼春風飛蝶早關心秋月放花遲前聞一一編如次都是人間未見詩

拂拭芸香辨魯魚恍如承訓過庭除張均枉解吟家集趙括何能讀父書待布國門光自遠更求遺篋緒猶餘先大人自著有懷清堂文集纂輯有南史集文獻通考俱未行世無由私慰青箱志惆悵秋風上葛袪

趙廷桂字燕山仁和人有成都游稾

蜀道

蜀道難如此高低嶺不齊四圍松柏合一路狖猿啼隱隱灘聲惡昏昏瘴氣迷況餘懷古意翹首錦城西

吳載熿字冠南郡諸生

浮玉觀荷小集

藕花深處接禪宮殿角鈴聲送好風暑氣乍消新雨後吟情都在晚香中步淩碧水衣分綠臉映丹霞色轉紅欲借清芬消宿醉呼僮波面折荷筒

吳汝玠字孚尹仁和監生

孚尹先世居休寧其父仰虞始遷杭占籍

萬九沙招集七桂廳花下作

七桂廳前金粟開枝枝應是廣寒栽君家多少蟾宮客漫說吳剛斫得來時兩家子姓俱赴鎖闈秋試故戲之

吳培風字翼雲號蘧庵仁和人

蘧庵父修來仁和庠生兄迥萬休寧歲貢績學能文章蘧庵尤長于詩畫以文沈爲宗法今僅得其題畫絕句

題畫扇贈敘彝弟

遲日凝妝坐含情無限春那堪新柳色舒眼故窺人

張嘉論字蓬雲號綠筠海寧人官江南江寧知縣有玉鑑堂詩鈔

蓬雲雍正中知沛縣邑瀕河地二千餘頃歲有被淹例于冬月納漕後勘明災畝分別蠲徵蓬雲請以上冬預勘先定次年賦額胥吏不得增減民稱便焉調常熟縣邑南大義橋權關者設柵以稽稅為名故滯民船恣其搜索騷擾乃爭得撤去終江寧知縣府志人循吏傳

甲寅五月奉調吳縣留題常熟署壁

尚湖清淺虞山秀吾谷鮮明覆釜奇畫稿一齊收拾去不廉從此更難辭

查克承字坤元一字寄材慎行子海寧監生有授拂齋詩存

寄材詩宗元白書法董華亭畫花竹翎毛神似惲南田茗椀爐熏不與塵壒相接嘗夢呂仙與丹授拂若有所悟因以授拂名其齋

穀雨日作

一番花信閒中擲又見新陰壓老榆夜雨欲來催布穀春風猶是喚提壺牀頭麯櫱爲徒侶門外溪山似畫圖興至行吟嬾便住悠然身世了無拘

許旦字聖來仁和人　按輶軒錄作許旦評

秋曉登湖樓

幽賞續殘夜清吟倚斷烟蘭舟人共醉柳岸月孤圓花氣矜新雨霞光媚遠天幸君同妙境佳處有詩傳

汪上桂字森遠一字生原仁和人

生原大父自歙遷杭業鹽遂占籍仁和遭父喪爲同業所欺家遽貧與兄事繼母甚孝母勞勤臥疾未辨色即

苦飢生原時方幼沖持盂適市購粉餌之類有戴翁茂齊者往往見之感其孝且誠招致其家任以事外舅康上征幕游寧夏所積修脯遠莫能寄召生原攜歸悉致其家毫末未有所染其慎取予如此善治易通其理于醫兼攻療治著生原醫學讀本十餘卷卒年踰七十卒之先預示期及期盥沐端坐遺訓惟讀書務本不及其他子婦抱幼孫旁侍呼之曰小孫予汝來送我乎命取二果予之瞑目而逝詳見碧溪詩話

渡黃河

晚行滎澤縣下馬渡黃河天上水來急滔滔湧大波一帆纔數里曲折幾迴過不雨沙常溼無風浪自多人情翻覆者到此更如何

岳王墳

忠孝英雄絕世無岳王墳廟在西湖當時若使誅秦檜不過凌烟一畫圖

薛國秀字廷章又字楓山晚號梵村居士錢唐人

楓山家有園池之勝嗜金石文字頗善臨摹又蒐彝鼎古器所蓄皆精妙有好之者則舉以相畀無恡色

秋雨不止

桂花高下罨天香風雨淒迷氣不揚四序久知同逆旅雙眸猶祇戀秋光身心縱覺馳求歇景物難忘遷轉忙何日稾居齊木石證來安隱是艮方

顧玉錢唐人

玉操舟之子也家靈芝寺側其父善琴玉幼習之父亡奉母以居風晨月夕放舟湖中撫琴自樂其時金衢道梁公萬禩雅能琴適在湖夜泛聞琴聲移船物色之與語喜其樸樕且知其有母贈以金焉玉嘗作蓼花引云云玉蓋孝子也後母亡玉亦歿見清波小志

蓼花引

蓼花開兮湖之秋兮蓼花落兮湖之涸兮念我生之頭白兮與蓼花以朝夕兮嗟有母而無父兮徒自傷其孤露兮蓼兮

蓼兮子誰告兮

許宏祚字貽豐號玉沙錢唐諸生有漱石草堂詩

玉沙身長八尺腰腹十圍聲如洪鐘每試鎖闈門未啟立儕輩中昂然傑出顧盼自雄議論侃侃絕無措大氣味家甚貧顧膠口不言一日與汪水蓮王性如集夏葉昌館舍自巳至酉極飲大醉次日復邀至其家賞桂比至玉沙久不出呼而詢之則家人不舉火兩日矣水蓮探囊得白金半兩付之市飲食仍飲至三鼓始罷明日葉昌餉以白米玉沙方握筆苦吟桂樹下若不知絕糧爲病者葉昌死玉沙哭之慟墓有宿草猶挈尊罍招客至墓下哭奠奠畢共飲飲罷復大哭嘗就聘禾中義學館修可得百數十金聞友人章性涵被譴急謝館事徒步送其家人至京師至維揚囊無一錢輾轉假貸以行其篤交誼如此茶陵彭公維新奇其才招之幕府分俸爲其長子完娶後受貴撫淸河張公之聘纂脩黔省通志雍正壬子年已五十三猶應鄉試又復黜落鬱鬱逾月而歿嘗輯古今閨秀集若干卷詳其里居姓氏各系小傳以表潛德詳見水蓮集府志八義行傳

詠栁絮步占五梧庵韻

落花爲伴水爲鄰隨雨隨風送好春輕逐飛塵爭客路軟猜

挾纊寄邊人吹來常滿紅花鋪墜去偏宜白氎巾生長長條知別苦願同車馬渡關津

贈沈蒼鹿先生次元韻時余省試被放

歷盡江湖老始歸一生才命兩相違腰無長物何妨瘦家有藏書卽是肥鬼膽儘教奇語破奎光常挾綵毫飛詩名自足傳千古休悔毛錐計盡非

憶章信園戍粵西之栁州

邊徼無端動別愁南黔西粵水分流雁書有恨憑誰寄雞卜雖神莫妄求大吏可能憐逐客孤臣猶許葬鄉邱近得家書知綺堂先生已于去冬歸葬投荒萬死君休悼贏得詩名繼栁州

戲柬翰夫徐明府

牆頭紅豔暗飛香猶似身居近洛陽採盡含苞銜盡粉一春

蜂蝶爲誰忙

馮緯號臥庵海寧人

臥庵少年投筆從戎歸隱修川以詩送老惜遺帙皆燬于火

贈仲音先生

仗劍出從戎三年報國功策勳非畫虎奇畧舊飛熊洒涕新亭內悲歌燕市中太平應有日躍馬度春風

周自豐字芑遺海寧人

芑遺詩見我聞集所載摘句如一棹晚風驚鷺起半窗斜日聽鵑啼骨已全銷何有傲心猶未死尚存痴皆有風致

采蓮曲

打槳悤悤趁夕暉拚教香汗溼羅衣輕舟蕩入花深處驚起鴛鴦傍岸飛

雞聲喔喔報天明急起推窗看雨晴低向房櫳語夫壻小姑强我要同行

踏青竹枝詞

鄭廷皐字玉倩號疇占錢唐諸生有閒吟錄豫遊漫草

六一泉

吁嗟六一公氣概迴不羣形管富文學廟堂坐策勳暫寓人閒世卓犖靖紛紜歷嶽跨滄海叱馭乘風雲爰賦山中樂迺以贍惠勤勤雖緇素流頗不染俗氛交公千里外瓢笠寄湖濆死生同一室瞻像仰芳芬東坡門下士感勤志意殷名泉表師德勒銘誌舊聞歌詩飲此泉清冽需遺薰迄今西湖畔瑞靄常氤氳溯流得其源源遠派自分滔滔流不竭吾于公亦云

落葉

落葉滿庭除秋風病欲蘇薄雲棲戸迴涼月到窗虛齲齒難茹物顛毛不耐梳人生忽覯此惆悵意何如

題畫

秋山壘壘遶堤行閒聽漁舟弄笛聲蘆白楓丹涼雨過斜陽獨向水邊明

瞿鼐字弈珍號瞿瞿子海寧人

題牧牛圖

郴彈春郊浪半天牧遊情倦獨知眠三生石畔當年事未許人間會夙緣

曹儀字公威海寧諸生

過吟野樓即事

吟成酬豔友（同友人詠芍藥）攜稾訂偕行細雨畱清話遙青送遠情
水窮雙樹老洲曲半舟橫目接漁樵隱能忘浮世名

曹儼字公望海寧諸生

午日偕同人遊隅園

石峰圍高閣曲水縈於帶幽徑小橋通川流山色外憑欄一
遠眺喬木正蒼然攀藤緣奇石鳴玉漱飛泉佳景豁羣蒙曠
觀天一空古樹落閒花修竹扇清風清風吹我襟日暮碧雲
深笑傲綠陰下攜手共謳吟謳吟何所有且侑蒲觴酒

殷際盛字方來海寧人有桑者居吟草

禊感（十首錄二）

秋風動地起百草淒以衰光陰逝不返感我思多悲骨肉頻
死喪親串亦孤危榮名不早立晚歲徒齎咨

池魚樂深潛谷鳥思高遷物性有如此人何獨不然吾生秉微尚俗反謂拘牽鄉愿豈敢效名義是所先區區流俗情何必求合焉

陳光弼字樹厓一字汝諧海寧諸生

喜周一齋過話

乍見悲歡兩不禁三年雲樹繫情深襟期喜爾豪如昨寂寞憐余想至今竟日難留佳客話一尊長抱故人心清明時節能來否相約南垞聽足音

蔣標字達天號晴崖海寧諸生

雨中登吳山飲鳴鶴樓

閒著登山屐來憑百尺樓三秋寒雨積終古大江流未遠黃花節重拈綠醑浮柘窗宜笑舞一洗客中愁

姚典字光堯號墨田海寧諸生

春日書樓閒吟

千里平蕪草色勻枝頭花鳥殿餘春年來正得閒中趣開卷悠然見古人

梁履祥字吉人號伊湄海寧諸生

伊湄生平無疾言無矜容案頭置宋賢語錄及考亭全集正襟循覽日有課程一日及門從容問曰學幾時纔到悅地荅曰即學即悅無兩候也畏難不悅俗學不悅外此雖異學尚有得心況吾道之精微廣大乎君之不悅正坐不學反于學外求悅不亦左乎時共歎爲至言

題書齋壁 共十五首數年間雨蝕蝸涎大半漫滅又無別槀茲錄其完好者共六章

讀書破萬卷始基在童蒙時哉一以先天人兩無功虛擬若有得博觀浩無窮如何心性地甘以冒昧終

介甫說遺經禍較秦火烈春秋天子事朝報尤邪說向非程

朱起微言日以滅最憐後世人不量欲自絕
聖言存其似此論殊未公眞僞不嚴辨附會滋益工虞廷臣
君父謬語訶齊東何乃書小序好奇翻推崇
風詩襍美惡淫奔時有之郎如桑中契寧非定情詩採風史
所掌無邪我所持好賢刺時政紛紛空爾爲
魯公薨于車吳師入于郢仇讎貴報復大義天地炳不見文
定公反覆以相警瀆武豈概論羣疑盡深省
經史詩之源唐賢詩之軌正聲留宇宙匪自唐賢始不聞杜
陵翁熟精文選理勿爲東坡愚任意乃訾毀

雨霽

長日雨新霽炎威滌盡空不須愁盾日況復近秋風藥餌詩
書內年華貧病中涼心多妙劑祛熱自神工

和秋水春暮集同人于松隱山房原韻

未盡殘枝映綠林同遊勝地豁胸襟不愁三月鶯聲老且喜禪房花徑深醉後邀僧看落日興來倚樹聽鳴禽徘徊不是詩難就應爲留春仔細吟

蔣博字愼言號潤遠海寧諸生

冬日晚步

平野寒方壯長河凍不流朔風吹白日慘淡滿荒邱歸鳥宿猶巢空林枝自樛後凋羨松柏本性誰爲儔

春日託興三首錄一

丸轉雙輪故復新鶯花始得占芳辰東風若教春長住人又看春不當春

朱有容字可大海寧人

秋日偶成

涼颸蕭瑟雁摩空無限秋光入望通雲物盡隨清氣轉亭皐惟見落陰同疏砧寒月深閨夜衰柳斜陽古道中吟罷杜陵秋興句不知詩思更誰雄

黃元嘉字柔則號再岑錢唐人有再岑老人集

再岑體瘠善病寡言笑日閉戶讀書與同里洪昉思昇沈磵芳名蓀爲吟交徐紫山稱其詩不染俗論自成機杼生三子璉琛瑚琛郎著市曲茅堂集者輶軒錄以市曲茅堂屬之再岑誤也

送友人之吳興

君且挂帆去蘆花白滿舟雲沈霅川路葉落峴山秋不負題詩筆重過跨水樓魚蝦遍村市風土似杭州

春霽溪上閒行

野塘不到又兼旬嫩柳今看綠漸勻風雨已過愁病日溪山

纔對苦吟身啼鶯隔葉如迎客流水浮花欲送春何處樓頭夜吹笛一聲清響度烟津

送友之江南

爾欲離鄉柂正毿殘年使我更何堪入山客有多年約分手徒貪片刻談三月竹房閒水北一帆春雨畫江南舊時吟侶皆爲客獨守蓬蒿祇自慚

陶錢浩字巨源仁和諸生有藻玉軒集

棄婦篇

與君初結褵朝夕事歡宴燕釵垂緑鬟鸞鏡窺嬌面貽我合歡襦縫以五色線方謂燕婉情千載永不變豈意歲月馳忽復割愛戀妾心如貞松君情若朝霞貞松節不移朝霞旋消散妾雖失君歡終始情眷眷君自樂分飛比翼中道判自傷

生別離反不如團扇團扇雖棄捐薫風會相見

不寐

欲作還家夢雲山知幾層夜涼猿嘯月人靜鼠窺鐙别思逢秋劇愁心與病增獨居長不寐空對髮鬅鬙

秋晚懷同人

還來澤畔獨行吟野色蒼茫暮靄侵霜瘦寒林添屋角風收落葉聚潭心地供遠眺平原闊人到悲秋别思深差幸小春花事好茅堂有酒願同斟

過張晴田書屋并讀近詩

百疊烟巒水一灣騷壇新築傍湖山人居白傅逋仙後詩在開元大歷間香霧乍銷吟壁冷輕雲不散墨池閒何當共闢三三徑風雨論心日往還

趙荃字芳佩錢唐諸生有琪樹堂詩集

芳樹

芳樹當春何靡靡下有美人時倚徙輕按瑤琴彈玉指宮絃飛花羽流水芳樹拉襍秋風起美人入戶更羅綺華鐙明滅愁退棄暗數歸期長吁歎息豈無鴈帛矢心如石君有他心歸不歸恨無羽翼能奮飛

瑶瑟弄

媧皇翦絲辨六呂流音樂府驚歌女五十錦絃一時響敲金戛玉兼鐘簴又疑鳳抱八九雛丹穴嚶嚶作人語忽然激越聲如注石崇擊碎珊瑚樹轔轔栗栗復嘈嘈珠樓亂灑催花雨一彈三嘆降王母宮商翻出蓬萊譜曲中一笑董雙成停雲不動春風生

衛青歌

衛青新拜大將軍彎弓萬里巡海濱子夫宮中歌未絕單于臺上無氊塵君不見李廣射石力穿虎老死不侯淚如雨

趙瑜字瑾叔錢唐人武康籍諸生

瑾叔少時雅善塡詞撰有青霞錦翠微樓傳奇數種與洪稗畦齊名中年喜作釋氏裝自稱繡衲頭陀不飲酒食肉又不言釋氏之學不肯俯仰于人家雖貧泊如也康熙庚辰三月夜大風雨黎明著屐往扣徐紫山門促之起曰天公如此桃花摧殘可知矣吾欲往六橋弔之君能偕我行乎時紫山適小疾畏風辭之瑾叔遂獨行抵暮仍過紫山急索筆寫弔桃花曲五闋以示紫山音調悽惋其任誕如此事見清波小志詩稾不傳今從趙笠亭郭西詩選錄得一首

同人集雲居贈心學上人

雲鎖禪關一片秋招攜勝侶共夷猶廊邊修竹迎青眼座外遥山對白頭僧倣中峰遺履著客摹松雪古碑畱鴛湖一棹

同歸後又選楓林作快遊

史中字玉瓚錢唐諸生

玉瓚性狷狹修謹雖期功喪有如剡之容長身瘠立若植鰭然幼孤貧無師傳年二十聞鄰兒讀四子書髣髴若素所習見案上卷戲倣爲之質之老儒驚曰是制藝也長更力學于星經地志樂律俱能通曉館同里袁氏十年太史枚其弟子也一日攜太史觀撫帥大閱斜睨其陣又數數按其營帳大言曰謬耳不可以戰太史驚曰先生解是耶曰軍旅亦儒者事吾嘗學之矣歸手一書示太史而循其髮泣曰種種矣此少時手鈔陣圖也嘻其焚之晚年好仙釋無子年四十九病舌强卒詳見太史所爲傳

書僕固懷恩傳後

懷恩本不負君恩青史何曾照覆盆萬里雲州荒草外至今夜夜泣英魂

袁鴻字健磐錢唐人

健磐幕游西粵三十餘年卒時子樹僅十歲從子枚爲返其喪詩盡散失健磐嘗游京口寓鐵工某家其妻張

淑儀老秀才某女也爲媒者所誑誤嫁賤工喜爲詩與健磐唱和甚懽如所傳嬾妝撩鬢易私泣拭痕難三月桃花憐妾命六橋烟柳夢君家皆佳句也

寄子才姪

獨向空庭立詩情入沭陽才先施簡邑俸可養高堂汝豈池中物吾愁鬢上霜何時一樽酒相對話滄桑

吾生最飄泊淚迹滿征衣紫陌春猶在青年事已非水寬魚未活樹密鳥難依朽骨埋何處秋原瘴雨飛

俞尚焜字晴江號青樵又號晚多錢唐人有層雲書屋草晚多舊有詩名且工畫法乾隆丙寅丁卯間㩦亭制軍雅爾哈善嘗刻其詩于采風集卒年八十四無子其壻日趙傳字省齋鹿泉弟也

九日登石棚山次東坡海州石室韻

夜明扶桑日出處長河隔斷江南路巨靈疊石作蒼龍雙角

杈椏藏霧雨東巖一峰俯清磵鐵雲三面開靈宇悄然不見
讀書人纍然疑是埋文墓九月九日天氣清結伴登高攜桂
醑長歌遥憶省山仙輿尊先酹芙蓉主青騾一去不復還寂
歷空山扃牖戸更無寸樹著緋衣賸有雄詞誇少女安得仙
葩開鶴林微風散作山香舞二公相距五十年雪腸仙骨遥
堪伍胸山儋耳同轍跡碧海長鯨互吞吐石室當年空磊落
瓊祠此日餘鐘鼓從來才大難爲用坐令詞賦供酸楚我吟
海上何寂寥得此片石堪共語一枝秋菊薦寒泉颯颯清風
似相許人生寓形隨所適安見他鄉非故土佳節惟將酩酊
酬不知曠達誰爲祖好入名山常問津未除結習猶懷古歸
歟一笑海天空回首蒼蒼烟水暮

題徐冷雲山居

幽居移近白雲峰仙掌平開一徑通只有溪聲驚午夢會無俗客礙清風晴蒸嵐氣遠逾碧雨灑巖花徑更紅物外狂遊笑徐福神仙可在海山中

馬翔麟字白生錢唐人

吳西林先生游東園餘庵于僧厨亂書中得白生詩文樂府手稾一冊冊端不著姓名以卷中印章得證其誰某也見碧溪詩話

梅雨

爐香消受熟梅天紫燕堂深蒼蘚編竹以醉餘陰愈重龍因分後雨偏顛神游古檜鳩鳴寺思入新荷鷺起船長日似年年似日白雲何以遂高眠

邵宗寶字泉詒仁和貢生有半畝園吟草

泉詒家于鄭水天資敏悟工琴能詩

詠菊次芥老韻

昨夜三更雨旋來旭日和不風香自遠有月露還多送酒人
難值餐英事豈訛倚欄貪久立清晝任蹉跎

沈謙字履吉餘杭諸生

無題

秦簫吹鳳彩雲邊鄂被空熏怨獨眠瑣闥斜風闐玉女柏臺
清露溼銅仙春生黃蘗長含苦露隔芙蓉不見憐徒費東阿
才八斗更誰流盼屬芝田

李夢本字安公號懷堂錢唐人有寶墨齋詩

春雨偶成

忽見堤邊草盡生又聽澗底細泉鳴風輕不捲村烟溼雲重
偏停嶺樹平歸燕集簷窺舊社老農荷笠理新耕最憐思婦

樓頭目咫尺逖離望遠情

周霶字雨疇錢唐諸生有稽古林遺稾

皖北龍山有潭深不可測爲龍所居禱雨輒應建有祠家大人往祭余得侍從歸途口占

神龍共說伏深淵觸石蒸雲慶有年簫鼓自陳今俎豆風雷長鎮古山川征鴻嚦嚦秋聲裏老樹森森落照邊馬上歸來人影散滿城月色已娟娟

周準字欽萊錢唐人長洲籍諸生有迂村漫稾

懷舊 謂沈方舟

自失西湖叟詩盟三載寒已知生死斷猶作別離看老去悲邱井情來望逝湍還聞淮水畔禪宇久停棺

蝴蝶詞

萬花谷裏逐芳塵自褭蹁躚粉澤新多少繁華任留戀不知祇是夢中身

蕭彬字凝遠號文長海寧人有文長詩稾

久客

潦倒風塵客飄零久未歸空懷壯士志長愧白雲違江冷潮聲咽山空木葉飛鄉書杳難達早晚試寒衣

栁枝詞

汴水悠悠日欲斜隋家行闕昔曾誇只今惟有長楊在不見宮人埽落花

倪廉字公介仁和人

雪霽古直結蒼過宿旅齋同賦

貧巷荒齋寂荆扉晝掩時冷吟依宿火軟語把深卮雪淨鴉

歸晚泥融馬到遲夜寒眠不穩燒燭共論詩

陳玿字德符海寧人銓子考授州同知

初夏即事

春色雨中去殘花庭外香草心依舊綠梅子未全黃冷暖輕衫覺陰晴短屐忙村居無箇事隨意問蠶桑

鍾士驥字梁譜號曙河仁和人

梁譜以下七人詩皆無傳惟龔氏與古齋倡和詩鈔載之錄其一二以見豹斑

合溪亭同暢鶴作

朝旭懸嶺際浮雲倚晴空下有合溪亭倒影寒潭中平流亙數里屈曲蟠諸峰秋高氣象澈虛境萬籟通登臨憶疇昔空嚮懷蘇公

訪魯青寓齋

一角峰巒似畫屏坐來正愛午風清誰人解得閒滋味貪看秋林趁晚晴

傅辰三字星列號未孩仁和人

游仙詩

昆侖有銅柱其高出蒼天圓周如削成圍廣里三千上有黃金城十二瓊樓連霏霏光氣羃非霧亦非烟縹緲檽檻外朱氛五色鮮云是天帝居絕域不可攀峩峩閶闔門輝輝玉闕懸開明瞋雷目贔屭守重關仙眞脫羽駕往往游其閒或掇木禾實或挹瑤井泉採芝懸圃幽尋雲閬風巔日春非我春誰能保長年常懷從赤松結廬板桐前抗節淩青霞飄飄覽八埏

舟中感懷戲簡載夫

檢點詩瓢與畫叉布帆依舊到天涯客懷易醉烏程酒病眼愁看白柰花落日橫塘如許路小樓弄笛阿誰家尋春忽憶西陵在遊袨翩翩逐鈿車

詠史

季布深沈一旦平沛公長者不虛名如何賜爵親兄子猶記當時轑釜聲

龔原字載夫號穆堂又號牧塘仁和人有十丈蓮花亭吟卷

閏三月三日同人修禊湖上倣蘭亭體

節物戀長春蜂蝶有餘弄緬彼古昔賢當此發深諷物態隨時移理得鑒自洞我殊念田疇好風遞相送

春夜邀帝蘷拜颺粱譜暢鶴駕山聖階青原譙集與

古齋分韻得微字

投轄留賓未放歸故人小敘惜春暉疏梅入夜香生屋新月窺人影到扉有興合尊同話舊無心閱世久忘機長筵若箇能拋去取醉寧嫌酒力微

題寓齋壁

三年客裏過清明又逐東風作遠行芳草不知人意恨青青偏向馬蹄生

周兆蘢字篤山號石臺郡人

和魯青秋日郊外

撥棹沿溪曲支筇息樹陰千陂黃葉晚一逕白雲深雁度聯翩影蟬賡斷續吟誰將清絕意細寫入秋琴

鍾士字聖階號希庵錢唐人

同周丈駕山龔丈肖夫載夫青原集與古齋坐月分韻得臺字

寂歷溪花向晚開竹堂風靜月徐來螢鐙隔葉星星亂蛙鼓臨池疊疊催香篆出簾烟宛轉雲峰遮戶影徘徊不須更剪西窗燭坐對天邊玉鏡臺

山陰舟次口占

臨水人家麂眼籬牽牛花發草蟲啼清流曲曲山陰道一帶垂楊落照低

張弈光字東亭郡人

小山堂同人雅集分賦

招延合趁雨初晴共賞軒庭展畫屏幾樹枾分眉葉翠一堆山洗佛螺青哦詩老去才眞盡斷酒年來眼獨醒卻喜倦眠

登楊便半鈎月色映殘星

將至吳門留别小山堂諸子即席分賦

勞薪已倦息鄉邦又復租航卧水窗吳下但尋斥堠子我行聊作繫舟樁鷗梟慣與羈人熟詩句寧從投老降一出楊枝馬頭路用姜白石語武林回首渺千江

魏周琬字旭棠郡人

月季

辭疾程姬欲進遲幾曾眼淚洗臙脂是花開盡枝空折儂是長生袁寶兒

玫瑰

眞珠憐爾託翠帶留如叢不入楚王夢偏搖宋玉風膩香露露重小豔鬭春窮何用靈芸淚壺中貯始紅

吴奂字耕民號藝門一號歷園錢唐人有因樹亭詩鈔

藝門詩世未有傳本王辰夏五汪小米遠孫從趙雲門鉞案頭檢得詩一冊因以示余冊中凡錄古今體詩九十餘首詩前有慧日居士汪潭青渠所作山水一幅蓋藝門以此屬汪題詩而汪為之圖者後有周穆門厲太鴻王晉三汪抱樸諸公跋周跋云歷園几傲自得研吟不休清池修竹亭大自在厲跋云外鮮聲利之擾居有池林之觀自師萬物游畋文史蕭閒簡遠流形於詩汪跋云藝門年不滿三十不屑屑為進取計於歷園中蒔花種竹飲酒賦詩以為樂王跋云藝門以名家盛年拔俗孤往謝去紈綺雕華之習放浪山水風致在散人漫士間觀此數跋可以髣髴其生平矣樊榭集中數數言耕民而未著其姓氏得此冊可以互證冊中未言貫籍惟署款稱蛾眉山居士意其所居在是當隸錢唐也青渠亦樊榭吟侶詩佚

姬人翫新月

初弦新月出攜手下堦拜拜罷復悄然此意無人解

金鑪炷妙香簾捲春寒襲小院一雙人風前如玉立

新月似蛾眉把鏡還相照自道月不如妝罷盈盈笑

山游

平生寡所營放情在山谷卻厭城市喧恥與流輩逐況復天氣佳晴翠落湖曲轉徑度荒溪溪水清一掬躋攀上層巖蕭森盡松竹怪石紛多態俯仰娛心目何處隱人居寒雲護茅屋

獨坐

終日何所爲獨坐寡酬和風來草木香欣欣微雨過靜極觀無生閒來卷書臥

醉中歌

搖筆不能作一字獨對寒鐙尚無寐從來癡願不猶人求富篇章不富身世事茫茫眞夢電芸籤空架書千卷紅顏一誤便白頭少年正好縱逸遊今夕有酒醉復醒明朝對花還酩

酊月下佳人吹洞簫半鈎湘竹敲纖腰春露沈沈溼寒兔我欲騎龍赤霄路

寄懷周是諫

人生聚散良愁絕最是無端成小別料得思歸人未歸鬱鬱離情向誰說況逢春事正芳菲草長鶯啼花似雪烏程縣裏酒香濃碧浪湖頭水澄澈可憐風景足畱人賞遍苕溪好烟月曾記寒窗聽雨眠哦詩快飲無虛日只今作客意如何耐可思鄉心轉切憶君何處更消魂欲把千條楊柳折

題沈石田畫卷

天光欲暝秋氣晴孤村杳靄斜陽明不近城市土乾淨霜信欲落寒山清深林遠樹看莽蒼蕭寺荒寂無僧行泉飛絕壁千尺雪急湍下注長風生小閣依巖嵐影入細草夾路山橋

平茅堂盡日復何事鄰翁野老同鷗盟小亭有客欲喚渡烟水冪歷溪盈盈渡頭解纜放小艇柴門已見人相迎休作剡溪盡興去可有酒對黃花傾相逢一笑各無語人生何苦多所營莫言妙墨圖此景他年我欲來歸耕

禾中梅會里與親友道舊

十年不到此相見各相驚親舊半零落兒童俱長成荒涼悲往昔潦倒媿生平若問生涯計如今學釣耕

擬久別離

浮生能有幾一別動經年故國人難見他鄉病可憐夢驚巫峽雨愁泣楚江烟不若南飛雁天邊任往還

秋晚寫懷

向暮風光別蕭然秋意殘酒因愁裏減書向病中看落葉兼

疎雨黃花入晚寒空懷生計拙亦復强爲歡

凭山樓晚景

向晚碧天重寒鴉亂點空片山愁霧暝一樹夕陽紅宿鳥飛無極歸雲路總通登臨意無限搔首與誰同

翫新月

新月未曾圓淸光劇可憐照人寒似水著樹淡生烟叉手孤亭下支頤小檻邊沈沈更漏永閒玩未應眠

正月十三夜集徐紹武息游草堂

春風初試上元鐙草草韶華感不勝乍霽樹邊微露月餘寒池面半消冰十年舊雨傷如此座上見楊開緒令嗣一榻淸譚悵未能汪抱樸向與紹武比鄰去歲移居城北襟畔酒痕狼藉後何妨歸路醉騰騰

晚秋閒居

無事蕭晨獨閉關水痕依舊落荒灣仰看雲際斜行雁坐對亭陰一角山可許向人開白眼更愁善病誤朱顏蹉跎又是新霜候酒伴持螯約往還

癸卯歲除同晉三太鴻泛舟湖上

歲窮無事放游船湖氣嵐光思悄然風景不殊消雪後心情老大探春前青歸孤嶼荒隄草淡抹寒汀古樹烟蠟屐一生能幾緉聊將山水送殘年

甲辰人日同人集因樹亭

題詩誰寄草堂春節物安排逐眼新樂事中年偏戀酒晴光今日最宜人東風拂帽暖融面老樹著花清絕塵笑口大開休浪擲流連果不負閒身

曉起池上

侵晨池上獨徘徊一夜芙蓉又早開爲課兒童掃殘葉閒拕

拄杖過橋來

有感

幾曲闌干路轉西舊游門巷草萋萋自從別後無消息只有

城烏夜夜啼

查嗣鏞字樸也海寧人有震山襍詠

斷虹岡

倒插清溪雨碧空砥平線直是天工疾風西捲半山雨殘照

東垂一截虹

吳謙光字讓三號敘彝汝玠子仁和人定海籍廩貢候選

訓導

敘彝翁卜居仁和已三世矣會定海初設學招四方士應試遂隸籍焉天性純篤萬九沙先生以行符曾閔顏

其

閨

江樓月夜寄懷袁胥少德峻

江樓凝遠眺目斷海天雲平昔數知己襟懷誰比君歎塵逃

十丈冷月照三分尺素憑誰達長空雁幾羣

吳謙益字樂三謙光弟仁和監生考授州同知

哭大兄

本是連枝樹難壽續命方閔曾空孝行買董但文章慈日萱

猶蔭悲風雁失行塡胸無限恨揮淚灑斜陽

周雲字雨亭又字伯台號衍溪仁和貢生有宜園穠稾

衍溪八試棘闈不售與顧爾褱施展唐洪受葯沈英千及其同堂弟二溪人稱棣鄂堂六子衍溪善書法又嘗與錢他石論詩又嘗學琴于閒園詳見査聲山所撰傳

懷洪台山時在家叔池陽任所

洪子池陽去至今猶未回遐樓應作賦秋浦定傳杯古跡常游徧離懷且放開淹留非本意叔也愛吾才

立夏喜雨

夜送春風去朝迎夏雨來鶯聲猶未老櫩樹亦將開石上藤蘿潤花閒蛺蝶迴園林塵俗少敢惜醉新醅

金柱字立天號松崖張從子錢唐諸生有松崖集

立天家于棲水軒楹十笏栒日塵定草堂生平以英傑自命喜與當世奇士締交耽嗜縑緗吟誦不輟覗世俗逐巧黠妍嘔啁辨佞者夷然不屑也性喜飲飲必沈醉醉則仰天高歌鼻息欲干虹霓有拔劍斫地之概其弟日尺墨者嘗爲松崖集序言其詩多破腐出塵之語歷落處大似古釵腳屋漏痕幽閒處如山泉煮藥松栢爲薪絕非人間烟火也

贈王學海

烈烈緊朔風堅冰裂銅瓦宋家揚子雲正襟坐書舍手目並

弗停古人爲心寫論詩求性眞一洗鉛華假輿酣洇浪開筆落危湍瀉世俗競浮詞何啻鹿爲馬獨憐握白瑜艮媒亦云寡落落天地閒誰是知君者

陳艮謨原名璟字叶堂號潄六仁和人官歸仁司巡檢有潄六詩存

過玉山登舟

纔入江西路揚舲便不同耽行清澗水怯駛下灘風遠岫凝烟碧寒林返照紅回看山色好一樣畫圖中

春日山居喜晴

積雨閉門久天晴望遠空霧銷春有色雲靜野無風薄宦能藏拙清時不厭窮放懷聊自遣莫負曉窗紅

庭梅次韻

素質自高潔何妨近畫欄香浮東閣易夢到嶺頭難照夜色
逾白臨流影更寒南枝春信早相約座中看

陳王謨原名璘字閬林又字朗行號半村仁和人郡諸生有繡畦草堂襍著

半村所居東園饒水竹之趣工書法逼近晉人有蘭亭摹本一卷老輩題跋殆遍吾宗穀人祭酒與半村爲僚壻穀人小時嘗仿寫其字故題蘭亭摹本云我時三尺立公側梨栗與喫情尤親索觀我字醜可怕御背妙墨書羊裙

丁卯十月五十初度感懷

曾向淮南學問津布衣贏馬踏緇塵青雲自有攀龍客白骨
難爲買駿人不信乾坤容我在相逢肝膈有誰眞每從漂母
祠前過獨倚闌干淚滿巾

邵胡然字晉源號雪崖錢唐廩貢

雪崖先寄籍秀水海鹽兩試並售以海鹽先揭名輒就焉庠姓胡食餼後始復姓改歸本籍九試棘闈奉諱後不復應舉館于山右馬氏者十年後門下士洪理來守嘉興迎雪崖往報書曰爲賢太守難子第作好官使夜鐙千匹秋雨半湖登春臺而樂康阜循聲傳吾耳足矣鴛湖雖美何如西湖之適我意也及太守卒乃始往奠哭之盡哀而返卒年八十三以子樹本官江南道御史得封如例所著有尚論管見四書臆解三晉紀聞容窗偶筆東野瑣言各若干卷又藝語一卷則專記數十年夢寐中所構詩文也

烏石峰訪恬庵上人

爲訪遠公去攀蘿到上頭日圓松影午風細竹聲秋小閣當山湧寒泉迸石流僧厨剛飯罷鐘磬出林幽

沈國梓字濟川仁和人

黃鶴樓用崔司勳詩爲首句八首 録一

此地空餘黃鶴樓身閒竟日坐樓頭山林落葉參差舞客棹驚風次第收玉笛已無仙子曲水花猶漾洞庭秋長江形勝

眞天塹自是羣雄據上流

楊紹奇字大可錢唐人

黃鶴樓同沈濟川作

昔人已乘黃鶴去此日空懷黃鶴仙縹緲不隨江月到風流

應逐楚雲傳杯銜落日臨城北樓鎖飛濤繞檻前形勝巍然

何處好碧山紅樹總無邊

朱有志字浩齋錢唐人著因聲得聞集

浩齋三歲失明聞人讀書過耳輒成誦遭家難貧窘賣卜市中初未詳其所居室廬既鬻一遷東郭外再遷安樂橋東三遷麒麟街北生順治甲午其詩盡雍正乙卯年已八十二矣生子四孫二皆從集中知之後紀曉嵐昀爲作序書於別册併其遺稾藏湯尹亭家朱朗齋又從尹亭借觀詳著于碧溪詩話

夏蓋庵謁雪上人夜坐得山字

避暑尋幽小逕穿夕陽攜杖叩禪關浮光綴錦風經水倒影

積金日墮山酒債詩盟終歲冗青蘘白衲幾人閒雲深忘卻來時路好趁漁鐙過綠灣

查樞字階六號左旋海寧人有愼踰集

階六生于順治戊戌韜荒先生之同祖弟也性冗傲或勸以應試則笑而不荅高陽山入海鹽界巔頂陡絕下臨大海人跡罕至有軍屋二間無居者階六與許孝子楹橫冊其中嘯傲爲樂

和陶詩

俗士束名利如馬受羈靮吾志非一世飄然遺滯想朱門恥出入蓬戶欣來往斗酒勞農人酬酢分少長吾生亦有涯壤土不在廣躬耕食其力報予勿鹵莽

扁舟逐釣侶城市交游稀烟波信所如風雨亦不歸翠竹裁爲冠青莎織爲衣貧賤非我病素心庶無違

永日坐無事心氣良已和偶然意有得散帙一浩歌淡焉自

朝夕一生不在多摵摵霜前葉斑斑雨後華榮枯如過影一笑柰我何

寄吳玉章有孝行

君初讀書時發憤壯非少盛氣鐵石堅苦心氷雪曜搜剔洗根塵鑽研窺宎奥大海萬里深孤峰千仞峭毅然身獨往卓爾腳不掉淡飯屏甘肥孤眠斥窈窕輕外遺其麤重内領其妙惜無聖人裁甘受下士笑老大絲鬢長憂患心火燒流光去不回壯志悲自弔伊我初相識與君亦同調何能似古人但欲仰末照幽室響獨絃空林激長嘯願與發書史相與老漁釣

張節婦挽詩并序

節婦沈氏海寧人適同邑張順所乙酉之亂邑人倡義

順所年二十餘奮勇前死節婦負其幼子身被重創得脫無何子死室燬節婦始終以死自誓紡織耕稼以自給置田築室有餘輒以拯親族鄉里之不足者有甥貧不能娶給錢爲之聘其好義如此壬申某月日卒年七十一矣詩以輓之無使其無傳焉

陰霾四塞白日匿北風倒捲無山河大聲疾呼者誰子倡率義旅揮琱戈勇士不忘喪其首年踰弱冠婦青娥彼婦亦不愧烈士縱橫矢刃心靡他夫死于前婦死後堂堂正氣雙嵯峩脫身不死意有在飲泣柰此孤兒何煢煢形影相爾汝突兀平地生風波一脈并絕非意料天道茫昧理則那兼遭㷭燬無立壁落葉辭樹烏離窠不知何恃乃固守煆煉不變挫不磨獨犬守夜紡且織代牛耘田笠與蓑謹身節用有餘力

酌量大體寬無苛分給鄰米賑乏絶助納甥幣憂蹉跎平生一介義不苟兩手胼胝雙鬢皤窮鄉僻壤聞者少節操零落歸巖阿摟揚仄陋抉幽隱狂瀾自挽綱常頽

陳熹字允文號星垣海寧監生

星垣與兄允大弟允升並從黄梨洲先生講學年十三游栝蒼適學使者按臨與試冠軍遂寄籍焉晚年嗜昌黎詩手爲輯註刊刻行世府志人文苑傳

留别宋牧仲先生

我欲操南音南風柔曼難爲情我欲彈錦瑟瑟聲哀怨何時平搔落悲秋感師友爲我脂車潞河口廣平先生雅好奇相逢傾蓋艮非偶探得驪珠照眼明爝火微光復何有尊酒細論樂未央悲風又動瘳瘳栖索我新詩應不惜對君氣盡吟腸磔别有離愁暗恨生光陰眞悔成虚擲相望龍門咫尺間

相思縹緲難躋攀他時東來紫氣滿杖履追尋海上山

重陽前六日燕山雅集分韻得十五刪

高楓搖落響千山燕市悲歌醉未還道合龍蛇秋並蟄人如鷗鷺跡俱閒難禁揮手添離思卻話深宵暫解顏節近茱萸詩益健一時風雨動江關

徐在初名元宸字文果更字皆山海寧人有演溪集

分虎初歸約同人過脩竹居

丈室稱幽勝君歸得共過籬編三徑竹風響一池荷能潛與儈似長貧柰我何晚鐘人未散爲感別離多

邵錫申字天自餘杭人有遠齋集

靈隱訪諦暉上人

六橋迤邐虎溪深三竺岧嶤龍樹陰石湧樓臺排漢出潮迴

鐘鼓帶星沈高僧廬阜開蓮社才子魚山賦梵音借問西來

何所道洞門閒鎖白雲心

繆之瑢字龍光仁和人有德不爽齋集

晚尋顧處士山居

乘輿閒從郭外行前村隱約市鐙明路逃幸有山僧問客到

先教野鶴迎風引竹聲三徑冷月留梅影半樓横相逢共有

忘機趣一曲瑶琴見古情

吉謙字六皆仁和諸生

九日登超山

羣峰破碎水彎環位鎮南離第一山千古苔痕留石磴四圍

烟景護禪關勝遊本爲尋詩往隨意何妨釆菊還纔上扁舟

回首望始知來自白雲閒

楊汝梓字屹雲號傭隱老人仁和人

題任瓠庵松下煎茶遺照

雪鬟霜髯展舊容著書歲久想龍鍾如今抱膝人何在留得雙株手植松

載酒過元亭

故人落落似晨星寂寞揚雄老一經脾病近來疎茗椀誰還載酒過元亭

沈三畏字惺若號竹堂仁和人有拙存稾

別母

不憚路艱辛高堂有老親他時歸負米此日淚沾巾風雨可無慮晨昏須自珍嬌癡兩弱女若累白頭人

沈之鈞字我陶仁和人郡諸生

坐南村小齋有懷雲間吳定山

小園終日靜風急動簾鈎苔色臨窗綠松聲隔院幽興來還自得花發與誰遊遥念舊相識何方更滯畱

沈之鎰字玉川之鈞弟郡增生

客館寫懷

百日京塵意漸闌閉門聊復擬深山倦來牀第逍遥境夢裏家鄉頃刻閒書卷有情還受益俗緣無偶且都删謾云逆旅淒涼甚明月清風意自閒

朱瑋字韋玉號佩庵仁和人有宏訓堂集

俞璈伯館於塘棲韋玉嘗從之學詩

過青坡舊業

舊業青坡側猶存白板扉水深愁汲岸松長喜成圍隔浦魚蝦賤沿堤豆莢肥此中眞樸率吾已久忘機

鱗翔欲歸管山詩以送之

住山斷要辦芒鞋春樹秋雲日放懷念友好將詩作簡看花還把日先排重尋泉脈挑新眼待破苔痕理舊街何用更思揚得意只須小住且爲佳

短衣恰稱野人裝荇帶牽風傲晚涼市遠不求兼味食庭空但覺野花香三秋爽氣張書幔九月清風築稻塲不是季鷹長作客一逢鱸美始思鄉

喜俞瓛伯夫子至舍時張仲謀卓火傳宋雒衡張介山陳興公吳震一吉去孳王次公亦至有作

秋風秋雨稻花香此地相逢興亦狂亂後行藏還自傲愁來歲月苦偏長不堪對客眸俱白特爲開軒菊巳黃同學一時欣衆首布衣終不負滄浪

沈國佐原名洪英字爾大又字曠子仁和人有東皐集

春日褋詠和家椒羽韻

報花風有信著屐步閒隄野雀尋松隱春鶯隔樹啼半犂耕瘦隴一艇傍寒溪吾事存瓢飲高眠與化齊

沈叔培字御洽錢唐人有東苑集

御洽爲文駢儷尤長于詩與同郡毛先舒周禹吉李式玉等善稱八子父希畢官粵西以抗直忤當事中以危法御洽徒步入京師營解得脫見李芝懷里中前輩詩注

城南烏

城南南樓禿老烏歸飛啞啞引其雛仰頭看人低哺食一顧一步鼓兩翼朝啄暮啄願早飛雌長雄鳴各南北老烏胸中意悽惻不如毛短口黃在烏側

沈叔竑字宏度錢唐人有芙蓉軒詩草

宏度鼻弟出處不同皆有詩名

旅夜

江南花草正初冬遙憶秦樓十二重覺後忽驚身在客生憎夢裏五更鐘

馬登瀛字國士錢唐諸生

國士初應錢唐童子試縣取第一學使張公試之不錄適有一生兩考皆取進應扣除其一覓卷補之令以國士請學使不允自取備卷抽補之恰得國士卷因入學爲諸生生平碌碌無所遇久困鄉塾嘗作三詩以自嘲正所以自嘲也

鄉塾詩三首 錄二

鼓吹不須蛙逢人恣意誇百城南面擁鎭日坐蜂衙

稚子仰宗工軒軒氣吐虹風流誰得似千古豔冬烘

閻元熿字德長號恆齋仁和人元炅兄

虞美人

枝枝柔媚已無香太息英雄枉斷腸雨足殘紅俱是淚風前凝緣不成妝貞名千古埋芳草豔質三春送夕陽贏得楚宮無限恨一腔腥血染鋒鋩

吳山鳳字文昭號東苑仁和諸生

東苑爲諸生屢試古學輒冠軍其祖心齋官鞏昌守子名燾亦諸生

奇峯結秀

拔地見芙蓉烟巒結幾重當軒橫翠靄繞徑列花封已削天邊岫何誇海上峯登臨深仰止衣惹露華濃

翁永錫字玠山仁和人

晚過崇福寺

逶迤來古寺夕照尚餘紅麋鹿遥相伴藤蘿近自叢雲翻水

瀁月玉響竹敲風清磬一聲下悠然萬籟空

俞之璿字景山錢唐人

冬夜衞京兆枚吉惠炭

團成香獸飄烟篆響入茶鐺帶雨聲待看擁鑪明月好小窗瘦影一枝橫

李軾字完車郡人有霧齋襍稾

完車不詳其居里所著詩文襍稾署曰西湖李軾則爲杭人矣康熙辛未壬申癸酉等年皆有擬表爲揚屋之用則爲諸生應科者矣其時年才弱冠則爲康熙初年人矣稾中有送窮文一篇蓋貧士也今稾藏于吳有孚家

詠竹

溪畔能開六逸襟還疑韻似七賢林疎枝勁節高人品外直中通君子心風擁碧柯聞戛玉月篩空影看流金葛陂自是

成龍物豈與春華較古今

章師鹿名未詳郡人

師鹿爲袁太史枚外祖年八十四猶冒雨著屐赴康熙庚子鄉試見隨園詩話

與及門遊西湖

師弟同遊與不孤呼僮挈榼更提壺分明柳暗花明處年少叢中一老夫

吳繼善字駿天號嘯齋仁和人

早春信庵兄集諸昆弟遊湖

著屐扶藜趁曉晴一湖瀲灧泛舟輕雲開天半層層淡雪綴峰頭點點明春氣繞堤花未吐清言滿座酒初行攜樽歲歲欣常鄂何必林鶯喚友生

沈施瀛字錦帆仁和人

錦帆尚義好學出馬端臣紳之門端臣書畫宗二董壽百齡無子生養死葬皆錦帆任之

## 潋江雪夜

漠漠江天暮靄深臨風把酒一開襟家寒有夢馳千里署冷憑誰寄萬金戰退玉龍聲寂寂舞來銀甲夜沈沈懸知太白峰前景偏繫飄零遊子心

王執禮字曲臺錢唐監生官福建晉江知縣有聽蛩吟

## 梛絮

輕似鵝翎白似霜無香薝蔔散禪堂姿柔不怕東風軟命薄難禁夜雨狂青眼冷看三月去紅襟併作一春忙風流張緒欣如昨飄泊東西也未妨

## 飛花

又是東風第幾巡翻紅墜素徧芳津緑雲散作霏霏雨乾雪

吹殘灩灩春魚不知疲吞瓣影鶴歸來晚踏香塵飄零莫恨穠華減梅杏梢頭已有人

李坤字申及號忍庵仁和諸生有倦游草忍庵集

忍庵年十三受知于張匪莪學使試輒冠軍結桂林振雅澹圃存古諸社見倪匡世振雅堂詩最

仙霞嶺

猶是三衢路人傳閩地關層巒橫海甸絕壑俯江山石穴遺兵竈巖營列市闤由來天險處不肯護姦頑

建溪夜泊

嶺上青猿嘯遠天客心愁絕夜如年夢驚灘響咽危石魂斷燐光伴野烟幻世浮沈隨鷺逐寄身雲水任鳧憐篷窗此夕誰堪話風滿山溪雨滿船

宿西興關

西關一宿意如何滿腹愁懷阻笑歌路近鄉園歸不得可憐家在夢中過

季煌字偉公錢唐人

偉公與朱竹垞在嶺南有燕集五層樓分韻詩時在康熙癸酉見曝書亭集

屈翁山見過

久矣成高臥誰堪倒屣迎獨醒高士意同病故人情逃世憐無地干時媿有名與君茅屋下疎放足平生

送別朱錫鬯

百粤殊當日重遊事已非不憐君速去翻笑我遲歸別路花迎棹離亭酒溼衣相尋應有夢會面莫愁稀

寄懷趙芳揆

自君別後少知音寂寞松窗冷玉琴酒醒不成游子夢月明

如見故人心樹來萱草愁難遣開到梅花感易深且喜南歸鴻雁便相思一寄歲寒吟

征婦

征客還家未有期空勞鴻雁寄相思妾心卽是沙場月夜夜隨君君不知

柴世堂字陛升仁和人紹炳子郡諸生雍正元年舉孝廉方正不就

謁睢陽湯潛庵先生祠

輓近尚浮文仕宦崇虛譽山巔水涯閒所在盛祠宇羊公墮淚碑贔屭難勝數我嘗三歎息此義殊非古所以過其閒項強不一俯槩惟湯先生聖學紹鄒魯發潛與闡幽萬變而千舉憶余當弱齡謁公典籍府道貌更巍峩言論更和煦手錄

先子書謂欲昭來許公嘗手錄先君家誡一書謂其門人沈昭嗣日此匪柴氏一家言凡在後學皆當奉爲金鑑余至今誌之體全用乃宏道隆功益溥開府三吳閒莫不藉霖雨去今二十年歌誦猶詡詡愈久不能忘崇祠祀林鳴丹楹閒虹梁綺窗映朱戸東風扇桃花報享薦春醑豈少生則榮沒則棄如土荒祠不再傳蔓草平烟溆何似睢陽公公尸永燕處茲余謁堂皇祭轎步階序遠峰列層城明河橫遠浦山高而水長矯首緬遺緒哲人難可追日暮尚延佇

徐雲祥字友庵錢唐人雲瑞弟

查氏七烈詩

查氏幽貞彤史芳全門七烈凜冰霜一時共赴泉臺冷千古猶聞俠骨香慷慨捐軀爭就義從容攜手喜同行須眉倘有偷生者清夜何堪自忖量

查昌文字毓書海寧人

家七烈詩

每讀吾家傳傷心憤繼悲鼎湖龍去後飛幕燕巢危閨戶偕

諸母投繯殉一時義風猶凛在酒泪薦芳卮

黃墀字無傚仁和人

無傚生平無可考章君次白于門攤得其鈔本詩一冊題曰壬戌稾按之爲康熙二十一年又吳西林先生序李澄齋睿溪堂小集云杭之東郊居民樸魯絕少文學之士本朝之言詩者自黃墀無傚先生始時有流寓棲木新庵之彬遠上人亦稱能詩與徐紫凝等相酬荅云云則康熙間東郊詩人也

看雲亭二首爲芥庵先生

先生夙負淩雲志歲晚看雲意若何塞北亭亭車蓋遠江東

渺渺海天多不須蠟屐尋邱壑時有奇峰入寤歌爲問碧筒

誰勸酒天孫冉冉下銀河

雲外閒雲常不繫先生舒卷道如何自怡已志逍遥甚莫問人情感慨多東野儼然龍作友寥天一任鳳爲歌十年遲我來相訪更俟清流變濁河

同人招遊法安寺

名藍面面是瓦疇客裏重過又一秋萬樹龍蛇松更好幾家雞犬屋俱幽清癯我比青田鶴浩蕩僧同滄海鷗南北山頭無近遠往來任意足風流

黃啟圻字右序仁和人

右序爲閨秀顧若璞長孫臥月軒稾詩題有云雪夕聽燦煒兩兒讀吳吏部和圻孫詩次孫啟均啟埏啟疆皆奮筆拈韻各奏一篇云云今惟啟圻詩見吏部西溪梵隱志均埏疆詩則無由采錄矣

獨往西溪

處處荆榛處處牽傜然獨往覓林泉新詩半篋爲行李好夢

移時作勝緣溪浸蘭芽魚吹暖雲敧叢薄鶴翎翩紅塵隔斷一千里何必乘槎漢水邊

永興寺看梅

荒寒古剎傍嵓阿載酒尋梅唱踏莎老幹横雲蒼蘚蝕素魂依月淡烟拖亭亭孌伴鐘魚靜得得生憎車馬過倒挂綠衣香入夢松風亭畔憶東坡

西溪尋隱士居

白鷺横飛亂晚霞攜將蠟屐踏晴沙路人指與寒梅處幾道溪流遶屋斜

黄敬脩錢唐人

詩附見臥月軒稾中按顧夫人四孫曰啟圻曰啟均曰啟埏曰啟疆敬脩似係既冠之字抑或更名不能臆斷矣

秋日過借隱園敬和祖母韻

浣花溪外避塵喧水滿低垣秋滿園池落紅衣香氣苦風搖靑影竹聲繁莫愁夜月寒淸露且斫江鱸醉小軒玉麈藤牀幽意足任他逐鹿沸中原

徐日焻字容庵郡人以下五人時代出處並無攷觀梅圖題詞附見黃墀王戌槖後卽附編以俟攷

題黃無傲觀梅圖觀此詩卒章則容庵爲無傲外舅

潔如冰雪稱同調光似晶瑩映素心羨爾溪山風景勝衆香叢裏獨披襟

年來宦海苦沈浮雅欲尋香不自由聊借畫圖傳逸致東山未許爾優游

曾同官閣對花開每憶湖山空溯洄回首當年詩興動披圖

猶覺暗香來

爭誇玉潤美超羣我媿冰清令譽分他日和羹還讓汝且看疏影坐氤氳

俞星畱字潔存郡人

題黃無傲觀梅圖

峭壁盤盤只水通千株紅玉綴長空無人花下堪同調載鶴扁舟一小童

幽芳卻喜異官楳老幹疏枝狠籍開似爾冰心差可對眼中何自著塵埃

移家鄧尉賽逋仙（余壬申癸酉間事）深入巉巖花幔天香國時時容我到何如穩坐不知年

沈晃字愼嶶仁和人

題黃無傲觀梅圖

相逢髣髴是前身官閣今來味最眞一自尋香成獨往李桃何處著餘春

風捲長條雪一堆縞衣素影共徘徊長鳴知有淩霄志他日家山踐約來

應蒼璧字友山錢唐人

題黃無傲觀梅圖

平生每憂西溪梅有蕊偏從雪裏開憶昔追隨前哲後扁舟弄月清山隈太息諸賢巖壑守坐困寒林成白首幸留大業在名山空負英奇薇林藪君家奮起早踰羣卓犖風流海內聞製錦已看傳世美著書更喜續清芬入林雅慕依磐石鶴舞花堦照顏色前席方資調鼎才乘時坐致和羹績

邵元標仁和人

題黃無傲觀梅圖

烏衣物表絕風塵不獨平江見雉馴政簡心閒常小憩梅花香遠數枝春

透迤石徑點蒼苔瀟灑無多仙令才最是小童能解事故攜雙鶴蕩船來

國朝杭郡詩續輯卷四終

錢塘吳慶坻校字

國朝杭郡詩續輯卷五目 康熙朝有科目者

虞文彪 吳漣 徐灝 盧璉 鮑栻

顧祖榮 孫士寅 潘沐 卓元基 管宏湆

趙蒼璧 汪煜 王廷獻 陳祺昌 顧悅履

黃龍眉 鮑楹 許惟模 高日時 楊存理

陳峋 倪璠 沈翼機 俞泰樞 沈鳳起

管鳳苞 楊中吉 徐雲瑞 查雲標 徐杞

宋鼎銓 張珍 管式龍 童克昌 潘兆新

查謹 許惟權 陳邦直 許勉燾 查克宏

沈寧遠 楊汝梗 張穎荀 郎廷謨 沈淵澄

陳高永 汪鳴瑞 梅調鼎 沈璘森 陶大呂

黃鈞 查遴 徐林 王璣 張倎璐

凡五十五人

國朝杭郡詩續輯卷五　　錢唐吳振棫毅父氏編

虞文彪字子雲號省菴海鹽籍海寧人康熙丁未進士候選知縣

李陽河

回首江城遠登艫一望賖亂檣森極浦羣雁蔟晴沙林淨無霜葉村寒有雪花繫船何處好楚岸酒旗斜

吳漣字雲山休寧人仁和籍康熙已酉　召試一等五名內廷供奉

將之京師畱別樂三叔

異地羈棲歲月深客廬風雨日招尋官輕半刺甘山隱（時南河投劾以疾不赴）子有雙珠盡國琛折梛離堂傷短別探梅舊圃憶聯吟從今判袂河干去雲樹依依千里心

徐瀨字瀓生號勿軒仁和人康熙庚戌進士官工部都水司員外

瀓生父嘉瑞號五玉高才早世其母夫人教之成立攻苦讀書每朔望錄所行事焚香告天所著有古今言行類編雲溪省身錄諸書學者稱勿軒先生見曹屺栖乘

題張半庵臥癡樓

十畝閒閒地潭深花影橫伊吾開卷趣欸乃櫂歌聲世法從癡看文心逐臥生登樓見山色最喜是春晴

盧璉字獻華號質存錢唐人康熙壬子拔貢官湖南常寧知縣有盧質存詩四卷

質存少孤事母孝與毛西河友善貢成均授嵊縣訓導擢常寧令為政清潔以事去官教授七年卒于客塾有手錄詩四卷舊在陳百藥寅處弟琦官內閣學士嘗曰吾學不如兄而位過之吾滋愧矣

春雨

客心逐雨緒不斷雨如絲披戶朝烟滿窺窗曙色遲水肥添鴨喜巢冷笑鳩癡回憶聯牀夜挑燈共聽時

苦雨

山城二月見蘭芽淡蕩東風柳影斜燕識銜寒來補壘蝶知冒雨獨尋花孤燈穗燼紅無暈四壁苔生碧欲遮卑溼更兼鄉思遠那堪數載滯長沙

山行

風送樵歌遠蒼蒼起暮烟孤村遙在望山月引人前山缺雲能補溪回石忽當微風吹不斷時有野花香

白菊花

三逕蕭蕭落葉秋依稀猶似白衣留黃金已盡知無色一夜驚看雪滿頭

鮑栻字葵石號冷癯餘杭人康熙壬子副貢官處州訓導遷雲南昆明縣丞終江蘇吳縣知縣有積雪堂詩鈔

葵石詩未見全稿輶軒錄所載日轉巒初寂雲歸樹欲浮月來沙有色雲度樹無聲荷翻別浦香侵戶竹動疎簷綠滿書花爲人看頻作態鳥因自贊卻垂名俱佳按王求皇莿存詩稿言葵石解組後嗜古讀書至老不倦又言葵石由學博遷長洲令非吳縣也與輶軒錄異

舟次

下上林巒跋涉艱扁舟棲息覺身安夔聽瀑雨凭欄坐爲怯江風擁被看寒谷斫柴還帶葉荒村問酒不辭酸長年呼嘯翻雙槳猶抱征鞍夢未殘

顧祖榮字山容號復齋又號培園宛平籍仁和人康熙癸丑進士榜姓張歷官內閣學士

山容歷官清班與修平定方畧一統志唐類函諸書居京邸門不施箔以蘆蓆蔽風雨性至孝兩親在里累乞

終養好窮西銘皇極之學府志入名臣傳子寧繩己卯舉人有文名

瀛洲亭補種新槐紀事

天上分明應列星陰陰密葉接柯亭也知不比閒桃李曾見三株綠滿廳

託根何幸傍瑤京好護枝條待長成想到濃陰涼似水曉風吹過讀書聲

長養多歸尺五天春城無際是晴烟扶疎亦抱淩雲意擬向文昌殿裏傳

孫士寅字義賓號書城錢唐人康熙乙卯舉人官雲南平彝知縣行取主事有寸心集

送張相國致政歸桐城

才高懋經濟望重遠人聞拜手辭黃閣翻身入白雲養生親

藥圃息慮狎鷗羣多少匡時策歸來草盡焚
金紫不隨身翛然物外人平章好風月翦拂舊松筠有米供
高衲無書荅近臣想公歸臥日絕似葛天民

塞上懷古

莽莽雄關碣石開薊門南望鬱崔嵬山連雁塞千重合水接
龍沙萬里來苜蓿草肥朝牧馬葡萄酒熟夜傳杯平時斥堠
無烽火一片秋聲畫角哀
霜染寒林滿塞紅女牆日落戍樓空射雕客去陰山北飲馬
人歸遼水東帳裏琵琶青海月軍中觱篥紫臺風沙場夜夜
邊聲起誰識當年百戰功
金鏃雕弓白鼻騧千羣毳幙列平沙雪中無復蘇卿節月下
爭傳蔡女笳白雁城高愁出塞黃花戍遠夢還家書生亦有

封侯願獨向青天拂劒花
黃沙漠漠水潺潺壯士弓刀明月環雲斷李陵攜手路苔封班固勒銘山紅顏有恨空遺冢白首何人早入關立馬西風一長望秋霜點得鬢毛斑

題梁西浦舍人憶內詩卷後

玉河柳色晚毵毵幾度尋芳與未酣忽遇鳳凰池上客海棠花底憶江南

與薩坦公話舊淒然有作

憶別梁園已十霜每懷知己淚霑裳秋風吹散三千客猶有鄒枚哭孝王

潘沐字敬韋號新彈仁和人康熙丙辰進士官翰林院編修有三餘堂集十卷

新彈爲鷲山七子十六子之一毛稚黃嘗序其詩以爲骨清而澤腴惜遺稿俱佚所見惟三餘堂近詠數十首而已

蕭王臺

梁帝臺何處憑高控九州嶺迴藏洞壑祠古失筌篌縹緲生秋雨蒼茫動客愁還聞有白鶴常駐此山頭

聞飛濤近信

逐客飄搖信所歸投荒蹤跡與心違金門慘淡浮雲隔粱獄蕭條白日微身世漸拚詩酒異風霜眞苦信音稀長沙未是窮邊地賈誼還須淚滿衣

古意

髻鬟朝自亂眉黛晚偏垂賸有章臺柳春風向妾吹

湖上曲

白馬驕嘶處春行日易斜倡樓三十六蕩子宿誰家

竹枝詞

西湖好女白于綿錦塘美酒青如烟長橋短橋好明月歌入竹枝聲可憐

卓元基初名允基字次厚號履齋武康籍仁和人天寅子康熙戊午副貢官衢州教授有江上草吾家吟等集

元日至人日大晴對庭梅誌喜次高青邱韻

春入林梢弄色委巡簷索笑與何辭況逢新歲稀人事政好微吟寄我思老矣孤標如一樹森然冷蕊綴疎枝自從元日來人日幾見陰時到此時

妙在無言意自芳裁雲翦雪鬪新妝風飄縞袂人當戶月轉橫枝影入房花似多情憐冷落天殊有意與清香賞春晴日

春長暝遮莫明朝又作涼

署齋東偏之小山上有屋三閒足供坐眺予欲稍爲苫葢顏以一帶夕陽閒居無事憩息其中惜力不能辦且一住三年歸與念切興亦闌矣

晚月催人尚未還曉風留住聽綿蠻詩人爰止三閒屋老子微虧一簣山紅惜花房蜂乍拆陰憐窗網樹全刪室餘半幅橫披畫貪賞斜陽滅沒閒

草細如梳髮薙齊纔容登頓上攀躋埽空銅綠荒苔砌藝就金黃野菊畦雁訴西風謀稻食鵲驚南月揀枝棲圓荷戴笠舟爲宅縮項鯿思釣水西

管宏濬字右民晚號讀易老民海寧人文華從子康熙辛酉舉人官秀水教諭

右民鄉薦出湯潛庵先生之門著有秋林讀易六卷見州志

自題秋林讀易圖

野老賦性拙讀易聊自怡況作太平民扶杖樂恬熙新秋氣漸爽林麓青黃披樹根或可坐靜玩爻象辭寸心偶有得慰我執簡思仰天看浮雲郎是羲皇時畫工寫我形白髮垂如絲浩浩與落落未必先覺知敢云寓憂患轉爲秋士嗤

趙蒼璧字晉襄號圓庵錢唐人康熙壬戌進士官湖廣麻城知縣行取擢山西道御史有琪樹堂集金臺草

圓庵家于寶月山下始講學雲居之外麓房後移西湖之祇芳園從游者多知名士令麻城時值夏包子作亂民情洶洶外籌守禦內事安戢一城竟得宴然既入臺中嶽嶽不阿有埋輪破柱之概與彭公鵬郭公琇陸公隴其同時有四御史之目所著有西林治署一書府志入武功傳

戊辰六月十五夜巡城口占

陣雲抱一城中外寂無聲刁斗兼風緊戈鋋耀月明飛揚覘士氣踴躍驗民情待挽天河水妖氛一洗清

七月望日巡城仍用前韻

秋氣滿高城蕭蕭絡緯聲銀潢清欲瀉燐火暗還明卻敵劉琨嘯登樓庾亮情中天一輪月照耀十分清

汪煜字寓昭號平齋黃巖籍錢唐人康熙乙丑進士官吏科給事中有同岑草願學堂集南歸北征錄平齋偶存

汪氏自新安遷錢唐父賡順治辛丑進士平齋少好武挽強控馬膽力過人後折節讀書釋褐爲鎭遠令擢吏科掌登聞鼓院在官未久疏凡六上號稱敢言初席豐饒以不問生產家遂中落及官黃門無儋石儲死之日同官助斂焉

乙丑章貢道中除夕同查朗山作

去年除夜在長安酒未酕醄興已闌才得到家渾不記又來

章貢宿危灘

蒲帆半挂逐輕鷗雲薄風微淡淡浮兩岸靑山一灣水送將寂寞到孤舟

殘雪斑斑黛色昏佛頭靑裏月留痕故鄉豈少湖山好未到黃昏上郭門

文禽試水綠波搖短麥纖纖發舊苗三十日來新眼界春風作意待明朝

王廷獻字幼拔號文在海寧人康熙辛未進士官刑部郎中有谷湖詩鈔

文在少工制義成進士後出宰酆都其地僻處蜀東學者不知圭臬爲設書院講習經義邑士登第自此始行取戶部主事歷刑部郎中乙酉典試河南舉仝軌爲解元年五十有八益阮亭尚書詩友也府志八循吏傳

泊南沱

長途村釀酒深夜木棉單鑪火寒無焰巴江怒有湍春來添幻夢老去薄微官月落孤篷滿吟成五字安

病起

那堪作客歷三時閒殺忙人總不知秋到垂楊風簌簌涼生圭竇雨絲絲釀成木榻兼旬病消得蠻箋數首詩窗外寒螿空怨語官場清泥只如斯

陳祺昌字吉大號蓼野仁和人康熙辛未進士官直隸大名知縣

蓼野分校北闈如勵廷儀顧嗣立皆其所取士被議家居閉門課子詩宗蘇陸書摹董華亭湯禮祥云

龍泉溪行

雲山疊疊雁成行溪水悠悠路正長幸際昇平無盜賊但虞荒僻有豺狼蘆花明月三更白客鬢秋風一夕蒼千里故園

人不見獨憑清夢到江鄉

月夜舟行

耿耿銀河映碧空危檣微漾綠波中游魚觸浪翻殘月宿鳥驚帆落細風清世不煩關柝警曠懷堪與水雲通倦來一枕還家夢睡起篷窗日巳紅

漫成絕句

甫里先生古逸民筆牀茶竈未離身鶴書只作浮雲看不遣江湖問散人

顧悅履字丹宸號秋崖海寧人康熙甲戌一甲第三名進士歷官內閣學士

丹宸工臨池在詞垣充子史精華佩文韻府總裁將脫稿以憂去適其子五達選庶吉士因奏請使踵其事一時榮之

送陳乾齋師扈從北征

聖主臨邊塞良臣贊遠圖鋒鋩雷電肅旗幟日星殊萬馬銜金勒千軍挂月弧高文煩勒石拜手頌　神謨

黃龍眉字公翔號海門海鹽人海寧籍鼇子康熙甲戌進士官翰林院侍讀學士有威鳳堂稿

泊皐亭山下贈佛上人兼訂後遊

山色何渺茫星光逗如月俄聞清磬聲知是安禪窟剝啄叩柴扉烹茶煮薇蕨坐久說無生松風蕩林樾高臥白雲隈客夢互超忽更問桃源中桃花幾時發

飲涉園贈別張葭士

春風何造次落花紅滿池花落有時盡相思無盡期為君引滿三千斗知己如君得未有相逢一笑復幾時月明倒挂溪

前梀

鮑楹字覺庭號損菴湻安籍餘杭人康熙丙子舉人官江南宜興知縣有濯纓詩集

覺庭於康熙壬寅恭與千叟宴於乾清宮進呈詩冊欽取第一刻有紀恩詩

游五原看花

旭日照林皋惠風薄襟袖招侶得偕閒出郭見山秀一徑入花村千里指雲岫詩翁導余前酒榼從而後穀雨恰鶯啼麥壟纔雉雊牛嶺渡松濤連岡達溪澗隝隱葛仙壇（地名葛隝有古仙蹤）路接賀城墺靈阡閟荒隧石峽表遺構（過蛟峯石峽書院及祖塋）岩迴鎖門屏山豁開苑囿遙看竹樹攢近入場圃湊桑榆接陰翳櫻筍記時候徑造忘主賓笑語欣故舊花藥蒔滿園芬芳散晴晝西牖夕陽來虛亭綠雲覆酒盡莫遠沽茶香品堪鬬詩遲

未用催奕敗底須救曠望尋層巔醉憩悅林茂指天山卓錐
絡石樹蟠籠丹照明綺霞幽泉響清漱良辰非宿期勝會實
暫逅乍可棄冠簪何當友猿狖塵網日羈牽未審幾時又

徐五其齋中石琴歌

三尺清溪秋水骨清響泠泠出寒玉宛如太古無絃琴形質
天然謝凡俗半面猶含山雨痕全身滿漬溪雲綠不知苞蘊
自何年物色無人棄深谷徐君好奇世莫比一見咨嗟加品
目頓令頑礦生光輝遠自山根致書屋時時邀客共品題日
日摩挲看不足洗滌泥沙見膚理抉剔莓苔露斑駁橫陳棐
几雜鼎彝旁置縹緗堆卷軸不須枯木徽黃金悅戛哀絲彈
郢曲偶來作客憩山中問奇遠就高齋宿連朝風雨阻躋攀
相對無聲但幽獨龍門千尺空爾爲嶧陽孤根若鑴劚世無

此手彈此琴寂寞精神貯空腹

山行雜詠

淩晨陟層巘出谷又斜曛山路不可盡泉聲到處聞憑高衆峰集度嶺兩源分雞犬靑林外人家住隔雲

西城晚眺

夕陽鴉陣亂飛還獨上高城送矚閒烟曳秋林平似織雲栖江樹遠疑山渡尋蘆子人千古浦認春申水一灣旅思茫茫正愁絕都歸靑鏡改朱顏

許惟模字立岩號念倫海寧人汝霖子康熙己卯舉人官太常寺少卿有清卿集

宗伯歸田後與查初白太史揚晚研中允陳梅溪侍御爲詩酒之會念倫輒奉杖屨周旋壇坫之間故所作具有矩矱

射鴨池

射鴨復射鴨下不過淮徐上不連苕霅惟有姑蘇術最精草盾竹箭人無聲烟雨濛濛暗前浦野鳧唼喋飛成伍射鴨先以鴨爲媒一鴨得食羣鴨來羽族詎肯戕同類媒不能言人所祟人何機詐鴨何愚口腹未飽身已俘

新晴郊外

經旬風雨徹晨昏偶趁晴曦出郭門紅板平橋楊柳渡青帘野店杏花村餳簫吹動游人騎社鼓敲殘旅客魂異地逢春春自好惜無檀板侑金樽

高曰時字素臣號習庵新城人康熙己卯舉人考授內閣中書改官寧波府教授有四宜堂詩集

贈東天目僧獨超

閒舒天際目大地自東開雲捲千峰日龍吟萬壑雷梵音通

帝座貝葉長經臺問我中何有能參本性來

楊存理字天根號性夫海寧人雍建從子康熙癸未進士

官兵科給事中

題一菴兄中坦梅下放飲小照

載鶴西湖夢早陳花時縱酒巳禁春棹頭不向烟波去何處

還尋戴笠人

陳峋字單升號玉圃海鹽籍海寧人康熙乙酉舉人官江

南績溪知縣有養中堂集

下灘

山形一何舒水勢一何迫茲從沱川游朝朝欣利涉一灘又

一灘百里同咫尺操柁只一人衆力不容惜我聞有瘴灘水

底藏怪石麻灘石更多往往怖過客快哉下灘船急行無晨夕雙槳按灘搖勢激弓弩射篙師心未厭尚欲呼風伯順運亦何常斯理須明白

上灘

濤頭憑高來洶洶怒氣迫十八扶一舟有舟仍徒涉一灘一尺高百灘卽百尺幾疑上青天水梯亦可惜所賴舟子能雙手拋亂石船如山上過卻不驚坐客行波稍平舉頭日已夕誰云山可移未信潮可射試觀下灘者何計呼將伯水面鷺鷥飛點破銀濤白

倪璠字魯玉錢唐人康熙乙酉舉人官內閣中書舍人見四庫全書提要浙江歷科題名錄無當是順天中式俟攷

魯玉以吳兆宜所箋庾信集出自衆手不免漏畧乃重為補葺併作年譜冠于前於史事考證槩詳其辨誤收

楊炯文二篇尤爲精審

七夕集趙恆夫寄園以詩牌限韻集字

情緒已開年憂思永不寐虛幃妝鏡看疊靄砧袍寄烏足掩沈沈魚潭飄易易飛綃卻漸輕寢席行堪遂宵渡萍合牽淩裝竹染淚紀候摘佳瓜雨岸動晴意

沈翼機字澹初號西園又號須研海寧人康熙丙戌進士歷官侍讀學士有澹初詩稿八卷

西園詩分十集曰謀野曰新安附黃山紀游百詠皆爲諸生時作曰瀛洲曰冊葵皆館選後作曰蜀使康熙甲午典試四川作曰黔使康熙丁酉至庚子視學貴州作曰江右使雍正癸卯至丙午視學江右作曰兩山乞假歸田後作曰覲光乾隆元年復補原官後作曰游衍則致仕後作也

祇林庵散步

人多穿洞出窄路礙枯藤怪石如迎客馴猿不避僧疎林飛

瀑落絕壑亂雲蒸素有登臨與梯霞上百層

俞泰樞字拱辰號澹翁又號藕洲仁和人康熙戊子舉人官烏程教諭有藕洲詩集

澹翁家臨平地有藕花洲因自號藕洲弱冠補弟子員鄉舉後與同年沈果齋鳳起朱省齋兆琪稱莫逆交嘗召畫師繪三友圖以結歲寒之盟沈得竹朱得松藕洲得梅題詩卷中而藏于果齋家年八十時戚黨醵金梓其近體詩十之三以爲壽其他著述尚有愛閒堂詩話二卷

遺懷

儒冠數十載虛譽有如無去日非來日今吾是故吾功名悲老大衣食愧妻孥寄傲南窗下琴書且自娛

游安隱寺

隱隱鐘聲雲外出淩空幢影照苔痕兩行古木開山徑一道清泉對寺門洲上藕花今不見隖中竹杖已無存閒來我亦

耽禪悅欲共高僧往復論

藕洲口號

五月臨平路參寥好句留藕花遺蹟在讓我占芳洲

三友圖

三友圖成事可傳梅疎松古竹翛然那知梅竹均無恙不見蒼松已十年

沈鳳起字軼九號果齋仁和人康熙戊子舉人官中書

果齋生平所作不多見朱朗齋與其孫赤抒交僅見其秋興八首尚是手稿

秋興詩用杜少陵秋興八首集字錄一

鳳凰城闕帝王宮百尺樓高紫氣中地極八州皆向北天函萬水自朝東三霄上下莖承露千里開闔旌相風北斗西移斜漢直悲笳一曲思漁翁

管鳳苞字翔高號桐南海寧人宏淯子康熙己丑進士官直隸高陽知縣

桐南令高陽時值餉軍巴里坤當事者檄往運粟由都門出塞過陰山走瀚海淒涼憔悴俱以吟詠寫之歸途雪阻糧絕以木葉煨倒斃駝馬肉以食同行者半僵于道桐南獨生還後因歲飢以擅放倉粟落職回籍晚號長耐老人所著有讀經筆記三十六卷續筆記二十卷

哈密道中

羣峰刺天若戈壁幽巖絕壑雪凝白古松落葉草不青馬鳴蕭蕭踏碎石河流疏勒聲嗚咽都尉難尋戊己迹羊裘厚擁寒益嚴刮面風刀裂膚革驚沙千里人烟稀每恐微軀陷大澤隨行十步九顛仆斷礀層冰未消釋雁聲嘹喨天南飛惹起鄉愁是窮磧荒荒日暮遇穹廬舶管淒涼出林僻拾薪煨炕土不溫且覓燒春醉今夕轔轔輜重擁如城散賞資糧桉

軍籍疏星未沒復遄征慷慨何須怨行役男兒奮志立功名

西出燉煌敢云尼歸來生入玉門關擲地詩篇驚霹靂

出塞

斷雁一行沒勞人萬里行不堪愁白髮竟欲歎浮生烟外畱

荒磧沙開露古城夜深寒更逼遙聽老駝鳴

楊中吉字二師號謙堂海寧人嘉興籍雍建子康熙辛卯

舉人候選主事

謙堂生長華閥勤學如寒素與從兄艾軒最友愛以學術文章相鏃厲艾軒官鹿邑及許州時郵筒往還尤多倡和之作

題一庵兒中坦梅下放飲圖

不入朝廷不入山野人風調託衣冠瘦筇老去無煩倚短笠

春來卻耐寒世上繁華多變幻囊頭風味足盤桓林家高致

今何在齧得孤芳獨自看

徐雲瑞字慶升號鹿溪錢唐人上虞籍康熙壬辰進士官編修

查氏七烈詩

鰥寡人所侮强禦人所畏豈知巾幗人不減須眉氣憶昔寇盜殷京師若鼎沸肆掠恣淫汙無分賤與貴查氏西江來卜居迄三世孝友作家風貞廉肅門第際兹擾攘秋骨肉相捐棄閨中八九人凜然識大義妯娌竝嫂姑伯仲偕叔季姿容各窈窕格性都强毅鬭賊將臨門大婦疾聲詈幼婦各有志指天以爲誓弱女甫十二引繩先自縊九命不復憐一死何其易斯時賊膽破不敢仰天視羣凶竄出門兩繩絕于地妾存廉氏遺女綿查氏系一女得全生昊天非無意誰謂閨閤

柔誰謂刀兵厲氣肅神鬼驚節懍天地閉兩大賴長存四維得不皦嗚呼一門節光照千萬禩嗟彼士大夫毋爲女子涕

查雲標字學菴海寧人康熙壬辰進士官禮部主事

七烈詩

七烈者余家從祖母周氏張氏從祖姑黃母及二姑三姑黃三姑并廉母爲七也七烈之本末粤東莊庶常巳爲之傳茲不具述獨念余族姓散處天下自天行之高祖從江右遷于京世有名德至從祖振寰明寰聲益振時家富于貲食指百計而兄弟同居絕不言分析雅有張公藝之遺風周爲振寰公嫡配張爲明寰公嫡配周嫻于禮法張兼通經史而相與有成謀無不協其娣姒閒有足多者至于黃母廉母皆嫠居無倚而歲時奉養

視同一家尤人所難矣流寇之犯京師也周張厲志捐
軀諸母若女同聲激昂有死無二非其素承家訓明于
大義何以得此李延壽有言婦人之德非溫柔無以成
仁非貞烈無以顯義茲非其倫與再傳而天行慷慨有
氣節諸嗣子復濟濟能文天殆將昌其澤以報七烈之
靈于在天也因爲長歌志其事備史氏採錄焉

玉中重珪璋竹中表蒼篔遇火不變玉始艮遇霜不改竹仍
蒼嗟哉女子心乃與烈士齊剛腸得其一二已云異何況七
人一心視死如還鄉我家出新安散之天下無他揚偶移一
枝居京國兩世單孑守巾箱延洎從祖凡三葉二難又復愴
元方有母周與張閨門之內和鳴鏘平生孝敬兼慈愛施及
三黨誠周詳蓤姑無夫妾有母團欒保聚甘苦與均嘗婉婉

三淑女異母而聯行讀書往往慕前烈生有仙骨非尋常有
明之季逢百六黃巾白騎何披猖夕烽照入蓬萊殿白衣紅
袖擾擾爭奔忙我家從祖素長者國難如此家安藏嚴城內
外久隔絕縱有羽翅何由翔周張二烈乃相誓婦人義無出
帷房分逃安坐兩不可祇有一死可以維坤綱從旁聽者無
少長攘袂而起爭慨慷先拜神祇後家廟投繯畢命堂中央
九人同盡斃者二火燎不盡還崑岡維時半空神鬼哭白日
晦冥幽翳無晶光明朝城破人奔竄賊見動色心徬徨古人
亦有言婦人禮法爲隄防有時繞指柔化作百鍊鋼當其奮
激天爲動一身而外輕視等毫芒哀哉弱女知大義毋存與
存亡與亡緹縈木蘭今已矣令人太息追遺芳我觀漢魏而
下多烈女比較須眉更激昂一門七烈古未有想見平時家

聲嚴冰霜劫灰蕩盡靈光在神理共卜再世昌詩書之澤引
勿替翻思前事增惋傷我歌七烈詩據實詮次無浮章玉有
時而毀缺竹有時而萎黃惟此七烈之名垂不朽光諸青史
同于山高而水長

徐杞字集功號靜谷錢唐人文敬公子康熙壬辰進士歷
官宗人府府丞

靜谷由詞垣擢御史砥礪風節多所建議轉參議晉太常雍正八年赴廣東巡軍政嚴開礦之禁授甘肅布政使調湖南擢西安巡撫入爲宗人府丞告歸府志入名臣傳

汪孝子詩 名之麟字天石號怡庵郡人

習隱辭塵俗端居葆性眞心惟甘澹泊質更抱清涓盛德孚
行路遺風表縉紳慈幃期不老子舍訖終身寢饍朝昏切扶
持左右頻疾無煩上藥誠可格明神寸草情逾苦三春景欲

淪瞻容時哭泣營葬劇艱辛不聞生存日寧忘忌諱辰雙鳩
廬上乳縞兎壠邊馴自昔傳靈異於君孰比倫一朝成大暮
千載失完人幸是明良會欣看 綸綍新芳聲長不沒圖篆
勒貞珉

趙節母詩 錢唐楊璞岩女適趙松谷子秉恕守志二十八年年五十一卒以子樹元官封孺人

寶婺星寒起暮愁啼鵑夜泣白榆秋笙簫聲隔三千界簾幙
雲封十二樓種德早徵麟趾貴守身重荷 鳳書酬他年彤
管傳巖範翟茀班中第一流

宋鼎銓字士衡號梅谿仁和人康熙壬辰歲貢官景寧教
諭有涵春堂集

空翠堂懷古

終南接渼水千頃碧琉璨拾翠人何在空亭馬欲棲錦帆歌

管寂紫閣晚雲低工部詩偏好應隨杜宇啼

張珍字攢方號韞諸仁和人海寧籍康熙癸巳進士官檢討

韞諸短小捷給工詩文精字畫葬經脈訣亦涉其流仁廟南巡獻賦行在晚得一第召對時自奏願讀中秘書得與館選未幾遽卒

晚步

官邸傍松關扶筇籬落閒栁邊春水艇花外夕陽山偶逐浮雲出仍隨倦鳥還客中無意緒贏得此身閒

管式龍字剛中號南棠海鹽籍海寧人鳳苞從弟康熙癸巳進士官工部主事

南棠官中書時與纂春秋及子史精華擢都水司主事提督寶源錢局吏進月例錢作色曰帑外安有錢吾方稽弊敢爲弊叱去之俄兼檢討視學湖北皀被疾星馳赴任未及試士嘔血卒年甫强仕遺稿散佚僅存廷獻

先資四卷

中書直宿口占

鳳樓天半護朱霞入直西清靜不譁坐覺夜深簾影活一輪月照紫薇花

翦燭修書玉漏催添香默自撥鑪灰不須更羡花甎步也自瑯嬛福地來

童克昌字介繁號後村仁和人康熙癸巳舉人

喜雨酬白下周翁

秋陽烈烈斷流泉今日甘霖忽沛然到處荒林雲觸石滿郊衰草露含烟農人預祝千倉粟天澤能滋萬頃田八十詩翁動詩興錦囊傳句詠豐年

潘兆新字茳圃錢唐人康熙甲午舉人有見滄山房詩稿

莊圖閩游詩能狀山川土物情狀周穆門京作序極推許之

過諸灘二首

天生八閩川以石作門戸奔流兩激射終古長鬱怒跳珠素彩裂飛雪寒光聚颯颯吹枯葉潺潺響急雨征䰟時震掉短篷豐其蔀犬牙嵲相向星碁粲莫數投跡失分毫一擲不及補欲呼夸娥氏賈勇施斤斧平滴破兩欒符篙邈無取此志竟何成山椒雲細吐

建甌下平水灘名難悉究傑特瑰詭觀欲視已疾首萬石廉鍔殊菡萏花蕚富頌洞龍孔深蜿蟺蛇足仆大小七里灘連綿水鷙鬬牛角宛彎環鴨卵若懸溜大螺出澀縮小螺伏幽繆將軍氣雄視鼠輩竄迅走火燒千劫灰堆阜餘炷灸署疏厥渠魁舌橋不能讀操舟洵有神屈曲赴奔湊望望行可即

遲遲勢難驟蟻穿九曲珠綫補五紋繡努力愼經營習坎得危繇性命寄舟師遠行法宜瘦三復垂堂言冥冥神所佑

查謹海寧人康熙甲午舉人官開化教諭

黃無傲觀梅圖

清風梅鶴儼孤山已隔紅塵了不關只恐濟時心力在一官未放主人閒

許惟權字行中號素堂海寧人康熙甲午副貢官陝西商州知州

素堂初授松陽教諭擢聞喜知縣邑多逃亡絕戶力請于上官豁免七千有奇遷知商州捐修商於書院增其膏火士風丕振尋致仕歸府志入循吏傳

和祝品高集飲問雲樓賞牡丹韻

穀雨連朝色更濃好留翠幙護春風採芝亭下花無數商署採芝之

亭牡丹品佳而多 那得移來伴老翁

陳邦直字方大號愚亭海寧人文簡公子康熙乙未進士官侍讀

愚亭侍養歸里年甫逾壯其先文簡公就奉常隅園增闢完美太史移家其中垂四十年乙酉高宗駐蹕園中太史迎鑾恩晉侍讀並賜詩六章中有內翰肯堂年句洵異數也

送春

綠陰如水雨如塵無計能留九十春一闋長亭歌欲斷夕陽芳草倚樓人

許勉燾字光隅海寧人康熙庚子舉人

東窗漫興

清搖曉閣一渠水翠壓荒城雨點山片片晴帆依樹轉東風吹上白雲閒

查克宏字可亭錢唐人海寧籍康熙庚子順天副貢

瓶花齋吳氏舊時藏有可亭詩一冊題曰十干詩鳴紀游丙集卷一辛巳秋季至壬午夏抄丙爲十千之一非全帙也

馬上望滁州山色

三日巖程兩日行顛風捲雨逼愁生征衣絮薄秋寒峭健僕才贏客累輕村枹疎林新雁集田分野水晚犁耕晴峯笑指滁陽路便感當年太守情

樊城上江船

半月西來卸馱鈴樊城斷處上江舲霜花坼樹裘茸暖烟影籠村酒氣馨湘水曉拖鸏母綠峴山暮出佛頭青不知行役緣何事古鎮名州作意經

沈寗遠字靜師號寓巖海寧人康熙庚子歲貢官宣平訓

導有寓巖集

寓巖簡默恬退許時庵尚書汝霖致政歸里延之家塾甚愛重之嘗謂客曰我與寓巖處數年若未嘗入吾座者足爲寫照矣

雨後行菜圃和雪光韻

墢土已逾旬寒蔬應爭長如何雨意慳蓼灘臥雙槳方愁食案空烏有餘鼠壤日暮東風緊衰栁互俯仰簷溜聲徹明大懌望雲想小圃青蔚然無乃雞豚饗乘間命秋屐獨立成幽賞溪清雁寫影稻熟蟲騰響野老道俗情聞之爲撫掌菜把不需人何必大烹養

楊汝楩字工求號青㞐仁和人康熙辛丑進士官甘肅西寧道有紅杜村莊詩稿

工求家于鄞水一㞐微有青色因自號青㞐以名進士宰永昌頗著循績遂以薦舉進官所著有紅杜村莊詩

見于楄乘嘗賦盛京竹枝詞有分明夫壻當門坐不待相扶下馬來句傳誦人口

竹

幾竿寒碧影翩躚一半籬邊半水邊慣埽香塵籠淡月偏隨暮雨拂輕烟近侵柏葉依稀翠遠襯梅花分外妍醫俗未能眞我恨朝朝合對此君眠

庭梅初放

歲寒林下又逢君𡖖汝孤標絶世氛深夜有魂通水月清晨無夢共梨雲三間茅屋詩人畫一片青山處士墳我欲論交稱澹漠莫嫌花底費殷勤

鈔

竹閣

張穎荀字叔明錢唐人右民子康熙壬寅歲貢有方山詩

湖光山色尚嫣然翠竹迎風笑倚軒歸鶴祇餘千歲蹟化龍猶得幾枝孫網魚栫港朝成市沽酒花溪晚有村欲弔前賢遺句在停舟落日與誰言

鄭廷謨字與賢號芝庭仁和人副貢見倪匡世詩最官湖南澧州州同有片閒吟芝庭集以下各頁府志不載未詳年分約附康熙朝未俟攷

芝庭官楚時值滇黔用兵調赴貴陽軍前督理糧運凱旋後復委辦軍餉數萬西南諸土酋好穴鬬論以利害禮法片言而定諸峒隘勒石歌思焉

采桑曲

曉出采柔桑葉上珠露光豈不願行早爲君惜衣裳雉雊麥巳秀黃鳥雙飛翔悵然望天際置筐大道旁

禱雨有應同廣文翟九扆分韻

禱雨同民憂既雨爲民喜忽見潭中龍來吸墨池水灑作南

甽霖慰彼望霓予但願先郊原然後及城市城市已滂沱田秧足生理五日一披撓十日一沾溉盎藏兆倉箱粢盛潔簠簋快哉稔歲民含哺歌樂只

楚中題壁

愚民忘遠計得食外何知笑樂因無擾凶荒恃有司蚩蚩忘舊業憒憒責新絲曉飯糟糠在含悲强自支

歲豐紓遠計不復問凶年此日已無策窮黎敢問天史書誰不讀機智孰能先爲想前朝事常平豈漫然

漫興

蘋葉纔堪享蘆花未解飛露寒橙欲老霜重蟹將肥事業何工拙功名孰是非不如雙海燕爭向社前歸

憶舊

湖上春風浪拍天剌桐花老正啼鶬參差列岫深藏寺宛轉

疎籬曲護田竹裏經聲聞淨業山頭客路信歸鞭好攜顧渚

龍文餅重試平山第五泉

十里平波澹澹香綠蒲紅蓼繞銀塘虛簾捲月通花氣小簟

裁冰沁晚涼樹老雲沈低祕閣樓高風細足匡牀湖山到處

皆堪隱何用棲遲溷楚狂

沈淵澄字映齋應銓子仁和拔貢

晚登黃犢峯

不是高淩千仞梯何由快覩海天低巢巔鳥怪躋攀近出岫

雲來咫尺迷欲遂襟期超世界盡收空曠入詩題鐘聲莫爲

頻催暮無數霞光在嶺西

陳高永字元亮海寧拔貢

元亮爲前明順天巡撫祖
苞孫蓬萊知縣之遵子

浮雲富貴歌爲婦翁項牧公謙作

君不見咸陽一炬驚千里光焰騰空應莫比轉眼春回長燒痕燎原聲勢須臾耳泡影空花總夢中嗟君蹤跡類飄蓬重談七十年前事榮落興衰大抵同世情甘苦嘗應徧剛訴家聲淚如霰萬死空餘險阻身一生閱盡滄桑變英英先烈洵堪誇襄毅忠勤炳世家扈蹕黃塵追鳳輦投荒赤腳走龍沙十年專閫妖氛蕩嫖姚新息何多讓牙前肉袒盡渠魁腰下髑髏皆上將橫槊長歌露布成誰言鞭弭屈書生大標銅柱題年月高削蒼崖勒姓名凱旋大稱君王意錦衣世襲傳苗裔鐵券長留勳衛家金錢特起功臣第令子文孫寖熾昌不因恩廕自飛揚門連畫戟通天府路擁鳴珂入建章尚書參

政謀猷壯文武芳名兼將相冑子齊登白玉堂行人爭指烏
衣巷僉書鎮撫握兵符謂君考蘭齋公即襄毅公忠之父子元孫世芳也世襲錦衣千戶
同朝絕世無當日問君年幾許十三新拜執金吾先朝重案
惟邊局年年秋錄需推鞫特簡勳臣出帝都飛車親勘遼陽
獄惟時吾祖姓名高開府三邊擁節旄吾祖孝威公時官順天巡撫一見
相逢欣握手天涯知已話同袍追惟變寵來貂貴魏璫專政
乾坤晦誓死同輕報國身憂時各灑傷心淚嗚呼吾祖本夔
君抗疏會經批逆鱗城狐社鼠勢相軋切切皆萌欲殺心鄰
封不警傳烽阻動地邊聲震鼙鼓獨領孤軍夜擣圍衝鋒血
戰恢邦土吾祖領所部八百騎救邊凡七十戰而拿問之旨下捷書剛報未央宮矯詔
專征罪不容臏有六軍悲夜月盡將雙淚灑西風一時羣小
愲强項詔發金吾與廷杖三木囊頭識故人黯然相對神魂

愴常攜尊酒入圜扉自向孤忠慰別離不道裹尸虛馬革御
敎囚首泣牛衣可憐下獄皆簪組桎梏桁楊共淒楚豈戀高
官獨委虵保全善類中心苦（蘭齋公暗護諸善類）此際君家寵渥長此
時君正少年場虎拜班方登北闕雀屏選復中東牀（是時公年十九
擢指揮同知寧南侯左良玉擇壻得之）寧南拜爵雄藩鎮誰堪奉敕賫君命便
道輶軒并賜婚新郎親致封侯印（卽賫寧南侯金印往）璽書鳳舸走長
江天使威儀出上方翠幌日移宮扇影錦帆風帶御鑪香宮
袍烏帽人如玉纍纍賜物君恩渥合巹同披蜀錦袍迎花自
出金蓮燭（兩宮所賜）權操生殺挾風雷珠作塵埃翠作堆帀地弓
刀朝擁纛揭天絲管夜傳栢清歌妙舞年華過行樂追歡自
嬌惰流寇方驚闖蜀來羽書忽報荆襄破閶闔論心氣未平
將門將種更超羣征南另闢元戎府犄角新分孃子軍（公以左都

督挂征南將軍印左夫人隨征行間椎牛脫珥軍心嚮巾幗兜鍪瞻氣象走馬
朝屯鸚鵡洲談兵夜坐芙蓉帳寧知天意勝人謀沙漲膠舟
水不流一夜火龍翻覆處舳艫千里蔽江浮舟師十萬悉焚於火孤軍
轉戰重圍困殞星嘔血通侯病瀕死三呼欲渡河泉臺空抱
英雄恨眼前玉石已同焚忠烈偏誇萃一門但使丹心垂竹
帛願拋白骨葬江濱獨憐外母悲萍梗殉父清流逐波影大
節還同孝婦碑孤忠復見銀瓶井公陷賊中左夫人單騎突圍救出衆賊排矟攢向力
屈躍入急流而死倉皇匹馬返燕關底事關心血淚斑忽報煤山凶
問至鼎湖龍去不堪攀還家更抱椿萱痛闔門殉難君恩重
總帳無人棟宇摧陰房白晝悲風送蘭齋公闔門殉難共二十三人依然故
國舊山河綺殿傾穨玉樹柯漠漠烽烟嘶鐵馬蕭蕭荆棘覆
銅駝天心厭亂悲塵劫海晏河清

聖人出
世祖提戈解倒懸與圖復壯金湯色入關八姓盡從龍開國
功臣勒鼎鐘當日元勳誰第一存亡猶記説張公張公南下
清餘黨爾時君復罹无妄魚服狠奔草莽開縛來誤入姦人
榜公爲邏卒所獲張公奇其貌與語大悅以女妻之傷弓曲木總銷魂話到傷心語
自吞早識先朝勳爵舊降階親爲拭啼痕談深擇壻通情款
赤繩肯繫緣非淺脫卻囚衣換錦衣笙簫擁入乘龍館鸞膠
續處貌爭妍玉斧脩時月更圓紫鳳再栖連理樹錦鴛重繞
竝頭蓮紛紛遺老皆徵聘禁中頗牧
君王問中外交章薦舊臣璽書復拜漳州郡一琴一鶴度巖
城到處歡騰竹馬迎清白傳家惟兩字肯將晚節負初心盤
錯東南勝西北海疆反側常平伏一從借鼎試烹雞相率賣

刀齊買犢臣門如水絕苞苴愷悌興歌樂有餘出郭有山時
載酒放衙無事便攤書折腰已了風塵債一麾出守原無奈
苦乞閒身返故邱恰逢吾父官初退林下相逢未寂寥亂離
久別話連宵悲歡長共三生訂患難相承兩世交蘋蘩喜得
閨中主慘淡經營把門戶才雋卿饒謝女風節卑我愧梁鴻
頻年來怙恃痛凋殘棒檄虛嗟滯一官羞向親知悲困頓止
憑翁壻話艱難今秋過我衡門下各述行藏不知罷會闊繁
華九陌春那禁風雨孤燈夜積懷潦倒本難堪骨肉相憐强
自覺已付冰心隨逝水莫將殘夢憶邯鄲阿翁盡我一杯酒
我亦無言爲君剖回頭但問燃薪人甑底黃粱曾熟否

汪鳴瑞字旃來號白史用成子仁和歲貢有然石草

順治初白史年九歲隨父渡錢塘主光祿徐二采家總戎方國安來呼之拜不應鎮婺將軍朱大典至則踰階

拜光祿呼問之日忠邪兩途不敢妄拜年十二補諸生浙撫陳秉直舉宏博金鋐舉賢良俱以親老辭詳見鹽法志

讀書孤山喜周鄮山袁向若見訪

小軒清晝永雲樹共徘徊自到孤山後會無雙鶴來與君連袂坐酌酒待梅開送別歸齋晚春風鎖碧苔

楊以齋少司馬新購沈園即席分賦沈園余舊游地也

徉入文園塵事疎禽魚似識舊相如丹飛樓閣三山外青壓瑣玕千畝餘談笑風雲窮措大泥塗軒冕老尚書醉來高臥平臺上酒氣休教近斗墟

山陰旅次聞陳天紋毛西河諸薦紳採余禦潮論議請撫軍先築下塘不報

駭見江潮奔似雪扁舟走險過蒿萊坐深片石衣裳冷寫就長松風雨來弔古淚零嚴忌傳思鄉絃斷伯牙臺治平有策俱無報不獨江南老茂才

梅調鼎字修予仁和　恩貢

瓶山

積上旗亭傍偏宜候月明有寮供木佛無酒出甕罌地轉人家列山低雲樹清滄桑悲往事幾度釀新成

沈璘森字采珍仁和歲貢

河樓雜詩

清溪遶閣漲痕高滑笏春波跨板橋昨日剛過寒食節估船吹笛雨瀟瀟

荻芽短短水平初隔岸人家一帶疏日午漁舟三兩泊楊花

風急賣銀魚

陶大吕字國器仁和歲貢

晚集鮑氏林亭

短彴入叢竹幽尋夜未休山明餘倒景杯滿失窮愁溪冷梧桐月風高絡緯秋醉歸花滿鬢應勝習池游

黄鈞字左衡餘杭歲貢官會稽訓導

康熙壬午夏游裏溪於今九年矣重游志感贈正空上人

記否從前客聯牀共話禪庭中雙樹月門外一溪烟山缺雲爲補花明樹欲燃今朝尋興至風景憶當年

查遴字叔達又字宸銓海寧人官浦江教諭擢湖北羅田知縣有未然吟草

宸銓外舅施某作宰西晉宸銓隨之行康熙辛未西北用師大兵駐大同令各州縣協解芻豆宸銓短衣長劒慷慨請行辦菽滿五百石芻餘二千東益年少時已負吏才如此

春日

一屏盡日閉藤蘿忽見春光爛漫過淑氣暖烘花韻好韶華晴得鳥聲和樽前竹葉來村市沙上漁蓑挂釣坡問我投閒多暇日箇中情興更如何

蜨意猖狂蜂意酣嫩晴天氣碧于藍啼殘花雨鶯偏嬾銜卻芹泥燕尚貪日暇松窗思孟六風清史館憶孫三倦來枕手閒窗午隱隱田歌起陌南

秋日

漫空黃葉走荒村一賦消磨宋玉魂零露飄殘烏鵲樹西風吹破稻粱門閒情只合青山老率意偏教白屋尊桓景萸囊

今已熟登高盡日倒清樽

橫山

一帶平雲斷未能橫攔圓泖碧棱棱春開茶筍移僧市秋老蓴鱸挂酒燈白社無期重復到青山有夢更何曾天花散盡香臺雨望裏風牽薜荔藤

徐林字公翰號晴山錢唐貢生康熙朝以保舉官同知

晴山與王赤抒輩稱南樓五子以詩名于時

冬至

去家千百里此日一陽初落木鐘聲外孤舟雁影餘風霜兼客旅生計各樵漁笑指晴江上梅開春漸舒

舟過廣信

玉山昨夜放孤篷又見帆收廣信東城闕千家依百雉溪橋

十丈落雙虹山無烟樹多奇狀野有樵漁半古風鄉國漸遥情未惡愁將短鬢對青銅

王璣字象天號玉亭秀水籍錢唐人歷官戶部侍郎有復初集

玉亭康熙間以明經薦舉起家眞定令在任五年有青天白日之頌內擢部郎歷中外所至有聲後以少司農巡撫江蘇以事罷歸乾隆辛未南巡迎鑾予鴻臚卿銜後數年乃歿府志入名臣傳

海潮菴

蓬萊山側寺徑曲自逍遥閣上來新月狀頭聽晚潮鯨波翻峭壁雪浪湧天橋天橋在菴東北觸目皆空相烟霞散九霄

張俠璐字彩玉仁和監生考職州同知

嶧山

東山齊魯望中收孔孟靈奇盡毓鄒秦帝無碑遺李篆信公

有頌宅徐州五丁手擘雲巒迴萬象身圍石徑幽十載游蹤
頻過此黍禾草木盡鄉愁

國朝杭郡詩續輯卷五終　錢塘吳慶坻校字

國朝杭郡詩續輯卷六目 雍正朝有科目者

童　基　陸宗楷　徐承熙　胡　銚　柴潮生

管汝錫　吳邦熉　郁　竤　孫陳典　胡龍友

姚遠翻　龔　鑑　徐以烜　吳嗣爵　姚日升

陸嘉穎　沈　鉽　陳時夏　錢在培　宋　鑑

邵宗元　徐　容　龔培學　王作人

凡二十四人

# 國朝杭郡詩續輯卷六

錢唐吳振棫毅父氏編

章基字初之昌化人雍正元年孝廉方正官温州訓導

般若臺

一磴捫蘿上高臺翠麓偏縈紆收浩劫談笑坐諸天嵐氣籠朝樹浮圖隱暮烟空餘行樂處古甃墮松巔

陸宗楷字健先號皃川仁和人海寧籍堦曾孫雍正癸卯進士榜姓陳歷官兵部尚書

皃川尚書雍正元年鄉舉第一旋成進士官京師幾四十年推挽後進勤勤如不及人皆重之歸掌教敷文書院府志入名臣傳

題汪氏雙節詩

高行傳來自越江誰披彤史紀鄉邦人誇虬幹連枝茂詩愧龍文百斛扛存歿從知心不隔零丁偏恨影成雙翩翩雛鳳

蛬聲後想見九熊夜雨窗

徐承熙字安伯錢唐人雍正癸丑郡拔貢河南試用知縣

安伯工制藝句山諸公皆出其所指授

青石嶺

古關廢經年新碑石罅樹雨山夾道抱千峰環嶺赴輪從天上翻人向空中度一落平原外回看但烟霧

汴城苦雨

中州旅次驚霖雨飛廉橫贔馮夷怒五十餘日聲不停夏秋蛙鼓讙礎柱黃河喧豗偪城市萬家魚鼈嗟投釜監河官吏奔水滸堵塞河流勞苴補

胡㜸字又乾號質夫仁和人雍正甲辰進士官陝西狄道知縣

質夫初任四川長寧縣值烏蒙用兵峙芻茭備糗糧殫
精瘁神恒廢寢食尋改知狄道性耿介不肯伺意旨與
知府不協遂被劾大吏素器重之聘主皋蘭講
席一時多所成就以親老歸府志入循吏傳

夏日訪後僕夫泉同人分韻得何字

散步得幽境近在北山阿種竹開清泉指說瑪瑙坡隱隱地脈通轉徙來雲窩端藉僕夫力綆取兩無訛相將訪往蹟爲發滄浪歌天宇忽澄朗方暑殊清和共入招提徑參差古木多僊源可用汲萬派滋駢羅一勺甘如醴塵慮咸消磨山僧爲我言盈盈只舊科或者神所爲視此古井波邈矣中庸子消息夫如何

柴潮生字禹門號嶼青仁和人載庸子雍正甲辰舉人官戶科給事中有嶼青詩稾六卷

禹門解組歸以母老不復出性至孝母性嚴偶或拂意輒長跪自責母意解乃已善岐黃術貧家多請療治應

手愈遠近稱頌之府志入名臣傳

奉

命巡北城江揆若以書來勉荅寄

九重忽下紫泥封報　國曾無尺寸功粉署郎官慚抗疏繡衣使者侧乘驄養苗去莠傳君語補拙當勤飭我躬多謝故人珍重意江鄉早晚覓飛鴻

管汝錫字幼安號又庵桐鄉籍海寧人文華從子雍正甲辰舉人

又庵性情坦直州乘以義行稱之詩不恆作萃畢生之力纂杜詩評注十六卷

登瀲水湖山嶺

禪悅鐘聲徹樹頭振衣高嶺試凝眸三秋爽氣孤峰出一折滄波萬里流願種鶴田書舊券欲登鷹頂倚崇樓迷茫大似

明湖路策杖吳山憶昔游

吳邦熉字紫亭號丹巖仁和人雍正甲辰舉人官四川昭化知縣

丹巖居官方正廉慎徵糧令民自持概量各攜羨米以去建臨江書院文教蒸蒸在官九年不名一錢士民感德建坊誌之

游煎茶坪

摳衣上高坪窔兀見山脊誰人施大斧懸崖削成壁淩高目屢眩溪雲四圍白嵐翠滴征衫清氣到笻策樵境不可尋人語烟林隔暝色上山腰倉皇促歸客

郁竑字敘揆號晴原仁和人雍正甲辰舉人竑或作竤今從府志

過關山

勞攘風塵事客游嶺雲溪月意悠悠滁陽橋畔晨炊後又過

闗山作小畱

孫陳典字蓉瞻號晴湖仁和人雍正己酉解元榜名陳典

歷官陜西鹽驛道

按乾隆丙寅閏三月三日杭州太守鄂敏筠亭修禊事於湖上會者凡六十一人錢唐梁溪父文濂周穆門京金江聲志章金壽門農厲樊榭鶚丁龍泓敬張柳漁湄陳勾山兆崙呂耜堂伊陳眉山兆嵋吳甌亭城施竹田安陸柳齋秩吳藍田玉增施北亭廷樞周閬崔宸望丁誠叔健吳奐若璠增施大醕學濂吳蘭林玉墀厲繡周志黼仁和許初觀大綸孫晴湖陳典胡質夫旣汪復園臺梁蔎林敔心顧栟櫚正謙杭堇浦世駿江敬齋源王茨檐會祥顧寸田之麟張南漪增皇甫筠坡鯤孫瑤圃庭蘭杭縣圃世瑞田趙勿藥一清吳萬洲中麟歸安茅瑤湘客應奎孫武水林慈溪鄭雪崖羽逵會稽魯秋塍會煜平湖陸恬浦培張鎮珊雲錦葉迎坡鑾陸雲軒騰海寧施蘭垞謙許復齋承祖鄞縣全謝山祖望秀水錢蘀石載德清徐南墅以震徐栟櫚樊以泰徐根苑以坤祁子則炗虛明中讓山篆玉二人其非浙產者南陵劉迴含琦歙汪秀峰啟淑宣城施檗齋念曾滿洲舒瞻雲亭長沙周雪舫宣猷閩縣林餘齋緒光及筠亭太守也太守彙刊其詩而明中閬為之圖穆門為之序因錄晴湖詩附識

于此

閏月三日修禊湖上

青逵展馭令序增和修篁纓負層雲冠阿交交黃鳥沄沄素波俯仰視聽逸豫且歌

朏魄看載交餘春候將變駕言追昔遊汎醴展艮讌靈雨寫重湖綠樹靄芳甸曠覽陶中懷超然釋常戀

胡龍友字宸瞻仁和人雍正己酉舉人有蕉陰書屋詩

宸瞻家臨平工詩善醫就市賣藥有韓康之風有友得危疾羣醫束手宸瞻晝夜療治愈其疾而歸無德色喜讀康濟錄荒政叢書先憂集嘗日醫雖可活人不若三書活人更無算也與孫補山相國善相國既貴未嘗往干年八十餘老病無子相國知其難衣食也致書守土者令延主書院講席書至而宸瞻已死因哭以詩云病起寒窗叫斷鴻悲來怪雨挾盲風貧當櫑盡還留鶴吟到秋深竟化蟲齎志未能圖五岳無兒難免悵三同孝章死後書方到此事終須怨孔融讀之令人增友誼之重而宸瞻之高相國之厚議者兩多之府志入義行傳

山居

漸少區中累獨于山有緣誅茅隨地勢疏水出天然靜可開書讀閒惟掩戸眠更謀栽筍蕨快意過年年

寄孫補山

百緡新買臨平屋祇與君家隔一塍知爾定將鄉味憶門前已熟水紅菱

雨逢儉歲窘吾鄉人面都如菜葉黄秋雨幸堪彌夏旱西風吹送稻花香

姚遠翻字羽豐號素山錢唐人雍正己酉副貢官刑部郎中

素山由武義教諭擢知米脂縣調華陰升淮安分司擢刑部郎中乞養歸李衞公上西嶽書乃好事者誣衞公而爲之碑刻凡三種一在潞州崇寧閒刻一在滕縣紹興閒刻而西嶽廟刻最後素山令華陰時以其事近誣

詞旨悖嫚椎而碎之亦快事也又撰有華岳志杭堇浦爲之序府志入循吏傳

招里中同康熙甲申生者胡桐峰汪柯山槐堂陳摩村姚躋堂及余宴于承華堂以順治元年所製銀杯命兒子奉以壽客摩村槐堂斐然有作予續賡一章

熙朝至治百禩餘年和人壽樂里閭太平耆老日燕聚往往晨夕鳴瓊琚況復　予歸　恩獨被閒居日侍慈顏喜同歌擊壤集嘉賓舊好新知皆同里同里還敎生亦同龎眉皓髮前賢風或辭圭組身永逸或耽泉石情彌冲不才亦與後塵步雲鶴羣中一野鶩問年旣得生齒齊古來嘉會今重遇草堂尊酒卜日開惠然勝侶欣同來嗜古何用癸乙卣彝陳不貴山雲罍舊藏紫芝銀鑿落穉兒擎出同年觴捧卮行酒壽衆賓交歡一一當筵酌艮工製就銘詞新欵識　天朝第一

春八手摩挲傳祝遍先後推數三甲申藉兹亘會娛堂北椒輿長奉躋壽域願歌君子頌樂胥此讌綿綿無爽忒元豐同甲垂令名吳興六老餘光榮今兹六老更同甲此事千古差難爭推厥由來歸　聖治耆英岦見人中瑞餘齒休教歲月催閒身盡出

君王賜自今遊屐聯芳蹤春花秋月頻過從吳山之顛湖水曲襄羊樂志同扶筇風流尚可繼八社歌詠昇平安綠野下里陳辭未足稱盛事差堪補風雅

龔鑑字齡上一字明水號頑果錢唐人雍正己酉拔貢官江蘇甘泉知縣

頑果早喪母與婦汪事父極孝父失明扶持左右如嬰兒既以拔萃八成均出宰甘泉下車以節操自矢有故侍郎子舊嘗館頑果于京至是以里人入謁有所屬拒之又有同官爲制府所睨令之伺察屬吏者方有挾而

請又拒之又有巨室延飲先期自都轉太守以下皆固要同往又拒之于是大江南北盛傳甘泉令不近人情西湖聖因寺僧悟脩者恃　世宗恩干求無已一日以書幣來闕白杖其使而遣之制府騾聞之頗以爲咎旦久嘆日强項令應如此矣吾媿之而其事竟流傳上聞　世宗召是僧還京錮不許復出當是時甘泉令之吏聲雄于天下旋以父憂去官貧不能謀朝夕就中州山長席竟以疾卒于祥符官舍年才四十有六著有毛詩序說讀周禮隨筆甘泉古文碩果四書文府志八循吏傳

題鑑齋先生遺照

先生學術今已無松烟雪素遺此圖毫添頰上出誰手儼然玉立蒼髯須屋頭青山籬腳水繞屋植梅凡幾株花時寒香撲酒盌夢回翠羽交相呼濬沖但解鑽李核平叔只護龍洲奴嗜好可以見情性要知傾倒惟林逋櫻籞桐帽偶出戶白木長柄鴉觜鉏路入雲深崖壁峭陰崕劚得芝鮮腴洗根秋澗石齒齒滿籃綠葉紅珊瑚浤瀠濇沱景皆好杖藜到處娛

桑榆憶昔黃塵飛海底避地遠去先人廬伯淮在難不可脫錢刀盈篋胡爲乎兒全家破變逢掖外雖服賈內則儒風埃澒洞輒千里誰識短褐懷明珠河渠可續漢太史荒政直究周司徒歲丁災眚竈突冷樹皮木葉爲黍稌手疏條議獻當事頓使溝瘠春風蘇東南財賦甲天下七郡地勢如盂盂雨多暴漲害禾稼導引失路無江湖欲與

至尊釋宵旰上策又阻朝大夫我不識面但見畫雙顴英氣含清臚雞豚社未接杖履麗澤幸與文孫俱潁川公卿不憖長半千孫與常人殊篇章往往述祖德令我展讀徒嗟吁賈生才調晁董策老死不獲扶唐虞雕鏤纂組世豈少先生學術今已無

徐以烜字養資號潤亭錢唐人文敬公孫文穆公長子雍

正庚戌進士歷官禮部左侍郎

潤亭生而穎異年十一郎列學宮爲弟子學使者手其文示多士曰此徐家宰孫也年雖稚而文境老成非私家宰也乾隆初修世宗實錄文穆爲總裁而潤亭以編修爲纂修父子同在史局詞館以爲榮文穆之歸也潤亭方爲學士奉命隨侍回籍其後赴闕待職久未得補遂超授少詹蓋異數也官禮侍後以事左遷太常寺卿旋丁母憂服闋命攝閣學及少宗伯事因病乞休歸田後杜門掃足不涉公府清風亮節爲鄉閭所矜式卒年七十

駕駐杭州恭紀

天顏有喜奉

慈顏虞帝周王莫與班六十載來循典則三千里外歷湖山卽看巷舞衢歌處都在祥雲慧日間感極敬陳時邁頌屬車夾道望重攀

吳嗣爵字尊一號樹屏錢唐人雍正庚戌進士歷官南河

河道總督吏部侍郎

少宰官淮揚道時値洪澤湖決制府高公議開壩公曰減漲誠便如下流百萬生靈何持不可戊子黃水秋漲大瀰直逼徐家莊少宰徹蓋端坐堤上時大風雨且當河流之衝屬吏勸之退不顧逾時瀰勢歸中泓若神助然擢總河開放引河移建木龍任事十餘年下河豐收　上賜詩褒美之

恭和

御製原韻

治水貴審機收效乃益信澤國近安居良由河流順回湖大潦時受患在轉瞬溢水下沮洳如牛豚上僨司事計補苴徒知事後趁　睿鑒洞源流悉屏羣議紊清口量水拓弗使盈科進壩工費縱重不致爲民靳底定賴萬世要非廿載僅迺民餘蓋藏早已忘歲饉古以粒食稱視此應退遜我

皇猶勤思察邇更好問

姚日升字海觀號海門仁和八三辰子雍正庚戌進士官
江蘇上元知縣行取刑部山東司主事

自瓜步曉渡抵金陵

昨夜渡揚子明月載船上曉來復抽帆直過黃天蕩起視無
纖雲四山頗開爽風恬不知艱波明映日晃峰峰如浪疊浮
翠送輕槳午暖無春寒鷗鷺浴兩兩前頭燕子磯梅香堪策
杖便欲呼寶公鍾山明日賞

登岳陽樓

萬里乘風客開襟豁遠眸君山平檻出湖水挾池流木葉搖
孤嶼波心隱去舟欲聞天上樂坐待月如鈎

陸嘉穎字大田號恂齋仁和八堦孫雍正癸丑進士歷官
詹事府左中允有恂齋詩集六卷

恂齋為梯霞先生之孫父豐字杜南以經義雄一時恂齋仰承世學覃精述作而尤長於古文著有文集八卷癸丑會試出方望溪先生之門先生引以為助經學著述必與商搉而後定嘗論周官精義書刪數十反辨難皆有依據每語任香谷曰文未經陸某見不欲遽定也其推重如此其弟秩亦有聲詞垣

太學觀石鼓歌

何年天鼓鳴䆗䆗大星晝霣郱岐原光景墮地化為石五五綴合錞于圓橢圓不須四足安考擊猶可室中懸有楹欲貫孔未剡無柄可持搖亦難既非啟蟄韗人冒豈有掌鼓矇師專神物聚會定有用十鼓羅列紛團圞姬宗中興粵若宣內修外攘王路平南平淮夷北玁狁壯猷方召名聯翩明堂朝賀燕天子展也大成非虛言大蒐岐陽講武事日維丙申忘歲年左驂旛旛右騝騝秀弓蔟蔟射豬貆沔沔汧繄被淖淵或陰或陽徒御掀其魚維何鱳鱳鮮鰋鮊鯉鱮鮄鱄鰱橐之

楊栭舟流連穛以鹿鹿雉兔間員員獵獵宮車旋君子永寧

無後㪅命尹吉甫作頌傳詩成再拜鋪几筵文奇語奥儷二

雅吳太史籀書之丹艮工鑱刻體變蚪騰蛟躍龍翥孔鸞虢

曰獵碣配九鼎卜年卜世東西遷陳倉獲石雄雉斑其聲殷

殷光燭天地上一卷授黃石爇門八陣陳散闕石文大討曹

已滅涼州五石唐未刓此鼓歷年千五百無人收拾埋榛莒

西都賓主談弗及憑虛安處無稱焉馬遷網羅竟遺佚相如

亡是徒詆讕三輔有圖可證失西京雖記誰何删中郎鴻都

刺三體子雲奇字撰太元博物不聞茂先識禮堂亦少康成

箋神憑鬼守十忽失其一如玉擯埜珠投湍豈惟虞褚歐陽

賞墨妙韋郎杜老歌行先昌黎大筆尤卓犖畱諸太學永不

刋後來作者蘇最好歐與張李均斕斒諸家好辨如聚訟薺

堂聱說尤狂顛敢笑歐九讀書少不厭趙君持論繁漁仲惑
於秦斤權升庵作僞章十全概從棄置不復道且謁聖廟觀
璵璠入門十鼓列左右小碑旁立文釋潘一鼓飛上箕斗邊
幻形春臼天杵聯每鼓封以泥一丸珊瑚碧樹沙礫攢恍若
魯鼓薛鼓文脫漏補亡訂闕無因緣日西裴徊不能去廟堂
禮器橫秋烟玉墀欄楯石斷裂惟此屹立不動安如山自非
至聖大神力詎免敗鼓增長歎吞之不可袖不得惟有低頭
下拜呼頑仙吾友何蕃官博士欲使爬剔垢蔑還舊顏更須
小篆一亭子甲乙丙丁磊磊陳其前羅紋紫玉細椎搨裝潢
美錦標牙籤識字有愧劉貢父作賦差擬周伯温來春丁日
大合樂四金六鼓聲喧闐輝煌路鼓鼖鼓側掩映雷鼗靈鼗
偏我

皇文德超羲軒雨堦干羽舞葛天辟雝賁鼉奏坎坎鸞旗芹藻聆咽咽至樂無聲神可格毋乃石鼓高匏絃煥乎奎壁振文采爛兮杓斗驚芒寒雖無四百六十飛鳳集或有三百二十驪珠蟠終防六丁下攝取玉女一笑列缺吐火轟天門石不能言但搖首寧共尼山木鐸千古萬古存長歌縱筆削常語未暇援据魏晉唐宋遼金元

沈鉽字鼎臣號玉亭雍正癸丑恩貢有寓書堂集

玉亭詩沈雄悲慨不染時習有粵游閩游楚游燕游諸草五言如池渟前夜雨樹借陽園秋水腥催急雨雲嬾漏微陽七言如別來馬上無書達老去鐙前有夢游雁亦知寒來紫塞君偏冒雪渡黃河幽禽不見遙相語小卉無名落又開皆可入中晚唐人之室

大觀臺夜話舜聞子威同賦

秋盡寒方峭杯深話更眞十年書劍老二子弟兄親林現穿

雲月池跳破浪鱗殷勤孤館意未許問旁人

買舟至洪山橋候家秩庭司馬同發

五馬明朝發雙橈此夜來山風吹月上海霧逐潮回客路今纔定鄉心莫更催多君情意厚官舫得追陪

贈李茂白

我惜風塵老君加十載餘喜看游俠傳不著絕交書客路時彈劍侯門好曳裾縱然相識滿還勸賦歸與

江皋閒步

漠漠江皋路人家遠近間麥田平若水梯岸綠於山倦息憐黃犢低飛笑白鷴桃花舊相見春信未教還

臨清關中秋

一月不攬鏡清光忽照顏自知憔悴甚況復道途間水急空

鳴鬧舟輕不放閑故園叢桂發香信隔雲山

登鶴嶺

邑城東去列雲屏梅嶠薇巖曲折經日冷林陰腥虎跡風高天半響雕翎近沙慘淡千層紫遠水空茫一抹青多少人家荒磧住百年生計倚滄溟

夢居橫潭卽于枕上成詩寄泰兒

非村非郭是橫潭夢覓菟裘向市南躍馬攀龍心已倦求田問舍老猶堪未須隔岸尋丹壑北岸爲卓光祿園亭邱壑極勝但愛當窗接翠嵐買作兒孫耕讀地小營門第別精藍

雨溪夾出截方塘路斷橋通未阻長竹館舊遊都可迹栘堂遺業未全荒前里許爲竹裏館卓氏別業也栘堂則胡庶常著書處釣烟耨雨從人棄弄月吟風笑我狂不用更思喬木里幾多故宅廢江鄉余祖家漳

溪迨今四百年矣自亂後遷居已七十載

王辰除夕

十四年來客裏身今宵骨肉乍相親眼前喜卜雙孫子座上初歸一老人竹葉斟來輝絳蠟桃符換去待青春偕余奉母人何在舊涕新歡覺愴神

復游楚中示泰兒

歷盡危途肯息機客嘲賓戲未全非文章何必加絻袴名姓無妨署布衣三載真成蕉鹿夢一舟還逐塞鴻飛不辰自問生何苦斬我家山老蕨薇

曹村漾見超山

三十里外見故山是余門外青螺鬟今朝應許對汝飲手掬白雲來袖間

陳時夏字師民海寧人雍正甲寅歲貢

雲居山房避暑

冷骨不耐熱尋幽到上方雲流山翠溼風遞水聲長蝶倦休殘夢琴清送夕陽懸知天地內高處自清涼

錢在培字蒼益號赤岸仁和人雍正乙卯舉人官中書

赤岸著有尚書離句椒馨書屋文鈔

題陳書城智學琴酒溪雲圖

惟山出雲惟溪出泉水流雲在人得其天得天惟何對酒當歌或操之縵心手調和琴酒無閒天籟常鳴誰與領者坡後書城

宋鑑字宜般號半塘仁和人雍正乙卯副貢官壽昌教諭

河之水

河之水嗚咽不成聲驅馬不敢飲中有戰血腥戰血腥豈是
長城窟胥目淚無多多於古戰血淚亦有時滅血亦有時乾
望夫之石年年寒

題錢穀中壻室人張氏雪莊抒鬱集穀中先聘余女未婚歿娶張氏

閨閣豈矜才幺弦歌獨哀雪陪諸謝詠花任曲江開苦節承
天寵清吟訴夜臺人閒有雙璧不復羨瓊瑰

邵宗元字泉貽仁和歲貢有半畝園詩草

遊春

韶華容宴賞到處倍堪憐梅瘦幽籬內桃夭淺水前折花驚
蝶夢捲幔透茶烟高詠還長飲從教樂少年
爲惜春光去尋春不記歸倚風花落帽待月露侵衣小鳥晴
舒翼雛鶯日習飛箇中無限興知此世應稀

秋興襍感

茗椀鑪香幸有鄰淒涼誰與論前因尚容獨寐應稱樂儘許藏書便不貧野渡暮烟斜過鳥疎林夕照遠行人神仙空羨烟波叟細雨斜風把釣綸

病中有懷升來

伏枕經旬強自支過從無便慰相思病多漸覺衰年促才短難蒙國士知壯志冷於霜底月塵緣迷似夢中詩何當共探東籬菊桂醑新篘好對持

徐容字大紳號珂月海寧歲貢有種書堂詩稾

寄懷友人客金陵

長江六月波浪急縱有鯉魚那可得鯉魚不得愁殺人何處逢人問消息石頭城邊草紛紛石頭城上多暮雲野人竹下

誰相對白石灘頭空憶君

聞蟬

夕照落未落一蟬獨自鳴林深不見影院靜忽聞聲涼露中宵滴高風千古清柴門當晚立曳杖愜詩情

春郊襍興

處處茅廬接翠微遠山多與亂雲齊柴門日暖花爭發老樹春深鳥自啼

秋郊襍興

登高敧帽怕風吹的是深深九月期黃菊酒香桑落後白蘋風起雁來時

龔培學字敏叔號慢亭仁和人官江蘇婁縣知縣有與古齋稾

敏叔爲念倫培序之弟雍正己酉用永福令裘樹榮薦
劾力兩河授婁縣調吳江未到官卒周穆門京稱其一
編吾道貴三徑俗情疎落落猷滄開風俗良可馴諸
語以爲襟抱浩蕩不逐逐風塵爲隨世就功名者

江行襍詩

臥向滄江歲幾周又隨賓雁去南州歸耕未遂棲遲計投老翻成汗漫游細雨帆開京口路暮雲山隱海門秋中流擊楫渾閒事遙指波心點點鷗 京口

潯陽渡口繫行舟楓葉蘆花映晚秋遷客已成千古恨西風猶送一江愁烟凝暮靄山山暗鴉噪殘陽樹樹幽淪落天涯何限事青衫不數白江州 潯陽

道出白蒲晤姜自芸庶常

不分翻從此地過到門春水浸藤蘿新鉏菜圃栽紅藥舊築茅亭枕碧波竹屋秋鐙閒玉局鬢絲禪榻病維摩相看卻話

當年事直欲停樽喚柰何

王作人字育才錢唐人官貴州黔陽知縣

育才工書法以諸生直　武英殿敘勞官德清敎諭例當改縣丞　世廟特授黔陽令以事落職乾隆丙辰太僕卿蔣漣薦應博學鴻詞罷歸司業王柔薦舉起復原官生平詩不多作亦不輕示人

黔江秋泛

越水吳山是我家依稀風景尚堪誇豈無峭壁排雲陣亦有飛泉散雨花白露曉停菰岸冷黃鸝晴喚柳陰遮如何留滯黔江上一葉孤舟泊軟沙

國朝杭郡詩續輯卷六終

錢塘吳慶坻校字

國朝杭郡詩續輯

卷七 卷八

卷九 卷十

第三冊

國朝杭郡詩續輯卷七目雍正乾隆閒人約略爲次

陳　臯　沈　甲　殳　王　任紹奇　楊博羣

顧士敏　汪　熷　翟　濤　柴繩高　徐　鑰

張思閎　呂　伊　劉文煒　柴東升　吳邦熙

吳　瑛　朱寧國　朱　鍠　趙殿成　戴　清

王君顯　陳　寅　葉　溶　汪　浚　鄒直夫

丁鵬南　康　燾　黃　泓　黃　澐　黃　潤

黃　治　徐　昀　嚴文昶　項　鵬

凡三十四人

凡二十四人

國朝杭郡詩續輯卷七　　錢唐吳振棫毅父氏編

陳皐字江皐號對鷗錢唐貢生有吾盡吾意齋詩

對鷗家承易學深明河洛圖書相爲經緯相爲表裏之義貧不能家食走津門主于斯堂查氏從吳通守東壁研究三禮繼遊廣陵與其兄授衣皆主玉山堂馬氏時廣陵社事繁與程翰林午橋張主事漁川汪員外對琴江藩伯鶴亭開設壇坫爭以得對鷗兄弟爲勝對鷗又工倚聲時從樊榭印正著有對鷗閣漫語既而授衣下世對鷗塊然獨居意氣衰息春秋上家閒歲一歸故鄉而已

自蓮花池舍車步至天城寺

舍車理簦屩石路盤谿谺朝暾在溪門斷崖露削瓜冰底啼幽瀨宛轉行修蛇兩山裒肘腋徑轉開衙衙翠屏駕香界萬萼青蓮花平生泉石心於此與更賒禮佛向白足幡影揚寶珈

晚自歡喜嶺取道西峯樵徑而下

松風吼潮音澹日西嶺帖山僧道我行取徑何嶸嶸側身穿石門荒榛罥衣袂崩崖鬼面皺暗雨莓苔浹下臨勢不噕有似冰帶屧查子濟勝强騰身自誇捷同人怖無言予亦屢回怯稍見祇樹林禪燈出香葉仰面千仞巔翠色與天接不知一枝藤雙足何由躡

登挂月峯絶頂

茲山北戒雄浮圖聳其上蜿蜒轉　神京元氣淋漓王東連碣石遥西與太行抗長城一線分海水杯中釀微茫十六州幾點蒼烟漾揭來據上頭縱目四無障白雲在其下青鳥不得向況彼塵世間昏曉自殊狀日月探兩丸天風逼衣纊何來浮邱翁乞以蒼龍杖揮手謝同儔吾將躡瀛閬

書家書後寄授衣先生并和來時送別韻

未省川塗難不知在家好寥寥事長征歸雁觸孤抱疲驢策
不前投止失昏曉風沙卷席來目眯面灰槁遥指海津烟衣
塵始抖擻受辛固不辭酸如蘸臼擣本爲甘旨謀遑惜身命
小書生易疵賤不如傭與保堂上雪滿顛躬奉苦不蚤願言
壽而康默禱叩穹昊語塞不能書書亦終草草

同人將刻沽上題襟集余苦無詩又素拙不善作且
留津門未久所作益少客有强之者賦此自嘲兼呈
同志

鳧脛體本短續之必生悲黔驢只一鳴技窮難再爲况余素
不學不知强爲知何啻將越人榮以章甫施諸公富摛翰一
一相角觭如入多寶船瓌瑰光溢眉木難與火齊匹敵無等
差艮楛不雜陳雅鄭不聯吹豈有采砂札而兼敗鼓皮豈有

合韶頀而兼奏兜離集裒美純白懷璧貴無疵一蹄病不行全秉爲之疲一絲剉不理疋練爲之紕嫫女御天神鬖垢滕姱姿悅目固所難其憂在受嗤恐未膾人口適足爲笑貣君子愛以德掩惡勝受蘁不强人所難位置得攸宜倘欲必登厠獻醜余奚辭宵來悚不眠顏厚心忸怩

觀打棗

秋光如水啼畫胡隔牆紅皺垂扶疏羣兒歡躍集其下長竿㚇㚇搖庭隅撲撲簌簌擾樹影須臾亂落紛堦除草根糞壤已遍及餘散鄰瓦猶跳珠小童卻走大者疾强者劫奪弱者呼當門中婦抱兒立懷間出手聲呱呱藤筐竹簍盡盈積手提肩舁爭收儲全家婦子有娛色嘻嘻相告無艱虞賓至可以供盤飣報祭猶得修籩膢來朝搬擋入城市易以錢刀輸

其租餘者亦可助釀用醉飽今歲稱樂胥聞之頗爲三太息
倚樹翹首心踟躕我無寸田并尺塊終歲碌碌風塵驅焉得
安邑三百樹不羨江陵千木奴

馬耕田

庚申春予於葛沽道中見一馬服轄牽犂於畎畝間骨
高形毁無復籋雲追電之態且撾策頻加而躑躅不進
似有不勝任頗爲太息爰賦長歌一首用告世之役物
者

燕郊二月興農工有馬服軛行田中宛轉局促似不進夕陽
影瘦如山崇回毛在膺已無取神駿沮喪韓盧同萬里有志
不得騁四蹢空說能追風道傍側聞聯騎過昂首自爲來朋
從長嘶一聲蹶耒耜振鬣燦燦明雙瞳誰知牧者不釋手控

羈收勒鞭無窮依然引犁八壠去平生夙志疇能庸噫吁嚱
悲哉吾聞錦不作帢稻不藿以鳳司晨不若雞世無通材胡
能全用違所長適足憐君不見馬耕田

小驖歌

房星夜墮蒼精龍七日超毋能追風塵埃憔悴無人問空負
昂藏八尺駭今春查子游燕市買得歸來爲狂喜青絲絡頭
覆錦幪不惜珊瑚作鞭箠呼名小驖殷勤畜無復當年轅下
服青驪一色不雜毫神駿居然動吾目嗚呼人世相遇貴相
知不然覿面徒爾爲非君顧之屢回首終是尋常戀芻豆

食黃精歌

太陽之草名黃精餌而食之可長生尹軌用服得沖舉此語
吾聞之仙經蓮坡居士寡世營綉佛自愛長齋清凌晨邀客

過飣盤觶觶走送明元瓊一笑靈藥異舉梜無由停形如薹
芽差斂小軟勝桃根棗脯添幽馨茵蔯春藕香不敵地黃首
烏功用難爲爭芳津溢齒嚼復嚼舌本回甘味暗縈爲言寄
自盤山巔山僧珍重封題堅細述炮製法效在百藥先三春
劚鎡基午夜濾瀵泉九蒸幾費煬竈烟一餐生羽毛再餐回
童顏不飢復不老身輕如脫冉冉可以成飛仙聽罷心爲駴
釋梜意卓然我亦不願作飛仙我亦不願返童顏但願五畝
之餘遍種此卽有雨暘不若穀不熟大地盡產賴爾終古無
饑年

屋上草

天津池濱海其土斥鹵每行數里不接草色而於屋上
當夏秋間鬱蓊映帶高下如崇阜葢北方風高非土塗

埴其上不能積久故此物易生耳因賦屋上草一首以

紀異聞

屋上草何油油葳蕤不斷搖輕柔晚來凝望疑敦邱仲夏五月中積雨交綢繆連牆蔓瓦引欲遍翹烟薰翠如芳洲仲蔚庭前無一莖開軒對爾常懷羞謝家池塘不入夢雖有好句吟何由牛羊不來蹯車轍不得蹂湛露每先挹輕塵難飛浮葱蒨頗自有驕色仰面居然人上頭所寄固得地所處無太崇不見風雨横杜陵屋上無三重

送家寄瑤還保定寓

學古吾邱衍歌詞晏小山飄零乃爾爾蹤跡頗多艱玩世因沈酒逢人且解顏横雲好山色歸計莫相慳

和萬循初三月晦飲澹宜書屋作是月以二十九日

晦

三月無三十春光少一宵東風惜不得落日共招要未許清樽竭還憐高燭燒故人啟書屋爲我苦吟澆

醉中過染香齋坐月

歸步城隅不厭遲明明山月似相隨主人爲客有清興啟戸迴燈洗玉卮影入簾櫳窺庫露涼催絡緯怨機絲濁醪自可牆頭過剝啄還應後夜期

沈甲字眷瑤號桐敏仁和貢生

桐敏爲菫浦松里故人品學深純工詩善書畫貧居委巷中落落無所遇以一衿終老而四方賢豪過者咸起式廬之敬句山太僕嘗有詩懷之云架有萬卷籤囊無一文錢庫有十様牋坐無一片氈其飢劬可想矣本名申應童子試同時獲售者有兩沈申學使者因即申字而上下之名其一人爲由名桐敏爲甲云府志人文苑傳

俞省原祇文遊學桐里昕夕相對作此示之

日日春陰作峭寒，客懷聊共寄清歡。誰言濱海非同井，況復論文得臭蘭。楊柳絛新東𢇁隱，桃花漲近太湖寬。明朝已是清明節，何處尋看雪一闌。

殳玉字藍田，號璞齋，錢唐人。候選州同。有遠行草四卷

璞齋少時與齊次風、杭堇浦諸公角逐文酒之場，壯游四方，名重幕府，七十後歸里，劇門郤埽，以詩課其子若孫焉。詩見張雨村台山懷舊集

寄張雨村即索其燕山遊草

與君心相知，睽違一何久。憶昔過霞城，主人意良厚。張燈飯香秔，冒雨翦嫩韭。我耽酒百鍾，君出詩千首。意氣兩軒昂，臨歧怕分手。別來忽廿年，自顧成白叟。聞君與諡豪，健筆抗韓柳。支筇雁宕山，作詩傳不朽。東西內外谷，題詠十得九。東遊

不到溫空向仙山走可以附雙魚使我臥遊否

天台道中

壯行西北疲征馬倦返東南狎老漁訪舊偶為踰嶺客探幽覓得過山輿檜溪綠淨春流滑華頂雲開雨霽初檢點圖經搜往蹟孫公賦手近何如

任紹奇字易傳號苕言錢唐人郡諸生

苕言少與孫虛船陳星齋諸先生游好讀書晚年猶手不釋卷

書蘇耕餘先生傳後

眉山鍾靈秀閒世出偉人偉哉我夫子聿起舜江濱奔騰三浙水直上沖天津聲名震海內退乃全吾眞一官雖自冷般懷樂陶鈞武林人文藪積習沿因循頹宮忞牧馬講幄封翳塵嘅焉發太息四科分指陳申禁門勒石堂廡輪奐新士習

頓復古文體亦還湑緬懷胡安定克紹敷彝倫膚言綴末簡

雅化垂千春

楊博羣仁和人有偶留小草

博羣居艮山門外河東村即施家橋東畔地也其行事未詳惟吳西林處士有楊生破堂記是與處士同時人矣其記略曰主人項雨墊之巾曳雪穿之履原生之襟袖難整羊陟之紙裯頗完脚折茶鐺膝穿木榻觧似出于羽陵硯難全于雀瓦巵無底而猶御甕雖漏而還陳幾雙蠟屐齒半折于櫩中一領羊裘毛盡銷于薪上其草也拔心不死其樹也蠹節仍香菌縮桑拳匏枵松偃他物稱是主人可知然則欲知楊生亦讀此文可耳

花朝扶病游因果寺

門掩蒼苔白日幽殘梅開向破牆頭冷香故故催人醉瘦影離離動客愁華屋而今生蔓草荒池依舊漾輕鯈祇因佳節翻多病半里尋春便當遊

顧士敏字膚功號青燭錢唐人

青燭丰神蕭散恂恂謙退與同里沈晴山璿交善銜毫賦詩互相酬荅年四十餘卒無子一女適方氏名九韶字鳳儀號巻山能詩善詞曲有錦香亭傳奇行世其後潦倒老病以死亦無嗣詳見沈梅青燭遺稿跋

還書

林景日夕見霏霏滿庭除清興不可遏爲借東鄰書東鄰無人讀積案總成虛我將一披閱頓覺塵俗疎如何會心處翻在掩卷餘所恨日催索咀嚼不自如物各有常主送之還舊居願言珍重藏勿使飽蠹魚

病中晚眺

手倦妨摹帖心閒擬賦詩坐當山紫處直到月黃時晚氣秋林重炊烟小戸遲病中何所樂得句遂忘疲

汪熷字次顏錢唐人有倚樓病已諸集

次顏與樊榭堇浦諸公遊契詩三冊皆其手鈔

藤花歌 并序

庭側喬柯高聳雲表藤花麗其上飄颺四垂彷彿旗幢華蓋觀者咸異之余以是樹賦材既殊而徒章采於他木人但侈華之繁若相忘乎斯樹也重有感焉

珊瑚爲枝玉作蕊霍靡蓓蕾鋪霞綺那及柔條帀樹顛淩霄直踞青雲裏盤空蜿蜒龍之而拏攫蹁躚蛟颯纚燦成千串牟尼珠紛錯萬象雲海市輪囷古幹羅珠瓊千枝萬枝花爭縈君不見松柏徒令施蘿蔦孤根培塿休相輕擁腫支離幾危殆霜皮溜雨顏仍在材大難用古所嗟婆娑此樹悲無涯

翟濤字巨源號錢江仁和人

春盡日同吳司馬廷華杭太史世駿金國簿焜姚孝廉大呂趙進士金簡沈孝廉作朋金庶常文淳家二

弟灝　分賦得十一眞

客裏逢春不當春年年春去臏萍身巳無逸興難忘酒似有愁懷欲別人曉雨吹殘迷草色亂紅飛盡鬧街塵從知一樣登臨處明日芳原便愴神

柴繩高字彥之號墨莽潮生子仁和監生

石佛閘和前明馬孟河原韻

任城古戍野花叢寒食悤悤客路中槐市誰開童子塾柳陰遙識梵王宮碑文剝蝕搜奇句蓬梗飄零歎舊蹤駐馬斜陽村店近平疇麥浪捲清風

徐錀字心潛一字開亭錢唐諸生

開亭書畫宗法香光與同里陳百藥寅南屏釋烎虛游性嗜飲醉輒臥市上或竟夜不歸時有吟咏輒脫稾不自惜如春懷云燕子來時春始覺梅花謝後月猶香眞佳句也

馬纓花

最好江南五月時，合歡花蘂吐絲絲。生來不學垂楊柳，祗替人間管別離。

張思閎，字穉登，錢唐人，官江南太倉知州，有兩間書屋集。

唐詩

詩有陳撰、厲鶚、金司農、吳廷華、汪臺、顧正謙諸公徵刻，啟時在乾隆四年己未，宜與儲大文爲之序，盡上下平韻各三十首，一日無題，一日漫興，一日游仙，一日禪悅，今各登首篇以志梗槩。

無題

青鸞飛入合歡宮，畫戟門開蠟燭紅。桃臉曼長橫綠水，翠眉輕嫩怕春風。絲牋會擘欺江總，香棗何勞問石崇。莫道人生難際會，綺筵散後繡衾同。王昌齡 白居易 韋莊 汪遵 張麗華 李商隱 韓偓 顧夐

漫興

家住錢唐東復東每經時節恨飄蓬來來去去身依舊歲歲
年年人不同豈有文章驚海內更無親戚在朝中張鷟欲上
知何日願託仙槎路未通 李賀 來鵬 李山甫 劉廷芝 杜甫 杜荀鶴 白居易 蔡希

周

游仙

臺閣層層倚半空凭蜺長嘯八鸞風若看山下雲深處夐與
人間路不同淨水仙童調玉液靑腰侍女埽珠宮東皇近日
慵游晏一卷黃庭在手中 羅鄴 陳陶 杜荀鶴 鄭畋 楊監眞 曹唐 李九齡 韓偓

禪悅

磬敲清響蜀山桐我亦禪門薄致功但用須彌藏芥子偶拋
煩惱到蓮宮九溪瀑影飛花外千樹蟬聲落日中何事最堪
悲色相一枝紅是一枝空 薛能 白居易 李建勳 盧延讓 戴叔倫 鄭良士 盧綸

唐球

呂伊字稼莘號耜堂錢唐諸生

耜堂爲相國梁文莊公妹壻家貧篤學同輩皆連擬科第或致位通顯耜堂則屢困于三條燭下迄不一當而文愈工每一篇出輒壓其曹生平嫉俗如仇又鬱鬱不得志非其意即肆詬口人咸畏之有時方與客諧談間忽憶所惡而罵其人遠隔數千里或已沒十餘年歷言其非若面數然蓋有觸即發卞急其性也年將九十矣嘗伏几琅琅誦禮記客問何爲讀此曰吾耄老經書幸無未忘惟此尚有遺者故溫習耳沒時年九十六無子無可後僅一二疏屬率皆樵魯又遠居石門沒後盡索其囊篋以去所著亦從而散佚梁大令祖恩於故簏中得其制藝稿三十首爲梓行之今於十研齋會吟卷中得詩一首亟錄之以當吉光之片羽

仲夏集十研齋分詠草木用東坡和子由記園中草木韻得芭蕉

牆隅種芭蕉不數青青蒲中含沆瀣氣下垂蓮花須惜非歲寒質未及秋風枯窗前涼雨聲蕭騷落江湖山僧結茅處學

書忘飢劬何當乞摩詰爲寫雪中圖

劉文煒字青耜仁和諸生

青耜性孤迥然絕穎慧少從汪積山雲尺沈載侯諸先生游能得其指授爲文奇崛排奡不諧于時弗惜也家故豐後中落以授徒爲生計既而患尫羸問疾者至則于臥榻上談詩文尚娓娓不倦卒年三十有八卒後朱排山索其遺稿淡墨敧斜細繹始上口今排山小集附刊十餘章是也

春雨和韻

鶯老花殘欲送春疎風密雨復兼旬十年事攬愁人耳三月寒欺病客身江燕補巢黏絮溼溪魚分子漾波新只應同泛扁舟去紫笠青蓑不厭頻

秋日湖上

蓴絲牽碧滿湖浮漠漠寒烟望裏收十里枯荷雙鷺雨兩隄衰柳一蟬秋白雲鐘斷僧歸寺黃葉詩成客倚樓猶有留人

餘與在數聲短笛起漁舟

冬夜客至

蕭蕭風雪打柴門白酒新篘舊瓦盆恰喜故人千里至地鑪松火夜開樽

柴東升郡人

袁隨園言乾隆丙辰欲西行苦無路資適東升就館高安挈之往贈金一笏裁得裹糧至粵云云并載舟中聯句一章惜未詳述其貫履東升當是字不知何名也

鄱陽湖野有大樹可蔽牛已朽折委地矣旁一小枝穿根而出高十丈餘相傳明太祖與陳友諒戰時此樹代受砲故封爲將軍至今尚有燒灼痕云

大樹兵火餘枯根尚委地柴曾抱紀信忠一死代漢帝袁輪囷根盤存焦枯枝葉棄柴叢叢莓苔痕鬱鬱霜露氣袁祖幹

扶桑傾孫枝小龍繼柴穿出盤古墳猶作拏雲臂袁

吳邦熙字旦兮謙益子邦熉從弟仁和諸生

讀書葛嶺喜杭堇浦龔南陔過訪

天風吹客至攜坐薜蘿陰黃鶴去不返白雲迷更深入山秋氣早向夕磬聲沈話久不知倦月明松樹林

吳瑛字又崇錢唐諸生

七夕戲占

名花鮮槩列庭陰玉露霏霏夜漏沈簾外依稀聞笑語幾家兒女學穿鍼

仙人乞巧思

天上雙星歡會時人間蛛網網靈絲愧予亦有宗元拙欲向仙人乞巧思

朱寧國字松亭海寧諸生

松亭飢驅廢學老客幕府人倚賴之知醫善卜年八十四卒

蛙

土鴨緣溪事向人閣閣爲水深泥淺地風曉雨昏時氣輒彭亨作聲多附和隨池塘青草盡何處著君宜

朱鍠字聲元海寧貢生

聲元爲海昌老名士少爲熊中丞學鵬所知以外孫女妻之困贅天長林氏屢困鄉舉乃遊大梁入雲中復不遇而歸坎壈以歿

太平鼓

六街鼕鼕鼓聲徹蠢者以動句者茁其聲剛勁氣激揚綴以錚錚幾環鐵瓦腔革面古製移煉鐵糊紙憑膠黐非鼖非鼛號曰鼓金聲革聲齊奏之紙作皮膚鐵爲骨下擬斗柄上滿月羣星在掌光搖搖耳畔蟄雷爭奮越曾聽臘鼓知春生況

復土鼓迎時鳴羯鼓催花石鼓獵那及社鼓與耕𡉏太平鼓

擊擊且走握之以左擊以右一鬨鞭撾短箠聲幾番高下小

兒手初疑方響棃園敲旋兼中節銅九抛繁音颼颼砉然止

倏爾濤籟喧堂坳竭來舞手復蹈足日作嘔啞太平曲何如

擊壤康衢中助汝含哺同鼓腹

登太原城樓

清時欄櫓壯并州形勢西來此上游萬馬秋肥齊縱牧三關

日暮獨登樓地經屢戰難爲客雁去横天不寄愁習俗未妨

仍武健開樽一洗腐儒羞

汴梁

倉黄北狩勢紛拏歲幣甘輸驛使車將帥中原空有策君王

南渡已無家草衰廣陌秋嘶馬風急叢祠暝聚鴉太息銅駝

荆棘裏不堪重問洛陽花

題家灌畦出關詩册二首

據鞍休說踏春行磧色河光百感生日出尚餘豺虎跡風高
併少烏鳥聲棄繻誰復終軍識望氣空教尹喜驚想見酒酣
登廣武英雄豎子最分明

江南回首但蒼蒼拂袖歸來願已償朱鷺歌傳軍罷戍白狼
樂奏客思鄉何須好事圖屏幛差喜新裝貯笈囊好續吾家
梅里叟秀水檢討嘗游大同等處西征重拂雁門霜

趙殿成字武韓號松谷仁和貢生殿最從弟

松谷先世自上虞遷杭歲時上冢必往一日渡曹娥江過驛亭堰檢舟中多一囊囊中金數百因停舟以俟果有倉皇至者詰其數驗還之乾隆初元舉孝廉方正不就丙辰鄉試既鎖闈矣旅寓不戒于火同寓者二百餘人松谷資以糗糧得復入試又資以屝履舟楫之費而後得歸里中歲或爲粥以食餓者或捐多金爲倡其他

乳嬰掩骼醫危槓死之事皆樂爲之不德于色嘗箋王右丞集駁正舊說數十條辨霓裳曲七疊始有拍其駁按樂圖舊說并以糾新舊唐書之謬又撰古今年譜羣書索隱臨民金鏡錄皆可傳者卒年六十三先是松谷腸澼幾殆其妻王氏刲臂和藥而愈而匿不言可謂賢婦矣

上虞訪周叔茂不遇

泊舟驛亭渡沿徑入溪灣流水數家繞柴門一帶關無人迎野客有犬吠深山徙倚日云暮高低飛白鷴

登鎮東閣

高閣一登臨迢遙傷客心江聲界吳越秋色亂晴陰寂寂山烟紫蕭蕭水竹深憑欄無限意日暮發清吟

戴清字問渠仁和人

問渠眉骨清嚴食貧栖隱嘗廣元人周德清意爲七無詩擁鼻酸吟竟忘寒餓有重其名者欲羅而致之以親在未忍遠遊終孝養其後襆被海濱卒踐夙約不敢忘知已之報也其詩曰海上吟曰棄餘偶識曰只可自

怡悅日消寒草日新春雜占日香外更無春則詠梅三十首也無子家無業儒者遺稿舊藏吳西林先生家碧溪詩話云問渠居艮山俞家橋邊屋正與水門對

懷鮑步江張石帆

爭傳張鮑詩無敵歸臥南徐一草亭偏爲品泉留客住獨憐鼓瑟倚雲聽江聲夜走寒沙白山色晴消宿雨青都是懷人憑眺處蒹葭秋水隔前汀

書懷

放懷天地即吾廬雙足塵埃總自如選友好添名士傳問心少讀活人書新詩滿篋閒編次濁酒三杯悶破除只恨故山歸未得十年蹤跡隔樵漁

王君顯字璟堂號前園仁和人有白夢吟續吟

次韻春閨怨詩四十首錄三

影轉棠棃日晷遲新黃嬌額半塗時聲聲慢聽花間屐小小

輕勾鏡底眉玳瑁奩中書恨字鴛鴦機畔繡連枝芳心已逐

遼西夢百結丁香不自持

芍藥樓臺日上遲酴醾院落嫩寒時春風嫚婀催梳鬢夜月

嬌嬈妒畫眉驛道馬嘶青草色河橋鸎囀綠楊枝宵來怕作

楡關夢萬里相思可自持

合歡𨪐忿獨開遲婪尾春光百五時密意難忘嚙臂芳姿

誰惜鎮顰眉雙魚箋祕書千字小燕釵橫玉一枝莫負江南

好風景淡脂輕粉强支持

鬬草

指點裙腰綠間藍爭芳勝事屬重三亂藏羅袖和金釧戲賭

雲翹卸玉簪忙裏工夫誇叴母暗中心緒託宜男長髯不見

維摩像賸有蘼蕪手自探

陳寅字劭之又字紹嘉號百藥錢唐貢生

百藥長于說經亦嗜吟咏與其弟篁墩宣同與南屏詩會其室倩茬李氏亦工詩鳴鳳而應誠韻事也百藥嘗自製瘞骨塔銘乞汪槐塘詩是又深合于達人之旨矣

咏明史小樂府

麻湖迎駕年烏龍潭上咼咄咄青田對魚兒三十五烏龍潭

吳漢不足數金陵厭小明破桶作一桶周顛告太平告太平

今年殺胡黨明年殺藍黨功狗烹寃哉徐常幸廟享姦黨錄

頭顱偏半月髡髮作行脚僧篋錮三紙牒應文賢與能半邊月

告君莫逐燕燕燕飛上帝畿榮國胙和尚慧琳衣黑衣燕高飛

毋使負殺叔兩日費難持九江膏粱子迎降拜太師膏粱子

草詔書燕賊不顧十族刑哀哉讀書種瘞骨有鏞銘十族刑

宮中火不死老佛粤州回高煦樂安縛銅缸焚作灰（銅缸覆）
遺老三楊逐荷枷何惜四今歲殊不樂我愛會昌侯（監門枷）
窩兒赤火籠迎還道者者誤國王先生旌忠馨祭弆（窩兒帳）
金符迎外藩莫須有獄起呼寃亦何爲亨等意如此（盜金符）
榮靖寵專房阿保勞張姥小輿西內迎黃袍是兒父（西內迎）
繼曉封善世俊諫杖殿前巍巍永昌寺賣兒貼婦錢（封善世）
京城黑眚見西廠猺直來將兵仗兩鉞阿丑笑咍咍（仗兩鉞）
閣老盡紙黏石城吏何壯耐彈此棉花三台應同望（劉棉花）
劉謝未同去鷓鴣湘草春酒闌日負我誅瑾黨中人（鷓鴣啼）
威武大將軍豹房呼家裏手劒勅巡邊梁儲眞男子（作豹房）
新建縛逆濠檻車悔流涕不聽婦言亡紅顏沈彭蠡（彭蠡沈）
舉朝爭大禮世廟詔新營姦彗永嘉首根本孛攙槍（彗星疏）

宰相青詞撰恭誠陶仲文輕沙飾香葉嚴夏死生分撰青詞

十罪五姦濟忠魂泣夜臺扶鸞一紙語還我窮秀才窮秀才

娘子俺苔婦款闕受漢封赫虢索鈿翠比妓遜裝穠三娘子

天子調椒湯伊周疏語佞經筵色勃如霍侯禍驂乘調椒湯

張差打小爺外戚陰謀伏前年續危玆賡更成鄭福打小爺

紅丸連再進嘖嘖忠臣聲許止不嘗藥奪俸一年輕進紅丸

移宮憂國計匿闈禍機萌武氏慮今見左楊抱血誠嘩鸞宮

委鬼坐當頭茄花紅又徧廿四罪昭昭不悟趙高傳委鬼生

黨錮榜東林配祀司業竄少正卯何人逆名六等案榜東林

揚沙占不利保城病督師郊迎紛勸進刃賊費娥悲風揚沙

販國馬阮姦投戈天塹失半壁小江南可憐福王一福王一

酒旗

尺布新縫片影垂河陽風月總相宜擬來元象分明見張載酒賦擬酒旗于元象酤趁梨花遠近知活潑好參圖畫意流連如遇麴車時飄飄不是無情物一路心旌為爾移

葉溶字容水號鶴塗錢唐貢生

容水家管米山齋前古桐一本竹數竿榜曰桐竹雙清處蕭然味道不厭飢疲仇一鷗懷里中前輩詩云草履織成長尺二山行穩步不敲斜當年桐竹雙清處半夜讀書自煮茶謂容水也

題右軍據石圖

先生初學衛夫人波瀾意度如通神忽然悟得作者意戶庭獨闢非常倫龍跳虎臥眞千古上掩元常下誰數虞褚顏歐一代英雲礽俎豆追先祖眞跡由來不易多金錢購本皆摹肈誰人寫得塵外表素紙據石居有那前人論畫非形似如何俗手高籠鵝

汪浚字在郊號蔗塘沆弟仁和貢生有對牀風雨集愛吾廬吟稿

得家書

遠書來不易三月到幽燕弱姪詢行橐家人費卜錢屢看冰解泮忽見柳含烟自歎離鄉井蹉跎又二年

南屏

小艇輕於葉浮沈荇藻開風微剛皺水雲過忽移山秋老長隄靜天空飛鳥閒南屏霜樹赤流盼不知還

再送菫浦先生還鄉即次蓮坡居士書懷原韻

天涯分手意悽悽重憶相逢沽水西紅藥後庭拈麗句碧桐深苑舞文雞潮生柔櫓人微醉曲度酥娘坐每齊底事中年風味減水田桑下但扶犂

水西移履草初芟訴別斜陽樹杪銜故瀨喜隨鳧泛泛舊巢
苦憶燕喃喃從今把釣仍青笠往日評文本白衫看爾夷猶
眞達者柁樓高坐便揚帆

次靜甫姪晴窗讀李杜集原韻

三唐科目重歌詩李杜文章反見遺光燄至今留萬丈蚍蜉
撼樹笑羣兒

鄒直夫字古愚號魯齋海寧貢生

魯齋壯遊京師有九玉田者客莊親王所薦其才王館之來復齋中命簡抽觴有鄴下梁園之意

別莊親王

方頌千春百祿遒西湖歸去趁人舟橋邊柳色情何限樹上
鶯梭囀未休縱得放懷青草野那禁回首綠蘋洲年年授簡
延枚叟應念梁園少一鄒

丁鵬南字風九號逹莊鼎相孫仁和諸生有佇興小草

逹莊詩所傳不多而氣體清逸如閒居云靜知茶味爽閒覺栖花香秋夜云蟬鳴兩岸樹月照半湖菱梅花云竹外一枝能獨笑松間幾樹耐人看夜感云愁邊憶事中宵醒枕上成詩待曉謄皆工寫情景者也

野塘晚眺

新晴景色滿前汀晚立平隄望杳冥靜澗蛙鳴兩部樂小塘螢照一溪星淡霞散綺明漁艇叢樹疑山犨畫屏隔岸荷風飄馥馥歸來袖底襲芳馨

挽表姊沈貞女字寧一

春風春雨夜瀟瀟驀地芳蘭歎早凋九載堅心徵苦行一腔眞性顯孤標雙鸞死後堪同穴寡鵠生前悵獨謠留得徽音堪不朽年年麥飯弔花朝貞女逝于二月十二日

康燾字逸齋號石舟錢唐人

吾杭北郭有康康山先生讀書勵行以孝聞絕意進取畫人物山水皆師法元人年三十禱於于忠肅公祠夢童子授一如意背篆石舟二字而寤遂更字石舟焉後館廣陵巨室遇黃山老僧熟視先生久叩姓名神色愕眙先生詰之再則曰曩有石舟禪師與予年齒較長工詩善畫結茅黃山蓮蕊峯下有石如舟形師因以自號化去幾四十年矣先生狀貌酷似字又同得毋前生爲吾石舟師乎又問先生生年月日則石舟涅槃之日也相與嗟異所夢至是乃驗因灑然有出世之想黃山僧別去先生攜瓢笠親訪其處土人導之往指所謂石舟者語艮是佛龕久毀無有知石舟師名字者向所識之黃山僧不可蹤跡矣先生凡三至無所遇倦而歸終老北郭應澧云

白杜鵑花

鶴林寺裏送春歸洗卻紅塵見素衣血盡啼痕鵑老去露沾香粉蝭鶯飛思親遊子魂俱斷垂白孤臣淚已稀留得三更四更月寸心還與共清輝

黃泐字見中號慕鴻鐘子仁和監生考授州判有聞中草

慕鴻嘗渡河舟壞不死因自號水餘生善指頭畫家有春華閣擅山石花竹之勝屢試南北不見收遂以微官自效

趙北口

驅車過趙北兩眼豁然明不意風沙裏如斯秋氣清白鷗雙鏡落黃葉一隄平故國懷人意因之遠夢生

晚渡京口

桂席出京口大江橫我前蒲帆半竿日漁子一蓑烟浪激山常峙洲遙樹總聯維舟傍瓜步回望淼寥天

鬟社湖

鬟社秋千頃停橈夜正長星河翻影落鷗鷺背人翔滅燭湖光碧開樽岸芷香明珠在何處曾照讀書堂

游夕照寺文上人索贈

蕭然夕照寺千古此傳燈地遠徑成僻雲深閣幾層清閒推

老鶴淡泊識高僧習靜禪關裏工夫證上乘

看月憶弟

長安春夜半顧影獨盤桓不識風塵色焉知聚合歡幽思中

夜發鄉夢五更殘惟有雲間月相思兩地看

霜柳條將綠離羣又一年流光去如水春色苦相煎酒薄吾

無厭花濃誰解憐祇緣身是客愛看月常圓

戊午春游西山法海寺和仁化上人韻

春游踏破萬重烟最愛梅花雪後天一夜松風響巖壑與師

同聽滿山泉

黃澐字瀠江號學癡仁和人鐘子有未飾稿

瀠江先生爲書匡丈尊人其詩稿有自述云秉志以剛負氣以直教子一經交友三益非日能詩但解塗抹遺

之子孫幸存吾拙可以概其生平矣

壬戌關山道中早發

腷腷膊膊雞翅鳴僕夫催駕又早發露花落地疑寒霜雁字橫空叫殘月

懷心鑑上人

曩時攜手六橋遊楊柳蕭疏兩岸秋西挂夕陽猶佇錫與師還上望湖樓

黃潤字禮田仁和人鐘子

禮田善畫竹石詩不多作歿後其家人于篋衍中得五絕一章亦吉光片羽也

曉起溧陽寓中作

曉起春已歸千金難買回離愁八九月花下嬾擎杯

黃治字允安號松汀仁和諸生

松汀先生爲書庄丈從叔而年則相若幼共筆硯耽事吟詠相聚則竟夕聯吟偶隔卽吟筒疊至詩往往脫口而出不假思索中年以後依所親于長沙官署遂家焉而詩稿不可復得矣曹仙耨云己卯歲予年甫冠與沈秋河黃松汀肄業紫陽別墅斗大一室几榻橫陳晝則促膝攤書夜則翦燈分焰仿賈耘老蘇東坡懸錢屋梁之式按日取給不敢僱僕供庖三人自執烹飪愚素寡能祇據觚瞪視而已三人中惟秋河年最長嘗謂松汀與予曰南宋羅欽若李東尹胡邦衡同在學舍偶乏尸饔者邦衡操刀東尹和麵欽若進薪然火我輩今日之事正相同也松汀五言如空江惟有月風動欲生秋可入遜句圖

簡宋小祁

我每憐君不得意長年作客居蕭寺酒船詩椀日無虛歸橈忽動蒓鱸思春來湖上盛春風聽說三郎駐玉驄舊日踈狂無恙否者番打點訴離衷誰料君來才信宿我又挂帆江九曲一尊清話知幾時回首西泠千樹綠行蹤此日竟如何好對蟾光自放歌試棹扁舟故園去百花洲上落花多

山行

山容秋裏淡雲影望中賒一徑竹陰路滿田蕎麥花寒烟埋酒店茅屋露人家盡日憐幽致肩輿憩短沙

舟泊富陽縣

斗大山城望裏收居人齊住浪西頭迴塘柳色青逾重隔岸嵐光澹欲浮舟子纜船尋小市酒家聞語說杭州到來無限鄉關思獨上春江第一樓春江第一樓在縣東觀山上

過嚴陵瀨

平灘潮落水侵渠風物江村二月初花滿渡頭人打槳一聲喚賣子陵魚

徐昀字培元號又次郡諸生以子烺官封翰林院庶吉士

又次爲甑餘太守封翁工書善鼓琴少壯客游四方至老始歸里太守官京朝時以祖宗墳墓不可闕祀故不

就養春秋佳日與其姻家邵贇村樹本黃潔江澐相羊于六橋三竺間迨太守謫官伊犁時眷屬皆在都不得已而北去未幾卒于邸寓時太守瓜期猶未及代也

出雁門關

欲酬重九菊花罇策馬披裘出雁門村落就荒飢犬吠山城幾折渴龍奔黃沙戍遠雲千疊白草峯高月半痕道左無人哭枯骨我來憑弔賦招魂

臺懷回太原途次作

肩輿破曉畫圖行回首雲山一抹橫東嶺乍明西嶺暗南溪相送北溪迎不勝酒力儈留宿正覓詩題鳥哢晴此去晉陽能指數并州可是故鄉城

自題小像

鑪火初添香蒻酡瓶花偶插影蕭疎相君倔强全如我只合

關門抱膝居

題黃思藩秋江采魚圖遺墨

珍重臨風展畫圖畫中髣髴見倪迂我懷欲翦吳淞水解卻清饞一膾鱸

漁弟漁兒樂有餘蘆花深處阿誰居騎鯨人去秋江冷贏得孤雲自卷舒

嚴文昶字景王號晚耘仁和人有秋山書屋詩存二卷

晚耘以得子晚故署爲號其初淬厲爲科舉之學以偃蹇不遇家業中落遂舍經生業讀活人書覃精貫串洞垣一方自此遂以醫名梁山舟學士傳略曰晚耘著述甚夥既習醫皆棄不存惟好爲詩詩格近放翁沖雅如其爲人外家勞氏無嗣以一身承兩氏之祀屬其子曰我死必瘞近勞氏墓意更深遠可謂篤行之君子哉卒年八十三

蘭友招同玉衡東郊松麓游風篁嶺龍井寺捫蘿入

鉢池庵看殘菊聽老僧鼓高山操歸舟得詩三首時

十月十二日

霜風吹平林淺絳染寒綠一徑入深山蕭蕭萬挺竹天半掃

浮雲疑入篔簹谷重湖隱不見衆峯烟外矗縹緲北山雲飛

向南山宿瘦石何玲瓏冷翠撲巾服啼鳥引孤往山花嬌悅

目巖壑相勾留妙處數迴複卻笑向時游祇在雙湖曲爭似

聽空山樵斤響箐木

辨才夌禪定遺蹟留泉石偶作入山行來對寒潭碧到門不

見人蒼苔餘鶴蹟誰知談笑聲驚起山僧逆揖我雙樹南示

我龍泉脈泠泠瀉清音試酌盪胷膈老衲頗殷勤敲火爇山

液奇石運何年神斤自開闢髯蘇不可追殘碑半狼藉吟望

與方酬閒雲送行客

秋色媚晴嵐招我雲岑上快若逢故人攀蘿穿疊嶂不辭杖
屨疲耍趁精神旺紆徐二三里舊徑半遺忘林巒面面開鐘
聲渺無向來敲雲裏門相邀坐方丈山僧亦詩流古樸異時
樣素琴通妙理爲我寫幽曠了得高山意萬谷發清響古調
怡神情伯牙不須訪

平望道中阻雪

風雪滯扁舟關河渺客愁此行原孟浪今日更淹留水凍閒
魚網人寒聚酒樓推篷成悵望鷗鷺共悠悠

卜居小和巷漫成

新卜河干宅喧卑舊井同依然居委巷未稱隱牆東室小唯
容膝園荒只種松一枝猶半借垂老等飄蓬
衡廬餘半畝一水遶幽居庭隘難旋馬樓寬好貯書築牆依

老樹抱甕灌青蔬衰倦逢迎嬾門前謝客車

地接城西郭堂開桂樹根遠山青到檻流水綠當門兩氏寧

宗祏雙荆長子孫丕承吾老矣嗣續後人存

次子樹穀往京三月未得信

去日丁寧屬平安早寄聲倚門枯望眼僂指數歸程何事鱗

鴻杳常教夢寐縈長途多雨雪添我別離情

夏日雜興次蘭友韻

桐陰覆檻午風清閒看茶烟坐小庭多嬾久抛醫樹法學書

新寫換鵞經蟬聲帶雨消殘暑山色連雲上畫屏麦煞北窗

涼沁骨荷香馥馥起前汀

歲暮抵家有感

踏雪歸來正暮時山妻應訝我歸遲門庭荒寂愁先到兒女

飢寒夢獨知斗酒幸藏分歲釀早梅喜發隔年枝團圞一笑

差堪慰又擘雲箋自寫詩

癸亥人日墨山蘭友見過同往鄰園探梅留飲

老去每驚人逐日春歸喜見日逢人况當好友來空谷同探

梅花過比鄰此會不期成樂事今朝還幸值閒身流連擬和

孤山句索笑巡檐莫厭頻

舟中曉賦

木落風寒鳥亂啼扁舟曉出泖湖西殘星幾點月猶在濃霧

四圍山盡低渺渺客途隨候雁迢迢鄉夢破晨雞年來到處

輕遊棹露宿霜征傍野隄

偶記春日郊行詩有艮山門外曉烟迷之句因懷故

居感賦

世隱東皐路不迷柴門猶記小橋西參差籬落全編竹疎密
人家半傍溪香滿菜畦蝴蝶鬧春歸桑徑鵓鴣啼何時乞得
山貲足擬向塘南贖舊棲

雨朝感懷二首

幾日陰晴長綠苔鬱蒸懷抱向誰開無情白髮催人老應候
黃梅送雨來屈指故交悲宿草回頭萬事寄深杯獨憐梁燕
驚朝夢絮語風前惱睡媒

百結愁腸孰與論貧居委巷似荒村雛孫學語常需果癡婢
佯聾懶應門難借異書消白晝靜聽急雨到黃昏挑燈獨對
山妻坐為話當年總淚痕

喜禮亮臣內兄來晤即送別

宣公橋畔三年別西子湖邊十日留有酒縱能頻勸客於人

消得幾多愁重看烟水催孤棹況對雲山憶舊遊無限相思吟不盡𢗅條隨處拂輕鷗

題雲公精舍

竹徑幽深客過稀竊庭閒鳥故飛飛林花落盡無人掃留與山僧踏月歸

項鵬原名文斑字揞庭號蘿溪仁和諸生有蘿溪詩草

贈賣甌蘭花者

芳名早喜播年朝深巷聽來韻最嬌賣徧春風香一國玉人頭上卸輕貂

國朝杭郡詩續輯卷七終　　錢塘吴慶坻校字

國朝杭郡詩續輯卷八目 雍正乾隆間人約畧爲次

周　浩　周學蓮　丁一善　陳元震　吴震生

莫　栻　顧　乾　曲映台　洪　箾　朱　曉

張朝晉　徐　蘭　朱　楓　朱　棆　沈廣熖

諸廷楝　褚　綸　施文渠　栐　易　毛元存

鄭　節　祝維健　郟　湆　程　遠　查　基

查學　俞　耀　楊式玉　楊式金　楊　澄

陳世倕　俞鴻發　陳光斗　張錢澐　朱　璿

施　坤　王景華　馬中隆　葛以贊　王　謨

陳　玠　周　曉　沈植基　趙　晥　顧履恆

裘甮生　章袁梓　許　松　金　達　沈　超

高瀛海　盧文韶　吴龍光　孫庭蘭　汪鍾啟

陸名輔　陳光陛　鄭　岱　汪　晞　蔣鳴珂

姚廷沆　田世官　姚　錕　秦榮茂　顧正中

李元煒　毛　棠　項　藼　張奇生　吳鳳詔

倪允超　蔣　燦　胡廷樾　鍾　鏞　俞宗敏

顧繩祖　楊　森　朱　球　沈毓蘭　沈毓蕙

凡八十人

國朝杭郡詩續輯卷八　　錢唐吳振棫毅父氏編

周浩字春江錢唐諸生有息黥吟

皋亭山桃花

憑誰素手揭流霞飛作平疇十里花枝綽約當山幾曲影低徊處路三叉溪邊漁棹經行慣觀裏春風感慨賒底事氛埃抛未得載將書畫便浮家

周學蓮字愷如號紡溪錢唐人郡諸生有蓮洲偶草

和蔡石起中秋對月

庭除月白愛松風靜閑蕭然半畝宮門外行人尋熱客夜分偶坐聽寒蟲興來握管詩將發倦至停杯酒未空漫道迂疎難入俗强酬佳節與人同

丁一善字楚惟仁和人

楚惟隱居筧溪之上好
爲詩稿本甚夥皆佚

夜落金錢

燦燦嬌英傍午風佳名難與說逡窮五銖未鑿當年孔半兩
寧供天下通總與荷珠同一幻竟如木筆漫書空露涼吹落
蒼苔徑滿幅青裀點絳紅

陳元震字又沂郡諸生有菊畦草堂詩

又沂始居吳門繼贅繆
城父歿復侍母歸於杭

悼馬

玉驄金勒錦障泥行動追風快駃騠天駟入秋驚忽隕櫪烟
侵曉不聞嘶幾年鞭影吟殘月何處沙痕認舊蹄伴我客程
堪記數江南冀北更關西

送胡靜菴歸秦州

君家西望隔洮岷杜老詩堂結比鄰此去烟花應有主別來風雨奈愁人知于何日重尊酒好寄相思託錦鱗漫說秦關吳嶠遠月明吟夢往來頻

春夜不寐

鑪熏消盡被餘溫輾轉醒愁酒不勝似歲春宵惟獨覺欺人鄉夢亦難憑斜風亂打疎牕雨寒暈重圍破壁燈旅館淒其誰共語披衣起坐覺禪僧

吳震生字可堂仁和貢生官刑部貴州司主事

可堂自揚州徙杭住金郎中巷五踏省門不得一當入貲爲秋曹官未幾復乞歸買宅太平橋側濱河築樓三楹顏曰舟菴性耽吟詠尤工金元樂府有玉句書屋十二種傳奇行世嘗與厲徵士鶚丁隱君敬同遊山陰倡和甚夥讀莊有摘莊一書又有性學私談太上吟金箱壁言豐南人事考諸刻晚年遍覽竺乾之書著大藏摘髓至若葬經脉訣該洽貫穿尚其餘事也

送友南還

落日催行色扁舟感昔遊鶯花三月恨萍水一年留老馬慙

初服離鴻叫晚秋前程渺何許回首暮雲愁

莫栻字右張號栟亭錢唐諸生有栟亭詩存

栟亭篤學工詩與耆德勝流如徐紫山田守廬張滌岑輩結襟契之好所著清波類志瑞石山志足資掌故單斗南炤題其栟下勘書圖云但授生徒居栗里不貪令史給蘭臺其人可仿彿遇之又仇一鷗養正詩云每逢君姪濰山話羨殺先生耐得貧鐵冶梅花郭婆井百年供養老詩人葢所居在鐵冶嶺也

春日偕王繼曾曾鄭爽居塏出北關夜渡武林港

出關纔日暮入港卻初更野色連天暝星光逐水明酒銷寒

意動燈滅旅懷生共臥不成寐吳歌聽轉清

夜泊虎邱懷秉南四弟

齊女門前過疎林斂夕陽炊烟凝水際燈火認山塘人語久

方靜夜花寒始香酒樓隨處有不共阿同嘗時秉南弟僑寓吳門

仲冬偕朱只山大松遊清水港化城菴

鐘聲飛隔岸一水限精藍問渡搖魚艇拈花禮佛龕夕陽延野色冬氣靜寒潭有約頻來此詩禪仔細參

脩禊日爲谿盧麈滌岑三老友邀飲吳山酒樓

策杖偕來清興酣登樓觴詠老猶堪春光未到九分九佳節休辜三月三漫道綠陰生冉冉已看白髮對毿毿崇山曲水何區別不讓前人擅美談

過徐丈紫山逢吉黃雪山房賦贈

不應垂老混漁樵小築茅堂遠市囂隔水編橋分夾字先生居夾字港當門種樹自前朝銀杏一株大可數抱風波滿眼拋雙槳雨雪連年臏一瓢準擬春深陪載酒赤山高士可相邀謂田丈守廬

秋日登萬歲樓

萬歲樓高鷙鳳凰樓在鳳凰坡下牕開六扇敞秋光數聲哀雁掠前浦一片明霞落大荒結構尚傳王刺史登臨空憶孟襄陽歸帆已挂河橋栫不用家書寄八行御喜家書寄八行孟浩然登萬歲樓句

顧乾字健天號辛倩錢唐監生

健天詩他處未見惟南匯吳氏藝海珠塵刊其武林詩一百首鋪陳土風辭不擇雅竹枝之支裔也今選錄四首其子尌乾隆丙午舉人官湖北歸州知州

武林詞

枯香徒步向吳山隊隊承天拜愿還實誥全篇須朗誦上元一品福塵寰

夜來春雨過街西曉起鳩聲不住啼市肆閧闐爭買賣新挑嫩筍帶園泥

蠶登簇箔繭初成蠶婦繅絲軋軋聲新老兩莊應定價倩郎明日入城行城內有新莊老莊俱交易蠶絲之所

龍井明前摘露芽山家到處焙新茶春游好品香兼味還向深林棍白沙

曲映台字上公郡人有萍舫偶草

上公詩僅見郭西詩選其貫履亦未詳

新竹

坼土穿籬筍漸長春風解籜粉花香午餘小放支離影便護蕭蕭老竹娘

洪簡字辟支號豆村錢唐諸生有潄提集

豆村狷潔兀傲恥言有無課生徒以自給卒于乾隆乙亥年八十餘初館汪氏二十年其門人汪毅山愛其詩而藏之其死也遂以爲殉豆村子習賈人業厭其父日事吟詠客至拒弗納卒後其家人以其詩稿二十二冊

束于梁上者凡十許年鼠跡塵封不復過問曾不如故人之愛其才而以之殉也會鮑淥飲廷博聞其事索而得之共激提集題詞云不圖今有天池子開卷令人喜欲狂莫補陶家書架上覩留全帙付中郎紀此事也其詩類涉打油釘鉸之習然如碧溪詩話所載病中念佛兒應厭夢裏封侯妻不知分火便爲鄰德色無糧郎是鼠囚年野水攔人尋別徑山花引客入窮途自覺無能慚責子每逢得意笑看天皆有思致其咏算盤一聯云合定二五耦分開上下琳可稱工絕

弔劉四娘詩 四娘居郭璞井右家甚貧夫依於親歿於親所遺二幼子四娘青年守志以十指拮之口食不足時拾井畔黃葉葉雜以爲糜卒窮死死後二子不知何歸矣弔之以詩

夫貧妻已苦夫死更不支井闌拾黃葉滴淚如綆縻葉盡不得餐痛哉兩孤兒孤兒何所恃說與黃泉知

西湖竹枝詞

郎過錢江船早開勸郎切莫看潮來潮來早見潮頭去不見潮頭去又回

路傍楊柳萬條長風去風來抵死忙不及岳墳華表石一雙
相向立斜陽

東城女子遊湖歸夢一女云是採蓮女死於水也

採蓮女子死於蓮魂抱蓮花水底眠只恨蓮花不同死今年
花好又明年

朱曉字修亭號秋亭仁和監生有西村集

五鼓月下渡江覽金焦諸勝作歌紀之

紞紞五鼓天雞鳴江頭月下風泠泠榜人睡起治篙櫓半夜
打槳江中行須臾乘風達江口波長怳惚浮滄溟漁燈遠火
隱復見長空月白江水清數聲沙雁落遠渚疑有白鶴翔寒
汀長嵐近岫影逾淡崑崙弱水浮金庭扁舟一葉坐瀛海滄
濤萬頃淩層城火齊閃爍色燄燄蚪珠凸凹光盈盈誰攜長

笛倚空嘯激起波底魚龍驚金焦兩點失常度朦朧彷彿逾娉婷是耶非耶愁漢武珊珊環珮空留形邢尹競秀各媚嫵倏然而去花冥冥奇情異態絶渲染安得妙手圖金屏振襟危坐攬奇勝風𢥞水枕搖心旌摺帆拗柁烟際去水晶宮外揚秋舲長波一葦直翦取馮夷借得天風輕江光雲影倍澄澈鮫鮹織就龍梭停水妃惝怳出導我瑶池鐘鼓齊鏗鍧鶴林甘露宛可接浮圖卓立空亭亭初疑王氣未消歇秦王赤赭丹徒爭回頭殘月隱京峴崟峩鐵甕生遥情

張朝晉字莘皐海寧諸生

莘皐服習張楊園先生之學見諸躬行以喪葬爲人子大事講求朱子家禮綿蕝灰隔之法遠近人多師之楊園嘗仿德淸唐灝如舉葬會約莘皐亦設會倡助同人無不得葬其親者又捐田二頃爲祭産以横山地數畝爲合族義冢年八十三卒學者稱北湖先生

咏懷

頭童齒豁白髭須虛受光陰八十餘未死徒勞千古恨此生難了半牀書執經曾下高人榻問禮時親長者車追憶花朝吟舊雨湖樓海月夢蘧蘧

徐蘭字心言號紉修海寧諸生有聽吟一卷

初月

微茫秋夜影新月上纖纖半曲林梢挂幾分雲外添刀環愁有唱河漢澹無嫌而我惜涼意庭空初卷簾

朱楓字近漪一字排山錢唐人有排山小集府志作仁和人

排山嘗游咸寧秦之阿房漢之未央諸宮其地皆在百里之內誅茅披礫時有所得遂刊秦漢瓦當圖記五卷蓋亦振奇好古之士也刊詩訖于乾隆甲午年已八十矣府志入文苑傳

游終南山

山深人跡稀披榛路乃得逶迤苦竹叢沿緣絶岸側卻顧青濛濛城郭杳莫識綠蘿蔽紅蘂巖谷皆春色日暖鳥嚶嚶雨過泉湜湜悠然清聽滿箏琶非所惑坐久憺忘歸輕衫暮寒逼

西溪夜歸

探幽不覺晚山月吐昏黃一徑踏花影三更歸草堂到門衣滴露入室酒吹香料得今宵夢吟魂繞竹房

山陽縣

放溜山陽縣初程一惘然扁舟歸白髮孤枕夢青氊亂竹搖危磴寒猿嘯暮烟不堪今夜月故故向人圓

朱椧字岑來一字青岑楓弟錢唐諸生

青岑少時工詩善琴能屏去俗韻三十後志于實學取四子書參宋元以下諸儒之說而折衷之獨居一室不

解衣就寢者三年汪積山惟憲贈句云一榻清于打坐僧蓋紀實也年七十一卒其詩附刊其兄排山小集後

徐村晚歸宿松林灣村舍

春入郊原好扶筇任所之一叢花隱屋到處水平池風磴疎鐘遠雲山落日遲淒迷歸路杳夜月宿茅茨

西齋閒詠

俄頃陰晴變蕭齋暑氣微水昏烟欲上雲破雨猶飛攲枕憎殘溷鈎簾又落暉衰年甘屏跡惆悵昨還非

沈廣焻字東皋海寧諸生有漁村小草

樵石詩話稱東皋近境有不堪為他人道者顧其詩和平閒散可登古作者之列讀書研山堂湖水環門略彴通徑庭栽疎樹臈落山光雖近於市囂塵不到詩多七言而絕句頗近石湖

懷人

遠寺鐘初靜懷人在獨眠寸心愁両結兩地夢孤懸竹響風

疑雨燈昏夜似年忽聞征雁度嘹嚦叫霜天

園居積雨雜詠

草閣踈簾不上鉤雨寒重整木棉裘牕臨曲沼觀魚樂樹墮危巢㬠鶴愁避世何須昏嫁畢耕田且爲稻粱謀青山近戸雲遮斷旋擬浮家買一舟

地僻元無一事忙但成嬾慢與清狂樹堆嫩綠風過滑溪受殘紅水帶香盛世功名輕管樂平時談笑過求羊苦思欲作愁霖賦筆已抛踈硯又荒

諸廷楝字宇成錢唐人

和礪亭姪

髫年時聚首分袂纔弱冠日月遞虧盈人事詎無變君挾壯游志從此少相見今春景物新手札忽相喚欲行嬾移步有

若躋霄漢須俟夏日長竹林藉款晏

褚綸字嗣洵一字南城錢唐監生考授州同知有南坡詩集

南坡博學工詩遊京師入成均茶陵彭大司農長白鄂大司成咸器重之

漁父

羨爾江湖趣生涯一水邊利名無復夢放曠保其天興至垂竿釣閒來醉月眠輕舟隨所適鷗鷺泛前川

夜渡錢清

柔櫓輕摇欸乃聲波旋風逆近初更方嫌雨向愁中滴又柰雷從夢裏驚繞岸烟雲經越地沿堤燈火是錢淸舟中攜得村沽滿何患今宵夢不成

施文渠字蓼懷號春壑錢唐人官淸江閘官有黄葉山房

詩

春壑性豪邁工詩善書喜游佳山水禹航天目徑山靈巖石湖莫釐縹緲諸勝屐齒無所不經復與賈古凝爲華山之游于殘年風雪中攀幽縋險直躋其顚凡游三十六日而返許雨海道基題其游草云十丈蓮花散碧空會凌絕頂仗天風昌黎慟哭希夷睡都在毫端變相中盛年入都名重公卿閒及爲津吏使者馳傳過境羣僚或不及見獨與春壑談笑竟日後年八十餘卒于家

潼關懷古

雄城千堞倚危岡百二秦封望渺茫高行衆傳楊靖節奇勳我愛郭汾陽濠流橫帶黃河險山勢遙連華嶽長今日昇平人盡樂放牛童豎自徜徉潼關古桃林地郎武王放牛處也

瀑布

誰吸滄波峯頂傾雙眸頓豁客塵淸玉虹下飲石爲裂銀漢倒流天亦驚颯沓終年飛雪片訇轟萬壑走雷聲便思買宅

黃巖下（黃巖瀑發源處）坐看行吟過此生

宿大姑塘

瑟瑟寒風潑浪花片颿飛渡夕陽斜雪橫遠渚下歸鷺墨點空林集暮鴉錯落牙檣依水市零星燈火出村家無勞關吏勤搜檢（塘設九江關）別恨離愁滿客槎

留飲西爽閣

仙都遥在碧雲巖聰對重湖展鏡匳花好不知春事晚樓高早見月痕纖初生蓴菜翻匙滑宿釀梨花泛琖黏畫燭兩枝燒欲盡未妨歸去夜厭厭

栁易字道三號華溪錢唐人

華溪卜居馬塍懸壺給食所營茅堂數椽繩樞甕牖清池臨其前青藤翠荔虧蔽烟月道上行者不見其垣屋也好爲小詩杭堇浦吳西林諸公時與還往

馬塍

濛濛芳露浥輕塵芍藥薔薇滿院春殘月墮簾幽夢醒綠牕人喚賣花人

毛元存字睿中錢唐諸生有雜詩百篇

睿中與張定夫吳西林少同學日以所讀書互相辨難考證以析疑賞異爲樂故所得並深後又與西林締婚姻之好其情誼爲尤篤睿中歿其子孝廉潤芝奉其遺詩乞西林編定焉

寄惇友

何事家園夢偏從客邸生別離前日恨風月異鄉情積學期吾弟無能愧阿兄慈親多病體藥餌慎經營

讀書秋樹根圖

高齋晝虛寂庭樹落清陰樹下龐眉客蕭然橫綠琴心隨野雲遠氣與秋天深散帙閒搜討胸中足古今

鄭節字虎榮號筠軒海寧人廷皋子有玉樹堂詩草

李芝山姊丈遊燕京

悤悤劍佩入京師惻惻行歌悵別離草色故因春雨綠㭊絲

卻向驛亭垂黃河水凍魚書杳翠岫雲遮雁影遲興到應呼

燕市酒攜囊驢背貯新詩

祝維健字苻洲號月潭海寧諸生有靜觀軒詩鈔

月潭詩什最富脫手棄去嘗爲咏菊三十首盛稱于時至以祝黃花呼之歿後諸弟子蒐羅散亡爲刊遺稿蓋干百之一也

客館傷春

人生守環堵每思爲客好豈知淹留人歸計恨不早人生當

盛年意氣何浩浩豈知垂暮人觸緒傷懷抱旁觀羨優游當

境增煩惱一聲鶗鴂鳴冉冉春光老

解館示諸生

筵易年年慶得朋未知聲價竟誰增依人慣似營巢燕卒歲聊同退院僧此去好聽燒爆竹再來須待罷春燈我家窮巷蕭條甚若叩柴扉定出膺

偶成

卜築西郊遠俗氛空齋獨坐悵離羣交情舊雨兼今雨春色三分去二分是處落花鋪地錦到門新水漲溪雲明朝又是流觴節修禊何人續右軍

鄒湑字厚源號石塘海寧人有草閒吟稿

石塘安貧績學尤嗜異書暝寫晨鈔皆以尺計小庭雜蒔花藥遇春秋佳日命其子調庵鼓琴而吹簫以和之陶然脩然不爲埃壒所累

歲暮雜詩

呼兒攜竹帚埽盡舊時塵四壁圖書富一簾風雨新牖瓶梅破蕊拳石草回春絕喜無逋負清閒樂此身

舟次雨中

欸乃篷牕一葉孤天光雲影兩模糊緑楊紅柏沿堤畔風雨歸舟入畫圖

程遠字鵬飛號梅村餘杭諸生

秋蝶

不知身是夢那悟夢中身霜葉雖如錦秋風不是春翅將銷素粉鬚欲化輕塵笑爾繁華日常飛桃李津

查基字櫺齋海寧人嗣瑮長子有櫺齋詩詞鈔

櫺齋幼穎異博覽羣籍十三游庠以門房累隨父謫藍田蒙赦歸走京洛游遼左性豪邁爲詩文縱筆千言或丐其筆墨以輕裘報時方嚴冬擁裘夜坐有友以子死無殮告脫裘畀之事詳邑志陳晴巖編脩言其自謫籍

歸鄂西林相國重其名羅而致之乾隆丙辰薦應鴻博會中酒失期而罷檢閱鶴徵後録所列二百六十七人無櫃齋姓名晴巖所言或傳聞之訛耶所著有叩彈雜志韻府珠船句陳録惜未盡見

覺生寺大鐘歌

吾聞伶倫所著一十有二鐘聲諧律呂考擊開羣蒙大者爲鏞小劇銑用置明堂清廟與辟雍迄乎佛敎入中土梵宮禪室處處吟銅龍爰數有明紀永樂漢經有廠摩蒼穹鑄鐘不知幾萬石範鎔擬磬南山銅道衍監造沈大筆上有千卷貝葉稀微蹤鐘成架以淩霄捧日之傑閣道人欲打手腳嗟疲慵遂令六僧同撞像六甲聲迴九地響徹蓬萊宮後因震動鄰禁近勅敎勿鼓勿考霤塵封下逮仁宗到天啟臺摧閣圮餘積墉蒲牢蝕土經委地斜陽敧臥埋蒿蓬秋風淒淒霜露白春雨點點莓苔紅運隆　興朝盛功德城西覺生重建高

龍從萬牛推挽不可動鞭雷驅電毋乃資神工鐘兮鐘兮幾
衰盛我于此際心忡忡憶從燕師特起號靖難推刃骨肉恣
燔烽其閒帷幄者誰子披緇煽虐眞梟雄忠良殘剗等犬豕
猶以佐命誇元功豈亦自知流惡磨不盡欲於鐘也懺悔諸
天中我欲碎之付鑪鞲不使大地穢跡留春容化爲黃蛇千
億萬𠅤工匠石加磨礱傳留萬古作神器埽除凶焰一一光

吐蓮花峯

鄒泰和學士邀集沈歸愚袁簡齋沈椒園遊黑龍潭

分韻

城南風日朗靈穴共招遊萬港蘆花白一潭明鏡秋獨鈴清
語塔斷岸暢浮鷗那得乘雷電褰裳遍九州

山海關

月落嚴關起暮笳行人回首望京華黃榆日淡邊牆紫白草風高塞雁斜海漾東南浮蜃宅山遮西北湧蓮花時平不必誇奇險六合如今只一家

查學字七倫海寧監生嗣璟子候選知縣有硯北詩草

杏花

一聲牧笛到愁邊忽感看花又隔年夢裏江南沽酒路小橋村店有人烟

俞耀字配五一字光遠海寧監生有楚遊集

吴江曉望

曙色催殘漏輕寒透短篷孤城環水合斷岸小橋通冷入蒹葭露香飄橘柚風寒鴉啼徹後點點集江楓

楊式玉字元白一字崑臺嗣震子海寧諸生有崑臺詩稿

元白有從子樵雲名正烜詩九工如送春云春夢忽隨蝴蝶散客愁暗逐柳絲長爲時所稱惜稿皆散佚無從得其全什

題許繩武雪莊漁唱

白雪吟成夜氣清蓼花深處一舟橫碧簫吹上城頭月恐有仙人跨鳳迎

楊式金字亞夫號蔗堂海寧人嗣震次子式玉弟郡諸生有慕思廬稿

過漢川訪伍明府留飲

五載循良考三遷本分官新詩湖海重名宰弟兄難令兄時宰寶坻憐我經年別逢君此夕歡他鄉一尊酒話舊又憑闌

楊澄字潔甫號晳愚海寧諸生有成皐雜咏

潔甫少孤事母沈太孺人純孝攻苦力學博覽羣籍詩不多作畫得其家瘦仙老人之傳鷹松九妙

友人次酉別韻見懷疊韻荅之

鹿盧値千萬中宵時吼怒匣中風雷迸疑欲化龍去一擲延平津看爾噓雲霧愼勿潛泥滓蜿蜒侶魚鮒丹山有鳳凰巢穴不知處麒麟以爲友九苞文明助可聞不可見鶺鴒戲盈路洛陽好女兒的的春未暮蔥指搊銀箏撲蜨倚芳樹避人偷窺鏡下階衿纖步姊妹盛容華顧之皆目注阿妹昨艮吉壻家納紈素

繽紛者誰子衣鮮馬亦怒朝獵西山頭夕向平康去嚬笑自矜貴膚肥怯轂霧吳姬辦豐膳玉膾桃花鮒葉葉金貂盛孔聖不知處勝友爭刎頸指顧千人助馳騎逐雷電光輝塞行路富貴吾家物但恐白日暮春風解冰山秋風僵庭樹忽爲術隅泣逢人但小步屈指平生交誰復將意注所以曠達人

雅志在布素

寄友

別來星序已將終旅館朝朝望朔鴻底事當年常握手卻於今日悵飄蓬翠寒鳳味芙蓉露香惹蝦須桂子風棣鄂蕭疎秋更好一簾樹色影朧朧

陳世偁字恂齋海寧監生有紀游小草一卷

宿丹陽城外

舵尾江南二月春紅燈綠酒總愁人明朝便看江心月誰問天涯旅病身

俞鴻發字旋吉海寧人有楓落吳江集

晚秋懷王月三

秋後風光展畫圖荻花楓葉掩寒蕪故人此日應相過重醉

當年舊酒壚

陳光斗字聚南一字月鄰錢唐人有聽竹軒稿

孤山二絶句

山僻游人少亭荒野鶴無離離秋草裏何處弔林逋

我懷孤蹤人還向孤山去日暮竟忘歸愛看梅幾樹

張錢澐字白湖錢唐人有壽平堂集

客中作

人生有至樂萊衣奉盤杓人生有至悲辭家甘旨虧陶然依戶牖得樂恒相忘蹙蹙去鄉土始覺心哀傷緊余有老父歷年六十七薪米獨關心屢空貌蕭瑟感此出門去形影春風寒羈棲苦未慣深夜摧肺肝兒身數多病常貽吾父憂客次易顑頷强顔不敢愁父兮朝莫寒父兮夜莫飢兒在天一方

誰爲食與衣梔榦具良材風霜成秀色願及天地心苦心自培植

朱璿字燦文海寧人有偶吟草

燦文家峽石能詩且工軒俞之術嘗賣藥吳中踵其門者冠帶相錯

雨後登紫陽山

曳杖尋幽壑來登第一峯大江春樹合孤寺暮雲封澗水斜侵郭樓臺半入松客心何處寄遺世憶仙蹤

懷陸冰修先生

江左論高士風流獨有君著書忘歲月落筆走烟雲一水晴光合雙峯爽氣分何時來草閣相與話斜曛

施坤字价藩號達棱錢唐人有福次軒吟草

達棱居在東鄉章家橋端雅嗜學嘗客楚北周中丞所周甚器之以病歸卒年四十八無子

秋日雜興

天碧暮逾遠秋高氣莫降水依疎沼潤雲幕淨軒牕點案螢

無定遙空雁得雙糟邱有眞味松釀已盈缸

同沈桐溪泛湖

短槳衝烟截浪過樓臺上下點晴波風吹不斷蕅花豔篙打

難開荇葉多野老繞隄收野芡漁人緣樹挂漁蓑沈郎錢破

何郎醉買得狂夫水調歌

王景華字夏聲號可齋錢唐人有未孄草四卷

可齋敦孝友重然諾有古人遺風九工書法

送魯仲康北歸

相逢方恨晚相別太悤忙九十春歸速三千路去長片帆懸

夜月匹馬走斜陽萱草庭除茂逍遥樂故鄉

馬中隆字沛蒼號浩軒海寧諸生

春日雜興和鄭虎榮八首錄一

詩壇寧敢共爭芳分韻拈題賦豔陽徑草青濃春雨滑野花紅綻晚風香囊書歷亂憑幽討世事艱難儘備嘗冷眼看人忙未了何如結伴泛壺觴

葛以贊字元階海寧諸生

題聰課後寄醒齋

筆墨風塵直至今鄉關投老喜知音幾堆故紙君休笑七十年中一寸心

頭白書生計盡非自憐難助尚依依妍媸近日憑成敗莫浪傳看解事稀

王謨字景文海寧諸生

景文工書善駢體文詩稿亦夥惜佚不傳

春日南總郎事

綠陰庭院足幽棲掩徑悠然意自迷閒日高眠春夢覺小窗疏竹叫黃鸝

陳玶字豐玉海寧諸生有潤齋詩草

惜花

東風多事更無情花落花開總一春儂是傷心甘寂寞看花不忍逐行人

周曉字啟東號一齋海寧人

一齋少貧張小肆于里中性嗜詩終日俯几吟誦人竊其物殆盡不覺也至暮檢閱太息而已

送行

相送臨高臺先秋木葉哀雲將艇子遠帆逐浪花開抱道人

彌重緘書雁自來未須驚草檄幙府始稱才

舟中

路近寧非客辭家悵獨行扁舟雙槳急殘卷一囊輕樹接長堤暗天開濁浪平過橋西進港稚子有逢迎

尋春偶值

地僻梁傾潭影空刺舟爲渡感村翁到門花氣梅藏屋款客茶香竹引風卽此人家眞物外尋常雞犬亦雲中扣之不荅無名氏但說重來路可通

沈植基號繡渟郡人

繡渟工於札翰爲諸侯上客雖達官貴人忤于意輒謾罵或襆被竟出然皆重其才多屈意下之子志香字葉書亦能詩見樗園銷夏錄

湖上

春水方生映曉嵐桃華紅綻栁毿毿手攜稚子湖亭立不信行年六十三

趙晼字蘭圃號芳谷錢唐人

題杭堇浦寄巢

風雅明時見老成居然才望匹西京飄飄司馬淩雲氣嶽嶽朱游折檻名花韻午晴看自別松聲夜靜聽逾清題詩先寄山中鶴便擬烟霞託此生

顧履恒字書臺仁和人豹文孫之挺子

姑蘇曲

氣盡前溪舞心傷子夜歌瀟瀟逢暮雨川畔落花多

裘尊生字果萬仁和人

果萬風雅宜人周穆門先生之壻也能詩善畫尤工墨荷身後蕩然無所遺所作隨棄無存稿盧匏廬得其一

詩鐫於研背者揚而裝於冊其題爲晚春泛湖今匏廬之子屋齋從東河市肆見有題畫墨荷絕句百首并甲戌集題荷花詩稿凡二冊尚是手書卷首自敘云客中作畫題即棄去間有存者合之得墨荷句百首彙成一冊亦可作旅遊草也其詩無甚妍媸未附題秉南汪君折梅圖詩錄之可畧得其梗槩矣甲戌去今才數十年而人往風微文采湮沒幾無人知之者矣聞其後祇一孫流落楚中

晚春泛湖

開尊無柰晚春何風雨陰晴歎逝波水放新醅浮綠蟻山圍高髻出青螺長條不管風前度落魄誰聽醉後歌九十日來隨去住及今猶得盪金舸

題秉南汪君折梅圖

翩翩年少美丰姿絕似尋春杜牧之疎影暗香深雪裏不嫌清冷去扶持

近來時世無和靖縱有梅花不賦詩君亦孤高偏自賞一枝

折取故遲遲

章袁梓字朡齋錢唐諸生

朡齋初承袁姓與隨園太史爲中表兄弟嘗言朡齋有潔癖好神仙吐納之術欲求長生而卒不驗極賞其有梅人坐靜踏雪鶴行徐風枝挑瓦墜石筍引藤纏花香夾路人歸緩水影搖天月上遲諸句

臺灣秋興

尋壑經邱訪老農殊方絶域寄孤蹤草枯好覓花開路崖斷難攜鳥外笻瀛海日紅羹沸鼎島門雲黑石猶龍淩風欲坐浮槎去直上蓬萊第一峯

睢陽客興

幾度飄蓬動客嗟況逢遲日感韶華堦前杖響誰看竹月下烟飛自煑茶游騎踏殘零露草幽禽銜過隔牆花尋芳孺子知時節也著新衣到酒家

許松字蒔庭仁和監生

蒔庭時從厲樊榭張南漪趙誠夫汪笠人還仁旭瞻日煥游多唱和之作詩載樊榭集中

坐韜光飛雨軒作

撰杖入淨域塵垢無纖毫竹陰翳殘暑佛香遠煩囂石龍噴泠泠中蓄萬斛濤乍聽疑秋雷久聆訝春槽邂逅逢勝侶款言與更豪濯纓可終老媿未解天弢

宿蘆庵

舟到交蘆合春禽送夕陽青山當佛座流水繞禪房籬外修篁密庭前綠蘚蒼夜來風過處幽夢帶寒香

曉過曲水菴

烏噪披衣起幽期次第尋低頭穿竹徑清話叩香林梅古簷前亞山明屋角侵開扉尤可羨曲水滌塵心

雨中汎舟北郭看花

緬想桃源境皐亭彷彿同招朋尋曲渚蕩槳入芳叢雨過山如黛花多水盡紅迷津何處問雜唱綠蘿中

金達字孔昭號鑑園仁和人有焚餘草四卷詞一卷

北山晚歸得詩二首 錄一

一徑踏夕陽粲然秋滿目野花攙危紅沙泉積寒綠老屋八九家礱聲出深竹竹外集歸雲雲歸鳥爭逐

三餘軒晚眺同沈省庵明府 應銓 史蓉石太史 尚節

新漲粼粼綠滿塘小山窠石面溪堂樹頭殘雨飛涼翠谷口歸雲界夕陽詩酒堪娛名士老蠶桑翻笑野農忙林園勝絕題偏稱分得餘烟待月光

沈超字贊思號畊寸仁和諸生有竊餘集

研寸少孤母氏田耤十指以給朝夕貧不能具脯服乃挈之渡羅刹江就伯父讀卒能有聞於時研寸感懷詩云一宵鍼黹三嚴鼓兩載詩書六渡江指其事也嘗依人賈游甌越金陵閒歸復發篋授徒於臨平湖屢試皆北晚年以詩自娛與其弟子朱文藻朗齋胡濤葑塘沈紹湘玉屏沈萠菊人及友人沈鵬桐溪魏之琇柳洲嚴果古綠嚴誠鐵橋何琪春渚與培風詩會後易名辦香吟會以素紙界朱絲闌寫小楷爲歷代詩人圖始三百篇終明季春秋佳日集同人懸圖奠酒以祭焉圖今藏胡書農學士處詩稿舊藏朗齋篋笥會游江南爲偷兒誤竊後搜求殘賸合賦詩詞都爲十二卷名曰竊餘

橫塘訪友

夾岸垂垂楊柳齊故人家住板橋西客來不吠花陰犬日暖惟聞向午雞

十里橫塘寒食酒一溪春漲武陵花風光相值不相賞羞殺小樓吹笛家

高瀛海字涯川錢唐人瀛洲兒有韓園詩鈔

新年久雨

華序欣方春景光融四宅胡爲入新年三旬等虛擲謖謖寒風吹油油溼雲積淋漓徹昏曉泥汗越阡陌仰面疑漏穿涉足虞跛躄夜擾攲枕眠晝少巡檐適開門綠水深掃逕青苔藉漫惜庭前梅當愁隴上麥去夏苦焦灼官河阻行役今茲彌月雨大浸已尋尺珠桂價難論庚癸呼且迫杜陵詠雨師昌黎訟風伯爾公意自殊惟我欲交責南榮待風薰東隅看日赤雲陰旣解駁比戸共怡懌懋哉大造仁此理終不易

送岑春江之汴

之子相逢燕市下方瞳秋水神仙亞得來文訣祖韓歐別出詩才淩鮑謝十年偕計遲春官貂敝九門風雪寒皐比坐擁繁臺畔歌噫不學梁伯鸞揭來小僦春明寓暫把黃花又將

去慚余身似水上蘋知君懷豈風中絮去路吟鞭得句饒信陵知復勝燕昭酒酣爲問賣漿者毛薛若遊還見招

丙戌元日賦得青春作伴好還鄉

一帆南去指鄉關旅思悠悠自此刪馬不奔踶甘下澤鳥餘倦翮想歸山因風弱絮眞成伴愛日叢萱早解顏祇媿梁閒雙燕子主人仍是敝裘還

送吳行之同學南歸

一天涼影動秋笳細馬蘆溝蹴軟沙綠柳樹疎人賦別丹楓山冷客歸家知交笠屐三春雨今春同遊西山大覺諸寺兄弟茱萸九日花愧我緇塵雙蔦屨西風零落數歸鴉

見兩岸梅花盛開有感

歷亂千株與萬株裁冰點雪總清臞吳歌聲斷櫓聲咽羌笛

吹殘似此無

那堪無月此黃昏一望溪橋盡閉門欲把清樽弔詞客冷香狼藉與招魂

盧文韶字召音號匏盧文弨弟餘姚籍仁和諸生

匏盧年未四十右腕不能作書遂絕意進取經笥史宬校讐精審晚年家益貧而志益厲晨炊屢斷嘯咏自如

阮貞母沈孺人壽詩

沈氏有好女自幼嫻內則阮姓得聞之求爲烈宏室行媒旣知名兩家各相得相期俱長成于歸薦榛栗何圖婦未歸佳兒忽已卒女聞涕泗言長跪父母側兒身已許阮之死矢靡忒父母涕泗言汝志誠愴惻吾其送汝歸奔喪成婦職上堂拜姑嫜當膴理蠶織兒子本猶子立後如已出死者可復生生者無愧色天地有完人古今欽淑德下里感作歌敷陳豈

文飾釆風請勿遺永爲巾幗式

吳龍光字飛池號蕙楞錢唐諸生有澶州吟稿

飛池爲厲徵君弟子與符南竹爲友故其詩有清泠之音如殘陽沒歸鳥空翠落閒門十字尤佳絕也

次韻寄荅張無夜

高人不冠沐一月山寺中梅雨草木長綠陰蔽虛室把書映佛火山靄來千重何時對掀髯豁達開心胸惟應君與我不諱東野窮

梁溪舟中懷雲林子

孤雲不可籠妙士詎能辱梁溪一水閒烟樹際空綠至正時事非夫君早輕俗散髮本無心愛潔若不足天地託扁舟高舉渺鴻鵠聊寫木石姿間澹謝華縟我昔夢見之秋水照寒玉登艫屢回首悁悁憶幽躅

碧落碑

碧城十二花冥冥有人雲髻長眉青飄然騎鸞忽飛去塵中立望空岺屏瓊板字重記初刻落落玉箸來仙靈開戶但見白鴿翥滅沒難覩黃冠形遂令眞文比十賚烟雲常護瑤宮扃憶昔仙李第三葉龍漦誰使流夏庭受命初歌嫵媚曲東都潛逞妖狐腥韓王倡義事非誤金牀玉几悲娉婷朱門無辜族爲虺平臺賓客如晨星遺碑陳惟玉李諶書莫辨但有石壘凄餘馨歐陽集古亟收此已歷野火經千齡晉絳路遠落吾手癖嗜不滅侯家鯖焚香展玩慨陳事鏘然似夢鈞天醒

姚閬澤至自山東以詩辱投依韻奉荅

花到重陽節悲秋雨易成詩窮慘澹意人老別離情幽月添

孤影寒禽時一聲燈青耿不寐草木盪風鳴

謝趙崑麓外舅寄橘

陽羨亭荒楚頌虛包山船遠寄來初黃愁炎帝醫經候香試麻姑手爪餘霜後題書情不忘酒邊冰齒味誰如酬公安得徐摛句更想千頭好卜居

澶州雜詩

晨光黯黯樹稀微雲帶炊烟溼不飛多少人家秋色裡滿天白露漫柴扉

孫庭蘭字瑤圃仁和監生

陪樊榭師游南屏

杖履陪清暇憑高上翠微崖碑隨徑轉樵語出林稀衆綠接湖水殘陰帶夕暉休嗟春事晚流玩意忘歸

汪鍾啟字翼蒼郡人有秋聲館吟稿

詩稿有自序題記歲月爲乾隆己丑

題畫梅

閒燒銀燭伴春寒寫出梅花蕊半殘惆悵沐陽歸去後何人重倚玉闌干

陸名輔字左之仁和人嘉績子候選知縣

游山

行到山高處寧知第幾層哀猿啼晝夜獨鶴佳邱陵路盡看流水雲深見老僧此遊同五岳攜杖與堪乘

陳光陛字丹森一字緒山錢唐人

緒山以敦行積德爲務有几案才老于幕府詳見其孫文述所撰行狀

讀宋五子書書示子弟

一家各有一天地父子夫婦及兄弟朋友本自兄弟推君臣
即由父子例一身各有一天地耳目聰明心智慧飲食作息
有循環動靜語默無乖戾春夏秋冬天四季生老病死人一
世元會運世遞相推皇極流傳有精義幾輩求佛與求仙幾
輩爭名復爭利聖人之道曰中庸兩字精微更純粹莫見莫
顯在愼獨不偏不倚在立志何憂何懼在正心勿助勿忘在
養氣五岳鎮地川原分五緯經天日月麗三綱四德道並行
萬歲千秋貞不敝道家釋氏書充棟頗有名言少眞意禍福
陰陽誤下愚邪說詖行極流弊萬物之體人所備天地之性
人爲貴無益之書勿妄讀無益之物勿妄致無益之言勿妄
發無益之心勿妄費事親從兄弟子職鑿井耕田皇古事道
德仁義我自有富貴功名天所畀聖人明德在日新君子居

易在素位我作此詩以自箴更爲世人警聾瞶參同考異識

歸墟何必仙家口訣佛家偈

鄭岱字在東號澹泉又號瑞石山人郡人

澹泉與華秋岳友善善畫山水人物花卉皆極精能間作指頭畫又善書篆

題畫

數株老樹半無葉一箇茅亭終日空惟有鷺鷥常到此飛來飛去送殘紅

汪晞原名隨字晞麟又字定齋號海荷仁和人有重訮集青雲紀遊草壬丙初學詩海荷舊人詩餘文集

海荷力于學而厄于時嘗執經孝穀先生爲人落魄無懷寡言喜飲酒閒學爲詩不求工正以味別而成趣詳見陳鴻寶序

早行

一肩行李路迴斜茅屋疏籬又幾家烏雀聲聲催客去前山堆霧亂如花

孤山懷林處士

半山斜照一林烟處士歸來鶴伴眠水白天空成一夢梅花香裏老殘年

蔣鳴珂字珮朝號蘭宜郡諸生有一梅軒稿

蘭宜與趙鹿泉先生友善西泠十家文出其手選其人短小精悍與擔夫角力可敵十人新製几案嘗應手擊碎

夜半聞潮

聲從江上來洶洶逼吾耳幾疑枕席浮滿屋何時止啟戶問長天西山月墜水

夏日遊雲林

夏日尋幽境雲林別有天峯高林影小崖斷水聲連暑散虛亭月涼歸滿壑烟清人鐘梵近小住欲忘年

憶汪秋曉不至

累月不見君孤懷誰與語飛雪滿江湖歸舟泊何處

姚廷沆字半顛仁和人

漫興

隨處堪行樂何須傲五侯檢書驚蠹走洗硯愛魚游笛引梅花落樽開竹葉浮興酣殊未已清月半西樓

田世官字脛夫仁和人愼皐子

脛夫事母以孝聞

題義橋村楊瑞書宅

一片光明景幽居信地靈春風桃李笑夏日芰荷馨碧水爲

環帶青山作畫屏蓬瀛在咫尺何必訪蘭亭

姚錕字霽山仁和人

霽山工畫

涼

月夜偕查晴江雨林孫可堂張夏峯方天行新河納

涼

結伴乘涼夜扁舟載月行天空山色靜風細水痕平宿鳥驚

人起漁燈逐岸明劇談悠酒興不覺幾傳更

秦榮茂字醴泉仁和人

遊紫雲洞有作

巖壑探佳境清幽愛紫雲苔痕留鳥篆屐齒散猿羣乳竇泉

聲細丹崖樹色分　天章殊煥爛靈氣自氤氳

顧正中字蘆友仁和人

蘆友事祖母以孝聞

孫可堂有女歸嚴氏而早卒可堂作五十絕句悼之因書其後

一去不復返雲軿入夢寒越山將狀訃吳地最心酸德備年何天詩成淚未乾閨幃多少事盡向此編看

李元煒字澹園仁和人

秋思次放翁韻

愛向清秋坐石磯涼颸埽卻夕陽威片帆斜帶孤雲去雙鷺閒爭遠浦飛月桂吐香清拂水渚荷褪粉冷侵衣幾人悟得羊裘意遁跡安知吾道非

毛棠字南谷先舒族孫錢唐諸生

課兒炳

擲金虛牝我曾知但恐貽譏沒字碑先澤式微情豈忍後生自棄悔將遲孔門課讀今猶昔漢代傳經父是師貧甚莫敎人志短雲霄萬里只須時

項熹字省齋仁和人

春日湖上晚歸次莪齋韻

長堤十里徧幽花獵獵新蒲傍水斜市地村烟迷翠岫參天古木鎖紅霞微風蹴浪隨柔櫓溪月留痕印淺沙欸乃漁歌聽愈遠斷垣蕭寺集歸鴉

張奇生字夏峯仁和人

秋思次放翁韻

涼風瑟瑟繞苔磯大火西流暑減威衰栁棲蟬猶獨噪殘霞拂鳥不孤飛分來秋水濤千尺攜得晴嵐錦滿衣宣室幾回

曾夢召長沙經濟未全非

吳鳳詔字丹飛仁和人

秋栜用阮亭先生韻

灑汁春風染客衣章臺回首事全非數枝蘸水毿毿短萬縷拖烟蒻蒻稀蟬噪淒清風外斷笛聲嘹唳月中飛淺嚬眉翠何消損無那驚心節序違

倪允超字曉厓仁和人有孝思集

題畫

斷岸雲迷徑懸崖翠滴衣中流輕鼓棹寂靜自忘機

蔣燦字霞洲錢唐諸生

題沈立菴篡禮圖　湖墅詩鈔宋山陰陸佃著禮象五十卷以救舊圖之失爲考禮第一書惜未刊布書久逸矣沈立菴嘗繪篹禮圖蔣霞洲題詩以寄慨

祖龍一炬亡三禮歷代紛更有廢興幸得立菴精考據不教

陸佃失傳燈

胡廷樾字夢白仁和人

秋山

一山當戸工於畫十載功名淡似秋但使看山能痛飲春衣

典盡不教愁

鍾鏞字尹諧仁和諸生

梅花

含烟浥露倚晴沙素豔亭亭映曉霞春色文章推崛起冰壺

滌筆寫清華

冰遜清寒雪遜香風流結契舊何郎人來林下誇風韻品望

應須置玉堂

俞宗敏字時菴錢唐人

時菴與妻錢侍奉九十一齡之父九十三齡之母繞膝者四世

春鳥聲

鳥報春來春漸深好音嚦嚦繞花林呼童莫把湘簾捲驚散如簧過栁陰

顧繩祖字觀瀾仁和人

觀瀾爲愚菴孫事父帝祉以孝稱子華諸生

白菊

月夜幽姿分外香摘來盈把更堪嘗怪渠不是飄流客也惹西風兩鬢霜

楊森字錦堂錢唐人

徐孝子詩湖墅詩鈔錢唐諸生徐德延字解修孝子也父俞早世奉母孫備極色養母病革拊

其背日青紫非他物當從汝斑衣中來耳後其子孫芳成進士督學閩中楊錦堂嘗作徐孝子詩
殷勤侍母母顏開綵服居然紫綬來奉養豈存食報意須知枝葉在培栽

朱球字懷玉仁和人

貞姑詩湖墅詩鈔懷玉之祖燦如公有女歸沈九森結褵之日聞變于歸守貞懷玉賦貞姑詩

可憐鵔雁先歸候郎是騎箕永別時四十餘年荼蘗苦史官書簡也含悲

沈毓蘭字香谷海寧諸生

花落行

君不見百卉爭春三月裏紛紛開遍桃與李深紅淺綠不知多錦繡窩中花似市一朝青帝欲東歸狼藉殘紅滿地飛飛去飛來春不管妒花風雨埽芳菲幾日之閒開又落人情皆

恨東風惡東風不惡復如何究竟春花太輕薄

冬日漫興

冬冬到人閒已五旬一番收拾一番新風搖竹影不成翠雪染梅痕先漏春無藥能治纔是病有書可讀未全貧靜中多少蕭閒趣贏得超然物外身

沈毓蕙字馥枝號荔海海寧人著聽雨堂合草

按聽雨堂合草荔海與兄香谷合刻之集

登大慈山尋虎跑泉

高峯插霄漢夾道長松繞中有虎跑泉搜奇窮窈窱健步跨藤蘿十里青未了深箐漏日光一罅青天小飛鳥與行人相遇在木杪紆盤路轉深鐘磬出林表幽尋挂錫人白雲何縹緲

國朝杭郡詩續輯卷八終

錢塘吳慶坻校字

# 國朝杭郡詩續輯卷九目 乾隆元年丙辰至十六年辛未以科目爲次

周　雷　顧錫鬯　吳龍光　陳　錤　孫宗溥

胡際泰　蔡應彪　祝　勳　沈守敬　俞　洲

程　燾　顧　光　沈構堂　楊　詠　陳　鍔

郎　濬　祝咸敍　孫廷槐　孫宗濂　王際華

陳顧瀠　張　琨　陳德星　孫　珠　陸曾永

胡夢檜　魏夢龍　高觀鯉　任　景　關邦幹

查　銓　張　衡　葉　藩　胡廷槐　柴景高

任　榮　姚立德

凡三十七人

凡三十七人

任衆　姚立誥

查鈐　張衡　姜濤　胡廷楷　吳鼎高

胡夢會　魏夢龍　高鶴齡　任景　關林翰

陳爾瀚　張瑆　陳德昌　孫珠　陸賓本

邵濟　沈成敏　孫廷標　孫宗濂　王際華

程夢嚴　高光　沈構堂　楊詠　陳鯨

胡際泰　秦應鳳　沈勳　沈守成　俞洲

周爾　顧錫鬯　吳開先　陳衡　孫方溥

國朝杭郡詩續輯卷九目　辛卯至癸未以科目先後為次　[illegible]

國朝杭郡詩續輯卷九　　錢唐吳振棫毅父氏編

周雷字雨坪號補雲錢唐人乾隆丙辰進士官兵部武選司主事有香雨軒詩

雨坪丁外艱歸後不復赴補結吳山七友會芒鞵竹杖相從無虛日應聘出主白鹿豫章中山蕺山講席十餘年後以衰老謝去七友性不飲酒茗椀清談遇所適意分韻賦詩年七十九卒詳見碧溪詩話

過城北蓮若僧舍次金葯坨韻

且從籬下醉爲家市飲攜壺去路賒小徑曲依雙港水殘僧閒過一秋花方塘似鑑人將老密樹如帷日易斜坐久始知投社樂北山也見野田鴉

顧錫鬯字孝威號瓚園仁和人乾隆丙辰進士官江西廣饒九南道有凝碧堂集

乾隆辛未西湖　行宮隨差引　見恭賦一律

佳氣蔥蔥滿鳳城　天顏覲處五雲迎山排瑪瑙千堆峙水瀉玻璃一片平肅向　翠華依鷺序喜隨仙仗聽鶯聲　鑾輿偶過春光洽十里歡呼仰　聖明

吳龍光字雨亭錢唐人乾隆丙辰副貢

乾隆辛酉孝廉吳龍光字彥和號斗壚又錢唐諸生吳龍光字飛池號蕙櫋皆有詩入輯與雨亭爲三人何同姓名之多也

舟中晚望

孤櫂晚來急低飛燕欲巢遠帆沈浦外野屋出蘆梢日夕水容澹雲深樹色交一痕新月上清影落空郊

陳鏻字存和一作存吾號摩邨海寧人熹孫乾隆丙辰順天副貢官廣西河池州州同有觀復堂詩鈔

摩村父名麟字履仁號軒成康熙戊子舉人少卽以幹濟聞滇蜀初平赴山左　行在上書請往自效後又參

廣西張提督軍嘗中夜有僕持金來云守備某求擢用游擊以此爲壽軒成峻拒僕言暮夜無知者固以請軒成悉以告張張大笑蓋試之也旣而投效河工補中河通判善爲詩見稱于趙天羽查初白著有履旡咎齋集

卷二十

沈三椒園由鴻詞科入翰林賀之以詩

等閒三載重科名如此科名更可驚大典百年惟再舉羣公一戰竟齊盟鼎彝色重非時翫鐘虡聲宏必大鳴詞筆縱橫風格換中朝誰不重登瀛

卯君師治雨叔邀集湖舫奉呈長句

誰與湖山作主人征衣竟洗十年塵旗亭幾醉長安市畫舫重遊故國春眼底浮沈看梵刹世閒榮落問花神竹林勝事追陪慣莫謂樽前少一賓時同遊者六人

粤西有左右二江余在粤七年由桂林調慶遠之河

池往來並在右江頃已辭粵北行舟中檢閱舊稾合

古今體詩約百首題曰右江集復成二律並寄欽翁

會無政化及蠻天敢以哦松擬昔賢分駐謬稱司馬後游程

僅歷右江邊賸留稾本參差見好趁舟行次第編不是風塵

親吏事吟篇應有解人傳

小住應官有底忙坐令硯北席全荒住桂林八旬　樽前得句情如

舊刪後無詩語未狂涼夜𪍿鐙通斥堠秋風鼓棹渡瀟湘吟

成爲報東陽叟但有新詞早寄將

孫宗溥字守愚號牧堂仁和人乾隆丁巳二甲第一名進

士官禮科給事中

牧堂舉孝廉後乙卯應江南巡撫之聘充同考官後由

翰林入諫垣以疾乞歸家居十七年不復干進性和平

不設城府嘗舉顧端文公語誡其子曰夫子之道忠恕

而已矣忠恕之道喫虧而已矣顏子之道不校而已矣

不校之道奥虧而已矣孟子之道自反而已矣自反之道奥虧而已矣晚年頗耽釋典而戒殺尤謹買宅城東土橋之側岫列窗前水周堂下其地僻左頗遠世塵也年五十七卒

宿雲栖寺用陳文簡留題元韻

出郭尋幽半遠村青鞵布襪踏松門千重巖壑團圝繞一徑烟蘿次第捫漸識慈雲來淨域誰從佛雨種靈根瓣香先向仁祠奉爲荅三生普渡恩

山中龍象護長筵百八鐘聞昧旦前四座金輪彌上界千聲貝葉徹諸天莊嚴法宇空爲色解脫情塵佛亦仙我欲破除三宿戀深慚未悟小乘禪

仇池小闕洞中天山色迴遭鎖碧烟長嘯未妨中散逸清齋巳學太常虔欲尋心月無明諦須續身雲不了緣莫倩龍池伸一指輸他金粟是青蓮

鐙前半榻尚攜棋坐聽荒山叫子規入室便生塵外想出門定禮墖中師六時梵偈聽頻續一片香烟喜暫依莫道枯禪無智力竹窗遺筆擅精思

胡際泰字寅若號桐峰仁和人𨚗子乾隆丁巳進士官雲南昭通府通判

桐峰以雍正庚戌中式乾隆丁巳補殿試成進士家學相承踐履篤實歷知呈貢新平二縣擢昭通府通判雲南民苗雜處以惠愛撫綏人皆感德昭通饒金礦復產碧霞諸珍異一無所取比歸囊橐蕭然主講浦陽書院多所成就府志入循吏傳

杭堇浦自廣州還邀飲不至作此寄之

五嶺炎蒸三載遊歸來依舊領清流干雲氣概曾驚代倒海詞源豈有儔酒戶不開成獨醒書城自擁作諸侯州名定益因公著恰是當年栭栭州

蔡應彪字炳侯號嵩霞仁和人乾隆丁巳進士官貴州布政使

題俞燮齋同年聽簫圖

身在衆香國裏神遊姑射山頭妬煞披圖永日居然常住羅浮

座上聞思俱徹花前喉舌皆香不顧閒庭悄立雙雙耳語雌黃

祝勳字元庵號志劬大興籍海寧人乾隆丁巳進士官廣西象州知州

晚征

瘦馬疲行役揚鞭送落曛斷橋人獨立帶郭水斜分古寺一聲磬遠山幾片雲勞勞君自取天末雁呼羣

即目

烟圍暝色山鳩喚新秋雨不見上山人但聞山上語

沈守敬初名毅後改今名字同叔號歎翁海寧人乾隆丁巳進士官直隷武淸知縣有遊粵小草

歎翁仕宦不得志桂冠遊粵西中丞鄂公聘主秀峰書院

獨秀峰

獨秀峰頭望高危四點寬烟雲籠樹闊日月浸江寒拔地擎孤掌環山壯遠觀永懷列禦寇輕舉得驂鸞

俞洲字阜亭號沙村海寧人兆岳孫乾隆戊午順天舉人官直隷通州州同有備忘錄

沙村祖五峰少宰以關稅不符下請室沙村周旋患難入則納饘出則對簿事竟得白後服官通潞衝炎查賑遘疾卒于官

秋笛

有聲來碧落吹裂暮雲秋一色天連水三更人倚樓梅花殘半落鶴唳遠同幽截得斑斑竹湘江無盡流

程焘字雲軒號九峰仁和人鋐子乾隆戊午舉人官太僕寺少卿有鳳敔堂詩文集

九峰鄉舉後考授中書舍人侍直樞禁蜀中有軍事隨經畧傅恆公出征以功擢兵部主事轉員外郎薦御史會回部用兵遂授洮岷道佐籌軍需師旋調江蘇驛鹽道遷安徽臬使領藩安徽陝西巡撫湖北左遷江西布政內補太僕扈從木蘭以疾歸卒於吳門府志入名臣傳

登華嶽步廉使泰前輩韻

五嶽奠坤輿總自鴻濛闢太華肅金天原從巨靈劈芙蓉印仙掌首陽遺履迹託體無寸膚嵯岈成削石壁立撐雲霄去天只尋尺一峰爲眞宰衆山皆跼蹐澗道幾千盤逶迤試蠟

屐行行上天門悦與塵世隔洞壑絶離奇岡巒復怪僻松陰蔽天漢幽谷神仙宅我欲縱大觀陟險亘弗惜攀鍊躋危崖託足如累弈盤桓升絶頂胸臆豁然砉左顧熊耳小前俯中條窄太白與終南相看皆肘腋黃河九曲來山勢幾相逆發自星宿源潼津共幽咽關河百二雄瞭然在指畫雲從下界生瞬息山腰白千峰與萬峰截然惟露脊旭日散烟靄青嶂轉光澤爽氣橫襟期涼飈生羽翮待搜玉井蓮更披蒼龍額夜靜明月下坐聽希夷易歎息百年身勞勞多行役安得飽烟霞因茲豁平昔

顧光字實甫又字彥青號野翁又號湅園仁和人乾隆戊午舉人官廣東廣州知府重赴鹿鳴有橘頌堂集

湅園鄉舉後三試禮部不售縱游閩粵會以大挑得官為清豐令擢郎岱同知廣州太守制府某嫉之遽引疾

去粤人士繪沈香浦圖以贈作詩歌畱别者數百人旣歸主紫陽書院講席所居在東城河側敝屋數楹顔曰河干廛自稱河干先生是時輩偶淪徂芳風獨扇巋然如魯靈光而壇坫繼起者如吳㲉人黃相圃王階姚春漪諸公又以湫園爲導師焉方宰淸豐時漳衞水決大祲盡心賑撫全活無算嘗三上書於制府問亭方公言河渠事又爲勘災吟四章意極悽楚後五十餘年其邑中父老禮天竺大士至杭閭公里居無恙相率三十餘人登堂羅拜而去

冰鮮行

玉河水凝吹霜風鑿冰夜叩馮夷宮呂師竭澤獻王鮪截流一網纖鱗紅誰憐白小亦羣命雪融冰結交連箯包茅飛騎里二百離紅及膾晨餐充五侯之鯖尚珍異食單未許郇公工紫駝紅羊出蕃外萬錢一箸愁盤空有時銀絲作羹品澹泊欲擬山家翁味腴香細弱無骨毛以玉筍黃芽菘綠天驄事綷炬籠磁盆早出唐花烘橘香泉酒蠟紙蒙琉璃深杯百

罰終庖人行羹置當中銀碗盛雪若虛盅舉匙一呷心氣融
洗盞更酌飲長虹是時客子末座從持杯不飲心忡忡人生
豐約原不同二七鮭菜庾郎窮

除梟行

郎山山頭木臃腫上有鳴梟聲洶洶人言此鳥是鬼車聽之
左右神皆悚老夫困眠貪永日至此旁皇不安席急召精夫
與健役一箭穿空墮飛翮羣苗見之笑啞啞嗚呼使君之隸
毒於梟爾苗不戒覆爾巢

殺虎行

郎山山中滿林麓黃茅白草虎伥伏鋪司無事不出門胡爲
虎亦噉其肉老夫聞此恨塡臆强弓毒矢追逋亟殺虎三十
比獻特蒼皮鈎爪大府識羣苗聞之意自得嗚呼使君之威

猛於虎幸不傷人毋爾苦

寄懷周迴川

夫君不可見歲晚意如何燕市酒徒盡侯門竽客多離情對芳草詩思託微波亦有歸與歎無因渡潞河

落日泉州道西風惜別途愁心易搖蕩木葉下江湖客裏裁紅豆人來話白烏把君行卷好珍重阮元瑜

輓查丈蓮坡

豪士扶風末肯接夔間不復老林園河間好事成前劫鄴下風流盡此尊絲竹中年同輩在文章別錄幾家存猶餘鳴咽桑乾水長浸青青墓草痕

哭周徵君穆門

文章自是別愁多板拍清詞可柰何閒日湖山看不足斷弦

零落雪兒歌

淸時逢掖總能儒獨行眞成近代無誰與襄陽傳耆舊鹿門耕作有人俱

宛陵詩格未全諳擬傍元關靜裏探最是閒人天亦忌不留詩老在江南

桃枝詞

竹枝詞於樂府褋曲外別具音調後人繼作有栁枝橘枝諸詞可謂各極妍妙矣余乃別作桃枝詞欲以嗣響前哲世有老鐵諸公當不令余幺絃獨奏也

湖裏鴛鴦水自香小青墳上蹋春陽桃花未向東風笑已有行人爲斷腸

春草靑靑新婦磯水仙祠下鷺鷥飛郎船空載春歸去不待

桃花結子歸
昨日中酒今日遊日日醉歸湖上頭美人到底不經老桃花
到底不經秋
吳中阿孃工刺船獨來渡口與門前梛枝唱罷竹枝唱若唱
桃枝更可憐

沈構堂字念穀號思劬仁和人璘森孫乾隆戊午舉人

初夏齋居

楝花風訊峭餘寒紅點平蕪放沃丹永日睡魔驅又擾中年
詩境進偏難雷驚晚筍穿苔砌藤引新條上竹欄門外綠陰
千萬頃幾多風月付漁竿
自笑渾如粥飯僧飽聽秋蟀又春鶊埽除問舍求田計料理
閒鷗野鷺盟小蝽依依添畫本夕陽戀戀助詩情晚花幽草

村前路賣藥修琴偶一行

暮春野步口占

亂紅飛盡子規嗁乍試輕衫瘦策攜一片綠雲春似水斜陽界住小橋西

楊詠字抒懷一字吟雲海寧人雍建孫中吉子乾隆戊午副貢官江南沛縣知縣有補梧草堂詩存

吟雲少時卽與杭堇浦太史為忘年友壯歲依其舅氏京江張圖東于中州客河陝間最久居京師與沈椒園錢蘀石汪康古諸公結文字之契迨官江左與程魚門倡和尤多歷知銅山沛縣以廉惠著稱見重於滿洲託恩多公桂林陳文恭公歸田三十年壽八十有九而卒教諸孫思敬敬輿文蓀以績學砥行未仕時撫孤姪兩松中丞教育成立卓為名臣族黨尤欽重焉

志別

謀生苦不早驅人乃有飢春回多錯迕東風吹別離病妻咽

無語不忍問歸期稚子牽我衣問我歸何時我住旣非策我歸將何爲此意渠莫喻不答空淚垂西山落日薄北郭征橈移揮手去復去願作長相思

勸酒歌寄友人

我笑棄繻生倀倀何處走我哀長沙客悒悒惟速朽縱博成都負弩歸蕭閒何似臨邛缶身後名卽時酒此中得失君知否世事紛紛等奕棋獨對一巵開笑口春過三月定須殘人到六十已云壽屏除一切障仗此埽愁帚隨意畣韶華勿放持杯手天子三呼且不聞丞相一怒夫何有孰云傷我生糟肉乃更久孰云廢我時壺中具卯酉莫謂囊無錢金貂暫向黃公叩莫謂座無賓舊侶寧落高陽後好花寂寂笑醒人大地茫茫臥醉叟處褌蟣蝨任佗馳帶角蝸牛徒自吼泛水取

碧筒登山攜紅友但得樽中長不空那期肘上大如斗歸來記取擊君背俗物忍斷眞可醜

宴起

曉睡苦太促況當春暮天鳥聲喚起後花影落簾前倦客未朝食人家生午烟愁中成一莞何幸此安眠

送周撣堂廣文既濟之官慈谿

恨晚頭俱白論交眼倍青東風吹別緒綠遍栖洲亭蓬島無多隔陽關詎忍聽奇文傳海外先寄慰沈冥

中秋日舟中

吳公臺下水不盡向東流董子祠前月無邊接素秋水流長不逝人去月仍留漫以人如水還看月似鈎

旅館寓懷

搖落常懷宋玉悲況今兩度値天涯苔階風過飄殘葉廢苑人來拾斷葵涼雨一天心上泪淸霜幾點鬢邊絲步兵本是猖狂客斜日窮途祇自知

涼風乍動覺刁調幾帙殘編共寂寥飲量盡從愁裏減鄉心多向酒邊消秋成田舍炊新黍冬近山家補舊窰吳樹秦雲成絕域碧天霜冷夜迢迢

遣懷

路遶荒塘夢遶沙漫攜書劍走天涯未成一事先耽嬾纔到中途卽憶家水國夜寒封戸密孤舟雨重壓帆斜經春閒卻尋芳屐蓬鬢蕭蕭自著花

夏日郊行

路入荒原望渺茫水邊深樹有村藏幾家晝靜柴門掩何處

烟吹麥飯香晴絮舞風干澗白斷雲遮日半畦黃徘徊忽忽江南思攜榼呼朋趁晚涼

淮陰侯釣臺

長樂鐘鳴夢乍醒牝雞一唱晝沈冥英雄已作投羅鳥勳舊都成向曉星父子牽㹨悲上蔡弟兄唳鶴想華亭少時游釣能忘否臺畔年年草自青

海上

海外羣山粉粒粟孤城一片渺浮漚仙家何處招青鳥塵世惟當問白鷗潮汐催人成寂寞禽魚勸客少勾留風波滿眼誰能見我欲乘槎去十洲

古意

去年南浦板橋頭碧草連天送遠遊楊柳絲中垂別淚芙蓉

江上望歸舟於今又過桃花浪底事猶空燕子樓淼淼盤塘春水闊澧蘭沅芷不勝愁

卽景

虹氣收殘雨斜陽古戍亭西山如解意排闥送餘青

春盡水天合雨過嵐樹分鄉心隨去鳥銜斷數峰雲

淮陰遇荆太守（如棠）卽別

昨看邗水三分月今聽山陽一笛風笛裏故人惟爾在暮帆零落又西東

中書

滕縣道中遇雪作

檀圞佳句耳猶新十載鄰封五問津今日微山湖畔路雪花如掌白如銀（滕縣花開白似銀李長蘅句也）

夜抵揚州

綠楊城郭影交加廿四橋邊月又斜不見吟詩狂杜牧半江

漁夢繞蘆花

陳鍔字養愚號白崖錢唐人僑居吳中乾隆己未進士由中書歷官湖北襄陽知府有西清浮槎度遼含香南雍等集

白崖清修自好官京師時下直閉門則約其曹耦酌酒賦詩以爲樂及官盛京覽塞外之山川吟格益健遷守襄陽不矜苛察一日遊太和山賦詩數章亂石灘詩云亂石灘前水怒流回頭十里過均州雲山好處不得住歸去來兮作夢遊後數日遽卒人以爲詩讖云

旅懷

婦弱難持戶官微不救貧豐穰無樂歲戚舊亦途人生理知何託浮名可是眞只應滄海畔舉室事垂綸

再集深柳書室

開徑邀賓散早衙蕭齋惟聽雀聲譁籠烟逗日深深栖破夏
留春續續花簪盍故人多絮語盤羅鄉味觸思家應徐才思
吾何有清讌流連日每斜

金秋部見示繪卣觀察題東征贈策圖詩末句見懷
卽次原韻柬寄

壯不如人敢自雄浮查已任石尤風御溝烟柳縈心碧吳苑
林花入夢紅新雨天涯期白社舊遊壚畔記黃公歸航遙羨
秋帆急憑語江鷗吾欲東

郎濬字次山乾隆己未郡歲貢有堂策檻遺詩

郎氏數世清門雕鐫古籍今時猶有存者家有韻園埜
閣諸勝皆燬於火次山依其舊時寶字居以居守殘葺
佚得從諸耆舊游如應潛齋徐孝先皆引與訂交焉

採茶歌

山中男女皆苦辛男兒負鉏女負薪茗園雨過一旗發紛紛
健婦升嶙峋羅裙縹緲淩險絶白石磊磊泉聲咽陰厓露垂
碧玉枝高春日射黄金屑摘茶不讓烏觜香何必龍團貢上
方美人睡起一甌熟那解春風手爪忙

桔槔歌呈朱中丞

瀑布倒捲青苗中白晝括括清夜同車輪展轉哀湍瀉人力
能參造化功古人製器奪天巧呼吸直侵河伯宫漢陰丈人
惡機事一身不恤蒼生窮貴人涼堂坐湘簟輕綃髣髴烟霧
空玉椀冰漿解煩熱猶瞻天末思涼風豈知揮汗蹋機軸婦
子辛苦何怱怱桔槔之歌試多士精神久與民隱通撫循赤
子俾安堵應知澤畔無哀鴻

祝咸敘字仕初海寧人乾隆辛酉舉人

王子統傳招飲園中看花作詩酬之

迴廊曲檻路縈紆占得平昌絕勝區花放一庭長爛漫軒開四面任喧呼安排茶竈同棋局伴侶詩僧及酒徒自古園林須借景此間山水未全殊

孫廷槐字右階號芥舟仁和人庭蘭弟乾隆壬戌進士由翰林歷官山東按察使以事降補終江西吉南贛寧道

芥舟觀察荊宜施以滿兵馬廠地久為民間侵占將軍某欲清地界勢不至驅逐不已遂請籌隙地易之事雖不從其愛民之意甚摯也任開歸道及運河道時宜防之策頗能講求故屢邀薦舉退休後徜徉湖山之間年七十九卒少時學詩于厲樊榭嘗同遊西湖詠楊花云云樊榭極賞其風致

湖心寺見柳花作

楊柳千條拂釣磯苦將飄蕩勸春歸水心寺裏長廊外不見花開只見飛

孫宗濂字栗忱號隱谷仁和人乾隆甲子舉人

隱谷一試春官不見收遂息轍鄉里構堂曰壽松藏書數萬卷以枕葄爲樂杭堇浦太史言隱谷性異于人者三不就人飲而座客常滿一也汲引寒素而畏見貴人二也好施予無倦容而力闢慈氏種福之說三也乙亥歲大祲出粟千石以活鄉里大吏上其事于朝後年四十三而歿時論惜之

琴臺

空山秋更佳散步入林薄雲松接孤亭風篁響幽閣娟娟南屏山疊石翠參錯壁立類削成古藤互纏絡上有海岳書筆力想揮霍琴聲久寂寥天籟自蕭索俯視西子湖澄泓只一勺晴空展高眺閒情時領畧拂蘚坐石牀蟾光忽已落

添綫詞

窗紗映日紅旖旎芙蓉帳中人曉起點罷胭脂九九圖怯寒小坐蘭閨裏拈得金鍼繡綺羅鴛鴦紫鳳雨如何紫鳳雲中

紛五色鴛鴦池面蹴圓波唾絨點點花磚冷暈碧裁紅出新纈正是停鍼不語時隔簾暗度梅花影

游韜光禪院

陰森萬竹藏禪扉靜中忽聽鐘聲微雲烟深處晝欲暝風雨到來泉亂飛寺僧洗鉢石邊坐村叟負薪林外歸行吟幽徑不覺晚紛紛涼月侵人衣

王際華字秋瑞號白齋錢唐人元彬孫雲廷子乾隆乙丑一甲第三名進士歷官戸部尚書贈太子太保謚文莊有白齋詩存

白齋司農夢月華而生故小名日華以進士第三人入詞林歘歷清要治事敏覈在官三十二年充　經筵講官二十二年　特命進講者九與新正　重華宮茶宴者二十五與上元後小宴者五每歲除　賜御書福字前後所積凡二十四懸楄楅間皆遍因顏其廳事曰二十四福之堂洵同列所未有也嘗于京師構全浙廣誼

圓醵金庀工凡浙之客死而無力歸葬者咸葬焉男東女西立碣以識又築屋十楹以居旅殯規畫精審鄉人至今德之詩未見全集僅見香樹齋集附刊者錄入二章

典試江南香樹師以詩題扇見貽次韻

司衡南國有師資兩度聲名重立之少農立之世講兩典此邦試事竊取鯉庭香一瓣掄元可證賞心時解元張會敭壬午已爲司農激賞以官卷避嫌而止師門玉尺每追參青本原來卻有藍篋裏毫釐千里別步趨容易說無慚

陳顧瀠字又聲亦作牖聲號楝坡又號藕田仁和人乾隆乙丑進士榜名顧瀠官戶科給事中

楝坡官御史時以事遣戍賜環後迎鑾復原銜嘗一典蜀試一督粵學皆稱得士詩近玉溪生開出入于劍南所著有南樓文稾續稾詩稾若干卷罷官日悉自焚棄所存北梁吟稾皆在塞垣時作也

晚行

新鬼啾啾故鬼哭側翅烏鳶攫人肉萬里寒雲沒野蒿千盤
積雪浮沙麓霜花割面冰裂膚疲馬淩兢蝟毛縮纔從井底
頓游韁又向山巔轉行轂灌莽雖空豺虎藏巖垌或慮虺狐
伏荒荒落日恐行人鬢絲影裏飄蓬獨風高月黑孤鴻肅蹼
被今宵誰宿遙聞畫角響嗚嗚戍鐙明滅烟屯簇

土木懷古

有明正統雲端坐驀地何人竟推墮叩關索幣屢邀和天子
居然作奇貨馬順拳誅逆振亡殿庭泱計太披猖負扆曷不
尊元子當亾偏勞奉相王宗社有靈國有主安危大計非無
取易儲何事忍相干爾時畢竟誰爲輔閉門不納詎無情赦
使曾經幾奉迎纔見玉輿歸大內俄傳金鎖錮南城彗星如
雨天應泣毀鑰藏兵刼更急月下謀臣撞戶來鐙前勇士踰

垣入升階扶輦事如何復辟奇勛孰最多喫粥尚聞呼弟弟
聞鐘誰念喚哥哥諸將功高官不次貂璫盡拜封侯賜由來
此舉本無名計設金牌通內侍冰上從敎立鷺鷥陳尸西市
復奚辭不因異日權閹禍一代忠姦那得知奪門舊案紛交
謫公論千秋史官筆可憐首難在巡邊血汚遊魂更誰惜秋
苔白骨已成泥往事空悲棄甲犀裹革死慙新息馬登車生
負蕩陰嵇國衈當年殊草草姓名更僕難終考椒漿寂寂斷
行人耰鋤往往來村老土木城荒日易斜酸風獵獵捲黃沙
只今月黑空山暮見說時聞喚鬼車

閒居漫興次少陵春日江村韻

茶烟當戶淡嵐翠撲簾深頗愜幽人趣偏驚獨客心青春來
有準白髮夢難尋萬里刀環信依依直至今

結習知何地棲遲已判年午風團翠藹一水闊靈泉鳥影當
窗度苔痕任屐穿停雲無限意迢遞隔南天
戸拂垂垂綱庭餘漠漠苔踟跌蠲宿習跼蹐愧非材藥裹隨
時檢書郵計日裁只愁妨小吏抱牘去還來
草沿沙際綠花亞水邊紅蜂蝶喧春晝牛羊趁曉風更誰閒
作伴差免禿成翁飛動平生意茫茫百感中
春華終不改愁思等閒生帷蓋他年事軒車舊日榮觀心同
老衲洗過惜浮名落日亭亭遠中含萬里情

兀坐

兀坐渾無事閒庭幾夕陽病從新夏減愁入小年長草長隨
時綠花開作意香羨他雙蛺蝶栩栩夢還鄉

出都感懷

單車纔發便聲吞一葉隨風落塞門犬馬有懷終戀主鵷鸞無分得酬恩窮年絕域甘長往他日生還敢預論從此海山樓閣遠觚棱回首暗消魂

孿涕隨身二十年瀧岡曾未表新阡兵談趙括名爲累獄祭咎繇事可憐宿草又經黃葉雨亂鴉遙想白楊烟傷心麥飯無由薦路盡平生倍黯然

話到蓤闈夢亦驚飄蕭鶴髮可憐生十年守拙慙虛養萬里衝炎累遠行豈有板輿能奉母肯容烏鳥再陳情遙知此夜寒江棹雙淚龍鍾望眼橫

峽裏扁舟嶺外雲一尊相屬話宵分游魚偶聚方同隊驚雁孤飛又失羣不遇功名憐小草就衰門戶等斜曛全家況復飄零在南北征途累卯君

半生辛苦獨持家典盡金釵辦咄嗟乍喜錦帆辭帝里可
堪蓬鬢滯天涯愁邊淚眼孤舟笛病裏驚心絕塞笳肯信買
田陽羨好白頭安穩種胡麻

不御鉛華愛食貧依依飛鳥性尤馴劇憐擁髻如通德且喜
生兒似伯仁砧杵月明秋漸老刀環風斷夢誰親寄聲好作
同功繭歸信無煩卜遠人

春鐙官閣鬧更闌面頰桃花秀可餐繞膝夢回沙磧遠牽衣
人隔瘴江寒書攜左塾誰師授繡刺深閨只母看得似杜陵
兒女否舉頭還解憶長安

塞草

麝臍香暖雉媒驕芳草平鋪一色遙細雨有情勻黛靨東風
無力上裙腰烟濃牧塢宜調馬綠淨毬場好射雕試上拂雲

堆畔望離離千古恨難消

在戊三年　恩准回籍

刀環得請豈尋常

聖主恩深未易量客夢幾時回楚岫鄉心徹夜繞吳航肆驪

逐隊雲千里鷗鷺尋盟水一方且莫遽論他日事亟歸垂白

有高堂

東風吹綠過河橋烟柳參差款細腰別夢已隨流水杳歸心

時逐斷雲飄重攜席帽閒相慰亟整鞭絲可憚勞惆悵燕南

三月暮漲波芳草路迢迢

見燕

呢喃忽聽語聲頻萬里何來翦翦身簾隙幾回看似舊綃痕

一縷繫猶新棃雲夢冷辭鄉社沙草天遥認主人想得小樓

深巷月雕粱閒鎖落花塵

聞鄰院弦索聲

哀弦續續響箏琵隔院疎鐙黯落花紅袖不知誰命酒青衫
無柰客思家愁經䨓雨三年笛夢斷秋江八月槎莫更逢場
頻作戲鬢絲人已老天涯

夜起

草蟲如雨落鐙前獨抱吟魂跂腳眠滅燭起看天似水一鈎
新月破蒼烟

新春

生意俄看遍草萊快晴小鳥報春回風光塞下何曾別一例
東皇管領來

寒蛩

露泫烟啼幾斷魂西風吹冷塞垣門愁心盡日憑誰訴獨抱寒叢說舊恩

張琨字田毓仁和人乾隆乙丑歲貢有沐游草

帆影

矗起蒲帆十幅行蹁躚倒影入江清正從亭午中流見又向殘陽古岸生遠浦不隨孤鳥沒晴川卻怪片雲輕銷魂慣是傷離別偏爾朝朝促送迎

陳德星字乾初號鷲峰錢唐人乾隆丁卯舉人官陝西膚施知縣有施松集晝眠餘唱百藚吟稾

晚望

客裏時光駛冬來晚氣蒼雁霜催落葉鷗水戀殘陽村火含烟暝山雲曳樹長無因獨延佇寒月照衣裳

早行

峰回路不窮暝踏碧流中月色未照地星光漸隱空馬蹄明石火人語亂山風四顧蒼茫裏驅車只向東

孫珠字龍光號栖㮀錢唐人乾隆丁卯舉人有古香堂集

栖㮀天性仁孝任䘏親族有古君子風于書無不研討其爲詩文援筆立就風發泉湧若不可禦性薄仕進惟以奬掖後進爲樂而已有從學某開藩于浙甫下車即屏騶從步行入里門祗謁栖㮀以疾辭命子弟投刺報之且戒無再往及某重來撫浙戒如前後某以贓敗頗有牽連而孫氏獨晏然人益服其高識栖㮀甫生而失母生之日即母忌辰每逢是日必縞衣蔬食涕泣終日

己巳冬日平湖舟中襍詠

水驛尚殘更寒雞先唱曉稍聞蘆葦中鱅聲清且悄晃雁忽高翔吾亦放孤棹風霜冬正厲帆檣白皦皦波光蒸水氣氤氳森浩渺曈曈日初上銅鉦挂木杪村落無人聲但見炊烟

裊靜坐久忘機輕舟狎魚鳥前路徑幽窄篷窗拂寒篠

扁舟若雲閒一往水雲深今朝過含山嶒眼見崎嶔峷然起

莽蒼平流遶高岑淩空湧墖勢螺髻如加簪風雲開水面松

竹暗巖陰下作黿鼉窟上爲鴟鳶林嵐霧夜幕幕寒雲曉森

森微茫漁艇火颯沓楚宮音我來不得泊風利阻登臨眇然

睇絕頂小閣俯飛禽想見北戶下洞庭如丈尋莫釐與縹緲

對面時浮沈

陸曾永字梅渚錢唐人乾隆丁卯舉人

送人尉嘉禾時在都

聞道禾中好平生但夢遊春塘喧竹肉秋浦淡風鷗古木尋

詩徑疎簾看奕樓何當陪少府烟雨錦湖頭

胡夢檜字汝調號青崖錢唐人乾隆戊辰進士官廣東永

安知縣候補主事

青崖宰永安放糶賑荒頗與惠政

入西江境口占

迢遞西江路相偕此日行民風占愿朴天氣奱晴明舟小容吾膝溪清濯我纓關心惟白髮夢繞武林城

夜泊瑞洪

淼淼烟波合稀微認遠村殘霞吞白日漁火亂黄昏繫纜鴉遷樹沽醪犬吠門清秋湖水漲隄没舊沙痕

魏夢龍字象三號臥崖仁和人乾隆戊辰進士官工部郎中

湯對松給諫世昌戊辰會試已取中矣放榜時因三場卷誤編他人急索原卷不可得主司乃以臥崖卷易之時有魏公樂湯公哭之語

春夜思歸

半生愁緒一鐙前世路茫茫歲月遷鄉語忽聞憐倦僕家書不到隔殘年閒除眠食疑無事思入湖山別有天好趁春江衝白浪醉吟佳句扣船舷

暮春即事

旅懷孤賞總難歡寂寂江城春又闌雀慣窺人窗紙破鼠貪餉墨研池乾詩慵轉笑推敲苦風軟仍餘料峭寒此日故園花未了紫雲紅玉捲簾看

高觀鯉字禹門號孝泉又號憺雲仁和人儀鳳子乾隆戊辰進士官福建廈門同知有憺雲集

憺雲少與錢嶼沙蔡松霞諸人齊名亦有西泠十子之目後官環縣九年以憂去再起補古田令擢泉州廈門司馬卒于官

養竹庵判事

大隱曾聞戀朝市我今分守亦幽栖報衙別院松聲襍僉事空庭花影低書有蠹魚隨手觸客無凡鳥傍門題庵中岑寂惟應臥一枕初回日欲西

次唐海門舟泛横塘韻

泛棹東郊一帶斜傍溪結舍自家家碧波礙槳菱牽線紅雨垂籬槿落花澤滿陂塘靜鸂鶒人依秋水老蒹葭殷勤致語乘槎客莫陋横塘但種瓜

任景宇宇春紹奇子錢唐人乾隆戊辰武進士官福建副將

鳥聲

好鳥知時日叫春山中喚醒塵中人披衣還問春消息九十

春光賸二句

關邦幹字震西一字澹餘仁和人乾隆庚午舉人

游靈芝寺

曉出城東隅蕭條斷行跡迴風入林薄落葉爭拍拍已遲黃梅花愛此溪水碧積宮得小憩欲扣仗馬策入門松杉青石座卓且傑如聞獅象哀老佛化枯腊淒涼萬刼塵消長共一宅持此摩尼珠照出水底石東坡老居士前此誦禪客輝映巖戶間詞語麗金碧我來亦何爲慷慨年運隔誰續虎溪游宗雷有遺澤

查銓字衡若號溪烟海寧人乾隆庚午舉人有溪烟詩草

過曝書亭故址二首

亭以書得名書亭兩莫保願彼亭下花盡成書帶草

獨往尋遺跡風林舞葉頻書聲起鄰塾空憶曝書人

張衡字東表錢唐人乾隆庚午舉人官黃巖教諭

燕巢和沈桐溪

對對翻飛掠戶頻相呼相喚補巢新不隨鷗占涼波影豈並鶯藏弱柳身紫陌爭銜黏蝭粉畫梁深疊綴魚鱗綢繆牖戶鳩難奪自愛高棲近德鄰

葉藩字登南號古渠晚號皐亭山農仁和人乾隆辛未進士由翰林歷官廣西思恩知府

古渠工制藝歸田後歷主講楚北江漢新安紫陽四明月湖諸書院居家與昆季及老友時爲湖山之游卒年八十

古藤書屋藤花詩

主人跡半天下奇晚以陋室絕衆馳入門如敬前輩友根本

盛大香披披晞陽東海長靈液奪秀湖滌生春姿千條聯聯雲袂破萬花螽螽天鑄彌羣游紫鳳各得所眠風躡露相娛嬉倚赤杖聽白鳥語況有朋舊來歌詩流傳好事徵畫本丹鉛點筆色不虧家貧不能具肴饌未免爛漫開酒巵隔牆書聲喜童丱座上歎詑多眉黎蝶勤蜂嬾盡物態落花妝地陰鋪墀百年閱爾直旦晚名與宅井常在茲

夜過小姑山

西江彭澤夜微雨小姑山片月空濛裏輕舟杳靄閒雲中倦鳥羽客路動江關歸去尋初社鄰人酒往還

胡廷槐字樹三號晴峰仁和人乾隆辛未進士官湖北黃岡知縣

滇南襍詠

輕寒薄暑度流年常似江南三月天谷口繁枝開不盡朝朝
費御買花錢滇中無大寒暑賣花者終年不絶
如雲遊女走蹁躚不事香車步亦便蜀錦裁成衣袖窄青羅
數尺手親搴滇中婦女俱裹足衣袍叄出門無轎只用一帕以蒙首
金齒香分種最佳檳榔出金齒沅江諸夷輕羅重裹細生花清甜絶勝
尋常味不數蒙山頂上茶蒙山茶即普洱茶
柴景高字行之號鹿柴仁和人載庸孫潮生子乾隆辛未
進士官貴州安南知縣
鹿柴少負才名與袁太史枚相頡頏人稱鴛鴦才子官安南片言折獄上官器重之首列薦剡尋卒於官
謁選得安南令和同人見贈
十年慚愧軟紅塵鐙火因緣夢亦親我已羞隨鄰女嫁畫眉
從此不如人

到六安州

雲樹迷濛送客舟一帆初到六安溝蘆花夾岸雨聲碎除卻江南無此秋

任槃本姓韓字組縈號厤莽仁和人乾隆辛未郡歲貢

獨坐有觸

銅山雖衮延鄧通終餓死金谷何繁華季倫尚棄市人生說遭逢不測有如此庸庸紈絝兒罄橐宜有幾貪吝況性成鄙俗更入髓千金然諾虛一錢身命倚偶來乞借箸未必常設醴絲毫無苟蝕吾事誠盡矣安用見金夫舉動輒桂齒去去勿復道吾方肌粟起

姚立德字次功仁和人三辰孫一品廕生歷官河東河道總督

次功由主事出爲通判洊歷府道臬司遂督河務乾隆甲午秋陽穀賊王倫之亂率標兵分守東昌城久圯難守引運河水繞城濠賊不敢犯事平搜剔餘黨凡脅從者核實得釋全活無算後以河決儀封罷官起補南河裏河同知旋卒府志入名臣傳

戊午五月三日外舅趙谷林先生五十初度和司空韻

壽星當永日京國祝長春文久傳金闕年宜佐北辰無非緣素業大孝只思親拭目登雲後官除第一人

國朝杭郡詩續輯卷九終　錢塘吳慶坻校字

# 國朝杭郡詩續輯卷十目 乾隆十七年壬申至二十年乙亥以科目爲次

趙佑　吴泰　陳遇堯　梁同書　徐吴愈

龔謙　陳宣　任濤　袁匡肅　吴壽祺

余昂霄　江衡　查祖香　周人傑　高山

翟灝　倪承寬　汪永錫　周春　查虞昌

蘇爔　汪邦憲　仲藴檠

凡二十三人

國朝杭郡詩續輯卷十　錢唐吳振棫毅父氏編

趙佑字啓人號鹿泉仁和人乾隆壬申進士歷官左都御史有清獻堂集

鹿泉先生五歲而孤家甚貧有勸廢學者其母執父命必不可遂能砥厲以成素業服官四十餘年以文字結主知典試督學之役殆無虛歲甄錄試卷必點勘周遍夜以繼日晚年遂患目眚然日晡時猶于窗下映光校文不少休有勸止者輒日老人迂鈍無絲毫報稱僅此文章職志一息尚存不敢不盡也性嚴厲每面斥人過然自處則甚謙下撰著甚夥其已刊行者有詩細八卷毛詩草木蟲魚疏校正二卷四書溫故錄十卷

練潭館陽明山人題詩處

山潭迴淨練驛館啓晴霜詩云春山出孤月寒潭淨于練館以是名詩憶姚江舊人喧古渡忙先生不可見客路一何長小駐留題去遙空雁幾行時惟弟偕

敬亭山

見說危樓欲上難北樓在府署後久無修者雙橋兩水自迴盤不緣白也詩篇在未必名山不厭看

吳泰字禮安號春臺錢唐人乾隆壬申進士官甘肅鞏昌知府有春臺詩鈔

春臺宰繁峙有美政民德之爲立祠以獲僞侍衛蔡元慶進武昌同知旋守鞏昌引疾歸里囊橐蕭然假館江干吳氏日惟與故交寒士文酒言歡卒年五十四

溪上

村溪幾曲引寒流溪上柴門破不修藤蔓附橋常過岸柳條皷水未妨舟隔籬野犬迎人吠戲渚春鳧逐隊游何必桃源纔繫艇此中幽趣儘堪留

月夜

夜靜月正高清輝照茅屋時聞疏雨聲屋上桐花落

陳遇堯字皐如號秋坪海寧人乾隆壬申進士有古梅軒詩鈔

古梅軒詩集中分編日洛游草嵩游草當是幕府紀游之作

宿少林寺

入雲不覺遠徑與羊腸通更隨轘轅轉遥數六六峯落日猶照耀近寺光朦朧微聞林端磬尚疑烟際鐘暝色恐行客盤盤路將窮山僧導我前細火穿蒙茸解鞍得初地人馬俱從容靜荷龍象力險虞虎豹叢塵心忽蕭曠竽籟吹寒空清夢亦同趣長揖浮邱翁

轘轅嶺

徑窄盤盤磐谽危蔟蔟梯雲迷秦棧北天盡潁陽西壁面千尋削闕前萬木低時清寧恃險閒殺一丸泥

九日同文瑶叔登東山過智標搶院

西麓緣溪轉東峯仄徑通波光搖翠巘搶影挂晴空白雁三秋字黄花兩鬢風幾年鄉國夢合遶梵王宫

喜雨

秋來日日苦炎陽浴罷科頭趁晚凉小雨忽侵梧葉暗微風先破稻花香關心桂玉尋常債冷眼雞蟲得失場但使薄田官稅足枯株何意問行藏

東阿曉發

綠楊枝外霧濛濛路轉平蕪一徑通空翠溼衣凉似雨不知身在亂山中

梁同書字元穎號山舟錢唐人文莊公子乾隆壬申進士官侍講嘉慶丁卯重晏鹿鳴加侍講學士銜有頻羅菴遺

集

先生爲文莊公長子丁龍泓嘗以天龍寺貫酸齋書山
舟二字拓本并鐫印贈之遂以爲號晚號不翁又號新
吾長翁少入詞館以大考擢官丁嗣父葰林公憂遂不
復出中間以祝　釐入都純廟意方向用先生遽以
足疾對同列詫之乾隆四十九年大考翰林謁傳無論
在京在籍有至期不赴試者概予降謫先生以足疾不
能行同官強之先生賦詩三章荅以見意云卅年蒲梯
早衰蕪壯不如人况老乎苦笱硬差良有願壺盧依樣
巳難摹休言報國文章在只合投閒草木俱物不荅
施天地大始終慙負是頑軀曾泛仙舟列上方分明雲
海有梯航終慙病馬難爲走敢比寒蟲不自量逐兔向
來輕得失畫蛇畢竟笑荒唐書生福分生來淺甘抱燈
檠傷短檣北望　君恩首重回一門三世盡栽培臣心
不是卷施草　天意須憐臃腫材絜到泥沾飛不起豆
如灰冷爆難開他生願作銜環雀再上楓棱高處來先
生恬退之志盡于此詩矣居鄉敿於自奉一冠數十年
不干謁不爲八慶壽襍賓不廁座縉紳不入門九
爲今日士大夫所宜矜式也性不近內編修公爲置篋
室陳亦終其身未御精書法九十後能於燈下運筆臨
殺猶手書赴稾日本國王子以其書介舶商來求評定
琉球生自太學歸國踵門求見先生以無相見儀卻之
其人太息日國王命必一見先生今不可柰何無巳句

一紙書歸報耳詩甚清麗掩於書法集中詩三卷集杜二卷文四卷題跋四卷直語補證一卷日貫齋塗說一卷筆史一卷又有屬辭管舉一書則未成者也

秋圃禊詠同人集聽鐘山房分賦

白花何淡淡紫花何離離晚花角上總早花眉下垂一番涼露泣幾點疏雨肥生香傍籬落風味野老知我來棚底坐散髮斜陽時似聞絡緯語為我寫鄉思 豆花

秋曉星未收光景淨於洗小草澹泉芳延緣青竹尾圓摺皺欲舒一碧翦天水惜哉抱弱質開落朝槿似為語牽蘿人莫采此花蘂采遲色不如采早露如許 叶虛里切本易林 牽牛花

謝西隒寄惠洞庭碧蘿春茶陳鳴遠製龔春壺

吾聞閔仲叔一片豬肝羞齷齪平生嗜水處別茶重累長鬚寄頻數昨年贈我龍泓溪上之新芽千里家山塵夢續今年

贈我莫釐峯頂之春蘿青篛緘封不盈掬此茶自昔知者希精氣不關火焙足蛾眉十五采摘時一抹酥胸蒸綠玉纖袿不惜春雨乾滿盞眞成乳花馥佐以龔春蓮子壺認是前朝名匠琢蠅頭署款小印蟠如錐畫沙鐫在腹此茶此壺兩清絕所得不翅兼隴蜀空宵正要壓睡魔瘦骨那愁消肌肉怪君飲水是官聲胡不哦松聽茶熟自言局束簿書堆嗜好酸鹽許我獨嗚呼君非安邑我非閔茶事累人差不俗

含象鑑歌并序

唐司馬承禎鑄以進於元宗道藏國字函載含象鑑圖經一卷始末甚詳吳郡陸某以五銖之直易之都市陸好黃老之學被褐子其自號也

天台道士蓬萊客倒瀉頑銅鑄月魄金膏一點飛淸光千歲

妖蟇不敢蝕其博五寸厚五分圓規方鼻形象陳布列八卦符道眞環以雲物兼星辰一十六字小篆銘始自天地終百靈誰其得之被褐子曾寫丹經學不死市上還將碧眼置袖中忽訝金波徙揚州水心久淪墜此鏡猶邀神物庇可惜當年鑄就時不與開元厭魑魅望春宮外禍泉溫蝦蟇化作長虬奔至尊王母不知鑑寶匣亦被烟塵昏鏡兮鏡兮今將拭汝以龍鱗之拂纏汝以虹蜺之結盛汝以自然雲霞之囊藉汝以上清飛龜之帙藏之幽人白茅室秋老寒空土花活子孫永永祓不祥白日青天羣鬼滅莫教展向玉臺前只照星星頭上髮



後鐵畫歌

君不見蕪湖有湯鵬一生不曉畫家畫但能驅使鐵汁鏤鐵

英從來頑物出神妙妙處只有鑪錘精陰陽造化一大冶山川草木同流型黿脂燒汞現火樹鸞血膠綴成金莖意匠直欲貌水墨人間不許誇丹青嗚呼胡不鑄鼎圖寫神姦形又胡不鼓劍去斬蛟龍腥卻窮歲月事摹繪百鍊要與九朽爭傳聞鍜竈鄰畫室畫師激之意不平閉門落想敲鏗錚妙技一出千緡輕至今畫手排浮萍鐵畫獨有湯鵬名仙人化去神龍迎三十六冶皆不靈此技亦可喻至學研穿鐵杵吾儒硎我今頑鈍不受鮎乃欲白戰輒共詩人鳴舉似鐵君足一笑且與它日好事供譏評

題張心椰同年耕田識字圖

耕田不難難於叉手並腳作田舍翁語識字不難難於撐腸拄腹一字不得爇兩事口頭人道熟容易不瘦又不俗苟能

如是是亦足君家先人校石渠君𢔶甫雪子先生君亦撰逃元亭居不愁有書不能讀只恐苜蓿盤中虛得隴得蜀亦僅事去兵去食有深義請君更下一轉捩縱使無田也識字不然我願作休糧食字仙不耕不識終吾年不怕催租之吏夜打門亦不怕世間憂患來無邊問君其然不其然一笑置之無多言

題元鄭彥瑛小楷黃庭經卷

董文敏跋云予家有晉唐小楷法帖二本爲帖中之冠此元人蠅頭書深得晉人風韻其昌題卷末云泰定二年乙丑三月廿九日武林鄭瑤彥瑛書并朱文印前有大將軍年羮堯印

吾杭元代多詩人書家獨數仇山村亦有寓公吾瞎子篆籒學古追周秦至於小楷擅場少得松雪法吳𩇢孫誰歟寫此

換鵞帖絹本縮於王右軍不施闌道直若綫蠅頭精絶規模匀偏從窄處見寬綽御用全力逾丰神鄭瑶其名彦瑛氏泰定二年月在春自署武林譜失載可知傳少彌堪珍吾家舊藏倪迂卷出自寶笈須先臣內景全帙五千字自首至尾無脫文筆如游絲之輕颺冉冉欲墮空凡塵玉虹鉤勒幾歲月珉石始得傳其眞以君此卷相比較邢尹不須優劣分一爲逸品一能品思翁而在宜云云

題萬梅皐同年東齋課讀圖卷

梅皐於我五年長氣勢欲奪千熊羆八十生兒巳就傳一經授讀猶忘疲篝鐙忽憶小年事歷歷自陳危苦詞揚州羅聘好畫手乞畫老子成童時在昔嚴君敎子切別起夏屋開書帷楄曰東齋奥且曠窗疏洞達延朝曦齋後籤列書萬卷齋

前弟子偕經師一反背立一傾耳飜水聲疾度葉遲隻字譌誤子十笞前鑒後誡申家規卽今門才盡騰踔雛鳳頭角非凡兒收威奚必事夏楚勵學要在勤畲菑只恐丈夫㚑少子欲加鞭策難爲施此圖之作有深旨現身說法夫如斯不然子不逗然子然一笑安知我不知

送吳鞠田之雲和廣文任

幾年京國滯修翰鄉味輸君苜蓿盤五斗終慚吾道貴一氊還戀舊時寒儘容薄俸供狂飲猶有貧交羨熱官此去綠波亭外路好扶杖履看巉岏

丁卯九秋重宴鹿鳴蒙恩加學士銜卽事書懷四律

姓名何意達天閶白髮重新拜寵光使者漫修前輩禮

阿婆又入少年行三杯燮尾陪燒尾一番去　登場等戲場可
惜弟兄雙折桂北枝今日不同芳舍弟沖泉亦於是科登順天榜
已分西湖作釣徒帽箱緌笥久模糊公裳點檢煩朋舊籃轝
蕭疎笑僕奴流水再經人面改夕陽縱好日輪徂怪他市上
人如蟻不看郎君看老夫
詔許歸來五十年此生早荷　主恩偏不圖舊籍蓬萊上又
領新班閬苑先天上謫仙宮錦貴山中宰相白衣傳臣今耄
矣難言報一炷心香祝　聖虔
前賢十度賦嘉賓康熙丁卯周天相丙子吳大煒甲午萬承式附癸巳　恩科錢家壁丁酉趙世玉雍正癸卯陳克鎬己酉吳嗣富乾隆乙卯附丙辰　恩科馮浩戊午顧光范崇榮我占人閒分外榮老
婦喜叨加命服衰翁且博上銘旌比還九轉纔初轉若話三
生又一生養就百年無用物要將歌嘯荅　升平

玉河栁枝詞

上苑西來接御溝玉泉流出玉河流麴塵絲蘸玻璃影只欠江南燕尾舟

葉葉絲絲太有情游塵不動太隄平靈和殿外承恩早飛度宮鶯第一聲

長條舞罷短條迴學得宮腰新樣來幾處晴烟遮不住紅牆金瓦見樓臺

爭向東風拜舞頻六龍此日度龍津生來不解銷魂事只送鑾輿不送人

反游仙

浪說長生有祕傳餐芝絕粒幾經年升仙直是尋常事雞犬由來亦上天

瑤林琪樹生來有玉宇璚樓望裏深上界不聞阿堵重道人偏要鍊黃金

華山博箭何人睹度索蟠桃有客偷此是人間何等事仙家爭不事推求

陳摶一覺千餘歲彭祖旁妻五十八堪笑眞靈何位業卻將許事傲凡塵

賺他晨肇是何人畢竟迷樓莫當眞我是天台狂道士桃花多處急抽身

新柳

怕見江潭憔悴時惹他春又一絲絲老夫多少閒心事說與東風總不知

題吳兔牀騫小桐谿山館圖

吾家故里亦高桐桐乳桐華入夢中今日披圖振觸處秋風茅屋杜陵翁予家舊居江干鳳山之麓老屋數椽跡桐一樹因名齋曰桐乳曰桐華吟舍又曰鳳巢書屋倪樾畴先生爲之圖自先曾大父以下至予墮地猶居焉今圖存而屋已朽敗不可問矣

徐吳愈字學韓仁和人錢唐籍乾隆壬申舉人榜名吳愈

吳山登眺

危峯層疊躡雲霞古木蒼蒼夾道遮萬井寒烟籠白月一江濁浪卷黃沙宋家宮闕餘荒蘚錢氏亭臺有暮鴉獨向伍公祠畔坐東風吹雨落松花

龔謙字吉川號葯房錢唐人鑑子乾隆壬申舉人官直隸容城知縣

葯房由縣令改敎職選湖州訓導年逾八十卒

詠蟬

時蟲振羽出牆東弄韻咿唔六月中午枕夢回翻驟雨曉窗簾捲挹高風聲飄長笛青天渺吹落殘霞碧漢空只恐三秋應解脫幾會覓句到雕櫳

陳宣字鳳藻號篁墩錢唐人乾隆壬申舉人官山西永寧知州有苔碕小稾

篁墩與兄百藥皆好學之士往時顧月田以騷壇祭酒結社南屏董浦太史繼之里中羣彥鯨鏗虎躍設蕝分茅陳氏昆弟與焉董浦謂百藥長于說經篁墩少耽唫詠又言篁墩學有淵源才尤矯異非剿擬賸語為優孟之似者

登吴山絕頂

春城花游喧幽意獨行得況復天氣佳不厭事登陟逕轉雲蘿深巖幽土花蝕人登最高峯目窮無盡域濤江抱一曲波影淨如拭沙平綠草痕帆遲飽風色迎人飛翠來越山若可

卽樓臺散烟霏林巒潑水墨天風忽吹衣塵緣此時息鐵笛一聲橫憑高思無極

永康道中

一髮石翁山空外撲深翠籃輿嘔軋行穿林更幽邃松深多冷光併與飛泉墜午風散草薰巖花亂無次村落兩三家綠篠環溪蒔山田時雨飽靑靑麥半穗春愁忽泥人不飲巳如醉羲御影西斜光景去正駛不如農家子耕烟馴羸牸

夜宿萬山中山中無漏刻柴門對五峯癡雲深潑墨溪聲響流泉雨腳紛如織燈前落檐花翦翦春寒逼茅屋打頭低壁塵聊拂拭一杯村醪香逆旅逢舊識人生苦覊愁聽雨思沈默對牀願巳虛翦燭話何極攲枕候雞鳴銜泥行得得

秋日偕半桐古緣荔帷兒百藥泛湖分得風字

出郭看山近初晴嫩日烘浴波漚鳥白傍岸水花紅杯盡三升酒舟移一葉風晚歸幽興劇疑入畫圖中

皐亭山下閒步

獨行東郭外遥望見青峯衣薄落寒翠林深來遠鐘野樵山作友石碓水能舂夕景如延客徘徊曳短筇

贈石泉

記室名高手百編淡旬分袂共留連君辭故土輸秋燕我病西風感莫蟬山色當樓隨月上溪聲到枕挾書眠何如暫返清江櫂同向洪厓笑拍肩

吳門別雨山

隄畔飛紅貼水多春風花信幾番過行人愁聽江南曲莫遣吳孃入夜歌

餞別孟山人

天教逸興寄烟蘿來往春江路織梭今日歸舟何處泊綠楊兩岸夕陽多

紅蓼

水葒娟秀怯秋寒扶植東闌色未殘我與鄧郎翻舊案水花不用水鄉看

任濤字次山錢唐人蕭山籍乾隆壬申舉人官景寧教諭

除夕前一日

一番風雨送殘年久坐青氊倦欲眠開甕且嘗辭歲酒探囊卻賸買花錢早傳芳信苔生綠預染春山雪更妍自是冷官聊爾爾我生有命樂乎天

袁匡肅原名濂字古雪錢唐人乾隆壬申舉人官內閣中

書

新秋

一分秋暫至已覺客愁多從此堂堂去誰能草草過懷新邀朗月感舊送流波此意誰堪託遺之金叵羅

吳壽祺字宿長號小匏廷華子仁和人乾隆壬申順天舉人

小匏爲東壁司馬之子沈荻林先生其外舅也主粵秀書院挈之往游羅浮多和作惜稾皆佚

馬上別羅浮

雲起羅浮山欲浮溪花溪鳥總淸幽夕陽西下客東去安得靑山生馬頭

余昂霄字紹堂號松巖仁和人乾隆癸酉舉人官河南密縣知縣有健松堂集

松巖在官以慈惠稱後以母喪歸請改儒官旋補歸安訓導暮年引疾居里與顧涑園萬近蓬周亦菴黃書匡族弟松屏以詩酒相酬倡又善畫見馮金伯墨香居畫識卒年八十八

和方蒸砂雨後獨坐

夕雨洗殘暑荷氣生我衣當窗蛛網挂隔竹螢火微坐石有餘清溼雲涼不飛幽人應未臥悵望蘆之碕

夏五月喜晤童二樹見示洛陽雪香齋古詩因次原韻作梅花歌奉贈

十年不見生白鬚春容更勝千梅株有時潑墨叫奇絕兔毫埽禿頭欲濡二樹仙標山澤癯神清秋水玉作膚拈毫游戲近顛米作字婀娜追髯蘇小年讀書抱影廬酷似鐵崖梅花圍繞樓中居抱影廬二樹幼讀書處尊甫爲植梅二株楊廉夫山陰人其父作樓鐵厓山中繞樓植梅數百本去其梯俾讀書樓上事絕相類與梅生長工寫照嫩寒春曉心魂俱與酬

落筆花怒放白雲千嶂如可呼上訴眞宰斡元化嚴冬蜂蜨飛東都隱猜曾記東方語恨無人作滕王圖好事傳播續新詠飄飄雲氣淩空虛銜杯不厭百回讀瓊膏澆我詩腸枯相逢白首樂何極浮沈浪迹知皆誣何如歸臥梅花屋我來重訪山陰區

途次

客稱觸熱馬蹄忙亭午曦輪怯路長靈煞臨溪官道柳綠陰如水潑衣凉

蘋末風來分外清空潭影寫遠山明夕陽獨樹無情碧飛出新蟬第一聲

雨中

蕉葉聲傳雨點纚烟林未夕半模糊蕭蕭一片荒寒意試問

南宮畫得無

題畫

喬樹空亭接翠微南屏村落認依稀懸知潑墨房山好水閣涼雲滃欲飛

倣九龍山人畫

簫材曾寫翠琅玕風韻人間索解難想見秋林最高意只攜書卷對山看

江衡字岳南號眉君錢唐人乾隆癸酉順天舉人候選教諭有凝道堂詩文集

眉君爲沈椒園弟子䟦宕文場多雄偉奇傑之作篤嗜諸經而於易尤用力著有易犗周易格致錄周易九卦註疏傳義異同辨其海防聞見錄一書殆客游海上時所作者歟

重九晚過梵天寺追和宋僧守詮原韻

剎竿雙影斜蔓烟合荒寺高下隨山椒秋雲滿巾屨到門月正升徘徊不忍去潮打古時塘雲暗前朝寺如此好江山登臨息游屐詩人不可見日月堂堂去

七月二十二日初食荔枝用東坡韻

今春海濱未食盧齒牙乾澀舌本枯一帆又過楚門渡寧貪玉珧甘馳驅秋風新涼披袷襦佳果宛如新剝膚顆顆晶瑩顏色殊不愧喚作傾城姝格高味厚此地無龍公風送來閩隅先生食之忘早餔蒲桃楊梅皆醜麤更誰釀得荔枝醑船橫藥玉浮明珠蠻荒地氣聚珍怪舍此不足誇土腴安得移根向西湖冰柈薦玉配蓴鱸不然去爲閩廣客日供三百亦可圖

登萬松嶺絶頂望錢塘江

螭蟠鶱翥搖重碧天眼天乳溶神液迴岡縈繞勢嶔崟雉齒
高排對廣陌蒼官青士拏空雲幽壑寒泉咽危石商飈倒捲
日魂冷矗矗翠嵐簪破壁我來振衣千仞巔手披蒙棘扶筇
策去天尺五斡元氣呼吸帝座捫星摘遡矚神州數點烟瀣
角茫茫飛匹帛馮夷偃立沙窪深掌大蛟鼉巨靈擘鐵幢洲
前片帆小越巒吳市連沙磧忽聞地軸轉鬨雷凝鰲噓沫冰
崖激飛勅六丁翻海起龍腥點點相瀰渚幻作銀濤湧雪山
横衝豎擊江心晝妖魅泣走揚黃塵罡風吹斷千波白目倦
神疲萬象空松林斜挂如弓月

玉環

地盡東南勝天開曲折川雲聯日本市風送荷蘭船逕險車

難轉山高水作漩巖疆新版築樓櫓頗崇堅

洋嶼用東坡韻山韻

耕漁屠釣百無憂海上生涯亦易謀祇爲牢盆爭雀角遂敎弧矢指旄頭三州入手輕中國一戰灰心失上游今日荒涼洋嶴壘秋風鼙鼓可聞不

游雲居山

瘦峯鎖斷帶雲痕紫荔青蘿上寺門初地爭看開士履豐碑猶認趙王孫

查祖香字薝林海寧人昌圖子乾隆癸酉拔貢官景寧教諭

薝林學有世緒少美文名與曹文敏文埴孫文靖士毅爲杵臼交兩公既貴顯淡然相忘不通竿牘人以是益重之

沈表兄謙谷大令歿於中州戍所哭輓二律

作令難如此非徒不救貧三千餘戍地八十外羇人客死原關命魂歸可當眞傳來凶問遠未必竟無因

昆弟聯中表朋儕記舊游長髯分燕尾小楷寫蠅頭會和東陽句同登北上舟招魂徒作誄老眼淚横流

周人傑字泰交號璜厓海寧人乾隆癸酉優貢官廣東高州知州

荅林芳谢宿遷贈别

一抹濃陰望裏斜晴波暖漾水梭花同舟半是同心客異地全非異品沙入世正宜裁雜韻出門端不悦紛華一杯餞後蘸清露到處吟成五色葩

高山字介如號方壺錢唐人乾隆癸酉郡歲貢官宣平訓

導

七十自壽

如此頭顱倩課書癡頑老子不材樗休嫌活計桑麻少只賸凹田筆墨鋤枯坐久持開士鉢苦吟欲跨閬仙驢百年冉冉駒過隙且養心王游太虛

我亦嶔嵜磊落人年來幸作太平民順時大似忘機者尨健猶誇說法身冷看世情春後雪偶成眷屬水中蘋天教積習難磨卻齒宿還求詩意新

青袍那敵老萊衣欲荅春暉願力違自歎半生眞草草誰憐初度更依依冷官尚滯瓜期代幽壠時瞻雲氣飛寸祿未沾三釜養敢云七十古來稀

幻身落落歸靈光耆舊先歸烏有鄉欲養目時常瞑坐得安

心法抵醫方尚能刻燭聯詩社莫管銜魚集講堂從此好山兼好水一節一笠祝康疆

翟灝字大川號晴江仁和人乾隆甲戌進士官金華府教授有無不宜齋集

杭城並江而東數十里村落萬餘率以績絲紏綫爲業罕有習文辭步黌序者獨暘嘉橋翟氏一門以詩書鳴而晴江尤稱彪怒其所居室榜曰書巢山經地志稗史說部佛乘道誥罔弗漁獵而弗炙之所著湖山便覽四書考異爾雅補郭艮維襍志通俗編其緒餘也少年結東皋吟社嗹地千言一題或數十首自三言及八九十言無體不備與吳西林居屋數里而近又延詩人朱古心任石屛于家時相從爲倡和顧徵引攟拾不免細碎之病茲特取集中之尤爲清迴者錄之以見一斑焉

甘棠村襍詠 并序十八首錄三

予居臨江鄉去城市遠風土幽奥家勤于農桑有幽人風宜于詩凡觸趣會予一一詠之存如干首舊編圖籍

經界次以周興嗣千字文而予居適直甘棠二字又近里有百年老棠樹遂以名村後之按志者知臨江鄉有甘棠村自予始

町畦縱復横楸枰畫方罫天晴蚓竅啼風定蜆絲絓鄰丈共忘機翦蔬約宵話 菜圃

笠影覆瀟灑四望碧陰開援琴坐石檻黏破新莓苔臨風七弦寂美人來不來 亭

登樓開北檻對面皐亭山野淨寒木疎天淡孤雲閒此中有眞得獨坐怡妙顏 遠山

哀舊六章 并序 錄一

已巳秋來未滿二載壘聞訃書大雅云亡知交零落懷不能已爰賦六章

毛孝廉名元存字睿中錢唐人己巳十月卒

浙水稱三毛詞壇並超軼孝廉繼而起驤子絕倫匹德櫺保粹和藝事騰蔚霱精數測周髀元音吹嶰律六書辨形聲穿貫斯與頡澶漫莊周言勃窣張憑窟靈田百巧叢獨拙迎時術公車困六上書室但咄咄屢應節鉞聘不受士師黜皐比坐堂皇青衿謹佔畢卓然五經師聲名動高秩南舟嘗荔支北轅觀趵突襆被忽從予光輝照蓬室銜杯吐肝腸倒篋示籤帙坐聽荒雞號言泉蹇復出對榻月連山旅窗樂數一遠興落彭城孤蹤復鳥疾聚散年未周郵聞語不吉姬姜泣素帷白髮倚蓬蓽阿宜復嬌小旅櫬返無日開囊玩遺書淚眼暗披拂元草無童烏誰爲事刊述

崮山

北山劖鉗髣茲谷極蔥蒨瘦幹突雲房交根絡石面陡空立怪峯鑿壁開飛殿古象兀虛光危階直懸綫當門虎豹雄靈狀咄百變淩兢阻復前望望不知倦

為葉敬思題意園圖

一分屋二分水其餘七分皆竹矣修蛇一徑屈曲蟠仰見翔空萬鸞尾問君開築在何鄉渭水淇園毋乃是不然居處共江村我昔何為未窺此葉君笑指無何鄉宿與篁兒訂生死貧家不辦買山錢青眼惟憑看畫紙封君千畝纔足豪高士一園誰為侈麄將官事了前局解組歸謀未晚耳請君高論稍卑之十畝之閒斯可已平坡曲磵因地宜茅舍枳籬隨意起即看來耳及雲仍省口三年萬竿倚戛風嘯雨伴宵吟停雪遮炎令公喜中間要讓數弓寬我縛椶毛一亭子

村中晚興

所居地幽寂薄暮客來稀一徑吠寒犬數家鳴夕機廚烟補山翠林篠暗柴扉蹋葉忽聞響鄰翁散社歸

九秋詠和家曉江大兄一錄

何人信高潔徒爾慶孤鳴秋杪不知歇夕陽無限情殘音移樹遠微思入霜清我亦蘇門客臨風嘯一聲秋蟬

雨夜發海寧訪俞祇文孝廉始乾明經

行人爭渡急渡口正黃昏出港寒烟靜鳴橈細雨繁菰蒲平蟹岸燈火溼漁村不負故人約扁舟繫郭門

橫塘

豬坊鴨舍二橋名短長橋蹔出江鄉路不遙記得往年曾借問白荷花外小停橈

倪承寬字餘疆號敬堂仁和人國璉子乾隆甲戌一甲第三名進士由編修歷官總督倉場侍郎有春及堂詩集

敬堂以詩文書法著于時府志入文苑傳

丙寅入都過泰山雲興不見山色行不十里豁然開朗喜而有作

看山竟成癖到處遲行旌泰山五岳長千里青縱横夙結攬勝願適來雲滃生不見眞面目何以慰生平驅車上石逕心齋意旋傾靈女默相感須臾巒采明山風颯然至山勢軒然呈大峯聳特立幽巖紛崢嶸排天翠嶂削撐空蓮華擎威鳳騫絳霄瑞露擢金莖以下玉屏截以上春靄迎軒昂起伏狀一一寫態淸山靈有奇緣恍若鑒我誠誰謂石無言默默頗含情不然岳何見徒使神怦怦

盱眙縣懷古用杜工部九成宮韻

盱眙南山湄泗城浸如臼雉堞宛然圍流波蕩缺口城忑矗浮屠晃朗在戸牖想當水未潴山城大於斗洪濤傾天吴巫支祁駭走遂使婦子居竟作蛟鼉藪導川順水性神禹功不朽水由地中行妙用傳希有後乃違厥度湮水水入守宣防英喆能法鑒千載後長空松風迴憑軒惆悵久掘地伊何人注海重搔首

過南天門作

巍巍南天門郊畿此屏障羣峯截紫塞山勢爭北向誰與遣五丁鑿石建閶閎一丸封秦關茲識　皇圖壯蜿蜒登峻阪馬足不敢放阨塞俯九邊　天威無或抗大山互崢嶸小山走羣浪憑虛展長嘯胸臆一舒暢門左軒楹迴秋雲飛盎盎

叢菊綴紅紫荼烟忽飄颻笑我看花人一路支行帳來從雪中來歸擬游崑閬秋冬變氣候復舊如獲搬題詩記曾游眼界洵超曠時扈從熱河回

庚辰重陽前一日過玲瓏山作

星龕巖西達陰東山勢蜿蜒如翔龍巨靈瑰瑋逞奇思大荒幻出玲瓏峯劃取方蓬最勝概要使片石尺壁無雷同我來初識塞山面窮形盡態一一羅心胸雄峻窈窕具變相鴻濛苦費鑴鑱功征途題品頗嚴覈得此萬象歸牢籠維時重陽采菊候天宇爽豁飄金風騷壇名俊扈從侶翩翩裘馬何雍容謂張莊生趙甌北兩舍人乍看駭顧靓異地頓巒諦視心神融三峯鼎峙列屏案上聳翠嶂開千重插霄淩漢護元氣峻絕不受雲霞封刪削巒岫闢仙嶠橫梁崱屴排天墉造化超忽啓橐籥

迴鑿一竅崑崙中微茫圓景小眞綷透漏兩曜光曈曨有時
罡風自噓吸銀潢碧海精靈通鵬鵾棲息扇雲翼芝英石乳
霏青紅巖際倒樹百丈松下界仰睇紛蒙茸我知月升露靄
象緯逼游戲笑舞黃眉翁左右參差湧翠巘莊嚴靜好如珠
宮石骨嶙峋植萬笏俯視喬嶽同凡庸陰崖冰雪襲毛髮陽
巘樺槲交攢叢何當飛鞋履絕頂投鞭躡景騎丹虹迴環八
面看不足摹寫何處邀天工此山移置牛女域點綴岡巃驚
吳儂瑤臺瓊室引碧檻綺戸藻井依朱櫳割裂指數衆蹟妙
那更龍沙寂歷搖霜楓嘉名肇錫傳萬古玲瓏萬古終玲瓏
詩成山靈莞爾笑攬勝奚弗來支筇

汪永錫字孝傳號曉園錢唐人乾隆甲戌進士由編修官

至內閣學士贈禮部侍郎

曉園回翔禁闈所著多高文典冊閒事吟詠亦能自暢
襟靈嘗侍直 上書房老成端恪無愧師表典山東江
西試事者各一督江西學政者一振拔孤寒以清白自
矢後以扈從秋獮卒于塞垣特贈禮部侍郎誠異數也
府志入名臣傳

饒州書院古柏

古柏出簷際託根自何年枝葉半枯槁無復蒼皮堅一幹從
西起嵯岈欲刺天生枝附其下尚能搖春煙三幹垂向東屈
折眞可憐倒懸生意絕空自相糾纏蟲蛇據其穴鳥雀巢其
巔藤蘿縛更急僅得一線延物久生變態此理有固然誰爲
驅衆侮庶使朽蠹全

自饒郡舟行抵餘干出桐口灘

欲避鄱湖險須赴內河程內河淺且窄可憂一水清近岸多
腴田二麥紛縱橫小山亦閒出竹柏皆羅生四望田舍少時

來人耦耕婦孺或聚觀吠犬微有聲天陰日易暮纔越餘千
城過灘三十里川流頗盈盈連朝得時雨惠我艮非輕前接
錦江路都是畫中行

游觀音洞

觀音巖下觀音洞幽奇本自地靈貢昔來徑過趨王程今過
仍游慮神恫寺門阻水設階梯佛殿因山缺梁棟遥觀但覺
氣凌雲初進方疑身入甕中分静室作三層旁聚緇流成六
衆紫竹原從南海來白衣總是西天送蓮臺突兀豈苔磯寶
蓋紛綸因石湩無田但恐豐年饑有窗須防盛夏凍根深祇
許老蛟蟠頂削難敎飛玃控新觀愈偉拓心胸舊諸胥酬釋
嘲弄人誰江上駕鳴鼉我自夢中騎彩鳳二妙俱從嶺外探
永與飛來稱伯仲

始興舟中

韶州以南山固佳韶州以北水亦好山水何常在適情況我往來原草草水光淸泚潮不渾水勢瀠洄石相抱絕無網罟擾魚蝦祇有桔槔灌粳稻有山看山願已盈無山看水心胡懆來朝水盡更逢山大庾重經費搜討

雨發贛州

贛江聞說秋來淺十八灘頭石初見豈知一雨忽成霖遂使雙流奔若電我自南康昨日來人言北首今宵便長川有路俯馮夷柔櫓無聲隨竹箭不覺孤城雉堞迷卻疑分野峯巒變沈沈草樹走雲烟滾滾泥沙生漩漩明處時逢鸛鶴飛暗中祇恐蛟龍現篷窗晝閉日易沈衾枕夜寒身欲顫有興難尋入境臺無心已抵萬安縣布帆安穩便欣然灘景雖奇休

豔羨

烏兜驛

客館萬山中山居趣略同白沙牛渡水丹嶂鳥吟風閉戸疑禪侶開簾問野童虔州何處是不辨路西東

南安

此去通南粤雄關地脈分水流皆碧玉山嶂入青雲曉日烏排陣陰天虎嘯羣休言風土暖木葉已紛紛

抵南康馮霽堂同年他出寄語前途相待已而遇於小溪因與劇談共飯而別

五千里外異鄉路二十年餘同榜人宦海浮沈寧有定天涯寂寞倍相親感君寄語情偏切知我加餐樂最眞已向臨江約髯李匯川同年歸帆何計喚連茵

游飛來寺

禪宮何事此飛來造物鍾靈亦壯哉水勢總趨滄海下山門長對翠屏開二禹孰辨游仙路初祖還留說法臺不覺登臨動鄉思泠泉亭畔舊徘徊

西楚霸王墓

舊愛龍門第七篇轂城山下見荒阡誰教勝算歸黃石竟使殘骸付赤泉楊喜封號晨起祇雩兒女涕夜行空艤故鄉船魯公禮在休惆悵抔土長陵亦黯然

周春字芚兮號松靄海寧人乾隆甲戌進士官廣西岑溪知縣嘉慶庚午重宴鹿鳴 賜加六品銜有松靄詩畧續詩畧

松靄宦岑溪有循政邑人感之建生祠與前令山陽劉公信嘉金壇于公烜合祀名三賢祠松靄詩有輪輿他

八開質庫荒城贏得幾閒祠二語蓋紀實也當道延修梧州府志志成乞養回籍日坐曇華館以著述爲事四部七畧靡不瀏覽尤深天文算術音韻之學纂書四十餘種已刻者十三經音畧十二卷中文孝經一卷小學餘論二卷爾雅補註四卷代北姓譜二卷遼金元姓譜一卷遼詩話二卷選材錄一卷杜詩雙聲疊韻譜八卷佛爾雅八卷未刻者爾雅廣疏海昌勝覽松靄類說桐陰隨錄古文尚書毛說補正經腋西夏列傳海昌掌故錄耄餘詩話岑政錄悉曇奧論困學偶筆諸書卒年八十七

論詩三首示武林吟社諸子

漫士宗盛唐李王繼其躅紛紛耳食流爭架屋下屋究之唐宋元何曾細寓目工拙且未論大要先忌俗說詩千萬言只此一言足

醫俗當何如惟在多讀書七錄與四部努力窮三餘醞釀既深久酥酪成醍醐銅必山中採粟非盎中儲僅以詩爲詩枵然笑壺盧

正經肇詩教上溯三百篇漢魏六朝後由唐迄時賢變古勿薄今平心無所偏多師是汝師譚詩如譚禪諸方遍參學庶幾得眞筌

安壺歌

陳默齋騎尉所藏有銘釋其篆文爲聶姐娸作安壺六字且審定其物當是嚴仲子爲聶政母作也因賦此詩

安壺銅色凝青翠生光照眼土花漬釋銘定爲戰國器篆法工整東周季古文聶與品形類（三品爲品古文亦爲聶見郭氏汗簡引裴光遠集綴參）稽春秋溯夏世諧聲減筆無疑義（唐氏九經字樣云春秋嵒北經典相承作聶北此音近也又湝化閣帖夏禹書聶作嗸此省文也）或疑姐字偏旁異須知女右吉金例（銘文作畋案季嬸鼎婣字婦庚卣婦字義母匜姑字攸姬壺姬字竝女傍在右惟劉公輔嬬字女傍在左）奵字後出韻所棄（蓋銘作攷器銘作奵按此字不見於說文玉篇郎廣韻亦不收至丁氏集韻始有之音洪訓女字當）

因銘而增也合釋三文非架偽蠕匾分明辨款識因之悅悟修書事輒深井里迺秦地秦蜀語通習童稚說文蜀人謂母曰姐茲也切廣雅又子倚切母同韻異小人有母姊嫈侍戰國策作嫈史記作縈想政潛偕母姊避臨淄一廛隱屠肆濮陽仲子枉車騎奉金奉觴壺新製安老用靳綰綽意主賓歡樂歌既醉慨當以慷孝勇備母終天年身可使報知已恩戕俠累上追曹豫差無媿髮植穿冠怒裂眥後來接武荆卿刺讀龍門傳驚生氣是母是子義烈萃女臯母敎成閨懿晉楚齊秦佮高誼此壺此時虞失墜神物呵護藏瑤筒二千餘載噩珍秘伯鼎叔彝同位置欲向雲亭問奇字原父南仲相擬議張掄王俅翟耆年薛尚功又其次集錄庶使歐陽嗜吁嗟壺兮足寶貴爰賦長歌補史記

南宋石經歌

光堯傑閣彝遺蹤云是南宋之辟雍龍眠妙繪相輝映鳳墅鋪敘何春容石經有七此其一雲章奎畫推高宗我聞思陵工八法日有課程無疎慵家學早傳瘦金體鸞綾紫錦裝重重得力晉賢三十帖洛神姿媚中藏鋒憲聖續書竟難辨白羊花下簪花從紅蟠小璽剛方寸汝觶笑酌蒲萄醲同玉兔泉付巧匠雙鈎苗髮鐫横縱祥符之外驚再見考擊鼉鼓撞虬鐘開成廣政皆惡札不數日磾中郎邕南飛白雁六更杳冬冬青雨樹森嚴冬冬霽川義士詩悽惻夢華舊恨新塡胸敲冬冬幸免焚秦火長廊寂寂苔蘢鬆況復妖髡構奇塔千夫舁舉齊高峯包氈裹席委林莽雨淋日炙斤斧衝片語倘非墨莊力層壘悉被塵埃封自序檜跋都遭掊後來作記徵石淙因思禁烟茸母緣浙臉應亦愁吳儂經書不忘忘二聖乃吟萱

草多歡悰遂使石臺擅獨絕禾絹如此殊愚惷車攻無逸盡虛設趙岐注孟將何庸宣示館閣交口讚曠代豈眞黃虞逢獻詩御首王喚子劇憐腰佩鳴瑽瑢開繙玉海三歎所咸滈修志徒爲恭是物散落有至理寧關經術通與壅撝呵曷煩令鬼守天意忠厚留菲葑五十二枚久消泐一字三字淪礦墉卽今嵌壁置黌序瀏浪如雪潛秋蛩倘遇伯支與叔夜摩挲當復珍琮瑢愛此淸朗殊瘢胝收藏堪作湘几供且就歐趙集古論百番嚮搨松烟濃

耶律文正天然硯歌

東丹王孫髯絕倫金材元用爲名臣文章藝術兩超越指揮虎僕延龍賓當日手攜天然硯錦笥同貯連城珍團圞璞玉產何所下巖蟲蛀端溪濱上有七孔羅星斗池水環繞通無

湼篆銘勁健如鑄鐵籀斯妙迹追周秦（上横刻天然硯三字銘曰體靜而默質潤而堅渾鎔不琢出自天然款耶律楚材四字皆篆書也下有祕玩小印）想公應運生甫申右丞有子家聲振松漠世澤猶未艾角端獻瑞符麒麟長征西域六萬里獨坐中書十四春茲硯朝夕几案陳重山鎮海來相親軍國大事胥立斷巍巍並著文武勳有時細草麻荅把有時阮杖吟詩新千行萬行從硯寫才思湧出何盤囷成思吉汗初開國降而稱制乃馬眞迄今五百有餘載不隨鄴瓦銷煙雲興隆筆與劈正斧往往散失歸灰塵頗憶石甕山邊路秋夜螢飛耶律墳孰若文房之中長留此共歎湛然居士非凡八

初至岑溪二首

地是龍城舊編茅數十家窮鄉無土產（新唐書縣土貢銀今不復產矣）陋室

卽官衙撫字心彌切循良願傾賒讀書松桂下寧復羨栽花

烏峽東來處田家景物新村名丁孝子石號葛仙人月湧南樓夜風回北嶺春到官惟飲水矢不負　君親

雨霽

殘暑歸何有風來無限凉憑闌長嘯處紅藕暗生香竹色兼疎雨蟬聲帶夕陽舉頭新月上倦鳥忽飛翔

茌平懷古

淩烟閣上盡公侯奇遇誰能似馬周英主用才元不測太平作相更何求生前忠孝光靑簡死後形容動紫旒羊鼻鳶肩曾共事昭陵斷碣臥深秋

紅葉

深林楓柏怯霜寒策策枝頭盡染丹孤艇有時臨水見夕陽

無限倚門看初驚照灼春花好已覺飄蕭秋雪發料得阜亭山下路范寬小景畫應難

醴陵

終朝偃僂睡偏酣好學瓜牛結小庵潤到題襟秋雨積涼從落葉野風含渡頭水急辭江右天際峯高認楚南此是文通開國地銷魂憶別我何堪

湘口

路入瀟湘流合處中州淸淑正扶輿蒲帆宛轉吹難到石壁玲瓏畫不如綠水白烟新月澹青山紅樹晚風徐悠然對此塵勞釋心遠何妨便結廬

石筍山房

堝來攜屐過僧家卓筆峯前聽煮茶山鳥一聲人寂寂空庭

細落女蘿花

查虞昌字鳳喈號梧岡海寧人祥子乾隆甲戌進士官江南池州知府有梧岡詩鈔

梧岡少時食貧力學守池陽二年即引疾歸僑居嘉善之香花里閉門讀書宵分不輟所著有廿三史攬實不芳園稿

董浦先生邀同人分賦武林古蹟得宋故宮

瞻望吳山麓荆榛何莽鹵云是宋故宮廢棄成荒土緬彼宋中葉河洛紛戎馬叶和議已乖張還都計尢左泣血挽乘輿慷慨圖大舉上策幸南陽不然襄鄧可金陵下下策猶足規進取柰何棄不顧來此江之滸魚鳥日嬉娛湖山自仰俯膽薪志竟隳燕雀堂還處豈徒地失利抑亦人心沮從知名勝區祇作烟霞主金碧昔嵯峨瓦礫今瓌堵君看北極高鳳翥

蛟龍舞形勢壓寰區萬古雄天府

蘇燦字藍圃錢唐人乾隆丁卯舉人甲戌明通榜官廣東

新安知縣

汪孝子詩

誠至可通於帝躬修作式於鄉秪目不殊盛彥繞墳人比王

章

庸德毋敢不勉天情亦貴有恆聲名長昭史冊光大自在孫

曾

汪邦憲錢唐人乾隆丁卯舉人甲戌明通榜官江蘇陽湖

知縣

湯母石太宜人壽詩

飲和食德見湘灕人瑞欣瞻頌母儀壘拜　恩綸酬壼範羣

誇仙桂好孫枝芳時苦厲冰霜節蔗境榮占雨露滋繡戸蓬門香齒頰女宗老福十分奇

造化無私視本眞淩霜傲雪有松筠桃誇度索三千壽琴怨離鸞七十春孽蠱志甘泉幾尺含飴眼見俸多緡　聖朝培養恩何厚綽楔先看百歲人

仲蘊檠字燭亭號小海錢唐人乾隆乙亥郡歲貢

燭亭與袁簡齋同庚少年同學爲詩詩成輒攜袖中過從欣賞如月於低處作湖色山漸暝時生水烟一聯尤簡齋所喜也

坐放懷亭

小憩孤亭聊江湖入望中秋山含暮色老樹健西風艸際自蟲語石花成晚紅何當吸長甕散髮醉遙空

九日登吳山

年年九日殊方臥得意今來展翠微潑眼山光詩骨健感懷
舊事酒人稀西風貼地催黃葉老樹遮天送夕暉便有茱萸
成涕淚臨風未忍插頭歸

國朝杭郡詩續輯卷十終

錢塘吴慶坻校字

國朝杭郡詩續輯卷十終

錢塘吳慶坻校字

系列叢書

清代杭郡詩輯三種彙刊

# 國朝杭郡詩續輯

第三册

（清）吴振棫 編

杭州圖書館 整理

國家圖書館出版社

# 第三册目録

國朝杭郡詩續輯卷二十一目乾隆閒人約畧爲次

宋岳　曹允文　張釆　朱光照　葉斌

吳同璿　姚邁德　殳蕙　孫謙　周青櫰

周嘉穀　李恆　章承茂　胡允文　沈度

陳景福　趙應錀　張昌基　朱文錧　施炘

陳世鏞　陳世艮　范世琦　朱喬　蔡源

岳潭　金耀辰　諸以惕　俞思謙　俞廷藻

陳浩　周星兆　張諟　祝熙　杜大魁

倪炎　顧敦臨　程潮　沈仁　關濬

吳同穀　勞雋

凡四十二人

國朝杭郡詩續輯卷二十一　　錢唐吳振棫毅父氏編

宋岳字稼原海寧人

詠蟠香和朱古心

學水作迴紋窗虛裊翠雲能傳心晝夜不惜意氤氲雅並蘭言吐清疑墨韻分每憐荀令去尚賸博山薰

曹允文字東侯餘杭諸生

登長生閣時大雪

獨倚危樓望山色朔風吹面雪漫漫興來戴笠衝寒去不訪袁安便戴安

張釆字芝仙號竹厂錢唐人有妙蓮詩鈔

曉渡震澤

天水東南合扁舟到具區風烟環四郡波浪激三吳去鳥知

何極遥峯望欲無茫茫此終古頓失洞庭湖

月夜聞笛

今夜先秋月無雲祇自明何人吹玉笛銀漢近三更正有西川淚難爲少婦情凊輝與别苦併入斷腸聲

白馬

白馬立城頭天涯芳草柔風光三月半楊栁近高樓玉笛開相引春心不覺愁何當控金勒乘醉洛陽游

江樓雨夜聞潮

山雨醒幽夢臥涼聲滿樓雞鳴海門曙人語越江秋乍可乘流去眞宜擊汏游剡中邱壑好膹欲赴滄洲

春草

百草未曾種春來祇自生偶因微雨過先有落花情廢圃郎

今滿平原幾日成天涯歸後客極目總淒清
得氣常獨早芊緜無古今柴門背人遠山路逐年深寂寂禽
蟲意悠悠天地心林棲看汝長于此結幽尋

自紫陽歸草堂寄單二

歸舟方昨日即巳感離羣寄字無人問幽懷惟與君空山初
過雨秋色半連雲暝下前峯路莓苔溼不分

雨宿小山園燈下與單二讀宋人書

高館夜留客早秋風颯然涼燈映書幌微雨溼山烟大雅誰
能作斯文今尚傳相憐足幽意所得主人賢

久不至小山園贈富春山人

淮南幽絕地園好共題詩山鳥窺閒客池花照晚枝别來如
昨日秋至輒相思賸有淹留與江帆潮去時

憶秦蜀舊游

雨零林壑盡成聲香溼山花不辨名人馬已沈雲氣裏七盤猶是向空行

朱光照字壽湖號湘亭仁和諸生

玉山道中

籃輿晚出草萍關夕照空林一鳥還今夜夢魂歸未得玉山回首隔常山

送鹿菴游楚

風雨瀟瀟江水深有詩相贈不堪吟逢人莫說高堂老游子從來易痛心

樟亭驛送人之豫章

紅霞一抹雨餘天㭨浦亭邊㭨可憐頃刻便離千里外看君

獨自上江船

葉斌字錦江仁和人有杉館閒吟

錦江館北郭之三畝諸弟子皆得氣去而錦江年六十餘頭毛禿落猶未青其衿也

憶姑蘇舊游

無端憶昔忽淒然鹿走烏飛只眼前自別亭臺三百里不聞簫管兩經年好同雲月難同夜只隔關山不隔天記得楓橋樓上醉紅屏風掩綠窗眠

蔣又新書樓晚眺

一樓寒色暗詩客半鳴秋霜冷石橋最是晚來堪畫處遠山晴補近山腰

吳同瓊字舜玉號補堂郡諸生候選州同知有補閒餘緒集

旅思

襆被從萍梗行吟一水邊曉風醒客夢暮雨集炊烟潮落潮生處花開花謝天飛飛雙燕子掠過畫欄前

荅汪大瓶谷卽用元韻

落拓身如不繫舟那堪舊恨踵新愁崚嶒幾抱虞翻骨衰颯旋班蘇武頭攬鏡看花空是色因風鼓棹水成漚多情最愛忘情侶鷗鷺無言自在游

姚邁德字民懷仁和人日升次子官直隷河間知縣

寄懷西湖春事

故鄉春事樂年年漾漾溶溶思邈然嵐氣雨餘排遠翠水光晴曉接空烟青旗沽酒花當午彩鷁行歌月正妍贏得銷金鍋子好幾回夢遶六橋邊

殳蕙字佩纕郡諸生有石林遺草

三河道中

夾岸如圖畫青山映碧川水喧疑急雨灘漲欲酉船地僻炊烟早村疎樹影連斯游殊不負沽酒小橋邊

白薔薇

一架長條萬朶春鉛華淨洗絕無塵夜深月下憑欄看不獨梅花是美人

孫謙字去矜號雨香錢唐監生有硯雨樓稾

理安寺

一徑入寒翠名藍坐紫氛鳥歸深樹月僧渡隔溪雲雙澗到門合七峯當寺分還過深草室妙諦得相聞

水雲洞

幽意得所適閒來時往還秋聲多在樹雲影不離山野水瀉
空碧夕陽明遠巒忽聞鐘出谷更欲訪禪關

拜方正學墓

北平烽火暗黃埃鐵鎖橫江一夕開海闊已教龍隱去城高
忽見燕飛來忍看十族成瓜蔓肯惜孤忠就草萊想得陰靈
應不散年年長上雨花臺

浣紗石

浮舟抱石兩傳疑何事深山尚有祠一代容華銷鹿苑五湖
烟水逐鴟夷酬庸只鑄金爲范載恨猶存石姓施今日我來
憑弔處摩挲荒蘚讀殘碑

周靑櫰字虛谷錢唐諸生有賁字齋咍存詩

虛谷有姑適陳氏者喜吟詠其子
乾緯亦能詩與虛谷時有倡和

徐大爰立繪桑者閒閒圖小照因自號曰桑者囑爲
畱題戲以桑字爲韻成長歌一章

我聞名世佐降靈在空桑我聞老氏徒著名傳庚桑我聞高隱士卜居住柴桑桑者先生慕桑者十畝之園環之桑讀書勤似惟翰桑言利恥說宏羊桑胸羅今古吐高論可偕德操同採桑使翁得時大展布何止有雉來馴桑乃心恬退樂畎畝樞繩門蓽牖以桑芒鞵箬笠頗自得行行陌上看柔桑笑與鄰人話月令季春之月無伐桑綠葉陰陰詠沃若麥聽戴勝鳴于桑任他吳蠶眠復起肯逐執筐還求桑興來一曲寫幽韻清音響發弦山桑古云子生射四方蓬以作矢弧乃桑堪嘆軟紅空碌碌何事輕離梓與桑桑者閒閒葆眞趣絕勝羲和日捧紅日升扶桑

爰立請更以閒字爲韻再賦一章

閒閒眞閒閒閒于心之閒世人求閒閒未易遂謂此生無可閒那知求閒始閒仍未閒桑者悟此妙何須天許閒白雲無心出巒岫閒人還擬如雲閒有時隨風作舒卷隨風舒卷雲非閒素鷗忘機立沙水閒人更說如鷗閒有時窺魚思啄食窺魚啄食鷗非閒有人賦閒居乃歎在居閒自謂爲政拙投閒未安閒何如我桑者在在皆成閒空階偶企立階亦因人閒町畦偶獨步迮地何寬閒有酒卽醉無卽止豈必不放杯中閒余亦識閒趣爲翁歌閒閒爲翁歌閒閒無端拋卻余生半日閒

周嘉穀字寶之雷次子錢唐監生有句餘書屋詩集

寶之應京兆試屢試屢擯橐筆入幕府游跡不遠萬里性不吝施予金錢入手輒盡年四十卒

郊行卽景

漫尋春去走春郊屈指芳時三月交冰解乍流橋下水鴉寒猶護樹頭巢淸明節怪農占雪花信風愁屋捲茅消受邊城如此景江鄉眞悔十年抛

村行夜歸

村路逶迤暝色連游蹤乍與夜爲緣樹奇於鬼來當面車快如風去挾仙山月上時三鼓近竹籬疎處一燈穿僕夫豈解憐淸景指點高城在眼前

挈眷歸省留別用韜九來韻

高堂歲歲念游盤乍報歸期意巳歡金盡尚多三宿戀累添惟祝一帆安平時并食連廚爨今日隨陽各羽翰只爲思親行莫阻折將秋梆涕闌干

李恆字敬持號東里仁和諸生

敬持本姓鎖，冒舅氏姓，居菜市橋東岸花斗巷。以貧故奔走衣食，後爲北游，卒于京邸。

游白嶽

山行我力疲，看山我心押。況當積雨開，入山清與洽。歙州萬山中，青矗紛巢業。白岳與雲齊，奇峯天半插。籃輿仄逕行，天門劈石峽。層層最上頭，霜花落翠甲。上有太素宮，清淨脫塵劫。至今聽鼓鐘，雲壇護寶法。面峙香爐峯，可指不可扱。背張紫玉屏，森然列松翣。五老環其旁，高下宛相狎。黃山露高稜，幾點勢先壓。任意之所之，陟險喜不跲。石隙漱飛泉，噴珠濕簾押。空外削嵓風，撲面心膽怯。應接總奇觀，躋躡想陰愶。久住知緣慳，暫游亦意恰。何當信宿留，庶可豁拘狹。

晚上黃山宿雲谷寺

昔聞黃山足未經指點圖畫摩空形奇峯叚列三十六一一
高矗侵元冥我來齊雲看不餍道過山麓愁天暝列炬上山
逐同隊捫蘿歷險忘絕陘懸崖飛瀑千丈落昏濛不辨憑耳
聽氣喘足疲路愈遠欲上不上依危亭山人導我行轉怯林
端火影飛星星旁有石壁忽僵立陰劈一徑張雲屏須臾漸
近雲谷寺空外不絕傳風鈴有僧出門導我入如披雲帘開
重扃飽飯上牀一睡足破曉直欲窮崢嶸仙掌蓮華紛莫數
天都戌削凌天青此山當作十年住領畧足可酬山靈不然
雲海從人說望洋浩歎同滄溟

曉發姑溪泊釆石燕集太白樓即用張古山贈別元

韻

侵晨小雨溼行旌飽趁檣帆畫鷁輕醉我數番花有信送人

三起栖多情雲横牛渚山光遠歌發江樓春思盈此别不須重惆悵姑溪六月待酬觥

章承茂字佩九號退圃又號醒齋仁和人藻功孫

退圃早失怙恃能自樹立嘗游粤東主講岡州書院又歷青徐諸州遇佳山水輒有題詠歿後其繼妻沈氏年甚少矢志撫孤見沈梅退圃遺槀䟦其子名尹斌

除夕題壁即寄培根家兄

又是韶光一度遷客窗孤坐聳吟肩傷心此夕名除夕轉眼今年作去年柏葉暖浮新漉酒布袍寒戀舊裝緜鶺鴒原上相思苦珍重郵筒半幅牋

先君子忌日

風樹含悲已四年年年此日倍悽然圖書豈敢忘先澤涕淚空教灑遠天夢斷吳山雲縹緲愁深淮海雨漣緜蓼莪不是

尋常什干古傷心第一篇

皋園看梅（園舊爲嚴少司農別業有清較閣藏書萬卷滄浪亭爲梅村吴先生題了公池宋先賢故址也）

城東步屧問滄浪繞逕寒梅自在香韻落空齋人索莫夢回殘夜月昏黃了公池畔蕭疏影清照樓前冷豔妝側側東風誰是主獨留春事傲羣芳

病夜書懷寄陳進士翼九（名鳳舉錢唐人）

遣愁時復醉春缸蓬梗生涯滯皖江幾杵晚鐘雲外寺一梳涼月樹邊窗科名本借文章重貧病能教意氣降喜爾祖生鞭早著龍文會記筆同扛

胡允文字彥士號容齋仁和人有藝經堂遺詩

容齋居艮山門外沙河塘瓠落無所容貧亦日甚惟以冷吟閒醉自娛而已後以咯血疾卒年三十七不娶無

子遺稾若干爲其後母所燬

春陰

簾捲峭寒侵低簷暗不禁似人愁脈脈無雨晝陰陰暝色凝烟早花光隱樹深踏青期未果莫便有新吟

留別同社諸子

杯盤高會卽離筵未唱驪歌已黯然酒散曉霜殘角後人行紅樹白雲天了無長物爲家具漫說居山有靜緣同社羣公倘相念郵筒莫惜寄詩篇

沈度字師度號天橋居士仁和人

題憩龍堂壁

有客尋蕭寺閒行枕碧流山幽傳萬籟興至喜三秋虛牖涼颸入炎威衆木收我知龍憩穩高臥更無憂

陳景福字履百號石泉錢唐人有舒懷集

石泉與朱朗齋文藻同館振綺堂汪氏甚久朗齋稱其性耿介不苟取予嘗手編祖父伯叔遺詩曰潁川家乘惜無從覓得之

藏扇

太息團圞扇驅炎藉爾勞相依經日久分手爲時遭憶舊有同感養才須暫韜多情寓微物慷慨屬吾曹

寄泰園大兄次逸樵弟韻

性嬾常疎客蓬門竟闃然懷人及秋杪落葉滿窗前雲水淡無際窮愁邈各天淩霄看振羽蕭寂歎年年

石筍

壘嶂重巒矗幾層抽芽豈必待時乘在山何意來塵市出地無心向老僧似竹一林皆挺拔此君千載總崚嶒任他霜雪

頻磨折瘦骨珊珊不掩稜

首夏朱朗齋自海昌歸出示重登鎮海塔詩索和即次其韻

昔年曾共江樓坐幾度飛觴候夜潮東海浮槎懷壯志迴塘登塔負佳招人羈塵事身如縛夢歷烟波路不遙吟罷君詩味餘韻小窗孤影嘆蕭條

再寄逸樵仲弟

江天一臥水雲寬異地鶯花獨自看別後無書非忘汝年來有病只求安湖山曳杖悲陳迹風雨聯牀憶舊歡（逸樵假館靜寄東軒常得與主人共追湖山之勝自入楚後主人即世風流雲散不勝慨然）堪笑余生未四十齒搖髮禿漸如韓

趙應綸字貢三號恆齋仁和諸生

恆齋爲汪魚亭比部之甥比部家有園池之勝吟朋雲集乾隆丁亥舉投壺詩會同人以賦詩爲課稱韻事焉數年而後比部歸道山朋舊亦皆聚散不一而恆齋以諸生屢躓場屋里居不得志入都爲進取計癸丑之歲竟卒於京都

滌硯池放魚歌

滌硯池水碧於油壘石犖确島嶼浮朱鱗火鬣誰蓄得咫尺直是濠上游一寸二寸不勝數圉圉洋洋忽巳悠活之只此升斗水引之那用珊瑚鈎臨風舒錦碎作浪餘霞成綺落處流墨波如雲足吞吐杯盞有洞恣探搜我來觀魚得眞趣應接不暇繞四周高誦南華秋水篇一笑問君知樂不

子午蓮

花才貼水葉田田占得方池也號蓮子夜月明籠薄霧午風日暖帶輕烟一般欲語嬌無力分著新妝我亦憐試問北窗

高臥者遠觀褻玩不知年

納涼戲效香匳體

手持紈扇出中堂薄薄羅衫豆蔻香忽見池邊蓮並蒂此身

納得是淒涼

張昌基字培之號裁軒仁和人

裁軒館振綺堂汪氏與朱朗齋校理藏書年未弱冠咯血以歿

秋懷

弱體偏多病秋來强自持蕭蕭生寂寞聊寄一篇詩

納涼

桐葉傳聲已報秋一天酷暑未曾收悶來轉覺吾廬熱買得

松舟且出游

朱文鎧字殿揚號逸菴仁和人

逸菴金氏子父客死朱仙鎮朱閒齋文藻父撫之成立遂冒朱姓年既壯往尋父骸有舊時逆旅主人尚存指示厝所則河溢土湮柩無所得扶服哀號禱於神明有術者能圓光視光中所現埋柩形勢乃仿彿其處掘地得骨滴血竟驗負之歸祔葬朱氏祖塋之側人咸謂其孝焉沈畊寸超舉培風詩會逸菴嘗參厠其閒五十歲後竟以貧死府志入孝友傳

秋風

閃爍孤燈計欲遮寒欺庭樹幾枝斜吹醒茅店不成寐顛亂蘆洲初放花數點飄來中夜雨悲聲引起暮城笳緣知肅殺行金令太息風前憶物華

秋雨

灑入疏林韻頗幽濃於玉露綴枝頭滴殘梧葉空階冷溼膩天香一院秋夢後忽驚頻淅瀝愁中獨聽愈綢繆那堪催促天涯恨夜半乘風到客舟

錢江秋渡

白雲回首望江城去矣中流鼓枻行寒雨重陽先應節孤村紅樹獨關情蒹葭自結伊人想鴻雁還爭越客程此日側思張掾意臨風應巳憶蓴羹

施炘字慕白錢唐諸生

懷王荻舫羊城

嶺南同作客往歲其言旋又訂重游粵臨期各著鞭今秋與荻舫相訂重作粵游瀕行時余以應根石明府之招不果日斜揚子渡春暖蛋人船相憶情難盡離愁寄遠天

詠七出蘭

何春巢寓雉城所居靜者軒秋蘭盛開中有七出者繪圖徵詩

天與芳心似有私宛如六一好丰姿香分楚澤初紉後花放銀河朝渡時寫韻應須推栁永裁詩誰復抗陳思七絃爲譜猗蘭操說與靈均恐未知

重九前三日李友霞之羊城述懷贈別

風流爭比杜樊川烟月吟懷寄畫船蓮幕今纔通末契篷窗昔已結詩緣丁酉夏余至潮曾於六篷船中題詩三首後友霞見而和之每逢故鄉游客輒訪余今年夏五友霞來韶始定交交情似水三秋澹別緒如絲九月牽惆悵湘江門外路西風催送片帆懸

七夕悼亡次李義山七夕詩韻

誰知死別卽生離不及神仙會有期卿在九原思我日我當七夕哭卿時鼓盆難作忘情語彈鋏還嗟見事遲遙憶繐帷明月下飄零遺挂冷蛛絲

已未元日以朝元端硯一枚元寶茶船二具贈朱朗齋親家爲致新歲吉語朗齋酬以詩即次元韻和之

硯田茶具未堪珍只抵銀旛彩勝陳漫說文章憎命達由來詞賦可周貧餐惟菽粟書中產老作芙蓉鏡下人珠玉見貽詩格細筆花爭與歲華新

陳世鏞字芥舟仁和人

鬬草

時節漸暄妍繁英媚晴昊游子惜春華美人妛芳草繽紛綺席陳襆沓羅衣繞摻手暎柔荑一色呈美好爭誇名品貴共賭采摘早珍芽與翠甲處處勤折拗檢點除艾蕭搜求到萍藻行愁闌檻紆兜訝裙衩小倖勝起衆譁慙輸露微惱不知芳歲闌豈識紅顏老日晚倦嬰游香逕歸悄悄

陳世𣒚字楚山仁和人世鏞弟

瓣香吟會各詠同姓詩人賦得明檢討公甫獻章韻用楚字

道人畏炎炎與世常齟齬黄犢尋溪山藤蓑飽風雨栽芋行荒園燒松下平楚意超造物表餘子焉足數論詩主性情亦貴風韻舉如何稱二妙遂欲兼邵杜東西分食宿要是欺人語風烟月水閒落落具機杼不見弇州生晚節最相許謾云道學宗斯人已千古

范世琦字景韓仁和人

瓣香吟會各詠同姓詩人以己之某甫為韻賦得宋隱士茂明浚用景字

世治諱高隱世亂見骨鯁宋衰秦佞生忠直羅災眚先生賢

艮節抗志不入境傳著嚴陵操行止時爲景履虎咥人凶郎
鹿走陷穽所以幽人貞占吉香溪泠

朱喬字南有仁和貢生

瓣香吟會各詠同姓詩人賦得元提舉澤民潤德韻

用有字

夫子秉奇尚前身鬱林守山水蟠心胸筆落包衆有當其快
意時造化若在手卅載杜門居孤吟欲無偶看梅憶坡仙吹
笛感江叟理到詞不凡新詩滿人口畫事掩其名斯言竟然
否三歎懷清風金石詎云壽

蔡源字濬川號壓烏仁和人有壓烏山房詩

壓烏居李博士橋瓣香吟社中人也家有恆業性旣耽
詩置之不治數年間耗散殆盡客游保定以詩見知于
汪上湖俞滄山李柯亭諸先生或有勸其
謀斗斛之祿者輒笑謝之益專其力于詩

偕古鐵東皋過西林先生郊居不值沿沙河至慶春

門而歸

讀書不求官奉佛不求福譬如嗜飲人舉杯意自足西泠有
隱士巢由繼高躅每于文字餘常造清淨域春風動勾芒歲
事忽改朔先生畏俗喧超然謝朋族幽蘭香在庭竹影覆窗
綠琳瑯千萬篇一一堆青玉憶從吟社初巨眼爛明燭五載
如隔晨清吟期共續（先生曾共聯䂨梓吟社今已五年矣）還望半山岑村烟澹
晴旭

佳人雖未逢佳與猶未闌還遵去時路散步河之干春波澹
瀲綠風靜波不湍迢迢石橋西大道臨通關寒城屹相向勢
若蛟龍蟠上有跨海樓迴出浮雲端下視艮山小烟樹靄團
圞尚憶憨道人築室依迴瀾清詩寄朋舊長揖辭達官我欲

與之語惜哉骨已寒東風吹凍畦麥苗秀可餐枯桑漸和柔不聞落葉乾道邊梅樹花紅白交枝間茅茨掩香霧護以萬竹竿我生本蕭散遇物輒自懽欣逢二老俱得盡半日閒爲君沽美酒一笑開塵顏

游葛嶺轉黃山積翠

出郭便淸幽山勢屹相帶登臨不在遙葛嶺素所愛雨餘嵐氣浮日薄林影碎微風吹襟裾飄緲入烟靄石瘦蘚作斑澗幽泉動瀨盤迴境屢遷孤絕一亭介森然冷氣逼迴出浮雲外精廬蔽重林出入行逕礙盡日不逢人撲撲犬迎吠山僧乞食還破衲行自背罍客賁香茗深談恣情快還期踏重嵓更指淸涼界

山幽日易昏谷靜鐘相荅殘霞已耀林薄霧猶礙塔雲分晴

雨半花亂紅紫襍十步九回頭峯峯互開闔山陰賞更佳蒼翠遠近挼披荆覓徑荒壁削石子滑欲歸殊未甘直下情屢怯淩兢足頻戰呌笑手共拉竹茂鳥嚶嚶松酣風颯颯前臨稍曠平苔石靜可榻黃龍欣在目曲折郄路踏盤藤走蒼虬鋍乳迸飛霙相於漱清甘三嚥飢腸壓

初夏山居襍興

孟夏景物佳山居有餘清綠林森已布黃鳥閒關鳴窗中黛色淨枕畔風松聲雲峯互稠疊蘿月澄虛明僮僕半麋鹿盤餐閒芝蘅了無區中緣遂此物外情谷口非所慕武陵空强名窅然元豹姿永與烟霧并

北平道中

年年作詩送離別綠酒紅亭待君發今年作客辭故人殘栜

依依不堪折征途苦長日苦短坐使風霜侵鬢髮車聲馬聲聒聽喧屈坂長原恣超越眼昏頭眩口焦燥意亂心煩數嘔咽北平地高候早涼八月九月天雨雪刮膚北風利莫當擊面塵沙浩如潑儒生目前每自矜萬里須臾信口說一經途路便淒然始信慵疎今在骨荒村著腳倦且甘埜飯充腸飢可惋不須敧枕夢魂啼又聽荒雞叫殘月

月夜用放翁芳華樓賞梅韻

天東完完挂銀月月下梅花更幽絕不須燒燭照明妝已覺流輝添秀色臨風遥望思盈盈對客無言愁脈脈籬角牆頭見清瘦山中林下知標格今年雨雪春游惰幾度春風吹夢破尋詩空憶故人俱酌酒仍依流水坐而今人去花依然明日花殘一鳥過去年春日邀諸丈仿亭古鐵枅洲諸同人坐梅花樹下小酌賦詩劇歡而散今仿翁仙逝

古鐵翁客閩撫景增懷惻然有感急須掬水浣枯腸要嚼瓊英壓凊餓

得朗齋書知同社諸君消息

九峯已歸鐵橋死寂莫吟壇子朱子孫半峯胡莿唐沈玉屏魏栖洲舊且仍只有孱鳥歸未能湖烟山翠供嘲弄梅發東園詩思動我今漂泊混泥沙空擁寒氊尋舊夢賣書買米還自炊東家西家笑我癡我癡我鄙我自知人生得失無了時安能齷齪爲人羈

龍王塘故宅

白煙生晚眺黃葉鎖寒塘去郭茅茨僻還家歲月長畏人鄰犬吠入饌埜菘香一笑眞吾土積然月在牀

栖絲

春雨細如絲春風颺栖枝可堪花撲面其奈酒盈巵人去愁

仍繫庭空影乍移更勞縈曉夢千里有佳期

初春紫陽寫望用石壁舊韻

海國眺頻瞬春陰鎖萬家嵐光浮檻出江勢抱城斜遠眺隨南雁春愁在落花沈吟忘薄暮林外散餘霞

岳潭字湘庭錢唐人

湘庭爲岳忠武王之裔淸貧自守家於忠武王廟之右其家藏宋高宗賜忠武王手勅眞蹟一卷乾隆癸未正月舉瓣香吟會於紫陽書院湘庭攜卷赴會同人聚觀皆有詩題卷後湘庭亦有詩雖不甚工然忠武後人今無幾家而知書好事者獨湘庭一人且西湖諸山能詩者徐覲海蕭立遐而外亦惟湘庭一人徐蕭皆久宦在外獨湘庭居湖上詩侶淸游輒復造訪其後數年遽嬰暑疾以歿無子聞宋勅卷子爲族人弆藏矣詳見碧溪詩話

家藏宋高宗賜忠武王手勅眞蹟

紹興天子都禹杭勅令將相重開疆同時諸帥盡鷹揚精忠

獨賜我先王於維我祖功第一肅清羣寇如驅羊獎語溫言不可數御書親札常相望至今六百有十載人間猶得窺天章嗟余小子生苦晚一朝獲睹神驚狂烟雲漫滅風景變蛟龍鬱律鸞鳳翔行間疎密帶行草申飭大義何輝煌憶昔先王受此勑爾時正守廬山喪累乞終制詔不許六月促赴屯襄陽想當臨几灑翰時廟算直欲窮要荒腹心手足有何間父子兄弟誠難忘我觀金陀舊本皆不載豈以沒入南庫多遺忘太宗樹立甚宏遠賊臣謀國終不臧可憐一日定和議遂令萬古無綱常豐公已去福公走汴水空流湖水長五國城頭雲欲沒德壽宮中樂未央同是君臣與骨肉空傳此勑令人傷

初春紫陽寫望用石壁舊韻

瀟灑城南墅誰當此繫家尋詩松逕曲點筆石欄斜返照明
疎竹融風發野花囂塵自茲遠不必訪烟霞

金耀辰初名崇杓字北瞻號桐巢仁和諸生

桐巢父文濤山西絳縣尉卒于官桐巢早孤自山右歸讀書于張仲雅大令夾牆巷故居嘗覩梓人伐木柿得句云斤運風生葉蹔秋長老咸驚賞之熟于蘇詩嘗集蘇句信手拈成如自口出家赤貧賴授徒以將母有弟十六早夭妻又死無子惟與老母相依爲命最後始買婢生一子屢躓棘闈年逾五十以貧病遽卒母年八十餘子僅六齡一天所以待之者何其酷也仲雅大令言與桐巢共讀時一夕業師鄒介如先生他出不歸讀至丙夜膏油未竭而燈草已盡僮侍無在者距內室遠倉猝不可得桐巢坼故緼袍撚絮爇之當時服其智

友人惠梅移栽得活口占誌喜

孤山處士忽遷居恰值甘霖雨日餘柯葉全然無改色天公
厚意亦憐渠
休論南枝與北枝高人何地不相宜從今耐過冰霜後結實

調羹會有時

友人惠貓

斑斑虎舅逞威嚴（貓名虎舅見放翁詩自注）聲價應酬萬貫縑（張博家貓名萬貫見記事珠）堪笑貧家無聘物（山谷詩買魚穿柳聘銜蟬）小詩聊代水晶鹽

和張仲雅治春絕句

衣香人影共朝昏銷得誰家蕩子魂萬點落花千點雨年年三月記春痕

穠桃不隔霧中看淥水初肥欲畫難雙槳送人天上去浪花如雪不生寒

白沙隄畔好閒行春服初成稱體輕人與桃花相得氣只愁啼斷柳梢鶯

諸以惕字念齋號愚菴錢唐諸生有愚菴詩稾

愚菴甫墮地而母氏亡其父執西麓孫公謂八字刑尅過重須終身憂勤惕厲故名之日以惕屢困鎖闈嘗入八閩遨遊豫楚江淮間游屐所經積詩成帙兼長古文爲一時名公卿所推許云

春夜步月

緩行從北郭晚食別東家好趁天邊月去看湖上花楊枝低拂水桃蕊淺籠沙此景誰人惜凝思空自嗟

仙霞嶺遇雨

仙霞最高處設險有重關風送無邊雨雲迷不盡山自經行役苦方識里居閒願作垂綸者一灣秋水閒

夏五過昭慶寺戒壇

勝地尋游慣人傳古戒壇乍看新結構重憶舊盤桓梅雨今年少桐風鎮日寒巖棲如可遂吾亦厭儒冠

冬夜坐雨次雪樵韻

簷漏階前滴聲聲入夜濃雲迷遠岫月風斷隔林鐘是夜雨酣不聞聖因寺鐘聲得句君偏捷鈔書我最慵西窗憑翦燭一話此萍蹤

冬夜坐雨

斷續空階雨淒涼古寺樓慚將蒲柳質思逐稻粱謀落落誰青眼蕭蕭巳白頭愁腸千萬轉坐對一燈幽

俞思謙字秉淵號潛山海寧人有姑射山房詩草

潛山倜儻有風節晚治經海寧之言學者首周松靄先生其次必稱潛山嘗著海潮輯說阮制府元甚稱之少學於桑弢甫弢甫詩侶歌所稱思謙仙思飄烟嵐者也酷喜太白詩手輯箋註援據書籍至數百種見者服其賅洽又以史傳載太白事多疎謬作青蓮本事詩三十六韻以補正之

送贊山姪之粤西

聞子將遠行悵然生離愁子行向何處日至西南陬桂林山水窟自昔征軒留我愁何爲乎爲子言所憂粤西省城外十

府十八州其半有嵐瘴晨夕如烟浮青草盛於夏黃茅作於秋起居稍不慎中人如戈矛子今寄人幕行止難自由未知子所依能得善地不愼勿侵晨起愼勿枵腹游氣避香如蘭勿使與鼻謀水避色過妍勿飲憑祥流憑祥溪水最妍麗日曬則五色甚美必甚毒避之如避仇飲食務謹節藥餌毋輕投惟有鹿洞茶服之庶有瘳其餘故自佳處處林塘幽山如畫屏風有鳥啼鉤輈水如蔚藍天有魚泳輕鯈清暉能娛人況子工吟謳明年三四月江干望歸舟錦囊出佳句子唱吾當酬饒州臨鄱陽有子方依劉過郡乞傳語數數通言郵子賓華在饒州郡署

子賓華又有江右之行詩以送之

維昔少宰公二十遊京師吾祖及吾父服官同驅馳此事竟成例行行及吾兒頻年江左右舅氏云可依亦知我念渠四

載三旋歸然而甫到家輒欲諏行期誰來驅汝去無乃因奚飢不惜遠行役謀此菽水資人生父子聚此樂尚易幾何爲近亦難恆苦見面稀老夫情懷惡數日先不怡勸行情豈忍畱行計還非買藥愛當歸看花恨將離苦辛非食蓼苦酸非食梅展轉無柰何躊躇臨路歧恐傷子懷抱別淚不使垂此別幸不遠言歸赴鄉闈五月盼歸舟來自河之湄吾家舊桂樹望爾攀一枝祿養尚可遂庶免長暌違

杭州六一泉旁舊有正氣遺愛先覺三祠而地極湫隘阮芸臺中丞因于金沙港建大閣以分祀之并增四十餘人思謙七世從祖節愍公元良得與焉因賦五百字以謝

西湖孤山上舊有祠三楹其一曰正氣崇祀諸忠貞其一曰

先覺以祀鄉先正從緇衣讀平聲其一祀循吏因以遺愛名其地若
湫隘不足棲神靈移之金沙港定議繇中丞前祀或未及攷
覈爲之增吾家節慤公亦得邀升馨節慤史無傳事詳諸誌
銘請抽虎僕迹以備鴻文徵明社旣已屋福王棄金陵潞王
亦棄杭迎降至皐亭魯王始從台監國來紹與桓桓熊侍郎
汝霖提兵趨海寧林侯奎巳歸去求代無人應衆推張待軒
次及陳彥升張以母老辭陳辭將有行節慤獨慷慨與衆同
齊盟義聲激志士壯氣憑危城千戶朱大綱都司蔡國瑛指
揮姜國臣佐以隱石偕節慤攝縣事監此諸軍兵城守尚未
畢督府軍來征烏合本難抗螳臂徒思撐聲巳死鼙鼓影猶
搖旆旌西城方力守忽報東城傾都司箭中脰千戶刀戕膺
隱石歿于陣指揮軍散營節慤入雙廟自挂東南楹一時偕

死者更有同產兄元禮兄子翔南及已子煒南相繼俱自經

明日兩義僕俞闐偕章聲負屍歸以殮面目猶如生袖中絕

命辭悽愴傷人情可憐蔡都司難亦全家攖時惟秋七月上

弦平如繩果應六月中飛雪街衢盈事閱百卌載曠典頒

彤庭明季殉節者悉與加褒榮節愍得賜謚祀典兄同承

舊祠在鄉校咫尺瞻儒星今又得附此列坐陪羣英羣英萃

海內年代逾千齡本爲河嶽降合作邦家楨世運逢鼎革仁

以捐軀成正氣塞天地想見長嚴凝中丞大手筆作記追西

京勒碑高樓上恰映湖光明賤子感德義深情以詩鳴吟成

五百字敬向輶軒呈

以趙松雪書與張香巖易王右丞山水小幅憶誰園

向贈余鄭司戸秋江把釣圖可稱二妙歌以紀之兼

呈誰園香巖

古來畫苑難具陳要其大者可得論詩人之畫清以敦吉光片羽皆堪珍畫工雖佳非絕倫有如好鳥拘籠樊乃知胸無詩書存經營慘淡徒紛紜輞川滎陽並詩老偶爾作畫還超羣得於象外信有神能令觀者皆忘言希世之寶多沈淪流傳何幸垂千春二者得一亦已足況復兩美咸來臻去年我友陳誰園贈我一幅秋江瞰老翁把釣楓水濱蕭疎紅葉飛翩翩台州司戶留手痕價値不啻千璵璠竭來爲訪香巖君壁閒古畫偏清新峯巒重疊何嶙峋樹木𥚃亂交披紛細辨一一皆可分山有層次樹有根右丞妙筆絕問津願言致歸伴幽人趙書六幅骨肉勻神妙不減王右軍仇池石易韓幹馬古人有例吾遵循明窗淨几清無塵摩挲披弄忘朝昏秋

江之魚多鯿鯤秋山之木多輪囷二圖山水頗不俗而我亦
是清閒身何年買山結柴門忘機日與魚鳥親只今且看畫
中雲臥游日夕聊當眞詩成傳示數君子爲余速和無逡巡

石鼓歌

小雅之材七十四大雅之材三十一詠歌田獵美周宣惟有
車攻與吉日岐陽之蒐屬何人成王以後惟西秦鼓詩不類
周召作頌同駟鐵車鄰鄰我更考其時與地地在吳山汧水
次舫舟西歸來可知亞若其華時口記周都豐鎬秦關中西
魏亦都長安宮準諸西歸皆不合其地並在汧岐東史記竹
書水經注曾載秦文游獵路汧水神魚五色傳其鱒黃帛猶
如故我思秦文都西垂四年春蒐來汧岐歸舟從汧泝渭去
地望既合兼春時摩挲舊搨十餘載想像眞文藴光彩今年

五月到成均果見橋門十鼓在石質堅重石色青疑是十箇天錢星不知何年隕下地至今猶作團圜形自從刻詩始稱鼓古篆年深蝕風雨要是周京遺法存籀有雲仍斯所祖蒼堂之說殊飊新大統西獵冬非春況復十年十一月是月之內無丙申南北史大統十年十一月無丙申日與鼓文日惟丙申不合

焦山古鼎歌送借菴僧歸焦山

江中焦山何離奇碧藺苕涌青琉璃我曾四度過其下未得一上眞堪嗤傳聞山寺有古鼎夔而不見空相思昨者山僧自山至手搨銘篆珍相遺篆文九十有五字點畫曾不差毫釐或云南仲見二雅出車固是文王詩常武因孫推及祖康成之說不可移顧我所疑非在此請陳一語明其疑文王稱王在身後詩書並係追崇辭胡爲銘文稱王格王呼佐王頻

書之觀文考義定厥世此銘要在寧王時是時南仲應尚在
顛天生活倒可推三千餘年闕蹤跡卻來江島依僧祇山中
尚存瘞鶴銘上皇山樵書之碑或云逸少或陶顧紛紛辨論
其辭枝豈如此銘出史友字體直壓籀與斯義之俗書尚不
識況乃隱居逋翁爲秋風吹水生漣漪僧來別我歸江湄比
聞詩卷日以富邇又頗得交袁絲謂隨園可持我說試往質定
當相合無參差他年我若到山寺再與暢論焦先祠

查憺餘比部以所刻唐書合鈔寄示作歌奉謝

作史必兼才學識此言創自劉知幾三者缺一皆不可闕二
千載無能遠唐書新舊今並在互有得失人皆知顧所論列
尚未盡我請約畧申言之舊書才學並優贍所少在識斯其
疵太平如何入外戚更附懷義尤堪嗤陽城歷官在中外列

諸隱逸無乃非皆由胸中無卓識故令筆下多參差新書改入卓行傳然後位置得其宜吳興老儒沈東甫炳震以新補舊重爲釐李清昔注南北史體例是否同於斯王阮亭言李清以入書注入南北史中何爲有補仍有闕自亂其例滋吾疑番將傳中既闕二李謹行大柰史外戚傳亦有所遺鄭光此外錯誤亦尚有偶然疏漏無庸譏僭餘比部爲校刻佐其事者云丁儀子復不獨有功在前輩嘉惠後學無窮期昨以一部遠寄我先覩爲快忘朝飢所闕三人應更補無使一簣功猶虧

送陳誰園之徐州

明月黃樓夜風流五百年夫君今獨往佳興繼前賢柳色離亭別梅花驛路傳相思不可盡何日賦歸田

青蓮居士終於唐寶應元年十一月十日今乾隆壬

午恰千載於是日懸像修祀賦詩徵和

青蓮邈千載大雅在人間妙句如明月孤高不可攀樽罍羞新酒巾舄仰清顏共奠東軒下仙風泝海山

天竺寺

杭州三竺寺殿宇遍雲岑但覺廊頻轉不知山巳深松花閒自落桂子杳難尋卻愛叢篁下斜陽綠滿襟

冬日曉起待槎客未至

侵曉披衣起庭前月尚明風徐殘漏急寒重敝裘輕我友行將到扁舟想自橫無由便相見惆悵隔重城

從靈隱寺至韜光菴作

誰從絕頂置茅亭獨倚危闌望杳冥一片湖光生遠白萬重山翠落空青泉經竹竇歸傍澗風送鐘聲度曲欞我欲屏除

人事了御來於此誦黃庭

渡黃河

迢遞鄉關遠艱危客路多秋風吹木葉落日渡黃河

洶糜泉

清水可洶糜下多硫黃石煖氣蒸爲雲朝來滿溪白

憶淄川

今歲淄川兩度行高家池館最留情日斜風定青山暮白鷺如雲盡入城

曉起即景

曉起尋香任意行庭前風景畫難成流鶯未囀燕猶睡花片觸階時有聲

牡丹

一帶紅樓映曉霞牡丹百本繞樓斜人間富貴都無定羨爾
春風歲歲花

俞廷藻字翰采號掞亭思謙弟海寧監生有覆瓿集

掞亭工臨池嘗游青徐燕冀間馬背船唇時有吟唱晚年就養蕭山學舍優游以終

和成孝廉衛宗朗吟樓晚眺原韻 樓在滄州南河邊

暮倚危樓對碧川憑高遠眺白雲邊烟横沙岸千重水風下
輕帆一葉船野渡人稀村市散塞門霜重雁行連樓空何處
尋仙迹未遇洪厓漫拍肩

題釀春亭

闢得官衙半畝餘小亭屹立四圍虛窗延爽氣青山曉戶繞
清陰翠柳疎晚榻罷琴來語燕午欄落子散浮魚知君非爲
耽游賞欲釀春和徧草廬

秋郊晚步

八十衰翁玩物華閒扶鳩杖望禾麻斜陽影裏歸來晚獨倚柴門數去鴉

泮池春興

天桃一樹任攲斜老幹旁枝並作花陡覺小窗春意滿簷官當午已排衙

陳浩字志完號星衢海寧監生論曾孫有碧涵奉塵編

海市歌呈太守筠圃叔球

我聞仙人洲在三山島上有淩虛臺閣之縹緲界以弱水烟冥冥欲往從分道路杳須臾來謁叔東牟東恍然身住蓬萊宮偶緣聽客說海市齊諧詭怪將毋同跡所未到聽已竦雲濤撼座色爲動頤顊罔象驅馮夷幻出瑤房開眼孔客云可遇

不可求貝闕匿采難容搜況今苦旱神龍偃孰排閶闔鞭
浮私心耿耿海若鑒律吏忽報層樓現急招賓客趨海隅爲
我驚喜誇創見初升雲氣光有無漸看歷歷如方壺得非中
有羣仙戲霓旌翠蓋爭紛敷翻疑昨夜夢如此神變揮霍誰
能擬一片端溪墨霧蒸空中樓閣毫尖起好境過眼虛徘徊
泱泱漭漭天風來樓船不返徐福邈何如坡老雄仙才登州
太守說奇瑞精禱感召倩君記吾民有福海氣騰三日行看
澍雨至

周星兆字衡臺號容齋海寧廩貢官山東海豐知縣

題戚芸園蒹葭秋水圖

仙源一望渺烟波合有幽人隱釣舸何似鄴中爲令日風流
策馬渡漳河

張提字在文號養餘海寧增生有訥齋詩草

養餘少孤力學事母至孝

辛酉除夕

打破今宵五十三拈來妙諦問瞿曇絮行荊棘身多礙花落籬菌理細參遊旅並無經宿戀專親尚積一心貪悲辛客裏辛盤薦子舍誰人供旨甘

鈐山堂有感

堂址依稀落照閒廿年風雨坐空山笑他書史披應徧只少蘇家論辨姦

祝熙字品高號江春海寧諸生有蜀游草

士希弟招集同人飲斗姥閣二首錄一

飛閣橫巔積翠環幾番招飲樂幽閒一天小雨溪邊寺中霸紫雲

宮四面餘霞郭外山話到鄉關憐遠道問誰身世駐華顔相逢且盡杯中興放眼扶筇任往還

杜大魁字東垣號瀛仙仁和諸生有閒忙草

東垣性行質慤館于三墩幾三十年

次從學朱拙莽村齋過訪韻

村齋枯坐過三餘兩鬢皤然志未舒山近烟嵐侵榻冷夜深松月入窗虛遣愁細酌盈樽酒引睡頻觀插架書羨爾一舟來請謁離懷頓慰快何如

倪炎字南薰號蒲菴海寧人有帶經齋詩集

赭山絕頂望海

鳥道攀層磴登臨亦快哉雲連秦駐嶺水遶越王臺日月相吞吐江湖自去來茫茫烟霧外何處是蓬萊

顧敦臨原名鯤字北溟號杏村海寧諸生

杏村與弟雲林麗川工文績學聲雋一黌時有三鳳之目

天河

露坐中宵靜明河澹不流萬家齊案戶一抹早橫秋欲挽洗兵甲長憐隔女牛乘槎嗤博望空向月邊愁

程潮字秋巖郡人

孫可堂爲其中表吳御臣隆元營葬詩以紀之

北邙之鬼夜夜啼東家墳高西家低白楊衰草無新故青燐淡月風淒迷玉魚金椀幾回出七十二冢洞無物速朽由來羨至人姦雄已死猶痴黠可知生寄死則歸形藏神化情無違埋胔掩骼視月令委壑纇泚眞幾希載舟無麥割有席肯使風雨孤魂泣此情時逐嶺雲生此地無鋤高義迹

沈仁字澄波仁和人

和孫晴山先生見懷原韻

把酒臨芳徑蟾光正及時懷君三五夜動我百年思叫月蛩聲急迎霜雁影遲盈盈隔秋水獨坐理琴絲

關濬字瞻淇號恕田仁和人洵弟

恕田席履豐厚以儉素自持駁厲嚴肅子姪輩皆嚴憚之雖接遇姻賓亦不少假詞色惟勖其讀書循禮性喜讀綱目及性理諸書丹黃點注至老猶不倦年逾八十卒

七十生辰示樹棻保索黃書厓親家和之

素不嫺詩聊用言志且以勖勵云時正課童孫也

世情欣趁暖余趣得乘涼炎蒸信可畏伴奐無太康檢點忽一至澹泊覺孔洋吁嗟尋斧斤反覆牿牛羊藏身昧恕多安望謀孫艮轅駒咋局促待景恒昂藏高山景峩峩流水臨湯

湯願言畏壘居併揵滌未央古來得已士舒卷何翱翔處逸翹蒼生位通占角亢人生有定分舍田病芸芒懷哉生我身曷其歸所償

吳同穀字季同號晉庭錢唐諸生

春臺晴望

甘番風信爲催花簾捲蝦須望眼奢賣酒帘搖村店小採桑梯倚夕陽斜人行曲院香衣襲船泊長橋簫管譁指點兒童林外鬧紙鳶一線裊晴霞

勞儁字亡擎號南垞仁和人

南垞耩長桑之術謹慎自持有名于世一子早殤李君散牧紮其壻也

十五

十五正青春盈盈迴出羣眉長初學月髮短未盤雲頻粉何

勞傭衣香不待薰回眸時一盼風拂繡羅裠

次李散牧 榮 泛湖原韻

春風催我泛蘭舟春柳垂垂拂畫樓穠李夭桃相間發誰能閒坐獨含愁

柳陰幾个釣魚舟花港三間環翠樓冪冪簾櫳人不見玉簫聲裏訴春愁

國朝杭郡詩續輯卷二十一終　　錢塘吴慶坻校字

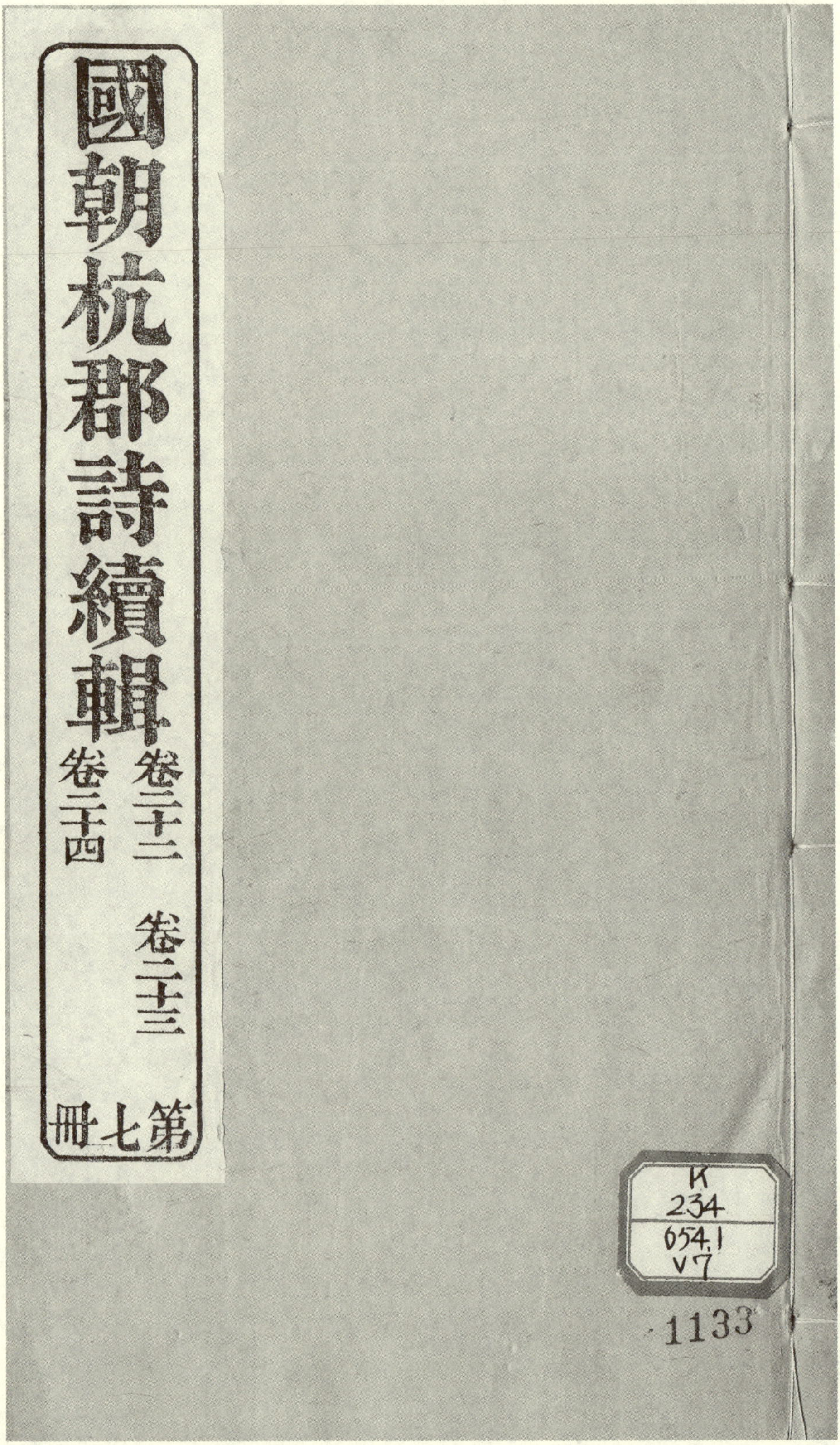
國朝杭郡詩續輯
卷三十二　卷三十三
卷三十四
第七冊
K
234
654.1
v7
1133

國朝杭郡詩續輯卷二十二目 乾隆間八約略爲次

奚岡　徐嶧　宋永　吳錫麟　吳錫福

徐嵋　姚思駿　王槐　曹綰　何國良

朱旭　俞作梅　俞雲　史積芳　徐再陵

鮑荃　沈夢蘭　羅典　俞問和　蔡許儒

沈上青　宋紹灝　陳棫　湛大鴻　金廣學

王一紳　蔣鍾文　張蘭　錢匡　潘兆龍

史敬義　朱撰中　毛元勳　潘瀓　潘洪疇

徐昌　徐洄　陳近勇　樓錡　鮑曾椿

鮑楷　徐師歐　徐吳念　許棨棨　徐時行

張霖　李芳　黃煜　吳錫驥　施奇勳

施洲　徐以誠　戴鍾祥　李彬　汪開讓

徐　濠　蔡　鈺　楊國裕　朱　琪　徐　振

趙炳文　鄭之莊　湯往聘　桂毓奇　施　鎬

程　岷

凡六十六人

國朝杭郡詩續輯卷二十二　　錢唐吳振棫毅父氏編

奚岡初名鋼字純章號鐵生自稱蒙泉外史又號蒙道士

錢唐布衣有冬花盦燼餘稾

鐵生九歲能爲隸書及長工行草篆刻其畫山水以蕭灑自得爲宗間作花卉亦妍靚有致海外琉球日本諸國皆以兼金購歸同時石門方蘭士薰亦以畫名飽淥飲廷博一日攜蘭士畫矜示鐵生鐵生謂此君豐于詣力而嗇于天分因作空靈簡遠之筆寄蘭士蘭士笑日此子天姿果高惜少學力耳乃作雄渾沈厚之幅荅之兩人互相譏評而時人亦莫能定伯仲性豪而介與人交披露肝膽振窮趨急輕利若籜大吏欲以孝廉方正徵不就阮中丞元秦廉訪瀛爭欲識君終不可得見生平喜劇飲酣嬉淋漓意氣如虎意有所不合輒大罵或失聲哭故人目之爲狂晚年三子一女旬日內皆死家燬于火旋遭母喪而鐵生亦鬱轖以死吁可悲已死後湯君點山葺其遺稾郎今所行冬花盦詩三卷也

移榻山中約心公遊鳳麓梵天二寺

逭暑來山中便有出世心焚香對蒼竹向水鳴清琴松風有

時至灑然披素襟破除熱惱苦靜耽禪味深雪坡老闍黎妙
行今道林每說無生論夜半聞法音會當從公去古寺雲邊
尋一醉滄江月長嘯青楓岑

題吳仲圭墨竹

道人賣卜春波里腕底清風時一起輕綃半幅翦鵝溪數叢
爲埽青鸞尾絕似湘川過雨新還如嶰谷絕無塵頓教六月
渾忘暑涼堂坐對融心神東坡能奪湖州巧澄暉亭下留風
筱道人百遍苦摩挲葉葉枝枝更清矯分明前夜獨登樓月
落烟空景未收記取一林聲颯颯冷雲吹破碧芙秋

摹黃鶴山樵畫題寄方蘭坻

十年困窮繆畫理短幅長縑見輒喜古人氣韻不可到倪首
閻閉而已矣高風邈矣陸張吳南北宗分在王李湏將筆墨

求形神董巨荆關紛比擬渾成磅礴撫癡翁澹入空靈說高
士六如一變李唐法文沈妙得梅花旨就中最愛黃寉樵拔
麻點刷熟五指去年客邗獲長卷歸來自顧媿墨死耽吟今
得三拜方愛畫聞亦入骨髓瞠目不顧俗子嗤雲烟爛然常
滿紙安得城南二頃田葢茅謏謏松風裏精研細究吾與子
一笑雲根話流水

吳兔牀先生賦畫松歌見贈走筆奉荅

何年手寫蒼虬枝博君七字璚華詩縱橫塗抹不復記讀詩
始覺吾松奇畢宏韋偃固未見古人已往今人思近代好手
不聞出沈文陳董皆堪師檀園松圖寫其意往往逸筆圖之
而烟客先生獨超絕瘦硬直以書法為憶曾抽豪作直幹手
腕尚逐寒濤馳寫竹胸中有成竹畫松亦要松生腹夢中每

見十八公秀鬣長身立如鵠我方東鄰走看花忽枉好句投山家筆力與松相攖挐益我畫稾紛烟霞卽如偃也寫雨樹杜老欣然爲題句他年圖畫隨雲烟但讀君詩應一過

題墨竹

蕭郎雨叢吾未見老可千畝誰爲傳平生食筍不計數有時吐出胸中烟涼堂汲水潑清影一一小鳳飛秋天夢魂今夜落何處滿篷明月行湘川

題林居圖

林居少塵事鎭日掩柴關晚雨過溪上秋聲在樹閒種魚筌自補蒔菊譜還删時有聽泉約尋僧更入山

同趙竹嶼陳瀫水王秋湖余慈柏徐秋雪游寶石山還過葛林園池上晤高爽泉

巾子峰前路蒼蒼遠樹林嶺雲含暮雨巖樹墮秋陰向水有
閒意安禪了世心頻來對詞客慚愧老夫吟

和慈柏喜雨原韻

乍見雲容生遠墟俄驚飛鏃集庭除病狂一夕遇良劑得赦
數行來詔書歘歘風涼潛到竹潺潺石灑欲平渠羨君覓句
閒情在七字吟成過隱居

為栖溪作栖溪清泛圖

窄窄瓜皮淺淺波溪行涼趁栖風多先生寄與滄洲外欲就
元真借釣蓑

柯博士霜柯竹石全學李成蓋從寒林圖流出秋窗

擬意并紀此詩

營邱畫後見丹邱腕底雲泉著意收消得閒心向山色蕭蕭

寒日一林秋

宜秋女士題郭十三頻伽水村圖詩深閨未識詩人宅昨夜分明夢水村卻與圖中渾不似萬梅花擁一柴門余讀而夌之爲作圖并系一絕

七字銷魂似水仙香痕繪月復描烟如何一段空塵境不讓咸平處士先

爲吳更生作湓浦琵琶圖繫以一絕

含情都在四條弦淚溼青衫悵別筵只有湓江流不去蘆花楓葉自年年

題畫絕句

谷口雲深雨意多倚樓人自費吟哦烟蕪漠漠平橋晚春水桃花一釣蓑

小閣迴闌映水光東風無絮不飛揚江南記得桃花浪一片
春帆帶夕陽
沙岸風微水不波林居高下隱巖阿便當此地從耕釣月一
犂鋤雨一蓑
臨水數峰無限好最宜雨外復雲中今朝溪上移舟去看到
殘陽又不同
夕陽流水遶孤村數點歸鴉烟樹昏怪底竹風無賴甚又吹
寒月入柴門
霽景初回雪乍消寒雲猶是護山腰坐來始覺溪流活昨夜
春風到栁條

徐嶧字貢山一字桐華仁和人

桐華畫山水宗法三王人物花鳥喜摹新羅山人氣韻
生動幾欲亂眞求者踵相接丹青之暇兼喜爲詩有吟

稾一卷題畫詩一卷皆燬于兵回之厄今所錄詩則孫君雲壑錄存題畫舊句也有子名藻亦能畫

題畫

山腰雲溼雨初收碧澗鳴泉濺濺流蓬路掩時村落晚尋詩人在小橋頭

暗淡山光接水光湖風送雨入船涼綠陰深處聞雞犬知有幽人結草堂

洗出秋山黛色浮雨鳩啼過聽晴鳩溪行迷卻來時路渡口水烟濃未收

扶杖看山得得來小橋路滑溼蒼苔嵐光樹色時時變水榭雲廊處處開

奚鐵生小像

迴憶君年弱冠時相逢書帶舊茆茨一亭寒碧詩中畫記得

高吟絶妙辭余年十七始晤君於琴溪先生處君有人在一亭寒、碧裏之句

羡君三絶古人風酒興佳時畫興濃我獨憐才常歎息道山歸去太怱怱

一幅溪山一首詩醉餘兀坐撚吟髭虎頭妙筆傳神異寫出先生得意時

宋永字口口號鈎洲仁和諸生

姚春漪招集鶴巢未赴索同賦五律二首

折簡煩君召攜尊笑我慳竟遲雙屐到難得一秋閒秀倚窗前竹晴堆郭外山似聞恣眺賞日夕未曾還

松吹有清響杭太史有松吹讀書堂棠村多美陰翟晴江丈居甘棠村風流今飽謝倡和此園林坐愛烏皮擁詩工白雪吟他時高會續預擬暢追尋

為黃書巨題其仲弟思蔭秋江釆魚圖遺墨

秋風吹江皐秋水漾漁艇依稀趙松雪自寫鷗波影

碧蘆瑟瑟前浦黃葉蕭蕭遠村畫裏忽為搖落為他秋士驚魂

占盡生涯是笠蓑烟波渺渺柰愁何漁兒不用頻招手已讓秋江與仲多

新年襍詠題詞

開門先喜得甜頭好語還從荔柹求三日年朝四日節十分打扮是杭州黃公紹句

十五團圓月正明踏鐙齊上大街行清詞寫出豐年樂壓倒當時杜孟平西湖遊覽志餘杜孟平有看鐙詞十五首杭人稱之

吳錫麟字洛書號箬村錢唐人錫麒弟

箬村與兄穀人祭酒分詠新年儺事如門神云問爾俟門立能知深幾重暖鍋云例從員外置偏覺熱中多金團云須知黃白意原以稻粱看並有寄託耐人尋味善畫山水筆情墨趣瀟灑天眞氣味極清古亦工篆刻以几案才出佐人幕未及下壽而歿無子以兄子清鵬爲嗣贈如其官

七里瀧晚渡

山頭雲生山下雨水聲風聲襍金鼓濤頭萬丈雪浪噴瞬息帆開去如弩耳邊但聞瑟瑟聲問程已過一百五同年打睡坐船頭阿嫂阿姊齊停櫓江山船篙師則曰同年婦人則曰同年嫂女子則曰同年姊同年妹阿妹憨癡最可憐喚客抹牌船後語須臾風息浪亦平江天暮色生遠浦坐看新月上篷窗一聲橫笛星無數

蘆鳥船

蘆鳥船蘆鳥船曉起曲背立晚來編足眠船頭炊飯烟不出船尾撐篙不肯前衣溼愁夜雨日烈怨晴天君不見江南三

月虹橋路畫艇歌船楊柳渡同人載酒放歌行醉臥船頭忘日暮今日始知行路難相思往境徒追慕遙看斜日又西沈停篙且向灘頭住

桃花嶺

水複山重又一天斷雲斜日響流泉千年翠柏巉巖外十里新篁古道前洞口胡麻初熟飯桃源人跡已飛仙落花滿地知誰掃雞犬無聲思渺然

曉渡甌江望江心寺

孤嶼橫江洞壑幽謝公遺跡讀書樓東西塔峙日初上早晚潮來水逆流紅雪滿山花亂落綠烟接地草新抽蓬萊未許人人到飄緲仙峰又一洲

吳錫福字備五號介石仁和諸生

秋夕

明月滿山城秋聲在庭樹獨坐一室閒曠然澹無慕惟見流螢光孤飛自來去

齋中獨坐

名利雖異役出門紛所求獨此北窗下心跡長夷猶朝看嶺上雲暮聽溪中流有時約伴出無事作臥遊夜來微雨過不知萬綠稠谷鶯偷好語園梛弄輕柔我身如汎梗我意如閒鷗誰能從我者日使心安休

晚出艮山門散步

杪秋看野霽隨步豁幽性林疎木葉稀返照河流淨鑽屹楓樹林餘霞紺初映寒蘆舞秋雪拍拍起雁陣魚鳥亦忘機松杉共吟詠徙倚暮鐘催巖城尚能進

春雨方過灘流甚急夜不能寐卽用壁閒韻書玉山店樓

一帆春雨歇買站宿茲樓客思隨波湧灘聲到枕流幾番妨作夢永夜爲披裘明發歸心急東風莫挽留

連日陰晦上元踏霽過萬峰山房晤沈笠人同宿分韻

東風日暮破天慳握手相看豁笑顏杯酒悶消連晝雨松濤淸入萬峰山多情明月邀人共無礙禪關與客閒誰信塡城鐙火夜不歸同住白雲閒

偕倪小迂表兄讀書城西龍興寺中

祥符橋外古龍興襆被牀聯八尺藤春共客來尋舊約是日立春情敦昆好作良朋劈箋句覓梅花月煮茗瓶煎玉柱冰眼底

輭紅飛不到夜闌頻翦讀書鐙

徐嶲字對亭號漱石仁和諸生

螢火

照夜不曾息飛空未肯停輝生三徑草流亂一池星數點穿

疎箔凝輝拂畫屏明來非暗去何處許潛形

蚊雷

捲簾不見日閉戶但聞雷自是飛空作趙文敏遊天冠山詠際潭有飛空作雷雨

句非闕平地來扇風隨響逐汗雨應聲催靜聽眞生畏還愁

破夢回

姚思駿原名思璋字瑞徵後改今名字西牧仁和人思勤

從弟

西牧沈默寡言居親喪三年不寢於內

風俗寖微斯爲難能矣卒年方四十

己酉十月十二日同人集翠雲館觀錢蘀石先生水墨芝蘭分韻各賦五言律體

高館翠雲栖同人又到西幽吟偏入畫清賞各留題寫得芝蘭意傳看福壽齊還聞蔣生語請侍杖青藜蘀石先生畫多代筆此圖因蔣春雨轉求來扎云侍立請教的真無疑

戊申小雪日同人集古芬書屋賞菊各賦七言長律八韻一首分得六麻

小有園林愛種花閒情忙裏寄生涯秋風香草心俱素秋分日同人讌集書屋有句云人與蘭花俱素心冬日寒枝色倍華自藝不能如老圃移裁聊復擬山家搜尋塊磊堆峰假布置周遭逐嶂斜滿座芳馨留客袂一番節事付霜葩揮毫落紙雲烟集介壽稱觴笑語譁虎阜殘英無足賞馬塍舊種尚堪誇獨慙未得淵明意

籬畔衡從直似麻

王槐或云名果郡人有曙山草乾隆間以武階仕粤未詳何官

合江樓送丁明府歸里

兩江迴合跨飛樓上有征人賦倦游他日相從向何處鏡湖風月一扁舟

曹綰字研亭海寧貢生有近野軒詩草

研亭與沈靜溪結長吟詩社一時如李止溪張樸齋皆以風雅爭鳴嘗集同志陳肴核祭歷代詩人迎神送神肅然將事蓋夔古之士也

擬王維田家

秋風喧村落穠樹餘枝柯授衣及玆辰刈稻知幾何登高憑野望秋稼如星羅力勤終有獲年豐在時和牛羊下來晚日夕荒烟多野老閒倚杖遥聽牧童歌

擬韋應物幽居

萬物競相逐我心閒有餘涫風似太古寂寂此幽居偶尋樵子徑時讀羲皇書白雲起空山倏忽互卷舒晨起濃霧滴庭樹花開初清景愜所適處澹塵自祛奚必俗累牽造化鍾吾廬

匡山恨

海水汩沒軍聲愁二十萬人匡山留丞相將軍乘海舟忠氣指日揮戈矛決死戰戰中流爲國死無貽羞丞相負帝帝舟覆將軍猶向柁頭視吁嗟趙氏不復續太后撫膺還慟哭七日屍浮海上來忠魂萬古傳張陸

晚步村莊

田家無俗徑境靜即山林茅舍衣冠古荒村草木深鳥嗁春

澗路蛙鬭㮄塘陰纔入桃源路塵囂已滌襟

中秋臥病二首 錄一

高臥稀逢客因知病裏閒推窗納明月倚枕夢秋山藥裹關心切詩囊索句慳雅遊懷勝侶尺素愧頻頒 觀瀾以書見問疾止溪有詩

贈錢唐許桐村

相逢始今日晨夕話平生流水十年別孤篷萬里征羣空冀北馬勝攬玉泉營 在甘肅夏州城 笑我蓬廬士徒深湖海情

錢唐懷古

三折江流接大荒翠華遺蹟溯錢塘山河半壁悲南渡花石千年怨北邙玉殿無心還故國金牌有恨泣殘陽春風麥飯何人薦猶指空山號鳳凰

馬嵬驛

倉卒蒙塵天寶年馬嵬坡下竟誰憐香魂終古埋荒驛豔骨千秋委翠鈿蜀道淒涼悲劒閣華清恩寵憶溫泉傾城自昔多亡國長恨歌聲淚黯然

何國良字遇黃號何仙又號桂巖仁和諸生

遇黃事父至孝客龍泉時聞父患中風倍道歸省疾瘳復之龍泉而其父以疾復而歿遇黃聞赴慟哭至咯血狼狽而歸未抵家遽卒

家嚴感疾歸視甫瘳促予赴館爲境所累不得已就道途中口占

牽衣忍涕出門行不敢親傷露淚形苦恨無能侍湯藥行裝雖發又重停

朱旭字春曉號栁唐錢唐諸生有栁唐詩稾

南湖秋晚

孤館淸幽事事宜堂連北郭檻臨池霜飛紅葉初酣色秋到黄花有好枝隔岸茅簷皆入畫緣堤衰柳亦供詩今宵喜得逢三五把酒來看月上時

俞作梅字天羮仁和諸生有覓東草廬吟稾

玉照堂卽事

煩暑之酷酷于吏火雲炎赫不可避冷性從來惡熱場何處林泉堪納涼玉照主人吾好友此君愛詩兼愛酒葛衣羽扇履輕曳夜靜柴門猶未閉埽徑延賓復送杯箕踞科頭坐石茗醉餘仰臥石苔上腹閒星斗相摩盪須臾客起夜色微草頭淸露欲沾衣蛙聲兩部催人急踏影歸來月正直

觀穀佛

此鴻逵沈子家奇玩也穀之大小與常穀等刻成三佛

像其中立者爲觀音佛又旁立善才龍女兩人外復畱

其糠粃以作蓮座火焰明目者眉目手指皆可數沈子

持之以示余余視之再四始得其髣髴云

吾聞益州有佛豆不聞有佛豆雕就又聞玉泉有巧匠分木能鏤準提像誠哉般爾不足多然亦得之世所曠東陽奇玩敵金谷偶然示我一粒穀此中云有佛者三洵是如來出金粟摩挲老眼昏如障初觀有相等無相諦視乃現菩薩身沙細恆河不可狀中閒一佛似垂手眼耳鼻舌難悉剖旁立更得兩蓮童合掌躬身還是否世界能藏一粟中鬼斧神工真罕有從來浮屠善幻多技能不謂技能善幻浮屠人那得別具隻眼朗若維摩珠洞見空空色色菩提迷榖之化身

三河灞

日落衆山暝輕舟繫水濱一鐙相對語千里欲歸人夜靜灘
聲近江空月色親舊遊今日路猶得憶前塵

重遊六和塔

雲斂長空雨乍晴重來登眺不勝情江心斜日低帆影塔頂
迴風聚鐸聲萬壘青山胸次豁一甌香茗俗塵清眼前光景
仍如舊白髮新添已數莖

臨平竹枝詞錄二

春女如雲逐隊遊幻居安隱好句留阿婆縱老丰姿在插得
映山紅滿頭

斷山山斷斷還連情斷如山情尚牽卻恨郎如斷碑斷還留
一半在誰邊

過贛州作

贛江江水碧于苔望裏青山翠作堆一葉漁舟出芳草鷺絲飛上鬱孤臺

俞雲字步青號玉屏仁和諸生有漱芳軒集鳳儀詞

貞女辭并序

族姊字陸氏子以繁年十四父母並殂即依其姑就養至十八而陸氏子蚤夭義不他適翁姑百計慰之終不承命平居苦節自持弗形辭色視繼子逾已出布衣菜羮處之晏如壬寅六月以病瘧卒

孤月照虛除慘澹垂楊浦六月座飛霜風起蕭條戸未亡人忽亡丹旐設前廡人言貞女難誰知苦節苦自念妾薄命生小失恃怙十四件慈姑視作親生女朝顧夕又復午夜親機杼無端東風惡琪花折猛雨合昏未有期良人隔今古一哭

四體寒怛然摧胏腑姑兮德如天舅也恩同父別爲選名門
勤拳囑無廷貞女聞之哀潸潸淚千縷散髮復毀容禀命惟
一語義不負初心身願從黃土兒志若可回視此釵半股從
茲形影單燭淚流殘炬秋雨咽寒蛩春風哭杜宇心惟月姊
知恨向霜姨吐梅樹乃其眞梅花實其侶回顧望茫茫孤魂
暗消沮所賴予承祧上答高年祖疾病忝顚連五內增酸楚
方病廢寢食旣久勤摩撫劬勞苦備嘗醫瘡剜肉補此恨復
誰知此境堪誰覩行也凜冰霜志也芳蘭杜四十七年閒有
力唯自努一朝心神摧膏肓侵二豎魂兮赴璇宮蕭森月正
午身死何足傷貞志誰憑譜孝竹泣愁霖空對靈筵舞

送李書臺芾之淸河任

尚有勤拳意驪歌且莫催江亭烱冪歷花徑月低徊轉眼人

千里消魂酒一杯他時逢驛使仗寄隴頭梅

山行薄暮

橫石當崖斷穿雲一徑通生涯榛莽外身世曲盤中竹密鴉翻壘林深火漏紅不知誰止宿烟靄話空濛

平泉晚憩

晴霞絢爛草蒙蘢一徑寒濤吼碧松花密似勾穿樹蝶烟疎不礙出林鐘錦塘十里香風滿畫嶂千層翠黛濃薄暮披襟憩泉石擬將春水滌塵胸

史積芳字信芳號竹香仁和人

秋前三日作

林蟬靜噪午陰晴乍覺虛簷爽氣生檢歷方驚秋已近打蕉疎雨報先聲

徐再陵字君摛號春波仁和人

病起書懷

十笏虛齋映梆烟行藏大半類癯禪善愁自笑詩生例多病惟深藥裏緣歷座妙文山態活倚窗情話燕吭圓未能擲卻班生筆且復躬耕學鄭元

鮑埜字立亭號畹香錢唐諸生

立春即景詞八首錄二

畫牛牓子各新懸先問蠶桑又稻田爲語趣時農令早策牛人是在牛前

家徒四壁半屏柴那得春缸瀉似淮一事差强能免俗好依時令第詩牌

沈夢蘭字畹徵號紉秋仁和監生

蟬

化八仙都定幾時清虛偏戀最高枝薰風五月林塘路猶記繁聲熟荔支

羅典字與惇號竹坡仁和人郡諸生

春晚

老隨春去返無期且趁身閒未杖藜人自倦遊停畫舫我猶尋句過疎籬花稀蛛網張紅雨柳暗鶯梭織綠絲賸有殘香餘韻在傾樽藉草尚相宜

俞問和字芳伯號春湖仁和人郡諸生

閒居誌感四首

跣足狂歌一散翁百年塵事半疏慵樂天老去惟詩酒彭澤歸來賸菊松自問謀生輸野衲有時殘夢破晨鐘行人莫問

山陽宅荒草黃壚暮靄封
枝上流鶯石上琴蘇門長嘯漫追尋輿闌不作中宵舞豪解
難酬壯士金古陌但知騰去馬遠山何處不長林當年一盞
殷勤酒會與名花宛轉斟
綠楊陰裏迸斜曛魂礪空澆仗麴君啼鴂不堪花落後紫簫
偏向月邊聞夫人七首成頑鐵公主菱花作斷紋多少文園
遺恨事空留殘翰弔淩雲
佳境明知倒啖甘樹猶如此我何堪屏開音妙攀誰度洞口
雲迷嬾獨探廣武舊經悲阮籍渭城昨又別何戡碧桃雨洗
楊花亂顛頽年年月正三

蔡許儒字師衡號月泉仁和諸生

哭梅玉屏先生八首錄二

當年二陸擅才名倒屣中郎一座傾先研鄰府君與先生合兄鼎和老人交稱莫逆

卅載風流杳難繼酒壚殘月夢三更

倚遍江鄉寺寺樓牧之才調世無儔藕花洲上年年月更有

何人解唱酬

沈上青字在東號樵嵐仁和人

題陸雲篕畫蘆雁

陣影參差度野塘蘆花風颭雪微茫等閒同斂淩雲翮一樣

生涯爲稻粱

宋紹濂字景周號鐵蓮仁和諸生

贈徐惠唐

珍重珊瑚架筆牀多將新詠付奚囊祇緣吟苦憐詩瘦不喚

徐郎喚沈郎君又姓沈

陳标字廷璋號篛村仁和人

雨中

栁外烟如織開簾失曉山園花狼籍甚猶見燕銜還

湛大鴻字天雲仁和人

中秋

溶溶秋淨展明瀾高館張鐙坐夜闌樽酒遙巡華月下尺書迢遞碧雲端烟光翠羃箖篸屋花影紅扶蟋蟀欄檢點齊紈掩深篋薜衣搖曳不禁寒

碧空如水月當頭寫出良宵萬里秋白紵新翻傳別院銀河倒瀉入危樓香浮嵓桂明星動露浥池荷冷翠流好語西烏莫催曉幔亭綵屋醉中遊

金廣學字鯉庭號孔齋仁和人

歌舫讌集賦呈西靜遠總戎宗芥帆司馬

風流仙吏招儒將鐙舫徵歌讌夜分緩帶輕裘羊叔子玉簫明月杜司勳蒼松夏翠寒飛瀑俊鶻盤秋怒攫雲靜遠總戎席間畫松鷹橫幅見贈更譜新詞付紅褎素馨圍座唱殷勤芥帆司馬以廣州竹枝詞授歌伎

王一紳字祓齋錢唐人有同園詩稾

祓齋所居同園有捧雲樓藤花榭天香書屋憑軒諸勝花疏竹密露晚星初與其弟臣表促席開尊壎篪迭和蓋處膏腴之境而能以研削爲怡悅者也

送嚴秀才晴波旋里次畱別詩韻

停舟十日住慰我悠悠心清晝上高閣飄風吹素襟多情惟舊侶感與有新吟秋日重過約銜杯待月深

辛丑立夏日集天香書屋分韻得師字

寂靜開軒坐濃陰欲霽時雨餘啼鳥變春去落花知且撤青

精飯同參玉版師素心人密邇聯榻慰相思

蔣鍾文字右黃錢唐人有半閒老人稾

右黃家三墩村中年病足不良于行閉門趺坐不復問世上事終日伸紙含毫以吟安一字爲樂時村中杜文學大魁朱文學巨滄與方外徹圓結詩社于華川精舍右黃亦時與倡酬惜稾本多軼

對月江上

不忍對秋月清光怨白頭勳華惜明鏡身世付東流露冷蟲吟岸天空雁度樓征西砧杵急倍益老夫愁

至金陵

潮海三年夢秋潮萬里心長風吹短棹直渡大江陰白月鍾山曉寒烟瓜步深桓伊遺跡在擫笛試相尋

張蘭字秋谷海寧人

西湖寓齋襍興

婚嫁事塵羈畢難如鬢已絲學仙曾受訣羈羽少安枝江海孤篷夜冰霜倦馬時驚危惟自惜兒女可能知

山齋襍興

研朱點罷牀頭易一洗昏眸聊散策落日斜懸寺角紅寒雲橫束山腰白

錢匡字劬威海寧人有竹齋遺草

夜宿石門道中

疎星殘月起徘徊涙趁西風蕩纜開點點秋螢明草際聲聲夜柝轉城隈沿湖篚爲收蝦去近斷鐙因捕蟹來我亦客中難睡著放船不待曉鐘催

潘兆龍字雲垂海寧諸生

野望

東風吹客袂極目野烟霏燕識山家屋人敲竹裏扉梅花落如雨蛺蝶香際飛不覺夕陽暮還隨倦鳥歸

史敬義字正方餘杭諸生有西湖竹枝詞百首

西湖竹枝詞

琉璃百頃似銀塘流荇參差翠帶長水近樓臺花近水處處有鴛鴦

三面青山獨缺東孤山不合在湖中憑誰移補東偏缺便有紅塵無路通

朱掞中字納言海寧諸生

遣興次逸兄韻

無事不尋事偷閒便得閒澄觀同止水卻埽即深山漫擬羲

皇上何爭廉讓閒黃庭堪遣日隨分證三關

毛元勳字濟蒼海寧諸生有松塵齋詩

遊蘭若

惠遠談經處招攜一徑深無山雲亦到不雨竹長陰殘鉢分魚食清鐘礫鳥音石橋潭水靜空翠上衣襟

潘瀓字冰壺新昌諸生有看奕堂集　冰壺工詩畫爲廣陵寓公

丁丑秋日入都省舅氏諸友虹橋餞飲賦別

虹橋柳色竟淒然況是邗江白露天樓外晚山蒼帶雨堤邊秋水白生烟故人情重頻呼酒游客思深嬾放船迢遞京門千里月輸他憔悴利名牽

潘洪疇字範九海寧諸生

謁岳忠武王墓

一詔金牌萬古歎中原北望總漫漫君王莫洗青衣辱臣子翻留碧血寒回首河山經百戰可憐風雨賸餘酸六陵已朽冬青樹尚有遺民淚未乾

徐昌字樞文海寧諸生有鴻雪齋詩集

鐵人行

鄂王抔土千秋高冕旒像設人中豪何年鑄此三尺鐵墓下長跽羅姦曹岳軍才向黃龍指和議先忘君父恥獄成三字太狡橫忍使忠良冤抑死滔天罪案逃天誅使爾身後同囚奴行人過之盡唾罵瓦石搏擊無完軀縛虎縱虎計何密恨弗生擒拔其舌竄奇骨朽蕩飛塵祇見神姦不見鐵我聞金人十二環秦宮又聞銅駝淚落哀秋風鐵兮鐵兮竟累汝蒙

被首惡形模工

徐洄字玉飛號寄樵海寧監生有虹月軒詩鈔

訪蔣槎客不值

閒乘小艇到君家欲訪東風日未斜報道主人驢背去不知何處看梅花

陳近勇字健行號耻齋海寧人

耻齋工爲七言偶聯吳子律衡照最賞其風翻荷蒂青千片雨洗鷗翎白一雙斜月離離迷野渡淡烟漠漠鎖寒流亦淡亦濃霜後樹半明半隱雨中山諸句

詠鏡

翠簾半捲挂銀鈎閒整香匳事事幽望幸秦娃窒顧影工顰越女迴含愁畫眉梛浸春波綠施粉霜寒月殿秋惆悵紅顏憔悴後不堪重上舊妝樓

花溪晚歸

頻倒花溪漊上樽寒鴉噪晚客消魂行來野店橋邊路望斷斜陽嶺外村古岸流泉衝白石茅檐鐙火近黃昏醉餘祇覺歸途遠拌扣荒齋月下門

樓錡字于湘錢唐人僑居吳中

自維揚歸閶門感賦

年年蹤跡感飄蓬冷落柴門烟雨中燕子歸來迷舊壘桃花何處笑春風

鮑會椿字延年仁和人

水星閣探梅

嫩寒風日最清妍一幢烟雲敞市廛天上星辰臨閣迥南湖香雪占春先花心妙比禪心淨塵境紛如野境偏回憶舊游

曾疥壁山僧頭白尚能傳

鮑楷字端書號蘭村仁和諸生

蘭村書法入晉唐人之室

白洋池張功甫之南湖也暇日郎丈孝則同遊撫今感往爲賦是詩

溶溶春碧繞城隅選勝來遊境已殊不是多聞徵故實竟令過眼失名區冰肌玉骨十年樹傑閣精廬幾佛徒安得桑田更滄海風流還彼素規模

登湖上酒樓

酒旗招引到西湖樓上山僧伴酒徒兼味盤餐宜菜菽紛行詩墨亂鴉烏春光淺淺游蹤少烟岫蓬蓬日向晡醉罷凭欄一喟息此生自分久泥塗

徐師歐字芥船仁和諸生

查半莊師移館小園和孫補山見示作園爲祖母曹別業去秋下世

未許人間呼馬牛瀟疏野趣洽滄洲花開猶記張羅幕簾卷還疑挂玉鈎門館特因長者設林塘豈爲主人幽風前怕讀陳情表一掬淒涼淚乍收

徐吳念字交脩號桐石仁和諸生

石門蔡貞女辭

語溪水淸如釃東流繞郭至西河貞女特產西河里纔協于飛卜中道失其侶上堂別父母誓欲從此去聞父母言必益苦欲止則負夫欲去恐傷父一腔熱血齊傾吐見廟而還方爲婦貞女拜姑嫜何忍分明剖依然女子宛然

孝子姑有慰言寧惜一死嗚呼貞女不言病不言命但得踐姑言未亡人事竟皆傳中實事

女貞枝根忽折望夫山石欲裂三年鵑血帶啼痕清操直欲凌冰雪嗚呼貞女生不同衾死則同穴君不見東西松柏樹交陰至今暗抱貞女魂風蕭蕭雨冥冥日出當空照見妾心

許槃槃字信昭號辰垚時若子錢唐廩生

辰垚工文章性喜獎掖後學一時名俊多出其門無子其門下羅文鑑等爲葬于石屋嶺之青龍山

新春述懷

又喜芳辰去復來熙熙人意樂春臺問誰先得陽和信獨有孤山幾樹梅

年年無計留春住今日春光到眼新採取東風來去路還須遥問日邊人

徐時行字晴川仁和人

晴川爲世臣先生孫少年授徒東鄉後遂構屋隱焉工詞曲有晚節香傳奇譜陶靖節故實所作詩古文甚夥及下世皆爲人竊去晴川以下十九人詩皆附見沈鵬桐溪詩草中其生平出處有未詳者類編以俟攷

喜黃砥庵桂沈桐溪鵬過訪寓齋分韻得生字

豆圃瓜田結耦耕槿籬茅屋野人情身居僻地心先淡客訪幽棲興忽生疏雨影邊江樹晚斷鴻聲裏越山清閒宵晤對誠歡賞披豁襟懷酒漫傾

燕巢

望檐幾度細回翔認得棲遲舊草堂涇土銜殘穿繡闥落花蒻破上雕梁雙居小院貽謀遠對立高垣絮語長到處主人賢不棄年來年去任行藏

張霖字藻如號松澗仁和人

和沈桐溪詠紙窗

寮格疎櫺巧様妝剡牋糊處逗清光環聲小隔聞來細花影斜添對自涼半榻閒情扃蝶夢滿庭疎篆護雞香傳言東郭耽詩客欲豁吟懷啟不妨

李芳字華黍號蘭谷錢唐人

蘭谷世居錢唐東里館于龍泓山中一日游玉龍山得道書一卷晨夜揣摩日是誠可以為我長生矣夜則趺坐運氣日則辟穀飡松既而徧訪諸道觀至餘杭洞霄宮晤貝鍊師遂師焉歸而辦裝欲往其友沈桐溪鵬以蘭谷兩親垂老兄弟俱無作詩切責之其行遂止然聲已瘖形已瘁矣未幾遂卒

招沈桐溪遊天竺諸蘭若三首

入山深不厭勝日使同遊梵放僧歸院歌喧客倚樓回風撩鐸語曲水咽溪流莫謂春將老春濃樂事稠

此地堪游衍班荆話澗隈翠添松過雨粉卸竹辭胎暖日鶯

初弄遲春花正開與君須作達滿酌酒千杯
憶昔東皋侶頻嗟會遇稀懷人悲遠道論事覺前非我未徇
塵鞅君能脫世機浮生眞幻夢行樂莫相違

黃煜字燦文號翠篔仁和人

沙河晚步同嚴古緣吳月舟訪沈桐溪書廬且訂復
舉瓣香吟社分得桐字

講席深藏竹逕通晚涼挈伴訪潛翁年經古衕平橋外如在
春風化雨中一幅雲山工點染半潭烟水入迷濛秋陰倘許
敲磐石擬抱奚囊七尺桐

吳錫驥字千里號月舟口口人

沙河晚步同黃翠篔嚴古緣訪沈桐溪書廬且訂復
舉瓣香吟社分得溪字

避炎偶此得良覿一笑晚風歸路迷隔岸艮山秋草隱倚垣

飛閣跨海樓水雲低波搖日影妨魚戲樹抹烟光護鳥棲欲繼

芳蹤偕老宿擬看秋雪泛西溪西溪十友今已存七參半可慨也

施奇勳字載常號惺庵錢唐人

宿水樂寺贈沈桐溪并示圓朗上人

曳杖烟霞畔還遊梵宇偏晴嵐翳斷壁清樂響流泉借榻眠

殘醉篝鐙話舊緣支公情落拓我亦愛逃禪

施洲字煥章號竹春錢唐人

勾留處池上同人分韻得七陽

層軒四面敞新涼風物依然綠滿塘魚戲藕花搖碧藻鷺團

天影溼秋光亂蟬短笛沈哀響流水殘琴咽斷腸更望旗亭

舊游路不堪斜照柳千行

徐以誠字貫一錢唐人

白秋海棠和沈桐溪

粱廣丹青纔點粉秋風顔色倩誰勻凝來雪艷欺瑤草洗盡鉛華怨美人腸斷小窗清顧影譜通西府淡䣯神酒痕夜冷都消御睡起還應勝太眞

戴鍾祥字眷申號桐江仁和人

桐江連不得志于有司往遊江西湯學使幕遽歿于幕中其室人通翰墨撰詩文若干卷先桐江歿

和沈桐溪蕉扇

良工采自嶺南新巧製團團月一輪聽雨蕭疎應減夜揚風和煦尚䣯春持來直欲誇名士御去還疑見美人綠映紗窗涼滿座不須頻障庾公塵

李彬字質文號郁軒錢唐人

中元後五日同人過篁嶺準提精舍見沈桐溪所栽黃楊樹用馬戴詩韻分賦

聞道龍泓寓同懷講座前嵐光當戶外嘉植茂堦邊異水文垂露非秋筆涌泉高人常憩息令我憶當年

汪開讓字嘉會仁和人

九日登大觀臺同沈桐溪次嚴古緣先生韻

小雨初收霽色開正宜結伴好登臺平分秋影江千尺獨惜西風酒一杯指點青山最佳處自應得意欲忘回萸囊檢點還依舊肯許相攜一再來

徐濠字文源錢唐人

和沈桐溪詠紙窗

疎櫺似與界烏絲清與梅花帳子宜聲細頻聞蕉雨濺涼輕

閒透藕風吹午晴蜂鬧塵飛暗夜靜蟾窺影上遲寄傲此中

慵不起花香留得每經時

蔡鈺字寶器號懸圃錢唐人

偕雪橋訪桐溪翁

忽忽東風晚沙河景尚妍樹陰涵水綠山色抱城圓別緒已

三月春情又一年相逢殊慰藉吟趁落花天

苦雨終朝卜居未就簡沈丈桐溪

東風颯颯雨疎疎晚晚流光櫻筍初載酒已虛前日約項廉溪招泛湖因雨不果飛花又送一春餘人閒雖卓眞無地嶺上雲歸尚有

廬端欲連牆居未就欲卜與廉溪鄰不果張南周北感何如

秋夕寄懷項廉溪

宿雨初收暮靄生幾家刀尺動高城螢穿溼竹流星影蛩語

蒼苔咽露聲短鬢漫隨殘暑易一樽且對晚涼傾龍山此際濤兼月無限秋光畫不成

上元前三日同桐溪廉溪雪橋北璇踏雨登吳山小飲

又向蒼厓認舊蹤盤盤雲磴俯長空不知身入丹青裏但覺雨懸春氣中選勝欲謀通夜飲踏鐙難得五人同酒酣更語休文叟定擬花繁出郭東

桐溪丈六十初度小詩奉贈

利鎖名韁雨破除一襟恬澹自清娛華詞較可東陽並初度欣同慧日俱道經載三月十九日乃太陽星君誕辰山寺繙經春雨細江村把釣水雲孤地行仙值唐堯世領取鶯花裏外湖

次桐溪招遊龍井寺韻

湖山湖水幾縈懷際曉登臨亦快哉穿竹偶驚啼鳥去逢人多道采茶來謙師茗椀知持久高士詩囊定早開莫使煩心頻睇望綠陰一徑到溪隈

楊國裕字雪橋錢唐人

奉荅沈桐溪丈二首并述

五月望後三日買舟之桐廬過別沈丈丈以詩寵行且屬往訪桐君隱迹并視項氏質庫所存袁氏古鉦既至苦雨兼旬溪瀑驟溢屋宇半入水中唯日坐小樓吁歎而已二事遂皆爽諾歸作斷句二首奉荅其意并謝過焉

片帆輕颸過桐廬風挾狂霖欲決渠卷縮小樓愁汨沒銅鉦未視悵何如

匯江溪瀑瀉潺潺矯首高空待霽顏怪殺溼雲吹不斷望中空復憶桐山

朱琪字珣伯號青齋錢唐人

侍嚴古緣師復過沈桐溪丈寓廬即次桐溪丈舊韻

偶隨杖履步平沙差喜吾生亦有涯抱郭水溶天近遠過橋栖幔逕横斜行探古牐襟情適坐愛幽居樂興加塵事不侵高隱處滿懷秋思蘊清華

徐振字玉音錢唐人

秋日山行

山磴何崎嶇對景忘寂寞徑轉翠巖深松攲古藤絡披襟坐清風不覺羅衣薄長嘯衆峰秋爽籟應林壑

趙炳文原名廣勤字補堂號拙存仁和諸生有適然齋編

年詩存

折栁

殷勤折楊栁持寄遠游人栁腰不常嫩栁眉不久新明朝飛絮起長條那復春

襍詠

灼灼池中荷槭槭池上蒲秋風凋蒲葉荷亦與之俱生雖不同根與爾共榮枯

書翟薇樓壁

如斗屋三間人閒境亦閒花催詩寫照月伴醉開顔客有偶然到門還盡日關從來笑支遁計議買空山

送朱根石之永嘉

袂判情無那銜杯話別離秋江流浩渺雲樹影參差遠道去

今日片帆歸幾時客窗須記取風雨儘相思

根石約正月歸不至奉寄

曉行出西郭桃梆競芳菲春色已如此故人猶未歸鬢霜看漸滿投筆計還非悵望江波綠多應淚酒衣

宜興道中

落葉亂秋風寒鴉摩碧空鄉心白雲外歸棹夕陽中烟火認村舍鉏犂荷野翁息耕誠得計何事學飛蓬

次嚴古緣書畫上詩二首一錄

一念情緣住劫塵卅年强半事傷神青山是處堪埋我白眼何須故忤人竹葉且傾新熟酒梅花已屬舊年春六橋何地成幽宅明月清風共結鄰

褋輿

清風吹面何洽洽撫琴罷彈秋思生美人可懷不可見萬里
蒼茫雲水橫

偶成

正是春風二月賒柳絲低亞拂平沙青驄馬自嘶芳草人醉
西陵若箇家

鄭之莊字禮恭號南雪江子錢唐人

燕巢

一椽託迹似梁鴻風雨棲遲感伯通才拙肯同鳩占室羽豐
還笑鶴羇籠尋常綺戶窺曾入俯仰朱門事已空多少上林
枝可借祇因久住戀蒿蓬

湯往聘字自莘仁和人

清明日同沈桐溪鵬胡葑唐濤泛湖

東風一夜雨還晴爲愛西湖早出城人踏野塘花盡落烏啼

僧院竹初生情懷是處多堪戀酒盞當歡且漫傾遥憶京華

騎馬客謂嚴古緣先生向誰分火度清明

桂毓奇字岳瞻號雲湖成章子錢唐諸生

雲湖少穎悟究心經史旁及百家兼工岐黄之學

偶過摩村陳刺史雨明軒對奕

訪道過三徑開匳一局棋高低心自定黑白勢稱奇有力争

先著無疑莫漫移争鋒楚與漢不用五年期

萬松寺

磴道行行起峰容面面鋪未看叢桂好先借萬松娱謖籟林

端瀉蟠虬壁鋪扶三間白板屋秀色自成圖

上方栖碧黛松徑破烟登堪與僧爲侶何勞竹作朋濤聲將

俗遠山色得雲凝古跡供詩料苔碑尚可徵

施鎬字京來號愚堂錢唐人郡貢生有愚堂詩草

愚堂獲交杭堇浦汪槐堂吳甌亭汪樸園諸老輩與成成山丁誠叔曹薌雉徐秋竹皇甫古魯結吟社而與萬近蓬允契密屢困棘闈年三十後乃作幕遊中間以弟栖南光軫守施南一入楚其前後遊跡不出大江南北老年里居惟工禪悅卒時年八十五嘉慶八年也

寒山夜坐

秋風颭客鐙人坐空山谷澹月暎蒼翠清磬散林木葉落不驚鳥竹搖偏繞屋每懷秋樹根對此還宜讀

歸未幾日適近花朝後二日余之生朝先一日招同人集飲得一字

春至我適歸茲辰集茲室離情話隔年歡悰餡似蜜賚荀當盤飧貧家無長物奚為席上珍堪羨橘有實髡飲固不辭髡

量疇可匹醉欲發狂吟詩格嚴新律詞壇有領袖謂槐堂趨先生
步足楷式細草碧成茵山茶紅映日春光九十朝我每占其
一緬懷舊遊侶凋謝滋太息華髮感慨多良會今再得

芙蓉尊歌　次乾舅氏招集叩商水榭之作

主人好飲如阿翁開筵酌我梟花濃圍鑪蒻燭意未艾呼奴
捧出青芙蓉四座入手反覆看此豈近世陶人供秘色突過
白芨碎豐姿遠憶菰蒲叢柴窰片子那復見天青雨過將毋
同鰲呿鯨吸三千鍾一澆塊磊開心胸明朝蠟屐策短筇攜
爾踏雪蓮花峰

東坡先生像硯歌

東坡先生不可見乃見先生所寶端州之石研青花白葉生
古香入手便覺雙目眩書窗費我幾摩挲歷盡劫塵色逾倩

姜公君弼感贈貽墨林日對先生面先生與研永結鄰硯與先生託深眷隱拙主人盛文物素心花下招名彦上下遥遥幾百年梅花介壽椒漿與吁嗟乎世間富貴奚所誇何如寶此千古不磨紫霞片

寒夜舟中不寐

冬來十日九日晴西風作意吹黄塵我偏衝凍健作客又復一棹平江行吳歌遠岸發清響高下宛轉尤多情此中風味有獨癖夜半不眠敧枕聽雲邊寒雁叫不住戍樓銅漏如相迎出門約畧過三宿欲問離家又幾程

曉行梅花下

破曉出籬落看花入徑深烟寒迷野色雲薄釀春陰小艇通支港青山聞早禽遠香來十里不惜一追尋

吳淞遠眺

放眼吳淞好澄江白練開颿隨斜日落鳥逐淺寒來沙岸新晴見秋雲入暮堆得魚應作網結伴倒尊罍

四月九日醉亭陸上舍招集園中同衣巖舒明府賓竹王別駕潤之陸明經甘白張秀才飹席共賦同用

竹垞先生過蒔草園詩韻

追隨逢勝地不惜往來頻竹小枝枝嫩梅青顆顆勻籬花醒容眼蕉綠上吟身底是多情鳥綿蠻泥殺人

但見遊魚躍緣知新水添好風涼入戶乳燕晚窺簾興到酒無量吟成筆退尖悤悤春自去樂事又相兼

清言芬四座酬酢小堂中茶筍家山好琴尊異地同論交推叔子讀畫識坡翁北盧前輩卜居于此繪圖在壁許結南鄰不牆陰曲徑通

曲水垂竿處渾如消夏灣山王憩于此嵇阮坐其間蔚草隨流去林禽入暮還驚心常作客總是戀雲山

過新市

停橈南柵下橋外水初平人靜能忘暑風長不計程花瓜盈几剖雪藕砌盤盛有客提壺上苕溪負酒名

天寧寺僧過訪

寂寞虛堂下殘僧叩竹扉香飄曼陀雨綠照水田衣詩思同雲活閒情逐鳥飛幾時尋古寺相對可忘機

雨夜泊黃家河

到晚風偏急扁舟且滯行好將魚作飯直與鷺爲盟一夜秧田雨三更獨客情繁聲何處亂蛙鼓枕函聽

過燕子磯

偶從磯畔過雲水自迢迢帆遠知江闊風回覺路遥鐘魚穿竹徑樓閣襯山腰相傳陳妙常梳粧樓在此肯許移家近插筇過板橋

過新市分得中字

推篷月初起一鏡碧溪中漸覺鄉音遠差欣舊雨同菱花浮水白漁火帶村紅無那秋懷好吳歌唱晚風

驪沙留别

江上經年住吟情寄碧紗雨深苔徑草春滿縣門花欲别難爲别思家未到家吾儕重分手惆悵夕陽斜

雨中市樓小飲得春字

扃戶耽幽寂朋來茶話親雨深三徑草梅占一分春飲覺市諱遠吟忘簷漏頻詩人和酒侶願與結爲鄰

七十自述詩

往事成前夢悤悤七十春此生無一可投老卒吾眞窮達唯安命詩書豈誤人生涯一九硯聊寄百年身余赫闠屢困自三十外入幕中至今飢驅未已

慚余空慕道已是鬢毛斑妙諦昏昏裏眞詮默默閒雲山供我靜花月對人閒報道春光好春風又解顏中歲慕道人皆以此嘲之故云

已知空色相塵事未刪除妻病常親藥孫頑待課書余偕老荊常留芝巖署中陪奉外父家下老妻撫孫延師教育梅花淸夢曉春草綠痕初寄語殷勤者園蔬帶雨鋤

湖山足嘯詠自昔夌淸幽聽雨僧窗下憶昔偕汪槐塘秋竹袁春圃萬近蓬詣讓山上人聽雨樓聽雨闔詩敲詩水閣頭姚素山舅氏招集杭堇浦吳甌亭汪樸園諸老及徐秋竹萬近蓬趙春巖葯君樹嘉諸子宿靈隱寺五松山房得古今體詩最多此一時盛事風搖今日栖雲散舊時鷗我輩交游在吾儕一二儔

同杭堇浦諸前輩過淨慈寺逭暑得紅字

短棹夷猶一逕通披襟閒話佛壇中蒲團覺處清無夢梵板敲時坐有風樹影恰看當晝暗藕花偏趁早秋紅何能移住清涼國日日吹香醉碧筒

立春日古鐏曼陀誠叔南徐近蓬集飲新屋得年字

端居聊爾學高眠我與茅堂信有緣逕草漸除迎舊雨梅花耐冷入新年舍南幸與詩人近謂南徐門外欣同酒國連毋氏辛勤營小築頻年何止有三遷

三月二十九日集飲橘香書屋分得看字

曲徑蒼苔溼未乾衝泥過訪破清寒湘簾未捲來新雨春水初生動釣竿隔院小堂臨水開雅可愛中酒客惟和影笑出牆樹好帶雲看夜深擊鉢頻催我醉倚東廂亞字闌

秋雨懷人

蕉颭東廊雨有聲蕭蕭起我故園情年時花月惟詩癖近日江湖半筆耕灌栖尚盧高士詠徐南徐將遊淮揚秋颿先送故人行皇甫古會赴雉城就中騰有清狂者鐙下頻呼阿豹名萬近蓬新舉子得名阿豹

西湖尋春水船不得分得春字春水船樊榭題額壽門書榜

東園風月苦吟身忽忽留題跡又陳烟艇已銷三字榜湖山不改十分春落花時節會留詠細雨聲中記朶尊我更有懷消不得韓江合寄老詩人謂堇浦先生

留江墅村舍江墅在山陰之三十里余祖塋也林居稠密大半皆吾家聚族相傳晉時江醴陵別墅故名

一棹山陰返故鄉重來依舊到茅堂繞門曲水通蕭寺隔岸青林挂夕陽春鳥感時都解語野田著色遍吹香風光此日

須應記好采湖邊鴨腳黃

四月朔讀書拂塵庵吳雲夢先生見訪兼惠柏子香作供詩以謝之

山窗啟處看朝暾幾日蒼苔鮮屐痕淨綠水邊人入定鳴禽聲裏客敲門妙香柏子邀清供繡佛蒲團證宿根善本書成增勝果好借摩詰細評論雲夢甫欲刊印功過格一書時屬念齋同學讎校云

八月二十二日同顧松喬韓念齋項迴溪萬近蓬單蕘雲集湖上以葛天民秋向詩中得人從畫裏歸分韻得中字

放眼晴光入望中第三橋畔繫烏篷隄邊楊柳千絲碧山外斜陽一道紅豈是閒情託秋水敢將健筆寫長空尊前底事驚心喜隔岸吹來桂子風

抵淮上姚素山舅氏署中栁衣園卽席同陳南金趙天庚兩表弟作

千里淮流一棹來林園雅集使追陪人遊栁外將圓月風墮牆東半熟梅官閣恰欣聯舊雨鄉心同是付深杯使君眷眷情逾好說著湖山問幾回

梅家橋春望得橋字

翠寫烟螺郭外招吟鞍三五上河橋分茶山戶供官買掘筍林僧待客燒花落祗因連夜雨水深合長一田苗明朝再作南湖約踏遍重茵路未遥

避風館望長江

萬里長流四望平雨餘洗出兩山明金焦兩山帆移遠嶼闇雲合客上層樓野鳥迎江遠正堪供彩筆詩狂端合藉才名明朝

我欲乘槎去身比秋鴻一羽輕

立夏前七日自豐禾巷遷歸褚公里集同人小飲分得芝字

一雨湘簾庭草滋歸來已是較春遲青梅顆顆成陰候雛燕飛飛繞戶時話舊劇憐今夜酒重盟爭賦草堂詩衡門自此新苔徑爭看斑斕五色芝舊有雙芝依然煥采

遊馬秋玉小玲瓏山館

名園邱壑至今存底事畦丁晝掩門荒徑已無吟屐齒短垣猶見舊題痕牙籤錯落歸書幌老樹橫斜踞石根風雅追蹤幾輩在竹聲淅瀝鳥聲諠

二月十六日清明月夜坐辛夷花下用高青邱詩韻

鏡光遲起入簾斜小院辛夷一色誇此夕月明千里夢昨宵

烟散五侯家風搖弱柳未成絮露浥高梧已放花客對芳辰驚節物倚闌獨自感年華

日暮

日暮含山綠樹遮晚風先送到漁家推篷爲欲看新月西北雲多鬭綺霞

八十自述詩

八十韶華一夢中醒來依舊笑東風懸知萬境都成幻學佛遊仙總是空

生小湖山信有緣慈雲覆蓋竹林邊卽今策杖春風裏又占花朝二月天（余少孤自幼隨侍吾母虞奉大士）

汗漫遨遊四十秋佳山勝水任勾留移情恰有難忘處長笛一聲人倚樓（余遊楚中登黃鶴樓忽聞笛聲自江上來）

自覺清貧樂有餘羨他富貴復何如遺經敢許傳家學賸得叢殘一帙書

程岷字旣孚仁和貢生官麗水教諭

題歸帆圖

遼遠家山入夢無卅年蹤跡付江湖秋來頓動蓴鱸思高揭危檣十幅蒲

迢遞三千雲水程長風飽受破空行峰巒漸近江南好青入篷窗不記名

料得閶門乍解維吳歌聲裏夜行遲揚帆此日歸舟急指點寒山欲到時

國朝杭郡詩續輯卷二十二終　錢塘吳慶坻校字

國朝杭郡詩續輯卷二十三目乾隆四十四年己亥至五十年乙巳以科目爲次

翁承高　郭憲高　倪懷經　孫　衡　范　封

汪應培　湯　勳　管應祥　張昌運　張　駿

蔣師綸　周大業　程　瑜　胡　延　汪日永

汪金礪　湯　燾　朱上林　沈　颺　柴步高

陸夢熊　應　澧　楊焕緯

凡二十三人

國朝杭郡詩續輯卷二十三　　錢唐吳振棫毅父氏編

翁承高字誦芬號栁湖又號可漁仁和人乾隆已亥舉人

栁湖工制舉業數與計吏偕不得一第門下承學之士有位躋通顯者性豪邁喜爲山水遊布韈芒鞋時窮幽勝尤嗜古硯所蓄有紅絲硯極佳囊移北上渡黃河忽失手墜落百計覓善泅者入狂濤駭浪中求之尋亦復得可謂癖好也已

羅浮淸夢圖爲趙蘅士明府作

鐵橋西畔見冰姿惆悵餘芳付阿誰玉笛乍吹仙夢杳銅荷相對漏聲遲愁生酒醒香殘後吟到參横月落時追憶惘然成隔世碧峰四百總迷離

郭憲高字樹芳號葦江又號東園仁和人乾隆已亥舉人

假山

巧匠堆來石幾拳壘如鱗次砌蟬聯參差邱壑都成趣掩映

樓臺別有天長在茂林脩竹外御宜流水小橋邊買山舊約
休孤負我亦淸狂似米顚

倪懷經原名經培榜名經鉏字右觀號竹安錢唐人乾隆
己亥舉人官景寧敎諭

門神

左右分丞尉班行文武同爵封萬戶外秩滿一年中風日容
顏改勳名閥閱崇休嫌依宇下步步欲淩空

黃書厓招集翠雲館

高齋舊識論文地春日相過意倍歡幾度憑欄思下語含情
風雅語偏難

梅花太瘦生

連日春寒未放晴今朝檐日十分明不緣詩老高齋共誰惜

雅量如君日下無許將詩酒結清娛只憖詩句長城在我但

高陽博酒徒

孫衡字權之號雲麓仁和人士毅子乾隆己亥舉人官內

閣中書協辦內閣侍讀

和友人僧院白桃花十首錄四

白葉名花展十重獨開生面管春風但驚仙豔排雲出頓覺

繁枝灑雪同曉暈爭迴星靨靨晚粧輕逗月濛濛光明不著

纖塵翳長在諸天色相中

鏡光淸淺白蘋洲照水新妝宿霧收穠比笑時原醖藉澹無

言處最風流玉沙珠樹三千界瑤草琪花十二樓若使枝頭

眞解語陽春應付雪兒謳

樂府誰人唱洗紅淡妝嬌逸綺羅叢折來尚帶瑤池雪壓去

常含露井風儘奪燕支顏自好恰愁玉樹曲難工平生幾覺
游仙夢空色從教悟枕中
極目華林白鶴雲叢花疋練繞無痕幾灣流水自春色一片
夕陽明遠村替月誰容偏送媚臨風獨醒亦銷魂銀屏珠箔
琉璃帳不羨元徽彩色旛

范封字雙楫號小垞仁和人文緯子乾隆己亥舉人

對雪寄蓮上人
淹滯違朋好感茲禪侶深天連平野暗雪帶晚鐘沈凍浦膠
枯葦寒雲結瞑陰蒼茫望何處愁絶故園心

汪應培字厚田一字毓士號香谷錢唐人乾隆己亥舉人
官河南內鄉知縣
香谷官內鄉幾二十年頗有惠政
然終不能遷一階卒年六十八

上玉亭總鎮

崇墀三載接清芬命世賢豪迥出羣珥筆才空萬言策秉旄官是上將軍已知亮節清于水若論交情義薄雲第一奇勛震河朔援枹彀日埽妖氛

偶成

年週花甲二毛生壯志還從櫪下鳴自願書生留本色不將能吏博虛名事逢盤錯神原悴俗較醇良政易平判牒更防忙裏誤校讎纔罷已三更

湯勷字書常號春颿仁和人䓀聯子乾隆已亥舉人官蕭山教諭有春帆吟草

庚午五月廿九日六十初度述懷四首

瓶罄罍之恥小雅歌鮮民嗟余少失怙母氏茹艱辛靈椿中

道隕母也惸獨身京華歸不易迢遞阻關津雖有伯叔師其
忝家清貧遺孤誰撫字教育難兼并哀哉心力瘁馴至白髮
新厥後仲氏兒捧檄情稍伸扳輿日稍樂色養見天眞而我
慙反哺祿祿徒浮沈茲當周甲子愴焉念仁親三復蓼莪篇
常使淚滿巾

伯兄尹亭氏弱冠儀翩翩卓犖觀羣書經史盡鑽研尤精文
選理奏賦擬甘泉抱負不得志怛化付雲烟屈指卽世日三
十有三年弱弟樗散姿周甲已華顚彭殤理難齊搔手還問
天古人重不朽三立宜何先如我奚所恃光景徒虛延誓將
凜敬身黽勉從前徽

夙昔長安道言尋袁子宅袁大星槎握手乍論交氣誼兩無斁登
堂忻拜母相與數晨夕維時戴秋泉假館于焉客陶然亭下

聚六人稱莫逆（謂袁秋江星槎陳石泉戴秋泉懷有芷及余）豈期卅年餘渺若駒過隙人去同逝水俯仰俱陳迹僅存懷有芷嶺嶠音塵隔好友已如斯姻親難更述所以莊周氏著論號齊物

言念我舅氏六旬方及三偶爾感微疾遂至棄塵寰又有秋御子（汪大亢宗）同巷日往還氣誼等金石中道忽相捐其他同學友半已歸道山（景四觀五祝九德音諸友）四時自代謝羲御無停驂自非王子喬誰能駐丹顏我已誤浮生鎮日念元關

十月四日山塘泛舟同青卣心畬作

迢遞山塘路扁舟任意行花黃憐鬢短詩澹共鷗清古寺嵐光合高秋壒影橫息息歸棹晚鐙火話柴荆

管應祥字備五號聞風海寧人聯從弟乾隆已亥順天舉人官湖北利川知縣

閩風宰利川時以素無志乘爲
撰疆域圖攷二卷後卒于官

初至楚北施南郡

郡繞層巒郭枕流也堪約畧說施州地緣雲近易成雨天以樹深先占秋奇石壘牆盤鳥道香柟植柱起碉樓苗童獠女爭來看認取山中百里侯

題畫

半竿新水五湖秋把釣西風景最幽無限蘆花遮倦眼十年消盡一漁鈎

吹縐波紋雨後天洩雲猶挂蓼灘前櫓聲搖出平橋外驚起羣鷗自在眠

張昌運字星階號雪舫仁和人本姓蔡乾隆庚子進士官江蘇南匯知縣有陔華堂遺集

六橋春雨

料峭東風作嫩寒六橋吹雨散彌漫生憐栩夢渾如醉無那鶯聲溼未乾一桁暮雲黏遠黛半篙春漲熨新紈跳珠潑墨嫌唐突要與髯翁子細看

張駿字信裳號荔園海寧人乾隆庚子進士官處州教授有荔園詩鈔五卷續鈔四卷

荔園年四十成進士需次縣令自以親老改銓校官任括蒼者廿有餘載白頭奉母色笑承歡身外浮名視如唾涕雅愛蓄蘭閩越之種羅列階下花時一觴一詠雖晨炊不繼未嘗攢眉迨奉諱歸里戢影田廬安貧樂道越四年而卒年逾八十

遊大陽山

大陽山峩峩分脈天目乳崛起城北隅雄爲一邑主靈氣歆復嗡嵐彩繞城堵探勝乘籃輿仄徑時一取稱松不盈握葱

翠滿巖隖竹萌得氣先怒茁翻堅土馥郁蘭草叢時見一花吐行行造其頂丹厓駕峻宇勝絶一茅亭四面奇峰聚或蟠若獅蹲或軒若鳳舞或夭矯如虬或騰躍如虎對岸起重山拱立爲之輔一峰如甑烟鬟鬒晴雲煦一峰黯如墨溟濛作陰雨巖飛百道泉散出溉田圃薙林不復見樵唱自來去（地有彭祖薙林樵之輒致風雨）山僧出相迎語朴貌淳古指點雲霧中名勝爲我數夕陽下西崦林鴉息歸羽佳興惜未闌留待重來補

草蟲歎

蓬門掩秋夕蕭疏下微雨臥聞草蟲鳴以翼或以股嚶嚶與唧唧千百和其侶介葛識牛音秦仲辨鳥語爾曹終夜號世莫知爾苦誰要卿知苦我鳴自今古草露相酬酢風月話賓主那有熱肝腸强憑俗耳吐人生宇宙內何異蟲鳥旅與至

聊自娛我歌且起舞漫說無賞音賞音亦何補

弄孫

一門伯仲多寡嗣亦無柰我年七十二僅得抱孫乍親朋盡色喜湯餅爭餽賀頭角頗魁梧試啼聲遠播含飴日戲弄遺溲時滿座罷官歲復凶無計救寒餓憂來不可當見汝顏爲破殘書賸數卷老硯餘一箇賦質或聰明置作他年課但恐我老矣不及見長大且博眼前歡作詩乞人和

小桐溪舟次作

數月一放舟桐溪視吾女女稱會面難十日訂歡聚昏定寢問安晝餐力歡務所欲敬進之款款話心緒倏忽日踰十更請日添五辭以寧再來今日不汝許一任垂涕畱飄然竟出戶豈眞鐵石心心酸不能語解纜一回頭涔涔淚如雨

落花歎

昨日賞花千鍾倒今日花落無人掃人言開早不如遲我道何如不開好君不見平原張宴飲十日宴罷風光亦蕭瑟人間萬事如落花穠豔當前轉頭失我不能上天寄我愁又不能挽水向西流但願變花作松柏青青萬古無春秋

石門洞觀瀑謁文成公祠

歷數名瀑定甲乙康籐第七谷簾一我足未踏匡廬峰奇景夢想醒復失石門斗立天與齊下俯萬仞環清溪劃然絕頂闢乳竇往來時有寒雲棲瀑聲吼作雷門鼓劈空直下雙龍舞迴風倒吹散樹林大珠小珠落飛雨天開洞府藏奇書文成習靜意有餘一朝學成富識緯至尊三顧南田廬由來巖壑毓名世四先生號並千歲郁離著書十八章天風海濤助

智慧我今酌水奠公祠秋風颯颯吹靈旗山僧指點讀書處時見野鶴銜青芝

養蘭歌示湯生獻之董生惠吉

蓮城養蘭計萬室欲比我家不得一人養蘭葉黃如茅我養蘭葉綠於漆人養蘭幹短而疎我養蘭幹長而密滿堂動色各驚異問我此中祕何術我言諸君只愛香那知香自惡臭出䕙揉百草擣千杵沃以沸湯釀如蜜枯荄得此氣盎然春雨一洗怒芽茁當其灌溉手一瓢笑我逐臭乃俗物一朝腐臭鍾神奇酬我芬芳不遺力從來萬事耐辛苦後效雖遲總可必君不見肘懸金印蘇季子非復當年敝貂黑

汪孝女歌并序

秀庠汪小坡女芳姑父疾革日夜哭禱願代父死已而

父果愈姑病一如其父瀕危父泣而問之曰兒悔否姑
曰幸得代矣夫何悔遂瞑而逝余奇其事爲之作歌
朝焚香暮點燭泥首庭前向天哭皇天鑒此衷破格許所祝
女哭父病起父哭女竟死古來孝感未聞此曾讀曹娥碑投
江尋父尸捐軀殉父父不活追歡泉下空相隨今也代死父
克生芳姑怏然志竟成此去瑤池侍王母不死之藥般般有
玉液瓊漿冰桃雪藕夢裏攜來爲父壽不願生生世世爲父
女但願今生父與偓佺耦

雨雹爲災紀異

五百年蜃欲出土裂縫隆隆響如鼓天樹之敵遣老龍乘其
一出驟風雨蜃歕烈焰與龍鬬非雹不足禦其侮壯哉冰雹
車輪同砰磅打屋瓦飛舞今年豆麥占大熟篝滿定應豚蹏

祝況乃絛桑蠶正眠分繭稱絲效可卜倏然一陣捲空來千畝萬畝無寸綠奇事驚倒百歲翁雞犬無聲但聞哭我勸村農且勿悲天災流行偶遇之豐歉歲功一轉轂萬物終荷皇天慈但願稻田秧遍插五龍治水能及時香杭炊飯秫釀酒賽社歸去皆熙熙

和鏡谿蘿蔦船一名蘆箬船

萬壑爭流過靈洞水勢紆回穿石縫九姓船大不能容換作瓜皮乃適用其中偪仄復偪仄受兩三人亦嫌重四圍蘆箬結爲篷一綫天光偶射空坐則折腰臥屈膝幾爲梢公所侮弄水聲濺濺作雨聲安得出險順風送我昔盛年亦浪遊回憶身經豈夢夢會泛西湖坐樓船簫管兩頭鬧春甕會泛雪谿坐竹簰冰雪孤裝受寒凍此遜樓船勝竹簰苦樂之間正

恰中八生得過且麤過不繫之舟任操縱今讀君詩悟忽來
如啖端陽益智糉

京口

浦外雲帆影橫斜夕照餘青山雄北顧紅樹隱南徐目送風
濤岸情耽水竹居買田陽羨好何日結吾廬

不寐

東閣如齋舍蕭閒獨寐時天寒雞唱早山迥日生遲滯跡勞
親夢擔囊累僕隨何年升斗祿用慰望雲思

喜省方姪至

老態竟如此皤然兩鬢摧倘無書早達應訝客何來冒險驚
初定途中遇險謀生遠可哀一庭風雨橫且覆掌中杯

臨平道中

郭外青山色依依送客行渡頭孤艇發詩思兩邊生蟬噪村
烟淡鴉歸夕照明最憐農力瘁一路桔槔聲

示鶴瑞孫

小同才六歲孫與余手敍皆兩擨故用鄭康成事嬉戲畫堂前指日看渠長祈
天假我年圖書翻歷亂衣履愛新鮮莫喚餳簫過囊中乏一
錢

和汪樂山歸自江南

誰令騎鶴上揚州飽歷風濤博壯遊妝閣紅欄人拜月河橋
青幔客悲秋六朝山色歸吟卷千里江聲老敝裘知有舊盟
寒未得依然談笑酒壚頭

楊禮耕臥病東林寺造訪書感

脛大如腰病可知一饘無賴況求醫斯人到此休言命眷屬

而今更有誰生不能援慸密友死還多累賸癡兒彌畱禪榻

秋風裏終仗慈雲好護持

自松陽之遂昌道中卽事

數峰含雨數峰晴怳向營邱畫裏行坡腳鑿成山徑滑樹身

臥作板橋橫恣看景色增詩料飽歷崎嶇悟世情差喜嚶鳴

可求友籃輿到處有逢迎

三次俸滿將之省赴驗書懷二首

周知情僞歷艱難在外於今十九年罷有所歸寧戀此計無

可出且隨緣敗碁莫算將收局冷炙還登未散筵西抹東塗

應自笑阿婆重趁少年船時奉檄送鄉試

霜華漸向鬢邊增欲賦歸田竟未能靖節已荒三徑菊彭年

只賸一條氷聯裝且幸逢親串時周南屏亦委送試潤橐終須仗友朋

賤買江魚多貰酒滿懷詩思在嚴陵

葺廬

問舍求田亦未能敝廬聊且築登登空梁來往營巢燕病榻婆娑退院僧帶雨潮聲驚短夢透窗風力逼殘鐙棲遲自有衡門樂乞米何須向友朋

春日偶成

又被春風掠鬢絲隱囊斜倚獨吟詩事常如意從來少心自忘機到處宜玩月恰當新吐候看花須趁半開時人生七十眞難得分付閒愁莫上眉

糴米

米肆居奇索價昂杜陵羞澀膽空囊貧思飽日眞仙境飯到凶年有異香安得遺蔬尋鼠壤那堪餘蜜借蜂糧赤松訪道

吾家事恨不傳來辟穀方

百年

百年光景易蹉跎好事從來受折磨相約看花晴日少每逢解纜逆風多空勞除夕呼如願忽聽清歌喚奈何能了諸緣惟學佛妙香丈室伴維摩

病榻口占

何來勃瘧到吾家寒熱如潮刻不差符或驅邪聊自畫餐雖努力總難加牀頭厭聽莎雞語屋角憎看扁豆花（庭栽扁豆俗謂患瘧者忌過其下命去之）賴有清談當七發良朋爲拓小窗紗（謂丹山）

將歸口占

頭腦冬烘屆八旬生涯自笑尚依人文如酒到甜斯下夢似棋無局不新倚杖聊看今夜月摘蔬難忘故園春一瓢飽挂

西風裏剛及檐頭插柳辰

除夕

先容拜罷撤筵時高爇銅盤燭一枝欲炙垂涎孫待久調羮洗手婦來遲浮生那得皆如願行樂何妨學買癡〔買癡見范石湖詩〕我醉卽眠眠亦醒非關守歲爲敲詩

寄示四女

一冊毛詩傍鏡臺午餘了課不須催閒來黑線從娘學休唱薔薇朵朵開

山行卽景

籃輿鎭日響咿啞羨煞山農小隱家門對溪田臼於雪晚涼蕎麥正開花

踏青詞二首

野航載得兩三人插鬢山花也自新畢竟村閨風氣古嬉春從不解傷春

南鄰北里一羣羣姊妹相呼袂似雲賺得遊人齊目斷石橋紅是嫁時裳

蔣師爚字慕文又字慕劉一字晦之號東橋郡人祝孫乾隆己亥解元庚子進士由庶吉士改官兵部武庫司主事祀鄉賢有敦艮堂詩集

東橋一典福建試一爲順天同考以得士稱在郎署十餘年隨事簿錄吏考舊案不得則詢之以視瞪目畫諾奉吏爲師者僴乎遠矣所著尚有漢書疏證六經精義通志略刊誤

哭温樵水

高才世所忌往往命不吉我所慟于君有志不能卒君抱不世才文譽蹌騰達踽踽儕輩中感慴君有筆取道經爲源汲

以萬仞縞案上籤三史一年覽一畢於詩宗杜陵淵源建安
骨頻年志古文所蘄蓋一切磊磊海岱雄邱壑何足說伊余
上君堂頗亦許聒聒疑義陳百端辰晤酉未別君也折其衷
日出雲霧豁余時逐聲華文社誤爭捷懷草致君攪齗齗探
懷出大慚人謂好君議其未拙人生知己樂樂在知所劣似
此友而心吁今誰是匹猶憶文醼初君言炳歷歷開掀奮武
功久之富文物一二大作手挺出承平日西漢景武還馬遷
紬石室唐韓宋歐陽冠冕一代傑文運積數傳始大見發越
我朝　聖相承重光耀溟渤登平禔福久努力事作述古稱
不朽三立言其最末如何同學翁尚爾自暇逸自此訂君交
往還無疎密閒作逍遙遊意氣揔寥泬不問城東西連晝游
不歇今秋試三場君病心耗血力疾對策問尚十不缺一人

以君學古（訥君名場懃君豈中榮名而鶩牛鼎術父者家之
隆捧檄心如結天道不可論旬日與世決烏乎君志猛竟爲
命所扼千古斯文統習久得囊括龍門次故事七載不遑訖
昌黎未推官宏詞歲求拔盧陵干祿年止取韓文閱彼卒就
其志而君賷志歿鯤鯨一鱗在鸞鳳片羽脫遺詩數篇稾僘
簏何時發溝水暮東流杳杳日西匿斯人不可期虛聲伎誰
雪

王竹林出嗣于叔孝其嗣父母請旌索詩

爲人後者爲之子指後其爵云然爾而或有爵或無爵孝何
區于大夫士伏叔齊後叔父黯以任爲郎仕之始皇甫士安
崇元守進所後母維其旨表表愈偉王竹林漢晉而還繼先
軌成童出後叔父母洎壯猶作孺子喜遭喪致禮哀以誠既

開兆域居乃里其他義舉動鄉鄰大吏奏請彰厥美恩旌
建監坊言言枌榆鼎俎千春祀

題畫冊

枯坐石齒齒新秋一何綺是竹還是風秋聲問童子

周大業字致堂號存齋海寧人乾隆庚子進士官寧波府
教授

輓外弟祝禹範

茫茫天意總難猜底事生才復忌才長吉能文偏減算昇之
染疾竟成災力撑霄漢丁衰運苦鍊金丹付刼灰拚得親朋
同一哭可曾流淚入泉臺
欲賦招魂鼻已酸與君中表絶追歡方春判袂成長逝爲爾
傷心集萬端死後天才還數勃夢中風貌尚疑潘悲涼更有

飛濤月暈從何人忍再看

石鼓詩

韋韓歌詠足琳琅薛鄭遺編考核詳四百餘言開面目二千年事不荒唐一碑岣嶁傳猶後片石延陵跡可方卻怪籀書傳許慎止從數字記偏旁

程瑜字寶摯一字去瑕號少海錢唐人乾隆庚子舉人官義烏教諭

去瑕八歲工書長而媚學嬾逐計車終于冷局酷嗜爲長短句有小紅樓詞稾其女瑩華名元亦能詩侍母不嫁有嬰兒子之風聞年已五十餘矣

綠春詞三十首錄二

游絲空裊暝烟微春惱風懷百事非未免有情花解語正愁無伴燕來歸青梅似豆垂簾小綠水如油趁雨肥笑指鴛鴦

情脈脈芳塘雙浴又雙飛

波紋瀲灩碧還流澹澹輕烟籠翠樓花事十分風蘊藉韶光一半蝶勾留課茶正好湯初沸繡佛先教粉細鈎日暮懷人獨惆悵又無一味解療愁

題趙蘅士表弟羅浮清夢圖

惆悵仙娥笑語溫夢如絮影去無痕梅花若解相思苦明月黃昏合斷魂

讀罷黃庭意惘然花陰一覺悟前緣羅浮別有神僊跡不學師雄學稚川謂蘅士學道

胡延字啟元號綺園仁和人乾隆庚子舉人

綺園工制藝文名炳著從遊甚盛一經其口講指畫罔弗掇巍科而去如戴尚書敦元韓侍郎文綺其最顯著者而綺園則屢上春官不得一第以孝廉老

織畫黃相圖索賦

龍眠擅畫工若撇翰墨技亦窮天孫稱織女不因杼柚茫無
緒非筆非梭能事奇一幅丹青妙手爲細翦鸞箋分絲縷鉤
連回合文章垂粉壁素屏生虛白間挂春風淡無跡杳然烟
水隔微茫不辨青苔與白石須臾決背生面開中有高山流
水相縈回遠樹無枝人無目白雲之顛時露金銀臺我來對
之首頻掉阿誰巧製獨神妙刻劃物狀出心裁得毋鑿破混
沌竅太息人間窠臼多才華束縛無柰何機中天吳及紫鳳
紙上赤岸與銀河縱然變幻不可測陳陳相因仍一律何如
心手自開闢萬象都歸經緯間

招琴臺諸友文集以詩代簡

一曲琴臺奏去年雅音猶度碧窗前春秋盡日虛佳日文字

何緣續舊緣已典敝裘沽美酒好邀飛舄降羣仙如嫌月晦
歸途暗爲報陳蕃榻未懸

汪日永字觀成號靖庵又號小年仁和人乾隆庚子舉人
候選太常寺博士

蘇隄禊詠

行行三五共招邀十里沙隄五里橋未許畱連愁暮色但逢
佳處便停橈

汪金礪原名瑔字雨原號牧雲又號虛谷錢唐人乾隆庚
子舉人候選直隸州州同

上巳湖上修禊用梅宛陵韻

婆畱城外山水緣曖曖晨曦出暘谷新晴浪說三月三到眼
晴光看不足鏡心借翠何嬋娟流水桃花一橫幅吾聞金人

捧劍居水心嬴秦流觴河水曲更聞會稽山陰之蘭亭永和故事信不俗我來修禊湖上亭笑釋形拘鮮他族鸕鷀倒瀉三升醑交錯觥籌數更僕東風吹急飛簫聲人語横塘喚餳鬻何當攜彼一甌皮口香七日糊爲粥年來風物春游頻何柰雙丸轉如軸不如一詠且一觴用以騁懷兼游目

湯燾原名愷字春叔蕚聯子乾隆庚子舉人官江蘇吳縣知縣

陳無軒索和湘管聯吟卽次元韻

圖書緹裹空架屋鄉山夢繞秋窗竹頻年塵上笑我癡虛擲流光輕尺玉書巢太守風雅宗清詩秀似銅花綠吐辭霞綺散千峰吹籟笙鐘酣萬谷相逢羈羽感知心何意萍蹤邀刮目扃闈試士藻鑒平爨下餘材嚴取錄春迴海上烟樹青鶯

花應笑枯腸俗我來正遇顛風吹坐憶雲山三百曲快聆餘論粲珠璣何必清歌兼竹肉豪吟掣電不容追和詩聊以賡清穆

無軒復疊前韻再疊韻以報

靈鷲會開讀書屋五畝種蔬兼種竹當時卜築好林泉佛髻蓮花高插玉先少宰公飛來峰下有別業臺榭平津空復春湖光山色爲誰綠登臨強憶鳳凰山遺集仍留鸜鵒谷一編行笈常自攜前輩風流猶在目先少宰爲新城先生及門同時如太守詞查宋諸公集中多有酬倡之作場老斲輪雅懷肯補閒居錄丹鉛點勘妙析塵一洗從來凡眼俗幽室如分無盡鐙賞心要是同工曲譬彼禪參玉版師自殊味飽屠門肉吉光片羽共珍藏他日重鐫溯古穆

朱上林字根石號蒼巖一號晚樵錢唐人乾隆庚子舉人

官安徽天長知縣有根石詩鈔一卷寄軒賸槀一卷

根石爲行楷書姿制婉秀有唐賢風且工篆刻由謄錄議敘得官既任天長案無留牘不妄加刑人稱爲朱十板天長民于農事不諳豐歉聽之天乃募江以南老農與之講求耘耔及一切鎡基巡撫荆公道乾謂之曰吾甫抵揚州即知君爲循吏入此境來所聞果不謬已首列保舉牘中矣旋以丁母艱歸不復出年七十三卒

襍詩

憫茲蜉蝣蟲朝生復夕死蟪蛄昧春秋壽夭只如此人生知幾何勞勞不知止悠然起長歎心跡淡如水卓哉張子房長從赤松子

柴門久不啟白雲終日閒偃仰頗自得不知時事艱得酒且便醉高歌便笑顏日莫寒風生明月已如彎

哭許文學銓 六首仍用竹垞先生韻

病劇歸何晚羈魂滯半途仙羊城縹緲蕉鹿夢須臾負米空

謀養譚文終誤儒楚些悲欲續招爾到西湖
南方不可託蛇蝮滿荒林落日孤猿歗悲風木客吟奔喪憑
弱弟搜篋乏餘金孤櫬何時返空餘慕義心
苦節何曾報高堂白髮餘平生珍手澤此後散遺書隔歲猶
升屋長途孰挽車欲排閶闔問虎豹傍關居
復得江南信傳來恨事多覆巢猶未厭毀室更云何凶有焚
如燬狂無點爾歌泉臺知也否月黑不堪過
竟爲脩文去當時悔下帷卅年纔授室一綫更無兒倚託今
何賴凋零事可知鹿皮徒買恨緣盡兩旬期
猶記瀟瀟雨西風送汝行那知成死別爭不念交情少壯空
埋骨蹉跎尚徇名故人多鬼錄衰病感吾生

秋懷

搖落驚何速秋懷病益深候蟲吟有恨獨雀去無心驟雨晚鳴樹夜寒時到衾平生知己淚時爲一霑巾

彭蠡湖

遊子何所適經歲歷長途昨過南昌去重來彭蠡湖人家秋水遠漁艇晚烟孤幸脫波濤險淸吟且自娛

偶成

芍藥又開遍一年花事違晝長貪午睡客久羨人歸幕燕斜穿雨輕風冷透幃餘寒欺酒力翻悔典春衣

和此亭夜泊泊頭

秋天淨如拭秋月何淸寥扁舟一夜泊木落風蕭蕭碪杵催寒近蒹葭隔水遙瀰漫遙際出亞字赤欄橋

得古緣先生書

忽得雙魚訊鐙前仔細看秋風搖落葉小雨逼新寒自是懷

高蹈猶然戀釣灘先生有昨過釣臺下握手還相期句榕城渺何許惆悵白雲

端

藍二嘉瑄先除成都倅未之官改除永平郎用前韻

送之

此行眞著綵衣鮮除目看來又一年諭蜀未煩司馬檄度關

剛及塞鴻天名喧日下機雲合交溯風流淑爽前婉畫西堂

曾有記婉畫堂作記先侗倅永平建好傳舊事擘紅箋

哭吳文學錫騏

遠道驚傳劇愴神怪來累月絕音塵可堪同社無前輩更向

他鄉哭此人門戶楮持憐稚子琴書零落感衰親從今忍踏

西州路淒斷南湖草色春

獨立

獨立倚柴扉西風吹我衣無人覺來往時見白鷗飛

得姊壻王賓書

舊日繁華轉眼銷翟家賓客盡蕭條可憐葛帔空憔悴誰是當年劉孝標

沈飇字廷揚號省峰仁和人乾隆庚子　召試欽賜舉人授內閣中書歷官福建臺灣知府有峩嵋山房吟草

乾隆庚子　高廟五舉南巡盛典省峰先生以優貢生奏賦行在名列一等第二　賜舉人授中書旋入直軍機房選授汀州郡丞乙卯冬奉檄查核臺灣倉庫工程儳一僕一幕客往會姦民陳周全糾衆攻據鹿仔港陷彰化文武官吏皆死難先生亦被拘既而賊防稍疎乘間逸出慨然日此雖非我守土然城中無官非權宜將誰與守因急募義民二千餘人與賊決戰賊大潰復安撫四城札諭番社同心防護又選幹役四出偵捕未幾逆首亦就擒大吏入告　高廟卽擢爲臺灣郡守賜花翎旋署臺澎兵備道蔡牽之翺先生勸商船捐資

爲羅匯計有嫉之者交致科派列入彈章遂解組歸
主皋比者二十餘年卒年八十有八子鑅官御史

題晚翠樓看雪圖爲梅坪作

南園三畝餘結樓背村屋殘雪霽羣峰蕭疎映松竹詞人三五俱約眺湖邊麓寫出歲寒心亂筆點空幅境曠怡衆志野淨豁雙目凍雲壓水低老樹架橋獨憶昔出郭游每偕潘與陸謂德園古漁酒闌鳥勸頻客至犬迎熟紛然南北飛緜會不可復搜新意已欣攄舊興猶逐慷慨發長吟清響應巖谷何日共幽棲隱愜吾懷夙

春日題峨眉山房壁

花時日早起門巷多春風愛此塵市隔稀疎梅影紅晝閒萬物靜日落羣山空故人期不來獨醉溪堂東

西山訪周大楓厓

結屋烟霞近連山草木多高人長不出好鳥偶同過夜雨生青壁晴窗俯白波從來幽僻意吾亦羨漁蓑

徐四溉餘歸自西塞喜而有作

七年青海外萬里雪山中感別春雲異驚衰客鬢同移家從薄宦何日整歸篷相見翻疑夢鄉思訴不窮

獨酌玩月有懷朱春泉馬秋葯兩同年

獨坐飲微醉蕭齋寒易生如何今夜月偏動故人情都養聲名舊高談杖履清紅門梅待放錦句織催成紅門織局梅花最早兩君居近嘗游於此

送張七魯峰

孤亭送客上行舟祖帳悤悤勸小留驛裏鶯花含別意尊前詩賦起春愁城陰罨樹黯將夕水氣溼雲寒不流借問江南

蒓菜熟可來重訪兩湖秋

簾鈎

樓閣春深鎖寂寥當門小綰綠鈎條未妨歸燕遲遲入可許
新蟾夜夜邀犀押雙垂憑管領湘波一曲想飄搖池中倒捲
蝦須影髣髴何人乙字描

半罥蟲絲半惹花曲瓊名豔楚詞誇勾留亭榭和鈴索消遣
房櫳鬬畫叉翠袖高搴黏竹粉綵絨低結映窗紗等閒漫說
詩能釣倚徧闌干落日斜

巧樣彎環挂小闌秋風不動壓輕寒踏來鸜鵒疑翻架立處
蜻蜓認把竿賸有纖痕含瑪瑙獨憐孤影伴琅玕幾回欲放
還高束解待青山到晚看

豈是風甌著意鳴每從謬戛度微聲青春白晝愁難繫殘月

琱弓畫不成隨手卷舒金屈曲低頭振撥玉瑽琤分明寫出蛾眉樣妝罷如何隔水晶

阮貞母沈孺人壽詩 錢唐沈大洽女許字阮涫子烈宏未婚夫死女年十九奔喪守志事舅姑以孝聞

湘瑟彈殘寡女絲東陽今又見貞姬結褵正在憑棺日截髮還同卻扇時堂上自承甘旨養泉臺仍詠鼓鐘詩白楊風冷青松勁留取經霜百歲姿

人間天上豈殊形織女黃姑是兩星鐵板春風歌寡鵠青鐙夜雨課螟蛉吳興系好傳貞操巴婦臺高足典型 聖世輶軒釆閭里早將姓氏勒圖經

題友人畫冊

蕭蕭籬竹掩柴門淡墨濃烟畫遠村貪看梅花歸獨晚一蓑

殘雪又黃昏

秋夜

鑪烟香歇夜涼生坐對孤檠月四更梧葉漸看搖落盡恰從何處覓秋聲

柴步高字亦之號雲齋錢唐人乾隆庚子副貢有東遊偶存草

雲齋高祖方伯公諱望曾祖御史公諱謙祖司馬公諱載庸父諱麒生雍正丁酉孝廉借補浙江兩淮鹽大使伯父掌科公諱潮生里黨稱祖孫父子兄弟世甲科云雲齋性孤高廉介善屬文陳句山先生之高弟也乾隆庚子與姪廷宣同榜已中第八十一名舉人因詩經卷多中一本易經卷少中一本雲齋習詩經遂與副車中易經卷互易因改寘副貢隨罹遭家難不復應試久遊天津河南山左山右諸郡縣乾隆壬子以疾卒於曹南館舍年□十九柴穆堂先生其弟也官萬年閘時延雲齋於塾中得詩百餘篇卒後錄爲一冊題曰東遊偶存草

萬年閒

平蕪十里枕河涯一簇茅簷四五家夜語榜人知進艇晝眠傲吏識荒衙遙天風過瀟瀟雨捲地塵飛漠漠沙終日瞢騰將臘盡傷人何必爲年華

臘盡日作

怕說來朝又是春客途憔悴獨傷人窮如可送誰無策愁莫能驅患有身歲月祇今催漸老詩書自昔不賙貧休言臘盡無佳興閒較山僧分外眞

陸夢熊字瑩若號古漁錢唐人乾隆庚子　恩貢官西安訓導

古漁績學博聞敦崇古處性耽山水交盡名流文采風流傾動湖海乾隆戊子上海陸公錫熊來典浙江鄉試將揭曉絳燭兩行黃榜在地吏塡至五魁發糊名解首乃古漁也時監臨滿洲某公謂陸公曰得非共族系乎

何姓名之相次邪公曰吾家世湣漬自前明文裕以來數百年未聞有遷杭者雖然今日之事公有問我不可以不引嫌古漁遂報罷由是絕意仕進而專致其力于古文所著有黃鶴山農集若干卷蒼莽雄拔論者以爲得昌黎肩山兩家筆意少好爲詩與邱雲涇余秋室龔吟臞爲詩侶又嘗與嚴鐵橋古緣兄弟沈桐溪胡葯唐魏楙洲沈菊人諸君結瓣香吟社麗唱妍酬齊盟迭主其後貧不家食客遊四方歷梁宋齊魯燕趙踰江越嶺足跡半天下覽嵩少二室之奇秀探武夷九曲之幽深發爲歌詩卓犖神駿得江山之助所至郡邑薦紳大夫爭延致之以主名山講席纍幣踵門無虛歲隨園老人論詩謂與鉛山蔣心餘陽湖趙雲松爲詞壇鼎足非溢美也

乙酉冬杪四明邱東河同里邱雲涇嚴鐵橋張石函袁伍庸沈朗行余秋室王杏園周敷典潘秋庫翟古泉鈞溪孫約齋王莘園姚峙東龔吟臞諸公北上各有詩留別賦此貽行

句章富儁彥邱子實居首吾杭羅群英燦燦風雅藪同心結

歲寒相與志彌厚飛沈邈異途踟蹰餞良友涼飈吹離心北
挂關河柳鬱鬱迴春姿攀折戀分手驅車出重闉揚鑾入北
斗瑤華惠高辭金壺注美酒賤子困迍邅微材謝薪槱逸羨
鴻鵠飛稾征良不偶

題西爽園圖即送吳春林之楚

吳家兄弟雙白璧對酒豪吟最清曠長君肝膽傾向人高情
古義雲霞上曩者四海一子由開門還揖羊與求吳與風雅
有三沈謂朗行士肩峰盧潘湯謂秋庠尹亭嶽嶽雲霍儔賤子攀嵇亦鳳
舉十載綢繆共雞黍相憐豈減骨肉親脫略形骸惟爾汝春
林住近紅塘橋門前流水涵清瑤北郭幽居稱第一散花灘
上停蘭橈林園邐迤白雲住一掩一重散花樹危樓三面晚
翠深風簾月幌圖書聚園中我亦來頻頻宵眠醉酒共被人

幽尋疑有不到處畫圖一一傳其眞君今乞米離鄉縣把手
園中淚如綫出圖索我一長歌欲置行縢如展𬟽東風十日
河橋長迎人楊絲灑面涼征衣寒卷雲漠漠離亭日落春花
花勸君且吸杯中綠貧賤男兒眞刺促仰天大笑且出門汗
漫遊蹤逐鴻鵠宜城美醞二百缸武昌之魚鯉雙雙漢水東
流不可極美人日暮搴蘭茳佗時憶我三湘路展卷摩抄畫
中句我亦因人將遠游故園共有懷歸賦

聽鸎折楊歌送沈稍峰之江右

武林三月春花花游絲芳草空斷腸黃鸎踏枝嬌欲語楊枝
蹴地情偏長鸎聲嚦嚦多鄉國只有離人聽不得我今折楊
一長歌四座無言心惻惻吳興才子峨稍巔十年交契情纏
綿一日不見憶顏色況復別我西湖邊問君適行何所適吳

頭楚尾親將歷濤陽江上夜撥弦帝子樓頭晚吹篴相看爾
我皆賤貧大艑無楫車無輪不信流年暗中換牀頭拂拭霜
花頻將進酒握君手蒼涼欲碎王敦壺骯髒漫擊相如缶欲
別不別酉斯須酒盡日落青山孤回首東西各異地楊柳多
情鶯有意試看紛紛陌上花落紅都是離人淚

鹿邑道中觀內人走馬歌

春來僕僕江北道落花低拂褭腰草美人如玉嬌春風絕技
人誇身手好眞源城外長堤邊綠楊大道沙如綿紅妝騎馬
試馬走金鞿玉勒珊瑚鞭杏子衫輕宮袖小雙分繡袴纖趺
繞烏綾裹額斜插花結束腰圍柳枝嫋初來調轡馳康莊花
驄蹀躞游龍强周流已覺四蹄熟一聲撥叱看騰驤匹練光
中人不見觀者如山色都變敧身附馬伏馬腹翩若驚鴻低

掣電翻身上馬立鞍橋婕妤當熊馬更驕仙乎仙乎欲飛去
萬人助喝雷動搖花翻塵滾流光激盤盡圍場漸收靮徐整
雲鬟再束腰一朵芙蓉紅欲滴別有美人馬上旋橫陳玉體
如小憐已驚跟絓忽倒立摩空兩瓣凌波蓮殊姿異態難悉
數二美環旋纔接武姍姍仙骨漢宮初飛燕何曾掌中舞從
容下馬整華裾繩戲竿緣技有餘試問隱娘紅線輩雙丸劍
術將何如

舟中望金焦二山

我行看山亦隨緣七年未到京江邊潮贛漳泉幾遊歷青山
佳處慳流連今年又向江北去一葉輕舠飛遠天金焦二山
吾舊識推篷一笑心魂牽是時春水綠於釀波浪細織如柔
綿碧琉璃浸兩卷石明妝卓立蒼波前橫空倒影出飛翠搖

動似與長鯨鬐鐘聲隱隱出埨際丹梯碧磴來飛仙岷濤萬里直東下兩山撐柱摩坤乾朝潮夕汐自吞吐江海一氣相回旋始信靈境接縹緲九枝海日層臺巔孤舟兩嶼作三友雲濤堆裏同翩躚平生利涉天所佑安穩坐扣中流舷此生自分老舟楫有如江水歸無田且與山靈訂後約歸期未卜心茫然

路經泰安欲遊泰山不果作詩寄意

我昔曾登嵩陽峰攝衣直上淩蒼穹太少二室徧遊屐題詩筆埽烟霞濃十年夢想遊泰華塵埃僕僕難相從卽今驅車泰安道中峰咫尺雲嵐通我身胡爲迫行役車徒正復憐恩息此行至歷下稍息勞人蹤誓將抽身脫塵鞅膏車秣馬遊從容吾將登泰岱手拂泰時松直上天門一搔首洗我嗽寄

磊落之心胸齊州九點烟漠漠吳閶楚甸微茫中黃河一綫
直東下太行山色青無窮飛淩上日觀衣裾颾天風禆瀛一
浤直杯水白銀滉瀁扶桑東天雞一聲夜方半火珠躍出珊
瑚紅釜蒸萬道霞五色紫瀾洶洶奔魚龍金烏照曜翔碧漢
下界方動殘更鐘元精噓吸萬萬古大造一氣何初終平生
得此奇景誇第一人間富貴焉足娛我躬我生滄海一稊米
方隅踽踽悲羣蒙放眼始識天地大那知世上何得何失喧
雞蟲詩成先寄岳靈去高歌激越喚醒人世之痴聾

潯陽江玩月

扁舟小泊如浮鷗江空夜靜魚龍遊瀲灩晴波湧月出明珠
一顆當中流戍鼓沈沈夜將半風動長林影淩亂雲中五老
舉手招我欲從之碧虹斷終夜依依客在船酒醒人散空茫

然潯陽九派晴潮起銀沙萬頃琉璃懸春江何處無明月看月何人鄉思發江流宛轉去不回江月逢人多白髮棲烏夜啼愁我心殘星幾點橫疏林江霧冥冥天欲曙月落沙禽背船去

陳畱道中

清風五十里不覺到城壕縣僻鴉聲大村荒馬骨高樹陰分岸闊野水齧沙牢不見中郎墓余心甚鬱陶

起程赴閩舟宿江干

草草歸來後仍爲遠別人牽衣憐子女慰勞仰朋親雁度之江暮花開十月春何須問舟子有路到雲津

十載齊梁客今來閩海遊江流催落日沙際滯扁舟山氣欲成雨楓林尚帶秋何時理歸楫鄉夢繞杭州

早行寒甚

街柝何曾歇征夫促蚤行五更霜正重萬木凍無情自覺駝裘傲因思酒琖傾彎環殘月照幾處夜烏驚

小桃源

仙巖遊不盡更覓小桃源流水隨人意餘花伴鳥言烟蘿誰作主雞犬自成村不遇棲遲客幽懷孰與論

登六和塔

佛國龍山近珠林雁塔懸規原開寶刱地與會稽連基拓層崖厚根蟠初地堅簷鈴聞四大綱戸近諸天金布三千界鐙傳六百年孤尖當海日七級指星躔稍進離昏暗方升漸曲攣丹青龍象赫金碧蓋幢聯捫壁通慈室飄空現法蓮皈依珠藏佛頂禮梵王筵蟠柱蛟拏攫承梁鬼㾭延丹梯階自截

石砌厂防蹎磊磊蜂房綴層層蝌曆塡光明疑蟻曲蓄縮比螺旋書有前賢筆經留美石鐫第三層壁上有石刻南宋諸臣合書四十二章經盪胸生宿霧決眥入飛鳶流矚眞奇矣遐觀更渺然孤峰和月抱輪山在月輪山上三折驗波漩海色龍宮暗江聲鐵岸穿兩山噓吸盡一氣委輸全吳越蒼茫裏乾坤指顧前憑陵六鼇動浩蕩大鵬騫樹點浮雲外帆飛落照邊津亭聞戍鼓海客認歸船强弩雄猶在浮鴟恨莫捐歲深沙岸改潮落漲痕遷坐石人垂釣乘濤賈扣舷波恬平似席塘鞏直如弦永息三疊浪低縈孤嶼烟　神謨恢壁畫　大化荷陶甄佛日　璇題迴香城　寶翰宣孤標回駭浪卓立靜奔泉指爲迷津切光騰舍利圓神皋推作鎮南紀永持權切火燒難壞剛風灑不偏我來依法界身欲挾飛仙怖鴿窺檐入曇花壓帽鮮金魚游可

數桂子落空傳俛仰悲陳迹稽首念夙緣欲尋無上境聊伴

小乘禪

人日同人集瓣香吟社卽送嚴九峰鐵橋兄弟之閩

南

東風吹綠水粼粼怕見征帆去遠津寂寞乍逢人日酒留連

難別草堂春聯吟舊社身皆健聽雨他鄉夢最眞此去嶺頭

雲黯黯梅花如雪總傷神

遊相國寺

四旬未濯征衣涴走馬來尋金界長梆色冷涵梁代雨松風

逶迤梵林香莊嚴好證三摩地淸淨同登四大牀隔院齋鐘

驚日午僧糧分與雀雛嘗

元日舟泊眞州同邱東河作

照眼晴光轉綠蘋巒江小泊歲華新百年容易逢元日一夕流連悵客身天遠夢隨京口樹鴉啼人指秣陵春酒帘斜處漁村近沽得香醪勸飲頻

上元觀鐙分韻 大梁

九衢鐙火暗塵生慶兆豐年頌太平霽景浮來三界色春風吹送萬家聲天隨瑤島光中闊月向鼇峰頂上明試聽踏歌人影裏梅花飄落笛邊情

登嵩

仙磴盤雲第幾重巉巖老削碧芙蓉中原崒嵂三千仞元氣淋漓六十峰石室晝扃藏秘笈天池夜冷浴神龍乘風我似淩空舉欲晤浮邱定可蹤

回首層巒四望春晴雲飛處浩無垠西連華岳三峰秀北俯

河流九派陳景正天心盤日月氣通帝座納星辰漢唐自昔

曾封禪惟見殘碑臥棘榛

鐵橋終古長青苔漢武東巡輦道迴白寉自隨仙子去金蓮

會湧法王來嶺頭五乳雲峰現樹上三花貝子開我欲題詩

無粉壁安知謝朓有驚才

含策何辭屐齒經中天洞壑谽䆫冥石牀草滿青霞老玉女

窗虛白日停一夕吹笙仙羽下九年面壁石花熒眼前誰是

盧鴻乙好共誅茅隱翠屏

和松園主人途次口占原韻

從來大塊本勞形王事馳驅未許停五馬平分沙蝨月一帆

橫卷海天星巖雲影合迷殘夢戍鼓聲高入遠聽細數歸期

頻眺望定知佳唱畫旗亭

都下送別趙誠齋

微雲疎雨澹淸暉悵悵都門別淚揮騏驥同懷千里志雁鴻不共一行飛夢回歷下朋簪集秋老并州木葉稀時學使張詡齋訂余同赴山右遂辭德州講席之聘燕市嬉酣莫辭醉明朝初日照征衣

馬松亭招飲松風水月書齋同孟鑑堂

鷗朋近跡快招尋日暖晴窗愜素襟幽室對城疑畫障小園背市即山林瓶笙響沸茶香熟缸面春融酒色深客至便成眞率會悠然得意問鳴琴

送陳湘嵐歸山陰

握手天涯肝膽眞如蘭臭味自相親元龍豪氣原殊俗公瑾交情比飲醇有酒總偕佳客醉無錢猶恤故人貧離家十載思歸切爲戀南陔草色春

紫溪道中

杏花時節過春分爲訪名山結伴殷我欲題詩遍巖曲劈牋
先報武夷君

應澧字仔傳號叔雅一號藕泉仁和人乾隆庚子歲貢官
安吉教諭有闇然室詩存十二卷

叔雅爲杭堇浦太史女夫少有俊才詩文博綜多奇氣
書法趙松雪中年以後長客維揚歲暮始一歸里神明
煥發齒鍔犀利高談雄辯能驚四筵性肫摯嘗有從弟
之妻之喪當以其子爲嗣時值學使者試有惎以試畢
再定繼嗣者叔雅曰爲人後者禮重執喪烏可緩也遂
令其子易衰絰入堊廬不復應試年八十七卒叔雅祖
年逾百歲父年九十餘三世皆享遐齡里中以爲人瑞
其高祖名朝玉號太室萬歷己未進士官刑曹不屈魏
黨告歸崇禎初錄敘一歲數遷至河南左布政今地名
有大方伯者當時所居也舊第宏麗後圃垣東有小街
鑿井汲水以便澆花名澆花
衖此亦吾鄉掌故故附識之

星子縣

趨塗無百里偶見人烟穠縣古日氣微城青芳草合匡阜落
朝昏江流成吐納會買潯陽酒來此同儈臆

宿蘇溪

空山靜疑雨溪流夜不息𣶃𣶃枕上來漸與歲除逼行人何
𢠵𢠵寤寐多反側茅檐十數家宵柝有時急天寒燭易跋村
醪苦無力荒雞啼失時點鼠喧得食稍覺鄰語闃已訝山月
黑

樅陽門城樓藏甲一具傳是僞漢陳友諒物棟撥齋
太守文屬余作長歌紀之

康郎山前水怒高樓船十丈淩飛濤火焚其巢風返旆中軍
鼓死慘不驕自昔元代失政馭中原狐走與羣妖黃陵岡頭
啟石眼紅巾賊起如蝟毛大者黠盜稱友諒江州一失天下

摇乘流鼓勝襲姑孰名城隳敗無堅牢卉洳藉地僭大號處堂燕雀紛啁啾席捲吳楚振朽擊拯危痛哭無申包巍巍左丞靑陽公手支大厦心煩忉淸水塘前仗慷慨義軍二百死不撓上流門戶旣失險何人戮力收神皐濠亳眞人起天步桓桓佐命風雲遭親提一旅過勁敵番湖血戰勳尤超黑波劃開水怪立成功天助驅鼉蛟赤龍蜿蜒不得進赤龍友諒所乘船名戈沈戟折歎闘世月暗鬼哭生寒潮英雄草澤骨已朽棄甲見元史呂錡射月符占爻輿尸江漢訖僞命吳興楚亡左券操何足珍瓊瑤胡爲皖江一塊土忘仇忍恥誇元髫麗譙巀巀列鎧胄金字照耀江波淘前後金字尚存勇非鐵非繭神色異魚鱗片片無殘凋十圍腰腹詎可比慓然駭走驚僬僥疑是魚牛與潛鵠弱肉强食餘腥臊不然螭罷及犀犛寢皮曳骨紛轎

轇奇形詭製所見罕割裂或借烏孫刀縫以瑚胡之勁絃澤以翠羽之明膏戈鋋不入火不洞轉戰勝著盤龍袍燿武未足矜異代天敗眞可摧雄虓泗陽漁人非眞帝驅除爲難理則昭我聞陳嬰有賢母大名未易辭同曹普才先見豈苗裔妄冀非分心空勞垓下決戰死徒步般鑿乃在秦楚交古今成敗論不爽奢蕩那可延一朝琵琶亭畔女魂泣銀牀金鎖埋蓬蒿同時張王亦奇絕齊雲烈焰珠塵銷我觀此甲三歎息倔强空負人中豪握符秉籙天所授羣兒自貴徒紛囂吁嗟乎成皐廣武皆寂寥千年壁壘空盤鵰君不見孝陵松柏今採樵

縣官歎　傷縣官景人龍也

縣官縣官秩視六百石莫盜公錢但貪墨西安前年來縣官

温温面有詩書澤腳靴手板謁府主呵怒從無好顏色謂爾
迂拙苦無能不省羔羊有私覿黽勉初從簿領塵煩苛屢奉
嚴程檄俸入難償供億繁庫錢暫濟須臾急事會紛紜値坎
坷爰書出入求瑕隙斡旋臺省費經營幸免彈文褫爾職歸
去躊躇百計無況逢　賜復鐲租夕阿兄祈死赴黃泉阿弟
何心對午食一朝畢命朱絲繩流落妻孥長作客身後田園
官已收魂歸灤水河猶白吁嗟乎丈夫一死重太山仕宦不
合即投劾豈能隱忍屈曲事世間爾何計短至此極高高者
天寔咫尺

堂官歎　慨大吏不能御下也

君不見衞青給事漢公主渾瑊給事郭汾陽風雲每與時際
會沙蟲變易爲侯王千古廝養爲吐氣堂官聞之目睥睨出

入惟思據要津貪殘豺虎頻横噬晝諾全欺懵懂官假威先
攝昏庸吏囊金腰玉富且多重臺役使加嗔呵行省官高奴
視主私槖分肥忘爾汝明年納粟許得官大車小車捆載還
倏忽魚龍成變化峩峩頭上切雲冠昔日傴僂事貴人今日
傳呼步後塵昔日求金託私覿今日貢金謀改秩宦塲面目
盡如君傳粉男兒媿巾幗吁嗟乎衛青渾瑊世已寡不用賢
才用厮養漢唐功名出古下堂官堂官愼勿驕縱奪民財白
日出時氷山摧

方竹樓元鹿　畫竹歌

竹樓夌竹植萬竿矮紙日寫青琅玕名成屋去竹無主寫竹
時時夢故處興來下筆不肯休瀟灑突過文湖州娟娟疑帶
清露墜嫋嫋乍喜蒼烟收解后與我揚州見口誦佳篇羞白

薦許將畫竹訂詩盟心比莖虛節比健我歸無金裝兩槖我
有殘書自娛樂張君妙畫涇淋漓風雨籜龍時撼閣思君千
里會面難見畫恍見須猾寒翛然絕俗如君少竹樓寫竹如
寫照

于闐玉大禹開山圖歌

于闐水出葱嶺東瓊田種在明河中禹貢山經缺采錄天為
聖德開鴻濛我　朝幅員軼前代南東北海歸堯封西拓回
部二萬里高昌鄯善一掃空唐戍直到蒲昌海漢使誤入牛
女宮孰若近今隸版宇甌脫斥遠無狼烽戊已校尉出中禁
屯田實粟塞下豐于闐之人以玉飯不知上古精華鍾歲歲
撈河霜落後瑤瑜大小衢術充席包氈裹進　北闕如周器
幣作上供豈惟質美蔭嘉穀亦欲屑食綴王躬地不愛寶獻

瑰異鉅如百斛龍文頎

天子曰吁咨汝玉予敢玩物違厥衷游河巡洛思明德徵禹

魚鼈今猶訌濬畝距川萬世利隨山刊木八載功命工按圖

琢成器列之　天廟昭敬恭圖中一一鐫刻妙神工鬼斧何

玲瓏發軔積石荒徼外九州鍔斂青芙蓉蠶叢鳥道無夷徑

乘檋行標瘁聖容四臣奉命左右贊五丁施力畚鍤從震霆

先使掣列缺走石密敕驅豐隆想見山川在草昧譬人駢拇

病痿癃天地有患不自治亦仗聖人刀鋸攻鑿開混沌殄百

怪骨節疏解血脈通痛深湮水竊息壤幹蠱首出能奮庸勞

心天下功不伐有夏四百景命終此玉自古所未有開闢第

一禹德崇奇珍必以神聖壽追蠡至今思鐘鏞平成偉績若

在眼師法勤儉垂無窮不作無益害有益我

皇用心千載同

太史行

太史精誠鐵一寸指斥乘輿氣尤悍中書堂上對錚錚不怕階前熱血噀聞者搖手咸噤聲況敢抱牘陳殿廷小臣狂瞽罪應死謗訕朝政服上刑太史前年預廷試慷慨奮舌論時事寇盜縱横久未平釀亂何曾問貪吏痛切恨少萬言書紙窮文短鬱以紆一腔忠憤今始洩賤啟執政陳戇愚足踝不惜行萬里頭顱不惜懸九衢烈士徇名遘時會昇天成佛同一途唐劉蕡宋陳東一死謫一死忠我

皇方宏闢門典不以一人塞四聰　詔貸死罪徙絕域曈曨日曜扶桑紅小臣拜手敬賀

陛下聖科目有人逢世盛

不寐

不是傷無寐吾眞媿鮮民尚餘衣上綫猶是手中紉善養慙兒少無官累母貧哀猿啼不住伴我到淸晨

月夜渡揚子江

鼓櫂乘良夜須臾席上過月明澄海氣潮退熨江波北望蘆花渺南飛鵲影多陽侯今受約不敢浴黿鼉

道上桃花盛開

二月山城桃始紅濛濛十里霧綃籠撩人客路嫣然笑入畫溪雲淡若空俯仰懷人依碧樹支離身事怯春風無端拋擲杭州去湖雨湖烟一夢中

石頭城

客到南都感慨生西風吹上石頭城地開王氣諸山入潮沃

神皋六代爭駭綠紛紅茜梵版斷烟零粉泣秋英當年鐵鎖猶無用虎踞龍蟠浪得名

清明書懷

新烟取次到山城先試旗槍第一萌寒近清明多客夢雨稀孤館有啼鶯越香晝永微微潤綠酒愁交續續傾正憶年時二三月小樓喧動賣花聲

十笏閒房兩部蛙怱怱佳節到天涯春陰凭水微聞氣庭草無人自著花餳白粥香誰問疾筍肥蒓滑客思家東風作意催緜絮又是濛濛落景斜

入京城二首

辨色鴉飛御衕東搖鞭身入五雲中九霄城郭臨黃道六服車書集紫濛左控盧龍秦內史右襟涿鹿漢扶風王程琛賮

休嫌遠黼扆今居北極宮
羣峰一氣接青蒼翼衞神京翥鳳凰自昔幽都曾揆日於今
大子正當陽千門萬戶詞臣賦盧橘蒲桃樂府章見說賜酺
逢大慶更徵百辟會明堂

醉書

讀書擊劍亦佳哉蠟淚何妨壁後堆世事漸隨棋局改壯心
空逐酒杯來高歌衎衎行將老白日堂堂去不回南渡雨生
能伏闕當時猶道是庸才

喜東皋先生事釋還　朝

萬人歡比放衙蜂
帝黜羣訌降　璽封共說朝端還石介難逃物論到梁松
廷無疏救緣孤直春自天回仗棨恭如此

主恩前代少願公晚節勵從容

題澹川詩集

萬里行還大是難攝衣到處領騷壇筆飛海外滄波立劍倚秋空華嶽寒壁後談兵揮麈助馬前草檄許人看詩情如此眞豪宕郊島應羞琢腎肝

新淦道中

金花潭水最多情寒色今朝滿縣城鶗鴂一聲青草合斜風細雨近清明

楊煥緯字治馨號雲浦海寧人中栟孫乾隆年歲貢有雲浦詩鈔

雲浦讀書勵行工古文詞沈文慤公歎爲擺脫羈束暢所欲言爲作序以行世

至紹興謁陽明念臺二先生祠

十七上封事尚書心亦驚公年十七應詔言事其父尚書王華見之爲之驚駭直詞逢彼怒謫宦顯忠名心學靜中得奇功危後成斯人千載傑未許腐儒輕

東南畱絶學端賴蕺山賢人譜培蒙養臺章正主愆一身關社稷殘緒劃儒禪堪與陽明子悠悠百世傳

國朝杭郡詩續輯卷二十三終

錢塘吳慶坻校字

國朝杭郡詩續輯卷二十四目乾隆四十八年癸卯至五十一年丙午以科目爲次

周　晃　吴　昇　周廣業　周　昶　張國華

許乃來　張　浙　汪三益　許澄之　周　南

淩　丙　魏成憲　孫大椿　王　沅　祝萬年

沈景熊　高家驥　葉龍官　吴　華　丁　燾

陳文鑑　余光治　項本立　雷　載　吴荀龍

汪　璐　梁寶繩　鍾式丹

凡二十八人

國朝杭郡詩續輯卷二十四　　錢唐吳振棫毅父氏編

周晃字覲五號茗山口口人乾隆癸卯舉人官直隸吳橋

曲周知縣有香醉山人偶存草

宋茗香助教游天台得詩甚夥歸述山水諸勝并出

詩刻圖幅見示口占二律錄一

聞說天台去歸來與不窮插身雙闕上得句萬山中詩畫名

應滿同游藥君繪圖神仙路已通讀君新著作何必賦與公

亡友宋綠筠茂才挽詩

論交三十載象勺逮中年馬帳趨同隊雞窗聽講元忘形無

爾汝援手即雲天多少銘心感回頭倍黯然

廿年文戰勇天未慰雄心縱悟科名幻何來疾病侵加餐誠

努力度曲自知音不是調痾意寧甘守素襟

雅有陶籬癖兼搜鄴架香圖書千卷富花事一年忙有子真
能讀其田定不荒藝林傳逸韻豈獨在文章
交莫如余密慚爲家塾師敬惟平仲久貧有叔牙知寂寞青
氊客飄零紅硯詩（紅絲硯最爲上品君昔年得之有詩紀事）春風寒士路（時計偕北上）
裘馬孰扶持

自吳橋還省留別諸紳士

來時維夏去當春僂指瓜期月未旬捧檄居然權此土鳴琴
畢竟媿斯民（堂懸有愧斯民額）曾無雅化追三異恐有訛言染一塵
珍重諸公尊酒意情深千尺似汪倫

吳昇字瀛日號壺山一號秋漁又稱西溪雲客錢唐人乾
隆癸卯舉人四川候補知府有小羅浮山館詩鈔十五卷

先大夫九歲工爲文章稍長即以授經佐甘旨之奉其後游燕齊閒最久尤爲長白阿林保公所敬禮乙卯以大挑入蜀値教匪之亂奉檄從軍崎嶇戎馬者數載性慈仁而練于吏事所至皆有實惠蜀中有菩薩之目時大吏頗喜諂媚厭廉正以是浮沈二十餘年雖屢進階而卒未竟其用此可爲吏道太息也道光辛巳乞病歸里甲申以疾歿年正七十蜀中灌口繩橋見范成大吳船錄及坡公詩先大夫權知灌縣覓故處不可得地有白沙渡極湍險一舟覆輒百人溺乃募貲重建繩橋橋以鐵索及笮爲之凡長百二十丈行旅稱便士大夫多作詩以紀焉素不食酒而喜觀人酣飲嘗撰酒志二十八卷爲目十有二曰原始辨性述義備法詩品稽典紀事紀言考器徵令錄異識餘徵引書籍多至千餘種性最嗜菊所居得隙地數弓即遍蒔佳種自治糞蓄土分秧澆灌以至捕蟲治病之節其勞皆與園丁共之花時則觀者如市吟賞殆無虛日故當時有費酒賠詩過一秋之諺所著九華新譜二卷亦足補前人所未及也

上灘

乍聞風雨至知有灘在上汩汩乎其來不可萬牛擋舟人聚相戒羣力策丁壯百十曳落河負繩與之抗前爭轉後仰手

作據地狀寸進或尺退東推或西向坐者輭如綿立者簸且颺三老坐中央儼一將兵將援桴雨點急力破萬重浪船頭鼓聲緊沙上吼聲旺作氣躋其巔勢乃息奔放鳴金以衆退出險慶無恙痛定復思痛迴視心魂蕩

下灘

下灘夫如何似易因更險一發不可留如以物投坎洄洑瘦蛟蟠狂飈飢虎鬬盤渦大於屋巨石高似艦入漩成磨粉觸石等折檻不能避道行絶少援手擘浪花高過頂呼救但聞喊苟非巧力齊鮮不飽魚噉船頭轟然下船尾向天颭驅塵梶難止奪路闕竟斬箭離彀猶遲蛇赴壑尚漸一低又一昂過眼不及覽瞻之已在前平波光瀲瀲乃知生死關爭此電一閃危乎復危乎忠信吾豈敢

新兵行

行糧全坐糧半給米論石錢論貫東鄉健兒力如虎西家壯男能伏弩投名入籍報官府領軍馬上持檄來轅門逢逢朝打鼓今日下教場明日催東裝盔兜有纓甲有裳箭羽白雪刀白霜飲徒博徒舊相識送爾黑水之河旁此去殺賊先擒王

鄉兵行

焚爾穀燬爾屋殺人如麻不敢哭忍淚含飢草閒伏爾勿伏賊入索爾剜爾目爾勿走賊入追爾刖爾足爾有丁男爾禦侮十人可什五人伍沿山樹柵路置弩守則鳴鉦戰則鼓官兵十萬動地來犄之角之惟汝才入賊陣取賊將首馳歸報捷旗門開大府論功上封事駐馬田閒問名字千夫百夫爾

長之昨日村農今武吏長揖縣官投一刺

土兵行

徙都耶筰都耶曲烏烏之夷奴耶五十五州亦土亦流罰不應役牛五十頭頭人舍人不識字蠻語啁啾問通事花裙小隊跳躍來酒市鬪門婦女避鼓聲三通角三疊今日將軍親簡閱殺馬椎牛大饗卒蠻刀割噉口帶血挾爾哈靶礪爾及密（蠻語呼箭為哈靶刀為及密）滅賊歸巢未六月（土兵性畏暑）

老兵行

公徒三萬來駸駸壯夫力士紛如雲國中七尺野六尺安有羸老堪從軍老兵老兵爾何苦曷田爾田宅爾土豈無若子若弟堪荷戈白頭猶復稱官府（川俗呼兵為官府）老兵聞言笑不止不失聲哭反狂喜自言弱冠充餘丁得補名糧周一紀轉戰

從征三十年半生眠食槍烟裏迢迢衛藏指西招雪山埋人
鋤不起大鵰側翅來啄眼飛馬奔回二萬里將軍厚我老猶
健能挽強弓能啖飯解衣遍眎無寸瘢天石不侵眞鐵漢前
年千廓番三載征苗疆鼕鼕戰鼓響三峽半夜下令催軍糧
帥旗匆匆渡江水行營直到家門旁家門咫尺歸不得縱使
歸來人不識昔年火伴盡高官化作烟雲纔瞬息不如老兵
長不死百戰身經等閒耳醉卧沙場亦足豪閒將一劍磨秋
水

題陳竺山孝廉草堂修禊畫冊

浣花溪頭草堂址杜老經營上元始六年兩度賦歸來江上
春華移甲子春風遲日紅桃開二月已破三月來少陵草堂句五
逢禊節觴詠缺江亭水檻空徘徊一千年後名流聚南鄰北

鄰欣有主汀烟竹日景猶新把酒惟應到斯土詩成續畫畫與豪畫後題詩詩筆古勝情不是昔人無欠事留敎吾輩補王司馬韋明府翩翩五馬嚴大夫恨不當年見此圖

灌口觀漁

西來之水如建瓴漁者陸處烟中汀竹樹汎汎代舴艋踢浪穩如平地行不營萬匠簇不結百囊罟漁竿籊籊荷烏鬼長喙碧睛水中虎冬晴灘落魚唯唯吉日維何王與癸爲鶩爲鸛儼成行水面合圍森壁壘一聲叱咤風怒號翻身陸落隨奔濤烏衣隊隊雲時沒但聞水底逃鱗撥剌而驚跳須臾鼓翼銜波起銜出銀鱗半窺尾大魚跋扈不受擒拍拍飛來爭角掎魚籠已滿鸕鷀歸驅之不下亦不飛漁翁愛魚亦惜烏大魚入市小魚療爾飢吁嗟此烏能知止得少不憂多不喜

飽食居然無作容閒閒曬翅斜陽裏

自嘲

癡莫癡治生百事都不知倣居隙地僅盈咫翻泥掘溝成兩畦種菜肥可茹種瓜甘如飴不蔬不果蒔此百本菊云是羅含之宅陶公籬拖我穿角履著我短袖衣長鑱小翦手自持老腰彎環苦欲折蠢奴旁睨相嘲嗤門前有客拒勿納俵從促召以故辭晴雨無閒朝夕斯治生百事都不知癡莫癡

癡莫癡老不歸去將奚為年年佳鎗里歲歲抱空枝好花不向故園看好種反向南中移秋風瑟瑟花滿籬良朋三五來尋詩啼飢索飯且莫顧抱衣倚酒酣酌之花滿把酒滿巵客去獨飲還長思人生能得幾重九南山待我湖之湄老不歸去將奚為癡莫癡

送客

送客世情了關門清晝長斷雲天外溼飛雨夢中涼荷氣得新水蟬聲又夕陽坐銷閒歲月老矣況殊方

秋日讀鹿庵湘草詩有懷

擾擾風塵裏悤悤歲序過青山故人遠黃葉雨聲多生死無消息飢寒忍折磨新詩久不見重把舊詩哦

雞鳴山

峯勢巑岏碧漢齊雄兵夜渡振霜鼙諸軍重鎮屯山北唐武宗置山北八軍天子英名出隴西函谷易沈千里月塞垣難請一丸泥何如重譯皆賓服堠鼓無聲聽曙雞

宣府

宣府城高壓暮鴉雲州西望控龜沙秋光雨淡關門柝曉帳

風傳塞上笳郵堡負山皆鐵瓮健兒飛弩勝銅牙不須更設
烏桓府中外於今是一家

幽燕重鎮奠雄圖隍塹重重擁大都洋水東流趨涿鹿寶峯
南峙扼飛狐弧旌在轂星常捲帟幕來巢鳥自呼無限碧雲
西海闊李陵臺畔月輪孤

夜刁無警野烟和漠北塵氛須止戈箭嶺晴雲横素練玉關
寒雨蔟青螺時平不用防秋急巖冷眞宜結夏過耕柞安屺
烽燧息隔垣閒聽牧人歌

復徙舊寓

名理難參蠖屈伸生涯老作故車薪再來客似尋巢燕新種
花如病酒人便爛羊頭仍故我不離蚊睫亦前因筠簾木榻
重安頓牛磨團團跡已陳

病中

漫笑心如古井胥去來無定夢中棺就衰我急三年艾近替人輕百日官（坡句我今百日客自注時去替不百日）魚稻此邦稱富樂（富樂山昭烈所名今以名其鄉）湖山無地話團欒巢痕爪跡年年換忘卻腰間帶孔寬

王鎭之中丞長水集有客平昌諸作愴然感賦

奚囊紙閣舊棲遲四十年前亦有詩初日光芒離海上清泉滋味在山時牀頭老婦粗能說膝下諸郎總未知此境祇堪尋夢裏斑衣能得幾回嬉

乞歸自述末章兼致別懷

儒服來調宓子絃戎衣屢著祖生鞭酬庸　恩重二千石待嫁人過廿五年嚴范聯蹤仍洽客文高嗣美讓時賢田鳩野

鶚無豐羽莫學搏風墜遠天

俸錢祿米逮積齡溫飽　殊恩荷　闕廷四郡渥傳歌誇好

七年空乞夢刀靈（權典四郡需次七年）士難知己頭應白天與奇緣眼

獨青（礪堂制府許乞歸）爲報湖山更相待者番歸棹指西泠

重經十暑與三霜無計揮戈效魯陽問字童孫歌樂泮移盆

小樹看過牆歲華處處驚人眼塵事紛紛惱客腸歸去只愁

相識少預將名姓問存亡

卸卻朝衫著緼袍倦飛不是遂初高浮沈逝水魚原樂拮据

新巢燕轉勞丁令歸期成久約杜陵詩格歎空豪只餘逸興

難消得萬里橋西弔薛濤

書梔棋匳煑藥鑪病中檢點費支吾盧仝早嫁初來婢潁士

猶留未去奴長物贍人雙騎瘦短窗擕伴一琴枯還家直似

移家去錯被黃鸝識老夫

白首分攜意可知還山非易會難期年年譜菊今方了日日開樽醉不辭千里嬾裁酉別簡十年纔讀贈行詩庚午引疾不得歸今十年矣瞿塘估客時東下好擘魚箋寄竹枝

戰罷

戰罷歸來月滿營旌旗有影不聞聲錦袍漫拭刀頭血明早先收白帝城

夢香詞和小薌

亂紅如雨糝窗紗半是香泥半是花遠夢迢迢尋不得春風門巷燕兒家

紅粉三重盡上屏護花何處覓金鈴春痕酒思空撩亂酉得殘山照眼青

巳了生涯未了因風中絮影夢中身相逢浪說兒孃小眼底春光便誤人

短髮蕭騷帶孔寬風風雨雨恨無端十年枉載江湖酒不解桃花味最酸

周廣業字勤補號耕崖海寧人乾隆癸卯舉人

耕崖文性孝友篤嗜典籍溯流討源恥事禪販生平纂述有讀易纂畧讀相臺五經隨筆經史避名彙考季漢官爵考補注馬總意林動植小志諸書

白翎

夏蟲有白翎厥狀今始識細過蟗與蠓翾飛張素翼毒喙工齧人憂之卽不得原註憂音劣撮取也見龍龕手鑑豈直難語冰賦性固陰賊曩余家居常苦蚊紙帳雷聲攪夜分芒錐欲刺助煩熱所恃掌捫兼烟熏嬰蜺卵蝦北産少原註見神異經別有鼠負幻化羣

原註見酉陽雜俎旅次初安卻幸免笑謂所見殊所聞今年白鬮乃獨騃穿簾緣隙不可那原註三字亦見神異經言不可如何也咂肌奇癢費爬搔從此北窗妨晏坐去來弗聲復弗鳴揮箑燃香難避躲積久生怕痕痏成手臂痱癗紅顆顆嗟余羇客本清癯冒炎胝沫毛血枯四十四萬書會讀囊栗依然飽侏儒淩假變作中散蝨亦應棄瘠涵肥腴三尸夙昔據肺腑自被呵罵不敢誣爾復何爲屢狎侮欺我無力能驅除故人相問無宅平如爾安得非剎膚

上陳聞野先生

物外身閒鶴不如閑闗手著異人書衣冠江左推前輩花竹城南稱隱居烟罨翠微春命酒風腥海錯夜燔魚元亭景色知依舊自愧塵勞問字疎

周昶字天朗號再庵錢唐人乾隆癸卯舉人官餘姚訓導

有瑞石山房詩草

俞他山齋觀顧橫波畫眉鳥圖得長歌

六朝廢後春重織花滿秦淮弄顏色領袖歌臺數阿誰蘼蕪
詩句橫波墨夢破無人問梆花（用蘼蕪梆花如夢裏句）眉樓鳥跡散如
沙卻憐二百年來久珍重知音有伯牙飄飄一幅齋頭挂筆
蹤巧得蘭瑛派尚是藏嬌寓我聞畫眉寫就眉難畫探芝仙
客卓詞鋒（謂龔芝麓先生）邂逅虞山敵手逢占斷風流盒子會梆歸
錢氏顧歸龔歸來朝暮歡無度不覺荒荒移國步一代紅顏
侍史樓干秋清議尚書墓尚書傳裏兩嬋娟烟月河東獨悄
然貍奴飽死應無論十二僧尼肯誦禪君不見白楊風起凋
紅豆畢命還將後人救片羽流傳那足奇簪花人去村莊舊

暮春買舟之龍游

鼓棹驚殘夢推篷巳數程日華收海氣風力助江聲灑落男兒志飄搖旅客情短長亭過盡遥見富春城

七里瀧中路舟行此乍經帆連千片白山擁萬重青軒冕歸諸將江湖老客星釣臺高峙處矯絶想鴻冥

春曉

茶竈香清小院幽春眠初曉雨初收一雙鬬雀樹頭過無數落花池面浮賭墅客來增酒債負囊奴去減詩籌如何瀲灩晴光好又聽深林叫鵓鳩

春雨書懷

鎮日淋浪雨未休石闌干外碧泉流無多午夢三杯换不盡殘花一局收自檢篋中書幾上卻探袖裏刺誰投平生豪氣

消難盡突兀元龍百尺樓

迷濛烟雨暗江皐衝浪船輕一葉飄花湰紅酣鳊縮項竹林青入筍長腰吟邊已看春光暮醉裏何知去路遙極目三衢行未半扣舷歌罷興偏饒

張國華字蔚文號蒓客錢唐人乾隆癸卯舉人兩淮候補鹽場大使有就山老屋詩畧

蒓客年丈事母甚孝方需次淮壖饘粥或不給而甘旨不缺于供然終以貧故不克奉迎輒時時嗚咽若不自勝也淮鹽悉竈煎恆受制于商人戶益貧鹽益苦蒓客憫焉凡老幼之飢寒者病且死者撫䘏之必周盛夏躬詣竈慰其勞攜富安梁垛篆數百千竈戶望之如望慈父母焉

除夕

轉瞬一年盡流光感歲華倦書春帖子寒守舊梅花埽室袪塵網提壺過酒家青紅小兒女丙夜尚喧譁

獒陽曉發

歷碌獒陽路車驅倍苦辛亂山屯似馬古樹立疑人星斗前村落風霜兩鬢新行程殘夢裏忘卻客中身

半城題壁

行行乘暝色一徑入巖阿飢馬齧槽急荒雞上屋多廢城無擊柝殘月忽橫波不寢挑燈坐明朝欲渡河

過嶧縣

僮僕催人起征輪破曉行寒星懸樹影殘月迫雞聲衣冷疑無絮山多半入城江南看已近馬上數歸程

許乃來字遜懷號菊船仁和人學范長子乾隆癸卯舉人官江蘇太倉直隸州知州入祀廣東香山縣廣西賓州名宦祠

舟中望陽朔山

何年斤斧鑿嶙嶔欲壓蓬窗萬丈陰奇鬼搏人驚客眼老猿穿樹有童心水敲羯鼓灘聲壯雲潑魚鱗秋意深怪底一錢都不值詩人容易發狂吟

乙亥重到桂林和韋廬年丈賜詩原韻

漫道黃楊厄閏年得瞻韋石亦因緣昔時相賞風塵外此日重逢嶺嶠邊空憶故園春去矣更聞苦語淚潸然（公誦所作悼亡詩聞之淚下詩之感人如此）玉溪句好關情重錦瑟淒涼五十絃

雨雪書懷

山向湖東萬笏開翠峯寺接雨花臺參禪欲作逃禪客濟世誰爲不世材跋扈風聲吹雪去迷離樹色擁雲來莫將冷淡嫌生活聊假鑾坡遺恨媒

張浙字子偉號太霞錢唐人乾隆癸卯舉人廣西候補知

縣

北固山用漁洋山人登金山詩韻

千尋北顧枕江流振策來登叔達樓天闕雲深仙梵杳海門潮急估帆收清時薺麥迷殘壘終古旌旗擁上游日暮憑欄風雨集蕭騷恍接秣陵秋

兵稱京口竟如何兩點金焦壓逝波夾岸帆檣森列戟中流鼓角襍鳴鼉地雄南戒鶯花亂水落西津竹箭過蟻子莫輕天塹險孫盧百萬昔投戈

題栖溪漁釣圖

栖枝披拂水瀰漫笠子閒敲雨未乾記得琴溪三月暮琴魚初上約投竿

上下湘湖春水流荻芽蓴股亂沙洲湖壖若結漁莊住更挂

答箬放小舟

汪三益字得朋號晚香仁和人乾隆癸卯舉人官廣東新興知縣

晚香年丈年七十餘始注選到官未久而歿詩未見全稾所錄數章先大夫四十年前篋衍所存也

采茶歌

東風吹遍楊柳陌屋繞桑陰野秀麥吳孃春日多飼蠶學繡嬌娃罷刀尺兒家家住在深山山種名茶產爛石連宵雨足碧芽生淡日輕陰甲初坼乳頭蠟面品最奇火後火前時莫逆山中俱是采茶人幾曲雲深晴香積村莊少婦態自妍小姑髮短方覆額野花折得映山紅女伴紛紜競相索相攜相粒結隊行弓足不嫌山徑窄羅衣袖卷跳脫輕露見纖纖玉筍白垂垂半折小蠻腰曉露溼沾裙與舄龍井石屋春色多

盡日遨遊車馬客爲闗生計不辭勞只識采茶不相覓綠槍初展細細拈紫玉乍抽徐徐擘和烟和露揀尖尖綠雲亂向筠籃擲低聲爭唱采茶歌曲罷唯聞笑啞啞阿誰采少阿誰多雀舌龍團細選擇歸來前路夕陽斜回首山阿烟霧碧

偕楊霞亭訪僧因失路遂不往

拉我尋僧去同行興不孤出門欣有得繞徑詎嫌迂野水生科斗春風叫鵓鴣支公在何處且醉酒家壚

新綠

方見輕紅落細苞又看新綠著林梢開簾正值雨晴後滿逕卻當春夏交嫩葉色鮮滋露潤薄陰碧碎怕風敲枝頭更喜添生趣數點流黃鶯羽捎

齋中梅

皎皎手姿莫與偕孤標只合伴書齋已枯半樹韻尤古纔著一花香便佳瘦幹淩寒俠士骨清芬映月雅人懷笑予亦有逋仙癖不禁芒鞋刻繞階

春日久雨

正喜春光到小園卻教簷溜月餘喧癡雲閣樹饒新態殢雨添池漲舊痕紅溼杏花愁燕子綠皺荇葉迸龍孫饒予縱有登臨興竟日惟教靜掩門

寄程士奇

劇論忘形亦快哉江南歸去失追陪慚余六鷁風前退憶子雙魚夢裏裁蕭館月明鬧過雁草堂雨細報梅開遙知君是登龍客會趁桃花漲水來

海螄次西林前輩韻

攢三聚五宿沙中瘦較青螺迥不同綯穀短紋廼淺碧薄雲

小曆暈微紅芳辰恰趁含桃節綺席還參佳酪功挂席拾來

浮海至遜渠風味擅江東

茉莉

久傳雅友在詩家風味清幽韻致賒香透紗廚涼夜午花齊

磁斗夕陽斜翠絲攢蒂銜珠粒碧柱通心蔟玉華不識波斯

分妙品誤呼小樣白蓮花

用高青邱梅花九首詩原韻詠菊一存

生愁冷落舊池臺特揀霜枝到處栽疎雨一籬人未采晚香

三逕鴈初來短節支影寒扶竹瘠土憑根冷護苔回首諸花

誰似得東風不著亦能開

越寓漫詠

碧天雨霽落霞紅閒向庭前洗翠桐薜荔牆低先得月菰蒲水闊晚多風憂他酒力愁能遣愧我詩才窮未工更啓雙扉天際望小蓬萊在畫圖中

清明前一日

殘紅疊徑綠盈池正是春城禁火時牆角夕陽初聽得一聲喚買柳枝兒

經舅氏故居

曲檻重簾點綴新風光非復舊時春怪他燕子無情甚只認樓臺不認人

許澄之字心源海寧人乾隆癸卯舉人

過定州

極目千塍碧浪浮征程曉色動離愁綠楊影裏孤城路明月

清風過定州

周南字治徵號二南錢唐人天度子乾隆癸卯舉人官河南淇縣知縣有小十誦寮詩存

二南年丈少孤力學自計偕北上即遨遊齊魯燕趙間者甚久洎作宰河北會有滑濬之亂淇與濬接壤特河爲界延袤三十里津渡十有二晝防宵邏賊竟不敢逼籌筆之暇猶與幕僚作爲詩歌以紓憂憤即箍音一集是也後令子雨亭澍官江右抽簪就養優游以終

道口捷

妖星落地天無光狂賊殺人如殺羊百姓逃亡駭汗走稚女呼耶兒覓孃試問賊在何處賊踞道口中央道口本大鎮水陸車連檣金錢麻枲鹽鐵種種悉烏有惟餘陳紅倉粟輸賊糧饘屯蟻聚四十日鴟鳴猘突紛披猖行人避道行十里之內成巖疆吁嗟嘻十里之內成巖疆大兵威重不遽擊賊尚

負嵎堅半壁我探四出蹲伏信巳的月辰在亥日在辛指揮
六纛星馳擻攻其無備出不意雷轟電掣西南北柵門既奪
勇倍激如蝗蔽空飛亂鏑排牆直用靴尖踢刀光斜穿火光
直燄天揚灰沙地開霹靂賊肉塗塗賊血瀝瀝髑髏如瓜齧
草根殘魂猶是音咿咽餘孽東奔竄滑城黃旗尚豎災黎集
百千萬聲一時寂

趵突泉

世間靈怪乃有此到處逢源都是水脈絡千山翕萬流飛湍
忽湧波心起尻輪倒捲五尺餘莊嚴三疊蓮花跗瀵泉自穴
記爾雅瀾翻未必如斯夫我昔聞人說茲異移情忽向濠梁
寄今來泉側俯澄碧未經目注神先悸寒濤鼓沫聲逢逢鮫
人踏浪排神風銀花騰燿走鼎汞雪意晃蕩摩青空乾坤澒

洞尾閭洩陰陽呼吸天根通竈鼉奮蹴杳無際直疑下有蛟
龍宮錢唐江上濤頭闊瀑布廬山昏曉割爭似斯泉激箭如
壯士當胸弩牙撥亦知浉水東北流勁直善下趨陶邱潛行
洄洑作奇突欲求其理煩冥搜狂瀾一瀉疑無地回視餘波
正容與苔衣細漾綠紋圓樯根石罅流將去琳宮遠鎖洞門
深此是仙源豈易尋山色周遭雲自在別有天地空人心

題十八尊者便面

藝林聖手寫仙佛吳生名盛開元年貫休後作一十六竹垞
好句猶能傳一縑貴並希世寶裝以古錦函珠鈿有明神廟
致重驛烏絲遠貢尤羅騈藏經紙卷金作繪長袤三丈五百
全外此紛紛等郐莒臨摹好醜分媸妍傳聞鑒賞互演說奇
觀過眼同雲烟橫綃直幅易渲染從無尺素開諸天是誰巧

製出意匠想見慘淡經營前芬陀利花露滴硯貝多羅葉香

薰徧千金壘妙那足數五明六角徒紛然衍波褶疊張偃月

天然大海東南偏白毫光現十八衆或立或坐或聳肩或趺

雙膝或並袒或伸一臂撐空拳厚頤豐頰具福德深睛隆準

鬚連蜷長眉委地舍利湧龍馴虎伏如豚跧世閒有相及無

相莊嚴悉赴秋毫顛豈是聚講舍衛國鷲峯高啓龍華筵不

然行脚雪山頂西來故示行勝穿須彌非大芥非小金容一

一慈光圓奉持摩膜作頂禮香風翕習飄旃檀清涼遍灑十

方界天花落掌繞指旋

聞官兵至

眞喜如時雨傳聞列幔高虎賁皆宿衛龍武盡人豪月暈攢

長戟霜稜濯寶刀擒渠還埽穴螻蟻詎能逃

喜聞朱大蘊山以守城優敘卻寄

長圍連十日一旅誓孤撐守土吾儕分銘勳異等榮危城得飛將大勇出書生喜極同仇感翻教淚泗橫

楊二夢蓮有事滑臺余于役封考訂以重九日同至黎陽登大伾山竟不果約即夕東寄

慢說蓴鱸憶故鄉一樽今又負重陽茱萸秋老書千里風雨鐙昏雁幾行白酒不爭邀客醉黃花應是笑人忙山靈遲我緣終在蠟屐還須到上方

淩丙字貞木號蓉槎仁和人寄籍廣東乾隆癸卯舉人官廣東潮陽教諭有蓉槎詩稾

蓉槎丈六歲失怙長游五羊受知于孫補山節相延主越華香山講席多所成就後選廣文未到官而卒

浴日亭觀海

波羅江口望迢迢浴日亭空接絳霄地闢雲翻獅海影天高風盪虎門潮珠沈貝闕秋蕭瑟鱟上龍宮晝寂寥憑眺不嫌頻極目扶桑近若可攀條

魏成憲字寶臣號春松仁和人銀河子乾隆甲辰進士官山東道御史有清愛堂集二十三卷

春松丈由比部授揚州守擢江安觀察丁憂再起爲兗沂觀察以乞養歸復八爲戶曹進御史遂引疾歸不復出生平博綜藝畧嘗校四庫書于文源閣居官有廉强之名在諫垣時數上疏言事歸後主紫陽講席數年訓戒弟子必循禮法性伉直勇于爲義不爲禍福所撓與人交文行切劘任眞推分意所不可輒不斷斷辨論大聲疾呼然狹中鮮容頗爲時所詬病其爲詩極研鍊有工力年十三時從父游塘西高石生太守命賦詩有玲瓏橋樹層層岸宛轉菱歌處處聲句高大稱賞蓋其小時落筆已卓躒不羣也

月上回舟三更達西堰橋十里中梅花如雪靑士諸君留宿行庵以詩寄之

花開待明月明月送船歸卻顧香雪徑空濛在翠微月渚光練練花塍氣菲菲挐音十里緩輕霜露人衣參橫斗又轉點綴雲葉飛溪山畫不到淸景平生稀詩中如可畫除是謝元暉遙知羅浮夢翠羽啼林扉

岳祠銅爵歌

爵高五寸口徑四中勒精忠報國字金陀坊底相臺家嘉泰四年成祭器訟冤傳有籲天錄怯敵曾言撼山易痛飲黃龍待雪讐長城自壞緣和議將星慘淡背嵬軍英靈颯爽紅羅幟可憐父老望南枝幸有文孫承大禧赤堇千秋躍冶心黃流一勺孤臣淚異代飄零此爵留合歸遺廟湖山地光堯賞僭格天閣謬醜犧尊早淪棄高宗十六年爲秦檜造祭器六陵麥飯亦無人膽有冬靑起寒吹忠武馨香天地間不關當日金蕉賜金陀

粹編上賜先臣金蕉酒如韓世忠禮

丁龍泓隱君貝葉經歌舊與經同弆靈隱寺之借秋閣此歌凡七易稾張芑堂同年全得之舉以見贈因裝池成卷並藏諸閣留爲山中故事

借秋閣貯貝葉經誰其歌者丁鈍丁長歌與經意無極禪枝時吐天葩馨洗心已悟諸妙諦覓句曾捲雙林扃苦辛幾度蛾時術塗乙七稾鴉翻形乃知經營先慘淡然後逸韻鏘流鈴世人言詩太鹵莽操觚率爾鐘撞莛張生手持蝨殘本謂如初寫傳黃庭一回拈出一新義幅幅點竄思通靈感生贈我重遺翰先友寥落嗟晨星不藏於家藏佛舍以貽來者見典型他時洛誦資副墨山門同鎮頻伽缾護持四十四番梵文古永與閣外鷲峯相對青

曉發湞陽峽

潮回不到猶雪淚湞水西來峽山抗懸厓偪束瀾更翻潄堅槎牙險難狀篙師淩晨猛於進與水石角灘倒漾飽張帆葉力尚微森列劍鋩懍相向陵巒嶄鑿波鮹沺入畫清江帶碧嶂風泉傳響翠篁下巖猿流聲白雲上始知礀道餘清寒誰說蠻鄉但炎瘴妙從習坎得佳趣扣舷一和小海唱

雨後

秋在小籬落數峯山向西雜花涼雨潤歸燕晚風低覓句且謀野看雲還過谿稍聞流水活蔬甲綠分畦

白雲寺

白雲何處寺人上白雲山海色浮雲外山門盡日閒不逢樵叟引下見鳥飛還便欲臨風舉蓬萊近可攀

陳約堂樞部守詒招同鍾西樵孝廉錫圭馬秋藥舍人履泰陳竹香上舍鳳翔楊荔裳舍人揆雅集次西樵韻

饑春難得共吟曹投轄宵深興更豪燈影簾櫳翻芍藥酒痕衫袖豔櫻桃十年勝友星同散一曲清歌月正高快覩家江羣玉府風檐埽葉敢辭勞時令嗣青梧孝廉充江浙三闈書總校與君同事分勘之役

三月三日得周廉堂學使書卻寄

兩年孤負看花約尺素朝來雙鯉還曲水杯如蘭上里春風人到玉門關朋尊滿泛葡萄後羌笛低吹楊柳間自古秦中吟望好天教持節訪名山

題韓桂舲聽雨圖

杏花消息江南雨客子光陰塞北鴻天性無如兄弟好人生

半在別離中夢回謝客春蕪綠話到巴山夜燭紅尚待爲霖
歸未得聯牀畫出屋西東

舟次曲江題家書後

每日扁舟向翠微鷓鴣相喚燕交飛春從薄暖輕寒過人自
三楓五渡歸西笑底須愁索米南禪會此話傳衣預思櫻筍
登廚候到及林園綠正肥

種花口占

每趁東風買幾株斜街花市費青蚨方春得氣如時輩後日
攀條憶老夫雨露能酬生意足燕鶯藉慰客情孤寄園一角
身猶寄乞寫藤陰養樹圖

曹南樸詩

林風微動紙窗燈宿宿勞人倦不勝一夜泠香清入夢黃梅

花雪水仙泳

孫大椿字樹堂號芸花仁和人乾隆甲辰進士官江西萍鄉上饒知縣

芸花不列詞垣人咸惜之日爲宰物稍稍濟與其溺文字以沒也初授萍鄉調上饒父老赴轅請留者數百人尋改京秩以親老告養歸主鴛湖書院暇日與里中周大令駿發曹秀才斯棟酬唱爲樂焉

白桃花

不隨紅紫鬬芬芳洗盡濃妝見淡妝洞口蕭閒忘漢世仙家清淨避劉郎誤尋梅影春猶在得傍黎雲夢亦涼自笑看花人漸老又隨粉蝶到銀塘

王沅字春洲號雁街錢唐人乾隆甲辰進士候補主事有思萼堂襍詠

春洲居雁池街故號雁街居士風骨蕭灑善行楷工詩

醉鍾馗圖

斗杓宮裏劍含光及第終南姓氏香地臘繪圖懸九夏天中獻瑞本三唐不緣簪笏掄人海仗有鬚眉鎮鬼方世醉何須誇獨醒石榴花下進蒲觴

祝萬年字祥發號士希海寧人乾隆甲辰進士官四川永寧知縣有介舟詩集六卷

士希未第時所居曰立誠堂老屋數椽僅蔽風雨授經以給朝夕與兄江春明經簡田太史詵兮明府一門倡和自相師友

牛車行

我行自西林遂泝錢江流江心使船如使馬江灘乘車似乘舟舟行就深復就淺牛行觳觫浮波面朝渡行人東暮渡行人西不愁泥滑滑但聽波澌澌風吹雲暗晚濤起爾牛溼溼

葦沙裹布帆不見過江船空鼓長鞭立車尾

高唐觀

城西酉勝跡古觀鬱崔巍一夢成朝暮千秋說是非楚天雲正合巫峽雨初飛向晚登高望陽臺鎖翠微

沈景熊字炳季號嵩門錢唐人乾隆甲辰進士官貴州印江知縣有寄取軒詩鈔

嵩門於百家稗野之書罔不搜索抉摘發爲詩歌姑青母綠時露寶異杭堇浦編修亟稱之嘗與修西湖志晚年一膺民社旋解組綴歸鄉苗其志趣不汲汲于榮利者也

度嶺

高下互爲基絕通到始見梯田環螺頂雲根路一綫接筧盤蒼虬飛泉曳素練鳴琴樂幽深客子倦游緬登陟巳苦疲少夷切欣羨卻觀來時徑烟雲羃高巘俯視一葦杭濤駛疾如

箭

食臘八粥

啜粥吴兒慣朝朝臘八同已欣饒果物豈必和防風山中朝食防風樂府粥見志林斷飲依僧律頒糜念佛功噉噉非僅此粳淚滿盂中淚下如粳糜

暫卻

暫卻鄉思旅境恬閒情逸思漫須嫌量因酒貴何妨減愁爲吟多不厭添作意微晴天釀雪親人似語鳥鳴檐獨憐艱苦成消遣劇後還贏一覺甜

五律二首以下詩六首先大夫舊從疇事備輪錄出未載原題

江行當晚發擊楫興偏豪野火明遙岫漁舟趁夜濤遠村燈乍見曠野月先高漫道雞鳴惡晨光已慰勞

村寒當日暮野色淡如烟人語層嵐裏秋聲古岸前風燈光不定江月影難圓旅館淒涼甚離愁永夜牽

七律四首

風風雨雨似清明別有閒愁暗裏生秋色半依籬菊老人情難學暮潮平莊農禮數強餐飯野圃殷勤解喚名已得田園眞樂趣桃源何必武陵行

晚來爽氣滿窗寮徙倚閒庭悵寂寥小港波渾潮欲上半山雲起霧齊腰霜花爲口東籬色佳節何堪異地消且把閒情還對酒莫將心事歎無聊

桑柘參差照水明寥寥村落也還成鄰稀屋似孤懸磬土瘠廚存最晚秔山客到門多不借野蔬入饌半無名湖隄久慣繁華境荒僻何堪寄此生

扣角當時自足歌農家風味竟如何泥塗婦子終年慣論語兒童半部多野徑偏能行屈曲劬勞且共樂婆娑茅茨儘耐幽人卧未必優游賦軸薖

高家驥字艮馭號蒳人又號小泉仁和人觀鯉季子家駿弟乾隆丙午舉人官台州府訓導

蒳人與其伯兄幼承家學並工爲制舉文主安徽琴川講席者幾十年刻有琴川會課初二集經指授者多得氣以去台山司鐸歲星一周迨卒于官年正六十

鏡聽詞

藁砧今在古戍邊寄言月滿行當還芳期杳杳盼三五破鏡又見飛青天匣中私啓菱花鏡遠思聊詢鏡神聖舊日新妝窕窈知今宵人語依稀聽冷巷蒼苔獨自行滿懷秋水一泓清月明夜永徘徊久靜對家家無限情

蘆花

秋老曲江隈蘆花寂寞開舟移驚豔雪浪泊咽晴雷明月琵琶發晚風鴻雁來誰憐僵臥客擁被讀書臺

春草

江南草色影萋萋遠映晴波近壓隄鸂鶒偎烟眠冢上鷓鴣衝雨過湖西人行淺碧遺釵股花落殘紅蹴馬蹄信是裙腰斜更好春風一道翦難齊

葉龍官字瑞圖號櫺莊錢唐人浴會孫乾隆丙午舉人官口口教諭

顧蔡厓擕笻泰岱圖

海內鎮五岳泰岱爲之宗金庭與玉室往往留仙蹤先生手擕七尺笻振衣直上淩蒼穹齊烟九點指滅沒滄海一氣浮

空濛天雞一唱海日出但見金烏照耀扶桑紅有時膚寸白雲起頃刻霖雨周寰中偏探七十有二峯歸來灝氣如長虹興酣落筆賦游歷滿紙浩浩生天風

顧蒃厓鼓櫂黃河圖

黃河遠落青天外劃破鴻荒分兩戒龍門突兀鎖桃花一線洪波走東海蒃厓先生詩壇雄目觀萬古開心胸乘風破浪丈夫志孤帆一片淩長空盈盈帶水安然渡回首蒼茫辨烟樹東南一髮天際橫故鄉知在雲深處酒酣獨上黃金臺山川四望青天開胸中浩氣手中筆一樣黃河天上來

吳華字希白號月坨錢唐人乾隆丙午舉人官孝豐教諭有梅豆山房詩集

銅陵縣三山夾

晚泊三山夾遥峯翠幾堆踈林紅葉落淺浦白魚來知已詩千首竹隱由楚寄來關心酒一杯慈帷搔白髮日日望兒回

春日汪勖齋以詩招飲依韻奉荅兼寄竹隱

拂拂和風襲袂時清談從信是吾師玉船滿酌渾忘醉月上梨花第幾枝

丁熹字曙天號雙湖錢唐人乾隆丙午舉人官河南太康知縣

雙湖丈癸卯優貢領丙午鄉薦出宰河南隨節使防禦賊匪兼辦河工卓異加知州銜旋奉諱歸遂不出生平重然諾樂施與里中義舉無不量力行之

丁未北上晚泊嘉興道中

翹望京華去孤舟淚幾層離情春燕寄鄉思晚雲增綠見當山樹紅生隔浦燈畫圖烟雨際一幅剡溪藤

陶然亭會癸卯諸同年

忝附諸公後追陪到此亭池分垂柳綠樓送遠山青奪席談經義（開化戴金溪熟于經義）聯鑣聚德星（解首爲陳升華）陶然期把臂月色透疎欞

陳文鑑字獻父號補渠錢唐人乾隆丙午舉人楊名文誠

納涼

老樹撑炎日草堂多綠陰涼生添奕興語淡見禪心冪歷蛛牽網蕭疎蟬獨吟清風吹白紵拂拂北窗深

村舍襍興二首

一棹通蕭寺重來憶舊遊藤梢穿壞壁竹篠擁危樓雨過村春急涼深水稻秋細思身世業吾亦樂耕疇

爲麥村墟好人家事事幽閒看垂晚釣獨立數歸牛落日烟

中寺孤燈水上樓老翁留客宿煨芋佐新芻

酒旗

高揭當門入望賒酤時新榨有棃花市頭掩映斜陽裏檐角飄颻曲水涯幾字大書憑客認一竿春色趁晴叉唫廬穩取攜壺便底事流涎對麴車

余光治字景周號午亭仁和人乾隆丙午舉人官江蘇蕭縣知縣有飲蘭室集

午亭表丈性伉爽重然諾議論風發能屈四座一行作吏不欲以脂韋媚人以是失當事歡改官廣文然亦不悔也既歸卜居城北之金雞兜矮屋數椽蒔花竹日以冷吟閒醉爲樂迨以秀水學博注銓則已易簀矣緣庵詩話載其五律如島合春霧隱潮捲午風腥歲晚閒耕犢場空集凍鴉嵐氣溼成霧海風涼若秋村居多傷岸野渡不通橋沙橫半溪雪入語隔林燈文章新樣錦風雪舊時氈七律如借鋤撥畦栽果樹分缸量水種荷花綠意紅情張叔夏曉風殘月柳屯田蟬噪高槐經雨歇螢穿密竹帶烟流往事有心迷覆鹿虛名無補笑亡

羊十餘聯皆不減南宋人佳處也

宿江上菩提寺

睡起招提境窗開一鳥鳴竹光侵曉潤山氣入秋清邱壑自為適江湖空復情十年塵土夢慚愧白鷗盟

袁江遲家兄不至

幾載辭家鬢巳斑對牀舊夢劇辛酸未抛明月潯陽楫獨倚春風上巳欄斷送光陰愁裏易相逢兄弟旅中難何時歸去蓬門下十里湖山好共看

項本立字根堂號蓮艇錢唐人豐子乾隆丙午舉人

月夜懷陳補勛

登樓懷庾信朝夕把新詩况對空山月能無永夜思寒更敲枕後踈影照窗時不寐聽蛩語長吟寄所知

雷載字賡堂號佛石錢唐人乾隆丙午舉人官山西洪洞知縣

雷氏係出湖廣麻城徙四川井研國初有名經者以順治辛卯舉人出守衢州既罷官貧不能歸以子宏遠娶錢唐故大學士黃文僖公女孫相依以居其後遂占籍錢唐佛石領鄉薦大挑以知縣用分發山西請近改發江西歷署分宜崇仁弋陽清江等縣皆有政績丁母憂服闋補山西洪洞卒于任生平用力於治心之學輯前哲名言於處已接物之道可一言終身者爲六然齋警詞官江右時每當書院課試進諸生爲之講解必諄諄以是編相勖故士皆敦品俗亦化焉所著有三禮易讀三傳鎔義歲時藻玉各若干卷惟歲時藻玉已刊行

將之西江留別都中諸同好

一夕西風葉滿庭離筵纔敞感飄零鬢因性拙爭先白眼到心交分外青客裏不堪君送遠酒邊無那我偏醒京華回首眞天上日向江關望使星

懷寒食唱和諸君用前韻

無復橫枝蔭一庭枝頭黃葉賸奇零空餘日落山仍紫若待春歸梆又青雁影已分唫與減雞聲如喚旅魂醒平生知已堪僂指落落晨光幾點星

吳荀龍字雙有號雲驅錢唐人城孫中麟子乾隆丙午舉人官烏程教諭

雲驅十歲而孤比長取先世藏書讀之一時有小萬卷之目性善飲飲益多貌則益莊待人無城府一見輒傾肝膽家故饒出入聽典守者不問盈縮生計日絀畧不介意遇人以緩急告仍傾所有助之知交中皆推爲長者

登越望亭

不須渡口快揚舲振袂閒登越望亭雙闕潮連斜日白西興樹擁萬峯青帆隨野雀風光遠浪逆癡龍雨氣腥無限詩情供健筆沙頭漫與倒長瓶

汪璐字仲連號春園錢唐人憲子乾隆丙午舉人候選太常寺博士有松聲池館詩存四卷

春園先生家富藏書少工詞翰四十後患肝疾甚劇取九死一生之義自稱九一翁不復問家事于宅後隙地縳茅數椽界爲二室一安几席琴書一懸大士像階下甃方沼畜文魚數頭逭暑消寒于焉偃息嘗言人生行樂事爲他人所牽便失眞樂自晨至暝或讀書或臨池或撫琴或梵誦日以此數者爲破寂計其必與人共爲之者則不爲也

庚子九月偕朱朗齋文藻趙恆齋家弟天潛游徑山宿松源菴

餘杭諸水來萬山南湖匯之浮青天滋液滲漉土壤沃魚蝦蓮芡食品鮮徑山岧嶤入雲際飛鳥卻翅龍藏淵籃輿結伴恣探討蓮宇往往臨山巔松源菴中信宿住入窗朝暮開青蓮鵬搏峯名萬里此一息側足而上徑蜿蜒其餘四峯難盡到

且尋幽寺參枯禪山僧導前我杖策岑苔蹋徧櫻蘂穿逢人不解城市語習靜多向雲窩眠下視塵寰笑蟻聚置身已在星漢邊一樓秋月四人影老猿獨鶴聲相連酒酣落筆賦長句刻畫山水性所便未知重來在何日欲去不去心茫然

觀茹子俊俊一房山壁間畫松

琅琅元笏敲滿缸捆來栗尾呼童扛臨流布置枯木椿覆以薄板成徒杠攫身一上心爲雙俯視池水如秋江風聲階下生松幢乘興奮筆驚愚惷先寫惡竅成空腔復挺鬼臂若突撞千圈萬圈瞋目瞠千鍼萬鍼鋭莫降貌出鱗甲當軒窗還有古藤拖魚矼舉頭忽豁眸子雙映帶石骨遮飛淙只愁撐破野屋龐卻逢五老疏眉厖五松有驚濤入坐疑空窗皎皎寒月窺明釭

瓜皮船歌

西湖二月春水生波如細縠熨不平誰能鎮日倚樓立喚來艇子片葉輕孫郎碩蕃打槳笠影小我坐船中弄蘊藻兩三人外一物無競欲飄然向蓬島柳絲已綠菜花黃士女逐隊爭丰昌笙歌酒肉晝鴿重不啻杯水膠坳堂此舟疾似離弦箭又若低飛掠波燕澹澹日影微微風淺灘窄港游都徧烟爲簾幕雲爲帆又見落日前山銜歸來繫纜垂楊下風景燈前記大凡

妙峯菴對雨

枕上夢初覺風聲兼雨聲推窗看山色失卻黛眉橫羣鳥息清哢殘梅飄落英潭西阻游屐遙望不勝情

四月二十日出京留別范任齋

晨夕相依兩月多將離花放又清和矮壺酒熟搜新句高架藤垂聽豔歌旅館論心添鄭重春風回首悵蹉跎脂車未忍輕分袂日薄西山可柰何

戊辰元日天潛弟同諸姪出游湖上予以衰老不能偕往作此遣興

元日風光大好嬉衰翁蹇劣愧難隨且尋善現波羅義漫讀龜堂近體詩塵事未生心地淨陽和將至鳥音知園中梅蘂纔如豆不識湖邊放幾枝

癸丑二月五日湖樓小飲

晴絲拂檻暖風飄一覽湖光破寂寥眼底瞥來雙燕子方知春社是今朝

問樵姪初殁於川省以詩哭之得絕句七首録一

羣從之中汝最賢平生才調自翩翩如何年少傷淪落萬里橋頭泣杜鵑

梁寶繩字匠誨號接山錢唐人文莊公孫敦書子乾隆丙午　恩賜舉人官廣西太平知府

奚鐵生先生小像

嗚呼金石交中路幽冥隔人亡手澤存相對祗悲戚忽覩畫中顏不異如疇昔胡為愁莫伸對我常脈脈宿草廿載餘舊事等昨夕珠玉動揮毫龍蛇驚落筆摹繪妙入神王宰應難敵三絕追鄭虔一言善譏蔑殊歧衆所稱盛德我獨識孝友本性成剛正頗傑出憶昔與君交我年未三十臭味無差池論難有辨析把酒對青山得句酬明月當其縱談笑酣嬉一何識方謂羣居樂垂老不相別湖山以為娛始終無契闊無

何捧檄行王事相促迫自我在都時卽君罹禍日伯道終無兒參元旋失宅造化厄奇才精英忽異物歸來過舊墟嗚咽不能釋痛君無替人悲我成孤子翻恨出山早不得相顧惜顧子善寫生虎頭名籍籍一經顛毫添栩栩神欲活披圖轉相慰名貌兩不滅我亦同志人欲畫苦筆拙今幸得我心衷腸頓歡悅君靈倘有知庶可輟太息

題顧蓀厓壽芝圖

蘋將瑤草問園丁似爲慈烏鬢已星摘得玉脂三十六春風樓下女陽亭

閒從玉臼擣香虀鹿女銜來尚有蹊還向窗前窺阿母雲腴何似禦兒棃

鍾式丹字贊辰改名炳字蔚如號桂巖海寧人式玉弟乾

隆丙午副貢

癸丑九日海上登高感而有作

烟樹蒼茫海國秋依然景物望中收山兼雲氣天如接水挾潮聲地欲浮猶憶昔年同載酒不堪今日又登樓吹殘畫角西風裏獨雁衝寒叫未休

國朝杭郡詩續輯卷二十四終

錢塘吳慶坻校字

# 國朝杭郡詩續輯

卷二十五 卷二十六 卷二十七

第八册

國朝杭郡詩續輯卷二十五目乾隆末人約畧爲次

沈心醰　沈錫鼎　李玉如　趙　傳　王　樹

顧　直　李　縈　陳　時　項　墉　魏　棫

姚惇德　周兆松　徐世熉　徐世球　周　原

趙　瑞　徐文本　張　淦　祝　雯　祝　霞

應文虹　應文虬　俞光第　周嘉穀　王德浩

周彥曾　錢　樹　吳元文　沈國器　馬　俞

楊　芬　鄒　麒　陳若蓮　馮念祖　陳念本

張秋濤　陳培慶　吳鈉孫　雷　輅　金　泳

陳樹楷　王兆正

凡四十二人

國朝杭郡詩續輯卷二十五　　錢唐吳振棫毅父氏編

沈心醰字匏尊號詠齋海寧附監官貴州銅仁知縣有三硯齋集詠齋詩鈔

詠齋爲層雲從弟游于翁覃溪朱竹君兩先生之門精金石考證之學與錢獻之王秋塍徐尚之相唱酬

擬俠客行

歡不跳蹴悲不痛哭華堂鼓瑟心顚顚舍情不發爲知己主人憐才壯夫死左千金右美人忽聞匣劍錚錚鳴坐中股栗神氣崩開囊忽發主人笑拂衣不顧劍鋒耀舊仇已報新恩浩浩烟澹波蒼天地老

古意

泉聲若飛蠅酒食濁其性羣囂我影孤沈沈良夜孟火澹逼人寒詩殘思轉淨倦飛欲閉目魚鳥畏人競何物全爾眞開

樽問賢聖

陳伯恭庶常寓齋觀唐元宗泰山摩崖銘拓本

開元邁前烈亦識爲君難黽勉十數載國祚磐石安修心偶一萌外內生宄姦云何見侈心紀功封泰山余昔滯山左策杖擬縱觀吾家賢太守（心齋族伯）偕我捫天關懸崖若斧劈峭壁加鑽刓聳拔十萬仞糾結藤蘿攀深刻一千字飛舞蛟螭蟠緬維前代史對之增慨歎君王好神武亢欲工文翰經營窮四極借曰圖民艱張說喻此意倡議博聖歡集賢定儀注肅肅文武班時維中冬月想見山風寒綺羅隘大路金翠屯軒闌小民困庸調卒歲不得閒司農非省斂天子求神仙鸞旂雜綵幰虎韔跨雕鞍陋秦祠五時式漢崇三壇隨班協律尉逐隊清要官異方貢珍玩一一天府頒當年季秋詔禁絕符

瑞繁如何僅隔月反汗違前言兩事史茲書美惡不得刪漁
陽在疏忽侈志開其端銘辭雖惕厲未必山靈然峯高貝力
短不辨波勒攢太守有搨本出之行笥閒據云架飛木工藉
人力牽殷勤施膠墨氊蠟愁暵乾有時風裂紙片片同蜚鳶
揭此尚不易鐫者手足胼文多迹纘緒筆法晉魏先中有漫
漶迹百餘字損殘古人不可見古蹟徒流傳回頭告太守國
賴宰輔賢當時姚宋在知必無此篇忽忽四五載役役翰墨
緣商邱陳太史好古搜遺編酒酣話舊事心往月觀巔唾壺
已擊碎胡琴終無弦讀書羨古人文字觀其全太史忽出此
寶之同璣璇披尋剝蝕處一笑彼撩完元美辨石泐竹垞窮
燒瘢（俱見王朱二公文集）茲有神物護不然隨風烟遠或宋元搨近亦
三百年社首卑附地泰岱高摩天至今行道者孰肯佇足看

茫茫前代業祇此酉人寰君王崇令德亙古民心鐫所以封禪書感慨司馬遷

同人登陶然亭

襆被經年滯帝鄉每于臨眺發詩狂尊前紅豆人南國眼底青山地朔方作勢健雕思遠擊排空征雁起斜行無名野草花開謝何處高樓問洗妝

沈錫鼎字曙堂郡人官同知

曙堂歷官皆有善政而名位不顯讀其登扶疏亭詩可以見其懷抱也孫植蕃字蔗畦藏其遺詩兩遭水厄流離轉徙都就散失所存不足百首吳江郭麐爲鈔入碎金集

和寶觀察行春

蔟蔟華驄犯早寒午雞村落具盤餐雎溪一折橫新水恰好斜陽三兩竿

梅落溪流玉笛長心閒不分簿書忙風塵也有忘機客時見
春鷗上草堂
已消殘雪過旗亭古路排衙人㭬青處處焚香拜生佛杏花
村落見春星
登扶疏亭
鴻迹依稀轉眼更去思碑徙北邙平龔黄召杜千秋在不署
頭銜署姓名
李玉如字能白錢唐廩生有抱琴草堂詩集
能白少學詩于王莌檐朱青湖謂其詩體格清遠游山右詩益雄放
早發欒城
晨裝發欒城月影在馬首疎星漸沉河行雲半銜斗鈴馱時
一聲不辨前與後曙色久始分蒼茫見林皐清霜曉來重微

白上裒㮇回首臥龍岡冒寒更前走

夏初過枯樹灣訪何隱君東甫留飲小山居賦贈

綠陰深處啟柴扉留客齋頭筍蕨肥不斷雨從槐夏密無多花入麥秋稀百年舊里存茅屋一代高才見布衣他日河灣如卜築與君邀約坐漁磯

趙傳字省齋號惕亭仁和諸生

惕亭爲鹿泉總憲從弟總憲既貴惕亭則授徒以老焉

同人集葉古渠先生古藤書屋觀所藏書畫次余松巖韻

艮會古難得此地再三經主人舊史氏本是弧南星五馬早歸山吻聲玉玲玲文心雕龍聲轉于吻玲玲如振玉厥弟曰絳巖折得蟾桂馨十年朔方宰倦飛還隱町友昆才並峙筆奪湖峯青我乃

從之游忘年長依形招邀四三人促坐酌淥醽松巖年既髦退菴邁稀齡春木亦逾甲相與傾縹餅諧笑竟日夕不醉亦不醒免遭漁父㕥老杜句漁父㕥偏醒肯喚伯倫靈爲此文字飲師友差與丁嗟余苦跉竮扶病倚檻櫺籤廚出書畫古光照重扃衆目爭鑒賞賤子下座聽寶墨欽前輩老手何娉婷但恐天神妒下取防雷霆又或疏守護梁空失蘭亭莫更示外人目睞亂渭涇先生清淨識愛此滌根塵卜築卿子巷老作瀆淡人且袖巧斵手自守矩矱貞顧我爲小友令我來飲醇清雲何透迤歸路晚晴新須臾華星出高吟孰與倫

冬日泛湖和吳退菴

小步湖壖集衆英吟船容我一瓢生也知清福本無分若說青山最有情後進敢輕呼舊雨同遊御共快新晴飛紅林葉

淩冬豔嘉樹元來向晚榮

王樹字禮堂號石交仁和人德溥次子

石交隱居北郭性愛石有米南宮癖收藏奇石甚富選其尤者七十有二梁山舟侍講書七十二峯閣額以貽後又得倪文貞公石交圖深喜古人遺墨與己字合懸之閣中暇即靜對以爲樂

合溪亭

清境絕塵囂水聲何磅礴溪分南北來至此忽併壑一亭泉美收冷趣蕩神魄泉沫飄回風如歕出齒齶氣逼寒侵肌林盧烟漠漠前挹南屏山巧借鬼斧鑿漁歌遠岸聞鳥聲應虛谷熙寧建此亭開禧時復作琴臺晝自閒遊賞胸開拓更憶玉局翁謫來作鈐鑰題詩妙古今雲山欣所託緬想古賢遠風流猶如昨

題七十二峯閣壁

峯巒七十二高閣貯雲烟面目廬山具精神泰岱全論交呼
石友題額得名賢山舟侍講題額相對數晨夕因之傲米顛

得倪文貞石交圖書以誌喜卽次元韻

輪囷磊落亦吾徒得似奇礓到石無珍重前賢遺墨在儕予
骨相不嫌粗

冬夜渡揚子江

瓜皮艇子破寒烟雪滿金焦月滿天夜半烏啼驚客夢擁衾
篷底不成眠

黎溪官舍

樹影參差水影流遙峯人望碧天秋蘆花風外孤舟繫千里
鄉心坐對愁

顧直字方大號曲波仁和諸生

小暑日金鼓村過訪貽詩次韻奉酬

暝翠朝呈霽色催深林鳥蹴墮黃梅跳波時白魚爭上破雨冬青花正開沙岸驟增三尺水田家最怕一聲雷諺云小暑一聲雷倒轉做黃梅如年長日閒難遣贏得詩人著屐來

李榮字鳴和號散牧仁和監生

散牧弱冠工書兼精六法出應薦辟徧干諸侯賤記文詞婉約清麗風流跌宕不減應劉嘗依某公謫戍絕域單車匹馬直出居庸月磧沙黃氈廬雪重高歌痛飲有幽并豪俠之風中年長客滬瀆金迷紙醉名滿江湖歸則勝侶滿座觥籌不收黃公酒壚豪家綺席練帬粉壁詩畫淋漓見者無不低佪嗟嘆晚應粵東轉運之招歿于嶺外綜其生平梗概絕似其家檀園後身也

題韻蘭圖贈周雲岩

蘭花本是山中草香比四時羣卉好露浥風披敞素襟清芬一掬開懷抱通靈妙手周東村嘉名跌宕垂吳門餘光照曜

三百載漆燈一燄傳文孫捲簾快把丹青寫健筆淋漓近來
寡同臭相於已五年此心卻稱知音者爲君拂絹圖叢花多
少傷人笑亂麻一派畫禪淪落久祗今何處論烟霞

京江懷古

禹鑿泰疏勝地開英雄接翅展奇才江山大帝金戈拓戎馬
參軍白羽摧運至龍舟回濁浪時移鐵鎖化寒灰漫將重鎮
夸天塹贏得桓伊玉笛哀
霸業依然屬卯金白蛇蹤跡更追尋一鞭作督酬知己萬貫
呼盧博壯心慈竹淩霜搖舊宅露桃含笑灼新林元嘉往事
休回首江上浮鳩有怨吟
絶巘排空四望收茫茫終古海雲浮花殘玉蕊朱厓老塔聳
金支鸛鶴秋草長西津猶喚渡山圍北固更名樓孤臣我獨

悲忠簡只占南徐土一邱
萬里洪波浩宕青幾多佚事賸零星中邑虎踞搏麟冢斜日
蛟潭起鶴銘生面從教開異代新翻且喜寓眞形吹來鐵甕
城頭角常是三更枕上聽

挽吳恂齋

來往胥江半月舟傷心鄰笛忽催秋年高病險人爭怕命盡
醫多藥亂投月窟樹寒吳質影芳鄰魂挈項斯游君鄰項君抱丹涯一
日死中庭碩果看無幾一度西風一度休

題錢蕙牕桐槐舊館圖

五里斜塘境最幽茅堂雖棄意仍留桐槐帀地扶疏影付與
丹青顧虎頭
料理疏絃彈綮下有無佳夢寄南柯青陰不是當年色春月

秋風奈若何

排衙石下闢新居畱取東關舊草廬拍岸潮聲搖警枕何如

清穩夜歌漁

張用霖丈 吳桂巖丈 挈我叩柴門楔杖會扶祖德尊昔月兒童今

白髮青山仍友讀書孫

陳時字履中原名晉字汾川錢唐諸生光陛子有種藥齋

詩鈔

蓮花峯

誰將青蓮花擲向天竺國彷彿太華西一峯天外立寒翠撲

秋山亦作蓮花色

仙姑山

冰雪藐姑射縹緲烟雲閒一彎露眉黛云是仙姑山仙姑爾

何名無語低烟鬟

孤山

孤山一坏耳名重西泠曲詩人放棹來山翠影湖淥美人憑
小青處士林君復

桃花嶺

嶺上多桃花花落初生葉花片墮玉池香影行魚唼繞樹戀
殘英露溼緣胡蜨

南宋石經

延熹石經今已無宋刻出自深宮書光堯晝倦憲聖繼銀鈎
鐵畫無差殊不寫尚書寫周易但有十翼無三謨誤以共驩
作稷契致君那得如唐虞但增歲幣事仇敵中原民困何由
蘇寫經刻石等閒耳帝王乃復師文儒後來道統十三贊濂

洛上泝泗與洙國運雖偏大儒出周程張外尤推朱鹿洞奏請石經本名教所繫綱常扶塔基幾爲惡僧毁力爭所賴惟申屠至今殘石在黌序琱戈彷彿銘盤盂蔡邕三體書更好摩挲古本思鴻都

瑪瑙寺懷元僧温日觀卽題所畫蒲桃

汐社招魂江水黑六陵無地悲寒食金蠶銀雁盡飄零千古傷心掘墳賊狂歌痛飲聊寫憂老僧飲交不飲仇南山老松識此意盤桓竟日心悠悠一飲眞堪酒一斗畫出蒲桃聊換酒蒲桃在手酒在口畫成滿壁龍蛇走宣和枇杷今已無亦無行殿留西湖馬乳纍纍不知數蒲桃卽是冬青樹

紫陽菴訪元丁野鶴王守素夫婦修眞成道處用薩

雁門韻

華表何年返令威前身雙鶴是耶非玉壺自有芳春駐青鳥應知靜夜歸明月無聲當檻落綠雲何處隔江飛當初仙蛻依然在彷彿淩霄舊羽衣

中天竺寺是隋千歲和尚寶掌開山處

笠雪鞋花汗漫遊遠從魏晉泝東周已更世臈一千載曾歷支那四百州寺藏寶掌詩有行盡支那四百州此中偏稱道人遊句鑠骨誰從巖畔禮寶珠好向掌中收稽留峯下琳宮在賸有長橋枕碧流寶掌橋亂石纍空不逮寸土相傳寶掌所建

韜光庵在靈隱西峯巢枸隖是唐韜光禪師結茅處即用荅白香山詩韻

巢枸隖畔好林泉曾記詩僧枕石眠儘有涼陰生綠竹尚餘池水種金蓮雲烟縹緲連諸嶂江海蒼茫入遠天鷲嶺龍宮

光景在新詩吟向夕陽前

清明偕客過孤山訪參寥泉試龍井新茶用董靜傳詩韻

一痕竹外颺茶烟來訪參寥舊日泉何處危梁艤題字更無枯衲解談禪緣尋白石三生後夢憶黃州九載前太息坡翁解聞道石泉槐火至今傳

項墉字金門號秋子錢唐貢生候選同知有春及草堂詩集

秋子短小精悍雙瞳炯然爲臨江鄉人入室弟子與人辨論事理得失意氣坌涌務申所見不稍唯阿重然諾廣交游一時名公俊流咸通縞紵乾隆庚子紫軟南巡嘗獻賦行在後又與修西湖志屢躓鄉舉益肆力史籍爲有用之學所居在城西孩兒巷有亭館之勝是時鄉先輩如杭厲丁汪諸公漸就殂謝秋子繼起其間主持壇坫風亭月榭命酒歌詩如是者幾三十年亦吾郡風雅所繫也

題陳蓮汀載書訪友圖

陳君儒家流嗔櫂忽有適一物了不攜滿篋止書籍三本備劉歆千卷傲墨翟駕言尋友生泛泛去不息撿香縈晴波槎影貫秋魄八蜀問子雲奇字得盡識游雍覓張竦疑義幸全釋東海甫迴橈西湖又浮艫鷗鷺宵伴眠鮭菜晝充食不知幾沿洄葭蒼復露白遵明漫指心衛宏自得益亦欲訪金蘭子其許同涉

哭孫半峯

孫子東南秀學業富五車與我總角交氣誼芳蘭孚與文共几席玩景同尊壺自從出處異形迹遂闊疏冉冉剛四載哀問來京都北望但霑灑埋玉良可吁回念平生友次第歸黃壚昔如同林鹿今如失羣烏俛仰卅年間盛衰一何殊斯人

諒不復吾道終何如傷哉天地內此身眞蘧廬

對薔薇有感

世人愛薔薇有花同舜英世人惡薔薇有刺類棘荆吾言薔薇好正在刺滿莖請看陰釆葑貌美年正輕賴以刄自防終得全其貞此花幸多刺少沮蜂蝶情磨鉛撰花史當以烈女名不見章臺柳攀折紛縱横

李孃曲

生綠屏風山幾重鳳皇騘柱金芙蓉銀錯交關閉春院畫竿四六蟠朱龍蘭芷滿階香步慵纏臂冰絲染猩紅金鸕卵碧魚粉濃繞髻紫烟飛蓊濛李孃十八蓮花容鳳狂龍躁愁炎風芳信遼夐無由逢寶刀截水豈斷絶木骨乾枯香不滅過春華豔最煎情機字長年訴遙別桃枝色憨李枝白雨凍烟

挼潔於雪門外車停馬鳴鐵淚浥前襟向君說

芳讌曲

白日馳騾傷積侵平橋小巷花𣽂𣽂密房狎客巧相索倡樓一笑輕千金露色熏郊浮麥隴韓郎挾彈蜂蜨擁馬上馱歸紅錦𩯁𩯁𩯁排花温舞踵小響丁東逐回雪炰鳳烹龍買新節芹枯霑徧燕語香茜紅濺出猩唇血樂芳未闋更移席綵艓凌波照魚鱉盛年不借古時春心在弦中為君說

題汪巢林梅花

崑山畫梅墨太重太重累梅人不知此幅雖然襲其法筆獨清雅賢於師一幹孤撑若鹿角兩幹左右紛蟠攫春風嶺上吹不休大放小放珠錯落此中妙處最難言少不覺虧多不繁正花一圈背五點朵朵欲活姿嫣然平生何處曾相遇記

得孤山清絶處不然雪後竹西村一枝臨水香初吐而今老矣怯風霜驢背詩情付渺茫願得此圖懸卧内月明紙帳瘦霓裳

十二月十九日蘇文忠公生日阮中丞率紳士釋奠祠中兼祔淮海秦公木主祠旁復增築白文公祠甚盛舉也因誌以詩

蘇公德澤留吾杭至今謳思民不忘嘉平下九屬降誕崇祠洞啟孤山旁當年門下四學士淮海交契尤異常況乃前後作通守粟主合配殊晃黃中丞天下政第一考校六藝酌七德鯡鶩簫勺坻庶康次第於神當致力今朝釋奠親來過林山褰豁騰金鑼籩鉶豫飭豐且潔左右冠佩趨峩峩陽春有脚爲先到梅花如錦開四阿二公顧歆定來下寒泉秋菊方

如何如幾如式萬福備一誠所格賜實多東偏有地復親履欲爲香山祟廟祀捐廉不許累閭閻卽日鳩工薙荆杞君不見延篤相平陽蘋蘩遂墓在到先禮又不見王質知蔡州梁公像立人盡喜中丞般般意正同無非爲民報有功往來偶在扁舟中亦知不爲嬉游樂幸免監司奏范公

題田家壁

老屋昔曾住春畬爾自農新流魚上水殘照鶴翹松竹雨晴猶滴山霞晚更濃欲知居近遠縣郭曉聞鐘

句曲外史張伯雨墓

草際晨披石碣濱卻從山左轉山陰千年不起白雲臥此世猶存黃鶴吟松下舊根應長珀邱中流水自調琴稚川丹竈相鄰近飛舄能無月下尋

久留湖上有作

湖上全無俗事牽幾會東望喚歸船買來風月詩無價滌去塵埃筆有權松影罨衣清墨畫溪流薦枕𣅽冰弦市魚沽酒朝朝住醉後從參自在禪

曉雨

一簾曉雨暗霏微春盡江南杏子肥十二樓前雙蛺蝶多情猶繞故枝飛

魏棫字周士號苣塘錢唐人有苣塘遺稿

苣塘美才早卒弟春松侍御輯其遺稿藏之

遊雲棲塢

遐勝夙有願雲棲夢頻繞出郭不憚遠餘春事幽討未信入山深漸覺逢人少竹陰二三里曲徑香篆裊空濛嵐翠霏林

隙江光小況逢新雨霽谷泉飛百道苦茗瀹更清於此洗塵抱偶坐盤石上卻倩松枝埽林僧乍款客經樓指烟杪

舟泊蒹葭里

平生愛浮家苦憶汎深雪溪游及秋杪微霰訝飄瞥皚皚白滿川知是靑蘆拂界破寒水灣吹斷涼雲末似花似雪閒淺淡烟痕抹移舟起淸響沙雁一行出晚風花亂飛冥濛不可說野岸寂無人惟見釣船歇我亦宿孤篷鷗夢共淸絶夢醒

月夜寄陸丈筱飲

如剡溪船背落寒月

䫻風吹空林颯如雨聲碎不知一片月已上茅亭背開軒秋氣深澄輝降藹藹遥山白于曉烟重失翠黛儵然悄無言凭闌靜相對懷哉陸天隨荷竹境如在停琴想孤吟花叢轉幽

謞

初冬艮山門外寫望用樊榭雪後沙河韻

朝暾淡無暉霜氣在林木楓葉微有烟十里紅黃屬岸轉臥危橋沙河淸一曲層譙帶遠山山翠落漁屋蘆深雁宿雪水寒魚上竹烟火數家村茅茨頗幽獨鄰機響相荅香飯炊乍熟思與農丈人日夕此閒逐

新晴

暑雨初晴後涼風乍拂時濕雲歸岫急殘滴落階遲烏鵲喧初日蜘蛛理舊絲小齋淸興洽河朔可相期

姚惇德字月樵仁和諸生有瘦存集

雪中過伊人梅下

寂寞經春信空堂索笑稀一開花下逕頻扣竹邊扉疎影凝

烟瘦幽香逗雪肥何郎詩興動相對欲忘歸

周兆松字申保號曉山海寧諸生有紫霞仙館詩鈔

書齋漫興

小院殊清絶悠然結淨因横琴吟淥水話茗及芳春花鳥成知已烟霞是比鄰愛閒門自閉非必爲居貧

徐世烺字丹剛號柯珊海寧廩生有柯珊詩文集四卷篤鴻軒集四卷

柯珊好學工詩文事親尤以孝著故里黨皆重之

冬日感懷示兒惟懌

堂構孤先志風柯踰十年庭荒徒有徑坐冷并無氊一木難支壞重泉孰表阡伊蒿誠自恨敢廢蓼莪篇

落拓生涯久年來更不侔到家翻作客强笑亦含愁徒抱芸

人病曾無翼子謀青氈雖故物何業是箕裘

徐世球字去瑕號虹池海寧諸生有虹池詩文集三卷

木香盛開次韻

羣芳落盡獨開遲素豔何須粉與施明月夜攢星萬點暖風晓拂玉千枝傍籬韻淡春歸後滿院香濃酒醒時此日清標誰與比薔薇花俗棣花癡

周原字纘西自號青門生仁和人有秋水軒遺稿

纘西清羸善病歿時年才二十顧漱園光稱其五言精詣有開元大歷遺響

秋感

衡門秋寂寂白屋草霏霏霜月曉如待夜蟲寒欲依常時開卷帙只是戀庭闈卽此堪終古無嫌生計微

遙和河干先生湖上游有作

擁褐情何極風光此日姸雲林交下界水草没荒阡蛤吹垂

楊岸人酣落照船迴流應弄月蕩漾不成圓

初夏書懷

蕭瑟園林暖未知日高穩臥起常遲不堪疲病侵春後其柰

窮愁集少時盧橘倒懸當徑子紅榴低亞入門枝相看物理

應何極惆悵年華空所期

趙瑞字蒳君號泉皐仁和人

題許默齋連枝圖

夙有推棃愛髫年分最親如何荊正茂忍使玉先淪黜筆徵

前夢披圖感子身流傳風世俗彌覺急難眞

徐文本號若洲郡諸生

半舫聞蟬

聽得新蟬噪涼陰斷續聲水邊高閣晚杯外夕陽明清露餐常飽繁弦時一鳴騷人有微尚爲爾動幽情

張淦字儀查仁和諸生以軍功 賞中書銜加六品頂戴有之萬集

儀查壯游萬里慷慨從戎嘗從福郡王出師臺灣又從吉制府征苗至西隆州渡紅水江磨盾草檄横槊賦詩窮邊絶塞筆墨横飛故詩多鐃歌笳吹之音先是辭福郡王之薦後吉制府以功奏請給中書銜奉 旨加一等給六品頂戴故自題藝香雙影圖云皤然兩鬢笑衰遲轉悔從前意念癡幸不捉將官裏去相看還賸老頭皮

江行

出岫雲輕飄若絮下灘舟疾去如梭礁聲黃葉村邊急人影蘆花梢上過

祝雯海寧人郡諸生充四庫館校錄

趙北口早發贈別

聯騎長安道登程逼五更障烟千樹暗破曉一星明思繞闗山夢交通傾蓋情明朝分手去應念此逢迎

金閶舟次

小雨泠泠晚向晴扁舟初泊闔閭城風團五兩春痕闊烟鎖寒山暮靄横南浦離愁芳草遠東皇别恨落花輕吟成莫學江郎賦只恐魂銷太瘦生

祝霞海寗人郡諸生

燕來筲

烏衣巷口燕初回花徑泥香欲破苔梁苑春濃三月雨淇園社後一聲雷誰抽紫玉華簪出曾見紅襟小妓來長養試教酉上番更看幺鳳舞毰毸

納涼藏芸樓

夕陽過雨下山隈高閣書牕六扇開明月窺人當戶入好風如客送涼來千枝搖曳溪邊竹一笛悠揚隴上梅清共南樓思髣髴新詩合倩庾公裁

應文虹字渚星號玉橋海寧廩貢官光祿寺典簿

仲春寓南山亭作

一雨洗空碧四山開暮陰松聲來澗壑梅信到園林遠霽明蟾影春風吹客心故鄉不可望聊寄越中吟

應文虬字栖庚號秋泉海寧附貢官工部屯田司主事

喜俞㞷園蓮石見過

燭花昨夜卜秋晴小徑叢篁拂袖輕漫道客來容倒屣還教儂自許尋盟驪駒爲有三冬別鄰架難忘一借情時從鈔曝書亭詩評

最是村居愁寂寞風楊露葦水盈盈

俞光第字補之號蘭岫海寧諸生

秋河

火流西北水盈盈銀浦橫空永夜清新雁一聲秋影度殘星幾點曙光明塡橋漫說通牛女傾淚應堪洗甲兵素練千重風露冷寒砧敲斷月三更

周嘉穀字茂斯號華薌海寧諸生

按周嘉穀有二一茂斯一錢唐籍字賓之

望西嶽次韻

峭壁懸崖列幾何華山西峙獨巍峩仙人掌滿承秋露玉女峯寒接曉河百尺瓊樓神闕近四圍翠柏古祠多頓教望眼窮天半興到還賡白雪歌

王德浩字爾詒號松岑海寧諸生廷獻孫

松岑力學不售嘗輯硤川續志二十卷無錫秦侍郎瀛序之稱其賅洽

趙烈女詩　女名銀姐父母早歿依其兄賡錡以居年二十六字同里蔣氏甫聘而蔣以疾卒女聞之自縊以死兄悲其志爲治殯歸其柩于蔣惜未聞于當事而旌焉

雎鳩有定耦孤鸞不重匹唯彼烈女心誓死當從一松錡方節操蘭蕙齊香質或絕脅人求乃作黃鵠歌或無楚使符乃浮長江波湜湜谷湖水天目來清流清流豈無本芳氏非無由吾鄉趙氏女生長雨峽岫眞定宋忠憲遙遙推華胄同里有蔣氏足稱清溪風一絲以爲聘身歸太嶽東夭壽乃不貳修短固隨化丙辰建子月天孫頃促駕女方雞初鳴巾櫛奉兄嫂閨訓長自嫺怙恃失禰祿凶音誤入闈慘然心如擣闔戶入房中薄命捐草草夫逝二十二其日二十三竹毀不變

節餘生又焉貪人閒失鳩侶地下隨鸞驂兄嫂尋姑妹呼之

聲不聞腸斷窺寢室生死棣萼分道傍聚觀者歎息塡市門

丹旐明落日驅車招貞魂玉埋雙峽閒瑩光千古存烈風摧

孤松日月爲之昏

周彥曾字抱孫號美齋海寧人蓮次子有鐵珊吟草

美齋倜儻有儁才工書尤精漢隸旁及圖繪墨蘭最工

于王逌占筮卜宅相墓諸書靡不通曉嘗佐無錫秦小

峴侍郎幕府侍郎甚愛

重之惜年甫四十而歿

題壁

西風吹短袂舉目極蒼茫村落人家遠關山客路長無邊衰

草白一片夕陽黃揮手自兹去浮雲隔故鄉

潮神廟夜飲次李白樓韻

去梅吹徹試燈時挈榼提壺樂不辭醉月君能歌慷慨飲醇

我自愧參差一時興到知何限千古名流定屬誰嘉會招邀有如此海門濤上莫遲遲

自題畫蘭

翠袖悄無言幽香傍空谷小雨破微寒卻倚數竿竹

北行

依稀人語雜鈴聲回望黃河落照明白髮高堂念遊子今宵應是夢長征

錢樹字伯雅仁和人琦長子官貴州開州知州

伯雅工六法論者推爲神品以遠宦歿于黔徽生平墨妙飄散都盡良可歎也

坐雨寄韶九

豆酒引紅添醉頰盆松分綠上吟牀想他苦雨詩成後消得槐陰幾樹涼

自題畫扇

紅蕅香中小夢幽鸕鷀鸂鶒到牀頭槐風吹穩西軒夢領畧

湖南五月秋

吳元文字開一號秋巖錢唐諸生

放鶴亭

偶尋孤山路言登放鶴亭湖山自今古湖水含空青昔時林君復此地抱微聲無以躡高步翹首睇蒼冥

沈國器字懷方號曉園海寧諸生有曉園詩草二卷集唐詩二卷

觀潮

秋色明海縣王昌齡 鏡寫曲江頭封敖 怒號在倏忽韋應物 濤驚戮陽侯韓愈 磅礴盤厚地李百藥 突兀壓神州岑參 日飛晴際

雪裴說 光抱空中樓杜甫 腥風捲蛟室皮日休 嶮異拔龍湫陸龜蒙 九迴翻白浪楊巨源 千尋倒碧流令狐楚 遊神夢三島元稹 采藥向十洲陳陶 仙槎如其泛無名氏 滄波路可求項斯

馬俞字汝諧號醇庵海寧人有友蘭詩草

春柳

掩烟拂水舊時痕幾樹斜陽晝掩門頻逐游絲撩客緒亂拋飛絮惱詩魂半灣細浪秦淮渡十里東風上巳村賸有柔情銷未得月鉤斜挂又黃昏

暮春郊行遣興

陌上鶯啼芳草萋暮春心事強重提不寒不暖催蠶信時去時來落燕泥牧笛數聲殘照淡漁舟幾箇晚烟低請看籬外新篁好已解青筠待我題

楊芬字九滋號畹耕海寧諸生有畹耕詩草八卷

東書巢姪

竹林小住記三年到此離居轉索然識路縱尋風雨夢隔城
偏阻笑談緣探花曲徑身沾露憮帖晴牕手擘牋輸爾芸軒
多樂事對牀兄弟話纏綿

閩南寄家書書後

嫩綠當牕栁色新倚欄怕聽鳥啼頻家書寄到應憐我漂泊
天涯感暮春

節樓高會列柸盤縱酒聯吟異地歡何似故園新雨後東籬
蔬筍腐儒餐

鄒麒字紱書號蘭莊海寧諸生有蟋蟀吟

蘭莊事繼母
宋以孝聞

朝發錢江

塔影遙分帶霧光寒江樹色曉蒼蒼布帆六幅東風飽一路看山到富陽

陳若蓮字渠清號問渠海寧諸生有香楞居小草

問渠著有研雲文集敎授鄉閭從游甚衆

舟發武林

澄波明夕陽沿流發枉渚水盡行若窮孤舟憺容與回首見青山蒼然滿平楚悠悠空翠閒櫂謳隔前浦微吟肅心魂愛此風氣古

吳門書懷

蘇臺黃葉下蕭颯亂晴暉征鴈暮還急故人秋未歸烟寒衰草白天遠斷雲飛爲報江鄉客鱸魚膾正肥

舟泊平望

客程烟水外一櫂入冥濛鷺浴菰蒲雨鴉翻葭菼風人家喧午市竹樹淡秋空卻笑揚舲者爭先急浪中

馮念祖字補亭海寧諸生有東游草補亭詩錄

補亭家龍山撰著頗富名場蹇滯憂來傷人中年遂成聾者吁可悲也

魚邱驛觀馬

魚邱雉堞摩蒼穹黃河漠漠東海東天高日落浮雲動欻然顧影嘶長風彌望遶趯雄且傑黃是飛狐黑騆鐵蕭梢時動青海雲硠礧猶擁黃榆雪瞥爾踏破琉璃天湧出波濤滿河勢得非渥洼降房星無乃龍池飛霹靂中有橐駝九犎兀梁起雙峯勢無敵我念古昔天驥星不事求仙即窮兵疾馳騕耳逢王母姬滿歸去煩刑名載得葡萄入內苑貳師城邊白

骨横貞觀天子愛拳毛晚歲猶跨遼東征大哉宣室有王言

獨乘千里將安行天閑玫駒分十二用誠可貴不可輕卽今

甌脫灤陽地齊色齊力億萬騎羽林七萃雍容來簡閱蕃滋

出精銳炎風朔雪金甌固干戈不動馬回轡但使驛路壯封

疆官印風飛兼出字紅塵一騎下黃封倜儻權奇差任事見

說養馬馬歸槽猶是養兵兵不試我來道出齊魯閒龍媒突

兀開心顏淸時未識戰場利壯志那堪驥足閒展爾連錢倚

我劍直登泰岱搜名山試將萬里橫行氣靜攝精靈震百蠻

燕子磯

烏衣巷口舊相識冷烟蕪沒江令宅銜泥重問六朝宮臨春

結綺無餘跡低佪不盡興亡恨飛向江頭化爲石寒潮噴醒

往時夢一片斜陽啄春色

有感宋末遺事

海上孤軍轉徙頻天心猶係宋遺民飛來白雁終成讖畫裏叢蘭不見春列聖下憑臣甲乙瑞圖還授帝庚申史書不敢分明道零墨殘毫記有因

瓜洲

水末亭前梵鐘出京口驛裏津鼓遲客心浩蕩愁千里正是瓜洲潮落時

河口酣飲

極天雲水正蒼蒼買得鱸魚尺半強醉倒黃河三日酒不知明月是他鄉

曉過穆陵關

捫酒微醺赴客程荒雞喔喔遠村膺楓林影裏搖鞭去數點

殘星度穆陵

維揚雜興

譜出隋家水調頭至今湖水咽寒流蕪城無數殘烟柳都爲
南朝寫暮愁

陳念本字厚培號寄園海寧人官廣東惠州府經歷

寄園工行楷易簀時作書別友猶能懸腕作字

病起書懷

俄驚飛雨過前楹暑退涼生枕簟清人淡最宜秋氣味官閒
消得病心情療飢難乞長腰米煮藥頻燒折脚鐺臥穩經旬
忘世事又傳書札自羊城

舟中讀劍南詩倣其體

卅年身世轉蓬勞江上青山笑鬢毛人本長貧無礙瘦官麤

寫意不求高愁生烽火鴿原草夢聽秋聲馬鬛濤任是無田歸亦得涼州終不換葡萄

張秋濤字浩瞻海寧人

和雲麓丈客歸咏懷

回首關津路已賒得依三徑絕塵譁連宵夢冷春多雨千里歸同燕有家酒飲舊交重結社燈明老眼漫生花囊惟詩草無長物山水留名到處誇

陳培慶字受宜號谷湖海寧人有語海樓詩草

受宜居峽川工詩畫精軒雷之書其室人倪亦能吟詠

山行同施磵橋

人家嵐影裏聯步出殘暉竹密暗泉響林深空翠飛野花遲客屐絕壁負岩扉敢效奚囊貯長攜吟景歸

雨望

林外雙峯冷林深一徑微鐘聲沈竹寺秋色淨柴扉野艇銜烟出川禽帶雨飛坐吟幽興足不妨去聲客來稀

夏夜遣興有懷西山諸同學

良宵當此際溽暑已無侵移榻就明月開簾放竹陰樓高宜遠望人靜稱閒吟憶我西山友知應共素心

與繡谷夜話有感

眼前俱失意淚灑欲成波念爾猶如此憐予更若何精神緣病減身事逐年多豈共安仁泣臨風想玉珂

晚眺

極目平原落照中天光雲影老秋容山翁沽酒歸來晚家住烟霞第幾峯

吴鈃孫字堅士號少谷仁和諸生有晚翠亭遺稿

夜過靈隱寺

高僧課峯杪清磬出雲中泉與客俱冷山隨佛並東經幢撑

夜月樵徑落秋風何日重過訪談禪宿梵宫

山家

小小柴門傍石開翠微環處絶塵埃重簾高捲放雲去枯葉

亂飛疑雨來古徑夜寒山鬼嘯深溪秋漲毒龍回羡他樵子

能行樂斫取青松換緑醅

雷軫字詵巖錢唐附貢載兄由四庫館謄錄官廣東石橋

場鹽大使

過清流關

石磴盤空上雄關峙嶺巔峰迴平野合日落暮雲連險隘爭

他日兵戈記昔年臨風一舒嘯策馬喜登先

過淮浦

夾峽垂楊翳碧霄平湖十里水烟消臨淮河名安湖不知身是臨淮客猶指長堤話六橋

金泳字星涵號惺葊又號忍愚錢唐人

惺葊先世以鹽筴起家幼嗜讀書有至行杭堇浦金海住汪槐堂諸先生咸器重之後與里中錢湘蒓胡桐峯顧涑園梁山舟景潄水孫春巖奚鐵生結詩酒之社寛蘋瘦策徜徉山水間人以比之竹溪六逸

游齊雲巖

高步天梯不覺慵層巒疊嶂獻秋容幽探白嶽無雙境晴現黃山第一峯原注太素宮前北望最高者卽黃山惟晴則可見恨不攜將謝脁句欣堪追接孟陽蹤振衣長嘯雲生屨知與塵寰隔幾重

陳樹楷字聖達號補圃又號灌園居士仁和諸生有敗皮

集粵游小草

補園與兒樹基皆有聲黌序而屢困場屋某科巳獲雋厄于數字之疵被落常主王山豐溪書院潮州端明書院暮年喜習靜藝樹種蔬意有所適輒發之于詩家貧屢空卒後蕭然四壁惟茗椀詩筒數事而已

蜘蛛

蜘蛛爾何來繞檐會不讓掩襲藏機心經營仿哲匠繅絲成不日幻作輕紗帳獨憐蜂蝶飛無乃太孟浪見入不見出遇災眞无妄呼童盡埽除屋角免塵障戕物卽生物問天天亦諒

七月二十二日杜王洲送姚六惺齋金十四靜菴之粵中

秋意渺何許蕭蕭入蘆荻涼風天末來曠野一聲笛連宵大雨行破空飛霹靂新霽不及收殘流肆蕩激北門外大水未退肩輿者幾不

能前舉頭高鳥外淒淒復切切兩君喜同舟言歸不接浙計日話團圞羈懷盡埽滌姚金眷屬並居粵東省垣客中送客情更孤歸來燈影射空壁

舟過石門步厲樊榭先生夕次石門韻

衝寒出前浦夾岸曉烟迷僧梵傳村北人家隱水西風迴帆影側雲壓雁聲低願與沙鷗約閒身擬共棲

白雲菴小憩

傍湖開院宇幽趣是中深淸磬有時響白雲何處尋禽魚如寫意槐栩迴浮陰來對高僧坐渾忘日影沈

同錢容臺步至曉春書屋看海棠

春日愛尋芳狂顚爲海棠來沿丁字水重到午橋莊繞屋疑雲護探花比蝶忙登樓奇絕處錯認碧雞坊走馬碧雞坊裏去市人喚作海

棠顛劍南句也

癸卯午節後五日游虎邱寺

虎阜傳名勝兹來冒雨行劍痕餘舊石塔影射孤城游子憑高望蘇臺弔古情當年謌吹地惆悵暮雲平

九日偕張秋崖唐迂圖徐復初登上方山

九日今朝是登山倦眼開自誇筋力健特訂友朋來勝地常如此酬歌謝不才題餻傳令節攜手共徘徊

落帽風猶是催詩雨未會是日天晴而風暴作得閒心乃曠任意足先登平埜黄千片遥山碧幾層茱萸誰與插感嘆輒頻增長兄季弟詭下世矣

丙午春日家居

不舍春風去歸來處士家翦除三徑草整頓一窗花醉月宜

敲句垂簾聽煑茶鳴禽初散後倚枕寂無譁

晚雨

向晚猶岑寂難將遠客招生憎無賴雨故洒可憐宵夢斷蝦須席聲煩鳳尾蕉明晨溪上望新水長魚苗（時有相約見過者愆期不至又庭外植芭蕉數本）

穀雨後五日重游皐園

此間挈伴記曾游電掣光陰兩度秋又到茅堂徐領略閒行石磴攬清幽老梅幾樹子初結新竹一林梢乍抽嘆息侍郎遺故趾瓣香隨處費追求

春光分到牡丹多有客投壺任放歌（賞花投壺紀實事也）林影平鋪陰靄靄水紋斜織碧羅羅皐園風味仍如此游侶蕭條獨柰何（堯山以病不果游）可許夏來同載酒聞香消受一池荷

憶故園

自別鄉園問訊疎閒花野草近何如來居洞口幽人宅想到江南處士廬脩竹青浮朝雨後小山翠滴午晴初棲遲得把衡門閉一盞新茶一卷書

留別張觀察忍齋

交游幾輩號忘形爭柰浮蹤等絮萍難禁衰翁頭不白幸邀老友眼垂青誰能濟世兼名世君是文星又福星四十年來如一瞬可堪別恨短長亭

題畫

湘竹紛披亞字闌箇中高士坐晴灘臨流亭子空如許容我閒來把釣竿

王兆正字聖俞號鈍鐵錢唐人

能鐵高材博雅於奇門遁甲諸書莫不究心尤精醫理每先歲言人之死生無不應人有所酬以周窮繼之爲事誅茅成屋編槿爲垣圖書滿室嘯咏寤食其中惜歿後詩稿散失無從物色也

詁經精舍訪嚴鷗盟先生不遇卻過南屏

霜後塵喧靜澄湖接遠天雲光過水白山影落波圓爲訪滄浪寓空回剡上船還從蕭葦外一棹破晴烟

國朝杭郡詩續輯卷二十五終

錢塘吴慶坻校字

國朝杭郡詩續輯卷二十六目 乾隆末人約略爲次

吳聞世　吳經世　吳　晟　鍾大源　鍾誠宜

鍾大濬　查世官　陳敬璋　徐鑑凝　徐鑑常

金　軨　徐啟曾　陳文駿　陳文騏　陸　珍

陳　瀾　饒　鍠　楊執禮　龎　漣　管題雁

管世灝　管　升　管學詩　朱　熙　沈　樹

康大成　康　莊　俞如山　曹　杰　潘虎拜

陸　炘　徐　梅　金友白　高虞文　林國翰

楊崇治　楊華國　費　觀　沈起瀾　沈起潛

沈起潤　程　煥

凡四十二人

凡四十二人

姚[illegible] 程[illegible]

湯[illegible] 楊[illegible]國 賈[illegible] 沈[illegible]瀾 沈[illegible]

汪[illegible] 徐梅 金友白 高[illegible]文 朱[illegible]

虞大[illegible] 沈[illegible] 俞如山 曹[illegible] 蔣[illegible]

曾[illegible] 許[illegible] 曹學詩 朱[illegible] 沈[illegible]

陳[illegible] 饒[illegible] 楊[illegible] 屈[illegible] 曹[illegible]

金[illegible] 徐[illegible] 陳文[illegible] 陳文[illegible] 陸[illegible]

鍾大[illegible] 程世[illegible] 陳[illegible] 徐[illegible] 徐[illegible]

吳開[illegible] 吳[illegible]世 吳[illegible] 錢大[illegible] 錢[illegible]宜

國朝杭郡詩續輯卷二十六　錢唐吳振棫毅父氏編

吳聞世原名㗊字就日一字袖石號秋農郡諸生有綠滿

草堂炬餘詩鈔六卷

秋農二叔父少于先大夫二年幼同硯席向學甚篤中年奔走衣食往來甌越及燕趙齊魯聞先大夫官蜀中因爲蜀游洎先曼雲兄宰當塗復爲皖游前後凡三十餘年六十後始歸里未幾舊築被焚老懷無俚下簾息影不與賓客相接披其帷則藥香滃然而已生平酷嗜爲詩老病猶賡唐猶日督幼孫錄寫舊稿洗句鍊字樂而忘疲其顏一有如此卒年七十有二

喜晴至溪上

城頭啼鵓鴣十日雨不止東風作放晴物態其欣喜沈陰散簷牙遙情催屐齒未尋郭外山先問溪前水溪水上溪亭去亭不盈咫亭外青山高獨坐看雲起時有耦耕人謳吟白雲裏

哭大兄三十二韻

兄壽已七十，我生遲二年。嗟予蒲柳質，喘息尚苟延。詎料松柏姿，摧折尤堪憐。憶昔髫齔時，出入行隨肩。老屋古梅下，小窗修竹邊。鶴檠夜共讀，麝煤朝同研。未及成童歲，早充弟子員。文章動卿相，聲譽馳齊燕。雙鳧翔錦水，一鶴騰青天。槖筆萬軍裏，走馬千峯巔。鋒鏑驚眼過，髑髏枕頭眠。（兄有"夜來高枕髑髏眠"之句）磨盾草露布，飛檄銷鋒烟。動倂武功重，政繼文翁賢。廉聲載道頌，雅化乘時宣。雲山落几硯，風月浮舼船。籬下花荷鍤，門外蒲懸鞭。廿年心似水，一棹歸如仙。菊苗載舊種，詩卷增新編。（續刊詩稿）志酒已成帙，（酒志已成）買山莫問錢。治譜子早繼，經笥孫能傳。持家固井井，終日猶乾乾。且喜敝廬近，每來荒逕便。看花步矍鑠，覓句情流連。方期及瓜後，稱祝開華筵。三庚計非遠二豎胡遽纏和緩皆避舍藥石難操權玉樓召長吉瑤島歸彭籛音容頓杳矣草木同淒然荆枝不復茂雁行何時聯傷心痛長别灑淚記短篇一慟集萬感再聚期重泉

同人游湖上

枝頭好鳥尚求友況我離羣爲客久招邀正及暮春時觴咏何妨上巳後短棹遙衝十里烟長隄倒漾千行栁嵐光環水水泊船花影落杯杯在手柏堂竹閣望中收檀板金尊行處有人生蹤跡如飛蓬别時苦長聚時偶風雨空勞歧路思湖山肯使良辰負相將傾盡瓮頭春莫爲傷多厭杯酒

荅竹君惠鍋焙茶

產卭州火井漕篛裹囊封遠致西藏味最濃洌能蕩滌腥羶厚味喇嘛珍爲上品

我聞蜀州多產茶槚蔎茗荈名齊誇涪陵丹陵種數十中頂上淸爲最嘉臨卭早春出鍋焙彷彿蒙山露芽翠壓膏入臼築萬杵紫餅月團留古意火井漕邊萬樹叢馬馱車載千城通性醇味厚解毒癘此茶一出凡品空竹君憐我病渴久一鞭雙籠長鬣走淸風故人與俱來不思更覔當壚酒滌鎗洗碾屑桂薑活火烹試第二湯綠塵碧乳瀉百盞蘇我病骨津枯腸庭前一葉秋容淺天末懷人情轉輾何時薛井汲新泉共聽羊腸看蟹眼

程石奩自洛下歸招同亞白小集

城頭嗚嗚嗚畫角潑火雨收花灼灼歸客相偕入座來東風送暖虛窗拓豪情不計淺深杯新釀爭嘗上下若廿年蜀道溯離情三載夷門滯行槖兩君游轍先後同可惜歸期尚相

錯頭銜未換老馮唐帶孔頻移瘦沈約艱難身事歎泯泯少壯知交悲落落人生歡聚能幾時更盡一杯軟雙脚

縉雲道中曉行

殘月下孤城輕裝破睡行山空無鳥宿雲逕有人耕幽磵松泉細懸崖竹露清遙知小窗下刀尺曉寒生

白日驛清明

雲逕初收雨山深尚禁烟花明孤驛外人在萬峯巔新序催春事浮蹤悵遠天湖濱憐弱弟拜掃墓門前

咏春草寄家靜廬

土脈舒時甲坼勻曉痕依舊綠如茵踏青心遠天涯路拾翠人迷陌上塵雨過有山皆著色雪消無地不生春遙知夢繞燕南客吟到池塘句亦新

美人風箏

娟娟春影度晴空脉脉柔情度曉風楚舞窺來三島外秦聲吹落五雲中絲牽織女河難隔瑟鼓湘靈曲未終彈徹銀裝天路近露桃濃染玉纖紅

鳳窠羣女曳雲仙引入霞梯最上邊花外亂愁迷絲索風前膩語咽紅絃聲迷玉佩能鳴骨舞近晶盤欲鞾肩五兩竿頭絲百尺多情歲歲爲誰牽

春雨山房次雨窗都轉韻

琴尊常伴謝公游風月還邀楚客留照酒蠟紅嬌似鳳催詩雲黑大于牛花明濯錦非妖豔泉噴飛珠斷濁流交譴直敎排日醉何須紫陌控黃騮

雪後小集送胥燕亭明府之信川

交情方洽又離情餞别時乗快雪晴酒爲消寒杯易盡詩因
惜别句難成湖隄泛棹孤游興廬阜連雲悵客程此去棠陰
尋舊夢梅花庾嶺正縱横

成都春咏

少城隱約子城連六對雲霞繞郭妍俗美文翁新政後詩成
杜老客愁邊岷江東注無渟水爽道南通有漏天倚遍莬樓
春似海漢陵芳草碧年年

神仙爭說費長房竹杖龍池事渺茫江水入城都是錦海棠
爲國豈無香年華二月歸花市祠宇千秋牓草堂里巷盛名
傳第四馬蹄槖槖碧雞坊

垛莊

青駝寺北少人家斷岸荒邱轍影斜高樹受風疎槲葉平田

無雨瘦蕎花雲浮海岱蒸殘暑山接龜凫抱遠沙落日啼鴉
村路近棗林紅處好停車

和徐刺史之凱茂城卽景原韻

冉駹虛落半荒邱聞道籌邊尚有樓山亦好風兼好雨蟲皆
鳴夏不鳴秋雪消夜入三溪漲雲湧朝連九頂浮一曲蠻歌
家萬里騷人遷客那勝愁

哭蔡安人

官舫催行未曉天離情難忘十年前那知當日傷心别已盡
今生聚首緣花事故園春不再淚痕虛幌月空圓縱敎歸向
寒窗下嘗莫嘗齋亦枉然

重陽日感懷

百年身事歎蹉跎風雨塵埃柰命何佳節幾回籬下醉浮生

半在客中過歸來恨晚簾幃冷老去悲秋疾病多獨把茱萸對樽酒莊周未忍鼓盆歌

僧房

僧房久寄直如家淨界曾無笑語譁夜半鐘聲清客夢浪浪山雨洗梅花

次陳蘭泉留別韻即送北旋

明湖裙屐又西湖問水尋山興不孤日日總宜船裏醉果然消得客愁無蘭泉有此湖消得客愁多之句

曉行即景

花市初喧麥已秋四山晨氣潤田疇濛濛一片忽人語坡下牧童來放牛

題壁

葉落蟲鳴物候移西風一夕惹愁思同來春社尋巢燕又是飛飛欲去時

吳經世原名昰字捧日號秋樵錢唐人官四川德陽知縣

秋樵三叔父有几案才嘗幕游齊魯間其後依先大夫于蜀中會三省敎匪構亂慨然投筆出佐軍籌凡所掌士馬芻糧之數鉤稽贏縮纖細不遺大官頗倚重之以功屢遷宰旌陽數年而歸歸十年而卒年六十有四

可園落成呈阿雨窗都轉

俸錢不惜擲千緡頓使園林入望新百種嬌紅移潤蕚數竿疎翠拂霜筠小山當戶疑開畫飛瀑臨階共洗塵具此勝情兼勝地午橋歸隱笑前人

幽境偏于破夏宜得閒來往亦無期荷香醉客爭迎面鳥語留賓善解頤對酒當歌清絕地好風涼月灑然時琴尊幸與追陪列拈韻惟慙未學詩

美人風箏

薄羅衫子軟紅綃謫下飛瓊步絳霄銀甲不須勞素手彩雲時復擁纖腰欲延淡月同調瑟漫倚東風學弄簫天上快游春正好笑他金屋但藏嬌

釵影迷離十二行知音合遇紫雲孃飛來翠羽疑搴佩粜向頳霞似炙簧霱色遠添螺子黛風情齊唱女兒箱一生愛好矜新樣歸到重樓不卸妝

舟中早起

一夜朔風催客夢朝來雪色滿春山停舟煑茗鑪烟瘦村犬不聞人意閒

過揚州

瓜洲北去燕城近倦客重來只自嗟孤負維揚好風景二分

明月一分花

渡河

一灣濁浪瞥驚眼兩岸飛沙不辨天回首故園千里外六橋

風日柳絲烟

吳晟字瑞日號秋圃晚號耐翁郡諸生官雲南霑益州吏

目有守愚小稿

秋圃四叔父少以几案才佐人幕府客楚客滇客蜀者甚久旋入貲得官復至滇蓋于滇凡三至焉晚年以目眚乞歸築小屋數椽于張卿子巷雙眸矇眛五步外不能辨黑白然嗜吟耽書至老不倦暇輒𢹂一卷就窗下逼視讀之不以眵昏爲苦也卒年六十有八

游竹林寺

閒官將去此意行殊自喜了不受塵羈初覺筧逕邇竹林本

幽邃風日更清美在山不見山近水不聞水即此悟禪寂超

然色相裏

幽棲

一官如老衲獨處絶塵緣小砌迎花笑空堂伴燕眠溪雲初變日山雨欲生烟坐對渾忘我幽棲別有天

驟雨復霽行抵樂豐縣

紅日忽雷鳴千峯雲霧生青山來白雨古寺息長征石氣收餘潤風聲變晚晴蒼茫過野渡燈火入山城

得家書寄内

宦遊不抵里居歡一紙家書語半酸老屋空栽花爛漫小樓纔補竹平安有錢供醉吾猶足無米爲炊汝大難稚子定須勤課讀科名原是勝卑官

封篆後無事偶成

帀月塵襟此暫開座閒了卻簿書堆空庭落葉掃常有隔院逸禽飛又來漫拓明窗刪舊草急呼老僕釀新醅儘教領得閒中趣步屧還尋江上梅

老來

世上功名壯不如老來端合愛吾廬詩篇斟酌難爲和眼界模糊怕作書渴睡漢眞情惘惘囁嚅翁但語徐徐年來得飽無他覥學就癡聾計未疎

幽居即事

不近山村近水村更無塵事惱比鄰書能引睡濃于酒風爲開門詑是人密樹成陰花過夢暗窗留影月憐貧閒中漸識幽居樂長夏能消勝好春

蟬聲

樹杪初來少女風行雲作態忽西東欲知柳外涼多少都在蟬聲斷續中

鍾大源字晴初號篛溪海寧人有東海半人詩鈔二十四卷

篛溪患風痺偃臥一室中屏絕塵俗專精爲詩歷數十寒燠篋無裳廚無米吟咏不稍輟師周松靄春而與同里詩人吳亞白玉輝子律衡照查梅史揆南盧世官陳半珪敬璋陸少白素生相友善所居室名詩藪廣僅數笏四方知名之士造訪談詩戶外之屨恆滿也

雪中招亞白

寒色上虛幌清響灑修竹柴關悄無人涷木一鳥啄停琴佇良友苔逕隱寒綠日夕倘來過松牀臘醅熟

錢武肅王鐵券歌呈觀察秦小峴先生

胥濤怒捲千弩雪强弩紛飛驚雷瞥天目山前異姓王流傳

首數唐時鐵是時紀號惟乾寧閫外强藩半不庭芒碭妖兒
尤跋扈紇干凍雀劇飄零維王一旅雄江表保障東南功不
小忠貫能殲天策軍威行直殪羅平鳥詔書遠錫自天家褒
德銘勳事足誇篆鏤金文三百字祿頒玉糈五千家山河拳
帶恩無改子姓猶令赦三罪旅矢彤弓敵寵榮錦袍玉帶輸
光彩敵愾勤王望更隆朱三王八迭興戎惜違昭諫當時語
難繼汾陽藎代功五王傳國眞人起宅繞彩繩名物徙寶鼎
同淪汾水湄玉魚焚墮明湖底浪淘沙蝕自年年忽漫漁郎
翠網牽劒合珠還驚有數赤文絲字訝相鮮吉金偃瓦形維
肖古質黝然存誓誥肝膽飛揚緬謝詞冕旒秀發思奇貌旌
旗父母許追攀三節還鄉亦等閒玉斧久移唐社稷金甌無
復宋湖山策勳舊物知誰守圓木驚眠傳其久高揭吳音樂

尚聞重來淅臉緣希有陌上花開春復秋漫將眉井覓婆留
勒山刊釜詞重讀一劒霜寒十四州

畫鯉

三十六鱗撇波起驀見神魚長尺咫玩鰭摩鬣追睬之墨光
非墨水非水誰歟妙手畫作殊得非董羽黃宣徒堂堂策策
厭瑣細落筆勢欲無江湖居然不爲泥沙囷隱約登龍露眞
性禹門豁達天池翻鼓弄雲濤神莫定風盲雨怪胥勿懸齋
中恐如點睛之畫飛去隨雄虹仙之人兮行虛空來騎卻遇
琴高公

松靄夫子布被無吳縣命匠以吉貝裝之作彈絮曲
見示奉和一篇

朝陽烘窗睡初足靜擁青綾雙腳縮先生一笑扣門來布被

重裝示新曲柔絲八繭同功繇豪家禦臘誇輕便何緣但取吉貝朵也知杜老囊無錢吉貝吾鄉產最好秋收纍纍先秔稻去核成棉技孰精市匠尤勝紅女巧椰弓數尺形微彎兩人對執高下嫻絃聲嘈嘈杵切切竹竿裊裊腰環環輕彈重彈皆中節生時宜緩熟宜急爭飛栁絮捲蘆花亂滾輭雲堆膩雪須臾聲止絮漸成茸茸細意熨貼平價廉工省豈不好姡羅繇現同其輕寒宵厚擁生歡喜肯道衾裯如潑水陽和絕類香山裘輕薄還憐放翁紙旁人莫祇稱佳詩清節南陽合並知從今紙帳梅花畔歲歲年年暖意滋

題劍南詩鈔

南宋詩人踵相接我意首推渭南伯公之詩才似謫仙更有般懷堪太息建炎而後溺偏安甘把山河淪半壁鄂蘄名將

久已無上下侈言厭兵革公生其間一書生慨慷難忘中興業殿庭入對抒讜論如以艮藥蘇疲薾意忠或荷君王憐語激終爲權倖抑一官落拓等尉簿半世踉蹌走粱益顛狂偶看錦城花夢寐思衡散闗雪酒酣耳熱歌嗚嗚疾寫偉詞同草檄至今紙上生光芒肝肺槎牙氣蓬勃惜哉有願無由伸愁撚吟髭鬢雙白東身歸老越江濱社父園公聊混跡苦貧苦飢仍苦吟那免穨然稍降格極知壯志總不磨未可吹毛生指摘傷心最是家祭詩千載何曾慰魂魄嗟嗟不及杜陵翁生前笑詠收宮闕

祈雨行

三旬亢旱驕陽烘熯其乾矣妨農功溼雲膚寸杳莫覩卻訝偶爾聞靈𩆊田家婦子憂最切老幼胼胝向誰說低田猶賴

下河水高田怕作十字圻桔槔日日翻河波河將見底行如何踏車白汗如雨多汗多不救田中禾農民呑聲問官府官府善病非畏暑爾不見醮壇巍巍烈日中屬吏踉蹌正祈雨

首夏漫成

雙掩柴門樹樹低分明村落稱幽棲桑陰乍薄吳蠶老花事全疎謝豹啼最愛淸飇能拂席偶憐小雨不成泥工夫未肯頻添睡藥譜茶經手自攜

新晴書喜

只道春無一日晴朝陽忽漫射簷明向人栜眼有醒意喚婦禽言非惡聲低壓溼雲烟縷散暗流新漲縠紋平支牀未譜花游曲已覺維摩夙恙輕

讀陳仍陸上舍敬脩晉游詩卷賦贈

幾年策騎走并州彈鋏歸來話壯游馬邑寒沙侵客鬢雁門

晴雪照征裘題襟遍灑三千牘懷土慵登百尺樓自是胸中

豪氣在風塵潦倒不知愁

甫堂之吳興

不妨幾度作浮家百里西湖路未賒夜月寒波鳴客棹秋風

涼露采蘋花志和山畔漁歌近六一亭邊酒幟斜多少前賢

釣游地好吟逸韻問烟霞

送程子質孝廉文淦之縉雲學博任

河陽不要種花看爲道儒生骨相酸廿九洞天中福地一千

里路外閒官撐腸自有詩書味入饌何妨苜蓿柈吏隱山高

亭積翠談經暇便對巑岏

和蒋軒秋晚海塘閒眺

西風無賴晚蕭蕭縱步秋塘對泬寥一雁呌雲天欲雨亂帆如葉海初潮塔鈴留客丁當語山黛從誰子細描畫裏詩成還小立暮烟著水碧空搖

鍾誠宜字綸恩原名大復字黼堂海寧諸生大源弟

黼堂嘗爲楚游周松靄送以詩云麻衣被體淚痕垂風雨聯牀雁影遲待得愼旃成集後爲君走筆再題詩蓋以初白老人居喪出遊黔楚相比例也其後黼堂竟卒於楚遺書漸散旅櫬久淹良可三歎

臨平

咫尺臨平道人家自一村薔薇紅照水楊柳緑依門野鷺有閒意遥山多淡痕未須尋石鼓遺跡詎還存

外舅戴遜齋先生寄銀度歲詩以誌謝

搱擋勞健婦歡喜到兒童蓄菜迎寒歲添衣護朔風年加貧似舊恩屢報難窮去住皆關念斯風古與同予偕内子寄食署中數載

題查梅史桃花影傳奇後

空有仙姿擅玉臺曾無悅已解憐才孤墳三尺梅花嶼寒食何人酹酒來

送春

漫向西園泛酒杯落花和雨點蒼苔恠他柳線長如許不綰春光一半回

鍾大濬字利賓號餐霞又號漱石海寧諸生大源弟有飛雲軒詩草

游大佛寺

山坳嵌蘭若殿脊樹梢聳支筇亍彳來拾級足力勇石壁勢嶔危瞿曇狀森竦禽聲幾樹懸山色一亭擁風鈴牆角搖雪泉石腳涌窈然竹逕深蒼翠壓衣重拂苔憩禪牀雛僧一茶

奉坐久雨忘言不覺暮鐘動踏葉尋歸途涼意直到踵回指雲烟中叢林互懞懂

九日登眞如塔寄茀軒亞白

天風吹我上秋氣拂征袍近郭千家小橫空一雁高掃愁空命酒作客不能豪爲念同心侶應題此日糕

送亞白入蜀

爾不宜時者翻爲行役人恐無靑眼客况有白頭親書劒憐淪落關山亦苦辛畱君君不住離思入殘春

莫唱從軍樂由來蜀道難隻身家萬里匹馬路千盤樹色蠶叢暗灘聲鹿角寒倘逢南至客第一報平安

冬夜雜咏

思親不成寐擁被憶揚州如此苦寒日蕭然尙遠游夢魂千

里外離思五更頭，幸有平安字開緘一破愁
霜月白于雪，聯牀話未眠。貧爲吾輩分，詩果幾人傳。雞肋久知惈，豬肝漫自憐。何須羨溫飽，風雅卽神仙。

閒情

幾日勾留繡閣中，銀河原不隔西東。依人多是梁閒燕，小住眞同雪裏鴻。未把琴心託司馬，先將別恨惱文通。風姨抵死催歸去，回首河橋夕照紅。
女牀恰許集文鸞，牙尺書籤次第安。小別愁心添繾綣，重來春事未闌珊。杏花牆角頻窺宋，柿子簾前故避韓。草草相逢無一語，幾回空倚玉欄干。
意懶無心點絳脣，綵蘿亭側立逡巡。花描好女翻新樣，草鬭宜男趁晚春。憔瘦祇緣香作骨，嬌癡虛認夢爲眞。人閒亦有

紅牆隔院落聞聲不見人

迢迢魚雁久消沈愁絕寒宵自理衾荳蔻尚緘前度恨芭蕉又卷去年心渡江莫譜楊花曲打槳空爲桃葉吟我比樊川更惆悵何曾結子與成陰

揚州舟次

津亭暫繫木蘭橈回首鄉關路漸遙夜靜猶聞傳玉笛月明何處認紅橋延賓誰更開官閣贈別人空折柳條拋卻海門潮不聽無端來聽廣陵潮

曉行

遠燈紅透白雲飛烟影迷離樹影微戀棧馬如人意倦離巢禽帶曙光飛鐸鈴搖碎思鄉夢鞍鐙磨殘游子衣多謝秭規啼向我聲聲爲勸不如歸

查世官字懷忠號南廬海寧諸生

南廬慷慨仗義工書善奕詩稿本甚夥貧不能刊聞尚藏某明府家吳子律衡照稱其詩沈雄秀岩天分絕高不作僻深鼓爪之體不染淺膚庸爛之習洵非過賞乃淹蹇寒餓頗頷以終悲夫

明信宗小鐵斧歌

吳剛玉斧修寒月露脚斜飛溼蟾窟星精小謫到深宮化作寒光一片鐵宮中聖人衣裳垂大鈞洪運歸鑪錘甆賓未鑄千秋鑑魯削先教一手麾鏤金錯采盤龍繞內殿傳觀新樣小玉靶斜含五寸芒篆文細認三年造當時劈正少臨軒斧扆趨朝盡列仙鑛使仍兼將作監生祠濫用木衡錢茄花委鬼盈朝野縱有斧柯誰肯假長戈不復奮魯陽雄劒空思躍歐冶卻看巧製出神工未擬揚州百煉銅太阿之柄已倒執六州鑄錯將毋同由來貴德不貴藝斧藻應知重神器問誰

端正入朝來我愛趙公鐵如意

題春圃松下看詩圖卽以留别

空山石氣生青蒼蒼龍掉尾箕口張有客科頭踞松腹鬚眉俱作松花香憶昔故人陸少白南溪愛泛烟波宅溪邊老樹四十圍樹下高吟聚狂客時時吐氣成虹蜺往往歌聲裂金石君也嶔崎磊落人能來共飲松醪春新詩百韻擊鉢成座客傳觀心盡傾我醉已不省文字但聽耳際松濤鳴揭來共踏長安道舊逕羊求跡如埽辛苦題詩學子昂悔不種松問坡老青苔藉客自逡巡白眼看人殊潦倒自别南溪越十霜料得蒼髯如我長故人不見見此畫如坐林樾吟清商山中猿鶴應無恙我去須君歸共訪奚奴背著錦囊來松下相看一拊掌

題琴隖太史雙藤老屋圖卽以贈別

看花來蹋長安陌租得三間打頭屋中庭卻有雙藤花花是
主人我自客休論主客且銜杯況有幽人日夕來數盡風前
綠鬢髮卻看枝上青苺苔人生富貴應須早那得容顏比花
好贈來芍藥是離愁看到荼蘼又春老石闌點筆對花開掃
偏溪藤與蘮材添將蘿薜爲屛障敎他桃李作輿臺別酒澆
花花欲語似言客去春無主醉眼迷離不忍看淚點紛紛落
紅雨營成老屋又移家春風消息天之涯折殘宣武門前柳
去看河陽縣裏花

秋日䄙感和祝筲齋

槐雨梧風夜柰何秋聲燕市荅高歌舊游湖海襟期少失路
文章感慨多旅雁驚心飛木葉涼蟾窺客下銀河對牀且喜

聯吟侶絕勝元亭載酒過

落葉蕭然似別離登臨從此費相思同爲燕市千金客又賦

送朱野雲南歸

河梁五字詩江上烟雲輸畫本山中猿鶴數歸期最憐後夜

盧溝月獨照勞人兩鬢絲

秋日閒居柬米山

西山爽氣落城頭拄笏朝看當出遊作客杜陵千里夢多情

宋玉一生愁歸雲漏日收殘雨野水生烟作晚秋停待白衣

能送酒更邀黃菊其清甌

賨花寺

西風吹客出高城一角西山放曉晴落木寺門天遠大荒郊

秋雨水縱橫野花當戶有寒意老檜嘯空和梵聲初地安心

猶未得夜深孤月上方明

春園重至都對飲花下

西溪深處憶前游曾爲寒梅一月留此日重爲燕市客與君同話故鄉愁郎看世事難青眼只恐傷春易白頭惟有涼蟾能解意卻扶花影上高樓

送吳山尊學士乞養南歸即用其留別韻二首

豔紫晴紅滿六街長安小住亦爲佳燈前白髮欺蓬鬢夢裏青山健笋鞵花事商量新月令酒腸落拓左風懷無端松菊牽歸興楚橘原來未過淮

短衣襆被去銅街如此歸裝亦復佳顧我黃塵猶席帽羨君朱紱換芒鞵莫愁囊篋無餘物但詠蘭陔有好懷最是鳳城楊柳色送人直到小秦淮

移寓了園張笠溪故居也

萬里歸來萬願虛并荒下潠舊田廬借將庾信三閒屋暫置

韓公一束書湖海滄涼豪氣在雲龍追逐昔游疎傭田無主

仍爲客其柰衰親七十餘

都門早春柬楊惕庵思敬

年光已分判屠蘇又買華鐙向九衢夢裏早春梅放未門前

羅雀客來無餳簫吹暖荆卿市匕首寒生督亢圖我是此閒

一傖父醬瓿文合覆三都

飲萬峯山房與小顛

西巖舊隱徑紆迴老屋三閒四壁穨溪口水乾收紫芋石頭

路滑長青苔萬峯都下僧廬拜一墖能招醉客來鵶雀市聲

同浩浩俯看塵事亦堪哀

飲南西門外水閣二首

秋陽作劇鎮酣眠强客攜筇破暝烟落日忽沈西閣去藕花紅過鷺鷥肩

南西門外踏歌回尚有新涼戀酒盃蕉葉低遮微雨過帶將秋色入城來

陳敬璋字奉峩號半圭海寧諸生

半圭篤學敦氣誼與人交平近和易無賢愚雅俗靡不由由然與處也工小楷日課萬餘字故書多精妙與鍾砮溪大源吳亞白王輝善時有酬倡之作

訪蘭溪上人

悦入深山裏紆迴一棹通村尨馴似鹿野衲老成翁春水四圍碧幽花千日紅何時結吟社偕隱小溪東

徐鑑凝字葭仙號岱青海寧監生同弟鑑常有心耕堂詩

文合刻五卷

早春書興

春風吹到野人家賸有詩情筆底誇留客慣烹新韭本煎茶

試拗活梅花籬修麂眼藤陰密簾捲蝦須竹影斜百囀流鶯

通小苑空階新綠長苔芽

徐鑑字師宋號心耕海寧諸生鑑凝弟

即事

寂寞花欄外秋風落葉初支筇招白鶴理篋走紅魚雨滴砌

階草香殘石沼蕖疏砧傳日暮暝色小窗虛

金轄字以豐號薇園海寧人

次于勉之梅花詩韻

一輪冰鏡照窗明玉骨珊珊倍有神雪壓花遲香未吐春心

泠抱向誰人

徐啟曾字鶴巢海寧諸生

登智標塔

烟消山影天邊列風動潮聲海上來野鶴盤空三五隻暮雲銜破夕陽開

陳文駿字竹厓海寧人官長蘆鹽運使

秋砧

何處清砧急霜濃月淡閒遙情虛歲月遠思隔關山玉杵因風度金徽幾日還此中無限意不敢問雲鬟

陳文騏字墨園海寧人官河垛場鹽大使

泊舟

泊舟依古戍日暮浩烟波霜露秋將盡關山意若何角聲隨

野唱荻火出漁歌併入宦游耳那禁旅思多

陸珍字仁寶號玉溪郡人

玉溪詩畫俱無俗韻

爲王少尹柏崖畫臥梅橫幅

疎枝鐵幹太槎牙心賞從來別一家卻愛前溪鴉柏樹畫成亦得似梅花

陳瀾字文江仁和人

寫懷二首

少年耽讀書蹉跎到遲暮心目日有營今古快茹吐仰視鴻鵠翔俯接駑駘步迢迢塵坱中何以愜幽愫顧此樗櫟材未敢攖世故惟有文字緣弗悔從前誤寢食成神仙愧此書中蠹

憂樂皆世味人生宜盡嘗酣豢性汨沒坎壈神摧傷惟有契
道人沖淡能兩忘淵明五柳居竟夕攜壺觴向平五嶽遊杖
履殊徜徉二賢不可作懷思何茫茫

讀金麴農菽腐詩有作

方正多疑腐而今已失圓薄衣浮處白蔆面凍時堅啜粥勞
相憶燃萁孰與煎倘能甘淡泊煑石亦如仙

咏金絲薰

霏霏湘竹管呼吸起雲濤嗜不因飢渴清能散鬱陶含香勝
雞舌取醉敵醽醪千縷金絲細非同澗沚毛

饒鍠字東序錢唐人有渭陽問津小稿

東序爲槐塘先生之甥稿之命名以此其表兄彭壽序
略曰東序幼傷孤露家貧無以自給服賈四方所涉多
坎坷不得已而充榷吏浮沈俯仰其胸中實有耿耿不
能自下者故其詩多愁苦牢騷悒鬱之作讀之令人愀

然不樂

將之閩南集小眠齋留別同人

臘月閩南路衝寒一雁飛灘聲喧落日霜氣薄征衣分手經年約關心素侶違離堂向尊酒此夕倍依依

秋日登烏石山

安得佺喬侶同來一放歌夕陽亭畔冷衰草路邊多秋色老如此鄉心感若何倚闌頻縱目歸鳥望中過

得家信知弟還三赴粵西感賦

有弟音書至開緘轉暗嗟倚閭吾念母負米爾離家莫把歸期爽尤宜餐飯加雲山七千里愁見雁行斜

過竹裏館呈舅氏

贏得清風滿座春千竿蒼玉見精神閉門獨抱名山業問字

常來我輩入蘭醞傾尊惟論右苦錢堆逕不愁貧歸然魯殿矜松里舅氏與杭堇浦玉芠檐張南漪符南竹諸老同居松里向有松里五子之稱好護冰霜百歲身

送敬甫表兄旋里

客中送客倍含酸淚雨涔涔灑急湍鷺鳥雲飛親舍遠螺江秋老客程寒半生負米情何極五畝歸耕計大難到日北堂應問訊煩兄爲我報平安

展先塋并序

予家世凋零族譜佚失惟考之始祖墓前牌坊題額上刻金川饒某墓道七大字旁書萬歷某年郡人爲本府通判立展拜之下敬賦一絕以誌先世遷杭所自云爾

往事難稽淚黯然那知先世隸金川流傳賴有貞珉勒姓氏

輝煌萬歷年

楊執禮字以立號羅石山人知子錢唐諸生有羅石吟草

消夏襍詠

羅石未弱冠侍其尊人易弇客姚江與邵與桐晉涵同遊于周廣文衡齋之門二人交稱莫逆賡唱妍酬一時有楊邵之目後彙其詩曰如蘭集又與錢世錫百泉錢棠荻原吳穎德頤菴有歲寒唱和詩韻至十二疊其酉陽應酬雜著彙存雜文之外亦附以詩詞則皆其壓線作也

早春將之平湖書懷

歸舟憶自越江邊乾隆壬午余自姚江旋里一住杭州十九年西郭荒阡三卜壙癸未葬三世五柩於西溪乙酉葬先考辛卯又葬先外舅東城講塾兩開筵丙戌授經東城桂氏甲午改館許氏茅堂待置仍無地欲置草堂頻年未果棘院空勞敢問天自壬午以來凡八試棘闈又對春風別妻子此行重看讀書緣

將歸杭州示與桐

芳草萋萋春日遲離情不盡欲歸時兩年潦倒江東客百首賡吟硯北詩此夕山樓同促膝來朝烟棹起相思茫茫後會知何地淚溼縑衫酒不辭

恭次家大人己卯初度坐邇山樓作原韻

突兀岑樓對四明和風遲日好春晴高年興發詩猶健遠客身閒累自輕美酒數盃堪養老寒梅一樹覺同清華筵此日承歡笑還仗江東衆友生

己未春日張守之兄來杭見訪卽日送別情見於詩

越州分袂到杭州眞個相思歷九秋忽漫深春勞枉駕其如卽日送歸舟聊齋近詠吟逾好京國長行事暫休爲說初冬更西渡還期攜手快同遊

懷與桐

讀書窗外日斜曛硯北含毫正憶君記得城南江上路月明
橋畔手初分

厲漣字靜涵號鉢湖錢唐人

鉢湖工書精篆籀分隸尤善指書瘦硬圓秀人爭購之少孤事母至孝家貧甚藉研田所入甘旨無缺晨昏孺慕數十年如一日粗繒大布生涯泊如老而無子依其壻以終既歿同里趙君爲玉爲之經理殯葬焉所居在杭城壽安坊之東委巷數椽至今過者猶指之曰厲孝子廬云

題錢唯傳東闗草堂

繞室彎環一水流林塘小築最清幽青春把臂憐才子白髮
行蹤類野鷗顧我情懷濃似酒愛君詩句淡如秋已諳三徑
過從路好趁蘋花艤渡舟

管題雁字應期號栦衣應祥從弟海寧諸生有心亭書屋
賸稿二卷

栁衣以壯年應京兆試報罷後即游川楚閒浮沈十餘載乃歸橐無長物晏如也晚歲境益貧至炊不能舉而吟咏不輟

鄰舟聞笛

波光如鏡浮珠白夜繫木蘭依古驛誰家商婦不知愁閒倚船窗擫玉笛笛聲飄緲高入雲離人愁絶荒江濱瘦蛟欲活魚欲舞梅花落盡江南春須臾月墮變三弄離人聽之難入夢擁衾惆悵思最多長年又唱湘水歌

己丑除夕次閒風弟韻

爆竹聲聲出岫巔桃符換罷景依然舉頭鄉國三千里瞥眼光陰四十年領略春愁添瘴雨商量雪意對蠻烟譙樓猛聽殘更盡客邸挑燈醉不眠

荆州晤俞鶴雲太守招游紅雨亭

紅闌干護小亭新零落花飛散作茵近水渾疑翻錦浪沿溪真欲誤漁人飄來茜徑初驚蝶灑到朱扉不染塵滿眼韶華吟不盡得隨風雅賞殘春

劉廣文招飲即席賦謝

蕩漾簾波燕往來韶光又見碧桃開勞君坐我春風裏座對南陽古將臺

杯影還隨燭影飛宵深未解酒兵圍舉頭賴有山城月待送羈人帶醉歸

將出施南郡留別樊協鎮

唱罷驪歌仗脫驂一鞭殘照別施南黯然共酌旗亭酒難把愁心寄翠嵐

蕭條行旅出邊城無復重陪細栁營指日蠻鄉銷劒氣故園

待聽凱歌聲時有苗警

晨發高唐驛

曉起茅簷片月低霧中雲樹望中迷世間何事催人老牛是雞聲半馬蹄

管世灝字爾思號月楣海寧人應祥從子

月楣性孤傲不諧于俗嘗薄游燕臺作弔荆卿樂府深爲汪雲壑殿撰所賞遂訂交詩學西崑運筆輕倩頗近于詞著有影談四卷

賣花詞

手挽筠籠立曉霞小紅橋外路三叉豪門未啟侯門遠先到青樓姊妹家

梅花纔了杏初紅含蕊桃枝著雨穠最是嬌癡小兒女薔薇未放問芙蓉

金谷名葩未足誇半肩春色鬧蜂衙白頭老嫗摩挲遍祗檢
鮮紅壓髻花

花籃茉莉結重檐新樣花枝著意添雨過一聲穿曲巷紅樓
幾處捲珠簾

管升字天如號立峯又號飛霞應祥從子海寧諸生有耕
雲草堂近體詩鈔一卷

立峯精邵子皇極經世之學制義深入理窟五薦見擯遂絕意進取晚游金臺及豫章鬱鬱無所遇而歿著有讀易小識

秋草四首即席和錢唐梁午樓孝廉元韻

瑟瑟秋生一夜風芊緜不與舊時同春暉欲報心先折詩夢
重尋迹已空茅東漫懷人遠近蓬飛莫定客西東窗前聽雨
愁無賴生意憐渠太劇悤

平蕪千里夢依稀忍使王孫不賦歸徑滿蒿萊人莫到庭荒杞菊計全非嚴霜重壓蒹葭渚苦雨寒侵薜荔衣早識在山爲小草遙情長逐雁孤飛

最憶尋春春可憐鋪茵吐綬穠遺鈿新霜不覺點歸鬢遠道相思空暮烟賸有蘼蕪迴短夢愁聽鶗鴂妒流年西風憔悴青袍客獨立苔階惜淨娟

休從搖落惜芳華無柰春風過眼花金谷荒園埋綺繡玉關遺冢怨琵琶多情山鬼啼寒燒無賴楓人倚暮霞我欲呼龍種瑤草霜苗露蕊問仙家

絡緯

候蟲入聽感何窮絡緯蕭蕭四壁空幾處征衣傷遠道頻年作嫁怨秋風夢回葭岸扁舟裏愁絕苔階細雨中卻怪漁燈

終夜晴誰憐手爪纖纖工

夏柳

舞腰曾占冶春天轉眼濃陰重帶烟薄命已殘三月雪離愁

試喚一聲蟬垂來靑眼何人識老去蛾眉只自憐若怪追涼

頻繫艇摩挲及趁未秋前

管學詩字皋謨海寧人天錫孫

皋謨嘗游武林天竺得句云斷雲穿廢塔破衲擁

歸僧深爲沈椒園太史所賞璺訪之不荅一刺

獨夜

一簾燈影翳還明獨臥荒齋萬感生架上幾多書未了人閒

無數事難平敢期金馬登凡品要挽銀河浣俗情起倚窗前

三太息離離不覺斗杓傾

古宮詞

姊妹同歌赤鳳凰自矜絕寵冠昭陽不知弱骨銷沈後何處

溫柔尚有鄉

鬢亂釵橫色尚殊海棠春醉倩人扶自從舞出霓裳序冷落

樓東一斛珠

朱熙字克家號鄰竹仁和人

籬菊盛開同人集飲

蝌螯斫雪雀披緜杞外萸邊集飲仙莫笑山家恁寒寂籬根

堆滿小金錢

沈樹字錦之構堂子仁和監生

即事

桐葉落金井天高秋乍清閒階風露下已有一蟲鳴

康大成字振聲仁和人

采蓮曲二首

一曲清江如許長蓮花紅豔比儂妝采蓮棹入花深處郎不同舟負此香

十里花香送隔江采蓮人棹木蘭艭卻愁水面分明見只照儂身影不雙

康莊字鏡衡號春潋仁和諸生

步入西嶺

沿流屈曲路初平未到層巒芒屩輕樹古大都堪入畫山深强半不知名筍穿當逕礙人足花放隔溪多鳥聲西崦夕陽風勢緊一帘亂颭酒家棚

舟夜

穩挂蒲帆一葉輕中流風定悄無聲遠山幾疊船頭見如水

碧天秋月明

俞如山字以增仁和人

以增賈遊甌婺閒暇郎手一卷琅然誦之

桃花隘

亂藤深樹靄濛濛花放無名照眼紅百疊羊腸盤詰曲幾家瓦屋列西東境幽絕類桃源僻山險還方劒閣雄明將軍耿再成駐兵常比劒閣關此地也經人避亂不知會否到漁翁

哭軼羣三兒

衰落門庭强自支好花開又惡風吹淚非易落情難割藥到無靈悔已遲草草長埋三尺土恩恩虛負十年期可憐繐帳淒涼甚忍記堂前問字時

曹杰字志仁號海村仁和人

題壁

白雲深處是仙家雲出無心望眼賒恰笑道人無一事但憑醉墨作生涯

潘虎拜字召揚號淩雲海寧諸生

張貞婦歌

卓哉陳氏女貞烈世無兩許字在弱齡芳閨知孝養卜吉今仲春眉畫可追仿何圖命不辰奇疾厄張敞湯藥敢避嫌郎危正依仗二豎太不仁德門報竟爽搶地更呼天淚盡尚稽顙連理枝遽摧絕粒非矯强姑乃涕泣言爾母常悒怏憶余作未亡茶苦歷疇曩汝尚未結縭別嫁非淫蕩卵莫託危巢鴻其逃密網女聞泣且悲陳詞慨以慷夫在形雖離夫亡心早往從一無異同捐軀並泉壤詞烈意彌堅悲喜來宗黨抱

主結幽婚天地爲開明代夫奉甘旨立嗣事幷鬻苦節一時貞芳徽千古仰永播香名香青史宜宏奬

陸炘郡人建弟

隨園老人爲其甥陸建刊湄君集炘其弟也年未及冠而夭隨園詩話嘗及之

小滄浪

十里橫塘路船搖明月春鴛鴦相識否前度采蓮人

春暮

吟窗書靜獨徘徊綠上疏簾認翠苔忽見飛花三兩片迴風舞過小溪來

落花

傷春無柰落花紅夾在離騷一卷中葬汝自憐非玉匣開書到底見春風

徐梅字樸人錢唐諸生

樸人性素狷介居南山滿覺隴足跡不入城市慕孫太初之風節遇適興處即走筆題詠惜齋志以沒

寓林

屏小蓬萊題曰寓林黃汝亨結廬讀書在南

殊榮肯謝意何深合與青山作賞音浮世著身原似寓倦游如鳥總歸林門無車馬應高臥座有琴尊愜素心最是閒情消不盡一湖烟景入豪唫

湖南吟社西湖八社之一即南屏詩社沈仕號青門爲南屏詩社之主

八社遺蹤不可尋名流今日重南屏嘯歌風雨詩千首放浪形骸客滿庭嵐翠滴衣春正好湖光明眼酒初醒幽懷無限寫難盡啼鳥數聲山欲暝

含暉亭

虛亭如畫枕巖阿綠樹陰深帶薜蘿秋淨竹池烟冷淡夜涼

松逕月婆娑慣游如我終忘倦到此情懷欲放歌想見風流
賢太守烏紗白葛幾經過

越王臺

峯頂雲消望眼開越王曾此築高臺伯圖自昔雄吳楚遺跡
於今但草萊寒雨怒潮千古恨夕陽烟樹故宮哀登臨莫問
興亡事長嘯風前亦壯哉

金友白字西庚號鼓村仁和人有怡雲詩鈔三卷

文丞相蟬腹硯歌

乾隆初臨平漁者網得文信國綠端蟬腹硯於鼎湖銘
曰洮河石碧如血千年不死萇宏骨款識皐羽二字其
文云文山攀髯之明年疊山流寓臨安得此遺硯焉
洮河石茖不蝕萇宏骨玉猶立文山之遺疊山得誰其銘者

晞髮生一十三字撐風霆琉璃花開蟋蟀鳴臣心惶恐君零
丁一塊肉萬里航硯乎悔不偕行藏皐亭山下白雁至明因
寺前劉洪亡斯時尺土多非趙沈之於湖幸完好眼明及見
炎午文心堅不僉道淸表堂堂正氣歌慨慷想見勤王檄會
草滄桑五百餘年矣蟬腹枵然飢不死沁以柴市兩行之血
淚捲起厓山百丈之海水靑原琴相爾汝玉帶生共今古傳
向西臺痛哭時竹如意碎會摩拊銘詞不汙程鉅夫卜卦之
硯實非伍投湘自分同楚騷何幸時淸遇漁父忠臣烈士與
遺民多少英靈此中聚

硤石道中

險絕東西硤雲深不可攀五丁開一水孤塔表雙山壁黝蛟
涎滑林深鳥語蠻停橈訪眞隱松桂掩禪關

雨中次石門

栁綠清明市春遊悔未經人家蠶事近桑柘雨中青倦客歸無俚扁舟此暫停愁聽泥滑滑花落語兒亭

初夏遣懷

綠玉橫窗水一灣晝長無事即深山身如野鶴從渠瘦心羨溪雲未得閒春去蝶疎簾外影老來人惜鏡中顔桐花小院殘陽冷睡起新詩手自删

月下對梅

蠟燈紅照兔華肥疎影空濛晝入微瑟瑟春寒堅雪骨溶溶香霧溼雲衣軒窗不夜人無寐水竹三分花四圍起拂冰絃引蘭酌松烟凝碧掩雙扉

高虞文字賓來一字春田號半農仁和人觀鯉子官山東

城武縣典史

咏韃子

小插金雞尾簇鬍蹋最便春風先送喜俗送婿家催生禮盒綴以韃子云見子也稚子況能顛眼疾從人巧跡高調我偎輕狂直如許繫得幾多錢

林國翰字衛宸號小竹錢唐廩貢

小竹尊人上舍生大綸工詩精賞鑒家素饒裕所蓄名公書畫甚夥與陳太僕兆崙邵侍御樹本杭太史世駿相友善文酒過從恆令其子侍故太史詩曰羨汝兒郎偉文章早擅名謂小竹也小竹承其餘緒文雅縱横後以廩生入貲爲訓導去其恆產不常厥居潦倒以歿詩文並失傳僅搜得二篇亟錄之而上舍詩則竟無從采獲矣

癸卯之春無軒二兒同門出湘筦齋圖照索題即用

聯吟韻

詩人愛結數椽屋更喜美花多映竹齋名湘管足幽棲千箇吟風戛寒玉與君交好二十載談讌清懽杯瀉綠披圖玉貌抗塵容晝手蕭然仿石谷耽書揮灑日臨池寓賞雲烟時過目（時獲讀新刻寓賞篇）丹黃矻矻搜討勤片羽碎金俱入錄聯吟一刻富佳篇附驥無詩毋乃俗含豪借韻一題之想見清風茗水曲娛情可配有竹居參禪莫羨燒豬肉瀟湘四壁畫淋漓擬到君齋對深穆

金絲桃

不鬬紅桃二月芳泥金塗抹上花房閨中曠面疑黃雪洞口尋源易夕陽前渡客來更道服去年人到認檀郎藏蜂莫辨香須影吟賞還宜蜜酒嘗

楊崇治字宇奠號二農楷子仁和貢生

吳澹川文溥筆記言仁和楊二農明經豁達通才長興朱六橋居士翩翩書記昔嘗同寓武昌惠中丞幕府公餘讌會賓主歡然麗句清詞騰如束筍筆意疎倩都有庾景行淥水芙蓉風致

題聽松圖

太平歲月養龍鱗不記何年手種人彷彿天台石橋路赤松游戲是前身

弄月吟風鶴不驚翠濤入夜響逾清有時隔院敲松子誤作林梢滴露聲

不著接䍦因灑落乍搖羽扇最風流人間熱惱無從避此地眞成六月秋

楊華國字文祥號鶴亭餘杭諸生有鶴亭詩草

鶴亭性至孝嘗兩次刲股以療親疾

甲子八日攜行吉行儉兩孫重游安樂寺

幾年不踏獅山路依舊懸厓蔓石藤攜屐偶來前度客倚松曾見舊時僧池邊啜茗雲浮腳巖畔題詩筆帶冰自喜飛騰腰腳健折梅還上最高層

城西

春來久不到城西芳草如烟一徑迷釣罷鯊魚歸去晚碧桃花下聽鶯啼

費觀字賡旦號濤江仁和諸生有與到吟草

濤江少孤事母以孝聞精于河洛之學旁涉黃帝宅經蔡元定發微論于形勝家言獨得其祕凡相宅休咎畢應素耽吟咏與同里翁㭽湖胡綺園黃書厓姚春漪項秋鶴諸公湖舫聯吟每月一會得句輒爲同輩所推服遊覽所至若天台雁宕棲霞諸勝蹟題詠尤富嘗以詩就正于隨園太史太史摘其佳句載入續刻詩話評曰不落浙派斯爲可貴

黃書厓招同人集翠雲館觀錢蘀石先生水墨芝蘭

蓋先生寫爲書厓尊人壽也分得三江韻

不到善人室那知樂事雙階前佳子弟堂上老眉龐此景看

名畫羣心折慢幢芝蘭工寫意爲慶鹿門龐

沈起瀾字慶安號子君錢唐人

子君善畫工詩以母病侍湯藥積勞成疾而歿

西溪即景

西溪溪水碧如油風景蕭疎兩岸秋野鴨避人飛𣗳尾黑雲

銜雨過山頭幾家茅屋烟連樹十里蘆花雪滿舟獨有幽閒

老漁父釣篷不繫宿汀洲

新霽

霽色初開照眼明檐前殘滴一聲聲幽人枕上夢驚覺無數

宿禽花下鳴

沈起潛字孔昭號芝塘仁和諸生

西湖栁枝詞

綠楊深處是儂家門外時停油碧車妾意纏緜如栁線郎心輕薄似楊花

沈起潤字六芳仁和諸生

西湖栁枝詞

西泠橋上別君時楊栁千條未挂絲今日重來橋上望綠楊都作斷腸枝

蠶詞

柔桑綠蔭滿牆邊飼到登山不費錢正是溫和好天氣家家燈火看三眠

程煥字堯文號藿巖仁和諸生

蓮池夜飲和方來青觀察丈韻

勝地資觴詠清新得句香雲華移鏡影星彩讓燈光橋跨東西路波涵內外塘風流蘇白在髣髴廣陵鄉

淅瀝荷翻蓋依稀雨灑池碧筩浮酒暈檀板拍花枝澄量三秋水遙情萬里姿吟成共叉手風韻樂相吹

國朝杭郡詩續輯卷二十六終

錢塘吳慶坻校字

國朝杭郡詩續輯卷二十七目 乾隆五十二年丁未至五十七年壬子以科目爲次

馬履泰 朱鈺 孫晉寧 錢本禮 許元淮

邵希曾 陳佃 陳修可 項朝藁 張焕

周由厚 吳錦 陳登泰 陳嘉穀 張樞

顧鵬 鍾震 黄孫瀛 錢師曾 余煜

黄起熊

凡二十一人

國朝杭郡詩續輯卷二十七　　錢唐吳振棫毅父氏編

馬履泰字叔安號菽庵又號秋藥仁和人乾隆丁未進士歷官太常寺卿有秋藥庵詩集

太常年過三十不爲詩婦翁朱青湖謂之曰子以詞賦通籍而不學詩是農夫不修耒耜矣其可乎於是始稍稍爲之見者輒歎賞以爲殆天授工畫山水水暈墨彰神腴骨秀在京邸時見几案堆積者皆他人所委絹素也既以言事罷歸雙瞳翳如猶主講敷文書院數年坐擁臯比品題甲乙殆所謂不盲於心者歟

題梅竹聯吟卷後并示仇一鷗

張仲雅雲璈住杭之梅東高橋梁君玉繩履繩住竹竿巷三子各取平日倡和諸什梓爲四卷索題賦此

吾但知有梁而不知有張往者趙北際埋簸塵土黃有君子自晢一語清風長此才過研京吾見不越鄉仲雅僑寓維揚自是辱過從必稱二梁強長公吾故識尚念膚雪霜雖未俱如臯見

蔑已不忘今年苦溽熱昏昏晝偃牀忽然通一刺倒屣恐不遑所謂少梁君來如野鶴昂毋乃子過聽遽枉霞上章梅花何處無修竹動遮藏不有三子詠底自生淸光委巷潘閭重短橋杜子揚吾杭有潘閭巷又有杜子橋即宋杜仲高故寓昔賢吟諷地至今餘芬芳此意不其然持問吾仇香

楊六士夢苻員外移居時六士方臥病

去年吾徙屋屋老多煤炲恨無地容樹喜有牆生苔今年君移家招我開樽罍佳處不具陳且陳庭中槐老幹鬱古意幽鳥以族來春夏陰日暗秋疏而冬開願君屏事坐松罏手撥灰澹泊心無營寧壹物莫災不問魚熊掌但羹豆芋魁君其務元氣元氣人根荄元氣自勝疾疾去非人推閒在宥天下那用刑法裁僕者散木耳頗善養不材君如變嘉樹本實當

益培

夜聞水聲甚壯益二理川也

朱甍俯層崖一榻萬家上夜聞崩濤來似決河瀉壯勢將魚一城氣欲吞百障尚瞋山屈蟠不得恣奔放我家潮聲中老屋日搖蕩非惟不爲動轉益神氣王竭來無巨浸頗恨隘而妨多謝二理川無事肯跳宕明知去鄉遠暫取兩耳誑

觀潮

遥遥一素絲可發墨子悲稍稍横匹練不獨顔氏見隆隆有聲如轉磨中雜鞺鞈聲漸大儵持巨鼓萬面來萬手槌破聲喧豗天風蕭條木葉亂老蛟怒拔烟江迴樟亭塔鈴獨自語千人萬人齊眺處一道驚飛岸勢浮脚跟都欲隨流去偉哉造物睻奇觀急霰顛雷一江亂得意魚黿去若飛嚇人龍鬼

來無算壯金老火俱韜精一水而外無五行大氣結束萬派
立鴻荒到今不肯平十萬人家籠夕照窗紙齊鳴簷瓦掉何
處軍聲洶洶過旅人啼走居人笑峩舸大艑迎潮來冥入太
陰尋劫灰移時不出悲沈埋一鳥空中乍徘徊知已騰出高
崔巍瞥覩又墮琉璃堆小船用篙如用弩篙刺濤頭如刺虎
公然一葉鬭水怒水怒平呑怒解吐吐去篙師獨速舞鷗鶃
各理柔枝櫓我聞未有天地初唯有海水無時無風吹水沫
乾不仆漸有世界浮錙銖元氣無多易凋瘵十二萬年彈指
壞大地吹翻點點塵依然海外無纖芥不信但看今日潮豈
止白日天吳驕風掀霆劈氣震蕩地輪壓折天輪搖君不見
祖龍乘馬何駊騀鞭石射魚無不可猝遇驚瀧吼地來始憐
性命才幺麽前胥後種亦尋常心折當年異姓王約束羣靈

避三舍至今遺愛歌錢唐

寒食入直

樹晴烟暖數宮鴉此節令人感物華官舆寒於今日火歸心濃似故園花文書遮眼遥傳漏拜埽何人不憶家明日西湖應折柳歸來隨意插簷牙

題上官瘦樵羅浮山圖

未躡羅浮四百峰但從人說似芙蓉展圖始覺身翛遠作者兼聞性放慵不肯入城遺俗累果能浣筆寫山容還君冊子仍惆悵安得仙人九節筇

自黃泥潭步至鐵冶嶺

黃泥潭上躡黃泥鐵冶嶺邊春草齊花事轉頭成短夢綠陰如水覆幽蹊高樓橫笛仙人去虛閣籠寒舊蹟迷不是詩情

渾漫與此中眞合寄枝栖

天公知我樂菰蒲故遣延緣得此湖城裏烟波天下少船頭

山影北來無竿繙正可充家具魚鳥猶應熟老夫徑欲擕歸

京國去篋中淸景早成圖

韓聽秋孝廉桂舲觀察賢兄弟以其高祖貞文先生

小林屋圖見示先生名在東林黨籍爲馬阮所惡遁

蹟他邑　國初始買夏氏宅居蘇州城中宅旁疊㟥

渾成洞穴窔窌穴中泉流津注渟泓鏡澈先生題爲

小林屋洞其上高梧鼉柏秀箭疏松離離蔚蔚每當

風雨欲來洞口滃然洩雲如曳幅練矣至若蒼烟夏

結當暑忘炎歊之蒸空翠晨飛近市邈川巖之想所

謂是焉棲寄實可憑矜者也後人世有其業埽爲長卷以遺好事者余亦賦詩聊綴諸公之末云

誰鑿夫椒山勢成隱君曾此託幽貞眼中飽閱滄桑事頭上疑聞風水聲欲繼王官深屏跡未容女子更知名從來兵燹多餘劫賴有神扶古石鉦

樹蟠山骨更崚嶒隱矣其誰按籍徵此日濃陰流夏簟當時殘焰避春燈甘陵清節人難及汝社遺名世共稱若話 國初諸故老四筵傾動我猶能

手披長卷如身到老輩風流未易攀述祖一篇鉤黨傳遺謀幾筆洞庭山天如林畔曾吟眺子美亭邊數往還豈料君家尤勝絕教人意外得蕭閒

題陳受笙水西小隱圖

苔花老屋住西灣中隱何如小隱閒界水無非秋竹斷對門都是夕陽山筍𩍐筍帽從纘放漁弟漁兄共往還他日篷籠如過訪舉杯一笑俗情刪

朱鈺字春泉錢唐人乾隆丁未進士官江西蓮花廳同知

題顧蒹葭長林愛日圖

春深夏淺景暄妍笑曳輕衫即是仙北苑與傳依樹意南陔宜補采蘭篇

松聲未歇又泉聲獨立悠然與轉清得句也教如菊淡此心原不異葵傾

孫晉寧字在鑑號半峯錢唐人乾隆戊申舉人

雙樹孫翁工書能詩爲東里詞人職志半峯從游得其指授故吐屬無塵士語居紫陽山麓榜曰近雲山舍者有花木之勝倜儻好客嗜飲善啖坐是以貧然樂甚終不悔也暮年始博一鄉薦至京師館章文簡公家數年

而卒兄緣天孝廉名咸寧字理南亦能詩

集古歡書屋試龍井明前茶

宿雨冒林端疎花如出沐高朋狎文翰共坐古歡屋玉瓷試新芽活水沸初熟寒香奪幽蘭翠色鬬修竹想見龍泓人筠籃入深谷爭誇清明前日采不盈掬書生腸未慣搜盡十年讀何須沽松醪雅可配山蔌主人情更延鐏俎列芬郁只防天隨翁啞啞笑食肉

初夏山居雜興

萬綠園吾廬清和愛良日汲水澆晚花添芸理殘帙梁喧聞燕歸谷響見樵入臨池帽久低步苔履微溼即景獨忻忻抱沖長默默淡彼簪紱榮眷此魚鳥逸鬬酒招同懷會文成雅集攀果徂園東斸筍越峯北候茗松風來橫琴山月出寄語

金閶人白雲殊未極

訪朱朗齋文藻郭西山樓寓館

浮生本旅寄何者眞吾廬朱君賢主人許借山樓居竹几置翰墨藤榻羅琴書開窗吸湖淥策杖搴園蔬飯飽日無事披經注蟲魚我暇輒過訪曲磴盤紆徐談諧竟永日依依在樵漁暮歸石林黑月照清江初古來巖棲子作計良不疏

冬至前二日杭堇浦太史世駿偕西林先生栖洲竹村葑塘秋子集近雲山舍分得雲字

佳辰遡長至晴旭輝蒼旻西峯靄遐矚烟霧排朝氛虛齋鎮寥寂欣過大雅羣二老松貌古四子蘭襟芬高風何灑落瑣節僻殷勤揮麈縱談笑色變窗前雲縋幽襲元窅抗志探皇墳導河始積石攻壘持孤軍題詩展長幅筆運成風斤天游

跨汗漫華藻披繽紛耳久倦巴唱忽聽操南薰非惟可所可
實緣聞未聞尊酒池上設席與魚鳥分野庖鮮巳擊家味枯
旋焚相詈戰白蟻寧誇醉紅裙重來約歲晚梅香漸氤氳

暮春吳山送元妙觀羽士黃含山鶴赴上清宮

栁絲颺烟花颭風春光歷亂離心同含山朝來別我去行裝
欲助羞囊空故人平生絕稀少日夕過予聆焦桐移牀坐待
松月白挾策行採山英紅孤鶴看雲意忽遠龍昂虎踞尋仙
館五年吟袂一朝分池上芭蕉空綠滿（觀有芭蕉池呂仙題詩處）餞別山
樓酒一巵春江千里渺相思他時跨杖歸來日更坐南窗話
子綦

西湖打魚歌

涼波雨斷烟如織作陣魚舟弄秋色鳴榔蕩槳西泠西蓮花

蔆葉相高低水迷網眼碎珠落漣雲下罩青玻璃瀲瀲潑

聲未絕有頒有莘力齊折何人得雋衆忽譁閃日金鱗如電

掣夕陽舟散浪紋平紛向樹陰濃處歇平生最慕天隨子蓑

笠笭箵老烟水每觀魚具十五篇半世深慚昧生理湖頭桂

發秋正中買魚沽酒招吟翁他年會製總宜舫自把綸竿插

短篷

留春曲

風聲吹在芳樹林雨聲滴在愁人心眼看春去情難任春去

春來何草草送春幾回人已老誰見王喬長美好碧翁解事

喜殺儂今年三月閏忽逢可肯一日閑金鐘

題汪五丈槐塘沆嗜酒愛修竹圖

琅玕萬个摇清風鬅鬙招我淇園中幽人脫巾坐磐石似是

高賢龐德公誰謂空藏活國手不放玉尊瓊液酒閒看日月雙跳丸笑置功名一芻狗紛紛餘子何足訾眼明覩君松柏姿蘭舟昨幸接談笑汪丈昨同飲湖上載酒問字不我遺燈前展圖起遐慕想見涼堂隔深樹離騷讀罷聞秋聲童子開門不知處

冬晚瑞石古洞同栁洲秋子遲葑塘不至

木落山空絕點埃石闌松檻共徘徊峯腰有徑閒雲出洞口無人獨鳥來寒月半弓初挂樹春風一縷已驚梅吟筇何處尋詩去不趁清尊破凍開

重過吳山西爽閣訪屠鍊師不值

幽人寄跡古松關造訪期消半日閒曳杖重尋黃葉徑推窗空對夕陽山寒生竹翠梅香裏句得茶清篆冷閒一曲水仙

曾洗耳成連不見悵虛還

雨後過六一泉追懷栁洲

又憩坡仙舊竹林閒階雨過石池深樹腰紅日漏斜影峯頂翠烟凝宿陰游地往來長換眼酒徒零落最關心青苔行跡依依在不得同攜石上琴

錢本禮字容臺號養初仁和人乾隆己酉進士官湖南茶陵知州

養初工制義成進士後出宰百里歷任昌黎交河內邱茶陵膚施諸州縣屢起屢蹶南北馳驅積勞成疾以卒年六十七宰昌黎時有唱氏子與石氏女締婣後石氏式微唱氏子能讀書家亦日起其業師利之以其戚女强委禽焉石氏知而訐告鞫得其實卽令石氏女與唱氏子當堂成婚并諭石氏曰爾女要在唱家度日我故不加刑焉庶翁媳得相安也一時邑中播爲歌詞有錢青天之稱

中秋日姚春漪招集琴臺

開尊情頗劇目雨與還佳容易良宵過般勤好友偕虛堂延
竹影高論破秋懷竚見涼蟾上幽期信不乖
去歲中秋月團圞正憶家今年好風景永夕話生涯星斗一
天燦笙歌別院譁踏燈餘興在韻事豈嫌賒

中秋踏燈詞

秋來節物易淒清況值天公未放晴忽報風光今夕好銀花
齊涌玉蟾生
雲錦鮮新翔鳳集星毬錯落怒猊蟠秋風妝點春風樣玉宇
瓊樓定不寒
陡聳層臺繡作屏香薰百和駕娉婷莫嫌簫鼓比鄰鬧天上
神仙也合聽
路轉河橋星斗稠置身高處景全收贏將一語誇人說我恰

浮槎最上頭

許元淮字匯東號桐柏錢唐人乾隆己酉進士官福建武平知縣

桐柏性嗜經術嘗重刊左傳事緯及陳大士所著五經說洎作吏三山頗著循績

秦淮卽事

丁字簾前艇子輕女兒嬌小最多情南朝無限傷心曲并作秦淮暮雨聲

雨花臺

金錢贖得至尊回一片降旗江上催天女笑看圍未解西風蕭瑟雨花臺

邵希曾字魯齋號冉雲仁和人乾隆己酉舉人官河南桐柏知縣有松鳧吟草

桐柏為豫省南界與楚北接壤時有鹽梟捻匪出沒其閒居民苦之甫雲令各地保創設門夫一鄉之中若干家家出一人無事則各安生業有警則號集環衞匪散即歸民無失業責有專司并令各村集設立柵欄以重啓閉夜則擊柝周巡或作姦犯科必繩以法姦蠹匿跡民氣以安又念書院課士精于勤荒于嬉乃增設膏火月必親課其詩律音韻有未協者注乎仄聲眞一冊分給各鄉塾不數月文風蒸蒸日上試帖于宛屬稱最焉乙酉秋闈充同考官得士湯蹈矩即書院肄業士也闈又親歷各鄉勸設義學集錢萬餘緡設經學三蒙學十五分列城鄉訪師訓課來學者自蒙學而進經學擇其學業有進者入書院肄業無力子弟不嗟失學矣以勞卒于任年七十七喪歸之日涕泣以送者數十餘里出境始止云

仁孫南歸詩以勖之

嗟我孫來前聽爾祖一言昔爾髫齔歲初泛汴水船離母侍祖母膝下分甘鮮日月曾幾何又逾既冠年爾今別我去我心逐爾旋望望向鄉園傴指小春天爾父痛不見爾母感華顛宛宛諸弟妹牽衣齒隨肩居家爲家督遇事以身先持躬

履莫越應門禮莫慭不律莫嫺握音問通連連俾爾祖父母
遠懷無挂牽
我家吳山陽小閣憑山造左江而右湖頗足攄懷抱念我景
山公鍵戶淨灑埽日夕手一編勤忘閱華皓傍磴列寒梅環
牆羅碧篠生平更愛菊秋深色香繞五載客春明（景山公戊申入都補
教習壬子還里丙辰卽世）言旋迫榆杪我又爲飢驅頻年謀一飽蹉跎逾
廿霜汝今歸正好度地蒔佳葩乘春薙惡草誒我遂初服先
澤忞蒐討行當抱重孫含飴娛我老

將之省垣走筆書懷

我非冰蘗儔耽作風塵吏綰綬得桐淮頗領山水意地僻朋
息交民淯官鮮累宛城三百里歲行有幾次迢迢古梁園邈
若天上譬昨朝片檄來云今歲大計上游未識面行當匏期

至欲止勢不能欲行談匪易巧婦紬空庶神仙能縮地輾轉思達晨通宵無穩睡

貧家淨掃地貧女好梳頭坡翁藥石語端爲吾輩投念我宰桐柏僻遠隷南陬安陋而就簡最績報無由夜郎徒自大終貽識者羞此行雖不貲所禪實已優仰聆大府訓嚴憚寡悔尤次集賓恭谷觀摩仗朋儔庭趨學永叔署考慕道州僕夫勿辭瘁行矣秣吾駒

扶溝謝署尹乞白菜次蘇公春菜韻

團鑪芋火燒殘葉侑飧不數菁與蕨御冬旨蓄誰最宜桐邸晚菘冠瀦滑北方飣盤嗜獨殊薤白椒紅忿辛辣豈知沃土出佳蔬玉立寒畦青一抹賓延蝴蜨點金衣奴視波稜展鐵甲本坡公句最憐霜甕醞肥濃卻怕冰澌萎芳茁老饕飫此已年

年蘇荔蘆茶有成說遲君繼餉饜清饞莫待江郎想兔脫江介臣引見將回故戲之

潁濱步月歌有引

距城而南四十里曰新站集沙河環之民居稠庶土地沃衍集中雷氏望族殆積久土著矣瀕河諸戶悉雷姓槐青市地水碧浮天棟宇潭潭鱗次櫛比丙子夏五因公到集宿雷氏梅松堂會既望暮出公務畢步月而歸波光瀲灩與月吐吞璧彩晶瑩上下交映蓋沙河本潁水潁水素清得月而清益彰坡翁云祇有潁水清而姝又曰未覺杭潁誰雌雄予杭人也吾杭風月豈清潁觀顧頻年逐逐唯馬首是瞻有慚于雷氏多矣因作長歌寄喟且以嘉主人重去其鄉云

我家吳山陽門瞰西湖水少長湖光山淥閒日飫芳鮮不知美十載浮沈故紙堆廿年奔走飢驅裏揭來中土一星終疲牛陳跡依然爾每憶童年舊釣游手弄漣漪目清泚更當三五月圓時蔆桂紛披交徙倚天心浩魄湛冰壺入世仙瀛濯塵髓草迷遠志不思歸橋越長淮竟爲枳終歲鸞飄鳳泊身厭看狗苟蠅營恥忽過君家潁水濱如見故人心竊喜我有君家二頃田歸臥家山吾老矣

潞河晚眺

不盡黏天碧悠然落照閒雨收殘暑淨雲帶斷虹還粱黍村村徧檣帆處處閒青蒼都入畫只欠數行山

人影忽在水不知明月高歸心掄去驛秋色下平皐未慰倚閭望空悲陟岵勞江鄉渺天末惆悵獨拈毫

奉調入闈車中口占

廿載粱園路驅馳與已闌如何割雞手敢把釣鼇竿硻玉匭猶易金鑰判卻難還尋前度跡仍飽大官餐甲子掌卷丙子彌封

過東光縣寄兒及婦

南皮纔過又東光僂指津程正未央帆影只憑風力健河流爭及客心長雲垂平野峯千疊人踏斜陽雁一行寄語清秋雙燕子主情雖重好辭粱

甲申春仲內子南歸口占六章送之

江南草長綠黏天好買春江下水船我意隨君如草色迢迢綠到聖湖邊

爲貧而仕挈同游荏苒韶華十八秋依舊涼颸生兩袖得無仍悔嫁黔婁

尋常充膳藜羹耳（內子茹素多年）歸去家園茶亦甘楝子花開蘸正美更饒櫻筍壓鈎籃

迎門男女候中庭半是孫枝半稱齡（七八九三孫男二三六三孫女俱離家後始生）共道慈顏今識面瞻來雙鬢尚青青

十月江鄉酒味稠白憐湖水出新篘（杭城十月湖白有名）此行好去儲佳醞待我歸來向爾謀

先人馬鬣已成阡每念松楸輒泫然願祝朝朝帆滿腹遄歸先我酹塋前

陳洄字文水錢唐人乾隆已酉舉人有螺峰草堂集

文水居紫陽山四宜亭側性耽白業晨起則舉家梵誦無閒寒暑其弟清波沛霖亦能詩層琴鳴觴文水句云山居雖僻寧辭遠道氣常充便不飢老去全家都學佛尊前有弟與談詩讀此如見其人矣

湖上觀荷三首（錄一）

綠楊罥平磯涼影帚篷背開船劃波去漾入嵐烟內近來西子湖荷花漸稀碎頗聞丁家山新荷冒石埭貪緣進望山名橋又爲菱葑礙瞥見風翻處新紅映山黛船頭漸泊近柄柄與窗對衣上逗微香體中生淨愛吾儕俱中年性亦嗜恬退只爲米鹽累俯仰逐流輩何如插荷入水屏大自在漁娃爲牽網兒女操井碓摘荷入城賣百物歸自戴秋風落粉紅翠葉又堪刈住此山中郵清涼無病痗取笑觸熱人紛紛穿襬襶

同人集小山堂分韻得暢字

風騷有何好祇足資放曠願我二三子怡情去驕亢不願諸友生動與古人抗古人亦何好率性爲好尚一燈自一光耿耿誰能障今人亦何拙動駕宋元上煅煉去天眞恢張少涵養可憐好腸胃久已彭亨脹試問杜陵翁天懷原澹宕雷霆

走精銳不過神情王何嘗鼓喉嚨發聲矜大唱好句本天然
意愜句巳忘君看池上樹風吹自清暢

牧羊行

牧羊兒爾何人滿山放羊三百羣山坡草長蟲亂叫以肱麾
羊羊亦馴一羊齕草草赴吻口含碧草顧其牝一羊不齕草
中立四蹄直豎角濈濈前有兩頭寢不訛後者上坡不降阿
跛牂蹢躅牽跪乳散亂草頭蹄角多獨有一羊伏石磴四蹄
反跪目睛定昂頭靜對似有聽長鬚垂垂適其與我從山中
來玩物夕陽裏愛此牧羊兒蓑笠好生理古人學儒兼事牧
牧豕牧羊衣食足長垣澤裏任人笑我自截蒲寫書讀後人
甫擕一束書鄙棄樵牧齋中居生理蕭條百感集好古志懾
飢寒俱嗚呼好古志懾飢寒俱附贅依粱稱大儒

江抱村愛子詩手寫成一冊子爲賦此詩

世有嚴徐與東馬大放瓊琚姈羣雅詩成落紙盡傳唱頁頁新詞布朝野君何不好好我詩我詩詎足供君寫念我迂疎放曠人一生判作悠悠者寒蟲號野音不鏗窮鳥依人飛自下一篇偶爾出飢腸祇好幽吟自陶冶豈惟去騷文體卑早已安禪豪與謝筋駑肉緩起常遲齒裂頭蓬人要罵今君偏好散人詞有似工師舍梧檟况我歸心法界觀正惡投名詩酒社寡言之味勝於多無言之味勝於寡君如裹飯過茅茨看我搖頭作聾啞

輪轉燈

吳回一爝光則均風燈短焰降復升瞥看眩轉幻紅影鬱攸催走色相身膠膠擾擾不停腳奔奔波波隨轉輪世尊雖有

大神力詎能止得空中行焦頭爛額可知戒鐘鳴漏盡令人瞋看汝有如含瓦礫圜圜狂走徒勞辛我願惟求古尊宿爲我出定加威神先以四蛇艮其趾再以二鼠危其人令渠安穩得善果各各永不墮劫塵

鳳凰山懷古

猶賸殘春夕照中伯顏已去事全空一時白塔埋遺骨終古青山失故宮餘燼可憐三月火夜潮猶送五更風不須更話磵州恨銜璧皐亭計早窮

百年王會此山邱擇地西溪詔且留三殿湖光窺扆六宮江水照梳頭非無忠藎安時畧代有姦諛誤國謀白雁飛來降表去內人紅袖迴含愁

紫霄宮 郎舊之瑞凝道院高明府改築以奉吕仙

浮世勞勞衆苦侵偶逢仙吏道情深烟蘿一逕招孤往雲鶴三更遺好音渺渺平湖供晚望蕭蕭修竹伴閒吟爲予笑問風塵客可念秋霜欲上簪

第一峯前望江懷濤波弟二首一錄

樟亭江色雜蒼烟雪汊縱橫接遠天白日高懸千嶂上寒潮飛到一節前桐廬縣小文書簡釣客臺高樹石鮮懷古思家知有迷大寒節近望歸船

病中感秋

儂是錢唐本分民不儒不釋不仙人感秋自是年年事那更今年病後身

一年一夢一秋風直得當筵醉幾通不見石泉墳上路青山黃葉雨濛濛

陳修可字願亭號又村錢唐人乾隆己酉舉人官歸安訓導

又村爲學使諸城竇東皋先生所賞乙巳丙午歲科兩試皆以冠軍迨己酉先生來典浙試又村遂以十三名登牓鍼芥之合果有憑云

黃書厓招集翠雲館觀錢蘀石先生水墨芝蘭分得十三元韻

如入芝蘭室而無水墨痕壽潛饒有意香祖澹忘言讀畫添吟興開筵共酒尊遙思揮翰處雲繞萬松村蘀翁印曰萬松居士

項朝藁字壽芝號秋鶴仁和人乾隆己酉舉人

秋鶴熟精三禮爲朱相國文正公所賞以名諸生登拔萃科旋舉于鄉出諸城竇東皋先生之門再上春官不第以羸疾卒年纔及壯士林惜之

戊申小雪日同人集古芬書屋賞菊各賦七言長律

八韻一首分得十五咸

聯吟共喜陪嘉會況有名花繞翠嵒滿徑寒香烘小雪一痕淺碧上輕衫庭栽野竹籬偏短砌點蒼苔草半芟各有素心留賞玩也知此味異酸鹹秋花爭比春花瘦詩律都如酒律嚴金瑣碎搖風淅淅木玲瓏琢石巉巉相看歲暮人俱淡如此秋光眼亦饞更待湖山尋舊約雲峯匼匝鎖松杉同人約游西湖望雪

張燠字育仁號偉齋錢唐人乾隆己酉舉人官安徽廬江知縣　偉齋有循吏名年未五十解組歸奉母不復仕

觀穫

天寒禾黍熟愛此郊原居況逢彌月晴一片黃雲鋪耕種亦

已畢刈穫村村俱丁壯筋力瘁老穉顏色舒斜日背山阪野風吹衣裾翔翁相顧笑邀我田中廬自言今有秋比戶倉箱儲但願無飢寒求盈非我徒田家多辛苦過此閒有餘相攜一尊酒酬酢情殷如自愧塵網人勞勞長江湖始知衣食謀力耕豈不虛

周由厚字恂士仁和人乾隆已酉副貢

恂士弱冠修潔知名最早同里汪大令邦憲自江右罷官歸延致于家課其子若孫焉自是施絳帳擁臯比者垂五十年弟子經其指授先後擢巍科爲名公卿者無慮數十輩秉性憺寂所居一室凝塵滿几儼然危坐未嘗見其手一編也揮麈論文淵懿爾雅詩書之味盎然詩詞華妙尢工隔句四方踵門求爲序記頌誄之詞者殆無虛日生平雅不欲以文章自見且多代擬故削稾輒棄而弗存當時人不甚惜之歿後喆嗣暨諸及門欲爲裒集無可蒐輯惜哉嘗樹萓于北堂因以自號學者稱樹萓先生

山寺晚鐘

幾杵疏鐘出翠微蒼茫烟靄半斜暉白雲何處鎖經院青豆此時扃竹扉嫋嫋漸催涼月上迢迢如遲遠僧歸守詮詩句清于水不覺行吟露溼衣

吳錦字充甫號栁村錢唐人壽子乾隆已酉拔貢

栁村幼而聰慧目下數行隨父讀書不就外傳而天資警悟時得懸解于文字之外磨礪既久遂淹百家大典朱文正公來視浙學見之激賞稱其獨擅湖山之秀竹堂既沒代主平江講席人無閒言書畫承其家法變本加厲自名一家六法之精自山水人物草蟲花鳥以至界畫鉤勒色色精工古秀天芬恆蹊脫盡雖東南名手楞菴鶴渚猶當斂衽其風度絕似陳老蓮崔青蚓一流而性情兀奡亦近之縱酒任誕雖漁樵野老嘗與耕草傾杯投以紙素欣然立就及王公巨人隆禮厚幣踵門而求麾之弗顧也中年竟以病酒而卒天靳奇才墨妙流傳人間絕少惜哉

庚戌秋九月二十日同游法源寺看菊以之游樂乎四字分韻得樂字

日腳漏斜曛秋陰結林薄卽景展重陽槭槭緊飛籜一從招提游爲有尋芳約入門悄無人經臺下寒鵲清韻聽風颾妙香淨禪閣開穿小圃畦叢菊秀籬落冷蕊拆鶯黃疏枝瘦銀鶴花意淡無言幽香亦恬漠所遇素心人采擷遙情託西山向冬淨夕嵐翠臨郭一餉得安閒殊覺陶然樂

九月七日夢與何竹君方栜愚同游寶石山余欲登塔二子欲尋石佛洞正躊躇間忽見草輭花飛溪澗彎環清泉可喜三人者相與循畧彴而往意其源必更勝將爲流觴計也矍然覺悟惝怳若失云

旅羈自歎一無成歲月如流感舊盟斜月半窗疏竹影孤衾殘夢故人情依依山店探梅去款款溪橋攝帶行佳境不牢容易覺幾回搔首數寒更

陳登泰字伯來一字琴山仁和人乾隆庚戌進士官戶部廣東司主事有郊居等集二十卷

琴山授經艮山門外吳西林翟晴江兩先生皆與訂忘年交成進士後以憂歸廬墓方山霜降露濡哀感無已居人遂呼所經永護橋爲永慕橋云

大堤女兒行

北高峯南高峯大堤橫截西湖中南峯雲北峯雨雙角丫鬟大堤女大堤女兒行復行低頭不語愁暗盈誰家騎馬郎玉勒青驄馬含情重回首駐馬垂楊下少年如玉妾如花手無團扇難自遮山有魁湖有岸愼莫近前有人見有人見妾欲歸孃倚門雨溼衣

牛鬬虎

牧童騎牛入林養手持耕鞭結喉唱長風吹野林木昏猛虎

躍出右原上牧人見虎魂魄驚倒身落地伏不行虎見牧人爪牙動睗睒跳踉怒身攫牯牛見虎身護人以頭掠虎如怒蹲虎見牯牛作人立咆哮發聲震山隰是時草木皆失容冥冥瘦慘日不紅樵人數輩竄深莽瑟縮偷覘心如舂陡然虎爪扞牛角牛角抵虎虎驚懪翻身欲以尾翦牛牛角入髂利如稍虎怒大吼形已罷足蹯跡凪如野貍牛乃直上亂擊虎口涎髂血交淋漓猛虎旣死牛力盡瘦疲踢墜四蹄蠢樵人逡巡出看覘地上牧童已驚死嗚呼牛虎之鬭譬若犲㸷牙彼帶牛者真足嗟安得北平太守數千輩往來射獵窮深遐封豨擒盡窫窳死毋使貽害畊田家

東門地仙行

東門地仙人不識紫腦青肝腎蒼色三元九府百廿官一望

東門齊斂息小住人間八十年蓬山不抵半時眠量來一斛塵如玉化作齊州九點烟腰圍木帶跣一足大棗如瓜藏在腹垢面蓬頭一市驚惟有痴兒偏注目痴兒注目爾何情詎語旁人意不平排霞駕霧倏不見須藉瓊膏滿路橫斂拾須臾散叢葆經時突出無名草玉喉一咽便能言合室懽忻如異寶便道神仙夙有因緣華從此許登眞年年壇上花長好歲歲壇前草自春年年歲歲如花貌揮手淩虛望員嶠白龍青鳥共追尋金母玉妃時晏笑衆妙成爲百戲場履成燕子石成羊碧桃一熟三千歲滄海初栽八百桑此時定與東門遇縞襪青裙小迴步兩袖紅雲一掌風吹君直上丹臺路我欲從之道路迂茫茫何處問仙途買絲欲繡東門像喚起當年繆六姑

陳嘉穀字雙塍號穀泉仁和人廷訓子乾隆庚戌郡歲貢

穀泉工六法得元人派

悼妾畹芬

畹芬生自貧家而性情丰致儼若閨中之秀余既爲之作傳畧紀其長而情之所鍾往往觸物興懷隨時成詠得詩一十二首不獲詮次聊以誌慨一錄

十年如夢語誰知著椀香鑪最繫思燕子有情春又至畫樓無復捲簾時

仿華新羅筆即次題韻

雨歇西山烟未收竹陰深處隱高樓蕖塘秋水添三尺花落不知風已秋

張樞字碧塍號蓀田又號穀翁錢唐人乾隆庚戌歲貢有

雩門西江朝阪台山城東諸集

題查儉堂先生重建黄文節公祠記

明年麥飯思老身宫車晚出天低昏臣民雨泣堯舜歿國成一旦歸頑嚚二悖二蔡柄鈞軸倡爲紹述膏肓滿朝者舊走嶺表大書黨籍災貞珉熙豐之際那可道流毒萬姓聲暗吞浩翁實錄告萬古誣以謗史丞相嗔始竄黔州後龍水投荒直到天南垠蠻獠爲伍山鬼羣蜒烟瘴雨摧羈魂欲歸不得轉輾死鵩鳥夜哭州南門公之直道死則伸叢祠報賽勞夷民風戕雨蝕六百載遺宫傾側龍溪濱廢墜修舉守土責建昌以後無其人今來太守古邵郇下車展謁心酸辛捐金伐木聚徒旅雕榱畫桷規模新作爲迎神送神曲以妥侑我公千春公身雖歿神則存猶應戀此歆明禋所歎同時數十

輩祠廟大半荒荆榛旣爲公幸復太息西風落日悲孤臣

周謳齋以其婦翁胡稚威先生詩稿見示感而弔之

天教名士困風塵死後徒存筆蹟新獨抱遺經輕賈鄭別裁僞體薄梁陳碎琴燕市無知已埋骨山陰又幾春自比青藤應不愧比徐文長先生嘗自泉臺相對話酸辛

上元夜七里瀧舟中

春風淡蕩雪初消舟泊嚴陵旅思饒萬古長流猶此水百年佳節幾今宵笙歌嘈囋荒村社燈火依微遠浦潮牢落孤帆天際宿爭禁雙鬢不蕭蕭

滄浪書屋

名園易主蓬蒿翳勝槩仍還水竹環花底幾回迷出入城中難得此寬閒符融詩句荒烟外嚴武尊罍夕照間舊爲嚴顥亭司農臯

圜符南竹先生少游臯園有寒烟棲木末活水齧城根之句徙倚石闌頻太息海棠如雪點苔斑

望鳳凰山

目極飛鴻去不還夕陽秋草閉禪關六更夢醒殘灰盡一角烟嵐馬遠山

顧鵬字九成號雲林海寧人乾隆辛亥歲貢

登吳山放歌

孤峯秀嶨天目東鳳凰左折毛羽豐嶄然跨踞會城裏曰吳曰伍諧聲通控引江湖似襟帶天然位置非人功棱鬅層級階砌壘闤闠四帀塵飛紅我來登陟績幽契攀蘿捫石經仙宮振衣縹緲到絕頂疑由方丈蓬萊中海日江潮互傲詭萬千氣象俱牢籠須臾雷聲足底震蛟龍拏攫搏鴻濛委宛山

擩鑑湖走白波如練晴雲空蒼茫獨立感舊蹟矯矯伍相員英雄後人追祀飾廟貌紅旗白馬招精忠明湖俯瞰波瀲灩雙隄夾水飛長虹湖中蕩漾木蘭枻湖上馳逐連錢驄南屏鐘聲出樹杪四圍樵爨烟萬叢縱觀一帶好圖畫東南勝概今古同堂開有美懷梅守歐陽作記尤推崇安得長髯龍西客筆陣直掃偏師攻餘興未巳悟禪悅僧房茶話偕山翁天花歷亂梵宇靜又似訪道來崆峒瞥眼斜陽桂山寺衣香人影都匆匆擬雲歸去塵慮滌濤聲萬壑迴松風

鍾震字春霆一字橘山錢唐人乾隆壬子舉人

橘山性孝友弱冠舉孝廉不永其年惜哉

西湖秋柳

繫馬沙隄柳色饒入秋曳盡短長條秖餘鴉影斜陽冷無復

鶯聲百囀嬌西子鏡邊眉嫵畫水仙祉外浪全消一番記取春歸早依舊青青徧六橋

黃孫瀛字步唐一字句湖仁和人乾隆壬子舉人歷署直隸臨城欒城肥鄉知縣有古櫟山房稿

洋州行弔曾大令

句湖令肥鄉方苦旱禱雨烈日中感疾而卒民至今思之

曾君名彰泗字孔林四川德陽人以拔萃任洋有循聲丙寅秋寧陝叛兵破城曾以大義責之賊脅至城隍廟以沸湯灌入喉中罵不絕口而死

洋州城堅堅似鐵欃槍下墮虛隍裂棄甲何來犀兕多反戈忽見蟲沙滅使君一死且不辭口中況有常山舌兵環刃劫氣益遒白晝神祠凝古雪湯湯百沸倒軍持甘似醍醐通體

徹盤旋邢復畏蘊蒸血聚丹田本來熱一時煎爀及肺腸百
鍊純鋼𦉳骨節竟將縻爛作全歸如此捐軀亦奇絕　皇威
遠振劫火消特典頻頒重入傑復隍配食颯英姿靈來怳惚
雲旂掣何慚宗聖溯本支便合廉泉薦高潔巴山大小接錦
城日暮杜鵑啼碧血

祿兒歌

洋縣之潰權華陽丞劉錫民亦在劫中其僕祿兒年十
四於城濠積尸中痛哭三日夜求其主尸不得繼于血
肉枕藉中得一身面目縻爛不可辨而右手尚持小刃
識爲主人向所佩物遂殮以待其子來徒步送歸潞河
噫劉君死猶握刃有恨不吞賊之概宜得祿兒忠義之
報也事可以風作詩紀之

瀼水不流血不漉風寒白晝青燐熠烏鳶啄肉不敢前鬼哭聲中雜人哭枕尸反覆血模糊晝夜三周睇兩目天憐節義標識奇忽得糜軀已無肉平生佩此百鍊鋼既死公然刀在握想當格鬬隕微軀余不負丞差免辱孟勞質是卯金精皐復號仍頴士僕吁嗟乎劉君食祿死固宜僕也少年安足知頗聞嗚咽向人道的盧傷主罪敢辭送歸丹旐願已畢此後飄零任所之世間忠義有若斯爲君慷慨歌祿兒

中山店阻雪

彤雲四野湖風勁凍雀啁啾知雪信黃沙一片卷地來勒馬踟躕不能進客行中途勞復勞舉頭不覺蒼天高欲雪未雪氣愁慘模糊不見羣山腰人家隱隱漸昏黑舉鞭遙指山之側急霰如珠走草簷寒林野店皆無色擁鑪獨與裘相親寒

風入罅來侵人指僵肌粟不成寐坐對燈影嘗新醅明發仍期理輕策僕夫告我行不得鈴聲鐸語寂無聞門外雪深已三尺

階州道中雜詠和馬秋藥祿勳　履泰

石罅虹橋挨巖頭鳥道通竹圍深鴨翠花壓小溪紅採藥中峯路尋春上番風山雞相對舞五色眼迷矇

山川資割據蠻氏此橫戈廢壘仇池縣悲風同谷歌穴中雲縹緲天半石摩挱九十泉飛處蒼涼古思多

魚峽書磨壁倉山石指囷吏才懷李翁將略重吳璘文武匡時業安危保郭身如何宣撫策未共勒貞珉

避劫依高寨崖陰儼設關牢支黃竹屋險瞰紫泥山兒女摶沙似農桑作計艱何人憂國淚到此復潸潸

寄懷太然兄

落葉帶秋去愁心共爾飛夕陽山下路人影水邊扉老樹槎枒出寒鴉寂寞歸江湖應有夢昨日寄征衣

偕李允升堂訪李光甫方湛於徐氏園遇雨止宿海棠巢

清游亘不易好友況相仍聽雨分雙榻論詩聚一燈花飛簾影重寒峭篆烟凝百八鐘聲動淒如退院僧圓左為法輪寺

春晚同沈小雲學厚程秋紉其素游南屏

游蹤隨蠟屐逸興寄湖灣鷗意不離水春雲多在山何人來竹所盡日閉松關把袂聯吟去前林鳥已還

同人湖上看桃花兼訪孫花翁墓

藏鴉門外水如天徐邊蘭橈破曉烟春事十分都入畫詞人

一去不知年憑誰寒食攜尊酒賴有桃花作墓田薦菊名泉猶咫尺應教配食得遺仙

寄內

客思無端易感秋關河迢遞賦離愁梅花夜落江城笛榕樹涼生古戍樓明月似依團扇面金錢應卜大刀頭寒衣欲著心先怯一片砧聲聽未休

月夜舟中聞笛

蠏簾漁滬滿橫塘獵獵西風吹野航何處笛聲嗚咽起水莊花外月如霜

錢師曾字唯傳號蕙窗錢唐人乾隆壬子舉人有靜存齋詩集八卷

蕙窗甫弱冠即領鄉薦再上春官不第奉母家居公車遂不復出初家東關者三世門臨清渠桐槐數本垂蔭

滿塘皆其先人手植二三舊好打槳到門朋酒流連逸情雲上後復結廬鳳麓枕山面江懷古登臨名藍勝蹟所在留題中年喪其明而豪上之興不爲少減有賈業在遂安兩篷雪艇輒往來經紀焉時偕里中諸老結爲吟社賭酒談詩最稱健者余適自山左歸遂獲與爲尋以世網嬰身悤悤謝去乃余猶海隅留滯而蕙窗遽歸道山方憶雲停頓悲兩絕爲録其詩于輯中回念前塵其感喟爲何如也

辛未三月十日許丈芋園學范招同梁諫庵玉繩項秋子朱根石諸艮麓諸丈載酒皐亭觀桃有作

皐亭如隱君夙與丈人舊年年花下約尊酒春來又桃花爲折柬紅徧半山岫招邀共諸老追陪及下走郵陰流畫舫郭外春如繡水遠忽山迴小橋紅影漏嵐光迎面至風引春雲皺何人潑濃黛襯得燕支透山色似春煙桃花似春酎興來碧落唱招此紅粉侑士女蜨翻風春服羅紈糅游情各有寄都爲物色囿雲霞玉洞深蓑笠元眞壽一舸在烟波搶盡罨

畫秀城門念魚鑰歸櫂春波酒揮觴送落日餘戀盈襟裹潭水淺深情相思別離後栁風涼灑面篷底春寒逗殘酒尚盈尊尊中新月瘦

七月十七日何蓼華元錫周松泉士乾過宿對月話舊

游子倦紅塵山館常肅肅多情林間月款住故人宿故人何與周頻年爲飢逐勞生一餉閒聚首平生福不知清景委但覺蘭言績顱領記江湖艱難歎杼柚感深語漸稀風定茶初熟忘言愜靜明相對意未足山寒戒風露客夢正清淑一夜浸冰壺驚破穿窗旭

琴鷗太守招同馬秋藥太常履泰潘壽生明經眉鎖吟竹茂才成姚笙華大令樟殳積堂參軍集澘園消

夏

炎囂徧城市憩賞得林園日色不到地秋聲如入山番番洛社老歷歷蓬壺僊瓜涼滅紈思茗苦迴清言長者寬禮數主人謝拘牽夷曠趣則同坐臥意儘便山徑烟翠滴暝色浮松顚清暉下庭除瑟瑟簾波圓連朝生意窄一餉情懷閒荷陰閣涼雨歸路風娟娟

舟泊平湖郭琬亭少尹璸留食茶菰

阿儂家住西湖濱少小已餐西湖蓴此去吳江三百里饞腸行赴河豚美迢迢雲谿烟水春官閒雨墊林宗巾哦松方倦客方至瀟灑官廚似水貧俸錢三百貫清醥餖飣蔬慰幽悄酒閒珍饌出芳鮮鄭重茶菰越江表自言千里摘雲腴歎息家山今亦少菰香秀擷九江春茗氣清迴雲木秒荷錢的

縹心半卷荇葉參差絲尚裹貯籃還聞風露香調鋣似有煙霞繞酸寒口腹何處嘗開顏捉箸飫芬芳茶禪遠溯西江社雋永眞如詩味長先生自抱冰雪腸前年手版出錢唐翠釜晶盤不可望客來射鴨且銜觴清泠一勺平湖水風味蕭然舉故鄉

保安寺古槐歌

癡煙怒翠橫空集何代祇園起春蟄裂開厚地攫雙龍鬐鬣槎枒風雨急太陰黑壓春院闃烏翅金流火珠溼六丁雷電追不及皤腹刳空山屹立護持龍象擁蓮臺非魅非魈兩古槐四圍蒼蘚垂到地萬斛青錢埽不開槐花年年一度催貢士乞夏題名來今春長安還客我一樣來做精廬左驚心節序對疎陰看到彌天圓影播客裏無論冷淘味故鄉傳徧清

明火衣單金盡行路難臥病經旬惟宴坐姓名無分達槐廳
花實惟容資藥裹行將別汝歸去來潞水清淮流晝舸天生
汝槐作地靈養火抱丹入窈冥多羅原近師子座盧宿上映
天邊星我家江南紅蓼邨數株如汝種柴門先入手澤今尚
存清陰畱取課子孫吁嗟乎槐兮槐兮爾之甲子混元積斧
斤所赦今千尺我結槐陰廬僅芘三畝宅不望騰拏如汝縱
橫占地脈乞取清風一榻蔭此琴書席何事攜甌裹硯來作
長安客

已卯上巳禊飲水邨遇雨折花而歸口占長句以紀
一日之勝

湖船載酒意苦煩矮窗著書眕苦昏牆陰薺老風日暄清明
上巳隨春奔嘉我同志淑且敦芳辰易過良會屯乘輿且挈

禊飲尊出門數步厭市喧行行漸與山光押林蘿雜犬別有郇煙波一曲開清源千竿萬竿叢篠翻桃花十株五株繁入家三兩依谿根陰陰楊柹齊遮門苔磯延佇晞朝暾水風涼激襟裾撇淨綠欲上春衫痕江南三月蘭未蕃花枝拂水堪攀援清思不盡涵湘沅即此湔祓意畧存藉茵攬古試縱論傳聞此地玉津園當年今日來宮媛宮花宮草久無言欲叩千歲嵐邊猿紅橋午陰初曛嘔炊煙半幕竹裏垣鳴鳩遠近遞更番瀟瀟絲雨灑平原急遵微徑穿埏墦餘花在手酒在盆蘧蘧一蝶風前騫隨我花酒歸山樊

水郇

柴門無剝啄占斷水郇幽一榻酒初醒好山簾半鉤芰荷忘物色簪履媿名流生計五湖闊來朝理釣舟

重過荷風竹露草堂條飲陸丈飛隱居也

鬐齡挹古香門外記垂楊風月一尊酒天隨舊草堂雨敲荷葉大秋壓豆棚涼歎息清芬歇無論自度航先生嘗製一舟於西湖以載書畫曰自度航

憶與散牧別二十二年矣重過草堂賦贈

握手遽驚呼前游憶得無當年迴酒舫從此歷征途小隱林塘在離蹤歲月徂可憐書畫筆跌宕半江湖

牆陰

小徑三弓窄疎籬幾曲幽曉涼留蝶宿暝色入蛩愁屏燭長延月移花又過秋無情風一陣吹恨落西樓

戊寅十二月喜雪

四年無臘雪迢遞望今年盼到雲垂野吹成花滿天谿山漸

清絕方寸忽瑩然不獨農情慰吟寒、骨亦堅

已卯九月高爽泉壇倪茰香同招同陳芝楣陳仲恬汝銛集元慶山房時爽泉茰香卽赴吳門仲恬亦將北上余亦有新定之役悵然賦此

斜照丹黃徑西風緝繅筵芝楣茰香秋闈被放樹聲如雨落湖影抱秋圓故國一卮酒江南鴻雁天歡場不成醉離思滿尊前

幽棲卽事

遙山滴翠喬木西蔆塘瑟瑟明幽棲蓼花半入斜照遠梧葉亂打秋陰低樊南晚晴畫不到玉川草堂詩漫題遲遲青林月東上漁榔移火入前谿

淮陰懷古

奇謀沈鷙際雲風奮跡差強大澤中負友虛煩稱國士論才

至竟惜良弓眼前黃老何難學胯下功名尚不終推食解衣眞易了英雄猶是可憐蟲

董江都故里拜祠下

探源三策闢荆榛博大昌明字字醕經術百年超訓詁春秋一筆貫天人儒生到此方無媿盛世求賢豈有倫多少公車祠下過他時　殿陛要敷陳

繁露巵言枝葉麤三年帷下有驪珠用窮黃老方求理權盡葭莩漸嚮儒可惜他時勤遠畧不曾一日採嘉謨南來過客經祠廟想見衣冠古畫圖

散牧過余江上新居爲圖鳳麓草堂便面并疊辛酉舊韻爲贈走筆奉和

小別星霜六度流曲江新闢草堂幽能來客似花閒蝶依舊

門招柳外鷗歷歷酒痕紈扇溼蕭蕭槐影故園秋功名蹭蹬
謀生拙求劒嗟予尚刻舟

過王氏同園

烏衣門巷秋光好黃雪園林桂子開香滿小山塵不到幽如
蕭寺客初來四圍杉篠宜聽雨一桁簾櫳欲上苔更喜長鬚
供茗荈淸吟不用主人陪

丙子元日用已巳舊韻

地僻賓朋投刺少心閒櫛沐起來遲階前敲午茶煙歇簾外
微寒酒力知松靄滴殘山逕雪春暉催醒草堂詩幽禽亦喜
衡門靜踏損紅茶一兩枝

上元前二日喜晴有作

濃陰簾幕尚垂欄天欲商晴爾許難翦勝園林初雪罷試鐙

時節最春寒今年一度團圞月後夜千門美滿看曉起尚愁
風料陗埽花稍喜屐聲乾

余煜字月文號板桐一號眉石錢唐人乾隆壬子順天舉
人

靜夜思　板桐通說文工篆刻爲朱石君相國所激賞

孤燈照寒窗澹焉忘所思攬衣起徘徊微風入羅幃寒蟲鳴
雜響空林聞流澌明月出東海勢與浮雲飛處靜神以閒心
曠物自遺願得斗酒來取次斟酌之李白死千載此樂誰復
知

懷陳雨田

昔別在南郊悲感一何深徘徊溪路側撫景愴我心亦知當

久離不意忽至今至今遂所懷索居已三春别易會面難未知更何辰修竹多悲風幽澗多浮雲人生能幾時奈何輒離羣願得十日飲叙此平生親

同姜二毓英登小有天圜琴臺

横山接繡屏空臺構層巔古來此登眺不知今幾賢夕水微風生白鷺下蹁躚寒烟護平林白雲出空山俯仰集清興幽懷契遥天何以寫我懷寄之管與弦管弦奏哀吟在昔聞米顛只今惟殘碑敲斜豐草閒林壑自今古我輩非長年日落風林寂空聞幽澗泉

黄起熊字師南餘杭人乾隆壬子郡歲貢官蘭谿訓導

别葉宜亭先生墓

故人長别恨難消楚些聲聲唱大招濁酒一杯和淚奠墓門

松柏雨蕭蕭

國朝杭郡詩續輯卷二十七終　錢塘吳慶坻校字

# 國朝杭郡詩續輯

卷二十八　卷二十九　卷三十

第九册

國朝杭郡詩續輯卷二十八目 乾隆五十八年癸丑至六十年乙卯以科目爲次

孫　錫　許心坦　魯　興　汪　誠　陸向榮

陳　琪　桑庭橒　梁　耆　沈　益　徐　熹

孫元灝　沈慶會　宋振業　張　琦　朱兆琦

張繼樞　俞元任　孟　芳　呂相本　周人英

鮑吴倸　章　坤　閒人煜　周　灃

凡二十四人

國朝杭郡詩續輯卷二十八　錢唐吳振棫毅父氏編

孫錫字備衷號雪帷仁和人乾隆癸丑進士官雲南寧州知州有韻竹山房集四卷

雪帷工倚聲有韻竹詞四卷柔和縣密極盡能事成進士後出宰光化即值教匪滋事團聚民勇堵禦消弭洞中機宜既奉諱墨絰從戎墜馬折其右股敘勞擢知州補奉天錦州被議落職復起爲雲南知州以老乞休里居未久貧病以歿

艮山野望同杭丈堇浦翟丈晴江倪丈嘉樹何春渚黃書厓吳穀人姚春漪黃玉階倪小迂分韻

皐亭落葉繁清候澹襟抱沙灣散晨市喧㕓淨如掃于野招同人艮背縱幽討斷碑羃寒烟尖風殺柔草蠻腰入冬瘦菜甲受霜老塵眸遠無力林翳頗相惱駢肩促歸筇翦手脫吟稿摸杖欣我偕日薄翔古道

入閘河同雲裳

鯉魚風起河流黃衝隄激湍收千檣仄如盤坂險出峽行舟絡驛呼過牐陂塘陡束天塹深懸門不發萬騎瘖砰訇一聲擊津鼓鹵花倒射龍湫雨長緪貫柱石闗聯後船欲入前船先鏜然辟易起何處知有官船截流渡前船後船俱逡巡中流自在雙紅燈須臾船過牐口靜鐵鎖排空老杉勁迴看四岸萬槳屯打頭急雨闗艙門菰蒲渚淨夜颷黑寒氣粟肌眠不得側聞鄰船太息聲自云來此三日停轉漕未過分水廟隔夜飛書上河到牐頭秋漲平復平年年蓄洩故事行流外波臣極奉職民船雖多且勿亟書生冷落無頭銜挽粟又少司農監漁燈戍鼓落清夢夢裏何人一帆迭萍蹤去住何足憂月陰可惜天邊秋明當來船問佳信此去江南越河近

臘月之朔集陸漱圃新語草堂同諸艮麓李雲帆高爽泉楊竹隱陶季壽以晚覺文章眞小技分韻得小字

殘陽沃雪明于埽萬疊晴嵐涵浩晶跂足曾無濟勝資空說從前腰腳好故人遲我啟南欒一徑暝寒入蒙篠家衖招邀簪履閒圍鑪促坐茶烟裊鐵崖樂府竹屋詞柴桑小尹知名早我輩晨星太落落樗散歸來各窮老七年磨盾峴山陰風雪江天失昏曉參軍恰轉滇中轡信宿僧寮話傾倒僂指頻嗟舊雨非碧谿紅樹鄉魂繞（去冬漱圃自滇過楚訪余于武昌僧廬）一朝殘病返林廬沖羅便學忘機鳥徵逐寧高帬屐風要借停雲展幽抱御愁熱釜嬾因人徹骨奇寒銷不了哀樂中年陶寫難急竹繁絲漫相惱三蕉葉盡漏未稀檐外梅花破紅小

鄭楓人師感春詩圖和韻

門外桃花水將春去幾分斜陽澹幽嶼人影隔歸雲落落傷塵夢悠悠託淺醺輸他雙燕翼安穩結同羣

花潭寫孤感肥綠閒三分流水到人世相思空暮雲袷衣便倦體小棧怯餘醺一卷維摩意無言喻物羣

宿尚陽堡

萬里遼東戍曾傳古尚陽龍沙寒月白虎穴夜風黃薄宦鄉關迥殘年道路忙樂郊翻羨此井樹近成行

遠道忘夷險驅車竟出門乾風走晴雪深樹失孤村強飯紅杭糲安眠土銼溫呼童且譚虎山店一鐙昏

庚申正月五日俞二尺鳧招集萬卷堂許州卽席有作依韻詶之

敵春辰約漫重更選日頻占先後庚垂老襟懷愛陶寫殊鄉節物厭分明粗官冷去多殘客半士歸來少舊盟促坐定嫌樺燭短任他清漏下嚴城

小院花光接梵居一雞飛地好留餘高陽豪邁傾三雅元季風流敵二徐時陳蕫階兄弟亦在座臨豉偶誇鄉味熟豬肝偏累客囊虛不堪宿草東皋路穀水斜川最憶渠黃玉階號東皋子尺鳧妹聟也曾招余至尺鳧新溪書屋同作吟社今玉階下世逾二十年矣

塵事年來漸破除嬾將幻夢付華胥營巢看換銜泥燕緣木曾驚避餌魚到處荷鋤埋骨便一生畫餅得名虛歡場幾踐重陪約憔悴春衫改鬢初

故人聚散馬牛風此會居然六客同酌蠟杯長凝淺綠落梅簾小亞殘紅雞豚野社斜陽古角觝春燈百戲叢大好新溪

吟屋在老從乞士住城東 明杭人許元孝號城東乞士

皋亭桃花和雲帆

好春如客待遮要差喜春長客匪遙濃翠挹山剛到郭亂紅迷徑欲藏橋簾移畫舫香無迹風入單衣酒易銷可惜老夫空跂脚㸐攜遊榼望危譙

湔裙小隊出香城夾岸無言一笑迎西子不煩人刻劃武林好在境天生漁塘水活添新漲柘館寒輕耐薄晴我欲緣溪忘近遠夕陽猶自惜歸程

贈程小泉 偉元

青楊小巷柘城陰折簡來投碧海簪冷士到門無暑意虛堂得雨有秋心絲醅璚淺憐輕病 時余病目節飲 紅豆香多入瘦唫 展梨主人秋風紅豆圖 寄語直沽東下客好將佳話續題襟

自哀詩帙偶成

傲帚千金枉自珍一編誰與負勞薪但求門戶先亡我解重頭銜別有人貧借宦遊增閱歷老依書卷作交親也知難入司空品留取廬山面目眞

小航植藕於盆帀月抽莖展葉盈尺有咫

三十六陂秋水平圓蓋扶寸太嬌生待攜萬綠已無暑不著一花知更清新露珠迎湘珮淨晚風裳卸越羅輕相期莫負湖壖約醲碧香濃一笑擎

江滑夜泊

梆縣褪盡峭寒輕荻渚孤帆破曉行鷗雨欲來春漲闊滿天涼夢下湖城

許心坦字可白號亭史仁和人乾隆甲寅舉人官慶元縣

教諭

亭史有伯倫之好花酣月大輒攜杖頭錢就酒家拉故人泥飲或醉臥坊巷至風露砭骨乃醒兒童拍手攔街陽陽然若不知其笑已也居京師時有友死于酒者爲文弔之詞極詭麗爲時所傳誦一日徘徊僧廬中而伯相國麟適至僧壁之使避去相國問爲誰因以姓名對相國驚曰許先生耶吾願見久矣亟遣僕馬邀至第中張燈命酌相得甚歡盖相國愛才且嗜洪飲也生平爲詩不自收拾今其存者尠矣

同人也園小集分得新字即柬松厓主人

繡谷有別業結構居南鄰門前古藤樹尚孕瓶花春瓶花齋已圮前輩蹟久湮茲園得賢主重闢壇坫新山石鬱蒼秀花木滋輪囷招要及吟侶晤對抒天眞崇朝樂觴詠結契忘主賓吾鄉盛文物十社湖山濱風雅幸不墜扢揚資扶輪

得青士書卻寄

君惠我書必有詩海底網出珊瑚枝詩篋傳鈔不脛走飛去

翻不爲我有書不盡意詩言之直託肺腑借諸手君詩引我歌我歌侑君酒詩酒何時得合併醉眼看人誰不朽

九月十日同人集蓮龕方伯紫霞書屋展重陽會分得菊字

城南居士有幽築九日出遊舒倦目東閣傳呼及令辰來把茱萸已逾宿主人興不減桓公落帽狂生不待速優曇花樹召公棠君家文勤有餘馥當時結構不崇華傍水爲亭翫漚足後來好事略增飾埶作方塘水渟蓄薄俗厭見清流清褦諸蕪穢等荒瀆歲月未幾荾草長無復鳴泉戛寒玉座中沈郎博物才云與銅山脈連屬自從游塞汞源枯猶彼洛鐘西應蜀東坡守杭先濬湖盡捲老葑波瀉淥我公莅滇百廢舉勝觀會待名賢復招要來拜水仙王共酹一尊新釀菊

魯與字賓三號冰珊錢唐人友芝弟乾隆甲寅舉人

白雁

揭來從不憚征塵奮跡天衢老此身江練涵秋形可濯蘆花飛雪辨難眞風霜久歷同羈客雲水相依若比鄰自信羽儀占用吉野鷗沙鷺迥非倫

汪誠字孔皆號十村錢唐人璐子乾隆甲寅舉人官刑部江西司主事

十村丈靜默寡言篤志縹緗無他嗜好弱冠領鄉薦三上春官不第遂八貲爲刑曹尋以父病告歸遂不出汪氏自比部魚亭先生以甲科起家代有科名先世藏書最富而未有書目十村丈既不出益沈酣卷軸因取所藏書編分四部詳考撰書人並注明得自何本閱歲而成凡書三千三百餘種計六萬五千卷有奇病中手自繕錄所以承先志啟後人者胥于是乎在今其子吾友小米遠孫亦以弱冠舉於鄉絕去紛華壹意著述有自來矣

寄和覺所二兒五十自壽詩卽次元韻

棣鄂本同根式好無嫌隙少小共芸窗兄一弟以百自慚駑鈍材愈使光陰惜轉盼舞勺年五經粗誦畢閒或質疑難能爲補其闕羨兒年未冠厠身青衿列未幾聽鹿鳴佇見摶鵬翮弟亦頗自勵攀躋竟相及自恃椿萱蔭勉循弟子職但圖溫與飽遑計粟與帛偕兄赴長安三黜蓬萊隔學殖歎日落毷氉何須說杏花年年紅不許人攀折壯歲志青雲敢臥袁安雪　詔開登進途冀捧毛生檄八貲邀　甄敘　恩叨命加一從事白雲司讀律心勞絕哀矜雖有心平反愧無力衰親病寄書南望轉愴惻歸養賦遂初免使心如裂荏苒二十年有歌亦有泣進退頗綽然不比遭讒謫其中事無窮數一恐漏十兒年正强仕薄宦謀祿食一旦賦驪駒分襟吳與粤

迢迢數千里長亭又短驛司馬雖閒曹亦自賴撫輯五嶺花蓬蓬三山雨寂寂交親鳥冲霄勿效馬歸櫪往來聽口碑棠蔭誦仁術從此致通顯亢宗分內責今值服政年黃花交令節何以爲兄壽中夜頻局蹐郵寄書畫船新刊九十四齡梁石刻百四十四齡藍老人南極老人頻羅館全帙圖一幀爲吾兄他日福壽之徵禮不廢以紬惠我尺素書開緘霜華白吟成四百字生平言歷歷弟也索居久寤寐思反側他年兒名成堂構紹作室命駕度庾嶺晤言良自得飽啗荔支歸向我家人述

陸向榮字樹堂號瘦石仁和人直隸清苑籍乾隆甲寅順天舉人歷官廣東韶州知府有雙松書屋詩鈔

瘦石以大挑知縣洊升知府子孫鼎道光壬辰順天舉人

歲暮

我亦羈棲客淹留思黯然客鄉逢晚歲風景逼殘年未了催詩債猶餘貰酒錢黃雞兼紫蟹聊供臘盤鮮

題陽春慈雲巖

一龕依峭壁突兀湧慈雲檻對黃灣倚鐘從碧落聞人烟稠小市海氣接斜曛觸石爲霖普春民待澤殷

村居

徼風拂拂翠烟低穩著芒鞵曳杖藜遠水直環茅舍北好山都在竹林西閒探花逕攜良友漫檢詩囊付小奚塵俗何緣逢此樂生涯冷淡稱幽棲

陳琪字其玉號花農仁和人乾隆乙卯進士由編修官至詹事

花農家淸泰門內早失怙恃叔父養餘撫之成立幼好
讀書不事嬉戲嘉慶三年御試翰詹花農列一等第

一名擢官後以少詹視學湖南旋卒卒後猶晉秩詹事少工詩餘有湖上花農詞若干卷龔溪庳題云一闋夜船吹笛後而今幸得見陳郎葢以新安江玉屏擬之江工倚聲者也

臘八粥歌

稽古蜡禮堯平章夏因有虞周監商漢與一變嬴氏紀定臘乃欲權陰陽或日是爲浴佛節都人爭擬參密王臘月八月結常例招提蘭若紛相望朝來老僧入廚下七寶五味流芬芳我觀幽詩息老物但云羔酒躋公堂黃冠卒歲介眉壽當年斯禮胡不詳考之物理不甚了可知俗解俱荒唐西風吹雨作白雪圍鑪人坐銷金牀書生況味甘冷淡擁鼻不怕凍且僵孤山梅花三百樹和雪嚼之充詩腸

秋樹讀書樓題壁

窗外雲山送遠青蕭蕭紅樹俯烟汀分明秋水無邊意領取

南華一卷經
寒花珍重爲君開響滴槽牀琥珀醅終日閉關因頌酒滿階
黃葉少人來

桑庭櫰字典林號雲柯錢唐人調元孫繩篪子乾隆乙卯
舉人有雲柯館詩

臘八日同人集雲柯館觀明人叢聖院分書佛經石
刻

叢聖禪院江之湄壁上橫嵌前朝碑搨豪大幸出名手董其
昌黃輝嚴調御李流芳尤雄奇金剛不壞本宗旨勒之貞石
千年垂豈知龍象有時替碧蘚生滿荒苔基我昔呼工試椎
拓獲此春蚓秋蛇姿珍藏不異寶瑤笈裝潢乃復施錦池良
辰風日正暄暖開函童僕爭來窺想當書成互讚歎規摹羲

獻無忸怩維時國勢尚全盛諸公上下雲龍隨如何捐棄樂
清淨空山競寫瞿曇詞定緣瑞禍已萌蘖翩然高蹈懲先幾
後人那復知此意羣然相賞惟烏絲東坡數書養生論就中
寄意同鉏榷風流歇絕百餘載故應珍重蟠蛟螭頗聞舊蹟
已遷徙泮宮委棄眞非宜石今在錢唐學僧寮與廢亦細事可惜妙
墨皆殘虧安得布金重建立三日坐臥忘飢疲物理一壞不
復整對之三歎心神悲急循故事煑豆粥澹泊較勝酒一巵
硬黃紙滑各臨仿馥馥疑有香花吹

初度日乞陳秋堂豫鍾仿長生未央漢瓦作小印以
詩迎之

世人紛紛尚俗學敓以古義多不知卽如摹印雖小道淵源
遠溯丞相斯流傳旣久法寖失繆種亦復爲工師緩鑄急鑿

置不講自率胸臆施刀錐求是菴主最卓犖餘事為此尤雄奇瓣香前奉丁隱叟同時黃易名肩隨識君擅長蓋有故癖嗜金石忘其疲晴窗羅列恣探討鶴頭龍爪𦶜倒披崢山之碑鮮眞本摭拾乃到荒苔基斷甎零甓認點畫珍重不異璧與圭長生未央致吉祝頌禱原本新宮詩字形斜整各任勢拗怒直似蟠蛟螭古人即此不可及工匠刻畫猶無疵縮成小印褉帖例玉堂新樣由覃溪飯罷出門尋舊雨乞鐫花乳非無辭我生三十有五載攬揆適屆開冬時私喜高堂有慈母春輝照滿嫓斕衣清晨再拜奉卮酒子又生子親顏怡壽思此樂最難得願自今始無窮期感君意氣不我拒佩之豈必殊金龜自慚齷齪守章句欲摹石鼓先忸怩君其從此志述作清時樂石須韓碑

冬夜讀文山集敬書集後

一代科名貴千秋氣節完全歸餘齒髪萬死有心肝弱冠登朝早危時報國難勤王招義旅尊主拜高官壁痛三宮辱棋爭一局殘疑偏遭閫外讒尚蔽朝端歴盡羊腸險圖成馬角歡閒關初詣闕倉卒乍登壇已見移周鼎終然縶楚冠捐生原慷慨俟命倍辛酸雪嚙燕山冷風號易水寒長吟情激越南望涕汍瀾血灑頭顱碧心傳簡冊丹遺書開蠹蝕健筆比蛟蟠夢裏曾瞻斗詞中記爇檀寒宵危坐處不厭擁衾看

梁耆字莘子號憶雲錢唐人王繩子乾隆乙卯舉人官武義教諭

題顧萊庢壽芝圖

仙菌產靈山九莖復三秀服之可延年斯草眞罕覯君家慶

有餘庭際含英茂五色自紛敷祥和徵多又春暉日正長仰荷慈雲覆覩此瑞芝生堪持爲翁壽他年九袠開遐齡賓天佑

沈益字友三號竹亭仁和人乾隆乙卯副貢

竹亭工書是時山舟學士書名重天下以金帛求之者踵相接于是贗襍紛然唯竹亭所作尤能亂眞今士夫家弆藏爲祕玩者大抵多兔毛褐也

題秋山蕭寺圖

蕭寺秋雲裏登臨到此山連落侵梵徑流水繞禪關院舊松俱古鐘疏僧獨閒幽人在何處淸嘯出林閒

徐燾錢唐歲貢　以下各貢未詳年分附編卷末俟攷

俞五峯少宰巡撫江西乾隆初元重修滕王閣成因宴賓僚以落之徐適在座奮筆爲作詩序文藻華美意態飛動仿佛王子安在閣公座上也

重建滕王閣紀事

隔岸山巒拱畫樓佳哉傑閣峙雄州靈光帀地今猶古寶氣搖天散復收雲鎖渡頭迷過客雨餘檻外溼行舟昆明不盡千年刼擬向重霄問斗牛

孫元灝字鎮西號澄齋錢唐人乾隆年郡歲貢官江山訓導有虛白齋詩稿

澄齋績學敦行有古儒者之風事繼母以孝著滇中李鶴峯督學江南聘佐校閱嘗得句云泉流曲繞樹根出雲氣亂從山缺生為一時所傳誦

桐廬

江雲江樹攪離情獨倚篷窗望古城鷺立石磯沙岸轉牛眠芳草夕陽明從來百計惟閒好自惜多愁作客生夜半欲眠眠不得曉來聽遍畫眉聲

題春山獨步圖

山外人家別有村小橋流水綠當門年年不識春消息但看溪頭舊水痕

沈慶曾字駿文號學圃仁和歲貢官紹興府訓導有𣪊音集

舟次富春

離家纔百里旅況已凄然孤雁銜寒月扁舟宿暮烟心隨秋葉亂身傍水鷗眠欲問如何夜荒雞促曉天

秋日山居懷友

茅屋空山裏開窗對夕曛松奇多化石烟冷半成雲舊繢驅貧賦新修乞巧文何人同唱和惆悵爲夫君

宋振業字繹勋號杏洲仁和歲貢有聽香齋集

杏洲所居齋前有老梅數本花時如游香海故署其榜日聽香所著曝書日記內外紀略足以廣人聞見史學之支流也

吳門贈汪籲三明府

判袂青門二十秋驚看白髮各盈頭昭陵石馬成陳迹杜曲梨花識舊遊歸去不防身作客閒來猶復夢封侯故人近傍西湖住爲買烟波一葉舟

留別同學陳雪槎太守

廣信城邊幾日留蓼花蘋葉可憐秋暮年未忍頻爲別倦翼何堪更出游細雨鐙前譚往事淸江門外放歸舟白頭太守多情甚後夜相思獨倚樓

張琦字田毓號瑩庵仁和歲貢有元雅堂集汴游草

客中除夕

西南兩地寄雙魚爲報平安一紙書魂夢不知身是客家鄉同此歲云除食貧嬬賴支持力負米兒猶邊塞居媿我青氈紅燭影屠蘇獨酌意何如

朱兆琦字雲五號青厓海寧歲貢

青厓伉爽尚氣誼老而不遇齎志以終

烟雨樓

鴛水傳名勝人爭說此樓波涵三塔影地接五湖秋樹色圍鈴閣霜華老荻洲朱欄畫檻裏兩度　翠華遊

張繼樞字用中號南湖海寧歲貢有南湖編年稿

題金麗青浣紗圖

待月廊虛香草徑捲簾人泛白蘋湖那知異代丹青手卻寫當年未嫁圖

俞元任字莘陽餘杭歲貢有星溪自怡小草

晚過烏鎮

烏戍村邊路蒼茫獨客愁鐙從烟際出帆向雨中收閒犢眠籬角歸鴉噪樹頭浮雲起東北何處有高樓

孟芳字廉泉餘杭歲貢

古意

昔年甫八九已知學畫眉閱歷至三五努力修容儀薜荔褰爲裳茝蘭佩垂垂自謂懷芬芳良辰會有期那知輕姬姜婢妾巧相欺弃捐復何恨受欺恐不知終年事辟纑不若倚門好倚門得金多辟纑僅自保有林鶴聲悲一一傷秋草羨彼鶖與鶬俯啄路旁稻轉念窮可傷人生各懷抱展卷思古人榮名誠足寶

呂相本字立夫號補亭仁和人乾隆年優貢

冷泉猿嘯歌

鷲嶺山根泉汩汩清可洗心寒徹骨天目引派注西湖一門洞闢照明月江濤吞嶺入洞聞襍以松聲散清越有聲忽悟無聲中當年猿嘯淩虛空呼之如嘯思猿父蒼茫萬壑迴長風

周人英字覲宸號孟巖海寧貢生官建德敎諭

乾隆乙酉丙申　玉軑南巡孟巖兩應召試後任校官四十餘年學行爲人矜式

題應栖根雨林觀泉圖

濯枝點點液飛瓊萬派流泉碧一泓舊雨都隨新雨至出山仍似在山清秋陰撲地雲常闊冷瀑鳴廊樹有聲一逕寒松三徑竹滿窗烟翠不分明

鮑吳條字南有號梅田餘杭貢生官湖南西平知縣

梅田宰新喻時嘗雪一寃獄與上官忤幾中危法時劉石庵相國方爲提刑廉其事集證佐就神祠覆鞫事乃得白上官亦得罪去相國嘉其治行每舉以爲僚吏勖而梅田亦深感宦途嶮巇遂乞骸骨歸里

暮春舟次和韻

細柳疎烟重新蒲蒻水輕雨餘鶯灑急谷外看花明捲幔平舒畫停觴靜撫箏相期無別事在宥有蒼生

章坤號靜山仁和貢生有桐陰書屋稿三卷

靜山性恬靜少年能文章工書法獨不喜爲韻語中年以後絕意進取乃以詩酒自適杼軸性靈自有眞氣與沈梅村大令吳穀人祭酒爲總角交愛西溪幽勝相約移家然卒不果

游江上至雲棲

散步出南門延緣至江滸遙望月輪峯層塔標梵宇粵自天寶初興廢傳幾祖能使怒潮平功敵錢王弩環壁鐫金經面

面佛光普不敢凭危欄俯視先戰股
一起還一伏山名九龍頭九龍勢盤曲瑯復循沙洲險分吳
與越江水空悠悠迷濛烟霧外但見帆檣稠風急潮欲來泊
岸喧漁舟蒼茫何所寄笑問江心鷗
范村接徐村但覺村村好桑畦綠正柔麥隴黃未老農家雞
犬閒風景想熙皞短歌和山樵薄酒沽村媪遥聞清磬聲度
雲出林杪
透迤入深隖五雲山在東中有高僧居五色雲相從高僧不
可見雲氣仍冥濛衣襟溼寒翠萬竹環花宮山下泉脈遠接
竟流淙淙安能絕塵累住此談宗風

清明東潘春巖上雲浦 立名

清明恰值重三節細雨斜風更愁絕侵晨忽喜山窗明好趁

晴光理游屐去年會記踏青歸扶醉花閒香滿衣舊夢重尋芳草路夕陽還扣野人扉近來游侶多蕭索老去情懷猒徵逐扶筇尚畏行路難銜杯空羨看花樂我聞香山居士病纏緜是日無聊只愛眠吟罷小樓風雨歇鶯花不見度流年又聞是日黃州道夢裏吟詩有坡老石泉槐火一番新禪味詩心俱入妙如此芳辰可不游那堪踽踽無朋儔閒吟獨酌意亦得忽聽屋角鳴春鳩

書胡鐵乎遺稿後并序 耕

鐵乎績學工詩嘗與嚴古緣鐵橋兩先生游著作甚夥中年後荒於酒家無擔石儲晏如也與予居對宇朝夕過從輒以詩見示有酒必盡醉極歡而去老年連喪二子家日落而詩益工竟潦倒以終今檢篋中得其詩若

千首彙而存之憫詩人之窮且傷老友之亡也泫然成

一律

蕭然同巷佳落拓識吾翁縱酒渾忘老能詩不救窮眼枯東

野淚身逐九秋蓬遺稿無多在含酸讀忍終

春草

到處青青一望遥暖風吹過燒痕消天涯春色自千里古苑

夕陽空六朝可柰懷人當夢醒不因送客也魂銷年年花落

鶯啼候踏徧長橋又短橋

哭孫碩林 宗璐

三月九日夜楊秋粟 彤華 自嚴州建德署寄書云去秋

碩林來其事形神日就委頓或勸之還唯咏貧歸故里

生無計病卧他鄉死亦難之句予覽其書頗爲酸鼻及

詢使人云已殁于六和塔舟次寄櫬一草庵矣因哭以詩

倚枕深宵夢未成嚴陵書到已三更開函但說歸因病叩使翻教哭失聲遺稿篋中千首積孤舟江上一棺横那堪妻女腸俱斷悔不當時尼此行

登吳山晚眺柬余慈柏鍔李西齋堂

劇憐身似一輕鷗散策宜偕靜侶游殘雨樹迷江寺塔夕陽山入酒家樓且禁雙鬢蕭蕭冷閒倚孤筇處處秋更愛雲居無客到摩厓舊蹟共尋搜

聞人煜字炳南號南亭錢唐貢生有燕石吟二十四卷

南亭好爲詩稿經五次刪削尚積二千餘首讀左吟評咏史草論列得失務斲平允擬古一卷居然六朝人口吻

魏文帝游宴

張鐙啟高會乘輦過華池碧水光皎皎皓月影遲遲風來動梧葉雲散明松枝美酒叵足飲及此歡樂時主既發高咏客亦酬新詩逍遥快心志何必竹與絲仰聽飛鴻聲忽焉觸我思共保千秋意庶幾其忘疲

徐幹褉詩

遥天雙黃鵠高飛極遨游豈有失羣患共歷春復秋悵我無羽翼望遠心悠悠自君之出矣膏沐不更求憂思何能已河水朝夕流

劉楨公讌

西峯銜日御東海升月娥歡樂朝更夕相與珍時華飛葢林間拂過輦池上過玉戛蒼筤竹珠翻的皪荷金鑪香裊烟瑤

琖酒流霞感今侍嘉宴食德叨飲和涼飈搖燭影佳興寄笙歌愧無綺麗句安能繼陽阿

嵇喜荅弟

高山出雲氣遠水接烟光振翮鳥飛逝伏鱗魚潛藏日月有代謝今古誰頡頏隱几慕南郭立陛懷東方端倪終不露秉道以徜徉

帛道猷採藥

入山樂忘遠但覺松風清舉目千花發側耳一水鳴鳥從澗底度人向樹杪行結廬雲深處澹然隱姓名我欲此閒住相依訂交情

鮑照秋夜

金風從西來吹我上高樓高樓何所見皎皎月當頭月色無

今古人心有沈浮長林多別葉奔水不返流佳人怨遙夜烈士悲素秋彈琴音諧鳳舞劒光散蚪昔賢不可作平生誰與游冥情寄千里結念縈百憂星河忽已沒極望天悠悠

新秋偕邢大雪崖吳山晚眺兼懷石隱

山巔殘暑淨秋氣澹冥冥蟬噪出疎樹鴉飛過遠亭江流落日紫峯蔟亂烟青對影思遊客浮蹤水上萍

仲冬二十七日長至城南晚眺

小步城南絮帽偏鳳橋暮色望無邊溪河舊有翔鳳橋今圮客中愁對飛灰節野外寒生釀雪天落日雲拖山際樹隔溪樓鎖渡頭烟梅花何處尋消息應有疎香數點傳

周灃字竹厓富陽貢生官桐鄉訓導

爲徐烈婦作

陸氏多名媛囊傳殉有梁莊有梁妻陸氏夫亡覩合百年誰殮畢即自縊死見縣志
繼軌一姓共𦭍芳結髮歸東海持家屏豔妝豈惟潔蘋藻無
愧匹鸞凰半壑門材舊孺人爲詩人芥庵先生之後半壑其園名也深閨母訓彰
鹿車期共挽鴻案正相莊二豎爲災厲三冬急禱禳何圖鶩
賦鵩竟爾失騰驤死已甘同穴生寧稱未亡朱絲堪畢命紅
淚尚盈眶若把悲哀釋難敎婢媼防一朝身可霣弈禩骨猶
香詩筆慚蕪襍貞心宜闡揚跂看天寵錫綽楔耀江鄉

國朝杭郡詩續輯卷二十八終

錢塘吳慶坻校字

國朝杭郡詩續輯卷二十九目 嘉慶元年丙辰至五年庚申以科目爲次

邵志純　翁名濂　陳振鷺　陳　鱸　馬廷棡

潘兆謙　陳敬禮　景　謙　吳襄世　孫　儀

葉之承　陳希濂　沈舒華　梁祖恩　符　鯤

錢　枚　張載春　李　蓮　祝懋正　魯友芝

汪　漣　許　柯　程志堅　康　辰　黃　模

凡二十五人

國朝杭郡詩續輯卷二十九　錢唐吳振棫毅父氏編

邵志純字懷粹號右庵仁和廩生嘉慶丙辰舉孝廉方正

有右庵詩文集四卷

右庵年十二患痘幾危作患痘吟稱于時既長耕經蒔史淩厲千古所作古文頗近黃文肅梛待制儀徵阮公元方爲學使以經解十三問課士右庵所荅能具本末言六書異同尤爲精審當事由是重其人時謝蘇潭啟昆領浙藩于公廨構兌麗軒集江浙名下士分勘經史右庵編纂之勤終歲不輟筆遺稾多未刊者按嘉慶元年詔各直省舉孝廉方正之士吾郡舉者五人仁和邵右庵志純翁蓮叔名瀜錢唐陳禮門振鷺海寧陳仲魚鱣楊純一秉初辭而不就者三人錢唐何春渚琪奚鐵生岡朱青湖彭

秋雲

爽氣積蒼昊晴雲紛無窮炎歊不可恃轉眼成秋空朝來登高閣眄彼心神融涼颸蹴微浪朗不迷遙峰有時見蔚藍淡極翻如濃潭水一爲照澄鮮慮其中我思九霄上雅有神人

蹤御風日來往視下應濛濛當茲秋雲薄相隔能幾重愚者苦井觀但與塵緣逢凭闌結遙契目盡歸飛鴻

題夜明竹記後并序

雍正年間宜興邵孝子志珪爲父封股嘗糞父歿廬墓生竹有光久之寂然今荆溪令唐公仲冕修邑志將表孝子墓竹復有光如前海寧吳丈騫取竹歸示同人撰夜明竹記屬余手書於册以徵好事者題詠焉

吾宗有孝子父病仰天呼封股供旨甘所望父病蘇或言糞甜滑難免旦夕徂黽勉取糞嘗淨穢艮一如厥後守父墓還築墓上廬依依不忍去夜夜聞啼烏久之穉竹生竹中光夜舒年來已寂然深恐言者誣今春修志乘邑侯尋古墟墓竹夜復明相待如相須好事吳夫子取竹歸示予入夜滅火看

如螢囊中儲我思古德語心爲萬物初孝子密密行此君默
默孚須知至奇者至庸之所符哀此世間人不與孝子殊云
何間物我空昧懷中珠

岑溪三賢祠圖爲海昌周松靄春先生作

民惟上所待聞之張益州德民民斯德仇民民斯仇所以愷
悌風無間遐荒陬不見三賢祠遠在岑溪幽岑溪號難治政
成民不偷長官劉嘉與于烜繼者先生周三賢相後先俎豆
光春秋劉于去世遠里居況阻修先生吾杭人雅有縞紵投
側聞解組歸澹然無他求一冊淵明詩什襲同琳球一方湛
然研筆耕逾艮疇先生藏有宋版陶詩元耶律文正公硯近遠爭從學列屋東
西頭以此想臨民豈與俗吏侔往見還鄉老或爲士論羞官
成薄靑氈老至耽身籌居官旣不淑居鄉寧寡尤縱未見民

詛何緣與民謳先生身去岑澤與岑溪畫繪圖得倪迂點筆
貽風流祠後山色蒼祠前溪光浮富貴有時盡遺愛無時休

妾入門 有序

海昌吳丈槎客年六十一因妻病買婢媒者疑丈欲置
妾輒舁良家女來丈一見卽以義女畜之時丈有女已
適人矣亟呼歸使同臥處越數月以禮嫁於武原魏氏
相待如舅甥時在乾隆五十八年丈名騫自號兔牀讀
書好古世所稱拜經樓吳氏是也爲作妾入門

妾入門淚如雨生長本良家家貧難自主拌作先生妾敢望
先生女先生見妾不肯覩自言衰老當爲父呼女歸來相伴
居殷勤姊妹鐙前聚此際猶疑夢不眞此身恩遇勝生身枯
楊竟斷生稊夢絡秀翻同詠絮人來朝便爲尋佳壻嫁衣一

一從頭製臘月初旬婚禮成髫鬌鍾離當日事君不見滄海
潮平有長時人生榮瘁任推移去時女兒來時妾膝下依依
難別離還愁世上公瑜少不盡紅顏薄命悲

于忠肅公手書楚辭天問篇眞蹟爲潘德園庭筠侍

御作

明政不綱至天順蒼蒼者天那可問奪門論功羣小進伯强
方行惠氣遜于公西市有餘恨公之筆力回千鈞手書天問
妙入神書時土木猶未淪河南山西按部巡書題正統己未巡撫河南山西時也
寸心早已盟靈均觀書尚論公崖略迎藩之罪姦人託試
問九重孰營度至今翰墨重桑梓忠名彌彰詢如此太息流
光同逝水安在三危與元趾徐石窔教冷人齒收藏爲誰潘
侍御我見未會詫奇遇翻念易儲有諫疏齊息園侍郎朱石君尚書皆嘗記其

事・三百年來無覓處此恨茫茫向天訴

倪文貞張忠烈兩公書畫卷爲范丈莪亭永祺題

南都事尚可爲倪尚書語史册垂南都事不可爲張尚書起荒江陲兩尚書先後死名節兼通書畫旨倪公畫蘭破陳格不著繁花著孤石張公手書聞笛詩詩中字字精光射嗚呼兩公書畫餘事耳長卷裝成誇合美姓氏由來重天壤後人寶貴良有以盡日空齋把卷看回首春鐙與燕子

超塵上人移錫鳳凰山麓之映壁庵庵有小池相傳宋宮人洗粉處

畢竟金鋪地南朝曾幾時劫灰還石壁脂水獨寒池晝靜江聲入霜清木葉知歲闌來不厭新得辨才師

由靈隱至弢光

入寺復尋寺穿林上白雲竹窮清磬出磴轉暗泉聞仙佛山頭共江湖樹杪分振衣發長嘯空翠落紛紛

登淨慈寺無量壽懺堂

古寺南屏勝虛堂傍翠微竹光圓佛座花影繡僧衣簾捲湖一角窗明山四圍茶瓜留小憩竟日澹忘歸

癸丑立夏後七日桑大雲柯庭櫻以西湖修禊詩見示率成律句報之

春夢無因上酒船多君新句慰枯禪詩來已是清和月禊好重逢癸丑年千古鶯花催雪鬢一庵風雨展雲箋文章名勝長相待不見蘭亭序尚傳

寄朱朗齋文藻

先生老作濟寧游別後湖山孰唱酬積雨頗憂禾盡沒遠鄉

翻喜麥兼收主人風雅雲林子謂黄郡丞小松古蹟蒼茫太白樓定有豪情消不得酒闌燭底看吳鈎

花朝雨中過陳華南部參軍梅莊分得十四寒

別墅名稱尚湖韓莊爲韓蘄王別墅故址今仍舊題花朝約伴雨中看蘄王勳業消驢背仙吏風流息鳳翰水占三分蒸菡潤春將一半作輕寒無邊畫本兼詩料漠漠烟雲繞曲欄

夏日秦觀察招同華秋槎賓湘澊項秋子游靈隱次觀察韻

相約侵晨叩寺扉鳴騶入谷曉烟微泉當六月依然冷峰落諸天不再飛林密幾忘紅日午亭虛惟見白雲歸山靈舊識秦淮海風葉飄飄款繡衣

翁名濂字蓮叔仁和諸生嘉慶丙辰舉孝廉方正

蓮叔工詩善書乾隆甲辰高廟六巡江浙召試行在取列二等後歷佐大府幕卒于臺灣詩多散佚

仿宋畫院式製團扇

春深羅綺裁宮中鶴翎鸞羽承雕蕖魚鑰乍開迎曉日徘徊紈扇動薰風蘭膏鬌鬌嬌初起玉兔纖纖涼似水詩吟扇底怯桃花衫趁風前飄杏子當年院體學宣和畫狀元稱沒骨多花鳥寫生工宛轉雲烟過眼任摩挲馬遠圖中留一角髣髴徐黃慣琱琢添得楊家妹子詩六宮粉黛爭相握今番畫本是誰傳翦出規圓儼昔年憐他月鏡團圞影不逐秋風成棄捐

陳振鷺字禮門號春渠錢唐人郡歲貢嘉慶丙辰舉孝廉方正有詠物詩琴壺軒詩稾

題月夜渡江圖留别邗上諸友

尊酒爲君盡深宵話别難客懸孤夢去月向大江看山色有秋意水聲生夜寒竹西謌吹地回首路漫漫

揚子江舟行

天塹茫無際東風此放船斷雲摩古堞片席破秋烟寂寞離鄉客蒼涼落照天往來人易老客路任年年

閒居

小掩籬門野蝶飛山林城市得依稀窗因補竹風聲碎徑不除苔雨迹肥穠樹有花春半去虛堂無客燕頻歸晚來抱甕澆蔬罷又是深陰月上衣

秋槐

蕭疎秋落庭槐影人在斜陽半掩暉感歲非關生意盡迎涼已覺午陰稀一痕月引南樓夢幾陣風催白雀飛耿耿星虛

猶倚戶浮空隱映碧雲微

陳鱣字仲魚號簡莊海寧人璘子嘉慶丙辰舉孝廉方正戊午舉人有簡莊歌詩

簡莊營別業於硤川之果園在紫微山麓購藏宋雕元槧及近世罕見本甚夥每冊鈐以私印二一日得此書甚辛苦後之人其鑒我一寫自像殁後爲其子斥賣殆盡生平博聞彊識尤深許鄭之學所著如續唐書經籍跋尾及詮釋說文一書皆半生精力所萃惟續唐書刊于粵東

妝域詩并序

妝域者蓋前代宮掖角勝之戲或以象牙爲之其形頂微隆下平而有鉞宛同豎笠刻鏤精巧旁鐫妝域二字下承以局昔董浦杭先生嘗與沈欒城厲樊榭趙谷林意林諸君作妝域聯句詩余舊藏剔紅妝域雕鏤尤精旁刻大明嘉靖年造知爲前明果園廠物因爲之詩并

邀兔牀吳先生同作

雕漆宋最精元有張楊作（張成楊茂二家）明時果園廠所製亦不惡何物小團圞握之類餺飥背盎面則平腹厚外微薄黑質露朱顏梓材塗丹雘周遭盤花文剔紅勝金錯明嘉靖年製楷書未剝落乍見莫能詳羣編費搜索千千舊事渺空鐘放誰著徵諸道古堂妝域名昭灼六子共聯吟各人矜奧博此惟漆雕成彼乃象齒鑿形製悉合符大小咸相若宮中角勝戲其事非臆度永晝館娃閒鋪筵縱浪謔柔荑手自纖皓腕力嫌弱用智圓而神蓄勢搏而躍向難定午針卓如立丁腳袖拂尚旋螺局收猗啄鶴踰越界鴻溝輸贏等六簿想當世宗朝陳后中屏雀戲錢擲四側餘技恣笑噱（彤史拾遺記世宗朝陳皇后少與諸女擲錢戲錢四側）昭儀諸位號貫魚分寵樂（彤史拾遺記注今史官言明代宮中無昭儀昭

華諸位號非是彈指三百年款識幾捫摸往事失宮娥前塵付冥漠

留作典故傳補入景物略

題吳子律松靄山房讀書圖

小長蘆叟舊題詩滿徑蒼烟閱歲時輸與延陵吳季子山房

垂下讀書帷

馬廷枏字春厓仁和人嘉慶丙辰進士官江西會昌知縣

贈宋茗香助教

辛苦風塵兩載餘攤書盡日對窗虛棠棃暑影分明在遥憶

先生國子廬

潘兆謙字全維仁和人嘉慶丙辰　欽賜檢討

全維年八十餘猶應試竟邀　恩賜冰銜可爲世間白髮老儒吐氣也

初春即興

枝頭梅萼報芳春頓覺雲霞萬象新游興趁晴來杖履詩懷到老便逡巡遠山點點青環髻近水悠悠綠皺鱗物候移人閒未得蕭然整理舊綸巾

陳敬禮字輿伯號卬浦海寧人萊孝子嘉慶丙辰郡　恩貢有知服軒吟草

卬浦爲晴巖太史從兄太史言其子然獨處如老爛頭陀恆鬱鬱不得志

僧齋

避迹遠塵囂僧齋守寂寥微紅籬放槿嫩綠牖橫蕉鄉思鐙前雨詩情夢裏潮故人詢近狀云我寄鷦鷯

舟中

船趁東風急扁舟轉碧灣晚潮聯斷岸春霧失遥山光景時堪愛行藏我獨艱鄉園千里隔何日夢刀鐶

景謙字福泉號鷺農仁和人江錦子嘉慶丙辰　恩貢歷

官湖南布政使

鷺農弱冠蜚聲庠序長具經世才遨游吳豫間當路爭相延致既貢成均以直隸州判借補甘肅平羅丞知靖遠縣後以同知分發湖北歷署漢陽襄陽同知權知荆州府授雲南澂江府調首郡擢迤南道以軍功賞戴花翎擢貴州按察使湖南布政使三年以老乞休歸葺屋于梅東橋西前楹供文石後多隙地植梅花數十本客至則開家釀摘園蔬相與劇談終日工爲詞翰兼擅六法精賞鑒性剛直與人交知無不言言無不盡待戚黨以情請貸必應以故囊䉐蕭然人贈以楹帖云入世無柔骨逢人有熱腸二語能盡其爲人卒年七十八

爲陳芝楣方伯畫南屏曉游圖媵之以詩即次方伯

蘇公祠用蘇詩遊孤山韻

山前寺寺外湖烟雲作態乍有無晨鐘警省四山曉應若慧日居高呼我公獨往不攜拏翩然獨往不攜拏潁濱句盡屏徒御耽清娛中流放櫂任所適循入紫翠矜威紆到此面目知眞廬爲屏

爲翰兩不孤名臣卦字卅行在南屏有溫公書家人卦摩厓鐵畫莫漫方新蒲新蒲似筆思投日玉溪生句興來續筆雄千夫要使觀者忘朝晡東坡不看李成畫鄭俠還寫流民圖公詩有仰屋愁聽庚癸呼之句蓋客歲東南數省被水歲歉外來流民賴公區畫全活甚多情深發自吟嘯餘湖山莞領傲几蘧數峰容易償先逋名高百尺我難摹

張螺山司馬蘆吟草題詞

十載遊蹤草草過奚囊收拾未蹉跎人歸絕塞風雲壯詩讀遺山涕淚多地褊不堪長袖舞情深定有阿千歌咀華留得餘甘在勝似花閒醉叵羅

吳襄世字輔之錢唐人嗣富子嘉慶丙辰　恩貢

盆梅

老梅眞兀傲盆裏寄疎柯影落窗前瘦香分几上多轉移從

晤對消息逗春和爲問園林外南枝放幾何

祁山謁諸葛武鄉侯廟

一片孤忠六出師苔封曲徑臙荒祠泉聲尚帶英雄恨山勢如傳壁壘奇庸耳漫憑陳壽志賞心獨愛杜陵詩我來堂陛瞻遺像巾扇風流儼在茲

孫儀字桐岡仁和人文靖公從子嘉慶丙辰一品蔭生官雲南石屏知州

秋晚登祖徧山

碧天澄似洗憑眺立蒼茫遠水瀠秋色空山寒夕陽風聲孥樹急雁影逐雲忙萬里蠻疆靜無須跨革囊

葉之承字纘夫號秋水仁和人嘉慶戊午舉人官山東壽光商河知縣

秋水喜歡工書耽吟詠與兄壽庵明經之田相友愛年未五十而歿

柳絮

五月江城柳殘花似雪飛無心隨馬蹄著意泥人衣風起飄難定萍浮認已非遊絲繫無力乙乙戀斜暉

荷珠

露珠何錯落侵曉墜蓮塘碎點一池碧分儲萬斛涼盈盈圓抱月顆顆淨含香浥取冰壺聚相如試可嘗

陳希濂字秉衡號瀫水錢唐人嘉慶戊午舉人有瀫水草堂詩集八卷

瀫水年十四其父以月上空廊花寫影命屬對卽應聲曰風吹落葉鳥驚棲工飲隸書與黃小松易最契搜藏名人便面極佳者至數百葉聞今已歸山陰杜氏矣致習期滿得縣令會將注選復游京師尋卒刊其詩者爲海昌查揆蕭山王宗炎

瓜步道中

宿雨滋衆綠幽徑客獨往水鳥度隻影漁舟掠雙槳刀痕乍隱見星點時摇蕩我憶劉隨州蕪城秋色上

丁丑十月坐聽竹軒雨窗示兒子毓對

結童入學須努力白首無成徒痛惜異時涉世不勝忙今日讀書難再得阿翁總角坐蹉跎卻把光陰竟虛擲笑操禿筆羨江淹看著先鞭慙祖逖自傷百事不如人恥向大庭一聳春爾曹莫謂來日長去日真同駒過隙讀書要讀在少年少年勞苦老安適用志不紛凝于神求之未得毋急迫不見釋氏達摩悟道時盤膝十年曾面壁又不見傅生一石鑽木鑽四十七年穿五尺

烟雨樓

樓外夕陽盡烟波望渺茫秋聲千葉雨寒色一湖霜且喜偕

同調能忘是異鄉憑闌談往事漁火出橫塘

秋晚偶成

烟村如畫裏疑是舊生涯山下歸黃犢簷前落古花笛吹邱

仲宅書積杜暹家得此意良足何妨老歲華

林屋同船小門臨釣月磯晚霞明野樹秋水淨人衣閒逐浴

鷗去偶隨鄰叟歸爲言籬菊好留我話餘暉

題琴隖耶溪漁隱圖

何處泛靈槎知君愛若耶溪通三十六開偏芰荷花漁父偶

吹笛美人曾浣紗美人不可見隨意傍漁家

羨爾釣鼇手瀛洲竿早投如何海上客還棹越中舟獨宿抱

林月閒情共白鷗樵青故無恙爛醉白蘋秋

送客之九江

楚江風颺布帆輕一葉扁舟逐浪行雁帶晚霞歸夏口潮隨細雨入湓城半年共作長途客中夜難拋送別情此去潯陽秋正好庾公樓上月三更

飲酒

攜壺欲覓鬱金香叉憂鄰園菊傲霜還是買花還買酒杖頭錢少費商量

沈舒華栜姓名舒華字雲程號芸茶仁和人端恪公曾孫嘉慶戊午舉人

擬曹堯賓小游仙詩

年少仙郎買紫薇玉皇案下款金扉若非身有珊珊骨不著珠宮一品衣

梁祖恩原名常字眉子號久竹錢唐人履繩子嘉慶戊午舉人官廣東始興知縣

久竹遇事堅强不屈承其先世緒餘瀟灑性成不耐米鹽鱗雜初宰江蘇宜興以不屑抗走塵俗且不能斂版低心遂棄官歸喜遊山頗擅濟勝之具飢寒雨雪皆所不顧文酒流連有終焉之志家人固强之出復宰廣東始興開平嘗一充鄉試同考官所得多知名士然圖鹿于圃豢鶴于效終失其性遂顑頷以死

飲元慶山房席間莊芝階出示火澣布

吳山晚翠明烟嵐觴飛坐客酒半酣莊君手持一尺布云此出自南海南火澣之名見周史蜀客相贈裝行擔投之烈燄果不燒但見烟氣浮青藍須臾煤盡呈皓質彌覺瑩潔光曇曇傳觀四座詫奇絕各舉故實紛詁諵請徵舊聞賦新見諸家之說我略諳或云炎山晝夜火中有白鼠毛毵毵製以爲貢織皮法是紡是績堆筠籃其理或然可比似雪蛆銀蛀冰

中蠶或云南方有火木非檀非柘非櫧栂削膚成絲入機杼吳中白芷同輕鬖別有建昌石絨號山巔巖罅窮搜探捶勻根葉區經緯蕉紗藤絹相形堪吁嗟方產各有別其物則一種則三辨類安遇杰公識疏名那得野客談世間異物難悉數筦闚蠡測將毋慙青鹽洗金魚濯錦此理相制誰能參非君示此重致語徧索題詠歸詩龕狀物媿無獨異筆吟成那免來嘲哈

書農招集樊桐館出碧山山人銀槎行酒作歌

華堂晏客長筵開飛觥傳斝紛徘徊酒渴正作吞海想忽然銀漢浮槎來仙槎何代何人製以手摩挲得款識上銘至正乙酉年下勒朱君碧山字鏤冰鑄雪窮雕鐫杈枒柯幹相鉤連中有乘風破浪客尋源漢使張侯騫 國初諸老紛酬酢

曾賦當筵銀鑿落重準三鍰背有詩銀工紀歲壬寅作與今所見多參差將毋鑪冶非一時爲柯爲虞抑爲揭遺之誰氏不可知今年大歲復乙酉運主乞漿兼得酒雅製誰須藥玉船豪情擬酌黃金斗花甲重翻第九巡居然古器尚橫陳拌將千日中山夢吞盡三朝酒國春書農學士真豪放酒膽輪囷詩膽壯自啟東山絲竹筵滿斟西域蒲桃釀大白浮來不暫停長鯨一吸醉難醒興狂直欲乘槎去飛渡明河摘酒星

殘梅

一角湖山外花殘雪亦殘幾分餘瘦影各自勒春寒窺樹禽猶下棲林鶴漸單好將珍惜意當作早梅看

春草

宵來清夢繞池塘檢點新痕一例芳小雨微風皆入畫新苔

嫩栁並生香簾波款款搖流水院落陰陰正夕陽莫向天涯作游子春暉終是北堂長

釀酒

霜意凝寒雪意輕田家新釀喜初成缸浮碧玉精瑩色槽滴珍珠錯落聲臥去可能容茂世漉來定不讓淵明瓦盆風味沿村徧若箇中山最得名

銀缾未啟璲停斟滿坐淸和氣早迎願得醕如佳士品定能濃似故人情蜜成自覺馩馧透花好都從醖釀生領畧甕頭春意思醉鄉合結歲寒盟

題孫雨人春江話別圖後

曉風楊栁弄絲絲正是春江泛櫂時綠酒依然前度客青山新入送行詩無多裝束書堪疊有限他鄉路易知處處畫船

聲不斷孤篷閒唱竹枝詞

莫笑先生苜蓿盤茫茫宦海太無端清閒衹合呼仙吏風味從來屬冷官載酒有人應問訊移家小住便團圞尋常桃李門前樹一過春風定改觀

擬曹堯賓小遊仙詩

碧夜樓臺太華鐘眞人爭把玉芙蓉乘風破曉麟洲去已過青山一萬重

百首仙詩破曉寒羽衣來謁岳陽官千年重見堯賓過不跨青牛跨彩鸞

符鯤字江澐餘杭人嘉慶戊午舉人

蠶詞

白綿幾桁趁春晴更有繅車相競鳴一幅豳風圖可繪楝花

風裏太平聲

錢枚字枚叔一字實庭號謝盦仁和人琦子嘉慶己未進士官吏部文選司主事有心齋草堂集

謝盦耽研竹素少時手鈔漢書一過與弟金粟有二難之目工倚聲所著微波亭詞姿制極清麗縱酒成疾卒年四十餘

太湖龍挂行

義和拋丸走流汗銀刀劃空雲腳斷水聲驚起洞庭君一雙老龍飛出雲蒼鱗細如蛇蚓結四面白波作人立吸乾具區三萬頃雨氣斜飛半天溼蜻蜓散陣風色涼吳孃纜船炊飯香珠宮捲綃伺龍睡西峰日輪紅未墜

孤山

偶逐清溪轉忽逢山路深遙知霽雪外定有梅花林苔逕少

行迹松齋清道心試尋高士躅仙穴有遺聲

殘蘆

賸得蕭疎意非秋亦自悲汀洲行近遠鷗鷺起參差野水分

流處涼雲偶閒之可禁風細細怕惹鬢絲絲薄暝人將去清

愁蝶未知夕陽容易冷況在雪消時

橘枝詞

木奴顆顆寄相思長夜漫漫怨别離踰淮莫改生平節辛苦

吳儂唱橘枝

江干黄竹送孤舟客舍垂楊動客愁但種江陵千樹橘郎今

何用覓封侯

張載春本姓吳字誦三號罄山錢唐人海會孫嘉慶戊午

副貢有素行齋遺稾

馨山中木省鄉試副榜辛酉應京
兆試復登副榜後考職授縣佐

擬張喬楊花落詩

花開花謝春將暮紅瘦綠肥南陌路幾時春色散入家滿目楊花落無數落無數半入前村半前渡來朝漲暖綠萍生恰映青青楊柳樹

雁聲

秋思無端觸緒生忽聞鴻雁向空鳴幾番傳出遼陽意一夜催齊碪杵聲旅客夢回家萬里高樓腸斷月三更蕭條蘆白葭蒼外渾與呢喃話送迎

西湖秋柳詞

多情曾爲管分離記得春前折一枝何事王孫歸未得空教憔悴舊腰肢

李蓮字植亭號滄赤錢唐人嘉慶己未郡　恩貢

西湖柳枝詞

踠地長條埽綠蕪翠陰一帶舊皇都御園五樹新門外猶有風情似惜奴

小雨莎隄淨麴塵水香露影送芳辰最憐團扇須宮式留贈西泠綰結人

祝懋正字東洲海寧人嘉慶己未歲貢

東洲熟于相冢之說著有葬書糾繆一卷其弟春谷茂才名楙生亦能詩

集西堂兄齋和韻

芳樽不可御況有嘯吟儔筆壘遇新敵酒兵攻宿愁檐風吹燭短花霧隔簾浮洄湖情何極伊人尚遠洲東臯在禾中

曾友芝字瀛舫號笏人錢唐人與兄嘉慶庚申舉人考取

國子監學正

客中懷姚星堂

客棹金閶別天涯憶故人和平終帶傲慷慨豈妨貧不偶文章貴忘情肝膽親遠遊憐我意未肯老風塵

懷章松鈞丈

長者開關賦遠遊郵亭楊柳暗緑陰稠無邊風景供長嘯到處詩名占上頭永夜挑燈渾似昨他鄉作客又逢秋不堪闗北頻回首料得羈人動遠愁

學畫

詩筒酒盞興闌珊一幅雲箋手自攤學畫篔簹書个字藉他寄遠報平安

汪漣字泰初號藕塘仁和人嘉慶庚申舉人官陜西華陰

知縣

依韻和許青士贈燕子

家住橫塘曲水濱似曾相識最相親天涯憔悴憐同侶廣廈
棲遲羨爾身紫頷風流猶昨日紅絲宛轉認前因蓬萊宮闕
西山近便擬同探上苑春
雙飛端不羨鴛鴦飲啄何心戀稻粱深巷遭逢誰主客豪門
去住感炎涼樓頭有夢抛金縷臺上何人覆玉筐花落酒闌
無限恨那堪蹤跡滯他鄉

送春

薄雨連朝鎖綠陰空齋人去晝沈沈游絲尚有留春意芳草
能無惜別心欲懺情根愁萬斛誰延刻漏價千金東風底事
悤忙甚門外楊花如雪深

許柯字木可號栁浦錢唐人嘉慶庚申舉人候選教諭

山城春夜雨

銅壺動檠漏茅齋響修竹春寒夜轉峭雨氣侵華燭時復有所思隨雨相斷續梅花墮無聲蒼苔點寒玉明當待曉晴洗眼衆峰綠

程志堅字桂山仁和人岷長子嘉慶庚申順天舉人官山東海豐夏津知縣

水仙吟

平生水石是因緣品格三山第幾仙會向嶺頭探芳信輸他綠萼占春先

疑是瑤臺來白鳳宵寒試把清琴弄任他門外雪深深臨水不愁羅襪凍

康辰字左旋號青浦晚號伊嵩老人錢唐人嘉慶庚申

恩賜舉人

伊嵩老人居散花灘上工畫山水酷似趙松雪文衡山兩家勾勒渲染純用古法晚年無子惟以賣畫自給

題蔣子偉林村居

麥爾幽居近蔣村好刪修竹露山痕隔溪一帶黃桑樹吒憒歸來不認門

黃模字相圃號書厓錢唐人嘉慶庚申歲貢有壽花堂詩集

書厓丈得詩法于丁龍泓沈椒園吳西林三先生少時與舒古廉紹言吳穀人錫麒姚春漪思勤項蓮峰朝棻吳笫村錫麟稱城西六子同賦新年襍詠徵據賅博可與南宋襍事詩並傳家張紗衖有琴趣軒小具樹石之勝一時名流譚藹如蘇展亭許堂一鶚層雲志灝柯大嚴觀郁陛宣禮周亦庵駿發倪嘉樹一擎及從兄蘅洲杜弟思蔭棠分題審韻無集無詩一一游于閩歸而館于南城孫氏者二十餘年研精覃思一意著述所據柑木書

索當兩髀處棱爲之刓所著有三家詩補攷夏小正分箋異義國語補韋竹書詳證蜀書箋略武林先雅皆極精核生平淡于榮利奉諱後不復應舉卒年八十

戊寅季冬同吳西林先生 穎芳 倪嘉樹 一擎 舒雨苗 毓楓 蘇展亭 許堂 陳元山 秕 郁陛宣 禮 厲繡周 志灩 周亦庵 駿發 伯兄蘅洲 杜 觀龍興寺陁羅尼經石幢分韻得處字

繁雲不能雪臘事紛若絮聊逐鐘聲來果獲清淨處祇園開蕭梁金地託廣布如何千年逝幾乏一錐豎法寶歸須洞斷碣臥蔬圃巖巖古經幢孑立等露柱始覩㑹雙明摹觀帀四數倒薙侵古蘚章草隱寒霧迸裂刧燒餘漫漶積溜淤細讀乾化鐫言有舍利聚光氣嘗夜騰見者如鴿怖毋乃佛力深天龍煩守護亦信神物藏隱現不可慮吾儕事幽討往往有

別趣僧房聯素襟竹鑪湯屢注舊牘認題名前遊幾人署寺有崇禎九年紳士聞啟祥等所撰志畧誰云半日閒閒見良已飫

孝陵覽古同馬雨耕春田陳秋崖斯來敏園其來

輿能捲八荒亡莫保一壟誰與社屋餘不有摸金恐大哉仁聖朝恤先沛殊寵所以明高皇鍾阜今祠奉客舍過清明山遊羣慫慂出郭雨牛鳴石人路旁拱辟邪臥攤殘華闕斷朧腫遙瞻瑠璃瓦尚覺雲霞擁遂渡御溝橋重門達禁甬玉陛卑高陳蠣楯周遭捧四宇覆雕檐九閒扶繡栱是曰孝陵殿粟主瞻雙竦春秋此升香埽除備闕亢明樓已倒傾寶城且內涌隧道不可請嶽立千丈冢同人造其顛云見江濤洶坐受萬峰朝如集大小珙而我憚陂陁半塗聊息踵然當左右望百里曠無壅城市處西偏遺民久易種緬惟卜兆初別

取金湯鞏青烏其可憑翠柏日以聳回首宋六陵冬青咽寒蛩

梅花碑行

玻璃八尺春風開香先灩灩浮冰苔石碑不語花欲語知是老藍醉寫南宋之宫梅殘山賸水江一隈鳳凰翠接中天臺波移太液峰蓬萊金莖瑤幹參差栽芙蓉含笑香玫瑰排當花讌誰第一梅也當日爲之魁連昌竹滿昆明灰曉夢月落山禽哀五百年逢寫生手珊珊喚得冰魂回徹骨憂花心似石黄絹幼婦留香迹桃李如雲又一時佳人絶代矜高格三生恰遣件逋翁碑在觀梅社社神和靖處士也一笑近前花發紅只今此地觀梅社誰省前朝德壽宫

八月四日孫秋嶺延錫劒潭延鍔昆弟招同人江上

觀潮

海門一啟江爭朝奔流倒挽天吳驕千古萬古羅剎濤婆留鐵弩射不得至今屹立千丈錢塘高岑參兄弟今誰比孤客來觀秋色裏范蠡湖邊落照懸伍員廟外靈風起風聲水聲相吐吞混茫一氣迷朝昏天低地昂久未決冰夷惆悵鮫宮翻銀山峩峩雪皚皚霹靂列缺紛砰訇對面截斷人語響千里頃刻爭還往失勢魚龍落潦深得時舟楫乘流上須臾浦嶼浮溟濛烟華流注滄波東凭欄今古忽一換獨立江上縹緲之青峰我欲乘查問玉京但見金支翠旗馳空明鏘佯球石間瑟笙香蘅狼籍秋雲生安得大瓢高挹北斗横江波變作香醪清酒星編芒低偃旌滄洲嘯傲尋李白喝回落月使倒行

請雨

六月不雨秋多螟推旱不去如拔釘龍骨踏碎龜坼町草木赤立川無舲農民奔祈太守驅伐鼓於社牲止刑索神奠壁曷惠寧角冠飛符起元冥報章迢迢叩九扃窸窣雲族空中停三五點滴龍宮鉼渴虹斜睍光熒熒絳氣一吸歸始青玩弄造化愚不靈虛皇赫怒施雷霆詔攝六甲追六丁趁趯巽二先控軿元旂皂纛來號屏猛馬躩地鵬翻溟擲火萬里流金鈴東縛女魃囚凊洽埽蕩六合重開暝朝陽杲杲浮楚萍流泉活活帶遠坰四野鼓歌或拊缻官吏相慶紛盈庭至誠感神神所聽鳴呼至誠感神神所聽庶尹惟日民惟星綢繆須迨雨未零不見穀粱傳魯經古人重請語可銘敢告太守毋名亭

鶴巢水石歌

文章亦貴爲世用每恨刻鏤傷其天君看海底珊瑚玉河玉精采韞結何華鮮一爲世用珍席上隨人屈曲磨而鐫歸眞反璞那可得豈殊膏以明自煎鶴巢水石橢復圓磊磊落落形神全巢中老人地上仙似隱不隱禪不禪結廬人境出人外獨寶此石今何年朝來引我同撫玩可使翡翠奪色玫瑰捐雲錦沃蕩光媚川凝龍悔抱眞珠眠就中更有莫名寶一氣混沌太古前文章不露世不識老人相賞喜欲顚此意未許落言詮作詩一笑曰其然

同許德之遊泉州賜恩山是唐四門助教歐陽詹讀書處

刺桐城南秋氣鮮西風吹帽黃花前名山十里欠追賞遺恨

亦恐同坡仙平生元度起拍肩向子遥指浮嵐巔歐陽先生讀書處摩碑擬剔蒼苔先山靈喜聞音跫然宛轉導客松閒泉草香樹古俱可敬空翠時撲兜羅緜茲山山石最奇譎抽若筍者吐者蓮錦屏列嶂壑架船藥叉欲攫金翅騫峭拔蹣跚鼇鬢牽粲然一笑玉女憐仙之人兮棲何年山禽空學書聲圓令人長憶貞元日七閩荒破萬古天龍跳虎臥一柄聯觀李綍李羣崔涯王㣧馮承宣庾就中傑出南陽賢黎昌身騎騏驎手招鳳先生鞭弭能周旋文章光燄有千古秀氣旁魄餘山川我今浪遊荒書田已決歸計搖吟鞭夕陽回首橫蒼烟山中蘿薜紛在眼慚媿篝鐙深洞眠

畫松歌贈冉小山　永祚

作鱗之而臂拏空欲雨不雨雲滿峰乍覩夭矯勢脫壁我驚

是龍不是松寒梅弄影修竹拜冬日之日檐前挂掀髯一笑故人來我只見松不見畫憶入天台向赤城萬年藤畔石梁橫爲君試進洪厓飯葉裏新香粒粒生

飛白書歌贈海鹽張芑堂燕昌卽邀丁魯齋傳松老仝同作

狀若微雲抹秋河空明蕩瀁橫素波又如香鑪之峰烟乍起春風嫋嫋吹不已快曳吳門一匹練交光舞亂劒仙劒翩翻金翅下丹霄繆繞玉鱗騰翠潋我疑後世已無蕭子雲況復能過王右軍張公笑捲一幅惠云是昔賢變楷制非草非篆非八分蔡中郎過鴻都門偶見匠人施堊帚正如渾脫舞公孫創奇醔此雲烟跡掣紐波磔飛而白分明畫理悟同源一筆水分三面石臨池辛苦十年成那顧紛紛世眼驚君不見

東吳顧文學君不聞瀼西杜少陵清辭翠墨相映發酒酣耳熱看吾能感公意氣為三歎重之奚啻錦繡段我詩不直山陰道士籠中鵝試請雙丁一為主客歌如何時芑堂寓龍泓館

方生虹橋培黃山看雲圖

曲江之濤大于山登高壯觀天地閒黃山之雲浩如海空中舒卷波瀾在我生未到黃山遊虹橋弄月來滄洲說與家山看雲處因之我欲乘濤去濤耶雲耶幻太空飛夢直落軒轅宮高挹浮邱袂下瞰天目松青天秀出金芙蓉三十六朵蓮花峰蓮花翠滴丹臺上前海後海白雲漲白雲漲兮迷西東蓮花出沒洪濤中隆隆之雷浩浩風只疑下界作霖雨覺來海日搖窗紅浮邱公容成子迷離一幨丹青裏坐我題詩江上樓白雲繞筆秋濤起

竹素園觀鶴同吳穀人翁村趙右書項蓮峰徐也陶

大陸　姚春漪分韻得古字

鶴飛來兮羣玉府綠杯去歲銜鸚鵡飲中八仙連鶴數一爲縞衣一褐父羊胛熟俄今夏五妙蓮花放搖白羽作者七人重款戶禍之父巳黃鶴舉縞衣淸瘖行踽踽陰烟松竹隨仰俯不知火雲正燒午蒼苔白石誰接武家雞昂然來步禹一笑嵇紹事已古離羣索居不猶愈感玆珍重今舊雨近者隔面易寒暑遠者十年首重聚有酒不酤安用許鯱籌交錯筆硯伍興酣白鳳開口吐此事尤推翰林主歸途倡子復和汝采菱采菱蘭槐鼓鏡波搖蕩山眉嫵暮色蒼然至無睹婆娑猶作崑崙舞

孫孝廉錫　雪堂韻竹圖

梧桐滴雨風入松俗耳一洗箏琶空雪之無聲竹有韻不比
風雨松梧桐小樓記與月波通披鶴氅衣聽餘冬以瓦爲之
必不漏惜其成竹不在胸先生讀書東皐東書帷環繞青玲
瓏客來六月不知暑雷起滿山都是龍笑謂此段尚未韻看
我濯魄冰壺中冰壺晃朗天開容費長房急跳身從青蓮銀
竹換白雨玉局雪浪搖清風是竹非竹雪非雪音暉乃在空
際融高韻獨出塵難封想見煮茶哦秀句夜鑪撥火一星紅

孝廉詞卷名雪堂韻竹

天璽碑歌

東吳天璽碑云何吳主好侈羣下阿傳國四世覬一統讖見
石印文有那改元天璽荅神貺石頭一片降帆俄或云碑記
釋神讖將軍內侯名姓羅厥文簡質字畫古黃初受禪非同

科石裂三段閱千載幸不剕棘埋銅駝我來秣陵歲癸丑郡
齋日醉鸚鵡螺談詩愛坐一葉舫踏雨怕著雙皮鞾今朝縣
晴天氣好側帽獵獵春風和三山街取狀元徑夫子廟對秦
淮河入門升堂曰明德粉膀翠墨書擘窠未覩皇象筆屈鐵
先覿朱瑞心無頗明德堂扁相傳文信國書尊經之閣峙堂後印刷史籒
堆陂陁中央窔兀見此石鼎足分立詩書窩圓可合抱項可
摩黝若鑒玉堅難磋非隸非篆非史籒大書深刻期不磨森
如伏波鑿銅柱又若獵碣觀東坡測識四五昧八九眩轉虎
鳳騰蛟鼉歸爲太守述所見掇贈搨本資清哦照眼復見宋
賢跋元祐移置功足多漕臺後圃此其是轉運副使曾婆娑
便擬鋪几看徹夜不管蠟淚堆銅荷紞如五鼓萬籟作打窗
急點龍飛梭乃悟觿者見石丈流汗被體先滂沱月暈則風

礎潤雨應感示兆無纖誨何物神識汚嵯峨笑知其一遑知
他
孤山同周亦庵王莘園學渟作
東風吹客袂動我入山情一路梅花發空亭聞鶴聲雲來深
樹暗雪在晚峰明不見山中士徘徊皓月生
曲江春別
景物正喧媚客行當柰何白雲生遠目離思滿滄波挂席名
山近春潮帶雨多中流無限意擊楫起漁歌
九月望同春漪綺園訪陶篁村先生元藻泊鷗山莊
以秋水纔深四五尺野航恰受兩三人平字分韻
放鶴人千古先生此泊鷗題詩對孤嶼把酒上扁舟不薦寒
泉菊須營近水樓相逢燮情話風日滿林秋

送别

欲住不能住送君魂欲銷秋風白門柳落日廣陵潮悵望監河粟淒迷乞市簫渡江雖有楫彌使故鄉遥

南臺懷古次山陰胡功甫孝廉元琢韻

旗鼓山空霸氣收高臺依舊枕寒流聽鐘隔岸前朝寺沽酒落帆何處舟月墮荒烟蘿渚夕潮回極浦虎門秋寢園千載尋遺跡唯有衣冠夜出遊

莫愁湖

鏡波照眼遠山横問得盧家少婦名河水尚歌梁武帝風光占斷石頭城香園蓮渚容魚戲翠接蘆洲狎鷺盟若有瓜皮能盪槳西湖小檥在南京

李松雲太守邀同馬雨耕徐芷庭周石舟陳敏園燕

集莫愁湖席上喜晤姚姬傳先生 鼐

使君選勝有嘉招勝友相將蕩畫橈一種湖光比西子千秋樂府憶南朝香披綺閣重簾卷醉舞涼風雨袖飄更喜龐眉尊宿在紫金山色對清標

調吳二蘭雪 嵩梁 即倣其體

嗚笳挼鼓戲滄流綵筆縱橫賦壯遊曾弄白雲登泰岱又攜明月下揚州春生東閣官梅笑事去南朝野草愁十四酒樓無一箇相逢免脫鷫鸘裘

秋晚懷鶴汀叔

芳草晴川阿那邊白雲黃鶴兩悠然梅花吹落江邊笛一去長沙二十年

春晚有懷

白門楊柳可藏烏目斷春鴻一字無記得草堂人日酒梅花

勸我住西湖

題潘孝子傳并序

潘隆居杭城柴木巷有子曰瑁年十五矣乾隆己亥臘月之望隆出其家有養子夜醉失火瑁救母丁氏不獲熸焉瑁姊珠姑適歸寧方火熾或拉之去姑曰母在何去爲且汝男子也胡拉我遂號泣抱柱死秀水金寅爲立潘孝子傳乃其姊亦烈女也

火德曾兮亶不親女丁太毒母丁身禁烟千古猶憐介合爲潘郎罷臘辰

母在如何命可逃甘心焦土不膚撓摸碑定有中郎在一例名傳孝女曹

國朝杭郡詩續輯卷二十九終　錢塘吳慶坻校字

國朝杭郡詩續輯卷三十目嘉慶六年辛酉至九年甲子以科月爲次

蔡　任　鍾大進　沈士亭　陳鴻壽　孫邦治

杭　理　戴安詩　吳　鼎　王崇本　田　穮

陳　岱　潘世鼎　唐士斌　朱　型　施紹武

查　揆　蔣敬祺　孫熙元　林成棟　王　仁

周雲熾　胡　煊

凡二十二人

國朝杭郡詩續輯卷三十　錢唐吳振棫毅父氏重編

蔡任原名王字東海號莘畬又號二雖錢唐人朱澄孫嘉慶辛酉進士選庶吉士歷官直隸鄗邑南皮龍門知縣有

尚雲齋詩鈔

莘畬丈少孤貧母氏李教之讀書媕通羣䔧性豪善飲酒酣耳熱斫地悲歌有推倒一世之概旣以詞苑改官非其所樂又以訟訴卒涉對簿雲司事白復官旋移竄塞魚嗟生甑甁類觸藩落拓名場者幾三十年卒鬱鬱不得志以死余官翰林時丈每至京師相過劇談輒至移晷今墓門木拱遺槀未刊撫念前塵不勝㦖欷

讀書一首贈麻大芳亭

四子書爲本五經乃其支讀經如讀律史例以緯之以此治天下指掌示諸斯廬陵計九經字比萬有奇卒業四年半屬之中人資老泉二十七文苑百世師君年三十一發憤未爲遲四十不足畏及未四十時急起展書讀無使日月馳

到欒城渴甚呼酒就甕吸之奴子陳田言酒寒手戰作此示之

塵鞅三百里甫謀一椽息狂呼抱甕來泥翁手親擘一甌如天漿快似長鯨吸奴子勸且止手戰妨運筆吾笑叱其妄筆乃心所攝此酒如春風入髓百體適能使血氣和自然心神悅醉後振筆書應手心更得萬一爾言驗左支右不絀三盃草聖傳醉死臂不折

即事三首錄二

傴仄復傴仄斯游殊未通牽舟住岸上翦翮送籠中面唾婁師德名呼富鄭公肯因雞細碎汙我劒光紅

咄咄意不適油油誰與偕結無鬼谷解難要魯連排捷窘人逢魅荒唐怪志諧絕潢如可濬歸夢度秦淮

新構小屋成麻大芳亭移居其中戲贈

爲君彈指試安禪從此休文定霍然靜穆眞如好女子淸虛轉似老神仙新詩茅屋千篇出大樹空庭一邑傳喚作麻姑應住此蔡經家定是前緣

詠貓

黑章白質小騶虞眠向窗前玉不殊嬾似主人偏好弄劇於兒女且爲娛可憐腐鼠憑誰嚇未必文貍肯子俱一角殘棋呼負負解圍聊復喚花奴

辛未端午

又見蒲觴節物新十年辛苦抗黃塵畫符自笑神仙戲鑄鏡誰知面目眞畢竟有門高靖郭可堪援賦問靈均晚香叔江新亡湖不信風波惡多少中流競渡人

除夕

左行右轉歲相因不盡勞心妄想塵團聚且消今夕酒逢迎
又占一年春勘殘蕉夢猶存鹿覕得樵風便載薪

聖主喜傳初政美莫愁臣壯不如人

和西垣元日新春之作

履端月吉禮相因微雪先驅陌上塵百室稱觥同獻歲萬山
拄笏待行春政循夏令占農緯法緩刑書貸鬼薪日色香烟
何處是鳳池應羨早朝人

寄石農

二十餘年一瞬過未能痛哭且長歌論交不信秋雲薄計過
方愁去日多身世甚時纔了卻頭顱如此尚蹉跎唫壇老手
應無恙爲問新詩得幾何

汝陽道中

雨酥草潤淨無埃得得輪蹄次第催馬首若憑雙樹引雞聲又報一村來燕雲趙水驚陳跡魯殿秦碑鬱古懷直過兗州三十里中山呼酒盡餘杯是日宿中山

比部官舍題壁

禍福原來未有門官房無門風風雨雨幾朝昏泥中鬭獸空畱跡雪裏飛鴻已斷魂目巧有天皆奧阼心安何地是籠樊今朝放鶴歸塵網笑問荆凡果孰存

蝙蝠

鼠子何知竟得仙毛蟲羽化亦天然空堂夜靜無人語老屋鐙昏有客眠飛趁𠣾尼占喜事佩偕鹿蜀伴長年更宜繡入尚書履女宿由來近斗躔

感懷示沈雲書

玉尺銀魚昧夙因亂山冷厮且風塵寒梅苦憶湖邊路殘雪
孤吟塞外春蕩滌情懷蘇病鶴浮沈蹤跡感勞薪自憐敝帚
千金享空作珊瑚網裏人

贈張水屋刺史

八言水屋有狂名我見猶憐嫵媚生老子風流龍莫測小儒
描畫虎難成形神入妙羣仙醉姿韻横秋萬馬驚無限蟲沙
塵海裏如公臭味許同清

孫討逆

承家開國大因緣蹔借天人廿六年愛弟便思詒將帥讀書
纔敢殺神仙三分事業如翻手一代英雄盡執鞭可惜白龍
魚服困漢家難復五銖錢

歕壺

須達園中草木枯散花女伴乞靈符手爲天馬來行雨呪起諸龍入此壺誰信隨風皆欬唾可知灌頂是醍醐桔槹小智嫌穿鑿自寫陶公運甓圖

題畫杏花

十年鄉夢繞秦淮愁向河陽爛漫開牆外春光樓外雨一枝會是倚雲栽

讀燕丹子

千年易水怨荆卿馬角烏頭恨未平八尺屏風鹿盧劒大王安穩聽琴聲

南皮游仙詩

要從火裏種金蓮借得黃姑百歲錢避債有臺何處是道人

遥指不還天
點石爲金苦不支恆河沙裏唱籌時鞋錢米價兩無着認取
空生眞本師
當年曾傍朵雲紅金闕銀臺一夢中斜倚靑鸞譚劒術如今
妙手竟空空

鍾大進字升華號吾山海寧人嘉慶辛酉舉人有捲翠閣
詩稿

月夜陪桂巖伯父暨漱石步至斷橋

夜色白無際萬頃銀泥鋪秋月淨于水淸光浸全湖斷橋臥
虹影上聳孤亭孤目冷覓幽趣蠟屐三人俱靑峰幾痕澹烟
暝遠欲無紅窗一燈吐明滅西南隅鐘聲起何處肅肅驚飛
烏露涼大地靜人在寒冰壺

彭公橋歸舟卽事

帆影趁風斜扁舟暫作家夕陽山畫本春水鴨生涯隔浦看驅犢臨流聽踏車御疑仙路近夾岸盡桃花

秋日喜陳月墀過詩藪偕諸兄弟劇談

秋意颯然至天高氣益清涼風動林薄疎雨咽蟬聲好友能過我幽齋訴別情談深忘日暝歸路月華生

寄懷閔茀軒禾中

懷人隔鴛水海國獨登臺一片暮雲起滿城秋雨來相思渺何極離緒鬱難裁好楸觀濤興重游鼓棹回

秋夜詩藪偕箬溪三餘兄漱石弟聚話

兄弟離羣久譚深夜欲闌疎燈蟲語細落葉雨聲寒徧閱風霜苦猶虛菽水歡胥濤忽催曙別思更無端

夜泊

暮色深如許烟中一艇橫濃雲含雨氣老樹捲秋聲家近客無夢宵寒酒有情西泠明日路應見好山迎

蔡金山邀同周嵩巢諸葛信山泛舟湘湖登越王城得詩二首錄一

訪勝秋山路乍經攜朋載酒共揚舲隔雲樵語盤修徑落樹泉流劃翠屏一綫江光浮雨白四圍嵐氣逼人青峰腰足倦旋思憩萬木蒼然覓小亭

歲暮書懷

鎮閉簾櫳一室中茸裘雖敝足當風雪如良友逢殊喜詩比清泉出不窮烏几安排書可借麢牀偃仰膝能容何時黍谷爭吹律暖意旋回造化功

沈士亨字驥才仁和人嘉慶辛酉郡拔貢

西湖柳枝詞

家在西湖雲水鄉泥人春思是垂楊六朝金粉無顏色贏得烟横十錦塘

臨風故作小垂手蘸水新添嬾畫眉金縷衣成歌一曲錢唐蘇小少年時

陳鴻壽字子恭號曼生錢唐人嘉慶辛酉拔貢官江南海防河務同知

曼生愛交游自其貧時四方知名之士皆願踵門納交仕宦後士益爭往歸之生平於學多通解自以爲無過人者遂恥自名于篆隸行草書懸然有天得世爭寶弆之爲詩不事苦吟自然朗暢嘗詠老妓云人歸溢浦三千里夢斷秦淮二十秋莫怪門前車馬絕王孫敝盡黑貂裘詠秋蛙云幾度銷魂悲楚客半生落魄謝東風又云此日早驚團扇妾前身慣傍荔支奴竝爲時傳誦他如途次云蟲聲荒岸草人語隔船燈元旦云索逋聲斷

心初淨投刺人來跡又忙皆不經人道語阮相國撫浙時方籌海曼生隨相國輕車往返走檄飛章百函立就暇與諸名士刻燭賦詩才贍以壯不可及也令溧陽時仿龔時兩家法爲茗器撰爲銘詞書而鐫之一時有曼壺之稱其風趣不減前明陳三歎子也

游道場山

家居傍湖山春和愜遐賞半年礪吳興奇勝阻孤往命儔覗山麓舍船逐林莽近畦俯蔥鬱遠翳梔涼爽石亂泉響競篠密炊烟上疎紅補女蘿瘦雲削仙掌其勢折而北羣附獨雄長拾級轉漸南絕頂露平敞塔鈴喑不聲天風落虛幌衆鳥起舊枝一磬度清響碧湖渺杯水烟翠撥雙槳此時塵慮空昔游固可仿頗聞孫太初茲山結霞想

江行雜詩　二錄

圖成富春山吾愛黃子久一峰瀉白雲一峰落虛牖泉峰雜

沓來變幻靡不有遠勢失逋峭近景極清厚譬之譜羣芳百
妍無一醜山如管送迎應酹一杯酒
桐君去不返晚山雲自稠我遇采藥人不敢輒掉頭長松捲
寒濤密篠俯清流攜鉏劚茯苓恐復驚蛟蚪盛夏水大溢一
決無田疇使者念民瘼非爲耀旌斿齎糧拯窮乏胥吏或侵
牟飛鴻激哀響聽之增百憂

自題種榆道人三十九歲小像

白榆種歷歷青春去堂堂入世解作達頗異釋老莊古人皆
可師今人皆可友一鏡湛虛明方寸別妍醜大事不糊塗小
事厭煩數欲語羞雷同孔子亦獵較長卿徒四壁杜陵乃萬
間親朋不相顧物理無循環窮達自有命彭殤亦難齊四十
無所聞笑我同醯雞十五悲失恃識字憂患初前年父棄養

至今違墓廬歷涉三萬里捷徑恐窘步一視齊州烟再讀天台賦早梅庾嶺香荔支未飽啖握手多故人曷弗傾肝膽國士我何敢衆人亦不屑遭逢名公卿慚愧虛前席三月下揚州鶯花送客愁黃河天上落併作海門秋秋氣入虛齋秋聲感壯懷貌成還自紀流響動長淮

題就竹亭

昔聞申屠蟠因樹以爲屋我作就樹堂十年計艮足尚託夢想閒鄰宅皆未卜輸君官舍中結亭就叢竹高瞰隔岸山遥對滿園菊通直義自喻詎止愜心目子猷殊可風東坡乃不俗樹木如樹人竹亦木同屬共守歲寒心何煩較榮辱

分詠秦漢六朝十印得漢李忠印白文二字曰李忠案李忠有三一見後漢書本傳一見唐書三宗諸子傳一見五代史李自倫傳此從顏氏集古印譜定爲後漢李忠印

巨莽請刻宰衡印赤眉得璽重獻進白水眞人靈睨甄李侯所向軍威振黃金斗大列爵尊忠臣必求孝子門母妻被收勢孔迫殺賊豈足明酬恩軍中馳驟大驪馬繡被清宵燭光炧不須辨印煩馬援頗恐囊金羞陸賈圍城黯黯弓刀寒風聲鶴唳摧心肝賜錢千萬救不得背人血淚如珠彈一朝收復全家屬報讎不忍恣殘酷恩怨分明忠孝兼莫將成敗論基局丹陽道上竹馬迎墾田建學致頌聲三公奏課稱第一訟庭花落啼春鶯區區私印傳禩載摩挲合作瑤瓊佩憶解長孺敎澣時不知賜綬今何在琴亭餘澤巳迢遙中水寒流自晚潮何處殘霞橫一角明砂騰采徹層霄

宋自公堂後雙古柏

玉池雙桐近百尺天台古藤垂萬年昔從泰岱問封禪攀挐

龍虎盤風烟空堂無人老狐入夜深屋脊鵂鶹泣白雁飛歸五百年雨行蒼翠露衣溼一株蘚蝕稍空腔一株勁直不肯降離纚瑣碎散纓絡硯池亂落柏子香題名遠紀熙寧代東坡舊友分明在藉田手詔保寧軍元暢樓高碧山對

龍井寺觀米海嶽方圓菴記碑

天空天矯挐雲黑南宮提舉筆奇特淋漓墨瀋點蒼烟驚走乖龍僵且匿長流噴薄環山隈化作百萬玻璃杯松聲雲影盪胸臆風篁拂綠須眉開辨才此地結茅住空山錫響霏花霧名賢往復參四禪石泉槐火同裁句白雁西飛四百年空亭清曠舞胎仙遺碑捫壁竟三復漫漶嗟惜重雕鐫我聞智行歸方圓又聞葢趾謌眞詮此理同異不可究當起老佛窺𡽹妍摩挲擬搨百番紙遺跡龍騰類如此溪橋十里烟冥冥

夕陽送客千山紫

白蓮花

縞衣仙人顏如花淩波緩步飛素霞明璫翠羽豔冰雪闌干十二馳香車吹香不散墮入水穀紋冷浸銀蟾死香月團圞結淨因瓊枝綽約瑤池起瑤池隔斷水晶簾一片空明夜氣嚴祇覺月華添晶皎豈知香味挹虛恬無情有恨離離重天末相思誰與共記得南山第一橋鐵樵聲破閒鷗夢湖頭女兒打槳迎折花欲贈淚珠傾嬌紅未乞鄰家種荷葉荷花空復情花枝低彈催吟急鉛華洗盡春痕溼一暈翠羽背人飛十隊霓裳向風立花如彼姝姝不如容華絕代讓芙蕖晚涼池館碧雲合醉倒花開月落初

雪夢圖爲萬明府廉山作

冷香壓夢夢不飛夜深月上梅花肥花魂幻出翠梢嫵雪色翻亂紅綃衣梨雲漠漠不識路縹緲羅浮憶前度瘦影難教倩女支明妝欲奪姮娥素珊珊卻下疑無蹤雪膚花貌瑤臺逢緩步筠廊情宛轉忍寒紙帳語惺忪夢中天地同長久夢醒年華總孤負一聲玉笛起高樓飛花如雪空搔首人生難忘是仙緣蟾鏡分明夜夜圓雪霽花明江上路春歸夢到渡頭船

題雲伯憶花圖效昌谷

雨工繅絲溼琴軫苔花慘綠團仙囷纖鱗飽咬妝臺粉青桐露碎幺鳳飛蕉心愁展榆錢肥一聲啼鴂開烟扉湘簾賸捲唾絨豔匣中罷響雙龍劒春風不歸玉容斂相思源水蔫桃花闌干月瘦遲天涯夢回銀燭流光斜

過楊大夜話

數數謀良覿子雲居未遥簷禽歸獨樹湖月泠雙橋緩步荆重款深談燭屢燒因緣託文字不敢負良宵

贈吳澹川

大造有眞氣先生得正聲居然後陶杜復見此生平思極鬼神下心高河漢横三危多瑞露一滴仰金莖

長嘯華山頂吟詩滄海秋步兵餘白眼從事有青州草長柴門遠花開野水流相看不知老爛醉更何求

九月十六日夜集宋蓉裳湖上寓樓

風水搏不起悄然夜色浮流雲過高樹銜月上層樓落葉空山夢漁榔隔浦秋胡爲礙遊興閒絶木蘭舟

南歸後仍留吳門驪泉小鶴以詩見懷奉荅五首小

鶴先有詩寄不得達故末章及之并懷錢四恬齋録二

九日陶然亭思君秋滿庭雲中北雁少城上西山青車馬塵

如海闕山客似星涼風吹帽影搔首問蒼冥

新詩何日寄絶似折梅花欲問浮沈意其如道路賒簾櫳織

烟雨藤蔓走龍蛇我又思錢起秋涇泛短艖

六月七日同人城曲茅堂逭暑遇雨

門開蕅花上客到午風初一雨不知暑翛然静者居餘紅疑

戀屐空翠欲侵裾笑與主人約重來讀道書

石屋嶺尋方思道齊樹樓遺址

豈知南内諫無人萬死猶然賸此身白髮懷歸空有淚新詩

垂老不嫌貧棠川地僻分鄉思石屋樓高遠市塵不信人生

同泛梗卻持堅節問松筠

渡揚子江

落日銜霞上柁樓大江烟水赴鄉愁風回鸛鶴盤雲渡浪蹴蒹葭帶岸流吳楚自分瓜步月金焦不隔秣陵秋牙檣錦纜紛如織可羨忘機自在鷗

潤州同袁又愷郭蘭池昆季釋小石集張舸齋飲綠

山堂

青山無恙白頭新襟上猶飛東海塵寒雨十年迷遠夢峭帆一片瘦吟身蓴鱸味觸思鄉客蔬筍禪參隔座人想像靈和舊楊柳烟波豈合老元眞

歸舟阻風登烟雨樓

曉風相送過樓頭不見鴛鴦見野鷗城郭青于螺髻擁人家多似畫船浮女桑十里春陰鎖漁竹千竿港水流啼鳥落花

無恙否繁烟初散雨初收

嵊縣早發

溪流盡處接烟蘿侵曉山山瀇翠蛾風定漸團雲氣白雨殘初覺鳥聲多書生獵食知民困使者巡方戒政苛無數梅花隔籬笑不成香夢柰情何

瓢兒菜

憶罷蓴鱸譜晚菘一瓢如玉滿烟叢秣陵秋老鉏寒雨陋巷人來味古風竟有天漿斟北斗可無詩卷壓江東平生稚抱虀鹹志不敢相輕賣菜翁

安東道中寄雲伯弟　一錄

萬里歸來百感侵馬前一笑大河横霜柯不隔棲鴉影茅店初停壓酒聲壁挂衆中宜短褐劍搖天外謝長纓對牀風雨

當年事人世相逢幾弟兄

往返天台不得入山

不曾眞箇入天台嬾甚劉郎空去來一飯胡麻重有約桃花
須爲我遲開

惠山春遊詞 二錄

曲港橫橋客繫舟駢闐都作寺門遊辛夷花發葳蕤鎖春在
溪山第一樓

第二泉邊曲磴斜香勾步步蹴晴沙春風不管傷人在吹落
釵頭蝴蝶花

九里洲看梅花 二錄

銅坑鄧尉記前游那及桐江江上洲寒雨半天雲半嶺萬重
香海一扁舟

便欲洲邊結茅住祇防花落又無聊不如每歲花時節來泛寒江上下潮

孫邦治字康成號綠野錢唐人嘉慶辛酉優貢候選知縣

孫氏饒于資先世皆樂爲善有字觀圃者尤有德于鄉里故至今兒女子過其廬猶曰此孫觀圃家云綠野承其先志一時當路慕與之交吾杭當嘉慶己未庚申閒郡學之鼎新也西湖河之疏濬也考棚之創石足几坐也育嬰堂之休養生息也普濟堂之施糜粥藥餌也衆議皆舉以爲督既貢成均將謀出宰鋭意用世天不假年甫四十而卒人咸惜之

采蓮曲

秋到湖頭暑先浣紅衣欲卸青房滿小姑盪槳且輕划新婦采蓮蓮味佳一雙鸂鶒飛去轉入蓮塘最深處不辭玉腕浸波涼歸來在手猶清香儂家戲言姑勿怪近聞百兩佳期屆爲姑翻作采蓮歌結子願比蓮房多

擣素篇

影轉櫓牙月初出露荊風槐秋瑟瑟美人擣素發新聲小鬟約束圓腰成卷將霜帛下庭去綺靡羅裙曳迴步桐虛石燥響穿空驚起寒鴉不知數汗珠那惜染雙題擣罷裁縫萬里衣停針不語看金尺會否腰支去日肥

刺蔆

細顆全沉水微芒亂刺波折腰差可驗傷手戒爭拖近賣鴛鴦渚高堆鸚鵡螺驚他鷗鳥浴水調發陽阿

紫牡丹

碎纈生綃紫麝團綠雲扶起態珊珊垂來繡戶昭容袖吹落東風太白冠日彩靜臨春最貴露華濃䙌秀堪餐定知蓬島仙人種老眼摩挲耐久看

杭理字友㴑號雪舫錢唐人嘉慶辛酉郡歲貢

贈蔡木龕

解得種花意能生見道心要他春滿眼不許萬愁生

一生不感秋氣頻年消受春風試問花紅如許幾多灌溉深

功

酒痕狼藉舊衣襟花下何時更酒斟記得方平詩句好種花

種德一生心

戴安詩字昌期號九橋仁和人嘉慶辛酉歲貢

雪中書堂卯飲次黃薌泉韻

光明先訝曉窗灑不愆期竹影低窺戶梅梢冷索詩生花揩

溢眼綴景到荒籬呼酒共欣賞芳心可共知

庚申臘底散館書贈黃薌泉

歲月驚看下坂輪梅梢柳眼又爭新雪銷尚挾濛濛雨臘盡先回盎盎春味永詩書緜世澤交從冷澹見天眞息當六月尋常事羊角搏風自及辰時蘅泉有母喪辛酉尚不能與秋試

吳鼎字石臣號寶詩錢唐人嘉慶壬戌進士官四川知縣

有三味樓詩集

寶詩善飲工詩嘗言凡人爲詩于五音各有合而宮聲爲尤難論頗奇闢

讀畱侯世家

酇侯下獄淮陰死家本韓人願賜畱敵盡空餘黃石智身閒合與赤松遊定知滇海三神窟祇是商山四皓流口舌不能爭嫡庶君臣一樣是權謀

七月五日夜雨金秀岐招同周愚谷小飲

臨池老屋窄於舟酒氣花香一桁收市地蛩蛩吟處暑滿城

風雨淫新秋擬添半臂何人送不限三蕉愛客酉搔首紅牆

銀漢隔盈盈衣帶冷牽牛金未昏故調之

王崇本字復又字初菴號驪泉仁和人嘉慶壬戌進士歷

官四川珙山西崞知縣

驪泉骨韻清迴豐于鬚髯把酒清言能傾四座余在蜀時見其詩卷多若束筍今宿草十餘年問其家則稿本已失僅從他處錄得一二篇不足以盡之也

嚴九能元照爲戴金溪比部作勸酉鬚行丁見堂子

復又作止酉鬚行余與李西齋堂王丹生槐各爲一

詩以衷其說

天之生吾有眞吾形骸可外況髭鬚胸中要在別白黑頷間

安足計有無無鬚眉古稱伊孔生而有髭膺周圖神靈不可

以皮相豈必一一同形模僕也鬚長百事短蒼茫獨立成愚

儒有時撚斷苦搜索無心鑷去誇豪粗一任于思嘲衆口誰
能齵齵儕闒奴今年邂逅託奇絕良朋三兩來西湖就中昂
藏戴員外風神冰雪如曇瞿未能忘情得嚴子勸留鬢意何
勤劬添毫頰上有深指全神傳出賴寸膚丁子䀭䀭論頗異
設施欲分左右孟吾宗立說兩可兼兩公之意都無殊我獨
謂公宜並蓄調停不必徒區區膏面自欺世多有攬鏡那免
生長吁功名未立靑鬢改神仙難學朱顏枯公早策名終買
歲公嘗珥筆嚴馬徒底須拔白比蘇老四十爲郞猶壯夫眞
氣盎然見眉宇秋毫朗若懸冰壺不勞剌孔種馬尾蓬勃早
已抽根株務令兩顴盡萌茁春風拂拂引頷須但恐強將效
故態回施將亦驚而呼（公嘗于醉後欲拔孫淵如觀察鬢觀察繞柱而呼）如踏雪長安
公且去蕭疏髡梛搖城隅他日撚髯一笑粲髯之絕倫非公

乎

荔峯閣學招同重宿南屏出示雲伯大令贈詩卽用其韻紀事兼柬雲伯

晨星落落半銷沈重宿南屏感舊心三逕竹封雲滿塢一龕梅護月當林雪飛吳苑詩筒到雨話巴山夜漏深更憶昔年燕市侶摩訶池上共披襟

偕荔峯祭小顚上人墓仍用前韻

池上微冰金鲫沈卅年舊地話初心難忘白社高僧酒共蹋蒼烟古樹林獨秀峯留題字冷夕陽鐘起度雲深寒泉一琖梅花下招得松風滿袖襟

紅豆四首 錄一

年年把酒祝東風情種無雙孰比紅釵股敲殘花瑣碎刀環

望斷樹玲瓏垂珠鬢髻羞爭豔記曲華筵舊最工似此相思

思更苦淚痕如血灑春叢

已酉秋試後寄懷吳相之

秋風不到小山頭黃菊丹楓送客舟颿遠幾回天際望雁聲

和月上南樓

田穮字敏夫號可田錢唐人嘉慶壬戌進士官湖北知縣

西湖栁枝詞

短長條拂短長堤上有黃鶯恰恰啼翠幕烟綃藏不得一聲

聲在畫橋西

陳岱字魯望號步袁錢唐人嘉慶壬戌進士官衢州教授

步袁嘉慶辛酉解元聯捷成進士授知縣不願作吏改就學職卒年七十六生平工爲制藝有步袁文稿行世

寄懷王見石 時補松溪宰

聞說松溪令人稱衆母慈攤書忘作吏研露自抄詩美酒無裘換見石善飲近以廉貧止酒閒情有鶴知蕭曹祇安靜驥足豈常羈

將出都門留呈韓芸舫夫子

宮錦攜來愧未長也叨玉尺一齊量羣仙福地傳衣鉢我僅文壇接瓣香同房館選者四人

卅年燈火笑空勞老識荆州足自豪仙杏淩霄承雨露謂同房朱探花士彥草沾餘潤亦恩膏

菲材也種月宮來曾受吳剛玉斧裁天上人間同世界不妨移去杏壇栽時余將就廣文

秋風秋雨片帆遙歸趁涼天踏六橋祇有師門忘不得柏臺雲外首頻翹時將擢侍御

題三衢學舍學舍久無居人爲風雨所破予葺而新之

來看蔴花正晚春書堂草草一時新便教半世容子佳總是天涯遊旅人
小園桃李自成春日日齋頭鬭句新吟罷黑甜鄉更好不知窗外鳥窺人
送寄雲大兄歸里
萬軸牙籤喜尚存歸來重展舊書温知君此後饒佳日淨几明牕好課孫
閒身從此避塵囂雲在幽巖鶴在霄我亦欲歸歸不得羨他顏氏有簞瓢
潘世鼎字禹湘號亞江仁和人嘉慶壬戌歲貢
題號舍壁
豪吟氣久薄雲霄人海叢中尚奪標老將果誰矜矍鑠奇功

今始識嫖姚文成壯采更三點人映奎光燭萬條十笏樓居花滿樹者番卮酒喜相招

唐士斌字正聲錢唐人嘉慶壬戌郡歲貢

黄書厓招集翠雲館觀錢薢石先生水墨芝蘭分得八庚韻

木葉浩檐聲芝蘭入戸榮士花深捧秀烟蕚迴含淸巳覺風霜薄稍知翰墨精披圖望前輩三壽道相成

朱型字允達號巢飲海寧人嘉慶癸亥歲貢

吳母沈太孺人節孝辭

女蘿附松兮奚啻結髮三日成婦兮而況三月一朝失所天兮自矢靡慝　我不忍殉夫子兮夫子有子夫子有子而歘又短折兮痛也天只夫子無子而尚有猶子兮我則以撫以

敎以續我夫子之祀　撫猶子而娶婦以生孫兮蘭芽斷而復續敎猶子而列膠庠以成名兮父書雖不忍讀而猶能讀噫而今而後可慰夫子於泉壤兮我心庶其無恧

施紹武初名紹培字樹之一字樹存號石樵錢唐人嘉慶甲子舉人有靈石山房稿三卷

石樵少孤貧讀書養母既舉于鄉不忍遠游一試禮部不復再往性高亢貴游造訪率不報謁或華筵廣坐醉脚不襪捫蝨搔爬意自如也文品峭潔詩嶄絕鑱刻九稱于時體素羸廣顙高顴齒目突露其後癃生于尻卒年四十五時母年八十四矣哭之慟石樵瞪視泪潸然而不瞑别著西湖小志其遺稿不知存否

自小龍井入無門洞遂登南高峯絕頂

折阪盤羊腸陗峯忽焉失僧茅縛峯坳中有神龍窟凝碧孕古春圓規盪寒月徘徊引閒步徑轉巖房突平陂橫左偏勇進敢少歇儴行窮幽探雲氣汲踵膝山靈失鏁鑰一縷忽飛

出隨雲躡去蹤直上排空闕遂造峯之巔周覽坐超忽江湖接混茫勢欲并吳越緬往悲無端觀化神逌逸悠然悟浮生起向金仙謁

循九溪十八澗至徐村

谿亭纔小憇流響何淙淙沿源遂孤往曲折平橋通偃松出澗底激盪生長風水樹互相搏驚起深潛龍密雲忽四布細雨飛濛濛路傍一老叟散策平疇東導我歷畦町指點村帘紅日色亦微吐極目江天空

水樂洞

夙聞水樂勝遠在南山南茲游匪迂途瘦策恣奇探橫厓突怪石石勢如軒帆上無尺寸膚刻石嵌松杉徑荒土漸壅勺水虛渟涵細響尚不作況乃希英咸我欲事疏導指示來瞿

曇無聲得至樂妙旨須微參當年屬賈相穢跡資嘲談何當
返渾沌庶解孱顏慚故智不可踵淨因知所眈相偕款歸步
落日明西崦

晚入雲棲寺

朝從江口來夕向山中宿行穿萬竹中風吹夏寒玉蔭密夏
亦寒巖深景常伏稍稍見幽寺步步遠塵俗遂造諸天居頓
使心地肅蓮公不可招禪燈誰復續短榻凝暗塵閒牕面晴
麓微月從東來照見四山綠觀心了無礙妙諦紛相屬欲證
聲聞禪寒潮撼虛谷

宿洞霄宮

峩峩古宮觀締搆依峯坳茲游遂棲宿息此胇胕勞道人燮
留客菽筍羅齋庖宴談已款洽步屧還周遭無塵敞圓殿樺

燭光搖搖照見理宗書御筆盤螭蛟恭聞南渡日崇祀規神
霄發帑自內府營建役庶僚重門炫金碧百步禁采樵將將
磬管奏肅肅靈旗飄髣髴天帝降百靈俱來朝光堯昔臨幸
駐蹕會連朝手書度人經特勅藏山寮如何主和議翻令骨
肉拋二帝尚沙漠游魂竟誰招當年李忠定諤諤懷貞操規
畫首十事朝議紛訾謷宸衷果獨注肯爲羣枉撓匄閒使提
舉國是日以淆縱饒祈禱力那解偏安嘲我來緬廢興周覽
空鬱陶虛廊棲怖鴿壞戸低寒蛸鐘樓旣荒圮經閣久寂寥
乘除本大運身世同浮泡毋寧瀹苦茗酌以枵然匏神清夢
亦適高枕鐲浮囂

棲眞洞

梯空上危崖見竹不見路紆迴躋其巔豁達洞門露搜奇歷

始願束炬引幽步層巖闕頑陰虛樓擁寒霧炬光黯不揚陟
足恐無據兩手競扳援一身悅軒翥遂造眞仙居深疑鬼神
護屨高始識險喘定翻生怖更傳東西臺靈蹤尤顯著此心
已靡寧瞠目但驚顧局蹐出奥區山空雲影暮

雲棲寺中曉起

山寺寂不喧鐘鳴疑已曙披衣啟禪牕殘月猶在樹衲子持
清課梵音忽遐布微逗佛火明香烟若團霧須臾曉色開山
影未全露空翠撲生衣寒意漸凝沍同游得妙友與往神俱
赴未暇計朝餐還復引幽步長嘯一逌然人隨飛鳥度

憩白鹿山房

上山路愁紆下山路愁疾我游頗嗜奇所苦足力竭隔林見
閒房勇赴得暫歇一水環其門澄空鑑毛髮衆有麗至虛孤

情耽靜悅側聞許遠遊於兹鍊金骨乘鹿去不還仙壇竟蕪
沒緬化慮彌淡覽景與九翃瘦策更攀躋前山驚崒兀

俠客行

明星煜煜秋天高當筵俠客揮霜刀刀光照眼血痕碧滿堂
賓客皆無色主人跪致千金裝揮金弗顧增慨慷男兒要平
不平事魯連乃稱天下士平生受恩始報恩胸中恩怨先紛
紛襄子橋邊尋豫讓區區國士安足論

讀五代史二首

騎虎勢不得下請立中宮奚爲者身未立援已立禍錦江日
落猿聲哀中宮矯詔天上來熱血不濺君王衣老臣功成分
當死曷不先從赤松子遺恨慫恿立劉氏
軍門夜半喧築壇鬬雞小兒忘報韓可憐監軍必獨苦生作

唐臣死唐士肩輿不食歸東都王貪尊名誤老奴老奴下可見先帝君不見拜殿尚書呼萬歲

題亡友繆奎畫竹

繆生昔作南遷客曾棹扁舟弄長笛一聲喚起蒼梧愁雨葉風枝盡蕭瑟歸來閉戸仍四壁撐腸磊砢無人識忽然紙上來清風一幅淋漓洗秋色大枝露清勁小枝鬬姿格恍如置我瀟湘國是時況當秋雨滴雲氣沈沈晝昏黑斷岸絶壑啼哀猿中有吟魂招不得輪囷節目無所用可惜長材竟拋擲觀君此畫三歎息極目空江淚沾臆

過長橋懷鄭鞠山水南半隱

雙投橋畔水縈紆中有高人舊結廬此地何妨成半隱偏安無用只閒居且憑時相論兵法頗有佳兒讀父書今日經過

訪遺址羨渠安穩學樵漁

蹇驢

蹇劣偏教任遠行野橋孤店最關情不嫌古道銜泥去幾向春風得意鳴如汝人才皆合僕誤他旅食久咸京壯心空復思千里愁控吟鞭百感生

後唐宮詞

三垂岡上淚痕多老去雄心托逝波誰識愁臺更愁絕并無人唱百年歌

卷甲西來士氣揚中興歲月況相當君王自有神人助卻禁宮中說石郎

題板橋雜記

日斷青溪舊板橋豔歌何處最魂銷白頭一覺繁華夢細翦

殘燈話六朝

查揆又名初揆字伯葵號梅史海寧人嘉慶甲子舉人官直隸薊州知州有菽原堂初集

梅史爲人在通介之閒雖極困窮恥事干謁數往來湖上不妄與人交又嘗渡錢塘而東之甬上之括蒼旅食四方無知之者嘗與屠太守倬胡學博元杲范秀才崇階及參軍三慶讀書清平山之拂塵菴一日月夜攜酒山頂聽海門濤聲滾滾上富春去引滿者再自誦其舊作不能爲宰相會作良醫耳今日之良醫毋乃縣令是其聲淵淵振金石既領鄉薦遂試吏安慶後任直隸饒陽權州牧卒于官其已刊之詩有菽原堂初集八卷

將至山陰途中有述三首

不能爲宰相會作良醫爾今日之良醫無乃縣令是越東地瀕海民俗尚淯美蛟蜃所吹噓其氣或譎詭頗賴官吏賢引之以方軌不然爲賈敦飲藥如飲水少讀循吏傳夔慕從此始祭形與卓茂謂當得其似忽忽廿八年韶光去何駛刀筆

非所長況堪食客比懷中千金方躑躅何能已
出門遇北風臨發征颿泥長年向東視蒻紙忽開霽遲遲轉
溪灣悠悠望檣際翻飛一紙鳶東西不自計豈知白髮心一
綫長牽繫朝過永和堤斜月微含睇戾柂若支更牙牙作鶴
唳關吏來闖人色厲目斜睨千檣不敢發搜索無鉅細檢我
橐中裝殘書無稅例一笑謝關吏艣聲去迢遞

蝴蜨化蒙莊鸜鵒夢永叔吾願爲乳鳩桑陰鳴且啄啄葚莫
啄桑啄桑啄人肉梯影倚苔牆飯雞呼躑躅五月繅新絲八
月裁春服山鄉擅此利往往代耕鑿遐哉永安湖一椽可卜
築病妻不能蠶所幸葉價足誰乞買山貲此願終鹿鹿刺促
風塵顏浩蕩江湖曲卻聽春鳩鳴鄉心時一觸

舟次望弁山殘雪

未曉啼風鴉掀篷已菰村弁山澹欲銷烟外青一痕朝暉射
浮玉漸見諸峰分了了明殘雪窅映孤松根鏡奩互涵泳雲
光相吐吞遥知壓竹響應有樵人聞蒼茫卽前路汀莽吹微
芬此時餘不溪愁劇梅花魂

茅洋

好山不易看得看亦由命我自渡江來水寒脾先病顧此崢
嶸姿始覺筋骨勁玲瓏琢春姸巉削出天性驚湍雖澒洞中
流一帆正甘言慰童僕膽弱語還硬須臾霽色鮮光景愈明
淨舟行逐坡轉向背勢不定夕陽下桃花花底逗輕磬卻泊
隻堠傍瓦盆不辭罄

葛嶺觀賈似道家廟題名

錢唐江水無情物不爲青山洗高壁誰效石火劫餘灰猶認

木棉菴裏客錢俶後身南渡來牛角山河安祚席洛陽陵寢犂爲田葛嶺樓臺賜作宅祠堂有記已自慙忍復留題餘穢迹可憐白雁渡江來那得趙家土三尺只今蟋蟀屬他人何況林閒一片石君不見湖心夜夜露華明猶是冬青枝上月

湖州插秧歌

大暑小暑呼鵉鶴吳田五月未插秧今年蠶豆麰麥好布施僧院動斗量蝗蝻入地山雀喿秋成指日秔稻香婚男嫁女作翁媼葫蘆盛酒歌陶唐誰知甲子一破塊山田一片成汪洋大風拔木蛟入海雞犬相率棲高牆撐船入市道路絶東家西舍遙相望桔槔戽水下苕霅隴頭始見山泥黃重分溝塍犂方罫艮苗爛盡生苞稂縣官方報連年熟租吏那顧三農荒蓬頭赤足買秧去划船兩槳來餘杭八百青銅插一畝

纍下老婦無裲襠不見吾鄉賣秧者籠錢作社招鄰莊肥羊大肉日醉飽橋梁遍貼青苗行

哀新塔

飢民走喫官廠粥烏鳶下攫樹上肉樹上者誰民之族挂髮撐腸拄胸腹去年水來高過屋不死沈淵死喬木其餘乃趨城西隅城西隅有僧浮圖紀年傳是吳赤烏赤烏不見見水梟鬼燐熒熒白日遣怪風哀壑聞叫呼舟人指謂予庚申歲六月其日二十四是夕塔遂折君不見團團塔下魚纍纍道傍骨

行武義縣山中去年被蛟患凡蛟所起處山輒破裂數十丈其下民廬卒被漂沒官賑半年流亡未盡復也道中述所見

治縣亦有譜伐蛟亦有書蛇與雉交卵入地馮生乃爲海大魚捕蛟耍猶捕蝗耳雪所不灑下卽是孟夏之政在月令毋使雷動驚蟄起復與昨日婺州來瘡痍滿目肝腸摧谽谺大壑莽崩裂想見鱗鬣拏空迴客行日午人聲靜不見炊烟見雲影溪頭水碓閒自春牆內梨花嬌獨靚荒荒野渡風嗷嗷中澤鴻白頭盲婦出留客爲言衰老無主翁有婦去就娘家食有兒去作他鄉傭一孫甫周晬抱寄東陽東流離日喫官廠粥麥苗未肯靑芃芃君不見某戶某口某鄉里通衢之榜紅押尾

紫花草哀貧婦也越中民田多種此草夏日至而夷之用以肥田有貧婦日掇其花療飢爲田丁所覺至褫其裙婦恥甚乃解脚下行纏縊於隴畔予聞而哀

之爲作此詩

紫花草春風吹東家花開田自肥西鄰有婦炊扊扅去年田中五斗穀官租私逋償不足兒啼飢婦夜哭東家飯雞呼粥粥紫花草春風吹飢烏欲啄心裹哀田丁來布裙褫兩字飢寒竟至此紫花滿地貧婦死

刮絨花美孝女也女毘陵人姓楊氏無兄弟不嫁業是花以養親終老喪葬旣畢以哀毀死

花爲衣花爲食花胡可衣胡可食花是毘陵孝女血黃姑織女河之渚不作人婦作人女刮絨刮兒心插花插兒骨兒年十五又二十一雙纖手如東風方惜切萬花吹上佳人簪寸心那復論長短袖中玉尺知兒心蘭陵一抔猶覆鬴金虎守盧烏負土誰家少婦倭髻斜滿頭猶戴常州花

日日斜陽裏青絲挈玉壺禽閒歸樹晚山近看雲無客況慙奴僕吟身入畫圖烟霞眞供養未覺此山孤

孤山

慨予四首

慨予家中落蓬蒿三徑生愁多銷意氣貧亦損才名賦罷病梨樹餐餘秋菊英窮年聊落感不獨爲商聲

垂老尚依人分憂愧此身書來雖善飯客裏總勞薪夜雨青氈冷秋霜白髮新歸來看繞膝問事挽鬚頻

封鮓知何日棲遲尚掩扉會無一日養已覺昔顏非寒夜猶勤織豐年尚苦飢兒心如寸草何忍見斜暉

底事高堂月偏來照鬢絲憐兒猶少日娛老竟何時截髮敎留客牽衣笑詠詩飛騰看五十春酒獻金卮

聞內子病

憶爾鴛湖上扁舟此夜情萍開山有影水軟艣無聲路近家
書嬾春歸病婦驚大雷行役暇曾否叩柴荆（謂榕園）

答內子

塵世已如此茫茫何所之浪游吾豈願客況爾應知僅點頻
辭主囊慳并乏詩慇勤持井臼一慰故園思

示兩弟二首

俯仰乾坤愧此身茹荼集蓼祗長嚬不才自合安窮薄垂老
何由尚苦辛劃粥斷齏成故事烹雞貢米有前塵他年愼莫
狂兄似款段還家卽善人

蕭瑟田園海市邊團圞兄弟話樽前菊殘寒雨秋燈夜鴈怯
西風落葉天待爾成人知幾日看親老病已多年昨宵慈母

裝綿語鄰有孤兒帶露眠

聞南廬已往蕪城憮然有作二首

百城鎮日擁書籤憔悴何堪爲米鹽入世深時狂漸減依人

難處醉猶嫌眼前門第眞衰甚爾後文章況價廉好是著鞭

正年少未須歸去便腰鐮

曉霜濃樹遍啼烏詩榭蒼涼雅集圖對酒當歌惟有爾送人

作郡劇憐吾才名已負仙人博世事爭投玉女壺贏得江南

好風景行吟差慰硯田蕪

喜南廬歸

依舊青蓑一釣徒十年眞自悔懸弧翻驚別久鄉音改猶喜

交深淺語無雪北香南勞躑躅歌頭酒尾記模糊明朝且了

尋山約絕壁題詩興未孤

送子安之澉浦有懷永安湖

香街燈市儘遲眠此夕方歌人月圓忽憶河山驅一葉去尋風雨屋三椽瓜瓤水色嫌僧唾蟹眼茶湯待客煎堤畔寒梅春雪霽須君遲我郭門船

黃泥潭訪家伊璜先生故居同胡秋白元杲作

負郭山庵草徑遮舞裙歌串總空花百年舊業歸荒圃一代遺民老狹斜子固畫蘭非故土所南心史落誰家如何蛺粉飄零後忽向東平問阿叉

蔣敬祺字紳書號雲巢仁和人嘉慶甲子舉人

蟬琴

一曲薰風奏微涼噪暮蟬與人終別調得意在無弦韻澈疏桐外音流老屋巔先生聽已倦只借綠陰眠

蛙鼓

鼓吹喧無次陂塘碧草寬活哇雙耳沸清擂六更寒楊誠齋詩天上歸來有六更注內樓五更絕梆鼓交作謂之蝦蟇更卽六更也弄水成何調排衙學作官昌黎會誚汝到底賞音難

孫熙元字致雍號邵庵仁和人傳會子嘉慶甲子舉人官國子監博士

西湖栁枝詞

怯寒記取玉欄邊南內牙牌句早傳看到六橋烟月外傷心春色又年年

流水棲鴉暮景含秋風搖落影毿毿秦淮那比西湖好不數題詩紀阿男

題潛園夏山欲雨圖

炎炎斜日照庭隅不識今宵有雨無忽地翛然涼意動眼前
鶻突米家圖

烟樹雲山總逼眞一重一掩墨痕皴錢郎妙手分天趣贅筆
猶嫌荷繖人

林成棟字祥宇號次雲錢唐人嘉慶甲子舉人

由靈隱至弢光

禪徑透迤向夕曛樓臺紅樹李將軍靈泉百道飛涼雨古磴
千盤入亂雲山抱鐘聲圓不散烟埋竹色凝難分遊人莫謾
誇靈鷲若到巢枸更絕羣

王仁字春畬號村漁錢唐人嘉慶甲子舉人

由靈隱至弢光

風吹鐘磬落諸天卻屏仙驂結靜緣嵐翠下侵苔磴溼竹光

深擁寺門圓空餘丹竈誰燒藥大有山泉可種蓮更向高樓
舒望眼寒潮直欲到尊前

周雲織字青上號雙桐仁和人嘉慶甲子優監

青上爲詩富若生嘗以表忠觀落成百韻詩見賞于督學阮公軀幹壯實豆花滿面延及項背以附生貢成均遽没于都天殆豐其才而嗇其遇也

阮貞母沈孺人壽詩

吾杭沈氏女家世傳瘦腰長字阮遙集兩地紅繩牢墨車雖
未迎媒妁言已交阮郎抱羸疾一去天台遙沈女得凶問淚
落如泉澆布總藭笄髽喪服垂素髾奔喪甘守志尉彼髧兩
髦願言事尊章心誓永不搖羹湯手自進井臼躬親操再拜
奉木主痛哭魂難招羅幃冷素月紙帳淩寒飇事長兼撫孤
卅載如一朝古井水不瀾秋竹節愈高汗青照邑乘更荷

天語褒

題曹比玉白描烹茶圖

不數丹青顧陸高墨華輝發紫貍毫何人傳出無聲畫瓦鼎

松風湧曉濤

胡煊字盛彰號味蓴錢唐人嘉慶甲子歲貢

秋海棠

幾叢點綴畫欄東滿眼秋光態不同淡抹脂痕烘曉日亂拋

珠淚泣西風無言悄對籬邊菊似怨低隨井畔桐寄語兒童

須愛護莫教狼藉淺深紅

國朝杭郡詩續輯卷三十終

錢塘吳慶坻校字

系列叢書

清代杭郡詩輯三種彙刊

# 國朝杭郡詩續輯

## 第四册

（清）吴振棫 編
杭州圖書館 整理

國家圖書館出版社

# 第四册目録

國朝杭郡詩續輯

卷三十一　卷三十二

第十冊

# 國朝杭郡詩續輯卷三十一目 乾隆嘉慶間人約畧爲次

陳大桓 黃杓 單麟年 金孝介 金孝懋

金孝純 沈玉書 沈慶譽 王又曾 張承興

王猷 錢知嚴 錢炎煜 沈維杜 沈莘樂

沈柏齡 沈香齡 丁景震 馬珩 戴艮

沈啓培 吳瓚 沈德秀 范汝雯 錢馥

金濤 金湜 何震伯 孫震元 汪之選

蔣開 陸素生 楊三善 查弈善 吳煜三

王槐 李若虛 陳杞 王文誥 程祖繩

曹壽 孫顥元 蔣承培 駱尊 潘時敏

黃朝棟、俞廷槤 陳光斗

凡四十八人

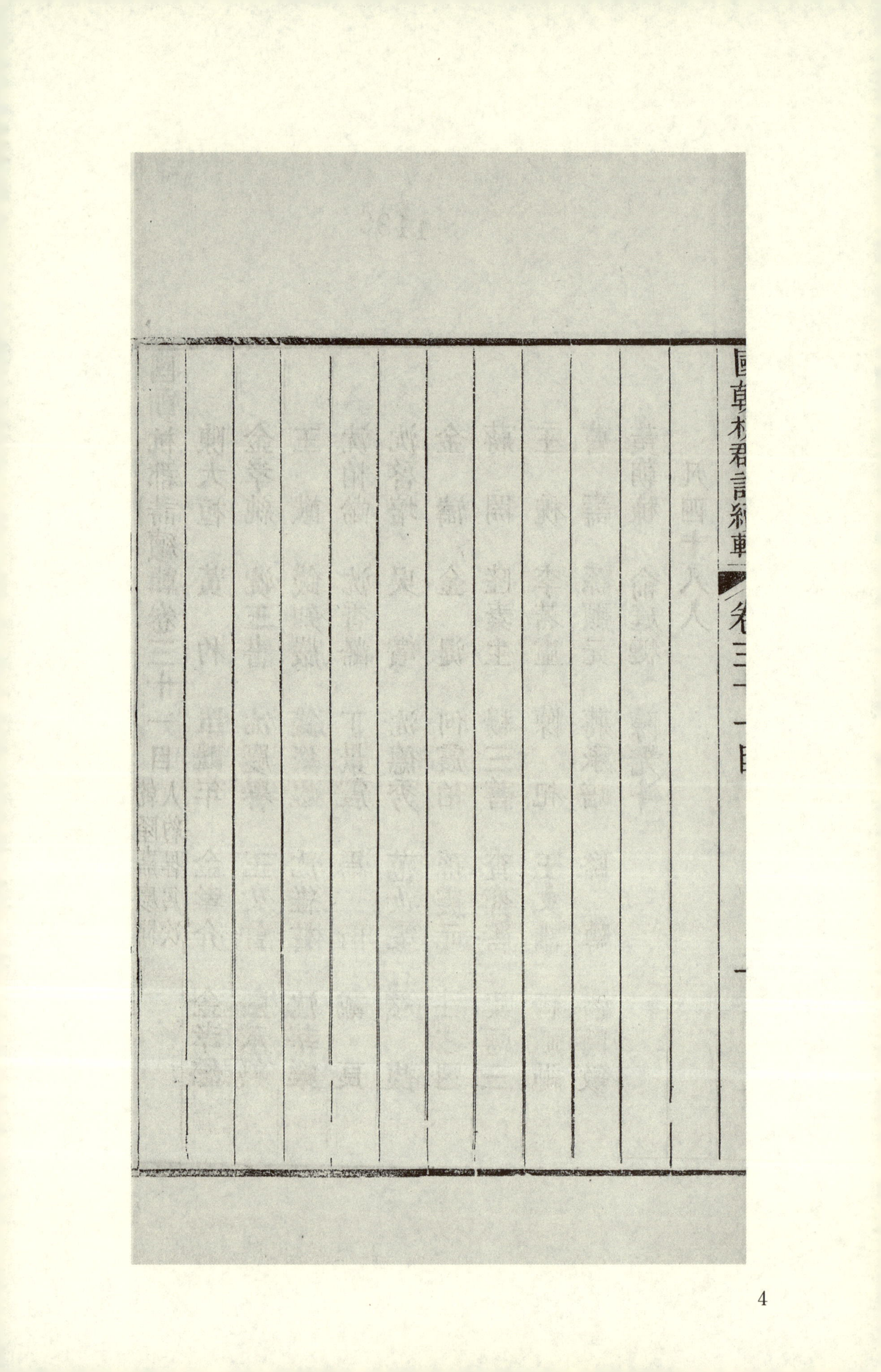

凡四十八人

[illegible]

國朝杭郡詩續輯卷三十一　錢唐吳振棫毅父氏編

陳大桓字松雨仁和諸生有梭影山牕賸草

綠陰

翠幄新張仰化工濃雲鬱鬱護晴空但饒涼影侵階碧不遺炎光到地紅一徑迷濛清晝裏千村沓靄暮烟中謾誇十畝溪南好長夏園林處處同

黃杓字星橋號玉繩仁和人渼子

玉繩性嗜書畫而尤喜究畫家源委家故多先世所藏舊畫因爲詳著其姓氏尚論其派別著畫載二卷以自怡悅

乙巳二月十三日同人出北關外桃花方盛有斷碑臥道旁曰封鯨觀字大尺有咫題款莫辨葢前明胡制軍宗憲殲倭處也

古迹荒蕪偶一尋斷碑閒臥綠苔侵遊人不識封鯨觀酒載
桃花深處斟

單麟年字右陵仁和諸生有瑞圃近草

閏重陽遣悶

登高前度負秋光佳節今朝欲補償幸有白衣仍送酒好同
黃菊又飛觴一番落帽人應笑再向題糕興轉狂況復攬林
聲寂寂雨風不到閏重陽

晚歸

霜曦慘澹凛嚴冬載我歸舟帶夕舂料峭寒風吹白浪零星
殘雪點青峯光搖古渡漁家火響送疎林野寺鐘漫道吟懷
多寂寞夜深明月滿孤篷

天閑自粵中歸升扶招余同飲因成長句

遠別初逢喜可知況招把酒共論詩天閑出新稿見示三千粵路新歸客九十春光過半時牕外發梅香細細漏長舊雨話遲遲相看不覺生惆悵兩鬢驚添幾縷絲

金孝介字壽臣仁和監生

集雙桂堂催桂分賦得九言體

昔者大父讀書蘭陵根庭有雙桂依若鄉楡枌吾父後乃卜宅金陀里封殖此樹無忘挹清芬當年天香雲外飄溢處高折一枝吉兆科名聞至今月宮何爲消息杳是天是人寥寂嗟何云我生卅年婆娑其下久每遇重九酹酒澆醱醺茲晨有客移樽枉過我意與催花使者同殷勤馬塍深藏尚須地氣轉羯鼓亂擊妄覷天工分同人興豪各出盤硬語酒兵筆陣互埽千人軍自揣駑鈍老去況才盡不殖將落敢厠大雅

羣以我催花恐被花神笑苦吟未成先讓花茵藍

金孝懋字勉軒仁和監生德瑛孫

春霧

未成涓滴望依微正值春光嫩綠齊小院暗疑梅雨密平蕪
誰辨柳烟低不愁步履蒼苔滑只恐看花老眼迷天上曉寒
樓閣迥衍波牋好試新題

金孝純字粹齋仁和人德瑛孫

書牕獨坐有懷勉軒兄艮祚弟

雖不在天涯江湖百里賒歲闌猶作客書到未還家酒憶蘭
陵美魚知歇浦嘉薄遊寧獲計舊學問牕紗

未起

未起心猶寂初迴夢已空曙光燈影外春意鳥聲中菊枕頻

敧雨蘆簾不受風自慙小室賦無復蔡凝工

新涼露坐

小小盆池皺緑漪嫩涼庭院晚風宜人來茉莉香生處秋在闌干雨過時便作東坡瓜子會更催杜老薦絲詞何當自入名山去竹几蒲團靜與期

沈玉書字右升仁和人

次視固始遊平山堂詩韻

平山堂上記同遊無限烟花到處畱竹碎琳琅風乍起花栽雲錦雨初收重期攜手登靑舫又共傾樽醉白樓他日停雲思寄稿綠楊城郭是揚州用阮亭句

過灘

晨過金華大小灘午攜尊酒破春寒風開烟嶺千尋秀日抱

晴沙百折瀾樵斧丁丁山鳥落漁篙點點浪花殘何須重憶江南好醉聽吳孃一曲闌

沈慶譽字永令號延芳仁和諸生有梧齋雜詠一卷

延芳居邑之塘棲鎮詩雖不多而氣韻清越如睡起晚步諸作佳處眞不減放翁余更愛其幽居詩采香蜂作蜜映竹鳥窺人一聯大得閒趣

後園晚步

雨餘猶自惜幽芳晚步空園草樹荒花力盡時抽葉緩竹陰疎處放梢長貧惟賸得閒田地拙但安居舊草堂此際徘徊成獨趣幾番回首惜斜陽

王又曾字世綸仁和人

世綸擅長書法詩其餘事耳

過江郎山

插天四面逼春寒傑立三峯積翠巒過客但愁苔徑滑羈人聊喜碧霄寬月移鳥度穿來易水濆雲蒸合亦難恐是台星曾下浴夜深俯仰細尋看

傳聞仙迹杳難逢此際憑虛一望通分合祇緣山向背轉移仍似瀼西東九華列就都成幻二別由來欲並雄切莫攀援最高處恐驚星斗落寒空

張承興字寅賓號起亭又號竹香仁和監生

同泗瞻弟昆盧閣後看桃花用轆轤體

㝡探春光拉惠連趁閒聯袂到堤邊花開僻徑看逾好河駕危橋渡卻難荒冢平蕪眠小犢高樓倒影浸晴川徘徊半晌忘歸去策策鴉飛日漸殘

王猷字惠南號竹士仁和人

竹士家樓术善左筆書

重過報恩寺登三藏塔院

朱雀橋邊訪舊游長干寺裏復登樓琉璃光射青霄上鐘鼓聲傳白鷺洲貝葉繙來千載秘法衣藏處一山秋憑闌遠眺長江水今古湯湯日夜流

錢知嚴字毅中號西齋仁和人郡諸生有西齋遺稿

歲暮感懷

臘盡春將至悠悠歲已闌世情同藥苦心事侶梅酸漫矢劉琨志誰憐范叔寒年來無善狀羞向鏡中看

自題中閨倡和詩稿

鏡臺倡和有新詩鬬韻循環樂可知從此閨房得良友爲鈔副本爲搜疵

錢炎煜字應鼇號杏濠仁和人郡諸生

讀西齋伯父遺稿

阿咸生恨未逢辰展卷如聞笑語親始信文章能壽世那堪著作慣窮人匣中劍氣難掩爨後琴材韻更新余家于庚寅被祝融之災遺稿幸未失讀罷遺編頻掣泪峯青江上枉傳神

沈維柱字豫良仁和人

棲霞禪院

世事朝雲與暮霞偷閒聊爾到僧家三生彌勒依蓮座一卷楞嚴對寶花咒水龍長潛鉢底施齋鴿每下檐牙夜闌踏月溪橋別猶見禪燈映水涯

沈莘樂字覺斯號任齋仁和人有粵游倡和集

任齋爲玉亭先生鉽之孫少工行楷書遒媚酷似趙松雪與張雪濤爲總角交乾隆戊戌秋同游粵東馬上舟

中聯吟闕韻任齋編成粵游倡和一集雪濤爲作序未幾雪濤之滇而任齋竟死于粵倡和集未經就梓今則散失不可見矣雪濤嘗言任齋每一詩成必苦吟竟日或一字未妥漏三下不寐也雪濤之子名迎煦者所述如是

送張雪濤之滇

纔卸行裝又儆裝海鵬何處不翺翔五仙烟月嫌吟短六詔雲山得路長洵是憐才寧刺促亦堪籌國況文章吾家小阮依嚴武寶甄時在撫幕約略春明話故鄉

此去鄉關萬里懸客中送客意緜緜宵林鵲遶方驚月雲路鴻飛竟各天暖律暗隨梅信至離愁潛逐柳絲牽昆明他日編游草珍重君家十樣牋

沈柏齡字嘉年號青坪仁和人有蠹餘草

春雨次邵晉齋韻

陰雨何時止林鳩日日啼橋平春水漲山遠白雲低處處苔衣溼萋萋草帶迷尋牽黃犢子犂我種花堤

沈香齡字北巖仁和人有浮休子隨意草

北巖工文善楷法詩其餘事耳困于童試年四十未博一衿竟齎志以沒惜哉

舊劍

有此英雄氣何堪久閉藏千金終見重百鍊豈尋常自昔憐知己相看引恨長不平時拂拭耿耿露寒鋩

敝裘

伴余眞日久只有此蒙戎冷壓三冬雪寒披半夜風垂綸思隱逸市酒憶英雄未忍輕拋卻相依守固窮

丁景震字有聲號小崖仁和人鵬南孫

袁浦除夕

今夕是何夕書牕遲未明夢中聞爆竹疑作故鄉聲

平山堂

喧聞歌吹遶樓臺七里平山錦翠開自愧景中無句寫月明
空棹畫船回

七月晦日看地燈

盂蘭盆倒舊鄉風埽地然燈到處同最好小樓人語靜紅蓮
流過畫橋東

馬珩字古春仁和諸生

登日輝山

健步躡巖磴飄然絶翠蘿泉聲修竹亂雲氣暮山多藉以豁
胸境因之發嘯歌嵐光看不盡其柰夕陽何

戴艮字仲眉仁和諸生

丌山

結茅在蒼嶺山亦藉之名盡道邛員外無人識李貞李貞前明湖廣道御史靖難兵起長蹈此山

感交行

古人重氣誼今人重杯酒平生漆與膠此外復何有不知車笠詞但作牛馬走歡極啟猜疑厲然責我負是非金石堅那同松柏久其始既蠅營其終必狗苟

沈啟培字雲亭仁和諸生

赤熱中大雨如注

赤雲如壞山壓我林間屋科跣坐北牕了無風動竹般雷忽一聲白雨等撒菽奔流爭入池高檐正飛瀑頓覺暑氣清還思缸面熟盛以老瓦盆怡怡遣幽獨

懷鮑二畹香 荃

負笈出門去他鄉卅載留有思空望雁無那獨登樓憔悴芙蓉老淒涼砧杵秋故人今在否頭白好歸休

過蕅花洲有感

繪圖題句儘風流紅蕅香中勝事留猶是當時山下路水田漠漠稻花秋

吳瓚字銜驂號簫雲仁和廩生

冬日送龍巖王大歸慈水

一曲驪歌快著鞭殷勤爲爾別情牽夜中翦燭愁聽曲渡口開冰欲放船晴望白雲鄉漸近晚依紅樹客初眠臨歧那忍悤悤去屈指重來總隔年

秋日陪東皐丈遊白雲寺登絕頂觀音閣

四千里外同爲客第一峯頭別有天地靜頓開無意界心清能悟上乘禪雲連海嶠高秋淨爐沸龍泉活火煎（中有龍泉）擬取蒲團常學坐憐余未遽斷塵緣

沈德秀字蕁湖仁和人

石門蔡貞女詩

松筠勁節稟初生山下澄泉源早清就義從容遵父訓擁衾歎仄謝姑情九原靡慝天爲誓中饋無緣手作羹比跡秦庭餅勺飲貞操宜與古人爭

范汝雯字綸霞仁和諸生

晚出村西

如輪斜照影初般步繞村西枯荻灣萬木禿當黃落候一烟孤起翠微閒負薪樵出溪前徑驅犢農歸屋後山野景貪看

遲未返隔籬星火透松關

錢馥字廣伯號綠䆫海寧人有小學庵遺稿

綠䆫澹于榮利閉門授經學宗楊園而于六書音韻源流尤爲精核王西莊盧抱經段懋堂孫頤谷梁耀北諸先生皆與訂交

病中荅邵生書稼

我病歸故鄉病中遲爾書爾書今晨來憐我績學癯績學豈能癯質有厚薄殊厚如松與柏薄如栖與蒲我本柔肥姿寒暑時相於爾曹勿畏難勉力攻詩書立品乃初基榮名且後圖念爾從我遊數載如須臾六經已成誦終身堪楷模況爾家學垂門多長者車我病雖不起豈憂無師乎臨池筆屢停霜風侵肌膚

金濤字作山號松門仁和人達孫友白子澐弟有東湖古

蹟詩

郭太學山舟

太學名紹孔字伯翼隱居臨平山北得元人貫雲石海涯山舟字築亭冰谷泉上著有壘巢詩鈔毛馳黃採入詩辯坻中李不夜元暉爲作傳

太學古隱流依山屋如舫喜得貫酸齋八分書跌宕作榜懸其中游陟發高唱冰泉跳珠玉江海近在望天風颯松濤晴翠霏竹浪卻勝張思曼牽船住岸上

沈將軍簡園

將軍名士逸字逸眞號獻廷官游洋將軍嘗備兵甬上晚年隱於醫闕園一區有章慶堂晚娛樓瑞竹堂延賞樓黃石菴浮月廊雲邛石槎此君軒獨醒居疑舫閣芙

蓉嶺宛在亭雲華館雪竇狎鷗灘采珠臺諸勝一時名
公卿題咏甚衆有簡園詩集柴虎臣有故游洋將軍獻
廷沈公傳
將軍建牙鎮東海斬蛟縛鯨破倭鬼臂袒袍花隱箭瘢胸羅
兵甲充經史功成不賞無怨尤李廣才大不得侯恬然歸隱
卧林壑乘閒採藥三山遊臨平黃鶴皐亭爲三山章慶堂開文酒會東
南名士聯翩至英雄回首即神仙殺人活人總救世
徐太守東緣野
太守名伯徵字譽星世居臨平湖塔溪官揚州太守弟
仲徵字似車官夷陵別駕同賦歸田築別業於唐褚舒
國公讀書臺側　國初黃文僖相國機曾館其家
輭琉璃展千頃秋一枝塔影當中流機雲才名噪洛下循良

績著同歸休移花帖石闌亭館弟勸兄酬與不淺褚公讀書臺已荒北坊南宅圃（平聲）湖塘烟雲過眼百餘歲文采風流復誰繼游人指點午橋莊燕麥兔葵青滿地（臨平山塔影照入臨平湖中因名塔下南爲南宅橋北爲官坊）

沈處士南樓

東江先生名謙字去矜游洋將軍少子與張祖望毛馳黃稱南樓三子坐臥南樓中二十年著書自娛

廿載此高臥閒吟時倚樓盛名齊二子勝事定千秋西挹山光入東連海氣浮（稍東連海氣毛馳黃南樓夜眺句）才人還有後邁過竝風流（聖昭聖時皆先生子詩詞書畫稱一時）

金堤字我百號羲陵仁和人友白季子

皐亭山中

一笻雙不借得得畫中行徑轉峯巒合雲從襟袖生林花供樵採山鳥喚僧耕知有精藍在谿流出磬聲

何震伯字竹君錢唐諸生琪子

初夏即事

衙齋晝靜一無事真個日長如小年行樂有時看蜨舞遣愁且復枕書眠樹濃雨洗綠如滴花嫩日烘紅可憐杜宇勸歸歸不得舉頭吾欲問青天

吳門舟中

娟娟新月浸樓臺緊鎖篷窗不敢開不是阿儂偏怕冷怕他雙照淚痕來

孫震元字東掌號秋水仁和人驥子著洗我蓬心廬偶吟

秋水翁詩不多作而清逸有致尤精素難之學所著有天神徵畧五十卷醫鑑四十卷金櫻小錄八卷瘍科彙

治五十卷

環山房

曲磴盤迴入虛堂帶夕曛湖光當檻合山色到城分老樸餘黃葉疏窗鎖白雲故人仙去後丹訣渺難聞謂施雨山先生

餘庵

地僻人家少烟深桑柘叢短籬秋水白遠雉夕陽紅樹老三門古橋平一徑通虛廊聞晚唄清磬出松風

曉起

曉起殘燈在西風吹鬢毛千山迎日迥一雁入雲高瘦骨淩秋健詩懷得酒豪何當看紅葉拄杖出東臯

春日由馬塍次三墩

夾路花叢閙女桑暖風遲日足徜徉徑通小市人家少溪亙

平橋野寺荒一抹晴嵐環紫陌幾枝新栁蔭芳塘前村卻値
春醪熟處處田翁賽社忙

清溪漁唱 錄八首

蹴地垂楊絲正長見山門外繫輕航御風高躡吳羌頂一簇
樓臺挂夕陽 見山門即邑之小南門

山空寺迥落疎鐘峭壁懸泉處處逢黃葉打門僧入定白雲
斜護一株松 慈相寺在縣北三里石壁山之陽有月泉聽松堂脩竹林諸勝前數十步爲野橋羣峯外抱長松交蔭下有泉淙淙不絕

行過虹橋路小歧庵居幽僻少人知鳥啼斜日客帆卸清磬
一聲花落時 延壽尼庵在溪東大虹橋之南

赤岡山勢望崔巍烟寺蒼茫帶夕暉山外白雲山下路滿林
黃葉一僧歸 縣北赤岡山有圓覺寺寺旁有蟠眼泉在大溪轉水灣之上

羽客當年馭鶴游人民城郭幾經秋仙蹤望斷無消息月色溪聲共一樓陸仙樓在新市通仙橋之北樓名聽月相傳月夜或聞仙樂泠然之聲

盈盈碧水匯重城渡口無人艇子橫幾日前村風雨急一溪新漲似潮生縣東門無水關以三孔橋下流湍激即清溪也每春夏之交霖雨驟集波瀾洶湧水驟長數尺舟不能渡

仄徑編成六枳籬繞籬桑柘綠陰披溪門處處圍菱角漁舍家家養鴨兒

妾從溪畔手兜絲郎在溪頭學種蓮妾意似絲郎似藕絲絲應得兩牽連長橋下溪水取以作絲絲倍光潤鄉人多駕小舟載之

汪之選號月樵仁和人連弟官餘東場大使有小詩龕集

初冬同老薑半人季青游禪智寺以竹西精舍分韻得竹字

初冬如佳秋景物未淒肅吟朋三五人行行謝羈束霜楓散疎紅溪流漾寒綠忽聞孤磬聲紺宇已在目幾點杪欏雨遙峯淨如沐老僧出迎客導我步林麓銀杏遠植宋深泉下通蜀旁有三絶碑捫蘇一再讀古人不可見勝事敢云續但覺心慮清知已隔塵俗徘徊竟忘歸冷月透深竹

題磵曇先生書札後

磵曇今書家書法極蒼老不擇筆而書其妙在潦草一字如一押字字皆生造結交十年來翰墨頗不少藏諸篋笥中愛玩若至寶臨摹雖不能亦以誌交道

晚晴

一雨洗殘暑小園花竹幽殘陽明遠水涼翠上高樓風味宜孤詠人情愛早秋今宵溪上宿清夢約沙鷗

慧因寺步月

孤月逐行蹤沿溪烟翠重天青一行雁霜冷滿城鐘歸舫移燈火棲禽靜竹松故鄉無限思茅屋在何峯

贈程半人 元聰

不恥緼袍貧惟耽飲與吟酒中得眞味詩裏見清心孤鶴有時至白雲何處尋桃花流水外寄託自遙深

辛未仲春平山堂梅樹下作和吴穀人先生 錫麒韻

種花人去幾何時江上爭傳第一枝貌比美人還瘦損品如高士最清奇卽看香雪紛紛落卻惱春風故故吹記取歐公堂外路十年與我結深知

隱几

楊花如雪雨如塵隱几心情嬾似春夢見金焦山下路一江

春水送行人時二兄四弟有來東亭之約

石谷上人招同張老薑程半人許季青阮梅叔分韻得十灰

濛濛飛翠法華臺此日登臨倦眼開一塔高懸清漢上數峯青過大江來經霜葵藿留佳客呈佛詩篇問辨才塵俗笑人知已久扁舟欲去且徘徊

看月

老天難定是陰晴未必當頭月總明除卻小時渾不識年來一見一回情

蔣開字徑三號冰壺海寧人有冰壺吟稿

冰壺幼失怙讀書養母吟咏頗多稿本嘗付吳槎客騫點勘忽遘融風遂嗟殃及晚年掇拾奇零非全豹也先世南村先生爲 國初詩老有留素堂稿周松靄題冰壺詩云君家詩伯伏羌公萬首詩成號塞翁此日門才

看振起況兼餘技盡旁通蓋冰壺工臨池精篆刻也

夏夜審山晚步望智標塔

纖月淡林梢緩步尋幽勝山暝不逢人泠泠出清磬微風來松坡暮靄凝蘿徑何處辨浮圖一影矗危磴

新秋同吳榕園李次白漱六軒夜話

客從山下來衣上新秋月與客話殘更含情眺寥泬淒淒風露繁淡淡星河沒遠寺鐘數聲閒階梧一葉胡然動鄉心坐令生華髮金波空爾明瑤華豈堪折悲哉秋日深何以自怡悅

春寒感懷鶴翎弟

料峭春寒重巖棲晝掩關客心傷夜雨詩思戀青山夢草吟空寄登樓人未還多情埽愁帚相對一酡顏

爲瑞圃題荷鋤圖

村北村南任所之春郊一帶栁如絲荷鋤喜趁新晴候戴笠還防細雨時茂樹甘泉盤谷序黃鸝白鷺輞川詩長鑱擲後荒三徑展卷深慚結耦遲

過惠力寺訪陳半圭借榻禪房

丹井梅開君訪我鉢池荷放我懷君入山袁結烟霞伴避俗常攜冰雪文繩武蘋川飛壯思瓣香菊磵誦清芬十年情話知多少長許談詩坐夜分

重入審山

蘭若仍尋谷水東澗花澗草小橋通入山已覺藤蘿長笑我重來面目同客思全歸鄉夢裏春寒多在雨聲中催詩最是宵鐘動又聽敲殘五夜風

十六夜見月

清暉不減逼人寒，卻下晶簾聽漏殘。如此碧天如此月，故園兒女正憑闌。

陸素生，字少白，號夷白，海寧人。有於斯閣詩。

少白性嫉俗，不耐衣冠，見生客輒引去。落拓嗜飲酒，醉後狂言驚四座，非眞相知弗與近也。爲詩自闢戶牖，不屑蹈恆逕。如吳子律所賞「釣船添後兒分業，酒頌成時婦有名」，「家共白鷗三世住，門多野竹四時秋」，眞長吉錦囊中物也。

山中

出門坐臥便，樹根多於石。山逕苔髮厚，雨過不嫌溼。行衣省旋鳥，呼時一歇。藤蘿自成籬，花開漫漫白。有時溪風生，吹作前山雪。

開牕青冥冥，南山來不速。積事渾不理，殘書還把讀。微風颯

然來涼氣襲胸腹拍拍水禽飛翻翻山葉落悠然見至文天合非雕斲釋卷有餘情嬌兒呼飯熟

游永安湖二首

勝遊忽然遂朋儕有同趣穿踰金牛洞已是北湖路羣嶂周巒盤一堤亙回互水光雜山翠方曉已如暮家家有小航呼取便肯渡蕩漾入中流水闊鷗多處夾岸入明鏡歷歷堪指顧危橋蒼藤纏古寺紅牆露酒旗出小埭湖雲宿高樹行行復停留沙鳥銜櫂住逸興被酒發欲上鷹窠去

舍楫理短筇迤邐入狹隘登登攀扶行已詣高峯最後峯帶斜陽前峯翳雲靄數峯中橫截陰晴欲分界雲氣驟作雨飛入斜陽內日光忽盡掩濃陰如潑黛山風隔嶺來澗聲起澎湃稍稍溼衣裳雨勢漸已大尋逕欲遄歸松篁相隔礙踉蹌

下北麓回頭失霹靂紅樹綠陰藤數家茅屋在林缺見斜光乃在西山背烟嵐各謬巧四山互明晦竟日看不足吾語難梗概

贈宋茗香 大樽

十年不到超山中超山古梅橫我胸孤如道士醜如翁藤斜石壓苔衣蒙春山花開皓如雪曉風殘雨香濛濛高寒氣味超羣木豈無高人生與同古笠一秋陰烟靄變西子湖上開妝面雲巒逼引巧作線五兩輕嘘片颿便葺帽蓑衣踏軟莎思與伊人鏡中見冠巾奇樸須似戟口誦新詩氣韻別酒邊時時作雅謔不必廣平心似鐵我言君豈是梅精雙眉瘦過梅根節清辭妙緒出無窮何似霏霏落香雪幽壑失御蒼虬枝眼中之人吾能識宵分期君來扣門落月空山慰愁絕又言

君返超山麓自採梅花煑香粥我家芋魁養徑尺煆火旋煨腴勝肉小隔百里便往來如共山牕聽風竹不然震澤鱸魚白玉膚東西洞庭千木奴我當爲載江湖酒客亦知夫水月乎

## 客夜懷南廬

背牕疎雨一鐙然但憶所知輒不眠亭午已爲中酒候風塵亦是著書年一廛未卜南村宅八口誰分陽羨田壯浪不愁飢欲死風懷似我替君憐

## 寄陳半圭

弦箭其如欲發何家風眞歎未消磨徙薪語或嗤新婦種樹方誰信郭駝便是爰居知變早爭如反舌見機多何當載酒相還往有喙聊宜共嘯歌

客夜

偏是愁多酒易消披衣依舊坐終宵算來客夢原難著不爲錢塘夜半潮

題家書後

霧雨溼茅溪口屋短衣捕蟹自年年如今一幅高寒畫知落何人拄杖邊

對菊

年年消受冷生涯杯自空來手自叉但借一枝開笑口不須定是故園花

夜坐

一宵愁思太茫茫三十應知鬢易蒼手把吳鈎無一語起看殘月白於霜

寒夜自半邏塘回櫂抵霑雲寺宿盧長老静室二首

人烟多傷暮雲生十里回塘五里冰誰共清愁風霰裏一鑪芋火趁船僧

續續鐘聲渡水催借龕不礙第三回梅花本是單留客闌入前湖月子來

楊三善字備斯餘杭人有德和軒吟稿五卷

自題德和軒

壁上字瀟洒案頭書亂橫入門多隱士到處得閒情虛閣邀雲住幽牕聽鳥鳴舊時陶令菊又向野籬生

湖隄獨步

獨步湖隄上春光滿眼新夭桃穠欲語嬌鳥巧留人雲物自千古窮愁併一身何當垂釣者終日把絲綸

寓慨

已將心跡混樵漁碌碌無奇亦自疎對酒不言當世事看山如讀古人書飄零漸嘆生涯減浩落惟應胸次虛彈鋏英雄在何處釣竿空挂尺鱗魚

查弈善字楚珍號六奇海寧人

六奇少客維揚中年無所遇乃始歸里授徒鄉塾以給粥饘性忼慨豪激雖敝裘敗屩無戚戚容或謂落拓之性出自門風然耶否耶

題放農弟逸江湖載酒圖小照

一葉飄然出世塵烟波浩渺水逢春破愁無兩厥惟酒對影有三何用賓菩薩權爲都散漢英雄竟作老閒民茫茫彼岸回頭是我亦當年爛醉人

吳煜三字泰符海寧諸生

泰符工顏楷書尤嗜飲卒以酒致疾死

許棟隱懋堇以黃山石上松子十八顆見貽種于盆中偶成二律

乞得黃山種殷勤手自栽未窺蔥蒨色應抱棟梁材鶴髮憐新鬢龍鱗本舊胎何當二千尺韻壓海濤回

莫厭磁盆小神仙隱一壺尙堪舒翠鬣奚礙長靈軀衍數符羅漢分封總大夫他時成偃仰不讓第三株

王槐字茂階號丹生錢唐人有廢莪室詩草六卷

丹生世爲業禺筴者司會計故家于婁水面目嚴冷介人不歡所處亦日益窮困中閒襆被游故鄉者數年棲棲無所向依天后宮沈祖喬道士以居一時魁奇才行之士頗與之游贈荅往來幾無虛日梁山舟學士書秋鴻館榜其居焉青浦王述菴司寇言其詩出入於賈孟皮陸大抵窮愁酸楚之聲居多也

橫山曉起

蒼松高矗天白月不到地忽聞竹雞聲遊人不能寐徘徊草堂前山光擁朝翠胸懷淨緇塵衣袂流雲氣世人漫求仙神仙此何異

秋鴻館十二人詩 并引十二首錄八

嘉慶戊辰五月余以飢驅歸武林寓城北之天后宮既而友朋曡至極一時湖山文酒之樂入冬將各散去因請于山舟學士書秋鴻館三字揭楹間并請爲文記之今年余館于城南蔡氏追念昔遊因廣五君之例成詩十二章人各八韻冠以學士先生而終以主人沈道士然大致不頌而以規或不失古人贈言意歟

家大令 崇本

俗吏與循吏所辨特義利毋謂縣令卑咫尺民命寄文翁寬

非容武侯嚴乃濟飢寒易反覆保富實上計近聞多流民姦
究所隱藏他時聞政成甘棠勿翦拜山川古奇險刻畫吐光
怪叱馭毋流連羣黎待撫字時將補官蜀中

宋學博咸熙

吾聞一命士其力足及物而況聖人宮教化所自出廉恥立
大防詞章已微末今來士風衰往往本實撥先生秉鐸往規
戒首宜揭春風化雨敷生意已勃勃文風一丕變先民自炳
蔚勿嫌冷官冷終勝熱手熱

何主簿元錫

夢華有奇癖兀作書中蟫紫文窮石室祕笥搜瑤函披覽手
注錄沐髮不及簪忽聞有清闕一舸浮江潭直以性命博豈
止耳目貪歸來笑開口竟忘罄瓶甔讀君借書圖技癢心懷

慙他日一瓻致不爾梁間探

戴刑部 敦元

刑部本畸士面冷秋霜嚴小節偶出入大義鋒鍔銛身如不羈鶴名利安得鉗雙瞳翦秋水萬卷胸中厭醽醁不辭醉泉石時忘廉只今供職去頗聞滯檣驅華顏不可駐歲月亦易淹古人三不朽望遠心如惔

李布衣 堂

吾鄉老布衣西林實雄放（吳先生穎芳）何三（春渚先生琪）與奚九（鐵生先生岡）筆墨頗跌宕山堂（蔣先生仁）抱孤冷寂寞秋墳唱李子斯後出直欲與之抗小筆衡山工新詞玉田尚詩篇繼青湖（朱先生彭）出力未肯讓志潔寡所借名高易得謗黽勉紹前修千載有仰望

倪茂才稻孫

米樓不羈人弱冠事遠遊文章憎九命詞賦傾諸侯微祿棄如屣（已將得官）黃冠加其頭（近爲金鼓洞道士）酒闌或闞著燈火爛不收（有寒宵試茗圖）相如未足羨文君苦難求歌哭自酬唱禮法難拘囚抱才世終偶會當搜林邱願言崇明德亦可抒牢愁

汪茂才家禧

汪子吾世交聞聲久傾倒學充氣彌醕理足心愈小讀書抉經心下筆破魯縞久困鵬翼摶莫剖荊山寶入世殊悁悁孤標自矯矯歡場遇已希炙手跡如埽菽水難承歡硯田食不飽懷中一片心誰識集于蓼

沈道士祖喬

飄蓬落他鄉故里席不煖綈袍有黃冠交久見誠款飢軀憶

去年入見明月滿來時櫑吐花歸見灰飛管貸粟無監河齋鐘刻未緩淮陰報徒虛栗里語非讕浮名我已輕何況散人散階前社燕飛寂寞秋鴻館

紫雲洞

仙人踏天割紫雲一片誤落錢江濱結爲靈屋壓厚坤石壁倒挂支崩騫羲和回馭無晨昏鬼斧怒劈迎朝暾中懸石閣迴絕塵莊嚴妙相西方尊藤蘿奇古不可捫之而拏攫蒼龍鱗犖确怪石獅象蹲手摩其須性安馴清泉一道穿山根淙淙細作蟹眼噴我來雖晚猶三春涼風拂拂吹衣巾一枝笻竹披荆榛魂清骨冷通仙眞烹茶酌水如翻銀一杯已欲朝崑崙軒軒兩翅騰青旻劃然長嘯追蘇門回頭烟霧飛氤氳

八卦山行哀朱明府也并序

明府姓朱氏名瀾字潁淙浙江仁和人由臺灣府經歷攝彰化縣事乾隆乙卯正月鳳山縣民陳周陳光愛等聚衆焚掠光愛旋被擒周遁去糾合餘黨于三月十三日攻陷鹿仔港乘勝至彰化彰化無城可守時有副將張某遊擊陳某屯兵八卦山山距縣五里明府恐賊至倉猝十四日命子兆嗣請救既又自往痛陳利害至於泣下二弁不爲動賊已蜂至攻八卦山大雨兵潰明府與張陳同時被害夫人沈聞變率婦魯女羣姑投水水淺遇救是夜賊已至縣夫人率婦女復投繯獨夫人得街長妻蔡救不死卽匿蔡家兆嗣亡歸偵知母氏尚在遂奔視而明府及婦女遺骸已爲輿夫阿梛王妙等收殮是役也明府以離城守格于例不得卹婦與女俱邀

旌典嗚呼草竊烏合之衆一鼓可滅而擁兵者逗撓觀望揆其心重發難惜身命而已乃至請救再三慷慨泣下終不爲動天道好還卒何能免吾哀明府一門殉難雖格于例英魂毅魄千載如生觀夫輿夫芒隷爭收骸骨知恩義之入人深已余按兆嗣所述事狀爲作八卦山行以待采風

摟羅金穴窮膏腴鋌而走險森戈殳倉皇勦撫俱失策逸出傷縣遭焚屠入卦山前列旗鼓握兵觀望散部伍斷指淋漓語未終賊衆憑陵氣如虎怪雲壓陣乘長風將軍駢首縣令同摧枯拉朽一軍覆握拳嚙齒眞人雄夫人聞變起嗚咽義瀲蛾眉慘無色拚拋骨肉付波臣忍將紅粉羅鋒鏑宛轉波間死未能投繯先後魂冥冥捐軀一日靈旗動戰血千年鬼

火青天慰孤忠留一綫郎君母子重相見慟哭還疑夢裏逢
急收殘骨歸鄉縣簪筆儒臣重策勳魚軒象服表貞魂鄗夫
誤公失死所精靈夜夜哭幽墳我作公詩奮直筆紙上霜飛
聳毛骨輶軒他日采風謠會將公事排　天闕

韜光夜坐

坐深香出院夜靜鳥歸稀月到峯巔小泉穿竹徑微殘星明
佛火清露散林霏客共山僧定寒光照滿衣

屋後小步即事

閉關最苦炎威逼罷卷聊將野趣尋魚趁晚涼跳淺水鳥銜
夕照入深林卻看阡陌多行潦祇恐耕耘廢積霖晴霽可能
連十日官私閣閣亂蛙吟

歸舟漫興

勝地登臨不厭頻扁舟欲别意逡巡烟霞聊遂相思夢風月堪憐獨去身漫記山形圖屋壁只憑詩句詫鄉人秋來更買琴川棹吾谷還應住幾旬

李若虛字實夫錢唐人官銅仁府正大營巡檢有實夫詩存四卷

實夫爲秋葯太常女夫故亦龔姓馬氏弱冠侍父入蜀後援例爲貴州巡檢代理松桃同知失囚去官復遊蜀中川督仁和孫文靖公見所作詩激賞不置由是名譽大重性伉爽重然諾儀觀壯偉談詞如雲一時賢豪皆樂從之遊烏斯藏距蜀西邊萬數千里實夫繩行沙度窮歷荒陬軍書獵火意氣甚豪晚患風痺乃築室成都以終老焉所作詩多雄偉悲壯之氣别撰海棠巢詞稿膩柳豪蘇兼有其勝

和古詩四首

余本落拓子浪遊川西東會磨盾鼻書卅載三從戎飽飫五侯鯖禿穎居囊中有時飛露布下馬筆如風遒來藏直弦三

語將毋同老成漸徂謝噩夢醒槐宮來此氊毳鄉習靜證六
空回首望蜀道羌叟如飄蓬
人生日營營苦爲利名逐誇褶騎塞馬迢遞向荒服何如典
春衣斗酒醉平陸朝攜田間侶暮向茅簷宿俯仰庭下松磥
砢多節目長嘯視浮雲無心手翻覆不求姓名傳亦免汗青
竹
讀易三十年行藏處吾素履泰本忌盈臨觀須反顧謙謙常
自牧蹇蹇原有路遯之上九爻余心每傾慕時誦噬嗑解衷
懷轉滋懼今人尚占驗毋乃京房誤吉凶自昭然且守置中
兔
古人好遊仙絳闕靡不通其如四海內不見蓬萊宮莊生喻
秋水禦寇驂天風萬言論要道才華生筆鋒後來金丹訣九

轉詡神功遺患貪生客鑪火與伏戎達哉焦先生坐卧惟一弓快然隨物化談笑全其終

晨望飛仙閣

江風吹晨舸漭漭赴高岸倏忽緣土門雲白漾霄漢灘聲疾于矢回首巳天半但覺春風歸林鳥隔烟喚艱辛涉畏途斯游亦汗漫長年諳理楫日色淡蕭散忽憶鴛湖東柔艣浪花亂何時歸去來擊榜付三歎

重至札什倫布與札薩克歲琫堪布話舊

憶昔辛亥年邊氛擾禪榻橐筆萬里來瘦馬行沓颯駐軍青豆房重驛語紛還羽書劇倥偬轉饟問老衲往復幾一載意協情亦帀功成各分手恍如飄風颯君仍事禪定余亦解韎韐涯角各一方無由作酬荅流光何荏苒瞬息八僧臘我復

探禪關舊雨喜重合精進探深微莊嚴復古塔話長覺漏短三更蒻銀蠟屈指昔年人于今半摧拉感慨付一吷壯懷轉嗚咽諸有卽諸無何勞念紛雜爲歡且復共馬湩配蠻榼梵唄尚依然桑林無怖鴿賈胡亦可人三友卽朋盍（謂卡契阿奇覺木爾）

哭張石虚

張位中上海人爲射洪令賊起委大竹令當賊氛者四年用帑最少禦賊最多恂恂儒雅有常山平原之風聞帶鄉勇出剿逆匪竟歿于陣

宕渠有循吏張公能用兵賊氛四年擾白艻驅鄉丁同仇厲大節壯志矢力行誓將滅羣寇豈獨堅孤城我曾兩過訪氣勇身伶俜民恐失寇恂危疆羅頌聲郡邑皆斯人何慮盜賊橫昨聞戰場歿一慟傷我情頻年論勞績爲君常不平廉吏

攖逆鋒壘吏尚營營可憐鳳樓手齎恨向九京生死雖可悲忠烈實匪輕同時王南部（贊武）死難亦光明英靈殲逆魄相倚如弟兄

聞賊渡潼川河

用兵不草草戰守各有途逆賊鬼蜮似胷濟力有餘潼江又不守如狠跋其胡城府竟何爲束手唯向隅長城仗衣帶豈意竟能踰側聞妖氛急怯聲震成都不聞重臣謀何策施衝車徒令萬里外感慨動鄙夫痛哉生民若命同網中魚幾時淨風烟憒懷得少舒

書懷

陟屺望成都我母天一方遠遊爲甘旨萬里路迴長近聞避賊烽城居去稻鄉一椽甚偪側聊免驚豺狼無翼難奮飛翹

首慕雁行

雁行比弟兄覓食亦隨風江南與塞北不知落何叢人苦不知止陋巷有屢空何年買歸舟攜家溯江東蘇子憤說秦未耐家庭中

昔賦感逝篇兩兒膝甫攀忽忽十二載宿草生青山馳驅頭已白轉輾朱門閒事功竟已矣故里何時還有子不能教太息增衰顔

偶閱西招圖畧寄感

山川鍾英靈變態出萬狀我曾塞外遊層峯列毳帳炎天踏冰窟渾脫（渾脫謂牛皮船）破駭浪吹笳動秋聲胡潑答蠻唱戟門據熊茵揖客不輕讓談兵夜翦燭議論眞高曠襟懷澹更平氣節老逾壯忽忽四十年顛毛䰟積放何當重登臨長嘯肝膈

暢

山行

紅花宜晴秧欲雨小麥如雲菽苗吐鵶頭大婦摘紅花赤腳肥男弄黃土老翁無事小兒忙山腳騎牛擊巫鼓小兒莫羨騎馬人我恨不作汝曹伍

秋海棠

幽蘭啼香露痕溼月桂平鋪玉階寂嬌紅嫒婧思媚愁絲腸纅乾淚雙滴冷光融融翠陰孏嫩靨迎風鈿輕小挼金麗歷懸柔心辟麝綑縕彈清曉浮芬度風藹輕擄葉葉牽朱亂叢碧凝脂屑珀連頰痕香袖翻殘罥怨魄蕊珠宮閒萼花老琪闕秋風靜如掃雲軿不歸將柰何空遺輕盈被公惱

夜郎途次雪二首

踏碎千山玉兹遊勝永嘉攬風敲竹爇和月凍梅花黃葉疑無徑青帘亦半遮揭來幽興劇策蹇誦南華

散花霏玉女三日未全收凍雀空黏樹寒鱗不上鈎道從消處見句向險中求百尺潛蝗盡山農慶曉疇

哭毛海客六首 錄三

諱大瀛太倉州人為簡州牧五年春禦賊于簡州界戰歿

臨風一把淚今日哭毛萇 海客字又萇 四海稱詩史千秋祀國殤

襟懷原落落生死事堂堂何用高勳爵昭忠姓氏香

磨盾飛書檄才名壓應瑒 戊午同應一未堂皆在福宮保幕府 燮壽劉毅博曾許傅咸剛 余有逢人須折傅咸剛之句 憶昔危城共猶看健筆狂那知江上別永訣在輕航

聞道潼河賊烽烟近簡州書生能殺賊疆吏但持籌大吏惟知節用裁撤鄉勇致賊偷渡肆其荼毒畢命攖城戰傷心裹革收常山堪作配壯烈古今畱

秋日北巖寺登眺偕方有堂四首

秋老試征衣紅驄踏翠微苔深山自古霜重葉交飛雨散層巒出鐘殘一衲歸登臨意蕭遠未覺酒尊非

獨客眈疎曠青山解送迎禪扉畱劫火野陌尚秋耕九日花相就遙空雁自橫江天苦吟望遠火夕陽明

峭壁藤蘿紫空庭橘柚香風疎侵客鬢雲冷護僧房野老話今昔山禽鳴激昂層城下方隔烟霧杳蒼茫

登高羊叔子送酒王江州初地一吟嘯名山自勝遊清歌來逸思軟語寄深甌賸有疎狂客黃華對白頭

送宋念莪南歸

澹蕩烟波闊衝寒一棹歸帆孤風力峭江冷鶴聲飢到及梅花放支硎香雪霏知君拌爛醉猶趁典春衣

漫書四首

落魄歸來傀儡場賸看衫袖墨淋浪歧途有客悲臨賀蠶室無人弔子長已判因緣皈佛域只餘結習到詞章一肩破衲江南老肘後常懸辟穀方

清流一掬滌塵襟未必商彝勝瓦鬵楚子前頭休說劍成連去後不彈琴半生消息花含笑萬里津涯猿夜吟究竟一齊都放下更於何處覓機心

世緣無分亦無名淨業空花契惠能看足人情悲石火思量舊事半春冰芙蓉已黯青門俠薝蔔來參白足僧賸得幾番

鴻爪雪斷賸殘墨記吾曾排雲意氣阻天閶爛醉風流數老狂酩乳黃羊游俠隊繡襠金埒少年場憑欄選妓花無色刻燭敲詩麝有香總把閒情付流水不須搔首嘆斜陽

返自西招荅有堂方伯

幾年槖筆鑽芸閣一夜鞾刀度玉關雪磧馬銜阿耨水冰天人別紇干山淡交自與濃交異歸路方知去路艱話久西牕重翦燭嘹空霜鶴又新還

懷舊詩三十四首 錄二

沈成齋 幼陶 仁和諸生工詩今在雲南

奔走天涯一瘦生海隅雲嶺慣遐征蓮花十詠詩猶欠一幅綈袍感舊情

范秋門瑛　杭州人今爲安化尉工詩善弈

百萬呼盧氣概麤不從劉毅讓梟盧夔他紅佛桑中句幅幅風流好畫圖

按成齋秋門詩無傳故收此兩絕以存其人

陳杞字韞川號菊叟仁和人有冷香齋詩鈔

韞川家東城之蒲場巷自其先世並喜種菊至韞川而嗜尤深凡貯土晒種分秧登盆理緝護養之法罔不精究聞有貴種必多方求得之重陽節近位置斗室中花取少而大葉取密而鮮批紅判白察貳廉空至老不倦因以菊叟自號工八法喜吟咏天懷恬澹志潔行芳年逾八十卒

村落見梅

貰酒醉梅花騷人韻事賒詩題茅店壁春在野人家流水曲籬外一枝疎影斜相逢不忍別新月白雲遮

秋日登烟雨樓

三泖嘉禾棹初登水面樓一塵不到處滿目盡皆秋鷗鳥投

還沒烟雲斷復流漁歌與菱曲相和韻悠悠

七月三日泛舟錢江晚泊聞家堰

舟抵聞家堰人喧晚市稠潮隨新月上帆逐暮雲流倚枕灘聲急開篷暑氣收船頭頻眺望一色水天秋

春江曉泊

一葉春江曉掀篷露氣清雲翳日色淡風淨水波平出郭人爭渡懸帆客問程羨他鷗鷺侶湖海任橫行

雪霽南山訪鄭曜仙居士

湖山知我訪詩翁石徑冰消屐齒鬆風過綠搖溪畔竹雲開青逗寺前峯梅花一樹門深掩茅屋三間雪半封坐久已忘歸路暝南屏連撞數聲鐘

感懷

七十年來夢未闌每憐花月醉中看惟行古道徒成拙欲合時宜總覺難壯歲不堪爲世用白頭猶憶讀書歡平生種菊耽吟興此外無求一枕安

八十初度

花甲延過又二旬三朝東里老傭民未能免俗還隨俗莫問前身與後身雪鬢霜髭雙竹杖妻年七十三矣紫螯白酒小陽春紛紛燕祝非同輩動我吟懷憶故人

王文誥字純生號見大仁和人有韻山堂詩集二松庵遊草

見大少負逸才不染于俗工詩畫好遊覽嘗獨遊皋亭諸山探梅至太平廢寺愛其二松奇古因易盦名并以二松居士自署焉鶴山龍泉精藍琳宇所至有詩具爲援攷故事訂正舊聞興至則鼓素琴寫寒花數幅投贈而去後游嶺南以詩畫著名于公卿間老而始歸卜築於皮市浚池累山廣植花竹署曰南園爲菟裘之計不

數年而卒生平倔彊自喜目無餘子詩亦如之畫臻逸品能爲尋丈大幅亦兀傲有奇氣所注東坡詩極詳確足補查馮兩家所未及

濂泉寺

石骨攫土土花碧灑天飛濤瀉百尺五泄輥趨壑底雷谷應山鳴崩礐石芒蘔滑印苔蘚斑冰花著衣珠跳額輕身飛越萬湫龍直從泉頂探泉脈泉頂大陂列環堵一半積雲壓山脊中通巷路里餘平兩傍待建百人宅水歸於此百竅并潨流破肋走騷者放下玉簾不上鉤怪石守之紛列戟人傳簾内竹林通悟入空門徑可跡瞿曇選佛兼愛身未肯形骸等閒擲瀑泉之上作道場傍水依巖創規格無端泉寺兩茫茫興廢亂麻難考覈青山白盡老僧頭簾下無人試雙屐空將演說導因緣一夢精誠動魂魄鏡公拾鐵佛頂自云先感夢兆我生蚤以筏

喻參捨法何必究梵册石頭高枕看泉飛松風謖謖吹茵席

銅鼓歌

峒人範鼓鐐精銅水土錯出紛蠻中波羅廟鼓聲最著大小各一陳西東圓徑丈深三尺五小畧殺之遺軌同兩耳絡索麝臍突束腰剗下形虛盅羲畫周天溲靈閟陰陽剝蝕文磨礱金精跳躍失畫黽爬沙爪影畱泥鴻水瀫紋多淬輕碧鷓鴣斑退啼殘紅苔花滴水耀錢采光雜土雨青濛濛箕虡崇牙類周制銅先搏拊音相通鼓人四金鐲難節鎛師夾擊鐘未終闐鞳鏗鍧鼉蛤蚪五聲無當非逢逢海濱淚說革瘝緩鼛鼛不可堅戰攻伏波南征鑄駱越腹有款識鐫摹工我辨兩鼓率傅會摩挲四帀光氣充蜀銅勒銘此不具强援銅柱標奇功蠻中視鼓重金鎰迥若鵠鸞能飛冲鼓一牛千値相

等一鼓作氣千牛空都老角勝鬬奇龎茂先底用刳魚桐金
銀大叙昔所破後迺闃寂藏神宮應潮倏欻風雨集大聲撾
伐來豐隆便令雌伏獅子海自鳴閒復和其雄濤州鼓灘斷
靈響犢背遙指傳村童鄭林所獻未足據但取振聵驚頑聾
有時一鳴樂神聽海水滚滚號長風羅浮石樓雨神鼓與之
齊壽無終窮

洋船

獨檣午頭料河船其尤廣者千婆蘭灑青石腦錮鐵力篾竻
瘦削磷磷攢蚍膏滓釘制鹹水直犯磁石衝危灘巨桅破空
十五丈望斗屋大周欄干梯繩結構達巔頂實鬼五十惟斗
寬舵工歷師傀儡戲以木爲人或升或降徧置梯繩閒風槍銅銃弩矢觸舶
之戒備密碁佈司命獨視羅經盤白黑鬼千藏舶腹吉貝結

體帛束髖鬼頭萬鎰貴馬劍珍奇瓌麗名多端自來有火應手發炊以縣釜同風餐爽牀白氍錦綳臥羺羊挂角鬼乃安崑崙之西島夷集效順不憚關山難會噶囉吧走嶺海帆張四面翻洪瀾海壐潮落見雙虎讙呼偏繞黃木灣達奚舉手尚遙矚鬼奴到此何時還十三行若頗黎廠董成諸欲期大班淹留鏡澳久蕃庶日習詭異知神姦鬼工善矣未足恃聽之那不摧心顏

莊蓮嶠司馬邀余度歲招同碧山學博均齋大使鳴球別駕諸昆季集勺芳園

花木記平泉春醪換旅顏臥游新歲月手澤舊谿山家世雲霄上才名伯仲閒頻頻縣榻俟酩酊不須還

汎舟花地至大通寺

地多古木知名勝曲徑通幽必盡探雙槳棹回青雀舫萬花飛上白鷺潭井銷烟雨窺明靚寺倚江天罨翠藍禮罷達師無我相枯禪還向定中參

從博羅取道游羅浮山

南游夙夢羅浮境發軔還疑夢裏來仙蝶蘧蘧因我化名山面面爲誰開蓮須拈出三千品華首參齊五百臺兼燮確平堂上長箇中原有濟時才

薄暮入臯亭山梅花盛開有作臯亭名初見唐書至宋寧宗標臯亭山三字爲崇光寺額名始著舊傳有亭在山之巔故曰臯亭亦作高亭一曰東臯

大地春回是也非冰花玉樹白雲圍臯亭山北南朝路冷澹清癯半夕霏

龍涎獺髓霜華膩蝶翅蜂鬚粉點新一閱隴頭吹不墮應教

人嗅白知春

友梅軒 王祀元人也遭時亂離隱於皋亭山環居皆梅劉文成爲作友梅軒記

友梅軒子養天閒逸老孤清一枕山直得青田留片語至今潔白滿人間

木石居 里人范文奎建范有孝行亦稱范孝子菴

老醜梅兒傷莫景鬖髿石髮不知整僧不送迎梅送迎步步香光亂人影

飲黃村酒店 亦名橫山村村有橋過橋爲於山路橋下水卽金家堰所出歸於下塘者

尋芳隨地到芳尊香壓春缸花滿村停我詩鞍何處是清溪一曲酒家門

赤岸是宋皇華館驛舊址 岸西至大嶺可十里而南五里至義橋曰槎渡村詩人陳槎村所居也槎村爲吾宗蒸檐先生高弟五七言稱入室今老矣歲甲辰槎村自嶺外歸余過訪焉

槎村爲余談北郭遺事而赤岸則南宋皇華館驛舊址北使至將迎於此槎村自云聞之茨檐當有所據也

槎村談往如彈指赤岸經行感昔時今日若教逢驛使一枝爲報嶺頭知槎村重遊嶺外

畫梅鄰僧乞余畫梅爲言疏影暗香之致欲其歷四時而不改莫畫若矣余爲傳神未免對佛說而以梅花老衲參之當亦不在人間也

空圈亂灑筆生花洗硯池頭一幹斜竹拜曉風松上月霎時吹影過騘紗

嫩寒籬落孤山道曾入涪翁眼界來我不學禪籬亦破生綃半樹帶香開

程祖繩字宜孫號怡生仁和人有怡生詩詞鈔

郊外即景同陸花漁禹春作

久居城市厭諠譁恰喜郊遊日未斜野水一篙翻麥浪環山十里落松花黃鸝避客鳴深樹紫燕攜雛啄淺沙到此頓教塵慮滌青旗沽酒不須賒

曹壽字朋籛號十松仁和諸生芝子官福建沙縣丞

十松以四庫館謄錄議叙縣丞分發福建歷署將樂建安武平縣事引疾歸年逾七十始舉一子復先殤時十松已逾八十矣未幾遽歿生平嗜酒工書好遊足跡幾遍天下到處有留題贈荅之作不自存稿歿後竟無由采獲矣茲于趙蘅士參軍日佩處得其手寫矮牋四斷句錄之

舟出半山適桃花大放

桃花多處泊烟篷笑指晴帘隔岸東出郭未行三十里玉山穨矣臥春風

送朱孝廉朗如之山左

楊絲鞭影曉沈沈幾卷殘書一匣琴聽罷陽關三疊後天涯

芳草最情深

誤入唐解元桃花塢

綠樹迷離水渺冥簫聲何處動人聽前村一片桃花影不意重經問墨亭

客邸清明

櫻桃未熟筍初生到處黃鸝送好聲青笠紅衫吳下路一樽風雨又清明

孫顥元字花海仁和諸生傳曾子有異撰齋稿

花海與弟邵庵熙元天性孝友薄浮榮樂恬靜花海尤精鑒別所蓄書畫甚富烟雲供養妙悟遂深病劇時猶令人展鴉又於枕上玩之可謂篤嗜矣

七月十二日家碩菴招集湖心亭雨後寫望

奇雲障圓景一湖殊陰晴空亭倚危闌風激白浪生遥山黑

于夜樹與層巒平涼雨東南來鷗鷺紛相迎衆客悄無語暑退襟懷清回頭望西岸天半朱霞横茲游成奇矚儼如坐蓬瀛歸舟尚徘徊淡月烟中明

寒食同人湖上分得坐字

憶昨皋亭游照眼桃李夥尋芳弗厭頻一室忍枯坐遐勝來湖濱輕風隨畫舸春山笑向人堤柳緑迎我花光抹殘霞隱隱浪中簸歌喉斷復續時見翠鬟嚲樂茲百五辰敢謂不醉可韶華逐水流紅日愁易墮踏青期明晨晴雨知未果欲歸尚遲遲隔岸暝烟鎖

陳鳴遠砂蓮蓬歌并引

偶得陳鳴遠所製砂蓮蓬一具曲盡工巧出以示客客曰酒器也一客曰宜作水中丞余爾存其説并廣其意

爲好古者賡詠焉

陽羨之土天下無五色燦爛精英殊陶家妙手工肖物流傳珍重同璠璵購得蓮房好規製宛然新剝青肌膚嵌空二子並轉動一螺旁綴相蟠紆皺紋表裏各殊狀畫所不到茲能摩誰與作者陳鳴遠技巧不讓時與徐（時大彬徐友泉）客來池館共題品酌以美醞眞良圖碧筩之飲差可擬金盃玉斝如土苴一客捧執重歎賞雅器豈容濁酒濡宜舍滴水列硯北筆花幻作出水芙我思位置任人意華筵棐几皆相須世間萬物亦何定刻舟求劍毋乃迂我今摩挱入清供鬬茗或配蓮花壺匱藏錦裹送客去梅邊月影橫階除

二月二十五日湖上即事

出郭日亭午春風湖上顛花香全在水嵐影半爲烟小隊明

羅綺清歌咽管絃　行宮林木淨磐石坐畱連

佳日春無幾初晴忍負之雨添新水碧雲放遠山遲草長鶯飛處魚肥筍嫩時停舟逢小阮謂雲壑斜日水仙祠

三月二十六日遊理安寺呈寒石上人

曲徑旋螺入松篁鎖綠陰岩花無俗豔磵水自清音閣迥烟蘿繞山空梵唄沈欲來長晏坐苦茗證禪心

長至日雨中遣悶

連日如春暖冬晴不厭多那知長至節偏向雨中過短景雲連暮流年水逝波明朝又迎臘梅信問如何

同人江上觀潮作

行行江上路忽報暮潮生沙鳥千羣起風帆一向迎疾如飛箭羽狂欲拍簾旌昔日登臨處危樓半已傾辛未八月同人觀于潮神廟今

樓已半圮不可復登矣

梅雨不絕書此遣興

積雨淋漓未肯停衝堦繁灑響泠泠樹陰滴翠竹間合水氣化烟池上青間數魚鱗穿荇藻靜看蛛網罥窗櫺忘機鎮日空堂坐一曲清琴悟杳冥

新秋漫興

幾番疎雨灑庭柯池館新涼拂芰荷瘦蝶影隨風葉下夕陽紅入樹梢多人閒悲感憐秋士月底愁心問素娥我欲放舟烟水去扣舷聊復一狂歌

夏夜走筆

自翦荷筩進一卮清吟薄醉晚涼時窗虛明月窺人早風定流螢出樹遲坐久添香調綠綺興來翦燭寫烏絲忘憂卽是

能行樂心逐紅塵豈得知

人日雪中簡余慈柏胡書農許青士屠琴塢章次白

牕網簾紋特地明夢回錯道是春晴纔過元日忽人日初斷雨聲聞雪聲新歲得閒殊不惡梅花于我最多情諸君笠屐能來否古鼎添香句共賡

慈柏招同人看瓶菊小飲即事有作

一瓶一几費安排坐我陶家笑口開青鬢半隨秋色老黃花先約酒人來活描瘦影移銀燭細酌寒香覆玉盃池上又添奇石供正煩妙手劚蒼苔（慈柏新得一石趙次閑爲之斧削更奇古可玩）

試燈前一日雪

凍雀栖簷靜不喧又看飛絮滿庭軒飄來徑曲無多積數到年前第五番斜挾峭風侵眼纈冷兼疎雨溼梅魂快晴須向

天公乞月白燈紅過上元

晚春湖上同慈柏秋雪西齋次白作

吹盡湖雲斂盡烟暖風一櫂去如仙山明梯外兼花外春老鶯邊與蝶邊小隊紅妝都趁曉新詞紈扇又經年從今排日嬉遊好不怕催歸有杜鵑

杏花下有憶

梅花飄盡杏初開春意枝頭已暗催燕子不來人又去曉寒誰共立蒼苔

春雨洸洸又一宵鉛華洗盡不勝嬌何人玉頰眞相似睡起斜紅半未消

歲暮寄慈柏長與學署同邵庵弟作

顧渚迢迢隔暮雲殘年風雪感離羣開尊誰共銷寒會不憶

梅花便憶君

一官留滯冷于冰我欲相從悵未能但寄新詩問烟水歸帆何日挂吳興

蔣承培字器之號味郁仁和人

自述

布衣無善計安貧聊自慰忘卻世俗情領畧烟霞氣詩卷讀放翁畫軸臨米芾對月招朋飲栽花呼童溉落拓性自成寫出味郁味

秋日村家卽景

秋色豔霜風柴門矗高樹稻垂千頃秋雞唱一村午繞舍水灣環扶籬竹撑住呼童撥甕雲雅意契今古

秋日遊山卽景

訪得秋山寺僧閒欲共行半溪孤塔影斜日晚鐘聲人倚寒潭靜鴻隨落葉鳴此時心跡曠麋鹿可同情

遊貞元閣即景

地僻塵難到爭誇小院幽山高全入檻花密半遮樓洗耳溪聲急娛心鳥語柔箇中無限景清賞屬誰收

一望花如雪渾疑路不通鶯啼春嶼外人立畫橋東境靜詩情遠心閒物意同悠然眞可樂吟眺夕陽中

臨平道中即景

細雨臨平道東風二月天人家桑柘小春水市橋連自信郊原樂難忘泉石緣攜瓢就禪老一試寶幢泉

富春夜泊

無端輕作客獨宿富春城山縣月初上海門潮未生白雲千

里遠鴻雁一聲清此夜孤舟繫蕭蕭夢不成

西溪泛舟

閒來何處說幽衷多在悠游寂澹中最活潑惟山下水極清涼是雨餘風舟因不繫偏無碍雲爲能閒任化工此段風懷難刻劃卻教人世問漁翁

秋夜寄懷竹所桂堂兩兄

草堂寂寂似茅庵枕上愁聽漏兩三千里夢魂懷薊北五更風雨憶江南（二兄客京華三兄客皖江）青山雁遠書難達黃菊花開酒正酣此際孤情向誰訴詩成只合寄烟嵐

三徑草堂漫興

埽地焚香結靜緣漫將好事記年年閒教蝴蝶尋春夢自種芭蕉聽雨眠薄酒慣邀知己醉微吟不與外人傳園林勝處

遨遊遍每被人呼是散仙

西郁聞杜宇

花滿春山梆滿溪田家團住板橋西此閒沒有淹留客林外子規空自啼

秋日城西散步

要知何處秋光好多在城西夕照中可惜詩人行不到隔溪閒煞兩三峯

對梅

消受寒香九九天行藏自寫自堪憐平生不解因人熱冷伴梅花十七年庭前手植白梅十有七載

駱龠原名雙玉字朗山仁和諸生有亖西山房詩鈔

垂釣磯

似言無言石鸂鶒欲餌不餌金鯽魚漠漠生烟宜水面霏霏引緣上人裾徘徊雲影天光裏領略斜風細雨餘理卻絲筒歸更讀濠梁於此復何如

簪花閣

年年歲歲簪花去閣上好花無數開前輩此中曾看徧諸君須早及時來碧桃萬樹連雲麗紅杏千株傍日栽更得紫薇矜絕豔綸綍先已兆東臺

秋日游葛嶺園

陰晴偏好裏湖秋玉宇淩寒氣象幽石上藤蘿虛縛獸松根雷雨暗潛虯美人碧唾埋新怨老子丹砂說舊游歌舞神仙俱不見一鐘長在嶺西頭

潘時敏字遜伯號小烟又號篠烟庭筠子錢塘監生有世

## 藻堂遺草

篠烟工詩善畫神佛嘗繪五百羅漢施精藍中一時盛傳其事書法董香光少年隨父都門中年客江南多所題詠不自珍惜故遺稿多佚母氏朱亦能詩有舊月樓稿惜已無傳本子恭壽道光辛卯解元

### 田園即事

薄田能養拙身泰樂無涯有水堪垂釣依垣可藝花野人供芋栗婦子話桑麻曳杖衡門外看雲到日斜

### 湖上漫興

景物澄鮮語莫知畫中難狀復難詩一泓秋水天俱淨四面晴山樹更奇樓閣參差斜照影禽魚翔躍晚涼時誰能領畧其中趣粉本天然是我師

### 自述

且放雙眉解苦辛胸無冰炭樂天眞能詩不作顛狂語嗜酒

其如落拓身　聖世喜逢周甲子端居何用守庚申黃金散後渾閒事博得人呼長厚人

黃朝棟字署薇號石益錢唐諸生官山西右玉縣丞

和友人原韻

名士東南至情懷雨雨投日長無過夏夜靜不知秋翦燭談前事敲詩遠俗愁此中相得處尤喜月當頭

俞廷樓字有堂餘杭監生元任孫

雨

孤館竟滂沱連宵意若何那堪愁緒滿更雜漏聲多寒重燈無色溪鳴水有波羈人渾不寐雁陣幾回過

陳光斗字聚南號月鄰錢唐人有聽竹軒詩存

貧甚賦二章有所示錄一

平生端不爲錢愚世態憑敎戚友踈自覺幽懷殊未窘半簾
明月一牀書

國朝杭郡詩續輯卷三十一終　錢塘吳慶坻校字

國朝杭郡詩續輯卷三十二目 乾隆嘉慶間人約略爲次

吳麗金　王慶霄　金　棻　陳慶簪　高傳占

汪樹穀　汪成穀　汪用成　汪豐穀　汪興穀

汪學海　汪賢衢　汪　琨　姚嗣震　姚嗣蕙

姚嗣懋　陶　犖　嚴　冠　朱觀蓮　鍾式玉

鍾三餘　徐師騫　陸　桂　徐　瀾　周壽親

裘春湛　陸應宿　俞寶書　陳雙樹　何光理

顧　槐　胡書常　陳汝曾　宋志熙　徐　濬

張　增　李　秉　陳　湜　張天昊　周　紱

王　堂　趙　堪　李鵬遠　柴廷甲　邵　南

張理源　祝庚輝　周　璜　葉　槐　趙之鳳

趙之棨　周世錦　郎開泰　汪繩祖　龔陳堯

國朝杭郡詩續輯　卷三十二目

凡五十五人

國朝杭郡詩續輯卷三十二　錢唐吳振棫毅父氏編

吳麗金字貢牧號花隱仁和諸生廷華曾孫有小栢香園詩稾

花隱終身不娶精星數之學推五星極驗

閘口早發

買棹臨江滸平生初賦遊著花紅樹冷點水白蘋秋孤塔背山郭片帆橫渡頭晨興潮未落鼓棹入中流

集鴻雪草堂分得蘆鞵

腳奴閒不御拗取一叢蘆掴織翻新樣蹣跚稱老夫層冰消幾兩春水蛻雙鳧劇有東山癖猶愁折齒無

人日過訪袖湖

甲子開新歲詩歌會故人卻逢今夜雨爲我洗征塵祈穀占

來日探梅及此辰深談還淺酌買盡玉壺春

和劉六頌泉春日卽事元韻

輕風如翦栁如絲竹外花飛欲暮時湯沸一鑪閒煮茗藤穿牛榻坐題詩已愁春去酉無計卻愛談深睡較遲斗酒雙柑如辦得共行行去聽黃鸝

王慶霄字喆林仁和諸生

喆林書法師顏平原又善畫松庚子高廟南巡進萬年長青圖有紫荷之賜其後屢躓場屋息意科名以詩酒自適

題畫竹

畫竹貴傳神應不在形似謂非竹亦可聊以荅知已

金棻字誦清號硯堂錢唐監生候補員外郎

誦清生長紈綺中而雅性好事嘗集明人法書鐫之名清嘯閣帖尤愛惲南田筆墨搜藏獨富湖海詩傳所載

摘句如雨中泛湖云潑墨欲遮山寺塔殘花半露酒家樓理安寺云藏經樓抱千重樹法雨泉飛四面山亦輕雋可誦

葛嶺

鳴泉落幽澗始與澄湖通葉葉釣魚艇搖漾空烟中沙禽白於雪深映葭葦叢幽尋行徑紆忽欲迷西東遠見江外山螺髻紛青蔥

陳慶簪字御白號蔭廬仁和貢生嘉穀弟

秋日訪蓮社庵

初來城北尋蕭寺徑轉何嫌獨步遲靜室生香雲隱竹枯荷激響雨傾池我懷秋意幾叢桂僧有閒情滿壁詩到此塵心應不染禪關開傍古虬枝

高傳占字説巖富陽諸生有秋水堂詩集

讀詩有述三首

右丞昔苦吟乃走入醋甕試復誦其詩元言理必洞惟有襄陽翁冥冥差伯仲

蘇州特淵妙舒卷本無心微風拂疏樾寒泉流碧潯豈期千載下箏耳有知音

我愛孟東野緩步入修竹又如深雪中疏梅一枝馥孤詠白駒篇懷人在空谷

宿南塢曉起陟柏枝嶺

雞鳴曉色動四山青濛濛昨夜過微雨高樹生涼風山高得日晏漸覺明霞紅言登柏枝嶺欣然願相從

飲鐵舟先生書閣周覽園池之勝

照檻花初亞巢松鶴未歸我來耽野趣竟日坐清暉樹遠春

陰合泉疏古石圍數峰山好在飛翠落人衣

陶然醉初醒

陶然醉初醒偶爾發微吟暝色度飛鳥夕陽空遠林不知與
世接眞覺入山深窗外涼蟾影悠悠此夕心

江行

江樹晚森森江城急暮砧秋風不可見落葉滿空林帆影寒
烟溼波聲夜雨沈居人當此節憶我欲歸心

霽後望都輿山同家訥齋二兄作

幾日瀟瀟雨山容未放晴偶然乘晚霽相與望春城反照連
峰合歸雲拂樹輕彎環涼月影江笛有餘淸

抱痾獨坐檢恩溥舊所寄柬

輕寒擁被漫傾欹雨雨風風薄暮時舊篋有詩如對語故人

多病倍相思窗前生意看芳草簾外春光入酒卮歸鳥應憐人寂寂幾回對我噪空枝

舟行次秋日襍興韻

一葦如行空碧天茶甌詩卷卻相便潮于浦口分流細雲向波心弄影妍濃翠不消山有浪殘陽纔下水生烟更憐旅雁撩吟思早送秋聲到耳邊

汪樹穀字西農號亦耕又號石甑山樵仁和諸生

亦耕善飲喜寫書寒暑不輟吟詠亦夥歿後已盡散佚

小年叔以木瓜花詩見示率此奉和

高齋好景幽人占終日過從殊不厭膽瓶驚見一枝紅詢名知是宣州豔宣州佳種美無敵況復新詩霏玉屑輕風習習日融融詩韻花香兩奇絕豈無桃李鬭芳豔嫣姿未必能如

許小紅脈脈不勝春對我輕盈嬌欲語請君移植畫堂前淡烟湛露相映鮮高秋樹底清芬發如瓢之實垂籬邊折來莫作娛玩具付作酒材誇酒庫使我日日醉瓊漿勝把嬌紅供一顧

汪成穀字栗田一字西疇號春雨又號夏雨仁和人樹穀弟有春雨草堂小稾

栗田性高簡工畫從奚岡游疎秀嫣潤出入文沈諸家嗜酒得末疾卒

琴鳴索畫山居圖冊即次是程堂集中韻

開窗羣峰來一畝足栖止讀書深林中襟懷淡如水故園讀書處

雲影落松根溪流溼花塢隔林聞琴聲幽人在何許朱塢

汪用成字成齋號未山仁和人樹穀弟有雲峰晚翠樓稾

未山工詩善琴寫生得解弢館法家有雲峰晚翠樓爲庋藏書畫之所時與徐諫軒顧西梅李玉峰奚鐵生諸

人觴詠于此又嘗與鐵生讀畫不下樓者旬日其風流可想見也

首夏園林襍興

園林初雨霽景色娛清和曉看新綠遍鬱蔥佳如何蕭蕭竹風動啾啾鳴鳥過閒居多幽事午睡消煩苛夕陽映亭榭滿眼紅紫羅與來調素琴時或發長歌問予塵世事茫然安薜蘿

題畫梅 鐵生臨元章眞蹟

元章畫梅尚繁枝老幹屈曲花紛披十年嚮往今忽睹髣髴江上開垂垂於今能手推老鐵顧影追隨氣相埒頃刻摹成春一枝四座傳觀嘆雙絕丰骨珊珊合有神梅花豈是君前身毫端瘦玉拂衣冷腕底香雪翻窗匀羅浮夢醒春無著長笛一聲吹不落空齋展對澹忘言紫豔紅英都埽卻

汪豐穀字稼秋號友梅仁和監生樹穀弟

友梅幼時喜讀素難諸書頗精湯液之術性嗜山水雪嶂風泉時時選勝晚年足疾猶以籃輿往來湖上每有會心輒付吟詠

張秋穀蘭

淡墨縱橫絕衆芬數莖初惹夕陽熏我來看遍閒花草流水空山總憶君

汪興穀字頴齋號松谷又號小麓晚號幻香仁和人樹穀弟

幻香爲趙誠夫之甥王容大之女孫壻以未得親炙爲憾嘗于春草園覓曠亭額不得歎曰昔趙氏爲祁氏外孫藏書太半歸之復得此額構亭以存其舊今趙氏書籍散佚而王氏養素園所藏亦復零落余不能珍弆繼起爲可媿耳得鈍丁所刻小小梅花屋印屬鐵生作圖因顏其居并自號梅花舍人性善弈晚年困于境藉以自遣與同里諸子結銷夏會四方售技者麕至凊簟疎簾一枰相對所業益進嘗欲集古今弈人弈事彙以成

書未就卒年六十有九

觀弈

長日疎簾下圍棋興不孤祇緣貪趁劫頓覺勢全輸始信攻先守還防智若愚仙家有眞訣能較幾枰無

題鐵生遺照

讀畫飛觴憶昔年每從花外按琴絃而今賸有當時月照到樓頭也黯然

多情宋玉爲招魂謂西楳兀坐尋詩古貌存記得墨池吟詠處豪情揮畫紙千番

秋月春風景已殊花前獨立意踟躕年來無限滄桑感良友園林盡畫圖

汪學海字允嘉號希逸錢唐人汝瑮子湖北候補州判

盆菊次馨山韻

偶羡幽閒趣芳園未許窺冒霜何太苦和露種非遲位置殊三徑分栽列數瓷冷香移更近豔質對偏宜翦燭情逾濟銜杯味亦滋作來鍾會賦和索虎頭詩簾下晴花燦筵前瘦影敧呼朋增逸興聊以效東籬

汪賢衢字水亭錢唐諸生德容曾孫

偕傅芸圃(巖)陳月鉏(呂正)湖上泛舟

停橈傍茂樹樹影散迴洲深陰翳晴晝夏午疑清秋水氣靜作涼空翠遠助幽荇花涵素波鯈魚爭浮漚菱已就船買酒祗隔岸謀閒詠滄浪詞醉擬濠濮游意適盡忘習情契各自由吾輩故貧賤隨境皆優悠正恐人事累奔逐無時休

早春偕諸友小飲

開軒望春春未濃春風拂拂催梅叢小槽新酒年年紅人事不同飲酒同我輩用世殊未工困頓安得嗔天公酡顏相對日將暮春雨濛濛細于霧

和秦都轉瀛鑒菴訪坡公元韻

停騎過山菴禪棲隱翠嵐妙香聞處領古佛靜中參樹影圍空谷鐘聲度遠潭正如蘇玉局塵外訪僧龕

舟中曉起

侵曉啟征篷蒼茫野望通烟消一水碧霞起四山紅宿蜨輕依草羣鴉驟舞風還家千里夢猶在櫓聲中

雨後

驟雨阻舟行遙空忽變晴山腰雲界斷沙觜水鋪平野竹含新潤羣鳩喚晚明篷窗涼意足一睡已三更

高安署齋夜坐

羈人當靜夜爭柰月華明四面老榕影三更乳鶴聲風塵奚敢憚名利竟何成酒醒人忘寐鄉心觸處生

湖上遇雨次家問樵韻

湖邊驟雨逼人還我獨支頤倚檻閒風蹴高低千片浪雲摹濃淡幾重山瓜舟多避紅橋側斗笠孤行碧樹閒卻喜君家詩思好芙蓉新霽照前灣

西江舟中送春次王印園韻

誰把刀環贈遠人西江三月漲痕新客歸未到仍爲客春去難留倍惜春風裏艣聲幽似曲雨餘草色淨無塵篷窗恰直清和候文字相於喜共親

大雪

捲簾飛雪正漫漫砌下俄堆半尺寬但得連雲觀宿麥縕袍不敢怨祁寒

汪琨字宜伯號憶蘭錢唐監生官四川秀山典史有懷蘭室詩十二卷詞四卷

珠聯璧合歌并序

賽濤姓趙居杭城之清平巷與其姊元夕踏鐙遂相失去後其姊壻周子文入都道出山左相遇於臨清曲中并得其所爲懷鄉詩詰之得實乃投牒有司挈之歸其父母卽以賽濤歸周子因作歌以紀其事且志感焉賽濤著有曲江鶯囀集事見列朝詩小傳而宮閨小名錄謂賽濤姓黎蓋因母黎氏而誤也

月地雲階感鳳因名花修到美人身蕊珠一夜罡風起吹落

紅塵便刼塵芙蓉一樹雙芽茁豔影眞難分甲乙越女如花
自古聞趙家姊妹尤無匹雲鬟霧鬢鬬金釵月底花前翠袖
偕爆竹聲中殘臘盡翦刀催製過年鞵冰蟾吸盡三霄霧火
樹銀花開滿路隔夜相邀伴繡人踏鐙細點弓弓步飽老紛
跳百戲場盈街簫管正昏黃雲翹有妹眞嬌小轉眼身離阿
姊傷已失懷中珠一粒夜半歸來女龍泣從此隨流悵落花
空城徧索耶孃急花落花開幾度秋紅閨淑女賦河洲人間
最妬鶼鶼樣夫壻長安賦遠游驪駒得得來山左旅況無聊
愁獨坐聞道臨清多狹邪沿河一帶春光鎖中有佳人字賽
濤曾傳聲價五雲高春風一曲思歸引腸斷當筵鳳尾槽香
徑彎環通繡閣綠鸚傳語開簾幙妾身生長本錢江聽得鄉
音淚先落一丸明月墮雲中酒入歡腸琖易空醉倚紅妝呼

小字分明記得有人同鶯啼小稾珍藏久匳匣偷開八郎手始識投懷是阿姨天涯誤認閒花柳鐙邊憔悴酒邊愁急向琴堂一紙投判就明珠還合浦綠波雙槳棹歸舟全家骨肉增歡靨訴到離情語稠疊賤妾纔離苦海中氤氳已下鴛鴦牒采毫重看賦催妝引得簫吹雙鳳凰盡道三生增豔福小喬今又嫁周郎列朝詩傳徵芳躅更拔宮閨小名錄讀罷先迴曲曲腸情思暗裏深深觸絮果蘭因何處無尋芳恰恰遇嬌雛雪膚花貌依然好何苦天將白璧汙本來蝶影分南北縱欲追尋顏未識千里緣牽一線長始知萬事無心得亦有鸞飄鳳泊時生來惟抱苦相思春風無力垂楊弱占了南枝失北枝評量往事眞堪悼蹙損眉尖待誰埽喜得前身業未深惡緣消盡良緣到多少嬋娟溺愛河憑誰援手出風波含

毫感我心中事借賦珠聯璧合歌

小青廬

笆籬六枳遠相遮夢斷長門感歲華生向林逋分隙地死依蘇小作鄰家荼蘼豈是傷心草桃李終成薄命花千百倉庚不醫妒美人零落我咨嗟

姚嗣震字壽平號小岫錢唐人成烈長子

蕭園看桃花

梯雲直上最高頭越嶠吳山盡入樓萬點紅霞迷極浦一江碧水送春愁地連楚粵帆檣集人逐魚鹽負販稠最是昇平好時節數聲清笛起長洲

修白弟迎秋圖

樓起湖脣對碧鬟網巾寫水黛烘山堤邊行柳層層翠沙際

眠鷗箇箇閒稍著尊罍供飲客多添葭葦點秋顔餘情會到高空處一帶原田飛白鷴

姚嗣悳宇星南號古幢錢唐人成烈次子

遊秋雪菴

山僧相送掩松門處處炊烟野色昏雁影連雲迷古渡人家臨水半漁村摩挲贋有殘碑在拂拭空餘舊額存歸路西溪風景好一輪斜月映疎痕

姚嗣懋字本仁號脩白錢唐人成烈三子官直隸祁州知州以軍功加知府銜

爲應繹堂夫子寫山意衝寒欲放梅詩意

暖律先回處士家南枝催動影横斜香生野店春痕淺夢到前村雪意賒餞臘預儲新釀酒看山重理舊遊車小園葢得

茅亭在只待東君盡吐花

陶鎜字雨峰錢唐人有雨峰詩草

雨峰寄跡市廛人無知者老而無嗣依人于吳門其遭遇爲人所不能堪而詩極明潔可喜有寄人句云幾回欲整西泠棹何計能歸白髮人故鄉愁思垂老作客之況讀之淒然宋小茗咸熙耐冷譚郭頻伽麐靈芬館詩話並載其遺詩

送一鮑歸天都

風勁荻蘆洲孤篷入暮流送君兩行淚并作故鄉愁寒雁一羣起高城萬木秋天都空極目飛夢繞江樓

送人之楚

欲別難爲別將留未許留何堪愁滿眼況是雪盈頭帆帶清江雨風生鄂渚秋故人應寂寞傳語到南樓

題春雨江南圖

烟雨瀟瀟紅滿枝玉樓齊唱冶春詞扁舟乘興不歸去三百六橋多酒旗

谿山罨畫漾晴波隱隱吳歈隔浦過爲愛江南春色好滿身紅雨滴烟蓑

嚴冠字四香仁和諸生有茶壽龕詩

四香詩工于言情善畫墨梅自題云頻年奔走撇西湖蕊冷香疏夢亦孤爲問林家三百樹可曾依舊著花無江城凄楚笛聲聲竟夕高樓倚月明爲寫故園風雪意梅花最管別離情其小遊仙詩厲悼亡之感兼爲侍姬而作者飛瓊丫髻住瓊樓得侍金仙幾世修笑指盤桃東海熟自家栽種不須偷自從阿母跨青鸞小玉熏鑪侍絳筵何事桃花含徧泪爲他笙雀遠瑶天皆有欲奐柰何之意年逾六十尚舉一女且向友人極盛言其姬人甌香之明慧津津口角昔徐虹亭云漢陽李雲田口齲齒豁猶道寶鐙不寘四香眞似之矣

懷人絶句

氍帳文螺舞柘枝旌旗相送送春時尉佗臺下琵琶月都唱

將軍競病詩王午堂

打頭屋裏張公子身計頻年異樣疎眼白耳紅豪氣在夜深燒燭讀陰符張情田

秘閣十霜供繕錄眼穿髮白累高堂傳言更入平原席悔煞斑騅送陸郎陸玉林

鸚鵡洲邊送正平落花今又水成紋商量載酒紅橋去月色簫聲訪鐵君林鐵簫

題華亭張興鏞遠春詞三首錄一

情語年來不慣看蘭釭挑盡夜生寒纏綿句似温麘酒醉得吳儂欲睡難

朱觀蓮字琴壺海寧諸生

北窗題壁

綠篠環階乀丿斜蝸牛廬畔長芝芽推窗笑讀英雄記冐雨閒分富貴花乙鳥爭巢頻八戸丁簾捲月偶烹茶夜闌人靜無他事幾度挑鐙展畫叉

鍾式玉字璞存號瑤圃海寧諸生蘭枝從子

瑤圃僑居楓涇豪飲談諧傾倒四座爲詩嬾不收拾故存者寥寥

送友

月落霜寒策去驂迢迢征路指淮南別筵恨不通宵飲離思何妨徹夜談櫓尾劃開烟兩岸馬蹄踏盡雪千巖風塵憔悴風波險十二年來已備諳

鍾三餘字受祉海寧諸生

玉鉤斜

天子風流醒亦狂准堆玉骨傷雷塘已無寶帳延秋月賸有

嬌魂冷夕陽蔓草依然隨意綠瓊花何處可憐香隋家多少繁華恨總付迷樓夢一場

徐師鶱字閶如號西屏海寧諸生有今雨集

南陂

策馬過南陂寒風撲面吹濃霜鋪舊路殘雪壓枯枝夜靜雞鳴早山深日出遲年來多跋涉旅況不堪支

題探梅圖

何處香來遠寒雲鎖暮笳隔溪猶積雪老樹已生花孤嶼人方去羅浮夢正賒橫斜疎影裏屐齒落誰家

題美人便面

輕風淡蕩拂香塵吹得垂楊一色新莫上樓頭看綺陌傷春都是望春人

陸楏字冰庵海寧諸生有鐵硯室詩稾

冰庵才氣勃鬱幕游甚久手攜書劍出門去昂然長揖交上公身行萬里半天下不許宗慤誇長風周梅坪思兼贈冰庵句也

題念玆上人松石圖

鬱鬱澗邊松巉巉松間石松風含古姿石徑少行迹上人事幽討踟跌盼空碧本識妙明心靜觀皆自得我亦有時間端居袞岑寂對此心悠然那得隨所適

懷龔楚香徵士

無端振觸舊盟鷗盟鷗漕帥署中軒名蓋舊集處也交誼如君孰與倫冷暖幾曾隨世態性情多半任天眞六年風雨鐙前夢小劫滄桑別後因差喜往來暢情話袁江此去近爲鄰時楚香客袁江河帥幕

南陽湖即目

蒲帆葉葉夕陽多旅雁南來感若何爭似釣翁歸櫂穩一聲
菱唱起烟波

徐瀾字海涵海寧人

秋杪荅鴛湖友人書

故人秋杪南湖別幾度書傳海國來詩骨瘦于千歲鶴交情
淡似一枝梅秋風浦外催歸棹夜月樓頭倒舊醅欲訂何時
重把臂尖叉同鬭雪花開

梅里道中作

扁舟狹港穿三里一路咿啞響夕暉湖近鴛鴦休打槳恐驚
水鳥一雙飛

周壽親字雲孫號滮泉海寧貢生春次子

四十初度述懷

駒隙光陰卅載餘，半生壯志竟何如。千言漫羨公孫策，十上徒慚季子書。齊物有方誰似古，送窮無術孰憐余。今朝且酌杯中酒，乘醉狂歌問太虛。

龔春湛原名洵，字寄疎，號菜雪，錢唐廩生

夏日同鍾吾山友壻晚游小雲棲

㟮說招提好，相攜過曲溪。到門流水靜，坐樹夕陽低。地隙新添竹，僧閒半劚畦。放生今得所，檟稱小雲棲。

清明坐雨

客歲今朝虎阜城，悤悤駒駛又清明。小窗聽足連天雨，二月都無一日晴。乳燕流鶯如夢裏，短蒲新柳可憐生。江南春景催人老，腸斷詩成酒易傾。

陸應綰字崑圃，號小雲，又號筱雲，錢唐諸生。建子有筱雲

詩集

小雲爲隨園老人彌甥隨園方負重望應求文字日不暇給每以屬小雲當其合作不能辨眞贋歿後無嗣汪紫珊世泰刊其遺詩

岳祠銅爵歌

忠武王孫珂於嘉泰四年鑄奉祀忠武祭器宋亡悉埋土中明萬歷間始得自諸暨山中歸奉金陀坊家廟是爵蓋祭器之一明末又失去今爲桐鄉金少權所得將訪珂後而歸之

不能痛飲黃龍府賸有酒澆一抔土當年銅爵至今存直並丹心照千古首山之質精且堅土花漬處痕猶鮮耳旁款識岳珂造涅背四字中央鐫伊昔思陵忘國恥甘心壞汝長城倚銀瓶女與鐵錐郎獄成三字同時死孝宗朝始恤忠魂王

爵追封祀典尊高家祈連方改築四時奠酹有文孫無何南宋金甌缺祭器沈淪爵其一前明訪得供家祠散亡又遇滄桑易金君收弆幾多時神物由來有護持未與銀杯同羽化早看鐵像暴奸齒金陀待覓王孫遍此爵重教列享獻返璧奚殊趙氏觥明趙文毅公兕觥今復歸裔孫家傳家更勝錢王劵吁嗟乎我持銅爵更沈吟千秋俎豆傷王心六陵幾樹冬青在玉椀於今何處尋

客贈鼉磯石暖硯詩以謝之

臨池冬月薑芽斂筆不生花花結硯今朝免我呵凍書損惠海山雲一片良工巧琢輕冰同煎錫爲匣空其中蒸以溫泉炙以炭須臾雲氣升蓬蓬石鄉侯特賜湯沐𨛫墨城偏利火攻揮毫染翰不龜手但覺陽春生坐右迺知剛分濟和謁始

得歲寒稱石友感君贈硯如贈田勖我力田期逢年年來到處因人熱頭腦冬烘殊自憐

書舍偶成

空庭人不到一卷足悠然新月上林杪四山生暝烟詩多忘削槀琴古不安弦陳榻何嫌借常容客醉眠

雨後同人集普明寺看桂

蠟屐招攜過野塘爲探叢桂到僧房亂泉過雨水聲急一徑入雲松氣涼閣啟湖邊山送翠杯傳花下酒添香迢迢南宋留遺蹟斷碣模糊臥夕陽

冬夜感懷

殘年倍覺惜分陰閒對寒檠自若吟到老書無讀盡日將衰詩有想傳心夜長嬾僕常先睡客去深杯倦獨斟寄語家人

歸未得相如囊少賣文金

中秋夜作

中秋月影倍團圞人靜空階獨倚闌明歲知爲何處客今宵難得在家看恍聞清露滴銀漢盡掃浮雲走玉盤如此風光忍抛撇新詩吟到漏聲殘

九日緣淨園作時紫珊歸自都中將赴補大梁

梅花看過便呼騶一路春光擁馬頭明春假滿啟行行卷詩增河嶽氣起家官領帝王州召公棠蔭留先澤羊祜金鐶記昔游君生於尊人杞縣官署梁苑正須詞賦手不徒爲政說風流

春日偶吟和隨園主人

黃鳥嚶嚶喚曉眠夭桃含笑柳含烟有心方便尋花蝶閒捲蛛絲屋角邊

七月三日夜坐

玉宇微微襯薄雲銀河何處問仙津御憐新月如新婦才露蛾眉便避人

俞寶書字西山號敬軒海寧諸生

菊枕追次元人韻

幽窗人靜暗聞霜乍引清機灌頂涼緘得楚臣心際恨覺來陶令夢都香美人淚鑄黃金嫩隱士眠消白日長耳畔西風衾底影此時伏枕恐摧腸

陳雙樹字幹林錢唐人

寄友

相思獨自坐寒窗吟到更闌燼落釭大雪滿天飛雁絕知君爛醉宿桐江

何光理字密菴號竹天錢唐諸生

密菴年少有才甫逾弱冠而歿人咸惜之

詠史二首

功成竟斬武臣頭高鳥飛完弓不畱何不扁舟同范蠡乘潮快作五湖遊

獄成巫蠱惹飛災方士荒唐術屢開無柰君王欲祈福夢中贏得木人來

顧槐字青門仁和人

青門工書畫

題畫

寒江秋影渡頭風何處鐘聲古寺中正是閒情無計遣幾行飛雁落丹楓

題畫采蓮仕女

十里荷花儼越溪薰風盪槳遶長隄紅衣帶露歸來晚楊栁渡頭烟欲迷

胡書常字西巖仁和人

春陰

啼殺林鳩暮影垂東風容易兩絲絲果然學道偏宜病一穗鑪烟過六時

松根人倦撥殘書聽愛僧堂響木魚緩步翠陰春似水落花風外晚晴初

陳汝曾字退耕郡諸生嘉穀子

登韶光絕頂

兩溪夾竹徑衆峰環兩溪人行竹徑中溪山俱淒迷曲折緣

磴道峭拔登雲梯流泉涇芒屧翠筧橫東西上上憩僧寮俯瞰江天低海氛倏蕩搖寒色侵招提回首笑塵世跼蹐如醯雞愧無白傅才石壁恣留題

宋志熙字以凝號栖屏仁和諸生有栖屏家塾吟兩卷

栖屏爲茗香助教從子少慧工文惜早卒

西湖燒香曲

春到蘇隄花早薰蘭橈桂檝過如雲吳娃那解酬忠憤也是深深拜岳墳

栖

又是傷春夢雨天栖花垂緣自年年板橋流水看如畫一樹殘陽一抹烟

徐濬字榮泉號秋鷗海寧諸生著有秋鷗小稾

秋鶡嘔心苦吟年二十六而卒猶少長吉一歲其室人
亦能詩耐冷譚載其和秋夜寄內作云幾日天香發桂
枝好風吹到隔簾時羅衣欲換添涼信紈扇難拋愛舊
詩午夢乍回人正倦秋清無賴蝶先知憐儂不解迴文
字漫向紅窗理繡絲姓氏未詳附錄于此又按海寧有
莊香海桂者與秋鶡同時人工詩善八法早年以瘵疾
卒其詩如訪菊云能消幾兩平生屐偏耐重陽風雨秋
憂菊云秋入夢中曾有癖澹於言外得其眞一晚菊云高
人風格貧方見名士文章老更成
皆清雋可喜惜無從得其全什

讀袁孝子傳并序

上虞袁翊元字羽公號藏愚初父以刲股療親疾里黨
以孝聞母陳氏年邁遘疾元躬侍湯藥罔倦一夕出延
醫家人不戒于火子若婦號于門門已燬元狂奔至從
火燄中入燄黝然黑不得入出而復入者三迷逕所在
則大呌曰豈竟置母于火耶復踏火徑入踉蹌抱母出
頭額焦爛不可忍母竄入水出不逾時旋卒元痛母亡

絕而甦慟哭數日亦卒邑人朱文紹爲立傳且徵詩焉
父刲股生孝子母遘疾委牀笫延醫歸門已燬子號咷婦悲
唬母存一息孰捄之奔號赴火烟塵迷黑風捲烈燄飛呼天
大叫負吾母三入三出火中走壯哉焦灼及皮肉此母乃免
共姬續出火中難再生投水中忍獨生三日哭淚盈斗兒願
地下依左右烏虖孝烈如此古未有身已糜名不朽

灘行

驚翠撲人面灘勢忽倚伏乍愁谿山窮不知路迴曲遠障起
朝謳乃在漁家屋布颿得風健亂與白雲逐叢樹鬱蓊翳其
上出飛瀑但聞山鳥啼春深破萬綠

春詞

江南鷓鴣天啼夢破春曉簾影挂鵶叉窗紗開了鳥誰家畫

閣深幾曲欄干繞盡日倚春愁閒花落多少

郭溪春水

波光一曲漾淬溪猶記蘇家舊品題春正深時烟水活痕纔淺處釣船低都因芳草愁難滅爲有桃花路不迷借問漁家何處住有人喚渡小橋西

幾家水閣望迢遥只少横塘栁萬條半翦碧痕窺燕子一天新雨長魚苗正逢三月深如此試到雙篙漲未消更擬夜闌花底泊東風十里聽春潮

春烟和姚鐵人 鑑

江村風景最相思颺去夷猶罥栁絲雙蝶尋香頻誤處一鳩催雨亂啼時簾垂畫檻深難護花落閒庭静不知好與嫩寒輕約住緑肥紅瘦也相宜

碧空風定自橫斜轉礙平堤幾曲遮攙入絮痕飛水面慣隨草色到天涯隔江雲樹參差影欲暝漁莊四五家何處簞聲催欸欸初篁深處試煎茶

杏花和周棣坪　思兼

一樣紅嬌忒逞妍重重碎錦疊來偏暖吹香雪寒吹雨濃借新晴薄借烟芳信風過挑菜節小樓人話賣花天曲江況是春如海驄馬絲韉儘少年

秋燕和筆珊兄

禽華香遍一籬幽社日相逢肯再留歸計已成猶作客主人難別不因秋絲纏中婦相思字恨斷吳孃舊舞樓頡頏重過金粉地烏衣誰與話風流

舟行

行盡深深綠水灣分明望裏辨烟鬟翻嫌畫舫催歸急一路
桃花過半山

張增字繼高號梯雲錢唐增生

題汪穎齋梅枝竹石小影

爲愛幽篁嶺上幽援琴一曲此句留眼前風景成消夏更有
何人會得不

爲愛幽篁便不還高懷入夜倍清閒更闌人散誰爲伴碧玉
梢頭月一彎

李秉字待芸號雪巢錢唐人

雪巢五律溪上句磬聲寒樹鳥溪影暮歸僧入秋句細雨誰傳笛涼鐙獨倚樓曉起句樹涼園鳥夢窗曙觸蠅癡雨中句片雨洗秋碧孤花明夕陽七律詠白頭鳥句頻啼夜雨春同老縱得和風雪未消臥病句窗前鬼嘯鐙初蕊鏡裏人愁鬢欲絲遣夏句風曳蟬聲盤樹腳日移水影篆檐牙皆極有思致

典鏡詞

團圞一鏡明月光伴妾初歸君子堂玉臺並照得幾日春風吹君去燕市青銅無光秋水寒照之恐學孤鸞死十載潛埋塵土封可憐孤負雙盤龍睡冷匣中無用處付與侍兒姑典去臨行攜手愧相囑前途好去無悲哭郎早歸時伊早贖重磨鏡面描蛾緑只恐年年風雨傷懷抱鏡面依然人面老

寒月

一盤古時水流入碧窗紗照我難爲獨經時未肯斜寒心偎翠竹清影度梅花甚有懷人夢相期天一涯

與厲惕話貧

相對寒鐙泣楚囚卓錐何地可容畱看來此日眞如夢算是從前枉用愁覓路險於登蜀棧千人難似借荆州一身餓病

尋常事累母尸囊到白頭

陳湜字師鄭號石泉錢唐諸生有石悟山房遺草

石泉髫齡即能詩稍長酷嗜山谷閒入郊島門戶

秋晚偕青湖及文水清波兩弟遊棲霞嶺諸蘭若兼訪仇山村墓

取徑何紆折棲霞地最幽此閒多静室相訪及殘秋楓葉丹黃路鐘聲遠近棲山村埋骨處片碣杳難求

張天昊海寧諸生

寄懷

東風何處寄魚箋西望關河思渺然白髮漸催年五十孤蹤遥隔路三千杏花門巷聽春雨碧草池塘黯暮烟征雁已過巢燕至歸期底事又空傳

周紋字傳忠號舒渠海寧諸生有賸舫偶吟

安國寺羅漢像歌

我來羅漢堂閒尋羅漢記應眞五百舊題名遺像千年藏古寺閣浮提界本空虛孰塑金身住福地想其入定降衆魔天花亂落曼陀羅無乃誕降日共隨商諾迦淸淨眷屬聚不散正法長依悉達多不聞洗腸觀瀑留奇跡乃在青城雁宕兩石壁又不聞貫休尉遲名相亞一瓶一鉢都入畫梵夾零落空丹青何如紺宇蟾英靈臺殿高且曠肅然如聞聲坐久蕭蕭風滿庭桫欏香樹慈雲生妍醜具備無一肖情狀怪異兒童驚人言羅漢與人似問我前身誰可擬歸來試作羅漢歌一个茶毗參妙理

王堂字音元號肯齋海寧諸生

寄陸遠山

翩翩小陸擅新詞似我萍蹤肯放稽夜雨山城孤酒伴秋風江上夢蓴絲强將千里緘書淚揺作三年贈別詩杖履南來訊無恙殷勤頻爲說佳兒時晤尊甫虛舟先生

趙堪字東岡號懷岡錢唐監生有潛英山人吟草

次唐人綦毋潛韻書龍興寺所居

旅宿龍興寺朝來靜掩扉鑪烟縈佛座花雨落人衣簷樹蟠雲際山城抱翠微回看吳地接離思寄鴻飛

清明擬登南樓未果次陳棟坡給諫韻

白髮頻添不解愁憑欄遙擬作清遊窗含暖日琴書靜庭散春風草木柔泗水東山縣聖澤泰碑魯殿古南樓少陵遺蹟千秋在登眺偏慳竟日留

立春日和王楷堂內弟韻

榮落循環雙鬢摧鳥聲渾欲破寒來晴巒薄霧銜初雪華屋新晉發古梅客思肯從殘臘去好風還共早春回隨時變景非行樂百斛閒愁漫舉杯

李鵬遠字羽豐錢唐人郡諸生

甘墩村看桃花用芨田韻

春風著意點莓苔桃李無言帶笑開造物有情山有意年年花發待君來

柴廷甲字少庵號螺峰仁和諸生潮生孫景高子

憶厚庵大兒在粵

萬里征塵點客衣嶺南消息雁鴻稀倚閭何限關山恨不爲蒓鱸也合歸

邵南字潔存號漱石仁和諸生有漱石吟草

漱石爲錢樺石弟子所作有師法

廣德州山行

濛籠烟霧滿空橫得得籃輿破曉行踏遍山前黃葉路隔溪遥送午雞聲

庚子舟中除夕

碎玉磷磷傍岸流客中送臘一孤舟縱然避債臺無恙不及寒林古渡頭

張理源字聖治號天池錢唐人有天池吟稾

春霽即事

帶酒行歌事息機疎疎簷滴濺春衣雲開日脚雨初退水漲江心帆似飛密葉著於枝上重殘花留在樹頭稀瘦紅肥綠

無人管草滿閒堦獨掩扉

祝庚輝原名懋會字雙林號靜山仁和諸生有補齋吟稾

送元庵大兄之粵西用陳竹厂韻

西粵需良吏王程萬里通旌懸梅嶺月帆挂桂江風苔染檳榔碧蕉藏蝙蝠紅雁行秋欲判小住醉花叢

秋夜懷友

月白天高露氣浮空齋寂寞不勝愁開簾山色來花幔伏枕潮聲上竹樓林度飛螢深院夜徑栽新菊小園秋故人今夕誰同醉把酒臨江憶昔遊

秋日過柳氏莊

卜築湖濱得勝觀橫雲萬堞出檐端水亭夜靜海潮急板屋秋深山雨寒薄放菱租捐鶴俸閒臨鷗渚把漁竿門開波影

搖空碧倒映晴峰八畫欄

秋興集唐二十六首錄九

斷雁驚愁眠杜牧 迎秋簟色鮮白居易 清光疑有露僧栖白 涼冷漸無蟬張籍 鳥影沈沙日張祜 螢飛透水烟錢起 更疑天路近孫逖 月落擣衣邊崔珪

山窗滿翠微錢起 斜竹漏疎暉白居易 燕拂青蕪地司空曙 雞鳴白板扉王維 樹寒栖鳥密李咸用 月出釣船歸張籍 自有閒行伴白居易 穿花露滴衣元稹

林嶂碧雲生錢起 山橋樹梢行王維 巖懸青壁斷陳子昂 野闊白烟平僧貫休 海日潮浮曉李頻 江船火獨明杜甫 吟餘何所憶李咸用 月下引清聲陳季

風起草堂關范傳正 巢空鶴未還朱慶餘 夜聞寒雨滴韋應物 朝步

落花閒李白客路青山外王灣入烟綠嶼閒孫逖身心無別念賈島一鈎紫菱灣錢起

烟景澹濛濛白居易樵閒一徑通馬戴涼風移蟋蟀張喬疎雨滴梧桐孟浩然日落看歸鳥李白烟昏叫斷鴻李咸用隔江何處笛韋莊高韻入家空李體仁

數處橘爲洲張九齡羣峰抱沈樓許渾山隨平野盡李白月湧大江流杜甫遠照雁行細李洞荒林虎跡稠張祜淮南一葉下許渾如報杜陵秋于武陵

愛竹嘯名園李白風窗竹暗喧宋之問古房關蘚色鄭巢夜雨長谿痕許渾鳥啄林梢果喻鳧僧敲月下門賈島幾家深樹裏項斯遠火點江村岑參

幽逕入秋氛姚合晴霞島樹分張喬僧歸夜船月張祜犬吠

隔溪雲戴叔倫蘿幌栖禪影王勃簷峰下鹿羣岑參心源無一事喻鳧寒瀑別家聞張蠙早雁拂金河許渾桐花識鳳過楊巨源嶂昏巫峽雨唐希謙木落洞庭波許渾舊廟青林古張說前山黃葉多賈島會吟廬岳上陸龜蒙尋迹到烟蘿賈島

周璜字次珩仁和人郡諸生

次珩父青原昱官彭水令歿于王事次珩稍長善讀書欲以功名顯惜年未四十而卒

述懷二首

先人有著述裒然充棟宇細字綠蠅頭正譌別魚魯憶昔遊滇南事蹟探奇古採輯羅羣書一一手自補年月編千秋甲乙標兩部一朝捐館舍剞劂未及覩留以待後人所望在繼武豈知不肖軀樹立慙門戶欲謀付棗棃有志力難努此願

遂何時展卷輒自憮

上堂拜老母母老兩鬢霜執手撫兒輩憐兒何羸尫聞言淚潸墮氣結語不揚因之嘿自念終夜心徬徨古人重色養菽水娛高堂白華潔晨膳春酒介壽觴吾生命不辰蚤歲遭父喪顛連萬里道扶櫬還家鄉悽悽守一氈年已三十強謀生苦不早羞澀空囊有母缺甘旨顯親安所望瞻彼庭前樹有時鳥來翔母病鎩其羽飲哺賴子將物類有至性對之摧肝腸人也鳥不若何地以自藏

葉槐字蔭階號蕙田錢唐人陝西投効縣丞贈雲騎尉世職入祀昭忠祠

蕙田父文麟官陝西漢陰通判權孝義川同知敎匪事
起蕙田聞警省視旋投効軍營丁巳正月勦賊於光頭
山師還隨通守至孝義防禦賊不敢犯明年正月奉檄
守雞頭關往援西鄉城固洋縣又從留壩平定關各路

迎擊遂逐賊出虢川截殺至盩厔號縣而還再援孝義未行分兵擊西路賊擒數百人既抵境破賊前隊明日復殺賊百餘人得旨嘉奬後入貲爲縣丞已未當就選不欲遠離通守仍赴營投効十二月二十七日與知縣陸維基往佯縣防堵道經手扳崖遇賊陣亡其歿之前夕在帳下作家書因賦絶句詩寄其兄有死得嘉名亦苦辛之句明日遂戰歿

詳見秦侍郎瀛所撰傳

已未十二月二十六夜寄伯兄心畊

躍馬橫戈繞戰場身經百鍊已成鋼三軍若果聽吾令誓戮鯨鯢報聖王

卅九年來志未伸而今捧檄慰嚴親回思利鏃穿纓日死得嘉名亦苦辛

趙之鳳字凡仲一字象六號竹巢錢唐人箕子

竹巢工詩畫尤精篆書性沈默有潔癖壯歲早逝弟次閑之琛善書畫詩詞工篆刻師事陳秋堂年弱冠與陳曼生鴻壽齊名黃司馬小松謂杭州工斯技者二陳一趙是也

養蠶婦

江南養蠶婦日夕不得息指望養蠶好首蓬面不潔蠶壞心沖沖蠶好憂亦迫蠶當大眠後蠶饑待葉食葉貴厭蠶多蠶婦向蠶泣蠶婦爾莫泣蠶收利不入辛苦賣絲歸公私償不及

趙之棨字信叔一字信斯錢唐人

龍神廟探桂

問訊黃龍語來參無隱禪人遊衆香國秋老晚涼天繞砌飄香雨忘言飲石泉雪肩應夜至欲去重留連

周世錦字繡江號雨香仁和諸生

西湖晚歸

兩峰招我放扁舟如鏡湖光暮色浮山寺全忘三伏暑水亭

先送一分秋芰荷香襲新蓬鬢絃管音沈舊酒樓歸向段橋人影亂差差月白正當頭

秋日自遣

閉門卻客日支頤門外流光百不知紫蟒黃花秋後夢白雲紅樹雨中詩十年道念聞非早百斛閒愁遣已遲待向黑甜鄉裏住又驚雁檣落參差

冬初即事

孱軀六尺寄匡牀鏡裏新寒鬢有霜除病苦無淸話客（岑參詩淸話病全消）問醫卻得禁詩方（皮詩醫禁在詩情）閒憑老枕追前事怕荅新詩訊故鄉卻客閉門貪偃息置身已是在羲皇

顧且庵先生新祠落成徵詩紀事

聖代循良重名賢事業新系從君叔衍德媲愷之醕綺歲雕

龍譽仙才吐鳳珍注經追鄭孔挾策陋儀秦姓氏紅牋寫風
規赤縣振湛汪漸鹵潩保障寄河濱烟畝占魚夢花村息犬
狺報循除柏府持節契楓宸王素登程日孫恩梗化辰邊烽
嚴隻堠惡浪息長滑大義申劉闢殊勳數郭恂代巡剛半載
建樹足千春白簡皆經國烏臺更乞身投簪辭帝闕戲綵樂
天倫武庫藏胸久文襄問計頻三衢移重鎮兩浙靖征塵坊
表崇麟鳳祠堂娩召邵滄桑悲改易花石歎沈湮賴有孫支
秀能將祖德伸青蚨傾舊橐綠野曠比鄰繕宇安靈爽徵詩
集縉紳瓣香欽往哲肅祀祔行人嗣人月田行人祔祀于側桑梓情彌切
箕裘澤未淪草堂寄詩去歌詠代迎神

郎開泰字彙征仁和廩生有燕山樵詠

送友人南旋

羡君先我來北風騎騎赴金臺羡君先我去就荒三徑無猶豫富貴不足慕貧賤不足悲人生貴適意何用久羈縻漠漠征車歸故國湖山縱酒使題詩

紫丁香

庭前無襍樹斜立一枝芳色豔遥疑綴姿清别有香纖纖殷月榭燦燦耀晨粧不讓魏家種春風獨擅長

白丁香

窗外花如雪丁香爛漫開坐遮芳樹色身置白雲隈瑣細風無定玲瓏月漸來春𦗟隨意發種玉已盈階

吟稾

汪繩祖字亢宗號秋御錢唐增生勤僖公從子有松石閒秋御有才早世其室程弱藻亦工詩

山陰劉方振年八十四縣試第二入泮爲邑侯金嘯竹作

大器晚就世所寶唐睢華顛梁顥老山陰劉叟忠介後文章餘事鬱懷抱方今雲漢天爲章作人雅化況壽考曩余季父覲學八閩時三千人中獲有道考坡叔父歲試莆田縣童生拔郭鍾岳入泮時年九十一歲恭遇南巡賜甲科授司業今年一百有六入千叟宴同爲耄耋少七齡橋門杖晚頭俱皓郭公老福未可量恩榮千叟邦家光賢宰好士兼好老文孫一脈傳書香二老佳話一朝合盛事更喜畱吾鄉

送宋筠洲上舍之粵東

懷人江上西風起君趁西風作短游天下鍾情正我輩數聲柔櫓幾回頭

讀史

建康城外遂游畋寢廟灰餘竟未還頓擬阿房數十處不知秦苑草芊芊

枉殺江州戰代㑩令人唱徹白浮鳩空勞飲馬長江志一片軍聲遏石頭

狎客承恩夾坐時君臣競賦五言詩請看戰艦橫江渡一曲清歌桃葉辭

多情到死總無涯井底相攜張麗華不信後來隋苑夢猶憐玉樹後庭花

題友人聽秋圖

月窟高於絳樹庭桂叢誰占一枝馨年來我是傷秋客每遇秋風最怕聽

龔陳堯號杏酣錢唐人有類鳴集詩草

春日閒詠二首 錄一

涙跡春波漾錦鳧詩瓢酒斝足相娛百年身世莊蝴蝶一代功名鄭鷓鴣叢竹清披高士傳羣花麗鬬美人圖幽懷觸處牽情甚張說何須記事珠

國朝杭郡詩續輯卷三十二終　錢塘吳慶坻校字

國朝杭郡詩續輯卷三十三目 嘉慶間人約略爲次

陳豫鍾　汪家禧　范景福　江青　李方湛

李方洽　朱棫　朱八鳳　袁通　徐鉽

李堂　項賦棣　黃孫燦　湯禮祥　佘鍔

趙觀海　何元錫　童銓　趙澄鑑　吳顯德

吳克勤　吳克寬　沈毓蓀　高應午　夏建寅

倪稻孫　姜遂登　朱銓　周肇　童八傑

杭棫　周紹蕙　陳文湛　徐廷錫　羅承烈

凡三十五人

# 國朝杭郡詩續輯卷三十三　錢唐吳振棫毅父氏編

陳豫鍾字浚儀號秋堂錢唐廩生

秋堂精六書篆法摹李陽冰亦工爲飛白書夭矯舒卷深得古致又以漢人法刻古銅印章皆極精妙喜金石文字氈蠟椎拓積數百卷見名畫佳硯雖重值必質衣購之與奚鐵生交最洽使氣忤俗狂飲罵座二人亦極相似工畫蘭竹嘗集古今畫人爲小傳阮公元撫浙時作文廟樂器鑄鎛鐘將爲銘命秋堂摹古文以勒既成阮公歎賞不置然招之卒不往年四十五卒

題趙雲巖放翁詩意圖

沄沄綠水繞蓬廬象外清幽畫不如人在荷香桐影裏午風涼展一牀書

境地清閒孰與爭雲容午午石庚庚笑他騎馬紅塵客門外無端觸熱行

汪家禧字漢郊號選樓仁和廩生有東里學人詩文集

選樓沈篤銳敏鈎研卷軸而雅性謙退常若不及六一泉舊有神位數百朱文正公督學時釐訂為三曰正氣閣曰先覺堂曰遺愛堂選樓撰三祠志若干卷閱書積千餘種所著尚有意林翼及其詩文槀本皆藏横河許氏許不戒于火遂付揃滅今所行燼餘集掇拾零星非全豹也卒年四十二無子選樓有密友王木齋名述曾字省吾郡廪生治蒼雅能為魏晉六朝之文所著有爾雅釋草辨類與選樓同有名于時其不得志于有司貧困無子亦同木齋死選樓捜其遺文思傳之而選樓亦死後門人許乃穀刻選樓東里生集成以木齋遺文附而詩竟無傳者因附誌于此

古琴吟

素絲挂枯桐妙意如許含拂几試一鼓靜氣凝峰嵐本非諧俗音願諧君子心君子渺難即翠竹蒼梧深

慈母吟

開母寄衣函游子淚如霰下上密密縫深愛寓弱線著衣臥匡牀夢魂還故鄉阿母倚閭問兒寒亟加裳

舅母杭太孺人小影 按孺人爲諸生計萬年母

冉冉貞竹枝託根在空谷京兆有節母在室稱賢淑女師德彖篇大義夙知覺歡心得高堂令譽馳姻族作婦歸儒家清冰映寒玉淵淵倬雲公儒風清且渲有四丈夫子娶杭爲長君公上奉慈母母以苦節聞公室有賢偶相夫儉以勤家世本清約但餘詩書芬家婦得淑女授室欣有人溫溫愛日長穆穆家風舊蚤起聽雞鳴衣績後烏宿叶當時調羹湯祭時潔籩豆祖姑自婦歸譽婦不絕口阿姑自婦歸勞可謝井臼翁謂性溫順不愧儒家婦宮商兩弦調音有和無繆哀音來泠泠宮商彈輒停姑患嗽上疾終夜心忡怔逆血嘔肺腑調攝空參苓其年冬月孟祖姑覲移花風揚沙瞇目雙瞳忽障遮叩天祈祖姑願回雙瞳光叩天祈阿姑願姑體重康姑疾

日以劇二豎侵膏肓春正十五夜魂魄歸渺茫祖姑苦目疾
因哭目愈盲長跪舐兩眶落泪珠成行祖姑已無婦我幸有
祖姑代姑盡婦職藉以慰黃壚皇天降災頻禍至如剝膚阿
翁又遘疾鬼伯泉臺呼夫子儒家郎隻手難支扶賣我匣中
釵爲酬藥餌需質我箱中衣入市買褊褂阿翁病下利沾濡
徧褋裾浣濯敢辭穢惟望翁病祛旣痛阿翁逝又悲祖姑獨
逆風吹漏舟秋霖打敗屋秋霖永不乾逆風來愈促終喪纔
逾年夫命絲不續恂恂起鳳公舉止舊家度世事機巧先直
行反多互况茲欒欒身兩次罹大故疾因憂患深卅齡歸泉
路痛絕懷中孤墮地甫百日又哀扶牀女嬌小裁過滕田無
負郭租屋少一椽窄圜闠好家居四散悲難說抱我黃口兒
攜我黛眉女歸我父母居難偕祖姑處階前負霜花霜紫花

離樹風起吹花還繞樹又幾度往省祖姑時更切嬰兒慕敝衣綴以針甘餌盛之筥遙奉至彌留心血嘔幾許日月逝不居孤兒解辨聲授書俾就讀書熟水瀉瓶大父爲宿儒名譽冠一黌先世勤著述左史纂注精手澤盈敝篋望兒繼先型兒果不好弄讀書倍同塾甫及學樂年文章灑珠玉嫺戚見而歎兒慧眞母福誰知斷機圖久挂三間屋慘慘慈母顔湛湛孤兒目冷雨洒青鐙母績兒旁讀孤兒二十三得補弟子員青衫拜阿母喜極涕復漣先業縱能繼妥侑無几筵辛勤燕營巢兒能成母志湘蘋復得婦稍慰共姜思學俸入無幾節省用不匱白華養原潔齏糲有餘味憶初家四散諸郎又弱二孤宗無族人幾曠墓下祭祭貲十指給冥楮手親製禮雖鈌貲財弔賀終不廢二三戚串閒羣識儒家裔般般卌載

心期了亡人事苦節不回甘義心反多悴三喪在淺土未卜牛眠地孤甥食舅德仰報志未遂夔女既適人亦悲中道逝含飴尚乖願蓬廬驚火熾階前負霜花何日陽和至冉冉貞竹枝難滅湘妃泪孤子萬年君才暑堪遠施毛生捧檄懷惜爲儒冠滯壯懷思遠游親衰念難置君行勿彷徨請歌南山章南山性貞靜亙古恆青蒼節既南山高壽自南山長旌門已邀　寵綽楔標崢嶸食報正未艾會膺褕翟榮亟圖顯揚計歡侍未有央請展圖中顏齒兒髮未黃願勖中閨婦侑食勤調簀頌德者爲誰母甥新安汪

西漢定陶共王陵鼎歌

繼大統者無私親追王定陶乖常倫京師立廟意未足陵寢備器整且肅孝子事亡如事存惜哉先有延陵尊主宗廟器

長子事孝成之後孝哀嗣陶陵祀典歸藩封鼎銘何勒畿內供稱陵公然同帝制非錫祭器示寵異流傳身蓋又不侔想見當年備器周稱陶是在建平初二年加尊國號除尊崇背禮且勿辨古質鏗鏗篆痕淺馨香曾薦幾春秋靁聲紫色王氣收丁姬冢發王祀絕此鼎飄零等頑鐵他年建武中興時南頓哀平不共祠取鼎摩挲發深喟留與人閒證濮議

過崑山懷顧處士二首

崐山山自秀處士不歸來流水高門換浮雲世事哀淵明空述酒皐羽獨登臺賸有遺文在蒼茫問劫灰

一老遺前代儒林冠本朝河汾留講席淮海寄孤標鴻羽去不返霍書空見招終全箕潁志身世値唐堯

酬李金瀾明經二首

同在他鄉感歲華多君卽景寄情賒美非吾土知誰戀游豈天涯總去家風力無端催斷梗春光隨意到閒花青衫落拓年來甚樂事相關敢自誇

昕夕相依過五旬性情相契話言頻不安家食胥貧士難解離愁各老親學海混茫誰獨溯鬢華爾我互添新青箱知有淵泉在何日同尋太古春

蠶詞

也有春風到薜蘿城中人莫笑山阿綺羅輸與茅簷樂女伴桑林互唱歌

柏鐙低照緒參差恰好吳蠶上箔時舊穀尚存新麥熟莫愁二月賣新絲

范景福字介茲錢唐廩生

介茲博聞强記尤精天文算學所著有春秋長歷表浙江等省日晷及日月儀又製爲日晷扇婦人童子皆知愛之嘗游閩中瘴幾死後以家事中落憂勞成疾而卒

日晷扇

樹表令之直中正定南北臥扇承日光表影卽可得横綫視節氣冬夏有定式取影加綫上扇自向南極直綫視朱書初正定時刻午前向左旁午後觀右側朝算以辨時方向亦能測二者通一器用之無差忒

江靑原名步靑字雲甫號聽香錢唐諸生有棗花館詩草

聽香性和而直人咸樂與之交少日詠紅豆詩爲世傳誦李西齋嘗目爲江紅豆又工書尤擅細楷人爭乞之晚年猶酬荅不倦客袁浦汪已山家甚久一時名流如郭君頻伽改君七薌曹君種水汪君小迂皆往來觀復齋中酒坐琴歌倡酬爲樂既而主人家計日落賓客星散聽香獨以窮老仍客汪氏又爲家累所迫終歲勤動不足以塡漏卮其子習賈業淮壖傭値又不足餬口七十老人坎坷厄塞終以憂死可傷也已

久客不歸追憶湖上風景感而有作用東坡懷西湖寄晁叔美同年韻

人生慕禽向妄意希先賢自謂一隅僻未睹山水全故鄉豈不佳往往輕棄捐我家住西湖付與艮由天如何爲飢驅別輒經歲年眷言託微波清夢迢迢傳螺痕淡逾嫿花靨濃更鮮美人在天際中隔幾點煙靈境渺難接韶景誰爲妍客心倍棖觸仰屋徒高眠山禽喚歸去使我生憂煎苟無四方志曷不圖安便好謀買山貲待結塵外緣春風卻相笑滿地飛榆錢

田家分歲詞

登登街鼓夜未央豐年除夕田家忙竈婢執炊嬪行炙瓦盆木豆陳茆堂整衣肅拜祀先畢飲福團圞坐促鄰豚肩肉大

魚尾斜門東索飯兒童譁阿女持杯向翁勸祝翁常似今年健百年此日皆如願阿翁醉荅朱顏酡願汝有聳腴田多布帬換卻新紅羅阿女含羞阿翁笑喔喔寒雞隔鄰踻

鬧蛾兒

鬧蛾兒光熊熊照儂顏色如花紅儂顏如花隔香霧華月團團莫相妬稱身衫袚杏子黃蛾兒低蔟衣衩旁飛飛莫上儂釵梁儂釵自有雙鳳凰

唐子畏風雪歸窰圖

寒風獵獵愁雲黃雪花如席鋪林塘山坳确犖微逕滑誰歟策杖行傍徨須眉偃蹇集冰霰捧腹意若鳴飢腸破窰煙冷閉繩戶想見掩泪愁紅妝聖功少賤緣母氏稗史記載殊荒唐吳趨才子弄狡獪楪子臉大窮形相蓮花落效乞兒唱故

寫世態悲炎涼我觀此圖生太息人世貧富何可忘長鑱黃
獨歎空谷羊羔美醞喧華堂侏儒得粟但自飽高臥孰問袁
安僵

溧陽零陵寺唐井歌

溧陽城東地最偏琳宮高矗凝蒼煙寒泉古甃訪遺跡出郭
穩趿芒鞵便僧雛導我入幽逕轆轤聲歇銀牀圓眼中突兀
忽見此剜落剔蘚窮鎪鐫以手捫摸辨魚豕點畫漫漶文猶
全闌圜踰丈字逕寸有唐紀號元和年時維夏五月之望澄
觀船奉名書顛零陵常住充供養石盆爲儷珍珉瑞偈言作
讚劇古茂似諺非諺禪非禪迴環文字九十一字字盤鬱蛟
螭蜷郭儲大匠石工耳錐鑿亦附山骨傳想當初成觀者泉
士女襍沓輸金錢我聞澄公好神骨僧伽衍法貽眞詮構樓

架閣壓淮泗金輪照耀光音天區區此井迺餘力亦與窣堵同延綿從知呵護有龍象勝福永結人天緣不然已歷千載久屢遭灰劫誰牢堅看經之石冶山鐵至今一一胥唐搨摹筆數四發遐想荒原遍覽心茫然炎官逞虐雨工死桔槔無力滋秋田願攜一勺化甘澍溝塍決決聞流泉

國山碑亭用吳槎客讀國碑歌韻爲趙明府北嵐作

祝陵胡蜨魂可招碧鮮菴與離墨高董山國山相肘腋上洞下洞分頭尻游子來游心骨戰仙鼠妖狐竄朝晏天開一石立作門地劃五湖淨如練黃旗青蓋誰氏子不識强鄰有封豕青猊白鹿獻符瑞甘露嘉禾驗圖史豐碑上記天冊年改元大赦皆誣天爲朝爲處遠莫證如國如鼓形或然須神詛楚此其匹特訝愚臣敢提筆神魚輒入渡河舟靈女自彈湘

水琵敲火礪角剝落多有容見之驚蹉跎著錄金石歐老外
搜索岣嶁昌黎過天發碑燒此物老蓋覆深檐肯草草要知
天下祥不祥先問其時道無道蜻蛉小舟坐若艟摩挲絕壁
斜陽紅碑陰容我題數字奇偉看跳天門龍

何處逢春好

何處逢春好逢春古塞邊草生盤馬地風暖晾鷹天關栁遲
舒綠河冰早破堅遙看沙磧外漠漠動輕烟
何處逢春好逢春鄉塾中餳簫呼巷曲社鼓響鄰東礩面分
花萼翻書墮網蟲夕陽齊下學聯臂走青紅
何處逢春好逢春老妓家看山眉樣舊聽雨淚痕斜蝶誤前
時夢鶯啼別院花絲楊門巷近望斷玉郎車

王竹嶼司馬帆影江聲閣

寒蘆兒柳滿汀洲傑閣高臨一望收帆影漸低京口日江聲遥帶楚天秋傳家妙詠珍雙佩（先德葑亭先生有雙佩齋集）作吏清才壓九州聞說東甌好風月試看新築庾公樓（時竹與分守玉環）

洮湖櫂歌

湖波渺渺水平田出網銀刀不計錢怪底今年蝦菜少柳陰閒閣打魚船

湖上女兒臉如霞卷簾日日對菱花大浮山遠小浮近爭似阿儂雙髻丫

謝家池館蘚痕荒遶郭紅芙鬬豔妝郎愛折花儂愛藕好留荷葉蓋鴛鴦

石甃泉流靑豆房前朝遺跡賸銀牀吳娃不管興亡事只問題名惠一娘

鳳凰橋下波如縠貞女祠邊石臥苔儂心比石何時轉郎影隨波不肯回

仙尉風流射鴨堂薔薇花落冷紅香阿儂踏浪閒來往不嫁裏頭鄉貢郎

連理桑高葉滿林紫山屋角有鳴禽做來箇箇同功繭儂與春蠶一樣心

新昌細絹織冰絲裁得征衣寄所思第一莫嫌衫袖薄秋風才到已先知

桐棉

一樹清陰罨曉烟春風吹老子規天桃花紅雨梨花雪又見新桐漸拆棉

錢叔美畫櫻筍便面

穿泥新筍貓頭大出籠朱櫻火齊圓最是西湖好風景落花
時節焙茶天

揚州旅次喜遇馬棣原卽題其倚雲亭詞集後

客裏相逢鬢已絲翦鐙重讀冶春詞傷離最是隋堤樹休遣
雙鬟唱柳枝

李方湛字光甫號白樓仁和諸生有小石梁山館槀

白樓與黃孫燦太然孫瀛步唐朱棫蔚林朱玨謂卿陳傳經晴巖徐鉽西澗施紹培石樵李紹城淡畦姜寧怡亭李堂西齋蔣烱葆存少同志學酬唱甚多王述菴少寇主講敷文時白樓以十二人所作詩進質用爲審定七百餘首爲同岑詩選叩宮調角鏘然共鳴稱一時壇坫之盛白樓又工倚聲所著紅杏詞頗姸妙生平跌宕自喜而羈遲流落竟以客死

宿交蘆菴

溪深四無鄰到門惟水鳥名心對佛閒古屋一鐙小微風窗

外來寒香出幽篠夜靜春山空夢向梅花遶一

白衲菴曉起

春山挾春雲浮動不自主東風一以吹散作前溪雨雨止山
依然風定雲更吐幽人曉夢清披衣聽鳥語初陽尚未升山
閒雲縷縷不知身在山但覺雲滿戶

自題小星宿海硯歌

崑崙之山倚天拔地莫可擬縱有罡風吹不起愚公何術暗
移來東南墮入端溪水一萬一千五百星一時同逐河源徙
未知巧匠琢何年硯材忽出清泠淵造化自幻縮地術非關
製作窮雕鐫崚嶒峰勢浮紫烟碧波路與銀河連中涵萬象
不可狀莫笑此海才如錢當時定屬帝鴻寶令與書生伴枯
槁好向風塵試賣文未入明光供起草星辰敢說羅心胸磊

魂焉能去懷抱硯兮硯兮我將攜爾泝碣石涉龍門黃河九曲既歷盡虛危畢井一一以手捫支機之石何用贈天孫乞取沆瀣試濡筆墨花灑作垂天雲

契原草堂畫壁歌贈徐彥常鉽朱謂卿王

草堂一朵秋雲開奇峰秀壑紛飛來瞪視二子下筆快筆端直欲驅風雷不然定挾五丁力使我眼底驚崔巍長松拔地起千尺瀑布横空界遥碧日色不到青林陰浦漵周遭亂蘆荻此中靈氣倏來往巖邊應有安期宅是時日午飲正酣淋漓酒瀋成烟嵐五日一水十日石欲誇能事須懷慙山舫舊有巨然筆山舫有恆公畫壁至今尚在紗籠共寶彌勒龕黃王合作豈相讓他年佳話南山南平生游屐頗能理五岳尋山何日始今君埽出赤縣圖看雲添我巔厓裏

贈胡元謹量

男兒生不封侯佩金紫足跡應須行萬里不然腰纏十萬貫騎鶴揚州亦可矣胡君胡君昔騎渥洼馬腰佩赫連刀二十出塞從嫖姚燉煌城中血洗箭燕脂山下風吹貂盾鼻磨墨日草檄豪氣直欲無班超材官校尉等厮養破羌都護爭招邀狂呼美人起歌舞醉脫錦袴眠弓弢時淸壯士衣解鐵襠槍埽落烽烟滅三十驅車謁　帝城獻書還挾淩雲筆直將赤手博公卿豈肯處褌效蟣蝨西風落日黃金臺賣刀貨馬歸去來黃塵撲面秋聲哀南游衡湘弔屈賈岳陽樓上空徘徊交游縱多知己少驅馳南北垂垂老年逾四十尚無成篋中賸有千篇稾揭來偶泛沙棠舟湖山半載恣遨游酒徒寂寞可浩歎英雄困頓同牢愁何不短衣躍馬隨李廣長年射

虎南山頭

家允升招遊大滌山時有吳門之行不果往詩以報之

光福窈窕如美人大滌磊落若高士我尋美人在明發君訪高士最可喜美人高士難合并所好各從覓誰是我不從君君莫嗔清游同是苦吟身春風不趁揚帆去鄧尉梅花欲笑人

曉過臨平

侵曉臨平道推篷雨乍晴客身先鳥起山影逆船行路轉雙橋合烟收一鏡明到家知不遠猶自數歸程

韜光菴同徐彥常鉽作

接覽通溪水聲從樹杪懸山沈雲影定寺擁竹光圓老衲能

供茗空池尚種蓮西風吹客袂獨立渺江烟

楊元鼎知新招同令兄傳九鳳苞姚炳初廷文胡霖若縉游歸雲菴

微雨洗衆綠到門春樹圓坐深聞鶴唳花落颺茶烟共有高懷在何嫌勝地偏空堂一臨眺追憶挂瓢年

瑶席池上作在歸雲菴

衆綠下庭際颯然風滿林偶來池上酌高詠滄浪吟坡老去我久斯人何處尋欲招太古月照弄松閒琴

早梅

梅花不避雪忽向臘前開獨樹鳥先覺空山人未來清寒眞絕俗攲側半封苔從此江南路春風次第回

同陳學初傳經朱謂卿飲馬橋訪楊鐵崖書畫船亭

門對平湖散曉烟水亭大似米家船不須載伎淩波去直欲銜杯枕笛眠樂府歌成誇絶世白衣歸後感殘年至今飲馬橋南路衰柳依依夕照邊

讀汪水雲集

待詔三宮事已非吟成一字一歔欷情如臣甫歌同谷怨似風人賦式微紫塞久拌隨輦去黃冠何意抱琴歸可憐一代滄桑恨不在金張在布衣

松下

偶來石上誦南華一片清陰綠未斜人語忽驚啼鳥去滿身黃雪落松花

積雨用竹垞韻

去年臘雪不釀寒老蛟飲泣陂塘乾今年水族大自在對對

鯉魚游上灘

裊裊茶烟不出扉調朱自畫野薔薇無聊權當春光看夢向枝頭作蝶飛

金子家住金陀坊季占談詩鬬酒誇身强三日不見必作惡著屐張蓋來何妨

風前櫛髮散千莖靜坐心如止水平門外已知行不得未須重聽鷓鴣聲

虹橋春游有贈

華年錦瑟恨如何每向尊前懊惱歌手撚碧桃花自看憐他春事已無多

下夜頻將後約堅酒闌何事便回船怪他無賴揚州月隔著春城照獨眠

江上訪倪首善印元不值

沙明溪靜落潮痕路轉橋通又一村行盡柳陰人不見菜花香裏獨敲門

李方洽字桐村仁和人方湛弟

桐村幼棄舉業壹意爲詩其五七字近體甚工如嬾雲難作雨眠柳自成橋愁多催老易貧不累人難客無可戀歸應早貧固何妨別最難客懷涼喜今宵雨鐙焰高知來日晴皆有江湖諸賢風味

西溪溪上巢

一庵深翠裏竹逕晚來幽嵐氣逼鐙小溪聲繞枕流夜涼疑作雨山靜自如秋頗愛依禪悅蕭然雲鶴儔

帆影

五兩輕風百尺檣斷雲一片過瀟湘平生游跡隨流水無限愁心挂夕陽折柳渡頭波渺渺懷人江上路茫茫倚樓有客

添惆悵不柰離情望裏長

同徐西澗吳山遠眺

江光如拭淨無烟放眼人來雨後天一鳥穿雲空際沒片帆如葉望中懸斜陽半露峰峰皺新綠初齊樹樹圓更向酒樓同買醉此時攜得杖頭錢

朱棫字蔚林號芸夫彭子錢唐諸生有芸夫詩草

乾嘉之閒青湖先生擅盛名棱武杭厲芸夫及其弟閑泉過庭聞詩各有所得芸夫善鼓琴又精醫術故廬兩燬於火乃奉親卜居吳山西麓與楊鐵厓讀書墩相近年五十餘遽卒

送遠吟

曉持手中線爲郎縫征衣郎行在須臾妾意何遲遲妾意雖在衣恐郎心轉移郎去果思妾但思縫線時

游棲霞後山

尋山得幽深不憚紆徑入拂袖破寒烟搴衣踏叢碧風號山有聲溪泠樹欲溼巖翠亂石影黯淡不一色斧鑿混沌破谿然洞宇闢經聲出修竹中有維摩室斷雲泠古松枯藤裂危石何當結茅亭長作餐霞客

秋日同李光甫集金雲木古樸山房觀徐彥常畫山水卷子歌

空庭黯淡秋意濃徐君腕底生清風眼前突兀一峰起紛紛墮落青芙蓉拔地蒼松如屈鐵虬枝倒挂幽人室前峰忽斷後峰出江光雲影相明滅飛泉傾瀉衆壑響指點匡廬勞夢想浮青盪碧渺無際元氣茫茫來紙上是時良友杯酒陳座中金李俱青春四人同有看山癖看山爭向南山行何當足跡遍天下東踏泰山西太華歸來有詩兼有畫萬里烟雲一

時瀉

一徑

一徑入深處孤村三兩家竹光清病眼雨氣浥秋花山遠逢
烟斷門開逐水斜悠然空佇立高樹集昏鴉

雲林寺

萬古龍宮地靈峰據上頭雷鳴松壑雨泉捲寺門秋聽法留
僧榻看雲倚佛樓永懷謝康樂乘月此中游

平望

小市船爭發平橋取次過人家依水住春樹繞門多籬外懸
魚網風前聽棹歌一聲長笛起離思滿關河

薄暮

薄暮偶乘興翛然曳屐過晚花隨意放野徑得秋多獨向峰

前立時聞樵者歌蕭蕭飛落葉秋思夜如何

秋雪菴

閒放孤篷向晚村搖搖竹影過橋昏蘆花兩岸白于雪溪水一灣清到門客至叩關聞犬吠僧留煮茗聽禽言平生頗識幽居樂何日垂竿倚樹根

秋雨

短竹籬邊水氣昏打窗風雨最消魂懷人寂寂青溪路臥病蕭蕭白板門憔悴江南秋雁影淒涼陌上晚烟痕夜來偏向簷前滴鐙炧香殘席未温

和楊三鳳苞西湖秋柳詞

無復鶯啼曲港東旋驚征雁起悲風茫茫宋苑傷秋意都入殘烟斷縷中

橋外無人水自流冷烟疎雨賸孤舟當時愁殺楊雲友寫出西湖一片秋

洞庭橘枝詞

橘花濃處滿湖香橘實離離向夕陽郎去妾心酸似橘望郎望到洞庭霜

朱人鳳原名壬字謂卿號閑泉彭子錢唐廩生有祖硯堂集十卷

閑泉甚有口工六法所交皆四方知名士居京師當嘉慶丙寅七月有捏其原名致書巡城吳公公以書入告奉詔下北寺劾問閱兩月餘其事始雪中年後以几案才出佐公卿幕遂客死于粵其詩先偕其兄棫有同岑詩選之刻祖硯堂集乃其暮年刻于粵中者也後附畫舫齋詞二卷

暮入雲林道中

秋容多變遷況復日將暮微風亂寒翠散作四山霧我在山

中行不辨山與樹泉聲導客來潺潺鳴磵路沿緣入叢竹山僧此中住巒氣溼我衣已在雲深處空外一聲鐘月向松間吐

冷泉亭坐月

明月如故人到山若相識愛茲林壑間照我別有色松影布平坡猿聲下絕壁兀然坐孤亭迴與塵境隔流泉通雲根涓涓漱石脈水光交月光倒射潭底白夜靜生峭寒凭欄清露滴茲遊不易逢聊以永今夕

白衲菴曉起冒霧至楓木塢

晨光逗疎櫺猶疑月在院山禽悅曉晴啁啾林際囀盥櫛出茅菴貪遊已忘倦僧雛強扶持霧重目為眩曳杖撥雲行足底高下亂聞聲不見人交臂反相喚立久始見山山挾雲不

斷諸巒無定容左顧右已換散作半林煙風前足清玩

錄別三首

海燕正南來我偏向北去有母不能養有家不能住老母聞我行去住兩難語含淚別堂前回身淚如雨迢迢路三千鄉夢落何處自憐遊子身漂泊本如絮長途何所愁愁母榆景暮只恐倚閭時思兒情更苦

行李已在途歸期正莫必瘦妻多病身臨別苦難說日夕縫征衣衣上淚痕溢早知寄衣難箱中具裘葛檢點示征人所愁在冷熱稚女未二齡生不識離別見我淚暗流雙手前抱膝阿姆喚之去詭食以棗栗對此心悽然未行歸先切

落花未辭樹遊子先離家春風何薄情吹我天一涯我非為獻賦胡獨思京華車箱載別苦漠漠飛塵沙但願慈母心勿

憶征人車去去別鄉里回首空咨嗟殷勤望荆樹好護萱庭花

舟中對月

冷月破春雲斜隱布帆背風正帆轉偏流輝入船內篙師知客心避月忽向晦須臾月復來人月一船載我方抱愁吟愁與月相對憶昔坐南窗團圞聚歡笑胡爲東裝遊辭家事行邁依然舊月光獨照兩心碎水宿與風餐辛苦此夕最微聞酣睡聲懵騰笑奴輩

詠物二首應阮芸臺夫子教

宋宣和內府所藏琥珀松鼠筆筒

孤根屈曲蟠虬松有鼠騰踔松林中雕鏤意態何玲瓏云是宣和琥珀筒粹質晶瑩色如血千載松脂土中結想當採取

貢天家琢自良工貯不律宣和天子善畫鷹揮毫逸氣猶憑陵草閒狐兔盡擊走黠鼠那得懸枯藤經營花石喧闐闐朱勔蔡京皆鼠輩北狩羈棲五國城此筒流轉風塵內案上摩挲帶古香由來雅玩當珍藏珊瑚筆格堪為伴還憶陵中烏玉箱

元延祐二年艾虎銅書鎮

頑銅百鍊精英聚躍出紅鑪化為虎艾葉紛披徧繞身踞案張牙若含怒形模約略半尺強逼人猛氣非尋常辟邪取象中天節魑魅能教走且僵攜來位置牙籤畔頓覺高齋增壯觀壽山文石不足珍宣德滲金未堪換既能鎮惡兼鎮書不獨山窗充雅玩從來舊物少流傳土花斑剝凝蒼煙細觀知是元時物延祐匾題第二年

王府基張士誠自立吳王時府第也作歌記之

白駒場亭張九四操舟運鹽賽人子一朝虎視踞三吳作都射矢承天寺拓土東南雄一方大周天祐自稱王平江路改隆平府重建新宮築苑牆驕奢不與元納款延賓空設招賢館游談貧士共爭趨金玉珍奇府中滿戶口殷饒法更苛威權不立喪師多吳謠已傳黃菜葉摴蒱蹴踘任酣歌皂林戰敗昇仙破巨礮飛空城亦挫錦衣銀鎧十條龍萬里橋邊無一箇吾敗且死歸府中解救卻笑趙世雄入舟絕粒自縊死不願朱家萬戶封君不見宋錢俶漢竇融聰歸河西忍降江東有妻劉氏不辱國齊雲樓火通天紅茫茫荒址半湮沒狐兔夜深啼野月寒烟深鎖燒痕青約略積垣舊宮闕可惜山河十四年張王府第至今傳城南老圃鉏烟種猶有天完監

造瓢主人種菜得古瓢甚多

同黃步唐孫瀛周寧夫照四蔓軒看菊卽贈周至愚主人

爲訪花翁宅，行吟向薜蘿。主人如菊淡，過客到秋多。屋背玲瓏石，雲藏安樂窩。看花還有約，擬載一樽過。

白蓮步家大人韻

殘月墮無影，微風生遠香。娟娟隔秋水，渺渺在銀塘。獨立有閒意，相看正曉涼。從教采蓮女，不敢著紅裳。

送許敬哉敬之汀州

送客出江城，江頭潮欲平。何人吹玉笛，併入別離情。相勸一杯酒，獨憐千里行。愁懷似春草，處處爲君生。

月夜過露筋祠

一片秦郵月隨人照夜闌露華侵鬢溼湖氣逼鐙寒孤棹空相倚清風不可攀偶然祠下過白水正漫漫

雙橋舟次

獨鳥破春暝布帆疑片雲人家依港轉栖色過橋分晚靄生林薄殘花戀夕曛勞勞篷底望羞見白鷗羣

柬張芍田茂才

家居貧亦好得酒且長歌塵士凋容鬢聲名仗薜蘿夢隨流水遠詩比落花多正欲招君飲何妨隔巷過

將出都門留別諸友

何曾有夢到華胥寄跡無端兩載餘此去已成空社燕幾人能諒直鈎魚飽嘗世味皆秋氣漸覺文章變太初檢點行囊還自笑累他羸馬載殘書

話到傷心落照低黑雲一片影淒迷人從漂泊遺鴻爪天入清寒健馬蹄久識窮交多落落自來名士總棲棲抱愁且作南歸客不忍留詩驛館題

除夕二首同晴巖作

迓寅餞亥太無情酒洒離腸窄窄生怕守蠟花消舊夢倦聽爆竹改春聲心知日下文章賤身住天涯骨肉輕獨對椒盤燃榾柮故園兒女話殘更

圍鑪寒壓木棉裘照歲鐙光客裏幽我但祭詩難祭竈天教除夕不除愁無煩鏡卜來年好那有腰錢此日留癡到者番成小悟懨懨又覺一場休見心經要論

詣獄四首

丙寅七月有揑子原名壬致書於巡城吳公者公以書

入　告奉　詔下北寺劾問閱兩月餘其事始雪
貫索星高命若何陡然平地駭風波有生竟向圜扉託舉世
誰憐冤獄多漫聽蒼蠅工點紙虛將白璧恨塡河冀逢照膽
秦庭鏡一認妍媸便不訛
茫茫浩劫本前因肝膽居然誤此身不信薄遊逢路鬼無端
法網到詩人范滂有母增悲痛張儉離家劇苦辛此夕故園
刀尺夢但知獻賦踏京塵
碧海呼禽怨未休棘叢幽穴竟淹留隻身天地嗤齊贅極目
鄉關泣楚囚多謝友朋頻問訊累他童僕亦含愁長安負米
翻遭忌悔不湖灣學釣遊
兀坐終宵淚眼枯儒冠何意此中居十年孤負三條燭半世
寃深一紙書履到春冰攖咥虎思從涸水救窮魚淒涼滿目

憑誰說鈴柝郎當繞夢餘

出獄四首

幽鳥羈棲乍放籠果然杯影悟懸弓窮奇竟遇不才子狴犴猶逃亡是公千古蛾眉忌謠諑一宵蟾魄又澄空人間缺陷知多少還藉媧皇煉石功

寒蛩幽咽那堪聽兩月窺天晝亦暝霜打疎花同瘦損風欺殘葉更伶仃遙憐骨肉勞魂夢到底纍囚媿影形染盡淚痕乾又溼襴衫不改舊時青

可憐席帽入都門姓氏先教動至尊一紙幾催寒士命半生多仗故人恩此心卻幸天猶見有口難誇舌尚存恍惚渡江風浪惡破帆出險定驚魂

岸獄生涯嘆小覃劫餘夢醒已殘秋得生今幸逢徐杜謂慶葛溪

嵩蓮觔玉賜山舒樸齋諸先生結怨無端哭李牛悟到莊周貪隱几悲來王粲罷登樓鄉心急向征鴻寄先寫平安慰白頭

歲暮將歸武林平江諸生以詩送行賦此留別二首

風雪殘年促客行平江回首黯離情蘭舟倦聽瀟瀟雨楓葉還吹槭槭聲多累諸生增繾綣敢云到處有逢迎西湖烟水勞相待曾與閒鷗訂主盟

開緘稠疊贈行篇慙愧皐比舊講筵折柳竟成三月夢栽花麤了五年緣文章造命功須苦風雅宜人句亦傳正欲挂帆還繫纜爲君惆悵荅吟箋

村行卽事

遠岫微茫烟樹昏客來無路辨前村梅花滿樹竹千个黃石牆邊白板門

袁通字達夫號蘭村錢唐人枚子官河南汝陽知縣

蘭村爲香亭大守之子初隨園未有子子之後生遲而蘭村仍爲冢嗣隨園詩文雄視一代惬以不能塡詞爲恨而蘭村特工倚聲其諸彌縫其闕者與

汪子山司馬招陪船山集尺五莊

占得金臺勝名園載酒過林疎篩日碎廊曲貯秋多撥棹驚魚夢停箏待客歌新涼此閒早小坐怯衫羅

爭選磐陀石分曹各舉杯酒龍誇戶大醉虎任人推栁碧連衣染花紅隔璣猜是誰工謔浪顚笑忽如雷

料得酒旗星偏從此地明寒花依客瘦落葉打杯輕山遠遮天脚風停墮雁聲夕陽先客去暮靄一時生

且住爲佳耳就如鼓又催怪他銀箭速未許玉山頹鐙影扶城直溪烟渡水來登車重回首不盡此低徊

己未十月八日訪船山太史於京寓小游仙館相留
卯飲醉後寫秋荷一枝見貽奉酬二律

小游仙館叩霜扃落葉聲中響屧停紅玉㬉能消冷日黄塵
飛不進銀屏尊前撫劍心空壯醉後論交眼倦青只恐司天
有人奏文星移傍酒旗星

親把生綃尺幅裁風荷爲寫一枝來畫中秋比人間好心上
花從筆底開慙我難爲名父子除君誰是謫仙才歸裝大可
驕同志攜得張顛醉墨回

題天橋酒家壁因懷船山

墜歡重覓舊黄壚長鬛胡奴健似初我戴笠來卿莫笑當時
賓客盡高車

倚窗顧影自徘徊早報觥籌盡百杯醉向天河笑招手張星

底事不飛來

徐鉽字彥常號西澗仁和諸生有竹光樓稾

西澗居清湖河下之東談諧甚口善畫山水丱角時便有懸悟時奚鐵生岡名譽方盛談六法者皆乞指授西澗獨不趨其門一日集湖舫奚指謂曰揚栖外枯樹樹外峰巒落筆如何分明西澗笑應曰是不難我自用我法耳蓋奚以狂名西澗不欲受其籠罩也

靈隱借秋閣觀貝葉經

吾聞西域書三藏十二部率皆支那本梵夾未曾睹偶尋山僧來高閣坐逃暑云有貝葉經藏弆歷年所茶餘出示客几淨還拂塵香吐旃檀函濯手許摩撫尊如啟著櫝葉葉帖然貯四十有餘翻中通貫綦組長逾桐葉圭闊倍箭筍羽微黃隱碧色細脈繞金縷堅韌勝雲箋滑笏比玉楮竹映若新採風來恐輕舉其字襍半滿其體殊媚嫵紆餘鳥跡聯屈曲蚊

腳聚非篆亦非籀有豕復有努纖濃得三昧訣法受諸祖墨錬雞足煤光明乃如許恍疑用竹挺點漆學上古想見碧眼僧力寫亦艮苦腕底開青蓮人天爲胥舞此經延平時萬里進中土無煩白馬馱寧懼毒龍取流傳免塵劫完好在佛宇惜無姚興師譯此秘密語諦觀字茫然但以手畫肚三點尚識伊一勺竟非与欲明菩提旨難誦釋迦譜且復倚高窗雲陰待涼雨

北高峰觀日出同朱蔚林棫作

星稀月落天混茫振衣絶頂待朝陽山雞四叫寺鐘打東方一綫生晶光羲和正轡欲出海紫氣横截如堵牆眼花搖兀無定影曈曨漸透雞子黄滄波震盪半吞吐踆烏三足隨低昂須臾一躍勢殊疾大如車蓋昇扶桑海上仙人雲錦裳紛

紛服日飲天漿瑤臺玉女共睎髮笑指金鏡窺晨妝八維兼燭麗晴昊遥空曉色猶滄涼重湖咫尺散紅綠嵓嶤鷲嶺秋屏張陰崖亂竹隱寒霧陽坡細草銷微霜茲游何異登日觀臨風曠覽神飛揚百年惟歎白駒速安得乞取長生方

龍井寺觀米海嶽方圓庵記碑同陳學初傳經陳子恭鴻壽朱謂卿壬作

辨才昔日住龍井道韻灑落烟塵親一菴新構傍巖麓方趾圓蓋棲禪身南宮爲書守一記刻石嵌壁苔花皴山靈歲久失呵護惜哉斷仆埋荊榛有明胡令得舊搨勾摹重鋟存其眞揭來聯袂探靈閟椰瓢勺水烹先春啜茗試觀碑上字金垂玉屈殊温純米顛行體最雄放此書遺筆何逡巡豈知矯縱不在貌行間暗運成風斤正如蛟龍藏井底欲躍未躍安

能馴自是平生得意筆直入魏晉超唐人山亭久坐各嗟賞深林不覺含餘曛他日還攜繭紙至拂拭石几磨龍賓輕勻搨就蟬翼本歸付妙手裝池新空齋臨寫日一過錦囊藏弆濃烟熏

秋雪庵

蒹葭圍古屋何處著塵埃日色花間冷秋聲水上來鳥篷依曲岸白鳥下香臺倘有伊人在招尋未忍回

交蘆庵

一棹入深處到門聞妙香漁灣流磬韻佛幌動溪光烟外峰嵐碧蘆中境地涼不須持半偈已覺世情忘

曲水庵

寂寂溪僧宅蕭蕭柳數枝短籬雲度影斜閣水分支吹笛閒

漁過銜蘆去雁遲徘徊對烟景難畫夕陽時

同人奉陪青湖夫子湖上看花兼訪孫花翁墓

東風披拂酒懷新白髮同尋窈窕春幾處垂楊迎畫舫一堤香草拜詞人罷官閒結湖山伴埋骨長爲水月鄰最愛碧桃開冢上此翁未了種花因

黃葉和黃太然　孫燦

路入江南鴨脚稠霜林處處足勾留夕陽冷淡前朝寺風色蕭條古戍樓溪靜倒涵千點影雁飛斜帶一痕秋湖灣不見詩人宅黃雪依然落釣舟吾家紫山先生故居在學士橋其地有宋時銀杏一株殘秋落葉堆階因名黃雪山房

由靈隱至弢光

寶剎雙標樂樹邊山門停屐禮金仙雲開列岫青圍寺路入

脩篁綠到天空際樓臺明海日下方鐘磬荅巖泉支公爲說無生法欲借清池種火蓮

李堂字允升號西齋仁和布衣有冬榮草堂集三卷

西齋沈酣于古不慕榮利少時學詩于朱青湖彭有同岑詩選之刻生平于詞學致力尤深闡微合宮不失分刌爲浙西數十年來巨擘著有梅邊笛譜篷窗翦燭集各二卷病亟嘗招汪小米舍人往訣且以遺稾爲託小米以事牽未即行適有他客至曰西齋詣君耶吾方見有循牆障扇者非西齋耶詢其狀貌巾服果然且門者亦言無他客出入也衆皆駭歎未幾遽歿世俗離魂之說殆信有之而文人好名結習臨歿猶拳拳若此亦可哀已今西齋詩詞皆以刊行如小米者可謂不負死友矣

寺中曉起

鐘聲破幽夢隱隱龕鐙殘出門氣微白竹霧吹瀰漫山中曉逾寂萬鳥棲正安惟聞古澗水時若清琴彈小酉共延矚衣袂生薄寒漸能辨歸路東旭升遙巒何須荀蕨供清景充朝

餐

棲眞洞

言探西洞勝取徑東峰後乳泉溢厓根烟篠迷洞口初入猶虛明纔乃抵深黝然炬窮幽區絕壁忽中剖呀然似通人履石石不受一石怒觸胸一石突格肘側身巉巖中欲上如納牖猛力竟及巔忘形得離垢傑閣懸虛空層臺峙左右炬光漸陰沈始識雲氣厚再進必更奇聞有靈物守未斷猿鶴情元關豈容叩

晚步入興聖寺

餘霞松際明路入翠微永羣峭羅四圍豁然拓虛迴安知履所躡乃在最高頂山高絕飛鳥日夕禪關靜緣蘿蒙密閒微白見潭影神龍久不歸潭水至今冷行欲尋其源直窮塵外

境

江行寫望

數程江屢回奇勝輒相引輕帆若飛鷗風際時遠近春巒青一痕半被白雲隱下多耕釣家花竹接畦畛結鄰來翦茅此約可能準更囑黃大癡溪山寫無盡

彈子磯

連谿注南流磯石不肯讓終憐石崩圻轉受水摩盪磊然如彈丸激使有飛浪我來春雨後方值谿怒漲危機潛伏藏猶作中人狀篙師嘗寇然欲避故相向轟雷殷地中急雪打篷上所爭毫髮閒歷險魄幾喪

趙承旨雪景小幅

急雪灑窗山欲暝密竹蕭蕭翳幽徑長空絕無一鳥飛有客

攜壺發高興青笠蓋頭紅緼袍虛亭獨坐傾香醪對景當杯意頗豪羣峰玉立如可招吳興王孫畫第一粉墨閒來聊點筆先機似寓北風涼尺幅揮成氣蕭瑟髣髴君家松雪齋雙扉終日掩蒼苔梅花漸不禁孤冷已有南枝向暖開

夜登海會寺

緣空幽磴轉萬井入烟痕月色沈松杪潮聲蕩寺門香臺羣籟寂畫壁一鐙昏下界雞初唱窗前上海暾

寒食前四日同施樹之徐西澗黃句湖陳旻生姜怡亭家白樓築初奉陪朱青湖夫子湖上看桃花

一雨初晴碧漲鋪總宜舫子狎輕鳬梯緣烟岸綠沈寺花擁春山紅過湖宛轉笛聲歌細按飄搖帘影酒頻沽座中詩老風流甚杖履眞堪入畫圖

舟次皋亭懷吳數峰郊居

十里涼陰噪亂蟬皋亭北去片帆懸林中赤日猶明塔雨後青山欲上船結屋讀書虛有約款門看竹亦無緣輸君獨擅幽居勝水榭風簾坐渺然

過嘉興書感

鴛水明於鏡乍磨廿年重對鬢全皤殘蘆浦潊寒雲少疏柳樓臺夕照多隨處曾經停客棹此生只合老漁蓑鴟夷子去空陳迹臥向青天一放歌

題改七薌爲畫秋江小景

舊遊重認乍披圖數點來鴻一字無沙柳已霜蘆未雪半帆秋影過鄱湖

項賦棣原名棣字蕚樓錢唐人郡廩貢

萼樓蜚聲黌序屢躓棘闈援例爲
校官歷署永嘉訓導建德教諭

由靈隱至弢光

石磴盤紆接翠微雲山高處有禪扉巖垂濕影半飛雪逕繞竹陰全上衣空院潮喧僧出定幽亭茶熟客忘機登臨不厭憑闌久暝色蒼茫澹夕暉

黃孫燦字太然號海樵仁和諸生有聽雪樓稾

朱青湖彭以詩學提倡後進海樵與弟步唐皆從之游故其所作宗法頗出于正後幕游大江南北竟客死漢陽友人蔣炯經紀其喪以歸無子以從子爲嗣

虎跑泉試茗

高僧住錫區石乳池中注水氣含晴嵐霏霏散烟霧忽值良友招相將攜茗具一甌洗心脾何殊吸芳露松風吹我衣放眼盡成趣緬彼坡公游巖閒畱好句匏樽自在嘗名賢渺難

遇坐石聽泉聲斜陽挂疎樹

聽雪

寒雲滿天雪滿嶺北風料峭山窗冷擁鑪獨坐少吟朋晝掩柴扉深巷静側耳初聞淅瀝聲似疑碎佩響璁琤一聽籟已寂再聽韻尤清密若秋空織疎雨窗外簾纖迷遠渚幽如玉露灑芳叢月冷山空不知處積雪漸深聲漸杳燕啄春泥墮春草巖花風過自紛紛鳥足時來踏林杪是時堂外雪三尺雪光反射虚堂白了然人境逈無塵跏趺但學忘機客誰爲鄙人寫作圖繞廬雪竹紛蕭疎不然扁舟江上同鷗立手把漁竿荷蓑笠

張竹厂丈采招同人集秀瀾堂聽李丈昆彈瀟湘水雲曲

泠泠四壁生淸音座中李侯彈素琴洞庭波兮木葉下秋風嫋嫋愁予心九疑不斷青相續皇英二女啼斑竹靈來怳惚鴐飛龍翠旍孔蓋紛紛落似從江上采江蘺要向嬋媛薦楚詞徘徊澧浦空捐佩北渚迢迢繫我思相思未見何時已幽咽還如泣湘水五音忽散神寂然靜裏虛聲猶繞指憶我春風入剡溪紅泉碧樹竹雞啼閒攜綠綺會調曲一棹歸來舊夢非欣逢此日論文雅幽懷得借孤桐寫濛濛花雨木犀香安知不是羣仙下

鸕鷀行

鸕鷀行君且聽溪邊人家不施網日載鸕鷀蕩雙槳雙槳開鸕鷀來波心一躍魚族哀得魚而吐不敢覷漁人大笑刺船去易錢沽酒樂復樂鸕鷀無言還寂寞回頭欲逐白鷗飛此

身悔被漁人縳

鑑湖懷古

唐代有奇客如鴻飛杳冥朝辭明主座暮見少微星一曲湖光碧四圍山色青放懷風月裏絕勝釣烟汀

秋興

翠掩一庭竹青封三徑苔幽人坐高閣秋意雨中來風葉紛然下林巒日漸開幾回惆悵處蘭蕙隱蒿萊

哭夏景曾肇坊

凶問無端在早春翛然控鶴去紅塵方因郎席成知己豈料逾年哭故人文筆縱横皆慧業性情曠逸總天眞海棠花發誰題句泪灑殘紅最慘神

江行偶成

三折長江九折腸晚潮相送水茫茫離情尚繫吳山樹爭柰潮頭上富陽

湯禮祥字與三號點山仁和諸生有栖飲草堂詩鈔

點山能治古文辭爲盧抱經顧涑園秦小峴諸先生所賞友朋金石之契不渝生死士林傾重之屢試有司終不得志乃假貸入貲試用江南爲縣尉屈宋衙官不免古人箠楚塵埃之歎其詩守其西厓少宰家法一以唐人爲標準又不欲襲廓落矜張之語汩沒性靈故其佳絕處于韋柳爲尤近其古鏡一詩云明月忽在手貯之古錦囊自從深閟匳不復露光芒幾度看時態何人學舊妝千秋同一照祇覺鬢毛蒼殆爲自家寫照也

清豐賢宰篇并序

吾師顧涑園太守曾宰清豐有惠政今且五十年矣戊午十一月其邑中父老禮天竺大士至杭聞公里居無恙相率三十餘人登堂羅拜而去余目睹其事作清豐賢宰篇

山雞愛毛羽志士重修名況乃爲民牧毀譽尢易成清豐有賢宰吾鄉推耆英憶昔漳衛水一決連魏城哀哉城下骨尚帶蛟龍腥賑恤招流亡零丁復零丁三上河渠書議格終不行紀災淚盈紙鴻雁同哀鳴公有勘災吟四章詞甚淒楚距今五十載父老來西陵自言清豐民我曹皆侯生侯今喜健在侯昔何賢能中有年少子傳聞自父兄今幸睹侯面恨未竹馬迎或長跽不起或稽首堦庭或起焚鑪香或笑或涕零何以獻我侯紫棗襍黃橙何以頌我侯壽考而康寧我公前致辭小惠何足稱無端念衰朽而我媿益增願爾爲良民願不負太平手摩父老頂歡愛如孩嬰出門尚回顧觀者塡柴荆允矣古遺愛亦足念民情民情有如此願共惜賢聲

理安寺

峰回無行蹤蒼翠紛在目盤紆陟山梁寺門隱深竹崖傾日
色冷泉暗水聲伏法雨何時收余亦慕高躅

十八澗

衆鳥忽飛絕寒色在巖樹潺湲鳴不已一一傍樵路圓渦集
游鱗晴沙浴歸鷺還思十八盤磴道一回顧

粥裘行并序

宋耆香助教以衣施寒者後不能繼乃粥裘余高其義
作此詩也

朝解衣暮解衣三朝三暮復何有但見眼前颯颯西風吹西
風吹骨欲折葛帔練裙踏冰雪翁將何計回陽春粥裘不顧
妻孥嗔黃縣大布任攜取直視衆身同一身我對粥裘翁重
憶披裘客千金買裘都不惜御贈歌童五陵陌道傍冷眼空

嘆呼白公大裘今已無嗚呼白公大裘今豈無願君此心終不渝

飢民船并序

泰州水災飄沒廬舍飢民以船爲家往來大水中見而悲之遂作此篇

飢民船何連連船頭乞食船尾眠自從六月遭大水性命孤懸一船裏船有時而南船有時而北有時中流風怒號大船小船行不得行不得泊何許後村已過前村遥浪花如雪淚如雨淚如雨無時休安得黃河之水不向東南流

賑廠行并序

兩淮鹺商輸粟賑飢泰州兩廠日給十萬餘人余奉檄來州因作賑廠行

東方未明門大開飢民如潮入厰來婦人在右男在左左右有門門有鎖商人約東居上頭人滿門啟給以籌持籌易粟出門去淒淒切切篷中住篷中住愁雨雪林暗風悲泣幽咽況聞冰凍飢民船船中不少凍死骨安得一冬無苦寒飢民勿悲行路難

贈徐雪廬

我與鑑湖稱莫逆客舍深談朝復夕偶然示我篋中詩羨君格律尤雄奇深山高矗古松柏寒鋩遠御千熊羆把讀常思識君面君客當湖我鄉縣十載星霜感儆裘幾回風雨開詩卷吾杭朱老久登壇每得新篇擱筆看姓名獨冠吳興郡才調還誇湖海閒似爾襟懷頗跌宕眼底公卿不相讓逸氣橫舒磊磈胸游蹤幻出雲霞狀人生遇合不可知功名富貴須

臾期我亦風塵淪落久感君心事爲君悲局促生涯向誰說擊劍酣歌唾壺缺莫忘區區一片心還期共醉西湖月

贈金丈選樹

先生有道者久與俗緣疎奉母北堂上灌園春雨餘故人攜酒榼弟子擁籃輿相對渾無語心游天地初

冷泉亭

泉冷不知秋空亭落照幽猿聲亂清磬峰影入寒流欲抱素琴往誰同良夜游徘徊明月下祇恐起離愁

鳳麓庵

山游苦高迴到庵獨逶迤當門多落葉始知人跡稀遙嵐媚香臺皓月耀郊扉欲采潭上花已恐白露滋

留別李西齋

小隱城西市王微屋一間詩情如水淡家事比僧閒我亦耽吟詠年來數往還相期歸老日放棹看溪山

曉泊桐廬

縣小無城郭淩晨艤短橈人烟寒入市溪水暗通潮漸覺山光好全忘客路遙桐君渺何處回首問漁樵

金陵

秣陵本是興王地落日蒼茫覽舊京鐵鎖已沈千古恨江流還帶六朝聲山從虎踞龍蟠出人在吳頭楚尾行莫向石城談往事蕭蕭楊柳不勝情

粱蕉屏喜畫梅以撫梅圖示余因題二絶句

寫梅必愛梅愛梅方能寫君似王元章摩挱古梅下

我居南湖南梅花最深處何不來買鄰移家此中住

西湖柳枝詞

湖水春來碧似油郎船日日西湖頭相逢對面不相識祇爲綠陰遮滿樓

余鍔字起泉號慈柏仁和廩生捐職訓導有慈柏山房吟稾

慈柏性伉爽能面折人過過不平事斷斷爭之至形於色好游佳山水援蘿捫葛至老不衰嘗製都籃皮游具數十事小溪荷而從之意與所愜吟翫忘返其標寄如此所居有燕集瓢池芝石曲尺廊琴趣軒諸勝工畫梅古香冷格能得蒙泉之遺詩體澹雅如其爲人五言如竹色圖雲暝泉聲咽石寒鐙光疎野店帆影落橋門家貧疎舊雨身老怯斜陽夜坐因耽讀鄉居爲避名夕照明孤塔湖光滿一樓破寺逢僧話清琴對客開七言如語囿不盡方多味詩欲求工轉少情人非寡欲難言達品到能貧始是高虛過節序難爲客老覺情懷易近禪樓外萬花供老眼鏡中雙槳蕩閒身皆泠然可誦

九日同人游白衲菴

重九好風日結朋幽可探寺門藏密竹筧水落空潭山靜秋光冷樓高海色涵老僧能解事煮茗助清談

秋日同王壽石湖上

雨後湖光淨相攜上短橈窺篷山翠滴到岸水痕消晚吹生菰葉秋情上栁條還期舒倦眼共看浙江潮

寄懷諸吟社

江水畫西東江雲入望中殷勤通尺素日夕數歸鴻旅館秋光好家園月色同何時重話舊不放酒杯空

正月九日偕徐秋雪章次白陳言泉登吳山

積陰欣散盡登眺復何如樹色連沙遠山光落檻虛鳥飛殘雪外人倚午晴初簫鼓喧深巷歸途步屧徐

將之當湖同人餞余湖樓賦此留別

無端動離緒欲去復徬徨不盡故人意應爲游子傷開尊飲山綠別袂染湖光獨過梅花里篷窗倚冷香

讀奚蒙泉冬花庵燼餘稾

湖山小隱寄平生杯酒還餘放達情詩境妙來開畫境榮名謝去得淸名荒涼宿草蛩吟切零落冬花鳥夢驚手把一編難卒讀幾行老淚爲君傾

題奚蒙泉春日湖上詩稾後卽用元韻

春來拂拂好風吹吹得鵝黃上柳枝一自故人零落後夕陽空颭酒家旗

不辭幽磴屢躋攀煨筍分茶共往還且喜老僧能解事殘縑留得好溪山 游南山還憩淨慈寺寺僧出觀蒙泉溪山小景

趙觀海宇啟堂號齊量仁和諸生有啟堂吟草

啟堂好飲酒工畫山水貌微髯而背隆起人以駝呼之居吳山下老屋數椽不蔽風雨嘗游嵩陽數年既歸閉戶吟誦或至絕食操履純潔寸金尺帛不妄受也所居數燬于火貧不能覓飲顣頟而死

題畫扇

芙蓉幾疊漾平空絕似江南細雨中一鳥不聞烟樹晚渡頭齊泊鯉魚風

題畫寄胡梅樵

塗抹生涯歲月侵朝來技癢又難禁行雲一桁嵩陽近還憶繁臺日暮心

何元錫字夢華錢唐監生紀堂子有秋神閣詩鈔

夢華精于簿錄之學家多舊書善本嗜古成癖聞某山中有殘磚斷碣則披榛莽歷澗谷搜幽索險務獲乃已一日入山迷道日曛黑不得出飢火中燒幾不可制賴野老丐以餘食且導之行始得歸聞者絕倒素有狂疾時或觸發姬人媚蘭故大家青衣也麗通文墨夢華嬖之吳江郭麐懷夢華詩云如願拌償十斛珠牙籤圍住

萬蟫魚莫言狂疾無靈藥新得佳人未見書後游于粵中稽留數年遂客死

春盡日招吳蘭雪郭頻伽陳曼生集湖舫遇雨留宿

葛林園邀諸君同作

春歸渺何許便覺客愁侵一舸梯邊去數峰雲外尋清狂容我輩風雨盡朋簪暝色蒼茫裏烟鐘深復深

三年此小住一夕定新盟殘雨有清滴夜吟無俗聲村醪禪悅味松火佛鐙明靜絕不知曙荒雞亂曉更

中秋後招同人集張園來青閣

西郭幽棲地尋秋倚薄醺梯疏先受月波靜欲歸雲旅雁還求侶沙鷗總戀羣何當樓上宿花雨看紛紛

湖上餞春兼送吳蘭雪歸東鄉

百花過盡冶遊稀瀲灩波光接翠微無計能留春共住關情

又見燕分飛青山何日酬初願白袷經年守故衣記取離亭回首處綠楊陰裏雨霏霏

淮陰釣臺

劉項興亡代幾更釣臺三尺尚崢嶸早知推解翻成餌自願綸竿老此生渭水後車王者夢桐江高臥故人情可憐一樣投緡處只有淮流怒未平

童銓字佛菴仁和諸生

佛菴家北郭貧無餘資雅性愛古市集門攤時時搜訪所得頗有佳本惜身後斥賣殆盡聞其所藏前輩小像多至數十人不知今歸何處年七十餘賦詩而逝有七魂願化莊周蝶只戀書香不戀花句惜佚其全什矣

贈陳二西丈

天地本蘧廬達人視逆旅在昔大同世無分我與汝降自後代來疆界判秦楚北郭二西丈居常樂環堵矮屋打頭低守

分任天付其師丁龍泓斗室久安素四字顔其額菴名無所住丈也棲幾椽五十歷寒暑坐臥與之俱經籤并茶具祇今湫隘中婦子悅團聚前明黄九烟紙上起園圖將就署爲名問之無寸土黄周星先生有將就園集中有圖無園存有詩句國朝老騷人錢江符又魯撰出何有園歷歷可悉數錢唐符藥林亦仿將就園作何有園取何有鄉之義丈也并無圖圖成亦何補今春三月初老友來蘭渚舉以千金園假翁娛遲暮園本蘭渚屠太翁爲其嗣君琴鳴太史作歸田計今先借先生居數月王稅及私租兩者皆弗顧移家村夫子招隱叢桂樹園中桂樹數十株俱合抱花香正盛笑彼梁伯鸞奇才但依廡詩存他日劵丈其告琴鳴

趙澄鑒字映瀾號梅史仁和人郡諸生有烟波畫船詩稾

梅史少孤其母氏教之成立家綦貧課蒙以給朝夕或樵蘇不爨而吟聲琅琅尤工倚聲畫山水花鳥氣韻亦蒼潤性好客蒔花釀秫一時名士樂與之游無子一女名順字麗貞極明慧能讀父書且能詩適同里吳蔡照

曉行西山至清漣寺

獨行山之隈山月照人小清露溼人衣泉聲出叢篠古寺隱寒烟山深景尚杳時聞鐘魚聲悠悠度林表

賣茶孃 幷序

傷貧女也女越人父嘗爲縣令父歿流落無託嫁農家子旣而以賣茶爲生惻然有作

當壚好女烹春芽風神閒靜羞鉛華過客停鞭休浪謔願客聽我歌賣茶阿儂幼是金閨女骨肉淪亡歎黃土父官不足庇兒身親串衰微有誰主零丁嫁與賣茶兒茶苦不如儂命苦含笑含顰無一可汲得寒泉愁照我罡風吹鳳化寒號得過且過隨坎坷調羹慘蓼豈未諳茶事專司一鑪火火活水清茶色鮮芳心與水同熬煎誰家富兒太齷齪德色向人酬

百錢君不見東鄰有女面如玉日高綉榻鑪烟綠嬰武呼茶
睡初足

已涼

天地皆秋意風光漸肅然草衰猶聚蝶葉落不聞蟬游子愁
衣薄閨人感月圓可憐團扇曲不及洞簫篇

月夜憶亡弟

風急天高斷雁聲歲寒誰慰我深情不知此際重泉月可有
窗前一樣明

游仙詩

五城西畔玉樓東鳳蓋霓旌杳靄中無數真妃朝北極叢鈴
碎佩滿天風

夏晚獨行斷橋北岸涼颸消暑晚山橫翠煩慮都捐

飄飄兮欲仙也

蟬聲斷續夕陽閒白鷺還時我未還塵市那能容冷眼自來湖上看青山

烟幕遙岑翠欲沈漁鐙映水一星星笛聲忽度垂楊岸細按風光似洞庭

吳顥德字臺卿號頤菴又號瓶齋嗣爵孫錢唐廪貢候選訓導

瓶齋席世胄願功名可俯手取而同學生皆得意去瓶齋獨連蹶于鄉其叔菘圃相公使就他途入仕不欲强之則乞爲儒官非所樂也荻港章氏有所奉乩瓶齋信之篤長齋禮拜日夕忘疲會嘉慶甲子秋試復罷彌忽忽不自得乃受道士戒百日不語遂病咯血以卒年才三十五詩文皆雋爽可誦不自收拾又無子其卒也遂無所傳

冬夜次錢萩原韻奉寄

吐鳳才華肯讓誰摶扶有路總難羈松貞未說知心晚梅老寧嫌破蕚遲蹋景雲駒驚獨秀藏巖霧豹早能窺隔年好訂連牀約杖履歡陪莫後期明年百泉師掌教當湖蕺原亦授徒書院中暇時相過論文樂何如也

八疊前韻荅愓蘿石先生

寂寂元亭問字誰諸甥髫秀髮初羈疎簾霜冷吟髭凍老屋鐙昏夜課遲聯句已慚貂尾續論文應笑豹斑窺梅花消息梢頭動試訂東湖放棹期

百泉師歲暮回禾諸同學亦相繼歸去書堂獨居十一疊前韻奉酬蘿石先生

酒瓢斟酌欲畱誰同輩紛紛去莫羈鑪閣香殘宵讀倦鄰牆語絮夜春遲葦桃送臘三春近鼓笛驅儺比戶窺孟郊詩驅儺擊鼓吹

長笛赴壑年光嗟易駛猶憐同調有鍾期

舟中襍詠

蘆花楓葉不勝清月近揚州分外明帆飽如弓波似箭較他
騎鶴更身輕

金閶門外簇紅鐙酒舫歌船笑語騰瓶盎蕭然誰似我萬花
叢裏一枯僧

曈朧日氣遠浮窗隔岸潮痕驗柳椿醉裏不知風浪惡鷺鷥
引我過吳江

西湖柳枝詞

湧金門外草如茵踠地柔絲颺麴塵九十春光猶未老爲儂
綰住看花人

吳克勤字天行世安子錢唐廩生

天行以解經有聲黌序閒試輒
冠其曹偶性嗜酒以此致疾卒

春草

從知春意暗中還一片茸茸色漸斑破冷嫩銷三月雨如雲春繞數層山詩情池上連宵夢書味窗前鎮日閒莫藉花茵待花落入簾葱蒨有無間

吳克寛字桓生仁和諸生克勤從弟

桓生蕭灑自適至老不娶

沙裏鉤蝤蛑類也產於吳淞之川沙深藏穴中捕之者用鉤鉤出之因是以名糟以泡酒風味極佳土人餽遺以爲方物同人各賦長律一章分得鉤字

人來海上費搜求不數蝤蛑擅越州郭索無聲埋曲穴爬沙有路落尖鉤釘頭白下清糟醉杯面黃隨熱酒浮何事季鷹

千里駕祇思鱸膾故鄉秋

沈毓蓀字于澗號蘋濱海寧廩生有吳門集

吳門集爲于澗嘉慶丙寅游姑蘇時作序中言尚有河瀨集則爲僑居杭州時作未見此外當別有集惜所見僅此耳

自光福至元墓途中作

山迴水複徑紆斜雞犬聲中住幾家茅屋成村皆畫本野人種樹是生涯嶺雲千疊白迷鷗霜葉一林紅襯霞秋色誰知元墓好尋春但解看梅花

謁范魏公祠

魏公祠近闔閭城俎豆千秋重大名儒者幾人堪宰相全才兩宋獨先生道扶慶歷追周室策薦長沙哭漢京萬笏朝天山正色當年風度看分明

蠶詞

黃鸝恰恰喚春晴望裏茅檐夕照明流水潆洄桑不斷東風吹出翦刀聲

繅車軋軋轉如飛抽得勻絲幾百圍爲有白頭人怕冷小姑權緩嫁時衣

高應午原名應松字心如號小農仁和廩生觀鯉孫家驥子虞文嗣子

小農工制藝開門授徒從游甚盛坊間雕其塾課一時爲之紙貴鋭志秋闈年未五十以暴疾卒生平詩不多作嘗與其姊婿黃薌泉約十餘人爲古學課書屋丈評定其甲乙焉今就課卷中甄錄二篇

宋仁宗飛白歌

天下昇平四民淸七字足顯仁宗仁進賢退惡卻嘉瑞省刑薄稅安邊民忍飢不啟燒羊例和藥立碎通犀珍厚澤深恩

四十載謳歌遙想周寰塵錢唐石刻出天筆前追羲蔡後無匹非篆非隸筆法新亦白亦飛結構密青鸞欲舞丹鳳翔宿霧乍散晴雲裂想當揮翰悅皇情一時勝事傳東京重午恩沾綵扇賜玉堂格換銀榜成字圖一幅重孫爽點法三百超唐卿自是聖明本天縱不然下筆能爾精吾杭一經宋南渡在在貞珉御書布石經字煥首郡學見滄閣起吳山路更喜此碑好且完晶瑩御寶碑中署體結新奇語匪誇天神定作千秋護

映壁菴尋南宋梳妝臺遺址

赤華含隱白雲陲南宋妝臺舊有基閣外碧池曾洗粉壁間紅草尚凝脂芙蓉出水回青眼楊柳依人鎖黛眉莫恨曉鬟今不見鳳凰雙髻影參差

夏建寅字降庚建謨兄仁和諸生

蠶詞

纔過穀雨水平湖如線蠶苗箔上鋪小女不知春路滑水精鹽去換貍奴

倪稻孫字穀民號米樓一擎孫印元子仁和增監生

米樓年十齡以河伯觀海賦見賞于學使朱文正公補弟子員其祖嘉樹先生言予家雖無登科第者然數至予孫列學宮凡十八世未之中絶也米樓工隸篆雅擅倚聲有翦雲樓詞蘆中秋瑟譜皆吳穀人祭酒爲之序性通倪不羈以家貧棄諸生入貲爲襍職又棄去爲道士服居金鼓洞又棄去潦倒以歿

秋雨連宵有懷同社諸子

重陽節後雨漫漫紅燭清樽向夜闌別院風聲摧木落連宵蛩語報秋殘荼毘舊事傳鐙下醉白新吟走筆端更憶工書松雪子黃昏孤館不禁寒

題琴鳴耶溪漁隱圖

樵風徑外漁歌起，一派清溪兩槳分。眞隱而今招未得，在山泉水出山雲。

秋瑟絃絃譜未工，秋心兀兀向蘆中。生平不合江湖老，擬問西溪一釣篷。

·姜遂登字樹聲，號秋畬，錢唐廩貢，候選知縣。

秋畬家素饒裕，屢困棘闈，遂入貲爲縣令。旣而家中落，棄其恆產，潦倒而卒。

西湖柳枝詞

孝伯風流迥絕塵，靈和占盡玉堦春。還將彈指聲中汁，遍染宮袍簇簇新。

正是春風春雨時，關心唱出灞陵詞。鶯花留作西湖主，倩爾長條綰別離。

蘇隄纔去白隄過金縷毿毿蘸碧波一樹臨風自披拂也如桃李藉陰多

界映琉璃縱遠眸究思何處足句留六橋多少春消息盡入孤山第一樓

朱銓字玉衡號坎泉仁和諸生

坎泉以諸生緣事發遣後其子瀾聯捷成進士入詞垣次子瀛亦旋領鄉薦瀾改官知縣宰溧陽坎泉遇赦歸乃就養焉

西湖柳枝詞

東風取次扇微和十里湖光買棹過好向段家橋上望沿堤一帶柳陰多

蘇小墳前落照遲繁華轉眼憶當時劇憐門外千條柳不管春光管別離

周肇原名以謙字寶傳號阮儂仁和增生

阮儂家綦貧其妻復善病無力置簉遂無子以卒

西湖柳枝詞

西泠橋西東浦東重屏畫掩綠陰中蘇家春色濃如許怪道門前繫玉驄

翠樓深處學蛾眉望眼盈盈悵別離一縷柔情牽不住春風消損舊腰支

童人傑字超臺號洗橋仁和人郡廩生

西湖柳枝詞

西湖湖水碧琉璃西湖楊柳綠絲絲兒家生小西湖住婀娜身材稱柳枝

蘇小墳邊是妾家門前柳色帶棲鴉願郎醉後休攀折好繫

重來白鼻騧

青雀船頭郎挽衣別郎問郎何日歸楊柳絲欲綰郎心住猶恐郎心作絮飛

杭棫字芃野錢唐廩生

芃野爲蓮浦先生族孫英鋭之氣偪人眉宇乃年未三十以暴疾卒良可痛惜也

西湖柳枝詞

深如螺子濃如黛染得湖天一半藍絕好蘇公隄畔路暖風斜日畫江南

望湖樓北段橋東想見封姨點綴工千尺柳條齊到地人家半住綠陰中

周紹蕙字又白駿發子錢唐諸生官廣東南雄知州

西湖柳枝詞

二月嬉春盪槳遲六橋如畫柳參差新蛾描出纖腰軟正好
小蠻初嫁時

香車寶馬踏歌行春曉樓前無限情怪殺黃鶯太無賴枝頭
啼出斷腸聲

裏湖外湖春水平蘇隄白隄花亂明何似柳條青不斷同心
綰得可憐生

碧玻璃好漾輕舟柳色高低罨畫樓妝罷無人偷對鏡阿儂
眉樣似渠不

陳文湛字厚齋號壽蘇時子郡諸生有青蘿館遺詩

壽蘇詩得其兄雲伯之傳爲阮雲臺先生所賞定香亭筆譚詁經精舍題名碑皆載之亦見梧門詩話惜早死未竟其業

循烟霞嶺遂至水樂洞用林艮月韻

平生山澤臞叟作林壑遊烟霞緬高致往復山之幽澗曲深谷咽石漱清泉流山水有清音悠然與耳謀篁韻自瑟瑟松風亦颼颼老衲卧雲壑禪棲松閒樓髣髴洞庭樂坐令凡響收坡老東陽詩和者惟子由元音琴瑟古俗韻箏琶羞應笑朝元閣一曲霓裳偷珠散乳竇滴玉碎空潭投暝烟斂殘畫還思顧虎頭

武陵桃源行

桃花少處紅一門桃花多處紅一村洞中桃花千萬樹年年開遍仙源春避秦當日原秦人來此已作無懷民漁人去秦五百載所見應是秦人之兒孫桃實尚作秦時味桃樹亦是秦時根我思避秦定當秦盛日虎視六合方紛紜阿房起宮絶渭水長城築塞清邊塵滈池璧返玉妾去秦人未必能知

秦何況漢魏以來下逮晉泰元緘口焦孝然獨坐管幼安鼾睡陳希夷沈醉劉伯倫古人避世各有託或如蠖屈如龍蟠五柳先生晉高士莊列寓言有深意我欲重來一問津惆悵南朝劉子驥壁閒日對桃源圖案頭還誦桃源記

天台桃源行

武陵桃源人中仙天台桃源仙之人瓊臺雙闕碧雲裏桃花萬樹仙山春一雙玉女皎如玉雲髻翠鬟眉黛綠桃花深鎖洞天霞洞裏胡麻飯應熟彼劉阮者從何來遊仙應識皆仙才髣髴璆韶入嵩少到時正值桃花開仙郎仙女皆年少仙家姻眷都妍妙鴛鴦牒裏好姻緣春風吹放桃花笑花落花開復幾年歸來各自悵華顛洞中花發應相憶天上人閒總惘然仙人已去留仙迹仙若重來應太息東風歲歲放桃花

會仙畱得三生石

瑪瑙寺懷温日觀卽題所畫蒲桃

濃雲壓地綠雲斷翠纈裊空碧絲亂阿誰寫此顆虬珠瑪瑙寺僧温日觀生平最憤紅兒僧發邱不問何王陵墨痕中有淚痕溼滴向青蔕梅邊藤得錢便乞餘杭酒一幅先呼酒一斗酒氣眞從十指出畫成滿腹龍蛇走月泉吟社今已無西臺朱鳥空嗟吁遺經兩函葬竺國玉潛遺老眞吾徒鮮于宅近耿家步舊是老僧棲息處汐社遺民天地閒蒲桃何似冬青樹

汪竹隱宅觀泰西人畫山水巨幅

名山豈獨中華好域外奇峰知不少青天碧海大西洋方丈瀛洲半仙島縱橫巨幅十丈長海氣黭黮橫青蒼長林中隔

好樓閣閣中婉孌皆洋妝金線蛟龍盤赤罽洋妝云比華妝麗窄襟小袖珠鈿排闥鎖春心同此意我聞澳門慣泊西洋船浮海幾輩來嬋娟闌干金碧照海水燕支少婦皆芳年香山高下洋人住洋人既來驅不去粵東豪富十三行亦似圖中好雲樹貨稱洋貨錢洋錢轉輸頗奪司農權能令童昏醉不醒鴉片更有西洋烟此畫君從何處得湘水湘山逢粵客瀛舟籌海更何人青天搔首珠江月

冷泉亭

眞與幽人似空山此冷泉鷓鴣啼夏木猿狖嘯秋烟深澗靜疑語澄波澹入禪何緣滌煩熱來此借牀眠

孤山尋快雪堂遺址並訪碑石用張卿子晚眺孤山草堂詩韻

半湖春水碧堪憐一角朱闌倚栜縣空有草堂題快雪更無殘石翳荒烟訪碑僧踏松閒展載酒人歸栜外船留得銀鉤數行字閒將餘墨浣晴川

石門磵尋臥龍石並訪慈雲法師種松處

偶過石門磵言訪臥龍石龍去石門空澗水自深碧種松作龍鱗松根瘦龍骨夜靜空山空一松一明月

徐廷錫字貢南號秋雪仁和諸生有秋雪山房遺稾

秋雪居貧媚學不以世事嬰心故所爲詩風味蕭淡多自得之語既歿無子余慈柏李抑齋諸君經紀其喪并刊其遺稾行世冥冥之中不負此死友矣

石屋洞

何年一片雲墮地結爲屋石戶豁谽谺疑是鬼斧鑿懸厓多佛像半蝕苔痕綠鐘梵了不聞松風響虛谷

烟霞嶺

木落天愈高峰迴境愈靜古徑少行蹤叢篁散淸影梯烟度
層岡俯仰得眞景欲作餐霞人雲臥空山冷

水樂洞

泠泠山中泉淸響忽飛灑雅樂何年張琤瑽巖竇下石門窈
以深雲液任傾瀉樵歌嶺上來此韻若爲寫

九溪

日落衆峰陰草樹起寒色下有九折溪沙明宛如拭枕流結
退心濯足寄高跡欲窮流水源烟深渺難極

十八澗

蓑衣百泉裏一步一迴顧風葉亂秋林荒村隱寒霧嵐光節
外迎鳥影澗邊度行行問前途已入烟霞路

宿南屏僧舍

歸鳥棲復喧斜陽倏已瞑松室炯寒鐙月林響清磬繙經客忘眠參禪僧出定明當恣幽尋捫蘿上危磴

湖村花隱爲花海作

西泠隱士孫花翁種花百本花成叢今君愛花入骨髓欲修舊譜追高風南山南兮北山北肩荷鴉鉏常自得非耕非釣人不識茅堂微露花陰側前曾示我惜花圖惟愁滿徑殘英鋪何如終隱西子湖翠圍紅繞無時無翠圍紅繞無時無窮人亦作花翁呼

九日同人游永福寺

閒訪招提勝秋風落帽初當門松翠滴隔院竹陰疏瘦石插天表亂泉鳴雨餘清涼曾駐錫何處問茅廬舊有清涼僧結夏於此

同人游烟霞諸勝夜宿淨慈寺

路繞飛流轉松篁萬壑陰白雲樵徑遠黃葉寺門深坐石逢僧話支藤荅客吟南屏歸去晚片月在疎林

秋江曉望

殘月影將墮夜漁人未歸烟銷千嶂出潮過亂帆飛野寺清流磬江雲冷溼衣水天空闊處吟望思依依

哭湯點山

歸來剛半載相見倍情親豈意成斯疾終教殞此身長才淹下吏奇窘厄詩人生死交情在憑棺一愴神

早春同李抑齋湖上

說著清游便解顏故人招我出柴關東風吹動岸邊柳殘雪未消湖上山小艇偶攜靑笠去此身爭似白鷗閒及時行樂

非虛語莫歎蕭疏鬢易斑

初冬泛舟河渚過秋雪菴登彈指樓晚眺

繞遍蘆花第幾灣暫停烏榜叩禪關沙邊晴雪撲寒水樹外夕陽沈遠山此地寂無遊客到我心爭似老僧閒樓開彈指荒涼甚賸有鷗鳬共往還

羅承烈字建勳號耕石新城監生

耕石喜古尊彝尤嗜佳硯得一二奇石終日摩挲不厭也

見朝鮮崔進士乘槎錄一冊記其遇風日月有詠別刀浦一律卽用其韻贈別

航海曾經跨六鼇隨身有筆似并刀偶過勝地留鴻爪應識仙才等鳳毛十里湖光憑客攬一時紙價爲君高崔君書法絶佳求書者紛紛風恬浪靜歸鄉國歷數游蹤氣自豪

國朝杭郡詩續輯卷三十三終

錢塘吳慶坻校字

國朝杭郡詩續輯卷三十四目 嘉慶間人約略爲次

俞杭 吳上會 吳興 丁衍 李世楷

唐鳳儀 姚甲桓 朱華 馬鼎 沈邦寧

戴定相 陳焯 蔣楷 查世衡 查世佑

查有祁 查人和 郁青 俞象瞻 徐道徵

徐光綺 朱溥 金楷 顧應曾 許懋堇

趙銘 諸嘉杏 王臺 徐恭儉 金鼇

陳增 黃泰階

凡三十二人

國朝杭郡詩續輯卷三十四　錢唐吳振棫毅父氏編

俞杭字葦舟號鐵山郡廩生

鐵山蘊藉風流貧而孝養且奮勵于學惜甫逾壯而歿遺二女其從子雲史太史焜爲經理之

荅友人問杭州風景

十里長街說鳳城秋來枕上夜潮鳴河東機杼河西筲并入西風落葉聲

吳上龠字典彝仁和諸生有能改齋詩集

典彝爲竹堂先生從孫少孤學於舅氏潘蘭公侍御詩文得其指授工草書及大小篆

戲作消寒圖

解畫不作畫恐經大匠嗤閒中忽技癢寫出消寒枝九九八十一有偶復有奇圖花閒疎密布幹多支離頗覺得生趣孤根產墨池香暗疑過麝影疎忽染緇始知摹粉本規規不足

奇庭前冰雪姿乃是良畫師圖成付阿女排日施臙脂妝臺見紅杏已到清明時

封臂行

讀山陰潘石舟明府登環秀閣記感其尊人占吉先生爲兄封臂事有作

嗚呼兄死我臂寒兄若不死寧使我臂殘臂殘止疾苦臂寒摧心肝解一潛持匕首向高閣默禱神明肉作藥肉一片藥一勺解二肉豈有靈心自誠人雖不知兄則生但慰父母地下不知淚血之交并解三白髮兩妯娌遺言說如此記中傳信不傳疑作記者誰是其子解四

雨宿草橋墅

亂柝連城急孤燈戀夜明宵長延客夢江近識潮聲雨破春

愁早寒嫌酒力輕行將理征棹無那別離情

立夏日風雨送春

又作天涯客相思空斷腸不知從此別何處是家鄉風雨夢魂短酒杯人意長悤悤留不住芳草滿池塘

赤岸橋

極目滄波裏微茫淡月痕人聲喧赤岸燈火向黃昏趁渡施雙槳衝寒對一樽蘆花飛作雪知近謝安村

過摩天嶺

从徑穿叢薄驅車欲到天人家孤嶂外鳥道夕陽邊架竹通溪路疏流溉石田故鄉何處是望遠思緜緜

登迴雁峯

徑合疑無路峯迴別有山人行蒼霧裏寺擁白雲間曲澗幾

回度危崖不可攀何如天外雁到此便知還

中秋

佳節逢秋半閒庭坐夜闌可憐花下月獨向酒邊看風急清砧亂天高玉宇寒誰家自弦管歡笑倚重欄

送孫曙齋歸菱湖

聚首倏經年離懷悵渺然聽君歌錄別先我著吟鞭游共千山夢歸乘五月船收帆時節好蓮葉正田田

哭汪遐樓

同歸纔五月竟爾作孤魂殘壘有誰惜虛名空自存梅寒悲不發竹苦淚成痕從此高陽里愁過處士門

仙居王鵝湖將行暴疾而卒詩以哭之

訣盡儒冠踏棘闈前程如夢事都非偶留書蹟原鴻爪望斷

鄉音祇雁飛流水不隨遊子返亂山何處旅魂歸傷心舊業休重問贏得西風淚滿衣

除夕

結習年來久破除錦囊字少綠樽虛升天較後翻因慧入道猶遲總爲愚屈首生涯三寸管隨身家具半牀書勞勞塵世無煩問百密何嘗勝一疏

移寓

自憐鳩拙棲無定爲向深林借一枝郭外好山晴入戶檻前清潏雨通池風吹蘭蕚香來近月覆梅花影過遲恰笑淵明殊未達南村有宅始裁詩

漫興

幽閒小住馬塍西蘿薜門牆足隱棲屋後稻田收穀早階前

藥圃養苗齊鄰知好飲分新釀女解吟詩問舊題日上三竿慵未起更無心聽曉窗雞

過陸筱飲先生荷風竹露草堂故址

解元才技小唐寅（畫二文三詩第一解元才技小唐寅當時同人贈句也）詩畫當年負重名一席草堂留不得蕭蕭風露太淒清

紅雨樓

鼇峯峯下徐熥宅千樹桃花作雨飛零落臙脂銷不盡春來依舊點人衣

吳典字冠雲號介亭郡增生有古城陰草堂詩

郭東陳君余姪蘭洲老友也藝菊甚佳蘭洲邀往同賞一雨十日及晴而蘭洲有事他出歸途悵然賦九言一首柬蘭洲轉寄陳君索和章爲明歲看花之券

吾家蘭洲老去愈好奇報我郭東花事推東籬陳叟隱居此地數十載每見佳種收植無遺向背燥溼體會花情性刪繁剔蠹酷暑神忘疲一枝三朵開出盤盂大青黃赤白五色光陸離閉門不許俗客闖戶牖唯與二三良友同銜巵我欲命駕遠訪彭澤令誰知一雨見阻十日期小晴來尋小阮又他出三神山在不覺失導師臨歸欲訂異日再偕往又恐落英滿徑餘空枝近鄰花圃亦有艾本種塗脂抹粉嗤彼東家施明年涼秋九月急邀我讓我一花贈以一首詩主人見憐請爲座上客過牆酒到狂飲醉不辭乞得根芽歸去種盆盎淒風冷雨免我長相思

金亞伯孝廉出其孤山吟社圖索題爲賦長歌

太岳先生由璫進放手欲殺高新鄭後來建豎雖有功一忍

終身無不忍無父無君在奪情豈仗藎臣除國釁膝前一班紈袴兒高踞蓬山歷寒畯吾鄉先正彭城公遠宦湖襄主文柄十揭先教當宁知一芹肯向私家贈權門犬竟嗾神羊脫去朝衫賦歸隱弟兄叔姪聯吟朋勝地西泠寄觴詠某山某水舊釣游一篴一邱新管領孤山放鶴老道仙把臂入林蒙首肯秉燭何愁春夜長披裘共耐西山冷或浮畫舫或跨驢或翦園蔬或鬬茗西湖風景四時殊都入吟箋化墨瀋山川閞氣萃一門不讓靑箱名獨騁座中難弟號郁吾杖履追隨句新穎喜有文孫溯舊游二百餘年陳迹泯韻事先將畫本傳高風遂與湖山永我近移家傍聖湖攜尊日泛烟波艇醉聽船頭風雨聲髣髴豪吟到孤枕

寄程秋紉慈水幕

西湖家尺只嶺上望江干問訊憑雙鯉投閒老一竿短篷何日挂長鋏未須彈賓主交情重忠言進不難

清明後苦雨連旬賦寄張雨湖二首

滿望清明過鶯花逐漸新那堪經月雨又負一年春載酒知何日聽泉料有人高樓迷望眼雲霧壓重闉

幸有牆東客虛堂聽雨來簷鶯飛瀑至庭膹好花開紅漬溝陰水青粘屐齒苔勸扶筇杖去湖上共登臺

何如一首示倪二

勞君一見問何如豈覺神情非故吾寒減敝裘縫布襖食添兼味翦園蔬聖湖水綠浮蘭槳鷲嶺花香命筍輿隨分隨時隨意樂不須疑有養生書

菊人移居三支巷牆陰有古井泉頗甘洌井欄鐫吳

與井三字旁載開鑿年月與吾姓名適相符合因紀
以詩
偶從古巷汲清泉活火烹生竹逕烟族望是誰標井里姓名
許我共流傳味添甘冽西湖外款載開鐫南宋前不比爭墩
留笑柄參寥六一證坡仙
丹書深刻認分明也算慈恩塔下名豈與靈源通一脈卻憑
脩綆話三生據爲已有終非分聽到人呼暗自驚但許瘦瓢
時惠餉淡交從此日尋盟
庚午初夏移居山兒巷
烟雲供養可能無一笑三年負此圖築室是誰爲我計移家
半里即西湖
近西況有好樓臺無數青山入座來月落五更眠不得鄰鐘

催我把窗開

三支巷有二石獅埋土中相傳宋吳后家故物賦詩紀之

獅埋荒草半攲斜此是光堯帝后家濯足冷泉亭上去前朝戚里愛烟霞吳勇事力贊中興闡德優遺經太學苦雕鎪宸衷倦灑中宮續一樣鍾王筆法遒吳后續帝太學石經人莫能辨南遷第一舊門楣鵁鶄樓連浴鳳池朱鳥歌殘飛白雁不須重問上林枝荆棘銅駝事可傷故宮冷落奉塋王一雙古巷蹲門獸留與行人話夕陽鳳皇山佛刹皆宋故宮也

丁衍字鳳梧仁和廩生

西湖柳枝詞

千枝裊裊弄鵝黃第一春多是綠楊三月東風吹作絮化萍猶得傍鴛鴦

李世楷字白華號素侯郡庠生有芾珍稿

白華讀書喜徵故實嘗著鄴架摭餘錄搜奇抉隱惜未成書旋以羸憊成疾嘗有句云嘔殘長吉血瘦盡隱侯腰葢實語也病亟撫其子謂家人曰吾以苦學死是子長成勿令效吾但略識字足矣聞者皆泣下

秋曉

殘月入小樓幽夢客初醒披襟起開窗消受此清景吟蟲寂無聲坐久塵事并籬外牽牛花隔簾寫疎影

題汪劒秋鉽花句圖

君不聞惜花御史司羣芳又不聞風流太守記洛陽其餘勝事傳吳越喚作花精便狂絕亦有人呼花太醫蘇老當年擅

奇術胡爲未洗儒生酸錦繡叢中作寒乞不吹吳市簫不和粟里詩不買泉州餅不分蜀地絲不拓阿難衆香盋不唱鄭子蓮花詞但願一生花裏活偎紅依翠樂不支笑君本非窮措大也效貧兒弄狡獪墦閒幻出錦洞天杖底挑來驚世界是誰圖向尺幅箋愛此乞相神宛然生香活色都占盡不怕園丁催算錢吾家太白性嗜酒多情曾共汪倫友君今情勝桃花潭乞君之餘君許否

竹叢小憩

無言倚修竹小住亦爲佳苔磴少塵色泉流清客懷閒身坐危石醉腳健青鞵一鳥忽飛去催人上峭厓

唐鳳儀字天宇號雲樵錢唐人官江西進賢縣丞有雲樵詩鈔

雲樵南北試輒躓入方略館寫書以勞得官補當塗丞母憂起復補進賢丞兩攝尹事有聲于時生平奔走衣食足跡幾半天下迨一行作吏而塵甑依然偃蹇自傷未獲中壽而歿余不負丞丞負余古今同此浩歎也

宿山寺

山寺斜陽裏征人暫息鞭犬驚生客至鶴引老僧還梵語泉遙荅禪心月作圓一宵剛睡穩又聽曉鐘傳

湖陽晚渡

日落搖雙槳輕帆去似飛雨多青草沒湖闊綠萍稀一鶴天邊唳羣鷗烟外歸放懷篷底睡酒力莫嫌微

過花津

一道舡聲逐岸巡好風相送渡花津晚蟬力薄聲常歇倦蝶飛遲粉不勻隄柳昔年曾補植田禾今日喜懷新丁寧堵築功休緩好慶秋成百萬囷花津隄工最要卽令村民晝夜培護

途中書感

一年一萬一千里，南北西東任所遊。馬上自思翻自笑，不知於世竟何求。

春暮過上橋村

領略春光郭外賒，筍輿幾度到田家。村童定笑風塵吏，也學偷閒數落花。

泊蕪湖關寄家書

關門熟吏話相逢，書報平安第一封。紙尾丁寧勤飼鶴，歸來莫使瘦於儂。

姚甲桓字白棱仁和人

書感集唐

燕子呢喃兩度新杜甫 生涯還似舊時貧朱慶餘 人間後事悲

前事郭郎愁思看春不當春杜審言芳草有情皆礙馬羅隱江潭何處是通津宋邕流光易去歡難得口口歎逝翻悲有此身耿湋

一生懷抱有誰知无則歎息人間萬事非杜甫朗月清風難愜意韓偓孤雲獨鳥本無依張賁門前春色芳如畫劉兼夢裏光陰疾若飛李中壯志未酬三尺劍李頻閒梳鶴髮對斜暉張志和

家貧已用賣琴錢來鵠壯志仍輸祖逖鞭張泌始覺浮生無住著李欣長思身外省因緣張藉愁心似火還燒鬢羅隱明月無情卻上天薛逢獨坐黃昏誰是伴白居易燈光香灺共蕭然戴叔倫

回首東風一斷腸羅隱鶯歌蝶舞媚韶光鮑君徽千重碧靄籠

春院韋莊數片紅霞映夕陽曹鄴孤雁自遲從檜蹬李紳大鵬須息始開張黃滔長卿未達終期達王勃且放歡情入醉鄉劉兼

朱華號鷗亭海寧諸生有筆花書屋詩草

鷗亭性恬淡不問門外事惟以五經教授生徒資脡修養父而已

漁家

漁家夫婦日依依雨過前溪水正肥笑指桃花好春色對搖雙槳去如飛

篷底炊烟出港斜午餘進饌有魚蝦柳陰映處將船泊兒女鸕鷀共一家

馬鼎字念匡號乡石口口人有碧琳琅館漫稿

初夏即事效陸放翁擬元眞子漁歌體

鑪烟裊裊日如年小坐軒窗別有天搜古字讀新篇倦去藤牀且晝眠

平橋夜漲綠回環策杖閒尋水一灣行北郭對南山徑草隄花點綴閒

沈邦寧原名心室字春巖海寧人有亦暢樓吟稿

秋日襍咏

差喜衡門半事無黑甜一覺日須臾也曾射虎從亡賴豈必雕蟲誤壯夫學得癡頑聊混世不揮涕淚嘆窮途誰人立馬西風裏未識新豐舊酒徒

戴定相號甌書仁和人議敘縣佐

除夕集唐八首錄一

暫留歡賞寄春前杜審言一曲堂堂紅燭筵溫庭筠不是不能判

酩酊韋莊恐驚憔悴入新年李益

陳焯字綜如海寧人有心鏡集

寒食

大半春光付寂寥故園寒食意無聊疏狂但頌劉伶酒憔悴誰憐沈約腰詩思如兵退三舍愁情似柳繫千條年年辜負看花約細雨深泥舊板橋

蔣楷字文隅號夢花海寧監生有來青閣詩草

夢花著有雙梧桐館詩餘生平尤精鑒賞

初夏陳徵君餉莊招集同人分得瀉字

達人淡榮利棲志在山野小築傍巖阿芳鄰結蘭若蘿徑碧烟浮花瀾紅泉瀉竹生動石根果落響檐瓦林壑供釣游烟霞恣陶冶宴坐一孤亭曠懷萬廣廈風雨集苔岑意氣鄙裘

馬品高逹語多境靜塵事寡玉壺行買春水閣訂消夏既醉詠而歸有客亦風雅

查世衡字槎客海寧人郡諸生

擬小遊仙詩

身列瑤華第幾天桃花開落不知年玉清宮闕無人問手把芙蓉化作烟

偶從東海過蓬萊清淺經今記幾回說與羣仙同一笑黃金多半是樓臺

夜來誰唱步虛詞北斗横斜有所思臣本玉皇香案吏自甘小謫不多時

查世佑字學山海寧人昌和孫

山居

冒曉披衣趁嫩晴自攜鴉觜繞山行剛逢昨夜春雷響遍覓蒼苔哯筍生

溪口

村廬隱約住山椒谷口閒雲午未消竹裏有門門外水橫支一木作溪橋

查有初字再白海寧諸生有憶剡樓稿

曉發

坂田霜重如殘雪野店燈稀亂曉星聽到鄰舟歌欸乃征人殘夢一時醒

查人和字希呂號藹亭海寧人郡廩生愼行元孫官順天府經歷

藹亭殁後吳思亭修從其子敬五索遺詩鈔為四卷未幾敬五卒思亭亦卒稿本不知今在何處所錄二詩附

見吉祥居存稿

題思亭西湖買月圖時同客都門

銀燭宵明白板船清光不照綺羅筵黃姑待聘原無價例索
人間賣賦錢

一舸無端易水寒北風賺客到長安如何拋卻琉璃界來換
紅塵十丈看

郁青字貽穀仁和諸生

夏日

習習薰風夏日長凭軒倦起傲羲皇荷香入座消炎暑槐蔭
當堦納晚涼

俞象瞻字蒼石錢唐諸生

七夕病起

湘簾久不上銀鈎病起清羸怯苎裘勝事競傳瓜果會涼宵如繪水雲秋（是夕無月）翻風瘦葉吟孤樹背影疎燈照獨愁還借黑甜鄉味美夜深高枕讀書樓

徐道澂字鏡涵號雙橋仁和人

餅中蠟梅二首和康二海表兄韻

松窗竹几淨無埃香蜜爲容麝作胎待雪預籌雙屐出折枝遠寄一九來月移紙帳蜂鬚活風約冰瓷磬口開座有何戡勝何遜燭花弄影板頻催

汲得冰泉滿注勻洗熏檀斷態橫陳水仙窠石商清供雲母籠燈寫小身犀押䤋香寒可辟蜜房融雪座生春神閒味淡將何伴一卷黃庭結淨因（張文潛蠟梅詩將何伴高潔清曉誦黃庭）

徐光綺字緺波錢唐人

水星閣觀梅

當門一鏡水平池四面梅花種百枝香氣撲衣濃似霧簷前負手立多時

朱溥字大泓號石泉仁和人

鎮寧道中

百萬橫磨劍鑱天不盡奇亂雲闗索嶺古木竹王祠峒戸燒畬種蠻姬叱象騎鷓鴣聲滿耳歸計尚遲遲

九日得家書感賦

一紙書來易歲華故園萬里隔天涯雁飛不到魚難上秋老籬邊消息花

金楷字以莊號露香仁和人逵曾孫友白孫濤子有聽松樓集

露香家世業醫與弟盨並稱聖手母病刲股以療同里孫元培爲之作傳

黃鶴山行

秋高風未嚴山深氣猶暖野花作春紅欲開意殊嬾尋幽不憚艱躪足躡蒼蘚漸上徑漸微詰曲裊香篆霜楓散紅蝶雲竒張翠繖白日不到處飛泉忽界斷羽衣紛氄氄紫芝秀盈畹緬懷文敏甥招隱闢虛館山作荷葉皴烟雲極迤衍迢迢五百年黃鶴去不返石屋無人居濛濛白雲滿遲回下山路疎鐘催日晚

贈張文魚徵君 燕昌

金粟山中叟蕭閒結古懽書搜秦火賸篆補禹碑殘團扇爭看畫朱弦不廢彈劇憐米家艇飄泊水雲寒

吾笏山比部 德凝 過訪話舊有作

車笠盟猶在情親更有誰輟騶過隘巷分俸採遺詩（時採家伯蟲豸十六詠刻入南園集中）談笑論前事胸襟辱舊知那堪卅年別雙鬢各飛絲

　景星觀爲唐邱員外故居攷陳郁話腴觀有邱眞人祠祠有丹鑪邱本唐人仕嘗爲郎棄官學道於此飛昇年久祠廢鮮有知者己卯夏五於殿之西廡搜復其祠祠成糾同人獻迎神之樂因賦詩以紀事焉

碧城紺殿迴淩虛誰訪華陽舊隱居賸有名山留姓氏竟忘貞行表鄉閭（用韋蘇州贈邱詩）殷勤重掃蒙籠室髣髴歸乘轂觫車佇看丹鑪丹井畔芝雲松雪自扶疏

　遊資聖寺寺爲晉右將軍戴威故宅明王文成公讀書處

隔谿啼鳥導游人叢綠陰中一徑分幢影靜移花外日磬聲徐墮水邊雲青山如此昔賢往壞塔何年刼火焚小憩簷休繙貝葉妙香消受逆風聞

顧應會字慕京自號醉道人□□人

題畫

平坡如簟醉堪眠臥聽千軍到嶺邊長嘯一聲驚坐起松濤萬里月明天

許懋堇字容孚號梅隱海寧人

梅隱性和易工鑒別于瓷玉雕漆尤精以嗜酒故至傾其家

采蓮曲

誰家采蓮女含羞障團扇淩波嬌不語花光妒儂面同上木蘭舟鬟髻隔花顫迯藏花葉中羞與鴛鴦見

南陵口號三首

漳水拖藍（南陵十景之一）清弋（江名）清工山削翠（南陵十景之一）敬亭平子明自昔稱仙令（漢竇子明爲南陵宰後隱居山中仙去）杯渡浮杯破浪行（梁高僧無名常浮杯渡江於此）

朗陵侯廟工山旁（晉朗陵侯何琦隱居山中仙去）謫仙子祠新酒坊（五松山下有新酒坊建太白祠）游人指點鵝公凸（鵝公凸即箬帽之餘下臨石潭潭有蟄龍騰躍禱雨最驗）舊事猶傳石碌場（唐廢繁昌縣爲石碌場按石碌即日綠詳本草空青注）

香油寺內晚鐘鳴玉帶橋前新月生最愛人家多面水凭闌時聽櫂歌聲

晨起

草滿池塘水滿陂綠楊搖曳未成絲朝來怪底添愁思又見梅花欲落時

趙銘字右書號篠珊仁和諸生官湖北安陸知縣篠珊罷官後貧不能自存薄游閩中復不得志而歸課徒里中年逾七十卒

已酉十月十二日同人集翠雲館觀錢蘀石先生水墨芝蘭各賦五言律體分得十五刪韻

入此芝蘭室相看墨色斑爲稱君子壽頓破老人慳瀟灑深林外紛披尺幅閒階前多玉樹讀畫愜情顏

春江花月詞

橫塘十里綺羅鮮春水平帆綠到天壁月映花花映面唱歌齊上木蘭船

東風纖浪皺輕綃拍手何人會弄潮花信似隨潮信至春來作意逞紅嬌

棹亭有驛傍花樓百尺飛闌倚碧流坐看雲霞浮五色文君

濯錦在江頭

玉笛誰翻水調腔春鶯春燕語雙雙越山隔岸如含笑花月無邊是曲江

諸嘉杏字耕初號鉼谷仁和人以謙子歷官湖南永順知府

鉼谷初宰永定換宰保靖屢任苗疆不名一錢老病乞休室如懸磬卒之日幾至無以爲斂

自題西泠話別圖

舊雨春風與未闌黃塵幾次促征鞍天涯芳草無情碧休與秋容一例看

臨風把袂意遲遲怕聽江城笛一枝畢竟文通情太重吟成總是說相思

青山淡淡隔平蕪收拾離情入畫圖送了春歸我纔別此來

原不負西湖

王臺字春熙號笠生仁和諸生有夫須草堂集

笠生少時倜儻自喜金布衣軺賞之招居郭外之梅莊以女女焉壯歲恣遊南北磊落英多有前無古人之意詩文速藻見紙即書時呼爲王八尺八尺八者兒童所習仿字紙名也比老貧而無嗣困頓不可名狀唯詩酒之與尚豪卒年七十五著有讀史摘要王氏早風錄見施朝幹武林人物新志

同白亭石樵陪朱青湖先生登鐵冶嶺

春霽果佳游共登鐵冶嶺言此形勝區卜築素心肯可憐讀書臺荒基無斷梗斯人不可再鐵笛吹已冷縱目眺全湖雙峯送青影

晚次塘栖

鄉關猶接壤晚次屬征程風緊收帆重船空載月明恨無排悶物喜有擁吟情逆浪聽魚去生平畏獨行

近況示車山衡

同此青氈坐君閒我更閒冷吟三日雨飽看一房山狂態舊仍在交游禮久刪抽毫書近況應爲得顏般

吳江

蘆荻蕭蕭白雁翔蘇門作客漫相將櫓摇舟尾分秋水帆落竿頭帶夕陽孤枕不成千里夢征裘多染五湖霜阿蒙他日非吳下應向風塵惜此狂

題壁

自笑年來素願違那堪闃寂竟如斯三株靜對窗前桂一角平臨檻外池冷淡官銜容我嬾艱難家計累親持遥知今夜諸昆弟合有鄉音慰旅思

同雪豐石泉心耕泛舟西溪呈仙壽先生

秋好溪光作畫圖勝遊此日是誰乎同人奇比玉川子進艇
疾於金僕姑山帶層雲紅襯柿波開低堰白藏蘆就中輸卻
無佳句潤色煩公付鼠須

贈陳若谷

屋宇鉤連擊柝聞論交兩世又逢君十年以長當兄事一日
之談到夜分可笑泥塗同託足無緣鵷鶴各成羣流光易過
情難遂擬約東郊植杖芸

到家二首

和風逐陣吹南旋行子回家意灑然花木階前尋舊植詩書
架上覓新編喜無兒女關心問雅有杯觴到口便用世雄心
暫收拾儆廬也足度餘年
名不能成利枉謀三年蹤跡類浮漚歸來默與湖山約老去

甘從鹿豕游帆轡此身休再累公卿於我又何求卻憐京洛諸新雨何日相攜共獻酬

## 題維揚酒家壁

自別斯樓幾度春壁間題跡已成塵重來沽酒邀新月漫向當壚覓舊人鐙下儌儌雙短鬢江邊落落一閒身輞川詩畫樊川筆已作平生未了因

徐恭儉字壽生號寶幢觀海子錢唐廩生有修竹吾廬吟稿

寶幢生有至性孤貧奉母賴研田以養所交皆當世名士中年喪其明習君平之術以自贍遂坎壈以卒

## 襍感二首　錄一

昨夢遊嵩山羣眞亂招手泠泠玉笙寒浩浩海波走披我五銖衣酌我流霞酒俯仰月在懷談笑雲入口仙人戲拍肩共

食如船藕灑然心骨清塵障復何有榮名諒無常眞性惟不朽開眼望塵寰浮雲變蒼狗

憶妹

鮑公寄雷岸杜老念鍾離古人愛骨肉夢寐想見之我年二十七我妹年及笄小者一十五裹髮纔覆眉庭幃共嬉戲出入肩相隨長大未昏嫁苦費阿母思我時客淮陰兀兀形神疲青氈冷如鐵硯破寧療飢四月得家書阿母多哀辭謂汝妹已長摽梅當其時壻家大賢達不復論妝資三星正在戶迨吉諧婚期年年壓金線辛苦徒爾爲眉匳與粉盝赤手聊支持豈無黃竹箱豈無青絲綦悤悤一葦杭揮淚江之湄聞言意惝怳三復心酸悲自兹渺參商邑邑恆不怡去年忽到家到家翻遲疑相看各無恙喜極雙淚垂柑橙及瓜蔬果食

紛相遺爲言寄書難往往空思維幼妹亦還家歡喜待姊禱廚下見新婦握手如舊知仲夏苦日短並坐忘炎曦晨昏不相失竊竊言笑私秋風生洞庭高樹何淒其慘然別我去大義難久羈迢迢青楓林娟娟丹桂枝哀哀鴻雁號肅肅商飈吹雨雪集維霰晚景霜華滋去去復去去相望天之涯一昨過文江雨急風披披吹來雙鯉魚使我長嗟咨丁寧早還家周道毋逶迤愛此桃李姿勿受風霜欺白雲望高隴永念春暉衰朱顏對明鏡太息刀環遲餘言但珍重惻惻傷心脾自非骨肉情哀切何若斯平生愛遠游旅食甘孤羈錐刀逐毫末面目成黝黧感彼至性言誓翦南山茨不然滯異域無乃巾幗嗤良辰未渠央樂事猶可追歸當掃庭除待和風絮詩

姪孫女將嫁而予適有吳門之游倉猝竟不及待爰

作詩送之且述往事以慰其行

汝祖吾長兄汝父乃吾姪汝年甫及週汝母傷病歿汝父性情善夙抱怔忡疾幸依祖母旁針黹共晨夕吁嗟食指艱鴻雁哀中澤零丁僅三口遠作豫章客維時欲諫阻兼顧恨無力河干一分手風雨迷咫尺嗣後我飢驅浪跡江南北音書苦莫達魂夢常相憶萍蓬亦何常書劒隨所適延緣到江右見汝話疇昔誰知乍相見哀痛不可說爲言祖母亡三載成永訣去年父又逝頓使形影隻煢煢寄鄰家飢寒面無色聞言惻肺肝令我淚泉溢哀哉嫂與姪生死竟相隔隆冬携汝歸歸途大風雪抵家歲將闌臘酒互怡悅惟聞汝已字壻家住於越預憂遣嫁時骨肉怨離別自茲寄我家數載頗便習操作事咸宜晨昏禮無缺愧我一氈寒囊空屢羞澀廚娘困

戊申安得久家食慊慨將束裝道路非遼闊吳門吾熟游山水況奇絕方謂堂上人賴汝解岑寂方謂閨中婦賴汝伴紡織誰知汝于歸諏吉殊促迫我旣不能留汝又不忍釋牽衣神徬徨伏地話淒惻自謂失怙恃髫齔誰憫恤旣而居異鄉飄流鮮終極幸蒙攜我還親長得相識如何遽分散感激淚沾臆更有至性言聽之助悲切兩棺滯他方何日安窀穸噫嘻汝誠孝此事本吾責吾力苟能辦豈敢任悠忽汝行毋繫懷去去愼舟楫尊章禮勿愆娣姒情宜密黽勉相夫子婦訓汝應悉迢遙一江阻頻望通消息我言盡於此我去汝毋戚勉哉各分飛相見會有日

祀竈詞

罏烟細裊燭光紫茶豆膠餳潔清醴家家祀竈今如此神有

靈聽我陳我無長物供明禋盛盆不解老婦祭黃羊草草神尤嗔鼠跳梁塵生釜神之靈鑒余苦惟有瓶中白酒市中脯區區告虞神我許我聞神靈今夕離塵寰直上排雲詣紫府左童子兮右大夫翩五女兮掀羅襦靈風颯然歸帝都降殃降祥道不殊我不解媚但解事帝聞得勿哀臣愚哀臣愚臣無辭再拜稽首啟帝知不願浮雲譽望鶩聾癡但願年年詩篇滿幅酒滿巵屈指除夕將祭詩作詩更補鏡聽詞

夏日大雨作歌

黑雲壓天天漸低萬馬踏破青玻璃風勢逼雲雲愈怒滿天亂走不肯住逃御陽烏匿無處下視茫茫但烟霧忽然狂風來衣上如潑水庭樹花枝眠復起屋瓦飛上青天裏琅琅之聲響不已疑是天公撒棋子金蛇數掣神鬼驚阿香䃂䃂推

車輪兀坐噤口不敢語滿耳都是江濤聲有如渴龍痛飲滄溟下捲起長空亂噴灑又疑仙人翻轉銀河底直瀉滔滔幾千里烏雀繞樹驚不飛吹面但覺風淒淒乾坤宛似一幅紙老天揮灑何淋漓昏昏忘卻是白晝呼童覓鐙掩窗牖瀰漫吞吐遍九垓風聲雨聲四面來驚魂未定發奇想此時料得荷花開須臾雨工倦無力拉取風姨走藏匿不覺晚霽開東南猶有輕雷響西北快哉造物不可方一雨朝暮分炎涼由來厚澤豈能倖篋中紈扇君休忘簷頭殘點猶滴瀝夕陽一抹橫東牆

倚閭歎

朝倚閭暮倚閭倚閭倚閭不至雙淚枯哀哉游子何其愚失意曷弗歸田廬解一行路難依人苦倚閭人酸肺腑汝饑汝寒誰與

語欲往從之道修阻解二獸亦知返哺鳥亦知倦飛悔將送別淚灑上游子衣西風落葉打門響夜涼怳惚行人歸解三天蒼蒼兮雲脈脈倚閭人兮痛沾臆杜鵑啼血哀猿叫月悠悠天涯魂夢斷絕胡不思倚閭人難再得解四

遊竹林菴

一碧入深處迎門夕照殘露壇花氣靜風砌竹光寒野鳥如相識山僧偶勸餐歸途覺蕭瑟新月樹頭看

秋暮送友人之豫章三首錄二

西風戒行李游子挽烟條極浦雲蕭瑟寒空雁寂寥孤鐙前夜雨落日故人橈且盡盃中酒秋江有暮潮

談笑無卿相英雄慣別離一時同話舊千里各相思素髮能無感青山合有詩江干延竚望烟水渺何之

萬安道中

人在千山裏舟行亂石中灘聲奔怒馬雨氣壓孤篷絕壁雲全白踈林葉半紅時聞棹歌發哀怨答征鴻

秋暮感作

愁裏千山暮樽前百感來風塵難自料懷抱幾時開秋雨晚逾急雁聲寒更哀無爲怨寥寂鐙影共徘徊

九日同人將游魏家寨攬翠微金精諸勝風雨不果

十年重到寧都地九日將尋魏寨山風雨若爲畱客住烟霞未免笑人頑隱君自古耽泉石（明季三魏隱此今其子姓尚繁）仙子何時響珮環叢菊未花秋影瘦翠微遙指有無間

憶汝

憶汝高樓罷曉妝更無情緒理衣裳畫眉人去春山瘦引鳳

簫停玉指涼頻檢魚書看子細獨憑鸞鏡費思量最憐扶病牀前坐繡得花枝遠寄將

憶汝西風倚畫欄日斜翠袖易生寒長途何論新婚別少婦偏知作客難中饋親操甘淡薄短箋偷寫說平安斷腸花又紅如許牆角陰陰不忍看

金鼇號小槎仁和諸生有楝花草堂吟草

嘉慶丁丑戊寅閒周芷卿日仁孫穜泉世南結西泠詩社凡十餘人小槎與焉未幾三人者先後相繼卒

夜坐

雨意渾無定陰晴竟莫憑溪雲和雁墮人語隔橋譍落葉秋三逕鈔書夜一鐙遙憐湖上路蠟屐漫生憎

重九偕蕓卿薌谷松溪登高游吳山金龍閣

行行曲折上亭坳人影參差石路交一徑花光浮樹杪半湖

雲氣裹山梢名心未盡何妨淡好句難成不忍拋細妙襟懷誰解得歸來新月費推敲

送客

林居寂寂滿寒飈雲影波光落日遲敗葉有情猶戀樹荒郵無處不宜詩人喧竹筏漁竿亂客過柴門犬吠知同志漫誇來往熟幾回臨去立多時

陳堉字方川號月墀海寧諸生有月墀遺稿

月墀自少即穎悟工詩既長才情橫溢而學殖之博又足以副之屢躓省闈鬱鬱不得志縱飲好色以殞其生良可慨已詩稿甚富歿後無人收拾今散佚殆盡矣

周松靄師曇花館觀所藏日本國人松貞文元泰古梅園墨譜歌

奇書久落滄溟外一朝流入中原界題曰元文寬保年撰人

日本松元泰國在榑桑東復東松滋侯擅舊家風官階司馬和泉掾聲價南都御墨工元霜釀作烏丸色新製隃麋無與匹贊普親題千歲松島夷爭購一螺漆老住平城便著書元元齋裏閉門居恰看絕域書成日正是先皇御極初（乾隆三年）錦軸牙籤分四卷大墨御墨居其半和方式更續唐方和是國名唐是漢（書凡四卷一曰大墨式二曰御墨式三曰和方式四曰唐方式蓋自謂其國日和漢人爲唐也）卷中菭紙肖丹青花竹翎毛細刻銘似向牛欄染偃畫似從龍窟覓幽經果然好幅松烟墨灑上白雲雲亦黑斮髓能譚磨伏王剡心莫問浮提國西來崎港接中朝黟歙會將方法鈔寫從譯士羊皮紙傳出名山鹿角膠奚超張遇名千古後來之秀方于魯誰知七十二島中又得古梅園墨譜分明五斛綠縝翻石汁金壺論太繁小印官工松

井氏大書剞劂柳枝軒皇城茨元道梓海人題跋紛雜記右亞將堀正修等
中有　大清人一二茗溪沈陵與溫陵吳輝飄泊萍蓬海上
地如此遺編不可尋濂溪夫子最淵深中華以外書搜遍第
一人間翰墨林南倭風物多清穎不與侏㒧禁昧等文章妙
若服元喬經義通如山井鼎長崎館外海雲稠造壘人還隔
九州今日優曇華下見勝他隨月讀書樓揚州江氏樓名樓藏日本國人所著七經孟子考文補遺

寄懷楊芸墅丈　文蓀

揚州西去眞州路津柳條條解送迎客況倦餘猶作達才人
癡絕爲多情淩絲蟹火牽秋夢蓴菜鱸香憶遠行等是天涯
漂泊命輸君及早計歸程

黃泰階字履亨號雲樵仁和監生有尚蘭堂稿

重九即事有懷

今日重陽昨夜雨黃花洗得十分鮮霜林葉脫千山淨烟寺鐘鳴萬壑傳莫遣窮愁縈客夢不妨覓句落花牋萸樽賸有懷人恨目盼西泠思渺然

國朝杭郡詩續輯卷三十四終

錢塘吳慶坻校字

# 國朝杭郡詩續輯

卷三十五　卷三十六

卷三十七

十二册

國朝杭郡詩續輯卷三十五目嘉慶十年乙丑至十三年戊辰以科目爲次

蘇繹　諸嘉樂　吳存楷　龐檀　吳光鍔

查一飛　費丙章　錢林　屠倬　陳傳經

鄭城　李紹城　俞陛式　項朝棻

凡十四人

凡十四人

國朝杭郡詩續輯卷三十五　錢唐吳振棫毅父氏編

蘇繹字魯山號止齋錢唐人燦孫嘉慶乙丑進士官山東青州知府

止齋入學後旋舉於鄉越十年成進士由翰林入諫垣巡視東漕以言事不當左遷後出守溯平丁母憂起復知青州府卒于官

謁嚴子陵祠

十月桐江劇清泚釣臺霜葉分紅紫摳衣祠下拜先生酹酒一言難自已當年仙尉去九江視棄妻子如脫屣婦翁冰清洵可風隱形藏光眞妙旨胡爲垂釣獨羊裘致令物色來天子入朝談道禮數崇共臥殷求相助理其時大難盡削平袞袞雲臺勳莫比縱令拜爵已無功不若烟霞歸故里先生是否意如斯高隱千秋難媲美博得官家作故人復占人間好

山水

諸嘉樂字令之號秋士仁和人以敎子嘉慶乙丑進士官江蘇泰興知縣

秋士性豪爽遇事敢言初爲校官通籍後出宰泰興不耐於職未數月即引去閉戶著書仿鄉先輩翟晴江灝通俗編之例集遠近方言證以經傳徵引既博援据尤精分韻編之成若干卷惜未付刊詩筆沈摯閒亦塡詞然不多作入東軒吟社最先自己丑吳君子律之死先弱一个甲午梁君久竹死乙未錢君蕙窗死其明年而秋士及汪君小米相繼以逝敦槃零落余方遠宦海濱回首騷壇能無於邑

集小米靜寄東軒送陳扶雅善之吳中

絺衣生朝涼迎梅快時雨主人池館清開筵命儔侶素心六七輩忘形久爾汝共惜合并艱羅致一朝聚譚經式鴻儒角酒遜大戶幽賞殊未已五日期再舉驚座有逸才俊氣轢眉宇時將理輕帆挾策向蓮府良會方託始醵飲禮乃古延陵

尤好事分箋繫縞紵君去少一人朋尊意稍沮猶幸帶水閒盈盈可共語郵筒並詩筒往來迅無阻君性遠杯杓有酒可不滑授粲飫公膳爾肴則伊脯但期報章勤焉異接尊俎我慚高常侍五十吟事補將逃金谷罰捉刀向誰許强顏持敝帚欲以廁璣組一笑語汪倫呼童亟投炬

夏蔬四詠

茄

斜陽媚晚圃璀璨排蓬蒿青紫紛可拾價讓山人高忽牽堂下牛狡獪矜兒曹一笑語庖丁特殺具太牢

瓠

昔年盧尚書蒸壺擬蒸鴨無端作廋語僚友坐相狎園蔬飽風露腥血焉足呷空畱一重案聊以佐談乏

鞭筍

櫻廚與巳闌筍事一春足孫枝復從衡先鞭互思逐山僧梱
相致肥瘦較梅伏俗有梅鞭伏鞭之稱頓頓索羹湯吾寧食無肉

豆芽

朝槃摘盈匊炎餐有偏嗜至味出醯芥思博齒牙利寸寸嚼
冰玉清寒濬神智足勝啗黃芽盧參不死秘

炙硯

石腸豈復因人熱香火緣深偶許同書味似敎傾輠出墨痕
先遺近鑪融傳薪肯墜窮年志汗簡從收異日功斜引玉蜍
春一縷膽瓶梅蘂放新紅

丁亥仲夏十七日同人集吉莫吉齋即事書懷首成
四律

廿年蹤跡寄蝸廬回首名場自懺除得馬不妨仍失馬非魚何用强知魚垢囊慣逐康成後破帽閒尋彥道居一笑浮生眞浪擲區區視蔭復何如

揭來牽率繫朋簪把臂居然欲入林大雅聯吟羞續尾中年洗醆喜論心餞春又迫迎梅熟留客先教就竹深吉語相要銘陋室仰瞻遺額一霑襟

深杯密酌語蟬聯欲指銅人話昔年蔗境升沈因地判萍蹤離合會天全宜男空負泉邱祝選壻從誇宅相賢末座論文露頭角吳甥子述酒間出視試詩頗工不殊珠玉映階前

壯懷已共隙駒徂得洗狂奴故態無醉後讕言醒輒悔閒中襆感曲難摹北山枉欲招遺客兼懷久竹與人南畝長期事嗇夫明日催詩聞剝啄奚囊檢盡詒癡符

吳存楷字端叉號縵雲又號曼雲錢唐人嘉慶乙丑進士官安徽當塗知縣有硯壽堂詩鈔八卷續鈔二卷

先兄嗜讀書諸子百家罔不研究尤嗜飲酒寒宵暑夜一燈青熒左酒壺右書冊歷數十年以爲常或與酒人遇則千觴百榼酣嬉淋漓不沈醉不已醉則長謠短吟搖毫輒就亦間爲長短句善隸書純用漢人法與曲阜桂未谷絕相似性簡伉不能爲脂韋齷齪之態宰招遠時爲一太守掎摭罷職旣而復官爲當塗令當塗政敝累深居之者若厝火積薪之下不得已以飲酒散其幽憂竟以是致疾卒年四十有六生前自刊詩鈔八卷詞一卷其續鈔二卷則身後所刊也

初五日酌酒與夢鷗辛如用東坡詩韻

無死有大藥不在芝與箭恃此一尊酒力與寒暑戰關隘到鬲通癥結入腸軟所苦量不勝往往至沈眩强以靜鎮之性定情已變二十九日醉吾惟孔公見

從觀察使者循行夷寨編列戸版卽事成詩

在昔西南夷萬里阻絕徼犛牛山穹㠉金沙江繚繞氐羌區
以類卭嶲賨其㬰散或蠻觸攻聚則魑魅嘯唐蒙䵝武備馬
卿諭文誥首屈仍羈縻尾大復攻剽斧畫圖苟完甌缺終見
誚我　朝受命初藩服爭自効板楯聯新封鉤町除舊號筰
馬歸阜櫪蒟醬供瓦銚乃獻賧獻琛亦舞羽舞翿形方瘠土
曠鶩利客民召燕忘巢幕危蟻切慕羶好襁負攜妻孥擔簦
羅臼竈占地闢畛畦鑿坏啓堂奥重譯語漸通互市劑可約
於笑切阡陌多華離汙萊半侵盜强怒有力爭衆鬨無理鬧短
箭青竹弓長刀赤皮鞘列陣驅千人具獄喧兩造息壤背盟
誓邊釁懼開導是宜井疆畫毋使客籍冒撫夷責楨臣編版
息羣譟紛紛亥市集一一丁男報賣儥規奇零租稅酌豐耗
算匪元封增民異太原料毳幕開前庭椎髻迎左纛威之蒲

鞭縣來者乘韋犒義警邊氓愚令戢土官暴夏畦敢憚勞春雨咸沐膏輇材艱覓食儉府容寄傲志慙定遠壯年遜終軍少袴褶裁氈裘行縢縛錦袎猛鼓渡瀘檝催發踰嶺轎晨起霜鋒銛宵征月魄耀砭肌入風洞沒脛穿雪窖但看排穹廬聊與息旌旄寸田履畝分尺籍覈燈校直擬窮要荒詎止快游眺爨女及獠奴桶裙而花帽銅鐶試寬窄毛褐歷寒燠生熟支久殊（番夷有生熟二種熟番在外通漢語）黑白種惟肖（夷人之貴者曰黑骨頭賤者曰白骨頭）獀扳碉房登牛飲蘆酒釂鐵褐罽有文（夷人以毛織布有方罫文謂之鐵褐云）糌粑米穈糙（糌粑夷人所食以穈糧爲之）跣足踏山走裂齒向人笑但聞鉤輈聲不鑿混沌竅兼旬伴我慣數語爲爾告聖王今御宇遐陬盡服教德裕鎮西蜀韋皋奠南詔馴皆似犬羊劣弗爲虎豹列伊族凋劫徒恃峯峻陗燏火如炫明死

灰將復溺心宜凜畏懷力可任徵調網獲羆秋獮刀耕急冬燒歌樹棃一曲備栫營七校耳目畱睢盱孫子安豗葩揮帚列砦閒鍥字繁木摽番人調兵以帚箸文字用木刻庶幾安土著長得戴天燾湻俗期上臻浮蹤倘重到作詩宣 皇風健筆特排奡

土城謠

築土城防土賊土城高峙長江北輿工帀歲不得成日日登登到昏黑土城高高幾丈測方圓程度量役不煩吏胥呼錢不取大官藏十家五家衡宇望計戶收錢付工匠城中官府日高眠那識愚民勤保障左手執畚挶右手摻耖耙老翁上城不還家老婦下田踏水車女兒十五慣送飯蓬頭赤腳來呼爹

阿都行

阿都隸西昌縣土官安氏世守其地安定邦死子幼未能承襲以其妻都位加權攝長官司事位加年甫二十餘率屬奉事惟謹有節操寢所以夷女十六人環衞之所以防姦亦所以窒慾也夷俗男女素無別今位加以少年嫠婦能貞潔自守如此蓋　聖化之敷雖蠻方亦知革故矣余從觀察巡徼至其地因作詩以待輶采

驃衞以北徙筰西乃有阿都長官司庬牛山下列砦住河東一姓分守之（安氏本河東土司之後分轄阿都）厥酋夭折子幼穉請以世職歸其妻玀猓十萬隸尺籍土舍土目咸所治歲時亦行獮狩禮桶裙外夾黃金鈸三年拜表達重譯厥貢文馬韀織皮巡方使者銜

帝命叱馭來撫西南夷卭都君長夜郎大酋服猶復煩鞭笞

阿都一部獨效順嗅韡以鼻容委蛇紛紛連袂迓旌節女官
鞠䐗如男兒繡金之裳錦罽衣豐貂一尺圍蝤蠐瞳神秋水
不敢灑馬首肅拜伛垂頤刲羊縛豕趨行炙襆以斑鹿兼文
貍懽聲殷地齊拍手鉤輈格磔相諏諮我聞夷俗久偶昧豕
交麀聚人所嗤女官問年未三十何獨潔守廿爲嫠面首不
聞左右設秦家老婦羞蛾眉歌成阿[illegible]時一唱峒花犵鳥皆
酸淒碉房持踵藉蠻女長宵宿衞無暫離禿髮褭蔘八冰蘗
玉貌凜若含霜姿雄會或蒙覬覦想刀光出水同兒嬉用能
葆眞逾十載吠尨不敢窺藩籬　聖朝聲教訖四海日以仁
義漸黔黎何圖夷獠亦向化志節遠與共姜媲頻脂切　契木倘
許樹綽楔願爲使者陳風詩

雅州渡江

靑衣江水激飛箭怪石森如地獄變石壓水低萬竅號水穿石出雙股旋舟人手持八尺篙據石撐舟與水戰舟輕水重力不敵倒噴珠璣濺人面前灘已過後灘來灘灘相續聲如雷卻從灘頭落灘尾輕梭一擲挽不回喧呼到岸爭曳縴獨客危坐心死灰帆檣連影鳧鷖集數錢還向沙頭立卻忘性命出須臾轉惜衣裳盡霑溼

踏車

水聲活活車聲鵶鵶去年踏車稻揚花今年踏車纔放芽車邊男女迭更替忍飢不敢先還家秧一寸水一尺引水入車爭點滴盡是農人眼中血莫嫌踏車苦莫笑栽秧急有水有秧大快活深林幾處挂空車塘底泥乾車不得東家水少西家多分車奪水相詆訶田中秧死不暇顧牒訴到官官柰何

手把枯苗泣歸路朱票下鄉期敢誤鞋腳費多須早償打門縣役催錢怒閒卻水車無用處明朝賣向鄰村去

琴谿曲爲徐季雅作

客從琴谿來爲道琴谿好琴谿女兒嬌可憐眉嫵當窗翠如埽溪中多琴魚溪上生琴筍烹魚煮筍勸客嘗纔罷數錢重索粉釆筍入山纖手皴裹魚臨水脫紅裙紅裙脫卻羞偷眼白紵歌殘惱殺人姑谿遠隔琴溪水郎心妾心千萬里郎到知騎太白鯨妾來好跨琴高鯉

燕子來

燕子來江南春梛花飛香亂撲入紅襟自笑今年短畫棟知他幾處新燕子來江北岸濠州去年遭水難洪波壓屋天爲傾雕梁盡入泥中爛翠羽重來事隔年飢烏凍雀滿空田卻

認銜泥辛苦地可憐十室九無烟雙燕含愁坐相語爲語主人休遠去江南雖好不如歸猶及春耕種禾黍荒庭待爾翦茅茨莫遣燕巢都上樹

美人

美人樓上頭白日下簾鉤亦擬良媒託先防棄婦羞綺羅空照耀椎髻自風流居處年年慣春來不解愁

帶劍

帶劍出門去不知珠玉裝血花風雨繡春草髑髏香長鋏無人問褒衣笑爾狂攜歸挂塵壁仍未滅光芒

海昌晚泊

槳牙停響近黃昏繫纜誰家白板門山擁斷雲生暝色鳥銜斜日下孤村油窗倚徧人無語沙店沽來酒半溫最羨船孃

行樂地一枝玉笛伴春魂

憫忠寺弔古

寒沙埋骨士三千安市何曾奏凱還不似奇兵收突厥空留高冢愧祁連平臺倚石春風冷荒壠迷雲鬼火燃聽唱小秦王一曲國殤餘憤賸林泉

艮嶽抛殘帝柰何淒涼佛土作行窩梳成綠髻人應少（徽宗改僧尼爲道有烏巾綠髻之讖）著到青衣恨轉多五國風塵新涕淚七陵烟草舊山河金環一寄無消息杜宇聲聲怨九哥

曹娥碑下臥孤臣鶴縱歸籠不受恩杵臼才難千古恨巢由名在一身尊命依瓦硯天難卜血染麻衣淚有痕死去定隨朱鳥住大荒披髮爲招魂

潼關

秦關扼塞勢岧嶤四扇門通萬里遙潼水入河趨北折虢州分陝望中條山皆壁立碉樓險地有人耕戰骨銷兵甲只今長不用勒銘吾欲笑孫樵

定軍山弔諸葛忠武

定軍山下陣雲屯三顧難酬舊主恩許國功名兼將相傳家忠孝有兒孫死猶卻敵千秋少業不偏安二表存只恨大星歸太早悤悤降表出宮門

雨發緜州

壓屋濃陰午後收澹烟喬木過緜州林風送雨參差落江水如羅片段流野店偶然留客夢亂山無數入鄉愁郎當不獨三郎甚（上亭鋪即古郎當驛）我亦征塵苦未休

臨卭道中喜晤家一齋州判

三年不見吾宗老領下髭鬚白又新心在江湖仍報政手栽花木已如人共知劉晏眞儒吏州判專司鹽茶事合喚相如作部民一事問君差勝否紅螺添酌甕頭春

友人贈折枝海棠

一枝分與試春纔絕豔天紅勝手裁我本舊從香國住花如新載美人來睡容斜倚東風輭酒暈微烘夕照開插向膽瓶依窗坐夜深燒燭更徘徊

題洗硯圖

洗硯不引天池泉一擔水直三銅錢世無眞手敵眞硯敗筆殘煤俱可憐

阿師瓶錫本空虛我亦從今綺習除只要滕家舊缸片酒香深浸玉蟾蜍

龐檀原名泰字笠漁仁和人嘉慶丙寅郡歲貢

西湖栁枝詞

斜日輕陰出郭遙嬉春都在跨虹橋倚香好借楊家筆描出西湖栁萬條

濃妝淡抹總宜時蘇小門前日畫眉二十四番風信緊問情吹上綠楊枝

吳光鍔原名銘字武登號新盤錢唐人嘉慶丙寅歲貢

黃書厓招集翠雲館觀錢蘀石先生水墨芝蘭分得十四寒韻

昔憶東山宅芝蘭蔭石攢展圖神與會入座興彌歡柯稱秋毫瘦花含墨瀋寬右丞擕逸品珍重幾回看

查一飛字程南號也白海寧人芬長子嘉慶丁卯舉人

題王海村湖樓秋思圖

夏綠春紅畫不如卻教秋思動欷歔西風吹折隄邊柳似學征人鬢影疎

費丙章原名淮字新橋仁和人觀子嘉慶戊辰進士由編修歷官河南布政使

新橋由翰林改御史觀察江南治河有聲提刑粵西領藩楚北以母憂歸再起爲豫藩未期年遽以疾歿性孝友事兄嫂以誠以敬一裘之暖一臠之甘必推而共之居官有幹才嚴察緇蠹然亦不以刻覈傷大體朝廷向用方切而中道天殂鄉黨咸嗟惜之

西湖柳枝詞

長短隄邊柳萬條分行低映鎖瀾橋小船撐過茅家埠春水新添一兩篙

湖上風飄楊柳花總宜船繫綠陰斜黃鶯聲滑畱人醉半在

西陵賣酒家
垂栁垂楊覆嫩烟種來多在六橋邊風前莫被人攀折好送
清陰罥畫船

錢林原名福林字東生一字志枚號金粟仁和人琦子嘉
慶戊辰進士歷官侍讀學士

東生患咯血久弗能瘳面目枯槁畏寒而深居方夏苦熱座客皆輕衫短箑而東生猶以巾帕堅護其頭項也然才力敏贍每給札殿廷詩文頃刻立就戊寅以後余屢與偕試視日方中則已交卷而出蓋過此肢體疲紈不復能握管也人言東生生時卽爲冥官所治獄事頗有所洩惜當時未嘗一面質之

紹興石經歌

石經之閣弗可見石經之字今猶傳南宋光堯舊書此惜哉
殘缺已不全中興以來正倥偬肯置經籍繙遺編萬幾稍暇
宸翰御揮灑豈惜澄心牋杭京煥然建閣貯玉冊官匠親手

鐫點畫端正氣輝赫願與寶祚相緜延臨安山前倐兵火經石幾作方墳塡百餘年來費掇拾置諸上庠東西偏櫺星門開兩廊建覆以碧瓦整且堅乃知是物有神護不敎散落隨雲烟我來肅衣敬周覽手剔苔蘚摩牆甎塵蒙土汨尚了了懷古忽覺心怦然臣飛呑聲就詔獄臣熺齷齪登經筵文治不昭武無烈空仰御筆如椽焉迄今八十有七段尚見毛詩鴻雁美周宣烏乎思陵果知中興美曷不熟誦吉日車攻篇

題琴鳴太史雙藤老屋圖卽以贈別

東風入簾芳草生與君握手杭州城藤陰在地香滿陌與君同作長安客花開未闌酤正新一鞭更欲觴征塵城南尺五去天處可惜落花空自春

紅葉

一夜西風木葉乾來朝眼底忽流丹馬蹄到處青山換鴉背翻時白日寒定有化工常作主誰知老境此中看樊川吟罷楓林句鎮日停車興未闌

屠倬字孟昭號琴隖又號潛園嘉慶戊辰進士由庶吉士改江蘇儀徵知縣擢九江袁州知府有是程堂集廿二卷

琴隖鄉舉後讀書清平山中與一時名流以詩文相鏃厲由是名譽寖盛洎出宰眞州龕梟徒勸樹桑敎紡織有古循吏風道光初元大臣交薦遂有二千石之命而其時琴隖卻埽養痾葢已數載矣迹其生平豪情壯氣不可一世又有交游聲氣之廣朝廷特達之知意其榮樂有大過人者乃竟鬱伊侘傺齎志以終然則人生不如意之遭不必在戸限外也其爲詩如快馬入陣靈禽弄音一洗質悶塡綴之習工詞有耶溪漁隱詞工畫山水受法於蒙泉外史而得其秀潤者

望遠曲

故人墓上花游子馬上衣衣敝有時好花落人不歸客行車

脫輻客愁車轉轂車轂令人遠何不令人返

冬日齋中讀書

拙不能使巧瘠不能使肥視短不見山胡能辨高卑我于學正然無醯而有疵瘢疵塞四體欲治先傷肌先儒亦有病病非後人知當其治之急正恐不及時今人不自治反作他人醫苛詞論前輩自詡黃與岐試問無古人我學當誰師君看後來者笑我我不辭

曉起聽園中鳥聲二首 錄一

中庭植芳樹好鳥來宅之交交復喈喈雌雄相倡隨人間有繒繳談笑伏禍機鳥肯來就我鳥意不我疑上無鷙鳥搏下無挾彈兒鳥喜呼其雛分占庭樹枝鳥雛工語言聽之心自怡相忘不相競飲啄無是非四郊豈無樹不如庭樹卑鳥巳

得其所我不如鳥爲

湖樓曉起

曉霜漸白雞一鳴明星出地光熒熒推窗忽失一湖水蘆葉蘆花接沙尾艣聲搖出蘆中烟但聞艣聲不見船鄰家開門放雛鴨又聽蘆根聲喋喋

題華秋槎司馬丈北山旅舍圖

一官不達囊無錢買山未遂歸無田公今六十近七十踏遍南山與北山閒來時共老僧立醉倒或在梅花邊使君姓氏小兒識謂公住此今十年昌黎出宰山水縣陶公載詠歸來篇人生二者那可兼公今得此良由天老驥伏櫪志千里烈士暮年心不已時時對客氣吐虹吸盡西湖一湖水平生讀律九讀書共說憂民如憂士當時灝海肆鯨鯢公獨長呼擲

杯起樓船不動白日高二十健兒橫跨刀飛書不用申大府
直欲赤手擒其豪歸來百事那可問已見蕭蕭禿雙鬢防海
空成弭盜書權榷爭鈔鹽鐵論時蒙大府動諏訪卻稱頭銜
充吏隱倬也相逢不自量次公嗜酒醒亦狂使君大笑出圖
示乞詩不厭文詞荒率然伸紙寫長句快哉一舉宜千觴出
門爛醉不識路但認鴨脚斜陽黃

自題琴嶋舊廬山水畫壁

終朝仰屋不見山臥游卻在青山閒虛廊粉壁親手畫只恐
小兒塗抹壞莓苔黏向石根青簷溜飛來松頂挂硉兀鬱律
一丈高放筆祇覺南山隘朝看壁閒兩腳垂暮看壁閒雲亂
飛故鄉自足好山水若耶雲門何日歸

仙山引

前峯晴後峯雨白雲遮欄作門戸桐花白松花黃淸泉醞釀成酒香丹崖無梯高百尺石梁橫空水簾隔道人枯坐日閉關門外縱橫麋鹿迹遠聞淸磬聲琅然滿瑤京風吹緑蘿裊日照紫烟生沈沈洞戸無繇到白虎青鸞作前導意中神馬與尻輿世外方壺或圓嶠

出塞篇贈蒲快亭進士

君不見曹景宗笳鼓聲中拈競病獨騎快馬如追風高歌擊鐙氣豪逸坐令沈約難爲工丈夫慷慨負奇骨那得不如厮養卒讀書擊劍吾未成眼看蒲髯亦豪傑昔年詞賦誇長楊親藩亦愛狂生狂橐筆鄒枚成上客講學沛獻皆賢王　聖朝不奏軍中樂萬里雄邊盡甌脫要將雅製頌　昇平木蘭先進迎　鑾曲龍旗晝捲風沙黃短後忽改書生裝洪流郤

渡白河㵎一綫直摩青石梁金錢結口五花鞦整轡調鞍貞儻倜雙鞲壓臂掣皂雕翻身箭入秋雲高圍場立馬色不動十萬羽林亦神聳掀髯一笑弓擲地筆硯前呼健兒捧秋山木落風雲開千騎萬騎闕門回搖鞭兀兀唱銅斗公卿都說蒲髯來

準提庵古梅歌

豐山古梅傳杜默笥河先生曾刻石鑾江梅說趙宋年證以中丞舊題額（庵門有阮中丞師書返魂宋梅花院額縣志載康熙中梅死四十餘年復活故亦稱返魂梅云）鑾江梅樹吾能歌未許豐山擅高格此間父老八十翁及見此花身世隔江光沈沈切空白寒潮漱根沙水碧元精一洩太古春宿世尚託空王宅天心再見易之復瑤闕重游帝所敕清臞骨相超死生翠羽枝頭叫殘魄揭來香界聞妙香香

清色清韻清極虛無詩夢破孤迴拂拭琴絃寫沖寂更誰觀心槁木如而驗此身元氣積箇中消息自迴斡劫外冰霜䏲戲劇詩成我待語梅花風雨江天迷鶴迹連日雨甚欲訪梅未果先作此詩

清平山僧禮上人渡江來訪欣然作此

老僧穿破百衲衣髭鬚白盡貌轉肥一生空山對偃蹇卅年蔬牀睡安穩我昔山居亦似僧夜來讀書依佛燈禪堂鐘鼓香積飯我時苦飢老僧勸山中之僧舊五人五人拙樸同一眞閉門誦經只枯坐不信老僧來看我老僧老僧初入門合十問訊無一言我知僧意代僧說問我何時歸計決

題王石谷畫

我初學畫學檀園頗將筆墨破籬藩誠齋詩格正相似自謂當在二子間中間學詩學蘇韓畫法一變求董源董源筆力

遠難到亦如詩學蘇韓難華亭尚書具魄力平心靜氣學始得于唐白傅宋放翁自有性情驅筆墨詩源未可劃唐宋畫派終須合南北虞山王覺其庶幾杜法且傳黃魯直

南屏歸舟口號

雲氣欲成雨萬山都是烟烟開見山色落日又歸船時有白鷗影飛來水底天疎鐙出湖口已泊藕花邊

聖果寺

秋氣一山老亂松搖夕陽江雲到門黑沙磧抱城黃霸業銷吳越琳宮壓鳳凰舊時歌舞地一半臥牛羊

烏石灘

山逼回湍迅船爭上水難蒼烟橫路斷落日擁裘寒鐵色排千嶂篙聲聚一灘銀刀新出網扶病且加餐

衢州

漫觸離愁到酒邊儘收風景入詩篇寒林橘柚三衢驛夜月琵琶九姓船逆水計程添短縴鄉風沿路問長年斧柯爛後棋初罷不學山中歷劫仙

宿攝山無隱精舍呈默然長老

來尋西竺空王宅舊是南朝處士家午夜妙香聞柏子四山春雪醒梅花同龕我與佛趺坐破壁松如龍攫拏證取三生桑下宿一蒲團地一袈裟

同樸山尋師默然長老登千佛嶺

松陰不埽石盤陀趺坐中峯隱薜蘿佛老之閒吾道廣齊梁以後劫塵多人天說法花如雨世界觀空歲擲梭底事未除文字障依然居士病維摩

題畫絕句

數弓老屋支秋水幾箇漁樁繫釣船短短笆籬遮不斷青山飛落草堂前

題方甘白畫按方布衣華字甘白居貢院東橋工山水花鳥時稱方矮子與奚鐵生齊名然人不甚喜其畫今殆無知之者故存此詩以存其人

方壺粉本少留遺誰識西泠老畫師幾筆蕭疎水楊柳叢殘重與付裝池

陳傳經字學初號晴巖海寧人嘉慶戊辰進士官編修有靜嘯山房集

晴巖爲侍郎論之元孫嘗館錢唐陳氏紫竹山房同人拈題角藝君必先就衆方驚賞而次藝又成其才氣坌涌如此入翰林未久遽卒年甫四十八無子藝林惜之其詩見同岑詩選別有未刊稾二冊藏其女夫梁上舍兆基處

題炯齋姪秋江泛棹圖卽送其赴楚南别駕任

涼波卧山影疊翠無一平蕭蕭葉微脫雲外懸秋聲君今泛湘水沙尾蒼烟生以此證昔畫獨有千古情芷香采未歇芥蔕何所攖願攜一琴去彈出秋江清

月夜坐竹素園對殘雪

積雪未肯殘留連待明月客子嬾無寐相對轉超忽亭抱孤影圓徑露凍痕缺檐北晃林梢池南淨山骨極天銀汞流射地玻瓈滑虛廊風悄然清氣逼毛髮鄉園一鐙明好夢杳難越不知山館前梅花幾株發雪縱有時消月亦有時没保兹歲寒心閒靜取無竭高人行可招抱琴彈未歇驚起孤鶴飛白雲冷巖窟

雪後擬登北固山同人畏寒不出詩以促之

君不見昨宵天宇雲漫漫滿堂酣飲杯未乾天憐我輩意岑寂又遣滕六供奇觀急霰淅瀝鳴屋角繁花錯落縈林端須臾幻成銀色界紛然庭砌堆琅玕朝來陡作登山約石驪樓上天風寒中流縹緲見浮玉花宮七級遮朱欄海門東望更浩汗焦巖縞素空巑岏諸峯瑣碎類銀蒜迷離粉堞環遙灘此時驪龍珠欲吐馮夷擊鼓揚澄瀾海童傲睨翠旗颭江妃⿰目系眇朱紘彈蜃樓貝闕氣隱現瑶房琳宇光紛攢雲頭忽露日杲杲遠搖銀海難追攀曠覽洵足快人意儼如跨鶴登仙壇胡爲顰眉畏凜冽閉門高臥誇袁安曳履先生太蹇拙映書貧士眞儒酸曷不扶筇披鶴氅蠟爾雙屐攀層巒山陰訪客泛溪棹灞水覓句凭驢鞍古來勝游須賈勇吾曹奚事同蹣跚

送春日楊葵沙欽時以詩召飲次韻爲謝

天涯倦旅歸故巢鸛雀垂頭鎩健翮吹噓幸逢舊交厚貧窶何妨室人謫東風作惡捲地來瞥見飛花落茵席芳辰晼晚幾搔首好句紛貽同集腋草元居士城東居問字雄談老更癖婪尾餞春春可憐枕漱幽情寄泉石招余蠟屐赴清賞折柬驚看詞豔摘急雨翻盆阻泥濘末座應憐少狂客吁嗟乎田窪魚戲麥先黃箔溼蠶飢桑自碧官廚空費十日齋野老難忘百憂積閉門索句徒蒼茫且飽饔飧翻食籍

曉至崇效寺看海棠偕吳挹峯作

美人不喜藏金屋天女招來鬬妝束佛心自淡花自濃合掌空收雙眼福京華孤客如僧閒錯夢花魂作眷屬朝尋古寺笑相逢瓔珞姍姍睡初足絕似詩人愛好心別開生面矜幽

獨淪落塵沙見亦稀縱惜無香已殊俗游人襍沓競飛騰誰借輕陰護紅玉我欲看花花更憐花頭爭上闌干曲曉風澹沱露華新喧避金鞭與雕轂重約提壺索醉來夜深坐對燒銀燭

題張船山太史惜馬圖

何年飛墮房星精當軒騰躍如有聲俯窺八極氣無敵不知世有行人行圉官肯作閒放計青絲絡頭紅樊纓誰能作馬通馬語朔雲秋老塵沙平長鳴顧影傲霜雪通都牽出衆盡驚縱教局促更豪邁黃金臺高燕市隘眼中惟見蘇子詩世上可無韓幹畫我有雄心難較量悠悠皮相且稱快

同徐彥常朱謂卿龍井寺觀米海嶽方圓庵記碑

風篁嶺勢多峥巆龍泓澗瀑噴層巖高僧往往愛奇趣築庵

此地榛蕪芟方蓋圓趾不著相蒲團趺坐超塵凡名賢結社
時往復十題妙論工雕劖禪燈寂靜飛錫去至今月落寒松
杉當年守一記勝概米翁潑墨題冰銜蒼茫精彩騰淵壑老
龍出瞰虬髯髟年深斷碣臥荒草致令好事搜瓊函重摹詰
屈不可讀少游井記同高嵌我來古寺見遺蹟嗜好敢謂殊
酸醎摩挲久坐重太息天風颯爽吹輕衫

九月三日靜學齋賞菊限韻二首

花赴幽人夢宵深倦眼揩酒邊香轉淡詩外味曾諳清露洗
前夕涼颸催小齋重陽時節近先許馨高懷
纖月易藏影秋心聚一鐙倦鴻孤似客枯樹冷於僧籬畔閒
餐菊江南憶采菱砧聲何處急拌取醉瞢騰

有懷抱山堂舊游即柬閒泉二首

湖影淨涵碧春華如水流孤雲抱寒麓一老倚岑樓社散詩儈嬾梅開野鶴愁同岑二三子好句復誰酬

奇哉畫舫客文采繼髯翁郭隗名誰薦鄱陽厄竟同途窮難擇友才大易觀空江上春光動何時曳短篷

毘陵訪趙味辛表兄

茂苑花間酒消沈二十年同揮孤露淚最博老翁憐（時味辛奉緘齋丈諱）生計愁吾拙才名讓爾先倚樓勞望遠長笛定淒然

高郵湖

挂席欲迷岸秋心何處生寒潮孤艇接斜日半湖明桺外吟螢苦蘆邊睡鴨輕文游臺咫尺惜未續詩盟

次韻荅王海村見贈

湖隄碧楊桺一見一思君攜酒訪燕市蕭然同賣文天寒滞

孤鴈家遠悵浮雲飛動平生志高歌日未曛

題彭石亭桐陰詩思圖

苔徑緑人影高梧涼乍生昨宵記詩夢何處著秋聲茅屋故山小湘簾疎雨清一般歸未得讀盡不勝情

塔影園即事

幽棲獨占劍池傍裙屐紛紛繞曲廊孤塔日斜樓倒影畫船人去水留香鶯呼游客參差語蝶趁名花上下狂堪笑閒園舊居士送春時節住他鄉

雨集完璞堂次鍾桂巖韻

獨居懷抱向誰開清宴交歡許共陪貧賤要參齊物論文章須讓濟時才一春留得花開雨十日傾殘海上桮（數日前集問廬）青眼對余頻索句他時容仿折巾來

寄吳亞白蜀中

梅花翻笑敝裘寒同是離家我更難愁與亂峯爭突兀身如苦竹想平安尺書春阻盧龍塞遠客星移灩澦灘金馬碧雞應入賦蜀都眼界古來寬

送春波試吏閩中

忽聞君有入閩期未別先懸萬里思防海樓船驚鼓角插雲戍砦指旌旗（時臺陽甫靖）春濃但喜銷兵速鹽筴何愁報政遲輸與故人添勝侶荔支飽啖細論詩（謂默齋家都尉）

陳思王墓

東藩舊蹟早成塵少岱山邊草自春不信君王猶好色轉悲骨肉尚求親一家掞藻名先占千古憐才意最眞媿向寒烟重憑弔陳琳未必是前身

冬日有懷黃鶴山莊

黃鶴仙人隱碧山柴門寒少晝忘關谿南晴雪梅全放屋角斜陽竹半删笠短敧風樵擔重纜長浮水渡船閒就中畫境吾能說夢繞流泉第幾灣

送蘇午橋歸里

春情駘宕栖依依久住京華計漸非貧賤有才應作達谿山如畫肯忘歸到家沽酒逢寒食一路看花減客衣知道故人爭問訊今宵鄉夢傍君飛

劉伶墓

白眼何如醉眼開參軍玩世且銜盃不知荷鍤埋公後更有誰人酹酒來

送南盧游寧夏

送春時節送游燕湖上東風夢十年又到他鄉愁去住梨花
落盡柳吹緜

萬重山壓受降城靈武碑殘夕照明羌女如花休勸醉邊笳
五月作秋聲

鄭城字維宗一字念橋號晚晴錢唐人嘉慶戊辰進士由
庶吉士改授直隸肥鄉知縣

念橋少孤其舅氏吳隊軒教育之嘗從黃相圃丈學爲帖體詩下筆即工雋貽經堂稾至今膾炙人口既罷官不得歸主講廣平之清漳書院者八年郡人皆知從事於聲韻之學其後多得氣以去年五十八卒於講舍生平著述散佚頓盡僅遺中山存稾一冊則罷官後館定州時所作大抵皆近體詩如七言云吟詩敢信傳身後行樂須教及眼前老我幾曾舒驥足累人未免乞豬肝飲酒醒須千日後讀書悔不十年前皆極清整

山夜

日落山翠重雲霞態屢易幽尋偕素心清賞永今夕度壑想

潛鱗投林識倦翮彌芳暗襲袂嶺月出窺客秋期渺河漢露氣滋竹柏野曠時早寒夜明山更寂逃名亦拘墟遇物勿滯跡永言抱沖襟攸往道自適

山塘

春風艤棹山塘行踏青乍試欆鞋輕千絲萬絲栁烟溼三點五點杏雨晴畫衣小隊惹芳蝶褋花滿樹啼新鶯欲識眞孃墓一叢香草街旁生欲問生公法幾堆頑石臺前橫朱欄縈砌上復上雲磴遞接風泉聲明流秀嶂互映發層樓傑閣相扶撐軒中小吳不滿眼憑高差快增雙明胥江一帶繞西郭慨然弔古懷忠英扁舟東下更何處五湖烟水尋鷗盟登臨洵美非吾土目極千里傷春情夕陽送客下山去笑指河橋酒旆迎

秋懷八首集杜錄三

百年秋已半獨立萬端憂道爲詩書重官應老病休年侵頻悵望心折此淹留故國愁眉外杭州定越州

詩憶傷心處西郊向草堂茅庭依橘柚江檻俯鴛鴦畎畝孤城外柴門古道旁故鄉歸不得回首一茫茫

南國旱無雨北風天正寒故人還寂寞世事各艱難得家書卻江南苦旱朱闇生前輩同年吳子律昆仲俱無出山之志羣盜哀王粲蒼生起謝安何時一尊酒細酌老江干

初到定州

又逐輪蹄過一州年來蹤跡類萍浮詩書有味人忘老草木無情歲易秋一飽易營方朔米卅年猶賸晏嬰裘自憐病骨支離甚孤負清漳盼故侯肥邑士民頗有還我使君之意

李紹城字築初號淡畦仁和人嘉慶戊辰舉人有淡畦吟草知北游艸碧棲山房集寓蘇小艸

淡畦行事有繩尺不濡于儇薄之俗與施石樵紹武同受業于朱青湖先生所爲駢體文尤博麗爲時所矜譽

讀鄺湛若赤雅

外紀標職方卮言紛鑿空譬談四部洲鄒衍實作俑持此擬山經大笑腹先捧鄺生南海珠韜光落猺種花鬘雲韠嬛弓刀森葉棋雖無阿礚歌蘆唱迭相踵地荒日月偏峒花紅總總目驗神儻怳牒怪筆成家逌歸遘陽九抱琴入頑洞音化水仙彈名兼文字重既賦亡是公拘儒豁心孔誰和阮亭詩旁招酬馬湩

回峯李檀園寓居

振策淩回峯石滑徑逾峭古塔冠其巔如人醉而傲憶昔鄒

孟陽荆扉延夕照寓公有長蘅于此說吟嘯畫意搜目前雲烟自高妙傑閣不可尋（舊有清暉閣）空山有餘悼遙遙望嘐城百世少同調

羅兩峯鬼趣圖

羅君詩筆清絕倫三間老屋支荒村酒酣說鬼忘朝昏炯若犀照波濤渾碧眼下眡窮幽垠土伯九首拇血敦觺觺兩角牙穿齜魚腮蟒目須朱殷蹙鼻縮頷高尻臀殊形怪狀難具論禿穎妙染丹青痕虛堂簾卷氣不溫壁角叫嘯羣靈奔一鬼嬉戲首戴盆一鬼跳踉舞且蹲鬼官前導豹皮褌鬼僮三五擔壺罇酆都夜市冥所尊紙錢綷縩車哼哼黃塵淡月寒無人偎影酸唱喧秋墳夔魖魈首聚若麕就中或有天魔存修羅戰罷火繞門噉食人子充盤飧有女窈窕帝釋婚冷笑

薜荔飢莫吞奇趣慘淡驚心魂青紅塗抹手可捫持較老蓮孰弟昆君豈夢游嶽帝闍手綰葦索呼長恩胸中紙上愁雲屯賢士今翔南溟鯤羣陰伏匿揚朝暾捲還此卷笑比髠曷畫麟閣光乾坤

祝丈江春出峽圖

五丁峽前夜船集船娘打鼓江心汲峽外泠泠唱者誰卻道三巴行不得是時月黑冬已殘北風獵獵生高寒回頭欲下觀音磵失足深防灩澦灘青天漫漫覆長路用張文昌句獨客離家怯行步錦城雖樂不可居夢繞湘江魂欲度江頭二月穠花生兩岸啼鵑送客行便擬荆州舊游地登樓萬里總關情

讀飴山井門集因擬其井陘道中作

驅馬望山色古原無夕陽溪風咽泉石晴雪冷茅堂倦旅難

爲夢登高易舉觴詩瓢何處挂無賴是他鄉

紅豆

相思舊號記相仍淚點勻圓感不勝詞客花期閒對酒（把酒祝東風種出雙紅豆吳薗次詞時日爲紅豆詞人）美人殘夜倦挑燈（趙秋谷詩若將紅豆聞拋子遙憶青燈對病花）拋將南國雙雙好呪出東風歲歲能聽唱新翻紅豆曲

天涯消息總無憑

眞州尢水村爲倪穀民（稻孫）作高山流水圖時穀民將之荆州自用夢窗調塡一解中有所感情見乎詞書來索題遂賦斷句以報

瀟湘一抹雨冥冥流水何人問楚萍休向江天彈舊曲斷鴻零落不堪聽

即事

折足瓶中菊半枝石泉香茗注新磁西風盡日瀟瀟雨自掩
重門勘宋詩

城東襍憶詩

蕭閒堂下老倪迂問字門庭載酒車耐守青氊十七葉孫枝
摹隸校殘書倪嘉樹一擎

飯顆山頭太瘦生口談今古筆縱橫自從阿韭埋銘後冷坐
寒齋夢亦清曹仙犛棟

歎息秋堂冷化雲印人詩畫尚思君假年若過王濛壽應免
重臺學右軍陳秋堂豫鍾

力疾扶牀醉六經卅年清瘦鶴梳翎童烏也侍脩文去生世
何人眼最青王木齋述曾

性師割席耽廉潔文瘁編蒲擅作家先集重鈔捕蝗說三間

板屋萬桃花陳之堂家甘墩村常寓城西古寺

分絲稱繭郭門前頭白孀親哭少年名姓至今誰省記奇才

豈獨項霜田沈覺

南宮不赴感慈烏靈石山房俗客無誰料買燈三五夜零風

碎雨失肩吾施石樵紹武

俞陸式字友劭號小邑仁和人嘉慶戊辰舉人官建德教

諭

秋雪

水國風光入畫圖霏霏雪影動寒蘆秋陽曝處曾消未白雁

飛來淡欲無潮落總迷雙岸闊釣餘偏稱一舟孤蒼茫認取

吳江路張翰言歸正憶鱸

紅豆

紅兒底事附離緘此豆須看二色兼赤比郎心還欲小黑如妾夢不能甜情關圓處歸宜早味到酸來悶轉添顆顆皆從心坎寄春愁豈獨上眉尖

項朝棻字聚芬號蓮峯仁和人嘉慶戊辰歲貢有琴臺小稾

蓮峯少工詩與黃相圃吴穀人姚春漪相角逐同爲新年禊詠頗稱于時能懸臂作小楷運筆如飛手鈔所讀書終卷無訛脫者性褊急于俗寡所諧實則坦易無他腸也

龍井片雲石

南屏環紫翠雲際千峯插片雲石更奇氣與山靈洽古井餘苺苔潛龍振鱗甲瘦石何玲瓏驚雲自歎欲我思雲在天如日有出納山中得所歸石上偶然襍誰使氣氤氲忽爲山嶫嶫是石即是雲合離眞一霎大千與一塵起滅任紛沓離者

本非離合者本非合揭來山水間幽契慰簪盍雲石寫閒情清吟互酬荅

湖上同翁可漁黃書厓姚春漪戴九橋陳又村唐正聲弟壽芝

壓城雲乍開挂樹日初上雨湖晴亦好天淨氣森爽淩風畫槳飛拍岸秋水長佳時近重九晚桂猶足賞鷗盟結素心載酒幾來往安得琴臺琴一奏令山響

冬至日雨過古歡堂

經冬雨不休陰晦積山谷茲辰轉微陽雨意猶未足高館靜且閒衝泥來不速晚色漸凝寒清言屢更僕丈人詩格嚴不解悅衆目新排吟卷成淨若冰與玉平時有高會喜我差不俗能來共賦詩相對半尊宿晴暄看早梅明月醉春醁卽今

苦霑溼猶可慰幽獨促席話深宵步檐聽短瀑遥知雪意深已有風驚竹

壽鐵生和葑塘丈韻

我生不記牛與斗歲月堂堂三十九君今長我纔一年三絶已堪垂不朽畫品先爲世所尊題詩況復淩韋栁草書分隸及行楷腕底時有蛟龍走平生氣壓華屋上貴客如雲不得友劇憐我輩早忘形別有心知非世偶條風乍轉草堂新梅蘂紅開春月首兩三吟屐相過從請賦新篇爲君壽胡翁七字善箴規六義未遠何溫厚年來我亦病疎狂幸服翁言少无咎東坡老人亦有云嗣宗臧否不挂口君知此意不可忘酌我花前一樽酒

居業堂後見月

雲中雨雨中月月帶雨雲時出沒此景秋來最可人惜哉不見金樽呂先生散步西堂偏冷淡生涯老歲年仰攀明月不可得翻雲覆雨頻憂煎忽憶嬌兒新學語此時阿母抱樓前樓前見月應思我更指燈花笑未眠

同人約游雲棲詩寄某上人

湖山有夙契此地舊嘗聞巖翠落幽澗鐘聲流白雲幾時移蠟屐相與狎鷗羣發興從今始題詩一寄君

送含山

窮鄉有一士學道來吳山别我偶然去春風茗雪間向人言苦澀買棹力猶艱八十慈親在還家慰笑顔

雨中憶湖上桃花

自是桃花要洗妝勃姑聲裏雨淋浪一年春色歸流水幾日

紅顏醉夕陽欲帶淚痕傳別恨故教我輩惜餘芳不須遍繞湖邊路吟思分明夢未忘

立夏感興寄聲之

銜泥燕子新成壘黏水楊花漸作萍幽興自躭晴晝永離懷愁對暮山青傭書我已無長策祿仕君當及壯齡記否西湖同放棹去年今日雨冥冥

國朝杭郡詩續輯卷三十五終　錢塘吳慶坻校字

國朝杭郡詩續輯卷三十六目 嘉慶十四年己巳至十六年辛未以科目爲次

孔傳綸 戚人鏡 許樹棠 陳均 馬世芳

吳貽孫 瑚光鼐 孫承禧 俞寶華 吳順書

王立仁 趙機 葉之畑 吳文健 湯錫蕃

吳衡照 淩銓 楊思敬

凡十八人

# 國朝杭郡詩續輯卷三十六　錢唐吳振棫毅父氏編

孔傳綸字言如一字咸如號夢鷗錢唐人嘉慶己巳進士由翰林官福建邵武知府

夢鷗爲己巳會元性醕行和吶吶然如不出諸其口然在諫垣時屢拜章疏議論皆見侃直得郡後路經故鄉小住旬日方以潔瀹隨聚情話爲樂偶嬰微疾爲庸醫誤藥而死無子以兄子爲嗣嘗典廣西湖南四川試事廣西榜首爲陳蓮史繼昌庚辰會試廷試皆第一本朝三元前惟錢湘舲棨蓮史繼之亦科名盛事也

雪夜戲效禁體

城頭凍雲揹古木欲暮未暮歸鴉宿北風吹水水不流縹緲
神京馭縢六乍看歷亂舞階除旋見迷茫沒林麓無端松柏
改青葱頓失溪山眞面目灑迴漫空眼眩花沾衣撲袖肌生
粟野寺遙沉五夜鐘鄰園低亞千竿竹小樓獨對神轉清把
酒長吟興未足君不見老樹村邊燈影中猶有書聲在茅屋

春日卽景

門巷蕭條景春來便不同曉睦花擔綠晚市酒燈紅草色鷗波外人烟竹翠中雨餘流水響踏溼過村東

詠白牡丹

多買臙脂笑豔妝獨標姿格壓羣芳爭誇富貴能清白何事紛華鬬紫黃綵筆難描眞國色仙衣不染自天香冰心雪貌誰相似瓊樹花開照玉堂

春雨

樓閣沈沈曉夢遲柳條烟重舞難支鄰園深鎖無人管嫁盡桃花也不知

戚人鏡原名士鏡字鑑堂號蓉臺一號仲蘭錢唐人嘉慶已巳進士由檢討歷官司經局洗馬

蓉臺四歲而孤家屢厄于火母夫人蔣亟勉教督以有成立少時以詞章名既乃潛究體用之學日以志節自厲家甚貧時以典質給饍爨然急朋友之誼不以亡爲解待鄉人誼尤厚病者貧無館穀者必盡心力爲之謀故四方之士游京師未嘗不以蓉臺爲重也典山左右試事者一視黔學者一方在黔時以 上書房需人促召還都時 聖意方嚮用顧蓉臺懷方不阿頗忤要人意以事齮齕之遂落職賴 朝廷知其賢 命在實錄館効力書成復官累進洗馬而母氏殁居喪不近內不飲酒食肉雖嚴寒不衣裘朝夕饋食涕淚被面逾年如初喪時奉柩由潞河觸熱南返時已病矣既殯于湖壖地既卑溼蒸鬱又値酷暑衆謂不宜久居勸之入城泣而言曰吾雖病吾安忍舍吾母而去也卒不聽

會其長子殀又死益悲傷不自聊不數月亦死

送潘芸閣 錫恩 觀察江蘇

朝廷重敢言臣節戒趨利任事與求榮跡同心則異君昨徙
薪謀抗疏違衆議惟此款款忠獨邀
聖主契賈讓策非迂劉宴才可試繡衣巡江南行將股肱寄
當今任鉅艱方圓貴不器寅衷宜集思道謀賴定計俗眼誇

寵榮軒冕豈君志何以荅昇平報稱信非易我愁百事拙史局相追隨多君著作手搜羅苦忘疲考事竟原委論人窮妍媸河渠洞見要循良勤采遺偶道名臣事感慕復吁嚱憂樂在天下樹立從可知君今奉　特簡擔荷將安辭置身古人中自視當何爲文襄與文正吾黨庶所期幸使執筆者他日無媿詞

題徐都督春波洗硯圖

兵甲銀河洗將軍老去閒攜來漢時硯吟到浙西山使筆如揮劒傳書豈嚇蠻夙聞平海島曾否勒銘還

海內承平久當筵敢論兵世皆誇骨相（余始晤君於聶蓉峯席上蓉峯極言君相之貴君言幸國家有事以取功名吾所未安）君豈覬功名緩帶輕裘度崇山曲水情由來資靜鎮謝艾本書生

西湖柳枝詞

不數先生種五株綠陰深淺鏡中鋪暮天幾處殘霞抹襯出

西湖烟柳圖

題潘舍人曾沂西湖秋柳圖

唱和楊枝久寂寥把君詩句易魂銷年來枯坐耽禪悅（功甫近讀佛經）猶縮秋心到六橋

管絃聲歇畫船稀好倚斜陽認翠微猶記南屏歸路晚白雲菴外只鴉飛

許樹棠字思召號憩亭海寧人嘉慶己巳進士

憩亭初以病廢學年既冠始讀諸經習舉子業旋聯捷成進士花縣未封玉樓遽召士林惜之

喜芷江至

冷掣龍公手空中未撤鹽闌珊寒雨凍料峭朔風嚴昨歲雲

閒秀經年日下淹來摩燕闕麗去試鶻刀銛客路塵紅軟神
交蒙黑甜春天低渭樹秋水淡秦蒹自是眉常鎖端教口並
箝驅愁歌玉茗取快讀香匳刻鵠文滋陋塗鴉字每嫌病餘
花怯怯閒長草纖纖繡倦俄長綫農登罷短鐮兩雙通尺鯉
十二數明蟾怪底鸚呼架驚他鵲噪簷一枝隨陸凱三益慰
陶潛乍聽心猶訝遙聞意早愜阿儂剛隱几之子忽掀簾契
闊偕論昔平安迭訊僉誼投兄弟合情協主賓兼蘭馥流衷
曲蓮花燦舌尖飽歡餐爲減狂喜飲忘謙銀燭頻更跋銅壺
屢報籤暫分原梗轉偶聚亦萍粘極樂悲齊贅因疑決鄭詹
絕材歸驥足失計走虬髯慷慨懷彌壯沈淪氣益恬乃趨親
定省遑問世涼炎何事貪雞肋終當展虎鈐似君眞磊落而
我待鍼砭有志期敦素無才媿纖縑韓香瀕晚節趙愛芒窮

閬利想收金斷工需到石澌匪然行鹿鹿或者判鵝鵝鷲嶺
孤峯寂鷲湖細浪湉離悰斑駁遠別緒緣帆添絮迹從頭溯
蕪詞信口占瓊瑤如不吝可否韻同拈

陳均字受笙海寧人嘉慶庚午舉人教習候選知縣有松
籟閣詩集

受笙弱冠後客京師與何蘭士伊墨卿張船山諸先生往還贈荅會馬秋藥太常視學秦中邀與偕行徧歷雍涼之勝詩益工阮雲臺題贈詩有合將畫筆兼詩筆直寫杭州到華州之句尢喜金石文字旁搜遠紹博覽閩通足與翁宜泉趙晉齋張卡未相匹其畫法師奚鐵生名在法時帆祭酒所品十六畫人之列年甫五十遽以疾卒藝林惜之其詩雄悍排奡尢長於游山懷古之作

曉起觀三峯出雲歌

闞前一兩皆白雲仙人有掌雲難分夜來飛瀑枕上聞嶽影
瞰青人在門攬衣啟戸坐待曙一鞭笑指雲中君雲中君捧

蓮花立花上宿雲如水溼五千仞削天上頭一笠蒼蒼覆不得天光忽破天髓流蓮葉蓮莖盡深碧白雲下屯不敢高元氣四合中孤標瞥空忽擲帶一條玲瓏飛繞山之腰兜羅緜裹石骨軟流離帳挂瀑柱牢曳之不盡圜客繭揉之愈薄斂人綃銀河橫天晝不消好風蹵之生波濤左幢右節前飛旓一一齊向天臺朝我疑秦玉姜高綃飛霞佩或是修羊公戲結馭風隊青鳥前導赤斧從白鹿駕車鶴捧蓋騎氣直入眞圖中歗侶時過霧市外不然同此膚寸間奚獨三峯多變態三峯路斷雲接連世人可到皆能仙吾家希夷有前約雲峯片席奚容專會攜九節杖拄到天池邊手持博棋賭奇句笑拍玉女雲中肩

月下游崆峒山

崆峒之山山五峯中空外削高則同上古仙人棲息處一峯一態皆殊容遙遙西極不可到昔之所夢今乃逢芒鞵百蹇歷千折踏破積氣穿洪濛山靈怪客太好事卻揮天扇搖罡風桃花十萬盡起舞山氣并作花烟紅須臾風靜月亦上金鏡下照軒轅宮攬衣隨月入林樾高低亂石支一筇仙家洞戸夜不閉欲披瑤草尋茅龍回頭忽駭四山紫如丹鑪啟光煜空虹霓入鍊月無色虎豹不守霞爲封九天迴照駁騎石一氣交鞴雌雄銅陸離晞睒不可眡奇響又發天臺東松頭側落萬竽管壁面殷擊千鼓鐘如赤松乘風雨至如元鶴呌空冥中帝女踏雲追不及廣成佩劒來無蹤神奇惝恍亂生滅耳目失宰心冘忪分明靈境不可接毋乃根性猶凡庸我聞劫來仙亦死誰復得藥顏如童往者曾讀問道篇卻未敢

笑蒙莊蒙毋搖汝精勞汝形此語可破千古聾腹中黃芽本無毒山間紫石還自攻若何清淨閑視聽以此問仙仙亦窮我歌上欲訴眞宰可惜窈冥無由通偶來石室弄籤筊已覺塵世如蠛蠓太古山頭一片月照我青鬢成老翁他年築室倘有得借兩雛鶴當相從

松峯

崆峒松嶺天下無松嶺在松峯之西北以石作骨松爲膚松峯之松多于石石無百丈松千株盤根入石石不受石髓欲竭松更腴我來看松春正好子猶未落花重鋪林腰橫束白雲暝葉底亂灑青雨飛白雲青雨半明滅松石一氣交模糊天風西來煙忽斂廣樂欲奏羣眞趨沈沈虛殿出鐘磬窈窈空谷來笙竽其西一閣萬松上倒撐爪甲張虬鬚風枝時見猿跳躑雨

蓋長伴僧跏趺偶然清景慨所遇但恐一失難追摹不知我目未到處莘莘縱縱還何如倘擕鴉觜坐百日青牛伏軀當可鋤夜深鶴宿枝上月踏落琥珀千年珠

宋胡忠簡公銓像研

格天閣上書姓名抗和議者誰得生老姦當國百無補成就獨有胡邦衡十八年來蹈海客抱得海邊精衛石閉門日擬騷一篇淚滴紫雲化深碧陛與新詔歸逐臣十弔十賀重披陳官家有意議恢復可笑舉朝皆婦人須眉羞與婦人見鐵石差堪肖臣面濡毫曾草魯連書誅佞終無上方劍偏安之病在一和公雖敢言將柰何金繒買得天半壁何異持石塡江河庭珪詩剛中啟當日愛公拌一死椒山銘荊川記重以公名傳百世人間正氣不可尋見公之像如見心尺書寸稿

敵爭購此硯那不戀千金

里下車

里下車里長輸縣官徵役朝下符打門火急聞追呼富者賄吏免貧者膏轄趨無馬代以牛有車還出夫炎風吹塵日炙膚車不能進人挽驅別有餉車牛並馱負重上坂行跼蹐石棱一蹶雨轅折牛蹄脫落踣路隅長官怒牛鞭鄉奴鄉奴長跪願受撲但求稍緩牛須臾死牛可奉候館肉生牛留辦官家租

交蘆庵

荒庵人不到四面盡蘆荷漁響荅經磬溪光浴佛衣積烟山翠活亂水荻花肥承旨留題處梁塵字欲飛

秋雪庵

一閣叢蘆上花晴雪滿門晚風吹不定涼月忽無痕人語通
舟路炊烟隔水村秋聲千萬頃洗我舊詩魂

擬杜陵諸將

楚烽吹燄入秦川壁壘新開鳥道邊債帥惟貪武功爵村官
濫用水衡錢縱橫穴蟻艫中路生死醯雞甕裏天聞道征西
新易將可能先著祖生鞭

毒狠忽聚遠山椒四面長圍斷汲樵將有花卿方屢捷賊如
李特豈能招抱薪漫助燎原火棄筏翻成渡水橋一夕東川
民飲血豈儒應悔舌輕搖

流民似鴿入鴉羣爭食何知黑白分巴骨亂堆江上雪鵑啼
又度隴頭雲捜山安得分身將破陣難逢敢死軍最好李崇
樓鼓法青油幕裏可曾聞

蟒頭也復羨貂冠豕突前鋒盡膽寒壯女一軍成勁敵游夫十戶列鄉團頗聞投石營中戲不見持矛陣裏盤隴上有人通餉道好除常格用陳安

將星新聚五諸侯偃幟軍門是老謀沔漢水消驚虎渡崆峒麥熟任鴉收鄉村攜酒迎羊祜鄰棧燒橋拒李流知否九重常旰食急麾虎旅掃旄頭

塞上懷古詩六首

屬國年年拔漢旌防邊初築受降城戍連雞鹿秋風早天入盧朐夜火明公主吹笳新出塞將軍射虎舊連營漢家空結單于好亭障何曾見罷兵

晉室分崩禍自開金明直北盡飛灰誰教侍子兵南伐又聽鮮卑語北來亭堠遠連虒意壘髑髏高築赫連臺至今統萬

城邊路落日西風畫角哀

榆谷連城舊朔方染干新徙五原旁鹿冠會長歡迎蹕金甕璮盧跪捧觴誰遣狼頭稱解事又聞犀利欲平楊天心未厭隋家禍總爲驅除啟晉陽

晉水龍飛定亂遲北門突厥尚奔馳初分十道梁新破忽築三城鹵盡疑邊馬秋歸都護府降旗夜偃拂雲祠朔方兵甲由來勁苦爲收京漸不支

宋家五路費軍儲議割河西計已疏夏國早輕茶馬詔邊臣空約槖駞書浮屠堡外敲鉦集囉兀城邊互市虛祇說范韓惟坐鎮熙寧邊患更何如

偃月脩雲套亦平苦緣乞貢又縱橫八家已撤南河堡一面難遮東勝城此日鹽茶猶市馬早時主客僅疲兵可憐八議

同三疏讒謟都從邊禍生

文潞公故里

邊使輸心訝此翁范韓以外望誰同四朝實賴擎天力兩世空論定策功帝與北門資臥治人方西晉笑積風故鄉黨禁差相似涑水除名卻讓公

題吳子律松靄山房讀書圖

萬松吹雨瀑搖風迸入書聲散碧空去日光陰忘不得夢魂時對一檠紅

巢栒鳴轉翠成堆不著芒鞵又幾回一笑出山還自惜白雲如待故人來

和琴鳴耶溪漁隱絕句即題王菜畦圖後

烟蘆萬頃水平灘魚國鷗家舊結懽一箇釣竿猶易放始知

難買是青山

去年我弄剡溪棹君亦歸尋鑑曲船隔著數峯慳一面祇留鷗鷺與周旋

又從塵海話烟波乞畫催詩日月過落葉打頭風刮面醉來還唱舊漁歌

君今乞郡尚遲遲但近江湖夢亦宜他日魷鱅都不取愛魚人即釣魚師

馬世芳字芬若一字秋佩海寧人嘉慶庚午舉人

九龍山觀飛泉

石罅瀉舂泉泠泠夏寒玉循行至山腰芒鞵忘局促截歌滄浪詩清音斷復續焉得一張琴迭奏松風曲

吳鉛孫字秉初號語石仁和人繩基長子嘉慶庚午舉人

有語石山房吟稿

語石族叔與余家同爲休寧九門後裔又與先大夫皆娶于程爲友壻性謹慤臨財尤介然無所苟家素貧爲人司質庫以其暇日致力于古中年卒擬科名而于詩尤所耽嗜沈梅村亦然老詩人也見語石詩大欣賞因訂爲詩侶酬倡不輟嘗念吾先世文肅公竹洲集世少傳本重付剞劂又取文肅以下二十餘世族人之詩彙編刊行名竹洲秀衍集續集共八卷不惟誦世德之清芬且使人孝弟之心油然而生也

冒雨偕五舅父龔非空先生鄭景輿過昭慶寺僧房訪宋茗香助教值近出坐俟其歸清談移刻以別

出郭訪幽人山雨下不止笠屐敢云勞沿隄踏湖水叢木鎖朝烟鳴泉亂沸耳穿徑款松扉人遐室則邇先生如白雲去住渺難揣雨立問僧雛一笑前溪指筍輿穿雲歸衣染萬山綠握手如素歡開軒談往復文字夙世緣湖山今世福更普無緣慈悲憫到禽畜君身即菩提豈

肯一官縛觴咏寄精廬清風滿巖谷

風雨觀潮行

秋風秋雨江上行吳山越山昏不明一痕白練起龕赭海門隱隱聞雷鳴始如長鯨初破浪繼如萬馬齊奔放大聲震盪神鬼愁怒氣激昂胥種壯浮江巨艦輕如葉葉葉迎潮銜尾接帆檣出沒亂流中打浪篙師逞輕捷忽焉回撼錢王塘水湧幾高十丈强危隄横亙石齒齒淇波排擊心驚惶轉瞬沸騰百里許潮聲遠落富春渚風兮雨兮苦不止樟亭喚渡聞人語

題馬蕉菴小照

蕉庵居士有書癖攻之如蠹朝復夕只今貌入小圖中一卷依然手不釋憐君家四壁咿唔竟何益不如且讀養魚經三

致千金師少伯不然放筆譜漁歌唱落秋來洞庭月我亦擢
燒兔園冊買艇從君各浮宅

車水行和沈梅村先生

淫雨十日下不休汪洋一望平田疇厭厭新苗沒水底蓑笠
老農愁復愁沒一日兮苗已萎沒三日兮苗即死喚子姪兮
召鄰里速出田間三尺水桔槔兮高高轆轤轉運兮聲嘈嘈
雨腳皸瘃皮毛焦白龍夭矯噴銀濤盂有肥牡盆有旨酒典
質衣衫酬我友救此青青苗十畝君不見東家有鄰跣雙足
稱貸無門空往復終日對苗掩面哭

上巳後四日偕潘亞江過玉蓮湖樓訪沈梅翁會高
丈又東招同家穀人先生顧春波章厚菴湖舫之飲
因遊南北山諸勝

年來頻負西湖約獨臥村齋夢邱壑遣懷每造梅翁廬豔說六橋花灼灼今春歸里逢花開風正送翁湖上來邀朋急走遠相訪握手一笑西城隈城隈湖樓高百尺座有龐眉三五客都是騷壇金石交更逢虎觀文章伯謂穀人先生八招邀聯襼上扁舟好趁芳辰汗漫遊映水野桃紅暈臉臨風隄柳綠迎眸四山圍繞明如笑裏湖外湖雙鏡耀映照童顏鶴髮人依稀瀛海羣仙嶠遊罷南山又北山瘦筇扶掖力躋攀南山迴環開畫障北山分聳露烟鬟船頭采蓴尾載酒雅謔雄談杯在手各拚爛醉在花前鯨吸直須盡八斗此會今朝豈偶然約翁準備買山錢八人同結西湖社對酒看花過百年

雪後集鄭二景與蒔菘小圃

橫橋棲隱者終歲帶經鋤雨洗當堦草風翻在架書林泉供

笑傲事業付樵漁一角西山色拖青直到盧

主人饒雅意邀我坐茅堂殘雪積叢樹枯藤罥短牆竹籬編麂眼花砌繞羊腸醉後清唫續追蹤詩酒場

題范丈讓水詩後

功業文章志未休蕭然白髮已盈頭同儕幾輩朝簪滿知己何人寶劒酬尚服鹽車悲老驥共依仙渚伴閒鷗手編一冊堪名世豈是空山巢許儔

元夕無月

清光全掩團圞月寒氣都生料峭風夜雪已看平地白春燈空憶上街紅亘宵景色孤檠畔獨客情懷斷漏中百里家園如遠隔何時尊酒故人同

正月四日沈梅村明府招范讓水寶樹陳蘭皐丈沈

介田家蘭谷集五研齋

雅集山齋樂事偏辛盤椒酒列賓筵嬉春佳會開新歲踏雪狂吟憶去年（去年是日亦曾集此）一座喜添枌社友（兩范大蘭谷皆家杭州）七人宛紹竹林賢還期排日聯觴咏叉手詩成好擘牋

曉晴舟次即景口占

快晴寒起攬衣遲照眼朝曦初上時兩岸烟光林外竹一天曉色畫中詩團圝波面新揩鏡平遠山棱淡掃眉笑倚水窗閒領取頓敎春事動遊思

題舅父龔水南先生行腳圖

覷破禪關身世輕儼然天竺古先生從來四大皆空相一任芒鞵畫裏行

慧業須從文字師何妨跣足更披緇阿誰傳得蓮花鉢步到

潭空月上時

夢中非假醒非眞曾契當年頓悟人踏遍嶺雲無覓處梅花香裏十分春

阻風

篾篷小艇葉同輕未敢乘風破浪行蘆渚且從鷗鷺宿翦燈敧枕聽秋聲

周光鼐字惟和號味庵仁和人嘉慶庚午舉人有翠鯨集

味庵所作培塿寒蓼憨鴨甘蔗諸賦深具唐人風格駢體文亦蕭疎而能澤于古惜奔走南北稿多散佚

閱潁志懷古分詠五首

老子澹泊宗未許申韓擬著書五千言深究道德旨柱下亦偶寄流沙遂終止虛牝近不聞猶龍誰復似落日過亳城風吹古道李老子

莊生明大道立意排俗儒詭論薄孔顏謬言非詩書海鵬方圖南井蛙自拘墟漠漠養生主渾渾德充符卒攬天下篇誰謂作者疏莊子

陳思明達士天性本忠誠功名不可爲始以文章名麗藻冠七子鴻文媲兩京偃蹇接權豎詠諧對小生一慟禪受閒媿彼父與兄陳思王曹植

嵇生實慷慨憤世託唐虞好鍛性所成能琴風有餘卓爾龍鳳質塊然土木居養生既妙理殺身亦良圖勸進彼何人無乃非吾徒嵇中散康

車騎長名族早歲親戎旃出師屢挫秦恭順不敢專視父乃繼美於兄巳甚愆淝捷幸偶邀何至媿朝賢鬱紆竟殞沒哀哉使我憐桓都督沖

鳴鳳篇贈梅梁并序

年友吳君梅梁第進士歸遇於芝階莊君之舍芝階亦余同歲生也梅梁齒方壯文采博贍與人交皆藹然可親顧風骨佼佼不欲以非禮自處今　朝廷求賢若渴如梅梁者且將翺翔雲路洊歷樞要豈徒備文學侍從之選而已乎弭櫂十日拜慶豫章時高天晶瑩霜氣滿目長帆破碧秋水若瀉極望千里停雲英英賦詩贈行用述鄙懷

鳴鳳出丹穴鏗鏘發中聲自在為雛時世已頌其清羽翮日益滿華采日益盈一朝覽輝下翩然來　帝京
聖人坐明堂四海告豐亨笙鏞間戛擊簫韶方九成殿前起阿閣巍巍一何閎翩飛集於上正際朝陽生俯觀百獸舞旁

聽五龍賡善哉賀斯世善哉賀世皆鳳鳴聲偕彼衆瑞呈九皐有病鶴瘖啞無聞名鳳兮念疇昔撫慰相逢迎鶴請對以臆祝鳳萬里程願爾銜綠圖左右致麻明願爾翔紫庭黼黻光太平爲晉顧彥先東南推賢英爲唐李善感朝野賞精誠毋與燕雀狎勿共雞鶩爭林鷙固未善囿雉實可輕藻耀而高翔豈徒文筆榮贈言苟或採尚比嚶鳴情

元凱自言詩多悽恨意似不足作此釋之

富貴學呻吟往往兆衰敗然而謙抑士猶復借用戒矧今我與汝所處實墊隘問寒何所衣敝裘襍菅蒯問飢何所食蔬盤對糠稗我業已就荒我齒已逾邁骯髒竟安施徒遺溝壑債憐汝抱聰穎家珍比珪玠早孤誰覆翼叔癡不見怪觸事易感傷臨文自嗟喟無嫌辭過苦所願志勿懈憂患可以生

貧賤亦足快細故須大觀奚勞費芥蔕

盧伯雅錢江送别圖

在家逼迫不得作出門散漫聊復書披圖展看定誰子依稀識是岡頭盧錢江南去三百里東陽古郡峴山隅問君底事覓官府無乃齷齪爲飢驅君之主人我舊好太邱後嗣名題輿才華卓鑠絕流輩意氣詄蕩眞吾徒松廳蓮幕助輝映青袍黃綬欣喁于嗟我寒氈坐白首故舊誰肯憐拘墟雲濤夫子重古誼遠飛一紙催登途踉蹌趨走肅拜謁有似老婦承嚴姑大賢休休不屑較許令脫略追歡娛惜哉鑠試有半月離腸百結無由紆見圖恍若見君面神交自笑形骸迂況同作客得依藉何用屢歎愁羈孤好沽美酒待我飲劇醉倒臥高齋廬人生會合何地無當君寫圖時恨不寫我其中與君

俱迴看江上送君者自厓而返徒嗟吁嗚呼自厓而返徒嗟吁人生會合何地無

贈汪曉仙

古來書畫出一手更有瀟灑能佳篇前推蘇米後趙董卽今我重汪曉仙年纔三十薄世故日尋舊紙窮鑽研天機敏妙絕流輩解悟直到秋毫巔往歲南遊適粵徼灘江藻繪饒清妍還逾襄漢度章貢費樓滕閣登臨偏胸中邱壑腕鐵石融化不比徒牽連晴窗無事作草隸已覺筆底生雲烟忽餘逸興潑殘墨劃刻工巧皆天然狂題一句或兩句虎頭三絕如前賢汪君汪君如爾之才自足唾手取青紫奚爲志趣落落迴如鑪峯百丈之飛泉歎我憔悴私自憐辛苦埃壒相迴旋安能遯跡山水邊借君彩筆圖龍眠吁嗟乎肉眼幾人知點

畫愼勿書畫詩篇輕一擲

桐江舟中讀李長源詩

平晉先生一代手當時勁抵唯遺山遥家迷昧少決擇遂至窺豹無全斑汴京陳倉四五作零珪碎璧埋荒菅情詞悽壯聳觀聽使我再讀垂潸潸憶昔梁泰恣遊歴故人相送臨河灣西南兵氣照烽火東北客路馳閒關短衣匹馬竟辭去但酉蟲雁哀人寰昆陽置酒此日醉新亭灑涕何時還腰邊靑龍射雙月勛業待與臨淮班豈料才高必見殺紫蘭彫敗秋風閒秦坑再起禍何烈劉山不得歸優閒太白流離幸未死子荆擯斥會非艱可堪横實遘陽九舊文編緝誰容删篷窗愁悶把君句妙意實足感豔頑欲敲山石借叢竹西臺流水前潺湲

十月十七日夜飲

十七好月不易有況値孟冬初寒時霜風拂拂刺肌肉雖抱佳興將焉施南榮解事樂安客置酒邀我相酬嬉言談諧謔卒感歎歎息白髮雙肩垂小時見月已如此玉盤意揣終狐疑往來哮踞恣跳盪不肯蚤臥遭鞭笞祇今一覽便心足晷影未換神先疲幸操杯斝慰愁寂得撐老眼看常儀明年今夕歡宴否如彼集霰嗟何期陰晴圓缺等閒事少日不再堪漣洏少日不再堪漣洏回頭忽聽笑啞啞達哉張叟方支頤

十二月六日舟中見燕子

已說辭秋社仍看傍釣磯爲巢應密密拂水故飛飛舊侶連聲和新年接翅歸吾衰徒媿汝辛苦冒寒威

清流闕 并序

少司空公以中朝哲匠銜　命江淮自潁達滁經乎淸流之關攬山水之勝迹發古昔之幽情俯仰　麻時載欣載豫顧謂光鼐曰汝盍爲我賦之自媿筆墨醜拙不足奉荅嘉惠重違公命聊用述之云爾少司空顧侍郎德慶

巖關天設險狹路地成形水斷江淮白山連鳳潁青霸圖曾割據王氣舊英靈百戰功何苦千秋跡重經康時無梗化大道有來庭倚岫松齊屋沿溪稻滿町霜晨聞鐸動雲晚見車停直可銷三甲奚煩費五丁蔽南長作鎮拱北自維屏倘比金城築還同劒閣銘

焦山

淸江蕭瑟晚天寒獨對焦峯意慨然蝸舍不逢高士跡鶴銘空記隱居年蹉跎歲月悲身事飄泊風潮媿昔賢明日扁舟

泛浮玉衹應迴首隔蒼烟

孫承禧字肇新號半帆仁和人嘉慶庚午順天舉人官山東文登知縣

西湖㭰枝詞

丰姿曾向楚宮嬌裊裊垂絲比細腰一片春光藏不得㭰條青過第三橋

勻調黛綠鬬新妝翠袖籠烟裊篆香別有樓頭雙燕子也來絮語話春長

俞寶華字雲莊號石菌又號蓮石海寧人思謙子嘉慶庚午副貢就職州判有一丈紅薔閣詩鈔

蓮石早歲受知朱石君相國後爲阮雲臺相國輯𬨎軒錄法梧門先生評其詩以爲近體似歐陸古體似白蘇

題楊芸士文蓀修竹吾廬圖

一片瑻玕青未了江南水竹紛如掃餼進銅盤誰最賢君家
精舍勝蓬島憶我初來款竹扉皤然一叟須眉皓碧雲滿徑
共招尋憐才意不關中表後來吟社復君偕孫枝雛鳳飢難
飽坐對朝朝賴此君俗緣無那重相惱小築城西三徑偏碧
鮮夢裏情頻繞狂到王猷問主難饞如與可留賓少雨敗秋
叢此地寒雲梢夏篠誰家早只說門同碧梛垂那知源與桃
花杳深情無限寫成圖位置圖中非草草雨葉風枝境宛然
橋尋第五曾吾造筍過鄰牆漫引貓叢卑別院空棲鳥老樹
當門窗蔭繁疎花被徑柔枝裊醉傾竹葉舞翩翻問譜竹枝
吟縹緲彈指歡同歲籥更客中鬱鬱傷懷抱三宿緣深戀借
枝千間庇乞悲同阜我卻東橋一訊君人生陳迹紛鴻爪十
年計樹百年人六逸七賢誰自保況君心事託龍孫直上干

雲時正好述祖新詩謝砌春懷兄舊夢蘇牀曉仍傍南湖買屋廬還飲東頭思竹篠斯時點筆認前身無恙襪材歡絕倒

吳山晚坐

客中排悶間無計古寺幽尋石磴微風定葉聲乾獨樹日斜山色上行衣野禽掠草飢無賴凍蜨依人倦不飛惆悵麴生攜未得啜茶空問趙州歸

題松雪水村卷限涯字

王孫芳草又天涯畫出江村景自賒小鼠跳波琴韻遠敲荷礙路酒船斜軟紅襯襪空憐爾淺碧箬箵定憶家問訊平陂三十頃就中可有故侯瓜

歸舟再至李園看梅東馥林九疊元韻

重來春事更繁奢疎影依然繞徑斜未免有情溫昔夢似曾

相識認今花粉香撩亂新詩本翠羽啁啾舊酒家惆悵同探不同賞長吟望斷白雲槎

徐汉

一聲啞軋水如烟揮手西山去住牽夜靜有聲風振舵秋清無夢月窺船此閒旅泊同鷗汎幾日歸心託雁傳曲岸迴汀試延佇重來預約小春天

溪行

如帶清溪清可憐西風紅葉亂隨船一聲柔櫓不知處白鳥橫空破夕烟

漁村蟹舍老秋光十里波田晚稻香怪底前林紅漸染昨宵篷背受新霜

吳順書字豫莊號馨莽錢唐人文倫孫嘉慶庚午歲貢

馨莽與兄申書並有聲黌序申書登丙午鄉薦馨莽屢躓棘闈遂絕意進取常自題其行看子云未遂求名志難留現在身五齡入塾子再世讀書人亦足悲其志矣

西湖柳枝詞

十條萬縷隱晴嵐接得春回綠正酣一抹蘇公隄外路斜風細雨畫江南

曳雪牽雲疊翠螺雙隄樹樹蘸清波如何不解留春住空惹流鶯絮語多

西湖春到柳絲長賺得鶯梭鎮日忙兩岸樓臺人寂寂綠雲深處又斜陽

王立仁字玉峙號壽石仁和人嘉慶庚午郡歲貢

表忠觀落成詩以誌事

巍巍表忠觀雄峙湖之湄邇來丹堊新一一還前規冕旒悉

壯麗棟宇何崔巍新栫插古岸小橋駕寒漪父老慶落成扶
杖瞻崇祠盛事邁前軌鴻文勒豐碑緬昔有唐季英雄獨乘
時雙戈掃妖鳥一劒開宏基射潮更奇絕鐵幢永不移玉帶
與裘馬英氣生須眉開疆霸吳越臣節終無虧象犀襍珠貝
貢獻恆有期賜券誓終始納土知機宜三世歷五王忠順相
扶持特賜表忠觀坡公振雄詞後經紅羊劫改建依靈芝重
修幸有孫祠廟還光輝世系及遠祖籩豆存有司鑪烟紫寶
像金風動靈旗一堂相配食千載有餘思東南憑保障神貺
留無涯

余慈柏六十壽

翛然余景望博古擅奇才哀感猶存柏閒情慣寫梅不嫌官
太冷還喜客頻來排日看花徧吟詩定幾回

憶昔論交重於今四十年遊無終歲別居更一廛聯共我雲心嬾輸君華甲先如何春釀熟謝客不開筵

追和仇一鷗先生感夢詩

曾記殘宵噩夢驚落梅風起滿江城早知姓氏歸仙籍獨抱文章赴玉京挽語尚傳陶靖節讖言還說鄭康成故人地下應相見兜率宮中話舊盟

聲名官職兩茫然一段前因夢裏傳人到海山應此日鶴歸華表定何年譙周七十知終數杜牧三生有宿緣太息西泠名士盡不堪重讀白頭篇

初冬同人泛舟河渚

河渚沿緣泛小舟恰宜吟侶共清游翠穿野竹彎彎路涼入蘆花瑟瑟秋每轉櫂時山照眼不因風起雪蒙頭更期萬樹

梅開後水月香中一倚樓

暮秋雨中余慈柏邀同人展鐵生奚丈墓得四絕句

傲骨空山瘞十年感深余老思潸然白頭舊侶墳前拜衰草
寒烟九月天

打頭黃葉酒人來猶記先生好句裁今日寒泉澆一勺燈前
誰與共銜杯

本來攜得遊山屐野徑衝泥亦不妨料得泉臺狂喜甚故人
風雨最難忘

一聲欸乃水雲空驚起雙鷗西復東閒倚篷窗回首望荒邱
渾在暮烟中

趙機號省谷錢唐人嘉慶庚午恩貢

姜樸齋以新年詩至索和爲步元韻一

病退身仍嬾年衰與未積奈何風雪大偏少友朋來酒渴思佳茗衾寒夢野梅童孫時學語笑頰爲渠開

感事

儂住西湖東復東年來閱事任朦朧逢人且莫眼多白得酒有時顏一紅

西湖栁枝詞

東風吹醒綠差差倦眼初開過雨時簫鼓畫船何處泊一篙春漲水仙祠

門前垂栁復垂楊繫馬誰家白面郎爲有春情難綰住又隨飛絮過湖塘

葉之田字中子號燾庵仁和人藩子嘉慶庚午歲貢

燾庵工制藝刻有敦怡堂稿行世從游甚盛掇巍科者指不勝屈性孝友晨起肅衣冠至家廟前上香畢啟門

一一呼之如生時晨省然生平言動不過則不知人世有爭淩欺誑事見之者皆知爲肫然仁者也洪量善飲晚喜學佛且講求修鍊之法故夜恆不臥雖嚴晨霜月必脫帽露頂自謂于此中有得年踰七十以中風卒

泗州過洪澤湖遇風

一望水彌漫扁舟過渡難趁光新月上作浪晚風寒到岸人無恙迷程逕不寬到岸知輿夫因避水迷路入竹叢中問道始出宵深來鎖院坐定憶驚湍

將歸

數月來從皖口游大江南北小句留樓前蹟仰仙才李亭上風傳醉守歐淺識時能收衆益高談閒亦慮多九扁舟須作歸休計花木吾廬繞更幽

吳文健字建人號壽彭錢唐人嘉慶辛未進士官直隸武强知縣

聽蟬

簟紋如水合午夢乍回初入作深秋想涼兼小雨餘烟橫青沼靜韻度綠槐疏機杼聲聲起清圓總不如涼風吹萬樹聲滿宅門前乍可單絲應兼之一磬圓秋心黃葉舍詩意夕陽天清潔吾何敢無求覺汝賢

湯錫蕃字晝人仁和人嘉慶辛未進士官庶常

晝人工書法爲山舟學士所賞以小弱妹妻之體素清羸得官後遽歿

遣興

賢愚天壤隔厥心同好名偶來區葢閒靜聽月旦評鄙夫一長取揚揚意氣盈人或怪器小我謂適得平螻蟻得蜻蛉私喜膺大烹柰何對螻蟻而繩以人情

爰居止東門享之用騂犢肉乾已多時未具食肉腹巽數日

以加生機日以蹙不如歸海天長自隸羽族乃知身世交前定猶飲啄可怪斗筲人爭食僅雞鶩獨有非分想魂夢時眈逐奇逢便倘來看君消受福

扁舟涉大川瞬息逾萬里今茲傍牐行習坎頻迤邐兩牐相去交其長尺有咫一闢俄一闔堅絕勝壁壘如聞鶺鴒啼頓覺歸心死行遲不敢嫌但嫌行且止遲者有時至止者長已矣持語會心人舟行尚如此

齋居雜興

老氏五千言輕禮重道德及攷柱下官掌禮乃其職本是此中人咄咄苦相偪正如說法僧機鋒逞胸臆打佛與駡祖偏不遺餘力借矛陷子盾操戈入吾室若在三代下早以瘝官劾任君號猶龍函關行不得

戰國子輿氏回瀾比禹功今觀七篇語頗有說士風君子輿時行視道爲汙隆後儒拘陳迹誓不少變通經筵用古禮洛蜀遂交攻君看齊門瑟空自拊絲桐

二王執官禮世亂如棼絲忽悟莊列教誤世亦如斯周制不可復况乃軒與羲聖死盜仍興何以安氓蚩先師抑後進不過酌損之學禮從當代深情見乎詞

白登開閼氏重險始得度異哉散宜生反以美人賂狄童作淫巧婦言不敢忤入宮闕尹邢牝雞肯不妒將以解我憂得毋逢彼怒老臣計萬全何乃類孤注意者西方人明德天所祚非關此一物可冀君一悟史公第傳疑後人滋沿誤遙遙殷周事未許尋章句

尾生抱粱柱此子誠情癡徒以彼美在萬死誓無辭若教踐

他約未必堅不移千載稱其信幽魂暗中嗤聖義知仁勇距徒奉爲師望表不測裏能免古人欺

文人鄙富翁爲其祈多積如何文人筆亦自誇富麗不云錦繡才卽云珠璣字畢竟歆羨心眈眈常虎視譬如過屠門大嚼且快意所以古聖賢立說尚平易貴玉而賤硜何嘗苦求異

美人當前立疑是花占春及睹春花發又疑對美人離形而得似何處現前身我謂領佳趣總貴識其眞解語眞面目生香眞精神無爲霧裏看擬議空紛綸

夜夜坐花間邀月酌我酒偶逢一夜雨庭軒爲之黝延頸望蒼蒼恨乏披雲手意此人間情天上應同有稽首問姮娥姮娥荅曰否宵分月正明天葩滿林藪太清自高寒滓穢豈能

垢下方空疑猜見不逾甕牖書生聞此言疑團豁然剖還語窺管入闚御談天口

鐵畫歌 限十五咸韻

唐吳道子畫中聖使筆如鐵超塵凡此能百鍊化繞指聚六州以供鐫劖想當栖陰坐鼓橐心有所感由至誠赫然太一下臨睟丁甲欲攝神明監或爲野平遠或作山嶄喦或摹沅蘭或湘竹風枝露葉交相銜森森寫叢薄貌出栝柏兼松杉鏘鏘狀飛走飛者鷹鸇走者麞麛麕烟青烟白察火候出冶幅幅皆空嵌紗籠紙拓影通透懸玉堂地清而嚴亦如開元普門壁但容瞻仰難封緘豈無珠貫與繡錯陋彼女手拈摻摻寶刀撥便屈成鏡頑石叱可張爲帆何須皴染禍縑素未要鏤刻稱珉瑊洪鑪烈燄挻芒角寄語羣蠹休貪饞吁嗟良

金失良冶致範炊釜模耕鑱質黔辱烹爨鋒繡勞鋤芟金精
埋冤訴眞宰黑帝魂遺招巫咸圍之以大瀛積之于叢巖膏
塗更錫拭頴出姿巉巉神奇變朽腐功仗火一炊其間月鍛
復旬鍊匠巧不許他人攙別開生面異白戰從舊樣外翻新
函毛錐何如鐵椎利轉覺畫錄畫譜言徒儳使磨險糜展側
理兔定掃禿中山毚祇愁造物忌能事鑠以衆口終遭讒不
見前朝戴文進釣魚師偶緋其衫火攻固是守下策嗜與衆
史殊酸鹹詩成待質願加點錚錚細響慙詁諵

船頭夜坐

水宿依隄柳宵涼借渚蘋月纖容兔窟雲幻學龍鱗清曠如
今夕蕭閒定幾人鳴蟬知客意斂翼向烟津

聞蟬

繫纜三晨夕蟬聲何太勤憶從前度别擬到故園聞有意催
紅日無端幻綠雲鳴徽不解慍孤負譜南薰

西湖栁枝詞集杜

漏洩春光有栁條恰似十五女兒腰珍重分明不采折卻教
江漢客魂銷

澹雲疎雨過高城問栁尋花到野亭恰似春風相欺得便教
鶯語太丁寧

花朝日同人小集

昨夜花房雨似絲靚妝洗後更多姿春寒留得春光住寄語
尋春杜牧之

贏得辰良友亦良半爲酒聖半詩狂吟成莫便芳尊歇一朵
名花酹一觴

題陶篁村詩冢

幽都不必視魂歸移鎮文魔位置宜只是要將疑冢設恐人發視未燒詩

删後三千迹已陳龜城著市漫紛綸不如墓近陶家側糟魄居然一古人

此曲從來未得聞無緣諛墓逐人云唯愁簡斷編殘後要我重修地下文

吳衡照字夏治號子律仁和籍海寧人嘉慶辛未進士官金華教授有辛卯生詩四卷

子律性蕭淡不爲翕翕熱方中甲科以縣令用脚鞾手版頗不樂爲遂具牒銓曹改官冷局其志趣可想矣生平精於倚聲按譜之學所著蓮子居詞話研究宗旨非泛事鈔撮者比其論南宋詩以姜白石爲第一人論明詩則尊青邱而抑王李誠不欲爲苟同者也

飲酒三首

我愛陶靖節一醉名千秋不識鄰翁輩當時同醉不平生樂杯勺歲晚沽新芻落葉蕭然深斜陽在高樓鄰翁不可得拍手招浮鷗

浮鷗顧我笑生不銜酒卮乃笑爾鷗者聞道亦已遲抱此潔白具名高將奚爲吾生良有涯齪齪徒自持劉伶去我遠夙昔夢見之示我酒德頌荷鍤還相期

醉中有眞趣兀兀疑若仙沈冥超萬古咳吐生雲烟俗子適爲累縱欲戕其天酒吾方諸書善讀名理宣不善讀反礙書不任咎焉淵明善讀書所以常陶然

哭子詩三首

孰知是死別乃作等閒視憶昨汝送我謂汝藥且止待我歲

暮歸與汝相料理歸來縱使遲見汝病亦喜豈意不一月汝病竟不起悔我見不蚤恨汝不少俟彭殤信有數何爲遽至此兒病思阿爺阿爺思病兒孰知是死別揮手涕漣洏

明知骨肉間有合終有離況是多病軀焉能長相依所愧爲人父因循坐失時病劇始呼救束手無良醫牕前芭蕉林是汝親手移今年蕉已枯綠葉無紛披明年蕉又生汝死無還期雨滴芭蕉開如何心不悲吾生一浮休俯仰感陳迹旣痛行自念茫然未歸客

古人善作達坐忘聊自適作達非不高我心詎如石塡膺忽悲來一慟誰爲追幡然思見之嗒焉傷世隔隔世欲相見除非入夢覓入夢縱相見醒巳不我卽其柰幷夢疎睡亦不多得屋脊啼鵂鶹不顧愁人驚思子不成寐反怪天易明

自新安歸溪丈鐵生岡為寫風雨上灘圖作詩奉酬

一夫袒臂赤腳撐一夫倒臥篙子擎兩夫夾船背而走兩與為拒風為迎一灘高一丈水急沸灘響船身儘力起鬭格怒點森排跳而上鐵翁前輩畫手稱足跡未訪嚴子陵以意為之得意外山水烟霧狂飛騰我行別來已半載聞說過灘心尚戒展圖諦視船上頭似有呀呀出紙外水氣噴激山冥濛風聲雨聲聲摩空中有一夫呼繂添鬚眉彷彿疑梢公進如鶻突退如鷁壘浪翻銀打船白前灘後灘莫計數前船後船欹不得船孃鬢插紅花枝灘過壓驚持一卮笑我當時在篷底非緣妙繪何由知鐵翁鐵翁烟霞侶目所未遇手能補他日天晴載畫行約翁重寫富春渚

錢擇石侍郎載畫蘭

喜氣寫蘭怒寫竹蘭葉葳蕤竹竿禿翠尾蕭梢化龍去賸有芳菲滿空谷先生寫蘭會得蘭之神指下逸趣通靈均邈如幽人避濁世佳若有女嬌新春我欲從之采而佩根邊犖确石爲礙石性不耐與俗對不貌石面貌石背瘦骨稜稜壘壘塊幼年曾讀先生詩先生詩高品爲之畫如其詩見蘭品負土肥芽那得知

晚晴苦貧有詩示余并邀同作

君詩如美人下堦折花戴我詩如枯禪終夕鑪香對美人遇枯禪無著亦無礙荒山木落悲深秋辟邪天祿相向愁四海一盋餓未死袈裟爛破單誰收美人歌一曲猶有千金贖人生百事聊隨緣彌勒含笑三千年我有禦貧法不傳愛君詩好狂欲仙與君醉臥蓬萊巔試問睡倒如何著今宵不與昨

宵約來宵睡著更如何到得眠時雨忘卻

看蠶祠

日防生人夜防昆村裏家家都閉戶綠陰時節偏江南屋上鳴鳩定晴雨幾日看蠶眠幾日看蠶熟蔟蠶上山棚爇薪守蠶箔小姑日討山棚信再拜神前代孃問大姑一月頭不梳玫瑰花開未簪鬢大姑稱繭小姑量阿孃踏車煑繭香絲成母女各歡喜里胥打鑼催上忙

孫與人同元齋中賞菊出示宮僚雅集酒器屬爲歌

誰能愛菊兼愛客醉倒淳于須一石誰能有客兼有酒坐對黃花開笑口叔然家學今孫郎著書池館高筵張東籬晚節香益遠蘭襟偏浥浮嘉觴昔者康熙初　聖治天光昌勳業孰比睢州湯文采孰並新城王雲霄侍從盛才藻春華秋實

咸高翔口澤流傳自館閣景山酒鎗銀鑿落遥樓公讌集簪裾一一鐫名分量酌小杯大杯以次乘盃盃脫卸梅花形十全胖合五錢重衹今匹製光熒熒吾聞古銀槎元有朱碧山當時孫少宰珍重巵酒閒曝書亭子賦詩去百年想像空塵寰今日孫郎雅好事摩挲舊器尊前示太息良工妙製造雕鎪不減尋源使吾曹釀飲慚公卿壇席敢與諸老爭舉盃引滿澆不平癯儒那有身後名徑合沈醉從淵明淵明無言花插幘手持瓦盆笑啞啞

社日雨泛舟湖上

春水鴛鴦浴湖上波全綠湖上春波欲化烟微風細雨總宜船絲絲弱柳痕猶淺點點輕萍様未圓玉梅花裏巢居閣墊巾人到逢花落座上名山入畫圖尊前美景同斟酌忘卻今

朝春社期回看桑柘影初齊新來燕子呢喃語似訴江南水拍隄

雪後簡補亭

故園雪初霽徙倚覺寒生曲徑稀人跡虛檐聚鳥聲定知披氅立遙擬策驢行乘興勞君至迢迢空復情

歸程夜行寄內

念我遠行役我行何日旋堞樓斜注月枯木細皴烟野曠盤鵰路秋高牧馬天那知異鄉客今夜未曾眠

過金粟寺方丈茶話

赤烏遺蹟尚塵寰路折溪橋綠幾灣烟外一旗村店酒雨中雙屐寺門山寫經紙逐藤香涉（寺有藏經紙好事者爭取為裝潢用稱宋箋）招隱書留蘇石斑（許九杞與孫太初諸公書刻石寺壁）可許淵明來入社便攜鐵杖

老禪關

哭查六其弈善

廿年交好無如我愧我居無廣厦安隨手宋元詩格放側身天地酒杯寬老餘慷慨生何健窮到凄涼死亦難賸有牆陰花一樹摩挲淚眼替君看

遊某氏別墅觀殘梅

小池吹綠浪紋皺上有殘梅映水春初出黃鶯啼過曉落花如雪不逢人

舟中作

十里平橋皺水痕一荆籬傍一柴門寒鴉幾點輕於艣直到前頭黃葉村

淩銓字沖谷號虛臺仁和人嘉慶辛未進士選庶吉士改

戶部湖廣司主事遵例授兵部職方司郎中

盧臺美容止習政事尤工爲行楷書方肄業成均時睿廟由盛京回鑾進獻頌冊天語嘉獎賜上用大緞二疋一時榮之丙子隨吳菘圃協揆至東河視河甫還京師偶感微疾庸醫誤投以藥遂致不起歿時其子尚幼所著詩文多散佚

冬日郎事和韻

春信初從緹室回梅花香裏少塵埃何當踏雪衝烟去暢好尋詩賭酒來窗裏凍蠅鑽紙響簷前渴鳥啄冰開閒情偶伴山中鶴莫作咸平處士猜

楊思敬原名愓龍字存之號健齋又號愓庵海寧人雍建元孫詠孫繼會子嘉慶辛未進士官福建安溪知縣有羣雅齋詩集

愓庵少穎悟年十三卽熟精文選及冠沈潛嗜學雖生長華閥不殊寒素工詩及駢體文同里周松靄陽湖孫

淵如秀水沈帶湖諸先生皆極賞識客京師與張船山吳山尊兩先生往還唱和尤多迨成進士出宰安溪替月而罷留榕城教授者凡七年道光壬午冬歸歸逾月而卒年甫五十一也生平以詩爲性命所作不下數千首皆恪守唐賢矩矱手自刪存十四卷並咏史詩二卷其弟文燕將謀刊以行世

舟中望九龍山

不知九蒼龍飛來自何代一龍化一峯天際浮遠黛隱現無全形俄頃有諸態神遊坐超忽目極迷向背鳥度青嵐開鐘鳴白雲內舟行望巳隔眉宇翠猶在無由攜蠟屐把酒登龍背日落半規銜渾疑抱珠睡

曉經太湖

夜談五湖奇殘夢墮雲水七十二山靈夢中呼我起潮平月稍落極望波瀰瀰人語寒蘆中間有漁舟檥長烟迷白鷗平林沒青薺俄頃朝陽升萬象歸眼底修蛾翠若掃匹練淨于

洗不知遠峯外湖光復幾里豈無濟勝具坐惜孤帆駛一舸
倘浮家發興自茲始

秋夜坐月

秋空如澄江一碧浩千頃新月破江來流輝媚幽境中庭無
寸潦倏忽生藻荇攬之不盈手始知竹柏影軒窗欲浮動水
氣襲衣冷恍憶三潭遊清宵乘舴艋

秋霽有懷

薄雲淡明河涼雨霽清夕素心人不來緣階秋蘚碧隔岸一
螢流照見鶴行跡

宿溪上巢

道人誦經罷松下關柴門一院梅花白不知山月痕禪牀澹
無寐佛火凝微溫此時聞見滅清機誰與論

池館雨夜即事

雨聲池上來，入夜斷還續。水藻生微香，涼螢出深綠。清吟不能寐，懷抱轉幽獨。倚檻寂無人，渚禽睡先熟。

望建溪諸灘舟行險絶紀之以詩

上流水瀉瓴，下流石排劒。舟自上流來，直下同激箭。劒鍔森然迎，棱棱插波面。逕從石罅穿，曲逐濤頭轉。操縱迴千鈞，避就爭一綫。崩崖頭上過，回看瞥如電。出險在須臾，行人目猶眩。灘師爾何人，身手經百鍊。

大雪登多景樓

市上喧傳古仙過，身拔鶴氅樓中坐。江妃翦水爲我娛，珠玉紛紛逐咳唾。憑闌傾耳無希聲，山容愈高江愈平。潑墨濃拖海門樹，飛花漸迷楊子津。重陰寂歷半欲晦，遠色照耀翻疑

晴指點焦仙結廬處不知高臥今何人茫然四顧天如幕斷
梯危磯人寥廓孤烟縷縷蘆中生高桅點點沙頭泊嚴寒壓
地藏魚龍急響橫空盤鸛鶴獨有扁舟蓑笠翁飄飄萬里終
無著平生愛雪懷清遊灞橋驢背山陰舟更思射虎南山頭
夜深歸來雪滿裘蹉跎此願竟難必豪情忍把空言酬何如
北固峯巔望第一江山百尺樓

岳氏銅爵歌

桐鄉金鄂巖秋曹（德輿）購得銅爵一高五寸六分深二寸七分口徑長四寸五分闊二寸三分重五百十四銖中鐫精忠報國字左側有小印曰岳珂建造按珂於嘉泰四年鑄奉祀忠武祭器宋亡悉埋土中明萬歷間始得自諸暨山中歸奉金陀坊第之家廟是爵蓋祭器中

之一也秋曹得之汪明府屋家其所自來已不可考矣

出以示余因作長歌以記其事

山罍蒲勺不可識瓠子蓮花競雕飾蒼然古色忽照人銅爵爭傳來鄂國銀鉤小篆書精忠字蹟模糊土花蝕恐是孤臣湼背痕對之不敢輕拂拭當時藁葬南山邊王孫籲天天爲旋墓田既復營祭器要令匕鬯千秋延咫尺雲旗或來格杯棬一一增流連銀瓶墮棄憐死後金蕉拜賜懷生前此爵初疑出誰手鑪錘乃是嘉泰年黃龍痛飲事已矣惜哉報國文空鐫五國城頭帝鬼語寢園何處陳椒醑忠魂飲淚望邊城想見臨觴不忍舉東南半壁金甌摧上陵玉盌人間來鐘簴淪亡舊鼎徙露盤毀折銅仙哀王家故物恥更姓韜光獨處深山隈帝遣山靈愼呵護忍使歷劫成飛灰合浦珠還自堪

喜延津劍去誰能猜雲烟過眼七百禩金陀第宅荒蒼苔西
曹主人性嗜古父丁子乙常摩撫韞匵原同圭瓚尊登筵肯
爲角散伍何當返璧歸西湖重酹南枝一抔土作歌先報倦
翁知地下有靈應快覩

天然硯歌

硯爲元耶律文正之物面有蟲蛀七孔背勒天然硯三
字銘曰體靜而默質潤而堅渾融不琢出自天然旁有
耶律楚材款皆篆書也松靄夫子購得之作歌以紀命
余同賦

材不必端溪良質不必下巖首中含七孔非雕鐫蟲蝕雲根
盈寸厚玲瓏藏渾樸巧拙兩無偶名以天然良不誣湛然居
士留題久湛然八葉承東丹少孤績學才莫殫一朝試疑獄

抱璞趨朝端同徵十七人動色驚相看此硯爾時屈曹掾墨池勺水蛟螭蟠從軍遠出松關道風景蒼涼入懷抱陰山瀚海窮登臨葦筆麻箋恣蒐討磨盾催飛書挑鐙看起草此硯爾時伴戎旅指揮虎僕千軍掃殿前賜杯酒一德情交欣外邦俯首稱神人紛紛餘子安足云上書陳十策感激生風雲此硯爾時典軍國論功豈讓中書君廣寧老去五百載硯亦茫茫墮塵海豬肝及龍尾聲價高什倍蓮葉與馬蹄形模鬭奇詭巧偷豪奪不到汝晦迹韜華知有待濂溪夫子欣得之乍經拂拭生光彩嗚呼世間榮悴寧非天詎獨蟾蜍淚滴滄桑改不見玉帶銘橋亭卜飄零片石來燕京恨不同時成鼎足可憐成敗判英雄何殊瑜亮忠吳蜀亦有烏金杖堅木琴地字之阮配三絕惜哉故物俱銷沈豈知石友耐磨錯一十

六字鏤厥心著書齋中富蒐錄寶此奚啻千球琳作歌示同好懷古情彌襟雄篇不數晉卿博後先何必非知音硯乎生不願封離石鄉卽墨縣但願白頭一老相攜持青瑄絳帳追隨徧兩朝過眼如風燈誰爲陶泓立佳傳新主差堪倣故交少年會與探花宴

登燕子磯

岷濤直下不可當奔騰氣欲無建康一柱臨江扼其險永與白下爲隄防突兀危磯插波起將飛不飛如燕子得非上應瑤光星星精化石沈江氾孤根激浪鏗有聲絕頂摩天峭無倚憑闌一作滄浪歌入聲在雲影在水水雲浩浩無終始下瞰空濛幾千里博望天連姑孰浮長山樹向雲陽指海門京口虛無閒眼中不見金焦峙蒹葭渺渺望欲窮鴻雁冥冥去

何已吳頭楚尾一青蒼目極疇能辨疆紀南北無端此地分空傳鐵鎖維山趾鐵鎖銷沈賸劫灰清秋燕子亦堪哀烏衣門巷西風裏落日寒潮自去來

泰安道中苦熱

日光暵山山逼城火繖烈烈空中擎飛鳥投林不敢出嗟我觸暑何能行解鞍聊憩道旁店僕夫喘息疲馬鳴我亦投牀臥難穩白汗如雨沾桃笙車聲隆隆訝雷起起看不見微雲生山容枯灼失秀潤對此減我登臨情客心貪程未遑宿坐待月出還宵征微風送涼忽成夢夢歸竹院聽秋聲

從軍行

匹馬度陰山黃沙一望開陣雲低壓帳邊月迴臨關鼙鼓消春色烽塵損壯顏深閨知報國未敢唱刀鐶

憩萬峯菴

幡影香臺畔蕭然晝掩關客依幽鳥坐僧帶野雲還一徑入紅樹半窗橫碧山平生清絕意喜得暫時閒

涼夜有懷

蟲語初涼後明河正悄然意中人似月愁外夜如年錦瑟聲何怨銀釭影自憐階前有紅豆采采不成眠

臨平道中晚晴

推篷響殘滴霽宇片雲還秋水碧于草夕陽紅在山髮隨涼葉動心對野鷗閒何處炊烟起人家溼翠間

送三弟文蓀歸

此別難爲汝慈親望眼長偏予愁遠道獨自夢高堂落日人千里西風泣數行君看江上雁聯翅正迴翔

于役平潭渡海作

不辨水天色惟聞風雨聲包涵九州小浮動萬山輕舟欲騰空去人疑御氣行仙凡原咫尺何路達蓬瀛

寄查南廬 世官

君豈悠悠者依人乃至今江湖成左計溫飽失初心題柱言空在登樓感不禁匣中餘一劍光氣欲銷沈

晚晴散步湖上

湖光洗出碧玻瓈遊屐微沾雨後泥斜照忽明孤塔杪落霞都在亂峯西一林晚磬烟藏寺十里秋荷水拍隄乘興卻忘歸路暝步隨漁火度前溪

棲霞嶺弔岳忠武王

精衞猶期碧海乾十年功敗氣衝冠故人自愛騎驢穩權相

惟愁縱虎難國恥未忘寧惜死廟謨底事但求安他時孟珙
開邊日欲起英雄地下看

雜感四首

五溪淫潦墮飛鳶朱鳥星連殺氣纏形勝舊傳巴子國軍鋒
直逼夜郎天風高猛士聽笳立日暮羣酋釋甲眠稍喜蠻方
新納款伏波征戰已經年

荆襄烽火照雲端兵弄潢池欲罷難鴻雁尚愁鋒鏑阻豺狼
終恃網羅寬平時賣劒無龔遂此日圍棋有謝安爲報征南
諸將吏至尊方待捷書看

橫海樓船列戟齊戍營吹角陣雲低已聞莊助援甌越莫遣
孫恩入會稽得利竟思專蜃蛤受降何忍戮鯨鯢誰憐白浪
青燐外多少寃魂帶血啼

郡國掄材貢玉堂徵書早晚下巖廊逢時幾輩爭推轂當路何人與辦裝一詔自應先孝悌四科原不廢文章諸君善體求賢意莫厭家脩歲月長

寄周松靄夫子

雀羅門巷冷于冰問字人來喜得朋萬卷蟲魚雙白髮卅年風雨一青鐙身離宦海心猶壯書在名山價已增聞道桓榮還矍鑠他時應有鶴書徵

感事

淮黃巨汎畏逢秋璧馬頻煩祝史投自古防川無上策本來歸海有經流　聖明豈惜捐金費兒戲方爲捧土謀差喜哀鴻幸無恙徙薪先解避陽侯

赴官閩中出都有作

春明門外促征輪回首觚棱望　紫宸草莽敢云身戀
主風塵端要職親民三山路尚離家近一葉裝仍下第貧遙
識門閭懸望切行期先報白頭人

蠻鄉

誰道蠻鄉作宦非娛人風土欲忘歸終年草樹無黃落到處
軒窗有翠微民狎犁鉏爲客少吏疎刀筆在官稀敢將臥理
矜高尚暇日鳴琴試一揮

行縣

朝行溪北暮溪南趺坐籃輿類佛龕覓路半同蛇詰屈逢人
多作燕呢喃釀成悍俗應誰咎獨對疲氓祗自慚敢道官清
惟飲水酌泉猶恐易成貪

蚤起

東方欲明蟲語催起看獨鶴眠蒼苔露華滿院日未出籬畔牽牛花正開

題顧蓀厓河干送別圖

別離人佳語兒鄉桑柘陰陰夾岸長晝裏不教閒點綴要留空闊望歸航

孤艇蕭然一葉身𦦨行何物慰酸辛馬融絳帳邊韶笥寫入輕裝未是貧

國朝杭郡詩續輯卷三十六終　錢塘吴慶坻校字

國朝杭郡詩續輯卷三十七目嘉慶十八年癸酉至二十五年庚辰以科目爲次

鍾鴻慶　沈元熙　黄新　沈學誠　姚珣

李式穀　潘賢　汪遠孫　施桂森　許乃賡

顧潮　姜安　朱瀾　徐暲　趙魏

周官　曹宗載　徐葵生　孫均

凡十九人

國朝杭郡詩續輯卷三十七　錢唐吳振棫毅父氏編

鍾鴻慶原名少縣字樓叔號繡佛錢唐人嘉慶癸酉舉人

紹興石經歌

佺德南宋江淮間二聖北徙天步艱山河破碎鐵騎擾內府墳典飄塵寰肅王不反康王起建炎以來漸傾否勉成和議聽强鄰旋播鴻文蒸髦士遠法東觀鐫石經近倣京兆勒碑銘推廣四術溯樂正遠勝百本書蘭亭憶昔揮毫日中昃左壁圖書右翰墨屈指垂裳數十年中興主亦稱賢德無如理學數程頤沒贈龍圖生見遺于嗟秦熺直講殿博士紫陽罷去之一代名儒置不用安用頒經首善爲幸哉楊髡不燬塔零落盛蹟今猶垂請看八十有七碑

宋仁宗飛白書歌

嘉祐天子崇儒術勵精圖治奏無逸幾暇揮毫更灑然當時共仰凌雲筆飛白之書孰濫觴戛戛獨造漢議郎厥後嗣者亦代起王家羲獻梁蕭子自唐歷宋數百年宸翰瓌奇授自天唐卿縱擅三百點示以清淨大且儼我游鄉校披殘碣拂拭蛛塵見奇絕一筆書將七字成天下昇平四民清輕烟素月互掩映清麗芊綿兼瘦硬天馬高騰墨海翻神鷹怒刷秋毫勁

映壁菴尋南宋梳妝臺遺址

山僧渾不管興亡領客尋幽到上方但愛林巒新卓錫那知臺殿舊披香露花尚學朝勻粉壁月曾窺晚卸妝果有燕支被芳野年年草色染斜陽

沈元熙字允恭號沈樓海寧人嘉慶癸酉舉人有沈樓詩

鈔

沈樓抱加愚之質年十七未解經義憤然奮厲寒暑不輟業一旦遂爾豁然後五應禮部試卒于京師年未及五十也里有廣孝葬會幾廢矣賴其言事復舉收養棄嬰營乳育之費嘗質衣以爲倡率其勇于爲義如此

趙烈女詞并序

烈女者同里趙既明女許字蔣汝梅未婚而汝梅卒訃聞烈女慟絕復蘇誓以身殉家人百計阻終不挽其志竟自經死因歸其柩于蔣氏謀合葬焉時嘉慶元年八月也

薄俗良足歎失身弗自惜當死而不死丈夫愧巾幗堪羨東鄰女貞心踰磐石磐石猶可轉妾心無可易生未識夫面足未踏夫宅非爲節烈名千載垂竹帛非爲身無依夫死飢寒迫惟以死殉義何暇籌他策善哉生者謀能令死者懌一棺

歸夫家黃泉共窀穸秋風動寒林霜月照淸夕月照林棲烏雙雙疑女魄

題蔣村草堂圖

嵐翠落庭陰幽居愜素心百年喬木古三徑草堂深舊雨聯吟榻新詩重藝林何時一樽酒容我訪江潯

松靄山房

滿徑綠陰春晝長數聲步屧響空廊老松壓戶留雲住幽磵連筒引水香檻外白猿尋嘯侶枝頭蒼鼠竄斜陽金風亭長風流甚宿雨聯吟到上方

題畫

際曉霞裳柰薄何蘋風淒瑟水微波十三行裏分明見博得東阿舊恨多

田田皺染蔚藍天浦溆曾無艕舺船屬玉似憐秋澹蕩一拳
獨下破寒烟

題吳夢唐蜀江歸棹圖

山勢嵯峨蜀道難猿啼獨夜客心酸使君灘近羊腸險萬里
何如半畝安

歸來仍乏草堂資對鏡空憐兩鬢絲并少知音似嚴武可憐
憔悴杜陵詩

黃新字位西錢唐人嘉慶癸酉舉人官建德教諭

西湖栁枝詞

藏鴉門外水烟深三兩黃鸝弄好音試問西泠蘇簡簡可曾
翠帶結同心

家住西湖西復西畫眉如栁影依稀不願楊花同妾命願將

栁汁染郎衣

沈學誠字堅士號豐橋仁和人嘉慶癸酉順天舉人官國子監助教

西湖栁枝詞

桃花小雨杏花風無限春光畫障中一路黃鶯聲不住又隨飛絮過橋東

輕陰一抹栁條條遮徧雙隄接六橋爭怪香山老居士尊前祇愛小蠻腰

姚珣字伯瑾號東石錢唐人嘉慶癸酉優貢有曲竹山房詩鈔

亞歲節客金陵承恩寺次壁上陳古漁九日詩韻

花木僧房處處深捲簾猶隔幾層陰銷寒最好沽新釀排日

拌教費苦吟殘菊半含秋士淚早梅時動故人心雪泥會有
前因在酉與禪關待訪尋

弔李方伯許齋先生

平反新製出　朝端閩海同聲哭好官介節有誠昭越石謗
書無計止流丸罪寧自負心原苦清畏人知古所難自是
聖明崇政體不關　恩詔未全寬
自昔曾叨侍側緣春風座上腹便便遺文能說九千字（公攷訂六書至精）
知己難忘六一賢信有珠璣讒馬援可堪刀筆迫延年
悲歌不爲私恩作千載平陵泣暮烟

五月十四日抵京師作

兩年不到鳳城隈行處游蹤長綠苔舊友尚將青眼待山人
仍著白衣來生無福命成高隱天與風塵鍊薄才祇恐光陰

消馬上怕看華髮鬢邊催

孤館寒燈思悄然勝遊情事憶花前軍門長揖青荷佩東閣清樽翠玉筵拭目窮荒成遠別驚心宿草又經年平生風義增惆悵江月空懷李郭仙

李式穀字申茲號海匏仁和人嘉慶甲戌歲貢

申茲家北郭善　國書嘗著　國書賦可與汪上湖先生龍書五十韻並傳又工寫眞鄰火不戒家被燼及其先容申茲默寫成之亦復惟肖爲詩兀傲有奇氣

館胡氏山莊

一二三椽舍四五六竿竹綠陰蔭小窗清影澄心目山人晝眠起風聲碎鳴玉落葉墮檻前好鳥窺簷角靜對忘幽懷白日上茅屋

歲辛酉童佛菴得厲樊榭先生及茗姬神主于戚故

家爲移入黃文節公祠索詩于予因戲作此

君號童佛菴豈是佛菴童佛家供養重瀛嗣承祧還與宗子同吾杭詩伯厲樊榭踔絕後嗣難繼蹤惟有月上姬生死得相從歿身不聞鄉社祭徒見衆圭塵泥封偶值佛菴子負之奚囊中芙蓉盥手沈檀薰藉之蘭芷及芎藭俎豆欲爲不祧祀難與祖考同都宮聞有蘇家祠乃祀文節公神廟各異氏饗獻殊豐隆佛菴忽悟傳禪法思藉衣鉢相通融請以樊榭祔山谷不異一派傳宗風月上雖無法乳恩亦以得所同尊崇奠以黃柑侑以酒居然自任樊翁宗人笑佛菴癡廟祀不幾如神叢君不見賢祀聖廡幾百姓何非一氣之感通異代香火有緣在況巳一室欣遭逢果令淵源風雅道不墜豈謂佛菴之童無其功

秋經橫春橋僻路歸

秋山一望皆蒼蒼不道靈境開天荒崖陡路效禿龍舞峰迴石突奇鬼僵峭風逆耳語音勁夕照送客人影長附郭林麓絕涫古疑有隱者潛其鄉

潘賢字可堂錢唐人嘉慶甲戌歲貢

可堂經術湛深負笈從游有若公超之市詩不多作而筆力正自健舉

石上苔

昔耶綠屋多側理出海錯同類號綠錢微生寓翠甃得氣雨纔過浮根土未著密排雁齒皆細綴魚鱗各懸崖引蔓垂斷磴學藤縛泐處工補苴攲邊妙聯絡周遭柱或壞漸進階非躋獵碣晝鳥蟲釣磯襯蘭藥峭厲鋒藏磽嶙峋筍裏籜疏點誤瘢胝微紋認皴皵何妨碨礧平不似疵瑕託牆陰散作花

洞口扃如鑰榻繞膝仍容碑封手難摸分棱田壟齊篆字書呈洛山泉喜滋濡檐曦畏薰灼黏憑壁上蝸啄待亭前鶴痕淺鬟新髣影斜衣半著疆界一卷多蹤跡三生約斑滿知點頭印殘防失脚花徑掃何曾柴門開且莫

李忠毅公挽詩

海風怒號海水立奮勇破賊追奔急誓埽欃槍酬主知兜擒巨憝在呼吸突烟冒刃戰縱橫豈料倉猝隳長城黑水洋中遺恨在（公因追蔡牽戰歿于黑水洋）編氓部曲齊吞聲溯昔舟師公總統用浙用閩久倚重鬢齡自負便非常天生我才必有用（髫年入學常書天生我才必有用七字）一舟之主匪易勝誰歟把柁臣也能（常于召見時高宗純皇帝詢及海中事宜以柁為一舟之主詢及能否對曰能）鳳尾箬橫及水澳鎗礟所到同芟艿（當時海盜如鳳尾幫箬橫幫水澳幫皆就殲惟蔡牽幫僅存）蔡逆未除恨未

止幾番血戰摧海市逆黨聞名魄已褫寧敵萬軍莫敵李海盜有寧敵千萬軍莫敵李長庚之語貽書商摧智勇深甘苦與共人傾心梭船特仿同安式指揮兩翼旌旗森風雲沙線知之熟月夜揚帆還坐讀月夜揚帆坐讀書阮撫軍所贈詩句也忠毅公有和詩二首贈紵嘗賡伐木章擢才不愧空羣目助賑當年德在民宮牆釁舍同時新忠毅公有助賑後倡捐重修學宮事于今儒將推第一一朝星隕滄溟塵臨危授命烈且壯執盾持刀屹相向瞠目直視面如生寸心耿耿何時償

方今

天子褒殊忠建祠　賜謚世爵崇　九重特下悲憤　詔將士感奮氣益雄從此合兵肆霆擊鸞割淋漓奏刀砉轉瞬孫盧巳就禽公其慰矣同覩歷泉山峩峩廟貌光海天渺渺靈旂颺忠魂千載自擁護淨洗兵甲波無揚

汪遠孫字久也號小米錢唐人誠子嘉慶丙子舉人候補內閣中書有借閒生詩二卷

吾友小米承祖父餘蔭能溺苦于學甫冠舉于鄉再試禮部入貲爲中翰旋失外蔭遂不復出奉母齊家督課諸弟六行克敦赴義若渴盡發先世藏書而讀之剛經柔史日有課程故學日益進所著有詩攷補遺國語考異發正古注漢書地理志校勘記借閒生詞其元配梁著有列女傳校註繼配湯著有玉臺畫史半其訂定枕經葄史之暇與鄉里耆彥結東軒吟社歷一星終逾百集因繪爲圖錄其詩爲清尊集購別業于水磨頭日借閒小築因自號借閒漫士其樓當西湖之陽顏曰水北四方賢儁縞紵爭投舄屐過從觴詠閒作錄其詩爲水北題襟集卒之日口占一絕有日問我何處歸西湖滿空翠蓋魂魄猶戀此也吾郡之志以南宋咸淳臨安志爲最古仿宋重雕以廣其傳數百年墜簡一旦表章實有功于藝苑其他又有厲樊榭鶚遼史拾遺東城雜記梁處素履繩左通汪選樓家禧三祠志諸刻余之續輯杭郡詩也國初諸集太半得諸其家迨校寫督刊亦慨然任之乃工甫及半遽爾溘逝年才四十有三今錄其詩不禁爲之一迴腸一蕩氣云

吳子律招集蔡木龕𤇆城北隱居分得有字即題木

龕圖後

世人競智巧翁獨以拙守世人趨紛華翁獨與靜偶結廬城北隅從橫才半畝閣繞杜陵花門栽彭澤栁翠雲一徑深高樹蔭戸牖我偕季重過延佇不覺久素心三兩人不速來先後翁迎入門笑共覆杯中酒酒酣論益洽願結忘年友我翁意致閒鼓琴還扣缶近仁契宜聖裒樸宗李叟緬觀木龕圖天眞此翁有

冬至前二日書農學士招飲鬼子酒翌日嚴丈滬盟以二瓶見餉賦謝四十韻茲簡學士

吟社歲帀五銷寒圖啓九學士玉堂仙愛詩兼愛酒品酒如品泉一勺別旨否越女貌如花佳名豈虛負（是日先飲女兒酒）嘗騰盡酡顏縱橫猶戰拇少選命更酌房中雜奔走平頭挈瓶來

晃漾紺而黝光遥射客衣涎巳流吾口色映翠鳳皇彩奪紅鸚母香比醁醽酷味較葡萄厚嶺南客所遺泰西製不苟法異麴醞釀質匪秫糯溲瓊漿菱根煎玉瓤椰子剖滴以沈檀槽貯之琉璨瓿鬼奴助燀薪倭女笑獻鋌勸客意殷勤彈指語譁卸（鬼子婦女以玻璨盞酌酒獻客客飲乾以指叩盞作聲爲樂）貿易裝估舶稛載集沙塸氍毹次紛陳賨悰輸雜蹀海島諸番中和蘭通最後蠭目深作坳鬈髮細分綹頎偉骨專車拳捷跡同瓜其餘種類繁悉皆形貌醜重洋驚湍奔十壓囂塵湫遠物固不貴風味亦足取我生歎望洋踽蹐慚伏牖未食海上桃但飽園中韭非分幸獲叨爛醉不覺狃華筵燭見跋歸路巷巡掫賭韻謝題饈（席上限和道古堂鬼子饈韻余愧不能）數典窘見肘嚴子今孝先腹笥無不有昨自百粵歸別巳五年久珍重餉雙瓶斟酌盈一斗封

裹綿兜羅籤題字蚪蚪哪時語費猜利哥名共扣哪時利哥皆其酒名尚帶海氣腥定是佛水滫甘者柔如飴酢者釃于醴圍鑪飲犯卯乞漿占在酉異味不期并嘉惠無功受喜驗指頻動不惜肝欲嘔作歌貽兩君報愧之瓊玖

題嚴丈鷗盟杰書福樓勘書圖用簡松老人題余松聲池館勘書圖韻四首

讀書有二病古人不我欺其失在不校魚豕疑傳疑或因校致誤肊改塗多歧聲轉栖爲昧文省鐵成夷聲音與文字古義多在茲卽此通乎彼悟禮可言詩作僞自王肅造奇始庾持見南史庾道愍傳一遇明眼人紛紛徒爾爲觥觥嚴夫子治經覃精思垂老不肯休那顧人笑癡

百事不挂眼兩肘案常據有時拈一義疑者豁然悟前人皮

傳言未免太癡瘵湖滑開講舍勘經朝夕與插架十三經一一目皆寓衆八苦繁重君獨得其趣餘事及文選何義門陳少章盡沿誤善注羼五臣塵言撥雲霧始令詞賦家不敢鄙章句

賤子亦耽此藉消閒歲月罔羅到叢殘欲補釋文闕池館繪作圖松聲到林樾君特爲序之文章勢奇兀送君游嶺南征途戒遄發五載駒隙馳短夢驚鶻突心情日積喪嫺更事矻矻遂致硯生塵忘卻籤書楬庭樹秋風摧砌苔秋雨汨君歸來款關定應憐瘦骨

喜君遠方歸問字門復踵靈光長巋然天成讀書種囊無陸賈金壓擔牙籤重胸有萬卷羅身但一廛擁小樓鎮日局力謝人事完此福豈易消青山四圍拱長松三五株鱗甲生臃

腫誦書聲琅琅稚子一何勇憐余豚犬兒嬉戲太愚憧放翁詩稚子勇過我琅琅誦易聲先生子才七齡長余子一歲先生課以爾雅上口成誦情深語不文擱筆肩徒聳

庚寅人日黃薌泉招同人集蔡氏隱居用昌黎人日城南登高韻

岸柳春未回庭梅芳已弄晨霽窗浮陽候暖硯解凍志動與俗違幸不爲世用喜君開吟讌許我厠賓從徑仄竹木深趣逸魚鳥共生涯萬卷託日月一杯送心情水泛凫世慮田去葑與酣酒不辭交洽論忘縱聊且取閒適何肯逐倥偬人各有至樂語君足珍重

喜薌泉疾愈詩以代訊次勰秋從祖韻

先生道氣凝二豎避三舍云胡相逼來肆瘧吁可怕豈是白

玉樓脩文局未罷良醫謝不爲巫陽已來乍千百詩人魂悠悠臥長夜籲天乞留君夢食白衣燕病起健勝秋編脊課勤夏攜朋爲君壽斗酒不須貰先生時校輯杭郡詩增入數百人

枯桂歎用少陵枯柟韻

庭前雙桂樹歲月不能記一株吾祖植攀仰有深意一株更在前百年欣得地胡爲干霄姿先後歎蕉萃菀枯有定數萬物本一氣昔爲老桂篇紛綸誇奇思坐令蝎蠹侵封殖愧先志欲伐復不忍撫樹墮淸淚故家如喬木成難而敗易書此示諸弟亦以自警畏

秋暑用韓孟秋雨聯句韻和作

入秋暑愈酷文酒罷良會驕陽耀赫曦纖雲散蔚薈縱巳酉馺馳尚覺南風泰樹焦鳥焚巢水沸魚失瀨燄張火繖高光

射銅鉦大眵忽眼生花虐甚體灼艾擇音何處追熨石無計
柰憫農歎膏屯請雨急雩兒横榻礴畫眠理榜遲晚汰幽尋
憶山中宴坐契象外小飲汗滂沱倦讀胸噫嘰滌藉荷氣凉
沁快蘭臭鬝几席近火熯階砌沃水沛螢乾翕微光蟬渴澀
凊籟少女跡遁藏炎官力熾怯爽欲薦瓜果嬾久廢冠帶頻
年霖潦多今夏疫癘害關心課雨暘畢力趨吠澮九秋穫庶
豐萬姓利攸賴歲事驗剝復天心卜蓍蔡海國魚龍驕神祠
斝瓚酹決流侵斥鹵膏壤成穢薈風迅勢搏激濤怒響瀨磕
興工集畚臿代賑散泉貝閭閻虛盎藏官府乏儲儈民困急
欲蘇　天鑒不待匄捍菑下石撻持節駐雲軿馮夷靜蛟舞
羲駕促鸞翽吾徒伏蓬篳貴游謝軒葢毋徒憂抱杞聊復詩
詠鄶君是玉堂仙夙樹騷壇旆銜盃佇新月倚篳拂輕靄襟

懷滌冰雪筆墨絕埃壒千言瀉珠玉萬口爭炙膾選韻險出奇傳箋速稱最讀罷噤且囁思苦眩欲仆忽聞輕雷殷喜見甘澤霈詩成恰催雨快意吾亦太

孟夏上澣買舟由禾中至新市往返浹旬得詩三首

出郭不數里遠屏塵市鬨挂帆過臨平多謝好風送柔桑雨後肥一片綠無縫林鳥喜迎人夾岸發幽哢俄頃帆腳轉風姨豈播弄光景足流連不使行倥偬呼童買村醪獨飲不辭痛微醺跂腳眠溪山落清夢

三塔撐青空鈴語茶禪寺中懷忽振觸淒惻感予季客秋此行役一病竟不治池塘草青青遲汝入夢寐高堂健無恙汝婦已得嗣牛眠協吉卜行舉窀穸事此皆汝所戀聞之慰夙志鴛湖湖水清照我淚盈眥

出港復入港沿緣溯清溪清溪水一灣軟坐青琉瓈八家住
兩岸當門蘆簾低早夜亟蠶事候巳三眠齊前村葉價貴典
質罄簪笄賣絲輸上忙篋中無寸綈九秋霜風厲婦子愁悽
悽吁嗟城中人綺紈賤如泥

朱碧山銀槎歌并引

故某氏家物質長生庫中久矣魏倉伯彭年攜以見示
證之竹垞樊榭所見輕重款識均不合雕鏤玲瓏古色
晻曖非俗工所能規仿意當日製此非一故流傳互異
與把玩數日幐以詩而歸之用曝書亭孫少宰席上賦
韻

扣門者誰魏伯子數日不見歡開顏鄭重示我銀鑿落道是
其值索百鍰舟虛利涉易垂象北海舊注惜巳删鄭氏易注如今自空

大木爲之日虛見詩谷風疏此杯約略仿其制碧山名字鐫璘斑枝柯刊盡狀臃腫剝蝕乃如雙鬟鬅有客尋源踞其上千里百里灣復灣乘槎事本出稗野河渚未必逢仙鬟良工造此別有意挹酒欲勞斗柄彎流傳四百八十載不隨羽化飛翩翾古歡主人適招飲花前有壽歌南山胡書農學士招集古歡書屋祝百花生日一吸欲盡明河水醉倒不攖世網韁襟帶颯颯天風動宛若放舸滄溟聞文人姓氏足千古追蹤虞揭才難攀元時虞伯生揭曼碩各令碧山製槎爲壽見苑西集浙西昔有朱竹垞與李秋錦賦詩日下傳人寰玲瓏山館亦藏弆幾時雁向南天還樊榭集中銀槎詩爲揚州馬秋玉賦摩挲款識字偶異敢云贗鼎同荆營我聞銀槎昔有二願得合如比目鰈韓詩外傳東海之魚名曰鰈比目而行羽觴翠斝安足數鸕鷀鸂鶒非其班爾時唐謝竝傑出松江唐俊卿平江謝君餘君和皆浙西銀工之精于手藝者見輟耕錄此老

何幸名獨嫺太息顯晦有定數引盃且閑劉伶闢

分龍雨歌五月二十九日莊芝階席上作

五月梅花催雨急雲氣淋漓侵衣溼腥風吹落几席閒此水定從江海吸二十分龍在人口占驗還聞二十九仗汝天邊作霖雨吾曹無事但飲酒今茲歲首逢九龍小大蜿蜒紛相從須臾各自抱珠睡斜陽倒挂青芙蓉龍乎龍乎與汝約閒日一雨樂莫樂勿使四十九日曬汝衣農夫車水忙雙腳

周號叔大林鐘歌爲嘉興張叔未解元廷濟作

淸儀主人茂先裔長眉秀目頎而髯平生嗜古有奇癖吉金貞石紛牙籤近得一鐘更奇古土花繡成五色兼兩欒準以建初尺尺有七寸奇還添其上銘文九十字何止一字值一縑鉦閒四行鼓左六讀之百徧口尚箝君家宅相通篆籒識

比鍇鉉尤精嚴云是西周虢叔製厥名曰旅文可覘皇考惠叔神所格想見俎豆羅堂廉得純祚㙻字從省天保詩義證可拈旅古通呂有長義稚讓故訓堪旁搏長父伐淮竹書紀斷爲一人羣議僉聲中林鐘稱衆聚大宮細羽均洪纖汀州伊揚州阮各藏彝釋文异喙徒詁詁物聚所好果不謬君更得一心情恔昨歲訪君新篁里門臨秋水環蒼葭入室古香四坐溢惜哉未遑一夕淹拓此一本持贈我譬以錦段遺窮閻張之壁間日尋繹一言莫贊詞非謙作歌聊以報君惠歌成雪花吹滿簷

張雲巢鹺使青選招集玉玲瓏閣用昌黎山石韻

一卷石耳微乎微七百餘年驚電飛宣和石綱偶棄置斑駁繡滿蒼蘚肥陰厓有字識歲月風雨剝落完者稀田居侍御

老寒餓吟罷輒思煑療飢張侯置酒邀我賞折簡剝啄臨柴扉客來三五皆不速高談玉屑飄霏霏我與石丈交有素醉撫松樹大數圍與酣磅礴坐其下有時散髮還散衣人生無官亦至樂韡版局束如受鞿石丈語我欣得主莫爲荔支思南歸

屠琴隝太守丈倬　潛園吟社圖

盛代需賢守君偏住故山此才爲世重因病得身閒舊畫庭前曝新詩枕上刪平泉歸臥好容我一躋攀

清德如君少蕭然屋數椽尊開問字酒囊賸買文錢空院閒調雀斜陽坐聽蟬忘言有眞趣獨抱白雲眠

味道希夷外游心遂古初理參齊物論功倍活民書先生刊潛園集雜錄十種勉人爲善有裨世道生意憐春草餘情種晚蔬隨緣都自足不厭

狎樵漁

花木潛園勝今從尺幅窺竹深風過爽樹密月來遲文讌聯諸老騷壇冠一時西泠能嗣響儒雅本吾師

報國院池上

橫河向東去僧院足淸幽地闢讀書社明季聞子將張天生馮千秋暨餘杭三嚴結社于此門連沽酒樓殘荷花颭雨老樹葉鳴秋磅礴池邊坐忘機羨白鷗

罏餻十六韻

名杭稽爾疋佳製食單添秋實爭先采霜痕飽盡沾張原同火繖落不藉紅鹽彩稱朱繩貫輕分素手拈珠胎圓莫比蟲孔擇尤嚴霏雪勻和黴蒸霞淨溉鬵凝脂洵已冷鑽核棄何嫌紫擣泥千杵紅嵌玉一匳鏤花矜樣巧綴果借酥黏膚去

惟存液酸醨總帶甜晶瑩疑葚煑風味配橙醃欲潤詩腸澁能欺酒力尖何勞傖父饋偏許老饕厭棗栗餻難竝桃梅酢可兼登筵增焜燿數典窘搜摶題罷慚居殿空教斷撚髭

送嚴鷗盟先生杰入粵

元亭問字甫經年聞唱驪歌意緒牽練習史材崔慰祖專精選學李崇賢喜從病起身逾健未送君行別轉先君行期甫戒余有松江之行先往話別見說將軍重揖客官齋聽鼓足高眠

上巳雨中偕嚴鷗盟丈馮栁東孫花海邵庵兩姑丈我斯弟水北樓禊飲即送栁東之四明教授任

栁外連朝叫鵓鴣樓頭坐聽雨聲麤闌心屢問花開謝對面不知山有無節序祇今流水逝情懷似我嬾雲俱悤悤便送征帆去閒殺橋邊賣酒壚

## 南宋四潛邸詩

### 佑聖觀 阜陵

天敎明兩兆初封孝宗封普安郡王日者曰普乃竝日字明兩作離之象殆天授也興禮坊前邸第崇德毓丁年三世合楊誠齋詩天意分明昌火德誕辰三世總丁年盖高宗生丁亥孝宗生丁未光宗生丁卯也祥開甲觀一家隆寧宗生于此時爲恭邸銳思恢復臣難副每侍光堯必陳恢復計光堯曰大哥俟老者百歲後爾御議之論者謂高宗時有臣無君孝宗時有君無臣洵然密折姦回聖自聰秦檜疾篤其家謀以子熺代相密破其姦南渡至今匯傑構鶴飛雲斷悵西風棲鶴軒夢雲樓皆元時觀中扁

### 開元宮 茂陵

御批擬進巳黃袍慈福親將廟算操憲聖居慈福宮常面二屏欽舊學寧宗用二小黃門負二小屏書戒曰少飲酒怕吐少食生冷怕痛隨所至面之盖舊學于陳傅良尊上以此故終身不忘偏慳一鉞賞微勞寧宗受禪韓侂冑所望不過節鉞趙忠定不與由是漸有邪謀訖逐衆君子劉

一清詩齋壇一鉞底慳坐見諸賢散似烟須殿增闕伯明禋肅殿右別建闕伯宣明王殿址拓
宗司棟宇高紹定開徙大宗正司宇他所悉以其地爲宮何事紅羊頻換劫清湖
橋畔又蓬蒿元至正間宮燬徙建清湖橋西今亦成廢院矣

龍翔宮 穆陵

柑子園經中瓦過柑子園在後市街頓驚宮殿鬱嵯峨姪緣嗣叔階
先晉理宗初嗣沂王補秉義郎弟忽踰兄理則那寧宗本立貴和爲皇太子疾篤史彌遠矯詔立
帝萬姓神瞻烏太保理宗資貌龐厚號烏太保臨朝坐輦端嚴若神一時欲煽董閻
羅巨璫董宋臣招權納賄無所不至目爲董閻羅蕭齋妙筆披圖見九里松風柰爾
何理宗像郭蕭齋寫在集慶寺

宗陽宮 紹陵

三聖橋東水勢回春光別是一家開亭名別是一家春建堂度宗朝非佳讖也
翊善常參講初封永嘉郡王以蔡抗兼翊善時資善堂初建理宗製記書以賜直閣昭儀雅

擅才在東宮以四夫人直書閣昭儀王秋兒能屬文尤親幸慧業前生阿育塔慶元府阿育王寺舍利塔雍熙開議重修一行童印塔影詣榮邸開疏榮王題一千緡童歸斷臂死度宗生日夕啼號乳母抱行廊廡見所黏塔影忽大笑王始悟所題疏未勾下本寺問故童死之日卽度宗生之旦也遂捐資以成其事勝游異日老君臺元暘仲宏張光弼有宗陽宮老君臺玩月詩可憐芝草呈祥後十載壞宮便劫灰咸淳辛未芝生殿之右楹本宮圖以進至己卯而宋亡矣

歲歉感懷

哀鴻中野昨經過霖潦連旬又損禾一綫江河隄盡溢四時甲子雨偏多今年春夏秋冬四甲子日皆雨低田半與魚爲宅空廩全無雀可羅已幸減租叨　聖澤輸猶乏力柰農何

議捐議賑舊章循貸粟還煩大府親樂氏不書宜得政參軍了債更何人救荒自古無良策計產吾鄉本最貧寄語賢勞勤撫卹窮黎猶有甑生塵

未雨綢繆計莫疎豐凶理本有乘除周官倉廩皆分職漢代河渠自一書編戸要令沾實惠長民豈是博虛譽老農盼穀三冬雪好待春來出荷鋤

自分疎慵是散材南窗靜坐撥鑪灰課兒翻檢書重讀和友閒將句細裁差喜催租人不至何嫌乞米帖頻來秋田聞說收九歉珍惜牀頭舊臘醅

春日水北樓卽事用樊榭集中歲暮自題南湖所居四首韻

小築三椽謝遠囂慵將生計問田園雨餘急水喧湖口樹暝積雲臥塔根清磬聲中流梵唱綠楊陰裏聽禽言一篸閒向天公乞花謝花開總閉門

對面南屏翠黛低近城遠市穩深棲帶分橋影音譌段鏡展

湖光姓是西點水絮黏凫鼎篆入簾花夾燕巢泥明朝怕有
間風雨聽得村鳩不住啼

韶華回首廿餘春祖硯留貽拭匣塵睡起繙書搜簡蠹茗餘
吹笛譜洲蘋閒尋古寺談禪客嬾逐晴隄拾翠人佳日無多
休放過好憑花月悅慈親

人情隴蜀笑無涯隙地還思買種花檻外平鋪苔徑窄池邊
補插槿籬斜評量酒戶分三雅檢校書籤列五車白石仙令
呼不起一盤水磨屬姜家

歲暮雜詩四首

一冬晴暖候疑差侵曉濃雲點墨雅儂比田家心倍切要儲
雪水試新茶

殳郎新自桂林回命侶湖山潑綠醅我是維摩偏示疾爭教

梅鶴笑人來積堂有孤山探梅之約以疾不赴

獸炭頻添向藥鑪薰香問損肺還無何人點筆能工畫倩寫寒閨病趣圖時婦方病

高堂分歲笑言溫共醉屠蘇酒一尊餞臘迎春都過了焚香獨自祭長恩

施桂森原名均字甄士炌子錢唐人嘉慶丙子郡歲貢

西湖柳枝詞

又看青青上柳條春愁一抹不曾銷杏花風過桃花雨添得濃陰十二橋

春來踏徧白蘇隄草綠裙腰似翦齊惱亂情懷又飛絮畫樓東畔夕陽西

許乃賡字念颺號藹舲仁和人嘉慶丁丑進士官右庶子

薦船領戊午鄉薦田公車者二十年丁丑成進士入翰林充國史館提調國史名臣傳垂二百年條例未能畫一獨肩其任得書三百八十餘卷今入史宬者嘉慶以前皆其手定官京師十餘年獨居邸第有如枯僧奉諱歸里屏絕人事大吏延主敷文講席一再敦迫不得已始就焉服闋後以母老乞養逾一年無疾而卒年五十九性質直寡言遇事不辭其難必求其是不可干以私人以是重之平居喜閱近思錄頗耽性理之學閒亦發爲吟詠每落筆輒匿其稿以故傳者絕少

曉泊桑園

泊舟臨大隄與客縱遐步秋草淒以綠彎環見村路瓠葉何幡幡欲采不可渡沿隄多桔槔井汲紛如注中有官家田灌輸足征賦平原景物殊行人屢回顧層波盪餘霞落日片帆住水鳥背人飛鉤輈響深樹

德州十二屯田家

烟皐藹秋綠夕陽明遠村縱橫見畦菜壓架瓜壺繁廣場雜

新菽露積蔽野垣颯然動涼吹寂無林鳥喧道逢田家子日夕來灌園借問歲豐儉欲語還吐吞天公吝雨澤井竭泉脈渾勺水沃寸苗穡事寧足論我聞轉心惻伊鬱難爲言何當月離畢更設中衢尊

擬唐人憶春草

憶春草綿綿又綠江南道夢斷東風別恨長魂消南陌寒蕪早紅樓高高斜月明美人望遠彈銀箏啼鶯易老芳華歇雨冷烟淒土花碧出門騎馬五花驄行徧大隄東復東蘇小墓前愁不盡年年湖上吹春風

武淸道中

長河秋色迴趁曉一帆開遠水輕烟合新涼急雨催魚沈逢市少蟬響覺村來向夕問前渡含情殢酒杯

秋夜宿證嚮齋酬諸同人

暮雨颯然至涼陰秋有聲酒深知病減燈定得詩清別館客初臥遠鐘天欲明蟲吟殊未已鄉夢迴難成

七夕集證嚮齋

碧漢通津集華燈啓榭初雨收前市果秋薦晚園蔬星影搖犀押鄉心附鶴書仙查歸路遠誰解贈靈琚

次浣霞過靜默寺見貽原韻

招提清寂思無涯送客東門夕照斜白鳥帶來烟外影綠槐開盡雨中花虛堂對月知禪定孤枕聞鐘感歲華休問故人歸隱計殘更燈火夢還家

顧潮字恂叔一字慕韓海寧人嘉慶丁丑進士

慕韓既中進士未及廷試而歿

題圖集陶句

寢跡衡門下不爲好爵縈一朝敞神界千載有餘情芳菊開林耀青松夾路生清風脫然至臥起弄書琴

姜安字滄菴號怡亭錢唐人嘉慶戊寅歲貢有怡亭詩草

偕李光甫徐彥常黃步唐朱謂卿晚入鷲嶺止宿白衲菴

歸鳥墜蒼烟斜日欲含嶺同行四五人振策興愈猛泉聲隔竹微山氣逼衣冷沿籬入精舍御值晚鐘打一龕佛火明淡照毘盧影嘗茶性海通憩榻塵慮屏夢破梵音清寒月挂松頂

龍山暮眺

微雨忽然霽夕陽江外明雲移危石動風壓暮潮平游興幾

時倦秋光如此清歸途入烟靄渡口有喧聲

偕李光甫方湛徐彥常鉽奉陪青湖夫子游夕照菴作

孤菴背斜日塔擁暮山青客到茶初沸林深戶不扃閒房僧說偈高樹鳥聽經欲解維摩理徐參竹杖銘

晚渡太湖望洞庭兩山

洞庭跨吳會七十二奇峯翠靄杳難即白雲深幾重仙人已長往林屋有遺蹤可惜停舟晚但聞空外鐘

垂虹橋即事

薄酒不成醉翠樓聞撫箏春風吹客過湖月對愁生挂席明朝去何人憶遠行垂虹橋畔路歲歲別離情

寶奎寺懷古

七寶山西寺同來問法筵樓懸江甸日窗納海門烟捨宅曾皈佛摩厓尚記年禪扉當輦路冷落暮雲邊

南屏暮歸

落日沈亂峯湖波淡將夕一片暮烟寒殘鐘送行客

吳門元夜

吳天暮色翦吳綾獨酌無聊醉不禁載我扁舟度元夕虎山橋外看漁燈

朱瀾字鏡川號月颿銓子仁和人嘉慶己卯進士官江蘇金壇知縣

月颿天性孝友由清書館翰林改知縣分發江南卒于任

豐樂樓懷古

朱欄碧瓦飛雲棟畫船簫鼓相迎送百尺危樓基尚存湖山

消盡繁華夢六朝駐蹕來餘杭此樓創自楊和王栁洲亭拱千峯秀豐豫門新七寶妝亭臺花木皆葱蒨芳晨月夕頻開讌詞客酣歌竹葉尊美人嬌映桃花面歲寒松柏環滿庭芳草長隄忽踏青三秋桂子錢王宅十里荷花問水亭一朝寇警元兵怒江潮退舍軍飛渡萬帳愁生衣錦營六陵夜泣冬青樹山外青山樓外樓遺簪墜珥徧荒邱積垣廢趾今何在歎惜當年趙與篙

徐暲字雲倬號少薇錢唐人嘉慶己卯舉人

少薇爲文敬文穆後人生有夙慧三歲時母口授詩句能滾滾舉于口性不喜寐一日夜深未臥謂母曰眞所謂燈火夜偏長乎家人咸奇之目爲神童年十六篆隸鐵筆靡不工文詞尤斐然可誦中戊寅副車己卯登正榜三試禮部不第歿于京邸年甫二十四歿後四月妻范遺腹舉一男不數月即夭見陳中丞桂生所爲傳畧

曉起三首

清簟含漪遶榻斜前林纔聽噪飛鴉朝曦未上登樓望十丈紅綃曳縩霞

鈎摹小字展黃庭洗硯池邊荷露零一院花香風過處殢他蜨夢未全醒

忽訝晨光轉薜蘿回頭殘月浸簾波箇時畫舫西泠路涼入藕花風露多

趙魏字晉齋號蓀森一號洛生仁和人嘉慶庚辰 恩貢

奚鐵生小像

與君同墮地相契如壎篪所居或異巷遊釣輒相思維君脫英姿氣若長虹馳詩壇酒國間掉臂任所之興酣嶽可搖筆埽千人師有時或論古臭味無差池會期白首歸胡爲中道歧披圖忽相見令我心神疑爾鼻隆復爾爾睛尤擅奇我則

髮種種齒亦齳然隳東西南北游飢驅神爲疲悠載盈虛閒
大化何支離我酒尚盈缶我歌耋未遲爾竟不我語我亦何
能爲安得舊精魂重踐三生期茫茫瞿塘月一賡吟風詩

黃君小松遺余古碑幷無軒書及湘管聯吟卽步原
韻呈教

梅花歷亂盧仝屋欲籜千竿萬竿竹揭來未與素心同空傍
蒹葭想如玉元龍意氣叔度波欲往從之春水綠新詩翠墨
會伻來跫然足音響空谷我本天涯淡宕人萬事捐除不挂
目二三知己如水交高情轉切辦香籙湘管齋頭領臥游赤
日應嫌渭川俗閉門覓得此君情會心遠在沅江曲征帆何
日美東南忍使相思瘦於肉君不見吾家舊住水晶宮擬棹
金波看月穆

周官字夢溪號渭漁仁和人嘉慶庚辰歲貢

夢溪工書其擘窠大字徑數尺或至尋丈尤縱逸有勁氣

題古梅

夭矯雙飛龍玉鱗帶殘雪夜半素娥來徘徊不忍別霽色漾空青寒梢屈枯鐵至今嶺頭枝猶撐古時月

漫興

五月秧田翠乍濃黃梅釀雨麥翻風草藏蛺蝶迷輕白荷立蜻蜓顫小紅世味隨常諳嚼蠟生涯自古薄雕蟲九耕三食關經濟慚愧吾儒粗糲終

夜成

起坐山窗夜色冥餘寒猶倚一燈青過雲雨急響疑瀑出樹螢孤光亂星貧賤少閒詩有債衰殘多感酒無靈茫茫身世

知何似爲蝭爲周夢未醒

題恬適上人借廬詩卷

高隱憐師得自如三椽聊傍翠巖居眼前何物曾非借隨意
虛窗讀梵書

曹宗載字問渠號桐石又號鐵槑海寧人三德曾孫璉孫
嘉慶庚辰歲貢有東山樓詩集八卷續稿八卷

桐石尚氣節其教門人子弟敦行爲先不專務進取道光初元有司欲舉孝廉方正桐石堅辭不就海昌俗患阻葬覩死恆久淹漸至暴露乃與里人議舉葬會以資無力者人尤德之所著有黛雲館贅語三卷紫峽文獻錄二卷捫蝨瑣談二卷避暑錄四卷峽川詩鈔十六卷卒年七十三

妾入門并序

吳丈兔牀置一婢詢之爲良家子遂撫爲義女命與女
公子齒并擇武原魏氏子備奩具嫁之錢唐邵徵君志

純賦妾入門以紀其事余感兎翁高義爰成數韻以賡之

妾入門悸心魂向隅無言淚暗吞妾入門銜主恩烈冬、翻作陽春溫芳蘭蕭艾殊非伍妾賤那得比公女胡緣件坐畫樓中絜使同吟繡同譜武原之水清且漣惕翁之子才翩翩結禰遣嫁情纏綿于歸恰値桃夭妍今古英賢幾蒙垢誰肯憐之一援手天葢高地葢厚罔極恩深父與母龕門水汪洋洪波深澤寧可量秦駐山嵯峩高風峻德終難磨噫嘻山可鑿水可涸此恩此誼千古卓

贈楊樵谷

楊君嗜古癖嗜書讀破萬卷含膏腴下筆快驚風雨集清詞麗句珍璠璵餘技更學王摩詰點染生綃趣横溢想見胸中

蘊蓄奇聊借毫尖吐鬱勃峯巒層疊排靑蒼別開生面撐天骨墨痕盡化烟雲飛一水奚煩畫十日衡嵩泰華險各呈匡廬峩嵋秀竝絕兩閒無限英靈境盡被收羅腕底列古來妙畫皆通神端貴爛漫全天眞倪黃董巨推逸品志尙高潔存乎人盎然書味盡畫稿陶鎔萬象存精醞解衣磅礴任揮灑淋漓元氣鼓洪鈞人知楊君畫可愛誰識妙在筆墨外余不善畫還善讀此理未容俗人解

貞烈詞爲陳九姑作并序

貞烈爲陳太常隅陽後裔定衡幼女字花溪朱生品章未嫁而品章歿女聞訃投井者再以救免屏居小樓隅折庭中柏枝插瓶柏忽生根盤結葱蒨可愛十年相對一夕遽萎女卽整衣仰藥死朱氏感其貞烈迎柩與品

章合葬焉賦此紀之

庚同辛丑行同九朱生亦行九與姑俱辛丑生朱陳恰合成嘉耦鸞方待年鳳忽殂慟絕重甦誓不負智井再投救再免貞心不作轆轤轉死既不得歸未能繡佛長齋淚空泫南山有柏何青青凌寒勁節無凋零折供銀瓶聊寄託冰心皎映通精靈十年守貞柏同矢一夕仰藥柏同死柏死佳話留繡幃女死芳名輝彤史龍山之岡繚而深花溪之水清且泚精魂定化禽比翼墓柏應生枝連理

徐葵生字衞堂號蕙唐汝翼孫再陵子仁和副貢未詳何科附編嘉慶朝未俟考

蕙唐簡默自持有至行母氏爲盧抱經先生女孫體素羸嘗遘危疾蕙唐刲股以療與金露香稱東湖二孝云性特聰慧以已意作繢事人爭購之詩務獨造一埽尊韓抱杜之陋年甫壯幕游關北侘傺以終同時諸子中

才之豐命之蹇皆無出其右者可爲雷歎

長夏卽景效劒南體

長日山房好柴門剝啄稀觀書添渺論學弈避危機樹色涼新霑蟬聲健夕暉何人會斯意裊裊篆烟飛

泊桐廬

晚飯桐廬縣歸禽勸小留江聲春客夢烟雨接春愁徑僻餘尋藥臺荒邈曳裘千秋兩高士同調自賡酬

荅金露香雨香昆季見懷二首

良朋千里別迤邐感春心問訊勞箋素挑燈憶性情花明去年色鳥作故園鳴擬辦長宵夢深杯一共傾

所思不可見離緒若爲傾翠管和詩瘦霜鐔對酒鳴亂烟連海嶠異俗遠人情絶有愁來早臨風似草生

荒齋四詠

寶鏡曾誇雪月俱，何年妝閣黯金塗。綠生蝌蚪迷秦字，粉漬芙蓉認漢模。儘有英華歸混沌，未妨耳目太模糊。旁人莫訝傳神酷，照膽晶明近已殊。塵鏡

朱弦玉軫半消磨，響絕雲門舊日柯。捉柱每懷橫落月，刺船猶記出洪波。偏宜病鶴垂翎伴，絕類寒僧壞衲多。我比泉明更疏懶，不須藉膝重摩挲。破琴

黑白無勞着意爭，半枰零落暗塵生。雲飛曉宇殘星散，草壓秋原故壘橫。花院晝長餘寂寂，竹樓人去失丁丁。機心我已相忘久，縱有奇謀請罷兵。殘棋

三尺由來歐氏鎔，積唐底事等枯筇。吼殘風雨星文黯，睡煞蛟螭電影封。為報楚讐曾出匣，未逢秦客且藏鋒。山魈莫漫

披猖甚淬礪功成便剸鐘鈚劒

孫均字古雲仁和人文靖公孫嘉慶朝襲伯爵

古雲既襲封日從羽林郎奔走屬車豹尾間性不耐勞引疾乞退僑居吳下者二十餘年少席華貴舉止豪放又婦家奩資頗豐足供揮霍所蓄圖書金石甚富兼喜交游座上賓客常滿牛心啖炙菊部徵歌頗有風流自賞之意

琴鴎招集潛園觀新作畫冊同人分詠得寺憶曾游處橋憐再渡時

卜築依吳趨曠與故鄉隔故鄉好湖山緬想清夢劇昨來纔卸裝尋烟命雙屐延緣南山南兼繞北山北松門送疏磬柳港趁遙篴處處皆宿游步步快新獲好景不能摹悠然胸次積屠候吾石交招邀展芳席名士如名山坐對慨舊識我愧乏片長君才量一石文章娩羣雅餘事及畫冊卽看此幅中

皺染透活碧烟光撲衣襟窈窕悅心魄曲澗跨橋敧雙崖抱寺窅圖中人似我曳杖覓前跡欲奪怕見嗔一醉且療癖明朝別君去西風宿水驛相思非一端回首望鄉國

國朝杭郡詩續輯卷三十七終　錢塘吳慶坻校字

國朝杭郡詩續輯

卷三十八　卷三十九

卷四十

十三冊

·1130

國朝杭郡詩續輯卷三十八目 嘉慶道光間八約畧爲次

汪夢心　陸祖授　俞邦成　陳光典　葛懋勳

錢東金　周　標　周　霽　周　霞　金　福

趙承錫　陳孝達　錢廷烜　陳敬畏　沈元錕

鄭　筠　周如旋　汪　衡　俞永升　查一騏

查有新　馬　相　馬　錦　鮑善基　陳廷表

潘　斌　周　湘　陳雲駿　查　景　成　纊

朱言然　姚祖憲　姚伊憲　葛慶曾　周思兼

沈　綱　胡　楷　胡馥堂　李　榮　仇　林

仇　鼎

凡四十一人

凡四十一人

倪瑞

沈鋼　胡楷　胡敬堂?　李榮　倪林

朱言然　姚瓏嶽?　萬慶會　周思兼

孫誠　周湘　陳雲鍛?　查景　成瀚

查有炘　馬相　許綸　魏喆謨?　陳基長?

鄭鈞　周卯淀?　汪衡　俞永升　富二騏?

趙永鎬?　陳奎逵?　俞廷塏?　陳懷良?　沈元鑑?

錢東　金濼?　周學　周寶　金礪?

汪漢心　陸祖坡　俞邦成　陳光典　葛榕勳?

國朝杭郡詩續輯卷三十八　錢唐吳振棫毅父氏編

汪夢心一名廷恩字說啟號仲房錢唐諸生有御埔書堂詩鈔

仲房少孤力學能作餓隷書詩筆清峭而有緜邈之思加之灌辟可以季與惜年僅二十四而卒

憶梅

白雲滿孤渚斜日明林端偶就池上酌卻憶梅花寒何處結清夢維君成古歡西谿三十里香雪已漫漫

秋夜懷倪米樓稻孫

涼月忽在地始知秋意深娟娟一片影照我坐彈琴高樹有寒色飛鴻無定音因之憶吟侶乘興或招尋

北郭

夙昔清淨理偶與城市違空庵夜來雨獨擠潭上扉寒天泉

流靜落木秋聲希萬類各有息益知勞者非

右意

冰絲織素紈裁作合歡扇懷袖未承恩秋風向誰怨

趙承旨雜花畫卷

花事繁華舊汴都風枝露葉已模糊王孫筆底春多少寫到郊原麥秀無

懷從兄 震

燕山殘雪玉關霜十載游蹤總渺茫最是春來渡江鴈北飛翻說是還鄉

水仙花

美人清夢隔千里烟水愁余空所思今夜月明誰結佩蕭蕭風露立多時

陸祖授字紹之仁和人郡諸生有眉洲山房詩稿

國初吾郡陸氏實爲望族鯤庭行人既殉義横山麗京棉霞紫蘧左城亦以志節文章爲人倫冠冕人人有集皆以鳳名世所稱陸氏五鳳是也紹之爲白鳳堂陸三先生元孫仰承世業雅負清才惜年未四十而歿

到家

到家翻似夢悲喜一時集乖隔無幾時顏色各已別稚子牽衣前謂耶顏少黑歸來幸無恙空囊免交謫從來骨肉閒樂趣自天得宇宙本寥寥我寄一黍積何苦涉風波動以性命易且理架上書縱横亂鼠跡

炊蔆操 授嘗蔆母恆手炊以食之今母下世十六載每覩是物悲從中來擬作炊蔆操

大蔆紅小蔆綠菱角彎彎利如鏃刺我心兮戟我肉薪不再燃兮炊不熟滿天秋雨孤兒哭

御教場

古壘空山鳥雀喧蒼蒼雲木想旗門敲金角羽成灰劫春雨年年繡鐵盆

舟中口號

未衰楊柳全無恨初上鱸魚正及時如此清秋好風景黄花應笑我歸遲

俞邦成餘杭諸生

桐月

桐如圭樣月如鈎金井斜穿玉兔投我自有懷依朗照碧陰移近鳳凰樓

陳光典字大麓仁和人郡諸生有綠荘草堂詩鈔

登鳳凰山

蝸廬小結鳳山側鳳山與我曾相識相識朝朝暮暮情晴陰

變幻烟嵐色閒來振策登山頂謖謖松濤風力緊芙蓉閣上豁雙眸指點湖山眞畫境湖山盤繞江城雄粉堞紅樓杳靄中花場酒國知無限絲管清聲嫋半空回看一片蒼烟暮人家遠樹斜陽路小牕幾面向山開倏忽雲生不知處

冬日野望

寒威催木葉小立眺平原疎樹落松子空田長稻孫樵人歌出谷野老話當門笑指楓林外斜陽賣酒村

登滕王閣

低首篷牕損舊顏今朝差喜泊江關天炎夏末秋初候地占吳頭楚尾閒詞客有心超北海病夫無力賦西山全拋結習登臨感避暑惟投半日閒

葛懋勳號梅溪海寧人

清閨曲

良宵不能寐燒燭照空房燭淚成灰盡方知妾淚長

自題花溪讀書圖

緣隄開小徑傍竹結幽軒山色當牕落泉聲隔院喧春風斜燕影暮雨長苔痕終日攤書坐何人與討論

初夏

初夏江鄉暑尚輕楝花風裏繅絲聲殘英落徑香猶在新竹穿籬陰未成水漲最宜歸鷺宿草深何處亂蛙鳴日長睡起渾無事坐對村醪不厭傾

錢東字玉魚錢唐人

玉魚擅六法客游揚州與曾賓谷轉運相唱和詩見題襟館集

秋湖觴芰詩

采蓮唱徹烟波裏千朵荷花照秋水今年夏閏得秋遲珍重秋光入杯底南豐都轉今歐陽湖山壇坫重主張木蘭艇子載賓從紅牙小部調笙簧湖邊亭館背蜀岡筵開四面圍花光列坐其次飛羽觴酡顏遙挹江雲涼先生對之娛且樂詩人半在蓮花幕更攜吟屐叩烟蘿屬翦生綃繪幽壑湖海元龍豪氣除夔探幽境寫精廬座中竹室能敏速淨香園子歸尺幅吳生嘯傲淩滄洲貌出湖千百尺之飛樓賤子荒寒寫清曉城闉古寺維舟早描摹都恐未能工爭似先生大文好其餘諸子皆儁豪爽氣欲與秋爭高祕思妍唱一時集競就玉尺歸鈞陶江城此會眞罕覯賢哲風流映前後一卷流傳地與人並附先生垂不朽

長至後四日題禊館消寒小飲會者十四人以刺繡

五紋添弱綫吹葭六琯動飛灰一聯分韻得葭字

華館冬前築消寒興倍賒題襟仿柯古菱客詠蒼葭竹韻頻搖檻梅香欲透紗律回春意滿賓集雅懷奢良覿欣相遇清言靜不譁文章推哲匠書畫擅才華鼎足同分席鼇頭獨品茶（夢樓夫子清齋戒飲以茶代之）羊烹珍各異拇戰勝還誇酒政嚴三雅詩才媿八叉情隆門下士惠被室中娃（夢樓夫子欲爲東推小婦淨香爲繼室東因循未果至是先生爲諏吉且厚賜焉）主饋猶無婦稱名始有家因之遵禮正更得卜辰嘉佩綰同心結圖聯棼尾花（今夏東與淨香爲先生作三朵花圖繡合卷）末光遊子幸厚貺主人加吹管灰初動當頭月未斜陽和到蓬篳感德信無涯

金櫺字雲木號問山錢唐人有紫竹山房稿

登南屏山

淸吟坐幽壑斜陽閣西嶺嶺畔多喬松松色亂山影幽懷謝塵氛眷此蕭閒境詩成復徘徊暮色寫寒景濤聲落秋衣一片蒼雲冷

皐亭看桃花

出郭雨初霽沿緣渡曉關花光爭赴水雲影欲移山春在浮烟外帆行綠樹閒青帘欣在望放艇過前灣

秋雪庵

兩岸蘆花白溪迴路不分門開秋水上風颺一溪雲落葉多寒色遠山橫夕曛登樓吟望久幽思掃塵氛

蒹葭里

曲曲蘆灣路推篷不厭看秋深花影碎風冷葉聲乾遠水隔微白孤村生暮寒何當謝塵事烟艇老漁竿

南宋宮詞

榴花染得御衣黃並蒂蓮開水殿香宴罷內官傳隊戲綵雲仙子李端娘

宮衣裁得鏤金羅又聽羊車別院過莫向水晶簾外望玉階風露夜深多

周壽字朗宇號愚谷仁和人有學吟草三卷北游草二卷愚谷爲燮堂制府從孫合肥令諤士子幼喪怙恃出後世父事嗣母以孝聞安貧力學僑居吳江之黎里後游燕中以病歸數月而卒年猶未及壯也

曉發舊縣

茅店未雞鳴登車客已行百盤經峻嶺五夜出荒城樹禿疑人立星繁抵月明下帷聊假寐短夢續殘更

將北行別顧蔚雲夫子

師生誼重惜分攜何況千程賦遠離此去誰爲東道主臨行先問北歸期一樓夜雨畱清話三載春風戀絳帷蔗境老來應漸好天涯待寫弄璋詩夫子於前歲有失子之戚今聞姬人已有娠矣

即事

三千里外一鞭絲帀月光陰了不知忽見棗花開似雪始驚春盡已多時

周霞字瑞清號惺齋仁和人

惺齋爲燮堂制府孫望山水部之子朱春生言其應童子試時寓舍諸經生皆挾兔園冊子據案作蒼蠅聲惺齋獨攜陳壽三國志一編丹墨校勘不倦其好學溺古如此後以咯血疾亡年甫二十令人有埋玉樹著土中之歎

謁于忠肅公祠

雲端推下衮龍新一載穹廬萬乘身不是孫申能策鄭那教

晉惠得還秦世矜赤手擎天績常負朝衣東市人易代祠堂嚴俎豆裕陵玉匣莽荆榛

金福字介堂仁和增生有介堂吟稿

介堂博學多聞詩多沈雄之作王少司寇昶頗愛重之歷游秦蜀楚粵甚久嘗主橫渠講席十四年爲諸生僅有之事

衢州登眺

三衢天險阨重城傑構由來望不平地接閩甌爭海勢氣連風雨壯江聲陡開雲閣千尋拔暗渡菱池百尺橫前日夢游今始到況逢客裏報新晴

重登滕王閣

傑閣巍峩跨十州東南勝地足遨遊初歸嶺海三千路重上章江第一樓石壁鐫西江第一之樓六字極浦閒雲停暮靄半篙新月起

沙鷗命屯莫怨王生薄賦後誰將姓氏留

趙承錫字君榮號敬齋錢唐人有香遠堂稿

雨後

雨聲在荷葉虛館忽生涼獨對孤燈坐閒斟濁酒嘗螢光流暗壁蛩響亂迴廊漸覺增秋思宵分旅夢長

陳孝達字中臺號蕉崖海寧諸生

雙林道中

微風生夕波落日掟孤槳一聲何處鐘但見烟蒼莽

入峽

芙蓉瘦削夾江濱路下瞿唐險乍聞怒石立爭千疊浪哀猿啼破萬重雲日横半嶺陰晴異峽鎖中流楚蜀分瞬息輕舟飛鳥過巫峯回首氣氤氳

錢廷烜字宣之號蘅皋琦孫仁和諸生

蘅皋綺歲清才與其叔枚林有三羅之目屢試不得志以疾歿于京師

隅園看梅

爲問春何許招邀探早梅南園三十樹昨夜幾枝開影瘦臨波照香甜惹蝶催橫斜隨處好攜手重遲回

陳莜昃字寅仲號墨莊海寧人萊孝次子有貧香齋詩鈔十卷

墨莊十二齡卽工詩能與社中耆宿抗手惜早夭未竟其業也歿時婦祝墜樓以殉得救不死茹荼鞠孤二十餘年可謂具堅操者

舟中坐雨

一幅輕帆挂平湖泊畫船樹頭迷亂鳥屋角出炊烟漁唱菱塘畔樵歌葦岸前篷牕凝望眼隨意賦詩篇

沈元鋃字陶珍號秀穀海寧人維基子官河南布政司都事

七夕禁用故實和祝厚臣韻

空外如聞笑語稠酒醒人靜獨登樓蒼茫纔過兼旬雨高爽剛逢此夕秋一抹雲華浮屋角三分月色下簾鉤夜闌多少嬌兒女只解歡娛不解愁

鄭筠字竹初錢唐諸生

題族兄簡香雲湖觀梅小影即次原韻

古杭自昔推逋仙環蒔三百孤山巔東風飄忽破冰萼空濛香靄騰雲烟明州天闕靈奇格西子雲湖擅雙絕冷嵐吹散午曦和千株萬株渾一色嶺之南北次第開此地花光一例迴絳蓓破腦隱幺鳳疎枝掠月橫青苔深藏縞袂關常掩香

雪茫茫雲冉冉祇恐春歸與易闌前身卻借生綃染灞橋不用挈奚童只此披圖記舊蹤夢回紙帳詩初就韻落江城月正中柔情燕昵林君癖元方豪宕逾千億我當相從駐甬東冰霜細味尋詩脈

周如旋字履祥號稻村蓮孫彥國子海寧諸生

示許篠軒表弟

年華不我待自顧賤微軀貧豈書能救才還命與俱在家憐慘澹作客歎馳驅且翦西窗燭論文慰素居

壽補齋館中作

岑寂空齋攬素華何須彈鋏歎辭家一簾明月穿疎竹半壁寒燈照落花蛙夢迷離香不斷櫓枝欸乃水無涯漏聲不敵書聲永謝卻羈愁興轉賒

鎮海塔

占鼇古塔峙城東作鎮鹽官七級崇雲去天容迷蜃闕潮來水勢撼龍宮到江分野收吳境隔岸名山認越中試向深宵登絶頂海門遥指日輪紅

汪衡字誠夫號書巢錢唐人有秋蛩吟

書巢嗜學不倦積書千帙乙黙丹黃不釋于手嘗補註顔氏家訓頗稱詳贍尤善奕著棋經三卷洵考槃清賞也女玢字孟文陳孝廉善室工詩

苕溪夜泛

暮色荒汀滿扁舟興可乘蛙鳴蘆港月犬吠竹籬燈遠水寒烟合連山宿霧凝眠鷗驚忽起栁岸弄魚罾

蝶恨

一雙高下度銀牆幾許閒愁集寸腸飛絮年光春漸老落花

庭院晝初長連宵有夢啼紅雨竟日無言憶豔陽翅粉飄零腰玉瘦何因重說壽陽妝李義山咏蝶詩壽陽公主嫁時妝八字宮眉捧額黃

秋宵即景

蕭瑟涼天夜氣清滿腔詩意畫難成秋從蟋蟀聲中老月在豆花棚上明牆角流螢時一點樓頭禁鼓欲三更旁人未解推敲苦笑我循廊躑躅行

夜靜

夜靜時聞叫斷鴻輕寒惻惻透房櫳夢回遠寺疏鐘後愁入空階細雨中病骨經秋添瘦損閒情如雪漸消融殘鐙一點書千卷伴我蕭蕭坐漏終

秋夜書懷

沈沈蓮漏滴將殘斐几攤書興未闌古壁疏燈人語寂小樓

明月雁聲寒冥心自覺幽棲好強項終憐入世難靜夜詩成
誰與和鈎箋寫就自吟看

俞永升 字號未詳 海寧諸生

詠水仙花次潛山姪韻

生怕泥塗染玉肌託根沙水稱仙妃攜來未許塵生襪弄去
還教香滿衣性靜只宜梅作伴花穠不惜雨添肥磁盆冷暖
須加意凍合重開自昔稀

查一騏 字康之芬次子海寧廩生

仲冬六日聞許憩亭於十月晦日伉儷偕亡並其子
女三人一時俱逝哀傷慘怛詩以哭之

驀地傳凶問驚疑淚萬行妻孥同委化雞犬亦倉皇一慟天
何酷虛名願豈償長號皇某復不獨感存亡

慰藉終無策囊空賸此身三年仍落莫一病竟沈淪枉作無窮望翻成有漏因夜臺呼不應愁絕白頭人

查有新字春園海寧人官口口通判有春園吟稿

春園最工七字句頻伽詩話摘其佳句如夕陽云當樓漸覺山容澹極浦遙連雨腳明綠陰云輕烟淡淡凝成畫細雨濛濛碧到門吳江雨中云疏烟到岸忽升樹急雨穿雲亂入船官湖曉發云燈語似愁途易誤湖流知合枕時聽荅南廬云山向人青如愛客病依身久似憐才和南廬云頻催街鼓貪叢話但聽樓鐘識久晴雪後云因看老樹梅全白遙想西山景大奇惜皆未載其全什

虹橋晚泊

風雨斂斜暉扁舟泊釣磯水清濯苔髮橋古挂藤衣鳩婦投巢急鳧卿去影微溼雲墮如塊篷背閣還飛

馬相字漢槎號補亭錢唐貢生

補亭家西溪讀書聲琅琅與棹歌漁唱相荅陳太史傳經稱其詩才雄肆如把酒問天歌南宋皇妃墓諸篇皆

爲傑作今已散失不可見矣

楝花詞

東風花信漸闌珊紫雪濛濛點砌殘無賴餘寒消未得子規聲裏倚闌干

馬錦字謙甫一字古芸號笙谷海寧諸生捐職鹽運司運判

古芸家饒于貲而性喜清吟且工繪事一時酒人墨侶皆能雅意周旋嘗游禾中結吟社于鴛鴦湖畔又嘗以所乘舟易梅花菴主山水一帙其動止頗不俗不似足彀翁目光如豆終日握算聲格格不休也

題謝孝子傳後

孝子生無顯名孝子死有信史孝子者誰謝歷山呼天搶地嘗諸艱母溺水兒在岸兒急奔救心膽亂奮身投入洪濤中負母出水兒之功父病逆旅兒往迎之有祖在堂兒泣告之

惡鬼揶揄不得施神靈左右相護持道旁眈眈猛虎飢徒手而搏如伏雌祝融肆虐父驚失色援父出火是兒之力孝子孺慕六十年自始至終無衰焉生難隆其養死乃表厥阡君不見煌煌綽楔榮考妣俎豆春秋報禋祀嗚呼謝孝子

甘孝子詩 江陰縣監生甘遐年自幼克孝其親族黨皆稱爲小孝子年五十一而歿道光七年二月當事申請入祠

小孝子甘遐年自始至終天性全父國棟母氏龔相繼而歿降鞠凶孝子十四習負販歸攜甘旨供羞膳有時觸怒跪親旁親顏未解增傍徨親病籲天乞身代湯藥無靈刲股碎有兒督率唯唯承俯夑諸弟如友朋孀黨貧苦賴賙卹姑母孀居養在室秋霜春露心愴然思親哀泣墳墓前至今江陰人稱爲小孝子乾隆乙未孝子生道光乙酉孝子死越二載丁

亥具冊府縣申合詞請 旌疏上陳督臣琦撫臣陶學臣辛

同廉堂登烟雨樓小飲僧房

湖光浮白霜滿衣空林驚起寒鴉飛一船隨鴉過湖去烟雨樓前牽纜住佛燈初上人倚樓夕陽將墮城西頭城西美酒攤錢買買酒滿瓶雜蝦蟹狂吞大嚼意與豪須臾月出青天高憑欄不覺醉眼闊波自空明雲自活野火出沒如流螢忽然近岸漁舟停我欲登舟與僧別再來相約梅花雪

題蔣華隱思無邪齋詩稿

憑誰扶大雅應仗出羣才匹馬征途倦青燈白髮催千秋高自許三徑爲予開相見林泉晚新詩誦百回

削膚樹天骨積渾薄鮮新俗豔皆時好深心獨古人縱橫論漢魏磊落出風塵糊盡揚雄瓿知音孰是眞

黃湘谷茂才過訪贈詩次韻

瀛洲不到總頑仙，容易朱顏改少年。涉世誰能逃俗累，閉門獨自聳吟肩。舊交落落萍蓬跡，往事悠悠水月禪。君在西湖應憶我，六橋芳草綠芊緜。

鳴鳥嚶嚶感友生，扁舟來共續前盟。風塵苦說游將倦，麴糵狂耽癖未更。轉覺寒暄皆泛語，相忘形迹有深情。低頭欲拜黃公望，願學癡狂博盛名。

吳榕園同蔣華隱明經過瑤華仙館分韻得瑤字

到門雙屐不須招，來與幽人話寂寥。密訂酒緣忘主客，寒催雪意碎瓊瑤。著書莫認千秋，小照鏡先愁兩鬢凋。容易安排娛老計，巖阿歲月總無聊。

應笠湖有詩見寄行間字裏若有所感者余知其意

次韻荅之

春光一半去遲遲冷暖心情只自知老我其如蓬鬢影憐人無過好花枝消磨歲月何爲者放浪形骸任所之獨有神交應百一寄懷偏作女郎詩

新漲三篙放櫂便莫虛花月過今年半生酒盞誰無恨一寸琴絲替可憐紅淚早沾仙枕溼綠雲猶妒小鬟嫣知君拋擲明珠後寫盡牢騷九萬箋

題王石谷桃花流水小幅

絕似浮巒暖翠圖江南江北記模糊夕陽有約難孤負春水扁舟泛五湖

鮑善基字致高郡諸生有小巢壺集

晚泊湖塘

一葉泊湖塘風來水面涼遙憐紡紗女清響出迴廊自有中天月無勞東壁光予懷殊耿耿歧路獨徜徉

江城雜感

優鉢曇花已劫灰空餘雲石點蒼苔池荒是處皆秋水物化今知有異才千載鶴歸華表柱百年人冷讀書臺寓爲屠赤水故居今歐陳忠貞祠宇登陴一望江流白多少英雄沒草萊

陳廷表字星華號西樸原名人龍海寧諸生有西樸集

西樸蕩儻多才尢工書法長遊四方足跡幾半天下著有見聞錄

自黔陽歸濟陽贈何匯川

相別在歲暮相見在秋初其間歷春夏日月歎居諸長征幾萬里險阻生死餘彌覺山水怖焉能事詩書今日息塵鞅況入仙人居蘭芳滿室宇荷潔出泥淤點綴多卉木陳設勝瓊

琚一卷手自攜開軒悟太虛別時不相見見時意已舒且俟涼風至飲食當徐徐

薄暮憑檻西望步雙鶴韻

陰晴朝暮有新題簾捲樓開日又西一片綠疑無地著千重翠若與天齊霞光漸欲烟相和林暗將招鳥漫棲總是氤氳堪入畫登臨正擬短筇攜

潘斌字懷邦錢唐人

九日偕王廣文簡在游天寧寺

百家千樹裏一縣萬山中佳節無人問清樽與爾同晴鳩翻喚雨霜雁穩排風物色兼秋意楓林鎖梵宮

周湘字瀛山號自然海寧人有瀛山寄興集

過橫山訪得川師

路轉峯迴處烟蘿響梵音看雲奇似畫聽水韻于琴梅冷幽人意竹虛枯衲心住山久有願將辦買山金

陳雲駿字耳聲號雨峯海寧人有聿修堂稿

題紫薇山西麓書齋

性與身安道所師余今聊得託幽期紙窗碎處花陰補石磴敲時竹影支自起烹茶宜靜課閒來調瑟解愁思每因夜讀眠難醒日到高松三兩枝

查景字望齋海寧監生有棄餘詩草

望齋客婺州歲祲勸郡守發常平倉以賑讙聲雷動其後挈裝歸行李蕭然笑日東南飢民得所余一人貧亦足矣

和嘉善陳燭門明府梅花庵詩韻

直將世事付禪家一塔寒原送落霞林下何心邀處士生前

有意證梅花殘碑無字增懷古止水猶瀾好薦茶菴自千秋人自邈空梁歸燕樹棲霞

過灘謠

灘聲怒上水挽強下離弩來船卽是去船回快意莫忘從艱苦

灘勢惡出險猶餘入險愕堅心把舵舵從心一綫源流愼毋錯

成壙字蒼蔾號竹亭仁和人

春遊

春風駘蕩柳絲絲映水桃花上下枝草綠湖南心萬里王孫何日是歸時

朱言然字敬臨號餉亭海寧諸生

簡亭為嶽國文公後南宋時遷鹽官家畢茂才凡十三世誠可謂文學世家矣

晚登尖山

不負登臨興山遊向夕曛波光山海合天勢越吳分浪靜鷗相狎霞明鶩作羣登高忽惆悵西北有浮雲

姚祖憲字協中號小春思勤季子仁和諸生

小春承其家學工為律賦年甫及壯而歿人咸惜之

螢火

月墮空庭黑流螢挾火飛星星然埜竹閃閃照書幃肯被輕風滅生憐小扇揮來朝佳客至堂上有光輝俗謂螢火上堂主客至

蚊雷

豹腳爾何物轟然敢比雷百嬌從地出雷巳百嬌雲猶一鬨四市見湘烟錄逼人來破壁不飛去紗廚驚夢回掌中有霹靂莫漫逞喧豗

蛙鼓

鼓吹喧無次，陂塘碧草寬。淫哇雙耳沸，清撊六更寒。楊誠齋詩天上歸來有六更注內樓五更絕梆鼓交作謂之蝦蟇更即六更也弄水成何調，排衙學作官。昌黎會誚汝，韓公蛙詩無理祗取鬧到底賞音難。

水車

陸地忽生波，喧聞踏踏歌。若非車下澤，安得雨飜河。赤腳碾流水，圓輪打漩渦。癡龍鞭不起，耤爾潤嘉禾。

姚伊憲字尹爲號古芬思駿子仁和廩生

古芬少孤媚學以詞賦得名騁秘抽妍曹耦無有能過之者屢踏省闈不得一當學使者方將貢之成均而遽就奄忽卒年甫四十良可慨也生平撰著不自收拾黃君薌泉錄存遺稿一小冊碎壁零璣猶爾光氣正賴有此耳

莊芝階舍人席上賦竹筧

刳木昔取泉斷竹更名筧制從蘭若傳材自林於選風篁試璽瓏霜幹爭伐翦象仿筒截伶事巧輪斲扁弇中節傾虛直外篲同卷度勢屋建瓴接構管受鍵篠簜用可敷山地利無塞迢迢溯靈源一一排翠巘丈尋絜短長位置互隱顯高下藉石支縱橫隨路轉雲根架古松雨痕帖荒蘚漱玉穿琤琮連枝遞迤衍儈房香積通池水功德善瀹甌綠茗清盛盎銀粟軟布易黃金輸汲謝白足跣卮漏或補葺鉤注無深淺呼猿會勝採跑虎異迹辨灌輪引不窮規摹能者鮮右史結鄰居名園增結撰偶念汔至勞亦作高興遣運施妙塵盧裁取分條件聯尾宛銜鴉鑿竇非吠犬穿巖徑微紆滴響露晴泫廚會通流長杜詩通流與廚會擔負厮僕免羨公有新營對我滋清辯種思千戶封地擬十弓展舍人嘗與予言欲買鄰居數畝之地以種竹成竹本

胸存雨花先洗演浮觴快卷波窺管媿徵典聊賡接筒吟亦見杜詩願爲同井勉倚醉聽泉聲夙約此君踐

趙忠毅公鐵如意歌

鋃鐺四鳴太阿折賸有孤臣手中鐵金流石鑠亦何常鍊到忠魂終不缺此鐵上應雲雷星一條鑄作瓜杖形重逾二斤長尺四二十六言書以銘其旁圖象備天地留名更有鼇春字想公指畫天啟朝萬事知難如我意不貿涼州酒一不敲處仲壺不碎石家紅珊瑚但思借汝擊東廠握拳奮袂風嗚嗚風高殿上陳丹款凜凜寒光面不暖雷霆白晝黍鬼驚可惜心長如意短于嗟乎可惜心長如意短斗柄倒移天不管一朝三案連風波釐纓造請遠荷戈提攜萬里與汝伴有時慷慨舞復歌一歌一回舞國事將柰何臣肝如鐵堅弗磨擊姦

不力當譴呵玉門竟絶生還望碧花未殉孤臣葬百年河岳護精靈故物流傳獨無恙公物無恙公節完銀絲古篆重摹觀水晶無光白玉死倔強疑有蛟螭蟠七星睒睒殘月現策功應共東方硯事成事敗且勿論但讀公銘知百鍊吁嗟乎蒼鷹獨擊無凡禽寸鐵所持逾萬金鉤廉弗折器可欽紛紜講學非公心摩挲遺物爲公歎歎公轉惜諸東林

題閻立本畫蕭翼賺蘭亭圖

繭紙昭陵古香閟閻外畫師呼不至留得生綃爲寫生貌出當年賺書事斯事傳自唐太宗夔書尤夔蘭亭工眞行二百九十紙此書獨在空王宮百年禊帖藏能密萬金不換飛仙筆賺人長策更賺書一朝遣使奇謀出藏書者誰僧辨才奉使者誰蕭君來相逢有意對無意酒香撥甕春雲開春雲不

惜傾缸面談笑安知寓機變鐵畫銀鉤座上評錦囊玉匣梁
閒見梁閒眞蹟識豈非偏與野鷟同嘲譏辨才老去不省事
筆陣遂挾蛟龍飛蛟龍飛出三千界御府珍藏志佳話姓名
縱未附淩烟傳神比作功臣畫右相夙擅丹青名吮毫研粉
著色精須眉栩栩意態活一僧一客皆有情我聞春池昔日
被宣喚伏地倉皇恥揮翰想公作此意獨閒瀟灑烟雲應不
汙又聞僧繇昔日圖醉僧公畫醉道同傳稱卷中人物有各
肖知公文采無不能此圖此事俱入妙翰墨風流相照耀畫
馬未數曹將軍換鵝翻憶王逸少由來寶墨勝奇珍賺帖還
防賺畫人不見桓元戲癡顧一廚變化竟通神

秧馬歌

仰若小舟覆如瓦似橇樀泥利行野迎風不嘶汗不揹進與

人謀馬非馬干以求之林之下芳郊宿潤含春陰千畦萬畦排如鍼新泥滑滑啼山禽踏犂梅雨深復深呼我爲馬勞不禁木牛誰訪武侯造巧削楸桐斲榆棗耳竹雙批束以槀昂首似未甘伏阜假汝輕蹄試芳草老農赤脚騎田中兩髀習習輪御風距踊三百雀躍同駪駪原隰西復東篠驂宛學嬉兒童歸來不事求芻牧御伴烟蓑挂茅屋明朝綺陌還馳逐翠剗新苗看蔟蔟隔水斜陽聞叱犢

黃薌泉表兄招同人用樂府體分咏中秋故事予得

綵鸞嫁

江水茫茫晝羽扇攜得仙姝入仙院仙院清寒玉宇澄月華照見書生面青禽下引瓊簫聲天語小謫塵間行鍾陵歸去家壁立秋光更較瑤臺清無錢郎莫問妾能臨軒日寫韻無

衣郎勿歎妾有絲襦能禦寒妾緣在郎心憶父偕郎騎虎山中去流水桃花再到難重來獨有風流壻杜蘭香蕚綠華彩蛾曉集園客家絳河徒自望黄姑神仙私嫁何時無

同人送厲樊榭先生木主供西溪交蘆菴

莫歎公無後詩人自不祧溪山聯舊社香火奉僧寮卷裏徵君録花前野客橈游仙三百首閬苑共魂招

詠晚香玉二首

不須瑤樹譜新詞小朵能含絶世姿午枕釵聲微墮後夕陽花氣半温時吹將馥馥偏多韻望入珊珊未怨遲惟有暮雲思獨遠秋蘭紉佩願同貽

密于珠鈿小于簪卷上疏簾蜨倦探樓畔晚妝何綽約酒邊風骨易嬌憨清能得月痕疑碎澹不生烟氣獨含莫向庭前

誇抹麗長安花事勝江南

春草

畫出宜晴宜雨天江南何處不芊緜小家碧玉多嬌女冶客青袍正少年淺步軟兜三徑屧遠痕平熨一溪烟東風聽說瀛洲早偏號蓬萊住列仙

春山如笑更如妝斜轉裙腰路易長門巷野花忙燕蜨郊原晴日散牛羊最宜楊柳垂垂地畧帶蘼蕪細細香爲語王孫休怨別一詩飛夢到西堂

題洪昉思塡詞圖

家世曾傳盾棣琴（先生爲忠宣後人）才名豈僅託清吟而今井水能歌處身後霓裳付賞音

百年零落斷紈存我輩牢愁共一尊帝子不來芳草暮汨羅

誰返屈原魂

葛慶曾字壘卿號秋生郡增生有靜寄軒詩草四卷

秋生身材短小至爲詩文則意氣甚壯硯耕養母館于橫橋許氏者最久名場偃蹇年四十四遽以病卒其母同日亡貧無斂具賴友人經紀之秋生有寡婦歎云兒不成名終已矣雖不成名猶可恃兒若死亡更何以詎知爲詩讖也工詞與駢體文稿皆佚詩草四卷則其病中手鈔而許信臣乃釗以授余者也

夜偕曼生琴隝玉年登清平山翫月

夕陽西下月東吐清暉入扉毛髮古枯枝屈曲蟠蒼龍怪石峻嶒蹲猛虎黃昏出寺天氣清同向亂峯深處行此間月色不能到雲樹蒼茫一望平出林上高山山頂平如砥錢唐舊蹟一一皆可指南渡繁華今已矣六游堂五臺宅秋花不忍紅春草空自碧登高望遠感今昔但覺波濤滾滾鳴一線長江冒天白飄飄高舉乘長風瑠璃擊碎天空濛未知城市藏

何所數十萬家烟霧中到門犬吠叩僧院重與挑燈看詩卷出山厭聞車馬喧入山始愛登臨便萍蹤遇合非偶然賓從望之皆神仙手揮紅塵三百丈峯頭月落江連天

題王尺魚振綱抱影集

辛夷花下絨奩唾春曉娉婷人小坐泥香重琬鬱金裙荀郎顧影悲無柰夢聽魚山梵唄來等閒繡佛悟蓮臺曹騰鸚鵡新詩誦宛轉珍珠密字裁天女維摩鎮相伴一夕罡風忽吹散往日淒涼病茂陵而今錦瑟絃先斷環珮歸時月色昏風前長與酹詩魂慧因澗畔泉聲咽寒食梨花哭墓門

題沈東江先生詩卷墨蹟

蕩花洲上詩人宅百餘年來渺陳迹一卷流傳見劫灰遺恨補天鍊媧石憶昔江東擅盛名南樓月色照湖明騷壇提唱

推三子詞譜評量定四聲由來文字皆餘技慷慨當爲天下士講學方開章慶堂一朝蟻賊東鄉起東鄉舊日富緹緗坐擁書城玉軸藏六丁攝去成何用割宅平泉徑草荒滄桑變易憑誰訴回頭往事都非故去國梁鴻身世悲懷人庾信鄉關賦寒山山下艤扁舟嗚咽無聲水不流塔影當空涼月落髑髏隱隱雲中愁披衣起視不成寐自寫新詩和血淚祇覺沈憂地可埋難消塊壘天爲醉至今縑素有傳人點畫敧斜墨尚新五字已堪堅壁壘千秋何用歎沈淪

秋日感懷

霜清木落幾經秋十載艱難志未酬身似飛仙常歷劫心如寒女祗工愁讀書悔被功名累仗劍思爲汗漫游多少人間不平事一聲長嘯獨登樓

表忠觀

錦山大樹鬱嵯峨殺敵歸來夜枕戈閫外建將新節鉞夢中還我舊山河斗牛王氣人閒識父老鄉音醉後歌太息豐功沈鐵券殘碑斷蘚幾摩挲

靈隱山中看月

行過溪橋碧一彎蟲吟如荅水潺潺露光和月沐脩竹風勢推雲出遠山此境絕無些子礙重游再有幾人閒浮生悟徹盈虧理不寐禪丁守鶴還

落卷

展卷無端黯恨生夢餘尋夢不分明三年竟負飛鳴想一擲惟聞太息聲琴闕桐音銷爨下劍埋龍氣鬱豐城誰知千佛名經記也是尋常錦織成

竹雲頻年客滬上歲暮一歸余每過訪劇談今竹雲已下世矣再過其宅與荔軒藹堂昆季話舊感而賦此

與君兄弟周旋處猶是天涯客未歸忽見孤兒衣縞素祗疑殘夜夢依稀斯人竟逝天難問泉路多才世漸非聞道遺編都在篋祗愁開看重歔欷

哭許亭史 心坦

天邊忽訝酒星沈兩世論交感竹林萬里壯游爲客老一官冷趣入山深生涯澹泊貧何累豪氣消除病屢侵記得夢中通晤語靑楓月黑渺難尋君歿後數日余夢于吳門舟次晤對如平生

子同北行抵揚州聞高堰水決中止卽送其南旋

撼地波濤勢不平如何君竟作長行得爲退鷁眞天幸願哺

慈烏亦至情想見倚閭心更切定知開口笑相迎橋東老屋梅花下先我歸來濁酒傾

題吳蘋香女士藻飲酒讀騷圖曲四首

江草江花慘淡餘譜將幽怨比三閭全消塊壘惟澆酒小劫年華且讀書翠袖青衫形自幻通眉長爪認何如聞歌合下雙鬟拜絕勝旗亭畫壁初

薜荔爲衣芰作裳鉛華洗盡舊時妝懺除弱絮三生果供養幽蘭九畹香襟抱自然成灑落才名原不礙清狂吾儕亦有沈淪感何止紅閨黯斷腸

本來名媛似名流荷鍤相隨酒築邱合對畫中人一慟漫論身後事千秋笙歌倡爾翻新調山水依然契俊游我負西湖風景好還憑曲裏憶杭州

仙才傲骨兩相宜瘦骨簪花昔見之早識大家矜絶調每從小謝讀清詞憐渠滴露拈毫潤愧我臨風屬句遲（嘗屬題花簾書屋塡詞圖未就）羸得丹青傳妙筆不教遺恨到蛾眉

中秋即景

秋陰連日望新晴夜半空階斷雨聲客邸尋花空寂寞小樓看月未分明欲憑弦管吹雲散且逐江湖載酒行忽憶清煇照虛幌故園回首不勝情

題同心蘭畫冊

空谷相逢尚覺遲譜將幽韻入琴絲美人自有知音賞何必秋燈讀楚詞

題郭頻迦麐老復丁菴圖

香鑪茗椀足生涯獨客無憀每憶家歲暮歸來風雪裏到門

先自問梅花

周思兼字元治號梅坪海寧諸生有梅坪詩鈔六卷

梅坪爲松靄大令從孫其時俞潛山吳兔床亦以詞場老宿提倡風雅鍾箬溪復起而羽翼之于是梅坪及徐秋鶚濬應笠湖時艮潘香士文輅皆以詩爭鳴鬱爲後起梅坪詩琢鍊清麗家有夢梨雲仙館爲流連觴詠之地其後旣屯于遇又促其年論者皆爲嗟惜其妻弟朱有葇爲彙其遺稿而刊之

宿靈隱寺

寺樓出峯頂白雲宿其內襆被贊公房清極了無寐微聞木犀香澹與禪理會古壁閃僧影秋鐙紅一穗不知何處鐘泠然發幽籟夜半松雨生涼月墮烟翠

妾薄命

十五侍君側妾顏嬌如花同心綰羅帶並坐酌流霞孔雀東南飛君心一朝改起窺故鏡匳顦顇無光采畱妾鴛鴦錦製

作新人褭不怨奪所好猶得長依君琵琶泣春風紈扇悲秋
月妾顏嬌如花妾命薄如葉

題童二樹墨梅

冷香著紙紙痕凸墨淡者花濃者骨毫尖一霎春風回吹醒
羅浮古冰雪山人畫梅身作梅詩魂直挾花魂來元神內鍊
枝倒迸奇氣橫溢葩怒開攜來張向雪色壁十指欲捫花氣
涇夢回鐵笛悄無聲凍蛟挐人對牀立此時庭樹剛坼花烟
影一色橫輕紗是眞是繪驀難辨起視茅簷山月斜

蜀鏡詞和受笙并序

鏡徑三寸六分重十兩有半背作寶相花八盛捧雙魚
海螺之屬銘曰鍊形神冶瑩質良工當眉寫翠對臉傳
紅如珠出匣似月停空綺牕繡幌俱涵影中凡三十二

字按張君房麗情集載蜀後主衍幸鳳州天雄軍節度使王承休妻嚴氏有絕色衍嬖幸之賜以妝鏡其銘云

云

螺紋旋綠古銅蠹一片相思眞錯鑄綺牕繡幌影如烟珷匣芙蓉泣秋露三十二字傳麗情環以寶相花八盛新妝正對玉顏好一顧那知城已傾酒悲侍宴宣華夕不照嘉王心膽赤回鶻倉皇小隊歸貪狠颱忽降旛掣此鏡分明感逝波飄零舊夢蜀山河珠星黯黯沈僊掌寶月明明失素蛾已分塵封兼蘚蝕一朝重覩光明色回首淒涼三趙村金鐙玉椀無消息此日摩挲影倍寒同心人去物團圞願將寫翠傳紅語留作千秋冰鑑看

海塘晚步次朱竹城晨韻

春愁如草不堪刪獨步橫塘倦未還新漲綠平連夜雨夕陽紅上隔江山烟盤古塔蒼茫外風送歸颿縹緲閒欲待晚潮還小憩垂楊陰裏款禪關

秋日同徐秋鶚朱子藍蔚湖上

半緣弔古半尋詩分付紅藤杖一枝茶熟偶耽僧話久蟹肥先報酒人知夕陽鴉陣黃妃塔涼雨蘋花白傅祠明發扁舟歸海上湖雲湖樹又相思

弔孫太初先生墓

五嶽漂零跡半存天涯誰問舊王孫千年鶴去遺僊蛻一片雲歸戀客魂古壁寒瓢何處訪（歸雲庵有挂瓢堂額鄭少谷書先生舊物也）夕陽斷碣忍重論高風若比孤山麓只少梅花繞墓門

牡丹

費盡燕支畫不成卽看綠葉有精神千秋豔福唐天子一院
新妝漢美人赤玉闌邊香侶海紫絲障底夢如塵秖因芍藥
堪爲婢分占紅橋最後春

菊影

憐我茅堂四壁空霜痕著處總玲瓏魂消殘醉瞢騰候秋在
孤鐙黯澹中有夢不離黃葉舍和詩同入碧紗籠奚童枉自
殷勤埽遮斷柴桑路未通
筍鞵踏破晚烟愁看到忘言分外幽三徑莓苔涼寫月一籬
水墨淡搖秋呼之欲出疑花活顧處還憐似我不卻恐樊川
迷老眼采來便擬插盈頭
碧亞闌圍白蠣牆西風扶汝到中央尋花客去剛疏雨送酒
人來又夕陽鉤出秋魂寒著水添將傲骨瘦無香者番悟得

空空色獨拄吟笻立曉霜

上巳前一日偕香士笠湖隅園小憩

流觴曲水幾沿洄元巳光陰眼底催閒煞綠波濃似酒不會著箇畫船來

水亭紅上夕陽斜橋轉花深望眼賒隔斷粉牆西一角讓他燕子自成家

題畫

花滿柴門竹滿籬拖條榔栗獨尋詩炊烟綠上松毛屋知是山家晚飯時

沈綱字禮因海寧諸生

偶作

少年恨未學談兵隨例儒冠戴一生到老讀書存本相龍門

傳裏哭荆卿

胡楷字聖木號秋讀海寧監生

皋亭歸舟

超山雲白小林蒼雨洗花枝霧洗妝此去故園雙燕子銜泥
應帶碧桃香

胡馥堂字綠野一字禧伯號晏生錢唐廩生有晏生小草

晏生詩筆清雋尤工爲四書義石琢堂韞玉朱雲陸鴻主講紫陽書院最所欣賞遇試輒冠其曹年近五十未離席帽鬱鬱齎志以歿

寄懷秋泉湘雨

春色眞孤負情懷百感侵大江孤客夢明月故人心知己難
爲別相思直到今小庭叉手立愁與落花深
一別眞成悔鄉心路幾盤家貧分手易夢短到家難夜雨梨

花落春陰梛絮寒明湖回首望遠道隔漫漫

度台嶺

小徑盤雲上蒼茫海色微危崖愁過鳥斜照戀征衣斷坂深溪水人家短竹屏仙源徼倖到閑岦更依依

春日即事卻寄

江山隨處足行窩暇日相將肯一過寒氣不隨花霧重春風只在酒帘多深憐畫遞詩筒好柰此飄紅墮白何爲報故人張水部洞簫準擬和絃歌

題桃葉渡江圖

昨宵微雨漲江波一棹蘋香鏡裏過此去白門新柳色比儂眉黛不爭多

李榮字春華又字守恭號賓竹又號容齋錢唐人郡增生

容齋爲徐對亭嵋女夫少孤長而羈游遠歷江西河北與趙篠珊馮畲庵姚古芬秋芷小春昆季及趙秋舲孫蓮橋諸公交聯吟唱和楮墨遂多惜皆散佚

旅館盆梅盛開偶成一律在通州餘東場

我是江南客今來江北遊忽逢清友伴如在故鄉畱小閣寒猶峭中宵夢獨幽偶然詩興動恰好近揚州

上巳書懷

晴光空放月初三近少清流遠少嵐千里萍蹤羈海角一春花事負江南馴鴉競噪聲何喜濁酒孤斟意不酣惟有吟懷隨處適題牋恰傍小詩龕

得姚二古芬途次寄懷之作次韻荅之

綠波青草麗明霞一曲驪歌送客槎小阮偕行添韻友雨蘇歸去失詩家惟餘孫楚交傾蓋共與汪倫聽放衙妒煞晴川

舟泊處連朝看遍漢皐花

離聲三疊憶陽關佳句傳來字莫刪客路有羣忘歲月詩筒得助在江山拏雲早許攀高桂醉月偏宜挈小蠻寄語鶴觴休遠致芙蕖開候片帆還

仇林號又村錢唐廩生有壽竹山房詩草

立秋後一日同李白樓徐西澗沈六芳雪泉弟月夜泛湖

秋從何處來乃在梧桐下涼飈散炎暑日昨已送夏閒步出湖西扁舟一葉駕蕅花香客衣山月滿僧舍此景良不多況當三五夜

獨酌梅花下

舉世少知己梅花如故人偶攜一尊酒花下來相親薄飲不

成醉半醺存吾眞舉盃向花語滿室皆生春忘機感物性野雀亦擾馴明月下林杪悠然悟前身

新市夜發

西山雨初歇涼月滿船頭犬吠知村近蟲鳴助客愁挂帆風力勁搖夢櫓枝柔明日寒山寺題詩憶舊游

自吳門買舟松江抵梅浦兄晉官署

買得雲閒棹淸游酒一尊犬聲喧巷陌鴉影亂黃昏風急頻飛葉潮來直到門今宵欣聚首翦燭話鄉園

西溪道中

平生游興劇一棹到西溪山帶斜陽遠橋隨野艇低竹風空外響蘆雪望中迷曲折不知處惟聞幽鳥啼

山房卽事

吟朋時過野人家揮麈談深自煮茶素影入簾涼月墮小池初放白荷花

仇鼎字巽來號雪泉林弟郡諸生

山房坐雨同沈六芳起潤李桐村方洽又村兄林作

山房晝岑寂風急響林木雨氣滿前山涼意先在竹況有舊雨來清談解炎燠斜陽忽返照殘霤滴簷屋詩成天巳暝飛鳥投林宿

旅夜聞雁

夜半不成寐高樓聞雁聲嗟余正無賴況爾動哀鳴此地無霜雪天涯有弟兄稻粱何處覓辛苦赴南征

國朝杭郡詩續輯卷三十八終　　錢塘吳慶坻校字

國朝杭郡詩續輯卷三十九目 嘉慶道光間人約畧爲次

蔡　焜　鎖　成　周慶承　繆　艮　龐啟鯨

趙振盈　王振綱　江　鑑　湯　師　孫枝繁

顧　均　陳景祚　梁祖勳　邵光榮　方省三

方賜祿　常　朝　郁　基　楊攀龍　楊敬輿

卜爾昌　祝德星　陳棐之　宋震培　趙寶雲

金　馬　吳之瑨　吳之瑛　何　廉　洪正謨

周　道　徐茂桂　韓用章　袁　灝　俞恭仁

章承熙　許延敬　黃崇慶　徐　銓　朱　淇

錢時穎　汪迪孫　楊景濂　朱應櫆

凡四十四人

國朝杭郡詩續輯卷三十九　錢唐吳振棫毅父氏編

蔡焜字朗餘號木龕居士仁和布衣

居士卜築于城北之斜橋河沿脩竹蔵門雜花映壁顏其聽事曰是一邃廬庭列異卉紅采翠氣半不知名淨几明窗竹牀木榻位置妍雅客至則焚香煑茗終日不聽去客亦自忘其去也旁闢斗室爲臥所顏曰木龕因以自號雙桂交于檐翠雲草滿其階一葉之墮即時拾去其緣淨眞不可唾同人吟社之集恆喜聚于此艮以其地幽其人勝也一時名士無不高其人慕其居以不一至邃廬爲憾性喜訪古廢園古剎壞碣殘碑往往于敗井積垣搜剔得之輒記錄焉少壯時爲同里汪氏任記室汪氏有別業在山陰白鷺塘之北其地山水明秀極四時烟雲之勝居士一年必數往春秋佳日月席琴尊野花豔目因爲判其甲乙取唐人越女顏如花句名之曰如花錄抑亦北里南部之亞也易簀前自悔綺語舉焚其稿吾友薌泉得其錄中絕句五篇以示余云居士不甚作詩他無所獲僅獲此爾余因錄以入輯殆非居士之志矣

憶湘琴

雙蛾輕埽影飄蕭分得春花上臉嬌最喜乍來同載酒青山

畫舫一枝簫

金屑檀槽撥指清多多舊院早知名小名多多十五歲以前住秦淮春燈一曲桃花扇新月如鉤到二更

常將綺席纏頭錦夔繡三秋白海棠爲我殷勤理鍼線自開牀上鏤金箱

閒評紅紫也知音佳種分貽寄意深臨贈又封還又裹教儂知道惜花心分贈鳳仙花子二種

記別依依十四年三生情話已如烟而今縱有閒情思說著前情總惘然

作湘琴詩有教儂知道惜花心句意有所感復成一絶

種花容易惜花難雨怕飄零晴怕乾養得傾城好顏色半多

留與別人看

鎖成字彥韶號吟竹錢唐諸生有吟竹山房詩

鎖氏係出回紇占籍錢唐已非一世吟竹幼讀書不就試從舅氏馬秋蒻太常游得授詩法居京師與四方名士相唱和歸爲童子師以卒年正六十性恬澹寡營所著有蛇畧三卷然糠錄四卷

種黃精

清晨客叩門來自西山麓烟雨隨瑤筐餉我活黃獨枝類九節蒲葉似一叢竹呼童劚蒼苔輕移戒翻撲檻傍庚辛栽芝取戊己蓄儲待仙人糧斥去鉤吻族此卽草還丹何處求大藥

重至玉皇廟看桃花

侵晨檐溜止相將理游屐再尋古院春遂踏城南陌到門清且幽叩樹聲格格童子喜重過開門話疇昔導我入元關明

霞紛若積枝繁花亦稠酣此風露色水邊行麗人新妝鬭紅碧又疑非人閒秦源在咫尺豈知人海中有此塵外宅何來野道流健比雲中翩躚古柏閒清談與轉劇相邀坐寒廳麈尾拂几席呼童拾墮果炊茶出供客更延小閣中粲粲見白石一卷參同契道在適其適因思塵劫中名利定何益我欲問養生金丹可容借叶資昔切

蘇公祠觀荷

吾非觸熱人每想弄清泚何處最移情蘇堤路尺咫步屧謁眉山朱甍枕山趾亭亭萬蔿花齊著紅衣起有如朝雲女丰神極柔靡來伴長帽翁如公在儋耳不聞惠與杭兩地薦芳芷至今七百年談者色猶喜我思公有靈飄然或來此蟬聲花梛外湖光風雨裏此即是桐鄉遺愛一湖水我來挹清芬

草緑黏鞵底日出始聞歌人來折花蘂

試蟹殼泉

山深有石蜕其色黝如鐵云是蟹遺筐何年化爲石石中生微涎吞吐自藏淫甘逾鳳味清色勝蠆頭白至今山下人瓶器小容汲我來試清泠迴與江水別煎茶固其宜釀酒亦甘潔

三十六峰歌

斗室聚此六六峰削成山勢氣象雄不是千巖與萬壑有似黃山頂上三十六朶青夫容何年吹墮落几席一一刻劃煩天工崩厓絶巘僅尺寸坡陀略具希微蹤自從坡仙騎箕七百載揚州之牧誰與同殷勤嶠南使遠餉揚州牧坡公仇池石句也公自註揚州程德孺所遺而琴鳴太守之石得于眞州故及之玉堂仙吏去作宰官齋位置諸玲瓏幽光

午夜出檐際冷氣三伏凝坐中品題甲乙署名某夌護何啻璧與琮我思鬱林太守載廉石歸帆穩御江天風又如平泉莊裏致奇異垂誡子姓何尊崇君今雅好亦似此石兮石兮奄有陸李成三公

御教場

鳳皇山頭鼓逢逢美人飛出青天虹一團綠一團紅臂削玉指削蔥金鏃箭玉靶弓桃花馬上如轉蓬不爲鸛不爲鵝鸛鵞陣法翻新多劍發疾槍發駛含羞含笑誰能止一念君王握火時不惜紅顏爲國死黃旗十丈摩雲開江光照見長紅腮攢花簇錦生風雷纛旂橫掣江聲回銀刀繡褶森相向眼波只溜刀光上刀光一片攪寒風亂捲銀濤忽滉漾此日倉頊别有門當時豺虎眞無狀請君北向共仇金五國城中亦

此心其奈君王不好戰雪窖冰天魂欲斷韓家軍岳家軍散遣歸來作散人秦長脚王長舌偃月堂中共媒櫱金繒百萬輸欲空狼烟又照明光宮當日若無虞雍公誰請君王迴六龍

西溪秋泛

風景居然異瀰茫水一涯引人青竹色冒雪白蘆花梵課投荒寺詩情泛短槎秋光無限好多半屬僧家

潛園消夏

潛園明瑟甲城東逭暑來過日正中官柳舞腰飄淺碧佛桑呈靨綻深紅羣公正擬詩排課老子無端語鑿空座中秋葯先生談諧特甚安得張爲圖主客倩鬘隔水唱玲瓏

萬綠陰中著草堂堂前奇石列成行圖書淩亂楳花案枕簟

橫敷蝶夢牀水木清華宜結夏形骸脫略只求涼主人鏤雪矜才藻冷笑紅塵⿰石能⿰石𢧜郎

南園懷古

務觀文章極老成勉旃忠獻語非輕座前賓客通宵樂匣底頭顱萬里行賸有桃坡酉隱約只餘澗瀑尚渟泓我來試問滎陽子曾否當時識姓名進士鄭棫撰南園記鐫碑進之平原命瘞之于土

楊鐵厓讀書處

吳山山下讀書墩訪古空懷無限情跌宕歌行誇鐵體評量風韻屬琦英國亡肯畫蛾眉嫁名重常操牛耳盟我欲林間吹鐵笛梅花三弄憶先生

移居二首

爲著移居息遠遊四遷仍住古杭州辛勤貰得吟詩屋敧側

渾如下峽舟兄弟半生同布被湖山一角上書樓後洋街與雙陳巷遺蹟難尋苦費求顧且菴侍御願圖丹井山房萬九沙太史七桂廳不可攷矣雙陳衙明陳三謨舊宅今爲吾友高古民所居已非舊觀矣家具無多共一車渠渠廣厦願仍虛佛龕燕子欣方託潭水桃花喜合居任氏之屋祀竈盤堆菱芡薦請鄰門過牧樵漁望衡得近沙堤路許我追隨讀　賜書對門即梁文莊公舊第

周慶承字繼千號小塍錢唐監生嘉猷子

小塍尊人益都公舊居北郭東西兩馬塍間故有兩塍之號曰小塍所以志也晚又號覩肉子嘗自爲小傳雖自謙實自傷耳讀書能強識十六歲見從昆弟學爲文私效之搖筆成篇不復由破承小講循序而卒業十八應京兆試自是困場屋者四十餘年性好涉獵于書無所不寓目故于闈中策問條對特詳明然有司往往以此疑而抑之爲人簡傲負氣不下人得勝己者則服膺不少怠嘗與同輩角藝就正于黃丈書厓丈每勵以就範奉命惟謹遂終身執弟子禮工筆札精篆刻能于廣坐中作小楷界烏絲闌且書且界精整無匹口耳並用

無一毫差謬云生平恒寓居吳下大吏爭以幣聘所得館穀甚豐然豪俠不事生產故老年一貧不復振馴至侘傺以歿子道字蓮風郡廩生年少美才先一月卒孤孫長甫六齡次纔及晬故所著皆散佚今僅從其友麗君啟鯨家得其吳遊庚辛草一小冊皆垂老之作也此冊麗君本將俟其孫長而還之乃麗君又歿幸其家猶寶存焉爰亟以入輯

渡江感懷

廿年不北走一月兩渡江江山正如昔我顏殊蒼蒼年華驚浪催心神詫雲忙但去不復還欲停意轉傷臨流石千壘胥石松千章江聲日夜流兩界脈自長雄哉此潤州柰何非故鄉故鄉亦何戀妻孥牽衣裳何時脫塵垢四海恣襄羊

庭梅初放

秖有妒花風幸無妒花雨鐵幹已著花暗香散天宇何事雪爭白唯喜月為主庭閒闃無人避俗良足取容心正寥落孤

芳每自詡煮茗獨相賞人瘦花枝古

得家書知二月朔日得一孫誌喜有作示兒子

有子萬事足況復再弄孫開書明老眼螽斯繁吾門我身尚康健老妻亦喜存自快家庭樂外患不足言吾祖有六子而我鮮弟昆五叔又無後天道寧足論幸哉得孫多或續支與源還念高曾來享年皆不耆吾今似過數耳聰目不昏叨忝亦云厚尚敢怨迍邅所願子孫賢族大本乃敦告爾最奇事我見諸孫婚

題葛漱白太湖載書圖

太湖從來止漁火那得米家書畫舸瓜皮艇子載書來柔櫓一聲山水我澄波萬頃送舟穩稚川先生坐正妥試問攜得何人書廉夫全集珍珠顆搜羅不惜費歲月補綴那肯遺碎

瑣上下於今六百年散者聚之無不可前揚後葛稱無憖暨陽兩賢眞磊砢我亦歲歲泛太湖惜無書右與圖左得見此卷大快意願共舉觴浮白墮今君又將鼓歸棹舟外蓮花看朵朵

遲家信不至

無日無鱗羽馳書亦甚便竟同千里隔眞似萬金傳雲影闕心去風聲入夢牽最難常作客盼不到團圓

偕吳六穆如沈二雪帆李三北山夜赴金源館聽彈詞

步月金閶市更深人未闌拍彈初試調拍彈起于唐懿宗時曹確傳云優人李可及能新聲自度曲號爲拍彈今之彈詞頗似之打顚已翻瀾打顚亦起于唐如今之渾白衆響忽然寂一燈將欲殘鶯聲纔數囀說書人音甚細坐遠即不聞明日說團圓

説書甚少將留作次日説以引人

一部南詞非一百日不能成也

旅懷

無事亦晨興枯如趺坐僧遣愁書積案欲語室無朋投老思前事頻年學去矜何時理歸櫂不再檢行縢

卅載走江南知交駰與齣燈前聊酌酒花下偶清談境共悲淪落情唯畏二三早思離人世悔不事瞿曇

夜坐有感

天涯淪落一衰翁歲月消磨感慨中世事每驚鴉鵲噪人情最畏馬牛風著書未半因貧輟每有撰述因貧不能習靜或走四方即止交友無多尚口窮與人交好盡言故知交少午夜不眠聽玉漏披衣坐待日升東

我本豪華任俠人頻年落拓那堪論手無寸鐵難言勇腹有三墳只買貧傲骨肯緣垂老換微才敢望及時伸不如歸作

西湖長一艇烟蓑釣水濱

憶家中梅

種梅已數載從未見花開不是梅孤我花時人不回

繆艮字兼山號蓮仙郡諸生

蓮仙筆鋒犀利動墨輒多諧謔所著文章游戲一書盛傳于時家亦貧數奇不偶老游于粵年逾七十遂以客死

西湖栁枝詞

妾家湖觜栁梢青郎住湖頭栁綫縈無論相逢與離別枝枝葉葉總關情

龐啟鯨字春海號瘦生仁和監生有知非菴詩偶存

瘦生幼多疾病遂棄舉業然性好讀詩不廢吟事一時文士咸樂與之遊酬妍唱麗楮墨遂多晚年喜爲葬師其于青囊家言亦時有驗云

雪後孤山探梅

雲深不見山山深不見樹山深復雲深遁仙渺何處我欲采瑶華一片寒光護翹首獨惆悵忽覺香風度

偶興

人生貴知足知足常不辱苟無知足心舉動疑局促敝服聊適體粗糲堪充腹一無物外求洞然見空谷此心爲身勞此身被心苦除卻勞苦外更何我與汝良藥豈醫命喧賓肯奪主易使順水帆難搖逆風櫓夜來一覺睡日間三餐飯未辨是與非奚顧笑與羨功過故異途終不越方寸漫愁人易知但慮己難見六經須士傳百穀賴農養我非士非農應作何著想既往悔已遲未來思敢罔惟有多吟詩白髮任渠長

題石田翁山水

雲從山腰生山從雲脚縮山雲混一氣中露一茅屋其下有流水其外有修竹阿翁愛讀書稚子喜鉏鞠斯眞太古風所以笑人俗

初冬夜對菊有懷家石渠兄 時客長山

入夜霜凝瓦蕭然掩竹扉閒情猶在菊薄冷不侵衣漏盡蟲聲急天高雁影稀雲山苦迢遞獨立倍依依

中秋夜對月有懷家石渠兄山左

今夜窗前月清光較昨明遙知千里外共此一輪情桂子渺難覓涼蟲空不平寒衣緊刀尺愁聽隔牆聲

暮春三竺道中

山光如送水如迎著意尋山傍水行花氣不隨雲氣散鐘聲忽與樹聲并斜陽一片塔邊下茅屋數間橋外橫聞道峰頭

有奇石未知能否話三生三生石在蓮花峯之麓余欲往尋不果

由靈隱至弢光

閒支瘦策訪禪扉曲磴攀緣入翠微竹裏好山含雨出林迷幽鳥背雲歸泉流送響常侵屐桂子飄香忽染衣欲向危巔采靈藥未徘徊處已忘機

晚泊富陽

茫茫江勢抱城流返景剛從塔下收野火似星臨古驛客檣如韭東荒洲衾單御易生鄉夢笙遠應難破旅愁惟有夜深明月好赤亭山名隱約在船頭

蘭江雨中送從弟蓉臺啟元之閩

異鄉難唱是驪歌唱到驪歌柰爾何行色客中難借潤壯懷貪後易消磨雲開閩嶠征塵少雨滴蘭江別淚多此去但期

同努力莫將素志委輕波

春日湖上

壓堤楊柳盡抽條畫出西湖分外嬌一片綠從芳草認十分春傍酒旂飄山光倒影水沈郭花氣撲衣人過橋最是晚風拋未得玉簫檀板聽歸橈

趙振盈字鏡塘號白亭仁和諸生

白亭未弱冠即問詩法于黄丈書厓以古學受知學使朱文正公以工書鳴家燬于火衣食千奔走老無所遇歸而課蒙里門年逾七十卒

仿宋畫院式製團扇

團扇復團扇冰絲織就鵞溪絹製出團團明月形巧式由來傳畫院當時宫様裁翦新圖成滿面江南春紹興祇候知多少可似宣和待詔人今番學得當年様花卉翎毛各殊狀金

碧樓臺寶鏡中綺羅人物冰輪上動搖懷袖生微涼纖雲一片凝清光秋氣不生長信殿春風好入奉華堂欲倩良工製一握漫遣芳音歌捉搦但畫長安漢苑春不畫緱山馬一角

蠶詞

春蠶滿箔又今年過卻頭眠便二眠正值三眠剛欲到最難時節稱人天

王振綱字飭三號尺魚郡諸生

雲居山晚步次查梅史韻

險韻關尖叉詩成自一家想當憑眺處城郭抱江斜遠岫圍青黛驚濤卷白沙更應懷舊雨悵望暮雲遮

訪清平山諸子不值

鐘聲吹落拂塵庵桐帽梭鞵我獨探圖畫近來添主客詩歌

聞已滿東南春禽喚雨銜烟棲石磴橫雲隱暮嵐野鶴故應無定所出門留語寄瞿曇

寄懷琴隖眞州

三十年華七品官不勞鹽鐵訪桓寬科名唾手如君少書畫精心到此難剛斷定能廉取予嚴明尤要恤飢寒遥知白下秋風裏棘舍幃燈校夜闌時聞方分校江南

和十二齡童子居彝題畫二絶句

涼風昨已卸羅衣帶溼雲猶暗遠溪待得雨晴秋又暮鷓鴣啼老鶻鵃啼

遠水平林靄暮烟分明小景寫南田我來欲乞寅哥筆畫我尋詩夕照邊

西湖采蓮曲

年年雙槳壓紅綃姊妹同遊十二橋曾見隔船郎把櫓手拋蓮菂黯魂銷

湖心載得藕花香移近船頭泊錦塘看煞旁人渾不管笑擘荷葉障斜陽

紅蓮花開白蓮開人在花中去未回更約西泠橋畔女棹船重向裏湖來

七尺瓜皮面面風長橋西去斷橋東年來怕采新蓮子爲有空房在箇中

江鑑字映甫又名介字石如郡廩生

石如工六法山水學文待詔花卉倣陳白陽庠名鑑其署名于畫則曰介爲人坦率高雅所居鄰觀察使署有觀察聞其名親訪之拒不見但持柬報謝焉詩筆溫麗自交于宋茗香助教遂專意摹擬漢魏以來古詩而少作盡棄余輯石如詩既節錄其自存稿復登其所棄之作以著太羹元酒之味非其本來也

遊南屏觀司馬公摩厓隸書

空翠起孤塔湖光瀉林巒一峰俯慧日春風生高寒緬彼涑水書崩厓壓危欄六百四擘窠錯落秋星攢縱横卅二行日月懸不刊豈是後猊抉但見蛟龍蟠鐵筆不可屈勁節安可干熙寧元豐際新法紛更端中國相司馬再蹶及復安歸洛已決絕詔起時事難且弗言皐夔所願繼杜韓兩宫正有爲公志竟未完但留資治鑑章蔡仍高官黨人百丈碑百世猶含酸公意應有在大書寄長嘆五規三劄子封關同泥丸見書如見公遺迹悲摧殘石剝土花繡蘚碧零露溥想是安石工琢此青琅玕摩挲未忍去寂寞誰來看琴臺一片石落日烟漫漫

寄婁達天

里中諸少年大半爲塵埃故人萬里心忽與春風來因風以報書開緘君莫哀以君久知我不復申我懷春風滿江郭江花待君開昔者看花去何不看花回

墳上草

野草不知死天地爲之青露泣風搖搖下有膏血腥上有長松樹日出烟冥冥松根見牛羊我來相與行此時泉下人歎我青春深孤墳一以高此恨焉得平

奉荅李青士見遺菊花

君知我心苦遺我以秋菊感君拜君賜寧復如草木天長白日短采之不盈匊黃者以爲金白者以爲玉我有芙蓉花植根楚江曲感君持報君可以製衣服

南山花

采采南山花持種北山北南山多雨露北山多雨雪梗枏千萬株可附者松柏下山上山行遂與南山別春風起中道落英使人惜譬彼道旁草來就巖下石顧謂石上花各有好顏色莫以離本根而來相決絕

夜雨獨飲哭宋丈茗香

人皆以命終如君可以死自昔奉教君再拜爲弟子君能移我情蕩滌如海水君死唯我在淚下不可止我有平生心不知向誰是獨有一樽酒是君心所喜呼君如可聞悲風爲君起風與魂俱來猶疑笑相視

與夐達夫飲吳山酒樓

我亦可不飲爾且傾千觴獨醉信自樂旣醒還相忘牕前梅花發爲此春酒香君看隔江水白雲來故鄉

綯雲石

欃槍夜貫妖星滅黑氣墮地胚胎結瘴雨蠻烟起蟄龍突兀叉枒破空出水風搏激萬竅號日火所炙霜骨立蒼蒼黛色補天餘元氣淋漓土花碧將軍粤海罷雷霆百戰功成話太平獨把園林貯歌舞豈無恩怨酬平生東海先生魯連者酒腸俠骨眞瀟灑意氣傾人壯士悲能使英雄淚如瀉天涯海角愁無所此一片石差堪語把劍論交結素心舉杯邀月成千古粤山莽莽越山高萬里歸來別路遥感君相識贈君去奇峯飛壓曲江濤先生垂老將軍死誰向塵埃問名士舉眼悠悠天地寬但見雲根逐流水水流雲散悵如何賸有荒烟滿緑莎石不能言花自笑當年池館夕陽多

韓蘄王策蹇圖

中原事去鄂王死不作將軍作名士狡兔未獲走狗烹英雄末路皆如此西湖三月桃花浪十年攜酒游堤上更莫談兵丞相嗔夢魂誤到黄天蕩身已清涼心内熱寒風吹我金創裂鸊鵜膏膩劍峯腥杜鵑枝染征袍血老妻相對柴門下醉話江南淚如瀉蹇驢踢遍孤山梅淮陽閒殺青驄馬按圖想見聲嗚咽英姿颯爽髯如戟功成未必畫麒麟千秋但識騎驢客嗚呼王義邱山重大旗百丈書忠勇鳳山宫闕龍山路豈是相公埋骨處萬一中朝悔議和百戰沙場荷戈去

對月

明月不知我何爲感我心清光似流水上我孤桐琴古有清商曲因之懷好音涼風起遥夜顧影獨何任

瑞石洞同朱三石友望湖上諸山

山色滿懷抱我將持贈君古來招隱者只是臥閒雲巖下紫芝草湖邊白鷺羣仙人竟何處采藥空紛紛

送一峯叔之閩中

去去將焉往行人不可畱天涯多雨雪歲暮重離憂前者廣陵客卽今成舊遊滔滔江上水去住此生浮

別意

送郎上行舟不及東流水日夜送郎行嗚咽共千里

蠶詞

柴門春暮往來稀簾幙低垂燕子飛正是三眠好時節菜花零落麥花肥

細葉拈來碧玉枝四更不睡怕蠶飢美人莫惱秋羅薄一箔紅蠶兩鬢絲

湯師字青卣號白山仁和諸生勲子

緑陰

遠含黛色近藏鶯極目蒼烟縷縷生雨後樓臺金碧迥風生池閣筦弦清春深渭北懷人意日落關西望客情一種婆娑涼影好夜窗還透月光明

孫枝繁字育盧號个秋仁和監生

悅河守風

轉櫂收京口因風避悅河野田連岸失漁火隔江多岫遠迷雲樹檣危浸月波兼程知不穩愁劇祖生歌

寄懷李六豐

明月揚州夜殷勤執手時岸浮人語細纜解櫂行遲歸路易爲别離愁不自支心旌懸兩地知爾亦相思

寄陳大春曉

楚北歸來日依稀話舊年踏春湖上酒垂釣雨中船對我嗟積老知君未息肩幾回袁浦夢幽意仗誰憐

題夔碧舍

六日不到夔碧舍舉眼忽驚花滿枝春好未經開酒榼一牕新雨又催詩

題畫

飛嵐斜點碧雞山隔岸林梢月半環知有居人詠秋水白雲茅屋兩三間

顧均字受笙仁和人郡廪貢候選訓導

得吳移華書卻寄五十韻

北風冷空江江聲驚旅魄唱到念家山壯懷徒咋唶我友吳

季子性情最莫逆憐我萍梗飄寄我書一尺芍藥訴春風芙蓉怨秋澤發僴一長嘆天高海水碧君意良深厚語語託鞭策勉之以風義朂之以竹帛乃知君子交動以古人責回首感生平與君話疇昔疇昔總角時聯襟出躔迹但見天宇空不識世途窄同遊客甚稀君家叔與伯海濱周伯仁其性尤偏僻衡宇一望通蹤無三日隔風雨坐雞塒每每笑言劇鬨後踏文場常滿座前舄醉草長吏書談經侍中席二王論滔滔一葉笑啞啞鮑叔分金人邵平種瓜客康成婢習詩日磾門列戟出入相與偕晤對常絡繹有時學長嘯相蠟遊山屐有時泊棹歌行訪水仙宅有時斗酒歡飛觥月沈夕有時刻燭吟缽響鑾箋擘本爲同隊魚共厲臨風翮而我處其中秉資尤跳躑出言駭衆聞狂不名一格使酒或嫚罵不顧睚眥

隙廣座遇俗人青眼忽成白君也苦相勸𠬧言投藥石忠告不嫌數一一披胸膈荏苒十載餘朋儕蹤跡易或上孝廉船或隸木天籍或種潘岳花或易曾參簀老大塵網攖貧賤飢驅迫攤氈書味寒奉檄冷官瘠清溪一櫂遊海國半年役方期背城戰一朝冀十獲何圖賦不辰茹辛又含蘗君爲我同調亦復同艱戹秋來共寢苫相見淚沾襌怱怱別子去獨上吳淞舶毛羽怨襹褷顧影自憐隻感君長相思語我字逾百柳眼共垂青棗心終抱赤知己渺天涯珍重連城璧汗馬羨麟閣汗牛慙兔冊黽勉百年身寸陰各自惜

旅感十二首

積雨經旬勢未休蕭條客館不勝愁泥痕辛苦憐巢燕劍氣蒼涼望斗牛捫蝨終嫌名士習觀魚喜與達人遊東門瓜亦

王孫種欲向平陵問故侯

襟懷豪縱詡淩霄疲馬年來氣不驕曾倚江樓聞弄笛又於吳市學吹簫行蹤屈指春秋燕旅思關心早晚潮卅載生涯成底事空教投筆羨班超

不信天涯著此身學書學劍兩無成綸嗤任子鼇空釣人似羊公鶴不鳴叉手詩情原易得盪胸雲氣最難平可憐一樣魚同隊早趁長風掣碧鯨

功名每慨馬周遲到處傷春只自知讀史不多休弔古學詩難好易傷時田文稷下羞彈鋏趙勝門前笑買絲獨向磯頭看流水唼花魚少避鸕鷀

嬾將眉黛畫雙螺逝水容華付剎那春雨千絲比愁少酸風一夜落花多蜀弦調瑟眞淒絕楚帳徵歌喚柰何日暮碧雲

橫嶺表所思不見阻關河

惆悵蘭風殿角薰亂紅如雨落紛紛昨宵夢後吟春草鎮日山頭望白雲花老碧闌空亞字絲縈明錦織迴文最傷心是天剛曙杜宇催歸處處聞

乞食由來事孔艱滿天風雪別柴關鴛鴦眠水牽鄉夢薜荔成陰憶故山瑟瑟雛鶯啼露腳迢迢雙鯉望刀環即今四度圓蟾月猶是飄零峯泖閒

人海蒼茫判渭涇琴聲偏雜管弦聲怕逢客喜譚朝政愛讀文能道俗情斷酒佛前皈老衲論兵紙上笑書生幾回欲聽華亭鶴芳草淒淒弔士衡

故居澤畔且行吟山鬼青楓弔屈平才亦猶人爭造命文原無用況謀生神仙難學嵇中散落拓誰憐阮步兵讀罷離騷

倍惆悵澧蘭湘芷不勝情

星星幽火照魚罾落魄江湖痛撫膺萬壘愁心團亂髮半生知已贍孤燈地肥稻蟹多征雁鄉足蓴鱸佳季鷹自笑棲棲顧何事強求諸俗學模稜

如此韶華負好春團團陳迹感勞薪遺書勤讀期子季故紙空鑽嘅此身大海波光飛夢境恆河沙數哭詞人捧心翻起西鄰笑寄語東施莫學顰

雄心原未十分灰笑對春風恥自媒欲洗粗豪先學佛豈無經濟且藏才璞經三獻纔知卞骨市千金請自隗回首衡山讀書處可曾半芋嬾殘煨

陳景祚原名延祚字鶚選號秋宇仁和諸生

秋宇少時風流自賞與汪選樓王木齋爲莫逆交性和而介嘗一遊京師無所遇歸而叩其囊智以禹鹽筴既

而羽鳩失歲顧頷以終

題九龍山圖

浮家曾寄九龍山一棹翻疑作客還多少離情隨去雁水雲深處是鄉關

梁祖勳字弓子號恭梓錢唐人郡諸生寶繩子山東候補鹽大使

西湖栁枝詞

晴湖如鏡栁生烟正是江南二月天誰唱屯田新樂府曉風殘月客愁邊

瓜皮艇子任西東人在烟波杳靄中兩岸綠楊看不盡長條深處繫青驄

邵光榮字紉吾原名漁璜錢唐人郡廩生樹本孫

西湖栁枝詞

身輕絶似小蠻腰踠地長條復短條風軟絮花吹不定可憐飛遍段家橋

樹猶如此我何堪栁浪湖波共尉藍一路鶯聲啼不住濛濛澹月隱三潭

三生石畔記曾經雁齒橋欄長短亭笛譜休歌折楊栁滿湖春老化浮萍

方省三字效曾號蓉鏡仁和諸生

蓉鏡貌俊偉少負不羈之才貧不能自存遇淮商貢玉字屏爲雙鉤御製西湖十景詩遂得兼金數百縱游大江南北中年以往屢客于幕晚歸爲童子師以卒無子生平喜收藏書畫並工倚聲

西湖栁枝詞

三月湖堤春色深千絲楊栁綠成陰東風慣作垂垂舞瘦損

腰支恐不禁

柔條嫋嫋復毿毿堤畔低垂春意酣且挈雙柑沽斗酒要看烟雨滿湖南

東風無力日遲遲正是黃鸝啼遍時最怕尊前歌折柳莫教玉笛盡情吹

家住西湖西復西幾株風柳綠搖絲勸君莫向湖堤折留與兒家學畫眉

方賜祿字新畬號雨香仁和廩貢

雨香父以武舉得官居草鞋嶺雨香登樓三載于書無所不讀尤邃于經學工爲制藝學使汪文端公拔其文藝經解以品學兼優目之鄉試侂得侂失者三戊辰主試周公以卷置枕下覓之不得束裝始得之悔甚癸酉主試任公以策對精詳同攷立薦疑而抑之乙酉巳中魁選旋以其徒龔師文數語遂毀板其門下士掇巍科而去者甚盛生平喜獎進後學口講指畫娓娓不倦而特遠其子故有子五人皆服賈

西湖栁枝詞

聚景園邊栁色新綠陰如幄覆游人多情應解流鶯語要把長條綰住春

獨坐船頭唱栁枝西泠橋畔綠參差一枝春色樓頭好畫出當年蘇小眉

常朝字殿颺仁和諸生

殿颺先世以右科起家仕于杭爲衞守備殿颺遂入仁和籍爲諸生家素饒所居在永豐社甲第連雲至殿颺而中落且孑然一身不娶無子嘗客于濰繼入粵依其友萬太守雲潮州官署甫至而病病且死太守旣爲之棺斂遂瘞于潮陽念其單孑爲立案于縣以永負其羈魂噫若太守者可謂爲德能卒者矣

西湖栁枝詞

西湖何處占春多幾度孤山　翠輦過會染　御香袍上色年年金縷挼笙歌

郁基字定求錢唐增生禮子

表忠觀落成詩以誌事

昔讀表忠碑王功如指掌今來湖水濱齋沐謁王像王德及生民弈葉隆禋享我　朝嘉忠悃葺祠表優奬殿陛既深峻堂階復軒敞金碧何輝煌琳琅足瞻仰惟王忠孝心千載孚靈爽拜兹廟貌新穆然神欲往

楊攀龍字霱蒼號小鶴餘杭諸生華國子

新秋四首錄二

團扇揮殘暑沐蟾漸映牀西窗今夜裏添得者番涼

雨過芭蕉綠陰移上碧紗攤書勤夜讀涼意入燈花

宿洞霄宮

最好琳宮深處宿一簾明月夜沈沈步虛聲遠松筠寂攲枕

時聞搗藥禽

楊敬輿字陸卿號榕龕海寧諸生詠孫繼曾子有榕龕詩存

榕龕沈潛媚學默而好深湛之思與兄思敬弟文蒸研覃攷覈各擅所長生平熟精許氏說文而于諸史天文律歷輿地職官志九極貫串著有南朝僑置州郡攷唐宋職官攷餘如胡三省通鑑注李善文選注皆校訂數過詩不多作僅存數十首

壬午春日

九十韶光逐逝波悲纏風木更如何慈顏長痛今生隔觸景還疑夢境訛寂寂檐前飢雀噪悤悤牕外隙駒過心傷三釜營難遂忍再詩篇詠蓼莪

詠菊

不共羣花鬬豔陽天教留取占秋光孤芳一任炎涼改傲骨

偏眀雨露長屈宋文章原絢爛耆英姓氏孰低昂休嫌寂寞
西風裏贏得人誇晩節香

春柳

萬縷楊枝蹴地垂征驂曾此繫鞭絲春尋陌路逢青眼曲唱
陽關鎖翠眉短笛纏綿難綰別長條拋擲那禁悲東風休更
添惆悵記取封侯自有期

春草

經年消息望江關欲采蘼蕪上遠山寸寸愁根隨地長番番
芳訊又春還青袍惆悵天涯影翠鈿淒迷鏡裏顏寄語王孫
早歸去秋風容易鬢痕斑

落葉

淩寒誰似後彫松一望亭皐感慨重樵徑踏殘黏蠟屐軒窗

憑對露遙峯飄飄淚迹知何地落落高枝憶舊蹤省識天工消息意風霜釀就綠陰濃

題采蓮圖

桐陰月上暝烟催水閣紅窗面面開驚起鴛鴦眠未穩藕花香裏艣聲來

舟次書感

好是尋春載酒游無端催上木蘭舟寒潮西去聲嗚咽似訴離人一段愁

夜泊聞歌

蓬牕空對酒盈甌獨夜離情已不堪玉笛聽來腸更斷聲聲吹出憶江南

七夕詞

銀河清淺等蓬山一水盈盈絕往還相見須臾又相别幾曾天上勝人間

卜爾昌字鄰門錢唐人有鄰門遺稿二卷

鄰門家北郭少孤力學有高世之見不事舉業肆力于詩兼工六法與同里魏月瓏兆奎交最篤延課其子有老母無兄弟壯未室而終月瓏爲刊其遺詩可稱高義不忘死友者矣

隴上作

髫齔每多病劬勞賴慈母親把艮方觀素經不離手譬如保危城日夜獨堅守一朝病去身毋如釋重負教我以義方立身志不苟優禮敬待師交遊愼擇友吟哦教爲詩沈湎命戒酒家訓常師顏丸熊直追柳深恩似天地二十三年受可憐兒成立春暉竟不久哺烏情未申夢雞歲在酉回想眞斷腸追攀欲碎首揭來拜隴頭秋草綠盈畝夕陽沈沈下松風獵

獵吼一哭問幽宮何以荅高厚

女兒橋村店題壁

女兒橋邊楊堤曲女兒橋下春波綠青帘一角漾東風賣酒人家幾茅屋溪西水禽啼夕陽陌上女兒來采桑雅堆兩鬟髻高挽不知時世皆新妝同行姊妹作低語徑過女兒橋頂去

錢武肅王甎研歌爲六舟上人作有序

上人工詩畫精篆籀性尤好金石嘗得磚硯一百八方皆前代物今新獲一甎背有梵字文并鐫寶正四年七月錢氏作九字知爲武肅遺甓因拓贈同人而徵詩焉

六舟上人雅無敵好古工詩久成癖收來前代百八甎于今又得錢王甓甓長盈尺厚踰寸迴文斑駁土花褪大書寶正

紀以年屈曲字字相鉤連駟馬功勳付塼埴香姜銅雀如雲
烟君不見六和井照見龍宫頑鐵冷又不見水月幢鉅石兀
立開僧窗梁甌擊破趙璧缺唯有此甎不磨滅磨甎作鏡鏡
作甎鼂旒影裏光瑩澈上人前身古貫休獻詩合與錢王遊
琢成良研工雕鏤綠蕉揮寫皆龍蚪此甎聲價同千秋

上巳喜晴

晴光開小苑淑氣媚疎寮風暖花香重春深鳥語嬌偶臨修
禊帖遥聽賣餳簫負手渾無事檐前數柳條

舟中二首

一綠不知處野塘藏樹陰斷雲拖墨淡叢竹鎖烟深麥卷風
前浪秧抽水面鍼篙工忽遥指天外夕陽沈
前渡起驚鳧沿灘拜野蒲綠波生皺縠白雨亂跳珠橋斷樹

根纍山沈塔影孤推篷剛晚霽倦鳥沒平蕪

落葉

一夜北風急滿階如水深寒山出蕭寺霜影澹空林響雜疎窗紙涼催永巷砧莫言蕭瑟甚春到會成陰

自規一首

豈曾座右苦留箴豈爲年來學問深琢句未嘗參綺語養生最好是平心飲防亂不耽巵酒身縱閒仍惜寸陰也算自家鍼砭法規摹便作幾回吟

贈魏月躔明經

仲先高誼久知聞絳帳能容半席分涉世坦懷原淡泊迎人善氣亦氤氳孟嘗焚券情眞慨劉向傳經志不羣何幸甑生同里閈春風蘭室妙香熏

十年人早仰清流一紙已箋偶浪投牛渚不圖逢謝尚龍門從此識荊州驚人鄰架篇章富許我騷壇格律偷赤箭只愁材尚劣恐教孤負藥囊收

野店

一抹斜陽上酒旗炊烟縷縷出疎籬客稀蓬戶關常早路僻行人到恐遲著意當壚非絕色舉頭滿壁有殘詩寒雞那管鄉心切唱徹山銜落月時

贈俞少卿茂才

知君天性最憐才青眼多蒙向我開曲奏幾番勞歎賞鉤藏一字費疑猜豪吟邑少催租吏節用家無避債臺此後草堂風雪夜有人排闥送詩來

與平山蓮府遊西馬塍紅柏山莊

輞川別墅隱林邱野篠陰陰翠欲浮四面雲山留畫本一灣溪水抱清流秋花帀地開如繡古薜緣牆綠上樓昔日亭臺今斷瓦滄桑彈指使人愁

客窗雜咏

客窗寂寂春晝長但覺闌外春風香空庭無樹并無草只有砌苔青過牆

一片川原似掌平青青草映夕陽明分明盤馬春郊路可惜無人按轡行

小立苔磯望眼舒綠陰如水晚春餘溪頭忽聽槳聲響白髮老翁來賣魚

隔溪語笑聽依稀水鳥驚飛上釣磯一幅布囊桑影裏村姑浴得種蠶歸

祝德星字含譽仁和八庚輝子

冬夜書齋卽事擬庚子山

元堂居帝極絳帳立儒宗漏聲宵光冷書纏夜景慵列星正東壁吹律中黃鐘絢索鄰機織砧和野碓春風霜更入節文史足三冬冰耀晶簾薄雲開玉檢封照藜文炳蔚映雪字玲瓏筆格鉢聲動牕虛燭暈重赤文將命號丹篆欲捫胸虹藏黃玉見蜃化白魚逢六丁傳聖美二酉折愚衷紅錦仙人夢青氊造化工攤書披朗月吟韻度飛鴻願以桉蝌蚪用質古雲龍

秧馬歌次坡公原韻

野水茫茫風淒淒野烟一碧春秧齊老農傴僂行淤泥手插青苗經青畦朝朝力作候村雞首垂腰折聲悲嘶武昌有器

堪挐提髩鬅走馬坐恰低騎遊阡陌渾角圭暫駐淺草沒輕蹄雨髀雀躍如浮鷺重重束稾任爾齋了無金玉爲雕題是來南畝非來西不驚城樓動鼓鼙何用投錢飲清溪歸來獨夜壁上棲寧事宵征從客啼手足胼胝面目黧幸藉汝力弗顛隮少年出獵迷春閨驕行隴畔傲牛犂我亦何嘗無駃騠

題趙子昂水村圖卷

百年絹素看猶溼點染江鄉野興繁澹蕩風光溪上路空濛山色雨中村陰交桑柘黃鸝語漲入陂塘白鷺翻誰繼輞川留勝蹟鷗波亭裏趙王孫

陳裴之字孟楷又字朗玉號小雲錢唐人官雲南雲南府通判有澄懷堂詩集

小雲倜儻權奇明于當世之事論西北水利東南河漕指畫口陳聞者動色驚嘆試有司不利入貲得官復以

滇洱道遠乞病不到官尋薄游漢皐謀鹽筴之利一夕以痁疾死裁三十三歲耳聾生竟夭天年良可惜也集中詩不拘一格或以雄宕勝或以悱惻勝間亦儷青偶白團粉鏤脂則猶沿碧城風調也工詞有夢玉生詞如干首賢偶允莊汪夫人深于詩學有明三十家詩選其論一代升降正變元元本本縱橫莫當絕不似閨閣中人語

葛嶺洪忠宣祠

雪窖冰天志不屈馬角龍髯悲孰恤先徙冷山後雲中閱十五年如一日帛書鴈足來龍荒生還竟得歸錢唐請伐金相無語請養親君不許君褒臣功相不然相議臣罪君無權詹李羣奴肆攻擊英州謫後袁州謫同時更有朱行人末路何如蘇屬國

臺灣三仁詩 并序

壽先生名同春浙江諸暨縣人年七十二佐臺灣淡水

郡丞程峻幕乾隆丙午冬林爽文陷竹塹城郡丞死之先生糾義民復其城遂攝丞事明年十二月隨官軍進駐烏牛欄逼賊巢遇伏兵潰馬蹶被執罵賊死事聞勅建三仁祠于臺郡李義士劉烈女與焉

臺灣姦民殺官弁草疏千言飛告變疏言草野臣同春郡丞程峻之故人程峻死賊賊入署斗大巖城賊爭據臣率義民克復之解圍專望馳雄師微臣雖無守土職郡丞一印臣擅攝誓保孤城不敢失昧死陳情達天闕神策軍來爭破敵自願隨營殺蟻賊烏牛欄前白刃接賊敗大呼伏兵出陣雲如山死灰色鼙鼓無聲一軍泣矢竭弦亡外援絕馬蹄一蹶身被執丁未季冬月十日罵賊常山死不屈事聞當宁須尺一廟食千秋奬忠烈吁嗟乎廟食千秋奬忠烈乃是諸侯老

賓客

李義士名喬基廣東嘉應州監生當林賊初亂即在彰化團練鄉勇堅守鹿仔港與官兵爲聲援屢殺賊有功丁未正月進大里塹攻西門焚竹圍賊發礮拒我師不克二月二十日復至牛馬莊勦賊被執遭磔死

老羆當道臥貉子那得過大軍未集孤城傾壯士一呼賊鋒挫貴不必橫衝都衆不必鵶兒兵鹿仔港接彰化城毛葫蘆即君子營一戰大里塹再戰牛馬莊礮聲如雷地中起殺賊不克被賊戕被戕眞義士 詔書煌煌傳廟祀粵東嘉應國子生喬基其名李其氏

劉烈女名滿姑臺灣郡丞劉亨基女丙午歲年十七林賊陷彰化城家人紛竄烈女依父不肯行見父被害急

躍入池中水淺不死賊引之出烈女怒罵不止遂遇害

戀父心甘白刃蹈滿姑死烈仍死孝罵賊不畏遭羣凶滿姑死孝還死忠三尺刀光一池水滿姑知生不如死　君恩隆祀臺灣城滿姑雖死仍如生史乘千秋載奇節劉郡丞女年十七

王生行酬王井叔嘉祿即題嗣雅堂初集後

岷江東走秋有聲太華夜碧雲英英干將出匣鳫脫鞴狐兔慴伏蛟龍驚長槍大戟縱且橫怒馬獨出無堅城何人筆底同崢嶸聽我斫地歌王生王生之年方二十夙敏深中最英傑龍文門內重楊惜虎阜寺中逢顧協王生之學非耳食弈代傳人記通德藏書家學寶青箱點筆奇文鐫紫石王生之見尤卓絕自許第二我第一江左才人温太眞騷壇猛將楊

無敵俗學新書生所疾長歌短諭生所悅篋裏詩篇富盈尺詩品臚前不具說烏虖王生歌莫哀抑塞磊落眞奇才男兒生當爲世用況今閶闔方求材民生利病通諷喻九重宮闕森崔嵬抒布道德作經濟儒林循吏何人哉牀頭今日春酒熟山中昨夜梅花開渥洼神駿西極來有人遲爾黃金臺

王巡檢詩并序

名翼孫長洲人惕甫先生弟也官呂堰驛巡檢死敎匪之難民祠祀之歲久傾圮今湖北按察使嚴公烺檄襄陽李令逢源新之工竣繪祠附書寄惕甫先生余過淵雅堂獲見嚴公原書因成是篇

黃龍壋賊攻呂堰拒賊獨有王巡檢呂堰無兵復無城巡檢立堡團鄉兵運籌初定賊烽逼部勒吏民出迎擊禽賊三人

斬橋側驛在橋南橋在北巡檢守驛急守橋大吏護城不護
驛惟勸巡檢避入城巡檢誓死不肯行亟麾弓兵歸取印附
作家書報凶問弓兵不至趣小吏小吏方行賊來矣陣雲壓
日風蕭蕭巡檢立馬當大橋奮勇殺賊揮短刀橋下戰血噴
紅濤渠凶突出俞宗武奮舉長矛刺腰股羣賊乘之戈亂舞
創重狂呼躍江滸賊驚倒戈鉤出之怒罵不屈臠其屍賴有
小吏知死地小吏者諱廖之義之義未見戰死時但見水中
飄血衣死狀模糊未入告橋頭夜夜忠魂啼將軍奪驛大破
賊獲賊并獲銅印一訊官被戕事得實入奏　九重方議卹
血衣歸葬須帑金嗣孤八歲隸羽林惕甫先生次子嘉福祔祀昭忠薦
牲醴褒忠勸盡卑官心良朋更有石太史韞玉傳聞異辭詩
一紙謂君當日自剄死要其死國無二理偏隅保障流澤長

呂堰歲祀追祠鄉遺榲嚴李繼修葺史乘袁枚洪亮吉載忠

節嘉慶紀元歲丙辰日在乙亥月季春巡檢氏王名翼孫死

年四十長洲人

吳中女兒行

西施來吳宮珠玉隨風消吳人生女兒都似西施嬌蟬鬢珠

鬟競閒麗習得少年行樂地一錢羞說看嬋娟羅綺纏頭十

千費黃金山高難買心玉顏如花嬌暮春春風一去花事歇

月落空房照顏色

葉縣丞詩并序

丞名槐字蔭堦錢唐人父文麟官陝西漢陰通判嘉慶

二年聞秦中有警因往省親遂請隨營殺賊大吏檄守

雞頭關及援西鄉城固洋縣皆有功復破賊于鐃賊入

孝義川乘勝又大破之嗣入貲爲縣丞奉檄守漢江道經手攀崖猝遇賊力戰死年三十九時嘉慶四年十二月二十七日也事聞　予祭葬贈雲騎尉世職入祀昭忠祠

破賊孝義川禦賊雞頭關身經大小數十戰入貲乃得八品官丞來省親非赴敵誰使班超早投筆丞父一官年六十恨不隨營殺蟻賊善體親心誓報國忠孝雖殊理則一漢江渡口烟塵生手攀崖頂馳援兵寒威墮指多哭聲馬蹄凍裂不肯行萬壘彤雲壓山黑笳鼓聲中短兵接刀光殺人不見血滿城燕支洒飛雪羣賊如麻丞力竭一死猶完子臣職子爲孝子臣忠臣　九重卹典褒成仁裏屍壯志不得伸千秋吾惜汪絳人（余婦兄汪絳人與君爲僚壻試吏蜀中從軍嶲邊功狀甫上達以勞疾卒）

顧侯虎兒歌聽馬太常履泰譚陝西顧合事

殺虎南山有周處李廣射虎石飮羽地上之虎高敖曹魏將虎侯名許褚不如聽我歌顧侯一侯一虎皆千秋侯貧負米壯折節讀書成名宰邊邑蒙頭氈帽腰鐵椎政成不聞泰山泣風蕭蕭兮日沈午雷殷殷兮天欲雨巖壑深藏松柏古縣民告侯山有虎侯語山民爾毋苦賣爾佩刀破爾斧安用長戈與強弩招虎歸來爲我伍侯謂虎兒虎侯父侯喜虎喜怒虎怒侯升堂虎出戶罪人琅璫跪兩廡虎兒磨牙侯目努虎冠姦民色如土拔扈何須付丁昨虎兒欠伸侯起舞獄具歡聲震衙鼓侯退堂虎入戶自解朝衣卸簪組夜眠同榻食同鬴侯兮虎兮相媚嫵西陲烽火方用兵檄侯亟輓芻糧行狐狸貉子敢當道虎兒突出全師驚侯也實刀況無敵雪花飛

舞銀山傾賊逃侯笑虎兒臥錦毛血涴燕支明惜哉幕府具功狀建牙不遺侯專征斗大孤城勞臥理眠枕虎頭履虎尾一朝偃臥面貼席虎詫朝衣碎侯屣舉手一揮虎兒死撫膺一慟虎兒起憂民侯異封使君何必渡河驅虎子蒼頭弄手殺虎槍從此虎兒眞已矣奉常持節西南天訪侯侯已亡經年侯名曰沂氏曰顧家隸燕京宰城固星精墮地倀啼樹風雨冥冥騎虎去

松壺子爲李筍香寫紅雨樓圖

城東竹徑斜竹外萬桃花殘雪豔孤鶴東風啼早鴉烟雲高士筆樓閣謫仙家春滿淞江水相思生曉霞

玉峯寓齋題壁示仲文

靜夜聞風雨西窗夢不成開簾見明月繞屋盡秋聲誰種瀟

湘竹兼之蟋蟀鳴鄉心託歸雁先到闔閭城

畫舫

山塘水閣記游曾燕掠微波翠幾層疊雪羅衣涼卻扇一星珠箔豔飄鐙湖光泛月烟如畫花氣迴風酒不勝無那天涯重聽雨蘭釭紅瘦擁吳綾

香影閣即事

何處秋心逗笛家隔簾吹度玉茗華蒼茫有淚酬江水飄墮無緣證落花樓外東風疑昨夜門前芳草即天涯管弦聲裏搖鞭去長板橋西日又斜

渡河與莅林觀察廉山太守子和香泉話別

江湖滿地各魂銷不爲離人悵柳條信美文章偏局外可譚風月奈今宵東南元氣愁難復西北新儲計尚遙慚愧驅車

吾逕去憂時元老鬢蕭蕭謂寄圃節相

洛濱感陳思王賦洛神事

何處烟波洛水濱楊林如見洛川神薄言秣馬思公子翩若驚鴻彼美人變雅文章周巷伯離騷忠愛楚靈均微詞冀得君王寤莫以懷湘誤感甄

初至京師

長安古意帝京篇初拜蒼龍魏闕前筆札待爲平子賦公卿爭問賈生年詩壇有客招吟侶酒肆何人醉謫仙他日交蘆菴畔住漁樵來聽話鈞天

寒宵刻燭擬唐人塞下曲畢大子筠倚長篴和之

諜隨萬馬度龍沙夜半歸來雪作花消受將軍一杯酒兩行紅袖撥琵琶

營門積雪萬山高寒逼團花舊戰袍今夜樓蘭須飲血君王新試玉環刀

吳江夜雨

烟冪垂虹柳萬絲離家不恨去帆遲吳江一夜濛濛雨應是高堂夢遠時

西湖秋柳詞和潘功甫

曉來斜雨晚來霜釀作西風一味涼流水半灣人不見亂鴉啼出古宮牆

湖陰吹浪碧無痕罷聽鶯啼載酒尊一抹斜陽數行雁不關金粉也銷魂

紅橋銷夏詞同宋悅研鎔汪劍潭端光吳山尊鼒諸丈作

鉥衣疊雪怯調冰月觀闌西晚獨凭貪卷疏簾延暝色水蟲如雨撲秋鐙

登大別山有感

沔水遙從嶓冢來滄浪漁父竹枝哀請看大別山前水流下長江更不回

宋震培字小海仁和人

小海爲仲海孝廉之子丱角能詩長益嗜古不倦余在都中相見于孔夢漚傳綸寓齋年十八遽卒千家玉樹埋春使人於邑不已

出門

出門西笑欲何之襪綫無長只自知富貴何時且行樂貧窮有命豈工詩心如騏驥思千里身似鷦鷯借一枝歲月長安悵虛擲板牀竈已兩年支

出門惘惘利名牽腳插紅塵太少年口腹累人慚仲叔聽明誤我愧坡仙書猶可學休談劍人亦難尤敢怨天欲買黃封拚一醉鷫鸘典取杖頭錢

送馬秀夫赴伊犁

馬氏白眉俠者流長征萬里歷荒陬舊游白帝孤城遠此去烏孫絕塞秋四月棗花開驛路一天芳草送行輈請君莫聽陽關曲古柳蕭蕭繫別愁

趙寶雲字露培號蓉裳錢唐人山東候補縣丞

蓉裳性醕厚日記功過格以自警而風塵奔逐竟不永年可嘆也其尊人蘅士參軍日佩今猶健在年逾八十矣

題篠漣丈輞川圖

築得幽棲曲徑深玲瓏詩語付閒吟主人性與桐君暱竹里

風清一寫心

金馬字相伯號麟士仁和人濤孫楹子楷嗣子

溪上晚步

谿花眘瘁紅谿草安豐綠遠山窺半面孤雲銜一角版彴穿鴨欄烟蓑萏漁屋返景燭波鏡纖鯈清可掬翻翻下鷗鷺瑟瑟響蘆竹谿翁一笑迎茅簷酒初熟

登黃犢嶺

曲徑旋螺入天風生晝涼雲移嵓翠活花落石泉香一鳥下叢竹四山明夕陽何人弄瑶瑟松雪滿丹房

吳之瑨字晉齋海寧人

探梅

雪後尋梅未見梅雪殘纔見數枝開阿誰著屐前村去踏破

溪邊一逕苔

吳之瑛字孟英號玉山海寧人衡照長子

烟雨樓

樓外沍烟雨冥蒙不見樓登樓瞰樓外卻見烟雨不彷彿畫中趣好景誰雕搜遙夌林亭花宛隔輕紗幬花邊綠楊影翠滴漁翁舟漁舟縮不住驚起雙眠鷗兀兀守蓬廬不如娛清游插腳混城市不如樓上頭

蝶

小謫人間夢翩翩引與長𦅾簾春入畫紈扇豔生香楚館人寥寂韓陵事渺茫我懷謝無逸高詠在溪堂

擬常建破山寺後禪院

撥雲尋古寺空翠正霏微地僻關常掩庭閒草正肥月明天

籟靜花落鳥聲稀爲愛淸幽境流連不忍歸

尖山登高

雙峯屹屹臨海中攀躋直上如御風朝暾射天雅陣沒夕陽在山楓葉紅儕輩狂歌發長嘯茱萸滿頭盡年少松聲未歇濤聲來乘興欲將巨鼇釣

無題十首 錄六

荼蘼開到玉人家庭院深深日又斜佳絶定知還倚竹淡來渾欲不簪花驕壺宛轉簾重隔寶瑟迷離座暗遮比似天河還較遠可從何處問靈槎

側寒料峭晚春天小立閒庭看紙鳶鏡裏前身應是月花間縱體只如烟琴徽暗託情何已杵臼奇逢事或然料得無心憐宋玉登牆窺後已三年

鏡檻鸚哥喚不休綠鈎清曉起梳頭春風碧盌烹茶荈細雨銀盆洗栝樓未免被人還冷笑爭禁償我只乾愁不應咫尺蓬山路依舊成仙屬姓劉

算徧人天總不如十洲仙子愛樓居平攜手處殘妝後小比肩時薄醉初行到畫廊風細膩記來花徑月扶疎阿甄丰貌談何易始信陳王賦未虛

背花嬌影入房櫳不分檀牀夜夜空偷倚夢魂庭桂綠淚傳消息石榴紅膽防怯久犀梂鎮懷戀香多麝氣融拌向陽臺朝復暮一生管領兩心同

記取殷勤惜別時手擘紅豆遞相思畫圖人影憐如許芳草天涯怨阿誰漢佩貯嬌緣屢阻秦簫傳豔信終差吟成儘付沈香火不忍重編本事詩

病中懷後蘧弟東陽

病來心性苦煩煎一別教人倍惘然遲汝不來花又落自君之出月重圓冰蠶織被沈孤夢玉虎牽絲悵遠天除卻藥罏無箇事看雲化水水爲烟

何廉字渚孫仁和諸生琪孫震伯子

歐陽文忠公生日同人先期集湖上設祀遇雨各紀以詩

綠水彎環路疑絕孤巒突兀當前立排空老樹秋蕭蕭好風捲入涼天碧波光雲影共徘徊高堂四面紗牕開牕開四面翠黛列南徐倒插琉璃杯當年此地寄芳躅列坐賓朋敞華燭傳觴取得萬荷花花影搖紅舞衫綠箜弦歇絕不可尋文章太守傳高吟一樽風月等閒度欒其所樂無古今況有坡

公作詩友漁洋老人亦其偶清風明月許同買高唱入雲吐星斗至今提唱疇稱賢前有南豐後鄭虔賓谷中丞年例爲公介壽賦詩稱盛今夢白都轉亦于是日集同人致祭于此長歌錯落振金石使君丰度何翩翩我亦登高祝公壽衣冠肅拜仰堂構公自千秋風雅宗文章併入溪山秀溪山變態不可名忽然雲合平山平山雨欲來樹梢重涼蟬作勢成秋聲一時雨意更泱漭波心幾個划雙槳雙槳欲行不得力停舟把酒挹高爽酒酣不覺雨漸收澄懷浩蕩盟沙鷗回頭山色轉空翠何處簫聲人倚樓

蠟梅用東坡咏蠟梅贈趙景貺韻

春風未到庭無花忽聞馥郁來鄰家黃雲漠漠萬丸蠟天公著意釀斯物霜寒雪勁那得知蘆簾紙閣供吟詩一夜朔風落廢葉槎枒老幹樹奇絕獨憐梅花溪上山枝頭冷雲困花

眠梅花管領春風去只有此花堪覓句天然雅韻屬何人一點芳心托付君何須磬口滿檀越香到菩提等優鉢

無題

無限情懷付水流樓頭人去落花愁一雙燕子偏無賴故啄香泥亂打頭

洪正謨字言甫錢唐人有夢鶴堂詩

言甫先世本歙產父家盛以商籍入錢唐學言甫遂爲錢唐人少孤溺苦于學一再應童子試不售益自刻厲體羸善病齎志以死年僅二十妻亡未及再娶無子性爽直好交游每遇寒士輒能周恤之

老圃

清閒輸與灌園翁葱薤椒薑芥韭菘莫學庾郎輕出處何妨種菜亦英雄

古寺

秋風戰徧葉聲乾荒徑僧歸夕照殘欲問紅羊今幾劫蒲牢不吼石鐘寒

周道字濂封號蓮風錢唐人郡廪生慶承子

雪後翫月

猶是雪花殘如何月又闌樹多千點瞑光瘦一庭寒山色依然淨烟痕尚未乾銅壺遥滴漏坐久覺衣單

虛室忽生白窗開照眼清雪留千片冷月助二分明雲影當空散山光一色呈今宵究難卜來日判陰晴

不寐

竟夕未成寐予懷安所思欲眠眠不穩求夢夢偏遲獨對無聊月閒吟未了詩東方應漸白遥聽漏聲知

菊枕

僵臥詩人未肯醒蘆衾楳帳碧桃笙警予不礙清涼福覺後還多雅淡情著意裹藏秋萬斛餘霜冷破夢三更牀頭恰有金無盡誰笑年來太瘦生

采菱曲

一種青腰湖面平泛舟采采有餘情兒童前渡歌聲起芡實初圓誤摘莖

西湖沙角滿南東一帶長莖礙釣翁借得短竿撈小葉半籃青翠半籃紅

扁舟泊處碧迢迢短刺長莖隔斷橋採得滿筐歸去也喚來兒女一肩挑

徐茂桂字列三錢唐人有秋巢吟

列三弱冠弃帖括攻九章之學能自立法故作詩構思曲折赴題而無褰澀之語性所致也卒年甫二十三

泛舟西溪

短晷促晨興喚渡西峯西霜降水泉縮戢戢魚在泥強借一篙力崇窗穿前溪村童來偵覗野鳥時驚啼瞥眼山光明別徑開平畦紓回紀往矚擊汰遵故蹊速賦歸來篇遠林夕霧迷

合歡花

輕紅合歡花雨過滿庭院簌簌談塵落絲絲唾茸絢日暮佳人來收香白團扇

韓用章字子俊號辛盧又號小竹仁和諸生有花影盦詩存

餞春

小園紅瘦綠初肥惆悵東皇此日歸餞客有情增感慨相思

無語惜芳菲杜鵑何事催殘月粉蝶應知恨夕暉著意畱春春不住捲簾時見落花飛

立秋後一日偕朱性伯葆和裔卿秋厓兩弟靈芝寺納涼

出郭聊爲逭暑遊禪關幽絶且句畱蕅花香浸葛衣冷竹葉風疎水閣秋塔影遠垂殘照沒鐘聲清入暮雲流晚山無數迎人緑都向蒼茫筆底收

袁灝字蕅生新城廩生

牽牛花

藤月蘿烟碧影交最宜籬落與池坳野花那有淩霄意直是無心上竹梢

秋風習夢自垂垂翠刷懸鈴露欲滋記得夜涼高閣上偶拈

小朵話星期

俞恭仁字寬甫號少卿後改名廷簡仁和諸生

少卿工爲試律刊有師鄭齋試體詩
行世懷才不偶坎壈以沒年才逾壯

石帆爲蔡丈木龕作

萬物無不死一死便淪沒又生奢樂天常存廷圓澤不如枯爲榮萬古有完質世人重珊瑚云從海中得倘無虬枝紅誰持釣竿拂蔡侯海中仙闢草有奇術謂此名石帆島嶼久蜷結根株不可搜波濤挺而出薇江近木梯觸舟肖萍實當其潛鮫宮靑蒼作何色鐵網不到處收來網中鐵配以藥玉船長風飽蒲席便欲浮蓬萊何止拾海月蓊樹能長年枯蘆釆押不何用恆春花人間此苓朮

小雪夜不寐枕上聞雁有懷錢劍雲甥作獨雁篇

湘雲四垂雁雙起中有彈琴伯牙子琴聲彈雁落平沙與雁棲遲三載矣一雁翔高天明月皎皎秋無邊重彈落雁平沙曲愁絕空江夜雨弦雁雁爾飛向何處用香山句獨雁寒塘共誰語抱琴無復雁行來不管琴中淚如雨我欲囊古琴雲中之君不可尋洞庭木落湘水深雁乎爾有鍾期心

和高伯蒸湖上

繫篷待客酒樓下俯看西湖春水瀉樓前楊柳雨三株一角松蘿接樓瓦飯儈帆過湖忽陰夕陽遮斷湖雲沈鳳林一杵暮鐘動堤上晚烟如水深船頭坐等山月吐咫尺城根花隱霧洞仙歌罷酒杯香櫓聲猶指南屏路

穀日偕王香雪乃斌魏滋伯謙升沈玥亭兆霖曹曹村憓馨集高伯蒸齋中分韻得數字

王郎酒酣氣如虎競病騷壇鬬笳鼓主人壁壘開森嚴塞上蒲桃作樓櫓魏侯兕食無一言暗笑諸君作詩苦春雪滿階柝聲凍牆外大星青可數

曲徑

輾轉不可極往來誰與爭明知非直道聊且學橫行對面通人語回頭隔澗聲長途從此近引我出前程

深林

樵歌出遠林一逕入雲深果落人誰見巢幽鳥自尋無風生爽籟不雨起秋陰看到烟叢裏蒼茫暮靄沈

短垣

小有園栖樂柴扉鎮日關儘堪過濁酒不礙看青山笑語因風出花枝隔院攀長來雙燕子容易覓梁間

疎籬

屋外村居歷分明見草堂誤穿憐蝶小不隔是花香補隙添芳枳窺人笑夕陽此中眞空洞斜竹未成行

翠雲草

片雲吹墮碧玲瓏散入階沿草色中千本胞經涼雨滴一痕寒逐曉山空偶因淡遠疑成水但有飄零總是風恰被游絲閒絆住年年晴翠撲簾櫳

唐花二首

羯鼓春生帝子家唐宮分出好容華縱無北雪猶成窖但借東風便養花四壁插瓶微點漆一盆疊石淺籠沙蜂黃蝶粉都瞞過煖閣文窗障碧紗

寒梅獨自占精神雪李冰桃忽斬新二月烟花通早信六朝

金粉殿餘春烘雲定許參圖畫薫綵何從辨假眞猶記吾鄉好風景馬塍一帶草如茵

章承熙原名辰號秋伯錢唐諸生

秋伯天姿英爽工小楷精篆隸

過蔡木龕丈隱居口占留贈

涼陰濃不埽茅屋是君家滿地翠雲草一庭金粟花簾痕長晝永香篆與風斜便煞閒鷗訪開門即水涯

許延敬字君修仁和諸生祖京孫宗彥子官福建邵武同知

許氏世居德清自布政公祖京僑寓杭之馬市君修遂入仁和學爲弟子員屢試被黜援例授府同知分發福建權邵武同知事能以惠政逮民會邵武苦水災斗米千錢縣令暴卒民相與語曰捍災禦患非才且廉如許使君者不能遂合詞呈請攝縣事上官許之時方設廠平糶乃嚴立程式使吏不能侵漁又慮下貧之無以得

食也興修城垣以工代賑全活甚衆未及一月竟以勞致疾卒年才三十卒之日士民入哭皆失聲

家玉年兄乃穀招遊理安集松顛閣晚由九溪十八磵至月輪山看六和塔燈分得詩字

清露潔天宇秋迴山容奇林巒最上頭傑閣層雲披伏檻一長眺萬山列屏帷遠延螺髻翠近摘虬松枝蒼烟出前嶺宿鳥投遙陂日暮有餘興縱游任所之溪磵何盤盤徑黑路不夷搴裾陟高岡彳亍筇杖支浩浩臨大江江清月上遲波濤猶震蕩恰值潮回時數燈忽明滅林樹乍卽離偶頭萬象澈月淡燈光欺倒影入江水水動烟月追偉哉此巨觀興窮力不遺三日足清游幽情聊賦詩

王玉泉如璟招同譚二桐舫祖同譚五菊農倫果雪中江上聽琵琶兼寄譚三梅丞錫洪湖南

龍山東走之江折風景無如雪與月舟行兩度遇蟾圓如此江山未逢雪西江才人譚伯升孝廉船向錢江停同舟仙侶聯雙丁白眉好弄伊涼音久耳江上琵琶名王郎相約江上行江上琵琶多淒聲商音急節移人情鶤弦初撥秋風清蕭蕭颯颯吹楓林花枯月黑鬼夜哭白草黃沙恨不平忽聞激壯心飛騰冰裂玉碎刀槍鳴將軍細鎧隨風舞劍佩鐵葉鳴錚錚重圍陡合月暈生美人駿馬子弟兵都付嬋娟爲寫眞英魂欲出呼蒼冥蒼冥慘淡天閶高雲中仙女迴舞腰切玉爲泥花爲膏遍灑山巔與林梢大地一白行人寥此時放眼惟吾曹冰寒玉筍調絲緩紅爐酒炙金樽暖魚鑰催行鼓角哀篷背無聲雪已滿回頭更憶昔年燈惆悵湘江有故人銀花火樹清游足雪裏探春竟未曾

睦州試院作

別賦生花筆離騷出水弦曹騰消壯志蕭瑟感華年晚菊畱霜月殘雅急暮天一燈搖短夢飄忽落江邊

庚寅十一月十九送三姊回揚州舟中待曉口占

淡月冷烟裏移船對岸看終須成一別卻戀此更闌短燭知離緒飛鴻急曉寒故園眞一繫歲晚羨團欒

分洋旅夜

獨客俄驚旅雁鳴沈沈巷柝已三更燈描衰草秋畱影月擁寒潮夜有聲醉裏裁書多拙率愁中得句不分明薄游便覺故鄉遠燭冷香消夢未成

黃崇慶字會錫號小薌錢唐諸生模孫有琴趣軒吟卷

小薌爲吾友薌泉哲嗣承其兩世家學苦志讀書以詞賦見賞于宗工銳意秋闈辛卯闈中得疾歸未而月而

殁

飛來峯洞

香林鎭岩嶢數峯張屛幅幾時來神州小朵分天竺清泉漱其趾諸佛容一腹高垂石乳森側瞰雲根伏一綫豁天光連環通夏屋

臨邛沽酒歌

世間何事眞絶倒貴客重來當酒保一帘春色滿店香栁花吹亂臨邛道臨邛道卓王孫昨日請客今杜門乘龍女壻犢鼻褌生女不才棄勿論嫁雞逐雞飛嫁狗逐狗走酒保發跡亦何有他日郊迎忙太守王孫門下獻牛酒

南湖

試踏青鞋趁晚晴斜陽屋角閃微明林烟繞郭可數里漁笛

弄風時一聲畫裏水紋僧衲破吟邊草色翠奩平張家古寺今寥寂惆悵狂歌白石生

徐銓字松岩仁和諸生有桐陰詩草

松岩工書惜早卒其兄鎬道光乙未舉鄉魁

湖上嬉春同小薌姊丈作

雨過春空洗碧寥春風得得馬蹄驕消魂最是裙腰路人在桃花第幾橋

堤柳絲絲繫短舲小鬟唱歇酒初醒春山也學蛾眉畫畫得螺痕幾許青

朱淇號竹浦仁和人郡諸生銓子

擬白香山七葉堂避暑

塵夢苦勞人早起旋衙畢山行入招提頓覺煩暑失樹隙風

徐來池荷香瑟瑟豈必銅盤仙始療相如疾

錢時穎字劍雲仁和人栻孫有曇花吟稿

劍雲墮地前一日有人見一僧走且告曰吾當投生倉基錢氏將入城人頗訝其言之柰而劍雲實生于外家生而不好弄唯嗜楮墨稍長即嗜詩詞兼喜古印章名碑舊硯書薄董趙鉤摹者悉閑皇時故碣就學使試古學作怕癢花賦極爲加賞及發正案竟不錄先已患嘔血症至是益鬱鬱不樂以死

夜坐

山齋絕塵氛散髮喜獨處秋風池上來涼意又如許披襟坐清簟開軒送殘暑木葉下簌簌隔林響松鼠空庭悄無人鈴鐸自相語睡起窗不掩秋蚊落成雨

載酒秋雪庵訪蘆花

曉晴放西溪溪烟盪空碧觥船多酒人柔櫓轉沙脊棡葉連山紅楓林夾霜赤沿緣八九里鐘魚聲猶隔移船水亭下傾

樽就孤石鸕鷀來親人沙上飛拍拍風鳴兩岸秋影戰一灘
白笑我苦塵鞅頗未事幽僻孤負水鄉秋涼烟搯幾尺玆遊
與未盡杯盤已狼藉歸舟月上時湖烟鳴格磔

蜂窠石歌爲翁西村作

蜜烟冷鍊一拳紫玉龍倒眠綠苔死想從璚嶺移家來飛墮
君家草堂裏君家奇癖同米顛呼之曰兄寵曰仙自言剌船
剡中去漁人網得耶谿邊歸來位置向庭戶闌干滃滃生秋
烟圖成索我詩掉頭一笑難措辭仇池不題長公手吐飯聊
噴稚川口披圖靜對松窗風不覺身入桃李宮蜂王食我花
糧飲我酒蜜官采邑薔薇封此身疑在一寸樓臺中莊生化
蜨將毋同忽然一落千丈烟雲空斗室相對依舊西村翁但
恐鬼斧碎裂秋玲瓏雨來飛出蜂窠蜂

野望

日盡登臨興閒門避俗譁夕陽沽酒市秋水賣魚家有地皆移竹無村不灌花雨來江色暮歸樹擁寒鴉

江行遇雨

溼雲飛過亂山巔暝色蒼茫入暮天遠嶺霧攙千樹出大江風壓一帆偏篙師解纜逢村渡漁子撐舟下晚烟待看水平波定後夕陽紅影射灘前

宿雲林寺

酒香山店月初上燈影寺樓僧未眠安得攜壺翠崖裏洞簫吹瘦一林烟

汪迪孫字子惠錢唐人諴子

子惠爲小米胞弟弱冠以疾廢學蒔花鑒古悠然自適性愛山水登臨無倦歿前半月猶與潘壽生黃霽青孫

午泉暨小米探西溪古桂游賞竟日偶感末疾齎志以終惜哉

清明前一日游理安寺次壁間原韻

招尋名勝跡瀟洒步禪關法雨烹香茗春烟媚遠山儘教終日住喜得暫時閒獨向溪邊坐興來忘卻還

待雪

臘盡農家爲麥祈漸看寒信到柴扉已無朗月籠深樹空見同雲接夜暉曲巷陰陰羣犬吠斜檐寂寂一鴻歸夢醒忽聽孩童語錯認梅開分外肥

楊景濂字清臣仁和諸生

春曉

錦幔香濃滯宿酲桃花紅日映窗明春風說破佳人夢一種樓臺燕子聲

朱應樾字星伯號一帆仁和人瀾子

蕉扇

嫩涼拂拂雨瀟瀟裁出團欒扇製蕉著手露痕窗外映前身

桂影月中描紅心謌共桃花障白羽題辭竹葉嘲未到秋時

攜翠袖綠雲漾出美人嬌

欆䗶

雙凫買得著來清製就山欆式自精房結魚鱗攢細碎文裁

麂眼界分明偏教綠雨穿三徑端爲青山踏一程安步不煩

扶竹杖那須幾兩憶平生

國朝杭郡詩續輯卷三十九終　錢塘吳慶坻校字

系列叢書

清代杭郡詩輯三種彙刊

# 國朝杭郡詩續輯

第五册

（清）吴振棫 編

杭州圖書館 整理

國家圖書館出版社

# 第五册目録

# 國朝杭郡詩續輯卷四十目 道光元年辛巳至十五年乙未以科目爲次

吳　熙　趙　坦　許乃穀　梁紹壬　方懋朝

韓日華　吳玉輝　崔佳鈞　夏建謨　鍾錫朋

楊家龍　黃　淦　王　辰　吳壽暘　周三燮

俞興瑞　項鴻祚　金　濂

凡十八人

凡十八人

俞興瑞　黃鴻楷　金謙

[illegible]永清　黃淦　王受　吳壽暘　周旦夔

[illegible]日華　吳王埤　崔律鈞　夏達璜　鍾朋

吳照　趙坦　許乃穀　梁紹壬　方熊朝

國朝杭郡詩續輯卷四十目　道光元年辛巳至十五年乙未以科目爲次

國朝杭郡詩續輯卷四十　錢唐吳振棫毅父氏編

吳熙字成久號春谷錢唐人嘉慶戊辰舉人道光元年舉孝廉方正候選教諭

春谷性純孝居母喪遭祝融之危救護母柩右目爲火所灼日眚終身生平熟精軒岐之書游京師時公卿貴人爭延致之後竟客死

西湖柳枝詞

雲消風軟露柔荑新柳垂絲拂兩隄春水粼粼烟澹澹畫船多泊畫橋西

六橋景物最宜春載酒徵歌日幾巡愛煞柔條臨水照輕盈絕似鏡中人

趙坦字寬夫號石侶仁和廩生道光元年舉孝廉方正

寬夫孝敬出天性六歲入塾見遺書有髭肅然曰此吾祖髭也及長爲郡吏事已輒歸讀書漏四下乃寢既而

爲學官弟子入詁經精舍道光初元將舉孝廉方正可得官以母老辭乃給銜如例宋通問副使朱公弁墓圯力爲修復嘗于城西小林得晉宋塼六十餘保之弗釋因號保甓居士性喜藏書及校讎金石文字著有周易鄭注引義十二卷春秋異文箋十二卷石經考續二卷札記二卷保甓齋文錄八卷卒年六十四

西湖柳枝詞

湖頭楊柳垂絲絲湖邊畫艦歌新詞勸君莫唱別離曲恐惹楊花飛滿池

爲馬愛林題畫扇

山厓欲合水還分隨意探幽獨羨君烟雨一蓑晴一笠肯教閒卻嶺頭雲

許乃穀字玉年仁和人學范子道光辛巳舉人官甘肅敦煌知縣

許氏門才之盛罕有其匹玉年爲小范先生第五子於昆玉之中尤擅雅才精于六法特善畫壁名藍勝蹟時

或見之嘗仿司空表聖二十四詩品創爲畫品曰布置曰氣韻曰精神曰烘染曰渾厚曰虛和曰秀潤曰空靈曰沈著曰勁健曰奇橫曰縱逸曰蒼莽曰高古曰峭拔曰刻畫曰穠豔曰工緻曰幽邃曰枯澁曰疎野曰淡遠曰超妙曰簡老詞旨既雋畫理兼通眞得箇中三昧者也嘗擨修林處士墓并重建巢居閣以奉處士神位補種梅花三百六十株畜兩鶴于放鶴亭一時稱盛其雅尚類如此

法華寺看花同集者爲武進程子衡陽湖趙芸酉宛平張定生湯澹園襄平蔣月川沛畬耘青鄱陽蘇賓嵎瑞安林石笥錢唐楊澂竹項芝生及余凡十二人時余方自馬蘭旋京厲沛畬耘青宅中

我來自漁陽千山從我走中途游田盤萬花爲我友鬱氣雜花光氤氳滿戶牖雲暈與天成勝地攬八九單車入國門蔣詡遲我久開徑早延佇一見笑拍手詰朝法華寺命儔各攜酒入門花亂開爛漫分左右植廊蔟紅芳紺宇曇翠柳恣意

狎蜂蝶吟香香在口高歌謝管絃轟飲戰指拇四座狂談狂華鯨時一吼幸未雪滿頭底須卬懸肘醉同彌勒眠胸中復何有

歸途偶成

夜行月在天早行霜在地青女與素娥日日笑連騎馬蹄踏澗冰鴉背斵畦翠地凍塵不飛雲孏山亦睡旋風舞丹葉燦若天花墜平原半寒林營邱畫壘戲溪橋策蹇過襄陽邈遐寄行路等讀書靜領此中意

陽關行用元道州舂陵行韻并序

敦煌爲漢邊郡我朝自雍正三年設沙州衛遷關內五十六州縣民人凡二千四百餘戶以實之旋改衛爲縣辛卯九秋余由疏勒還泚敦煌兩次兵差十室九空

積欠倉糧三萬餘石且金山採盡官則連年賠課黨河水淤民則灌溉無資上下交困無可措手計惟有濬水源搜地利以治其原而已作陽關行

一人開明堂三公和鼎司小臣宰西秦五載無寸施脫身花門還肯作岑參悲敦煌漢雄郡徙民民忘疲揀金貢 天府地肥扶人羸山空金今盡如豹徒留皮西極苦不雨逋欠奚由追況有沙鹹地苗茁期無期吾欲濬水源集衆荷鍤隨地利弗禁搜囊空有餘貲賦緩丁不逃氓蚩恩自知作歌元道州憐元杜拾遺千載結深契惟荷皇天慈不則事鞭撻能爲奚忍爲先子捐俸錢（先京兆牧黔西州時曾捐免民欠三千餘金）遺型謹奉持恃人非恃法此意當告誰江南賦稅重日用計權宜秦中賦稅輕呰窳猶支移（宋史移此輸彼移近輸遠爲之支移）苟能裕其原輸將肯後時

士豈志溫飽吏合籌盈虧會須百姓足感激見情辭

中冬十八日北行先三日余慈柏何夢華章次白葛秋生汪小米家亭史吉齋餞予與梁晉竹於孤山之巢居閣以金司農天寒欲雪水際小樓臺句分韻拈得欲字爲圖以題其上

碧天氤氳釀寒〻玉朔風吹淨湖波綠湖中雙槳劃波來一聲欸乃孤山麓山上寒梅六百株特地花開一株速勸我行耶泥我行笑我行將軟紅逐惜別朋儔意更長玉盞橫飛水邊屋樓閣參差倚夕陽烟靄空濛護修竹歲云暮兮雙丸馳世間萬事如轉轂旅鴻犯雪何爲哉不若窮廬飽饘粥坐釣行樵樂隱居高風遠憶林君復君復聲名動九重九重束帛來空谷自甘匊水滌塵襟未必餐蟬果飢腹吾儕不爲飢驅迫

肎爲浮名受羈束五岳尋眞遍我胷萬里長波濯我足落筆勢撼山岳搖狂歌怒起蛟龍伏倦羽飛還息故山雲烟供養眞清福人生所貴是榮名涉世何須饜所欲長吟未已還作圖圖中之人苦僕僕春風瞥眼千花開仙禽唳月依蒼苔遲我匹馬長安來醉眠花底無相猜

萬壽寺七松歌

雙輪十里轟雷鳴入門下馬心神清鐘磬不聞梵唄寂忽驚耳畔風濤幷濤聲隱隱秋來急疑是錢江江上立擡頭瞥見虬松枝始知聲自枝頭出一株離立空庭中兩株人卧分西東四株對伏四維偃彼此交讓何其恭幹如青銅葉如鐵一碧不放斜陽紅爪牙怒張鱗甲裂直向蒼蒼上穹擲何須雷雨奮精神想見深宵聚靈物盤桓向夕不忍歸歸來空翠猶

沾衣解衣磅礴坐斗室不禁爲爾重歔欷爾胡不生長隄大道旁毒日當午生清涼又胡不生窮巖空谷裏千尺奇材儲棟梁局春階前百弓地百年落落依空王暮春三月冶遊子香車寶轂如流水徒飽人間俗眼看空驚天上雙丸駛我今圖爾古黛皴欲繪風影先繪聲惡藤不許苦纏繞放筆何愁韋偃瞋張之虛堂日相向祝爾變化能通神凡鱗擺脫天風御我欲乘之九霄去

役夫行

流民隊隊空倉雀千里百里來力作以工代賑帝澤寬斥土辛勤當秋穫行行遠道無餱糧風饕雪虐走且僵一朝幸得飽脫粟飢腸忽斷飢鬼速哀親在堂妻在屋倚門猶望供饘粥

賣兒行

薊北二月如隆冬、朔風捲雪塵長空寒、衣典盡寒、轉劇況復啼飢度朝夕兒隨耶娘號無聲耶娘抱兒行不得誰持三百青銅錢攔道爭把衣裳牽賣兒爲免填溝壑得錢又被偷兒攫

乞兒行

風如虎車如雷黃昏獨自山中回哭聲隱隱來山麓迴腸似輿車輪逐點燈呼問何所哀道是百里飢驅來來時五口巨虛相負旬日之間僅存老母母兮道旁臥欲偃提籃入巿求壺漿歸來覷母母不起求食不得母先死

塔山犬

塔山犬臥蒼巒朝朝大嚼肉一臠人不得食爾何能腆人非

瞉兮不生犬得人兮飽噉山前人死人不收山後鬼哭聲啾啾殘絲斷魂猶望救犬早磨牙坐相守

任城太白酒樓歌

騎鯨人去不可見眼中突兀見此樓天邊黃鶴誰搥碎積垣亂枕長河流憑欄一眺望茫茫生百憂先生不逢賀四明長安市上誰知名先生不拯郭汾陽赤手誰爲清八荒世不我知無足恥我不知人合羞死長星一謫唐中興不然詩狂酒狂而已矣日日酣酒肆無人測其意衆人不飲何曾醒先生但飲何嘗醉醉時白眼看青天招呼明月來樽前今人古人共此月樓頭寒影仍娟娟先生久客任城裏魂魄千秋應戀此我今單車過驛亭伊誰向我眼獨青糟臺臲嵲酒汶泗沈醉樓中不願醒

小夯歌并序

夯有大小之別大夯略如版築用力勞而土或不堅小夯則入土如錐功非可以速成其成也堅同金石歷千百年而不敝然非人間所得用故見之者少棠村太守作歌紀之因而和焉

松風颯颯鉦聲急侵曉千夫萬夫集二十五人為一槽地闊槽多人亂立人各一槍槍有纓壯者六七少者十老者搴旗從其中執旗擊慵誰敢慵肩摩肘掣紛梭織如磨旋蟻花攢蜂米潘潑處土灰結一層一層堅截鐵萬杵蹴蹋莫軒輊近若奔濤遠飛騎青天勢欲同低昂高阜搥將作平地云是天家方用玆方中見漢書張湯傳那許世人知去秋一雨及春暮雨師絕跡風神馳有田可耕耕不得以工代耕我

后德爾曹食力他何求吾輩濫觴有慙色君不見明駝十萬出玉門組甲被練如雲屯夜雪拖槍復磐橐今喀什噶爾漢疏勒國之磐橐城也爾曹辛苦何足論

七里溝建橋歌并序

余涖環之日前令萬君方貞語余曰吾旬日前便欲去此以阻七里溝水不得行余曰何不建橋曰環無橋且其地崖陡沙鬆水猛甚作亦弗成也詢之土人言皆同因思先大夫牧黔西時曾造鐵索橋今三十餘載欲效之而無可任者會郃陽聶君創祿欲于城北爲橋十三志未遂也余鼓舞成之事竟輒以斯役屬焉詩以紀之

環江萬疊飛驚濤環江千里無一橋行人躑躅過不得行吟涉畔心忉忉七里溝前兩山立矗立直上干雲霄山雨忽來

山欲浮魚龍直上山顛遊濁流怒捲石如屋亂舞江心擲平陸一心利濟豈無人到此驚嗟都踏蹴木石如何與水爭長虹那得臥縱横我思先子牧黔陽曾鑄生鐵為橋梁屹立波心卅餘載至今萬姓銘肝臟小子法師用鐵索兩崖對峙石為脚以鐵入石鎔兩頭沙走濤飛不能落經始戊冬迄巳春司其事者聶挪祿聶君為橋一十三往來行旅無停驂遊客居然肩事勇吾儕對之能勿慙嗚呼安得化爾千萬人坐使宇內皆精神橋乎橋乎利一邑但推此意九州四海同熙春

單于王頭歌 并引

山丹永固協軍器庫內藏單于頭由來舊矣而志乘不載按前漢書單于姓攣鞮氏其國稱之曰撐犂孤屠若匈奴謂天為撐犂謂子為孤屠也建昭三年甘延壽陳

湯同出西域禽滅郅支單于斬其首及名王以下千五百餘級懸頭槀街萬里振旅或即當時物耶貴竹農協戎山出觀屬爲歌紀之以俟修志者採擇焉

世間怪物何時晝晝得千秋不會入土之髑髏死士之壟昔爭護生王之頭今猶仇齒牙堅牢白於雪眼孔深凹黯無血鼠竄其腦蟲蝕顱如蜂蔟窠蟻穿珠想見桀心似豺虎尚餘陰氣寒肌膚老上單于性鷙絕月氏頭爲飲器設自謂撐犁之孤屠日日搏人攫人齧建昭三年單于平萬里振旅甘與陳頭懸槀街絕孳鞮虜功絕域殲奔鯨年時鐵葢擒張逆獻俘闕下中外懾頂骨莫同蔓菁擲後千百年認陳迹

秦中土

噫吁嚱奇哉怪哉聚天下之黃沙白土橫塞于秦中蜿蜒幾

千萬里兮忽特立而成壁忽亂疊而爲峯巨靈笑束手祖龍怒不鞭女媧摶人鍊石而莫滅兮風伯力難吹散于大千不見草木之森藹兮但見高高下下犂爲田不見樓閣之縹緲兮但見蜂寒蔟蔟埋萬姓于荒烟與天無盡與地無極風急雲黃塵低月黑悶悶沈沈閉此絕域嗟乎哉五行不可缺一兮柰何金木水火之俱失胡不移兹土之百一兮護長隄一線于東南五丁力士莫畏難吾將用以障萬頃之狂瀾

撫彝沙

衙散鼕鼕堂鼓撾鄉里小兒來訟沙沙乎何會一錢値乃亦爭此堪歎嗟爲言以沙糞阡陌麥苗易青禾易碧饋夷不用沙肥田直把膏飫委荒磧君不見用才得所皆美材遷地勿艮君莫猜世人但解貴珠玉珠玉何如歲荒穀小兒小兒汝

莫哭我能辟田開渠供爾千家之饘粥

出關

紅日不到地縱橫惟有山緐花依絕塞弱柳護雄關春盡草猶白雲歸人未還老兵眠石上更比老僧閒

久雨沍陰十五始見月寄懷諸兄弟

別久見逾喜雨多光更妍只憐千里客獨對十分圓性命依鼎弟睽違感歲年團欒他日事弄月聖湖邊

蓮翁招遊平山頂爲馬蘭諸山最高處

馳馬出轅門沙痕漬雨痕片雲飛鳥駛怪石老熊蹲新柳綠千畝雜花紅半村行行又山脊瘦骨待吾捫

駿馬不能上雲梯何處憑衆山同一俯絕巘竟先登佳氣鬱千里高風來

五陵雄邊界中外百代峙長城

閏四月朔汪月樵招遊平山堂看芍藥同月樵韻

紅橋曲折護雕闌尺五樓邊錦繡團閏夏不教花放早好春留待我來看莫嫌異地知心少只覺高歌繼曲難遙望豐臺香作幕遲君沈醉解金鞍

涿州道中寄懷三兄六弟

容易春明形影分散車羸馬笑劉蕢傷心獨客緣何事鎩羽征鴻況失羣遠樹白沈千嶺雪斜陽紅入萬重雲炊烟起處人投宿有酒難教一夕醺

金雨薌楊芸士讌余隨園即席呈同集諸子

六朝山枕大江流我欲乘槎問斗牛偶逐閒雲來白下便邀舊雨暢清遊百年雅集容吾輩一代詞宗在上頭惆悵故人

飛鳥遠絕無機事水邊鷗袁蘭邨時宰洛陽

馬蘭峪寓齋同張棠村太守業南作

到此巉巖陡壑重龍盤虎踞翼京東關中將士開金甲塞上峯巒靜紫穹落日千家沈暮靄高原萬木戰秋風戚將軍去畱遺跡故壘摧積氣自雄

丹青寰宇九光開立馬雲中亦快哉千疊靈山皆北拱萬年王氣自東來松園翠靄天低衛沙湧銀堆地脈培腕弱愧無昭道筆寶華峪裏厠麤才時繪寶城圖萬年吉地圖

室人書中緘寄孤山梅朵拈此荅之

種花我未值花開春又將回我未回一朵緘香情鄭重千枝舞雪夢徘徊故鄉處處皆吾戀遠道緜緜祇汝來遙憶天寒修竹倚水邊籬落小樓臺

季秋月朔自疏勒還沿敦煌九日蘇九齋刺史履吉招集月牙泉卽席同賦

萬里花門匹馬還依然未到玉門關誰言瀚海三危遠難得重陽半日閒天上倒分丹桂影隄邊陡立白沙山多情坡老茱萸會一洗塵容淥水灣

人梁紹壬字應來號晉竹錢唐人祖恩子道光辛巳舉人有兩般秋雨庵稿

晉竹烏衣子弟風流自賞屢躓禮闈抑鬱不得志隨父宦游嶺表癸巳夏報罷旋里聞父喪觸暑星奔困頓萬狀復以公事羈留年餘卒以客死亦可哀已

論交二十首

人生鮮兄弟取友道宜亟百業皆可友所惡無常職匪不鉞與芥匪不酒與食信義皆虛懸安能免反側

周魯指囷情管鮑分金德豈爲些些須財貴此風塵識世人唯好名古道不可卽區區推解事意氣殊自得彼亦平原賓此亦孟嘗客揮手千黃金嗚呼賤如石

故衣不如新新人不如故衣故外不堅人故中益固結客少年場被服皆紈素一朝判雲泥揮鞭掉勿顧昔爲錦上花今爲草頭露身入世情中莫爲世情誤

人生最恨事相思不相見未見長相懸既見各相戀再見便生疑習見易生厭昔胡漆與膠今胡霜與霰回頭絕可憐肺肝不如面

湘中九疑山路曲不可數蜀中百尺巖巔連不可俯胡爲方寸中亦具此修阻直道已不存濫交復何補檑子多心酸蓮子多心苦安得同心梔相與此終古

廣廈庇寒士多裘葢洛陽儒者過分語未免徒矜張丈夫重意氣口惠非所望一飯有眞意勝贈千金裝紛紛好名者相與爲鋪揚苟非胞與懷毋乃狂言狂

華歆鉏下金旣拾旋復墮似亦遷善者何遽割席坐豈料龍頭士竟欣復璧禍乃知拾金時其念亦巳左君子貴識微愼交求在我

入世貴從善莫若先絕惡金可以受礪石可以爲錯塗炭必嚴防衆匪何所託寧爲鳳隊鵷勿作雞羣鶴

人生秉五行所性各分界辨交須辨性不爾便䄪襶彼或挾慨慷此或守狷介在在欲求全交道由斯壞不聞宣尼聖遇雨不假葢

太平無忠臣安居無義士眞宰在天壤論心恃在此一莬與

一桮交情從此始一死與一生交情從此止知恩當報恩龍泉鐵花紫結交衹誇兒不若屠沽子
遇事剖俠腸成事矜德色夫豈不感恩中心自惻惻謂以世故交無復眞意泱眞意在何處相期以金石金有時而鎔石有時而泐懷中一寸心千載永不易
結交貴肝膽或則尚道義次亦文字緣下乃貨財誼論交須辨交勿自亂其例易地以相處隨在易滋戾獲戾始歎嗟何如愼于未匪誇稱物權中有全交意
貧士好趨炎其見固可鄙然使過傲物是亦其習氣不見趙信陵身出宰華裔衣冠簪笏中夫豈盡勢利杜陵客嚴武入幕結深契義山依茂元且爲掌書記不聞後世人卻將兩公議

身居袍笏地結交豈能擇留中有陽秋所貴持特識汾陽見盧杞左右屏侍妾徐勉謝求官終夕談風月何必阮步兵雙眼分青白

范張雞黍約隔歲預相訂匪以小節拘即此見大信何期末世交成言多悔吝紛紛剖約劑一笑何足證

今夕是何夕華堂張明燈敞筵肴核具列坐簫管聲酒酣客意樂願執牛耳盟紅箋色加蒨墨筆書縱橫酒闌高會散門前車馬盈明朝市上遇相與問姓名今日爲陌路昨日爲友生檢點袖中刺紙薄如人情

飲酒須飲醇結交須結眞眞自在道德非以血性論血氣一用事道德俱無根荆卿空負德聶政能酬恩成敗雖各異均非吾所聞

沸湯一失火俄頃若水泠羣卉一別夏逾時成衰梗座中有熱客勿與爲刎頸蓋其初見時交情亦已盡事理有固然動極則歸靜君子淡如水此言發深省

久交無狎語絕交無惡言匪僅全忠厚亦以遠禍愆睚眦有必報此意宜防閑詩人諷刺意委曲而纏緜

曾前金錯刀腰間玉佩玖少年好結納良會樂斗酒何期世事幻浮雲變蒼狗朝盟暮則寒懲此反覆手山以堅成高水以寒耐久何處覓知音泉石眞吾友

題木龕圖爲蔡木龕布衣作

天地同蘧廬居處同樊籠茫茫六合幕區區一畝宮人生苟局促廣厦徒高隆使其俯仰寬斗室如帡幪揭來步城北忽快幽居逢門環槐閒柳徑雜菊與松地十步五步屋三弓五

弓繞之以長廊繚之以短墉齋中何所有茗椀春溶溶圖左
而史右墨西而香東階下何所有翠草鋪茸茸閒以掃葉帚
或雜澆花筩門不扃亦靜只有蒼苔封座不拂亦潔絕無纖
塵蒙給事有老嫗應客無小僮而我木龕叟偃仰於其中耽
靜如宗測愛客如孔融清言如樂廣博覽如王充能爲青白
眼不學阮嗣宗能作醉醒態有若蓋次公不種花種草耕烟
呼癡龍不愛畫愛詩讀月如吟蛩亦有裙屐會而無車馬蹤
頗多簡刺投而少冠蓋從亦樹酒國幟亦張詞壇鋒亦鼓泛
湖棹亦策登山筇婆娑者此老矍鑠哉是翁不仙亦不佛綽
有儒者風非官亦非隱欲以放誕終爰乃繪爲圖以寄其心
曾松龕大藥裹蓮龕還丹鑪翁今爲飛仙取義將毋同偶作
寄園寄自構容齋容願學退庵退獨闢空谷空人生貴適意

役役將安庸山桂何馥馥田黍何芃芃何當脫塵鞅堅臥高羲農閒居賦潘岳招飲從太沖行樂須及早金蛇去息息不見木龕叟昔壯今頭童

南宋小樂府八首

子女與玉帛北朝已有銷金窩豔舞又穠歌南朝別有銷金鍋國日蹙偏安局鬻中魚釜中肉朝廷春鳳皇丞相秋蟋蟀叶黃金買笑日不足西子一笑諸陵哭銷金鍋

春雨思鱖魚秋風憶鱸膾宋嫂手製作羹湯日向湖山供客醉秋雲飛船總宜酒嫩乳蠏團臍玉泉網得修鱗肥吳娘手下鹽與虀畫屏雙峯開匹馬中宮來德壽將進食刀几紛安排嗚呼大官珍膳食譜羅二帝饘酪將柰何宋嫂羹

弓刀小隊軍容整不教蒼頭敎紅粉盤馬彎弓小舞腰梨花

怒捲臙脂冷娘子軍夫人城風流陣主女步兵無愁天子來
中興吁嗟乎中興奇女原名將君不見一聲戰鼓黃天蕩女敎
場
金甌基半邊缺天子下堂不失色玉孩兒十年亡相公返璧
喜欲狂南渡君臣堪一笑不重江山重玩好將軍百戰金牌
召婢膝奴顏五花誥嗚呼中興事大可爲願皇勿寶玉孩兒
願皇步武香孩兒玉孩兒
梅宮寥寂珍珠斷菊部淒涼玉階怨短歌慢舞不成歡一樣
長門泣秋扇今年菊花新去年菊花舊綠葉被霜凋黃花比
人瘦老去秋娘整舞衣入宮仍是舊蛾眉蛾眉老心慵掃君
不見適安園內空秋草菊部頭
妙舌青蓮一夕話施全快刀出其下羅織三字獄沈埋兩宮

駕丞相威棱佛不怕微言勝似禰衡罵行者行者一笑逢家在東南第一峯第一峯頭洞天豁尋蹤一任芒鞵踏芙蓉城中雲慘殺殿前何小吏階下秦長腳座上地藏王菩薩東南山行者

狠胡丞相空題句犬吠尚書不知處牧童吟詩太師懼玉津園中天未曙豈有皇威下刀鋸翻讓姦雄得功去吁嗟乎七陵相業竟何人後一賈前一秦半壁江山已如此去一韓來一史玉津園

丞相平章軍國丞相平章風月風月當場第一仙朝廷半壁臣半閒堂前地蟋蟀鬪堂外更蝦蟆報五夜方燃葛嶺燈三年已打襄城炮朝湖山暮湖山相公謀樂與未闌他年漳州行路難木棉庵外啼[illegible]寒半閒堂

苦寒

斜陽無信息簾影自蕭然池凍魚皆定林疏雀並拳撥鑪紅

燄小磨墨黑冰圓開戶覓春意梅花一點傳

惠泉

山擅無雙秀泉居第二名茶香清入夢酒味厚于情照比青

荷鏡盛宜碧玉罌一泓明澈底未許濯塵纓

登北幹山

北幹峯高擁翠屏十年遊屐快重經繞塘江水無邊白隔岸

家山不斷青窮纖寒松涯月照亂撐瘦石待雲停清風千載

思元度山爲許元度讀書處惟見巖扉日夕扃

冬夜偶成

金猊香冷撥殘灰簾幙無聲柝暗催竹葉敲門雲守住楳花

入夢月同來詩于寫意情彌適酒爲禁寒戒略開紙帳尚餘
春信息醒餘趺坐一低徊

過江雜詩

楊子江頭曉霧濃瓜州城外柳烟籠扁舟無物輸關吏昨夜
江南雨袖風

悤悤閱盡錦繁華十里珠簾過眼花可惜數行腸斷句不曾
題上玉鉤斜

珠兒檀板玉兒簫無限風流廿四橋偏我來時孤負卻隋隄
明月廣陵潮

百花名酒似酥黏斟酌深盃色味兼入世文章逢世技可能
釀到者般甜

舵樓晚飯抵淮河準擬烹鮮引醉酡豈料堆盤金鯽少過江

名士近無多

露筋祠畔石尤風愁殺篙師與柁工安得拜求姜白石一篇平韻滿江紅

風塵書劍淚青衫此味年來我略諳嘗鼎升天愧雞犬悔教三度過淮南

輕帆十幅漾洪波南北暌違此刹那一事憶來眞齒冷三更月黑渡黃河壬午年事

方懋朝字元黴號稚韋仁和人道光辛巳舉人

焦山作

舍舟尋蘭若甃憩清涼境寺古僧亦高江急山愈靜清譚自論詩幽討已試茗遵菭陟修磵牽葉上橫嶺始至石狀呈稍深竹光併不知蒼翠交漸覺衣裳泠陽條餘夏綠陰崖接秋

影高處清暉多靜對塵慮屏向來邱壑尚坐與江海迴

落星石

朝行得順風枉帆落星渚大石臥波心槎牙欲吾阻昔日嵐漪軒淪落迷處所石角森向人登臨斷賢侶金光浴新月深黑起雷雨來往濤陽蛟棲伏廬山鼠雲中五老人落落與終古何時下來遊訂交成爾汝

風雨過七里瀧

有風七里無風七十里此語我自童年聞今來遇風更遇雨兩山夾水復夾雲冥冥濛濛烟不開高高下下帆徘徊嗚嗚咽咽灘聲哀落落莫莫蒼烟來子陵皐羽安在哉雲中卓立東西臺惟有清泉百道爭出山山半擲下夷門雷郁霧倒起寒、樹底怒石欲挾來船回船頭船尾堆寒、緣山既紆迴船往復不逢漁父下罾網但見人家隔修竹大魚驚竄小魚伏白鷺嫌寒拳一足我手無釣竿又無竹如意羊裘一領醉中拔擊節高歌眞快事今朝風景去莫追買菜求益吾能爲不從秋日狂晞髮定向春山聽畫眉

登慈壽塔頂

迴出飛鳥上超然俯八溟水從巴蜀白天過海門青望眼收空闊雄心接杳冥晚來登不得高處會羣靈

昌山道中

昌山三月大江前翠壁清灘各灑然神母靈旗捲春雨行人單舸載新烟水楊栖綠眞無次山杜鵑紅絕可憐知道此間農事早平坡淺草過烏犍

鉛山道中

風裏灘聲細更哀水天曛黑片帆開截流巨石迎船去作陣昏鴉如雨來遠有人家上鐙火時於山缺見樓臺寸心最愛波瀾闊日暮從容一舉杯

江行雜詩

景色分明逼歲闌憑他雲物畫江干野梅不得春風力自著疎花寫暮寒

韓日華字就之號小米仁和人文綺孫柯子道光元年二品廕生官工部主事

分水龍王廟

一水分南北迢迢響碧灘波流三派遠日落半林殘寺古碑圖在松深殿宇寒滿隄霜葉碎鄉思正漫漫

吳玉煇字蔭嘉號夢唐又號亞白海寧人道光元年　恩

貢有晚翠草堂詩集

亞白先生行懿而性戇善爲青白眼見紈袴兒則鄙夷不與語南北闈十六試卒不得一當坎壈以終游蜀中時余執經門下凡九閱月其後南歸館吾仲父家甚久意有所觸輒託之吟唱日有常課雖沍寒隆暑不輟故所作不下萬首論詩宗尚瓣香在初白翁不屑稗販組織亦不屑弔詭矜奇清麗流轉有流風回雪之致

小雨

乾封帀月餘堅勁土如鐵自非沛甘霖何以破膠結雲來灑微潤雲去頓消歇地皮尚無滋安望通地脈天不愛黔黎亢旱計已決百靈大慈悲禱祀見流血各各叫帝閽爲民請旦夕上帝厭瀆陳斯意難重拂勉强召應龍俾受行雨責馬頭一滴水千里去澆潑應龍正衰羸勢豈敵老魃長風爲驅除助虐仗箕伯從此天門關束手衆神佛謂余言非眞傾盆盍三尺

岳氏銅爵歌爲金雲莊比部賦并序

岳珂造置家廟祭武穆中鐫精忠報國四字雲莊得其一今歸西湖岳廟

壺簞紛迓朱仙鎮咫尺燕山愁坐困連捧南來金字牌黃龍痛飲嗟無分此時節制在元戎十萬貔貅掌握中不向朝端誅國賊都緣背上涅精忠部曲投戈歸壟畔也如杯酒兵權散奉使王倫和議成金繒歲歲輸千萬訣別銅人灑淚多中原草際泣銅駝銅鉦不到榆林塞銅柱空思馬伏波書生叩馬非奇策要壞長城自有術帝子穹廬卜雁時將軍圜土呼天日慘淡風雲白日昏翠微亭上哭忠魂生前叵柰秦長腳死後徒分檜樹身自從父子刑東市愛女銀瓶亦就死慷慨程嬰卹趙孤牛將軍皐再傳遷入金陀里金陀坊外月如霜放鶴

洲連武水鄉寥落文孫泰館住招魂時復上錢唐月波好酒
供清酌家祭年年淚盈握縱使沈寃鎖夜臺難忘舊宇銘銅
爵孝宗御極念貞珉詔諡中興社稷臣華表柱銜宋少保墓
門碑換賈宜人青山埋骨悲無已弈葉承恩重拜璽南渡金
甌半壁間西泠石馬斜陽裏滄桑世事幾更遷舊物飄零五
百年鄭笏嵇衣相愛惜雲罍玉斝共流傳流傳既久誰收拾
未免頻遭兵燹劫獨有高華比部賢前朝彝器還珍襲聞道
仍歸祠廟中春秋釃酒酹英雄看他長跪纍纍鐵豈及王家
一片銅

石砫行

請君聽我歌石砫石砫前朝一奇女錦繖休誇冼氏娘雕鞍
不數平陽主兒家弄玉是前身小謫塵寰亦姓秦丹粉羞調

飛雪豔英雄宜嫁伏波孫伏波家世嫺韜略虎帳談兵風雨作無奈三階泰運過漫天帀地妖星落井蛙此處慣跳梁第一戈鋋起夜郎並坐紫驑紅叱撥雙提銀桿綠沈鎗功成未見酬金闕卻使銀鐺縻戰骨獄底長埋跨鳳雲天邊只照孀娥月孀娥夜冷自招魂依舊心肝奉至尊白桿兵强寒賊膽金湯勢蹙仗羅裙勤王詔下援遼日虎旅親提榆塞出臥聽邊笳裂漢關枉教嫠婦憂周室甫能解甲賦歸來烽火西南又劫灰鬟翠奩香遺蘗擾錦江玉壘義旂催阿兄久死渾河戰蘭蕙中林都碩彥半壁蠶凫悉力撐百盤梯棧孤軍殿檻猿圈豕幸紛挐迅掃欃槍看日華手挈冉駹邛笮地黃圖無恙返官家燕雲萬里緜緜道雪涕登程天再造羽檄星書動地來黛眉綠鬢從軍老平臺召坐錦墩前奎藻淋浪出賜箋

欲把奇勳銘劍閣更思特筆繪淩烟傷心羣鬼謀宗社一木誰能扶大厦北寺南牙互黨援黃巾綠幘爭優暇眼看梟獍太披猖還爲君王力捍防鳴鏑幾回飛露布衝風一路打艅艎俄傳消息朝廷旼赤縣神州同瓦解不分嬋娟淚巳枯岷峨北望徒揮灑可憐飲恨赴蓬瀛留得芳名照汗青羞殺左家同奥玉那將沙礫比瑤瓊

雙忠廟同苐軒作

雍邱令睢陽守均王臣作死友誓斷頭勿棄走名至今並不朽解一賊勢熾孤城危守告急令提師賊稍斂卓義旗意合併決雄雌解二才弗如讓君位陣與守各事事明人倫鼓士氣四百戰無懈志解三賊益衆志益堅夜斫營朝投鞭據要害計萬全障半壁東南天解四好南八潰圍出告賀蘭肉白骨擁重兵

頓救卒哭秦庭淚滂渤五解嚙一指示劣奴發一矢著浮圖勿
獨活拚捐軀好南八眞丈夫六解突無烟田無禾室懸磬飢奈
何鼠且掘雀且羅食茶紙食馬騾七解奴享士妾登俎奴妾亡
殺婦女殺幾人活幾許臍吾頭俟膏斧八解目眥裂鬚髯張死
偃師死睢陽等一死無一降俾先後忠成雙九解

眉州道中弔古

子昂高蹈今已矣長庚星落謫仙死江山奇氣鬱千年磅礴
英靈萃蘇氏沈雄卓傑推老泉老將幽燕略相似當時五路
方出師論議眞堪雪深恥禁中頗牧且虛生扆主安能用國
士平輿二龍飛出淵鼓鬣軒鬐入帝里殿前對策動公卿漑
洽機雲難比擬從來磨蝎困才人況復南箕口交哆漫酉宰
相到兒孫魑魅豈容爾兄弟烏臺對簿命如雞已分微生伏

砧几賴有中宮灑涕言鈎州監稅黃州徒眼看時事又更張新法紛紜託周禮垂簾縱有女勳華社飯何曾憶金䀆二惇二蔡柄朝權網盡英賢作姦宄窅窿特起黨人碑大書特書炳青史可憐雪鬢垂皤皤竄逐蠻烟瘴雲裏歸來天上召星辰空照峨嵋半江水漂淪何處木假山景蘇樓上徒仰止我來未及薦瓔瓢聊爲招魂翦繭紙恨不偕生元祐時騰踔青蠅附驥尾對客肯讓秦太虛閉門頗學陳無已騷壇邾莒容尋盟便號蘇門七君子

送女行爲佺山師作

前月送兒還故鄉今月送女赴太行桓山鳥翼齊分張斑斑老淚沾衣裳故鄉迢遙隴阪長他年終在君身旁太行路棱天青蒼搖搖車鐸鳴耶當兒夫去秋歸北邙縈縈少年稱未

亡仰面泣訴無姑嫜攜兒早夜棲空房君舅遠宦天一方妖姬豔冶花容光未必憐念兒孤孀兒身所恃惟高堂今乃萬里相瞻望有夢不得尋爺孃眼看挂席分河梁口銜石闕悲難量吁嗟我欲竟此曲此曲能斷他人腸

中秋後一日寄內

汝亦平頭矣飄蕭四十秋長貧隨孺子垂老守黔婁分已同飢雀才原類拙鳩買山空有約何日鹿門游

正好新涼候偏逢遠道游團圞空對月涕淚一登樓縱使拋青鬢毋爲賦白頭成行兒女在差勝旅懷愁

似聞

似聞吹畫角忽又響銅鉦何處野航發慣爲邊塞聲寒雲方合沓殘月不分明斷夢惺忪候風霜逼五更

留別丁酉巖 啟昌

蕭條旅次接芳鄰無那歸舟遠問津風笛離亭愁鄭谷桃花潭水感汪倫月明江上移孤棹雪霽山中念故人此別何須重惆悵相逢還訂隔年春

和人春草原韻

野火燒餘迸石根酒旗山郭重銷魂春愁客路青粘屐鄉夢天涯綠到門醉墮翠翹憐小妓香隨金勒鬧王孫征衫憔悴渾相似淚灑新痕續舊痕

述懷與宋金庭 景龢

蓴鱸往事憶江鄉錯落重登問字堂詩律全輸杜陵細酒杯依舊荅寬狂野航秋水人將別燈火西窗話更長卻羨南樓好賓主雁湖風月任徜徉

一年一過射襄城楓葉蘆花照眼明勝事闌珊傷舊友名山付託想平生（時方爲石帆先生刻集）我來牛耳推盟主君道龍頭失老成書到湘江問陶隱（餘芬）吟壇悽惻不勝情

奉題兔牀先生于涉園修禊日出楊忠愍與鄭端簡手札還其裔孫鄭羹和茂才詩冊

鶯花會近重三節枷鎖香隨尺一書勝日名園同祓禊前朝舊恨動欷歔劇憐東市彈琴後猶見平原透爪餘爲問蘭亭觴詠日何人重憶侍中裾

書遺山先生集後

江南范陸自爭雄片石寒山獨有公一寸官銜兵火後百年身世亂離中杜陵心事生同寄庾信文章老更窮麥秀黍離無限恨西臺一例哭秋風

上江船第一夕

更誰攀栭夕陽天點檢行囊付半肩野色尚籠京口渡行人已上漢陽船漫言破浪平生志可有題襟夙昔緣晚凭柁樓看潮落秣陵疑與赭山連

余忠宣公墓

墓門颯颯響松楸一柱擎時半壁休正氣全家追信國忠魂長夜護江州池波井水流新恨楚樹吳雲鎖舊愁祠廟若教危素守履聲還替老臣羞

午日忠州誌感

來經內相遷官地恰值清江競渡時萱草空懷堂北宴蒲根聊泛客中巵掉頭海嶠知何日續命風濤幸有絲料得幾人攤飯後楚天西望極相思

飲酒

今余止酒學泉明誰料春寒故故生茅店偶過難兀坐松醪奇煖且孤傾當壚恨少文君黛染翰重加麴部名記得十年前舊事雙柑此日正聽鶯

吳門別沈采三

與君天末兩歸人駢埃旗亭笑語親雪後峽猿啼送客花時江燕話酉春襟情其泛袁宏月風致遙吟栁惲蘋沈還吳興不柰韶華方晼晚又添離思五湖濱

屈指江鄉已六旬布帆無恙到滄津劒騰虎氣三更出笛試龍吟一曲新藏有古劒又善吹笛郭璞磯頭魚作飯伍胥門外絮爲塵舊游倘著何山屐應許攜壺款故人

秋日感懷用舊韻

頭顱自顧老相尋一事何曾稱夙心天子佳名眞白蠟家無長物況黃金敝裘點檢秋將冷故紙消磨日易沈片石爲田難作活更誰留我據梧吟

春寒

春寒麗穀酒無權客子辭家未卸緜新草欲抽晴雪後好花猶禁晚風前雲陰籠處添微暗鳥語催時破熟眠學得安心身外法不愁岑寂似枯禪

跋秋漁蜀歸詩後

經神吏隱更詩仙日暮長城分外堅多半未經人道者恰如先得我心然渭南杜自推前輩杜老還應畏後賢就裏新篇尤壓卷上灘船與下灘船

漳河

薊門千里走漳河有客臨流發浩歌石馬秋風嘶濁淚銅臺落日照清波天連北闕雲相望地近南陽氣漸和爲問哀鴻中澤後百年生聚竟如何

社日大雪

五戊春深雪尚飛天教滕六逞餘威柳枝綴與三分絮梨額妝成一夜肥眩眼有花鄉夢醒治聾無酒醉人稀誰家燕子歸來早錯認烏衣變羽衣

讀息廬先生續集有贈別旋里五律二首感賦

錦江回帆記當時誰爲鯫生一賦詩卷裏分明佳句在行間多少故人思浮萍萬里難終聚故國重逢或有期豈意交情泉路隔臨風空灑涕漣洏

揚州

官家年少不知愁馬上新聲得意秋玉樹錦帆眞一轍江南天子總風流

即夜懷繼泉

準擬南湖歇櫓枝催人懊惱是篙師不教醉眼模糊看眉樣船梢月挂時

爲笙谷題畫

一天新雲晚山蒼嵐翠霏微溼草堂君自抱書渾不覺前村落葉又斜陽

聽雨

纔繫天中五色絲占星未是濯枝時黃梅雨到黃河北不是江南客不知

崔佳鈞字寶綸仁和人道光辛巳順天舉人

西湖柳枝詞

春光剛度翠眉顰密影毿毿傍水濱一種風流誰得似白家蠻合認前身

夏建謨字眞銓號有橋錢唐人道光壬午進士官山東惠民知縣加知州銜

有橋篤戚友之誼困無不濟少年積學初以廩生入資爲學官年逾五十始獲鄉薦旋成進士試吏山左循聲卓著上游方引重而遽以疾卒士論惜之

送鹺使延公督榷粵東

名儒少府舊無雙

帝倚金城寄海邦南極百蠻通貢篚上游千里肅旌幢麟州月滿商車動瓊島春開估舶降併作去思來暮頌錢江風送接珠江

寸今五嶺冠三吳繡斧行春又彼都風靜層潭州徙鱷潮生夜月浦還珠香迎君子蓮花寨清比仙人竹葉符佐賦濟時勤夙夜肯將荔子說良圖

回思善政說從頭澤滿吳山第一州廣廈萬間開樂國通河十里拖清流建置考棚兒座重修育嬰堂創設普濟堂開通清湖河皆一時善政廉能廉法宣民隱公望公才動

帝疇多少棠陰留愛日致人那不憶鳴騶

西湖桃李入春風清俸先霑蔀屋中加課書院厚子膏火赤鯉隨潮欣有隊青錢中選媿稱工傳經猥許親文籍謂馮實菴山長師伏闕無由借寇公所願政成綏遠後重開幕府浙西東

鍾錫朋號小山又號筱山錢唐人道光壬午舉人官廣東仁化知縣

贈蔡丈木龕

瀟灑林園小樣誇平泉轉覺太繁華買山長作烟蘿客半養閒身半養花

浮生託業笑鋤經品竹評梅見性靈自是愛花成雅癖不妨老去作園丁

堦南檻北夕陽西鎮日香鋤手自攜小草栽培知有意堯蓂舜韭滿春畦

小隱蘧廬避俗喧花爲屏障竹爲門少陵風味憑誰領合讓君家老瓦盆

楊家龍字雨蒼號雲垞又號大滌山人餘杭人華國子道光壬午　恩貢有浣雲樓詩集三十六卷

雲垞別著有浣雲樓文集十六卷雲垞詩話二十四卷春雨草堂解經錄八卷天倫樂事集八卷

幻住菴在縣治北四十五里黃湖鎮

祗菴稱幻住寶騎控晴郊曲徑隨雲入跡鐘聞竹敲風旛懸座側山翠撲堂坳聽法行歸晚藤蘿月滿梢

皆蘭社懷古示兒行儉行簡社在餘杭縣治東南三里山西園鮑氏懷謝山房康熙雍正間章柱天楹鮑虞皐庭堅黃鷟峯家相姚克柔堅黃錦虹梁暨家伯祖躬桓公仲達禹昭公士遠祖蓮峯公鴻逵結社於此詩酒流連豔稱遠近月凡三會數十年來風流絕響久矣

臙脂橋畔鴨頭波尚有穨垣隱綠蘿擬向西園談往事山房懷謝繫情多

西湖栁枝詞

孤嶼梅花雪尚飄絲絲金縷漸成條二分風力三分雨綠到西泠第一橋

蠶詞

三月柔桑綠漸饒儂家門巷碧迢迢晴窗春箔蠶初出一任鶯花滿六橋

香泥行竈是儂家曲薄繅車自整斜纔入門來郎一笑鬢邊新插做絲花

黃淦字新泉仁和人道光乙酉舉人

棲霞紀勝

憩足叩巖扃澄懷覺幽朗時有飛鳥還不聞金鼓響金鼓洞

降魔不墮魔修鍊經千劫坐破七蒲團始造清淨業鍊魔臺

古洞窈以深歸雲暗相逐雲出本無心雲歸非一族歸雲洞

言尋金果泉暗覓通山脈珍池似阿耨一泓淨寒碧金果泉

夕陽在層檐空翠一窩簇向晚閉禪關嬾伴閒雲宿嬾雲窩

層累上高崖傴僂危磴側二分趾外垂念彼觀音力觀音厓

王辰字星環號次農仁和人道光丙戌進士郎用知縣

古意

金鐙燦爛明華堂美人上壽擎瑤觴佳賓列坐東西廂何以贈之雜玉佩何以報之雙明璫明璫雜佩光陸離與君繫在羅衣裳願君富貴無相忘人生富貴亦何益轉瞬北邙土一尺勸君行樂且及時象管鸞笙永今夕

題畫絕句十首

山樓雨初歇侵曉捲簾看薄霧散林杪松風生嫩寒

赤日不知處新涼枕簟生溪風與溪水併力作秋聲

試茶松窗下謖謖松風起著意作秋濤捲入瓶笙裏

青帘晚招客正好清明天知有餘杭姥坐向桃花邊

冒雨張蒲帆歸哉力須努知否江上樓有人還細數

曉起幾凭窗遙峯不可見木葉向秋疎露出匡廬面
平林一以遠策蹇詩人來清吟良未已時見寒花開
臨水一間屋晚風時送涼兩三松樹子作意打琴牀
不知何甲子許久住深山世慮澹將盡白雲相與閒
蒼瘦古藤花玲瓏秋月色併作水晶簾綠淨不可拭

吳壽暘字虞臣號蘇閣海寧人騫子道光丙戌歲貢

初冬黃蕘翁過訪相與追悼簡莊先生

一雨忽新霽好鳥嚶其鳴佳客惠然來倒屣階前迎相見何所語祕帙抽行縢（今歲曾爲蕘翁鈔補宋中興通鑑缺卷蕘翁復於吳下見元刻借校頃又以周丈香巖處舊鈔七卷校本攜示因照錄於家藏本上）丹黃塗甲乙疑義悉以呈香巖校錄本何啻璜川璜一書再三過葉掃風中庭感茲意良厚懷舊思合并昨歲訪先生飛雪滿支硎髯翁先我至一夕揚輕舲

重遊尚有約病榻俄怔營遂令寢門哭里巷同心驚先生此時來宿草悲青青果園晝寂歷籤帙餘縱橫吁嗟失素心古義誰與傾庶幾永日夕金石重堅盟高風仰叔度鄙吝消俗情胡為速歸駕驪歌無能停依依海昌郭迢迢金閶城相思渺烟水日暮寒雲凝

永平甎謝蘇潭方伯藏

遺埴重陶旊漢始陽胡甎汝伯寧兼曹叔文建初五鳳同稱焉舊製溯晉室聿著太元與寧年摶埴日幾久古器多沈埋誰其抉幽隱搜剔元康先南康方伯雅嗜古一一遺甎出深土拂拭莓苔文字新筆勢宛然姿媚嫵永平惟七永與一枚獲其八具可數咸和之舊不足稱太康之遺斯其伍吾思永平時晉政方未衰皓也失國甫十載輿地建置猶堪稽揚州

兼吾郡錢唐乃立浙水西洛陽銅駝幾荆棘金墉城廢徒嗟咨一塼寶鼎共淪没吳地所隷兹同遺當時改元顧已遠紀年稱號俄屢移此甎凝土自何日惜哉不覩歲月書干支方伯探奇耽舊蹟斷碣殘碑聚金石甎也摩挲土色斑重之奚啻千金璧官齋日展考古文紀元之號參前聞漢與蜀兮可互證不教好古之士議論徒紛紛濃墨大書八甎舫細搨甎文蟬翼響窗明几淨晝無塵階前日影花枝上研盡喻麋當玉蜍臨池一作瀛池想秦羽陽漢未央千秋萬歲遙相望留將斷甓供文房永平之甎長與說惠皇

讀汪小海先生黟山紀遊

黃山山勢何崖巘光明倒湧蓮花垂插天之峯三十六下視往往青雲低少文遊興富五岳芒鞵竹杖行相隨昔年徧遨

天台勝石橋坐看飛流飛裹糧道指歙城遠烟霞餐盡忘朝飢歸來行記手一卷謂余已抉天都奇爾時暄景値新霽天雞未放晨光晞同行幾輩一僧導延緣登陟多逶迤兩峯至處峯忽離鳥道未闢蠶叢微攀藤捫葛一無自況此七尺靑筇支望中忽見海馬馳踏成嶄壁平而夷人以馬號一何異腰閒匹練元堪騎主人懸布登菫父無憂帶斷猶於師坐令一一縋而上以身寄布足不施旣陵絕頂去天咫勢猶顚墜而復稽俄焉耳目忽已迷諸峯頓失須臾時漫空烟靄雲作海渾渾庉庉茫無涯初訝層山沒水底還疑巨浸傾天池珠宮瑤島迭炫耀蜃樓貝闕爭參差扶桑忽拂珊瑚枝朱輪十丈天風吹晶光更蹙紅瑪瑙黛色欲破靑琉璃汪洋萬派倏何所以雲還山山仍齊餘雲冉冉在松際隨風猶復生客衣

我聞此語未及竟縋幽鑿險如親之吾鄉昔在海陽里平生未識黃山陲年年牖下苦局促青童玉女嗤其癡願攜謝屐訪始信峯名遍捫嶄岝窮崔巍閒控翩翻紫鸞羽怒攖夭矯虯龍姿醉來明月墮仙掌雲中五老相遨嬉山靈奇境不我閟定收雲氣供漫瀰爾時拍掌一大笑乘風弱水蓬萊西雲山烟海落杯底高歌太白匡廬詩

東坡先生鹽官縣絕句殘碑

安國寺前雙檜樹矯若二疏辭漢去延恩寺裏賢師琴目空退之無古今當時四海一蘇子擔笠瓊雷嘗儋耳杭州出守到鹽官大悲作記儒通禪與酬清詠動高閣腕底濤聲天際落揮灑墨妙驚老僧神采外映中藏棱傳刻好事晋貞珉何年流落明湖濱有美堂前秋潑翠古石飛出吳山雲士鄉主

人雅好古忍使零圭蝕苔土扁舟載過蘇閣中黿礪芸編日爲伍家君得宋槧百家注東坡先生集因名藏書處曰蘇閣小房曲檻合修竹何如散髮披襟臨風浴獨有眼力窺天人修行無物攖世塵埋雪蒼龍凍不死幻作神犀騰扇底東南文士知所歸學儒學佛通其理鹽官不可無公詩塋湖兼以拜公祠梅守賜墨出湞祐廟側同此壽堂基響搨壇椎日千紙殘字猶將補栗尾寺門清暑搖白蓮齊豐香市記年年重將遺墨表靈瑞定有萬丈祥光騰妙智家君擬重摹一石置寺中

春暮遊雲棲馬上作

路指梵村西江行俯石隄沙平峯乍起潮長日猶低密樹迷禽語閒花泥馬蹄五雲深擁處勝絕武陵溪

蘿葛藏深隖回龍勢屈蟠半山紅躑躅一徑碧琅玕寮舍盦

同窄幽棲佛共安寺僧延客坐旋煑竹爲餐

題墨井道人山水卷

清氣溢生綃溪山撫沆寥泉聲落松頂雲影束巖腰選勝僧同訪攜琴客共招結廬致深隱槃礴想丰標妙詣大癡叟高名畢俠君卷首有畢俠君印漢章千秋幾心印四海一浮雲未易知音賞徒超逸士羣畱貽惟寶墨評品息紛紛

和松靄先生梅花詩

空山冷落寫幽姿探徧清芬見幾枝花好卻無人到處香寒最是夢回時柴門寂寂春澆酒高閣沈沈夜詠詩乍値頭番風信後爲緘芳意寄相思

一枝竹外卻嫣然更愛攲斜古岸邊別韻定須矜瘦玉芳名雅合號臞仙疎花色淡雲中月冷蕊香遲雪後天不有幽人

致清絕更誰紙帳臥寒烟
獨標幽韻冠春芳清勝何須玉照堂料峭風前枝盡瘦清泠
水底影俱香劇憐麗友長爲侶見說神人午試妝爲問羅浮
林下客漢宮嬌額可相當
逸韻偏宜倚石根清寒若與沁冰魂千株璀璨人攜杖一徑
蕭疏鶴到門開偏可曾遲縞袂吟成多半近黃昏最憐翠羽
知人意故弄餘香落酒尊

過梅莊贈陳花南先生

湖海元龍最不羣快遊五岳壯奇文神中一卷花南集收得
恆山泰岱雲
楊柳紅橋足勝遊幾多烟月志揚州秦淮舊事關心甚腸斷
吳娘六柱舟

梅坡故蹟識梅岡水閣芙蓉別有莊日墓馬塍東去路殘碑
風雨弔蘄王

點染雲山筆墨殊荊關遺跡未模糊五茸載酒扁舟客絕勝
西湖舊寫圖

周三燮字南卿號笑生錢唐人道光庚寅郡歲貢有抱玉
堂集

南卿少年跌宕屢躓棘闈齋素懷鉛槧游幕府最爲蔣相國攸銛會中丞煥所賞性喜彝鼎字畫嗜好所觸不惜豐價求之所蓄前明書家金牋聚頭扇亦多至二百柄修羊所入半耗於是故以貧終其身聞其家人言死後魂魄猶戀戀不忘至見夢於其子可謂文人結習矣南卿居馬婆巷去余居一牛鳴地暇日輒相攜至泥橋西望湖上諸山徘徊吟嘯晚烟昏黃始各歸舍曾幾何時遂成陳迹每過橋下微波有聲不啻聞鄰家夜笛也

題潛園吟社圖四首

人生出與處每患才難兼貴仕性昧沒窮居情滯淹詩人官

少達達官避詩嫌屠侯少工詩能使老輩謙編排成大集一
字直一縑翰林出爲政律已如詩嚴縱擊催詩缽自警投階
籤循吏傳海內收名殊不廉詩書敦夙好歸來學陶潛
陶潛歸三徑庾信賦小園邱壑未嘗廢花藥一何繁想君坐
池上終日洗硯渾案頭卅六峯何時劚雲根移種小檀欒今
日已有孫既感候蟲響載聆啼鳥喧嚶鳴求友意舊雨皆不
諼世務曷能屏取適聊琴尊采蘭復采蘭眷念同心言
心言不能喻心聲猶可尋聲詩已非古韻語皆成吟比來婉
孌子作者立如林凡骨學仙死炫市貞女淫箏琶聒里耳疇
奏雍門琴彈有中散手聽無中郎心吁嗟廣陵散誰爲眞知
音音聲有清濁性情無古今已生古人後激昂思同岑
往昔湖山間詞壇稱八社九山祝十岳王流彼哉亦健者西

洽十子後杭厲振風雅心肝對俗嘔面目許優假繼起有黃書匡丈吳穀人丈生存此張仲雅大令馬秋葯太常代興得屠生風流心獨寫君不專詩鳴如君詩已寡行藏異潛躍性靈共陶冶許我攜酒來談詩醉花下

題潛園名印譜

潛園卅六峯壓倒米顛袖郎觀印石夥亦無出其右比盂方圓成比鐘大小扣燈光勝花乳刀法妙各奏作篆者七人要皆宗斯籀曼生敵小松老蒼並古茂秋堂別曼生少作獨工秀夾閑繼秋堂稍變師所授若古雲穀菴足助二陳簉潛園分技餘欲與諸家鬭師古得古意諸家不能圓譜之成一編燦若天列宿手以印印泥力可紙背透品第上中下甲乙洵弗謬纍纍積如玉君豈不以富彼斗大黃金視君得無陋傳

人自千秋令名君克副石兄百六十未必如君壽

琴鳴招集潛園獲觀新作畫冊蓋寫前人詩意也同人卽席分詠得思來江山外望盡烟雲生

落想不知何處起詩人畫師同一理舉頭直覺天外高詩人畫師同一超江山千古大畫稿變幻烟雲日揮掃曲江詩思何淸新倘能畫出詩益眞屠侯天機妙無著眼小江山一邱壑忽然孤眺發遠情紙上多少烟雲生畫成落落得詩意詩意盤旋向空際將詩題畫醉不辭後世更誰畫我詩

次韻奉酬琴鳴太守見贈之作

當闗忽報傳詩來曉窗睡起初眼開長歌一過繼以泣在旁童僕俱驚猜交友誰如可憑几歎我謀生拙至此空慚學技成屠龍且喜開尊尚浮蟻辛勤以有此屋廬鸘鷞典盡愁相

如監河之粟孰肯貸轍鮒安免悲枯魚人生衣食不能廢努力飢寒原分内江山花月嬾尋歡白眼更無人可對眼中之人惟有君廉吏昔傳清愼勤四十强仕正足用三醫徧謁嗟何因精華銷鑠良可惜驥足仍當展皁櫪唾壺擊碎藥鑪殘料理孱軀眠向壁我似飢鷹耻下韝君同倦鶴遲舒翮不見相思見又憐多少纏緜那拋得勸君作達何必愁豈有生才似此休（黃仲則句）世閒萬事難快意或者神仙猶可求如君久病人所詑如我長貧人道詐得一知已兩不恨薄俗紛紛任嘲駡得詩不敢示他人相愛相妬終相親妻孥破涕亦成笑爲喜有君還注存

雙烈行

道旁見此三尺墳傳聞雙烈事果眞有崔名陞婦氏陳飢驅

遠來投所親所親不遇疇可因旁人解慰增煩寃謂男傭保
女效顰性命豈遂難苟存崔生悲憤妻哀呻誓不降志不辱
身夫妻畢命共一巾志懸日月身泥塵當時失路殊艱辛乞
食近前人怒瞋死後正氣泣鬼神反有無窮求福人彼高彼
何徒冥婚鴛鴦之冢羞爲鄰烏虖太平之世謀生拙心苦難
爲俗人說兩身無倚骨如鐵四目相看淚成血貧則所甘賤
不屑生則異鄉死同穴一貧致死長鬱結一死守貧眞決絕
錢塘江水表汝潔嶺上萬松表汝節徇名徇夫總一轍士與
女兮視雙烈隱吁嘻士與女兮視雙烈

顧侯虎兒歌

世人畏虎呼李父顧侯狎虎如使兒顧侯者誰其名沂生來
氣卻千熊羆少時無賴長折節射虎南山意雄傑顧侯有若

周孝侯但能讀書名已修繼舉孝廉遂入仕身探虎穴得虎子顧侯亦若扶南王判訟曲直虎主張顧侯轉餉猝遇賊侯勇何須假虎力虎兒已足張一軍如彼賊兮虎不食後虎旣死侯亦亡虎兒未送王業喪聽談此虎色始變安得當年此知縣柰何世有封使君不待變虎能食民

花籃歌并序

濳園先生出示方磁一器縱長六寸橫徑二寸如玉合子底蓋裏白外靑花海水雲龍旁作回文其中一委角長方盂而三圓盂加帽焉疑卽樊榭老人所詠宣德窰靑花脂粉箱也詩有云前朝妝具今尚在函藏帖妥楕兩旁方池圓窞各位置泄竇似挹華淸湯得無類是惜未見李客山記文證之然文房無所用竊謂余茶具中

可用也按陸羽茶經四之器共二十六具盌取越瓷熟
盂或瓷或沙鹾簋亦以瓷或瓶或罍貯鹽花也今之飲
茶罕用鹽者花如桂粟菊英或橄欖瓜仁之果藏諸斯
器爲宜內圓外方曰簋因援鹺簋之例命名曰花簋若
策其勳則以陶分司官之蘇長公謂苟有用我可隨世
耳爰請易以古銅鉤潛園先生命作一詩相易戲書二
百言奉訓
品茶圖就無茶具但有風鑪烹日鑄筥鍑空摹陸季疵餅罌
誰寄周安孺自來陶器貴長方卻愛潛園出祕藏識是前朝
宣廟物開匳猶染粉脂香海外雲龍釉八骨回青定用蘇泥
勃池面方涵一勺泉墖頭圓印三潭月名花例可點眞茶擅
鼎腥甌未足誇摘蕊收香分貯此三停茶葉一停花點茶始

覺花榮寵貯花甕使茶珍重馥馥徐添蟹眼生纖纖合配蛾眉捧筍欖芹蒿納品司湘君檢束未爲宜改將䃥篕稱花篕壓倒邢瓷與越瓷便作昌黎石鼎看不許東坡銅瓴換永當寶用碧瑤箱何以報之青玉案

巳卯仲冬送琴隖之信州

三十三灘路欣然去信州胸中循吏傳眼底大江流便採桐君藥閒披釣客裘消寒虛舊約我悔故鄉留

病久疑疎宦裝輕易別家此行當歲暮何處不天涯情自關姻特游如隱若耶潛園風雪裏誰與守梅花

九月十日招同人集息園作展重陽會分韻得言字

兩翁惜未過高軒（仲雅春松兩丈未至）四坐還來話息園天巳欲霜寒有信人皆如菊澹無言題襟館續文章富（出觀曾賓谷師詩卷因憶揚州秋禊）

之會落帽風遲氣候暄一日秋光能借得何妨十日飲平原

和十二齡童子屠彝題畫二絕句

屠家童子未勝衣驚絕冬郎見玉溪雛鳳聲清如老鳳怪他鴉鵲尚爭啼

儘教點筆掃雲烟隨意漁舟與水田畫到遠山蒼翠裏可容著我坐窗邊

俞興瑞字吉暉號霞軒海寧人道光辛卯優貢考取教習

霞軒少負雋才名噪一黌尤工駢儷之文齋志以歿士論惜之

宋高宗禁酒牌

黃龍痛飲不可期穹廬行酒悲青衣九哥快樂無一事閒來魚服山村嬉山邊酒店攙疏樹聞道不爲酒稅處嗚呼中原租賦皆何在豈獨區區酒家稅刀頭飲血士氣怒糟邱老我

天心醉肉觔牌擊善人金字牌班虎臣御牌卻去監酒務斜陽芳草西溪路

重題張情齋玉節記

梅根守月鶴毛冷幽夢飛蹹蓬萊頂老魔眼光射海紅玉女八烟避清影古愁宛轉張平子夜讀參同魚食紙心香一縷篆神仙倒瀉銀河添硯水瓊扉開鑰聲東丁長風萬里吹娉婷媧皇石補文刼平芙蓉片鐵魔血腥金槽琵琶紫玉笛穿破秋空換春色聞曲才人齊斷腸茫茫眞宰無消息

銀屏

銀屏紅蠟熒泣雨鬼車哆口作人語須彌石墮聲轟雷蕭邱寒焰生死灰游絲落絮一雙結幽月豔窺金屈戌青獅掉頭長夢曉愛河波沸四州小獨鴻夜哭黃桑枝瞿曇八定酸皺

眉棲汝魂魄實林杪混沌不散頻伽鳥

夜宿松巔閣即用題壁韻

暝樹八深黑寺門猶未關隨雲上高閣看月出前山羣鳥棲已寂蟲吟自鬧興來燃竹裂響激隔峯還

倦遊

萬里關河壯志非十年塵土滿征衣平林落日鴉爭集古道秋風馬不肥山色看殘吟眼冷天涯覓遍賞心稀誰能更唱勞八曲無限蒼苔沒釣磯

靜坐

臨水茅齋三兩閒蒲團烏几閉門閒日移花影分濃淡風引茶烟自往還漸聽吟蟲生暗壁忽來歸鳥點秋山利名畢竟成何物擾擾黃塵徧九寰

清歌

何處樓臺最可憐櫻桃如雪柳如烟愁生語燕啼鶯外聲繞游絲落絮邊公子黃驄催曉月佳人白紵怨華年秦青已老周郎醉莫倚珠喉一串圓

狂嘯

鸞鳳聲高碎碧空斜陽木葉萬山風激回太古宮商祖參破神仙吐納功大塊生機噓野馬下方人語笑秋蟲郤憐阮籍疎狂甚輸與蘇門白髮翁

項鴻祚原名繼章字蓮生錢唐人賦棣子道光壬辰舉人

蓮生沈嘿寡言不喜酬應坐有生客則終日不出一言喜填詞尤工小令每自度一闋即付姬人歌之其風流自賞如此家不戒于火乃奉母赴其姊壻許滇生京寓中途母與姪遽沒于舟號擗旋里幽憂之疾益深而詞益工既領鄉薦再上春官不第歸即病病遂不起自訂憶雲樓詞甲稿乙稿丙稿嘗語人曰予詞可與時賢角

詩不足存故不多作今鈔得其感懷四律淒咽之音不堪卒讀即此可概蓮生之詩亦可概蓮生之遇矣

感懷四首

豈有高軒客過門小庭花落自黃昏黃金盡後餘詩債白袷閒來賸酒痕文字祇今工作祟故人幾輩待招魂不知眉黛療飢否且著相如犢鼻褌

人物難居第一流十年磨劒未封侯虛聲偶作陳驚坐佳句終輸趙倚樓已爲畫眉遭衆嫉只知入眇彼人羞眼前豎子成名早七尺車還擁八騶

一代宗風小唱提幾人身到浣花溪才麤誤解三更棗心熱空思六月薤擬判此生同涸鮒可憐公等亦醯雞笑顰畫覺東施好今日風流不屬西

剗動花飛久悟禪塡詞奉旨更何緣經過碧海人疑月悵望

紅牆路隔烟篋裏有文羞罵鬼枕中無藥悔求仙勞勞誰是憐君者悽絕吳與沈下賢

金瀌字讓水號穉柏錢唐人志章曾孫道光乙未進士官翰林院庶吉士

讓水家貧不能延師王義亭大令蘭不受修脯而教之成名弱冠舉于鄉既成進士入詞館未散館而卒年僅三十有六爲人靜默善處家庭之變以孝友稱

趙忠毅公鐵如意歌

逆奄顛倒弄神器錯鑄六州正士棄公欲摧姦不如意得如公意社稷利尺半精鏐一握珍身圓柄方篆鏤銀誰爲作者張鼇春五嶽八卦昭星辰二十六字銘詞新我讀斯銘長太息德陵朝局半荆棘舉朝拱手魏與客上方請劒不可得唾壺碎擊蟾蜍蝕雞三號兮都堂開指揮會見三君來四害四

凶陳天階抨擊梟獍除蛇虺黑雲迅掃晴轟雷神寒骨重經百鍊熱不因人寒不變清堅質並東方硯金剛豈畏妖氛煸荷戟偏遭代州讒公讒婦豎啖愈張紛紜鉤黨來披猖鋃鐺可使身摧藏披瀝肝膽追左楊是時天傾石難補公幸不死歸戍所塞月邊笳亦太苦摩挲故物中宵舞珠綴珊盤安足數嗚呼是器今古希廉而不劌鈎無鐖百回弗折形影依葵首向日心不違葢棺宜著老兵衣精芒閃爍冰霜竄繞指難敎卷如髮此卽錚錚忠毅骨太白睒睒光冥冥扶天有力空千鈞高歌擊竹悲淪放何如慟哭西臺上

國朝杭郡詩續輯卷四十終　錢塘吳慶坻校字

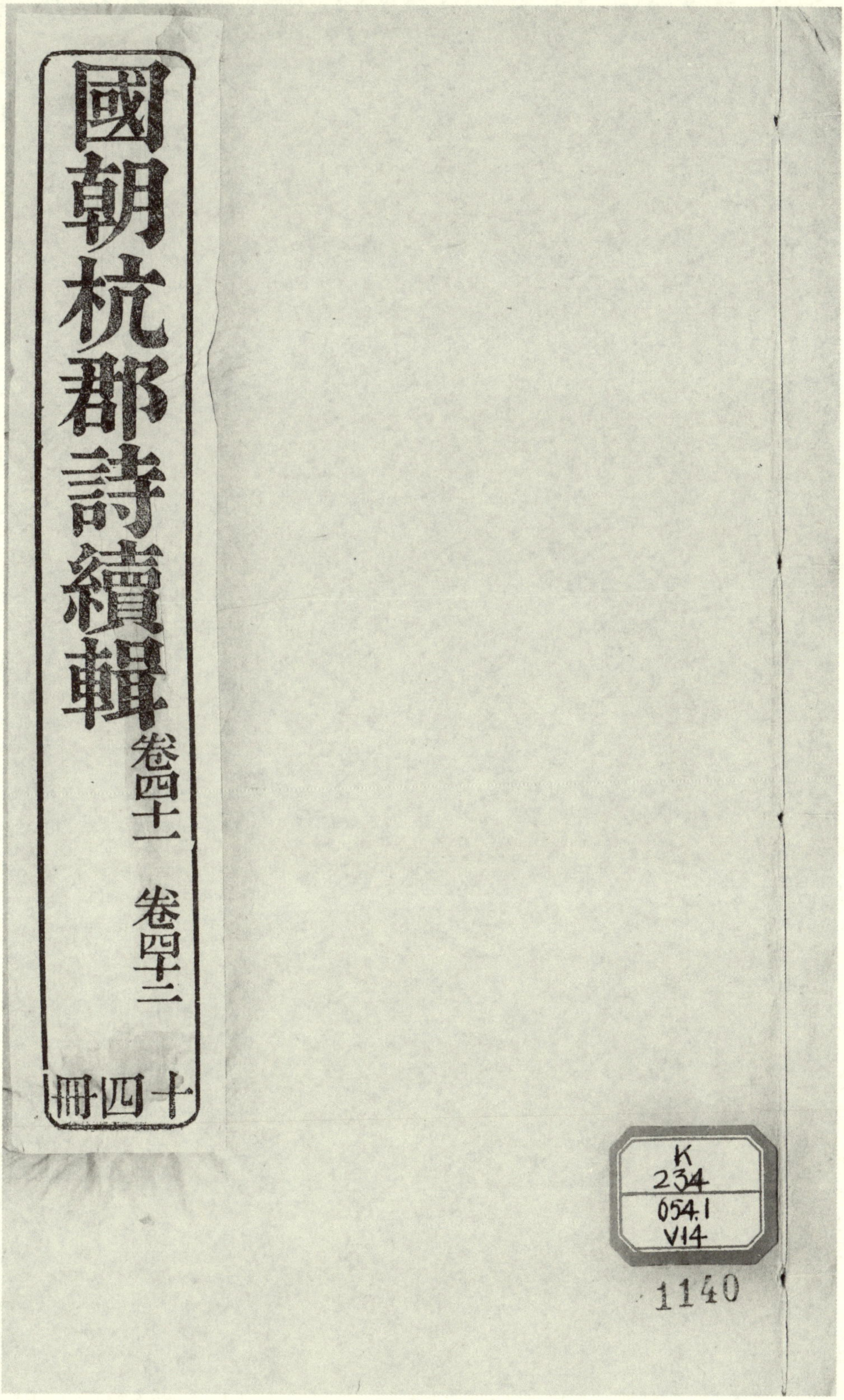

國朝杭郡詩續輯　卷四十一　卷四十二

十四冊

國朝杭郡詩續輯卷四十一目上 閨秀

黃修娟　田玉燕　張智珠　吳爾貞　虞淨芳

陳永靜　徐文琳　吳芳華　王芳與　闕　玉

翁　桓　梁孟昭　陸華行　柴貞儀　嚴曾杼

黃　鴻　吳玉音　茅玉瑗　趙　邠　顧之瓊

顧長任　吳　湘　葉　文　查　惜　唐曹氏

汪　氏　陳克毅　胡趙氏　趙雪鴻　趙蘭妤

戴王氏　鍾　筠　楊慧林　姚靜芳　錢稚貞

趙承光　王　範　張瓊如　朱宜人　高　淙

宋　婉　卓燕祥　陳品蘭　黃　埰　張佩華

徐　柏　王儒姞　何蓮魚　趙　淑　許元潔

查蕙芳　楊　琇　諸　嫺　陳秀貞　孫莊容

談　則　錢　宜　陸青存　郭　娭　俞　桂

陸幺鳳　金文藻　姚沈氏　陳　同　馬希賢

費　松　郭素媛　黃景蘭　李　淑　章　韞

黃　蕙　虞靜嫺　李　蕙　余　玥　沈　瓊

陳　芳　楊道含　吳長庚　楊端順　許　蘭

凡八十八

國朝杭郡詩續輯卷四十一　錢唐吳振棫毅父氏編

黃修娟字媚清錢唐人明參議汝亨女侍郎沈光祚子希珍室有娛墨軒詩

媚清性嗜書七歲能彈琴八歲能詩參議嘗撫之曰此吾家道韞也所著有娛墨軒詩集年五十而卒叔姒錢如玉亦能詩與之相倡和其夫希畢嘗比之爲鮑昭妹甲申父母相繼暴卒悲痛不絕聲而死年三十九

楊夫人招飲家園卽席口占

秋色名園好涼風落葉多蟬聲鳴曲徑鳥語襍清歌斜日穿庭栁晴溪映岸莎踟躕愁欲暮分手意如何

湖上曉望

湖光朝望迴霽色散春陰芳草縈堤綠飛花夾徑深風輕遲擊汰樹密亂鳴禽山景隨時異臨茲懷賞心

登吳山絕頂

一上胥山路疑登霄漢邊江雲連越塞斗宿畫吳天潮帶千峰雨城含萬井烟居高堪縱目覽古思悠然

田玉燕字雙飛錢唐人子藝女湖州徐元舉室有玉樹樓遺草

風

春山爲捲白雲飛繞樹花飄香點衣蘋末摇青度珠箔柳邊分翠透羅幃

夜柳

依依柔態不勝飄幾度東風拂露條何事嫦娥偏妒影卻教暗裏舞纖腰

張智珠仁和人岐然女

秋夜

月夜皎無塵閒庭碧草生山風吹落葉於此作秋聲

吳爾貞字靜軒□□人明中允太冲女孝廉陳石齋室

靜軒幼有詩名兼工點染

硤石道中

殘照下漁汀歸舟梯外停雪消留半白嶂遠落空青佛火林間寺春風塔際鈴濁醪非我好檢點讀茶經

虞淨芳錢唐人明吏部渲熙女有鏡園遺詠

春日有感

燕子雙雙遶畫梁殘紅點點落西廂幾朝别後心如醉長漏催更欲斷腸

陳永靜字閒軒海寧人贈太傅容菴女華亭葉忠節映榴室

忠節死於夏包子之難問軒扶太夫人以歸敎養三子咸登仕籍

與圓明女師談禪

不落機鋒豈鈍根茶瓜留客話桑門蓮臺色相依然在龍鬚經函具共論幾杵霜鐘消白晝半龕鐙火定黃昏繁華勘破眞生受我亦生平拜佛恩

徐文琳吳縣人海寧副榜陳堪永室

文琳爲相國陳之遴夫人燦之族女也幼許字相國季子明經堪永堪永從父母于謫所未娶卒文琳齎志于母家或勸以他適文琳曰富貴而許之患難而背之我不爲也越四年燦得請歸文琳曰吾今有家矣遂歸于陳姪世弈嗣見陳氏家譜

過蓮池菴訪圓明女師

精廬屈曲倚雲根松竹周遮不二門頓使塵緣都洗滌嬾將世網一評論山花徑遶名難辨齋磬聲沈日又昏小衲壇前

閒指點賜旛會沐大君恩

吳芳華錢唐人

芳華適康氏結褵三月兵渡錢唐從夫避地天竺爲官軍所獲挾之北去題詩旅壁有云後之過此者爲妾歸謝藁砧當索我於白楊青冢間也見者哀之

逆旅題壁

脂粉香殘可勝愁淡黃衫子謝風流但期死看江南月不願生歸塞北秋掩袂自憐鴛夢冷登鞍誰惜楚腰柔曹公縱有千金志紅葉何年出御溝

王芳與字芬從號芳若餘杭人侍郎嚴沆室有紉餘集王樹樓詞

憶子餐山齋

高雲欲落山情寂竹影滿庭書幌密杯底吟成午夜歌幾經

螢舞搖箋月筆花散作湖南瀾瀹茗煑香非所急君有雄心寄墨池妾將絲繡百勞詞鐙花合落春愁結瘦影疏窗兩不知

憶子餐畱鴛湖

柳瘦輕烟際迎風引緒長有愁難寄酒無淚不沾裳芳草遲歸棹遙山待好妝問君湖畔宿幾見好鴛鴦

題畫

江靜漁釣冷烟深鳥夢柔空林無月到野艇爲誰畱

春晝

游絲似欲織愁腸兩兩黃鸝叫夕陽好問新莺爲誰綠東風空自惜花香

闞玉仁和人

玉容貌端麗能詩文父亡與母及兄嫂居順治元年冬譌言徵選淑女玉母謀匿女無所有棻傭日過闞氏母詢外間選女狀傭䇈揣知母意因言人情洶洶且聞媪有小姑里中將具報非匿懼不免且言某所居在村腹匿之可不虞八見母念女年才十三而傭夫婦樸老遂信焉事既息母將攜玉歸傭忽持豚蹄粔籹來日幸託婚姻所以為好也母驚詰之曰某子已獲壻貴門大郎主之矣大郎者玉兄闞沅也初闞父付沅百金命權子母為玉嫁時裝沅既以狹邪蕩盡其妻小家子慮他日妝奩費欲藉譌言早遣之傭廉知其謀以數金餌沅求為其子擔糞者娶玉沅許之母知沅無狀慟哭向沅索玉沅持之力且以速訟為恫喝母竟無如之何玉在傭家尚待年號泣欲歸傭詈曰汝死吾家鬼安歸乎於是令玉執爨飼豬鉏泥蒔灌足去纏約頭如蓬葆迫疾甚始放歸玉日兒今且死願埋兒父棺側不作傭家鬼也復嚙齒曰兄嫂陷我語未畢氣絕死月餘沅二子及妻相繼死皆見玉現形縛之去沅大懼棄母避去玉所作歌辭為好事者傳寫周西生善琴譜其聲曰闞玉操事詳毛稚黃小匡文鈔

怨歌

父生我兮中道逝母煢煢兮門衰瘁兄嫂難與居抶我如目

中之塵沙伊又遘此佻巧兮胡迋我之實多彼六禮之已愆兮曾貞女之覭從矧要予以桑中兮夫豈其爲予之匹雙我有母兮癲思泣血我父而有知兮怒衝髮我兄摩挲傭之金兮骨肉相蔑嫠旁睨兮笑言啞啞我忽憤氣兮如雲指漆室女以爲正兮又告夫司命與湘君子不變一死兮弗忍速阿母之下世願死而有憑兮爲凶之厲嗚呼哀哉我終死兮魂獨歸去明告我母兮幽告我父匪我夙夜兮胡然遭此行露也縱謂多行露兮寧能我之汚也重曰嘉名爲玉父之命兮幽辱糞壤終保貞兮憂思悄悄淚淫淫兮蒙此忍詬日當心兮

翁桓字少君錢唐人憲副汝遇女胡介室有秋水堂遺槀

少君未笄卽慕彥遠才名適邑令王公爲彥遠求淑媛遂委禽焉已而唱隨河渚有鹿門之風年四十時彥遠

賦生平偕隱十章爲壽已而赴閩臬程之璿招薄游三山少君寄緘題久客神光一詩彥遠得之卽日歸後彥遠死慟之甚不二年亦卒遺槀久佚旅堂集中僅附數詩而詞則未附刊也女蕙季貞亦名慧哥爲汪定武棨室亦能詩

寄外

深惜飢驅苦相依童僕羣開書知別久臨鏡惜叙分春酒淹歸騎梅花憶隱君長安何處是千里望寒雲

久客神光寺閩中寺名

春歸人未歸旅園今夜月空照落花飛按旅園卽一畝田傲舍彥遠自署曰旅堂

梁孟昭字夷素錢唐人茅九仍室有墨繡軒集

夷素爲諸生次辰姊次辰有文名夷素聰穎絕倫口授輒成誦又貞靜寡言笑工詩文善書畫適錢唐茅九仍九仍侍郎贊孫也姑陳氏疾割臂肉和羹以愈之嘗偕九仍游金陵歷姑蘇出京口溯金焦大江而上詩亦滿篋樂其山水風土寓經年忽感寒疾臨終猶起坐焚香鼓琴一曲而逝歸葬西湖南山麓見杭州府志

題畫

登樓忽見山頭白冰筯如鏤挂瑶碧曉窗風急喚垂簾鶴唳一聲天地窄雪光騁豔鬬梅花遜色輸香各自誇終日費人評品事腸枯頻喚煑濃茶

春湖

每到春湖上看山憶畫家松頭時遇鶴水面或流花南竹喧驕馬西陵競寶車白雲能自懶片片倚峰斜

題自畫雲山

忽驚窗外遠山移卻是風將雲影敧我道青山應有主不因朝暮變容儀

湖晚

西子湖頭烟滿村山窗風雨欲黃昏塔鐙漁火參差出爲怯

淸寒喚掩門

陸莘行字纘任錢唐人圻女海寧祝翼棐室

纘任念其父麗京行遁不歸作雲游始末紀詩多散佚拜經樓詩話載其七歲時所作一絕句云見于尊前話舊

送姊于歸吳氏

自憐嬌小不知詩執手臨行强覓詞盼殺歸鴻傳錦字吳江楓落正愁時

柴貞儀字如光仁和人舉人世堯長女靜儀姊黃介眉室

如光工丹青圖繪寶鑑稱其花卉翎毛無不超妙

九日偕諸女伴游湖

九日悲涼候今朝暖獨偏殷勤共酒盞髣髴對春筵霜意纔催柳晴光尚媚蓮黃花遲不發應解惜韶年

題雲護庵

敧側茅庵靄霧侵柴門曲徑費幽尋千林繞屋藏山曲衆鳥歸巢夔竹深嶺月夜窺華鬘相松風幻作海潮音禪關不是仙源隔莫遣桃花護洞陰

羅巾

拭去盈盈淚攜來冉冉香殷勤纏素手縷縷似愁腸

題畫

剝啄渾無韻翩翩若有姿依依碧叢裏卻傍繡窗窺

嚴曾杼一名蘩餘杭人侍郎沆女沈長益室有素窗遺詠

嚴與沈世有親親之誼長益之兄娶曾杼之姊而夭其兩家父母因各相誓一生男一生女當申前約已而長益之母舉男曾杼之母舉女遂於襁褓訂婚姻焉或曰曾杼誕時其母夢神告曰素娥青女采蘩來故曾杼一名蘩幼而穎慧拈韻爲小詩以非女工所宜屏不示人體素羸于歸後連遭兩家之喪益憔悴不勝事嘗攜抱

中兒謂長益曰曩子大人以未得孫爲恨今幸此兒在抱大人猶獲見之他年祭祀有主吾之責塞矣後又產一女而卒年僅二十有四

雀勞利歌

雀勞利鳩居爾居乘爾敝吁嗟鳩兮惘家室之綢繆兮

春日襍興

和風被廣陌淑氣蒸庭花孤根幸未仆細葉攢輕葩朝來盥櫛罷采采簪鬟鴉一摘花已少再摘空枝嗟助君一日妝減彼三春華何如謹持護錦樹張雲霞方長戒勿折仁心周蓬葭況茲桃李姿顏色徒夭斜媚人以爲好誰能稱宜家吾儕甘布素鉛粉勿妄加作詩示諸婢貞靜協柔嘉

侍家大人皋園納涼之作呈政時晉兼索和焉

晚妝初罷獨凭闌無語臨池相對看瘦影自憐波影冷移時

脈脈覺無端

每苦炎曦漸減餐素窗無意展書看閒過水榭芙蓉發葉下鴛鴦睡正安

澗石巉巖激水聲桐陰映綠晚風清小亭幽靜無塵襍我亦微耽高隱情

黃鴻字鴻輝仁和人大參又謙女諸生顧若羣室孝廉鼎銓母有廣寒集林下詞選

感懷并序

予以多病少憩湖莊青衣相扶朱顏自媚戀春光之不再愴秋氣之爲悲聊賦選體一章敢擬秋興之篇用代郊居之作

寒雨灑空館疎花媚幽砌羅帳溼芙蓉秋風深薜荔櫻桃二

月天香氣吹蘭蕙灼灼西湖濱誰不羨佳麗含笑或雙萼合歡常並蒂葉葉皆婀娜枝枝自搖曳翡翠明月珠羅列相間綴五步揭清矑十步牽華袂一自鶗鴂悲始知桃李肥顏色幾時好小山託叢桂物序良足歎因之惜年歲

吳玉音字珮環錢唐人

踏青

蘇公堤畔畫橈停一路香風百草青自對春山看花鳥六橋歌管幾曾聽

茅玉瑗字小素錢唐人孟昭女許世翼室

題自畫扇

信手閒將水墨塗雲山一片景模糊自然有个如他處不必披圖問有無

趙邠字周初號藕莊居士仁和人諸生汪上林室有蘭閣遺詩

田園樂

溪上三間屋門前二頃田春風亂流水樹色接遙天覓句朝耕後繙經夜績邊催租人不到飽飯好安眠

鄰居三五戶小小亦成村俗儉忘貧富情親似弟昆羔羊朋酒會笛鼓賽神喧此外身無事耕還晝掩門

顧之瓊字玉蕊錢唐人錢肇修母有亦政堂集

玉蕊前後北征二賦傷心家國芬芳悱惻有離騷之遺蕉園詩啟則綺麗風華又不減玉臺一序也其子石臣既刊其集又以其室人林亞清墨莊詩文姊氏雲儀詩集合梓之為錢氏一家言

詠史五首

秦王一豎兒長策馭海宇連雞鬭六王天闕守豺虎任好既

已沒豈日盡賢士獨有一彈丸謂莫子敢侮咄哉君王后切王如泥土膽落雖龍劒碎環不得語

晉室既喪亂雹合龍鬭爭失勢虎變鼠得志鯤爲鵬緬彼陶士行八翼上天門顧茲羽翼勞豈不念母恩荒廚既寂寞截髮難爲情一朝感意氣千秋領令名

吾褒魯陶嬰一言存宴宗智勇豈不貴有時遇其窮臧孫既卷舌嗟彼顏高弓保身重仁義觿孤還上邦窮嫠尚周禮褕狄拜元公

秋風吹寒蘆蘆花遠極目何處蘆中人中夜抱蘆哭村邊有好女乘月浣春紗不見江水流但聞蘆中歌千金輕一飯之死誓靡他婦人能知君君不知婦人白水持作鏡江月照空村

交螭開異錦襜帷垂簏簌百兩迎遠郊堂上更歌哭勞勞衛城門新婦辭膏沐今朝冢中骨昨日枝上英持志苟自信何用身分明天地有時盡天地終無情

白頭吟

直如渭川竹皎若荊山玉與君結綢繆歡情應未足一解宿昔同棲遲未解相別離今日高堂讌明朝河水濱行行君去楫冉冉妾歸輪二解君去亦有期妾歸亦有期兩期不相及君東妾自西三解悠悠重悠悠離別亦不愁願持宿昔意共保百年秋四解君言若秋日妾意若明河相思豈有極相負不須多富貴而相忘死生將如何一心懷兩意聽取白頭歌五解

烏絲曲

蠻娘曉啼蜀山夢巫雲窸窣巫雨凍擷茜鏤冰作畫絲結撰

胸前雙白鳳美人裁出胭脂紅元亭書客傷秋蓬小字盤龍記年月清溪鯉魚倏漂沒獨留朱字久不滅千年尚識相思訣我欲攜之獻天子汨羅古魂重呼起

緹縈歌傚李長吉

皇天積白日傾釭花夜凝鬼笑人侁侁熊虎鬬驕獰玉英糞質本無主堂堂口口几上脯銀鐺墮地色如土太倉一粟幾爲腐五男不生一女不死海水倒流十日起千古英風識縈字

遊淨慈寺二首

乘閒尋古跡拂草讀殘碑壑斷雲橫補峰高日倒垂梵聲搖遠岫墖影臥南池歸路饒佳興雙鬟唱竹枝

山城一葉下風雨共寒泉石老稀人迹松深冷嶼烟幽篁清

寶地亂水過平田鼓枻隨雲去臨流思入先

題畫

烟淡雲疎見遠村東風吹亂碧波痕瘦筇野老過橋去月滿寒沙水拍門

顧長任字重楣號霞箋仙姝錢唐人青蒲丞鑰雲女徵士林以畏室有謝庭香詠梁案吟

重楣幼穎慧其姑之夔之招之至家與其女鳳綸同學爲詩嘗有謝庭香詠一編爲其姑所賞

湖上遠眺

雨過湖山淨堪描入畫圖浮烟迷遠岫落照映平蕪樹帶南宮墅山同北苑鋪橫波移釣艇恐失鳥歸途

梅花十二歲作

小閣月初斜東風透碧紗枝頭應有信春意在梅花

吳湘字婉羅錢唐人萃圖女有組紃草

春江花月夜

春夜江干江水清江春岸闊見潮平潮平春月明江上水色連天共月明江邊月色移花影江中風動春波冷春風春樹綠楊多江花江月映江波月光如水連江麓月底嬌鶯江樹宿白雲一片倒江中江上清光自不同露含花蕊珠凝霰一色春江看不見可憐明月繫孤舟一聲玉笛江霧收水逐花光流不去還將明月照江樓君不見江樹連江島江沙靜如埽明月又西斜餘光漾碧草可惜月還遮東風妬落花月去清霜落江頭聽曉鴉欲歸何處扁舟子孤帆搖蕩春江裏月落花殘人獨歸悠悠江上空流水

江樓聞笛行

黃鶴樓頭望月明江邊日暮少人行江花江月烟波裏月下花前聞笛聲笛聲鳴咽驚烏鵲江風妒月吹花落高樓徙倚空歎嗟忽看江月又西斜此時游子頻揮淚此夜何人不憶家

出塞曲

天山五月雪未殘萬里征人行路難霜中壯士隨金鼓月下將軍枕玉鞍沙場苦霧方酣戰腰間寶刀閃赤電將軍今日破樓蘭飲馬長城血洗箭

烏夜啼

青山銜日日已西山外人稀烏欲棲夜半歸飛霜下迷啞啞帶月樹頭啼月照紗窗烟弄影烏棲高樹啼金井夢斷空閨綃帳垂轆轤不動銀牀冷

葉文字素南江蘇吳縣人仁和張貢孫側室

素南松陵人善畫蘭亦工詩丰姿綽約如飛鳥依人幼配嚴姓困于貧流落吳門後歸武林張繡虎爲副室詳見圖繪寶鑑

寄鄒流綺

幾度黃昏後懷君怯上樓娟娟松外月偏照別離愁

雨餘

連朝積雨灑窗紗遥聽枝頭噪晚鴉爲問年來惆悵事畫長休上七香車

春寒夜雨

羅袂春寒斗帳空夢殘芳草怨東風隔窗雨洒聲聲急狼藉庭前一夜紅

查惜字淑英海寧人諸生馬思贊室有南樓吟香集

按思贊字寒中居插花山中築道古樓藏書萬卷夫婦日坐樓中以丹黃校讎爲樂寒中嘗游吳氏經時始歸淑英謔以詩云楊花豈向一人開此去吳家矢幾回惆悵西山歸棹後問他可有阿誰來寒中和荅曰楊花原是路傍開且耍柔條看一回假使春風戀個煞可知今夜未歸來其風情如此

呈家仲安

周鼎浮洛水龍劍出豐城寶氣不終沒人懷萬古情不如乘騏驥不如駕長鯨行遊向京洛高望淩蓬瀛茂先勵素志終軍請長纓修能繼內美特達宏家聲人言夫壻殊夫壻殊文章冥思出天地抽筆開洪荒高舉振六翮梧桐棲鳳凰德輝被天下不與燕雀翔谿來三都賦紙價貴洛陽

行路難

行路難不在羊腸之屈曲蜀道之巑岏行路難不在三峽之

逆流十八之長灘康莊途生荆棘順水舟多狂瀾世人只知設險之爲險誰知至險乃在平與安濁酒頻頻進焦琴續續彈賤妾歌一曲爲君竟日歡君不見聰明反被聰明誤知雄守雌天下寬

春望

一望頻爲物候驚高樓凭處思盈盈鶯非選樹閒關囀花亦乘春歷亂明綠水漲來艇子疾青山踏去馬蹄輕傷心遍是王孫路芳草萋萋遠更生

二月

二月江南地風光處處春誰家妖豔女遮面看行人

曹氏海寧人諸生穎洙女同邑唐之坦室

氏于歸六載夫病奉湯藥衣不解帶者半年洎病革欲殉咸爲家人所救後卒投繯時康熙十六年事也邑令

許爲具詳得建坊旌表

詠蠟梅

添得冰霜枝葉無此花自與衆花殊共知秋菊貞心在尚有黃梅抱樹枯

汪氏錢唐人效文女

夫歿作絕命詞絕粒而死

絕命詞

于歸唐氏甫三秋萬苦千愁靡日休堂上甫離塵市境所天相繼白雲遊從來未獲占熊夢叩地相依矢栢舟迴想會郎終莫報首陽風景好相酬

陳克毅字盈素海寧人建昌知府世儁女平湖曹山補室

有餘生集

卽景思女

幽窗人跡絶深院日移遲風細穿書幌花飛侵硯池偶成惟苦句無事卽思兒自昔天難問愁懷暗自知

有悟

嗟吾與世復何求冷淡風光閲幾秋好勝有心偏少勝埋愁無地轉多愁道成原解生還寄智達方知死卽休斷卻塵根通慧業已拌心跡付浮漚

自恨

舉筆吟多苦淒涼思轉迷可憐蓬牖下只有暮鴉啼

感懷

閑居萬事心多嬾觸景無端淚易傾把卷小窗還覓句簾前乳燕冷窺人

趙秋浦錢唐人知府本植姊嘉興胡某室早寡有紅餘小草

詠並頭盆蓮

苹華妙爽總天機相映朝霞與夕暉水淺未容鴛竝宿香遙時引蜨雙飛紅綃碎翦瓊爲珮翠蓋交加錦作圍默向花神乞靈種年年開放莫將歸

酬采芝山人賜和詠蓮

報章重疊詠芙蕖麗句妍辭愧不如擕向南窗日三復謝家風調右軍書

寫生賦物稱雙絕今見西崑妙絕倫料得丰神似秋水故教摩詰認前身

趙雪鴻字清蔭錢唐人知府本植姊秀水潘秀山室

清蔭夫卒欲以身殉因有遺腹老姑强延以代子職著有詩集遷居臨平致遭散失

嘉樹軒初夏分賦

竹繞環扉水繞村山川秀色萃閨門溫和如玉風姿潔氣味同蘭雅誼敦新得花箋賡白雪遥思月榭酌清尊揮毫潑墨供幽賞富貴浮雲豈足論

次閨友韻

平生相契問誰何只有高人感最多傾倒詞源推藻雪纏綿寤寐逐春波醒來孑孑惟存我別後茫茫遑計佗異地豈能真間阻晤言常得對詩歌

趙蘭好字夢瑤錢唐人詩見 國朝詩選

秋日思鄉

勝跡龍山已倦游傷心何日返歸舟願隨潮水秋風力飛過

錢塘古渡頭

王氏錢唐人忠節起彪妹府丞戴京曾室

府丞督學山左恭人隨倡南北詩稾盈尺惜其後人散失猶子自昭搜集付梓名王恭人詩

春雪

陽春應布暖猶自舞冰花玉蕚舒還斂彤雲散復遮寒威侵蔀屋冷氣逼官衙薄暮成牛目憑軒發嘆嗟

立秋

客裏憑經歲金風又易時悶斟一杯酒愁寄幾行詩細數更籌寂閑看斗柄移坐邀蟾月爽佳景少人知

七夕

時經七夕暗生愁況復金風颯颯秋彼自有情逢此日獨憐無伴嬾登樓雙星巧渡銀河淺諸鵲喧闐積羽稠悵飛烏

如過隙人間天上漫相尤

甲午除夕

爆竹喧闐鬧歲除感懷無語獨欷歔淹畱冷署風光少偃蹇愁城筆硯疎悶剔銀釭過夜半笑開玉歷又寅初俄看世事成流水羨爾青陽得氣舒

寄二兒

鴒原一別幾經秋隨倡天涯不自由寂寂薊門憐雁隊勞勞東國望雲愁寸心似織憑誰達尺素初緘覓便投決計來年庭桂發承歡預慶鹿鳴呦

自賀新齋

新築幽庭愜素心蕭然物外結山林楹凭綠竹涼生袂亭傍青蓮爽沁襟半榻風清閒較弈一鑪香爇靜鳴琴浮名久判

身無星莫道神仙無處尋

詠楊妃菊

自從鼙鼓失芳姿惆悵臨風憶玉兒此日東籬誇豔冶渾疑七夕倚闌時

鍾筠字蕡若仁和人有棃雲榭詩

西湖竹枝詞

十二橋邊花滿隄畫船簫鼓鬧芳菲晚來月上東風起吹落殘紅點翠衣

曉日初昇宿霧消成羣駒犢徧東臯尋春只爲弓鞵窄不敢相將過六橋

樓頭少婦自塡詞移換宮商唱竹枝忽見團圝山月上沈吟閣筆幾多時

溪上採菱不蕩舟菱歌唱出蓼花洲團團萍葉隨人意爭似郎行不掉頭

姑蘇竹枝詞

女兒十五恁嬌羞來鳳橋頭結伴遊山塘七里逢春雨昨日輕衫今日裘

尋春遊子蕩扁舟惜春女兒閒倚樓樓前來去舟如葉載得儂心多少愁

天桃濃李鬭晨妝鏡裏春山嫩柳長繁綠漸深鶯漸老荷花蕩口又端陽

石湖隄畔柳飛花浪子遠行不憶家安得東風念行客從空催送系歸槎

虎邱山下晚風斜女伴踏青護淺沙蓦地無言向何處背人

自折櫻桃花

楊慧林字雲友仁和人

湖上李漁所編意中緣傳奇蓋爲慧林而作也張遂辰悼楊姬雲友詩畫樓猶咫尺寒食去年同草憶裙腰綠花鎖人面紅斷橋烟似水殘夜雨兼風那得空離恨埋香佛國中自註墓在斷橋智果寺見名媛詩緯

冬日登隨喜庵因寫斷橋小景志喜

經年不復見湖山重到西泠載月還風日何如今日好天應爲我也開顏

姚靜芬安徽歙縣人穆先長女仁和翟秬原室有碧窗遺稾

碧窗遺稾鄭侍讀江吳通守廷華沈司臬廷芳皆爲之序惜無好事者爲之壽梓

早秋病起

病起新秋候幽窗繡嬾拈拂匳開藥裹就几理書籤骨瘦涼

先透衣單晚漸添侍兒眞解事深下北窗簾

鐙花

烟飛蘭燭傍書龕半暗慵挑玉粟含可惜好花開頃刻始知無盡是空談

錢稚眞字西畹海寧人

題山莊雪霽圖

玉龍戰罷堆鱗甲茅屋蕭蕭縹緲中山是晚來分嶺白日從曉上透林紅應知倒竹垂將起料得飛鴻踏漸空寄語隔溪扶杖客不須鶴氅禦寒風

山意

襟懷每與世相違幽谷雲深蕨正肥猿若聽呼堪作婢竹當可結便爲扉飢充一鉢松花飯寒著千針荷葉衣年去年來

無歷日梅花綻玉識春歸

分竹

茅齋添得綠陰勻開徑他年亦有因日暮倚來情似舊月明疎處影偏新乍移幾度憐晴雨深愛終朝作比鄰養就龍雛見高節饞涎太守忍清貧

夜讀

抽得牙籤卻起更離騷纔罷又陳情鄰將杼軸為酬和婢解丹黃亦友生冷靜倍堪尋意味辛勤端不望功名秋聲賦裏歐陽子一片冰心對月明

雁字

迢遞關山宿水湄乘風斜掠埽千軍修文有路排青漢潑墨無箋借白雲蝸篆成書難竊比鴉飛撲雪豈同羣菰蘆荅落

秋濤裏待汝歸來寫八分

趙承光字希孟錢唐人湖南按察使雲岑女秀水朱喬室

有遠樓稾

雲岑廉使有六女幼承庭訓自課詩書希孟儀度克端善於應對適秀水朱公喬人稱佳偶

題來仙樓

高樓山半景悠然俗慮全消意若仙遥望晴巒橫遠黛坐凭雲樹半參天臨窗鐙火迷新月別浦漁舟泊晚烟獨倚偏驚秋氣早一時清興欲逃禪

同姪女望月

桂花香滿小山莊揮麈論文待月光庭葉經風隨意落蛩聲入夜若爲忙滄洲遠結雲書阻松菊空存帶草長富貴清閒兩相負晚臨青鏡鬢添霜

同外題濟南文署燕室

雙飛何必羨分茅官舍清清搆小巢漫憶驚濤曾閱歷且將
險韻共推敲梅花乍落蜂黃褪柳葉方舒燕羽交稚子若能
成素志他年偕隱碧山坳

虎邱竹枝詞四首

春來事事漸繁華殿閣雲深萬樹花鶴澗香生羅綺簇引人
不獨只烟霞

薰風池閣綠陰中隔斷塵囂逸興濃茉莉珠蘭香徑曲滌煩
時送一聲鐘

桂子紛紛午夜幽可中亭上月當頭楓敧澗道如微醉點綴
秋光映碧流

短簿祠前雪漸鋪林巒粉飾畫難圖梅枝相映山塘月一抹

寒烟共太湖

王範字幼嫻海寧人涵齋女桐鄉李臨阜室有蕉雨樓吟三卷

幼嫻詩孝廉祝華鼎朱超爲之序其警句多采入海昌詩林

出塞曲

蛾眉有英雄能踏天山雪但歌從軍行不賦新婚別

和外

交交者黃鳥相於翔鬱林伎伎雙文鹿銜草鳴遥岑吁嗟我夫子慷慨非世心言有長卿疾三年獨至今觴之千日酒進以七絃琴一彈河漢淺再彈楓林深俯仰再三歎回顧懷知音丈夫志四方所感非升沈

留春曲

春風輕春水盈溪花開復落徑草踏還生下有白石黃沙之古道上有驂鸞駕鶴之玉京青童引路王母迴車高高仙人掌上行仙人顧我笑粲粲啓衆妙俯視五城十二樓何況三山臨海嶠我思六龍戲遊雲端袖中無靈藥手內空知寒白日苦短夜苦長朱曦整轡薄青陽斗柄東迴指炎方美人臨春多慨慷慨慷當誰告羲御何刺促茗華薤露如轉燭引宮刻徵爲君彈出罶春曲安得魯陽戈倒翻日車迴陽和飛光勸汝一杯酒若木長對朱顏酡

雨

遠山擁翠黛雨過亦多容水綠門前柳家青江上峰沈魚唼浮藻候鳥勸歸農相與鹿門隱手移三四松

病起

阿難呪罷淨軍持病起春風倦不支繡閣湘簾垂十二落花如夢雨如絲

張瓊如字赤玉錢唐人

赤玉歸陳氏善詩賦及古文工行草書見名媛詩緯居易緣載甲戌閏五月慈仁寺市上得女史瓊如擘窠大字書李白登華山落雁峯云云凡三十三字筆勢飛動不類巾幗疑卽赤玉也

得錢夫人書

茗水度魚書東田矚望餘淸霜幽徑滿涼月小窗虛繡圃秋無恙元心晚自如菊花堪薦酒惆悵隔郊居

龍井

縹緲幢幡緣樹低山門斜路夕陽西古壇危磴千層嶂細水遙通九曲蹊松際谷聲淸磬合竹閒雲氣小樓迷禪心已與塵緣斷不礙孤猿午夜啼

朱宜人海寧人諸生元期女康熙舉人工部主事許惟枚繼室有暗香樓凝香室等稿

曾氏宗載曰暗香爲及笄時作凝香則于歸後作也

家明府署中讌客皆一時名士詩以紀之

賓主東南盡藝林黄柑讓美快同斟幾番聽雨相思切此夕披襟領契深花署翻聯文字飲雅歌絶勝管絃音滿城明日傳佳話競錄瑤篇仔細吟

高凉字綄潔海寧人沈端室有聚雪樓遺稾

夏夜

菡萏銀塘露氣滋水晶簾外納凉時玉繩漸轉明河迴冰簟頻移夜漏遲扇集鷺翿眈弱羽裳疑金縷貴纖絺炎天幽賞誰堪似姑射高寒碧落垂

宋婉字玉馨號蘭齋女史臨安人太常謝騏室

蘭齋有姿色工詩畫

題畫梅花

雪谷冰崖質自幽不關漁笛亦生愁春風何事先吹綻消息何曾到隴頭

卓燕祥字雙成錢唐人

題二分明月集

花裏風標鏡裏人傾城傾國與誰倫鸞簫協處會諧呂鳳卜和鳴道姓陳松柏西陵憐小小畫圖南岳奐眞眞東君著意深持護不使琪花委路塵

綽約新妝自出羣砑紅衫子石榴裙徵歌解識秦樓月開卷頻疑楚峽雲鏡厭孤鸞羞照影花憐並蒂半含薰從今明月

團圓好占斷春光二十分

陳品蘭字筠齋海寧人克鉉女海鹽諸生陸揆生初室

筠齋好學手不釋卷所著裒然成集卒年才二十四

擬古

憂來無可語獨向嬋娟訴早歲失慈親此身亦何慕終年長苦別骨肉睽雲路西北與東南惟見烟籠樹茫茫野水長羨此閒鷗鷺

庭竹

不負栽培意能令曲徑幽三竿遲曉日一雨覺新秋庭戸清風滿簾櫳碎月流歲闌成獨立直欲化龍遊

雨後望中條山

樹杪含殘雨餘波瀉遠汀烟籠松徑白雲卷暮天青野鶴翔

沙嶼層巒列翠屏長風來萬里幽絶倚危亭

秋夜

蟾魄流輝處處穿槐花晴影落階前寒蟲啼破三更夢哀雁聲移萬里天苔徑露濃浮溼翠斜廊風靜裊茶烟流連好景眞成癖小立空庭看鶴眠

秋夜

風高蟲語斷露重羅衣冷夜久下湘簾蟾輝亂花影

題松壑雲泉圖

虛谷松風滿秋濤破碧烟恐污人世濁長作在山泉

偶成

鷓鴣聲裏雨瀟瀟一縷茶烟繞戶飄高枕欲尋蝴蝶夢隔牆吹過賣餳簫

黃琹字肅倩仁和人沈叔培室

春閨怨別

離別纔三月紅顏消鏡中晴光搖晚翠乳燕落輕風芳草自然綠庭花隨意紅誰憐明月夜不與故人同

張佩華仁和人

佩華所適未詳詩見雙節堂贈言集

汪氏雙節詩

同貞勁節絕人寰彤史分題倩馬班霜月兩娟寒鬬影瀟湘萬竹淚勻斑機頭斷處文章出　天耳通來綸綍頒獨惜泥金傳帖子後先鶴馭杳難攀

嗟余身世等枯桑廿載零丁痛未亡辛苦已甘蟲食蓼禱祇敢笑鼠銜薑發帷子影誰同調石闕雙輝奉瓣香滿卷淋漓

臚壺德一回展讀一迴腸

徐栢海寧人陳之芳室

徐氏年二十二嫠居翁姑早世遺孤僅一齡絡緯蓬戶中貧不克舉火子長娶婦而歿又撫孤孫授室所遇最爲屯蹇嘗賦詩四章見志其詩云云方古栢舟之詠何遜焉見海昌外志

述志

二十青春不見天身穿麻絰淚漣漣孤子生來纔週歲公姑早已背堂前

家貧夫死不勝悲鶯子恩勤腸百迴枯井汲泉無來路有如孤雁落荒隈

細葉菖蒲果是稀盆中石上立根基人人笑我根基淺綠葉青青不帶泥

王儒姑錢唐人

吳烈婦詩 烈婦姓戴氏新安人遷于杭歸吳集生之子錫錫以攻苦疾卒氏不食以殉遂安毛際可有傳

幽蘭開並蒂被摘心淒絕烈婦今再見冥冥來天闕寂寂黃金花萋萋瑤草葉望之不可見見之榮榮香閨閣通大義墮樓殊輝煌冰心若秋月烈志似秋霜彤管垂億載芳名常耿光

何蓮魚錢唐人詩見得生吟稾

次韻和周得生悲秋四首

蛩聲笛韻兩相和菊綻荷凋秋半過漸覺輕羅寒瘦骨那禁清淚溢橫波閒中積恨元無數病裏尋歡曾幾何竟日高樓成獨坐開簾怕受晚風多

辭巢元鳥鄙愁居作伴殘編聚蠹魚曉鏡慵窺猶曲曲秋窗

夌看竹疏疏常疑天上河難渡未信人間雁有書擬借蓬萊山一片萬松陰裏結茅廬

經霜秋葉半林黄曉閣迎寒夌日光刺繡不須思巧妙凭闌只許見淒涼雙飛彩鳳有無事十斛明珠曾否量每恨紅顔招俗累至今貽笑苎蘿鄉

夢裏依稀到玉京醒來鼓枕結幽情撥殘鑪火甘無事焚盡詩箋怕有名籬菊秋榮風色冷井梧夜落月光晶自憐寂寞添愁緒敢怨鄰家砧杵聲

趙淑字豔貞錢唐人菊坡妹詩見鸞嘯集

豔貞以才豔名于時其兄菊坡之友韓矩者嘗序其詩謂德容工貌四者備具又云以十餘歲之弱女子而詩之新警秀潤錢劉高岑不踰雖語多溢美要其妍慧自不可及

題畫

一水何縈紆四山極蒼莽中有聽泉人疎眉而廣顙林壑結
深契神仙託遐想若非輞川圖定是鹿門像對之清心神此
境吾將訪

午睡

午夢鶯驚斷黏衣絮一牀泉流蛙徑活花落鳥巢香山影搖
春色茶聲沸夕陽綠陰絲栁外新月已沈光

春日遣興

曉夢初回嫩日含年來心性未除憨愛書小字抽金管爲按
新歌斷玉簪亂噪松枝占鵲喜細馱花蕊笑蜂貪空閨靜掩
棃雲瘦桑綠鄰家已育蠶

遊上清觀

烱靄江天夕照醺洞門深處少塵氛空青瀉出巖間乳積翠

飛來掌上雲花徑泥融新燕觜苔根蘚蝕舊碑文道人擁褐
燒丹竈自掃階前柏子焚

題山水便面

青山淡似眉綠水濃于酒落日荷鋤人獨步溪橋口

行飯

飯後繞廊行風蘇襟亦快看山入苦吟蛛網牽衣帶

鶴

綠陰深院小庭中獨立苔階啄碎紅忽馭風尋元圃去一聲
長唳海天空

花下小飲

夕陽深院酌流霞碧樹雲晴噪晚鴉一曲清歌鶯暗囀微風
吹落紫藤花

許元潔字雪芳仁和人施錦室有耘古樓詩草

秋杪破曉遊湖上

月落西風緊扁舟獨往還山巒烟霧裏樓閣水雲閒霜樹棲烏鵲沙汀起白鷗蕭晨遊客少淸靜一開顏

西湖晚眺

烟波如畫杳溟濛幾杵鐘聲出梵宮遠樹漸迎新月白扁舟遙泛落霞紅樵歌隱隱千山晚漁笛嗚嗚兩岸風何處湖樓鐙火早望中依約見歸鴻

詠梅

盡洗鉛華不受塵冷香清韻伴黃昏一窗畫影三更月疑是羅浮夢裏魂

查蕙芳海寧人諸生會昌女許立夫室有枕濤莊焚餘草

蕙芳自幼工詩詞長篇短章時時間作及適立夫詩愈工而境愈窮後因夫亡子折又兼病骨支離乃盡焚其手稾數卷致使壺德不傳惜哉

秋日送兄

一入開陽幕頻年不抵家暑消殘夏日涼引早秋花烟樹迷鄉曲雲山隔使車遙遙三載別猶未見歸槎

暗水流花徑

日落烟波暝紆迴幾畝花空濛沈樹色瀲灩挹香葩疎影搖空碧幽香落淺沙名園春正好領取在詩家

翦秋紗

誰將幷翦翦秋紗細細裁成白玉花纖巧宜人慈剌好數枝雅淡映秋華

楊琇字倩玉仁和人諸生沈遹聲側室有遠山詩鈔

倩玉家東城之羊市明慧娟艷雅善篇詠沈生遹聲叟而納之其浣溪紗云一帶高城蕭市東遠山映水入簾空簡人凝立畫屏中衣褶暗藏花露溼領巾斜沁粉香融怎禁往事意惺忪爲倩玉作也遹聲名豐垣號梛亭學於臨平沈去矜最工爲詞纏綿似梛屯田清穩如趙仙源至不肯上秋千爲怕東牆近之句雖古人無以過之也詳見東城襍記

秋夜

秋夜一何長閨人思斷腸耿耿不遑寐蟋蟀鳴空堂孤鐙照羅幃西風吹我裳迢遞牛女星河漢遙相望憂來將如何撫弦發清商淒然訴危柱悠哉我心傷

古別離曲

送子玉關行山海幾超忽長途馬蹄穿遠行車輪折塞上天氣寒北風何凜冽層冰高嵯峨荒林積霜雪一望無人烟肝腸爲斷絕邊塞隔中州骨肉渺天末人生能幾何歲歲苦離

別

楊柳曲

西湖春日春風和好鳥相喚春聲多垂楊垂柳生路側長條短條弄春色月中裊裊淡疑烟風裏絲絲細如織美人樓上理新妝珠簾低捲映朝陽鏤玉彩蛾飛鬢畔泥金紫燕舞釵梁陌頭望望征人遠朱顏明鏡傷春晚廻文錦上淚斑斕尺素書中情繾綣可憐遊子唱陽關相對青青不忍攀握手徘徊斜日暮迢遙不見長亭路斷腸河畔斷腸花銷魂橋畔銷魂樹別有冶游輕薄兒章臺走馬故遲遲牽情處處廻青眼飲恨時時鎖翠眉數聲啼鳥催歸去漫天撲地愁飛絮幽居空自憶陶潛風流誰復思張緒灞岸隋堤秋復春舞臺歌榭總成塵惟有浮萍流不盡溝水東西愁殺人

夜坐

獨坐不知久樓高夜氣清銀河垂曠野珠斗下層城花月春前病雲山夢裏程歸心正無賴一雁又南征

納涼

晚涼初過雨小徑獨徘徊襍樹雲廊繞重簾水榭開荷風隨倚枕松月照銜杯漸覺絺衣薄山中秋早來

秋感

昨夜秋聲入翠幃高樓徙倚到斜暉連雲城郭青山起傷水亭臺碧樹圍籬菊開逡人臥病井梧落盡客忘歸空江日暮風蕭瑟欲採芙蓉淚滿衣

夕霽

伏雨初收天氣晴斷虹斜日上高城半江返照入簾靜一樹

野蟬當戶鳴獨坐閒窗披翠帙不教侍女埽紅英晚來詩思清于水更向南山待月明

春半

韶光九十將過半積雨漫空密似絲香草滿前疑有夢梅花開後欲無詩將雛燕喜堂依舊妮客鶯嬌日漸遲笑倚熏籠燒柏子無心與栁鬭腰肢

班倢伃

容華祇自惜不敢望君憐薄命同紈扇秋風應棄捐

西湖竹枝詞

斷橋西去竹閒廬不道山孤人亦孤嶺上梅花知妾是水中萍葉似郎無

小語

小語銀屏月正圓輕風不動繡簾前莫教情薄輸團扇不待秋來便棄捐

塞下曲

白草蕭蕭塞馬秋濃霜八夜冷征裘玉關不鎖長安月萬里隨風度隴頭

諸嫺仁和人匡鼎女王德宏室有鴛幃小稾

戍婦行

朔雪吹花深院冷哀鴻嚦嚦心耿耿愁來欲寄一行書尺素裁成終不忍玉門關外路三千賀蘭山北住幾年黃沙磧裏燐爲伴白草原頭戰骨纏玉帳風霜驚歲晚金閨顏貌那如前今人多說封侯好豈料終年戍遠邊遠邊悽慘誰爲訴深閨目斷天涯路中宵獨立倚闌干月色團團形影顧悲哉今

夜妾思君夢見金微正點軍紅旗掩映青驄馬馬上持弓帶
夕曛雞唱忽驚殘夢醒斷腸淚溼鴛鴦枕遥思當日美少年
未及歸來頭白甚君不見去年南國蝴蝶飛而今北嶺梅花
盛吁嗟乎春去冬來無盡期空對孤鐙悲薄命

西湖春日

六橋芳草正萋萋風暖花香燕語低繞岸遊人臨鏡影棹歌
漁父逐鷗棲湖心日射金波湧松頂雲披翠黛齊桃柳兩隄
仍似舊幾來林下聽黄鸝

初月

新月初升處纖纖若畫眉清光秋夜潔高閣最先知

陳秀貞廣西臨桂人相國榕門女錢唐陸宗伯少子之燦
室

秀貞以粵女而婦于杭每思父母則事舅姑益謹人問其故泣然曰吾來歸時吾父誡吾曰兩老人爲同年友五十年情誼骨肉故以汝往嫁汝去必念父母然汝能孝舅姑即可以孝父母耳否則念何爲哉吾志之不敢忘也後之燦謁選京師其妯娌姑姊妹亦各從宦游去陳獨奉老姑于家年十九遽卒

竹

一葉一聲秋蕭蕭曲徑幽戰風偏有節帶雨迴含愁逭暑遲他日招涼憶舊游淇泉歌有斐凡卉敢相儔

菊影

分身老圃繪秋容眞相依稀色是空落日移從霜徑裏疎燈送入錦屏中終將不老隨宵月直以無香傲晚風悟御浮生歸去也白雲揮手謝陶公

雪集即事

小鬟輕曳錦幃偏報說平明雪滿天起擲繡鞋牀下卜遠人

身上合添綿

香匳移傍碧窗紗小鼎焚香自煮茶高捲疎簾看不足犯寒親手搁梨花

紅鑪高宴列中堂子姪傳闔共舉觴無柰阿姑教強飲清樽微試鬱金香

萬花飛舞錦成團晚上紅樓作大觀直破天公迷望眼不知何處是長安

孫莊容字令媛海寧人徐某室

令媛有女夭殁作詩哭之閨閣中屬和彙集因刊爲碎玉集前有雍正丙午七十老人陳皖永序

哭女六絕句二録

沙團泡聚廿春秋一瞬還歸閬苑遊鐙闇雨窗腸欲斷香沈蕙帳淚長流

宛轉愁腸日九迴嬌兒一去喚難回可能知我悲思切夜夜隨風入夢來

談則字守中□□人吳儀一室

陳姊彌留時斷句口授妹書者歿九年後竹紙斜裂止存半第一章首句僅北風吹夢四字末句卻如殘醉欲醒時七字今補之（按陳姊即陳次令）

北風吹夢欲何之簾幕重重只自垂一縷病魂消未得卻如殘醉欲醒時

錢宜字在中□□人吳儀一繼室

補陳姊絕句

北風吹夢斷還吹一枕餘寒心自知添得五更消渴甚卻如殘醉欲醒時

陸青存字若筠山東濟寧人錢唐吳孔皆繼室有森玉堂

詩擷芳集作杭州人徽州守戎吳孔皆之繼室

若筠爲吳中名族幼嗜文翰歸吳四載年十九而寡其夫本薄宦卒後家無擔石儲若筠茹荼集蓼以十指供生計而甘之如飴焚其少作不復常事筆硯惟骨肉情深至性激發間一寄諸篇什云其詩曲皋孔傳鐸爲之序

仲春日贈別家大兄

曉色侵庭樹鐙光映別巵丈夫重志氣骨肉惜分離世事悲歧路艱難感素絲音書頻寄慰莫忘倚門時

偶題

世態何常且莫論祇今隨分樂吾身盤餐野蔌甘從儉鬢插蒿簪不厭貧親老每慚烏哺切兒孤惟幸鳳毛新榮枯應有循環日識得天公意最均

清夜看書

相對蒼涼景有餘月明風靜意蕭疎人間何事堪惆悵已有消愁一卷書

寄長女

西風吹淚灑窗紗回首鄉關那是家縱使一身貧徹骨願留清節對梅花

死別生離最可哀懸懸頻望雁書回夢魂不怕長江險幾越瓜洲古渡來

郭嬪字景曹富陽人天一女進士王澗松子詔三室有竹窗吟稾

寄段雨洲二妹東甌

姊妹經年別吳甌千里餘啼殘襟上血望斷海邊魚對鏡思

雲鬟因風寄素書書中無別意惟悵久離居

鄉思襍詠

偶于清曉捲珠簾好放雙飛燕出簷忘卻此身原是客又收山色入詩匳

俞桂字瓊英仁和人

瓊英詩文纔一十六篇湖海樓婦人集錄之稱其才思頗清綺遇合抑塞年二十而夭又毛稚黃有閱俞瓊英集詩云宋玉眞愁客江淹本恨人何當誦遺槀霜鬢又添新

江南古意

江南三月花栖香青春欲徂白日長杏梁陰陰燕新乳頡頏差池弄輕羽美人午起自結束曳鬟垂鬘手如玉春草滿園蝴蝶飛金鞍少年他日歸

無題

纔唱驪歌日漸曛牽裳官道淚紛紛紅英陌上花無主錦翼雲中雁斷羣玉鏡幾時還照影金鑪從此罷燒薰聞知天上無離別願得相攜駐白雲

中秋

玉鏡澄清漢金波蕩碧流桂枝應欲謝空倚最高樓

陸幺鳳箋唐人詩見湖海樓婦人集

秋閨晚思三首

晚來疎雨過人頭風靜羅衣颺不休漫拾亂紅題小字暗驚新句又悲秋

湖烟漠漠晚棲鵶自埽楓香坐煑茶一帶芙蓉寒映水那知秋思屬兒家

翠黛宜顰不耐顰病逢秋氣轉傷神空堂莫挂疎簾起黃菊

丹楓惱殺人

金文藻字芳儀仁和人仲玉𤅢女達姊沈麗天廣霽室淵躍母

新夏

雨漲溪痕過栜椿送春歸後倚晴窗生孫竹翠風搖圃孕子魚紅水溢缸文不送窮由鬼在茗常醒睡怪魔降多情最是依人燕來去穿簾影自雙

立秋

錦字囊中每貯愁從今檢點賦悲秋初承爽氣添清思漸送流光到白頭北信尚虛鴻雁影（時兒子淵躍客宣化）西成方爲稻粱謀井梧一葉迎新序煩暑將消百尺樓

沈氏仁和人淵躍女姚某室

春日卽事

經時詩酒擅風流爲愛溪山景物幽朝露滴珠霑草角暖風施蒻折花頭林鶯在在聞新語社燕年年感舊遊最是難忘花月夜欄杆十二倚紅樓

陳同字次令錢唐人吳吳山元聘室

次令與姑同名故稱同吳吳山三婦之一也未婚而歿見湖墅詩鈔

臨終詩三首

昔時閒論牡丹亭殘夢今知未易醒自在一靈花月下不須留影費丹青

蔟蜨團花繡作衣年年不著待于歸那知著向泉臺去花不生香蜨不飛

耶孃莫爲女傷神姊妹仍悲墓草生何似女身離火宅一棺

寒雨傷先塋

馬希賢仁和人山陰馮軼羣室

春夜

寂寂東風拂栁斜漸看明月轉窗紗蛙藏曲澗喧芳草鳥宿繁枝夢落花

費松字雲屏歸安人仁和監生邵來東室

酬旅寄遺與韻

爲報家園景不同超山西畔小橋東乍看列岫迎朝旭旋聽漁歌趁晚風一榻琴書松蔭裏半簾花竹月明中華嚴誦罷清如許始信禪機色是空

感懷次韻

梧桐小院斷人行一卷黃庭物外情有月有花惟獨賞無師

無友孰同盟兒雖豚犬心差足服不纓紳累自輕歸到草堂
何以詩紡車聲荅讀書聲

悼亡女慶寶

盡日忘言繫所思桐陰小院晝遲遲哺雛梁燕交相語無限
情懷只我知
傳書原不羨中郎學語呀呀願少償今日癡情成夢醒凭欄
無語對斜陽

郭素媛字澹眞仁和人胡稼維室有澹眞遺詩

澹眞嫻女訓于歸後佐其夫讀書恆達旦以爲常事姑最孝姑畏雷夏夜雷發澹眞必秉燭起呼于寢門曰婦來侍姑八則摩挲按抑俾姑得安寢偶值姑疾事之晝夜未嘗逾戶限詩不多作遺詩一卷約百餘篇稼維所輯也

詠盆蘭

纔作梅花賦羣芳又藝蘭素心防俗涴空谷禁人看伴我影雙淨對之琴一彈夕陽紅更好擬爲染輕紈夕陽紅蘭名

和姊氏登竟陵署樓遠眺觀此則澹貞尚有姊亦能詩

效顰未敢賦登樓草木平原一望收幾點鳧鷗迷遠浦數行鴻雁唳高秋倚窗論古堪抒意對□□吟□□愁日暮憑高臨眺處青山□□兩悠悠

黃景蘭字紉馨仁和人

紉馨以下十二人詩見德門壽言

姚母五十壽

旭日上簾額微風動綺筵黃菊馨且秀古松青可憐擕將獻壽母餐之益延年

瞻彼泰華高俯視淮漢深巍巍並日月湯湯流古今悠哉姚

母德共此千秋心

李淑字玉山錢塘人

題畫梅爲姚母壽

年年籬菊綻淸秋黃鵠長歌未白頭此日稱觴冬候早梅花先逗暗香幽

章韞字道菴錢唐人

題畫菊爲姚母壽

最愛黃花豔豔秋侵霜耐冷傲枝頭淸標此日籬邊植勁節他年待詔優

黃蕙錢唐人洪某室

姚母五十節壽詩

家法金陵後伊誰擅母儀夫人垂令範吾黨奉明師憶昔調

琴瑟頻年效倡隨俄驚雲聚散忽愴月盈虧寶鏡鸞孤舞霜天雁獨悲形犴石竝化城爲淚俱隳但惜雛方弱寧甘蘖似飴不隨波汎逐時任道推移往往親機杼時時奉盥匜玉筐寒兎滿金鼎露華滋草聖教兒習鍼神視女爲懷蓮心獨苦洴椸力先疲廬舍今如此痛瘏詎可期自非勤式穀何以藉攸宜雅譽文場溢賢聲彤管推黃花紛爛漫碧草秀葳蕤庭下江波湧堂前綵服追我儀璇閣裏淸影照瑤卮

虞靜嫺海寧人

姚母五十壽

厚德坤輿粹能貞情信芳柔嘉悲偶折巾幗振彝常嗣立雙全貴筵開晚節香始基賡五秩人瑞屬萲堂

李蕙仁和人

壽姚母

膏沐相忘歷有年操堅松柏耐寒天敦詩說禮循閨範班左而今不獨賢

閨中君子秉清標抱德韜才不自驕誰說鬚眉媿孔孟齊家今見女中豪

玉樹芝蘭砌滿堦鳳麐繞膝盡英才願教斑綵年年舞常詠南山晉壽杯

余玥　餘杭人

姚母五十壽詩

共道籬邊菊傲霜杯擎琥珀挹秋光那知苦節花方潔恰遇佳辰酒帶香畫荻傳經推栁母指舟作誓續共姜茱萸進酒堪題句願向華堂侑一觴

帶水會聞有女師好將勁節比男兒衣冠五代羞馮道名教千秋數伯夷鷲嶺霞丹楓染淚萱庭霜白菊侵巵黃橙綠橘還相間總表清操一段奇

沈璿錢唐人

壽姚母

五十逢初度芳辰正九秋瑤池金母現錦帨玉巵浮懿德光前緒冰操裕後謀椓風從史奏彤管並揚休

陳芳字令儀海寧人

姚母五十壽詩

華冑名閨自不羣貞操早炳耐辛勤鏡分妝閣孤鸞秀玉出藍田雙璧芬節孝共欽開大業仁慈咸仰繼宏勳欣逢設帨黃花茂五秩芳規應上聞

楊道含字德載仁和人

壽姚母

內言出梱禮無之敢寄人間祝嘏詩道韞當年時重姊含情欲達見乎辭

小語深閨聲日低歸寧姊暇卽分題從夫父命分織手弱妹常憐在水西

父詠皇華母沒時聯牀鐙火步常隨十年姊長提攜切誨迪肫肫類我慈

會兒撫育記當年瓊肥相看著意憐不爲下殤情郎已至今憶及淚漣漣

未亡人慘廿三年百福今看事事全家業未成子未娶若衷見妹卽垂憐

寡鵠歌哀眉未舒士風林下世無如不徒健婦持門戶訓子和熊讀父書

持籌不輟計田園室患飄搖口不言窀穸躬親支幾世舅姑掩淚慰多番

訓垂從儉不從奢無已恩施日有加豈但脫簪親必與待炊鄰里幾人家

苦茶味獨百般嘗慘淡經營骨傲霜蔗境老來知以後黃花晚節共舒香

騷客詞人日舉觴長吟短詠各揄揚卽看鳳誥從天下苦節兒孫理自昌

吳長庚字修月錢唐人

壽姚太夫人

千古湘林染淚圖歌傳黃鵠遍西湖心隨去鳳腸初斷夢到飛熊淚已枯挺出龍孫新義竹哺成雛羽老慈烏莫嫌鏡裏秋霜滿看取階前綵服娛

楊端順錢唐人

壽姚母

閨中知大義勁節古爲徒教子安姑舅全軀報丈夫勤勞緜世澤艱苦振遺孤大德天垂祐邀榮信不誣

許蘭字畹香海寧人大理寺評事培女德清侯選訓導戚芸生室

畹香善書嘗錄陸冰修辛齋遺稾全集始終一筆不懈其書學歐陽率更用筆似銀鈎鐵畫詩不多作無專稾

古鏡

規取天邊月團圞傍鏡臺不須勤拂拭清淨自無埃

月下憶京邸

皎潔今宵月流光何獨清空山知木脫遠樹帶烟生寂寞聞長篴淒涼對短檠遙憐京國地歸雁寄離情

夏日偶成

雨過短牆頭涼風到小樓簾深能卻暑樹密欲驚秋性僻難諧俗人閒爲不憂溪邊常獨立身世一浮鷗

溪頭晚望

紅霞初散夕陽沈人在溪頭鴉在林隔岸黃雲秋報熟夾湖綠樹夏成陰漁家處處炊薪火蔀屋村村動杵音獨羨沙鷗閒靜極隨潮泛渚總無心

雨後卽事

濃雲忽作雨滂沱釀得閒庭秋意多竹閣風輕飛紫豹蓮池

水漲上青螺寒生枕席尋詩夢涼入襟懷惹睡魔自笑邇來心愈淡終朝無事只吟哦

久雨悶甚因成一律

小樓聽雨最傷神一夜蕭蕭愁殺人流水多情何太急落花無語自傷春沙鷗浴處沼新漲江燕來時泥未勻寄語東風須著力快將新皺皺魚鱗

春雪

飄飄數片入簾重瀟灑飛來態正濃遠樹迷離時見鶴深山杳渺不聞鍾隨風聚散原無定帶月鋪來不改容詠絮自慚非謝客强成詩句對青峰

秋宵卽事

數行征雁響清空爭柱聲中一夕風讀罷新詩千萬卷月移

花影到牆東

庭院無人寂寂空殘螢明滅趁西風一簾鐙影三更雨靜聽秋蛩鳴壁東

秋夜有懷

枕簟生寒夢不成殘鐙明滅落花輕雁聲遠隔湘江去惟有高樓月自明

國朝杭郡詩續輯卷四十一終

錢塘吳慶坻校字

國朝杭郡詩續輯卷四十二目 閨秀中

查安人　王湘波　浦　氏　查　女　汪玉珍

朱　氏　盧　端　施澧蘭　婁　巽　章　氏

方　瑛　萬　藻　汪　蕙　沈芳谷　舒映棠

梁小玉　周登望　吳　氏　陳蔚文　沈韡珠

汪佛雛　周慶芝　王德輝　周玉琴　金士珊

陸眷西　戴若瑛　黃　楨　吳　蕙　汪吳氏

羅徐氏　王樹玉　楊守儉　沈袁氏　沈周氏

周　巽　蘇蘭谷　武　懿　朱滿娘　徐裕馨

朱趙氏　方芳佩　李　芹　蘇畹蘭　姚中淑

楊恭人　舒淑娟　許蘭似　張秉彝　韓寶鈿

陳素安　盧藺露　徐　英　張瑤媖　程慰良

汪　妽　汪　妽　陳玉珍　查昌鵷　查淑順

王湘娥　王湘嫈　俞　湲　李倩茬　李　冰

倪端淑　倪貞淑　潘湘芷　項　蘅　陳爾士

凡七十人

國朝杭郡詩續輯卷四十二　錢唐吳振棫毅父氏編

查安人海寧人編修慎行孫女編修許焻室

酬外見寄次元韻

聞說公儀兩卻魚清風儼續四知餘直看一介同金穴始信千鍾棄土苴小草未知鴻有志故鄉不柰雁飛書還思天畔馳驅日白髮慈堂正倚閭

王湘波仁和人永州司理張士箴室

湘波爲教授璞完先生之姊幼耽韻語中年而寡絕口不談詩文以故著作甚尠

萍鄉道中

水村山店總離情愁聽千林杜宇聲賴有不殊鄉國處兒啼犬吠與雞鳴

浦氏海寧人查克上室

克上因父獲罪同死浦氏同姑史氏約自盡史氏先縊浦氏賦絕命詞四章其一云云遂吞金死

絕命詞

罔極深恩未少酬空貽罪孽重親憂傷心惟恨無言別留取松筠話不休

查女海寧人嗣庭女

海昌查嗣庭以誹謗朝廷身罹國法其女亦徙邊塞女故工詩途次題驛壁云云見虞山王應奎柳南隨筆

題驛壁

薄命飛花水上游翠蛾雙鎖對沙鷗塞垣草沒三韓路野戍風淒六月秋渤海頻潮思母淚連山不斷背鄉愁傷心漫譜琵琶怨羅袖香消土滿頭

汪玉珍錢唐人常熟孫鍾室早寡有雲芝軒集

哭莊儀姪女十首

霜閨晨夕笑言親應是情緣具宿因自恨此生眞命薄更誰
相倚未亡人

黯黯悲風向晚吹空幃無復覩芳姿妒花風雨何無賴腸斷
清秋桂發時

珮環今已返層城空有餘哀結再生非是慧根多不壽玉京
去伴董雙成

零落珠鈿恨未窮畫樓人去鏡匳空芳魂不昧生前約彷彿
還應入夢中

消瘦秋容怯晚妝早知惡夢本非祥綠窗此後簷前雨不敢
空閨淚點長

貌得芳容入畫圖淒涼無計慰孀姑自憐皮骨空存日更使
雙睛爲爾枯

佳壻乘龍得所天久憐婉婉亦稱賢那知泡影徒成幻玉碎珠飛月不圓

繡戸爭傳詠絮才埋芳無路達泉臺香階遺迹虛畱印蓮步塵生一寸灰

刺繡蘭房憶往時彩雲飄去竟何之阿誰坐對分金線慘淡紗窗月到遲

寢食相依十五年不堪花謝曉風前持齋願禮維摩佛乞與香匲再世緣

朱氏海寧人諸生周靖遠室

靖遠卒氏絕粒十餘日不死諸母强之乃曰以待夫葬嘗作哀詞以見志葬後別老親仍絕粒而殞詩見拙齋集附

哀詞

身雖未死心先逝無奈偷生未葬時血淚千行誰得拭夢魂
先遣報君知

盧端仁和人國雍女

武穆王次嵇閣部韻

爍爍旌旗野戰酣黃龍直抵志纔甘力撑半壁常輕敵節盡
全家不慕簪北塞可憐君繫一東窗堪恨獄成三和金誤國
雖由檜高廟何嘗不負慙

秋夜

蛾眉新月上林邱月上林邱故故愁萬里秋風歸雁急一聲
啼破海天秋

題畫

郭外青山舊結廬微茫野徑望中無平生最愛烟霞趣落木

蕭蕭展畫圖

施澧蘭錢唐人枚妹

澧蘭辯棃棗歲卽耽唐詩且能尋繹箋註年二十一未字而歿

春宵苦雨

瀟瀟細雨滴寒更紙帳梅花燭半明枕上夢迴愁思集林閒風捲怒濤行天涯一夜生芳草春水來朝長綠萍更有管弦清似語聽殘倍覺感懷生

曉望

閒望春城倚小樓紅輪西去暮霞收雲依蒼隼青霄遠風送孤帆綠水流隱隱村橋林外隔霏霏烟靄望中浮天涯迢遞堪娛目好撇愁懷且自由

秋夕

雁度寒雲霜葉紅一池秋月冷梧桐天階碧落渾如畫玉露還侵丹桂叢

婁弜郡人

賦得三月三日天氣新

三月三日天氣新隋隄祓禊有佳人穠桃弱柳爲寫眞十八鬟垂粉黛勻遠遊文履踏陽春羅袿冶袖繡鳳麟搴裳持畫檝清歌美倩朗丹唇採蘭擢素手隨風弄水翥燕身飄搖可望不可親窈窕迴出燕與秦金屈巵盈酌縹酒銀絲縷細膾飛鱗鳩鳴芳樹挂酒旆花落晴川拂釣綸短簫橫笛落香塵遺鈿墜珥奚足珍霧綃翠飾擬洛神朱輪褭褭綠楊津鸞鸞鶗鴂不記巡芳園處處列錦茵元鳥上下動藻蘋蘭亭小揭青綨巾青裙縞袂不可倫伊其相謔羅敷嗔

題李太君遺照

披拂生綃望儼然正襟危坐石峯前穿墉昔佐山公鑒剉薦曾聞湛女賢陽羨春茶浮椀碧迦陵小鳥掠花旋他年會返遼東鶴可識寒閨草素牋

憶女

皎皎中庭月哀哀孤雁聲憶兒渾不寐合眼話平生

章氏錢唐人副將斐然妹陳幼學室

章氏事姑以孝聞姑徐病篤割肱以進年止十八而遽卒初章之卒也時幼學出游且死索筆題詩以寄云云時有督學周斗垣旌其廬曰剜肉全親見錢唐縣志

寄夫

良人行役計饔飧拭淚慈親暮倚門珍重鯉魚消息早白頭何忍負黃昏

方瑛字眉士錢唐人

春怨

一夜棃花落滿池西風空自惜殘枝消魂怕向樓頭立況是斜陽欲暮時

萬藻字季齋號掞齋鄞人編修經女運判長沙周宣猷繼室有掞齋詩鈔

掞齋本鄞人家于杭康熙癸未翰林萬經之季女經精漢隸藻聰慧善記誦幼嘗侍几硯問得其隸法會稽魯太史曾煜題藻書軸曰古隸書程邈始誰其傳者萬太史太史經學兼字學傳之男子又女子一時有才女之目長適鹺司周宣猷爲繼室周故長沙名進士也閨中唱和有西湖襍詠年二十一卒見杭州府志

七桂堂中秋呈家太史

高秋三五夜皓魄十分圓金粟香初放瑤華露正妍風回遲玉笛坐久拭芸箋最是趨庭樂蟾光落几前

翫月

蕭疎梧院靜人影伴青蛾露下寒初覺樓高得更多雲山長
不礙風笛暗相和自悟浮生理流光捲白波

登樓寄外

走馬樓空月吐烟聽鼉更靜坐忘眠銀河影落虛窗外玉宇
光浮綈几前離緒經風吹不斷宦塵如海浩無邊遙知一棹
鴛湖曲覓句還傾蘂玉船

酬外見贈原韻

官衙蕭散類仙居退食從容細檢書風送花香簾影靜筆牀
相對韻魚魚
自是陳思八斗才酒樽棋局放衙回新詩草罷秋蘭馥九畹
知從湘澤來

腹笥便便馬鄭倫公餘詠事倍精神三年桃李門牆客可賦荆州第一人時分校甲子浙闈

汪蕙字蘭英號雪窗女史海寧人諸生許艮謨室有斗室遺草

蘭英幼嫺文藝于歸後所作尤多以詩非婦人所宜恒秘藏之年二十六患羸疾卒艮謨嘗檢其入格者數首載入花溪志中

寄外

春陰不成雨釀作朝來寒藹藹綠樹枝壓住紅闌干鶯簧弄猶澀蝶粉酥未乾攏髻懷遠人定怯衣裳單有酒且斟酌有琴且揮彈努力惜韶景莫但愁春殘

與諸弟鬪碁偶作

吾生無適意愛此春光暖呼婢拂楸枰匳匣子中滿消閒會

有時遣與每憑算子來我則往我强子則悍二人本同心勝負各毋綏勝如鯨虎吞負爲鳥獸散聊以兵家事一警閨中嬾弟輩爾何爭偏各生憤懣

詠鏡

一片圓靈望影微空明長似月臨帷淸光不照人間事而况心中間是非

夜坐

瀟瀟寒雨到窗紗閒撥紅鑪自煑茶小婢不知懷遠信漫憑詩硯弄鐙花

沈芳谷仁和人

題閨秀汪連珠墨蘭

繡閣芳容不可追空餘楮上畫蘭蕤披圖省得幽閨意恰與

清芬韻正宜
由來名淑更多才宛似盈盈素手裁妙墨還教存老眼可憐
人已在瑤臺

舒映棠仁和人丙子舉人海州知州李英室

題胡香谷畫蘭

綠窗淨處墨雲浮淡染霜毫雅自搜拂拂叢香噴素紙漫疑
清露浥高秋
點筆緣何入化神知君閒雅絕纖塵若教竟體芳蘭佩定是
人間仙骨身

梁小玉字玉姬號瑯嬛女史錢唐人有瑯嬛集三卷

玉姬七歲即能依韻賦落花詩八歲能摹大令帖長而游獵羣書嘗作兩都賦

襍詠

松巒翻處籟泉聲浣俗塵白雲堪贈客皎月解留人

賦得落花

佳人笑立宋家東一夕驚離五柞宮紅粉飄零緣薄命不須惆悵妒花風

無題

如粉濃雲壓畫欄眼看蝴蝶簇成團年來無數梨花夢一夜春風破峭寒

琥珀枕

仙苓千載赤脂殷雕琢移來湘簟間從此不須沾小草長陪清夢白雲閒

篆章

揮灑霞箋寄隴頭雙鈐題處紫雲浮兒家會掌司花印總領

會城十二樓

周登望字從之錢唐人京女諸生翁礽在室有天香樓外樓吟草

詠雪

詩人多愛雪謝女是吾師來作梅花伴如吟明月詞瓊樓眞不夜瑞景最堪思自起然爐火雲腴泛一巵

早春晨起

料峭寒生破曉時巳看旭影漸遲遲東風今日初傳信開得梅花第一枝

湖莊晚春

雨後鶯簧取次調一行垂栁碧迢迢好憑睍睆畱春住未忍桃花著地飄

吳氏錢唐人西庚季女汪孚遐室有集

秋夜聽帶星二兄鼓琴

虛室漸生白日夕風露盈涼月在高樹逸響浮三更夜迴林籟發悠然有餘鏗

覺羅東鄂氏殉節辭并序

故將軍東鄂氏之女適中丞雅公之族弟某未及一週父兄繼亡公子以哀毀致疾而殀滿俗夫死者婦截髮以身殉者則否氏蒙首痛絕家人泣勸不顧乘閒遂投繯而殉中丞公有啓徵詩感而賦此

王孫秀發宗潢胄屺岵失依心負疚蓼莪茶苦鶺鴒悲玉葉林殘墜窮岫入門新婦嗟未期疾風吹折連理枝鬟雲不截塵青鏡節烈本自將軍性舉家環泣俱驚猜委宛難移識力

定仰無堂上親爲夫侍昏朝俛無襁褓兒爲夫保宗祧一身
四顧何偪仄一死等若輕鴻毛手提約髮咽復慟旗人以帕蒙首謂之約髮
白日無光天地痛星沈雨絶無還期夜臺茫茫叫孤鳳史
臣再拜述金冊遺徽彤管千秋重

紫陽洞天

一逕陟嶙峋幽巖閟古春石牀松露滴丹竈雨苔新不返遼
天翮空留太室眞棲神超物外何在遠囂塵

春日閒居

衡門深掩草芊芊日誦南華第一篇文砌苔侵滋宿雨芳林
春煖欲浮烟病懷無緒非因懶老境時髯自在眠吟興已知
頻減卻年來幾負落花天

除夕

紙窗風逼靜無聊殘雪延籬凍未消折得梅花清自供不知春色在來朝

陳蔚文海寧人盈素女

詠梅花

疎花鐵幹自芬芳歲暮侵寒發草堂月底珮環傳幻影風前旖旎散奇香何慚謝雪分新詠不愛姚家作晚妝繡閣護持還自愛夜來村落有微霜

舟中

帆掛清江逈天連秋水長烟波千萬里何處是瀟湘

沈韓珠海寧人進士蒿士孫女仁和州佐顧爲新室有閨中聞唱

香檪

盧橘羞同亞霜柑笑易發素花開細細芳實影團團色擅中央貴香生十月寒綺窗清供好合貯水晶盤

木香

蔓引春光長頻添牆角陰夜香披粉頰朝日暈檀心密葉難通蝶柔條不受禽登樓望新翠星點小屏深

揚州

茫茫六代不須論建業東來揚子門潮汐聲連名士渡烟花香散美人魂劫殘木調遺羌笛仙去蕃釐賸草根惟有玉鈎斜畔月二分猶照舊黄昏

牡丹

藍色濃香孰比倫春光爛漫鬬時新酡顔那及花容好日夜沈酣一檢身

春光如海伴花光酌酒吟詩遣興長紅紫成團同錦繡誰人不愛及時妝

汪佛雛錢唐人

寄香南君子

百花過後綠陰新小別無多又一旬也有月明偏寂寂縱敎夢去亦頻頻蹉跎生計憐爲客繾綣深情記踏春儘有釵鈿供小飲等閒切莫悞芳辰

周慶芝字蘭偕仁和人知縣嘉猷女湯某室

馮園小飲

爲愛名園好攜樽著意看一叢新草碧幾處野花丹巧鳥迎人語枯藤倚樹蟠酒闌歸去也落日挂層巒

春景十詠錄四

天邊霧斂碧雲横葉底爭春鳥亂鳴小苑尋芳驚夢蝶一鞭走馬聽啼鶯青青宿麥抽新穗拍拍輕鷗弄晚晴返照柴門添景色從扶殘醉踏莎行（春晴）

隔窗啼鳥喚朝眠小院春光正靄然竹裏圍棋消永晝花間酌酒讀新篇日移紅影横階下風度幽香過檻前燕子歸巢天欲暮一鈎斜挂柳梢邊（春晝）

春波新漲浪花顛畫舫人游欲到天兩岸柳陰黄鳥語一陂沙暖白鷗眠萍浮曲沼溶溶色月映長江淼淼烟細草渡頭歸小艇釣絲猶帶水痕鮮（春水）

一池凍解已回陽來往園林竟日狂常向階前摇細草每從隄畔拂垂楊薰傳綺陌游人倦香透芳塵戲蝶忙寄語風姨須著意莫敎花落遍東牆（春風）

王德輝仁和人上元吳式如室

于忠肅公祠

倉卒羌人襲大同獨排和議繕兵戎不聞幣帛輸仇敵會見徽欽返故宮復辟但知酬衆賞無名竟自殺孤忠英魂地下從容笑徐石何嘗得善終

周玉琴字桐君錢唐人京長孫女大理寺典簿湯垣室

有懷先墓感作

春祭思抑鬱徂冬憂更長不祀已終歲晝夜空旁皇坐立若有失悵望吁可傷輪蹏紛東郭悲風起白楊有妹聞臥疾有弟寄遠方弟掌綸游學江左此身滯京國遙奠酸衷腸安得邯鄲枕引我置墓旁

夜寒

不信寒如此冰壺凍起稜打窗疑折竹瞬眼付挑燈酒薄三蕉淺更嚴五漏乘負暄差可樂朝旭看東昇

雨雹

墨雲翻墨送春忙驀聽鏘鳴襍佩璫初挾震霆開草木好從稷雪辨陰陽花飛[illegible][illegible]偏餘骨豆剖盈盈尚有漿正是農時催布穀膏流應比雨珠强

竹影

月引新梢上小窗一枝枝影漾清光何當滅去蘭膏燄試看琅玕幾許長

津門食刀魚作

江鄉風景忽當前照眼波光欲接天日日罾魚有溪女白如切玉不論錢

金士珊字雪莊錢唐人德麟女王陶軒室有紅餘草

雪莊爲雨粟侍郎之姊幼時其母課以小詩至竹罏湯沸火初紅句輒笑曰湯已沸矣火猶始紅耶其早慧多類此所著紅餘草侍郎嘗序之

秋懷一首

籬菊綻黃金江楓雕赤玉天公好繁華點染到秋肅嗟彼貧賤人終年住寒谷彰身無綺羅適口少粱肉然而形神全歸眞反其樸節義在固窮卓哉後凋木

偶詠寓意

亭亭千尺松枝幹摩雲霄蒼皮漬苔蘚逸響和簫韶下有幽人居蕭然抱孤標琴書樂朝夕歲寒終不凋

山居卽事

獨坐境逾靜暫聞幽鳥鳴山高不礙月路僻少人行細草沿

溪綠閒花繞砌生白雲來往處時遇一峯迎

寄遠

終朝碌碌前生孽半生辛苦同誰說釵荆裙布自甘心幾曾游賞春時節那堪薪桂米如珠愁絕徒將淚偷咽嬌癡兒女已齊肩上有高堂髮如雪願君努力振英聲莫向鄉關傷遠別

夜坐

雨過虛堂夜色涼罏香茗椀伴更長風翻荷蓋珠傾沼月上簾旌粉映廊荇藻乍疑浮曲砌松篁恰喜蔭匡牀長宵暫得忘憂坐偏值兒來問字忙

送春

纔見春來又欲歸階前景物與時違紅添崖蜜枝頭熟綠翦

絲蓴水面肥細雨潤時苔色長和風吹後落花稀小窗晝永鑪香靜閒聽呢喃說是非

詠梅

銅鑪香篆消苔痕雨猶滴膽瓶貯寒梅聊以伴幽寂

暮春閒詠

細雨初晴蛺蝶飛閒庭草色綠依依小園昨夜東風惡吹盡棃花作地衣

烟𥺝青青綠漸添因憐花事鎖眉尖東風也似知人意爲捲殘英入繡簾

南樓納涼

梅雨初晴日正長新桐深處聽鳴蟬南樓閒御蒲葵扇自有涼風到竹牀

春盡日家大人園中作

陰陰綠竹午風微小憩園林暫息機蝴蝶不知春欲去一雙
猶傍藥欄飛

秋夜

一夕西風梆葉黃枝枝籬菊帶輕霜絮衣未補勞蛩語旅客
衣衾尚薄裝

苦雨有懷

愁聽瀟瀟夜雨聲閒房攲枕待雞鳴秦關夐隔無消息數盡
殘更夢不成

月夜獨坐

小閣沈沈玉漏長閒焚螺甲坐昏黃湘簾半捲邀圓月疎影
橫斜識暗香

春日

雲鬟初綰曉風寒欲換羅衣又怯單獨倚熏籠愁不語雙雙燕子話雕欄

陸眘西字初月仁和人布衣俞懷側室

按懷字澹心別號鬟持老人流寓南中以詞曲名

憶西湖

曾記西湖六月天藕花如錦斷橋邊至今夢裏猶來往聽得錢塘喚渡船

戴若瑛字嵰雪錢唐人場大使廷熺女同里楊湆之室有凝香閣詩集

嵰雪承其尊人珠淵先生家學幼工吟詠于歸後遽殞所天中年又喪其子持家撫孤備嘗辛苦歷五十年親見諸孫成立而以節壽終年八十有五

喜晴

意外收檐溜春山翠未勻薄雲初逗日細草漸鋪茵鳥悅自相語花殘猶映鄰頓教心目爽筆硯與重親

哭女君姑

思汝聰明質依依戀膝前女工多自曉禮數亦能全賸粉空留篋餘香枉費錢歲殘蒙淚眼又是一週年

雪夜懷兒在睦州

中庭飄灑寂無聲一夕平鋪江上城坐撥鑪灰炊茗熟起看檐影怯風生因知孤嶼梅先瘦那更嚴灘客計程爲惜殘年無限事詩成且趁夜燈明

喜晴示女

暖風吹面漏晴光燕子飛飛繞畫梁舍外鵓鳩頻喚婦籬邊

蛺蝶忽過牆不隨游女車塵動自比吟人翰墨香山翠隔江遥望久好依螺髻學新妝

對月有感

惻惻春寒月透林凭欄頓覺感盈襟半生寡鵠嗟頭白十載啼鵑寫怨深兒長未酬婚宦事家貧時切桂珠心寂寥對影憑誰說惟向淸光託苦吟

春日

脩然盡日掩湘簾滌硯微吟味亦恬乍暖乍寒春荏苒如絲如霧雨廉纖誰家錦簇花分樹幾處青垂柳拂簷眼底韶光偏易過鏡中白髮訝新添

述懷示兒媳

茹蘗含冰數十春憂思自覺日傷神米薪撙節晨炊事俎豆

虔修享祀頻子媳順亘知孝養饔飧淡薄守清貧年來喜弄雙孫女更望蘭枝慰老人

哭子二首

薄命中途喪所天劇憐孤子只髫年棄儒就吏因家窘守禮窮經志未遷正是承歡娛老景豈期撒手竟長眠追思往事渾如夢欲覓音容紙上傳

男女悲號聚一堂衰年覩此倍悽惶承先繼後人何在孝養怡親志豈忘嫠婦啼鵑懷幼子閨媛揮淚製冥裳由來種種傷心事魚目終宵恨夜長

曉起

睡起油窗日色紅連朝冰雪半消融房櫳不度燒香曲香在梅花幾樹中

黃楨字雅宜錢唐袁龍文室

燈花

銀釭奪月吐光華影入窗櫺透碧紗未忍輕挑私問汝不知何喜報吾家

吳蕙字香宜錢唐袁樹側室

詠梅

爲愛春寒花放遲游人偏採未開時儂心恰愛天然好不忍臨風折一枝

春晴

細雨連宵溼軟塵今朝晴放一窗春柳絲低舞花添笑都似風前得意人

吳氏仁和廩生鍾駿妹臨平汪錫嘏室有清風明月樓吟

卷

吳氏早寡以節著其梅花二首益自況也尤嚴於課子子自塾歸必叩所業燈下口授唐人五七言詩句成誦始寢其子因秉母教有名于時

梅花

高潔修來證淨因要知明月是前身曾經冰雪寒無俚好與松筠靜結鄰夔此古香撐傲骨生原素質絕纖塵可憐多少閒桃李開向春風便失眞

歷盡冰霜節愈堅卻於搖落得春先淩寒老幹鶴同瘦伴我孤吟詩欲仙離垢別開香世界凝神雅稱月嬋娟生涯本是和羹業差喜清芬有子傳

羅徐氏錢唐人世勳女

牡丹

姚黃魏紫鬬紛華綵結高棚歌管譁只有儂家青草裏問名也喚牡丹花

王樹玉字謝庭號蘂珠仁和臨平鎮人蘭女金楹室

沈六橋夫人歸里話兩粵風土率此奉柬

瘴鄉風景異江鄉南漢東西道路長溪水如雲魚吐墨林花似佛鳥收香蜑船鬼子饈供客猺峒仙人米代糧漫說鮑家夫婦好幾曾載石理歸裝

安平泉

香林翠擁雲幢出雪乳涓涓遶竹房蘿月冷涵冰鏡淨松風清引玉琴長撥雲尋徑詩猶在飛鳥驚蛇蹟已亡東坡詩碑失去已久里人沈道傳一先重摹勒石嵌壁間回首臨平山上塔數聲牧笛下斜陽

題畫二首

霧閣雲窗敞夕陽玉砂風捲羽衣翔翩翩翠褏理瑶瑟無數
落花浮磵香
藤杖穿雲叩竹扃山禽驚客下棋枰松陰如水綠無暑僧磬
隔林時一鳴

楊守儉字似音海寧人中允中訥女淇縣縣丞海鹽彭載
弈室有靜君閣稾

南園禊感次升卿韻

游倦歸來笑解裝翦鐙促坐話行藏愁多雪點安仁鬢客久
金空季子囊得失均忘休問馬去來無定類亡羊可憐不盡
相逢意塞北風烟正渺茫

讀史有感

摘瓜抱蔓歸燃萁煑豆泣嗟嗟骨肉閒波瀾生呼吸

春日至南園感懷二絕

曲廊惟有燕雙飛楊柳垂青覆釣磯花信自開還自落芳菲不待主人歸

藥闌花榭記曾經苔徑荒涼迹已陳草木不知人事改依然妝點昔時春

送別

離亭衰柳拂征驂珍重臨歧囑再三漫道魂銷銷未盡夜深和夢到江南

鴛湖曲十首 錄四

畫船烟雨迴層樓一里湖光一里愁目斷春城蘇小墓不知何處弔風流

梅里雲箋起樣新何須空羨薛濤名不知錫帶澄波綠可及

飛花蜀水清

美人遺跡杳難尋學繡里邊春草深惟有荆釵蓬鬢婦桔槔戽水插秧鍼

畫譜當年說陸家吳娘妙手近無加還村更有如神筆彤管風流散彩霞

沈袁氏錢唐人太史枚姑母

氏嫁于沈三十而寡依母氏以居其從子簡齋嘗言幼時讀盤庚大誥苦聱牙姑爲同讀以助其聲嘗論古人不喜郭巨簡齋集中有郭巨論十四歲作秉姑訓也

責郭巨

孝子虛傳郭巨名承歡不辨重和輕無端枉殺嬌兒命有食徒傷老母情伯道沈宗因縛樹樂羊羆相爲嘗羹忍心自古遺嚴譴天賜黃金事不平

周氏仁和諸生沈心室

沈房仲題李倩茬西湖百詠兼慰陳紹嘉悼亡三首其未章云碧舫閒吟往蹟空溪山如畫恨難窮自憐欲白曾占夢遺草猶存故篋中自注云先室周氏有詩草迄今未刻按冬日寄家書一絕亦附載孤石山房詩中輶軒錄載之題曰仁和沈心室又載一周巽則曰仁和諸生沈心室房仲亦是仁和諸生豈別有姓名貫履相同之一人耶抑周巽卽周氏耶以無可考證姑兩存之

冬日寄家書一絕

一片斜陽映小樓橐砧南望思悠悠凭闌唱斷長干曲聚首何時不自由

周巽字順吉山陰人分宜知縣開緒女仁和諸生沈心室有須曼閣小草

順吉工書法精繪事見擷芳集

秋夜聞笛

今夕是何夕忽聽蒼龍吟成連之海上千載有遺音窺牖月如水隔牆風滿林漏深吹忽斷不盡故鄉心

鑑湖春泛

鑑湖三月好韶光碧舫青簾逸興長隄柳絮飄來燕子山桃花落出魚秧畫屏岸列千層嶂寶鏡匳開一曲塘佳境詩人爲管領至今人說賀知章

晚晴仿吳體

日長無事攖吾寧夕陽影遠簾波青山光明淨列虛牖樹陰濃淡涵幽庭花開小立黑蛺蝶雨後亂飛紅蜻蜓欲仗佛緣離宿垢焚香還讀貝多經

自題畫竹二首

直節不易見虛心自多益寒玉影數竿照水寫湘碧

不學管仲姬不師文湖州隨意落筆去風雨一片秋

題李是菴水墨牡丹

元輿賦裏想芳姿玉篆牌懸第幾枝想見深閨多逸韻含毫不用買胭脂

蘇蘭谷錢唐人知縣汪邦憲室

貧遣

敬戒無違已十年良人頻喚孝廉船衰親垂白閭常倚稚子啼饑袂慣牽北去雙魚多尺素南來征雁滯雲箋今春又待瓊林宴試向燈前問卜錢

武懿字鐵峯錢唐人鹽大使陳嘉幹室有諷秋齋詩稿

秋胡行

朝採陌上桑暮採陌上桑妾心已憔悴桑葉未盈筐翩翩者

誰子意氣徒揚揚不惜雙南金願爲鴛與鴦鴛鴦各自偶豈羨歧路傍黃金不足貴賤妾貴流芳歸來語高堂游子空徬徨妾心厚於石郎情薄比霜從此謝君子滌水明秋光

夜興

風露一庭淒冷人立梧桐清影何來蟋蟀多言說破月明秋境

惠州小西湖即興

浙西人看粵東湖兩地雲山重大蘇賴有蛾眉成故事一坏香土碧模糊　朝雲墓

朱藕娘字月上烏程人錢唐徵君厲鶚側室

月上鍼管之外喜近筆硯從徵君授唐人絕句二百餘篇背誦皆上口頗識其意故悼亡詩有搦管自稱詩弟子語初徵君客湖州解后得之遂載以歸繪碧湖雙槳圖一時豔之題者甚衆杭堇浦太史二絕云薛家鏡子

照梳鬟黛硯何曾盡日閒夫壻受誇新樣好畫眉只學小夢山青蘆結響正西風一舸浮來是鬧紅手把鳳簫羅袂薄蘋香吹動月明中月上每喜誦之年二十四而卒

題自畫紅梅

一枝紅綻傍牆陰疑是絳衣仙子臨莫說桃花偏命薄多緣霜雪未能禁

徐裕馨字蘭蘊錢唐人文穆公曾孫女同里庠生程煥室有蘭蘊詩草

蘭蘊爲文穆公曾孫女方懃敏公之外孫文史之餘兼習繪事隨園老人評其詩云抱芬芳悱惻之懷寫流管清絲之韻葢深嗟賞之病革時其夫堯文爲摹小影倚枕作短句題之夜聞風聲瑟瑟起坐嘆曰塵緣盡矣喃喃誦辭世詩二章而逝

秋夜迴文

孃孃花烟弄影香深沈院冷月凝霜鳥啼山靜秋風遠悄悄

雲樓五夜長

西湖楊柳枝詞十絕句一錄

嬝嬝含風碧玉條纖纖占斷百花嬌自家樊素曾相憶獨向花前舞瘦腰

趙氏仁和人海寧朱聲室

氏歸于朱半載而寡産遺腹曰兆琦家故貧茹荼拮据教子成立年過八十乃卒

詠缺月

誰言三五圓光好究恐清光不在圓今夜半圭流素彩依然皎潔滿中天

方芳佩字鳳池號芷齋又號懷蓼錢唐人德發女湖北巡撫汪新繼室有在璞堂吟稾

芷齋夫人早年即師翁霽堂又受師法于堇浦先生微吟短詠幽好避羣樊榭徵君有珠光落紙蘭畹生香之

譽嗣以隨宦歷覽勝地與徐淑則德音錢浣青孟鈿杭筠圃澄爲詩友其佳句五言如鳥喧人語靜鐘動曙烟微竹雲飛不盡涼月落無聲七言如滿徑影橫如荇藻一天秋冷逼林亭戶外何知有雞犬閨中亦復樂簞瓢皆膾炙人口先大父袠集杭郡詩輯時閨媛一門即夫人選定也

題霽堂先生春篷聽雨圖二首

老爲湖海客春水縱揚舲選勝來於越長吟下洞庭潮迴兩岸白烟斂萬山青竟夕瀟瀟雨泠然最可聽

泛宅浮家好篷窗獨枕肱閒情盟野鷺健筆敵霜鷹曉放春流棹寒侵夜半燈清吟知未盡寫遍剡溪藤

初夏即事

日永無塵事山居境轉幽雨歸雲外樹人語竹間樓春去寒仍淺花殘蝶解愁晚窗茶未熟一縷翠烟浮

樾莊二叔將有閩中之役賦此誌別

秋風江上動輕橈南指閩山去路遥七里定經嚴子瀨一颿先趁伍胥潮應知此後推篷客獨醉他鄉看月宵到處好尋雲壑勝武夷遺跡問漁樵

庚午除夕

歲云盡矣戀寒更斷送殘冬爆竹聲杯酒祭詩循舊例椒盤守歲候新晴團圓樺燭舒紅蕚利市雲箋滿碧楹縛草爲船今不用久無心力與窮爭

自笑年來更轉癡別無長物一囊詩辭人歲月堂堂去作態梅花故故遲世事紛更嗟塞馬素心零落憶連枝樺燈照室催妝束贏得春風上鬢絲

秋日即事

鯉魚風起曉霜微已覺輕寒透夾衣獨愛小園閒處望芙蓉

花外水禽飛

李芹字璧池江西臨川人錢唐蔡棨室有四本堂集

李太孺人爲穆堂先生女孫善訓遺孤晚叨祿養平生博涉經史尤熟于春秋三傳親串閒有請益者剖析異同靡不賅貫暮年猶默誦左氏傳日必數卷無閒寒暑也書法酷似平原剛勁中自見嫵媚女孫述珠少穎慧從受諸經嘗言夜夢作四書文太孺人笑曰我每疑前生是老學究汝亦過去劫中窮措大耶物以類聚故應爾爾

渝州客寓有感二首

殘春已舉棹五月尚渝州貧病嗟行路風濤戒往舟積陰山店溼當戶瘴雲稠客意何能遣東南萬里愁

南越歸心重東齊道所經頻年聞小警此日想休兵爲有垂堂戒偏多隱几情峽人知水候秋盡放船行

題停琴佇秋月圖

渺渺意何之飛鴻欲下時素琴橫夜永涼月出雲遲竹色看逾淨桐陰坐不移悠然山水志心與古人期

溪行口占

幽尋知所向況復水雲重隨意清溪上臨風聽暮鐘山高無月影沙遠有人蹤歸路漁歌晚還疑鏡裡逢

感懷次吳端甫韻

晦明風雨遞相催心賞懷淸舊日臺敢苟龍章卅載錫應恩燕翼百年開人琴已渺悲何極堂構還期志未灰賴有一經傳舊德秉時嗟女廟廊才

臨風血淚灑平蕪不獨嗟予念藐孤東郡趨庭勞想像西江舉棹竟虛無裁成雁字何由達結到鶉衣不計麤舊日田園凋落盡三江五嶺悵模糊

傷心爲賦鶺鴒原底用難禁外侮喧三載隙駒追野馬一朝腐鼠嚇文鴛過都浪喜王孫貴塡海眞嗤帝女冤角藝於今誰得儔他時賓客滿梁園

咸陽一炬復何論腹有詩書性自存但許微名通桂籍可容歸夢到山村庭階雪照連枝冷墓道風號拱木昏三十年來回首處艱難險阻動驚魂

癸巳清明

旅櫬羈魂不可招淸明風雨思迢迢傷心陌上花空發臥病堂前酒未澆胡蝶夢回何處曉杜鵑啼徹可憐宵游人盡道青春好芳草無情恨更饒

奉和詠雪用東坡尖叉韻

寒聲戰雨作簾纖入暮淩晨勢倍嚴耐可飄揚隨子建何因

刻劃到無鹽冷侵竹葉忘憂盞凍合梅花索笑檐自信年來

同過雁春沈畱得爪痕尖

翻盡瓊枝樹底鴉行來縞帶陌頭車誰傳郢客千秋調自散

維摩一室花拂檻幾曾侵謝袂穿簾偏擬映盧家消寒莫漫

樽無酒指點懸錢落晝叉

癸巳暮春將之西蜀畱別弟妹

聚散知萍暗自驚楚邱風雨變商聲春燈影裏團圝語盡是

天涯別後情

年少空歌行路難春風相送度潼關秦山棧樹三千里極目

孤雲自往還

人生離別苦難論此別應知更斷魂回憶曹南天際闊冷猿

孤雁叫黃昏

偃師題壁

西來行路正威遲，一夕秋風住偃師。此地空餘緱氏嶺，笙寒月冷有誰知。

前作暢和壘韻再呈

蠶叢鳥道不須論，怕聽千山叫蜀魂。三十六程君記取，朝陽初上夕陽昏。

蘇畹蘭字紉九號香嚴仁和諸生倪一擎室

一擎家素貧課徒自給香嚴組紃之餘兼課女弟子資其脯脩以佐晨夕子印元亦工詩杭堇浦題香嚴課讀圖詩七絕句卒章云所祝程夫人未老更留餘力教東坡謂印元也所著閨吟集秀一册爲漫興詩五十餘首嘗游仙詩三十首皆集古今才媛詩句成篇亦新格也嘗輯明以來烈婦奇蹟見傳記者成坤維正氣錄十卷

游仙詩

家住錢唐山水圖金麗卿柴扉花嶼接江湖曹緼庭前亞樹張衣

桁魚元機　午夢驚回落井梧楊太后

柳眼窺春淺放青朱淑真　溼雲如夢未曾醒景翩翩　自耽學道疎

人事陳德懿　不捲珠簾夜誦經陸卿子

欲采蘋花澗水濆陸卿子　一雙飛去入行雲步非烟　鶯鶯燕燕休

相笑朱淑真　春在枝頭已十分梅花尼

烟霞迤邐接蓬萊葛亞兒　雲氣如銀拂面來鄭允端　閒轉麟車踏

瑶草許景樊　青鸞飛去幾時回蘇蕙蘭

緩朱淑真　洞簫一曲是誰家鄭奎妻

五雲仙馭五雲車薛濤　新樣交鐫白玉花花蘂夫人　鳳轉鸞迴霞袖

滿天烟霧月當樓許景樊　嶰谷風吹萬里秋魚元機　神女欲來知

有意薛濤　可能同駕五雲蚪曹文姬

姚中淑仁和人工部桑調元孫婦舉人庭櫄室

題蘇香嚴夫人閨吟集秀

詞成璣壁繞雲烟（張引元）屏棄囂塵事簡編（朱淑真）草草池塘初夢斷（朱淑真）夫中郎遺業有人傳（張引元）

板橋頭是讀書堂（花蘂夫人）風靜簾虛月一牀（徐媛）中有縱橫詞賦客（薛素素）紫簫聲徹晚天凉（朱靜菴）右漫興

雲氣如銀拂面來（鄭允端）昔隨王母上蓬萊（葛亞兒）麻姑賸有烟霞骨（梁玉姬）手散曇花徧九垓（陳德懿）

夢繞銀河槎上眠（馬守真）金絲聲揭翠微顛（順聖太后徐氏）玉簫欲盡霓裳調（葛亞兒）靜埽瑤臺揖上仙（許景樊）右游仙

楊恭人江陰人副貢生琰女學士盧文弨繼室

恭人幼喜讀書不假師授課弟總句讀居然嚴師隨學士北上於逆旅壁間詩句有文理者一覽即能默記他日學士試問之君所善者何詞乎即誦云驅馬過東平坊題梁氏名才寧兒子後命合晚年成但博龍頭健何

愁鶴髮盈君王元夔老懷古發深情下不署名氏因謂此必失第者自寓其慨耳有激昂而無衰颯故自可誦但晚達事本出流俗以宋史考之殊不爾也自以不宜子在燕買一婢侍夫寢意其有娠也而喜詠一小詩云云其於吟詠若甚耽之然不多作

贈婢

學抱衾裯念汝恭不敎憔悴嘆泥中徵蘭定有宵來夢行見森森茁謝叢

舒淑娟字佩芳仁和人金壇縣丞偶王次女知縣潘本智室

荷亭避暑

日午拋書卷閒亭俯碧波樹高蟬噪急風定雁聲和暑掃千竿竹涼生半浦荷捲簾憑檻立脈脈採菱歌

春日晚起

玉漏殘時曉氣升碧天疑雨乍疑晴桃含宿露將成笑柳帶輕烟最有情風舞落花飛片片鳥鳴遠樹一聲聲莫將朝景凭閒過好把新詩仔細評

詠紫牡丹

芳菲輝映紫羅裳傾國名花綴錦堂和露倍迎朝日麗羨他風韻勝姚黃

一枝分得魏家春富貴由來耀紫辰似此洛陽風景好聯吟應倩玉樓人

許蘭似江蘇人錢唐學士盧文弨子慶貽室

題蘇香嚴夫人閨吟集秀迴文

眉埽春山遠世趨賞心興慣擷詩腴知誰累日長吟苦窺得幾微探領珠右漫興

烟霞長護彩霓旌錦字新裁要主盟弦管和餘聲細細仙羣重見許飛瓊右游仙

張秉彝字性中仁和人周某室

題蘇香嚴夫人課讀圖

博覩女史姆師崇設帳傳經繡閣中勤學捲簾愁日暮月鈎明處詠清風

晝永揮毫翰墨香集成璣璧遠流芳頻看師弟雙題錦叙韻書聲繞畫梁

韓寶鈿字淑婉號隱香漢軍正藍旗人南匯知縣墉女仁和舉人翁光麟室

光麟登乾隆甲子賢書乙丑取明通榜尋丁父憂未服闋而歿隱香時尚在室聞凶耗即絶食飲以死自誓父母憐之遂歸于翁以弟光進子敘爲嗣

清明

兔走烏飛眞迅速中和節過清明促家家爨下盡虛烟處處插門楊栁綠追思去歲遇良辰珠圍翠繞披華服笑攜姊妹比花枝猶道人姸桃李俗豈知今歲至清明惟將淚滴湘妃竹痛君空讀五車書痛君枉負三冬足妾身不及嶺頭猿妾身不及峯前鹿嶺猿峯鹿伴君靈妾身猶是居華屋寸心豈忍君獨孤此身亦願歸空谷妾之生死亦何難惟恐君心非所欲姑孀弟弱未宜家妾亡誰報親恩育妾家慈父惜兒深二十餘春似珍玉從來百行孝爲先戒心自把冰淵讀倫生强戲博親歡暗裏心灰似槁木心灰然盡豈能長芳魂終向黃泉宿雖然世上撤天倫九原亦有親骨肉君容不識識慈親母女恩情重再續淒淒願作夜臺魂茫茫不計人間祿囑

語嚴君弟與兄他年莫向吾靈哭若嗟薄命夭青年早成鴛家吾之福世人道吾生無榮我自思之死無辱微軀奚惜掩黃沙姓氏堪留青史錄

陳素安字定林仁和人侍御鴻寶妹觀察沈世壽室有生秋閣詩

賣花

房櫳寂寂閉春愁未放雕梁燕出樓應怪賣花人太早一聲聲似促梳頭

水墨裙

百疊波紋縐墨痕疏花細葉淡生春窈娘病後腰肢減鈿尺休量舊日身

病起

幾日無心課小娃晴窗睡起自分茶重簾不捲紗幃靜落硯何來數點花

盧蘭露錢唐人石門貢生胡家琪室有倡隨集

新綠

一庭新綠映斑斕草色苔痕繞砌閒醞酥凝香澆宿雨黛螺點筆染晴山茶烟如縷穿蘿幌翠羽爲鈿貼鳳鬟繡閣已添芳景好何須野眺寫幽閒

徐英錢唐人

余在錢蕙窗處檢得鈔本詩一册署款徐英其世系及所適誰氏皆未詳詩中自言髫齔而孤依其舅祖爲縣尉者歷游沈邱單縣長洲諸處其舅祖姓名亦未著前有乾隆二年黃州彭之華序

題畫

一水盈盈夕照紅隔江帆影走晴空儂家西子湖頭住怕見

春樓栁絮風

遣興

畫就春山點額妝鄰娃花底試迷藏儂家姊妹忙何事小閣分箋翰墨香

張瑤瑛字巘舟仁和人王家驥室袁枚甥婦有繡墨齋偶吟

晚春

霽色才過小雨餘溼雲飛盡捲簾初閒中不識春將去風捲楊花過綺疏

程慰良字弱藻嘉定人徽士宗傳女錢唐汪繩祖繼室有吾土軒藁

弱藻嫁期年而寡遺腹一女食貧親課守志四十年嘗有句云事從悟後言皆物詩到工時心更虛眞學者語

其九日寄妹云別後半年仍抱病愁來九日罷登高可謂工於言愁前室女妽己女妽俱能詩

楊柳詞

幾日春光到柳條臨流細學楚宮腰西湖十里桃花路又送鶯聲過六橋

汪妽字順哉仁和人繩祖長女顧某室

寒食書懷

依依嫩柳未成絲一夜如膏雨及時芳草迷離翠爲毯夭桃爛漫錦成枝閒中景序悤悤過靜裏春宵夜夜遲寒食小窗初罷繡暫偕諸妹學吟詩

春草碧色

嫩綠侵書幌窗前碧草新不除生意滿大地徧陽春

山居

山居無事起當遲不斷溪聲雨過時最愛學飛新燕子簾鈎
低拂影差池

一簾新綠影遲遲坐見村烟欲午時啼徧山禽春晝永甃拋
針黹去臨池

消夏

靜夜無眠對鏡臺闌干倚徧曉雲開遙憐隔院荷香好時逐
薰風冉冉來

朝霞如繪望無涯又見初陽射小階扉押蝦鬚常貼地不教
炎影入深齋

纔過亭午碧雲空靜向松軒待晚風一枕羲皇耽北牖數聲
蟬噪夕陽中

珠簾半捲意悠悠邀得冰輪上玉鈎爲愛小池閒掬水碧筒

漫作醉鄉游

流螢幾點綴蒼苔碧草幽花繞院栽今夜月明眞似水好風還向竹邊來

汪婥婥妹

和母過松石間韻

蘭閨侍母曉妝徐緩步閒庭意自如皎日穿窗飛野馬平池貯水數游魚風回玉笛梅應放句覓雕闌思轉虛幾度簾前看草色幽情管領笑談餘

陳玉珍吳江人海寧周人英側室

玉蘭

蹁躚皓質映雕欄萬朶凌空倩粉摶弄玉樓臺憐曉月飛瓊環佩怯春寒清芬不向紅塵染冷豔偏宜白露團一種幽芳

誰憐惜素心人倚畫簾看

查昌鵷字鳳佐自號玉間外史海寧陳咸備室

玉間外史爲半圭茂才敬璋之母早稱未亡支拄寒餓凡數十年無錫秦少司寇瀛嘗爲立家傳

寄曹氏小姑

昨得横山信方知妹病眞欲思傳尺素蠶月少閒人無奈蹉跎久全憑藥餌靈勸君還靜攝稍健好歸寧

查淑順字蕙圃海寧人海鹽諸生馮桂甡室有覽秀軒稿

蕙圃女史爲初白老人曾孫女幼刲股療父疾事載嘉興府志才媛傳吟詠之暇雅善圍碁吹簫年三十三卒

登樓野望

高樓縹緲接蒼穹面對春山瑞靄融新月又隨簾影到欄干倚遍落花風

王湘娥一名湘妹字月田錢唐人果女甘肅洮州同知福

建武平林模室有繡餘吟

鐵山山人果以武職官粵喜爲詩有女月田蘭畹皆習吟詠林梅坡模方官陽江令以能詩稱山人遂以兩女竝妻之瑟好琴耽兄先弟後數十年無閒言

返胥江官舍

舟次禪山槳乍停候潮沙口日斜曛一聲何處銷魂笛牛背橫吹度嶺雲

王湘夒字蘭畹錢唐人果女甘肅洮州同知福建武平林模室有浣香齋詩草

春晴後園書事

侵晨晴爽氣和融小苑尋芳西復東絕巘雲收山露碧遠天霞散水流紅

俞浚字安平仁和人諸生鄭景會室有平泉山莊偶集

安平居臨平父工計然術富而無後中遭家難故多哀怨之音及笄歸鄭倡和甚得兼工小詞華日南云

烏夜啼

城上烏終朝啞啞啼高梧高梧一夕經霜死老烏含血還哺雛十載劬勞恩不薄流離夜半聲何惡落月驚風迷故巢南飛三帀空悲號

烏柏歌同慕韓作

北風蕭蕭寒氣烈時序變遷逢小雪園亭澹慘日沈烟紅樹滿山葉齊脫門外竹梢啼老烏霜枝零落朽幹枯前村後村收柏子老烏剝啄何爲爾

李倩荏錢唐人綸如女陳寅室有西湖百詠

倩荏幼耽吟詠所著有西湖百詠方未笄時舅氏能繪事者喜其髫而頎也爲貌于絹冊纈首卻扇寓凝思索句之態後其冊流落他所西㸌女史題云繡戶銀簾韻太清小庭卻立聽流鶯棃花落盡春寒甚最好詩情畫

不成未幾歸于鮑綠飲余秋室題云小影流傳格亦清春光當日付流鶯多情應屬青蛾客栁絮飄殘好句成魏栁洲題云寒食花飛小院清阿誰延竚恰聞鶯香閨兩兩才相敵顧影空憐句獨成三詩皆用圖中自題韻而原詩則未之見後秋室應辟入都倩莊咸藝有官京朝者十賓坐燕談而悉之寓書綠飲介其友朱朗齋而歸之百藥時距倩莊之歾菸已久矣其幼女文鷺出以示女士朱湘芷湘芷墨識其顛末而節錄西湖百詠三十首及諸詩于後即綠飲所刊西湖軼事一卷是也

如意池

山圍樹密咽清泉流去春光又一年謾說事多如我意眼看池月幾回圓

李冰富陽人

汪氏雙節詩

日黯珠江不復春同餐桂蓼共含辛柔甘曲慰占烏望襪簾悲看肯構人劫盡殘棊重理局帆將到岸復分津百年至竟

生如寄枯菀雖殊譽並新

倪端淑字幼端仁和人一攀長女石門吳某室

幼端性孝以懷母成疾夭殁

觀家信有感

一紙家書到開緘涕淚零慈親纔早逝弱妹更伶仃誰與歌棠鄂空懷賦鶺鴒不堪淒切處搔首步中庭

看荷有懷

風吹菡萏水生紋對景關情日易曛麯院乍飄千點雨野塘低映一池雲豔疑紅粉凌波立靜愛清香滿室聞安得故園兄妹共擘箋酬唱到宵分

寒食語溪道中

輕橈容與出沙灣人在溪山畫圖間回首阜亭斜照外餘霞

染得綠陰斑

水複林紆景若何漲痕吹綠皺輕羅蒲帆好趁塘棲去又聽烟中市語多

一篙漁艇浪泠泠斷續餳簫遞晚汀百五春光看又老原田芳草恨長生

高低雉堞水雲遮詰旦遙歸季子家更喜板橋門外路好風吹動白荷花

倪貞淑字幼貞一擎季女同邑范某室亦早歿

溪漲

泠泠清淺水漾漾金碧流朝來三尺雨忽作波上秋遠烟共迷漫野色交沈浮梅信任鬱蒸吾將棹扁舟

敬書家大人新輯烟草小志後

老八緝椸與編蒲日注蟲魚與不孤欲補神農經未載壁箋先志淡巴菰

縷縷春絲細細乾荷箭漫試破驕寒平生不學餐霞術亦把奇書盡日看

陪小迂家兄印元幼文二姊文淑分賦秋蟲得絡緯

冰絲夏柱響同淸斷續頻教懶婦驚最是晚涼風乍急豆花棚底一聲聲

潘湘芷字藥房仁和人御史庭筠女海鹽朱某室病卒京師

題畫黃梅花和韻

一枝瘦影道妝新冬日暄暄漸是春豈與尋常梔貌比芳香竟體玉含神

冰骨姿容月地因不隨凡卉鬭芳頻歲寒好蕊呈新瑞封得泥金報玉人

項蘅字香芷錢唐人靈寶知縣日藻女黃巖諸生張應彪室有盼怡樓詩稿

落日

落日銜高嶺殘霞媚晚晴雅聲歸樹急花影印階明炊火烟生屋潮聲夜入城憑欄思遠道薄暮最關情

長至感作

舊歲渾如昨陽生又一年漸長南至日易暮小寒天破凍呼新酒書祥貼彩箋小園梅蕊綻羨爾占春先

小飲逢長至持杯憶遠游山花隨去鳥江雪滯歸舟駒隙堂堂過魚書一一收起居平善否僂指到杭州

初夏喜雨

喜聽林鳩格格啼濃雲送雨壓天低不妨破塊連三月恰好分秧滿一犁新綠乍看添畫閣殘紅可惜散芳隄天心畢竟酬農願蓑笠齊過栁岸西

憶家

惆悵鄉書久未通武陵遙望隔西東誰憐繡閣思家處獨坐梅花細雨中

憶西湖

嫩寒湖上栁含烟芳草裙腰一色鮮遙憶看花諸女伴趁晴同上橛頭船

陳爾士字煒卿餘杭人刑部員外紹翔女嘉興工科掌印給事中錢儀吉室著有聽松樓遺稿

煒卿博學通經義著有歷代后妃表清異三錄治家有則戚黨咸稱其禮法

典釵

家貧乏治生日用恆不支盎中斗米盡檢篋無銖錙惟餘一金釵匳具親所遺典直可萬錢其價豈不貲付婢持釵去典去莫遲遲小婢持此釵徘徊前致詞昨見貴家婦廣袖羅襦施皓腕壓金釧綠鬟垂明璣囿此聊自飾典去將何爲荅言謂婢子汝幼誠無知否泰迭往復日月猶盈虧嗟嗟彼姝麗自顧傾城姿兩鬢直千萬或取諸民脂良人性貞介在官詎言私五斗不折腰一瓢歡相持安能輒效彼但去弗復疑上有白髮親下有黃口兒白髮須甘旨黃口毋寒飢俯仰以欣喜點筆成新詩

輯歷代后妃表成詩以落之

王政蘭闈始范蔚宗后紀贊班政蘭闈注蘭林殿名故言蘭闈嬪風竹素貽二千年往復三五月盈虧歷歷區賢佞悠悠迭盛衰帝王權或假紀傳體分歧虹電荒難問蘋蘩鑒在茲後宮明德冠內則長孫垂孝養崇長樂訏謨下寶慈當熊樹奇節觀象式淸規秋扇班姬怨春華左妹摛是家名不朽幾輩寵忘危傍輦多憨態傾城謝豔姿流珠敎記曲娥綠慣顰眉縹緲芭蕉影蒼涼琥珀思鍼神工刺繡機絕妙牽絲閱武堂楊柳涪州驛荔支簪蹈龍蕊貴袖拂鳳鬟宜續命琵琶奏迴波栲栳詞批章黃案側稱制白紗帷北第捐弦誦東朝後宴娭杜根空諍直董養任嗟咨銀鹿疇能設倉鶊詎可醫鏡中稀悟主方底忍埋兒色授應階厲才升亦受疵由來通險謁終見覆邦基進退誡紛若遺逢信有之焚椒冤太甚擣附獄誰治莫慰含飴慕徒

懷削脯悲宣仁滋謗牘顯肅誤歸期破碎瑤光錦凋殘玉樹枝輿停過廟日刃脅渡河時紅葉飛無定瓊花落已遲偷生甘事虜練行乞爲尼喪亂同漂梗徵祥恰驗著鑄金胡弗就服褚類前知射卜門屏雀妖占產帳鴟嶶音猶示異靈澤孰修祠戚畹仍恩遇侯封各指撝園林摹禁圃鼓角向邊陲沙麓潛成葬天元竟啓隋嬰蚡爭䌰弈珧濟等誅夷隆替如棊置愚蒙效管窺景濂編未備遷史法堪師校寫晨披翰參詳夜爇脂張楊從辨族宏本總傳疑諛頌刪劉毅簧言著郝隨蹟尋粱采女貞闡蜀昭儀末學縑緗隘旁行粉墨施武韋眞倚伏邢尹漫姸媸斷代興于漢何人化自岐寸心衡得失還

詠二南詩

湛華老人畫水仙

伊人不見渺湘波一夕寒窗夢潤阿琴語漫隨流水去仙情

只覺在山多招來春氣生冰雪抱得冬、心謝綺羅等是南樓

貽畫學萬蒼翁法較如何

國朝杭郡詩續輯卷四十二終

錢塘吳慶坻校字

國朝杭郡詩續輯

卷四十三

十五冊

# 國朝杭郡詩續輯卷四十三目 閨秀下

段馴 周婉 朱如玉 陳德 陳德貞

梁素書 徐葉昭 孫廷楷 孫廷鳳 徐瑩

金蓉 應世婉 吳柔之 李芷 陳吳氏

孫孺人 袁陶氏 陳淡宜 盧芸泉 陳登峰

陳順 朱逵 闞文慧 楊夢琴 邵秀雲

舒靜娟 戴佩荃 陳文鸞 梁嫻 陳趙氏

莊玉清 吳錡 趙葉氏 戴瑛 王德宜

汪纘祖 汪紉 汪繡祖 張步萱 徐貞

孫雲鳳 孫雲鶴 孫蓀意 王玉如 高祥

項紝章 王倩 汪增安 陳寶月 王蘭佩

張槱 沈懋昭 陳毓琇 陳滋曾 褚貞

舒四德 陳泰 陳倪氏 王姮 湯繡蜎

汪鈞 汪玢 孫安祥 計雪香 吳淑愼

姚霞齡 鎖瑞芝 周靜儀 夏伊蘭 戴小玉

黃巽 高學歐 曾如蘭 雪蘭 王靑翰

錢唐女子 無名氏

凡七十七人

國朝杭郡詩續輯卷四十三　　錢唐吳振棫毅父氏編

段馴字淑齋金壇人知縣玉裁女蘇松太道仁和龔麗正室有綠華吟榭詩草

淑齋女自璋字瑟君能詩工書綠華吟榭詩草一冊其所手寫極娟秀可喜

佩珊約登紅雨樓不果

昨日素書來桃花滿晴陌今日素書來桃花可如昔江東春樹多海上暮雲碧知己永難忘歡情長自愜緬彼紅雨樓幽人來憩息愧乏討春緣韶光付空擲胡能羽翼飛臨風想顏色

回金壇重晤三妹于舟中話舊有作

維舟秋雨孤村路西風亂亂響荒隄樹正是羈人愁絕時忽聞有客來何處姓氏驚傳淚滿襟音容依約原非誤去日悠悠

廿七年滄桑不信人猶故重攜素手訴深情別後悲歡記憶眞我爲薄遊來海上知君苦節痛餘生餘生幸有孤兒在晝荻丸熊志千載門第清華數外家名垂青史應堪待利域名場逐亂雲吾鄉賢孝幾人聞紅閨多少知書女情性何由得似君念我歸來頭已白先人卜吉山之脊風木蕭蕭血淚零空山何處招魂魄回首荒廬是也非當年曾此侍庭闈妝臺吟榭知非舊門巷空餘燕子飛促坐篷窗共嗚咽斜風吹雨鐙明滅人世茫茫未有涯篙師催我船頭別

晚行

幾點雁橫秋新寒倦客遊碧峰雲外隱纖月水中流衰草連荒道殘碑臥古邱停車凝望處楓葉繞層樓

曉起渡錢塘

曉出錢塘口江天月尚浮晴初山色淡風定早潮收離雁隨人遠檣烏解客愁富春名勝地欣得一帆游

中秋夜德州舟次季思叔弟珍兒同作

浮雲散盡碧天空桂魄寒生客舫中隔浦漁歌風笛遠沿隄官柳暮烟籠還鄉不厭長途瘁琢句偏輸季子工遙想故園今夜月幾人相對數征鴻

九日登高

西風木葉暮蕭蕭黯淡秋容極目遙飛鳥帶烟歸蓼岸寒蟬咽露下林梢他鄉風景隨時換客裏吟懷已漸凋最是中年哀樂感每逢佳節意難消

偶述一首和歸佩珊夫人韻

鎮日塵勞節序更蕭寥秋意滿江城簾前人比黃花瘦客裏

身同病葉輕攬鏡自憐雙鬢色感時怕聽遠鐘聲羡君才藝
空今古可許閒鷗訂宿盟

初春二首

花枝嬾發鳥聲慵沈水香添小閣中窗外日斜人寂寂去年
殘雪在簾櫳

雲影溶溶壓檻低病餘池草綠初齊春和鎮日渾無事細檢
吟箋改舊題

絶句二首

輕寒惻惻掩重門金鴨香殘火尚溫燕子不來春過半一簾
疎雨對黃昏

夜色新晴月上窗錦屏遮暖乍生香不知庭院春多少自起
籠鐙照海棠

周婉餘杭人青田教諭章楹室

女史十五結褵性淑而慧嘗坐後軒看雨新燕掠溪如翦忽操筆書小令曰風滿溪雨滿溪風雨濛濛燕子飛畫橋西復西盍長相思之半闋也教諭令更作後半闋笑而不言後三年竟卒

閨情 集古

夫重封侯夔妾輕別來二十四番春魚書欲寄何由達且問橋頭賣卜人

朱如玉字又寒仁和人諸生魯宗鎬室有斷香集

又寒歸宗鎬後有以事囑宗鎬關說者婦勸弗與其舅聞之曰兒婦可稱閫內嚴師矣見汪文端由敦魯孝婦傳

懷妹

是愁是病兩踟躕知爾懨懨悶不舒同在一方爲姊妹恍如千里隔音書人生榮寵皆成幻女子才華更是虛須識三生

緣早定小樓休要日欹獻

陳德宇如璋海寧人慈谿鄭文園室

如璋工詩畫僑居武林厄于火遺集盡失

題簡香族孫雲湖觀梅圖

衆芳彫盡此偏榮玉立亭亭澈眼清好倩春風催結子老人拭目看和羹

陳德貞字月嬋海寧人

和王梅影觀察天台雅集詩韻

仕版星移互主賓河防橐籥重煩頻嘉勳寵拜　彤廷錫專郡新頒兔刻銀

五馬函關擁節秋椿庭承乏此淹留分明記得深閨裏茶熟香清詠絮頭

東山偃從盼東歸天許徵還換繡衣可惜葭莩遠搖落未承
椒樾蔭餘輝
江左風徽振宇寰政餘簪屐訂迴還可知泰岱東南望不隔
三神海上山
嫁得吳淸跨鶴遥漫餐仙骨躡風飄與君兄妹蘇程誼何日
來遊輞水橋
韻軼揚芬少小知展圖長繫蓼莪思莫繙後集規前集淚咽
滋蘭琢玉時

梁素書仁和人知縣夢善女

秋草

零露瀼兮秋可憐醒頭誰取作花鈿石欄溼共涼苔雨金谷
踈隨暮柳烟不穩蛩藏吟夜夜幾番螢化惜年年湘裙六幅

全收拾鬭草無由見麗娟江南婦女春夏取草爲飾名醒頭草爲多憔悴感芳華往昔曾經襯落花淒惹寒烟籠蟋蟀冷和明月葬琵琶無名江岸凝空翠有影池塘蘸淺霞未忍薙除畱砌側亂隨墮葉滿山家杜詩無名江上草

徐葉昭字克莊烏程人諸暨教諭繩甲女海寧諸生許堯咨室有職思齋文稾

夜坐

草閣寒鐙雨孤村老樹秋不眠知夜久獨坐嘆生浮四壁蟲何急空階螢亂流那堪鴻雁起嘹嚦過汀洲

除夕

今夕是何夕椒花已媚天漫驚添白髮且喜慶新年門貼宜春字兒催壓歲錢一尊開笑口長幼樂陶然

詠梅

嶺頭芳樹開何早占斷春光到古原一夜山中皆雪意幾枝竹外是烟痕西溪清淺籬初落東閣黃昏月在門報荅主人肌骨瘦深冬莫遣雀聲喧

孫廷楷字芸軒錢唐人江山訓導元灝女貢生俞鈺室有晴雲閣詩草

芸軒與妹廷鳳稟承家學皆耽吟諷月夜詠梅一詩為朱青湖所賞後歸俞赤浦不數載病歿年僅二十五其妹繼歸于俞未幾赤浦棄世廷鳳守節事姑撫子又以勞瘁亡蘭摧璧毀人咸惜之

月夜詠梅

獨坐暗香生疎枝窗外橫春寒花淡泊夢破月孤清淺酌情殊適微吟句未成忽聽風竹亂問夜已深更

桃花紙

弱質已同蛛網輕中書窗上得佳名而今細檢桃花紙比較
桃花太薄情

孫廷鳳廷楷妹貢生俞鈺繼室有貞松閣詩

思父

遥憶椿庭天一方晚來寂寞倚迴廊淒風易入愁人耳苦雨
偏侵陋室牆雞肋功名原有定羊腸世路已親嘗還憐旅館
蕭條夜月落鐙昏憶故鄉

徐瑩字素輝號潔庵海寧人有浥翠軒小鈔

擬宮詞

珠箔銀鉤夕照時珊珊玉珮響丹墀蒔花小滴纖纖手閒倚
雕闌聽子規

金蓉字粲英仁和人御史錢栻室有小猗詩屋吟稾

偶作

時序平分候生憎薄暮天襟期託豪素詩思赴䑩船葉脫驚
霜早蛩吟入夜偏弦桐譜秋月清韻亦琅然

聞蛩

機杼何曾理多勞報早寒鄉心千里外夜雨一鐙殘著意催
吟鬢留情倚曲闌秋風滿庭樹簌簌葉聲乾

應世婉字淑君號蓉江仁和人吳玉墀室有漱玉亭稾

詠菊

三徑叢荒後寒英試晚香葉疏凝瘦影花冷淡秋光甫里當
時詠淵明此日觴傲霜吾夙羨蜂蝶爲誰忙

湖上餞秋

無奈秋光又欲歸水邊林下每依依紅涵湖影秋蓉老黃滿

山頭落葉飛涼吹尚驚新雁陣殘烟猶繞舊漁磯詩人不盡
徘徊意把酒旗亭詠夕暉

暮春

曉來小雨浥芳塵綠樹陰濃碧草勻正是江南三月暮落花
飛絮已愁人

暮春和韻

百花開過草如烟月色窺簾分外妍獨倚闌干延佇久不禁
清露溼鞵尖

吳柔之字小裴錢唐人玉墀女狄小同室

題袁簡齋隨園雅集圖

高名齊洛社雅集繼西園詩酒論交地秋風白下門
一老昔同白傅羣公孰是坡仙耆舊尚存今日風流想見當

年

先生别卻西湖去駘蕩曾經躡屐還偏是秦淮抛不得九秋烟雨六朝山

李芷號蓉湖女史仁和諸生方湛妹

初夏 效轆轤體

㮽蔭池塘靜人閒景寂寥綠濃鶯語澀紅瘦蝶魂消微雨春初去薰風夏又交倚闌天欲暮新月挂林梢

秋日病起作

柴門深閉日西斜寂寂空閨靜不譁病起卻逢秋正好捲簾籬下看黃花

吳氏海寧人監生陳其道室

送子夢蘭之處州

老病不勝酒何堪送別杯吾衰今日甚汝去幾時回人共秋帆遠心隨落葉摧明年春草綠莫待杜鵑催

孫孺人仁和人翁某室

視履兩兒遠歸旬日各有吳越之行悵然賦此

誰堪死別又生離浙水吳山望欲迷兩地雁行雲際對一聲鶗鴂夜分啼柏舟底用呼天只萱草何由告伯兮好語弟晜各努力連翩藝苑待名齊

陶氏蘇州元和人錢唐袁枚側室

即事

新年無處不張鐙笙鼓元宵響沸騰惟有學吟人愛靜小樓坐看月高升

無心閒步到蕭齋忽有春風拂面來行過小橋池水活梅花

對我一枝開

陳淡宜錢唐人長生妹

都中寄姊

鴒原分手各天涯風雨聯牀願尚賖兩地空煩詩代簡三春祇有夢還家病多漸識君臣藥別久愁看姊妹花他日相思勞遠望五雲深處是京華

盧芸泉仁和人山西學政元培曾孫女太谷知縣建其妹

秋夕

蛾眉新月照林邱眺遠憑高獨倚樓萬里西風征雁急一聲啼破楚江秋

陳登峰字行止號耕雲海寧人州同知鈞女監生楊陳謨室有紅餘漫草

春日舟次

朝來值新霽鳴櫓泛澄波野景村邊闊春風栁畔多推篷宜小酌放眼擬長歌靜聽催歸鳥知渠卻爲何

陳順字敦素海寧人宛平知縣基女監生俞思謙室

海棠花落有感

海棠前日綻春風又見繁華漸漸空紫燕雙飛銜不盡可憐零落一庭紅

朱逵字虔齋海寧人河東運同海鹽陳克鉉室有慈雲閣詩存

海棠

花霧濛濛春未老蝦鬚簾捲明芳草東風用意染胭脂西府名葩開更早數點敧枝猩血紅正宜著雨不宜風獨來清賞

燒鐙後扶起濃妝淺睡中濯錦江頭愁最擅碧雞坊裏驚難
見鬢亂釵横不自持華清呼起羞嬌面吸盡紅雲只恨遲神
仙風格立芳時漫山麤俗嫌桃李爲愛清標折一枝

池塘漫興

抽書架上日摩挲九十春歸喚柰何滿徑斜陽飛燕遠一簾
細雨落花多遥山照檻刪黃竹沙嶼當樓長碧波深院沈沈
時徙倚閒燒唵叭熨輕羅

關文慧錢唐人

奉題蘭韞詩草後

筆底生花世共欽青鸞何事遽相尋香消翠幕收銀押月掩
金鋪罷玉琴白髮泣殘寒夜夢青鐙腸斷百年心高風德耀
遺形管手捧瑤篇不忍吟

楊夢琴餘杭人

水閣

水閣風迴候鐘聲隔遠汀魚飜波影白螢度栁梢青

邵秀雲餘杭人

春閨

栁琢黃金縷花抽白玉簪年年鶯與燕春入畫樓深

舒靜娟仁和人

夏日睡起

晝漏沈沈午夢賒薫風初透碧窗紗檐前聽得鸚哥說湯沸
紅鑪好瀹茶

戴佩荃字蘋南號春渟歸安人太僕璐女仁和趙日照室
有蘋南遺草

蘋南幼而明慧能詩解書畫年二十三而卒其父蔗塘太僕哭之以詩一夕成二十三首如其年數悲從中來不能自制也其從姊佩蘅字蘊芳亦耽吟詠適閔編修敦大閔卒蘅亦繼殂少日與蘋南同學詩歿後蘋南賦詩曰太史河澄遂相依何堪貧病積牢愁閨中亦擅修文筆可是雙雙赴玉樓詞意淒黯欲絶

讀厲樊榭集有和閨秀陳坤維丁巳閏九手檢顧秀野元詩選賣供饘粥詩有感次韻

中饋蕭涼貧可知只餘秀野百家詩節逢閏九情多感念到先人句更悲乞米固應煩巧婦封侯何日慰書癡里居無復徵鍾範空嘆秋宵握管時

新燕

羽毛鮮潤望依稀睡足晴窗展翅微喚母但能啾唧語戀巢猶怯往來飛楝花庭院春如許梅雨池亭客未歸睇向畫梁容卜宅爭如隨分著烏衣

陳文鸞錢唐人寅女

女士為上湖詩女李倩莊所出兒時授以唐宋
人詩篇皆能上口長病羸字汪餘門未昏而卒

追和先慈湖莊避暑元韻

如豆青鐙燼飽油夜深琴罷倚山樓而今響絕無人續竹影搖簾月半鉤

吟情大半寄孤篷小槳頻移湖寺東賞徧鶯花留百詠品題應在郭楊中

草沒殘垣楝弄風遠峰雙髻尚蔥蘢閒來小憩攤書坐蟬曳殘聲咽舊叢

卜築湖濱會納涼眼前風景去堂堂六橋聯袂成虛語何處返魂求異香若教未返瑤池去應擬聯
吟過六橋莊齋名媛題句

梁嫺貴州人錢唐吳言安子婦自號黔南淑莊女史有香

齋稾

讀金蘋垞詩卷

林下高風邁古今錦帆涇上有同音分鐙績罷還長詠悲燕詩成祇自吟筆掞秋霜松柏性花依春草蕙蘭心閨中清寂堪披誦展卷悠然月滿襟

湖上新綠

野橋淺漲白沙晴花落長隄分外清滿地碧雲吹不起一窗綠雨聽無聲日移嵐影垂春水山擁林光入暮城昔日探梅殘雪路祇今處處黛烟生

題畫上紅梅

一樹孤標野趣長春風吹酒醉寒芳紅羅亭外無人到滿院蜂聲絳雪香

趙氏仁和人陳旦升室

女士年二十而歸于陳陳以几案才佐人幕府而歿于楚因攜其孤子濬泝江行五六千里至武昌返其柩而葬于先塋氷蘗之操數十年如一日

自武昌奔喪回浙途中作

浙楚迢迢一葉舟凄涼返骨故山坵已拚薄命相同逝爲有遺孤强自留淚滴寒江秋瑟瑟望迷鄉國水悠悠相看惟有篷窗月常伴孤鴻隻影流

莊玉清嘉定人敬女仁和侍讀余集次子仙保室

女士幼通書義見諸弟作五七言詩即操管和韻字余仙保仙保卒矢志守貞祖母病有問病者偶及改字之議玉清聞之會祖母歿遂絕粒七日死年二十二其詩如述懷云罔極恩難報靡他願亦深對菊云且認秋容誰是瘦何須晚節始知香皆是鐵石人語

病起

髫歲會經習禮儀舍生取義故應知生成薄命家門累空使
高堂兩淚垂

臨危伏枕

玉折蘭枯枉自吁追隨王母得相娛多情弟妹還相憶麥飯
他年奠一盂

吳鈞錢唐人長洲縣尉熙祿女錢唐諸生趙煥室

詠梅

素質堪清賞應須到處栽暗香浮靜夜疎影點蒼苔索笑巡
簷屢衝寒破臘開東風推第一獨爲報春來

諸弟往顧龍山探梅

載酒城南攬勝遊一篙烟水蕩輕舟歸來試問梅花信多少
春光到嶺頭

葉氏錢唐人宛西女尚書趙殿最孫贊元室有友琴軒詩集

春雨感懷

零落春光柰雨何桃花滿徑綠陰多閒中易動蒼茫恨老去堪嗟歲月過掩鏡祗因憐瘦影怯寒猶未試輕羅知情最是窗前𪀚也向東風斂翠蛾

伍相國祠

相國祠前憶枕戈歲星在越柰天何一從抉目英雄盡不數行成智略多碧血千年啼杜宇銀濤萬頃壯江波藏弓烹狗須臾事欲把興亡問薜蘿

美人梳頭

細掠輕梳鸞鏡前芙蓉灼灼映清泉秦雲薄洒巫山雨湘水

濃拖楚岫烟斜聳鵶翎添綽約雙分蟬翼更便嬛妝成獨坐
珠簾下一種幽情暗自憐

西湖

壘壘春山佳氣浮日華高映五雲樓無端一片西湖水只載
笙歌不載愁

戴瑛字耘芝海寧人有助吟堂存稾

贈香田三姊歸吳

百里湘流詎久違相逢不禁淚頻揮征帆南下前途遠官閣
重遊往事非憐我他鄉常作客羨君故國早言歸消魂最是
臨河別一帶垂楊綠四圍

蘭舟久話漸斜曛試數離愁萬緒紛涼月滿頭花影窗秋風
飄袂雁行分三更吟夢迷芳草千里歸心寄白雲此去吳江

知遠近好憑雙鯉寄慇懃

至湘潭喜晤衣仙妹有詩見贈和韻

蘭閨聚散感同心湘水扁舟一葉尋涼月鐙窗今夕話春風芸閣舊時吟弟兄才敏予還拙姊妹情眞爾獨深從此離愁消卻盡不煩征雁寄芳音

寄懷曉村二弟

愁聽南樓雁過遲離情無限爲連枝夢迴粵嶺三千里腸轉湘流十二時遊子鞭絲應計日慈親衣線盼歸期蠻烟瘴雨多珍重好寄雙魚慰別思

新月

繡倦停針倚畫樓玉闌干外月如鈎素娥疑是新妝罷眉黛纖纖映碧流

王德宜字韞輝號雲芝江蘇金山人寧波府知府紹會女兵部員外汪農室有綠筠吟稾一卷語鳳巢集四卷

農爲芷齋夫人之子雲芝伉儷和諧家庭授受佳句如舟行明鏡裏鳥掠翠屏前漁艇烟中聚斜陽竹外明皆可嗣響

芷齋

將之黔留別嗣嶶畹姝兩女姑

一鳥乘風起皇皇將安之雙鳥棲林中嗷嗷鳴聲悲離別亦何常去住兩依依君親天之涯我親江之湄明月各回顧同心戀春暉彼山猶有崖此木猶有枝爾我懷所思憂來獨無時

花滿羣鶯飛江南三月暮折柳江之皐水碧傷南浦前歡未云畢後感已尋緒譬如東軒月團圓歲幾許依依照影寒戀戀清輝苦披襟坐中宵攜手不能語晨發渺天涯一聲烟際

觴

滕王閣

帝子今何在春風蝶夢闌空餘江上閣猶作畫圖看歌舞催人易文章閱世難登臨思往昔落日半江寒

焦石

野岸霜侵菊穿籬水抱門亂流猶夕照孤月已前村松葉三升榼風潭一席温小舟如宿鷺投渚正黃昏

金陵懷古

芙蓉萬點接丹徒落日平原照綠蕪嗁鳥猶呼奈何帝詩人好詠莫愁湖蒼茫六代同秋葉依舊三山擁畫圖漫數興亡弔遺事故宮雲樹已模糊

猿鳥猶驚北府兵半天風雨半江聲晴厓蒼蘚磨殘碣極浦

平林遶舊京荒草雉藏江令宅怒濤鯨撼寄奴城晚山如黛人如夢一片寒烟畫不成

暮春望日送外赴楚

一番春雨一番晴寒食東風聽賣餳漠漠村烟榆柳色離離花影鷓鴣聲楚江重泛愁非昔吳岫思歸夢未成惆悵芳時偏惜別登樓王粲若爲情

題錢讓之女史仙山樓閣圖

點染林巒著遠空春山如笑鏡匳中仙人只愛樓居好詩律難爭畫範工霧閣雲窗通窈窕玉芝瑤草秀玲瓏披圖咫尺蓬瀛近我亦泠然欲御風

上巳日

花籠香霧葉籠鶯簾外春寒酒力輕惆悵綠窗添午倦淡烟

疎雨過清明

汪纘祖字嗣嶶錢唐人湖北巡撫新女曹考通判湯燧室

有蕉雨軒吟稾

芷齋方夫人以詩著稱東南嗣嶶婉孌膝前深于濡染組紃餘晷與其妹晥姝靜姝覓句爲歡有女彩梧亦嫺聲韻許滇生同年嘉耦也惜已早卒

秋風

涼思來無迹商飈一夕生和更欺客夢著樹作秋聲搖落山容瘦飄蕭畫角清幾番聽不寐星月淡高城

賞菊

秋色滿東籬花事空諸有與菊澹相忘何須杯在手愛菊卽佳士幽懷未易盟如何籬下客箇箇學淵明

病起卽事

東風吹楝漾烟絲節近清明苦雨時抱病兼旬才思減海棠開落不題詩

汪紉字畹姝號香隱錢唐人湖北巡撫新女纘祖妹松江王御室有鷇音集香隱集

振衣亭春望懷諸女友

陌頭春老楝飛綿旅客思鄉倍黯然花落吳宮紅滿地水浮鄂渚碧連天懷人有夢常千里寄遠無書又一年薄暮山亭回首處子規啼斷綠楊烟

春晚即事

紙帳筠牀絕點埃夢回遲日上窗來薰衣侍女催人起知否桃花昨夜開

夏日即事

槐陰鏤日午風涼倦掩琴書蝶夢長名利不關心似水舉頭翻嘆白雲忙

汪繡祖字靜姝錢唐人湖北巡撫新女紉妹

靜姝生有夙慧十歲已讀七經勤信公甚愛憐之十三歲遽以疾亡漚珠槿豔深歎好物不堅牢也

對鏡

不愛鉛華染梅花認舊身一匳秋水冷寫出阿儂眞

張步萱字貽令海寧諸生李步雲室

迎燕

一天明媚愛春光燕子飛飛遶曲廊猶有舊巢堪戀處捲簾待爾話雕梁

徐貞字蘭貞海寧吳騫側室有珠樓遺稾

蘭貞性婉而慧兔牀翁甚愛憐之既歿爲立小傳并作哀蘭詞絶句以志痛云

荆南閨媛笪芝田爲寫小照黄香冰題辭賦謝

待御聲名久芝仙粉墨新三秋疎把袂千里忽傳神瓊玖知難報蘼蕪笑此身生憐黄絹詠猶藉蘂珠人

奉和石湖道中絶句

瀟瀟暮雨闇江關渺渺菰蒲接遠天中酒阻風緣底事不如歸去看蠶眠

孫雲鳳字碧梧仁和人按察使嘉樂女程口口室有湘筠館詩

碧梧倚聲之學著稱于時佳者絶似北宋人語通音律兼工點染花卉其詩在隨園十三女弟子之列粉雲墨雨張宴湖樓當時傳爲佳話蓋子才子之徐都講也生有夙慧年八歲父春巖出對云關關睢鳩卽應聲曰嘡嘡鳴雁父大奇之

古意

庭空月皎蝙蝠飛當戶女兒愁鳴機投梭太息起拜月霜色在樹風生衣千里盈盈不得語捲簾仰望星河稀

媚香樓歌 媚香樓明末秦淮妓李香君之妝樓也

秦淮煙月板橋春碕粉殘脂膩水濱翠黛紅裙競妝裹垂楊勾惹看花人香君生小貌無雙新築紅樓喚媚香春影亂時花弄月風簾開處燕歸梁盈盈十五春無主阿母偏憐小兒女弄玉雖居引鳳臺蕭郎未遇吹簫侶公子侯生求燕好輸金欲買紅兒笑桃花春水引漁人門前繫住游仙棹奄黨纖兒想納交纏頭故遣狡童招那知西子含顰拒更比東林結社高樓中剛耀雙星色無奈風波生頃刻易服悲離阿軟行重房難把臺卿匿天涯從此別情濃錦字書憑若箇通桐樹已會棲彩鳳繡帷爭肯放游蜂因愁久已拋歌扇教坊忽報

君王選啼眉擁髻下妝樓從今風月憑誰管柘枝舊譜唱當筵部曲新翻燕子箋總爲聖情憐靦覥桃花宮扇賜簾前天子不知征戰苦風前且擊催花鼓阿監潛傳鐵鎖開美人猶在瓊臺舞銀箭聲殘火尚溫君王匹馬出宮門西陵空見宮人泣南內誰招帝子魂最是秦淮古渡頭傷心無復媚香樓可憐一片淸溪水猶向門前嗚咽流

聽泉

聽泉松林間尋源淸溪裏山光生薄寒暝色上秋水孤月帶霧升漁歌隔烟起獨立望閒雲悠悠何所止

山行

客思西風裏車塵暮靄間蟲聲黃葉路人影夕陽山鳥去一何速我行猶未還臨溪羨漁者幽意獨閒閒

登高示諸弟妹

九日同登百尺臺茱萸遍插菊花開渚清沙白孤帆遠露冷江空一雁來人事獨悲秋漸老少年須惜水難迴山川信美非吾土欲賦登樓媿少才

古意

銀鐙結雙蘂蟢子上裙帶早起洗啼妝凝歡畫長黛

二月

陌頭楊栁將成絮庭下櫻桃又著花二月江南好春色幾人辛苦向天涯

春寒

獨坐焚香掩畫匳天涯芳草又纖纖栁絲風釀桃花雪如此春寒怕捲簾

題頤谷叔祖遺照

肯隨鷗鷺共忘機不爲蓴鱸解組歸把卷臨風無限意柳花點點撲春衣

孫雲鶴字蘭友雲鳳妹縣丞金瑋室

蘭友工塡詞兼長騈體文與姊碧梧齊名

寶劍篇

寶劍遺編在挑鐙擊節吟恩讎千古事湖海一生心氣逼秋霜冷光騰夜月沈從軍應有願慷慨荅知音

旅樓

旅樓高不極過客足徘徊暮色隨烟起春寒逼雨來壯心樽酒在鄉思嶺猿哀目斷巴陵路衡陽雁獨回

壬寅九日重慶闕送伯兄東歸

登高兼送遠客淚一沾裳歸棹隨流水鄉心帶夕陽秋高山落木風急雁分行叢菊何情緒籬邊依舊黃

孫蓀意字秀芬號苕玉仁和人震元女蕭山高第繼室有貽硯齋詩稾

苕玉幼而失母其父授以詩法年未及笄卽有詩若干卷迨歸于高夫亦名士也閨房酬唱彼此各稱畏友所居在山水間飲淸江之流餐越嶺之秀評量花鳥描繪溪山以同心之人同學相長致足樂也苕玉兼擅倚聲有衍波詞二卷駢體尺牘並皆佳妙性最愛貓常集古今事實著銜蟬小錄實閨閣中之未易才也

微雨

淩晨乍天陰微雨灑空碧濛濛似疎烟三徑光的皪不聞葉上聲但見葉上溼涼意入疎簾空齋澹岑寂枯桐潤易生短草泥難滌須臾無所見空林墮殘滴

讀袁簡齋蔣心餘趙雲松三先生集作詩

隨園絕代人才可葢一世勢如萬斛泉湧出不擇地雄辯與雅謔觸處神鋒利袒身而搏戰前徒倒戈避若生本奇才落筆見瑰異笑將華嶽驅怒役鬼神使其中述德篇如目覩其事忠臣與烈婦凛凛有生氣闡幽發潛光可以備國史甌北氣奔放駃騠躡空駛太阿出匣中寒芒百道起試讀軍旅章秋氣森滿紙三公如鼎足各自堅壁壘彼此張一軍誰能奪其幟世人競雕蟲淫哇沸滿耳偉哉此三公千古當不死

同雲壑栖湖兩兄侵曉汎湖至靈隱登韜光菴還憩六一泉暮歸得詩四首

栖烟凝未開湖影動朝旭蕩漾瓜皮舟柔櫓劃春緑言偕瀟灑人攜尊騁游矚迷離宿霧收西子妝初沐春山向我笑蒼翠紛可掬捲簾倚篷窗花光紅眩目滿湖簫管聲游舫共徵

逐喚起楊鐵崖一唱花游曲

清游厭煩囂放櫂詣靈隱鐘韻聞星星到岸喜俄頃舍舟坐輕輿軋軋入幽境白雲知我來出岫如相引到眼豁崚嶒一笑指鷲嶺古洞穿峆岈山氣逼淒緊白日閉陰寒不漏纖陽影倒垂萬青蓮勢欲壓人頂捫崖躑躅行一步一清警憑闌俯漣漪新綠浮藻荇山風忽颯然吹縐半池冷凜乎不可留欲去還引領

鷲嶺景已佳韜光境尤邃夙昔慕來游經年未一至趁茲游興豪入寺復尋寺曲磴穿深篁泠泠響流水啁啾山鳥啼便娟野花媚遙即山頭廬頓入仙佛地老衲焚栴檀跏趺參不二衍漾金蓮池魚樂忘釣餌小閣眺江湖洪濛轉一氣不覺心地清殊有邱壑思鐘響忽飛來鏗然震山翠

回舟漾微風　徑出深邃乃有六一居停橈快徙倚聞昔惠勤僧禪室此曾寄睠彼六一翁遐情迴相契高僧與詞客芳躅誰可繼我來酌寒泉千秋緬遺事蒼然水樹昏暝色渡湖至白雲還空山余亦有歸意沿流採白蘋淩波渺含思

嚴烈女詩并序

烈女憐春姓嚴氏系出望族家貧鬻於何氏爲青衣豔而慧何孀居無子倚爲形影有檀生者負文名於母有葭莩親聞女賢求聘許之期以中秋爲團圓之夕適女父來探望强贖以歸轉貨爲富家某氏妾女初弗知也及抵其家見門宇不類寒素知被紿遂索歸勿許其妻亦妒婦也相與磨折之不從終自縊嗚呼足以風世矣一時文人學士誄以詩詞余亦賦焉

嚴家有女顏如玉生小青衣侍妝閣明慧偏逢主母憐嬌養深閨伴幽獨白面郎君正少年恩承慈母結良緣那知三五團圞夜恰是徐郎破鏡年阿父貪財轉相勸私心欲奪嬌兒願妾志能同冰雪淸不待郎吟綠珠怨明珠鬻向豪家去盈盈弱質歸無路良宵偏遇惡姻緣黃金買得紅顏怒淚落羅襟萬種情紅綃且復了殘生可憐絕代嬋娟子氣盡河東獅吼聲花殘玉碎尋常事屈節誠難死誠易義士雖無古押衙貞魂肯逐沙吒利豔質全憑烈性完聞之我亦淚潺湲從今腸斷蘭芝詠忽見中秋皓月圓

畫眉曲

窗櫺漏日紅一綫鸜鵒相呼已千遍美人扶起意猶慵羞對菱花怯勻面徘徊染黛暈修蛾枕痕印頰紅雙渦柳絲一把

曲檻外鏡中相較春如何十眉圖子今誰摸寫得遥山一痕秀莫向堦前數落紅怕被東風又吹皺

羊山

石齒嚙船船倒行篙師併力同石爭羊山倒插入江底坐令過客心魂驚一峰骨立草不生一峰林木何陰森兩山相去不盈里氣候咫尺殊枯榮萬人斧鑿窮日夜隨風遠響聞鏗鏗山靜則壽徒爾云斲盡亦恐愁山靈我來越地逾兩月放棹到處成幽尋此山奇險亦寓目小與巫峽堪齊名橋回岸轉又一境羅羅水竹疎而清扣舷船尾歌越吟衆人皆睡我獨醒回看新月起烟際下方古寺來鐘聲

夕陽

閃閃翻鴉背遥天一綫誯鐘聲孤寺暝帆影半江秋流水杳

然去亂山相向愁雖憐無限好行客莫夷猶

題丁野人山居

垂老心情愛息機萬峰深處結柴扉雨拖翠靄當軒落風捲流泉入戶飛峭壁日高猿每挂蒼松雲冷鶴知歸詩書列架生涯足餘興還尋舊釣磯

暮春即景

濛濛柳絮撲簾旌一夜東風又放晴苔徑人稀餘鶴跡花房春暖聚蜂聲雨餘草色依階上日午茶烟隔竹生好景滿前憑領略討春底用出重城

意幼從學時曼亭先生歿七載矣今秋臥病忽來夢中如生時謂意曰余一生潦倒無所傳聞惟秋海棠一詩尚在汝處可爲我傳之因檢篋得之詩以誌感

尊前笑貌儼生平絳帳追隨舊日情每以幽閒憐弟子至今涫古憶先生悲涼杜老身前恨寂寞方千死後名夢斷西窗驚坐起冷鐘殘月未天明

壯烈伯李忠毅公輓詩

樓船轉戰陣雲深薄海風寒冷劍鐔絕島共驚飛將到前軍忽報大星沈鯨鯢未盡留餘憾矢石親當鑒此心欲賦招魂招不得濤聲哀作武溪吟

越中襍詩

浣沙石畔草萋萋邪更含情問舊溪花落苧蘿人不見越臺空賸鷓鴣啼

放翁遺跡讀書臺石徑荒涼久草萊勝地也憑天作主清游贏得我曹來

四明狂客至今呼賀監風流絕世無我道秋來蓴菜美鑑湖
不乞乞湘湖

千載曾傳太守賢至今江水尚澄鮮詩人翻笑非廉吏臨去
猶爲選大錢

柴門處處俯清波風俗人家尚養鵝他日歸囊無別物卷中
添得越吟多

王玉如雲南人四川按察使仁和孫嘉樂側室

玉如善畫工詩與女公子雲鳳雲鶴唱和閨房有林下風氣

喜弟自滇至

旣見翻疑誤凝眸各審詳九年雲出岫一夕雁成行別後滄
桑換途中歲月長舊容驚半改鄉語歎全忘對月秋垂淚聽
猿夜斷腸逢人問消息覓便寄衣裳翦燭心方慰回頭意轉

傷自余離故土賴爾奉高堂感逝餐應減思兒鬢恐霜弟能支菽水妹可護溫涼聞已調琴瑟曾無弄瓦璋當年送我處今日遇君場彼此皆如夢依依兩渺茫

高祥字織雲錢唐人吉豹女姚炳室有晴雪樓遺稾

織雲弱歲喜爲詩與其兄愼彝茂才擘箋搦管吟哦之聲至夜分不輟母孺人促之寢然後已阮雲臺制府撫浙時嘗采其詩入瀛洲筆談

山房夜坐聽泉

微雨夜來霽涼風滿空谷明月上松林流泉下巖麓羣籟已屏息眞意契幽獨但聞太古音泠泠潄寒玉餘韻寄焦桐冰弦暗相續沈沈萬木陰靄靄孤雲宿銀漢盪羅幃冷露泫芳菊聲旣與耳謀境亦洗心目好攜冰雪文來向深山讀

春陰

輕雲蔽樓閣風景畫春愁花氣渾如暝烟光不可收草濃風力輭林靜鳥聲幽一望蒼茫色苔痕上玉鈎

春日山居

幽居在深谷鎭日掩柴扉徑僻無過客庭空有落暉閒雲來渺渺弱柳正依依爲愛林泉趣團茅近翠微

秋海棠

紅絲婉媚畫秋芳又染脂痕到海棠幾處繁華歸曉夢一庭風露倚新妝無多舊恨拋春思別有閒愁泣夜涼儂是天涯斷腸客含情重問碧鷄坊

送春

留春無計奈春何九十芳華歎逝波閒向玉闌干外立杜鵑啼處落花多

西湖治春詞

湖灣新漲綠交加盡日尋春到水涯行過小橋人不見一枝柔櫓背風斜

項紅章號祖香錢唐人郡諸生陳汝會室

夏夜

靜于圖畫冷于秋近水房櫳小似舟詩裏琴樽新打點夢中巖壑舊勾留暗風有影因吹燭殘月無聲獨上樓一榻嫩涼清徹骨金猊香繞曲屏幽

夜坐

淅淅虛窗夜氣清蕭蕭庭樹梢風輕五月六月有秋意三更四更聞雨聲角枕敧來詩未就唾壺敲缺睡難成瓶花落盡鑪香冷卻賸殘鐙半壁明

湖上春游

一曲新詞碧玉簫閒情都向此中銷畫船卻載春歸去細雨斜風第四橋

題屏山姊氏畫秋柳

昨夜風傳殘笛今朝愁滿荒村疎雨曉烟寒月可憐一樣銷魂

王倩字琬紅晚號秋士錢唐人鹽運司知事葉恕室有小瑯嬛吟稾

琬紅幼多慧解蝶粉黏紈扇蜂鬚浴硯池七齡時所作詩也後從陳元山稍受詩從單華藏炤講禪學珠明雪淨有林下風所天既殞夜于靈帷前假寐達旦終喪皆然有遺鳳仙花者以其色朱泣而揮之越夕變爲淺藍蓋其苦節所感也撫孤子五備歷艱瘁又殫力葬其舅姑與夫年六十六而歿

新燕

別院紅襟拂簾幙雙雙都是心相屬獨有儂家一隻飛昔年紅縷猶纏足

好風

好風拂袖蕉衫爽明月侵階花影橫獨對良宵誰是伴數聲殘笛送殘更

秋江晚眺

幾叢烟樹野人家遥望秋江落暮霞欲買扁舟櫂江渚芙蓉采徧采蘋花

汪塏安字吉衣錢唐人内鄉知縣應培女有停雲小草

手鑪

幾費黄金鑄蟠龍巧樣新熏衣微散靄熨手漸生春珍合香篝共温尤雪案親硯池相近處凍解墨花勻

水仙花

纔下瑤臺事已非笑他燕瘦與環肥玉簪雙攏春風影不向人間怨綠衣

陳寶月字印華直隸通永道昌圖女侯補縣丞王慶嵩室有簪花閣詩集

桃開數日春雨忽作行且謝矣詩以送之

嬌含三月鬧芳叢細雨吹絲小院中繡幙難留春灼灼畫簾愁對曉濛濛未辭條候魂先斷到倚闌時豔欲空無限臨風惆悵意綠肥紅瘦太悤悤

即事

閒來撥悶倚紅闌草色青青曉露漙蝴蝶一雙飛不去等閒便作繡茵看

王蘭佩字德卿號楚芳錢唐人文莊公際華曾孫女兖沂曹濟道朝梧孫女候補縣丞慶嵩長女常山教諭孫承福室有茂萱閣靜好樓詩草

德卿幼隨父宦遊楚中又自楚入京從母遊陳氏外家眉隨中表女弟兄鍼管少暇分箋角韻不學而能天性然也歸里後恆侍外大母汪太夫人方芳佩遊親炙裙裾詩法淵源窺其涯涘歸承福逾年而歿年才二十二嘗自定其詩集自甲子至庚午曰茂萱閣皆奉母時作自辛未至癸酉曰靜好樓則于歸後作也

思親感賦

生男勿云喜生女誠可悲游子志四方嫁女離庭闈時懷堂上親焉得相追隨我生非不辰所誤因蛾眉二十詠桃夭百兩催于歸可憐數載來終日心神馳阿父依幕府遠在湘水湄阿母居陋巷操作心力疲井臼任煩勞兒女縈遐思纏綿手中線寂寞門上楣里門雖咫尺色笑終睽違望雲言思親

思親當告誰眉痕背人鎖暗淚深宵垂日月何迅速骨肉長分離采蘭陟南陔蘭蕊何芳菲爲誦補笙詩字字傷肝脾

孟冬憶家大人楚中

寒來欲製衣處處勤機杼拋梭下庭除徘徊久凝竚不知多少愁如絲復如縷但見淚涓涓洒作芭蕉雨縱有五花之筆金花牋可憐難寫兒心緒問兒何所思淒絕不能語阿耶滯微官遠在瀟湘浦阮籍哭窮途禰衡獻鸚鵡援琴操猗蘭惜爲眾草伍遂歌歸去來飄然解簪組客游益汗漫扁舟無定所嗚呼不見木蘭昔日替耶征迢遙不避關山苦慙兒不能効昔人空見烏返哺兮羊跪乳

哭花和韻

園林一夜風如翦胭脂亂落香紅軟爲探芳菲侵曉來泣然

宿露沾苔蘚別有憐香展轉心何堪對此更沈吟殘紅昨夜三更雨新綠明朝一徑陰生憎少女偏輕薄吹花飛舞欺花弱杯酒聊爲餞別樽相期頻說來年約年來自覺腰支細眼看春歸不能繫從此閒庭更寂寥青青草色門常閉兀坐吟思恨未消無端清淚溼冰綃香魂零亂隨風去宋玉詞哀不可招護持深媿儂無力空記芳春皆手植淚洒花枝淚亦紅淚紅花更無顏色花易飄零淚易乾空餘凝立凭闌干願將萬點相思淚換取名花壽萬千

獨夜吟

風透湘簾寒寂寞翦刀聲裏鐙花落理線偏憎縷長縫裳每厭吳綾薄玉女霜砧夜夜鳴鄰姬鴛杼時時作煑茶小婢語聲低月色今宵又勝昨

秋夜吟

西風幾夕吟蘭茝淒斷秋心愁不死雛凰小鳳相逐飛一樹紅桐垂翠子桂香濃態綠玉帔手執芙蓉染紅淚瓊雲不流壁月明欲抱濃情對花睡鴛鴦繡褥蒲桃錦翡翠輕衾夜明枕嬌魂癡夢渺難尋何處思香誇媚寢星娥月姊不可招彩鸞簾額迎涼颸安得仙軿來絳霄相逢贈我青瓊瑤

擬秋風三疊

秋風初起兮氣候變遷西商在茲兮草木憯以失鮮元陰黯黮兮昏晝連蟋蟀哀鳴兮近牀前有美一人兮居幽燕欲往從之兮阻山川登樓北望兮暮雲橫天願言思子兮使我心懸

秋風獵獵兮芙蓉披處此蕭瑟兮當以告誰朝有所思兮暮

有所思所思何許兮水天茫茫而各涯展轉反側兮懷彼淑恣道阻且長兮馬又虺隤努力崇德兮皓首爲期願言思子兮使我心馳

秋風淅淅兮入我樓明星耿耿兮銀河不流歸鄉紀年兮歲三周有如羣鳥兮營巢養羞鶴處雞羣兮恥共啾啾長歌慨慷兮以寫離憂願言思子兮使我心愁

侍北堂夜話

疎鐙小閣影離離刀尺聲殘夜靜時情到無聊成幻想事多失意怕回思偶談瑣事愁如積同聽寒更睡較遲世味漸諳年漸長膝前敢復倚嬌癡

偶吟

小窗人語一鐙紅香護珠屏怯晚風低囑玉闌干外月好扶

花影上簾櫳

舟中寫憶

離情一縷細于絲半付琴弦半酒巵若過嶺頭逢驛使折梅須寄最南枝

張櫄字蕊仙江蘇華亭人湖北廣濟知縣錢唐蔣炯室有凝香閣小草

蕊仙父少峯先生以儒士遍游江浙時蔣村名聞浙右尤擅五七言古適以廪貢莅慈谿學博先生素聆其名一見契之以女字焉蕊仙嫻于吟詠博通書數後偕蔣村宦遊三楚十有餘年己丑之春與媳張扁舟歸浙未帀月而卒年四十有二

重九病起

强插茱萸整翠鈿藥鑪愁對拂輕烟妝臺青鏡秋容瘦籬下黃花晚節堅把盞持螯知病減倚樓聞雁憶書傳愧無好句

酬佳節孤負龍山落帽筵

清明日思親

佳節清明插栁齊風風雨雨畫樓西三千里外親塋遠十二年來鄉夢迷是處灰飛蝴蝶夢幾行淚洒杜鵑啼何時拜埽松楸下馬鬣親封一寸泥

長至日宴集示媳沈李蓮因效其體

黃鍾轉後一陽回佳節堂前小宴開白手敲詩無俗韻紅鐙鬬酒有奇才不聞刀尺傳添線何幸姑嫜共挈杯簾捲小環含笑報窗前親見一枝梅

赴楚畱別娣姒

娣姒相逢未久時那堪又賦別離詞垂楊不繫行舟去偏繫行人半路思

寄懷夫子

別時初放小桃紅轉眼光陰四月中送得春歸人未返愁看飛絮拍簾櫳

沈懋昭字德馨號季蓮江蘇華亭人廣濟知縣錢唐蔣炯子勤培室有挹翠軒詩鈔

季蓮爲雲間沈文恪公荃四世女孫幼隨父研田先生宦游三楚先生以孝經女誡訓之詩固未之學也因其姊氏受唐詩取而讀之輒能爲五七言古近體皆閒雅可觀年十五于歸蔣氏琴瑟相得歲己丑奉姑張南旋越四年而卒年二十有三

春日偶成

春色鎖園亭春深戶不扃好花開黑丑新釀數紅丁雁過還餘影天空未了青偶然閒徙倚斜日上疎櫺

秋望

九月三湘地秋風滿竟陵綠餘千樹橘紅賸半湖菱雲影遮
還薄霜花落未曾早知冬在邇烟水益清澄

舟次荻港有懷同社諸姊妹

春水平春港春山樹不分花飛千樹雪帆剪一江雲舊事多
成夢新愁莫論文推篷緣底事惻惻悵離羣

小園夏日

水色山光逼郡齋數竿修竹繞蘭階箇中眞有清涼境此地
從無去住懷案牘奇書稱越絕人畱韻語似齊諧蕉窗偶爾
微風過幾許蟬聲噪綠槐

春分日作

海棠初吐柳初含屈指韶華略見凡侍女喜晴勻綠鬢嬌兒
趁暖試春衫紅酣戶外桃剛放青到簾前草不芟爲道杏花

風信過一雙紫燕語呢喃

舟中作

少小依親宦楚闕廿年從未唱刀環今朝倚棹春風裏一眺江南平遠山

陳毓琇字小蘭仁和孝廉希濂長女戴某室有困學樓詩稾

題奉萱圖

記聞慈母話庭闈欽佩松筠節不渝回憶徽音三載闊晴窗快讀奉萱圖

陳滋會字妙雲錢唐人諸生金某室

妙雲爲江秬香彝尊女甥工八分書

冬夜

夜寒庭院不聞鴉側側窗風透碧紗更剔銀鐙續殘夢夢隨明月上梅花

褚貞字紉蘭海寧人

落花

烟凝一徑護深紅轉眼飄零悟色空從此香魂歸去好任他風雨五更中

舒四德字懿兼號筠軒仁和人同邑諸生汪養大室

筠軒中喪所天子志川亦早歿貧不能自存鬻其廬舍賃太平橋施氏破屋一椽居之以針黹自給有女名瑞珠字萃文亦嫻文翰遇人不淑依母以居母歿祝髮于杭之文星菴更名有成此嘉慶二十年前事也丁卯海昌張犀谷步蟾以試事寓施氏聞吟誦歎息聲怪而問其故因得與筠軒相見且錄其殘稾十七章以歸

紅梅

紅羅曲調一番新冶豔依然絕點塵獨向繁華標極品翻因

綺麗見清神平章桃李三分色渲染冰霜一段春花落倘隨流水去漁人誤認武陵津

卽事

空庭日暮亂飛鴉簾外風微颺落花自笑不如雙燕子營巢猶得傍人家

陳泰字紅泉海寧人鳳煒胞姊鍾玉厓室有秋蘂閣賸草

紅泉生長華閥嫺于吟詠稱未亡後遂不多作歿後其孫其恕版行之妹名貞淑亦能詩題紅泉遺稾絕句云虹橋烟水思迷離猶憶當年絕妙辭手展遺箋聽秋雨不堪腸斷夜鐙時聲韻頗淒徹也

緣兒補寶坻縣尉來接未赴書以相慰并勖之

母子骨肉情聚首非不歡況以微祿養差比苜蓿盤遣僕遠相接籌思乃浩歎姑嫂兄弟情一室長盤桓倏焉舍之去殊覺摧心肝我年未週甲後會良不難薄田百餘畝寧復憂飢

寒含飴時弄孫俯仰頗自寬知汝念我切白雲望漫漫雲中覓飛雁寄書報平安一言更囑咐書紳朝夕觀儉約以持身廉慎以守官我心庶安慰努力當加餐

苦雨

離愁黯黯坐無聊苦雨瀟疎更寂寥芳草和烟緣岸長落花如絮向簾飄雲迷野徑漁舟散鐙暗書窗客夢遥最是五更聲滴瀝耐他叢竹與芭蕉

倪氏海寧人同邑陳培慶室

題夔月薰香圖

詩中好句渾如畫畫裏遺芳卽是詩秋月半簾香繚繞分明白雪坐吟時

月鈌香消硯已塵生綃聊復幻吟身疎簾長簟風吹暮應怪

雙鴻掠影頻

王姮字樨影號月函仁和人西灋女顧虹橋室有繡餘吟稾

月函女史嘗著詠物詩存一卷有嬾貓詩爲隨園太史所賞

春日湖莊即事

夢破遼西曙色微薄寒天氣綠陰肥春光不比人畱滯說著歸時竟自歸

自嘲

恐拈絲綫縈愁思怕用機心不著棋猶怪閒人有忙事丹青纔了又題詩

湯繡蛸字湘綠錢唐人知縣燾女汪初室有蘭雪軒遺草

寒夜不寐有作

虛房一燈閃四壁寒蟲號擁被睇窗紙時聞聲蕭蕭將無急雨灑或是祥霙飄今年苦冬旱沾溉需神膏巽二倘率職定使牟麥饒深閨抱遠慮庶等漆室謠

詠几上水仙

翠旗斜曳金枝簇春冷花宮琢瓊玉髣髴瀟湘解佩人淩波冉冉羅裳薄晶簾穿透明月光甜香一縷凝幽房梅花帳底吟懷澹竹葉窗前清夢長烏皮几置黃磁斗勝賞瓊閨肯孤負搖搖銀燭照明窗一斝寒泉當清酒

長至後一日始見雪戲作短歌

紫茸裘薄尖寒凝玉階亂灑瑤花影小眠深屋喜鑪溫待揭繡簾嫌手冷當階瓊樹擁銀沙如月雕闌一帶斜得句謝庭誇詠絮有情陶宅解烹茶烹茶詠絮閒中樂不管茅檐寒起

粟欲排仙馭迢飛瓊更覓藍田思種玉金尊酒浪疊紅鱗西北樓高不盡雲數筆蕭疎摩詰畫一篇瑩淨惠連文晚來亭角龍拖重翠竹深樓白毫鳳遥憶孤山處士家幾重香透梅花夢

夜坐小窗聞雨

夜闌人寂靜風竹響瀟瀟鐙影紅星綻鑪香碧篆搖愁深知酒淺寒峭惜花嬌巷陌明朝霽開簾杏雨飄

澹月

鏡影籠雲葉虛亭澹夜光易迷三里霧頓失半林霜蝶夢憐衰草花魂滯短牆廣寒何處認羅幕掩明妝

喜席妹怡珊書至

去從蜀道泝江行今見齊烟九點輕人覽山川誇眼福天教

脂粉妝詩情傳來尺素殷勤甚宛接清揚笑語傾何日香温
重把袂水雲長與白鷗盟

懷怡珊妹

年來多病又工愁荏苒韶華幾度秋棋局倦拋深竹裏酒杯
獨酌小樓頭每逢花月思前約偶到山塘憶舊遊惆悵江南
芳草地何時重與狎盟鷗

泛舟石湖

似鏡湖光一望遥幾重山色護蘭橈采蓮歌憶横塘水漾月
入懷寶帶橋雁外斜陽迷遠樹鷗邊淺夢趁回潮吳宫弦管
歸何處惟賸垂楊鬬舞腰

友琴弟歸應省試作短歌送之

輕帆一葉西風緊纖雲不隔銀蟾影仙桂香飄何處來雲逵

萬里鴻儀穩秋光最好桂花時折得歸來慰我思喜聽畫樓靈鵲噪小山綠玉發新枝

香温茶熟軒春夜聞雨感賦

金荷豔吐蘭膏爇帳影簾波雨清絕夢中胡蝶不飛來梨花無語吹香雪掩卻鸞屏夜未央鏡匳潮汐憶江鄉纏綿春雨人扶病靜對熏鑪小篆香

玉蝶梅

淡雅得空色精神玉比妍羅浮月中影化作縞衣仙

七夕

人閒天上總良宵雲作橫河鵲作橋誰與黃姑圖肎嫵一彎新月帶秋描

汪筠字紉青號扶雲錢唐人瑜女青浦陸壽銘室有扶雲

仲冬下浣始見雪飛偶作短歌

凍雲壓閣寒初凝飛盡歸鴉北風勁玉龍游戲何處來帶得瑤花灑空影綺戶香濃殘夢醒銀牀凍合金瓶冷時聞瘦竹傍簷折瞥見銅鋪縿輕粉烟淡薰鑪獸炭紅犀鈎不控繡簾櫳朝來試向樓頭望日色初回大地融次日雪霽

燒香曲

沈烟一縷雲一絲風迴綺閣春遲遲女奴獸炭初添處深院湘簾欲下時薄片輕翻鷓鴣黑紗籠小揭蜻蜓翼亂紅幾日墮欄西不藉黃蜂覓花魄蝶裙金縷霞光浮夜闌小倚湘筠篝氤氳半晌入殘夢鬟影夕陽林外樓月井微升大紅氣蓮心蘭息輕輕意欲試裁花翦葉天請看霧閣雲窗地

春繡詞和湘綠韻

亂紅影裏春光好綠楊枝上鶯聲悄新樣描成對綺窗迴文錦奪天孫巧金翦纔拋下象牀彩絲爭似柳絲長深閨不管韶華景一任花飛點點芳

人日偶閱元遺山梅花人日草堂詩句家大人命拈句中平字為韻得花字與問樵湘綠靜淵小龍分賦

碧天雲影散晴霞鏡裏初簪綵勝斜三疊琴聲邀夜月一番春信到梅花詩傳古調吟新歲身在江南憶故家風定蘭堂香篆裊玉壺買酒慶韶華

送問樵大兄入都

風雨連朝暗小樓渭城一曲寫離憂談詩客去吟窗冷征雁行分塞草愁南浦春波今日恨西泠花月昔年遊欲知別後

情何似夢繞燕雲十六州

癸亥暮秋泛舟湖上時將移居吳門賦此誌別山靈有知當亦爲之黯然也

驪歌一唱人將別畫槳重攜我獨遊此去江南添遠思六橋花月兩峰秋

汪玢字孟文錢唐人衡女仁和孝廉陳善繼室

孟文工書兼解制舉文字孝廉君恆館于外孟文以舉業課其子爲之口講指畫焉

重九登高

佳節試登臺憑虛氣壯哉雁聲風外急山色雨餘開空有淩雲想愁無作賦才黃花如解語相對一銜杯

送蕉石弟之湖北

卅年常聚首此別路三千江水渺無際征鴻飛遠天家貧悲

作客學淺好師賢莫漫傷離索行行努著鞭

夏夜同諸姊納涼

夜色清如許幽懷淡若何談深忘漏促坐久覺涼多牆角螢初警樓頭雁未過微吟當此際歷歷見明河

仰高亭晚眺作 亭在嘉善學署中年久坍塌惟存故地

松林一帶蔽長空晚景蒼茫急去蓬絕好輞川圖一幅漁人收網夕陽中

孫安祥字竹卿錢唐人同寶女有白雲樓遺詩

春盡彈琴偶成

忽忽春欲歸閒庭且躑躅白雲封戶濃芳草齊階綠撫景盡流連簾捲來初旭妝罷刺繡慵鳴琴惟所欲閒焚百和香漫鼓歸來曲清音何泠泠如叩瓊瑤玉輕風習習來又見月如

燭頓覺滌煩襟何必傾醽醁

仲春襍書

九十春過半攤書百事慵微微潑火雨隱隱隔林鐘飛絮沾帷幔閒雲臥遠峰倚闌清景好詩思正無窮

滌研來軒外當堦碧水盈雨餘啼鳥至風過落花輕草色一簾受晴光萬里橫高吟欣自得賁若助閒情

雨登南樓

簾捲憑窗眺江村入望間鐘聲烟裏寺樹影雨中山草木一庭潤詩書滿座閒遥看天欲暮簷溜尚潺潺

首夏寫望敬步家大人元旦元韻

夏景朝看雨氣浮思親極目倚樓頭烟籠翠岫峰峰合花落清溪瓣瓣流別緒總憑飛雁寄閒愁不共暮雲收感時又見

含桃熟何處歸來天際舟

南樓寫望

盡日閒吟依小樓輕烟漠漠遶簾浮天連遠樹千尋碧山入斜暉萬壑秋覓句任他雲入座繙書又見月如鉤憑窗極目思三楚可有南來雁字不

計雪香字梅簷錢唐人松江黃圖珌側室有梅簷遺稾

詠蓮

團扇輕搖夏日長水晶簾捲芰荷香一潭秋水明如鏡偷得佳人半面妝

吳淑慎字琴齋郡人監生顧申之室有琴齋詩草

葛嶺

振衣尋古路拾級遇仙壇不見葛翁蹟松風吹面寒井鑪傳

故事日月擁奇觀獨立無人至幽懷寄藥闌

白牡丹

前身姚魏占花王縞素新翻富貴妝小立窗前驚鶴髮閒移月下傲霓裳稱名直擬山中雪花名萬山雪植品還誇國有香點綴春光何所似玉人含笑倚迴廊

姚霞齡仁和人孫懋觀室有晚雲樓遺稾

病起

幾日荒園未得遊偶來草徑綠猶稠鐘聲遠近烟中寺樹色微茫雨外樓臥病心情仍帶嬾殘春天氣正多愁畫梁燕語渾無緒故向檐前絮不休

鎖瑞芝字佩芬錢唐人監生裕楨女舉人吳兆麟室有紅薔吟館詩草

荔支香新曲歌

海棠初醒華清睡，滿地紅塵供一戲。荔支香裏按新聲，風流爭說唐皇事。唐皇舊事說難詳，別院離宮樂未央。閒卻綠猧爭賭錦，拋殘紅豆欲盈箱。金盤顆顆呈佳果，雪質冰肌看磊砢。玉兒嬌顫兩無雙，剝鮮笑卷珠簾坐。梨園子弟試輕喉，一幅綾綃十斛愁。唱到生辰新製曲，六宮無語盡低頭。人生快意惟行樂，荏苒光陰苦不足。芳樹移來南國輕，涼風吹到西頭促。緩歌慢舞竟如何，封事飛傳警翠蛾。恨殺李楊雙相國，君王妃子別愁多。漁陽鼙鼓紛紜至，珠沈玉碎梨花死。黃泉碧落兩茫茫，空傳名字留仙史。吁嗟乎，馬嵬塵土最堪哀，算到嘗新第幾回。關內六軍陪輦去，嶺南一騎捧盤來。

餞花

綠陰漸欲遮池館細雨斜風春不管水晶簾外足長亭新愁卻倩游絲綰蜨嬾鶯愁曉月殘楊花點點撲闌干登樓莫唱思歸引把酒休歌行路難紛紛無柰封姨妒散入鋪茵無覓處紅豆歌中感別離子規聲裏驚遲暮階前小影太橫斜懊惱題詞啟碧紗寄語明年春更好瓣香先爲祝蒼華

暮春久雨

西北高樓上憑闌思悄然遣愁箏語澀催暝笛聲圓積靄連樵擔狂風滯客船玉壺清似水不惜買春錢

即事

倚遍迴闌墮玉簪隔牆斜照淡鋪金閒攤詞譜填新句病棄琴絲澀舊音滿院蒼苔人寂寂一簾紅雨晝沈沈裌羅衣上寒猶在難怪春愁水樣深

訪許雲林延礽夫人湖上別墅賦此卻寄

山徑歸來訪玉眞橫塘西去草如茵乍晴乍雨肥紅藥輕暖輕寒長白蘋嵐氣晚迷橋畔寺湖光清照鏡中人遙知良夜添佳興玉軫徐調對月輪

周靜儀字雲麓郡人程其素室

同表妹胡婉珍夜話

幽居共春寒挑鐙與君說人生天地間何分巧與拙拙者日陶然巧者百憂結天道本無私白雲自怡悅默默兩忘言人境饒清絕一犬吠深更柴門閉風雪

寒食病起

東風料峭綺窗前藥竈吹殘半縷烟病我一春紅杏雨愁人三月綠楊天草深戶外添蛛網花落枝頭泣杜鵑差喜明朝

佳節至起來重整舊花鈿

夏伊蘭字佩仙錢唐人有吟紅閣詩鈔

佩仙爲吾友松如茂才女松如既負淸才其箎室楊素書韻芬又工絮詠佩仙蝸髫濡染抒寫遂多一字之工互相吟賞惜十五而殤不禁欋豔淵珠之歎聞其歿前沐浴更衣合十作膜拜狀語其母曰兒欲去母曰去將安之曰兒謫限已滿將歸雷廟天上差樂母以爲念松如固謹慤人所述當非譫言也

山家

山家景物未全非一院酴醾靜掩扉睡鴨池塘花落早浴蠶天氣客來稀條桑小憩綠雲塢試翦新裁白袷衣牽到柔絲千縷細垂楊肯遽放春歸

書懷

屋角山容點綴新淸閒誰似幌鞶身栽花新闢長春國對月如逢太古人寂坐心全忘俗累瘦吟我自樂天眞常娛㝮日

饒奇福骨肉團圞幾輩親

月夜

寂寂蘭房對短檠輕風掠枕夜涼生疎花一徑有秋意微月半簾聞竹聲繡譜荒疎慚翦綵茗香淡泊足娛情苦吟笑我成詩癖倣宋摹唐兩不成

戴小玉字倩梅郡人諸生道峻女朱文檀室有倩梅簃遺稾 倩梅歸朱山橋閱一歲而夭年甫十九其兄熙爲刊其遺稾

涼信

涼信到鴻燕夜潮風雨來此時聞落木秋思正悠哉感彼授衣節慚無賦扇才沈吟倚窗戶擁袖獨徘徊

鈔書

下巖小硯月團圞幾縷寒雲墨未乾閒坐鈔書渾不覺夕陽容易過闌干

新秋襍詩四首 錄一

闗情景物一番新供几秋英最可人自覺曉寒禁不得起垂簾子護花身

黃巽字順之號蕉卿仁和人金華教諭超女孝廉粲紹壬室有聽月樓詩二卷

蕉卿爲相國文僖公七世女孫年十九歸晉竹後晉竹侍父入粤蕉卿以母病不能從未幾晉竹患咯血症蕉卿聞而心驚閒闗度嶺以往未及半年徐得風疾竟沈綿以死晉竹作挽聯曰四千里累爾遠來父在家母在殯翁姑在堂屬纊定知難瞑目廿三年棄予永訣拜無兒哭無女繼承無姪蓋棺未免太傷心吁可悲已蕉卿少受其母雷夫人教解吟詠喜讀元人詩故所作多與之相近偶成云滑笏春縢臨晉草玲瓏小几供唐花寄頌卿妹蕭山云家遠愁看花姊妹病多難配藥君臣病中不寐云蛩語鬧于牛馬鬭雞聲難似鳳鸞鳴丙寅除

夕云百年已過六千日一飲直須三百杯呈程十然丈云惟絳經言飛白字殺青史筆比紅詩

湘湖采菱曲

吳江女兒采蓮花淩波綽約如朝霞越江女兒采菱角隔水輕盈籠芍藥兒家生小湘湖邊只種秋菱不種蓮剖蓮子心中苦剝菱菱實心中甜湘湖一夜西風緊三五鴉鬟蕩雙艇戲牽菱葉釣竿絲笑指菱花鏡匳影采菱菱角紅頰暈雙渦濃采菱菱角綠眉痕雨峰蹙菱根叢襍菱刺多纖纖素手臨清波鯉魚風起芙蓉外蟬鬢生寒可奈何春風采蓴蓴欲小秋風采菱菱漸老年年秋去又春來不及兒家顏色好采菱復采菱菱船四面來前汀湖水淨遹碧湖山瘦且青雙槳只在波中停菱歌罷後不知處卻向湖頭浣紗去

雨後看山

玻瓈水鏡淨于揩螺髻多從雨後開無數青山青不夠暮雲添出一峰來

高學歐字荻傳仁和人中翰鳳臺女

荻傳爲越楏第四女矢志不字佐母理家政米鹽淩雜之務皆身任之暇好吟詠著有亭茗閣遺草年二十三卒

團扇辭

手中白團扇爭及明月圓明月秋正好團扇已棄捐

盆中水仙盛開作歌

玉斐乘鸞迴九天瑤情如夢春如烟含情欲語不得語橫波一盼仙乎仙輕塵不動見羅韈縞衣翠羽來蹁躚幽蘭凝睇萼綠笑芳姿濯濯臨風前春風吹轉冰雪魂碾香入骨香無痕文瓷綺石浸寒淥一簾明月天黃昏金波瀲灎明月裏瘦

影玲娉隔窗起美人顧影弄碧泚湛湛清矑化秋水秋水迴
眸定誰是明月迷茫沍烟紫雒靈徵步出滄波解珮臨江望
渺瀰

次韻蔡仲兄白牡丹

不覺幽情已信芳渾忘富貴滿華堂從知此外皆紅紫未許
人間有色香世少清才供玉署天留素女作花王瑤臺月下
重相見一抹疎烟印淡黃

林烈婦曾如蘭福建長樂人子駿女同邑林邦基室寓家
仁和

烈婦嫁十二年無子姑没夫以毀卒夫將死謂曰能從
我地下乎泣對曰不必君命夫笑而瞑烈婦投繯者再
翁諭止不聽乃以報明殉節事具牘仁和縣請存案縣
批曾氏宜代夫盡孝速爲立嗣翁執批勸諭乃號曰氏
本殉夫翁有伯叔妯娌豈不足于養潛以約指環珥鎔
爲丸將吞之翁又報縣縣又批速爲立嗣翁如言立其

次孫爲後烈婦撫之既乃自爲帖投縣日蒙諭立嗣養親爲孝節兩全之舉氏思夫亡尚有兄弟無庸氏也今翁已爲夫立嗣是亡夫有子矣念亡夫臨終因氏無子命氏身殉氏許之方含笑入九泉會葢棺未久而遽負前言何面目見亡夫于地下哉今特親叩求批存案氏死之日猶生之年也縣又批以撫孤成立待翁壽終乃踐前言則所全實大所立嗣子可取名光節縣令即捐俸十金大書孝節雙全四字表其門烈婦不敢廢命撫光節孝養惟謹越三年翁没喪既舉告妯娌曰吾今可以踐前諾矣自此絶粒不食沐浴更衣拜辭天地祖宗出故所鎔金丸吞之正襟坐索紙筆賦詩云云後書林門會氏如蘭臨去題擲筆仰項而瞑士林爭爲詩文以美其事烈婦之稱未亡也爲康熙癸未夏其殉節也爲康熙丙戌七月云

臨終詩

鏡裏菱花冷三年淚未乾已終姑舅老復嚥雪霜寒我自歸家去人休作烈看西陵松柏下夫婦共盤桓

雪蘭

雪蘭不知誰氏青衣也汪君蓮浦得其遺稾潢池成冊書法娟秀詩爲其主人夔堂孝廉點定迫于堂上所懷

未遂殆懷才而以情死者槀內附載與夔堂孝廉書言碧窗學語兩帙爲主人收去碧窗學語者度卽其詩槀也

春望

春山濃蔟蔟春水淡瀜瀜春靄千峰合春波萬里空天連芳草碧烟帶夕陽紅點綴乾坤色丹青屬化工

初冬夜雨

忽聽聲侵曲戶懸知愁疊層巒未向風前作雪先來枕畔添寒背壁銀鐙黯黯傍簷珠箔珊珊最是深閨鬱結今宵夢斷長安

海棠花

一樹嫣紅絕世姿晴薰雨醉晝遲遲燭燒靜院慵妝夜酒暈春風薄睡時漫向階前疑滴淚卻從簾外認垂絲日長最怕

遊蜂鬧分付東君好護持

秋海棠

柔姿亦占海棠名翠袖敧斜帶宿酲腸斷風前秋有色魂銷月下恨無聲春陰未解尋殘夢紅粉依然泣舊盟偏是冶容多命薄苔階誰爲伴凄淸

芭蕉

綠覆簷牙暑氣除摘來窗底好臨書也應似我愁千疊長捲芳心不肯舒

白桃花

萬朶輕盈傍小樓東風黯淡迥添愁崔郎一去無消息空使紅顏變白頭

王壽翰字香印錢唐人

香印盲女也行三人稱爲王三姑姿性明慧儀態娟楚小時即工三弦子聞爲小詩稍長名益噪南金西𡏖豪貴爭招致之然頗暱就文士視阿堵物不甚㤅惜爲𡗝錄事能使客盡歡雖遇灌將軍其人者談言微中使人意消無從使酒罵座也酒闌興到起演張紫烟放秦楊玉環馬嵬故事轉喉引聲摹英雄悲憤兒女纏綿令聽者忽喜忽怒忽悲從中來泣不能仰其技之入神如此居慶春橋側築室兩椽王夢樓太守爲書青翰舟三字牓之一時帬屐名流酒地花天樂幾忘死新篇投贈佳句夥頤如夢樓云重蓮眞插曹綱手高燭疑迴洛女波吳西林云已擅六么能刻羽何須一顧始傾城杭堇浦云對客勝常知客姓目中莫道竟無人汪槐塘云平湖舊調變新腔彈動三弦涼滿窗袁簡齋云月好雲常掩花嬌睡更紅暗中休摸索我是白頭翁皆爲香印而作

與金夫人夜話

波紋吹皺竹簾兒煑茗紅閨睡較遲花暝梛昏春似水小闌干外立多時

錢唐女子

徐巖叟詩選和邯鄲客舍題壁詩并序云壬辰余北上邸宿見室隅殘墁間有女子題詩跋云妾錢唐人也因

離亂隨征詩不敢怨情見乎辭讀之沈婉悲壯字法亦質秀而屬和者寡矣且姓氏不留又安望後來者之和之也因代爲抒怨云客窗夜雨氣淒清曲寄琵琶寫怨聲蔡氏無金空憶贖班家有史只心評愁從北塞施新粉恥向西湖訪舊名古壁半敲香字斷淚痕猶漬碧苔生

邯鄲客舍題壁

獨坐幽齋夜氣清可堪風雨作秋聲典釵沽酒偕君醉揀史燒燈快我評事業到來都未是英雄當下只爭名自慚弱質非男子閨閣沈埋愧此生

無名氏

我聞集云三會堂槀亦海寧閨秀詩而佚其姓名

感事和叔祖母原韻

舊背經游處荒涼道路非秋風吹蔓草落日照征衣地隔山川遠天高鴻雁違不知頑人意獨寤自忘機

冬暮病懷

寂寂寒窗下，淒淒短日頻。世情愁卒歲，病骨怕逢春。有母悲長訣，無人識淺顰。年來憔悴甚，顧影自沾巾。

國朝杭郡詩續輯卷四十三終

錢塘吳慶坻校字

國朝杭郡詩續輯

卷四十四 卷四十五 卷四十六全

十六冊

國朝杭郡詩續輯卷四十四目上 寄寓

黃宗羲 黃百穀 陳洪綬 惲壽平 馮文昌
吳發馨 毛際可 嚴我斯 方象瑛 毛奇齡
嵇永仁 朱襄 方桑如 鄭羽逵 傅王露
魯曾煜 查士標 陳梓 孫霖 李屺源
胡裘錧 沈鶴 趙金簡 鮑鈖 鮑倚玉
鮑倚雲 萬福 黃游鵬 陶元藻 方塘
馮如璋

凡三十一人

# 國朝杭郡詩續輯卷四十四

錢唐吳振棫毅父氏編

黃宗羲字太沖號棃洲餘姚人有南雷詩歷

棃洲先生爲前明贈太僕卿忠端公尊素子天啓癸亥補仁和學諸生鼎革後畢力于著述四方請業之士麇至嘗講學于南屏順治己亥二月先生與汪孝廉渢訪笑魯長老坐月庵中至三更是夜寒甚庵中止有一被先生與孝廉兩背相摩少得暖氣明日先生入雲居訪仁庵孝廉矢志不入城至清波門別去見徐逢吉清波小志

中秋次韻

江村連日雨月色不相酬秋水迷桃葉青楓冷莫愁語深書蹟淡詩瘦病容臞玉女峯頭夢眞同竹葉舟

至六一泉謁先忠端公神位

游八十月西湖少來拜兩朝忠烈祠哀栁數行遮酒店斜陽一半照殘碑快逢年少雄詞賦亦使老人與鼓吹共道近來

濃抹好汝曹未及見前時

先覺祠祀講學諸賢昔在關廟之右今移附六一泉廣化菴後而杭人視爲一邑香火講章學究襍沓其閒閱之不勝感嘆

曾憶當年先覺祠主持原是出先師劉念臺先生朱虛死後春蘭襍屈子魂來山鬼隨不道蓋棺無定論應敎祝版有徵詞後生不識前朝事巾幗因蒙杜拾遺

題唐在湘湖海樓在杭城管米山

湖海兼收此一家元龍百尺臥豪華硯磨蘇小墳邊雨簾卷林逋陌上花海闊天空無芥蔕晨鐘暮鼓變雲霞近來世論多徇東蚊睫中閒欲放衙

王不菴以易注見示

同是山中聽雨人不菴至鹿田見峭壁彷彿有字遂令牧童摹之得謝皐羽聽雨處六字相逢那得不相親春寒難許牡丹放雨後且看瀑布新已試一身憂患易誰言千古是非眞還留未盡燈餘話約到西湖共采蓴

黃百穀字農師餘姚人有稼軒詩稾

農師爲黎洲先生仲弟晦木先生宗炎子幼明敏能文不應世業醫鈔注素問難經盈尺然性拓落不能爲逢人之術醫亦不行窮餓無以自存東遷西播嘗居西湖之濱弔古感傷發于吟詠卒以窮死所著有素問難經本草注蕙江緣返魂香詞曲見黃氏續錄

贈故鄉人口號

余之淪落武林也朋儕靡倚親舊莫憐彈鋏長歌蹀躞都市有故鄉人胡姓者鬻技于杭有年矣適遇諸途閒留余厚款殷勤問荅雖其家貧力薄不能爲余計然其

意甚誠此出於望外者予斯行本有望于親知卒落落無所合忽乃得胡氏胡非有學人也不爲世態寒暄若是栁子厚云市道交豈可少哉又謂凊能交人由此觀之千古交情俱不出于士大夫而歸諸市人不無可慨焉因詩以贈之

同作天涯淪落人故鄉爾汝倍堪親滄桑世事驚多變今古交情喜未湮食進王孫豈望報詩裁薛氏獨傷神生平非是無相識過半重逢不似君

次六一泉樓上女史張令畹壁上畱題韻

憶昔己亥訓蒙湖上時以輞川之慟每登是樓輒有所作如夜月離情阮氏路春風詩思仲宣樓之句皆自鳴其失意也比年以來奔竄流離足迹不閱斯樓者二十

年矣今夏風波稍定爰來卜居復登茲樓一拜先忠端位下見壁上留題有吳郡女史張令畹蕙筆因汍瀾者久之遂步原韻作此二十章益八琴之感雖事異而情同非敢屬和陽春效皃女子態也亦不過借題名意以自舒其懷抱如感遇者然耳錄四

冷落湖山又幾年靈光猶喜獨巋然天連古渡迷芳草桺去荒城散暮烟白雪漫勞歌絕唱廣陵何處問殘弦仲宣雅有登樓句可許揮毫續舊篇

醉裏乾坤夢裏年老天生我似徒然不堪心事懷修禊只託鵑聲弔禁烟南浦潮生思解珮西軒月冷操離弦少陵詩句多蕭瑟閒寫傷春第幾篇

莫怪相逢眼倍青似憐孤鶴唳霜汀如君難買長門賦媿我

偏題陋室銘漫對閒愁歌宛轉且書心事歎飄零風塵擾擾無知己誰識羊裘是客星

錢唐江上數峯青楓葉蘆花雁宿汀慣聽紫簫吹別調誰書黃絹問新銘夢殘梁月涵波影淚落檀槽似霰零莫向西陵尋舊事恐教潘鬢易星星

附原作

湖邊春色似當年芳草王孫事杳然牧馬嘶風寒夜月流鶯啼雨八朝烟山川有意留環珮桃李無情逐管弦今日登樓强舒嘯須教王粲賦詩篇

重到孤山拜阿青荒榛茅棘一沙汀烟沈古墓霜寒骨雪壓殘碑玉作銘幽恨不隨流水盡香魂時逐蓼花零勸君再禮慈雲側莫墮輪迴作小星

## 西溪懷古三十首 續錄中止載二十二首

西溪在寶石山之陽爲錢唐名勝之地其山川祠宇多南宋遺跡當代耆儒碩士爭爲點綴焉其傍爲河渚蓋宋時南莊舊址支流曲折小落斜村與桑麻雞犬眞斯世之桃源也予避兵其處芒鞋竹杖賣藥鄉閒經歷于山嶺水涯詢諸故老猶有能傳道其事者嗟乎余生不辰逢時多難乃以瘡痍餓羸之身流離奔竄于茲土獨不能觀其盛時每經一處輒復命題或可少見昔時之勝概焉

每過荒陬發永嘆誰將和議主偏安於今蔓草西風裏猶是當時社稷壇 社稷壇

廢渚荒津半野蒿行人指說敎場橋六軍駐蹕歸何處禾黍

離離又幾朝教場橋

村雞號落滿篷霜漁火燐燐出古塘欸乃聲翻關塞曲吳歌盡唱山坡羊古塘

漫說憑臨弔祖龍東南王氣一時終行人莫上高巔望怕見吳山第一峯泰亭山

賸水殘山舊主盟頹檐猶署報先名老僧不省人間恨閒撥鑪烟禮藏經報先寺

興亡千古恨偏聆東嶽何當聽法華此日六陵難借問傷心豈獨後庭花東嶽廟

兵戈無計問桑麻漫說桃源便可家若使有山堪避世甘心樵牧渾生涯桃源嶺

是處兵戈莫問津只除此地遠凡塵憑君爲話南湖事髣髴

滄桑幾度春

河渚

村舍漁罾事事幽幾家小築傍橋頭何時洗耳清溪上來伴漁樵話舊游

木橋頭

千載雲山鎖蕨薇鼎湖龍去幾時歸至今風景猶淒絕絡緯聲中聞子規

龍歸塢

溪水平分十字痕餘生隨處是迷津道人曾學蒙莊語岐路相逢淚滿巾

十字港

夜半疎鐘隔塢聽聲聲悲似雨淋鈴春光不管無人到零落寒花鎖翠屏

花塢

雲封丹竈任高眠滿塢青芝別有天御怪商山眞隱士無端垂白去林泉

青芝塢

梅熟茶香筍露斑春游每數法華山消沈舊事傷心處只有

毿毿自往還法華山

二雪堂前月滿楹誰將詩酒問寒盟只今老幹凋殘盡枉費騷人浪品評永興寺二雪堂

虎踞龍蟠安在哉青山寂寂水瀠洄相逢野老猶傳說此地曾經鳳輦來西溪

紆回曲港護蒹葭洗鉢池頭簇浪花莫怪濠梁多辨論人生應是不如他放生池

平橋流水兩三家竹路陰陰取路斜依舊西溪今夜景一天涼月滲梅花梅花泉

徭役從軍點撥頻十家烟火九家湮望夫若化山頭石嶺上應添無數人石頭嶺

古寺雲深白晝寒斷崖荒磴草漫漫冷香遺蝶千年恨無復

鑾輿帶笑看輦道

南望金焦第幾重登臨猶是弔遺蹤誰將揚子江心路縮入長房輿地中金焦二山

新婦磯頭放釣艇女兒橋畔問樵青筆牀茶竈經行處添得溪山無限情女兒橋

陳洪綬字章侯號老蓮又號老遲諸暨人有寶綸堂集

老蓮甲申後自稱悔遲又稱老遲在明爲諸生崇禎間召入爲供奉不拜𢈔以兵罷監國中待詔南都破爲固山額眞所得固山慕其名優遇之後亡歸卒于家老蓮工人物年四歲過婦翁家見新堊壁登案畫關壯繆像長八九尺婦翁見之驚異遂扃其室以崇奉之嘗畱杭州其友召之飲期于西湖往遇他舟徑登其席主人徐察之知爲老蓮也亟稱其畫老蓮大駭曰子與我不相識也拂袖去其姬人胡淨鬘亦善畫又名鬘華又名華鬘又名淨德又名小寶文君後山藏老蓮鬘華合作花卉冊子見其私印如此

退居

聲華最役神淸閒亦勞志坐月草率吟亦欲求慊意月暗竹影無投牀將酣睡野鶴唳數聲敲枕忽無寐

秋興

淸晨巳上小樓凭薄暮還從曲徑行曳杖逢人能論古提壺有客劈新橙年來積得悲秋句到處遺將耽酒名莫道糟邱歸臥穩一簾霜月聽雞鳴

亢老盦子于黃貞父先生園賦此

黃園何以寓林名令我沈思澹世情巳悟浮生如泡影不知何事戀朝榮畫船良友秋湖約冷雨香風烟水行賦得數詩人未醉主人可喜是吾兄

絕句

一春只有三十日冶游不滿十日餘陂塘插栁須一去今夜

子時三月初

過西湖

外六橋頭楊柳盡裏六橋頭樹亦稀眞實湖山今始見老遲行過更依依

贈伎董飛仙

桃花馬上董飛仙自擘生綃乞畫蓮好事日多還記得庚申三月岳墳前

惲壽平名格以字行一字正叔亦作叔子號南田又號白雲外史一作雲溪外史江蘇武進人有南田集

南田自署曰園客曰雪衣居士曰南田小隱南田草衣南田抱甕客曰葺芝生南田之父遜菴遭國變父子相失南田賣杭州富商爲奴其故人諦暉和尚在靈隱坐方丈以計出之教之讀書學畫一時聲名大起其時石揆僧與諦暉齊名石揆有弟子沈近思後官總憲人問諦暉孰優曰近思講理學不出周程張朱範圍壽平作

畫能脫文沈唐仇窠臼似惲優矣初好畫山水力肩復古及見虞山王石谷自以材質不能出其右則謂石谷曰是道讓兄獨步矣格妄恥爲天下第二手于是舍山水而學花卉斟酌古今以北宋徐崇嗣爲歸一洗時習獨開生面爲寫生正派由是海內學者宗之性落拓雅尚遇知己或币月爲之點染非其人覩百金猶土芥不市一花片葉也以故遨遊數十年而貧如故對家人未嘗形戚戚于面惟吟詠書畫自娛所居有甌香館倡酬皆一時名士年六十餘卒于家其子不能具喪石谷爲經理之每至杭寓東園高雲閣上又嘗自號東園客有在東園柬毛稚黃詩風致俊逸可以奪昌谷玉溪之席其他佳句如蟬移無定響星過有餘光迭迎人自老新舊歲無痕只爲花陰貪坐久不須歸去更熏衣皆清絕十四夜望月云平開圖畫含千嶺盡埽星河占一天眞乃自喻其筆墨之高矣

寓東園柬毛稚黃

海雲茫茫春霞斷栖絲絲偏寒江岸細網幽窗竹烟亂山桃海棠落將半鳥聲過殘雨薗風細吹案我思在空谷我夢屬雲漢銜璧只獨照錦衾空宵闌飛花濛濛還坐歎江郎操筆

不在腕石泉水芹泛溪館栖下無人待誰鍛

月夜從愚庵大師陳際叔徐世臣湖千閒步

披衣攬夜色遂適湖千趾喧籟息近聽林巒斂遥視千峯寒月中萬壑疎鐘裏三潭弄浮烟因風蕩爲水浮汀漁唱入過浦簫聲起佳遊傾支公雅調及高士霜月滿歸塗宵深情未已

送姜子至淮南

離筵夜響環玗圓曉捲珠簾引鷓鴣一囊花鳥裹香烟半東丹鉛捲秋雨走馬侯家看鬭雞朝箏夜管三時舞東園書客賦斷蓬劍氣忽散垂天虹蟲淒露重葛衣冷淮南桂樹生秋風我夢銀灣不得渡羈魂夜夜天西路君正懸帆吹向西西游從我夢中去渴飲不辭千里井坐看江雲過吴嶺白蘋花

裏送蘭舟碧雲天盡無帆影

贈莫十三 莫君嗜古精于天文能考璇璣玉衡而終于不遇故作詩贈之

君家西湖濱厭看湖上山身依海鷗宿心與天雲閒口吟五噫西出關脫帽自挂蒼梧閒偶然登燕臺洗足御溝水緼袍蒙茸一草履金貂紫驑君勿喜倒誦蟲書三萬言侏儒笑擲番玉璽重譯曾驚外國使諸侯盡倒蘭臺屣既鍛上林羽又轉桑乾路囊破惟留五嶽雲鶴飛還想三株樹滿腹皆象緯纏衣悉烟霧握尺量舜管執杓考天步流霞未肯酌熊蹯亦不茹聊將槲葉補秋雲鄉栗橫空萬山去

送滕子還閩

滕子閩人自閩入燕沈身絕域者幾十年後其姊致書薊門物色得之知老母尚在遂以計脫閒關南還

別後春風染杜鵑驪歌聲斷綠楊烟身沈絕塞思千里心死穹廬客九年吳苑離觴寒食後梨關歸夢落花前閩南別去能相憶倘有雙魚海上傳

春城戰血冷悲笳廢壘傷心舊轍車雪窖生還猶有母玉門歸去已無家同騎塞馬眠燕月獨向河源上漢槎我有離魂招未得劫灰天畔哭黃華（別裁云南田與兄相失于黃華山故感及之）

贈笪在辛侍御

鼉苑風流屬老成白雲舊秘待先生正平無地容疎放北海猶慙問姓名自辨銀鉤收蠆尾尚留瑤草付龍耕東來蠟屐窺松子（侍御有松子閣）如向青霞望五城

玉峰月夜石谷作圖以詩紀之

開盡秋雲夜景新青天碧海一閒身清宵半爲離家好快友

能忘作客貧桺影漸疎侵北葉蟾光未滿向西輪詩成收盡園林趣風月誰知是主人

題拙修堂讌集圖

花殘江國滯征纓綠浦紅潮桺岸平芳草有心抽夜雨東風無力轉春晴艱難抱子還鄉國落拓浮家仗友生只爲躊躇千里別歸期臨發又重更

曉起

連夜深山雨春光應未多曉看洲上草綠到洞庭波

遠眺

暮雲千里亂吳峯落葉微聞遠寺鐘目盡長江秋草外美人何處采芙蓉

寄虞山王石谷

東望停雲結暮愁千林黃葉劍門秋虞山亦有劍門最憐霜月懷人夜鴻雁聲中獨倚樓

懷石谷

疊花飛處起靈烟逸興縱橫玳瑁筵自有雄談傾四座諸侯席上說南田按正叔寫生石谷推重不置故落句云然

王山人秋江雨泊圖

荻花兩岸橫孤篷翠壓洞庭秋色濃斜風吹烟雨脚亂零落隔江三四峯

王山人水村圖

拂栖初歸曬網人抱琴閒渡落花津黃鸝紫燕東風裏正是江南三月春

馮文昌字硯祥嘉興諸生有吳越野民集

硯祥爲司成開之孫以次子褒仲贅于棲里沈氏遂徙家依之晚年復居河渚以守司成之墓硯祥既工詩兼好古書畫有宋刻金石錄十卷極寶愛之手跋其後又爲刻印文曰金石錄十卷人家何春渚琪唐棲志畧云其書僅四冊吾友鮑以文以十金購于湖州書賈卷尾有朱文石跋李易安金石錄後序其侍兒書也筆亦秀整有致惜馮跋不知何人割去爲可恨耳馮本外有全帙鈔本盧運使雅雨在揚聞之借校付刻

橫潭歌　按唐棲志畧橫塘以潭橫于市偏也乃棲鎮山水獻秀之所景物清曠看月尤宜聞是地亭館相望今惟青蘆披拂白鷗往來而已

橫潭漾漾泛秋月悵望烟波渺難越涼風吹動木蘭舟月明處處菱歌發菱歌乘月起中流隱隱簫聲動畫樓簫聲菱唱音相亞橫潭月轉金波瀉月轉金波泛濫過夜深搖落秋風多獨憐天末佳人晚秋水芙蓉愁奈何

贈陳章侯

吳興公子工花草待制丹青步絕塵三百年來陳待詔調鉛

殺紛繼前人

吳發馨字大紳天台人

大紳隱居杭州之河渚學詩于張秦亭秦亭授以杜法不半月而氣骨遽振秦亭評其詩如文劍雕鳥有軒殿之色不止爭執空同也與胡埏潛九張振孫祖定錢潤玉圓有西湖竹枝詞合刊

獨酌謠

獨酌謠坐中宵一酌傾明月再酌吞斗杓天地爲我壺江海爲我瓢千齡斟漫漫萬紀飲滔滔堯舜可同醉周孔敢相邀寧能改此樂塵世苦煩囂

塘上行

種蒲清水中託根一何深義不隨逝波零落匪所禁念君去不還日夕望川潯秋鴻遵渚至寒蟬響中林昨暮捐團扇今晨披羅襟歲時何倏忽誰爲任光陰梧桐生井上採製爲瑤

琴房權起拂拭悲絲為我吟上以語相思下以寫離心

烏夜啼

野雉莫朝飛寒蟲莫夜鳴我有啼烏曲惻惻傷平生良人去不返賤妾獨徬徨此曲不可竟淚落滿羅裳

贈陸蓋思高仲昆季

月出夾城巷皎皎明虛齋昆季愛清景散髮開胸懷披我蘿薜衣宿鳥簷際飛取琴几上彈滿戶生翠微知音為誰氏秦亭張夫子抱膝馬塍村洗耳河渚水朝暮攜手游脫帽嘯扁舟水面採芙蓉沙畔弄春鷗春鷗白如雪芳草香不歇殷勤酌杯酒老去臥明月

送張步青歸殯

先生上書屢不報六月客死燕山道傷哉千里孤櫬歸沙月

江風伴魂到七十老母倚門前哀哀寡妻哭向天寒鵶忽蹲銀杏樹野雉還叫枯桑巔是時天寒霜壓栁白冠送殯皆良友短歌樂人鼓吹行長身大鬼街衢走諸親頗嘆强仕年萬事終傷破壁守先生巨才不遇時讀書自是古人師雲閒已失鴻鸞步泉下祇有螻蟻知孤墳四面行人少幽室一閉天難曉古來賢達盡如此薤露何須悲壽夭

毛際可字會侯號鶴舫遂安人順治戊戌進士授彰德府推官改固城知縣再補祥符康熙己未舉博學鴻詞試還卓異　賜服

鶴舫與蕭山毛大可仁和毛稚黃號爲三毛寓居杭州非一所最著者爲東園爲螺螄山菴著有春秋三傳考異松皐文集松皐詩選拾餘詩稾浣雪詞鈔

曉發榮澤

僕夫勤問夜驅車出東郭萬籟寂無喧鐘聲殷寥廓白露沈高枝晨星尚未落常恐溽暑侵金石恣流鑠茲晨候巳涼葛衣覺蕭索歲序速推遷老少郎今昨如何赴行役與世逐憂樂務光彼何人徵書委林壑

渡黃河

晨興理輕策咫尺阻長河是時當伏秋激浪湧嵯峨中流風怒號噓吸愁鯨鼉同侶皆動色將伯欲如何舟子談笑餘顧視顏愈和揚帆復理楫枕席恬然過始知鎮定力可以靖風波謀事苟若是經營豈在多

渡淇水

淩晨發沬土亭午越淇梁菉竹巳蕪沒流水空湯湯我昔理鄴郡濯纓時徜徉中閒黔與秦閱歷邊塞長復爲此邦宰贊

謁刺史堂壯志無一遂屈指二十霜照影聊一笑所得鬢毛蒼

廣武山

崇岡何逶迤云是昔廣武楚漢共相持壁壘互撑拄戰血灑平皐青燐襍陰雨嗣宗散髮游傲然弔千古豎子竟相呼英雄更誰許曠士小天地俯仰等逆旅何況戰爭場紛紛豈足數其言雖猖狂胸中或有主蘇門高隱者相視不得語

仙人沈香船歌 瀘溪山頂

仙人鼓棹空中舉飛上重巖斟桂醑夜深沈醉墮巖前忘卻仙舟在何處七尺寒玉凝紫脂沈香之號恐傳疑波間似有蛟龍護月落澄潭霧起時至今陳迹已千載苔紋蘚繡生幽采行人日日見仙舟仙舟日日見行人吹吁嗟乎化工奇譎何

所無儒生尠見徒驚呼君不見昔人鑿井逢篙楫年月猶書吳赤烏

游憑虛洞

憑虛之洞幽靈集百尺穹窿覆圓笠飄飄陰壑生寒風疑與元化相噓吸岈然絕罅透空青女媧未補天槳逕羣飛夏雲接地垂倒翻海藏撐波立捲舒牙鼻象欲奔攫挐鱗爪蛟猶蟄蜂房菌室何離奇刻鏤鴻濛鬼母泣復聞丹崍玉爲舟應藏寶笥與雲笈縋書舉烟古何人蹩躠芒鞵難更入我昔奴視夜郎山狂言欲祕嗟無及對此肅穆愧心顏謝過巖前自長揖

冬日游林慮觀珍珠簾

丹嶂何年剖懸流萬仞谿峯晴留古雪石怒抱寒霓小徑攀

藤滑危亭俯樹低天台差共擬翹首石城西

游上黃華寺

半日尋鐘至微茫路可求巖危如欲墜水緩不成流草靜棲寒鹿林空集暮鳩白雲飛欲盡月上碧山頭

憩盧溝橋寄洪昉思

九衢車馬地獨向此間行簿領年來事漁樵物外情微雲浮遠岫曉漏度層城不信淸霜苦君聽朔雁聲

中牟道中遇雨

幾日徵書下玉墀向當周道更逶遲長河夜徙蛟龍宅古廟秋昏贔屭碑旅況直疑薪似桂勞歌應令鬢成絲鄰村有酒須頻貰莫聽簷聲助客悲

嚴我斯字就思號存菴歸安人順治辛丑會試中式康熙

甲辰第一甲第一名進士歷官禮部左侍郎有尺五堂詩卌六卷

侍郎致政後以著述爲娛初家君上後築室武林城東

題湖上寓樓

樓前有桐樹婆娑枝葉好雨過生涼陰青蔥媚晴昊憶昔此樓居弱本如指小荏苒二十秋輪囷倏成抱嗟彼樹如此我寧不速老穨然坐南榮憂來不可埽雙峯如故人冠霞而衣縞對此豁襟情林巒足幽討安能逐氛埃零落同秋草倚桐三歎息還山苦不早

十峯草堂歌爲錢礎日作

九龍之山環九峯一峯一態如一龍與雲出雨氣磅礴鱗甲欲動淩蒼空別有一峯伏而起神奇天矯爲龍尾世人咫尺

不知名古來畸士都如此中有草堂遶烟蘿峯峯迴薄青嵯峨左圖右史安樂窩猿啼鶴唳山之阿草堂主人抱龍德或潛或見人不識時時掉臂弄雲霞往往歌聲出金石曠懷雅好游名山往來齊魯盡躋攀有時夜半登日觀雙騎白鶴青雲間去年把臂歷山麓清詩萬首酒百斛今年款段走長安不使淄塵涴初服手持尺幅字琳琅乞我題詩寄草堂予本風塵落拓者青韝布韈思徜徉安得投簪同泛宅五湖之曲烟光白與君拄杖聽鳴泉夜雨松窗讀周易

滄州道上

荒臺斜日渺晴波五壘城邊一放歌畫角風聲連渤海片帆春色下滹沱宵來對酒黃雲斷天際懷人白鴈過悵望南皮多勝概故園歸去未蹉跎

方象瑛字渭仁遂安人康熙丁未進士已未舉博學鴻詞授編修有健松齋集

渭仁少游武林隸籍郡學戊子改歸成進士後歸里閉戶讀書肆力千古甲寅秋偕毛會侯避亂徙杭寓望江門內日與西陵諸老倡酬著有健松齋集二十四卷渭仁所自編凡文十六卷十七卷以下爲詩集內萍蠶草一卷避兵杭州時作也

移家武林吳慶伯招飲喜值徐大文諸子

烽火驅人又遠行故鄉西望羽書橫暫憑山水閒心夢卻喜文章集弟兄劇飲半軒寒夜永快談千古旅愁輕西泠舊是萍棲地重與諸君續勝盟

過毛稚黃

昔坐松窗讀漢書渡江先問子雲居高情自覺浮名盡靜寄眞從學道餘一代風流憐謝朓幾年消渴臥相如文章看爾

成千古相待名山定不虛

登吳山同張用霖應嗣寅陳際叔沈甸華陸梯霞毛會侯陸子容陳調士

覽勝同過伍相臺青槐小閣暫停杯雲移越嶠千峯見樹蔟江城萬井開對酒喜看耆舊在懷人便覺旅愁來故園西望歸無計落日層樓畫角哀

毛奇齡字于一一名甡字大可號初晴又號西河蕭山人康熙己未舉博學鴻詞授翰林檢討有西河合集

西河入詞垣後旋乞病歸銳意治經覓故居枵然無一書遂卜籍杭州居仁和竹竿巷所著書四百九十三卷

登吳山蘭若同張孝廉

岧嶤紺闕快同登直上吳山第一層樹杪寒濤翻北郭帆來古渡是西陵中天化雨迷香象落日秋風對季鷹我欲遠尋

蓬島去何年東望海雲蒸

嵇永仁字留山號抱犢山農江南無錫人蘇州府廩生贈國子監助教有抱犢山房集五卷

留山先生懷經世才慷慨有大節范忠貞公撫浙致先生于幕下忠貞旋擢閩督邀先生與俱當是時　朝議撤三藩雲南吳三桂最先反靖南郡王耿精忠鎮福州與廣東尚之孝逆相犄附商謀待發忠貞公至勢已不可為先生悉心籌畫如請撥協餉補綠旗兵安插逃弁係議屯田皆酌定疏稾俾忠貞入告又謀以巡視沿海為名提輕兵駐上游為撫背扼吭之計而一時文武大吏及麾下士皆豫中賊餌號令格不行賊僞設宴召忠貞者錮于密室隨下先生于獄迫脅萬端屹不為動有同郡者附賊為顯官製鮮衣遺先生裂而擲諸地先生幽縶歷三載丙辰九月十七日忠貞公遇害先生仰天揮涕曰所以不即死者欲從公有為也今已矣遂自經同時死義者三人紹興王龍光松江沈天成瀋陽范承譜明年福建平督臣上其事給銀優卹僕程治以喪歸歲戊子忠貞公子時崇撫廣東具疏為先生等請贈官特贈修職郎國子監助教子曾筠丙戌進士歷官文華殿大學士贈少保謚文敏孫璜庚戌進士歷官文淵閣大學士謚文恭皆先生節義之報云見儀封張伯行所撰

嵇留山先生傳及吳陳炎所撰殉難三義士合傳

缾蘭次蒙谷韻 原注范制府在難中筮得蒙卦別號日蒙谷

嗟哉王者香幽谷紛未靜採擷入自喧詎奪山中性春風不入帷秋月照孤境賴此數日妍芳馨彌老勁

索藥書

我讀軒岐書平日甚了了自謂此中人心目始分曉雖無折肱勤亦既窮要眇危病偶一試庸醫顏色悄方知神聖徒不在萬物表出門攜藥籠男婦輒環繞頗能去疾苦壺天未嘗小即在禍患餘起疴亦不少誠恐先朝露著書盈寸杪精力日以衰筆墨覺繁擾方帙散與衆冀拯枉共天公裕濟世懷顛沛尚矯矯視人有痛癢酷似茹荼蓼爲我覓殘書惆悵謝億兆

念別

乳媪抱兒出送我里門首舟子舉布帆云俟河濱久擊檝衝
鳬鴨解纜離烟栁盈盈岸上淚淒淒杯在手豈不立逡巡業
已辭林藪父母促治裝長拜出戸屬丈夫身許人難與妻子
守但恐隔別來骨肉得全否眷懷梁鴻溪愁雲結巖岫

癸丑秋余婦送至吳門止于外家之紅橋莊是日天
色甫明薄霧漫水面乳嫗抱兒輩佇立岸上若不勝
慘切生離之狀人非木石孰能無情每一回思腸寸
裂矣因作紅橋莊歌行

秋風蕩漾扁舟早雙槳到門攬懷抱薄霧籠烟水氣蒸雞鳴
桑樹催晨興懷中潔白鷺湖綾眼枯難拭淚痕凝良人遠游
意飛騰不知前路多寒冰雖然弧矢分所應臨深履薄生戰

兢上有高堂下乳稚養親教子將何憑出門兒女愁葛藤欲語不語長撫膺嬌情揮袂急解纜蒹葭搖落鳧雁升野老滌場將打稻漁翁撥刺亦開罾惟有征夫捨耕釣紅橋莊上畫闌凭

夜泛西湖同王于一遲翁山不至

日暮歌船歇澄流杳若空倒峯湖氣上孤櫂月明中聽曲憐司馬題詩憶遠公鄂王墳畔樹一夜起秋風

春日上韜光次香山韻

竹路循危磴神仙此是家樹藏新乳燕徑有未開花池上留苔碣籬根出筍芽暫因僧借憩還試早春茶

石門

落日石門近離懷苦未安人烟爭入浦夕鳥倦啼寒歷歷吳

江盡悠悠歲序闌不知霜月下猶作故鄉看

送何大左車還白下 時寓浙署

湖水沈沈綠烟花泊小船到來春繫馬歸去暮聞蟬親老難爲客心知恨各天也應常送別怕向酒樓前

回憶家園勝山陰道上多扁舟離越館明月滿吳歌舊事尋桃葉新詩詠芰荷烟雲如落紙換得右軍鵞

九龍峯影下遠遠一帆張敝里當溪岸東城有草堂聽泉還獨過看竹更誰將川陸雲陽便休嗟江路長

白髮江南住年年菽水虛歸囊懸負米截竹慣盛魚君去麥秋節途逢轅犢車平安賴傳達堂上病將除

年少應徐輩奇才吐夏雲柯亭知者少鹽櫪歎爲羣且重許身節毋求先達聞柴門秋爽下散帙倚斜曛

王于一自崇川至又送其過江上

山陽同避亂孤棹過崇川家累移湖上詩窮自海邊空城千
隊馬落日一聲蟬君問江東路曾留幾井烟

和幼譽早春詩

天時人意想陽春剛到春來笑此身凍雪已消遲暮恨寒花
空憶小園貧炎方霽景推今日多難題詩有故人漫道彩鞭
喧令節也知亂後各傷神

有人製新服見遺裂而還之

苦煞王孫不受憐側身狠狽意陶然綈袍氣暖顏凝厚短褐
毛穿骨愈堅挾策驚聞官況好埋憂甘作楚囚顛升沈異地
眞懸絶從此雲泥道路邊

記夢

髮白雙親尚在堂嬌孫習字列肩行抱書問母緣何哭道是余魂歸故鄉

屬林翁能任爲余珍重殘詩

墨瀋荒唐滴淚殘酸風苦雨未曾乾此身若遂沈淪死留與寒家子弟看

朱襄字贊皇號嘯園江蘇無錫人

嘯園與吳江顧氏卓梁園倡和之什附刻玉池生集中康熙辛巳來游西湖寓居東園精舍與吳焯交二十年所著易章十二卷歷十九寒暑始脫稾毛奇齡爲之序朱彝尊列之經義考

甲戌秋日京口舟中寄聖楨郎次客軒倡酬原韻

舉世爭誇交有道似我於今太草草十五年間兩度逢意氣能令此身小京江江口宵闌維扁舟繫纜河邊泥雨聲作歇涼月落水天一色澄玻璃北去南來鬢應改感憤塡胸盡磊

塊何當十日與君游有肉如山酒如海

方桑如字文輈號朴山湻安人康熙丙戌進士官豐潤知縣有集虛齋集

朴山先生經史淹洽罷官歸寓杭州之薦橋引翼後進與修浙江通志

得蔣三湘帆札

直似家書到歡持抵萬金七年生别夢千里故人心繹帳思疇昔曲阜顏師青袍歎陸沈頭顱如我輩慙負寢門深

哭外舅寶名徐徵君暨外姑張太君

翁媼嗟雙逝秋冬祇半年因人成白首偕老及黃泉織冷支機石鉏荒種秫田尚餘昏嫁累賴有子孫賢

寄弟

遠道嗟吾在全家仗爾餘貧應工學儉病莫苦耽書未雨荼

堪懶方春筍作蔬一筐如可寄好問北來魚

寄內

塞草經春白邊沙攪月黃形容催我老辛苦共誰嘗屋似牽船住（寓曹姓一舫亭）身謀複壁藏閒愁千萬緒不敢寄歸航

書家信後

解弢墮衮幾溫涼俎豆深慙畏壘鄉（溧陽多情供子不倦）投筆便如書已達寄郵翻覺事多忘貧家苦趣多男子樂府傷心病婦行何事最牽魂夢在劬勞母氏倩扶將

壬子元日

鑪燒榾柮楄桃符柰有窮愁歲不除坐守庚申憐影隻重來甲子當生初瓮餘骨醉輪囷蟹盤薦鱗鮮潑剌魚隨例一盃獒尾酒案頭拋捲讀殘書

布幔得句

縫尺布衣蛛網外，按長繩縛鵲簷前。那移巧避三竿日，偏仄剛宜一握天。少女風生塵不動，令君香定篆常圓。儒酸更有回甘味，襆被他時伴獨眠。

鄭羽逵字瀛洲，號雪崖，慈谿人，順天宛平籍。康熙己丑進士，官四川安縣知縣。有懷遠堂集。

雪崖工算學，得西洋之秘傳。嘗謂三角八線之法精于勾股，勾股可以測平圓而不能盡平圓之變，三角八線則盡乎變矣。己丑李文貞策問勾股，得其卷，遂獲售。官蜀中歸，掌教敷文書院，與梁溪父、周穆門、吳繡谷以詩歌相贈答。嘗買宅河渚，顏曰北渚草堂，蓋渚在北山之北也。

閨怨

窗前豆蔻花，朝朝弄顏色。卻怪當歸草，獨不生郎側。

除夕前三日夜集寄軒用香山歲暮夜坐對酒韻

一棹偶然來甬水連朝未得返蟾山苦吟同在軒窗下快意相期詩酒閒影比寒梅尤覺瘦身如倦鳥不知還歸舟明發江村去尚有鳧鷗伴我閒

滏陽飲同年張易菴齋頭

南游何處足相羊最愛驅車過滏陽夾道雙渠楊柳綠遶城十里芰荷香天涯落日流漳水樹杪浮雲擁太行此夜故人欣聚首自應翦燭話更長

松州

東北去年馳塞外西南今歲赴邊城自憐兩度當重九都向陽關賦遠征滾滾江流秋雨急蕭蕭落木暮烟橫幾時得遂還山志蒔竹栽花過此生

別安亭 安邑之山左伏龍右聖燈前好峯而後尖山望之若一大環余于縣廨東偏城上作一亭

顏之日安邑名也五載登覽聊以永日瀕行作別情見乎辭

四山猶是送清暉不復幽人坐翠微檻外寒烟籠折柳亭前酥雨點征衣游蜂別抱新枝宿歸燕空尋舊壘飛別後使君何所憶斜雲淡月映窗扉

戊辰秋日池中白蓮盛開招集溪父穆門兩先生敦復世講和韻

紅衣半已褪秋風玉立清標占一叢外直中通心不染蓋高柄曲葉翻空閒招白髮來池畔頻扇清香入酒中他日如船藕十丈還應劚取餉仙翁

傅王露字良木號玉笥又號聞林會稽人康熙乙未一甲第三名進士授編修加中允有玉笥山房集

玉笥先生入詞垣後歸寓杭州宗陽宮前巷宅前有銀杏一本宋時樹也引同志賦詩其間嘗總裁浙江通志

西湖志　南巡擢侍講銜晉春坊庶子主講紫陽書院十餘年以經義訓後進未嘗稍懈買宅皮市巷顏日信天書屋年八十餘兩耳重聽發聲振屋瓦與談者以手畫字即能通解

登昊天閣

高閣淩千尺横欄繞百尋躋攀通帝座呼吸正天心月出湄河晚雲横魏郡陰風颷窺幕近牛斗宿窗深度遠鐘聲漫淩空磬響沈彤雲環玉戺白露濬珠林徙倚瞻無極遲徊望所欽塵埃三舍退時序二毛侵萬類俱帡覆孤懷或鑒臨九閽知易達虎豹莫森森

陪申尚衣游西湖

正是金牛紀瑞年小春風景似春天蓬萊原近孤山寺游舫多停六一泉

一到湖心眼界寬雲光霴䨴接風湍　三朝恩澤深如許莫

作瑤池清淺看

魯曾煜字啓人號秋塍會稽人康熙辛丑進士改庶吉士有三州詩鈔

秋塍成進士改庶吉士未授職乞養親歸教授生徒終于家嘗買西溪高氏山莊爲游憩之所其詩以三州名集自序曰杭州汴州廣州也葢其歷主講席游蹤所及之地云

督河陳滄洲先生酉視淮上河工不果東寄

河勢入南流諸湖據上游咽喉高堰急心腹兩淮憂使者徵方畧全書重歲修延年如獻策他日住扁舟

不寐

秋宵長太甚無策遣漫漫蟲語如人絮雞鳴似鳳難窗虛風入慣亭敞月來寬所喜無封事還憑夜色闌

查士標字二瞻號梅壑休寧人有種書堂遺稾按梅壑休寧人非吾

郡產也輶軒錄以爲海寗人今錄于寄寓卷中

梅壑散人僑居邗上家多畜古彝鼎及宋元書畫眞跡晚年不遠姬侍頗耽宴起烟雲揮灑類於丙夜爲之筆墨疎散淹潤能窺元人之奧嘗作獅子林冊宋漫堂寳之爲立傳並序其詩書法得董宗伯神髓又與宗伯同干支鐫一私印曰後乙卯生西陂類藁詩云崛起藝苑中華亭許接軫印鐫後乙卯好事供一聽葢謂此也㣲

西樵記言國朝書家無爵位而名著者以梅壑爲最時有王額駙者貴甚擁高貲人冀一見不可得三顧梅壑終不荅無何王敗人以是服其先見生平無疾言危論見後輩書畫必獎譽之與同里孫逸汪之瑞釋宏仁稱四大家見王石谷畫夔之延至家乞其作雲西雲林仲圭四家筆法弟子何文煌字昭度號竹坡書畫能得其傳無子有二女年將三十未嘗及嫁事吝詰其所以日余幾忘之矣年八十四卒葬平山麓後族孫渻以常鎮觀察摧稅揚州訪其墓爲之封樹焉

秋杪送藏于弟之江右

旅食吾將老依人汝未安百年隨逝水兩地勸加餐江路看殘月天涯已薄寒憂來誰共語益感別離難

送周青士八幕

十年重一見，復在此邦溝。知己逢青眼，從人笑白頭。著書攜滿篋，聯騎勝孤舟。一路多憑弔，先經燕子樓。

上巳日客東皋同游即事誌感

城上春雲覆女牆，城隈淡日曖餘光。爲尋野墅逢僧引，小有烟花逐客忙。令節無從修禊事，荒池曾見泛流觴。遲徊不禁深憑弔，何況同游是異鄉。

陳梓字俶恭，一字古銘，又作古民，又號一齋，餘姚人，寓海寧硤石鎮。有寓硤草

古銘體究宋元以後諸儒之書，渡江求友歙水吳晞淵、硤川張朝晉，方講洛閩之學，年長於古銘幾倍，皆折節引爲畏友。所養日粹，館硤川數年，從游日衆。工詩古文辭，書法參顏平原、米襄陽。詩草不可得見，今從黃氏先雅詩存錄得二首。

夜起和鄭悅山

夜涼蟾漏檐窗前風戛竹披衣步前除螢燈照叢綠鄰笛呼羇魂殘夢倩誰續棲棲亦何為家山有黃獨

題冷鑑蓉蓼鴛鴦圖 癸亥重九後自越過武林寓黃氏琴趣軒同游西子湖冒雨歸次日觀冷君此畫眞寫生手也漫題七古寄與

秋江鱗鱗雲皺縠叢蓼風披映紅玉芙蓉夕照淡烘霞兩兩水禽低傍花鴛鴦湖頭吾久客寂寞年年髮毛白冷仙祠畔到西風一樓烟雨空朦朧竭來對畫默惆悵景外閒情波蕩漾寄語雙禽知不知池塘並浴容離離不如冷家明鑑裏照爾常年比翼棲

孫霖字武水號羨門歸安監生有羨門山人詩鈔 羨門為乾隆丙辰薦舉鴻博汝馨子寓杭州之賢福巷詩見炙硯瑣談

雨過重陽菴薛尊師房

微雨滴疎樹遙峯澹如沐登頓不憚勞披棘扣巖屋幽花交翠滃飛泉漾秋縠童子衣尚青道人髮欲禿尋丹塵緣斷悠然韻出俗興來拂殘硯落筆風雨速企腳破窗下璃函對山讀清響忘蕭寥谷口雲時簇

和家體醇秋夕韻

愁絕一輪月蒼然照白頭天涯自搖落到此共沈浮山樹忽無色江聲全在樓吾宗詩筆健寫盡九霄秋

初冬山房點筆

暝色沿山館新寒入竹牀天高河影淡月落雁聲長穩臥潮喧枕銜杯菊遞香最關時節易纔信夢中忙

赤嵌竹枝詞

庶魚庶草劇難名每訝寒宵壁虎鳴一種綠毛么鳳好也誇文采滿東瀛

自題嶺東歸棹記

嶺東游歷又西江旅食崢嶸氣未降莫說烟波無我分聽風聽雨在漁艭

李屺源字懷岵號半村鄞縣人

半村家于杭城善風鑑子平之術一座之中高談娓娓皆有抑揚頓挫石制府琳先爲兩浙轉運使半村從之游石升鄖陽道在其幕巾掌書記及石升浙藩又升兩廣總督則不與之往卜居栖涙港嘯歌烟水以自適與白蓮僧問石同鄉九相善至暮年石公已亡半村遂挈其三子還四明見清波小志

移家栖涙港

歸到城西萬事休小堂四面遶清流每朝飯罷無他事槐樹根頭坐素秋

白日搖風栁浪昏滿城人不到柴門戎韜一卷知何用老去依然李半村

胡裘錧字亦超號西垞錢唐人有一室嘯詞二卷輶軒錄山陰人今見其詩稾二卷一卷署錢唐一卷署會稽意以會稽人而遷居錢唐故采入流寓自序言少時同弟天游攻爲歌詩喜排奡馳驟然與風人之旨終無所得因貶其排奡而沈鬱之束其馳驟而幽遠之似與聲韻之學或毫髮焉其詩皆七言近體也嘗落魄揚州屢謁盧雅雨運使不得見除夕投詩云云盧得詩即日呼騶往拜厚贈之

集石橋僧舍

春雪纔消栁未烟小橋三板寺門前溼雲飛去低於屋野水浮來白到天已信支公原戒酒誰云坡老不通禪相知只合長相過吟煞梅花又一年

七十自訟

一擲流光到古稀半生落託半輕肥妻孥似葉辭柯去兄弟如鴻入塞飛官有替人原不賤老逢歡處便忘歸祇餘吟骨猶雙聳側得承　恩賜帛衣

珥筆披香自署名一時爭賦少年行揮金遍結中常侍抱劍雄辭右北平卜命難封悲李廣報恩無地著侯嬴鬢毛似雪愁爲海夢夢天胡問不成

觀海

誰把銀河忽倒傾大哉於此悟成名所謂學海而未至於海也紅吞日腳千波立白浸天腰一線平怪道隨時作消長想無餘地託虛盈黃支烏弋皆臣吏莫向秋來鼓嘯聲

東廬雅雨都轉

莽莽乾坤又歲闌蕭蕭身世託江干布金地煖回春易列戟

門高再拜難庾信賦哀悲老大孟郊詩意極孤寒自憐七字香無力封上梅花閣下看

哭穉弟天游

天子呼來送爾行隱然一日見名成可憐一世爲兄弟二十三年隔死生

僧哥辭我初爲令阿買排頭盡掇科最是人生歡喜事偏教悲涕爲君多

沈鶴字夢飛號蕙亭一名金鼎字玉臺秀水監生有佩蘭軒詩

蕙亭先世居嘉興桐鄉白馬塘遷錢唐遊鎖令儀章甫功兩先生之門習舉子業試屢躓好爲詩與戴斐男王扶曦徐徐村張無夜邵重威潘希三稱東城七子能鼓琴吹簫參閲釋典校刊理安調梅上人語錄甚精審晚年以醫自給著佩蘭軒詩稾十餘卷多散佚

雨蓋

截得龍孫竹烏雲頂上生圓樞法天象直節悚人情入手憑
舒卷回頭察晦明荷君常覆被風雨漫相傾

曉過江干尋舍弟桐溪寓齋

鳳城西去遶回塘謖謖松風振夏涼莫問禁林悲白雁已看
塵劫變紅羊玉津草滿蛙聲鬧花塔雲飛鐸語長會向江皐
尋舍弟徑穿荷榭筍輿香

趙金簡字玉書又字石函號赤繡上虞人嘉善籍乾隆己
未進士官河南通許知縣有石經古屋詩

石函選授通許令三年改補吾郡教授監敷文書院喜獎借後進諸生皆樂執詩文以就正工書見筆硯即索紙書多書其近作詩院中諸生俟其來趣磨墨濡毫以待無不得者兼工賞鑒凡古書畫及宋槧宋搨書帖辨其紙墨古香即定眞贗性廉介不受饋遺年至八十餘家徒壁立晏如也學者稱赤繡先生

晚景羈迹都門作

有志自悟晚不才天許閒依棲尋世好眠食慰衰顏緣送風前梛青過雨後山新秋感詞賦消息在江關

世事天爲主天時卻偶逢長安一月雨殘夢五更鐘作嬾憐餘齒占晴愧老農代畊歸學圃不敢問雲龍

作客送行客離鄉最憶鄉出門無貴賤游子感河梁萍合隨流水雲飛空夕陽晚鴻秋色外千里景蒼茫

高軒歸院甏雅集出城閒此席有行色他年非故顏人遲不如鴈意靜只宜山酒醒秋風起江湖感抱關

鮑鈖字冠亭號西岡又號辛浦漢軍正紅旗人官浙江杭州海防草塘通判有道腴堂詩集四十卷

辛浦世籍雲中爲佐命大學士承先之曾孫年二十郎知浙江之長興縣幾十年以病去官尋再知長興亦幾

十年擢鹽運嘉松分司通判格于部議於是三知長興其筮仕在康熙四十六年歷三世至乾隆七年猶在長興後稍移之知嘉興又移之海寧尋擢爲草塘通判辛浦之癖在賦詩每日升堂理訟獄畢諸胥吏見其搓手注目神采如有所得輒私相語曰老子詩魔至矣須臾取故牘尾題之殆遍故其生平無日無詩李敏達之督浙中也治尚綜覈百城畏之而辛浦賦詩如故敏達一日謂湖守曰長興令日賦詩吾且列之彈事矣湖守免冠謝退而戒之曰獨不爲百口計乎于是黽勉束筆庋硯者三日謂其客曰下官忍不可忍矣惟大吏之所以罪之復賦詩如故然百事修舉部民雅誦之敏達徐察之而不復怒也乾隆十三年年五十九卒于官葬靈隱山因貽遺集于寺中初辛浦在日欲卜葬于杭之南山日他日湖社諸君雅集當酹我墓葬于杭從其志也所著別有道腴堂文集亞谷叢書詳見全祖望所爲墓誌銘

雁門太守行 別裁集云冠亭兩爲邑宰受太守斥辱故有此詩

不見雁門高安知太守驕雁門高雁不可度太守驕新不如故堂堂復堂堂漢家重循良幾人考上上承恩奏明光幾人考下下貶竄之他邦五馬煌煌二千石河間姹女同朝夕徒

手相將拜路塵清寒逼人太守嗔

木瀆道中

繞舍笙歌隊橫塘偶泝沿天浮春水艇鳥沒夕陽烟塔影依山直林陰罨岸偏穹窿望不極暮色遠蒼然

懷樊榭孝廉

湖山春色早幽事閉門多且免書驢劵何妨置雀羅青雲容俯仰白日任蹉跎官閣聯吟處於今跡未磨

靈隱寺贈諦暉禪師

三年曾一到雲水素相親僧老頭須白山空花草春午齋參玉版香界轉颷輪舊識旃檀味從師證法因

范忠貞公祠 自注公贈太子少保兵部尚書嗣君亦由浙閩制府歷陞大司馬

當年閩海見傳烽犀兕空多棄甲重大節並推顏魯國孤忠

直繼段司農碑題峴首留殘碣世握兵符踵舊封應與睢陽同廟食堂堂授命盡從容

鮑倚玉字篴船歙人郡諸生有篴船吟稾

和三弟薇省韻送其還歙

高樓長笛最牽情喜雨來聽弟與兄千里鄂君留小住十年王約負癡名潛身牖北非關嬾結友溪南歙地不用盟春水放船秋水到又催離櫓暮潮聲

離聲倦聽總無那纔和詩成又和歌枕上忽愁朝雨滴秋來最是夜涼多三更夢醒雞號月一角參横雁渡河不信異鄉佳節近教人依舊黯然過

鮑倚雲字薇省寄居杭郡後歸本籍爲歙縣優貢有壽藤齋詩文集

題葩經圖

疲甿慶西成匏尊向秋餞林月滿牆頭扉闔光在眼迺知敝廬敞暗雨長苔蘚牛屋雞棲邊妻兒莫閒遣昨來理菅蒯饔火互僶俛綢繆及此時惻惻歲已晚時清井稅輕村巷無吠犬今夜寢尤甘一夢四體展穩料茅三重風來不我卷

對雪

晨興如靜夜月色乘涼入開軒褫樹明都作玉兒立鳥翮林際短人語烟中澀寒深未及凍檐霤有時滴霏霏勢漸集皛皛光不溼樓高益孤清花溪香可挹飄然思剡中扁舟載瓢笠

題唐六如畫

嵐浮翠暖霽色鮮撇波雙槳橫輕烟湛碧沄沄一何麗疑是

蜀江之水瀦此爲澄川聞道終南最佳處得非有情清渭從洄沿孤嶼盤魄瞰江出勢隨楊柳搖蹁躚奇葩怪樹下有鶴上有臺殿高參天游人對岸恐迷路摳指橋外已渡之客如飛仙問此果何所魚磬靑霄傳不夐古寺講禪誦夐此丹碧照耀精廬妍窗櫺四飛揚宛轉濃陰穿崖石散邛壑抱此驪龍淵繚垣盡處兩壁削梯磴百疊雲中懸怳如瀑泉飛下一千尺耳聞江水同潺潺我生名山未歷一畫圖往往窮天邊周南王氣溯岐下策馬不到扶風汧古稱終南名士有捷徑須知此地與世隔絕眞無緣山容水態四面好東西節屐殊後先但見去人時復顧來者題名得句誰雕鐫

荅和李馥雙見懷兼傷程楓谿先生作

葉落楓谿後哀鴻久失羣天邊時一哭泉下不相聞死別幾

行墨神交千里雲寒山枯樹外獨立望夫君

趙夢白先生鐵如意

短轅辭北闕尺鐵拄東林仗此投荒去蕭然味蘖心冰霜天路險歌哭戍樓深豈爲鳴雞舞牀頭百鍊金

寄伯兄篷船南粱

六年揖別隔江村夢繞天涯好弟昆同守研田憂蚱蜢幾時鄉社約雞豚伯鸞滅竈孤烟冷王粲登樓白日昏苦調商聲君聽取三巴峽口似聞猨

逍遙堂上子由詩風雨傷神古別離病鶴渡江艱旅食怪鴟鳴屋亂鄉思一門大抵嗟黔婦三載重教哭幹兒傳語脊令多急難壞巢秋葉費撐支

未了心情是白華妻孥何必怨無家半間茅屋慳秋燕百丈

（地名）松楸起暮鴉遺殯屏風遮慘澹壞牆梅雨打橫斜報君有婦空房歎何日欣迴客子車

萬福字近蓬號玉倉鄞諸生經子有玉倉詩鈔

近蓬年十三而孤家遭吳回之災貧困益甚而篤志爲學十九補弟子員性薄進取遂棄制舉業專攻爲詩其師杭堇浦編修嘗語之曰詩有別才如吾子者乃眞所謂別才也晚年與顧涑園黃書厓余松巖松屏諸人以詩酒相款洽卒年七十二

小除日效香山體

流光眞似箭離弦七十過頭歲又遷檢校詩篇歸卷尾探支花信到梅邊天教冬日如春日（今冬暖甚）老覺今年遜去年賸有燮癡情未斷明珠一顆掌中憐（孫女亡後遺孩甚憐之）

花朝後五日周亦菴明府招飲畏風未赴

雞黍相邀折簡頻感君交誼比雷陳花間蠟屐狂非昔病後

支笻嬾是眞捲幔落梅香噴雪沿池春草綠鋪茵東臯不減西園勝乞我瓊瑤抵飲醇

亦菴明府招同顧湅園余松巖松屏蔡卧雲曹仙耨作展重九之會分得光字

濂溪家有好林塘迤邐城東並女牆壁上廬山屏九折案頭海岳字千行菊因霜冷遲猶豔桂趁風微晚愈香爲展重陽開美醞如君眞不負秋光

黃游鵬字鳳岡江西永豐人

鳳岡善書畫能詩慕西湖山水之勝來杭寓江干九曜寺

過鉢池精舍訪沈隱士桐溪賦贈

羇遊經累月山水寄閒身訪士過僧舍維舟傍釣濱風花能款客魚鳥解親人欲結素心侶林泉作主賓

陶元藻字龍溪號篁村晚號鳧亭會稽諸生有泊鷗山房集

篁村少負雋才久困場屋嘗游京師題詩旦鄉旅壁袁簡齋太史見而賞之爲撰篁村題壁記客揚州時盧雅雨轉運大會名士紅橋即席賦絕句十章一時傳誦倦游歸里于西湖葛仙嶺下築泊鷗莊以撰述自娛中三楹爲雙桂書堂以庭有老桂兩本接葉交柯絪緼馥郁是亦淮南招隱之遺也北爲竹香梧影山房以前有三梧高峙後有修竹百餘箇翠碧交相映也右爲西齋以杲日東升負暄獨早也折而南爲拜石軒以檻外一拳卓立怪且秀也軒前稍西有水一泓相傳爲葛稚川鍊丹井闢而成池池上有橋橋畔增建鳧亭以淨緣中魚鳧出沒憑欄可觀也篁村每歲春夏在湖秋冬返里娶吳姬李桂芳于南北山裏外湖之勝十日閒必有五日游籃輿畫舫姬無不從也所著有全浙詩話六十卷鳧亭詩話二卷越彥遺編考五卷越畫見聞三卷香影詞四卷

宿招賢寺

春陽上巳初峯巒翠于染精藍近西泠幽秀不可貶方塘泉

脈融匳鏡浮瀲灧我昔池上居秋涼正生簟齒牙編貝牢大嚼水村茨廿年彈指閒鬢腳吳霜點湖氣日夕佳歸雲四山斂昏黃月上遲星斗芒角閃松影罨禪窗風燈自磨颭

丁酉正月六日到山莊

摒擋書畫馱兩奴飽帆西渡江風驅眼光初到丫髻嶂輿影巳落玻璃湖寥寥一犬吠寒瀲指點我屋緣雲紆疏沼依然泉洩乳種梅忽見花垂鬟兒童再熟隔年主牽衣訊問歸來吾村嫗喜爲乃公壽維鱮貫栜羅庭隅吾亦欣然樂其樂是家是旅心憮糊人間淸福在山水豈必蓋紫兼輪朱載酒船來脆管咽燒香市近紅幫趨骨人雖夔山少肉絢染亦覺風光腴此地宜爲老龐老當時悔學愚公愚攬味在回蔗在漸何如酣蜜中邊俱去年吟髭撚始斷今歲欲撚髭巳無健飯

嘗虞齒牙墮緩步尚免笻藤扶要與禽魚辨勞逸敢同仙隱爭嬴輸頭銜新署兩湖長管領萬象烟雲圖

晚步白沙隄

寺暝初懸火湖空只貯鷗浦雲生澹暮汀蓼隱紅秋月上諸天靜僧歸一艣柔今朝清景好芒屩且句留

新葺泊鷗莊

新葺垣墉三畝餘旁人指是寓公廬春從啼鴂聲中過人在停雲影底居名士壺觴分韻後歡場絲管上鐙初何須金碧添妝抹自有湖山美助予

泊鷗莊落成四首

林家山對葛家山仙隱從來往此閒我似漁人原泛泛誰稱桑者獨閒閒一篝寒火林中出兩版衡門水上關悔買沃洲

遲廿載潭光照得鬢絲斑

軟玻璃內結鷗盟筇杖芒鞵影亦清牆角種花餘半畝山根容膝有三楹涼桐陰底支頤坐瘦竹梢頭看月生如此風光自消受肯教蘿薜易簪纓

跌宕輸他白與蘇漫勞絲管慰桑榆厭尋人影衣香路重展蘋風荻雨圖徹夜湖光明戸牖幾聲雁語入菰蒲未知水木清華處分得藍田一角無

平生邱壑本難忘不繫舟居水一方野老門庭雲亦懶荷花世界夢俱香憑誰畫紙同棋局重憶循陔痛養堂短句自吟還自改幾回叉手過長廊

黃書厓胡蒹沚姚春漪過余泊鷗別業以詩見贈爰

酬一律

山氣浮青雨後酣趁晴烟艇駐空潭波生寒渚秋方九友到蕭齋翁有三花徑疎蕪非杜曲吟牋幽秀勝樊南余家鄰近王充宅徒媿中郎客座談

泊鷗八詠

荆扉秋自深虛室夜彌靜更闌人未眠涼雨滴鐙影西齋

蒼蒼峯色重灩灩湖光溢邱壑在胸中祇有王摩詰詩畫樓

庭樹兩婆娑秋光淡如水滿山木犀香那知花在此雙桂書堂

相對兩忘言我狂石亦介丈乎骨自尊能無折腰拜拜石軒

幽篠羃北牖高柯挺南榮翠碧交日午夏簟微涼生竹香梧影山房

天半碧芙蓉正對攤書處幾度欲東歸難拋白雲去怡雲閣

草亭俯幽潭淨綠照毛骨深淺人不知鳧鷖自出沒鳧亭

我嘗洗耳來客復烹茶至神仙不可求休問燒丹事丹井

春日重過西湖二首

隄上湖光潑眼新詩瓢茶具訪前因鶯花不識風塵面只有青山似故人

錢唐門外雪初消湖水湖烟護栁條何處解酲雙蠟屐春風吹綠段家僑

五栁居酒肆以醋魚擅名近日烹調失味人多厭棄因戲作截句爲其解嘲

潑剌初聞栁岸傍客樓巳罷老饕嘗如何宋嫂當壚後猶論魚羹味短長

由錢唐晚歸山莊

烟罨湖光嶺色昏兩三星火出前村滿山凍雪無人語自打梅花樹底門

方塘字燕砂安徽桐城人官浙江蘭溪縣丞

燕砂以諸生爲蘭溪丞解組後流寓杭州曠覽西湖山水淵才古思興到即書性復豪飲在南屏社有詩仙酒仙之目

田處士墓廬在九曜山腳

赤山埠古未邱墟共識當年處士廬雙屐江湖游子夢一椽風木墓門居甘蕉葉展臨池處孝筍萌抽野燒餘今日清明增客感塘時客杭州梨花麥飯渺愁余

毛稚黃養痾處

毛公靜攝此東房行藥拋書計本良粥鼓響沈齋乍罷松篁影寫日初長綠窗耽寂聞根斷法界觀空心地涼我伴維摩徵示疾活雲堆處雨花香

芙蓉園明富春周中翰園

李翁課子此園偏浥露芙蓉分外鮮破曉誦經聲瑮瑮諸郎才調致翩翩諸子後日均有詩文名而式玉名最著鍵關嬾蹋松林月繫艇閒封芡渚烟遺蹟只今何闃寂夭桃亂落梛芊眠

朱孃酒壚

碧香佳釀夙知名況有朱孃素面迎未暇彈絲吹鬢影那堪解珮扇風情陳倉浩劫斜陽好仙姥荒墩春草生一例冶游停騎處玉驄嘶斷墮鞭聲

馮如璋字襄哉號藍田又號秋君德清人嘉慶甲子舉人

藍田生有夙慧而顧亶好學詩文雄豔無匹舉止恬雅宛若處女口不臧否人物常嘿然座隅見者每以童子畧之不知其所爲詩文雖老師宿儒不逮焉領鄉薦時年近弱冠次秋忽病暑卒玉溪生日長吉若在奴僕命騷可矣惟藍田亦然

泛舟至蠡山

夔山如夔詩有癖不能愈扶夢催篙工一帆先鳥舉是時曉日明霧氣不成雨陣陣催花風篷底暖如許忽見一峰青崔嵬插天宇繫舟板橋邊望望入孤嶼問路不逢人樵子烟中語

由蠡山至南山

下山山在肩上山山在面振衣踞其巔萬山一齊見癡雲戀巖宿腳底白一片仙風飄然來雲態竟千變須臾夕陽斜山鳥飛亦倦拍手發長歌林花散芳甸

初夏

傍砌乍栽花隔牕又種竹有花雨亦香有竹天亦綠

黃鶯曲

啼罷君休打憑他坐柳枝美人愁不寐那得夢驚時

南山看雲歌

我家南山前門與南山對開門山色笑迎人鎮日白雲屯靄靄看山當看雲雲生山有態偶然山風埽空來雲頭化作山頭大須臾變幻成蒼狗橫壓山腰塞山口青山裏在白雲中白雲忽挾青山走恍疑尸羅子指間起塔吹入半空裏又疑女媧氏七十二變隨風忽中止峰巒天外來樓閣空中起西望秦川方苦兵蒼生性命輕如羽雲乎雲乎勸爾休歸山早晚從龍去灑洗兵雨

陳宮詞

南朝天子無愁客百歲臺城營水石三閣天邊宛畫圖舊時光照愁無色青宮曾此學微行長夜酣歌亦性情焚錦已非先帝意投簽無復後庭聲往來複道紛紈綺臨春達旦歌聲

起席中狎客是都官花下宮人皆學士此後君臣樂舉杯臨平一夕報湖開君王竟作花奴去敵國偏浮木柹來積江舟楫如飛鶩舍下中書稀諫疏王氣猶云未盡消虜軍畢竟難飛渡長江南北不相知天塹從來好共持白土將軍新拔幟黑頭詹事尚塡詞崇朝大霧迷樓閣燒門總管兵何惡降王一去竝無箋妃子重生同此索麗宇芳林總逝波瑤枝碧月夜如何不見胭脂井中水至今還比淚痕多

隋宮詞

獨孤愛子殊年少金合夫人夜深召作帝有心還晉家東京修治新宜詔北海迴環一鏡開五湖深處小蓬萊院門十六臨渠住宮騎三千踏月回鳳舸呼來戲爭放江南鎮日倚樓望春前買綵鷁雞頭夜半塡詞彈馬上西苑無花未暢游黃

金從此建迷樓濺紅嬪妃傷行色飛白君王話別愁經月龍舟愁未泊鏤金小楫難拋卻蓮絲映日捲船頭柳線成烟迷殿腳瓊花未放夜吹簫繡纜新過廿四橋十里春風重幸日二分明月可憐宵玉虬金雀風流地輦路東西渾不記寶帳題名喚散愁香車賜字呼隨意心事朝朝付酒卮短衣顧景苦嫌遲誰知李子方歌日正是楊花欲落時中夜仰天意潦倒圖儂大有人飛到壺中緣蟻許相隨鏡裏白頭空一笑錦帆歸去定何年流水隋堤碧似前千載玉鉤斜畔路祇今何處拾釵鈿

塘棲晚歸至三里塘雷雨驟作

烏雲變狗起山角菰蒲獵獵風色惡阿香雷鼓聲大作雨意猶在西北郭欲來不來電霍霍怪底老龍身一撲長鎗大箭

劈頭落憎我舟小瓜皮若欺我烏篛一紙薄恍如五丁開華嶽神兵鬼斧一齊鑿又如太乙弓挐攫革囊射破珠絡索一舟之中竟成壑衣裳都付雨師濯雨勢挾船船忽擱面色如紙身無著大聲呼天相與謔以人爲戲得毋虐少焉西山射日脚行客破笑舟子躍烟波深處一篙掠歸來買酒喜大酌紅兒爲我薰衣著

晚眺次車燦如先生韻

斜陽一落溪雲消西風吹樹聲蕭蕭十里五里望不盡時有一櫓烟中摇此時偶逞悲秋目寫景分明畫一幅獨樹村邊黄葉飛中藏罨畫三間屋吟罷歸來月已斜一燈猶照漁郎家焚香小坐意未盡獨燒短燭鈔南華

舟晚

海風吹月月欲出將落不落西山日炊烟斷處溪烟生隔水忽聞菱歌聲菱歌未息漁歌起鷺鷥飛入蘆花裏蘆花滿路征人歸一帆蓊破秋雲飛秋雲飛落不知處時有鷺鷥背船去

夏夜

一雨瓜籬靜吟牕夜不關小橋先受月遠樹忽成山燈影水邊去櫓聲烟外還流螢如憂我幾個伴花閒

口占

江南春思老鎮日掩烟扉一夜西風急蘆花隔水飛欲尋詩社去三徑祇斜暉借問西溪客今朝歸不歸

故人去不返秋色老冥冥花事今年了相思落洞庭一溪秋水碧十里晚山青況是驚寒雁雙行過驛亭

馬回嶺

一入雲深處回頭衆壑低路猶非絕頂身已在懸梯危石不能落怪禽時一啼老僧今去盡敗壁有留題

唐官屯五日

良時易孤負況乃客中過對此一樽酒其如兩地何榴花征路少梅雨故鄉多白髮今朝望尊前話渡河

周家店

孤集不成市滿簷紅日生曉雲分樹色夜雨急溪聲山果有佳味野花無定名道傍頻問訊幾日過聊城

游石壁

桃源舊路記依稀游屐雙攜入翠微樵客忽隨飛鳥去老僧都踏白雲歸莓苔飽露靑如毯薜荔搖烟綠上衣竹裏鐘聲

催薄暝西山回首已斜暉

北河道中

仗劒天涯久未回故鄉千里望無臺關中亂水旋螺去海上悲風怒馬來野燒白連烟堠積牙旂紅抱戍樓開唾壺擊碎心猶壯痛飲蒲桃三百杯

疊韻荅月舲先生

一聲青鳥信先聞展罷紅箋日已曛裙屐之閒容有我羲皇以下更無君春愁重似花閒露曉夢多于水上雲八詠樓頭吟嘯處終應輸與沈休文

次菊莊叔韻

詩牕笑語帶烟霞白紵填餘手亂叉爲記月痕鐫壁粉貪迎花氣裂牕紗青山四擁朝呼酒紅燭雙燒夜鬬茶自檢牙籤

慚愧甚一瓻多借鄰侯家

泛舟至塘棲

出郭未里許烟霧失老屋棹歌斷隔溪遠遠櫓聲續漁舟載落紅鳥語出寒綠垂釣我無心笑唱春波曲

喜晴

風伯一攬權老天有喜色破空一輪紅竟作不速客亂花飄碎香深竹響殘滴溼霧飛不高炊烟起已直十日閉門坐悶懷竟未釋擬赴故人招鼓勇蠟雙屐滑滑前村泥愁心深一尺山鳥呼哥哥今朝行不得

國朝杭郡詩續輯卷四十四終　　錢塘吳慶坻校字

國朝杭郡詩續輯卷四十五目寄寓下無名氏附



凡二十二人

# 國朝杭郡詩續輯卷四十五　錢唐吳振棫毅父氏編

汪啟淑字秀峰號訒葊歙人官工部都水司郎中

訒葊寓吾郡小粉場顏其聽事曰飛鴻堂嗜古有奇癖藏書百廚乾隆三十七年詔訪遺書訒葊家進呈六百餘種　恩賞古今圖書集成一部士林榮焉得古印幾萬紐彙爲訒葊集古印存三十二卷凡同時工鐵筆者不惜重聘延之家園親與參訂商榷務斬悉合于古亦盈萬紐彙爲飛鴻堂印譜四十卷海內高手太半在焉又續得漢銅舊刻成漢銅印叢十二卷可謂極印人之大觀矣選　國朝名媛詩二千家有奇爲擷芳集八十卷又埽肴才子之山淵也少工吟詠當杭堇浦太史歸田之後與樊榭諸老結社南屏訒葊以終賈之年聘妍抽秘進而與諸老徜相抗行其姓氏往往見于諸老集中其他襍著有焠掌錄水曹清暇錄小粉場襍識一官水部歸老松江閒來湖上其清興猶不少減云余求其詩不得就其水曹清暇錄中錄得數篇亦嘗鼎之一臠也

晉陽菴小憩

訪友便隨喜花龕住吟筇舊題重黎書銷沈惜難蹤菴額舊傳黎秘

書民表隸字今不存於時使雨餘乾坤肅秋容天宇無纖雲溼翠森喬
松鑪香裊金縷旛影搖蒼龍惜哉古銅佛他徙安可逢舊有唐尉
遲敬德監造銅佛一尊今已失或云即稽山會館銅佛也惟聞怖鴿聲啾啾襍涼蛩閒拓
西面窗遥見青芙蓉勸眼爲之豁況復聞齋鐘心曠神頓怡
一洗塵俗胸我本山澤人豈宜好爵從計日抽朝簪退耕縱
疏慵

乙未仲秋晦日偕朱笥河學士筠程魚門主政晉芳
張瘦銅中翰塤蔣香涇明府麟書顧星橋進士宗泰

草橋訪秋分韻得滿字

湛露淨蕭晨佳游清興滿招邀同調人脂車不遑嬾一徑越
西郊行吟恣疎散栭老惜攀援渠清供漱盥小憩藉莎茵消
煩催茗盌俄延候禽鳴嬌肥勝絲筦況多古招提禪扉隨意

款境寂市塵銷日午袷衣暖怖鴿繞香臺商飈揚梵琯移策過草橋瑟瑟渚蒲短顧影入澂流搖漾波紋緩遠樹曳涼蟬鬧根悅如浣狎翫澹忘歸狂思結高館少亦耎琴書先哲慕揚侃擥帶吐長謠茅亭腹聊坦

題翁覃溪學士 方綱 續禪智倡和集

養疴疏翰墨不語同寒蟬忽披衆傑構思卷春江烟緬懷元祐初坡公已華顛詩筆最淋漓縣若列宿縣鴻爪印竹西騎鯨去遊仙接武與起廢幸賴諸後賢覃溪翁學士才思奔巖泉好古謝太守遙對山嬋娟他時溯歸路禪榻風翩翩文章有結習撫卷一慨然

乙未夏午偕戴蔗塘 璐 邱曉瀛 文愷 徐漑餘 煩 夏蕖莊 璇源 同游大通橋

夾岸修楊綠帶烟蹇驢解挽櫪頭船鄉情暫釋塵襟爽灰洞原來別有天

葛衣疎爽水風涼弭檝時聞杏子香蘆葉蕭蕭蛙閣閣恍疑睡起魏家塘

草綠帬腰水熨羅荷風槐影寫清和如移雙槳吳江岸只欠彎彎月子歌

扁舟一葉水鷗輕雛燕新蟬亦有情數盡村橋忘日午聯吟游迹喜雙清

鮑廷博字以文號淥飲晚號通介叟歙諸生父思詡娶於仁和顧氏因家杭州嘉慶十八年 恩賜舉人

乾隆癸巳 詔開四庫館采訪遺書淥飲命子仁和監生士恭進其家所藏書六百餘種蒙 賜古今圖書集成一部又多刊所藏古書善本成知不足齋叢書三十集士恭旋蒙 恩賞給舉人 仁廟御製內府知不足

齋詩云齋名沿鮑氏闕史 御題詩集書若不足于文以序推注云齋額沿杭城鮑氏藏書室名乾隆辛卯壬辰 詔采天下遺書鮑士恭所獻最爲精夥內唐闕史一書曾經 奎藻題詠嗣後其家刊刻知不足齋叢書以唐闕史冠冊用周興嗣千文以次排編每集八冊今已十八九集可爲好事之家矣嘉慶癸酉浙撫復以續刊進淥飲復蒙 恩賞給舉人卒年八十六淥飲勤學耽吟不求仕進天趣清遠嘗作夕陽詩甚工人呼之爲鮑夕陽尤工詠物如闌干云有約頻敲花底月多情時拂柳邊風又云施朱太赤花應妒倚玉無人月也憐翦刀云細將楊柳偷裁出不信春風也學伊皆有風致

輓汪魚亭比部

整整牙籤萬軸陳林間早乞著書身種松漸喜龍鱗老埋玉俄驚馬鬣新清白家聲欽有素丹黃手澤借還頻先生既捐館舍予尚從鄴架借書西風誰送山陽笛偏感春明僦宅人

題洞霄圖志並詩集後寄張禮恭鍊師

九鎖青山未易尋偶披雲笈寄登臨予家去洞霄不及百里平生遊屐未嘗至也

探奇墨妙欣逢厲詩集後厲徵君手書重遊洞霄詩有十月探奇之語入畫詩清雅愛林集中和靖先生秋山不可畫一篇最工大藥敢希無骨篛疎絃未斷伯牙琴圖志並詩集託始于鄧高士牧心高士所著伯牙琴一卷遺佚過半亦附刻焉一庵閒地能相借遲我來歌嗣好音

菜花

肉味何如菜味長喜看花發滿江鄉徧栽亭館應無地纔出城闉便有香四月秋成連小麥十分春色占中央洛陽漫鬬千紅紫爭及田家一隴黃

柳絮

已為花飛不自聊那禁弱絮又辭條雲迷野渡晴尤活雪滿春城暖未消似我愁懷空渺渺比人身世更飄飄何緣巧避兒童捉卻上殘書慰寂寥

欄干

小立閒歌意總便眞堪與我作周旋施朱太赤花應妒倚玉無人月也憐蜿蜒乍驚風沼裏延緣忽近繡幃前涼颸嬾弄芭蕉葉一曲回廊共悄然

酒旗

知近軒轅第幾星玉鞭遙指影娉婷招邀風月歸花縣點染谿山入畫屏江岸晴飄詩思迴河橋晩帶別愁青等閒占斷蕭閒境竹裏高樓面水亭

夕陽同魏玉橫鄭弗人作

草暖沙明一片秋棲烏啼上椰梢頭偶乘小睡還偷去肯戀微吟更少留轉眼卻如花易落無情不挽水西流幾時拚得閒蹤影徧倚江南賣酒樓

再拜金卮酒滿盛爲君重唱短歌行百年身世賓鴻影萬里關山畫角聲征馬雲邊驅轉急歸舟天際望偏明倚欄何限蒼涼意費盡閒心寫得成（唐人詩閒心落照前）

讀魏玉横鄭弗人夕陽詩感念疇昔愴然於懷再題卷後（玉横名之琇錢唐人嚴力庵爲書詩如雲態度人似栅風流一聯人稱栅洲先生有嶺雲詩鈔栅洲遺稾傳世弗人名竺慈谿人寒村先生曾孫時養痾湖上與予及玉横倡和甚多及秋病劇歸思漸深吟至殘荻歸雁一聯淒然擱筆挂帆亟去竟返道山不復唱渭城矣詩中特爲拈出以誌人琴之感）

老去詩人魏栅洲新詞寫盡夕陽愁斜兼遠雁沈沙尾細點寒鴉過石頭（栅洲聯）東郭有書誰借讀西湖無伴嬾閒遊傷心一帶紅闌影仍在黃公舊酒樓（栅洲詩云安得詩如摩詰手寫將烟景上黃壚）

右題魏作

覓句愁中尚閉門夕陽已是近黃昏秋風一去難爲客春夢

重尋似有痕殘荻蕭蕭明鶴浦歸雞點點認寒村弗聯人病懷鄉思分明在誰復能招別後魂

右題鄭作

書沈菘町夕陽詩後景艮字敬履號菘町窮居北郭課童鈔書以自給吟詩飲酒之外無餘事也老年詩稾爲人竊去悵怏而卒嘗輯元人白珽詩爲一編跋後署菘町而不名四庫全書卽著於錄亦藝林佳話也

北郭先生老忍窮酒錢誰復賸青銅黃小松自濟寧歸贈以酒資先生有卽事詩云酒人歸訪故山棲怪我葫蘆久不提笑贈青銅三百片晚來依舊醉如泥罌罌種菊荒籬下蓋屐鈔書漏屋中自號長畱丁字庫遺詩不返楚人弓十年空下陳蕃榻贏得西窗晚照紅

蘭如鄂巖相繼下世重題詩後以寄哀思

風流雲散愴平生檢點韶光闇自驚誰與石屏商好句事見石屏

集徒慚春水擅才名相望落落晨星影那更蕭蕭夜雨聲從此閉門稱獨賞不須折簡報詩成

重感夕陽悼蘭如卽用前韻

彈鋏歸來便隔生（客杭經年歸未半月而逝）輕塵弱草祇堪驚貧推畫作家常計詩任兒傳身後名（遺詩未刊嗣子之任也）蒻燭那堪聽舊雨開門無處覓秋聲小窗一抹輕紅影半是相思淚染成

再用前韻悼鄂巖

誓向西湖畢此生無端一語我心驚老輕書畫兼金直（藏弆書畫法帖數千金晚年脫手散去不計直也）死避窮愁兩字名詩卷新排寧有意酒杯笑擲已無聲（方與予晚酌燭未見跋把杯一笑而逝）電光石火須臾景除是斜陽寫得成

秋日獨遊湖上追念栁洲弗人昔時倡酬之樂今夕

陽徧野而二君墓木已拱誦昔人花前灑淚之句不

禁涕洟之集也口占一律以寫哀思

青山滿眼送淒涼誰復歌呼共野航隱隱寒笳動城郭時時
清淚溼衣裳松楸入望新詩冢歌吹無聲舊酒場我亦相思
愁老去可堪回首問斜陽

張玉璧字星垣湖北襄陽人官杭州副總兵卒于任卽家
錢唐

月夜重泊陵口

昔年曾泊處今夕復維舟明月長如此吾生已倦遊光陰隨
逝水風露近深秋極目烟波外茫茫動旅愁

不寐

一夕雨聲急三更鐙影微那知鄉路遠并阻夢中歸

趙文照字殿章上虞諸生寄居錢唐有抱璞山房詩集二卷

湖上晚歸

暝色落何處夕陽湖上亭一聲雲外磬數點雨餘星潭影經秋淨山光入暮青泊舟風引去蕭瑟蓼花汀

夕照庵

修竹倚雲屏禪關靜不扃鐘聲疎夕照松影落閒庭塔擁羣峰翠鐙銜半壁青山僧閒煮茗清座聽談經

離亭

今古分離處相思在此亭停車楓葉落送客遠山青酒自和愁飲歌應帶淚聽夕陽人去後孤雁下寒汀

春晴

鳥聲啼徧好花枝倦客貪眠起較遲滿甕酒香春社後一樓山色雨晴時桃花逐浪翻紅雪楊柳籠烟鬬翠眉自有新詩堪入畫不須名紙界烏絲

秋懷

羞對黃花無數開去年衰鬢又重催碧空雲淨秋容淡落木風高雁陣哀痛飲樽前頻結客浩歌江上獨登臺焚香獨把殘編臥隔檻松聲吼似雷

發江陰

蟬聲滿樹出江關便趁西風一夕還水路不須愁六百片時過盡十三灣

李崑字玉峰號琴顚郡人

琴顚先世本漢軍乾隆二十八年奉　詔裁漢軍入民籍琴顚遂出駐防工詩詞善書有逸趣鼓琴效蜀派得

盛名能自度曲聽之泠泠然有出世想琴弟子甚夥琴顚日小技耳諸君無乃嗜之癖乎

題汪穎齋梅枝竹石小影

幽客館幽竹終年爲賞音不惟操有節亦且悟無心相對一輪月獨彈三尺琴惜乎不寫我與子處深林

次唐人詠竹

遮日卻忘暑經霜不怯寒蛟龍如可釣應取作魚竿

絶句

十里五里出門去千峰萬峰任所之青溪無言白雲冷落葉滿山秋不知

華瑞潢字涇陽號秋槎江蘇金匱人官臨海知縣有寶雲山館詩

秋槎罷官後僦居西湖段家橋構其廬曰北山旅館石門方薰爲寫北山旅館圖一時名人題詠殆遍儀徵阮

相國元無錫秦侍郎瀛相繼來莅浙中秋槎謁爲杭人請建白蘇二公專祠于孤山且設法開濬西湖卒後杭人思之爲祀于蘇祠之旁焉

李忠毅公輓詞

明光執戟出登壇楊僕樓船海上看肝腦早拌塗絕島身家久已託危瀾空餘入夜量沙計誰識迴風鼓棹難壯志未酬星忽隕此心耿耿豈能殫

青天碧海渺無涯照水旌旗競鼓笳共識矢心惟報　國孰憐結客已傾家恩深士卒同甘苦令肅雷霆震邇遐我亦乘風曾破浪莫嫌小醜是蟲沙

無端忽奉調兵符回首三沙恨切膚釜底游魚偏未得江心射鼈竟逃誅窮追空說千帆集失險終成一注孤歎息將軍長已矣卽今誰爲埽萑苻

捷音未得報天闕揮涕傳聞動　聖顏遺貌尚虛麟閣畫
殊恩已荷鶴書頒半生恨欲塡滄海一死眞能重泰山從此
遐陬崇廟食靈旗風雨夜深還

西湖柳枝詞

雨細風輕綠漸催長隄十里遍樓臺柔情不稱藏魚艇多傍
青簾畫舫來

吹成細浪色初勻染出鵝黃別是春一徑濃陰三竺路慈雲
同覆往來人

桃花深處影珊珊幾度臨風見小蠻步障紫絲遮不住可人
半露綠雲鬟

一篙新漲接隄平萬樹千條照眼明到處歌聲簫管沸更誰
攜酒聽啼鶯

清陰幾曲繞修廊半掩闌干半覆牆曉夢不成夫壻遠有人樓上試新妝

陳韶字九儀號花南江蘇青浦人官湖州通判

花南工六法流寓西湖梅莊

西湖柳枝詞和王述菴司寇

十日西湖聽竹枝池塘鎖處正絲絲曉風殘月何人會絳帳爭吟白傅詞

二月黃金嫩色齊袍痕染汁似封泥試登第一樓頭望昨夜春風綠滿隄

打槳西泠年復年絮飛如雪亦如綿星星兩鬢花前改依舊濃陰覆畫船

柳洲別館最毵毵斜蘸空波水蔚藍舊夢無情誰旖旎樹猶

如此我何堪

不柰裙腰碧似油攀條曾作冶春遊風吹滿店無人醉零落當年蘇小樓

柑酒蘇祠聽曉鶯雨絲風翦不勝情武昌新種三千里落落晨星唱渭城小峴先生時官湖廣

搖曳梅莊映碧紗依依曲港漲桃花門前亦種先生柳客舍青青不是家余寓梅莊在桃花港

落拓江湖瘦沈腰笛聲吹過段家橋錢塘門外銷魂別怕見長條更短條余有兩粵之行

汪淮字小海桐鄉貢生有自定詩一卷

小海買宅杭之東城有小米山房其山石池沼爲張南垣所經營翠蘿古柏蔚然深秀小海吟誦其中務極蕭廖孤夐之趣秦侍郎瀛序其詩謂樊榭山人後殆尠其匹

王蘭泉侍郎奉樊榭栗主祔黃文節公祠

身後之名且不有豈必春風一杯酒叕祭於社生窮途鬼雄寧亦同飢驅不見能詩厲徵士垂老聲名動天子乞漿未免爲治聾瓻草還期更翦紙鑾巫山晴爭賽祠白楊人立鵲晝啼年豐但催春釀熟繡韡畫鼓村東西村兒蹋歌村女舞上無飛蝗下無鼠送神神醉不能語繞郭橫吹社公雨

宋葆湻字芝山山西安邑人乾隆甲午優貢官國子監學正

芝山以詩畫名亦工倚聲老年挾其少妾幼子寓居仁和之張紗衖卽丁龍泓先生舊宅遂歿于杭後其妾亦死同人爲歸其旅櫬焉

乙未冬至後五日寒夜挑鐙爲陳君無軒作湘管齋圖並系長句

環畝之宮數閒屋疏引流泉爲種竹籊龍櫛比十萬竿風蕭雨瑟鳴寒玉無軒靜坐湘管齋積陰照暎須眉綠有斐緬彼淇渭濱高情想見篔簹谷無軒好竹兼好古書畫夔護如頭目平生眞賞工討論名跡閱歷手自錄遨游萬里來京師槐市相逢知不俗雪夜圍鑪酒共斟連牀劇話開心曲何日扁舟到君齋縱觀墨妙筍煑肉兕毫寫此平安圖一洗塵坱清風穆

復用前韻題朱笠亭先生所作素心閣圖後

容膝三椽兩椽屋到眼千竿萬竿竹素心閣中素心人不染纖塵比干玉笠亭下筆淸絕倫寫出檀欒一蔟綠樂數晨夕對此君同賡求友鶯出谷吟詩讀畫不等閒賞識自有知音目更得新疏入競傳雅事收入佳話錄行將結構取次成妙

論應破慳吝俗人生快意能幾何愜我素心共款曲與君相好得恨晚天涯聚首同骨肉我思卜居戚比鄰閣邊叢竹影澄穆

乙未冬至後五日余旣作湘管齋圖題之矣越十二日造無軒寓齋出和詩見示因乘興復作一圖三用前韻系之

未造無軒竹閒屋每爲無軒寫墨竹無軒酬我詩數篇自覺形穢對珠玉雪中又作第二圖六出霏霏壓層綠坐我兩人湘管齋想見知音在幽谷頂上雙眼誰能具五色陸離眩庸目拍案大叫驚米顛懇惶殺人不入錄爲君參得一字禪未求絕俗先免俗瓣香於今正屬君廣陵散後已無曲遺蹤妙蹟信可娛何必朱門厭粱肉他年對此湘管圖我與無軒共

深穆

爲素心閣第三圖四疊前韻漫題

我詩屋上更架屋我畫胸中無成竹技癢聊復强效顰將無燕石溷良玉水墨染此第三圖不慣塗朱與抹綠聳者爲閣平者齋高者爲山深者谷從來意造少粉本那得君家眞面目試送笠亭一過眼好入行笈備採錄文采風流其在茲誰言好古非越俗疊韻屢詠猶未已才思縱横無屈曲兼之公法繼趙董鍼裹於綿骨藏肉晤彼素心人不遠落落無言兩

淡穆

鏡中魚鳥歌詠西洋玻璃器

琉璃世界空明影魚躍鳶飛恣馳騁人巧可以奪天工几席之閒得奇境大地山河兩重圍魚鳥都來相因依魚自不知

適其樂鳥亦無心忘其機從旁觀者目光晌表裏通徹分明見棲鳴游泳坐生春弋者何慕漁何羨飲君消寒醁醽酒聽我醉後潦倒歌天空海闊無住著人生其如魚鳥何

長至後四日題襟館消寒小飲會者十四人以剌繡五紋添弱綫吹葭六琯動飛灰一聯分韻得灰字

高館追良讌佳辰集俊才消寒春有腳叓客士無媒地據江山勝人掄棟宇材擅場傳葦巨入座盡鄒枚六一聲名繼南豐品望推文章標赤幟風雅藉鴻裁修褉山陰盛題襟漢上回烹羊符吉語煮茗當芳醅美饌庖廚供清齋菜果堆是日設全羊之宴夢樓先生以長齋但供蔬果茗飲綠酉盈檻竹香透隔窗梅室曲時迷徑軒幽不染埃晤言斯暢矣景物信悠哉莫負團圞月頻傾滿滿杯連看白波卷那管玉山穨戶小容先醉拳低每易猜朋

交何日會懷抱此時開狂態君能恕華筵我獨纔微官遺若屣壯志冷於灰二十年前舊三千里外來幸因親笑語更得共追陪未踐青山約還憐白髮催纏腰空羨鶴布鼓敢輕雷道路風塵慣冰霜草木摧

吳修字思亭海鹽監生候選布政司經歷有思亭近稾居易居小草湖山吟嘯集吉祥居存稾

思亭自其大父徙居海昌之硤石鎭蓋已三世矣性敏悟十四歲已梓所爲詩問世稍長盡交當世知名之士鑒別古今字畫金石尤具精識嘗集國朝名人五百六十餘家手札七百通刻之石爲尺牘鑒眞十六卷又以生平所得山舟學士手蹟三百餘種擇尤精者刻石爲六卷名曰青霞館梁帖

吳漁山湓浦圖小卷爲陸謹庭孝廉　恭題

人聲不聞月在水萬頃秋歸尺幅紙漁山用墨最稠密不謂空靈有如此其間繪水尤絕工眞能繪聲如有風荻花楓葉

尚瑟瑟如遇白傅船窗中故人變畫擅眞賞睞我晴軒詡無
兩潯陽江上記停舟勞我今朝憶舊遊

戊辰人日阻風斷霞口懷宋芝山學正葆淳去年今
日同舟阻風于此作江天欲雪圖見貽

此地逢人日年年慣阻風祇憐今夕酒不與故人同船底晚
流急山頭寒色籠江天看欲雪又落畫圖中

過可莊懷郭祥伯

獨吟人已去門外尚斜曛秋水淡于畫白鷗閒似君幾時還
貰酒相與共論文余亦動歸思片帆橫暮雲

飲南山泛舟浴鵠灣遇雨

乘興弄潺湲移舟浴鵠灣晚烟多著水微雨不遮山暑過銷
茶渴風涼定酒顏永懷張外史遺蹟杳難攀

王申秋日過船山太守山塘寓齋賦贈

海內才人第一流，萊州辭郡到蘇州。居鄰甫里蓮祠宇，門對青山傍酒樓。客至不期常滿座，詩成隨意足千秋。別來梵夾繙應徧，米汁還能共飲不。

己卯三月皖江喜晤查梅史妹丈揆率成二首

皖口相逢快寫心，六年頓慰別愁深。論文共覺神猶王，促膝何辭酒滿斟。話到鄉園更易盡，情傷骨肉淚難禁。謂去春九妹之殁一官笑爾眞匏繫，虛擲時光鬢已侵。

十日相從話轉長，江城賴得小徜徉。別來歲月渾如夢，老去心情未減狂。顧我容顏非夙昔，誦君詩句益汪洋。故人無恙秋期近，可憶東山舊草堂。君言今秋必返里家兄榕園在硤石故居

湖樓晚望

憑闌閒坐每移時暮色冥濛望轉奇小艇競呼人未返夕陽欲下鳥先知烟痕斷樹如平截山影沈波盡倒垂更看湖心照殘月今宵拌得夜眠遲

雨後過裏湖

隄邊殘柳色轉濃飛泉滿耳鳴琤琮白雲抱樹未散影青山見人如改容水仙廟前秋正好石函橋頭客不逢夕陽依舊明屋角一聲何處來疎鐘

蘆墟訪吳處士鵾不值處士業縫衣以自給工詩

秋水漲橫塘落葉無行迹何處訪伊人一片蘆花白

題南田百花圖卷

風露先從筆底生百花開處任縱橫可憐一樣施朱粉別有風情畫不成

戴敦元字士旋號金溪開化人乾隆癸丑進士歷官刑部尚書贈太子太保謚簡恪有漚塵集

金溪幼有神童之目負笈吾郡從胡孝廉延游年十六領鄉薦越八年會試中式適患痘以補殿試成進士則痘花滿面矣初由禮部改調刑部游升郎中觀察粵東歷江臬晉楚藩入爲刑部侍郎進尚書薨于位中閒奉諱南旋主講敷文書院與吾郡錢孝廉師曾倪秀才稻孫李布衣堂王丹生槐及吳興嚴修能元照結吟社于天后宮之秋鴻館服官之日則一意政事斷絕詩酒決獄明允朝野欽服所著有兩漢郡國道邑表唐宋州郡表天文算學等書

游鹿鳴山寺

溪流沓靄深隔岸特清淑平原銜遠山曲徑帶修竹嬾爲城市遊一葦破生縠佳境若近人舉步不知遠密樹儼屏障屋外不見屋路轉林忽開廟宇倚雲矗山僧導我行前迹暫追逐有亭餘廢基坐眺恣往復三衢信都會壯觀快茲獨城中

十萬家烟火如在目是時九月初天地氣方肅橘柚半染黃霜葉未脫木涼風四面來百感耿難伏蹤跡固殊途襟抱匪同軸或悲宋玉秋或愛陶潛菊天宇空蒼茫野田襍歌哭因懷古志士萬象任吐蓄物喜與己悲澹不縈心腹山水足登臨胡爲自蹙蹙回頭日已斜鳥倦爭投宿逸興欲忘還長嘯振林麓

短棹

短棹隨秋遠羈情觸緒牽沙明兩岸月水靜一篙烟帆影碧山外人家紅樹邊遥遥何所極幽意獨纏緜

贈別

偶動干旌逐計車依然失意返鄉閭非關小草無心出誰道長安不易居待價世終捜卞玉循陔君自戀潘輿湖山風月

天應與碧水紅蓮好著書

王艮士原名曇字仲瞿號蠡舟又號昭明閣外史嘉興人

乾隆甲寅舉人

仲瞿素負狂名言論舉動皆不欲與衆人類楚蜀教匪亂時自詫能爲掌心雷可以滅賊吳白華總憲薦之吳因以罷去又嘗過東阿西楚霸王墓遍招市倡彈琵琶唱古怨歌釃酒墓下遂痛飲吟詩而去其豪誕多類此暮年挈其妻寓武林門外之王菴顑頷以終

讀舒鐵雲姨丈論語詩

讀而不用張特進用而不讀趙中令普之論語篡禹之論語侅哀公十有六年四月孔子死四十二碑打碎膹殘紙從此論語八十宗曾鞏大學蕭衍中庸前有法言學作論語之揚雄後有文中學作論語之王通兔圈狗曲張騫鑿空爲天子師爲開國公轉操讀之不愈頭風忽然恆山老人授我開心

符六十篇中如潛夫不見異人當見異書闕里荆棘無故自除黄祖心中有蔡邕枕中無遷史不闕太初漢書不裝瓠蘆春秋決獄二百三十有二字一一論語之註腳陸公之書廚匡老子反韓非復孟軻舌如蓮花口如黄河鍼膏肓起廢疾發墨守大儒贓吏小儒賊徒讀醜趙普心十瓶瓜子金讀破張禹面上方斬馬劒初不知先生所讀齊論語魯論語宜文論語男與女白虎觀中求直言華光殿上天花雨讚曰郭玉針經不治病華佗駡書救人命陳奇論語當柴燒何況春卿論語讖兩句讀通李文靖宋李沆以節用愛人二語爲宰相者數十年見東都事略

查橋寓館值鐵雲姨丈松郡未歸作詩見意是日得奉先生二書

秋水人何遠梅花性愛孤手銘上皇鶴松郡有鶴爲鸛啄斃者先生瘞之郡齋射

圖作鶴家銘心饜季鷹鱸別緒三秋葛詩情九月租登堂人不見
膜伏拜倪迂堂中懸雲林洗桐圖是盛子昭筆
琴尾先生詞名千金帚時朋好有斂錢爲刻詩詞者雞林價莫如兩家長慶集
曩者宋汝和觀察嘗取先生及曇詩合刻爲皋橋今兩集四海故人書壁間多黏親朋筆札繭紙三
君老法梧門學士嘗作三君詠謂先生與孫子瀟及曇也紅鸚一㡧虛謂所撰海紅宛瀟碧之圖
邱頭打屋喜近聖人居查橋在蘇州學官西北
梯几高堂上紅顏一笑迎南樓花富貴西母月聰明孟氏賢
人出觀音佛日生挑鐙談往事針孔自穿成太夫人永福縣君爲長洲洗馬
北苑李公之女以二月十九日誕生明年壽屆八旬而視聽不衰曇得以孫輩禮見每鐙下看細字書並能自穿針線聞
談及早年隨宦京邸時事原原本本悉皆日下舊聞詞科掌錄也
臼季憐枚叔姨弟枚從季舅小峯先生讀書姨兄愛孔融次弟樓年十三讀書等身曇每與談
輙多駮雜月猶繈褓出女弟圓華以八月十五夜月華生鶴已鳳凰同幼弟長松生時感松

郡鶴化後先一宅相鄒公在家風渭水窮羊曇有餘淚淒惻時先生紀之

舊黌宮（曇讀書外祖夏峰先生紹郡學舍時姨母年才十二今忽忽三十年矣）賃廡臯橋日艱難各一家姨來鶴市月錫老馬塍花（姨以乙丑春中遷居吳下曇於是秋移家杭州）骨肉摶沙似功名畫餅賒牽船門外住一夜似乘査

感慨悲歌士風流儒雅師每承三體字必寄五言詩（是日得書一紙三體）青鳥雲間遠洪喬水上遲（舊冬承附書於鄭八員外一書節亭至杭見訪不値而去）重領取心與夜航期

和汪硯香司馬秋草原韻四首（錄二）

赤闌干外露初零馬旋聽空積一庭踐踏秋光人草草鋪排生意雨星星根猶戀土心難死人是傷春夢不靈長養好難刪殺易亂磚殘瓦不經青

一席濃陰埽不開芭蕉聲亂蟋聲哀經年舊雨催人老帀地秋痕上鬢來振觸馬蹄塵土在消磨花影夕陽催牛羊助長山童揠野火經風亦幾堆

奉荅鐵雲姨丈城南雨夜話舊之作

昨宵篝火聽雞聲夢裏横行見長卿吳下名儒無後輩燕南才子是先生羊公譽鶴渾難舞平叔刪書敢便成喜與徐公謂朝玉孝廉同彥會半篇漁父坐三更

十載聲名眼裏思天涯親串見時遲江湖到處無家住風雨相逢有贈詩兩姓中衰諸舅說半生家難母姨知故鄉豈少論心處不敢言情淚要垂

夫子聲華日下傳出門也是別離天壻鄉住後吳音熟母黨傳來阿士賢海內英雄餘子在南中骨肉幾人全西州賣斷

羊曇路拌取衷腸話兩年
劍合雌雄暗自誇飛騰還讓渥洼駒文章不負三條燭名姓
爭添一椾花元度官銜新著作終軍容貌舊年華天南回首
南湖路一帖泥金報到家

住穀城之明日謹以斗酒牛膏合琵琶三十二弦侑

祭於西楚霸王之墓

穀城山曉黛蒼蒼絃酹相逢拜憤王百戰三年空地利一身
五體竟天亡明分天下貧劉季誤讀兵書負項梁嚚部瓠蘆
全漢在英雄成敗太淒涼
秦入天下楚入弓枉把頭顱送馬童天命何曾私赤帝大王
失計戀江東早摧函谷收圖籍何必鴻門殺沛公明縱咸陽
三月火讓他婁敬說關中

黃土心香一匊塵英雄兒女我沾巾生能白販爲天子死賸烏江一美人壁裏沙蟲親子弟烹來功狗舊君臣戚姬脂粉虞姬血一樣君恩不庇身

重過西楚霸王墓

大雞山後小雞前馬血人燐一冢烟白帝山河五十步羊公碑版二千年伯牙遇主談何易轅下無牛祭不虔亦有烏江歸去客穀城山下又留連

呈隨園老人

六朝文字六朝人六代江山六代春總是西湖無福分他山留老寓公身

許宗彥原名慶宗字積卿號周生德清人嘉慶己未進士官兵部主事有鑑止水齋集

周生十歲卽不從師經史文章皆自習之嘉慶己未科會試得人最盛朱文正公曰經學則有張惠言等小學則有王引之等詞章則有吳鼒等兼之者宗彥乎入兵部後兩月卽以親老引病歸奉諱後遂不復仕居杭州馬市街杜門以讀書爲事有鑑止水齋文集十二卷多說經之文卒年五十一

題五代史吳越世家後

大亂不數覯讀史駭心目前惟西晉衰後乃五代續官家出羣盜將相半厮僕紛紛等兒戲變若舉棋速英雄各乘勢割據裂輿軸岐梁晉蜀漢轍蹈安史覆梁竟屋唐社晉亦傾梁族從此亂靡寧中原厭人肉就中稱小康長江限南北吳越與淮南稍肯事幷牧淮南亦多事三姓更篡逐周宋復宿兵殘破生氣蹙惟有武肅王保境甘雌伏眞王固自爲稱臣爲民辱千里浙東西幸免罹鋒鏃賢孫識天命歸國膺朝祿遺愛至今留猶歌陌上曲歐公健史筆思繼素王躅柰何所褒

貶頗不滿衆欲昔聞春秋義善善從長錄捍難如錢王獎許
宜不足猶云虐民人求全毋乃酷吾夔表忠碑幽光闡玉局

同孫淵如觀察星衍段懋堂大令玉裁釋菜許鄭二
公祠飲福第一樓作

赤伏兩鉅儒翊孔廓聖軌末學失宗尚漸以乖古始東南人
文藪振興固有族大雅揚芳徽湖陰肅明祀祠爲雲臺師所建俎豆
緬醇德巾卷集魁士經師得趙商禮堂闡微恉便便問字編
來學析疑似謂淵如郎里有功臣嚴畯未足比謂懋堂扁舟吳門
來盍戠同仰止登堂薦薀藻退燕餕清旨樓前山色蒼樓下
水波美醽醑相勸酬密坐促深晷千秋詎云遙家法此焉是
嗟余抱困陋時術遜蛾子邈然思前修飽食亘用恥

自題所作畫

秋林疎處三家村萬山奔赴環衡門山中有泉不出山山下有澗難尋源世閒未必有此境勿以畫法相排根仇池之穴有足不能到桃源洞口有手誰能捫神仙心慳閉福地世人耳食傳空言吾欲腕底一一巨靈闢直恐眞宰愁絶生煩寃不如落筆涉疑怪塵寰仙界未可分放筆一笑清風生斜陽忽過蒼松根

吞金吳烈婦墓

烈婦之心金百鍊七死七生心不變膽瓶可碎腸可割身與瑠璃同皎潔此事距今百廿年墓門荒草蘊秋烟清光如月不可蝕暫晦終顯寧非天觀者太息行者止高坊道左還依然前有檢討毛銘以片石文中豪後有學士梁大書七字鸞鳳翔表微自是君子性殺身豈博姓氏香面孤山背葛嶺此

坊此墓合共湖山永　皇嘉慶年龍壽星修墓者誰吳之後裔河其名

趙老人 振鯨 百歲詩

翁生上溯康熙年四朝熙皥全其天鼎鼎百歲稱大老顏色少壯筋力堅出入廛市了無異不參黃面不學仙衆人匹之亦等耳翁獨以久豈適然天機不累嗜欲淺視聽守一聰明專力田服賈穀孫子晚食安步無拘牽青山繞屋雨潑翠江水當戸風生漣足迹只在武林郭福地那必仇池顛非徒致壽有深理高行亦足希前賢吾聞上古物難老方今　聖化唐虞先粤西老人百卌歲祝翁他日還齊肩

東城晚步

富春園外路幽絶近郊坰鳥破寒烟白蔬連野水青空林喧

梵鼓危堞上秋星細數僧歸盡禪扉處處扃

蘇文忠公生日項金門墉招集祠下

梅花滿樹綴苔斑夢醒羅浮在此閒南斗生還同吏部西湖祀合並香山是日雲臺師命吏增建白祠于左雲頭暖意堆晴絮酒面春風露翠鬟蘋藻年年期此日詩人故事許同攀

和汪選樓家禧買得其族祖繡峰詩稾作詩志感

吟詩誰是不求名身後飄零亦足驚盡道田園如傳舍豈知書籍亦風旌市人未必知陽五名士猶聞說阿瑛繡峰存日愛客好交遊賴有生平賢從在殷勤收拾付緘籯

奉邀平叔偕嚴鄧兩太守至皐亭山看桃花

欲紓離緒借春妍夾岸芳林泊畫船香水濃薰華藏海晴光豔照玉隆天暫如少壯誇遊興莫放飛英到酒邊同調幾人

殊出處暮烟一散各茫然

山行絶句

白雲本自青山出卻把青山著意遮散作濛濛飛雨去前溪流出碧桃花

相對無情恰有情一峰高插一峰横老僧已厭山中趣更向亂山深處行

汪艮璧字蒔藍號醉白建德歲貢有江上小堂吟草

醉白籍隸嚴州遷杭已二世工書畫旁及卜筮星命之學晚而窮困乃恣意于詩酒閒年未五十而卒

人日集江上小堂

去年文字飲因病我先曠春風忽獻歲神爽興勃王靈辰卜其晝豪情期一暢草堂邃且幽野梅寒未放晨興拂几塵家釀漉春盎門前喧笑語吟屐過幾緉長少列坐次款洽敘情

況平生藜藿腸肯作肉食相香肥襍芹韭酸鹹佐醯醬雖非阮家廚尚是李公覸豪奪酒中聖敵勁詩壇將孰云矧敢又無算爵不讓人生行樂耳今顏異昔壯同爲不龜手胡獨洴澼洸亡羊與得鹿泡影水中漾酒酣發浩歌新月開簷檬

葛氏山居

幽人少塵事閒住定山村山色日當戶泉聲秋到門籬根一犬吠楓背亂雅翻客至斜陽晚相迎笑語温

春雪宿僧院

風雪惱人意春深如許狂遠更寒不起孤枕夜何長亂片響疎竹一鐙明古牆新晴望來日侵曉啟禪堂

登大雄山崇福寺

何處隱禪關舟行碧幾灣村深都抱水路盡忽逢山鈴語松

篁外茶香竹靄閒伊蒲飽一飯絕頂共登攀

曉過翁家山

人家住山頂高下啟房櫳曉色忽騰上炊烟四望通露侵茶
逕滑霜落柏林空古意識何處丁丁樵斧中

重至穀水九日同人登高過徐壽圃新居

秋磴白雲深秋風兩袖侵青山今日眼黃菊異鄉心得食鷹
終客安巢鶴有林幽居同過訪竹柏蔭森森

送春

寂寥過盡賞花期門巷情悄欲暮時半榻茶烟人坐久一簾
風雨燕歸遲客中況味憑誰語春去離愁不自支莫向高樓
更憑望淒淒芳草徧相思

寒夜有懷

深巷窮陰晚更凝閉門趺坐似枯僧酒難從事寒無力筆不
中書凍有冰籬竹聲乾三徑雪瓶花影瘦一窗鐙曉來蠟屐
城南路爲問袁安起未曾

同人集蔣村草堂

山過秦亭畫欲昏橋通沙磧水環村晚烟夾岸鳥爭樹新月
一篙船到門客是閒多來不速春猶寒勁望無痕開樽雅有
西園興翦燭深宵笑語温

寒食風阻全柏飲涵翠樓與諸兄話舊

野桃猶及故園紅寒食天教駐短篷此節怕逢長腳雨上灘
剛值打頭風作羣鴉舅集溪口相對勃姑呼竹中翦燭小樓
重話舊等閒肯放酒杯空

董鏞字鋐聲號薇雪嵊縣人嘉慶丙子舉人

薇雪父心培精于醫懸壺于杭州之花牌樓薇雪隨父家焉

和梅侶題壁韻

浮生似鴻雁辛苦又南征深樹鳥猶宿荒郊人巳行時和村有市地僻縣無城雖馬自茲去雲山知幾程

北溝河題壁

一鞍飛雪一鞭風下馬何人氣似虹塵壁并無紅袖拂新詩敢冀碧紗籠勞生愧我依劉久國士如君說項同謂項梅侶同年時同出京恰向歸途望親舍心旌搖曳白雲中

曉發任邱

平生懶惰貪晏眠夜半上車殊不便一二寸霜不滿地三五點星猶在天相如病渴還作賦祖逖起舞同揮鞭春寒有容思卯飲笑指酒旗村樹邊

宿茌平曉發題壁

喚醒黃粱夢境非征車欲上檢征衣愁多未免詩懷減寒甚翻嫌酒力微簾影自垂纖月落柝聲將斷曙星稀悤悤一笑留題去淡墨如烟字不肥

清江登舟作

回首長途雨雪兼二千里外數郵籤馬離冀北思偏苦人到江南夢亦甜一綫濁河橫渡口半輪斜日隱峰尖歸心正似東流水爲語征帆莫久淹

花朝卽事

雨止塵不起天宇漸開豁莫遣竹雞啼啼成泥滑滑地勢隔南北春事判遲早恰憶故園花今日開多少

舟行雜詠

閒來攤飯且高眠夢不分明半似烟睡起殘書猶在手一聲柔櫓出江天

春風吹水縠紋齊櫂入江南罨畫溪一抹青山數間屋杏花紅過野橋西

軟聞語燕肥聞鶯一舸中流自在行忽地雨絲飛水面鵓鴣啼足兩三聲

汪嘉植字白榆桐鄉諸生淮子道光元年舉孝廉方正有寒松居士詩鈔

題台嶽彤雲圖

溪風引午夢吹我溪上山桃花千萬樹仙境豈等閒鑱冠自散籐杖倚白雲滿衣秋似水杞根如犬劚未曾臥石皆羊叱或起雲耶山耶雨模糊夢游恍惚披斯圖君今荷鋤從此去

藥苗滿山不知處

題大兄仗劒圖

貧居事遠游遠游竟何託愁懷仗酒澆酒盡愁復作長年守菰蘆如被塵網縛閉置巾車中毋乃新婦若阿兄英異姿讀書如掃籜列宿羅心胸肯借鄰壁鑿翻然悔儒冠何爲老溝壑昨夜蒼龍精光氣牀頭躍

東村兄寄示須江草次須女泉韻

涓涓秋一泓爲澤爲少女靈泉以星名萬古光所貯捧檄笑毛公搜奇到荒渚積潞開翠隘寬廣僅畝許乘輿窮其源彳亍忘修阻學士爲摩厓復古賴儔侶山舟學士爲題須女泉碑碣芝蘭得同心巖壑事豪舉其上潛乘龍其下走蒼鼠樫蘿薇白日清極不知暑墨花光豔異觀者競凝佇黃茂慶有成白社賴攸

敘舊址矜新創誅茅如別墅安知仙癸精寒芒射其處他時架屋牢脫略忘爾汝斛此一勺碧還敲石火煮吟詠襍嘉賓談笑豁離緒高吟幼婦辭門外幸勿拒吾將負杖從問石石應語

題畫終葵

進士好武通鈐韜紫髯若戟腰帶刀終南橫絕幾千里欃槍夜墮陰風號後來好事傳嫁妹又寫移家創新意秋鐙老屋弓刀鳴欲取髑髏供飲器方茲祁連洗戰塵害氣盡融江海春天關萬里守虎豹勿使雨溼啼精魂

白雲堂奇石歌和張明經

一峰突兀立如戟時吐烟雲射空碧何年妙手倩倪迂壘就玲瓏入畫格主人愛石兼愛客襟期自信白雲白游嶽歸來

意不忘小山數點留陳迹武原公子不羈才對石拜舞心顏開想見君家烏夜村層巒疊嶂依亭臺如此幽奇應不少偏愛一卷同崔嵬昔畏君詩久無敵才人遇之皆辟易今知意氣復淩雲請得與君交似石

孤山種梅補屋初畢適省心錄刻成卽題其後

歔詠湖山寄性眞更無妻息累閒身古來勝地多高隱如此風流定幾人謚法一時同沈尹文章當日薄王陳省心錄內微言在上蔡分明是後塵省心錄流傳絕少植千藏書家得之因與梅都官談道則孔孟語相合遂墨諸板度于祠屋中

編蘺結枳護芳叢石磴縈紆細路通樹底半湖新水綠樓陰一角夕陽紅詩題劍壁琴牀外春在方袍廣袖中好與水仙王作配寒泉薦菊有遺風

游杏花村次韻

已教徙宅近東阡一徑濃陰繞屋妍春色自來如畫裏芳辰難得是尊前清閒功課花爲事負郭生涯研作田指點定香橋畔路重游可許伴吟鞭

白蓮禁體

一櫂澄江眼忽明鉛華淨處見傾城野鷗迎我頭俱雪涼雨聽渠秋已聲幽夢欲隨殘月墮綻衣須共露華清曇花豈亦空諸相留得層湖越女名

上巳花游紀事

晴霞疑是赤城天黃鶴峰前共放船社鼓東東人影亂桃花紅到寺門前牛山寺

依然遺廟枕寒蕪笑問蟲沙事有無古渡神鴉來又去斜陽

簫鼓擁鑾巫撒沙夫人廟

孤亭似笠出林隈四望眞同錦作堆蝴蜨成團人笑語畫船齊過半山來雲錦亭

移舟花港復苔磯流水桃花燕子飛怪底游蠭隨畫槳船頭斜插一枝歸甘墩

范崇階字升伯號小湖錢唐諸生有不改樂之堂遺槀

小湖以鄞人占籍錢唐工吟好飲又善草書性介特自守雖在窮困不以一豪干人年未五十而歿少時嘗與屠孟昭查梅史及積堂諸人讀書清平山之拂塵庵吳鐵生王椒畦皆爲作圖庭下老樸一本相傳爲宋時物摩挲玩憩各爲詩以紀之其樹後爲大風所拔巾幕散後無復淸陰矣又白衲菴在靈隱深處禪唄幽寂猨鳥馴狎嘗于月夜與朋侶分榻僧寮聽查丙塘周沖泉彈琴小湖孟昭與施辛藿各舉古人二字姓名四十筆以上者二百餘人以爲樂

題汪儁士潭鶴澗圖

八山皆水聲水流不知處中有千歲鶴一鳴復飛去仰看白雲起不見青松樹樹下小橋橫隱隱前山路

壬戌夏六月十四日趙菊潭埰胡秋白元杲朱閑泉王孫秋嵐宗洨屠琴隖倬殳積堂慶源拂塵菴雅集

銀潢未西傾倒挂橐駝嶺森嚴嵐氣逼深樹黑無影明月如相尋朗朗出松頂科頭坐其閒人意與山靜潮聲龕赭來破屋小於艇有客吹鐵笛聲與江潮併高梧近十尋老竹瘦千挺澹忘遺物我語妙襍醉醒諸君學道人那不惜光景清磬出疎寮逃禪發深省

十二月五日大雪次宋和甫曉起大雪用蘇文忠公病中大雪荅虢令趙薦詩韻

君前寄我詩三復而不和豈不欲和之調高愁無柰天公索

我和又遣雪花墮老樹忽裝花葉葉相掀簸此時想見君微吟笑口瑳或似鴉棲簷或類蟻旋磨得句投囊中如市籠百貨我乃守青氈久爲世所挫豪氣已漸除遇客怕驚座不辨黑與白但解食與臥志士甘溝壑那肯辭坎坷譬之垢在衣欲浣苦已涴浣之不沒痕衣乃速之破無田安得耕差喜無催課嗚呼侏儒飽何如臣朔餓賦詩不療貧詩好君應賀

陳寂寧先生遺像并序

先生名元英號寂寧康熙時自苕溪隱于清平山精道術後弟子爲建寂寧道院迄今一百八十年祠宇傾頹金芸舫重爲修葺因屬題焉

先生窩世人生來有道行齠齔悟仙術離家事養性不畱遺婦書不求勾漏令身既同死灰心乃懸明鏡吐納神氣充跏

趺骨節勁肉飛空有言尸解爲正命峩峩清平山仙蹟此可
證道院起其中花月相掩映迄今二百年高風令我敬

題王尺魚有竹山房圖

筼簹萬个生晝寒有竹不避王猷看曦車日午不到地碧雲
亂捲蕭郎竿人生可瘦不可俗繞屋都栽寒綠玉坐待新梢
雨後長貓頭戢戢穿籬角此時仙人王子喬倒空鸞尾吹玉
簫玉簫吹裂碧陰散天風併入錢塘潮錢塘江上三間茆竹
光入江江影搖春風不驕秋風驕老蛟無聲龍女號坐中有
客意氣豪并刀翦取三尺綃前身合是文與可葉葉怒張金
錯刀我今披圖覺神王墨瀋淋漓翻雪浪髣髴瀟湘烟雨中
萬畝秋陰水中漾詩成都是擊筑聲我亦胸中芒角生

和梅史雲居山晚步

野桃初著樹春色到山家蹋石青鞵軟臨風白帢斜夕陽閒
度鳥江影遠浮沙何處鐘聲起炊烟一道遮

清平山晚眺

白馬立城頭青山翳蘘秋西風吹宿草暮色上危樓鳥影隨
雲沒江聲遶郭流南朝遺蹟在極目重闕愁

黃泥潭訪查伊璜先生故居

恥逐時流作黨魁草堂移傍曲江隈故人半託緇衣老國士
多從乞食回怪石供餘雲欲皺佛香燒後刧成灰紅牙一拍
梅花識笑煞春鐙十錯來

和顛公見贈原韻

貧簹萬个列平岡一逕松風送晚涼方外酒徒公獨老蘆中
窮士我何傷三間破屋苔痕綠半面斜陽塔影黃飽坐齋廚

貪午睡夢尋詩句到危廊

秋日同遊湖上餞別許菊船州牧乃來之粵西潘紅茶庶常恭辰汪藕塘孝廉連之京師

萬荷花氣繞涼雲宛轉歌聲水面聞山似故人還戀客我如秋雁怕離羣龍城父老迎雙旆燕市文章冠一軍今日西湖新釀好且拌尊酒到斜曛

早春襍感四首

彈棊竟日掩柴扉嬾逐春光上釣磯鐙事闌珊花事動淚痕狼籍酒痕稀愁心怕唱長干曲匹馬還思短後衣莫怪臨風倍惆悵楝條江店又斜暉

戍樓畫角劇堪哀香篆迎風鬱不開千里鶯聲隨客去一年春思閉門來河東裙屐皆名士江表英雄襍霸才今古茫茫

增太息書生結習漫相猜

南船北馬問如何少日心情感逝波卷口夕陽歸燕少天涯芳草故人多上書賈誼非無策居廡梁鴻亦有歌卻喜鷺鷗能諒我不辭朝暮一來過

湘簾低貼畫闌前閒煞斜廊屋數椽午夢易成還易醒山光和雨復和烟參差笛起宜臨水料峭風多畏卸綿自笑曉寒詩已就何人乞寫衍波箋

湖上春禊同余慈柏鍔郭頻伽蔣蔣村李桐村方洽殳積堂

春光葵尾漫蹉跎恰稱流觴泛碧波遊子百年家食少天涯三月雨聲多寧辭短屐衝泥出料得青山待客過不盡飛花更飛絮司勳已老柰愁何

題屠琴隖太守澹園吟社圖

八社湖山跡久湮歸來不負故園春周旋松菊都無恙整頓騷壇又一新唐宋之間分此席風塵以外得斯人龐眉都入香山社畫上屏風更逼眞應叔雅廣文年八十五秦小峴侍郎年七十八馬秋藥太常年七十六陳樹齋軍門年七十三張仲雅明府年七十二皆先後嘗入詩會余謂合作一圖當不愧香山洛下也

秋晚拂塵菴題壁

長江一劃分吳越秦望諸山入座來日落沙黃帆影急濤聲飛上子陵臺

江行口號

長江潮落暮雲屯送客旗亭酒一尊東渡夕陽西渡雨便無離思也消魂

張師誠字心友號蘭渚歸安人乾隆甲辰　召試　賜舉

入中書庚戌進士翰林官至倉場侍郎有省緣室集由菰城遷居杭

侍郎詞章爲藝林珍重奏議爲朝野推仰餘力更復深通內典爲緇素所師資著拜颺存稾十二卷呈進 四庫遺書提要三卷館賦存稾二卷雜著詩文二卷總名省緣室集外另編奏議若干卷

題外舅徐百雲公歸田圖

作善乃降祥流光由積厚俾壽復俾臧可大亦可久我初入京華擔簦從外舅髫齔未勝衣錫館趨左右嘉蔭藹椿萱登堂謁翁母阿翁葆德純抱樸敦素守元氣盎太和訥然不出口母兮萬石嚴雖貴躬操臼我舅定省勤祿糈供升斗衣比老萊娛米本仲由負憶始官成均啜飲隨宜有釆釆循南陔至性全孝友翔步入承明玉堂紓錦綬藻鑑壘持衡皖國英華藪巽命仰重申棫樸歌薪槱仙署奉雙親介景酌春酒桃

李遍公門拜舞爭趨走顧笑樂融融殊榮逾四牡一水鄰梓鄉畫舸歸隴畝鑑湖山繞郭快閣門盈㮇小築娛二人頤養臻耆耇況我外姑賢操作親箕帚殷勤子職兼仁孝邁諸婦樂事萃天倫食報良非偶小鳳棲孫桐䘖齊獨稟受婉孌舞勺年讀書窮二酉德星聚荀陳含飴欣執手鴻案慶齊眉鶴髮同白首八秩啓開筵金盤進碧藕饜饌披圖中以介莊椿壽

李靖舞劍臺歌

田盤萬仞高巃嵸夭矯屈曲森萬松東甘西甘瀉飛瀑上畱古剎傳衛公西有盤陀一片石舞劒矍鑠矜豪雄憶昔三原盟壯志素薄章句喜奇功始從秦王列三衛一戰遂定王世充江陵蕭銑夔州冉後先撻伐驚孝恭荆郢初平雨露浹江

漢爭下風雲從席未遑暖公祏起舟師三萬丹陽攻西定吐谷北突厥邊陲百戰勳尤崇韓白衞霍何以尚奇績悉數殊難終最後選將征高麗據鞍肯讓文淵銅至今英氣猶凜凜徘徊臺下披雄風棠谿墨陽憑拂拭霜鍔冰刄經磨礱腰品佩擕鋒屢試鐵山積石行𨄅蹤唱凱歸來陟層阜四圍騁望飛䟫虹三軍釋甲桃林放獨賈餘勇嗟是翁嗚呼勇將今何在空餘卷石薶煙叢磴道行行陵絕頂盤紆碕礒聲硠隆䃔然秋風嗚澗曲英豪氣象開心胸耀武晾甲何足數愛此魂礧𥖩遺蹤

題葉雲素同年 繼雯 采藥圖

先生文史矜該博卌載聲名滿京洛老圃閒稽種樹書不重奇花重奇藥權輿百草揮赭鞭素女明堂遈嬋娟室植靈蘭

翻秘籍花開英韭駐頹年自闢茅蒐培麥麴青蕤已老黃環熟桐君未著烏頭經樊氏空餘蝭母籙曾聞元晏貯青囊榆落天邊問女桑何處玉機資且讀不因金匱說年荒餐朮鉛黃傳橘井餌雲齡素歸鋤影絳髯誰窺中古書華琳早汲天池綆知君九折稱良醫六微委蛻三淵滋春射秋毆開禁要修維握虎起瘡痍自媿嬰巢無善策虛過濟北才人宅懸方肘後望延齡播術人間留沛澤披圖逾覺冰臺尊匆作宣明偶寓言末技涪翁覘囿辯支蘭寶藏至今存

張應鼎字同甫歸安廩膳生師誠長子有雜體詩文二卷

同甫博學能文詩學史學制義駢文章奏詞曲書法無不工擅一第未成才華銷掩卒年二十九同儕傷之弟仲甫爲刊其制藝盛行于時所著鑑綱詠畧四萬三千餘言撮綱鑑之菁華足資塾課史學之助凡鑑略史引諸編皆遜其詳要又有詠兩漢列傳詩三卷讀史論略補一卷

春栁

陽春有脚送春回一色旌旗漢苑開衣汁染從金殿裏笛聲吹過玉關來垂楊巷陌王孫第細栁威風大將臺官道馳書新奏凱聞滑城攻克之信鞭絲得意馬蹄催

靑樓斜對酒家旗拋得黄金換栁枝京兆有情畫眉嫵小蠻無力鬭膂支嬌波淺溜横陳地弱縷難扶睡起時卻恨東風任飄泊斷煙殘絮雨絲絲

一枝攀折上河橋眉鎖春愁翠不描錦字裁成新樣脚香肌褪卻舊裙腰生憎燕語兼鶯語望斷山遥又水遥十二赤闌知倚遍受風斜處不勝嬌

黄蜂紫蝶漫顛狂肯共夭桃鬭豔妝入世能爲青眼客一生長伴綠衣郎花風扶出鞦韆院絮粉團成蹴踘場只恐靈和

春漸老楊婆一曲斷人腸

秋柳

誰家玉笛太無情吹落西風滿渭城關塞月從今夜白河橋霜比舊時清雨行獵馬長楊道一片哀蟬急管聲樓閣青山遮不住江鄉遙望轉分明

占盡春光是六朝白門秋雨又蕭蕭黃金翠黛都流水冷絮寒煙捲暮潮還憶風流張緒態可憐消瘦楚宮腰青青此地曾攀折腸斷江南舊板橋

疎枝轉似乍生枝老去春情不自持鏡裏那堪描細細風前猶自戀絲絲月斜庭院銷魂地日落關河入夢時無數寒鴉啼破曉有人錯認早鶯兒

芙蓉花豔菊花黃一樣經秋殿晚芳似爾風姿眞絕世如何

憔悴怕陵霜非關脃質蒲同謝爲悟禪心絮不狂寄語章臺諸伴侶莫將畱戀殢春光

富春舟中寄懷仲甫二弟

一雁又分離河梁日暮時秋楓江上棹春草夢中詩陟屺瞻前路歸驪盼後期小園今夜月照影獨吹篪

歸來纔幾月分屋住機雲席帽吾堪愧宵燈爾更勤茱萸花共插楊栁曲重聞羨煞脊令鳥雙飛共一羣

春寒

舊臘八新年尖風釀雪天花遲鶯不到山凍雀猶拳煖壓葡萄酒香溫篤耨煙梅衾與紙帳珍重護吟肩

落葉吟

曾記三春怨落紅東風轉眼又西風一秋詩思蛩吟裏萬里

鄉心雁字中蕉萃幾經盤錯地扶疎應住廣寒宮長年莫抱
淮南恨埋向冰霜更不同

連枝已占一枝先賸我飄零伴宿煙縱有穿楊誇百步那堪
刻楮又三年凋殘舊雨誰知已吹下天風認謫仙還向瓊樓
高處住扶搖好共羽毛騫

論交十載勝同條若箇知音恨寂寥枳棘久應非鳳集風霜
一樣歎鸞飄詩才不愧題紅柿酒興還須捲碧蕉雨露他年
重有待最高枝上擢清標

桃李東風憶舊時忽隨蒲柳動秋思冰心肯向熱中附寒信
先從高處知絕戍未歸留鶴夢清陰曾覆想虬姿卽看春色
來天地依舊青青一道垂

無名氏

此詩國初海寧名宿所作而不書其名亦頗有脫誤見我聞集

猛虎行

猛虎當道臥鴟鴞白晝鳴嗚嗚誰家屋魏氏三弟兄大兒工刻剝次兒貌廉平小兒未有權但願學兩兄兩兄並傑出赫赫有賢名華身絢冠裳藏胸排甲兵何以耀威武呼叱窮民驚何以富田陌日夜圖吞并何以結豪貴餔餟慣送迎媚一以驕百屈伸須臾更士人高象淵與魏爲鄰居世家頗豐厚魏初愧不如上堂拜主人結納求吹噓高氏不識察往還目無虛勸高無不爲就中坐侵漁三年徵其半五年罄其餘從此與君絕不復談相於士人行太息貧富判親疏古語眞不虛我欲排閶闔上帝自高居我欲訴鄰閭十家九家恨十人九人讐一語攖魏怒吾屬將爲魚幽并少年客白馬蔟金鞍

一朝遊帝闕鳴鞭馳長安志復耽文儒結交披心肝嚴冬十二月狐裘憐高寒解裘爲高衣問訊求其端高乃陳顛末客髮幾銜冠我家君未知一門鵷鷺行丈人秉國鈞置身白玉堂長兄列棘卿兩弟爲侍郎竊慕平原君烈士相從將匣中有寶劍拂拭生光鋩客中有專諸擊殺百千强戍樓月將落超垣入帷房闖門授首領擊腦刳其腸便足洩君憤此舉亦太艮士人前致詞君毋乃倉黃正當承平時魏惡亦未彰殺人者必死何不自推詳客云旣爾爾君可便自爲當今邑中令清廉復仁慈君一振臂呼衆人相追隨明白訴昔冤愼勿更遲疑高從訴邑令令便詳上司上云魏氏惡剝盡民膏脂不堪其毒厲衆口俱一詞下云爲官長沈痛民顛危安能助凶人坐令邑不治上司覽大怒豈可再縱之執法有所受拜

表達丹墀詔命籍其家田陌盡散施騎兵三千人快馬中宵馳列炬棲烏鳴門牆恐壞毀鐵索聲鏗鏘三人愕無語堂室擬王侯金玉廣積貯輕羅斗帳黃錦袍及珠履爲復至一處重門堅莫啟啟之赫然驚尸骸相撑拒嚴詞訊家人家人白官府奴僕及婢女失意幾微間刀杖得死所官府相顧駭軍士亦酸楚男婦二十人盡數赴囹圄獄吏怒凶人驅之污穢處諸囚怒凶人恨不卽刀俎欲餐不得餐求死勢尚阻禍福轉眼殊王命來丹陛大兒工刻剝還施其身體霜刀百回揮化作俎中醢次兒貌廉平斷頭速棄市小兒未有權邊軍聊充徙婦女十餘人並隨此小子兩嫂哭失聲青年忽離羣行旅及餐飯種種賴何人憶昔初婚時車馬街喧闐生女適豪家父母俱歡顏香風襍清管觀者稱神仙入門進深閨人物

鬭芳妍夫懷如日暖妾貌如花鮮鴛鴦不獨宿誓此終天年寧知中路異舉目誰爲憐存者往萬里死者淪重泉行行復行行心亂行不前春風吹官道楊柳初含烟

西溪句

句不傳姓字來宿西溪戲臺上羣乞兒聚壯健者八九人與之爭句垂手而笑以腹抵之皆入于河于是高臥其上矣一籃載筆硯至人門首常問有紙寫對聯否其字學文董臨歿時題七律于壁云云附見李芝綬山園集中他詩盡佚或云并筆硯爲人竊去矣

題壁

心性偏驕似野牛也扶藤杖過揚州飯籃趁曉攜殘月歌板臨風唱去秋兩腳踏翻塵世路一生買盡古今愁從茲不食嗟來食村犬何須吠不休

阮叟

宋小茗咸熙寓西湖錢王祠與漁者阮大鄰嘗呼之爲儔一日至其家見案上有詩一紙詢其婦曰吾夫所爲也明日問之曰偶然游戲耳索其稾堅不肯出此殆隱于漁者耶

口占

放浪西湖二十年飢來喫飯倦來眠今朝檢點傳家物只有蓑衣最値錢

垂老難將結習除入城向友借殘書到家妻道晨餐缺淡月疎烟夜打魚

國朝杭郡詩續輯卷四十五終

錢塘吳慶坻校字

國朝杭郡詩續輯卷四十六目　方外

通容　聽月　明盂　行燃　鷲上八

大悲庵僧濟日　如曉　嶽硂　淨符

通蘊　德衛　智潤　海津　本晳

妙因　慧舟　湛滿　宗衍　元暉

超凡　清一　寂然　復顯　洪音

明慧　宗龍　明涵　明彼　與一

覺順　一訥　篆玉　澂恬　實懿

明乾　淨泓　實月　見賢　純一

山曉　本晝　實賢　振愚　智能

粹白　明翹　道明　性仁　清懿

傳心　明懷　禪一　際祥　達本

了學　律月　超直　愼奮

梅觀復　施遠恩　蔡敬一　黃鶴　錢選

貝本恆　陳仁恩　徐又孺　陳嘉宣　翟翥緱

劉宗玉　王喬年　沈仁安　沈靑黎

慧本　維極　超越　靜諾　石巖

傳正　法鑑　翁氏

凡八十一人

國朝杭郡詩續輯卷四十六　　錢唐吳振棫毅父氏編

通容字費隱福建福清何氏子徑山寺僧

費隱少孤十四離俗久依雲門次參壽昌博山後謁天童悟禪師機甚契洽隨赴黃蘗繹獲印記遂繼席次移温之法通武原金粟明州天童雲間超果語水福嚴杭之徑山虞山維摩鹽城永寗蘇之堯峰凡十剎最後示寂福嚴當順治辛丑生于萬歷癸巳年六十九嗣法弟子六十四人奉遺骨墖于黃蘗山

和靈澄禪師山居韻

因僧問我西來意報道山居不計年看兔籬邊雲拭磴敲藤石上樹摩肩勤鉏青圃除黃甲閒拾枯枝煑白泉底事明明誰可語祇應高枕臥巖前

遊鼓山喝水巖

巖上草色肥巖下水流急策杖上巖顛山空人獨立

登獅子巖絕頂

鳥道曲千尋高頭結個屋杳然出人間獨立望天目

聽月佚其名海寧查氏子名繼薇西湖法相寺僧

聽月故儒家子生天啟間弟兄凡六人世亂家衰去而祝髮金道隱堅訪之有句云山影不隨流水去松聲猶挾怒潮來詩集莫可考惟周東白東軒襍鈔載五言古詩一首其弟亦依兄爲僧號雪萍

登天目遇雨

荒山無道路雲氣隨我身漸覺笠簷重沾袂細如塵幽花齊吐豔仙鳥羣相親泉石自太古耳目愈清新銀河忽倒瀉雲際垂天紳可望不可即對立峰嶙峋陣雲如滚馬歸雲如懸鶉身立雲氣上看雲態彌眞下山腳不韈細草藉如茵塵世日方杲陰晴氣不均試將山中景說與山下人

明盂字三宜號愚菴錢唐丁氏子

愚菴爲雲門澄禪師法嗣尋繼席越之顯聖次主禾之梵受

北塘散步

北塘行數里漸遠入雲根酒旆綠楊渡漁罾黃鳥村泉流常繞樹山色盡當門荒冢歸牛馬沙隄日又昏

病中送魏冰叔還寧都

石罅秋棠一節紅主人新病客堂空送君歸度翠微嶺早有梅花小雪中

祁忠敏公遺硯

銅雀臺空遺片瓦月寒烟冷漳湍瀉風流猶爲念曹公何況浯溪寫碑者右詩鐫于硯之四圍首爲僧悔詩二首跋云祁弈慶以忠敏公所遺石屬僧悔題題已即贈陶去病復屬僧悔寫其誠二人受授用號之名山大川次爲祁李孫詩一首李孫即弈慶也次爲釋明盂詩一首次爲寓山樵詩一首次爲渻詩一首並僧悔書僧悔者老蓮陳洪綬也今硯藏汪小米右史家

行燃字無淨平湖人西湖靈隱寺僧有懷木菴詩草

無淨姓沈氏原名中柱字石臣崇禎庚辰進士除吉水縣令晚爲僧往來靈隱金粟間

## 重九

川靜晴郊迴山明宿霧收空庭來返照惆悵一登樓

鷲上人武林山僧

朱朗齋碧溪詩話云乾隆戊申重九日余至上天竺白雲山房與省齋師茶話論詩省齋出詩稾一冊首尾缺佚無時代名字可攷據稱得從鯨音山房所藏山房住僧相傳是培風上人手稾余攜歸細閱其詩起于明末終于康熙初年皆有干支紀年詩中紀住持之處曰茗溪夾山漾禾中富陽及閩中而在吾杭則注意西溪詩是晚年所作所到之處無菴寺主名不知其實在何處也今以詩中題有鷲字是其名下一字姑稱之爲鷲上人以其晚年注意西溪定其爲武林山僧不敢專屬之鯨音房也又按朱浩齋因聲得聞集有鷲上人自天台歸留宿偶占詩云錫飛桐柏十年回餞列伊蒲半日陪西向轉成東向樹南枝開到北枝梅煑茶白藕蘭芽雪煨芋黃燒豆葉灰清話不知寒夜永蓮壺又聽五更催未知卽此鷲上人否姑附識之

## 富春道中

隔浦林凝雨沿江路入雲入烟深柏栗田水半耕耘冷市巖陰合荒亭村界分牛羊知宿處落日自歸羣

夾山漾

臺殿蒼茫際尋鍾到渡頭濤聲吞萬籟雨氣壓孤舟捫碣傷陳跡登樓憶舊遊但知濠上樂誰識魯公憂

癸巳天寧寺除夕同周仲榮賦

垂歲寒雲古寺扉鐘聲時緒雨依依梅鬚不感春先到鐙語如嗟客未歸菩薩橋頭冰屐定將軍墓上雪薦饑天涯好友忘萍水夜半題詩補衲衣

種菜

西庵乞得稚蔬回童子迎寒劚蘚苔根弱正宜連夜種地陰須得面陽栽一籬疎雨催鋤急半畝青霞逐指開猶計早安

韲甕在齋厨好約故人來

宿沙縣

魚竿巷口鳳橋東古市蕭條夕照紅雉堞半侵山影內人家全在水聲中樹餘兵燹花重發草葺旗亭路已通聞道闕門重嚴詰扁舟還許帶春風

雨夜投宿永慶寺

雷雨千峰薄宵冥崩崖忽露照泥星行隨細路投孤磬人在疎林話一鐙嘯詠已疑鄰木客陰晴何必問山靈朝來御怪衣裳溼草閣眠雲夜不扃

山店

山店何荒涼畱客不能臥鼠笑石鐺虛猿欺茆屋破

大悲庵僧名字未詳

康熙六年丁未正月十六日大悲菴前有僧人自言即日焚化僧置木龕於地遍辭街坊坐入龕內具紙筆於前題一偈云無拘無束不清不濁放倒皮囊正月十六又書七律一首云云書畢將龕門手掩火發於內須臾示寂矣是時觀者數千人即有然香羅拜者此僧向不知何處棲身亦忘其名號今從容坐脫亦禪門中有手眼者

七律

道我狂時不是狂今朝收拾臭皮囊雪中明月團團冷火裏蓮花瓣瓣香好向棒頭尋出路即從業海駕歸航滿鑪榾柮都煨盡十字街頭作道場

濟日字句元西溪僧有逸庵詩稾

逸庵詩輕新秀逸不落禪偈窠臼黃相圃武林先雅云逸庵不見於志乘徐紫山清波小志謂學士橋側有笑隱庵老僧笑魯居之繼席者爲翼庵其徒彬遠弈是俱能詩弈是名序鐙有嘯隱偶吟錄此逸庵若即係翼庵彬公不宜以兄稱之豈仿張籍之于韓秦張之于蘇邪然彬遠有詩再送魯大師之虎溪云一別匡廬又幾

年夢魂長繞虎溪邊巖頭樹影橫殘照洞口猿聲接晚烟瀑布雲深黃葉寺石林秋老白蘋川五峰不盡蒼蒼意千里相思各一天魯大師即笑魯也據此則彬公與翼庵皆笑魯之徒而翼庵即逸庵矣徐志殆誤方渭仁爲之序

寄嘯翁

毛子稱方外西溪兩大家爾詩應不忝吾媿實無涯蹤跡溪山杳音書歲月賒相思一回首寒月在梅花

如曉字萍蹤蕭山人烏石峰僧有巖艇草

萍蹤幼不知書年二十餘入臨安山中獨棲古廟深山月朗見竹影在地豁然有省折桂枝畫爐灰遂善書至錢唐結茅烏石峰側名曰巖艇詳見府志又朱竹垞言萍蹤棲隱天台石梁下晚居湖上往來嘉禾有萍蹤道人詩草行世

朱廣原居士爲余構巖艇於湖上九月落成以詩招之

心期慧遠山中社興發張融岸上船最好鯉魚風信後東籬來趁菊花天

春暮

雨過郊原遍落紅柳絲無力繫東風春陰何處雙棲燕寂寞梨花小院中

嶽硅字令聞號頤庵石門徐氏子海寧安國寺僧

頤庵出家安國寺受天台宗泰溪法師付囑開講席于邑之瑞像庵康熙庚午重興嘉禾漏澤教寺

老竹

混跡藩籬歲月深龍孫鳳子已森森冰霜歷受君知否不負淩空一點心

淨符字位中自號偶道人白巖山尊聖寺僧

檐梅

髣、鬅雲中姑射仙癡癡長立草堂前每當童子鈎簾處先送清香入几筵

野梅

十里青郊別貯情烟培露沐見清貞此生不與韶華共歲有芳心祇自傾

通蘊字靈章皐亭山僧有巢枸集

寄周青士

作詩賣米周青士白業還能精進無忽憶歲朝風雪裏扁舟訪我到西湖

德衞字高巖號高松道者西湖靈隱寺僧

高巖平湖諸生姓陸氏原名競烈號嬾眞後薙髮靈隱寺歸易南田烟舍爲松在庵遂終老焉晚年自爲生壙作生壙詩十首皆悟後語朱竹垞洛如詩鈔序言甲子乙丑之交同館陸義山里居與李期叔沈爾燝陸嬾眞

數輩著有嘗湖倡和詩相繼殂謝嬾眞如靈光之存而又遊于方外矣陸子聚緱僊風雅之中衰偕其姪伯機爲洛如雅集陸氏之能詩者凡十二人嬾眞與焉按聚緱名奎勳其吟香齋卽席賦雨中牡丹詩自注云壬午春嬾眞大兄拉予同作牡丹主人遇甚雨各賦一詩錄于素扇雲散風流傷心俱往其存者游宦天涯蹤跡難合嬾眞兄有激而逃薙髮靈鷲朅來緘詩寄我有同此花時同此雨冷虀殘粥過堂僧之句於以嘆綺序如馳勝遊若夢江東步兵之達識不以身後名而易及時杯酒我儕亦愈知向往矣

觀弈

三百枯棋子閒敲一著先坐禪僧入定馭氣客尋仙紙上輸贏急花陰歲月遷旁觀指成算援爾又茫然

塵居

輿馬憧憧日往來經年嬾放破扉開隔垣塵漲偏棲草小院春稀獨長苔鄰鼠畏貓窺佛火驚禽貪飯坐生臺老僧儘把晨鐘打栖巷花樓夢不回

飲白龍湫水懷李孝廉潛夫

一勺闊靈蹟高人心與同擕瓢就寒碧敲火試松風啜罷起長嘯寥寥遺韻空

牧笛

爭奈三生石老何一條橫竹按山歌錫簫吹後無風月牛背光陰占較多

智潤字雲濤臨平廣嚴寺僧

廣嚴寺

烟雨前朝寺巍然丹碧居水香浮貝葉花綻映金蕖松憩玄公錫碑橫隋氏書千年興廢蹟祖道慨秋餘

海津字石眼臨平月華寺僧

去矜居士過訪率成奉贈

精舍三間雲半屋長松百尺鶴千年東林香火開蓮社流水桃花泊釣船得句要除蔬筍氣譚禪能斬葛藤緣攢眉竟屈淵明過黃葉聲中聽煮泉

本晳字山曉四川人臨平淨慧寺僧

春去感賦

嵒壑厭躋攀蕭然靜掩關難畱是白日無恙賸青山聽雨驚花落看雲羨鳥還輕肥幾年少誰似老僧閒

妙因字大拙臨平月華寺僧

雪中

密梅花發香滿林林梢撲簌下凍禽地鑪煨芋嬾不出臘雪竹根三尺深

慧舟字纓來安隱寺僧

沈逸貞簡園襍詠四首

一樓迴雲烟登臨復延賞廓然天下秋鴻雁聲三兩延賞樓

昨夜芙蓉開江風吹醉醒月上芙蓉梢露滴芙蓉頂芙蓉嶺

日日坐灘頭翛翛落灘影不知鷗夢回牽藻溼衣領狎鷗灘

昔從圯下遊納履得初遇轉眼是何天又在此間住黃石庵

湛滿字月林廣嚴寺僧

狎鷗灘

卜築幽篁裏平鋪占一灣到灘春水寂隨意野鷗還樹色高低綠萍花開合間忘機應似我浮沒不相關

浮月池

鏡出開池匣圓輝動玉溝幸無光走野得引路深幽處自常疑曉明空不待秋素娥遙掩映會有意相畱

宗衍字濟水秀水人臨平道果庵僧有九日同人登高集

覺照亭成金遷園沈天門史遯圃三居士枉顧詩以

落之

斬竹架危亭就山分半畝青山爲屏幛白雲作窗牖旁濬泉一泓（道果泉在亭側）澄觀了無垢定瓷供蠻茶踢葉來吟友

元暉字鑒微蓮花精舍僧

鑒微住城東蘭若康熙癸酉夏日作納涼圖長卷繫以斷句顧丈月田題竹深荷淨四字于卷端復乞其友王艸舟龐周京敷文吳儀一舒鳧毛宗文建平吳允嘉石倉賦詩于後上人筆墨流麗在麓臺元照之間彝歸家石倉翁攜之行笈中出示陳恭尹元孝毛奇齡西河宋犖漫堂吳之振孟舉沈涵度汪沈三會尹斌韓純玉子蘧徐倬蘋村馮景山公吳陳炎寶崖徐志莘商農沈樹本厚餘共相鑒賞前後題詠名跡燦然歷今七十餘年輾轉流傳蠹爍蛛網狼藉滿幅今爲梁山舟侍講所得重加裝潢前哲文獻藉以考徵鑒微嘗與金氏介山書云兩人同在貧病中買書買畫典衣責劵在所不惜又書云買書畫不可計較價值交臂一失後悔莫及兩人又

嗜好如此據蘋村先生集介山歿後所藏彝玩盡散失而鑒微蓮舍今詢之東城居人無復有知之者物換桑田況書畫乎事載吳甌亭雲蠖齋詩話

題畫贈金介山

遠山有飛雲近村有漁老秋風滿空亭日落人來少
瀑從天杪來雲向樹根長除卻風泉聲萬山無一響
鶻突溪山鶻突雲乾坤雙眼望難分邇來世事渾如此莫把聰明持贈君
青山白社夢歸時可但前身是畫師記得西陵烟雨後最堪圖取大蘇詩

題納涼圖

栁綠荷香近水濱納涼忘卻暑中身清風不用一錢買能消受者便主人

超凡號雪堂海寧查氏子蘭溪廣長庵僧有芝崖集

雪堂能詩善畫爲毛西河施愚山所重所著芝崖集有張集園雲鵬王隺潭崇炳二序

宿白沙驛

晚泊隨漁火遲眠傍野鷗心閒黃菊圃夢穩白沙洲山靜月徹吐溪寒波細流覺來情境寂聽報五更籌

八月廿七雨喜濱逸大師馮丹九秀才至

不期今日雨又點碧苔紋竹筧添新水松門老宿雲鐘聲鄰寺晚人語隔溪聞誰意來高駕空山正憶君

清一字太虛桐城方氏子西溪夕照庵僧

太虛出家京師南遊武林愛西溪之勝居夕照庵乾隆乙亥移居交蘆菴交蘆者禪家識性虛妄之謂太虛曾以舉葉爲對舉葉本維摩經義張得天司寇嘗爲之書以榜其室時僧心印者亦能詩太虛每與倡和厲樊榭吳西林皆嘗爲詩以贈之入滅後遺槀佚而無傳嘉慶辛酉朱朗齋遊宿菴中訪於心印之徒梅嶼因指壁間

手書四絕并口誦張園一詩朗齋遂錄其稾以歸梅嶼名隆嶼字震山與其法嗣觀曉字日章號晴圃常源字鼎新號水村皆能詩

過張園有感

滄桑人事莫須論賸有積垣緣蘚痕雪徑扇梅供晚爨風亭芟柄與鄰村臨池無復窺疎影對月難教覓斷魂我是山僧本無淚今朝一掬灑西園

乙亥冬日移居蘆菴偶成四絕呈六英大師

屏迹西山三十年不知林外有人烟瓢囊又向蘆菴去準擬梅花伴晚禪

櫓聲欸乃水溶溶驚起沙鷗落遠松到岸始知門向處隔溪七十二芙蓉溪西北有七十二賢峰

犬吠衛門待客開山廚烟翠辦中齋主人笑說無兼味自到

林中掘筍來

克公（謂克念）交契比南金後代兒孫道誼深今日我來師不見

滿堦黃葉月窺林

寂然字靜遠錢唐孫氏子靑芝塢凹菴僧有影菴集選燔

賸集散語

靜遠少失怙恃鞠于祖母祖母疾亟刲股肉以療之薙染後一意晦藏懸懸默默在育王主樵爨居天童理畚鍤䄻作之具後由下寧橋影菴移靑芝塢暮年喜種松其所居前後左右皆松也世壽六十三書二偈而逝

種松

不樂時人望此間種松密密自遮菴獨看萬象無今古娛老

何須分外緣

復顯字夢因號雪廬桐鄉張氏子海寧慶善寺僧有雪廬

吟草

雪廬唄誦之暇效授一二僧雛讀書臨帖佔畢如學究曾主講揚州建隆寺方丈袁簡齋枚稱其詩有清蒼之色駱岩之韻蔣苕生士銓稱其詩沖淡婉約中蒼秀挺豁氣韻在大歷元和長慶間

同人天寧寺竹岡閒步分韻得半字

夌此修竹岡行吟共蕭散烟開鐘磬餘氣爽陰晴半林深翠影稠風急蟬聲亂避炎固所宜尋秋彌可玩遊山白雲生近水野田漫眺望意何窮沈沈日將宴

瓜渚晚渡

日暮風初定潮迴波漸平人爭瓜渚渡船傍荻花行鴻雁橫江急鳧鷖浴浪輕卸帆京口近鐙火已微明

洪音字雲碩海寧人

雲碩善書法有小名工之目住持越之大善五雲晚主嘉禾東塔

暮春

青山茅屋石橋西曉雨含香落碎泥美睡不知春已去鷓鴣啼過若耶溪

明慧字楚雲號伴梅湖北江夏龍氏子　聖因寺僧

楚雲爲形山寶禪師法嗣開法雲濟移寂照長慶延福報忠諸剎雍正癸丑應召入京賜紫衣勅封悟修禪師奉旨住杭州聖因寺甲寅復召入京住萬壽寺旋示寂壽七十二墖于嘉興之桃花里

友人請住梵受禪院詩以辭之三十首錄二

深藏形影樂餘閒且幻扁舟自往還他日把茅隨處結不依綠水定仙山

空林黃葉意蕭蕭孤負同條幾度招嬾聽今時鐘磬韻甘隨秋水伴漁樵

宗龍字御飛號東麓崇光寺僧

東麓爲平湖曹氏子父茂滋晚薙髮於邑之師吼菴遂以父爲師亦脫白焉尋依雪川老人印證爲嗣與天台

教觀第八世開法禾之白蓮
次移漏澤晚居臯亭之崇光

秋日述懷兼柬大憨禪友

霜落臯亭響敗叢籬根殘菊飽西風寒蘆烟渚頭催白塞雁

楓江字抹紅九月病軀惟藥石十年清夢有詩筒何當一打

橫塘槳問訊巢居到郭東

秋江晚眺

青楓浦上亂帆收紅蓼洲前野鴦浮何處漁人吹短竹一聲

劃破五湖秋

明涵字蒼石嘉興朱氏子西湖鳳林寺僧

道過西湖

一爲千里客今過兩湖中破笠山情遠枯禪眼界空栁嫌鶯

語緣桃借馬蹄紅不爽他鄉約蒲帆葉葉通

明彼字澳淇號大登平湖周氏子崇福寺僧

野泊

孤艇依沙岸烟光極目生篷窗秋月滿溪水夜潮平砧向愁中急詩從夢裏成不知驚起處何寺曉鐘聲

懷禾中秋水居

秋水尋歸夢湖山繞故扉草深蟲語亂苔碧屐痕稀竹影臨波瘦荷香帶露微煮茶亭子畔鷗鷺總忘機

與一字維若平湖朱氏子西湖淨慈寺僧

客夜聞雞聲有懷納些同學

故園籬落若為存此日談元孰與論記得枕流青浦寺別從踏葉柘湖村半簾涼月參詩案一點殘鐙耿客魂鄉思離愁感何限忍聽喔喔起柴門

覺順字心鑑海寧許氏子有秀野堂詩集

心鑑詩如叢木烟凝紫孤峰雨洗青松徑曲通寺溪流直到門均饒生趣陸研樵嘗謂其長歌短什清新逸致有月到天心風來水面光景

宿金閣嶺有感

歷歷哀猿啼澗月悠悠梵唄度松風思鄉千里書難寄懷友三更夢可通門外推敲師賈島牀頭議論效王充近來蹤跡同流水自問行藏類轉蓬

探梅

燕地春寒雪未消草堂聯坐思無聊梅花香味來何處尋過村南第二橋

自題觀荷圖

要識眞空始自眞何須身外更圖身笑餘又續蓮花社累爾

同爲不了人

一訥字西能一字白巘號嬾雲又號琴嘯頭陀嘉興方氏子崇光寺僧

怡賢雪幢同戒丈室度歲

雲窩几杖得追陪感觸韶華暗裏催笠白未消吳地雪䔩青猶帶故園苔多情向客無過栭索笑巡檐再見梅賣盡凝獃容我嬾一從雙鬢染霜來

篆玉字讓山號嶺雲南屏萬峰山房僧有話墮初集二集三集

讓公仁和萬氏子年十七始薙染工詩善琴又精書法作隸純摹漢人舊時淨慈齋堂有規嚴務重粥薄香長八字大尺許極嚴整惜俗僧已易之矣雍正間遊京師和碩莊親王招住海淀法界觀心佛堂侍郎海望嘗帶領引見乾隆十六年一六飛初幸大府選道德清高十僧迎鑾讓公在其列蒙賜小元寶十定亦緇流

嘉話也既住南屏手葺山舫落成之日一時名流咸爲賦詩而恒公爲作畫壁一堵墨瀋淋漓至今寶護其時詞壇老宿如金江聲朱鹿田杭堇浦丁敬身諸公繼八社而代與開設坫壇實在山舫酒盞詩牋月無虛會讓公在彼法中爲師子吼而與諸詩老角逐亦爲擲象之調達以故山房僅片席地與玉山十剎莊嚴樓閣相聳峙則詩禪兩絕也

蘇白二堤古梅漸疎近添樹數百株首春大放雪晴月上常擊扁舟於段家橋畔疑入衆香國中作詩紀之

梅本無繁蕊梅老花更疎一樹無幾花香冷花如初乍添數百樹如雪彌空虛扁舟載我至獨鶴游僧廬無言澹相對心與梅花如

上巳日同人展顧月田先生墓兼修禊事

喜得雨乍霽水漲春波澄羣山淨如沐矗矗青崚嶒萬物欣

有遂嘉我同游朋感兹今視昔千古如相承扁舟裹湖泊細路郊西塍故人墓在斯巳憶三來會深杯爵荒麥情與草木增躊躇夕陽下一笠南山僧

春游月明菴題溫日觀墨蒲萄

我前十年過毘陵人家門架三里修長藤阿誰翦取一株來硯北溫日觀師依影寫供虬髯僧僧雛月下誤攀摘堆盤馬乳空無策墨葉扶疎一壁陰山中下午涼秋夕雹穿罅隙晴日紅老農助喜雲中龍欲雨不雨晝昏黑鯨魚吸海山搖風風風雨雨花時節滿頭瓔珞人如雪猿臂挐空虬弄珠顆顆若鬼眼睛凸如是所擬肯我不嘿嘿語句商量酬夕陽滿地恣春游花陰幾曲搖扁舟

鮑秀才詢招集東湖弄珠樓用蘇長公贈曇秀上人

韻送余還西湖用原韻留別

高樓晴敞東湖心蒼烟雜樹交疎林諸公先我艤岸側同話水比前游深就中箇無髯公相珠盤互轉才殊傯瓶瀉千言頃刻成許人我御從無妄放筆大書無惡書虬龍戲空波跳珠怳然如獲髻中寶孤篷不處來當湖湖壖周遭數十里人家只隔一帶水夕陽搖出幾漁舟雁影蘆花相披靡如斯境界當極歡尋詩留別殊爲難還期明歲重會合囑我無待霜楓丹

過雲居偕栁貢士溥訪戴上舍廷熺新居

草偏崎嶇路秋蟲住復聲伴雲呼不出訪戴樂同行只見山當戶竟忘身在城沿籬摘靑豆大有隱居情

沿餘不溪入城過法喜寺尋王荆公讀書臺

溪上人家溪上村溪聲不動自朝昏竹簰下瀨頭百里斜口沒檐空寺門臺剩讀書名尚在碑殘刻字跡無存青山似識消沈意對客蕭然澹不言

過柴徵君世堂故居

草青青外女蘿長三徑無人已就荒燕故低回忘寂寞我來輾轉感淒涼憶看茗煑松閒鼎會撥琴橫竹下牀蟲篆蛛絲等閒事年華彈指悟滄桑

登南屏絕頂看梅

湖波塔影晚蒼蒼如此清游合記將滿地落花黏蠟屐殘梅如雪曬斜陽路無里許出修竹日便幽尋隔短牆香色可人人可共遲留不比我來常

舒明府同游花隝諸精舍

又添幾點雨霏微消受松風晚不歸涼與故人今月共喜逢老衲廿年違泉聲恐放出山去竹影從教向澗圍如此清游豈易得合尋好句紀斜暉

范忠貞公裏湖句留處看荷花憶與程中丞元章王觀察鈞游止茲亭忽忽廿餘年矣追念舊游感而有作

菰蔣獵獵柳絲輕篷背難逢是雨聲荇帶密邊篙緩下荷香疎處艇堪橫空亭任客自來去好鳥多情解送迎曾與故人當日共風流雲散廿年情

山居雜興

半間破屋綠蘿牽一畝琅玕个萬千如此清幽乾淨地獨留雲與鶴分眠

赤岸獨步

黃鶴峯陰望不遥與高無待野人招最難認是深村路賴有梅花領過橋

澂恬字素言海寧葛氏子嘉興幻居庵僧

和瓢隱兄惜春

夢想匡廬隔萬重膏肓泉石結心胸東風只解吹花落不肯吹人上五峯

實懿字恭文號雲巢雲居寺僧有雲巢詩稿

觀中峯祖師麻履同黃徵君松石栁貢士潔夫及大恆讓山兩尊宿分韻

淨土詩已傳（師有淨土詩百八首）遺脫更雙履異哉九尺軀卻長足兩咫（寺誌師身長九尺麻屨長一尺六寸）不似初祖來面壁雙全爾西歸僅留一

公案孰非是默向箇中參未能窺奥旨了悟空諸有不得作履視況已數百年存亦偶然耳爲報雲居侶高跡徒仰止少林擕履歸面目本來是可東亦可西一彼復一此中峯起東城佛坐心頭蕊心心印佛禪萬法空流水況乃麻履雙委棄如敝蹝人無出世觀認作中峯履中峯自中峯麻履自麻履中峯視麻履麻履眞秄秕麻履視中峯中峯負遠矣

雨後金江聲朱鹿田許初觀杭堇浦丁敬身戴鸝亭施竹田范容安吳鷗亭諸先生焚虛齋心嶺雲和上

集雲居望湖上諸山

新霽晚涼生野水亂流瀉薰風自南來披拂蔔萄架耆英來叩關忘形不須邀相引望林溪談情憐休暇湖分一角明烟忽四山卸照眼翠如洗參差露臺榭隱隱南屏鐘淸韻落茅

舍塵慮久蠲除恬吟樂無價鳴蟬曳斜暉深壑忘九夏還伴閒雲眠參盡雲變化

閏重九同讓山漏雲登壘亭故址分韻

閏九重憐菊攜筇到屋西青涵山不斷紅映日初低亭廢常留蹟僧閒各有題低回頻不厭老我在招提

南屏萬峰山房同嶺雲作

團團笠影上莓苔曲徑門當籬落開春寺半隨湖霧隱曉鐘都度梯烟來茗甌憶與謙師鬭詩社閒從惠遠裁聽雨最稱山舫好黃梅重擬到香臺

清明日遊感花巖在郡城紫陽山之陽

短筇得得傍松根踏遍山峰碧蘚痕莎徑晴雲移覆屋山城烟柳亂遮門巖花開謝人垂老石字摩挲晝欲昏際此春光

應共惜坡公遺跡有誰論

題寒山舊廬次桐城張文端公壁間原韻簡陸丈芑洲

機雲風韻見林邱圓笠方袍取次遊繞屋烟巒都入畫撲窗晴翠半垂樓閒搜壁句供人賞時聽潮聲抱郭流相隔一峰行徑便聯吟好與豁清愁

冬杪山中話舊

屏息塵緣似鹿門客來曝背喜朝暾偶開雲牖邀寒照同上山樓看雪痕冀北詩豪歸白社江南草聖共清樽謂潔夫秋笠雨先生更憐聚散摶沙似翦紙難招舊雨魂社中江聲鹿田前輩黃松石王麟徵施竹田諸公俱下世曩昔交遊僂指論風流雲散祇荒村梅花繞屋香侵夢雪影

蓮山冷閉門嬾慣轉多詩債積老憐漸少故人存流光暗裏催華髮鐘打南屏日又昏

明乾號二憨道人

憨公早歲以開悟知名及入京師膺不世之遇連據法海拈華萬壽三席旣而勇退南返一樓一榻本色住山支折足鐺煨品字柴澹然無所表暴于衆惟一二社叟吟朋間有贈荅之作滅度後門人實瑩等輯其遺詩刊之曰二憨道人別錄

春寒

微雪開初霽餘雲釀薄寒不眠知夜永多病怯衣單草色平鋪地花枝重壓闌明朝風日好有約步江干

登樓

病來猶自强登樓樓下長川水急流拋徑榆錢三月暮沾泥柳絮一心休春風野店搖青幰落日官橋繫畫舟自覺此身

居物外流光付與少年遊

中秋夜泊武城同翟錢江周端人孫龍光鄭天飛程端民諸居士作

河上仙槎天際乘順流飛度膩層層弦歌響遏中秋月詩酒人圍半夜鐙破浪君皆釣鼇客歸山我是打包僧萍蹤落落難重會石上因緣結未曾

淨泓字爾森號笠江壽春庵僧

笠江能詩與金江聲厲樊榭丁龍泓諸先生時有倡和

洗心閣曉坐

樹挂銅鉦射竹扉赤標未斂敞晨衣山含宿雨翠猶滴松鬟炊烟溼不飛境可移情常結相家無定宅欲忘歸何當經始開初地贅我三間老翠微

實月字智朗又字漁陸鍾山僧住南磵理安有南磵吟草一卷

陪甌亭西林南徐在滋茨盧讓山大悲庵修禊

東風八村落花柳紛無數禽聲復和柔枝閒啼不住前事微祓除少長咸相赴澹沱溪上水曲折莎畔路欣欣意各得敷坐依古樹廉纖雨急飛點點花上聚春衫誰復惜沾溼亦多趣清池動漣漪開軒席重布盤餐襍蔬筍眞味得清素食罷引毫甌臨風句同賦但追蘭亭賢肯羨伏家富誰云春日遲庭景又將暮一笑共云歸前林起烟霧

孤山

辭榮辱不來處靜動無擾吟詩寫幽意生計任草草百樹孤山梅千春以終老白鶴有時歸明月照華表

送福洋禪人歸楚

千里雲山杖一枝尋師不憚路艱危帆隨湘轉歸偏遠雁傍峰迴到定遲他日拈花同供佛幾時擊鉢更吟詩一言相贈須牢記碗子無心好護持

曉過西湖

月嵌雙峰露未晞六橋欵乃放舟歸花暝柳睡鳥聲寂尚未遊塵作霧飛

示金生鼎鉉二首

七情五欲誰無有但看生從甚處來撥土尋根根又斫再無枝葉惹塵埃

一點靈機活潑時六根門戶任施爲深紅淺白花千樣總是春風次第吹

見賢一名際賢字省凡更字省齋烏程陳氏子天竺見心房僧

省凡家烏戍六七歲時脫白于天竺白雲之見心山房十八歲受度于心持上人工詩善畫朱朗齋每月朔必至上竺拜佛因與省凡善談詩煑茗凡歷二十餘年後年五十二入滅嚴古緣果亦與省凡爲方外交嘗畫山水一冊末幅略具山痕未及皴染古緣歿後朗齋乞省凡補成之後復燬于火所著詩自題曰靜中一笑

暮秋有感

山覺秋容瘦蕭蕭萬木殘霜催松耐翠風妒菊禁寒性懶逢人拙才疎閱世難天將消息寄付與有心看

純一字敏修海寧朱氏子硤石惠力寺僧有補拙詩存

觀趙文敏書巴陵女子韓希夢殉節詩拓本

岳州有女知大節心似冰壺骨似鐵元兵夜襲破巴陵絕命詞成書嚙血自云妾本尚書婦肯教白璧汚瑩潔東南已無

乾淨土甘赴江流餧魚鼈馮夷震駭河伯驚倒流逆送完軀
出亂離誰復表芳貞夢中特乞王孫筆吁嗟乎王孫眞蹟半
模糊此本流傳世所無國亡不見能完節愧作鬚眉一丈夫

山曉

南溪樵舆

野風吹歷歷兀坐意能通澗響松濤急山鳴夜雨空雲歸樵
路外花落鳥聲中春去知何處啼鵑血正紅

本書

早春張玉書遊湖上

雲起西湖路吾廬蹴水開故人嫌俗縛雙騎出城來春盡散
徵雪鄰家多早梅彈琴徵古調何處可登臺

實賢字思齋號省菴鳳山梵天講寺僧

### 贈東阿居士

高蹈謝時輩翛然遠市寰分泉聊灌菊補畫當看山有愛皆成癖無求始自閒不須隨物轉當處悟無還

### 將赴浙中留別朔方居士

遠公社裏舊遺民世外相逢說往因千里關山兩芒屩半瓢風月一閒身扁舟細雨孤燈夜發雪寒梅古寺春準擬明年修白社與君同作種蓮人

振愚字拙庵號半溪海寧僧有半溪詩草

拙庵能詩工書畫爲盧雅雨程午橋諸先生所稱賞後卒于揚州石塔寺

### 過雲棲蘭若

一路盡松竹到門絕點塵草花香怯雨山鳥語欺人仙梵迭清切道情無故新何由釋煩累來此寄吟身

初夏即事

淨緣欲滿寺鳴禽時變聲豆花緣架落苔草上牆生雲去心俱遠風來夢亦清閉門轉幽寂喜得在山情

春日雜興

門掩殘春樂事稀鉤簾人靜燕雙歸夜來幾陣東風急零落桃花滿地飛

智能西湖僧姓貫未詳

能有老母養于寺凡厠牏浣濯之事皆代爲之禪門中孝子也

七絕

濁酒渾漿句一杯歡顏但博阿孃開看孃微醉扶孃睡不敢溫經獨坐陪

粹白靈隱上永福院僧

粹白本名諸生遭家難遂薙染皈佛精制義儒家子多從之游有掇巍科去者朱茗香大樽嘗言其詩無牽意之作品在小顛上年逾五十尅期示化

代東寄施少峯

重提往事巳經年夙慧情深香火緣約我尋山衝雪艇勞君覔句擘雲箋檐依嫩竹千竿翠竈焙新茶一縷烟正是幽棲清絶處可能乘興踐逃禪原注擬待雪中攜釣艇來從竹裏訪詩僧少峯贈余詩句也

題施少峯嵩踏葉尋僧圖

禪關遠叩白雲深香火前因覔素心一逕西風黃葉滿芒鞵踏破入秋林

初地閒房掩竹梢畫禪點染訂神交他時若訪團瓢處隨意山門月下敲

明翹字楚木號退叟龍居永慶寺僧有龍溪集

用徐祭酒和江令君游攝山棲霞寺韻題周亦菴中

秋吟卷

亦菴把吟卷茶話山茨中虹垂眄退堞鐘遠越花宮漁鐙隔沙渚帘鉤颸湖風冰輪清漱景禪桂香分叢秋思落君手羣彥艮會同何當按茲題取次游城東

月夜遲西林吳隱君不至

芙蓉千百翠娉婷玉宇瓊樓境界清如此青山如此月聯吟少箇李長蘅李流芳有同一濂澄心恆可諸上人龍居步月詩

道明字惺菴迎峯院僧

山居冬日

豈是前身有夙緣隨人畧學口頭禪山居不愛醍醐灌芋火堆邊自在眠

性仁字慈恆號懋膺海寧陳文勤公從子揚州建隆寺僧

同人天寧寺竹岡閒步分韻得半字

愛此修竹岡行吟共蕭散烟開鐘磬餘氣爽陰晴半林深翠影稠風急蟬聲亂避炎固所宜尋秋深可玩遙山秋雲生近水野田漫眺望意何窮沈沈日將晏

冬日張喆士蔣秋涇吳葑田陳竹町對鷗兄弟過寺看黃葉分賦

西風日卓午嵇阮同乘興不嫌郊寺荒卻愛桑林勝任意憩空齋落葉聲可聽寂寞在忘言妙理各契證慚余非惠然風幡論難罄何時靜業開相與參清磬

秋日洪閬公史茗湄焦五斗沈江門諸君子暨松亭葯根小集桐柏軒用孟襄陽游景空寺蘭亭韻

犬吠日將夕細聽人叩關雨驅殘暑去秋放小庭閒詩思碧梧外客懷紅蓼閒荒廚無款待煮茗語空山

過桃花菴

隔林鳥語正緜蠻落盡桃花客到關楊柳陰中移畫舫樓臺闕處見青山漏聽蓮葉琴初罷茶熟松風鶴未還來向石頭尋畫本豈知身在畫圖間菴僧石莊善丹青自號石頭和尚

清懿字恭文一字雲巢雲居寺僧

夏日水明樓落成同江聲鹿田販翁鷗亭易莽潔夫諸先生登眺分韻

小樓甫構成登眺頗稱便空翠亂霞光天晴浮片片塔影入牕櫺炊烟起微線山深逭炎暑絕善逢諸彥簷虛清籟生憑高任舒卷空明一角湖羣峯遮半面雲氣互吐吞水光時隱

現木末鳥同棲松花灑石硯茗香愜幽思分吟忘午倦殘鐘送斜暉暮景益堪戀山樓聽秋聲相期諸須踐

登水明樓同沈秋鶴王覲揚

繞檻松篁淨當門雉堞環濤聲千壑雨暮色一樓山遁世渾忘日澄心只愛閒聯吟來二仲水月映湖灣

重九日汪西顥黃松石王莢檐胡西園金竹泉諸公見訪登水明樓

九日題糕客來尋方外交寒風颭秋葉疎樹露危巢菊與人俱澹暮同句共敲山樓足徙倚湖影在林梢

夏日泛舟湖上余不及與諸社友以詩索和次韻答之

郭外湖澄似鑑平樓頭領畧眼還明風遙柳線鶯簧澁雨潤

垣衣蛙鼓鳴淨意偶耽琴韻雅閒身常共月華清未能載筆同遊屐樹杪烟波畫不成和陳以和經韻

懶撐小艇泛湖塘霽後幽巖分外涼芒履緩尋詩境遠衲衣空惹藥苗香閒拋世網和雲老靜隱山棲覺日長贏得林中清意味松風一枕黑甜鄉馮嘉猷韻

篷底已虛孤衲坐相將何日約同行蘋風拂拂吹簾幕松靄陰陰護石枰山嘴烟生千縷碧樹腰蟬曳一聲清漁舠聚處川光綠水面遙聽白板鳴楊立塍韻

明湖烟靄鎖遙隄欸乃聲傳在竹西禁足不隨雲影動閒心空羨綠陰齊帶來菡萏連筒飲上得蜻蜓打槳題孤負花前吟未遂虛聽闌外子規啼張信源韻

溼雲堆裏碧芙蓉此日清遊失所從逭暑笑予眠竹榻探奇

看爾上雲峰宿花鷗鷺波中出移棹笙歌栁外逢料得夕陽歸路好空山聽打暮樓鐘戴心齋韻

秋日登西爽閣次一青韻

清遊屐齒印苔斑高矗淩虛白晝閒結社聯吟居草閣隨雲出岫叩松關徑疎黃葉烟中寺秋老明湖樹外山最愛夕陽登眺後幽琴人聽翠微間滌山鍊師善琴

傳心字曉源號指柏仙林寺無垢房僧

指柏石門嚴氏子工詩善畫精堪輿家說往往出應四方之聘

春日同人過石屋登青龍山六首錄一

彌谷雲深處茅茨又一村雲過山忽斷烟補樹無痕工部詩材足王維畫稾存前年曾到此時物暗驚魂

喜諸詩酒友過話

呼童埽花徑啟戸接高賢洗碟羞山果烹茶汲井泉幸逢青眼客愧乏白雲篇别有知心處何妨醉裏禪

夜渡富春江再晤程于一先生

爲訪軀川得再經輕舟夜過觀山亭寒雞亂唱孤城月漁火分移隔岸星風送潮聲歸别浦雲依帆信出芳汀江皐斜渡漚花影雙眼浮家夢又醒

秋詠

白雲終日臥秋山卻喜心閒事事閒啼鳥常聞將好語蘭花幾度識清顔泉從竹裏聽尤靜霜入楓林看便殷瓢笠蕭條身世似塵埃何與亂禪關

明懷字葦江號石巢臨平金粟菴僧

石巢工畫山水得元人法

題畫

朧腫山亂堆槎枒樹倒插冥冥寒翠積淰淰溼雲壘斷磵彴橫斜懸厓屋妥帖老漁牽網絲一艓小於葉春風喚山醒一雨衆綠滋穠花炫紅紫松竹虧蔽之危亭嵌山凹幅幅冰簾垂珠跳雪飛瀉下注方丈池瞿瞿劚苓僧歸來雲滿衣

禪一字心舟一字法喜號小顛桐鄉人南屏萬松山房僧有法喜集唾餘集

小顛爲詩僧讓山法嗣小時好嬉戲吳竹堂露讀書山舫讓公命小顛從之學詩故于吟事頗有所得阮中丞元榜其所居曰七代詩僧之室蓋南屏詩僧至小顛已七世也性酷嗜酒解脫禪縛日從酒徒游一歲除夕倪米樓稻孫偕一友避債至湖上而小顛亦以避債入城遇于長橋小顛曰公等勿憂吾盎中有米數升足供晚炊笥中絮衣一二事可質以取酒勿虛饑歲例也米樓如其言居然酣飽明日小顛返寺復典衣物沽酒一大

瓮相與痛飲極醉始罷張若垞廷謨詩云小顚亦琴蜜一往慧而野前生豈渴羌見酒不復捨數語頗肖其形神後年七十餘無疾而逝

徐炳宅 宋時人在雷峰之右自號回峰先生隱居不仕

一第何榮棄作農著書不出隱回峰牆頭香散花陰薄湖面青浮山影重木榻常留高士臥柴扉時倩野雲封年華幾逐東風去嘆惜無人繼舊蹤

黃雪山房 在清波門外學士港邊詩人徐紫凝故居

學士橋西碧水灣先生於此闕柴關霜黃檻外堆殘葉暮紫門前識舊山一榻養痾嗟老去半生作客倦遊還當年曾入南屏社石上題詩沒蘚斑

同沈笠人曉起渡湖

相將短策下南屏水底山如睡乍醒買箇扁舟載湖去藕花

多處是西泠

題畫

南屏向夕雨初收石潤林香此最幽筆底自多蕭散趣煩君寫出一房秋

松雲破處月華生枕簟頻移似水清一箇虛亭幾株樹惜無人坐聽秋聲

琴隖居士過訪不值畱詩而去奉荅

半年不見入山來來探梅花開未開卻怪梅花不畱客先生去了老僧回

琴隖孝廉以詩來乞竹奉荅

養成春水漁竿料帶得秋山夜雨聲明日草堂添墨戲新移的派向彭城

際祥字圭雲仁和人淨慈寺僧

圭雲善畫為大恆孫

題畫三首

性僻耽泉石看山我未曾松花香似飯水氣冷於冰路轉藏村落林深見佛燈最宜攜枕簟消夏此間能

巖花襯草鬱紛紛溼翠千巒隱白雲莫訝草堂人不到恐無佳句可貽君

路繞西湖西復西夕陽紅樹板橋低秋風記得春歸日花落柴門雨滿溪

達本字曉雲佛日寺僧有旅泊詩草

庚午暮春周藕航金雨香史仲魚孫竹蓀諸君過訪留贈佳什依韻奉和

濫主臨平第一山淸風淨埽屋三間揭來仙侶同淸妙便覺雲泉異等閒佳什聯吟如戛玉枯禪莊誦亦開顏無因竟久留高會雨後蕭蕭獨掩關

了學字小石嘉興人東園孝慈菴僧

題就竹亭

種花開曲逕結屋傍脩篁風亂寒生几雨餘靑過牆此君無肉相一榻但茶香好倩文夫子圖眞白晝長

雲居山房晚步

詩膽似劉叉聯吟開士家山光分樹綠城勢面江斜書案移靑玉茶鐺試白沙欲爲桑下宿歸路晚烟遮

眞州訪琴隖先生

聽得行人說道旁勸耕勸織勸栽桑河陽但種花千樹翻惹

春風蛺蝶忙

律月字品蓮號藕船揚州人雲林寺僧有品蓮吟草

品蓮善琴工蘭竹嘉慶間爲靈隱主席張仲雅雲璈序其詩以爲淸絕滔滔丹徒王栁村豫采其詩入羣雅二集

陪蔣詩庵張老薑二先生由石笥峰至百衲菴訪蔣村先生不值

邛上故人來攜手山之麓仰面看青天長嘯出深谷直上石笥峰吟屐破新綠復詣百衲庵一訪蔣子屋虛牖納烟霞長空列灌木讀書於此閒清福自然足不值悵如何留名在修竹野寺晚鐘撞催人歸去速一片淨琉璃西湖遙在目洽艷濇山花清香猶馥馥他日再訪來蒲團借一宿

秋日喜晤佛度禪友

邂逅他鄉遇如同舊契深篆烟消白日流水淡禪心秋好四
山碧清生萬竹陰論詩兼瀹茗未許一塵侵

送汪玉屏歸里

夕陽渡口片帆懸送客江城二月天花帶溼雲初過雨鳥啼
疎栁晴生烟寧無别緒經時感應有閒情入夢牽君到芷風
高閣上好將山水寄吟箋

天台道中

瓢笠肩擔趁曉暉空蒙頓覺散烟霏鳥聲不斷溪聲接一路
西風入翠微

超直號問石鄞陳氏子錢唐靈錫菴僧

絕句

我向平湖去他年當復來白蓮千百朵知爲阿誰開

愼盦字竹菴江蘇寶山張氏子雲林寺僧

竹庵少有出塵志年二十二投杭城雲林寺薙染後禁足語于花隖之樹雪林苦參禪宗聽講教乘而皈心于淨土道光十五年十一月十七日圓寂埋其龕於花隖梅溪菴隙地先于是月十一日告其徒曰予明日不復食矣十七日爲彌陀生辰予將往西至期矢口偈一首而逝法臘二十四紀妻夏亦落彩杭之清波門眞修菴

臨終口偈

枉苦出家廿四年法門無益愧龍天而今收拾孃生足穩坐西方九品蓮

梅觀復吳山元妙觀迎眞院道士

觀復國初時人精五雷法呼梅爛頭至今人猶道之

上清宮雷壇春望

春風催早起雷嶺獨登時浩浩春如海深深柳弄絲冐峯雲歷亂隱樹殿參差長嘯招仙子飛來野鶴遲

施遠恩法名沖暭字魯瞻號雨山吳山長生房道士有環

山房詩鈔

雨山十歲出家依其族叔允文于吳山道院雍正壬子應選詣京師侍光明殿妙正眞人左右　憲廟賜題賦詩稱旨授龍虎山提點招渾祓遺頗著奇驗將老而歸于吳山以詩棲神以酒養性悶然二十餘年與萬近蓬施二樵論交最洽昔唐施西山第進士後得仙道亦以詩名雨山將非其苗裔歟

老樸行

環山百年樹其名曰沙樸婆娑烟雨姿樾蔭到鄰屋具茲干霄材應入工師目託根不得地遠棄在南服繩尺恐難施臃腫更拳曲鴟鴞巢其巔螻蟻穴其腹生意豈已盡雨露非不渥未充梁棟選頗避斧斤劚安知終天年非以不材福至哉莊生言寧甘老荒谷

老桂行

階前雙桂高百尺勢淩霄漢根盤石露染鵝黃一片秋枝頭蔟蔟團香雪不隨桃李鬭春工玉綴玲瓏蔭瑤席花時供我日日吟剝啄尋香有來客一從訪道西江游夢繞吳山悵睽隔忽忽烟霜十六更樹應健在人非昔去秋賦歸來喜見舊標格花繁粒粒金葉展重重碧一尊濃醱酹花神與爾周旋仍日夕桂兮桂兮誓將相守不相離老向山中甘遯跡

秋日望湖樓

湖波開曉霽雁影入秋空哀柳疎烟外殘霞細雨中山圍處士宅水隔梵王宮望裏芙蓉影遥分酒盞紅

宿淨信寺

城東禪誦地蒼翠鎖松關日暮鳥初下月明僧未還簷前花半樹竹裏屋三間木榻琴爲枕蕭然興味閒

晴

積雨喜初霽江樓望愈賒碧歸湖上柳紅入嶺頭霞把酒懷
同調臨風數落花晚來閒步屧新月到山家

秋興

愁破方知酒有功酒杯盡日不教空飄蕭敗葉千山雨零亂
寒花一徑風小摘晚菘含霧碧試嘗新橘帶霜紅閒中自有
消閒趣底用磯邊理釣筒

大上清宮

正一眞人鍊大還故留仙宇翠微間百千萬疊溪山繞二十
四宮花草閒香靄星壇雲漠漠月明松澗水潺潺此中勝景
長如畫紅杏碧桃開滿山

環山房

風花香暖滿林邱四面溪山足卧遊雞犬何心來舐藥雲霞有意欲遮樓巖前樹影重重積竹裏泉聲細細流秘笈閒繙忘歲月是中消盡古今愁

天津道中

天津橋外草萋萋手挽征鞭過柳隄正是客情無賴處落花如雨鷓鴣啼

大光明殿步虛詞

巍巍金闕聳瑤天羽蓋珠輪滿大千慚愧野人樗散甚侍香親到 至尊前

洞闕瓊瓏網戶開金虬導我玉京回道人報 國無他願只祝風調雨順來

碧瓦彤雲儆帝居日邊親捧紫微書鳳簫鸞瑟聽來慣不數

人間唱步虛

絶句二首

我是淸溪道士人呼高陽酒徒一日一日無事小樓吟對西湖

窗前不除靑草嶺上惟畱白雲莫怪山廚淡泊雨中蒭韭開葷

蔡敬一字小誕自號胡盧道人臨平紫虛道院道士

與郭春浦維新夜飲

劍花燭花暖欲流吸盡三百玻瓈甌喝月倒行吹鐵笛與君騎鶴上揚州

金露香徐蕙唐過訪不值畱詩次韻奉荅

南嶽歸來日未斜洞門寂寂鎖烟霞喚回鶴夢三千歲手種

碧桃剛著花

黃鶴字含山一字青霞烏程人吳山元妙觀道士有雲壚山房詩集

道士清癯鶴立鬚飄飄然有畫意後以病風跛一足自號跛道人幼居龍虎山中年始還杭州通曉科儀符籙而尤弱苦於詩以白玉蟾馬霞外爲宗法賦蠶詞至百首述其鄉飼蠶器具時候晴雨宜忌甚詳善飲工畫蘭竹兼通莊老之學吳山書肆有褚伯秀南華經義海纂微力不能購假歸手錄竟一百六卷所居遭吳回之災生平撰述蕩爲灰燼晚年課蒙自給卒以窮死法裔仰青嶼爲刻燼餘稾亦其鱗爪而已

題顧蒙匡山居讀書圖

讀書飲酒居名山何物更入胸懷間奇書萬卷酒萬斛羲皇以上同其間豈無野老共吟嘯每與魚鳥隨往還蒙匡先生嗜書史非聖所著終不取靜掩柴扉木榻穿道人之意亦如此浮雲舒卷流水清別有天地移人情一編獨坐太古寂但

聞謖謖松風鳴

雪霽呈助教先生

隔林桂館隱翹企曉光微笛弄梅初綻琴彈雪正飛著書窺妙理問字露元機腳疾時能愈來尋叩石扉

雲散大江空蒼茫見海東晴光開講席寒色倚詩翁野麥欣含白庭梅喜吐紅灞橋眞趣在領略酒杯中

雲墟山房納涼同胡葑塘作

雲生水面晴疑雨風落松梢夏亦寒一片蟬聲無覓處教君數盡碧琅玕

錢選字一清號杭山海寧人吳山重陽菴道士有杭山樓吟稾

杭山性頴敏通天文步算六壬祿命葬宅諸術而于儒書尤研究不懈嘗夢入講室有若名師頭儒者憑几而

坐爲析鳶飛魚躍之理寤而遂有所得爲詩眞華汪徵君沆亟賞之

吳山言懷和宋茗香助教

高賢窮歷覽獨往風蕭然奇懷忽有寄襆被來茲山輿至輒題詩寧辭酒十千朝出海日出暮還飛鳥還去年華頂上今歲明湖邊烟雲足供養富貴非人間神仙知不遠莫問駐華顏

洞霄宮

落日照松竹山中風氣寒我來頻弔古誰與共還丹撫掌泉心澀舞蛟亭翠殘可憐爲圖客當日盡仙官

鄧志喜時出陳君鋟板勤元道士鄧牧心洞霄圖志不傳已久今四庫館采輯全書得副本本宮道士陳仁恩刊以行世地靈原首望在宋時爲天下宮觀之首天柱更三分天有八柱其三在中國餘杭其一也沒骨難尋翁無心且看雲大丹如易與妙道不

傳文

貝本恒餘杭洞霄宮道士

遊大滌洞天

沿溪傍谷尋幽去同訪棲眞謁洞天瀑布白拖秋水遠層巒靑與暮霞連千村穲稏黃初熟一徑玲瓏碧自穿宮觀敧頽歎非昔敢期重爲闢荒烟

陳仁恩餘杭洞霄宮道士

和陳觀察兩遊洞霄宮詩韻

懷古尋幽徑偕賓詢舊宮尊賢瞻宋蹟佚老念朱公疎雨滋林景微霜醉葉紅文從天造得浩氣滿空濛

徐又孺字吉臣號葵亭吳山元妙觀道士有葵亭詩稾

冬日山齋偕同人分韻

誰道忘心心便空高吟爭似養屯蒙幽棲未遠緇塵迹清課惟看野菊叢子午泉西新月白癸辛街北夕陽紅草窗雪巘猶相對喜得羣賢尚古風

元妙觀小遊仙詩

八仙樓畔綠雲稠樓上羣仙日日遊拍掌忽逢青鳥使傳來瑤島桂花秋

九色元龍五色獅風迴八景碧空馳會眞閣上羣仙聚招我遊仙正此時

陳嘉宣字戴墨吳山重陽菴道士

山居

黃木爲冠葛作衣澹然無欲是元機茂林深處人來少獨掩柴門坐翠微

臨終偈子

虛無自然安吾素潔治宮庭如六腑五十八年已遇師朝聞夕可亦何怖

翟蓊緱字太音吳山重陽菴道士

山樓晚晴

溪邊纔雨過薄暮興何長小徑侵流水高峯挂夕陽江明帆影亂夕霽竹聲涼更有情怡處穿霞雁幾行

夏宿開元寺

禪院臨江渚蕭然出上方月明山寺迴風送海潮涼梵響來空壑鐘聲破夕陽庭前松柏老夜靜獨聞香

劉宗玉吳山中興觀道士

宗玉賣卜吳山吉凶皆驗有劉半仙之名

湖上春興

今朝恰逢上巳又來湖舫高歌彷彿蘭亭景象不開口笑如何

王喬年字鳴遠奉眞院道士

喬年精于繪事慣作設色花卉極豔有致

題秋色小景

孤根遲發異尋常穠豔還如錦繡張不倚東風嬌映日王孫秋館自芬芳

沈仁安字純一號雙橋石門人吳山文昌廟道士

仁安少聰穎工韻語尤善鼓琴乾隆壬午六飛南幸仁安跪迎嘉禾水次因朱笠亭爲圖如沈歸愚傅玉笢錢香樹齊息園諸先生皆爲題詩紀事

自題采芝圖

彈琴鎮日坐空山雲自忙時心自閒卻笑靈芝何處覓芒鞵踏破不知還

沈青黎吳山圓磬山房道士

漫興

窗外清風來嶺上白雲宿翠影入疎簾蕭蕭數竿竹

慧本字覺柯臨平明因寺尼

沈東江集中有代閨人請覺柯女師啓

重修明因寺成有作

悟徹三千與大千一袈裟地湧青蓮聽經魚樂楊枝水呈佛詩鈔貝葉箋雲影鐘聲眼前偈花香鳥語口頭禪華嚴彈指樓臺現都爲人天種福田

維極仁和雄聖菴尼

雄聖菴在義同坊維極以童身嗣法于雪竇石奇雲和尚順治丙申應侍郎嚴沆儀部丁澍請爲開戒說法一日貴家靚妝而來極曰何來曰拜佛極大喝曰汝家有佛諸女言下頓悟康熙壬子秋圓寂建塔龍居隝丁儀部爲撰碑銘其法嗣超越爲廣纂詩文語錄傳于世見仁和縣志

題蓮花

幻出是毫門休作愛蓮說花葉不沾塵從今莫饒舌

超越仁和人武昌郡丞林杞女雄聖菴尼維極法嗣

憶維極師

冰雪家風古蕭然丈室中當年親教誨數語發愚蒙生死恩難報箕裘愧未工妙峯還掬土道範邈何窮

靜諾號自開道人仁和人雄聖菴尼有息肩廬詩草

自開道人爲林彝白女五歲能詩遭時不偶託足空王者三十餘年六旬老衲語天崇開事如昨

偶成

脫身塵垢中棲此淸涼宅淸涼有至味丹鼎瀉瓊液太乙佩仙符眞誥緬靈迹長生那可期藉免三災厄昌黎誠大儒著書排老釋一吟謝女篇使我顏發赤北燭與西王靈神著曩昔其事非虛無詎容概貶斥吾生耽淨業情性樂閒適幸作太平民聊備優婆席寂靜悟禪機皓月當空白

幽居靜坐

幽居惟所適一編聊自遣白晝一何長安不自黽勉古人雖往矣微旨亦須闡空檐滴長漏鑪香生寶篆每當興會佳雙手不釋卷嗟哉世俗子不解親墳典

歲暮作

時序自推遷忽然驚歲暮舉目見寒鴉悲鳴如欲訴太陽慘不舒同雲四野布寒風時北來哀號滿庭戶翹首望陽春陽

春不我顧居諸如隙駒剝啄有定數況我世外人浮雲已如故園有數株梅結伴儘堪度

古梅歌

瓊枝閬苑不記年屈曲古榦如龍蟠大庾萬枝只如此回旋曲折空山裏吐萼枝枝色正妍移來小艇泊流泉斜枝倒浸冰魂化狂呼游客添杯斝我欲攜筇過隔溪竹林主人遠相迓莫謂韶光還久留人生適意多偷暇

過永慶寺逢牡丹作

東風習習春將夏寶馬香車如放假夾道松杉滿徑陰黃鸝坐語春風下偏反綽約逞嬌顏徘徊終日不知還花王似殿東王令好鳥枝頭笳鼓競莫言花落不如人人老能如花更春惟有青山常對峙年年花落路傍塵小鳥欲翕忽然去宛

轉如歌昔時句但使衰年無病侵歲歲花前常小住

夏日晚晴

窗白雨將去猶存一帳寒神清無俗夢心定不生瀾紅溼知蓮苦聲遲識漏殘畫梁新燕小窺椽語般般

舟泊姑蘇

扁舟今夜泊遙對閶闔城霞落浦雲晚鴉眠山月明片帆歸路遠千里客心驚鼓枻不成寐蕭蕭何處聲

河渚初夏

石枕藤牀萬慮忘跏趺不逐世閒忙風生蒲扇人情冷竹映紗窗月影涼隨地可消清夜永無心嘗戴野荷香門迎流水塵聲遠檻外松濤入耳長

春宵即事

野藤花氣暗隨風狠藉春光一半空斜倚石闌頻望處滿庭明月有無中

閱楞嚴經

青蓮自是出淤泥在處明心更不迷寄語學人須著意本來無染即菩提

石巖仁和人辟支菴尼

石巖爲蔣氏女名彝英幼讀書警悟凡技藝一一涉獵而于琴尤得絕調書法董文敏尤精于斯邈篆隷亦時作蘭竹小畫文則工六朝儷體詩絕似義山飛卿初爲巨室侍姬後祝髮于辟支菴

春夜與聞音師詠月

皓月輕飛處經堂寂不譁碎光穿竹罅圓影架松叉露溼巢喧雀風梳草亂蛙與師清課後相對理袈裟

曉起遣興

風埽殘雲霽色開松根馴鶴舞蒼苔蟻拖榆莢緣牆去蜂抱花須撲檻來一雨綠盈分竹院四山青壓鼓琴臺悠然獨立斜陽下結陣烏鳶噪古槐

憶夢

蕉團穩坐好安禪炯炯金鐙法座燃慧鳥鳴來深樹裏亂山飛入小窗前雲鎔碧海摩晴日露洗空天散曉烟記得夢中參我佛色空空色悟眞詮

苔蕊仙六姊

巫峽行雲夢已遙不須禪棒與詩瓢白雲深處青山裏一箇蒲團萬慮消

題達摩像

折葦江流疾似帆九年枯坐向寒巖靜中悟得言詮妄笑把

如來大藏緘

傳正仁和人萬善菴尼

萬善菴在東里坊傳正繆氏女爲文學倪昭素副室昭素連喪子女及娶繆得子超鐙絶嬖愛之而傳正力辭出世遂捨身萬善日夜坐蒲團八年如一日嫡王氏化其眞誠撫其子若已出昭素歿嫡與其子無所依傳正迎養送其子于藥師菴又能開示善類如文學沈希珍妻黃氏觀察沈循妻陸氏皆師事之康熙甲寅年五十四留偈云云語畢端坐而逝超鐙能述其志見仁和縣志

辭世偈

五十餘年似夢中今朝四大各西東了明性海無生法更有何言說苦空

法鑑自署西泠比丘尼詩見冒辟疆同人集

丁未仲冬攜鉢渡江喜過深翠山房巢民先生出小影索題賦贈

人龍文虎玉精神寫出當年抱膝身李郭久知天下士衛荀重見六朝人花藏僻巷車常滿竹影仙齋雀自親最愛白雲無世態我來亦爲一通津

翁氏仁和人有息肩廬詩草

松鼠

烱烱雙眸狡如梭繞樹柯長公曾有賦貞女刺無牙性癖猶耽果情頑不息花行藏那可問穹穴是生涯

綠牡丹

一枝嬌豔殿春開疑是芭蕉分影來雲鬢漫勞秦女挽宮紗須趁曲江裁輕盈自可藏幺鳳綽約偏宜映古槐回首梁園他日事不禁花下幾徘徊

國朝杭郡詩續輯卷四十六終

錢塘吳慶坻校字

清代杭郡詩輯三種彙刊

杭州文獻系列叢書

# 國朝杭郡詩續輯

第二册

（清）吴振棫 編
杭州圖書館 整理

國家圖書館出版社

# 第二册目録

# 國朝杭郡詩續輯

卷十一 卷十二

卷十三 卷十四

第四冊

國朝杭郡詩續輯卷十一目 乾隆初人約略爲次

李汪洪　汪雙承　丁傳　丁佺　謝愼餘

桑繩球　陳燦　黄湄　許承基　楊引恬

胡栗　吴象乾　徐堂　翁大榮　湯燧

梁玉繩　姚珽　徐元　楊恪曾　楊繼曾

趙箕　陳智學　孫誦曾　史正義　李芝

龔理身　程庚　包芬　徐世禧

凡二十九人

# 國朝杭郡詩續輯卷十一

錢唐吳振棫毅父氏編

李汪洪字卣甫仁和人汪度兄郡廩生有東柯未定稿

卣甫家城南與其兄受之汪度同及王素心之門與金閶石質夫汪韓門把臂登臨之地輸心文讌之場抗言高步傲睨流輩嘗一作湘中之游後受之成進士而卣甫以諸生老卒年未四十其東柯稿爲韓門太史點定而爲之序

夜坐納涼

深晝苦炎歊佇望天色暝誰言日夕佳鬱蒸若沸甑晚飯被絺衣露坐夐冷清所幸居近山徑僻頗幽勝草深蟲語涼月午樹影正彷彿宿招提靜如禪入定此時塵翳空熱惱頓蠲摒好風徐徐來翛然鼓清興竹色上虛窗夜氣入短檠衆籟寂不喧隔林遞疎磬

雨霽過碧浪湖

霞脚射波波點碎綷縩韡紋漾逕翠青山朵朵連青翹霧鬟
雲鬟妙天繪瓜皮艇子搖空濛汀烟岸柳黛色濃梢梢瑟瑟
渺何有片段殘雲大段風風吹水面回沙尾隱隱歌聲淸聒
耳櫂入菰蒲不見人翠羽一雙踏浪起

壬申人日讀書中印菴徐一菴清出五言見示因荅
之

去年人日鹽官東海城有客淸游同輿來破曉躋塔頂觀日
初出扶桑紅今年人日靈巖西僧龕闃坐枯禪棲齋魚粥鼓
有時寂但竹深處山禽啼人生數十寒暑耳春日春人彈指
是年年人日復今朝只有春山青不已春山娛客雪更佳坐
愛好友吟情賒開軒對雪哦君句謖謖松風飛雪舞妙香飄
忽何處來屋角梅花三兩樹春寒梅瘦管領誰此日風光一

段奇明年倘蠟登山屐還誦先生人日詩附一菴詩裏糧尋舊雨下榻及新年欲得山林趣來參文字禪僧如衡嶽嬾客共竹溪賢術仰懷先哲春風滿大千

哭王敦叔保倫

一朝成永訣秋老泣哀蟬不盡師門感敦叔為素心先生從子重深同調憐人琴何可問著述倘能傳今夜盧堂燭魂依白髮前

昔年交我意今日哭君情頓謝人間事猶珍身後名寒潮落古渡秋草冷江城淚共涔涔雨連宵斷續聲

游萬峯房訪尚山上人

支遁安禪處幽尋積翠間磴盤千个竹寺割半房山索句應呈佛繙經總閉關無因棲法界泉石笑人頑

吳山晚眺分得青字

落葉點柴扃招攜憩小亭人烟凝處白江岫晚來青古院出

清梵寒潮落遠汀又看秋褉近載酒約重經

宿石亭塘

向暝投沙嶼收帆記石亭村孤時逗火波闊欲浮星遠盡萋萋草涼生閃閃螢惟餘舊鷗侶相對共郊坰

羌口塘

羌口塘邊進艇遲野人家是舊茅茨晴添湖水歸魚汊春約東風上栁枝一桁横塘浮鴨翅半竿斜日颺船旗杏花開處梅花落夢到江南細雨時

晚舟寄篆公

拍櫂渾從畫裏還堆青未了四圍山人來細雨微風後秋在閒鷗活水閒酒旆迷烟當樹直漁舟衝暝過橋彎鐘聲不斷南屏路何日談空許共攀

夜過塘栖

淡黃微月上孤舟燈火人家古渡頭我是離鄉初有夢櫓聲搖入白蘋洲

臨江道中

江帆驛樹渺雲沙燕子來時正別家一路鷓鴣啼不斷春風開到木奴花

汪雙承字兩玉號若谷錢唐諸生

若谷爲勤僖從兄嘗依勤僖校士八閩詩見閩南倡和集中

藍屋曉發次費鶴江振勷韻

藍屋淩晨發晴光透碧峯露零松氣潤人健屐聲鬆殘夢憑輿續輕飛試燕慵白沙前度宿同此紀行蹤

遠見村烟起聲聲屋裏雞望巒前照曜攀磴路高低大可愚

名谷何妨竹護溪客逑吟與好未許樂山栖

丁傳字希曾號魯齋敬子健弟錢唐諸生

魯齋屢困場屋驀游閩粵吳楚嘗佐李雨村督學于粵東閱文去取不苟有句云十年辛苦非容易一筆橫塗自覺難雨村極喜誦之生平篤嗜金石言世傳大黃布刀當作大布衡千衡者直也刀字中著點乃千字人益謬識耳言經務穿穴窔奧不爲前人束縛故所著多巉險奇闢嘗作三代姓原皆前人未道語又嘗言滇中大土像高丈餘若摹勒葛嶺上城中火患可息西洋吉貝花肉厚子少移栽中土則衣被之利廣乾隆辛亥鎮海樓災魯齋謂他時重建製大自鳴鐘于其上使城中十萬家皆知晷刻蚤宴之節其好爲奇論多類此晚年無子依于壻家詩稿多佚輶軒錄載詠豆腐四絕句今閱硯林集則爲龍泓先生作故已錄而復削之生平槪著凡數百卷稿藏于外孫趙泰家泰嘉慶癸酉舉人

**隱泉** 在南屏山小雲岫旁

沿緣巖岫閒有泉自穴出其源最幽邃厥名表貞逸桂瓢此爲宜盥耳有餘潔利世功難任在山意須決莫漫比池塘但

滋春草茁

石鐘巖

未到石鐘巖巳見石鐘秀前途雲影中突起一峯緺色如青芙蕖漏當風月透瀺灂嚙其根行者自此逗乘桴截澗流宿願今始靚急把綠玉杖梯石試一叩大者圓如囷小者垂若澑大類鼓不鳴小似金始奏四山悄無聲忽作蒲牢吼鏗鍧響空谷驚竄松頂鼬

渡瓊海

潮來打鼓舶解維東風獵獵徐聞碕船頭畫眼怒若鯢掉尾欲徙南之涯（海船之頭皆飾兩眼以象魚不爲巨魚吞舟）在港小使鱗鬛動出洋犇突無坦夷六鼇翻背坐臥下風帆上接雲霓飛橫空黑浪萬山壘閃爍鬬碎青玻瓈波濤漫說涉忠信好勇過我愁宜

尼心肝嘔出腸胃吐身旋若篩簸若箕足臂橫撞皆敵國各各無語顏塗泥忙催老版速抵岸聽鐘大廟魂猶迷大廟天后廟也已抵瓊岸矣籃輿扶上慰我恐珍羞羅前酒滿卮當食不食發長嘅輕身渡海夫何爲

筆飲歌

粱山舟太史以毛穎染墨後一經燥枯便不適用爲出新意琢錫方二寸餘高如之面設四穿大小各二以受卓筆中容水數合使得上潤毛穎不至漸濡而止名曰筆飲太史自造銘以寵之海鹽張秀才芑堂爲鐫其側因作長歌以落成之

管城徙就金城居鑿斯池也清不淤咄哉非灌晉陽水何以沈沈直同三板餘是有靈氣潤枯槁騰達上接元雲腴渴烏

望見飛就飲果腹不比滴蟾蜍菡萏倒垂類藻井無怪花生任獵漁爲想鹿豪松管初僅得弢藏雜冠裾筆有簪有佩一牀似得偃息舒終無異與筒斗臚顛毛未禿渴相如金莖露迴不得呿何如淩波若步虛沆瀣飲絕煩燥除先生書輿豪不咀擘箋濡墨取此歟希夷抽毫信手塗驚看池飛北溟魚中書君勞何慰渠金印如斗非相於尋思別有錫典諸湯沐封邑從此書

永春州織畫次張臥峰志寧韻

畫品由來先數神織餘名擅幾回春花箋寫徧總難擬蜀錦裁成無此匀老眼迷離看作霧湘簾隱約善藏人剡溪紋比鵝溪細未許丹青獨軼倫

丁佺字致堯號松老敬子傳弟錢唐人

題杭堇浦二丈赴召集

韓杜不可作斯文漸汨沒誰能挽狂瀾夫子奮巖穴力追風雅遺彬彬紹前哲孤吟動清商逸韻儼白雪不獨茂春花千茲掇秋實大可醫膏肓小亦愈頭疾經國須賢手造醴必麴蘖絲綸賁邱園旌蒲耀衢術儒林歎異數耉長竝撟舌乃知北溟鱗會化摩天翮披吟發長嘯清風動林樾

筆飲歌次魯齋仲兄韻

於戲毛穎來前汝且居石田汝耕體沾淤唯德潤身澤不斬譬彼宮牆鮮麗擁贏餘汝言津津瀉不竭汝貌卓卓清而腴胡然憔悴未轉瞬如魚腦減待兔蜍豈其病渴應坦牀抑混江湖垂竿漁汝本中山被褐夫未醉五斗詠雲裾一從被澤入中書如下籍句上籍臚蘇林注叔孫通傳上傳語告下爲臚下告上爲句今賜水

田宅一區不須營謀喚不呿（齊桓謀取莒口呿而不唫）脫帽露頂任懽娛倏賜恩澤頭銜除立身不屈喜有徒林林在水一方歟曾念渴驥奔泉無濡沫爭同失水魚筆耕亦須問溝渠不至不毛患在於信說膚寸即靈雨試看淋漓否中書

早春小園梅花盛放喜而有作

物敘風情喜欲狂梅先消息透春光一枝明媚出脩竹萬朵暄妍照夕陽瘦骨自應無俗態淸姿端合占羣芳徘徊欲折還相惜好待他時金鼎嘗

乞陳大象昭畫竹

寫取篔簹萬个强伊人胸次似瀟湘不須醉日分幽鏞好乞風枝埽俗腸

謝愼餘字昱舒號蘇庵海寧諸生有春星書屋稿

蘇庵讀書萬松嶺爲齋息園所賞

山中早行

風林月初落闇闇羣星大薄嵐沈遠山空翠落溪外遥聞松竹閒時或鳴天籟

桑繩球字夔石號青桐調元子錢唐諸生有青桐書屋學語四卷

夔石少穎慧交河王公視浙學問禾士鳥鼠名夔石時未成童從譙集以爾雅鳥名鵌鼠名鼵對衆訝終軍不是過既長浸淫典籍覃研不倦嘗主周南書院諸弟子執經請益有叩皆鳴無不饜飫以去會其父議建孝勇公坊祠經營未就因節嗇修脯積鏹盈千以襄其事既病亡遂遭胠篋叟甫五嶽詩侶歌云阿球生小眠書龕唐捐千金供狼貪嘗石綽楔心炯含霜曉金鐘斷韽韽蓋指其事也

臨流

小圃傍清流野景無不有落日照橫塘昏鴉止疎栁溪畔雜

花榮蘆中老漁守地曠自生寒潭澄不容垢來此足清歡一瓢獨消受

曉起偶成

曉色浮深翠遙空一雁橫疎花明野水落月淡秋城息意潛孤影浮名誤後生苦吟非有益聊自等蟲鳴

上張丈圖東學林

海內清門衆不如湖山題徧壁窠書登龍纔捧論文袂來鹿還迎按部車老覺風情追白傅早看詩格軼黃初成連肯授牙生操桐韻淒傷是爨餘

憶去年五月自盧氏經大梁至京復自京過大梁抵杭今年四月又自杭經大梁到盧氏傷日月之逾邁念志行之無成慨然賦此

難教力士挽紅輪駐酒停歌涕泗頻赤日獨馳南北路黃塵易換古今人也憐眼底山多翠無奈堂前鬢巳銀慚愧溪頭幾鷗鳥飛來飛去任天眞

秋陰

密雲一片罩層霄茅屋荒雞亂暮朝天際蓬根飛似雪嶺頭嵐氣湧如潮闗山夜月何人詠風雨秋燈獨自挑最是殊鄉淹滯客冷看烟景益無聊

寄懷性之

平生兒事獨清泉悵望停雲各一天弇陋才華當世棄窮愁日月故人憐影當久散腸彌結客到新秋涕亂濺佇看銀鱗來遠水好憑尺素寄纏綿

昏昏

昏昏紅燭照當筵卻憶當時爲鈿鈿窮相早知無好事單棲偏是在中年艱難略徧眞無那生死如斯益黯然今日夜臺消息斷每愁明月向人圓

陳燦字象昭一字二西號曙峰錢唐布衣有師竹齋稿四卷

二西爲丁龍泓入室弟子工爲篆隸書或畫山水古松野梅叢竹之屬輒淋漓滿屏幛居北郭枯樹灣與何東甫家最近故交亦最久土牆茅屋簾外修竹數竿青照几榻二西吟誦自適雖樵蘇不爨無戚戚之容嘗應黃小松司馬之招客任城三載小松死歸居家巷爲童子師歿時年已八十餘矣當時北墅詩人有顧懷雪顧書臺嚴可亭沈松町陸筱飲包梅垞何春渚與二西稱八子陸何有集顧詩無傳包詩僅見一二可亭有遺詩五十首二西手錄之爲纖秋竹館小稿

甲申十月朔屋被延燒用陶靖節遇火韻

吾廬倚北郭聊具堂與軒忽遭祝融怒滿室皆爲燔數椽顧

新築一笑非復前頹覺庭更曠坐見明月圓紫領不復來黃耳依舊還晏温日映窗料峭風鳴天行雲閱世事逝水悲流年誰能脫塵網身心兩閒閒萬物終有盡何者能牢堅所嗟歲事迫鬢去負郭田喜謝催租入從茲得高眠來春無個事灌溉一畝園

北郭首夏同龍泓先生嚴秋竹包梅垞何春渚

出郭喜初霽同探物候新林陰濃入夏山色碧於春緩步勝攜杖談諧似飲醇追陪憐晝永重到詎嫌頻

上元後三日同嚴秋竹餞顧書臺之閩

攜尊餞別上湖濱分韻旗亭趁好春柳眼風前憐遠客鶯歌花外喚離人陽關漫弄詞三疊畫舫還期酒百巡從此相思無限意騷壇何處指迷津

九日同春渚陪龍泓先生過永興寺訪宋僧篆書白雲流水舊額先生題名于壁并誌歲月分韻賦詩

難得重陽風日晴閒登古寺一題名筆畱瘦硬書追古寺到荒寒境益清雲水不勝今昔感林蘿偏繫去來情徘徊散步長松下滿耳笙簧送好聲

陸筱飲荷風竹露草堂近已拆毀用樊榭弔徐紫山黃雪山房韻傷之

雪泥會不記鴻飛荷竹荒蕪舊跡稀散佚書函傷笠澤追思畫壁失探微星移物換人何處井斷垣穨燕不歸贉我多情搔白首幾回清淚點生衣

題春松觀察苕岑蘭會圖卽次元韻封戶部主事錢唐奠繼年八十有五前龍游縣教諭仁和高家駿年七十有二杭州府訓導嘉興朱邦經年六十有三直隸州州判仁和

高樹程年六十有二前山東兗沂曹濟兵備道仁和魏成憲年五十有八嘉慶癸酉三月三日集飲于杭郡學舍賦詩作圖

宮牆數仞映遐天亦有莓垣甫及肩嘉會遠追長慶日良辰直接永和年五君意適神逾王三徑春深花自妍惟有房山兼繪事（圖爲高邁庵作）從今不數米家顛

乙丑正月二十七日生朝用文待詔韻

甄陶抛得淨塵緣七十孱軀幸尚全久謝歌樓豪鬭酒漸耽蕭寺冷談禪髮無可白嗟衰病梅有寒香似去年嬌劣雛孫强解事亂塗楮墨繞翁前

丁卯孟冬晤鮑綠飲爲誦禾中閨秀一聯云枕上預愁明日米秋來已典過冬衣與予近境似合戲爲足成一律

漢陰抱甕久忘機老去翻憐生事微枕上預愁明日米秋來已典過冬衣故人遠宦音偏斷庭樹經霜葉漸稀孤負西湖好山色病夫終歲掩雙扉

題畫

難遣炎歊晝永天且將墨瀋作雲烟畫成細雨斜風意認得元眞舊釣船

立春日試筆畫梅卽次前韻

漫天風雪正交加三徑泥深酒嬾賒閒煞老夫無個事炙開冰硯畫梅花

黃濬字容若號伊人仁和諸生

臨汀雷學使鋐有人倫鑒每見伊人文輒加嗟賞詩格矯健晚益閒肆老而無嗣窮困以終篋衍叢殘皆歸散佚今所存數詩則錢君師會所錄示也

坐春淙亭

天風吹危石欲落長松林劈開山上竹瀉出琉璃瓶玉竇噴倒碧飛龍敞空青上有眠雲客高臥春淙亭入耳無凡響泠泠若鳴琴靜向澗中挹一挹一清心瓊瑤漱道慮冰雪淨虛衿坐看南山鳥悠然入深林

秉恆重許見訪久而不至日讀眉公詩愛其流走無滞輒效其體二首

望望知何極春愁抵草濃鶯聲落流水花影護疎鐘似此無多遠其如爾許慵誰憐昨夜夢慚愧說相逢

思君不可見散步小園西負手當風立回頭落日低此中多綠竹其上有黃鸝那管余腸斷含情自在啼

金陵懷古次月樵姚七韻

誰家燕子羽譙譙粉墨風流又一朝山有埋金銷王氣江無沈鐵鎖寒潮白門雨咽樓船鼓紅板雲迷水榭簫莫上孝陵園寢望松楸瑟瑟暗空寥

生平賦詩踰萬槪付炎棄錢子唯傳索余賸稿示以二詩

自訂平生困頓多敢將魂礧付長歌貧來杜甫愁難解老去江淹恨未磨酒盡狂徒搔首耳花飛癡柰拊膺何祇緣識得溫柔教收拾牢騷入太和

不唐不宋不元明我乃淸人著意淸春日對花多好思秋風送燕有離情東塗西抹誰家酒一倡三歎平若個箏不禁自吟吟到老前人有好句自吟之語幾曾用博後來名

許承基字長人號默齋仁和人

默齋業鹺居東城金洞橋今稱高陽里先世自歙徙杭因輯支譜建宗祠族人有得科第者以三百金爲賀又集衆輸貲疏濬城河今棚橋小山即浚河挑土所累也乾隆辛未歲飢購米平糶復捐千金權子母以贍育嬰堂之需倡修郡縣三學鑿泮池建碑廊且捐金取息以資歲修事聞于朝得叙知府銜晚年結庚會殆無虛月同會如顧涑園成成山吳鄭公錢嶼沙金海住翟晴江陳摩村諸公皆里中耆宿也府志入義行傳

自題連枝圖并序

余弟仲昭體素弱嗣以母病刲股成疾不起閱今已二十年矣鴒原之痛無日能忘爰繪小照及弟遺容名連枝圖追憶從前怡怡之樂宛然一室并錄題贈之言鐫刻成集以示後人

情親手足比枝連無那天年判後先惆悵昔時歡聚少圖中猶想作生前

楊引恬字書箴號栗園海寧諸生有栗園詩稿四卷

栗園性孝友工詩文四十後卽絕意進取

雨夜

獨臥不成寐寒燈映薄幃何堪人寂寞更聽雨霏微著瓦醒殘夢飄窗冷舊衣夜深風更烈可是有朝暉

臨平道中大雪

石橋橫跨曲塘斜店舍微茫認酒家好記臨平山下路一時妝點萬枝花

胡栗字潤伯號三竹昌化諸生有陸渾山人集

三竹本素封不事生產日以詩酒爲事性素豪放嗣因中年家落居郡城西一枯寺中抑鬱不得志而終

登七寶山

七寶不可覓名山成浪游高臺飛鳥外落日大江流秦望碑何在思陵草自秋尋眞如有路含笑謁丹邱

老梅

風骨一如鐵冰霜柰爾何翻燐生意拙不在著花多古寺點春色荒郊臥碧莎調羹空有實零落歲時過

黃篋樓元張伯雨建樓在南屏浴鵠灣側

砍竹編茅結小邱名傳勾曲最風流術精丹篆入空老製類黃岡地更幽春漲一灣新浴鵠荷花千頃舊當樓荒涼落日尋遺址湖水依然綠似油

勝景園韓侂胄築在長橋北

水榭松亭篆路通幽棲約略野人風勝尋雁宕山差敵景倩龍眠畫欠工蘋薄聲低無犬吠牆隈春盡沒花紅名園此日誰爲主一記依然說放翁

望祭殿

汴梁寢廟隔重闗南渡春秋肅此山龍勺玉京零落後翠旗
金炬有無閒爭禁碧草諸陵長不見青衣二帝還躑躅君臣
空灑淚總師誰詔岳家班

虎邱

無數樓臺金碧新管弦羅綺壓芳塵古時山色古時月那有
吳王宫裏人

吳象乾字寅伯號月塘穎芳長子郡諸生

東郊土物分詠四首

白洋長尾螺族𩰣聚卑溼竹籌埽入箕市同櫻筍集五味芼
椒鹽一竅利呼吸嗟爾細已甚染指亦相及白洋海螄

蒻頭亦芋類大葉緑閃閃灰汁煑令孰冰凝淨無玷調羹配
豚魚甘滑可屬厭稻熟秋風涼前村賣茅店蒟蒻

落麻古無稽名字載唐志郊行夾道長竝與大麻利剝膚宵不眠聚叢井成市緯布竝索綯窮簷劇纖指（落麻）吾腹病煩懣每飯不撤芥屑子調薑蘁動箸神巳快潔白道所尚辛香士同介遂與薑桂流食單名共桂（芥辣）

徐堂字紀南號秋竹仁和人有籍谿古堂詩

秋竹爲菫浦弟子時從梁葭林金江聲吳西林諸先生游自序言作詩不下千餘篇惜未見全稿

鄭三（章錫）招游北渚草堂看梅同用壁間顧月田先生遲字韻

我與梅花似有期年年放棹肯教遲門前曲水通村市橋外輕風颺釣絲晴雪不消將暖樹春烟留在未開枝筍輿明日青山路拌倒山公白接䍦

路過蕪城邀閣齋夫子就船小飲

擕杖旗亭近一年相逢愁思滿尊前無多鄉味瓶中酒小有圖書江上船容易天涯爲倦客幾時閒巷共高眠平山堂畔堪游賞催別匆匆倍惘然

訪西林隱居

沙河春水嚙城坳行趁東風出近郊背市村娸音漸變隔江山色翠仍交才看梅影横籬竹未展桑陰壓屋茅欲識草堂高隱趣撐腸書腹手經鈔

子雲奇字京房律輸與先生細校讎禿管三千苔到榻破書萬卷雪蒙頭多君自得羲軒樂顧我眞同邾莒流日暮更尋烟外寺野橋東畔話前游

翁大榮字品三號道蘆錢唐監生有六桂山房詩稿

品三研削精專詩文皆有師法所著尚有唐詩標旨道蘆文集

郎當嶺

平生履危險識定意自騁著腳從實地放眼得超境將之雲棲遊取徑郎當嶺攜兒袖詩筒攀蘿鑑谿影高睇天門開巒若五雲併海風萬木摧流沙一道冷孤亭峙嶺巔坐坐發深省亭額云坐坐去小子亦解詩五言獲要領敬慎乃不敗能作將來警時大兒名濂從遊年十齡矣命占一絕云坐坐前程遠山亭天半開知非幸已往乃是警將來舟當下水難泉自在山靜行隨青嶂去松竹秀而整爲謁袾大師世界蓮花永

句山太史出示評注蘇文忠公詩

詩家史才卓千古唐有子美宋子瞻絲棼縻沸兩家注誰則鄦手斷制嚴蘇詩四注八注竝十注宋刊五家及新添後來王施稱善本梅溪分類三失兼司諫父子一心力初白補注

多識嫌自來注釋互舛漏又況文忠閎覽博物賅洪纖羨君才氣大如海一生得力眉山在　東宮講讀餘清暇西園翰墨摛文采手注坡詩貫百家俗沿譌謬從茲改當其游神與古會心花結綻如蓓蕾豈謂讀律能致君所恨新法新義行綠衣公言悵何補文昌新構空崢嶸易雅爲鴉觀爲鸛坐令異學簧鼓鳴坡公洞見半山臆先生善得坡公情公生不屑傍門戶猶慚杜老依嚴武枯木應闕畫馬疑啼笑那許猩狒伍棲畝栗如遺秉詩舊巢痕解放翁取皆本評註與諸家互有同異而論特精確不磨凡此會通眞神明我誦一過颯風雨憶君舊宿白雲堂鬢絲禪榻何清涼深谷醻風響未歇鼓山天籟靜逾長坡公出禱蟠溪宿僧舍詩深谷醻風終夜響勾山謂寫景逼眞自錄鼓山宿白雲堂句云有夢柯俱古無風籟未收朅來金臺話疇昔論詩且酌花閒觴文忠忠愛少陵並請看百代貽芬

芳

湯燧字仲炎號古巢仁和人薨棠子官山東曹考通判有

客游草

古巢少慧好學星文算術推測最精兼熟於古今印法里居時與奚蒙泉陳秋堂余慈柏爲文字交最相契中年困于場屋始納貲入官焉

秋日過淨慈寺分得過字

爲耽幽趣訪巖阿吟侶相期泛淺波竹樹淨涵山翠重寺門涼接水雲多半廊斜日鐘初動一逕秋香客乍過試就已公參活句語來暝色上烟蘿

鑑湖竹枝詞四首錄一

一雙新燕蓦微波水荇牽風礙槳多日暮欲歸歸不得滿船明月柰君何

夏夜獨坐山齋偶賦

當窗明月影初斜望處淒淒暮影賒竹院無聲山犬寂一簾風定落燈花

汪南湖松石間落成詩以賀之

洗竹澆花興轉濃更移卷石近孤松有時一卷樹根坐不問入山深幾重

風雨送春

和風冉冉若催人況是天涯不繫身櫻筍登筵須盡醉酒醒無計再畱春

梁玉繩字曜北號諫庵錢唐增貢生文莊公孫同書嗣子有蛻稾

諫庵清門高廕日事溫𦅸不襍他嗜所著史記志疑三十六卷年未四十巳刊行又元號畧四卷人表攷九卷

誌銘廣例二卷呂子校補二卷瞥記七卷蛻槀四卷總名清白士集清白士者諫庵分居塔兒巷山舟先生書清白堂額畀之因以自號每一書成輒就錢竹汀盧抱經孫頤谷諸先生商搉故蹐駁絕少九試九黜無復進取之意其寄弟處素書云後漢襄陽樊氏顯重當時其子孫雖無名德盛位世世作書生門戶吾仰之慕之願與弟共勉之云云其風尚可想矣卒年七十六歿之先凡飾終之事皆一一手疏無纖毫遺漏後家人屏當書几于硯匣下得二絕句云性耽古籍閉柴衡硯北低頭過一生數十卷書心力瘁妍媸留與後人評回首年華風轉蓬兩親逝後夢難通今朝尋到棲神處可在眞靈位業中若預知終期者又自輓一聯云一生硯北低頭坐此去城東棹臂行初不解城東之語後卜葬皇亭山正值城之東諫庵嘗言其曾伯祖文澥字海觀號二鄉喜爲詩凡里號街名市談巷語一經點筆便成雅馴如漫成云廉如蜩蛩依然瘦孏似蜒蚰竟不肥感懷云愁多不了銷除悵老至難懸迴避牌歎事云人間冷語能銷骨夜半新愁直刺心不雨云雷聲請客空生喜雨點當官忽散場評者以爲雖楊誠齋不是過惜未載其全什附志于此

觀釣魚作

江邊老漁翁頭帶青箬笠輕竿截修竹香餌擘半粒垂釣坐

苔磯百下不失十大魚誤中鈎撥刺銀刀立小魚搖尾憐將死猶戢戢駢頭貯笭箵有如豚入苙我適來江邊曾見爲於邑爾貪忘其生自取悔無及有客櫂船過呼買盤飧給魚骨投江中江魚見之泣徒泣亦何爲爾須愼出入

偕處素風篁嶺聽泉

山深暑氣消竹密斜暉靜登覽開襟顏翠葆蔭秀嶺風來碎琅玕一葉生百影中有玉槃泉吐穴聲清永倚巖默相對心與水俱冷

銅仁郡齋雙梅歌

郡城乃在山之中郡齋高踞城之東楂枒古木撐晴空喬松桀栢檉杉桐離廔交映積翠重老梅兩樹蟠虬龍一株屈曲窺簾櫳疎枝低壓五畝宫半枯半活薜荔封皮連骨斷中玲

瓏梢重故作傴僂躬拄以大木當其胸有如蹣跚老禿翁行步手扶七尺筇一株橫斜穿高墉古幹倒盤兩面同苔蘚作衣碧蒙茸衣厚不怕霜雪濃暗香吹動上番風參差爛漫燕支紅有如老嫗鬢鬔鬆亂插繁花走兒童東西對立多怪容滿庭寒月遮朦朧巡檐覓句常相從閒眼不到桃李叢

苗刀歌同仲弟處素作

白晝空中飛紫電寒芒閃閃雙睛眩何物驚人乃如是苗刀出手新經見虎皮生剝縫作鞘枯藤紉結當懸線淬厲無須鸊鵜膏一葉青蘆光屢變陰晴不定若有神不磨不鏽常如新傳觀已令毛髮立況敢橫腰插袴褶見說苗民頑且驕不能殺人非人豪生兒競以鐵爲賀鑄得寶刀如孟勞一年一度積精鍊教兒長大身邊操橫揮直斫口不折朱砂橅糊沁

人血吁嗟苗性胡不馴刀用殺人還殺身皇王有道化無外勸爾擲刀爲良民嗚呼勸爾擲刀爲良民

雨過馬蹄坡

坡險如重甑盤斜逐雨行泥深留虎跡崖轉隔猿聲風撼長林起雲連大壑平僕夫愁路滑翻覺鐵鞵輕山行多以鐵葉縶草屨

白雲山山在永昌有羅永菴相傳明建文君行遯處

白雲山上有靈祠老佛曾聞此住持衣鉢定傳皇覺寺藤蒲不及木波師變因訛訛皇皇起事以譆譆出出疑他日榆川嗟曠野亦如鑾徼遯荒時

姚珽字搢方號白湖錢唐人有白湖小稿

姚氏先世著籍吳興所謂關內白湖姚也白湖與里中丁健邱永陳鴻賓徐堂萬福鄭之翀爲菫浦著錄弟子家有也園花新月大輒招吳西林汪槐塘諸老爲文酒之會顧涑園序其詩以爲情思蕭放不以比儗掇拾爲

工信然

南鎮

會稽古南鎮傑構冠羣麓山寒澗流斷樹老葉盡禿爲瀕封秩崇穹碑耀巖谷春秋奠牲幣永錫越州福日暮走村民襆被競止宿傴僂拜廟下夢兆冀神告或以年壽祈或以名利祝習俗喚不醒覼縷再三瀆人生一大夢百年同轉燭吉少噩則多無勞太人卜松風萬壑鳴謖謖心神肅大覺自有期莫問黃粱熟

江閣晚望

層樓閒徙倚近晚更幽然遠岸有歸鳥空江起暮烟微茫漁浦樹迢遞定山船沙磧明如雪江流又變遷

將之江陰畱別可堂直夫

未許安棲日掩扃唾壺擊碎若爲聽昨非未必今皆是衆醉何由我獨醒此去飽嘗江上鰲近來乾殺案頭螢翻雲覆雨変情幻二妙相看眼共青

宿雲林華嚴閣

入門叢樹鳥啾啁百尺梯桄一榻留清磬夢回山下路妙香人戀寺中樓粥魚茶板思前度紅葉黃花作好秋曉起披衣發深省百年身世等浮漚

秋日同海門心洲藍圃集吳山酒樓

九日秋陰一日晴憑高遠眺越山明潮迴隔岸移帆影風動長空落雁聲木落蕭蕭興廢恨江流滾滾古今情狂來且醉旗亭酒炊黍年光華髮生

題寒江獨釣圖

竹竿嫋嫋釣絲長獨對寒江意渺茫直欲爲漁了生計西風吹冷芰荷裳

徐元宇甘亭號一齋舊名育霖仁和人聚倫子官福建福州知府

一齋知和州州濱大江多圩田江水漲時賴埂以捍蔽圍立圩長專司築埂預借社穀爲修費秋成官爲徵收不三月而圩埂以固復修書院置膳田以育寒畯旋調六安擢閩守所至皆著政績

漁邱渡

一劍横江渡英雄遇亦奇風波吳楚闊恩怨古今悲市上簫何處蘆中人可思功成泛舟去明哲想鴟夷

鎮淮樓落成

宋寧遺構鎮江關世遠烽烟戍鼓閒萬派直趨龍虎域千螺亂點楚吳山帆隨南北天無塹花發春秋地半殷此日登臨

感搖落不教好處久成閒

楊恪曾字厚承一字雨梧海寧人中吉孫詠從子官湖北

荊州知府

雨梧由江都令擢外河同知旋進荊州太守以勞卒于官大吏入告猶蒙天語褒惜也

甲辰春仲扈　蹕巡幸江浙道經里門適雨松弟亦

自閩迎　鑾抵里同日蒙　恩賜宴陳氏安瀾園恭

紀

龍旗蔟蔟擁和鑾輦路　恩膏萬里寬桑梓海濱安作息弟

兄天上得團圞頭銜　宣喚傳中使　御饌芳馨出大官捧

土河干經數載波臣慚懼說安瀾

楊繼曾原名夏稔字峽農號補梅海寧人中吉孫詠子官

兩淮鹽運司知事著有補梅賸稿

補梅爲以齋少司馬曾孫工舉子業屢試不售筮仕淮雖未竟其用卒時年甫五十

解任南梁留別

經年宦迹滯南梁盼到瓜期喜傲褒爲酒求官聊識味借花獻佛暫聞香黑頭應笑歸山早白眼閒看宦海忙多謝范公隄畔柳尚含烟雨拂輕航

一夢蜉蝣萬事輕徒勞貴賤試交情天時原自分寒燠人世何須表姓名未敢癡心問田舍幾曾妄想到公卿太平消受鄉園樂何處青山買得成

趙鎮字典承號素門錢唐人賢子

建溪道中

亂石堆山麓行行急浪中長天無過雁近海有悲風晚稻千塍覆遙巒四面同客心當落日不定等飛蓬

舟中望延平郡城

黯淡灘聲怒若雷一川巉石勢爭迴烟中劒浦雙龍隱天半山城百雉開秋霽遠空垂橘柚夕陽明翠映樓臺城下有明翠閣豐城人去空潭冷誰解干將贈客來離城八里有晉雷煥化劒潭

七里瀧江行

江頭水漲拍沙隄十幅帆收翠靄低細雨寒潮人不見兩山叢竹鷓鴣啼

江山縣雨泊

沙草微茫遠岸空破人好夢是寒蟲愁心一夜隨黃葉吹入孤舟細雨中

陳智學字兼三號書城錢唐諸生

書城善書工詩常與錢在培黃琛程瑤田陳楫葉臨洙陳鴻寶釋明中結詩社於芝松里著有書城管見四卷

四書同聲錄　易經解義

書懷

聚散無端不自由且磨新墨寫新愁十年書劍如塵滯半世韶華似水流造化有權容我借文章無價向誰求飛鴻别去橫空遠疑是沖霄據上游

孫誦曾字頌清號嬾雲仁和人官湖北鄖陽府通判有嬾雲硯室遺稿

偶成

欲傍西湖買一邱未知此願可能酬安排詩句添游集收拾山光入小樓永夜劇談留過客夕陽好處數歸舟自思清福非容易知否蕭郎已白頭

史正義字茗湄號雲麓海寧貢生有雲麓詩存

茗涓嘗爲袁簡齋掌書記簡齋稱其詩筆清婉

同姚御瞻陳見亭昆季至聚寶山永寧寺冰翠山房遇雨沽飲分韻

乘輿來山寺陰雲出洞天酒沽雙屐雨人坐一庭烟分韻聊諧俗忘機可悟禪預愁離會合相與共流連

南歸留別

浪跡深慚水上萍漫勞今夜餞郵亭鬢從久客無多綠燈入離筵分外青海國歸帆隨候雁天涯知己勝晨星何時載得蘭陵酒重向紅橋共醉醒

李芝字謹墀號竹友錢唐人有淺山園詩集十七卷

謹墀爲杭堇浦太史入室弟子少時有句云荒亭懸落日古佛倚寒山以此得名嘗之江右登滕王閣之粵游峽山寺七星巖之齊登泰山日觀足跡所至必紀以詩在里中時與畢杜可莫濰山馬秋藥諸詩老相倡和而

與仇一鷗蹤跡爲尤密看花貰酒所至必偕所居曰香草敝廬在雲居之麓一鷗作詩懷里中前輩謹墀亦別賦數十詩大率皆姓氏翳如者予登二十五章以誌其人之梗概其篇什已采輯者不復錄

邱庵

一徑入亂雲支筇探巖戶幽壑風自來層嵐日不午積翠漏晴暉空響驚驟雨院靜若無人姓傳知有主但覺行跡稀已云歲月古碧注石泉甘香泛春茗苦偶折青松枝談禪一揮麈

野亭

捨舟林薄外覓路認東西遠隴入春麥荒村聞午雞水邊行客倦樹裏野亭低堪羨田家叟臨風一杖藜

泛舟過秋雪庵

遠岫蒼蒼夕照沈閒移短棹入空林鐘聲一杵知何處秋水

寒蘆野寺深

懷里中諸前輩

章淇上 名士斐九歲而孤繼母高撫之文法昌黎詩近東野舉孝行貢京師病没没之日以手指母有花隱亭稿

早孤賴賢母一病令人歎心比春暉草人如空谷蘭

張子漸 名芬與江浩虞宗瑤鄭鉉輩刱爲讀書社其法約數人共讀一書數日務了一義晚夌西溪橫山之勝遂不入城市

一室聚羣英萬卷出精義晚歸橫山下高詠以快志

潘仁卿 名乾元工詩時稱琴臺先生庭植萬竿明王琟登題日伴竹居

庭外萬竿竹竹梢嫋白雲何必停琴坐知音惟此君

周㥠焉 名大縝因見天象若有所恐於郊外築土室獨居四十八年臨終時吐氣如雲烟數夕不散

天象豁然在所居如孤墳生前有奇氣死乃吐烟雲

張默庵名近道偕妻尚氏家于柳浪港之曲每言我輩當爲天地間不可少之人後挈家赴粵東徐紫珊從粵奉所註金剛經一卷而歸

天地生奇人大半皆無用垂老註梵經送與三竺供

楊介璜名許玉順治戊子舉人宰府谷有招撫功陞太原郡丞以母老終養後服闋有勸其補任者謝以詩曰青山傍母堪埋骨五斗寧能再折腰時人稱爲眞孝廉

青山思傍母早將榮祿捨孝廉旣有眞功名豈容假

楊靖調名彝順治乙未進士官給事中時西川初闢撥秦兵鎮守弁從家屬乃上言古有踐更番休之制迭相轉調秦兵便之轉通政使以母老終養張中丞鵬翮詣其居惟見一童支戶而已

戍兵感其德中丞知其貧蓬門聊自詠菽水可娛親

談遙止先生有楚游詩林鹿庵作序卜築螺峰危樓百尺懸榻留賓一時詩人周鄮山孫豹人來訪與里中名士憑高抒嘯永以爲好意眞稚黃之鄰也

築樓須百尺客至任高談峰作青螺轉湖如玉鏡涵

釋佛石 名法雨住理安三十年有山居詩一卷圓信作序

作詩與說法兩意相髣髴入山又入雲拜石如拜佛

丁孟嘉 名遇奇諸生其為詩喜青蓮長吉弟幼筠常言其苦吟事率為之流涕云

兄吟何太苦弟淚幾時乾不作高軒過還歌蜀道難

徐為章 名元倬龢郡庠童時謁舅氏張青林所時高會大幔亭張曰汝方業文選能賦之否竟援筆數千言一座驚賞張摘其賓餞日月吐納烟霞二語榜之楹著有壑存集湛華樓詩集山圖別集

高歌一童子過客且同聽古有滕王閣今傳大幔亭

周升伯 名龍諸生讀書蕭寺晚年詩學香山子瞻有皐亭集

鼓棹皐亭裏讀書蕭寺中清如唐白傅豪出宋蘇公

吳來庵 名農復封殷廖母疾工詩文作蠱檄及范增辨縱横自喜

樓影淩虛出書聲隔巷聞知君能肖猛何必檄驅蟲

吳求履名模著有寶田堂文集大易圖書解歷代史評等書隱居鐵冶嶺名小小園聚書數萬卷嘯詠其中

雲居之西麓中有小小園月明聞鐵笛獨自啓柴門

袁文玉先生築室栖洲亭右晨光熹微獨行湖岸吟嘯露桃烟栖間北游人出郭已曳杖而歸時百有一歲常誦左思何必絲與竹山水有清音句

滿郭人皆睡明湖日未紅烟鬟曉鏡裏百歲白頭翁

錢赤霞名士璋因游天台號赤霞山人後歸西湖見石壁刻赤霞二篆字喜符其號乃築室終老工詩及草書尤精于畫著有赤霞山莊集

遨游天台後烟霞支老屋點染湖山間木石成小幅

賴迂翁名以邠字水西諸生工詩詞人珍其畫

太息倪迂後迂翁又早積幽蘭須古墨纔畫出香來

沈宣子名九如有七栮堂集十卷官江西訓導時值闖亂戰骨滿山拾爲大冢十有二處以其博學徵修浙江通志歿于志館

歎息髑髏滿手堆十二墳夜深燐火出尚逐虎狼羣

柴胥山名世堂著有嘯月軒集

棲霞同結社高詠思如仙十一松巔上一仙巢一巔

仇青士名然壬戌進士宰上蔡有青士遺稿

燒書秦相里畫卦伏羲臺廉吏亦千古惟攜詩卷回

袁前湖名彤字謝亭工詩書學唐碑自杭至維揚人皆珍藏雅令行酒止必宵深一旦過舍呼酒先借李因篤所批漢書置諸懷中歸將手錄一飲大醉余慮必有所損三月後寫畢過我完好如故并出所錄之書示我小楷精妍令人目爽余同塾友正泉之叔

麗句裁藤紙醉書籠碧紗秋風廬已赭山上種桃花

李覺亭師名恬手鈔之書盈一竹箱大字如蠅小字如蟻自作詩文亦在其中歿時子幼

今已二十餘載矣

余性生偏魯形臞最幼時晚窗燈未上教我讀唐詩

莫淑叟丈 名錫倫善詩古文精制義布衣終身歿于江南客舍稿已失去十之八九

其殯將安仰後輩古風存客裏拋詩冊我來拜墓門

朱漢槎 名品字金三寄居鐵笛嶺有梧桐閣詩一卷未刻十二歲即遇名師授以琴學又十年開復遇一名師焉先後所學有百餘曲晨起彈至夜分六十年如一日世未有與匹也

爾就名師學彈琴六十年指堅音乃足世莫弄冰弦

清渠父 先嚴名文源字信聲喜作詩不肯示人隨得隨棄辭世後於殘書故紙中見其一二如古蕩州稻有小舟直到門前住紅葉滿村菊滿溪又煑菱剝芋堪留客十月田家白酒香贈湖上嚴叟有何事有時還作客春波千里載魚苗又釣魚先換酒投杖偶持篙湖心寺雨後有水氣涼初白山光溼更青又雨聲忽來湖生烟雨氣欲收山露樹過六和塔有楓樹團孤寺蘆花送落潮夜登天目山有雲深方隔溪山近忽無月過林中有青布衫君來下出玫瑰花壓鬢雲偏噫手澤存焉

釣罷西泠月蜑開東浦春飄零十八句誰識老詩人

龔理身字治同號溪庵又號水南居士敬身弟仁和諸生有溪庵詩稿六卷水南讀書好古喜友奇士善飲飲酣氣益震縱論往古狂歌叫號不可一世兄匏伯太守官楚雄水南因爲滇游詩益豪蕩晚年所作則又時時雜以禪語嘗寓棲霞之大悲菴校刊華嚴疏鈔蕆其棲心白業久矣

水碓

山田愁旱澤田愁雨輪人爲輪寘水之滸疊石截流流積而瀦引流貫輪輪躍而轉周輪四圍斷竹續竹浥彼注茲一日千斛山田水入澤田水出山田不乾澤田不溢乃豐春收乃慶秋熟乃復設機舂麥舂穀

楊白花

楊白花隨風飛一半入流水一半飄香幃幃中少婦初停繡

欲下珠簾捲紅袖撲住楊花憶遠人不知飛去爲誰春

自榆嶺至夏湖

昔聞栝蒼勝今作榆嶺游榆嶺二十有五里連岡接巘紛泉流或如繁弦草根語或如疋練雲中浮正出側出各異派并作一派投深湫玉虬夭蟜幾百丈奮鱗驤首不暫留狂飈急雨共馳驟霹靂怒擊烟雲愁耳根愈喧神愈靜我身直似忘機鷗疎篁喬木亦瀟灑風景冷淡如蕭秋斜陽半山始下嶺不忍別去頻回頭須臾已至夏湖口順流乘月揚扁舟

山齋雨夕喜茅六少山豫過訪尊前賦贈兼柬妙華

陶軒

寒風釀雨不釀雪愁聲瑣碎紉人膺腸迴九曲轆轤轉出定入定如枯僧乍聽屐響破苔跡開門狂喜來吟朋西莊妙華

續復至四人圍話重挑鐙須臾主人挈尊酒顧我而笑傾如澠一飲一斗逕大醉向君狂語君不憎君神閒閒溫潤玉君心皎皎玲瓏冰平生十遇九不合見君不禁虛懷稱敲窗敗葉冷摵摵雁聲曳過天邊繩撩余悲緒斷復續片帆行卽歸武陵五更寂寞檢蘭譜轉敎淚似秋潮增鄞江練水更迢遞欲繼此會何時能

過淸浪灘十里宿

巨蜃吹波立長鯨攪浪渾一灘遲去棹十里得孤村架屋危巖上通橋絕壁根雲開見纖月聊復倒芳尊

中河洞

石磴穿雲上攲危勢欲傾古林含雨氣大壑走溪聲谷草露根活澗禽拳足鳴還疑靈鷲路六月聽泉行

酒闌人散獨坐草堂偶然得句

雨止上圓月湛然心地清移槃出花影支枕納泉聲妙趣不能說塵緣無可生轉憐清淨福人世未知爭

湖上同鄭菘圃

看山到湖上曉霧不曾收一路踏梅影過橋尋酒樓懷人愴昔夢覓句惹新愁幾點烟波外忘機落白鷗

曉起買舟訪秋雪交蘆曲水諸庵

扁舟破曉訪禪關又過蘆花淺水灣梵響半沈烟樹裏人家都在翠微閒滿篷晴雪留人住一角遙山對客閒聞說當年厲徵士忩游常載月明還

題紀游圖

翩翩裘馬張公子萬里曾經作壯游斜日掉鞭鸚鵡嶺春風

把酒荔枝樓吳蔡歸去新詩富宗炳圖成舊夢畱愧我空懷四方志卅年堅卧曲江頭

飛雲渡

紅油艇子翦江波十里洪流轉瞬過海氣釀雲濃似墨山光拭雨翠於螺幾叢古木分官渡一帶長隄截內河東望水天渾莫辨蜃樓壯麗究如何

和吳壺山昇禾中雜興之一

畫家可得荆關手爲寫郵亭問酒圖紅著蓼花青著柳蹇驢背上一傴臞

程庚字汝舟號午莊燾次子仁和廩貢有午莊詩文稿

邗上偶吟

噴碧溪流浴野鳧扁舟到處喚提壺虹橋十里歸來路人影

波光畫得無

淺斟低唱月闌干瀲灩花枝照影寒添得滿湖鐙似海今宵不作二分看

亞字闌干面面通扁舟蕩漾水波中遠山遮處斜陽好忽露樓臺一角紅

包芬字采南號梅垞仁和人有梅花吟屋詩草

梅垞居北郭與陳二西燦爲吟侶竝爲丁龍泓隱君所激賞性喜梅書屋前後罔不值梅當花放時輒累月不出其詩草未梓而歿子若孫亦相繼殂謝遂散佚不傳

年糕

一般糗餌以年稱臘鼓聲中取次登飽蘸糖霜歡稚子雅參茗乳洽良朋多才夢得題還未好事潛夫記可會武林舊事記歲時節物爲多節物悤悤催老大鬧街又欲試華鐙

徐世禧字亮懷仁和諸生

亮懷瑟居城東樂善敦睦有古君子風暇時吟咏自娱隨作隨佚人或惜之乃笑曰詩以陶情情過卽巳何存稾爲

早梅

未信東風送暖遲江南江北早春時一林映月添疎影幾朵含霜吐靜姿籬外黄蜂渾不識檐前翠羽巳先知持盃相賞還相憶夢到羅浮雪滿枝

國朝杭郡詩續輯卷十一終

錢塘吳慶坻校字

國朝杭郡詩續輯卷十二目乾隆初人約畧爲次

汪蒼霖　金忠淯　吴曾齡　胡　蕎　周元瑛

王漢皐　葉以照　孫　驥　孫　松　沈紹湘

沈　萌　周宗榧　蔡　杲　胡龍文　杭寬仁

杭志仁　魏銀河　陳　璘　陳述曾　陳繼曾

舒紹言　郁　禮　汪學誠　曹斯棟　柯　觀

倪一擎　黄　柱　黄　槐　黄　杜　黄　棠

蘇許堂　厲志𢇁　王元琨　茅德芬　沈德音

范　炳

凡三十六人

凡一十八人

國朝杭郡詩續輯卷十二　錢唐吳振棫毅父氏編

汪蒼霖字易堂錢唐監生官江南江寧縣丞

易堂少即走京師客寧郡王邸數十年工詩及書晚始得官縣丞由句容調江寧歲乙未句容大旱民研石屑及糜土以食名石屑曰觀音粉適大府勸災至易堂裹以示大府怒命跪行轅外一日晚復召入曰汝何官狂惑若此因伏曰卑吏誠狂惑然實不敢隨諸貪黠者病民欲于中流中作一砥柱耳大府笑曰汝誠砥柱但太短也此出之爲丞氣必凌出令上年故長遇本縣令及他令悉以弟呼之調江寧攝本縣事數年甚有聲以不得大府歡歷四考究不得遷詳洪太史亮吉更生齋文乙集

香山道中

蒼翠西山麓朝光霽色融春波全勝綠隄栁不禁風半嶺開金刹東林駐玉驄繚垣通暗水詰屈赴湖中

次韻敬亭立秋日南郊泛舟之作

送客清秋動晚風一鈎新月碧天東開襟淥水青冥遠回首

殘霞夕照紅顧我巢林同倦鳥羨君稅駕賦征鴻芳洲杜若銷魂地莫使尊前酒琖空

雨中觀荷

荷葉瀟瀟響急湍翠浮紅綻雨中看涼齋掩卷無纖暑雲外西峯景已殘

涵香零露賦新紅一片空濛烟雨中何似西湖圖畫裏不須烏榜與銀驄

金忠湑字古還號硯雲仁和監生

古還癖嗜古錢積生平四十餘年之力就其所藏上自刀布下終吳耿分其品敘其世摹其形釐爲四卷曰正用品曰僞品曰不知年代品曰外國品總名之曰古錢考

自題古錢考

錢癖搜羅四十年按圖索駿亦堪憐癡頑不解趨時尚舍卻

新錢換舊錢

吳曾齡字性持錢唐人

性持以下四人並見周汾帆下集其生平行事皆未詳按汾字蓉衣號秋雪仁和人其詠春柳云西湖送我離家早北道看人得第多不脫不黏得古人未有後容死于淸江見隨園詩話惜未載其全什附識以俟搜訪

白楊樹地名次宋太史韻

信宿舟行疾懸帆溯逆流沙飛殘月夜風冷白楊秋大地禾粱實長天星斗浮途中酬倡好商訂託朋儔

感事

自覺太荒唐仍然意氣揚貧來心不動病後口猶强閒話平生嬾看書一世忙重忘身已老念念繫文章

六月望日舟行次張研槁韻

試問團圞有幾時那堪滿載照行遲今年過半人須覺此月

初圓我又知疊疊山頭雙目望茫茫江面寸心馳欲憑雪藕
消煩渴更恐吟腸繞亂絲

春日閒吟

午飯才完簾幙垂曲肱睡醒燕歸遲兒童莫搶飛花片知道
東風付與誰

胡蘅字紉之仁和人

懷江丈岳南

忽地得雙魚知君返舊廬長歌出燕市孤艇下青徐鶴翅雲
中矯鴻泥雪後虛獨憐客館裏寂寞付三餘

秋風

一聲蟬噪歇涼吹拂疎窗送雨絲絲顆飄砧杵杵雙螢沈紅
蓼岸濤湧白鷗江入夜還凄激刁騷撼壁缸

寄家兄清溪

遠道煩君問起居難將蹤跡荅郵書麤材落拓狂猶昔世事蒼涼夢亦虛詩禮堂空瞻美富漢唐碑不識蟲魚徒慚憔悴風塵裏十載流光誤曳裾

出都

又逐輪蹄出郭門黯然行色怵心魂秋風不管征衣薄疎栁如憐別思繁無定轉蓬隨落葉望羣孤雁掠寒原輭紅塵裏休回首此意難同俗士論

客夜聽雨和郭春林韻

鷓鴣啼處惜離魂彈鋏歌魚憶故園靜悟白衣多變幻閒嘗綠酒話寒溫揚雄奇字空投閣李賀新詩少過軒何似去觀滄海日波濤聲裏對昌言

周元瑛字玉存仁和諸生

新春

雪盡草堂陰新春入舊林酒稱慈母壽詩和伯兄吟疎萼欲微笑幽禽貽好音閉門眞樂在無事別相尋

金川奏捷班師二首

六師彰罰不窮邊 威德交馳萬里天戰鼓乍鳴荒徼外降旗爭擁敗碉前蠢蠻詎足膏齊斧仁旅原非利瘠田甘雨洗兵入解甲凱歌聲滿雪山巔

一川嵎固倚天遙 廟畧如神燭魅魈元老鉞兼唐節度將軍壐拜漢嫖姚援枹霜隘蟲俱化蔵鐙春風馬不驕不是我皇展聖武遠人那識向中朝

湖上有懷

隔湖遥望樹濛濛中有詩人半畝宮促膝記曾停午櫂相思可禁度秋風帆將客去愁俱遠鷗近人閒夢未通落日碧波無限思一樽清與幾時同

蕉軒聽雨

西北浮雲駕雨來山風喧入讀書臺只愁打碎芭蕉葉不得題詩任意裁

王漢臯字襄渚仁和人

過南湖

竹笠欆蘱過野村打魚人坐古槐根𡡉他臨水三間屋十畝荷花紅到門

葉以照字青煥郡人有黃山游草

青煥工六法性好游每遇山水佳處輒爲圖詠祖貫新安熟聞黃山巖壑之勝思往游陟而家故屢空費無所

給其妻乃質釵珥以供游貲瘦筴寬鞵遂諧夙願年六十時復爲鐫其篇什以侑壽巵閨閣中有此勝情高致不勝于牛衣寒泣耶

臥龍松

何年行雨忽墮此一睡山阿不知起頭角倒垂鬚亂飄鱗甲分明不見尾八言此是秦漢物黃犬青牛不常出夢中偶被風雨驚橫伸一爪層崖裂憶昔岱頂十八公拏雲攫霧騰虛空此閒爾曹亦累萬淩風夭矯何其雄惟君性獨如高士偃臥深山飛雪中

浴溫泉宿紫雲庵

竹影蕭蕭紙帳前僧寮清絕不成眠白龍潭下飛流急一夜泉聲到枕邊

孫騏字晴山一字浩源仁和諸生有霞蔚堂集

晴山先生博學工文章自定全集三十卷其弟恂士侍講謀付棗棃輾轉傳鈔遂以亡逸文孫雲壑於殘煤敗楮中檢得舊稿數十番大抵刪餘之作昔覩之如土苴者乃寶之如拱璧矣

玉泉寺

山徑數紆折性僻合孤往言尋古梵宮靈泉名撫掌僧寒出亦稀獨立小池上水清不受塵魚戲不驚網活潑露天機寒光照法像洗盡芥蔕胸滌去煩惱想抱玆功德水暫得心神爽此水在天地無異一盆盎魚爲安樂國等觀齊漭沆我今樂魚樂不減濠濮賞

歲宴效孟郊體

楓葉紅更落倏忽已歲宴年華去不畱過目驚閃電捷逾赴蟄蛇迅甚離巢燕寒飇入几席吹裂縫衣線泠然砭肌骨有似冰濯練屈指日月賒寧復可貫串脩名恐不立中腸自憂

煎況此積陰氣使我毛髮變苦吟出寒餓呵手磨缺硯

許在中詩集

手抱秋水草堂集云是許子桐溪詩我雖未識桐溪面風流儒雅恍遇之芙蓉初日迎陽後楊柳曉風殘月時一觴一詠亦可樂欲歌欲泣當語誰丈夫要自貴適意功名何用歎歟奇且浮大白消塊壘筆鋒快斷生蛟螭興酣若有鬼神助句險豈慮雷霆追長安貴人靴踏霜奔走形勢精神罷何似吾儂足嘯傲牛角常挂酒一瓢還期相對吐肝膽飛觥聯句伸愁眉

張家寺二首

昔日張王宅曾傳玉照堂今看湖水白烟雨自蒼茫壞像逃飢鼠枯禪問啞羊南朝歌舞盡老樹入斜陽

一領袈裟地數枝松竹花偏安無宋土古寺有張家佛殿人
鋤菜僧廚客借茶殘碑讀未了城郭咽悲笳

秋日得金奏一訃

長安冠蓋繁華地七十衰翁何所求北塞風霜欺短褐上元
燈火照離愁文章零落才誰繼知舊淒涼淚自流河水滔滔
燕樹紫大招宋玉賦悲秋

孫松字冬秀仁和人

九日野竹庵懷王丈曾祥

秋日懷人易斷魂可堪無酒滯祇園晚鐘沈響催紅葉細雨
斜飛叫白猿憐我偕僧依古佛羨君賞菊閉門難忘痛飲
從游侶秉燭穨然清話喧

沈紹湘字冰篁號玉屏會稽籍諸生仁和人有東青草堂

集

玉屏先世家越移居武林之東青巷爲南宋東青門舊址故名其集曰東青草堂嘗客游無所遇歸爲童子師饔飱不給妻孥勤女紅佐之敗屋頹垣與其弟菊人萌晨夕論詩不少輟其和胡滄來濤移居苗字韻云杞堪卻病應留子蕉可供書定乞苗又和秋夜乖字韻云生機日少吾何拙活句時參爾太乖雅有風趣

客中作

三餐魚缺羞彈鋏一個錢無倦探囊稚子老妻衣典盡遥憐此日葛衫涼

沈萌字遇春號菊人仁和人紹湘弟

菊人總角能屬文落度不事生產耽吟嗜飲醉後輒吟拾殘箋故紙書之讀數過即棄去娶于潘飢寒不能相保憂憤無聊益縱酒卒以致疾一日嘔血數升而卒年才三十也詩多佳語若蓑影一舟江上雨春寒幾夜夢中身尤淵雅可誦

秋寺晚鐘

晚鐘辭古寺隱隱落江楓暮靄一時散淸音到處通人歸村舍靜雀噪野田空新月柴門下悠然聽未窮

東郊晚步

風緊天高氣已秋閒郊景物足句留行依草徑懷先曠吟過溪橋興轉幽殘照浴紅秋水上亂雲堆白遠山頭晚來小徑松陰裏斜見漁竿插小舟

霜菊

九月霜華草樹侵獨餘寒菊綴疏林寂寥名士秋淸意珍重佳人歲暮心耐冷幽香憐晚徑綻金紅豔變輕陰興來誰送王宏酒靜倚東籬得滿斟

周宗梗字楚材號樹村仁和諸生有病餘吟草

樹村家故冑族康熙閒廷對第一人名鼐者其從叔祖也家貧奔走衣食客死江右稿多散佚其與人論詩云

張機受杼累寸經營乃得徑幅
自非甘苦深歷何由解道斯語

冬日過古歡書屋客以美醞餽蒓唐同飲有作

酒人聚無時聚則相獻酬有酒客爲樂無酒主是憂高齋今日聚坐久乾詩喉頗懷白衣送不待陶令求敲門進巨甕乍見豁兩眸毘陵道云遠船至經重郵味較下若勝色與東浦侔地鑪榾柮紅取暖共拍浮是時天正寒霜風響颼飅一斟面回橁再酌筋骨柔此物足娛客何必更脯脩多君主人賢酒亦善所投勝事苟可常以此爲糟邱

雨中坐白雲菴分韻得春字

柱礎潤已久鵓鴣鳴復頻西湖朝來雨一洗遙山新勝游有夙約歡聚無雜賓行攜一榼酒來踏名園春亭臺俯清沼花栁含芳津迴風落殘滴圖影開青蘋石闌小停憩苔徑還逶

巡不知芒履逕頗辭春衣塵艮時足吟趣佳境便閒身如彼
俗游貉不直吾曹嗔

夏日鳩江喜雨因聞家鄉無雨詩以寫懷

慵龍臥不起盛夏慳解澤炎炎酷暑威漸欲鑠金石昨午殷
雷動墨雲大於席排空紛雨腳自西遂及夕寓園三畝餘花
棷鮮可摘堂深冷坐簟徑溼響行屐朝來續復雨池水積盈
尺起視阡陌閒油然千頃碧農夫弛戽具預計秋有穫向時
憂歲心欣喜一朝釋故鄉邈千里頗聞旱暵積不知經夏雨
曾否蘇地脈市偏古巷曲著我蓬蒿宅雖無郭外田一體覘
肥瘠憂來心如焚無計從歸舶因風語家人寄聲慰遠客

人日吳丈西林蔚唐半峯秋子偕集朱朗齋碧溪草
堂分韻得詩字

往歲值人日故人遠別離遙情思故鄉空詠常侍詩今歲值人日故人歸先期爲歡及此辰相約醉酒卮新居碧溪土淸風動漣漪京華三載塵既滌不復緇撰杖有詩老盍簪唯心知初日麗晴昊春在梅花枝冰融土脈蘇百草生漸滋顧瞻郊原勝引我江湖思結鄰未可期出郭欣自兹

汪卓庵招集山園同用放翁大醉梅花下走筆原韻

園梅遠撩人風度香息息輕陰劇憐護偶一漏妍日瘦影俯淸池攲枝亞橫石似兹數本佳誰爲十弓窄危樓正面山高居屏塵役窗暉拓晴晨簾暝捲烟夕春還朕草樹幾日媚層碧乘興一憑欄驚心三弄笛昔年花底句謬與羣英敵跳丸四易春還復疥君壁過從豈不好慚媿萍泛迹眼前歡合并轉眼悵離隔珍重十分梧夜燭爛銀色

古歡書屋梅花

海山仙姝披素襟東風小院吹香深疎枝垂垂花楚楚一樹絕勝繁成林迢遙芳信占隔歲主人燮護同璆琳開遲卻留十日賞況多新旭稀愁霖看花成癖信我輩春來屐齒耽幽尋敲門徑未破綠蘚喚客枝已聞珍禽正容未許脫巾對冷韻最稱含毫吟斜陽催晚不歸去坐視淡月移花陰春醪未竭花未謝來朝結伴還重臨愼勿倚樓三弄笛祇宜支石一橫琴

雨中泛舟沙河感事爲吳西林先生賦

曉天幾陣催花雨泥滿春街逕編蘆百錢喚得渡頭船咿軋一聲初破艫風光出郭迥更佳野菜著花田膴膴一灣新水漾鳧鷖烟外遙山作眉嫵此行不爲看花來敬爲詩翁舁雞

酹繞牆桃李花成林盡是詩翁昔所樹數日曾追吟社歡一朝竟作蓉城主平生風采猶在目灑灑清談揮玉麈洪鐘金鐃忽銷沈誰與斯人發聾瞽從今淚盡郭門行不忍迴頭望衡宇

十五夜半舫詠月中殘雪

霽餘殘雪在幾片沍庭陰流采一爲照清寒相與深夜窗明映宇天宇淡橫參誰共疎梅下蕭寥事苦吟

雨窗古歡書屋曉起看庭院新綠

一夜空齋雨浪浪振綠櫺江湖頻歲夢燈火此中聽積潤迹階砌新陰滿戶庭曉來看霽色重與訂沈冥

春暮有新安之行別諸同志

摶沙放手散仍頻珍重長筵酒數巡節候悵逢梅釀雨生涯

爭奈燕依人愁催顏鬢看成老貪戀知変别更親也識經秋

餞後會臨歧有淚總沾巾

將之潁州與青蒲懷粹話别

苦被飢驅不療飢一尊和淚對親知難為聚首纔晨夕怕到

銷魂又路歧望眼江邊山疊翠愁心風外雨吹絲情多預囑

秋歸早祇及秋歸已後期

皖城秋夜雜感

碪杵江城夜搗衣路遥鄉信寄應稀臨行鍼線勞慈母破卻

征衫尚未歸

落葉墳荒玉樹枝平生意氣好男兒天涯有夢欣重見祇是

難為夢覺時

多病誰傳肘後方經年無分近匡牀西風吹露天如水未抵

秋心一寸涼

阻風金山戲作

低首吳舲六扇篷叢祠牲醴百無功者番認得坡翁語浮玉山頭日日風

蔡杲字次顏號晚香錢唐人朱澄子有草香庵詩草

次顏舅祖孤飄坎壈而性耽吟詠如魏吳叟之爲人老而無子其從子任方官直隸書劍相依殁于南皮縣廨今其從孫遠珠以遺篇檢視俯仰清門遂悲零落掩卷爲之憮然

山行陪退庵姊丈

一番新綠夏初更嶺外閒雲接樹平飛石疊橋疑有路好花滿眼不知名客來正遇晚茶出風過適傳山鳥聲坐久聽談天日好插田宜雨麥宜晴

游竹園村村在苕溪

田塍屈曲入林隈竹遶溪流面面栽人語桑烟蠶欲出雨昏村舍燕初來籬邊小屋低於艇壁上新詩瘦似梅歸向灣頭回首望鴉聲雲影翠成堆

聞秋漁與同人唱和詩中詠美人風箏詩最佳率書四律欲以效顰殊自忘其醜耳錄一

綠衫紅袖影翩翩知是昇仙是謫仙羞共踏春芳草地願教偷眼豔陽天姮娥何必私奔月湘女原來善鼓弦獨惜塵緣猶未了情絲千丈鎮相牽

舟泊寒山

夜來硬雨飛聲急曉起推篷冷透窗白小滿船魚作市清香撲鼻酒開缸風翻枯葉鴉聲亂雪疊寒峯塔影雙更有寺僧催客早曉鐘不斷隔林撞

胡龍文字翰廷仁和諸生

臨平春詞

繁花灼灼草芊芊一片晴光媚遠川爲謝岸旁桃李樹伴人來往又今年

黃鶴山前最可思丹青粉本是誰師平林遠嶂孤烟裏不是倪迂是大癡

游船如織冒垂楊簫鼓聲中鬧夕陽卻笑青山忘本色茜裙紅袖滿迴塘

長林蓊鬱蔽青山過盡村莊又一灣滿眼桃花新水綠漲時西去落時還

杭寬仁字深源仁和人世駿子

深源詩附見嶺南集當是隨侍入粵時所作

江行雜詩

水縮灘灘急江程一倍賒山荒頻野燒戍古但悲笳喚雁同爲客租船不當家懷人今夜月清夢落天涯

杭志仁字誠之號莂山仁和人世駿從子

開化寺

草色多情綠過橋金繩覺路出烟霄題名已久碑生蘚繡佛重開寺寫蕭湖水渟泓供雪椀天花散亂貯雲瓢炎威不到清涼界六月松風響泬寥

魏銀河字星槎號秋浦錢唐增貢有桂巖小隱集

秋浦翁熟精選理閒爲詩篇遂多名雋與胡文恪公爲僚壻交甚善文恪致身通顯翁則養素林阿然書問往還未嘗不以詩文商推如少年同几研時也

萬峯書院留月掬湖兩臺落成用王半山洊亭韻

山勢忽如踴傑構雙亭亭應接不暇處石氣含冷青臺名變
復古攸躋亦攸寧俯視湖影合月上鮮雲停松翠滴疏雨書
聲起秋檽絕頂衆峯小遐思生杳冥

風篁嶺觀一片雲石用昌黎山石韻

幽篁成韻清風微嶺平路轉峯欲飛雨餘蒼翠滴未滴野花
有香開不肥何來此石雲一片玲瓏嵌空山中稀昔游夢想
忽十稔變而不見情渴飢今朝嫩晴勇登陟竹扛兜子穿巖
扉重逢石丈貌益古烟霞深處涼霏霏雲根小朵膚寸合潤
到草木清寒圍采茶聲裏林籟發時覺綠霧沾人衣不堪持
贈可怡悅請迴俗駕休相譏無心出岫自終古澄潭噓氣神
龍歸

萬峯山房看紅葉

山舫倚叢薄秋容樹樹新鐘聲時度水花事不知春斜景明
翹鷺初寒健酒人江郎風調好褭惜苦吟身時江畹香上舍讀書於此

雨夜吳竹堂留飲西爽園

別墅雲全溼輕寒酒更賖晚燈穿徑竹春雨落檐花蔬筍諳
鄉味闗山數歲華今宵拌盡醉莫漫說摶沙

湖上秋陰

湖雲閒入畫人意澹于秋疎雨送歸燕遠烟明一鷗空濛如
向晚蕭瑟迴含愁多少殘黃柳涼陰樓外樓

清明日湖上即事次丁龍泓隱君韻

竹杖輕扶挂百錢清游許我託忘年春來消息尋花隝老去
生涯問鶴田酒賦琴歌供跌宕夕陽芳草儘流連試聽何處
餳簫過插柳人家水寺前

桃花澗

幽澗翠微合雲深一道斜春風好顏色是水是桃花

夏夜同余松屏宿清隱庵五更起汎湖中

荷葉拔拔動畫橈不驚鷗夢暑全消人間那識清涼境如此烟波十二橋

晚翠樓春望

樓上望春春可憐梅花如雪柳如烟東風吹送流鶯語人在江南二月天

江上

楚尾吳頭記里曾篷窗淺醉意瞢騰濛濛柳色青山外春雨春潮到秣陵

陳璘字昆玉號谿齋海寧諸生有松硯齋詩文集

谿齋爲沈椒園弟子精于小學嘗欲爲說文解字作疏未竟命其子鱸仲魚續爲之稿本已得十九仲魚歿後其子愚菅斥賣藏書即拆所錄藳裹書以畀售者此本遂飄散不可復問既爲仲魚歎并爲谿齋惜也

寒夜萩林夫子招集黃裳魏舒卓少隱拙齋小飲有懷衛宗分韻

端居樂長夜譚笑愜懷來文壇咸屬望良友共徘徊拈紙分險韻怡情酌金罍襟期堪自遣更無機事猜世味淡方古寸衷期良哉幸有宗匠在琢句叨相陪忽憶雲門客絳帳宵同開燈灺萬籟寂參桂西南隈

夏仲沈樓招同浣亭復齋韻仙游道士谷

發發忽如吼霧霧布林藪雨過天心碧青山一翹首峭壁插空明深壑滌塵垢苔古多蒼痕松蔭酌斗酒兀爾醉欲眠相顧指樵叟樂哉此境幽尚與巢許友我本愛游人不覺周旋

久馬上闕險句脫口如囊有揮毫落雲烟驚歎筆如帚春日幸追隨緗杏覆窗牖茲乃續舊游良辰不可負高雲共片心相將復攜手

初夏沈吉甫招同李襄衡王培南劉錫貺張近午沈啓之游城西趙尚書家小平遠時尚書裔孫芭繩亦在座

劇思槐夏步蘭皐別墅招攜與倍豪苔徑尚傳佳士跡（王西樵漁洋曾過此）竹林雅許俗塵逃溪迴小院沈廊影峯繞危欄竝樹高爲語同人消永晝登臨懷古首頻搔

三鳳文孫巳白頭（尚書裔孫芭繩年巳七十餘矣）談深俯仰意含幽清風入座酬佳句老樹披雲傍古樓境僻從來宜客醉日斜還似爲翁留一聲橫笛花間出指點飛鴉滿葯洲

殘菊

我盛物已衰我衰復何如秋風吹不盡落落良如余

此身瘦復瘦冷香何處尋依稀隱者意髣髴歲寒心

陳述曾字硯洲海寧人昭子附貢生有閒園詩稿

寓齋秋夜示兒子傳經

瞥眼吾衰矣其如鄉夢何有兒同作客少壯莫蹉跎

淸齋三十日忽憶庾郎蔬昨夜雨初足故園秋荷鋤

天氣苦炎熱安眠還不能遙憐葺茅屋畚鍤力難勝

醒酒微風入閒吟杜老詩今宵好明月何以慰相思

陳繼曾字序思諭曾孫海寧諸生

尋梅

梅花如美人幽尋杳無跡何時衝寒開烟外疎花白

閨思

一夜雁聲若干山木葉飛秋深已如許何處寄征衣

舒紹言字懋中號古廉仁和諸生

古廉與黃書厓吳穀人姚春漪項蓮峯吳籍村同賦新年雜詠於六子中年最長與穀人交最先穀人嘗簡以詩曰君居我巷東望見我家樹三日春雨深相思落花暮蓋其時穀人居山兒巷古廉居西牌樓也後游京師卒無所遇蹇以没旅櫬未歸後嗣零落其詩稿無由訪輯可慨也

織畫黃相圃索賦

古來奇巧稱畫工山川人物盡入驅遣中我嘗欲學性淺劣對之但覺變化不可窮友人留坐容膝屋素壁高懸畫盈幅居然脫卻粉墨痕無乃湘紈與文縠諦觀良久始得眞劈紙爲絲機軸新神妙不藉秋毫寫蘇蕙迴文與等倫我思織作同心字訴出畫家難畫平生意正恐十樣蠻箋未易致何如

持杯滿飲粲然一笑道吾醉

門神

有丞兼得尉改換舊時身及第春風早充閭繡紱新功名歸片紙門戶傍誰人空作蟻巖面驚他入室賓

爆仗

花爆瞎新年嘉名一一傳晴飛偏地錦迅落霸王鞭山竹五更裂春雷百子連祁門還有術吾愛狀非烟黃烟兒有色無聲祁門所製

春餅

溪堂煎餅會詩句最生春映宇雲翻葉鋪筵月滿輪賦休誇束晳說欲竝吳均節物關情處分餐憶故人庚寅上元李澄齋招同吳西林先生翟晴江先生陳雪廬徐秋竹朱朗齋陳春榆集溪堂賦春餅詩

銀杏

前人詠銀杏會許伴金桃楊誠齋銀杏詩風味豈能絕品題因以高

剝欺蓮子嫩煨奪栗魁豪莫倚朱提貴爲君解白袍

郁禮字佩宣號潛亭錢唐諸生

潛亭家世素封儲書充牣潛亭又增益所未備成鉅觀焉時小山堂趙氏藏書業已散佚所餘殘帙尚多異本潛亭悉力購之家在東城駱駝橋去厲徵君鶚樊榭山房不一里傳錄其祕冊尤多徵君沒其家出所著遼史拾遺手稿要索厚價久之不售潛亭以四十金購焉中間尚缺五十葉百計求之不得一日至青雲街見拾字僧肩廢紙兩巨簏檢視之皆厲氏所棄徵君平日掌錄遼史拾遺在焉亟市以歸芟如亂絲一一爲之整理閱戶兩月綴輯成編適符所缺藏書之室曰東嘯軒軒額爲董香光書庭前古桂二株相傳明萬歷間所植交柯接葉清陰覆簷室中牙籤萬軸都成碧色潛亭憑几披錄晨夕不休經其庭闃如也

立春逢人日同人出湖上見微雪分韻

今年春動逢人日湖上新香發故枝正覺輕寒隨律變忽欣微雪逐人吹西山爽氣遮風絮名士清談妙色絲橋外佛廬

歸路便木魚聲裏讀殘碑

汪魚亭比部輓詞

一疏陳情早罷官法星高隕碧雲端空令北斗思韓愈不見東山起謝安　紫誥新頒晴日麗銘旌遙送夕陽殘長橋花柳誰爲主欲奠壺漿食尚寒

題鮑淥飲夕陽詩後

詩人好句夕陽多偏耐閒窗細揣摩愁思茫茫接榆塞餘情渺渺託烟波何人肯贈金丹訣無計能停玉女梭只有玲瓏知此曲晚來還爲使君歌

汪學誠又名廷璠字立言號射坡仁和諸生

戊寅新正五日過黃氏琴趣軒留飲奉酬

蕭條元日過風雨亦忘形舊俗疲稱慶貧交重守經簾開梅

蕊綠燈隱竹枝青何事傳觴急春寒不耐醒

次黃書厓新秋晚興韻

玉女砧聞秋思先橋梧偏落小樓前數竿修竹森寒雨一道清溪冪夕烟斷續蟬聲添別恨芊綿草色動新憐披襟徙倚渾忘醉漫學吳兒唱採蓮

曹斯棟字仙儔仁和諸生有飯顆山人詩集

仙儔屢試不售明于醫術嘗與周亦庵顧涑園盧鮑廬余松岩松屏何春渚蔡臥雲黃書厓爲九老會所著稗販一書考索故聞疏證新義篇帙不多而殊有雋味後以西河之悲鬱鬱而卒

人日成成山閬區昆季集信天草堂用昌黎人日城南登高韻

流光熟羊胛黔嬴巧相弄春盤剛薦辛南枝忽蘇凍疎懶力埋照駑鈍豈適用時倩紅友澆暇覓黃妳從靈辰追昔娛牽

拂二妙共愁逝劇箭飛歡來鳴騶送活水瓶沸筌上冰魚犯

豁狂吟陋駝圓硬語務鷹縱漫滅禰衡刺惟期息倥偬余不耐賀

歲排頭廣樂方會先煎餅重

畫松歌爲王喆林賦

春雷昨夜破空出驚起滄江老龍蟄怒爪張鱗形反爪卻被

先生氣吞得曉來墨戲弄奇特鞭撻怪醜作僵立蒼皮十圍

釵五粒高節童童影圓笠紛挐能令山鬼泣髣髴崩濤捲昏

黑疑是徂徠深磵側倔强不受嬴秦敕韋偃畢宏應面北太

息先生眞腕力東絹維余久什襲尋常怕涴胭脂溼放筆休

教好語食恒許作畫故戲及之

過故侍郎嚴公皐園三首

轉巷餘遺構臨風憶侍郎梅魂蘇淡冶菜甲接青黄劣水艱

容艇閒雲低度牆數聲漁笛遠怳惚寄滄浪舊有滄浪書屋問訊名園竹接拏碧影寒當年文酒盛此地畫圖看風景隨人事登臨感百端溪流扶杖聽彷彿伯牙彈日落孤城暮風吹廢圃春亭虛松鼠竄石臥蘚花皴徑已從鄰割梁猶任鶴巡意行無不可倏忽已過申

東西莊湖莊二首

閉門成谷口省事即逃名鷗鳥湖邊澹泉源竹裏淸澆書貪犯卯煑字任呼庚謖謖松搖吹還教兩腋輕魚鳥還招我忙身盡早抽靑山可誓墓幽壑解藏舟澹蕩千篇樂銷融二頃謀江東有陸弟不敢擅風流

送閻匯赴閩拈得四支韻二首

訪舊半爲鬼何堪又別離失聲論往事執手算歸期詩筆乘

潮健蠻雲過嶺奇荔枝紅萬顆迎望好伸眉

我自羈韁下飄蕭兩鬢欺青雲看後輩白雪豔新詩閩區工詩此去覓鄒衍因風聽項斯秋湖蓴菜好莫忘滑流匙約秋半返棹

五月廿九日養和山莊口占

梛絲如織絲成鄉小鳥翻枝踏夕陽一霎沙沙雲過兩曲闌干外似秋涼

柯觀字大嚴一字東好一鶚子仁和諸生

東好居東河之新橋少孤力學穎悟絕人性嗜酒興酣命筆頃刻千言儕偶無與匹者婦翁爲顧滌園光就婚淸豐署中山抹微雲頗稱快壻後以困于場屋醉作訟瘦鬼文未成而卒年才三十耳

秋晚言懷

衆木淒不榮寒芳開未歇涼風款我戶惻然感心骨節往功屢成憂來忿不輟駸駸西奔日藹藹雲中月迴腸隨之轉有

出獨無沒側想陶隱居脫巾露白髮一灑百愁捐再酌萬情
悅

次黃相圃贈別詩韻奉寄一首

把酒與君別茫然辭故里身逐北行舟心寄東流水夢寐見
情親相思何日已昔奉君子塵分得陪履屣文章合交道願
以金石擬豈知同林鳥分飛從此始欲得遠來書烹盡溪中
鯉

沙河晚眺分韻得山字

村游紆勝覽晚步出桑間郭繞彎環水烟昏次第山市燈明
古渡魚鑰候重關小隱何年卜相看不擬還

次韻荅黃相圃枕上聞雨見憶之作

愁來能撥睡伏枕度寒更雨意催秋老詩懷入夜清聯牀交

豈忝滅燭恨還生莫漫憐多病知君輾轉情

春夕

初月上檐角林堂生峭風鳥歸寒靄外人語落花中簾影邀虛白杯光泛小紅清游須秉燭況與素心同

相圖移家西城用樊榭先生韻作移居詩余歸自頓邱奉和四首錄二

聯牀一昔愛晴餘已分如鳩戀鵲居蹇足自驚催得得喬枝渾未識渠渠素心晨夕牽歸夢舊雨東西賸儆廬聞說子猷還種竹待予同看石潭漁

二月春風已放顛十分歸興挾飛仙即煩燕寄雲中信更倩帆張天上船檢點石苔容緩步埽除塵榻待酣眠淵明三徑依然在好辦連宵泥酒錢

倪一擎字建中一字筆農號嘉樹仁和諸生

嘉樹本姓淩爲忠介公後少負文名從游者甚盛晚年失明自號不盲心叟而授徒如故學者以文就正則令一人讀之應聲刪定不少差繆暇則扶小孫往來知舊家談藝娓娓不以盲故減其興也子印元工詩孫稻孫工詞善八分皆諸生

戊寅季冬同人觀龍興寺陀羅尼石幢分得會字

經幢立崢嶸寶氣出塵壒介石利用恆占方鎮其兌亭亭聳簷牙顛頂見垣外徧刻陀羅尼毫鋒結鉗釱造自開成年倒薤壓函蓋舊聞舍利藏出自佛三昧事逝波利師至願忘顛沛瞿曇吐祕密偈頌詳梵貝獲賞龍虎文不致蛇蟬蛻宜和書譜存處士季良最篆隸眞草兼妙跡徧吳會司業碑佚訪會昌石無害筆陣壓淩曹堂堂卓旌旆吾儕抱古癖搜討意尤銳眸豁增雙明心愜有餘泰浮榮對此銷慧業向佛匃商

畧拓其文一紙抵十賚城坳隱穨陽松頂刷寒籟摩挲興不淺遷延去無柰銅仙辭古苑石杵斷荒薈細推乘除理浩歎法門大

姚春漪招同杭丈董浦翟丈晴江黃相圃玉階陳雪廬宋鈞洲讌集鶴巢周覽園亭之勝各賦五律二首

不亞平泉勝清游侍杖藜花繁陰照檻石古客留題野趣延秋爽風聲雜鳥啼幽人勤剝啄雅足稱幽棲

尺只居方近招邀記亦曾每耽文字飲不厭往來朋市隱甘初服詩才得上乘一時成好會二老合重稱

黃柱字載斯號砥菴仁和諸生有曲江吟草十二卷

砥菴居東鄉章家橋家饒恆產且富插架沈桐溪鵬館于其家時館東鄉者有徐晴川時行許玉茗瑋戴眷申鐘祥張藻如霖潘麗川文錦方正儒楷朱天一毓麒之八人者皆同好也旬日必集于砥菴所或分韻賦詩或

尋艮山遺事，夜則把酒各敘所懷，劇歡而散，一時傳爲勝事。著有艮山雜志二卷，惜未刊行。子三：長熙元，字對揚，號蓉汀，仁和廩貢。所交游如余開周□□、湯韓齋募棠、沈嘉謨□□、萊友清、任姚又嘉、金元薛秀三，半皆通顯。而蓉汀苦心力學，竟以一衿終老，其詩不傳，附識于此。孫基堂，皆諸生，早歿，見原輯中。今則厥嗣零丁，可慨也。

春日喜晴

雨霽正當晨，韶光忽又新。河陽無俗豔，杜曲有詩人。蜨瘦粉猶溼，鶯嬌語似嚬。分題成妙詠，毋棄等閒春。

和沈桐溪同舍弟椿沈菴探桂之作

風流只合沈郎耽，不管吟腰瘦不堪。仙桂自邀名士賞，儁才誰作老生談。色香妙諦閒中徹，水月禪心靜裏參。淸福輸君消受徧，未須捷徑羨終南。

賦得月中聞擣萬家衣

檢點寒砧趁月華一聲聲送一家家金風乍動關心早玉杵頻催信手撾鳷鵲樓傳淸漏鼓蟾蜍影弄碧窗紗不知此夜深閨裏敲落銀釭幾樹花

中秋朔日偕桐溪訪徐丈晴川翁家步育菴寓齋分韻得涼字

路入鹽官趁小涼遠將高士探雲房良儕互訂金蘭譜好句紛披翰墨場風盪曉波魚跳白雨酣秋色雁來黃齋頭處處呈幽趣籬菊還期醉晚香

和相圖移居詩同用樊榭移居韻四首

翠滴春山雨過餘鳳巢初傍虎林居非關王氣鍾金埒謂寶浙局自有文星照石渠謂文昌閣斕漫錦囊花入夢綿芊書帶草侵廬此間況復饒幽興學射何妨更學漁

無過張顛與米顛恣情揮酒卻如仙吟聯快閣將成帙酒泛
高齋正滿船玉版舊儲王逸少畫屏重整李龍眠眼前色色
精工甚笑煞傖夫祇愛錢

鳳城西跨六橋斜結宇今同鳥革誇張老坐中纔作頌江郎
筆底又生花鶯簧巧囀新遷木燕壘爭營故主家睍睆呢喃
殊有意精參物理未嫌譁

旗鼓相當耳厭聞騷壇坐鎮不言動幾番欲和難爲和未敢
人云我亦云紫海蟠龍魚索伴碧梧棲鳳鳥羣乘風破浪
尋常事無那雲程萬里分

黃槐字蔭三號植堂仁和人桂弟

同兄砥菴偕沈桐溪游孤舟山桐溪有詩卽次其韻

佳木蔥蘢鬱早暉結廬深處俗塵稀心空諸有蕭園穩道解

虛無粟顆微徑僻容分山靄人林深鳥帶澗雲飛桐溪居士耽禪悅每過精藍樂忘歸

黃杜字景張號蘅洲又號小牧仁和人泓子

小牧受業于龍泓丁隱君之門善畫竹石嘗寫竹一幅獻之隱君隱君報以詩曰浥露梢烟寫竹枝殷勤爲索老夫詩恨無耘老臨溪屋相看官奴把燭時卒年二十九

同人觀龍興寺石幢分韻得意字

文戰偶一挫佳興成鈍置寂寞臥書帷疲痾實爲累有客豋然來拉我游蕭寺朧短春將回如風藹然被喜無城市喧頗得清淨意相將素心同石幢搜故事手捫兼口讀拯苦識大義歎息迦文言悲願衆備至如何簪紱流逐逐事名利藉口飢溺語虛張實盡棄乃知波利賢斯事誠足記

黃棠字思蔭號蔭人仁和人澐次子

思蔭爲書厓丈仲弟學于丁龍泓隱君而精于繪事六法皆工寫眞尤妙隱君初未之知也一日隱君與友茶話思蔭隱帳中以水墨寫主客之容惟妙惟肖隱君始見而嗟異之以爲謝文侯復生不能過也年二十三而歿隱君索其遺墨數幅都未署款欲以名印識之得其自刻圖章恐未善擬爲修琢反覆詳視竟無所改易而止蓋于龍泓鐵筆已詣其極矣

題小牧大兄墨竹

籜龍夜嘯秋風瘦渭水綠翻波浪皺曉寒鱗甲凝不飛森聳琅玕一林秀一林秀色搖霜紋亭亭鶴立矯不羣白雨忽捲楚天暮晴川不動湘江雲吾家小牧有奇癖醉來技癢抽毫追淇園千畝在胸中頃刻杈枒吐胸臆如低忽昂孤幹橫當其落筆忘經營茅堂挂處清思迴蒼莽咫尺連青冥

壬午秋日同丁誠齋倪嘉樹諸君登寶石山天然圖畫閣分韻

石磴尋僧去香臺倚晚晴窗中兩湖淨檻外衆山平雲作凝霜態風催墮葉聲標寮題額在太息幾朝更

蘇許堂字展亭仁和諸生

展亭少工書其友黃相圃橅嘗效之展亭曰君書固未工他日必工且享壽考勿效吾書吾書非壽者相吾自知之而不能改也已而果然所居在駱駝橋與艮山門相近

同人觀龍興寺石幢分得時字

咸淳志梵宇龍興稱巍奇兵火歷幾劫十寶無一遺尚餘古石幢經鐫陀羅尼舍利五十四珍重閟琉璃書生每好事朋簪協幽期青鞵踏凍草短鬢吹寒颸曲折穿僧寮吮筆摩經辭山骨失枯蘚積濕如乾飴流傳翻譯重跋涉波利師但因誓願宏寧以名利爲序首述幻跡題額表拯危處士季良書筆勢妙參差神物有顯晦靈感不可知陵夷至千載訪古失

舊基騰光儆氓俗聞在崇禎時信知法力大若爲吾輩貽栻目循諷久快意方熙怡將歸更徘徊高樹下積曦

厲志𢇰字之甫一字繡周號層雲鶚嗣子錢唐諸生

繡周爲雄飛徵士從子郎爲徵士後又爲丁鈍丁先生夔埍詩筏文律皆有所受嘗與蘇展亭許堂柯大巖觀郁陛宣禮倪嘉樹一擊黃書厓模周亦庵駿發爲文字之會分題審韻無集無詩惜多散佚所居在城東倉巷破屋蕭然糲飧自給竟困于逢掖以老

允升晚過小齋茶話以詩見投次韻奉荅

自有高懷不計貧風光領畧待閒身𡠄天暮靄詩情遠枉顧頻勞問字人

噤痒寒來歲序更雨無塵裏十分清試嘗茶乳低回久只有吟聲與竹聲

王元琨字繩玉仁和人

人日立春同人出湖上見雪分韻

雅集同欣菜甲盤卻逢春轉臘陰殘闌心且緩飛觴與把臂聯尋出郭歡小艇衝波開細暈老梅著雪逗輕寒草堂斟酌新詩句分取湖光紙上看

茅德芬字在之仁和人

庚辰初秋重過祥符寺觀陀羅尼經幢用題中平聲字分韻

秋新佳日多紺宇此重過舍利藏來密經幢久不磨讀時通妙諦看裏淨纖蘿勝引偕延佇餘情付淺莎

沈德音字克諧仁和諸生

清明後一日集琴趣軒分得清字

東風不世情吹我向西城小飲羣賢集高譚四座傾詩懷矜

玉律琴趣憶松聲妙諦從茲得悠然氣味清

范炳錢唐人有蕉翁詩

蕉翁出處未詳朱朗齋文藻嘗言庚寅正月從沈桐溪案頭見蕉翁詩稿三四兩卷蓋已著詩四卷刊行惜其首冊亡失攜歸選得二首後閱陳無軒焯云字虎臣仕紅門局見碧溪詩話

堅菴觀梅懷閣晴峯

湖南春色正當期重訪精藍念舊知可惜梅花不同賞天涯何處寄相思

重過招賢寺

孤山亭北西村路頻泛扁舟到水滑今日禪房春寂寞落花芳草憶歸人

國朝杭郡詩續輯卷十二終　錢塘吳慶坻校字

國朝杭郡詩續輯卷十三目乾隆二十一年丙子至二十五年庚辰以科目爲次

許　愼　梁肯堂　徐錫禮　方　塘　楊　華

余大觀　查昌和　管　聯　錢　玘　邱　峻

周　思　王　炳　吳　顥　殳　荃　楊金蘭

陸　煻　陳用敷　倪廷模　姚　翀　吳文倫

凡二十八

國朝杭郡詩續輯卷十三　　錢唐吳振棫毅父氏編

許慎字存茲號餘堂錢唐人乾隆丙子舉人官江蘇碭山知縣

餘堂宰碭山有衆母之頌其治河尤能爲民扞災也

黃河秋汛冐雨防工有作

漫掩文書得靜思雨聲催我一肩馳雲龍嶂合連天暗戲馬風高捲地吹百里長隄原鞏固四郊安堵莫危疑書生縱乏防河策保障東南意在斯

暑夜

歸計何年覓釣舟西湖池館足淸幽若嫌熱惱難除卻久矣臣心似水流

梁肯堂字構亭號春淙一字石幢號晚香錢唐人乾隆丙

子順天舉人累官刑部尚書直隸總督有石幢居士吟稿

構亭以咸安宮教習得官揀發直隸由邑令洊歷至總督純廟時眷禮優渥錫賚便蕃爲同時疆吏之冠嘉慶元年正月與千叟宴有御製御書之賜鄉里榮之後守護裕陵二年家人意惴惴有周八瘋子者精壬遁厭勝之術故爲構亭所敬禮至是爲營度其里中居宅曰吾必使生尚書入此室也未幾以原品回籍至家七日而卒年八十有五

詠冰用東坡試院煎茶詩韻

銅盤滿貯涼氣生蒼蠅斂翅不敢鳴垂簾瞑坐日卓午冰椀欲喝酒盞輕匹如大明圓鏡照無二煩惱界中結靜意云何熱客內熱煎招涼無計枯心泉黃塵奔競隴望蜀或憑爲山鏤作玉豈知一甌沁骨可療飢清風習習舒雙眉世閒豈必無冷境胡爲日與夏蟲隨君不見桃笙穩臥北窗下何異杜陵野叟赤腳時

### 歸途次淥口

淥口湘波合圓沙聚綠蕪屋緣山曲折舟渡水縈紆冷意憐黃鳥閒情愧白鳧村虛重小泊念舊一踟躕

### 癸酉小除夕

蹤跡真如不繫舟堂堂光景逝於郵應酬門戶憐黃口料理虀鹽累白頭送臘縱銷千日酒挑燈那遣萬重愁祗餘舊雨耽文雅分榻論詩為我留時延吳大鞠田度歲

### 病中

翻漿熱惱境濛濛少卸輕綿寒早攻千里有家迷客夢一燈無燄冷秋蟲數殘漏點頻聽雨剛見晨光又畏風太息倚閭念予季北鴻正阻病愁中

### 病未愈憶家

萱騰獨睡向誰愁落葉聲中最感秋養疾不忘薪米苦得生空作稻粱謀年如雲影沈沈過心似風帆漸漸收我有高堂已垂白故交何事尚稽留

秦淮泛舟

管細弦幺蔟畫船河亭風幔鬭芳鮮消魂一曲秦淮水纔見垂楊便可憐

徐錫禮字執三號春泉臨安人乾隆丙子順天舉人官廣東惠來知縣有稻香書屋詩二卷

藥竈山埽墓

半月不出門秋容變林谷雲氣淨長空山山辭故緣老楓傲朝曦一醉顏如沃爲柏白眼窺鵰腳黃裳束居然錦陸離豔豈春花獨行過五栁村欲訪陶潛屋陶潛千載風誰能溯芳

躅悠悠彼美思儵儵問寒菊
路出琴鶴山陰霾忽澄霽琴音天籟希鶴作飛舞勢山從何
處來命名可人意磴高心屢驚樓敧馬思避身在寒翠中香
霧溼衣袂意欲憩征鞍僕指公山寺
公山拔千仞餘峯相回旋窅然一逕通云是藥竈泉威靈扃
牖戸眞太古洞天葛翁飛舄來採藥何仙仙乎不可招藥
竈相流傳石頭鵝卵滑山腰羊腸盤松篁深一隖白晝生虛
寒言渡葛翁橋仙草出紫淵迴抱自深深秀祖塋枕巖端松楸
肅儀型感慨滋百端
大父授山公崑玉挺奇質聰明羅萬象肝膽懸皦日艱難侍
武功臥起不遑恤家乘備青史一一難讚述賢哉大母程慈
孝兼淑德憶禮侍慈幃九齡鮮知識但覓棃栗啖終日親顏

色督禮夜讀書篝燈暗寢室至今歷歷思欲報巳罔極我來青司山秀隱烟霞窟公愛稚川風於焉此卜吉春生梅霰香秋高桂子抬先人廬墓時高下手種植後嗣恭敬止餘陰休翦伐瞻拜上邱墟五中隱含泣歸轡夜遲遲烟霞空蕭瑟

覆舟詩

颶風怒捲海雲黑噴沫鯨魚作人立風水相迸浪走空浪花堆出千瓊級估舟東南來陡然遇此風初如江豚翻波出復沒又如飛鴻墮箭身倒衝帆掀柁折人束手儵忽顛落蛟龍宮此風亦何惡此水亦何毒子母蠅頭利幾多萬里相從飽魚腹年年水底結寃魂鬼無新故同聲哭吁嗟乎人生同一死得所乃爲是殉利必危身求福在知止溺人應笑錦屏人宦海風波亦如此

舟發桂林時奉文入都不得挈眷旋里

全家寄百粵孤艇下三湘兒女貧猶別風塵我自傷花光依遠浦雨氣入斜陽遥望春明路　君恩詎敢忘

此去欲何依回頭舊事非渾忘生計拙漸覺故人稀湖海蹤無定門閭望未歸沙鷗江上狎羨爾早忘機

送董書巢赴括蒼 并序

餘杭董書巢名作棟字工求博學能文義高而情摯有古俠士風乙巳十月余臥病忽聞有括蒼之行不勝驚異書巢家計貧甚且老母在堂欲離膝下必其事有不得已者悤悤別去黯然魂消即於枕上賦五言六律以慰其道路之思且隱寓速歸之意

聞子蒼山去殷然憶舊游雙臺子陵瀨八詠隱侯樓人事非

曩日江山已晚秋鶴溪風景好為我訪浮邱青田鶴溪之南有沐鶴池相傳浮邱伯沐鶴于此

纔擲論文筆時書巢閱海昌童子試卷蔵事還牽服賈車祇因耕在舌空歎食無魚書巢掌教龜山書院向以院租給修脯歲歉無收不得已赴括蒼告糴告急難求友長征不廢書越東多戰壘懷古意何如

桃花嶺名倚碧空縱目際天容落日下飛鳥攢雲滅亂峰織笆藏小市刻木壓寒舂桃花嶺居民作碓不事輪盤惟截大木丈餘半刻其腹前實後虛引㵎水注之滿于腹中則後重前輕躍然而起乘勢而下旋注旋傾互為俯仰亦山中人巧思他處無是也已去頻回首猶聞樹杪鐘

木葉下亭皋登臨興正豪水寒魚尾定天迥雁聲高地僻衣冠陋林深猿狖號山行秋晚景都付管城毫

我病君猶別遙聞倍黯然知音從古少微子更誰憐學佛風

塵後灰心稼圃前只祈相見早花下鬬新篇

胡爲纔賦別先巳問歸期將毋反行役辭家益自悲門閭游子淚風雨紀行詩人與春同到梅花笑爾遲

游江心孤嶼

七二驚瀧下古甌獨蹲孤嶼砥中流城連斗柄雄南國潮挾秋聲入郡樓斷碣尚含文相淚青山猶記謝公游扁舟欲訪前賢蹟古木寒鴉野寺秋

游語溪

十載風塵賸此身得尋勝蹟楚江濵非關選佛來清界自是青山夔逐臣唐室中興森古碣次山去後少詩人玆游翻覺吟情好忘卻鶯花巳晚春

臥病累月窗前蛛網朝夕相對若余之拘守深山抑

鬱不得志者爰賦四詩以自廣其意

蕭齋雨過納微涼簷底蠨蛸挂夕陽鬭巧空盤千縷髮寫愁曲盡九迴腸蝶穿疎影拋輕粉花墮輕絲度晚香也是身宮坐磨蝎休教長臂笑螳螂

華堂何處更容身燮向窮簷結好鄰非穴非巢誰作偶求援求繫笑長貧癡頑已是悲生相高潔何能避俗塵孤網自張無鳥所生涯早被白鷗嗔

抽絲自衞結層城絕勝吳蠶繭作營形類丸蜣羞土處才兼促織讓秋鳴竇姬素錦迴文細鮫女冰絲疊縠輕莫笑此君今落魄吐珠猶竝火珠明

漫將毛羽較媸妍微物堪將妙理傳界現十千浮大地圖窺根蘊到先天經綸滿腹隨機運淨垢無心任物緣豈類匏瓜

繫不食黃姑斜指一星懸黃姑卽河鼓也匏瓜在河鼓之下故云

邕江行役十二首

捧檄田陽載曉星片帆無恙破烟汀連宵好雨春犂足十里秧鍼貼岸青邕人播穀于山地名曰畬禾

栭架紛飛嵋嶺雪木棉爭吐赤城霞蠻鄉亦覺風光好休憶西湖二月花

兼程于役夜行舟驛鼓迢迢記戍樓欸乃艣聲柔復勁渾疑夢裏過杭州粤船有槳無艣邕江小艇有用艣者名曰趁墟船余買之入田夜聞欸乃聲淒然感舊不勝鄉關烟櫂之思

夾岸巉巖蹲虎豹拍船惡浪走蛟鼉乘風欲度金沙險誰是平蠻馬伏波過烏蠻灘望伏波將軍祠

聞道思田二妙亭我來猶得與鷗盟落花時候春將暮珍重

尊前老弟兄（時歸梅坡查萍槎俱有田州之役）

公子驊騮信絕塵更求竝服張吾軍乞鄰誤負千金諾空羨桃花五色文（余承辦軍務需馬梅坡貺驂以贈萍槎謂馬少尹有騎駿甚爲余作書轉求少尹麦不能割故戲及之）

粵西萬馬集軍門牝牡驪黃次第論俗吏春來緣底事逢人總問竹園村（竹園村滇南北界都會也粵西之馬騐收于此）

箬艇羊裘促膝居偶披盲左義全疎魯魚亥豕難參訂自笑年來久廢書（舟中讀左氏傳粵西坊刻多訛字）

山脊牽舟山腹行盤渦屈曲夾重城誰能手挽銀河水五兩風吹一葉輕（舟入隆安諸灘）

崗崗谿谿一線通彈丸世綰舊花封鳴琴單父渾無事（謂洪四）嬴得郲鄫兩附庸（歸德果化兩土州屬隆安）

更殘戒旦聽荒雞欲趁前程路轉迷惱亂叢篁深碧裏濛濛雨氣鷓鴣啼

欲雨不雨清明節欲晴不晴烟瘴時誰爲風塵解愁緒奚囊檢點數篇詩

方塘字問渠號芥舟仁和人乾隆丙子副貢官直隸玉田縣丞

先大父曰問渠就職州判庚辰辛巳閒攝玉田縣丞篆分駐鴉鴻橋予館豐潤幕而叔父有鹽業于鴉鴻橋隔不百里歲時常宿止焉與問渠屢有唱和爲客途良友未幾問渠以憂歸後遂不復相見云語載續輯原稿

村居漫興

漢陰機久息秋日此閒居汗竹知無分哦松興自如青山眞隱几白髮漸盈梳識字畊田父寧云賦遂初

楊華字苑仙號硯雨錢唐人乾隆丙子順天副貢有海藏

書屋遺稿八卷

硯雨爲符藥林弟子又爲查儉堂禮趙勿藥一清壻文字律梁具有師法藥林舊藏梅花硯苑仙爲作歌儉堂愛其才因妻以女藥林贈硯爲聘且圖焉阮吾山詩云琢就琳腴潑練光湘匳添得紫雲香才人一曲梅花引不用吹笙引鳳凰花影娟娟鬢影嬌東窗紅日麝煤調玉臺好試珊瑚管鏡裏春山著意描紀此事也善畫尤工畫梅王几山人有補之再生之譽嘗借吳穀人錫麒爲皐亭之游古樹無次花光逼人輒默識其情狀歸而譜之漏數下猶灑灑不已久居長安里中人或不能舉其姓氏後主講定州卒於書院子世麄世鯨世斂皆官蜀中

萬卷書樓圖爲芍陂題

鐵崖萬卷樓書與梅花會偃仰香海香勝事託名繪（鐵崖山植綠萼梅數百本上築萬卷樓即鐵篴道人讀書處紫瓊道人曾爲繪圖）旣陋兔園儉更笑蠹井隘君家富貝產藝圃任銍刈研討咀英華點竄芟蕪穢置身百尺巔放眼大千界腸撐酒可澆腹便日須曬我貧無一瓻晨

冬冷壁對偶然得意時覺有書味在畢竟讀何書語言文字外

小坡先生索寫河渚探梅圖圖成賦五古一章寄懷兼誌鄉思

花韻如逸士水靜若禪伯嬾不逐市囂作合成莫逆花光際水光春古風烟白鬚翁冰雪姿與梅分標格每以性所耽追憶身所歷剡藤寄臥游夢與冷香覓時先生官游山左予亦渚中人寫梅久成癖炙硯蘸寒灺呵凍春信圻一滌凡豔心意會無言說圖成月參橫惆悵戍樓笛

題墨岑先生橫塘秋樹圖

秋雁一聲涼月白天涯幾處悲秋客極目延秋不見秋那知秋意空蕭索先生心漾冰壺清卷舒雲夢翻鮫鮹蘸取西泠

一段奇（宋時西湖有一段奇軒）疏疏落筆橫塘生怳聞寒烟墮幽磬滿紙化作空濤聲際此江鄉好風景會約沙鷗蹋溪艇半醉欲眠秋可憐御被天風忽吹醒雁聲今又過江南相思夢繞蘆花冷

泛舟河渚

破午境清絕尋幽愜素心野香多在水斜日易成陰雲氣千巖溼烟光一線沈沿流隨意去寂靜聽孥音

次棃谷留別韻

憔悴張平子言旋駕水濱雲山千里夢風雪獨行人楓葉離亭色梅花故國春悠悠沽上水延睇一沾巾

憶小山堂梅花

冷香吹夢小園東着水烟花淡月籠三十六鷗亭更好婆娑

沈醉老髯翁謂外舅勿藥先生

余大觀字容若號松屏仁和人乾隆丙子順天副貢有菘塍齋遺稿

松屏性孤潔終身不娶嘗客遊四方所至輒有詩年八十餘始歸與顧涑園何春渚曹仙槎諸人結九老會陟歷湖山流連詩酒興趣不減少年也其遺稿爲族子鍔所刊

短謌題方竹樓畫竹

何郎示我竹樓竹謂東甫清瘦幾竿如削玉文同不作吳鎮亡餘子紛紛未足錄北窗展卷六月中耳畔戛戛吟清風一枝一葉皆生趣疑有天授非人工金錯刀鐵鉤鎖筆妙縱橫無不可絕藝人間豈識真畫成幸勿輕流播

重過澗西精舍

十笏安禪地年來我到稀竹邊流水在溪上一僧歸苔壁嬌

秋雨松門澹落暉亦知生客至怖鴿繞林飛

友人招看桃花雨阻不赴

晚霞正喜十分晴忽地宵來作雨聲聽徹五更偏少睡吹殘一樹最關情空煩詞客曾留約無那天公不放行寂寞閒齋何計遣且呼尊酒對棋枰

次韻春巖春日感懷

浪游何處憶心朋春到他鄉感益增晴日花穠追上社夜窗酒釅其明燈異時光景同飛鳥此際愁懷似病僧回首闌干吟望裏水邊斜照滿魚罾

光澤縣樓寫望呈毛明府

山圍小邑邑圍溪溪上山城高復低瓦屋參差分樹出縣樓突兀與雲齊市聲寂寂民風樸秋鳥蒼蒼晚景迷爲語杭川

賢大令放衙事了好留題

過寂照寺題壁

已無塵事足攖心十日空堂坐鼓琴潑火雨收沙路輭夕陽來倚寺樓吟

查昌和字可大號介萍海寧人乾隆丙子優貢有半詩吟

介萍從祖愼行嘗舉經史課族人見介萍好古不同流俗謂科第易得成一士君子爲難自此厲志潛修不屑章句子茂蔭舉孝廉詳見州志

西阡看桃李

密壓紛披不見條深紅淺白兩招邀鶯梭燕翦渾無賴閒看飛英過小橋

管聯字思復號龍峯海寧人鳳苞從子乾隆丙子武舉官福建福州鎮千總調駐澎湖以功加守備銜

龍峯少習儒術書學顏柳寸箋尺幅人猶寶之

自澎湖抵臺同藍參戎作

回首微雲一抹青乘鯨東去破滄溟紅毛城小昏烟護黑水溝深濁浪腥人在鏡中空色相舟行天末仗神靈忽驚潑剌魚龍活陰火潛然散作星

扶桑旭日漸騰空萬水朝宗盡化紅懸漏沙壺勤記里插花帆布飽張風胸懷浩蕩何愁險島嶼平安即立功忽聽鉦聲喧不住鯤身遥指有無中

錢玘字北庭錢唐人琦族弟乾隆丁丑進士

訪隨園先生不值

三徑亭臺水一隈蕭蕭落葉點莓苔小舟隔岸穿花出怪樹當門揖客來看竹何妨人竟入題詩好是雨先催袁安僵臥

雲深處怕引西風戸未開

邱峻字晴巖仁和人乾隆戊寅歲貢有墁畫集珠江集

晴巖最愛仇山村詩其所爲絕句幾于神似少居南湖因采輯宋時志乘及說部文集勒成南湖紀略六卷經浙江巡撫采進入四庫全書存目

夢兒亭懷古

鷲峰磴道蘚斑駁峯旁客兒一亭卓相傳典午謝家子家不宜男離骨肉山人有夢杜明師朝來啓戸兒寄屋池塘春草最風流覆亭山下誌蕉鹿千年人去亭亦空啼鳥悲涼怨幽谷我來憑弔正春明滿眼青黃如繡錯潺潺冷瀉山中泉流出桃花香索莫吁嗟紫薇唐舍人亦有蘄王翠微築于今鼯鼠走荒烟何況當年謝康樂臨風遙憶永嘉人一年蠟屐屐幾著

冬菜

學得東坡半畝耕腰鐮歲劚幾千莖恐傷生意畱心在細切香根帶雪烹不羨蓴鱸張翰味還羞羔酒党家鎗庖人會得腥羶去勝嚼梅花氣轉清

周思字樂天號逸堂海寧人乾隆戊寅歲貢

偶成

殘山賸水畱泥馬芳草斜陽沒石經此日湖邊搜古蹟渾如春夢一場醒

王炳字丹言號慎齋仁和人乾隆己卯舉人

送補亭少司馬典試浙江用去年同人公餞詩韻

玉河西畔送嚴裝憶遠心隨去水長後輩幾多人未面百年强半我離鄉掄才亦欲輸頭地階尺榮叨認瓣香倘遇遂初

諸舊侶寄聲邱壑道難忘

吳顥原名嗣程字仰顥號洛波一號退菴錢唐人乾隆己卯舉人官遂昌訓導有睫巢詩鈔三卷游仙詩三百首 仁和胡敬塤譚

先大父退庵公孝友剛毅出于性成行功過格力斥二氏之說屢上春官不得志得官廣文尋亦棄去家貧衣食于奔走入閩入蜀入楚入齊魯入黔滇蹤跡半天下性尤篤學誨人無倦色晚年築樓三楹榜曰讀書課諸孫其中終日以研究尋討爲業所著周易纂要家語録要讀史録要杭郡詩輯皆梓行又著書經詩經輯註文選補註格物編詩癡叢殘蟄夫碎録皆未付梓生平節嗇衣食而賑貧濟乏惟恐不及每歲沍寒輒以薑飲草薦施貧者中年嘗大病瀕死恍惚中見有若神人者趣之去且豎二指示之曰修之則有餘促之則不足人愓然而寤病良已後年七十五乃卒迴計病時則數逾二紀矣殆所謂修則有餘者耶

同顧寸田明府游小泉山

玉田有山曰小泉泉鳴石罅流涓涓尋幽那惜雙足繭約客

攜酒登山巔石筍玲瓏競奇秀水花膏沸爭洄漩枕流便倚苔磴臥烹茗欲借雲腴煎堨來五載住河朔巾車日苦風沙撲何當眼底見清流爲我半生洗塵濁主人愛客呼醽醁落日銜山歡不足醉中振觸舊名心三十男兒還刺促

夜坐

寒月森光照廊廡霜林戰葉風如虎冬日苦短夜漏長讀書好藉三餘補丹鉛滿几汚衣袖塗乙芸編稽舛午自憐眼纈未生花口誦還能兼目數靜中默憶去來今七十年中半羈窶白頭猶作蠹書蟫炳燭餘光力稽古兒童嬾惰半酣睡鼻息齁齁神栩栩黑甜鄉裏各紛忙隔巷鼕鼕打官鼓老夫不是愛焚膏死去只愁長夜苦

雨止

雨久天欲晴節物有餘清庭前草芽緑牆外山頭青把酒破餘悶臨風懷遠情何當趁朝爽著屐傍花行

湖上

縠紋平卷綠差差雨槳春船喚渡遲花帶露開初染纈柳無風翦不成絲玉川茶好烹新水和靖梅荒賸故枝一種詠歸清意味白沙隄畔幾人知

自渜陽赴涿州

單車朝駕朔風多渜水燕山臘底過凍地踏開都是雪層冰渡盡不知河久無歸計彈長鋏羞把名心賦綺羅又是紅塵京邑路羊裘垂敝歲蹉跎

江東道中寄大兒昇

又攜書笈過西陵晚境眞同退院僧新壘人如初乳燕老年

心似欲殘燈江風急處潮初落沙路行來水尚冰只歎恆河稜面縐悔教故紙誤癡蠅

舜江春水逐潮生噤痒餘寒作晚晴殘雪一分難入畫好山百里不知名回頭儘負梅花債放眼都無柳葉情寫取旅懷緘驥子遙憐雲海共鷗盟

戲占贈楊金蘭同年

桃比天嬈柳比妍相逢誰是洛濱仙北風有意吹裙帶南陌何人拾翠鈿老步自知慚矍鑠豪情聊與寄流連憑君目送飛鴻去回首芳塵一惘然

舟行

二十年來熟往還孤篷重過蓼花灣舟中無事眞睡足窗外有雲同客閒野店幾家皆傍水平疇百里不遮山坐看新月

金盆上笑記初來只一彎

追哭業師李漢儀先生

余童時所事師也失記其諱困於諸生以貧死有子不知所往卒後年餘與大兄鑣葬其柩於青芝塢並及其祖父焉

門籍登名三載餘典型一謝賸邱墟含悲欲作劉郎記并少城西舊草廬

豐臺觀芍藥

帝城花事一番新風鬬氈車輾暗塵萬朵玉盤春露冷南西門外悄無人

四明道中

濁浪連天阻晝橈黑雲如墨雨瀟瀟孤篷倦客姚江路落盡

西風第二潮

野望

雨過小滿水平畦秧馬紛忙綠漸齊半掩鹿柴村巷靜黃雞飛上樹椏啼

南歸途次

白袷誰憐半世狂十年奔走誤名場蓼花零落烟波冷又載斜陽過練塘

婺源溪行

沿山一棹婺溪行山色蒼蒼溪水清擬到黃州說風景小茅篷底浪花聲

梁山早發

萬山絕頂白雲端上有行人度曉寒他日東歸到平地記將

辛苦畫來看

春游

輕風吹暖試單衣花引游人入翠微石路曲盤溪水綠春蟲無數馬頭飛

殳埜字穎齋號寬圃錢唐人乾隆己卯舉人官河南盧氏知縣有茂林山房詩集

寬圃宰盧氏五年有惠政乞養歸遂不出與汪槐塘沆在郊浚弟兄及張若垞廷模鄭半洞之翀時有倡和

集小眠齋題恆上人古木新篁圖

披衣蚤起離藤牀巷落循走東家牆一林翠影戛風竹雨腋習習生凊涼入門雜坐恆茶話恰好畫幅懸山房炎歊埃鬱筆下埽上有古木旁新篁空山無人野花發妙意可想不可方恆公自是支公行畫禪玉局稱頡頏宜付添丁寶此墨令

雙荷葉牢收藏

客上海將歸留別同人

雪泥鴻爪悟因緣來去渾拈一指禪人別兩峯秋未老棹回三泖月初圓詩慚海外成坡集榻喜堂中爲穉懸明發輕拋詩酒伴逢誰問訊孝廉船

楊金蘭字巨川號佩堂錢唐人乾隆己卯舉人官四川金堂知縣有佩堂吟草

登丁仙閣贈陸道士

我登丁仙閣閣下萬个竹竹裏有人家知是道者屋繞屋聽流泉泉聲在空谷扶梯上高樓樓頭豁心目推窗望長江風帆相往復勞勞名利客馳逐何其速不如坐此軒且把黃庭讀少遲煮芽茶茶味飲芳馥閒消一局棊勝負奚用卜未幾

晚烟起曳杖出林麓到家問家人可備新糟麯

陸㷲字𥙷梅錢唐人堦元孫乾隆庚辰進士歷官廣西潯州知府

𥙷梅少時最爲其伯父𠑽川大司馬所賞迨仕吏曹劉文正公方總銓政文正裁覈賢否齗齗許可獨于𥙷梅深㚐重之

杪春同人飲藤花下分韻得蛇字

春城處處多飛花古藤書屋餘天葩入門爛漫作帷幄欝盤屈曲如修蛇微風不與香出衆寶幢珠絡籠窗紗洗妝絶好霡霂雨濃芬溼豔看紛挐主人㚐花兼㚐客室有斗酒無膚賒花閒布席具肴榼冰盤鋪栗𨻰棃柤對花不飲花應惱對酒惜醉何爲耶三爵油油觴政發藏鬮射覆爲喧嘩賓主交錯那計盞百川一吸杯中霞縱酣極飲忘爾汝飛籌一一同

量沙驚座陳郎發雄辯背癢似得仙人爬就中斌媚夔施子效顰能不慚西家竹林今昔擬高讌五斗一石劉伶誇嗤余甘受金谷罰七字誰比青蓮嘉深宵憐春春欲去燈紅酒綠悲韶華花開更得幾時好勸君羯鼓休頻撾

次竹塘韻卽畱別同人

草樹含烟翠作堆月湖橋跨彩虹來當窗勝蹟皆僧占入座名花爲客開齋似太常知不俗醉同吏部愧無才人生聚散朝還暮休作離騷弔楚臺

辛丑初春入覲畱別潯江士庶

八年郡舍竹成陰無那春風欲送行悵惘前程奔意馬別離赤子挂心旌難禁道左牽衣滿快撥船頭放棹輕多少淚含揮不落恐傳境外似沽名

仲夏酒後游蓮花寺和韻

北窗高臥厭聞蟬曉夢雲游洞裏天踏實腳根方是學放空眼界卽爲禪一聲長聽籠中鶴十丈虛傳井上蓮寂寞羽觴惟獨醉空階滴雨長苔錢

酬何自强夫子雲中見寄

今日河汾講席安那堪千里赴征鞍去驚寒雁思歸迴新埽臺花話舊難李笈莫隨霜騎騁程門空悵雪天寒睽離五載今重別一紙清詩不忍看

過大黃江口卽事

一從解纜別江城謝卻攀轅父老情目送晴巒三十里更誰載酒向船迎

津亭梆畔綠斑斕獻笋人齊檻外攀競道甘棠無翦伐栽培

半在紫荆山因到任從未出票封椿乃有此驗

謝劉子庭見遺陳醋魚腊

嗜好何曾與俗殊香開陳甕客途需箇中滋味深嘗得三十年前一腐儒

陳用敷字正誼號體齋海寧人乾隆庚辰進士歷官安徽巡撫

將抵皖江寄周方伯恩廉使

輶車問俗重春孟六皖風光約畧諳須識莠民半西北可能漕弊減東南坡公在昔傳三到叔夜于今豈七堪武達文通仗公等老夫晝諾只懷慚

倪廷謨字春巖錢唐人乾隆庚辰進士官安徽安慶同知

春巖兩宰桐城用法嚴且善于鈎距盜賊寢息外戶不閉有古能吏風尹文端督兩江尤所賞識文端好平章

肴饌之事嘗命袁隨園枚徧嘗諸家食單時有所稱引至春巖治具則攢眉而已春巖以書抵之末署菜傍劉贊四字聞者大笑後隨園撰詩話未及春巖嘗曰豈詩傍亦作劉贊耶隨園索觀其詩驚曰此護世城中美膳也過人遠矣

春草

花村未聽栗留歌迤邐銀塘綠似波無限芳情生隴坂傷心碧色是關河長隄小襯香輪輾綺陌斜侵羅襪多卻憂春山游興劇好尋行徑上烟蘿

姚獅字米山仁和人乾隆庚辰進士官江蘇鎮江知府

米山舉乾隆己卯鄉薦第一吾杭有趙大川者善拆字米山與之游是歲元旦叩其門趙尚未起既出詢所卜曰吾久不獲雋今茲又屆鄉闈君為我一決趙令舉一字曰吾若復不售殆將死乎即以死字測之趙沈吟久曰君兆大吉但元旦清晨無端以死字𢇁我何太不識忌諱不驗則已驗必酬我十金請書券為約許之叩何以吉曰今科為己卯死字左夕如卯右已如已上加一君非己卯第一乎至放榜日趙詣米山坐候之果首選

趙大川者其謝潤夫之流歟

阮貞母沈孺人壽詩

柔嘉爲女德處變則不然弱齡明大義從容見貞堅一死等閒耳不死道乃全酸辛辭父母身已字所天雖未侍箕帚於義重比肩長號裂金石雪涕揮四筵劬勞豈不念翁姑誼尤專繐帷慘遺挂血淚枯喃鵑猶子可以撫微生何必捐死傷堂上心生則嗣續延就難不就易一日定百年乃歎人慕義何者不勉焉不然須眉客泯滅同朝烟敬告采風者願言垂簡編

趙節母詩

未獲登堂謁恆從戚鄙聞視鍾深有禮擬湛不忘勤弈葉麟呈錦聯階鳳炳文閭儀千載卓褒語燦星雲

吳文倫字介山錢唐人乾隆庚辰 恩貢

汪孝子詩

閒氣何所鍾乃鍾黃山麓越國有苗裔至性超流俗昂藏七尺表丈夫劬勞欲報羞慈烏可憐失怙剛九歲擗踊袒括空號呼號呼慘淡風雲色哀感路旁咸太息嫠婦神摧身未亡孤兒長跪心盡傷盡傷心未休强慰阿母憂冰霜經歷幾春秋癯形欲朽骨幾化老眼將枯淚不收眼枯白日坐烟霧手足彷徨奚所措跽舐雙瞳暗復明起居幸得安常度慶雲藹藹蔭庭闈色養無方未暫違肝脾忽復遘時厲醫門無術驚魂飛魂飛願以身爲代涕泗哀祈天鑒在精誠冥漠信可孚支離牀蓐欣無害牀蓐支離歷歲時厠牏浣濯久安之非無臧獲承風旨惟夔夔日影遲日遲問視身常早從兹顧侍

慈帷老哽噎殷勤視不忘撫摩晨夕歡相保相依相保自年
年綵服承顏阿母前揮戈莫返西山日銜石難塡東海天東
海難塡孝子恨椎心泣血忘勞頓望歸華表空千年爲開窀
穸營方寸方寸縈紆只自知幾回攀樹涕漣洏欲靜不寧皐
子淚有聲無句白華詩白華無句增悽慘全歸全受還悲感
手足摩傷沒以寧須臾忘孝生何敢履薄臨深自一生流聞
遠近播芳聲芳聲到處輿情協雙闕烏頭表姓名人從練水
推華族虎林才藪咸欽服于今至德耀幽潛自昔高蹤並芳
馥羅威殷惲事可風懷瓜進果皆兒童雀入鳩棲王與項此
翁軼事將毋同聲稱自合垂宇宙與善堪憑昌厥後瑤環瑜
珥滿階除三十六峯齊挺秀黃山昔經產異人似茲純孝更
無倫聊申寸管成短述生香口角殊津津

國朝杭郡詩續輯卷十三終

錢塘吳慶坻校字

國朝杭郡詩續輯卷十四目 乾隆二十六年辛巳二十七年壬午以科目爲次

胡高望　顧　震　孫嘉樂　錢廷謨　陳鳳舉

龔秉震　闕　涵　查茂蔭　范同治　吳福世

邱　永　周駿發　袁　知　龐兆懋　陳豹奇

沈開勳　許　聿　項　豐　溫庭鈞　查鳴昌

吳　淦　朱學周

凡二十二人

凡二十一人

吳　淦　朱學問

沈開勳　許　丰　顧　豐　溫庭鈞　查鴻昌

邵　永　周駿發　麦　炯　瞿兆楙　陳萬行

韋東震　關　涵　查葆芬　黃同治　吳濬世

胡　荃　羅　霖　孫嘉樂　錢廷燮　陳鳳梁

國朝杭郡詩續輯卷十四　錢唐吳振棫毅父氏編

胡高望字希呂號崑圃又號豫堂仁和人乾隆辛巳一甲第三名進士歷官都察院左都御史謚文恪入祀賢良祠

文恪高祖自新安遷杭之興福社里鄉舉後補中書旋入詞苑侍直上書房視學衡文恩命重疊迨嘉慶初元舉千叟宴禮文恪與焉耆英之慶亦鄉里之光也

訪愚山先生愚樓舊址

官齋西北隅數弓畱隙地苔荒點斑斑古樹轉幽邃我懷愚山翁更讀愚樓記淩虛敞綺疏江城多畫意放衙吟眺頻雲物蒼然至有時觴詠作林籟發清吹風流被百年經術飾政治傑構今何存依稀想高致勝擬月波樓人稱香案吏詩名播此邦闔峯共青翠

題高忠烈公天爵傳後

採風雨度經盱水山高水清風俗美寒雲莽莽萬年橋忠烈聲名照青史史稱大節殉此城孽藩僭擾連蚍豕自云守土十六年百戰金痍甘誓死外援未應內訌生遂縶南冠圜土裏畢命從容謀泄時顏常山舌睢陽齒惟公起家自明經歷典州郡民樂只電埽黃巾定黑山撫循到處蘇瘡痏平生經濟本經術挽强中石曾餘技豈惟小諒但輕生正氣歌成誰與比　聖代褒忠有殊典易名晉秩馨香祀哲嗣趨朝相業隆更傳世錫尚書履文孫今又守西江人識名駒咸志喜承平休養百載餘遺愛甘棠尚淪髓食報由來必厚施煌煌偉行從頭紀共傳文武忠孝家弈葉勛名自今始

春日就亭卽景二首　錄一

碧蘿掩映小林坰繞屋平岡迤邐經一曲蕭江晴入畫幾層

閭閈暖浮青登臨到處開襟抱風雅當年見典型好景無邊添勝賞佳遊彷彿峴山亭

校士寧都得詩二首錄一

春光駘宕過梅川民物熙和境靜便膏雨乍收青郊外人家多住翠微邊翠微峯距寧都城西十里金精十二峯之一也魏冰叔有翠微峯記關心芳序峯蘭節入畫輕陰釀麥天最喜時平風俗美星軺周覽記經年按試諸郡已一周矣

顧震字敬齋號葦田晚號葦杭錢唐人升子乾隆辛巳進士改庶吉士歷官刑部貴州司員外郎有一得齋詩稿

葦田能詩尤工書法極爲梁文莊公所賞丁酉副劉石菴相國典試江南號稱得人

從野園前輩乞園蔬詩以代柬

野園園中多隙地野園園菜盛四季苦菜秀後王瓜生紅莧

殘來紫茄嗣茄兮纍纍繫腰鼓瓜兮彎彎舒玉臂一宜和酒泌心脾一宜送飯滋榮衛感君素封不私有許我分張貯滿器老饕戒殺頗有年待學元修今尚未先生近得圃師良日奉千錢殊不費書生本色道家心幸結芳鄰託末契神臯千里著爾我譬若蜂窠屋簷寄休孤地出水泉香莫負天垂風露氣只於大塊拾毫毛詎似雞豚奪民利借問荒荒魯相圃肉食何如藿食味

湖灣種魚圖爲朱青湖賦

南湖水綠春雨初春波活活涵菰蒲潛鱗作隊自踴躍揚鬐鼓鬣相吹噓漸看和氣滿大澤水蟲懷子占多魚覆巢殺胎俱有戒意豈獨貸漁人漁漁人生計良獨殊浮家泛宅一葉如長竿大網意未足更有筌罾罛罩罶與罛攔截中流若環

堵鳴椰鼓柮窮朝晡一寸二寸俱不免腥風涎雨充庖廚我嘗當食投箸起可憐堆盤纍纍踰蟲蛆暴殄天物古所戒況復刳腸剖腹奚止千萬餘魚生分合共刀俎惜哉胡不寬斯須古來畫工多好事但繪溪山漁樂圖漁家樂兮魚族泣大小得失分錙銖青湖居士奇與遠不向烟波稱釣徒買得魚苗種湖水豈其欲富師陶朱祝渠永離網罟厄子復生子或有蛟龍儲我來披圖一軒渠悠然想見魚樂乎相看時作種魚想生意滿懷魚滿湖

孫嘉樂字令儀號春巖仁和人乾隆辛巳進士歷官四川按察使

喜施二樵太守自塞外赴　闕還家

韓子貧堪賀班生老竟歸一樽京國酒十載塞塵衣赴　闕

主恩重入關同伴稀遼陽丁令鶴今喜故園飛

題畫

綠楊陰裏晴烟重紅蔫花邊畫槳香山色四圍波萬頃小舟分占白鷗莊

錢廷謨字雨巖號緘齋仁和人乾隆辛巳進士官嘉興府教授

乙亥冬月鹿泉假滿入都即附書留別詩後

重赴銀臺召三千路舊諳兩年辭冀北多半住江南載酒隨行旆衝寒度曉驂相違輒相憶霜月下清潭

陳鳳舉字翼九錢唐人乾隆辛巳進士官陝西寶雞知縣改金華府教授

翼九系出蘭谿之邵氏後遷于杭兄鳳起以孝謹聞兄子希濂戊午舉人九有聲于時

古意

陽春天氣和萬物暢生意時鳥翔高枝衆卉欣所庇德澤敷及時從容溥美利肇開長養功宏此輝光被太和六合中中有調元義聖賢葆厥初天人理無異美哉在始基毋爲嗜慾蔽飛躍參眞機簞瓢娛性地守以赤子心涵以詩書味與物游大同穆然見道誼

新晴兼得家書

曉林侵雨後霽色透芳埃喜鵲巡檐語寒花傍砌開半窗初日落一紙遠書來讀到平安字還傾客邸杯

塘棲夜泛

秋水澄空碧篷牕枕簟清風輕吹浪緩月出逐舟行乍喜聞鄉語遲歸動客情幾年垂白意雲樹夢魂縈

春日渡江陰大江

淼淼暝前途長江接海隅橫空孤鳥絕隔岸一山無天塹東西坼人生日月驅征帆春欲暮徒羨宿沙鳧

月夜有懷諸兄兼以寄慰

年來淪落感同懷分影難將雁羽排況是共看明月夜如何相隔碧天涯清貧好守家風舊忠厚休嗟時命乖三十行書千里道鄉心先已到庭階

春日郊行

春日晴郊一徑斜風光佳勝隔塵譁村烟隱護緣隄柳溪色遙侵逐水花遠步直教忘日暮置身別是有天涯白雲深處青山好指點神仙第幾家

龔秉震原名守恕又名遂字蜀川號芑塘錢唐人鑑次子

乾隆壬午舉人官陝西雒南知縣

懷鹿柴邯鄲

迢迢千里隔牽牛溝水東西繞郭流玉絡金鞭衰草岸丹山碧水夕陽洲太行咫尺風雲遠三晉蒼涼今古愁天際故人如憶我素書頻寄錦鱗遊

闞涵字聖涯號東皋仁和人乾隆壬午舉人

觀四明邱氏所藏百二十家墨

太守蜚英早馳驅翰墨場驚才飛白雪癖好結元霜百二家聯譜三千笏滿牀製宜麟作髓貯以豹爲囊溯自邢夸始工惟祖氏良犀紋傳易水蛾綠重文房漢殿隃麋錫唐宮麝劑藏金壺儲漆汁玉玦截松肪按史先推李論才欸數張兩雄角羅邵九子仿程方弈弈輝雙篋庚庚豔七襄芳應薄蘭蕙

價不換琮璜甬上流聲遠村東衍慶長碧烟浮小閣古樹蔭
脩廊彩筆珊瑚架牙籤玳瑁裝龍賓符鳳契鴻寶發幽光督
護頭銜領侯封世系詳端居時拂拭行部必攜將什襲紅梨
匣分馱紫馬韁策名趨　魏闕捧檄蒞潮陽冰署裁雲錦琴
臺泛羽觴鶴調知政暇虎徙識刑祥余昨來珠海君方駐絲
航羊城秋把袂燕寢晝凝香遂得窺清閟眞堪壓漫堂品題
殊甲乙款識辨毫芒圭璧形俱合禽魚勢若翔刀鑱儕劍脊
梅月匹藤岡字畫摹羲獻丹青貌鄭王烏丸圓箇箇翠餅戛
瑻瑻已比多文富寧須有力强嗜痂磨亦惜守默樂無荒靜
玩俄移晷奇觀歎望洋坡仙遙遜席越客近承筐細滌澄泥
硯輕研湛露漿選詞經纂組盈帙換縑緗老我抛鉛槧頻年
役稻粱銜齋蒙授簡儉腹强搜腸欲效邯鄲步深慙藉湜僵

雷門詩布鼓貽哂在書倉

紀夢

暘谷寅賓傍曉迎鯉庭肇錫得嘉名巳占佳氣充閭盛忽訝祥光繞室生影夌綠雲搖几淨夢回紅旭透簾明剛逢十葉蓂開候晝暖春遲倍有情

查茂蔭字樹棠海寧人乾隆壬午舉人官奉化教諭

奉化竹枝詞

茅亭如斗結巖傍慣趁奔泉碓磑忙疏杵聲中清唱徹竹槎撐過綠垂楊奉化舂米俱用水碓并有編竹為舟者

范同治字承孚號結廬錢唐人乾隆壬午舉人官廣東海陽知縣

結廬少負異才為梁文莊公所賞以女妻之後宰清遠海陽皆有政聲引疾歸日以著作為事

攀蘿捫石上危巔讀罷殘碑古寺前禹穴雲飛輕著樹鏡湖水靜遠連天平原馬臥嘶寒日荒堞鴉歸噪暝烟指點歸途何處是小樓隱隱竹松邊

臥龍山縱目

吳福世字佩五錢唐人嗣范子乾隆壬午舉人

料絲燈

巧製明燈鬬歲華晶瑩引耀望中賒絲絲織就鮫人淚朵朵凝成醉墨花安期生以醉墨洒石上皆成桃花雲影翠搖春浦浪燭光紅映暮天霞由來本質原明淨不受塵埃半點遮

綵鳳金鼇競見稱良工運巧别呈能短長補綴千條玉表裏通明一片冰易脆大都緣性烈無瑕端屬處心澄當年幾費甄陶力此日欣看瑞彩騰

邱永字星河號雲涇仁和人峻子乾隆壬午舉人官國子監學正有雲涇草堂遺稿

雲涇寛中篤厚行不懈影學文于董浦杭先生學詩于萩林沈先生師法克承才名籍甚嘗游大江左右又入閩修八閩通志丙戌禮闈報罷 命大臣選下第舉子有文望者充國子監六堂課士官于 午門外嚴試得卷十五名 欽定第一其後與修 皇朝太學志發凡起例所纂擬居多嘗紀先德言行爲邱宗信譜述前賢事蹟爲雲涇雜錄其他詩文稿本甚富悉燬于火

游蘭亭

越絶如野鳧泛泛若耶水流雲勢不窮涇翠矗波起檥船陟層巘曲折三五里森森山嶺瘦魄魄林雀喜亭館抗疏棱竹樹翳淸美游湍日涓然昔人今已矣行樂惜年芳陳跡信川委輕風吹我裾落花黏我屐無觴咏我詩放懷天宇裏不見右軍碑感懷隔千禩

安廬明府送雙鶴置庭中喜而有作

皓麗雙白鶴藻質清而奇仙吏闢華園招鶴使自隨憐我獨吟久兀坐如齋尸提籠慰岑寂拜賜喜不支荒庭開水石玉羽來參差衆鳥罷飲啄側足花陰窺當秋引圓吭虛豁萬象卑月出松影瘦夜露寒[illegible][illegible]奮翮舞蹁躚白雲隨風馳烟骨見矜矯神容還自持不載大夫軒不啄仙女芝明心日清迴與我同苦飢朝謀飼鶴料暮拈調鶴詩安得西山缺與鶴長棲遲

登嘉瓜臺作

玉露淨朝暉寒桐霣秋響擺履躡皴莎就彼層臺廣客襟喜空涼天宇更蕭爽高鳥集喬柯遙風遞巖幌林疎翠棱出山瘦孤雲往中有黃犢廬蠟屐試一訪

## 南宋石經歌

石經在頖壁，磊落依殘墉。我來披榛張兩目，澁讀不下愁昏懵。傳聞此石經，當宋建炎中，行都息干戈，遂思經術崇。改元之年迄癸亥，楷格日灑天章濃。諸經語孟百餘幅，闕者憲聖爲彌縫。伐山選碑材，急詔徵國工。羣臣呼萬歲，鐫石垂無窮。光堯傑閣插雲表，弈世照耀于辟雍。宋亡廢學天傾柱，眞伽播虐恣妖兇。既盜六陵抔土盡，更輦經石俾壯浮屠宮。此事挽回屬天幸，喜奏申屠大用之奇功。致遠字大用碑賴僅存什去一，荒基草露鳴寒蛩。元作書院明學舍，歲久學徙碑亦從。周郎瓴甋資障蔽，搘拄偏仄無舂容。末世經師說經不肯愛惜經，漸嵌敗壁埋荒叢。古來石經有七種，熹平正定數蔡邕。黃初更命邯鄲考校作三字，乃爲石經之所宗。自從七十三碑就湮沒史書失據煩鑽攻其餘魏唐蜀踵事承遺風舊石無復一碑在茲雖零落尚足供陶鎔森森鐵畫出自天子手旣不若斯繇習書騁巧媚又不若虞李石墨誇雕蟲焜皇聖人訓萬古可抉癡頑胸何忍棄擲同腐草坐聽雨淋日炙野鼠竄而枯藤封我欲上天告天公左招屏翳右豐隆疾雷破幽薉傾海澆塵壅女媧爲補舊罅闕石經眞面如發蒙姮娥二子挾置金戹玉除裏高門守護蟠雙龍石經字字日月當天空吁嗟盛事吾所逢

瑞金縣東有古塍植梅亙數里惜其排比類菅麻爲賦長句

去年探梅早一笠孤山巔今年梅又開踏花深隴邊梅花不殊花逕別卻憶孤山舊冰雪孤山秀翠交氤氳鐵幹枝枝敧

紫旻山亭老鶴啄花瘦飛來只是梅花雲橋頭沽酒罍犂綠花香酒香春滿腹朗吟一棹破飛烟猶帶香寒繞詩屋如今隴上半農家落實取材還種花荒塍窖植類菅蒯挨排何處窺疎斜縱有梅花標格損鬬雀喳喳蜂亥亥繞梅百帀轉愴神何因移傍孤山春

題春流飲馬圖

鹿盧劍珊瑚鈎珂勒丁星跨紫騮出門一躍無荒陬奔雷掣電怒不收瑤池弄影風颼颼碧桃花底頗黎柔飛龍下汲瀛波愁長鳴高掉渴烏頭玉房釆女停明眸側身笑失投壺籌仙山雲葉錦鏤鍐俯視塵世皆窮秋

鄭秀才移謙山叢竹植之高齋分賦得七言古詩

謙山瘦石琅玕春臨池樠矗排仙筠風猗拂掠碎影亂千廻

飽看窮朝昏子眞十畝莓苔地縛得青茅面幽翠山頭爲乞舊蔬荳鵶觜輕黐乘竹醉歸來連灌鹿盧飛高軒露洗清光肥微風蕭蕭招鳥語綠香細細霑人衣從茲砌畔敲林玉圭人節抱蒼筤竹苦吟聲裏月當頭簌簌寒枝戛秋屋

歸渡西津

衝寒即江渚草色帶微霜何處野梅發春風驛路香探泉蕭寺近載酒犢車忙隔岸山如畫欣然近故鄉

三江廳宿鬧

蚪蟠千仭越江隈奇險眞疑鬼斧開縮脈巧當蒼嶺斷崩雲時迸活泉來不妨暮雨成膏澤無復秋鴻怨草萊二十八門遙望處羨公天與巨川才

奉和堇浦先生建隆寺懷古

香臺高倚蜀岡前天水開基紀昔年九廟御容迷舊影三摩花雨散諸天悲風鬼泣秋深冢斜月人耕戰後田迴首英雄千載隔難將陳跡弔荒烟

中元夕褚家塘觀社燈紀事六首 錄四

激天簫鼓咽靈祠報賽人懷嶽降思不斷褚家塘上路中元燈勝上元時 昭忠祠唐僕射褚公故宅因名其地爲褚家塘公七月十三日生里中懸燈張樂過于上元至望後乃已

層層繡幕貼簷牙不放交衢徧月華自入欞星門望處殿頭香靄是紅霞 祠西南王忠清里戶盡張燈覆以綺幕祠中香火甲於城中

彩雲一片陌南頭直接神孫小院幽踏得瓊花春滿樹梧桐巷落不曾秋 祠西北有梧桐子巷爲宋瓊花院故址祀公九世孫載

銀屏珠火別陳筵更撥疎弦學鳳皇入夜游軿還小駐一杯

仙露白雲香豪家各啟精室盛設珍玩清歌鼓吹因煮茶飲游者號曰茶會

曉過湖坊

百疊青山鎖泬寥歸鞭寧惜馬蹄遙誰將折葦梢邊露又作
新霜徑板橋

周駿發字亦耕號亦菴錢唐人乾隆壬午舉人歷官江西
貴溪都昌南昌知縣有薌谿都村錦昌昌南望湖亭臥陶
軒遂初諸集

亦菴六十後乞骸骨歸築小園於東城與顧涑園光盧匏廬文部余松巖昂霄松屏大觀何春渚琪蔡臥雲口曹仙檮斯楝黃相圃模為九老會舊禊花交新懷酒寫優游林下十餘年而卒

同人觀龍興寺陀羅尼石幢分韻得無字

陰陰雪雲合契契逼歲徂落落俗情遠盼盼塵事無里中多
好事時或訪浮屠拉彼素心人步屧城西隅梵剎當市橋鄰

竝多喧呶首問石幢所逸巡穿僧廚壞垣長茨草廢圃散雞
凫十寶失前踪九曲誰尋塗眼前倏突兀諦視翻踟躕瑩色
少苔蘚棱角未模糊或作頂禮相神怪相撐扶或見跏趺體
年久殘頭顱纍纍舍利子中藏豆非誣祕藏序一一書紀處
士胡健筆妙弩啄搨紙供楷模我聞値明季鄰塹見浸汙異
光從空飛駴愕走蒙愚呵護勞神力屹然留緇廬塵世幾刼
灰諮詢惟吾徒蒼茫百感集歸路增欷歔

次韻和丁敬身丈湖州鄉裏餻詩

物以餻爲名取義策頑情食祿兆嘉徵荊楚歲時記九日以餻置小兒頭上云百事皆高又餻上綴粉鹿數枚爲食祿餻寶階得證佐韋家水晶瑩內府赤棗大
方法傳糢餌蒸擣資香稉稻匪瑱琊夸工藉董德磨嗺茲吳
興餻遠饋申歲賀製自農家流詎等顏子貨四朝聞見錄京師顏家巷所貨

器物俱不堅好故至今稱貨之不佳者爲顏子生活嗚牙擅堅韌寒具嫌沾涴一朵詩人頤賦句天荒破餉贈異侯鯖譁吟到蒸裹市餅說巳了鼎鬻嘗可剝經義斷粉餈方言辨士鏠韻圓段氏詩餅熟鑪頭火出手見華藻妙處獨頓挫如彼金輪遊餻雜百花和馣馤餘齒頰蛾眉紛理擐唐武后花朝遊後園命宮女取百花和揉蒸餻以食從臣鈔謄紙價高嘗食佳客過粔籹入杜吟餦餭紀楚些問名嗤米錦下箸快糜饘從識詩中豪足使食單播口腹累則非飽飣喜無邪兒童飫膝前枰棲列尚左往來茗雪閒鄉物恣網羅術豈齊民諳法報山妻作苞苴供將遺饔餮未爲過好事徵同曹三復勞賡和

過曹上菴

桑陰入夜幽林際剎竿見修竹麂目疏短扉開僧院不聞鐘

魚聲但覺寒蟲徧落木吟秋風清露涼泣面玉宇更瓊樓野人何眷眷

擊鷹篇并序

鷹雅善搏雞固無論雛與母也今搏雞雛而爲其母雞抉去一目因斃其身嗚呼母雞雄矣哉亦切于慈伏其兒之一心耳子謂浣花翁所咏義鶻適相比類遂作擊鷹篇

鷹鳥擅搏擊厥性悍而鷙寒風氣肅霜感候愈殘恣側腦瞯星眸摩空挺健翅如鉤雙爪銛如劍利吻試饞餓叫九閶偷眼供獵飼淺草兔爲擒涸淵鱗莫避偶然飽雞肋餘技等兒戲今晨聚衆譁咄咄詫奇事走視籬柵間氄毛鍾一鳥墜揞撐敗翮張模糊血眼膩吁嗟爾鷹兮殪此出不意廚僕前致詞

告我聽詳備捷下攫雞雛無聲倏搶地羣雛慘不驚一母擊恐遲氣猛軀可捐事迫力全萃痛心本切膚快意在抉眥立見俊厲物失勢遭顛躓宛轉死雞前分劈充廚治嗚呼慈母心殺仇保諸稚當其擊鬬時似奮當車臂竟爾弱勝强勇哉仁且智抒毫寫作歌擘札寄長吏父母繫斯民卵翼中懷摯不能卵翼之矧乃殘虐肆對此擊鷹者峩冠有餘愧

同陳掞庭湯晴江觀仇十洲所畫七賢圖用宋人袁甫蒙齋集中分題莫氏荷池詩韻

宿雨飛朝涼朋儕談研北展幀景昔賢高風寄修竹位置邱壑閒冲澹欣入目亞石酒鑪紅平橋苔徑綠抱琴有小僮短衣狀瑟縮五君雜山王不復辨容服畫裏見昂藏澄懷俯萬斛幽篁戛淸籟野卉藹繁馥筆墨擅餘姸塵襟爲屏逐秋風

鷰爽新小坐逭炎伏收畫理朝餐一笑鄙食肉

辛丑春祭恭謁應天山陸文安公祠

淩晨展祀事問渡遵周畦村舍列遠近菜花開高低春風亦料峭輿僕勞扳躋絶壁積鐵立巉巖前名題巖中有李夢陽諸人題名面陰寒起栗淙灑瑩無泥翠竹森掩映孤梅蕤芳蹊荒祠企講學正指披羣迷千載光儒術遐哉信國齊殘碑蔽豚柵後裔感淪澌宰邑慚修闡薦芼追幽棲

南唐小周后提鞵圖

延賓亭上珠履稀紫金山前鐵騎飛小朝不合致堯舜再世胡然有二妃阿姊丰茸餘二八整鬟早入黃扉闥醉舞邀來但恨遲烏絲譜就檀槽撥攜將小鳳寄金籠一重春下瑤華宮葳蕤玉鎖夜不閉飛近君王棲碧桐一餉貪歡怯嬌妬重

重簾幕深難度聲咽銅龍祕此宵花明月暗籠輕霧晝堂南畔見郎來偷出椒房又一回羅襪涴塵豈愛惜紫衣莫訝宮門開誰人慘澹貌蛾翠金縷分明纖手膩鬟朶慵梳淡著衫跔躕省識當年意齊家鑿地多金蓮寶屧亦復誇臨川蘇臺響屧遊麋鹿馬嵬遺襪騰烽烟紅顏自古一投足天步艱難國步蹙坐擁江南鼾睡中馬蹄蹋碎香階玉

歸愚軒晚霽賦示汪五柳塘

聯榻欣晴夜疏櫺逗月輝閒能商近句涼未試生衣殘雨樹頭落箇螢牆角飛頻催深巷柝談劇轉依依

偕倪建中厲繡周黃相圃曹蕙纕步月東皋即用暮

遊分賦韻

興劇清遊再分曹索句同訪僧前度識覓徑一迴通香動疎

梅月鐘圓别寺風邱園容我老笑謝軟塵紅觴咏生平事遨頭慣屬余路從圜槿曲步爲小橋徐東郭常穿屐南樓擬集醵蟾光寒不定盈鋏驗池魚夜寒岑寂境聯袂笑吟譁博士賦情麗倪東陽遊興賒厲千波消鄙吝黄八斗擅才華曹光霽吾何有相看愧瓠瓜

白社寧禁酒清談不少僧安排風月地聯絡兩三朋籬戶未停織井亭還踏冰分題歸思健炙研各挑燈

臘月十五日黄相圃招飲琴趣軒同丁敬身丈倪建中厲繡周柯大嚴過祥符龍興戒壇諸寺分得十蒸韻

殘冬雪未搓絮新霽雲如曳縎春著紅梅幾點人娱淸酒三升經遊不辨前佛相待還憑老僧扶屐且敎歸去晚橋風颭

市鐙

和黃相圃移居詩四首用厲樊榭前輩韻

籟風味道數年餘結納詩壇慰索居（丁丑冬倪建中相圃邀予舉籟風文社）聽雨簾櫳常款客看花時節最關渠傳來東野移家什接近西湖處士廬興到準攜雙蠟屐儘拌風雪狎樵漁

君號能癡我號顛年華少小意淩仙燈前幾醉畱髡酒雪夜同乘訪戴船漫賦卜居成小隱敢希懸榻待高眠閉門正復耽幽寂得句渾如萬選錢

青粉牆邊石逕斜平橋喬木也堪誇因貪山色芟除竹爲愛春光擡舉花載酒門多問字客解頤人指說詩家請鄰祭竈尋常事譜入吟圖一笑譁

東園小築紀前聞廿載重開卽墨勳初寫蘭亭誠有是後來

王粲定誰云雅懷許續城西志屬和應煩硯北羣我亦任人嗤好事閒居賦罷擘箋分

送陳履素之通州

臥酒吞花意也消眼前無計款征橈閉門句好曾相憶懸榻情深肯見招客路幾人歌子夜春風千里夢丁橋停舟許我河梁別惆悵青梅未放條

年餻詩四首和丁丈敬身

鄉園景物擬餦餭風俗相諳歲宴嘗玉杵亂舂千粒細金刀勻截半圭方漫同米錦酬佳節重九餻名且與糗盎供草堂好事欲箋餻目錄笑他僻字避劉郎

糗餌同登有粉餈籩人方法野人知落燈高會金尊客祭竈嬉陳竹馬兒諺云上燈饠子落燈餻不羨佳名齊五福用湯悅事儘饒風味

冠三時年來酒戶縁渠窄苜蓿齋頭索賦詩俗以不嗜飲者能食粉餈

餳簫聲裏歲崢嶸入肆核稠節事更滑芻青歸萱草色流離白借象牙名宋時臘日市萱草麪謝諷食經有象牙䭔見清異錄虹橋微暈當筵巧截肚輕花向眼明餻目錄中有大小虹橋花截肚之名好作沈沙欄子伴繡鑾雕豆暎縱橫

韋家巧様舊知名龍鳳盤紆出水晶韋巨源家食單有水晶龍鳳餻故事會傳燒尾宴鄉風堪佐膠牙餳周旋老齒春綿軟堆壘賓盤燦玉平絕勝寶階重九會歲餘聊爾作人情金國重九有寶階餻見松漠紀聞

春日集倪筆農樂朋來館遲吳丈西林不至集字

斗室因依幾見招蘚苔細細竹蕭蕭了無塵事爭敲句獨有郊翁懶倚橈西林汎舟北郭未歸梅伴白頭支小閣柳拋青眼蔭平橋停盃莫作征帆計畫燭添香卜永宵

酒旗

家住餘杭好買春一竿遙颺小帘新招搖從識當壚女標榜曾來畫壁人門巷風斜翻燕尾河橋影落掠魚鱗麾麾是處消吟渴得向昇平號醉民

謝箋寄圖貽梭布

白地光明雪色含古懷束贈謝封函寒機幾促中宵蟀鄉貢徒夸八繭蠶往復輪梭工自苦匀圓搓絜我曾諳歸遺稚稱荆釵婦裁取帬圍染蔚藍

潯江僧寓短述用陸放翁自書詩韻

風射僧牕欲破紗潯陽客寄寫春華杯逢司馬歌商婦節過清明舞楝花閑者漫評星鳳帖星鳳樓帖宋曹尚書彥約刻于南康軍摹勒精美時閱孫承澤閑者軒帖攷歸歟渴想月龍茶郭門小有江南景水碧山橫入

米家

上清于役過訪張鶴汀眞人茶話

紫府仙人王局閒許教塵吏挹芝顏青詞奏處雲成蕊丹詔歸來雪滿山簿冗幸教珂里接情親不覺縟文刪相期拂塵春風座潭水桃花溯往還

桐廬口占

桐廬城外夕陽明隔岸諸峯畫得成不向篙師商弭楫半丸月送一帆輕

幾簇人家白粉牆晚炊停棹有明堂（江山船小者名明堂子）歸心欲比秋潮急一路催鉦下富陽

袁知字紓亭新城人乾隆壬午舉人官山西大同知府有次立齋詩文集

紓亭以教習揀發江南歷宰南滙武進宜興銅山諸邑以勤幹著見知于仁和孫文靖公擢守雲中兼權雁門觀察其詩四卷晚年手自編輯寄族兄隨園序而藏之道光二年子鍾琳始出以授梓隨園稱其詩不事描摹獨來獨往自成一家惜所存無幾不盡得意之作也

過嚴灘

夒作推篷看秋生雲樹間激流噴細雨尺幅卷遥山塔影入江瘦鷗情向水閒幾灘容釣侶畫我坐前灣

同及栗堂吴小谷集遠村講舍

深巷晚風善悠悠得唱酬半簾梧影靜一徑鳥聲幽明月近人好黄花壓帽秋不妨成爛醉閒榻任勾留

施竹田丈招同泛湖訪恆上人分韻

破曉重湖一望收段家橋畔繫扁舟山寒無處不宜酒木落有時還帶秋烟景落誰佳句裏好風吹我上方遊慈雲佛火

殊清絕始信花宮勝十洲

靜虛齋作

莫歎愁思上眉尖酒國詩塲樂事兼四十休嗤宦髮早一生慣惹熱人嫌麥花初放常尋句待燕歸來不下簾尺寸且安吾分事冷官何處可趨炎

舟泊北關

漫別湖山十九春歸來一夢竟成眞桃花夾岸如迎客涼雨連宵爲洗塵能薄宦情惟我輩隨園薌亭兩兄弟皆致仕余亦不久告歸肯拋鄉井是杭人補山子才春圃開雲諸前輩皆散居余亦移寓吳門只緣歸墓烏私切莫認偷閒自在身未及請假

厲兆懋字勉齋號虛谷仁和人乾隆壬午舉人官雲南彌勒知縣

虛谷洪量善飲有聲黌序者二十餘年年逾四十始領鄉薦出宰雲南同知普洱威遠卒于官

湖上觀競渡

竹風葵日兩暄妍多少雲旂照水鮮蒲酒香中纔過午畫衣爭上郭門船

屏山晴繞鏡波開大好風光付綠槐疊鼓聲中催棹急有人奪得錦標來

更喜臨風脃管聞壓隄士女影如雲樓家好句分明在烟水看來只二分

陳豹奇字武章號菊裳仁和人乾隆壬午舉人官龍游教諭

菊裳性坦易秉鐸時能實心課士經其指授者科名相繼起信不負此苜蓿盤也

半春詩和友人韻

春風撩亂欲何之取次花叢索笑時折柳年光風似翦賣餳天氣雨如絲蠶眠蟹簖剛催婦燕啄芹泥待哺兒記得從前遊冶興酒行湖舫不論巵

沈開勳字呂璜號層雲海寧人乾隆壬午舉人官麗水教諭有宜雅堂詩集

層雲博學工文理法精密後進得其指授無不掇科第以去論詩專主陶寫性情無取鉤章棘句尤工駢儷之作

顏魯公銅印歌爲顏衡齋作

紙上簌簌生風雷曾見魯公銅印雙眉開流轉千春字不涅筆力依然勁于鐵見公書如見其人遺物勿論贋與眞兒童走卒知名姓傳家奚藉印爲證印亦宛如新發硎嘗諸草木皆堪敬君不見秦朱漢白紛成行相斯史籀體各詳雲烟過

眼果孰長所重者人非圖章魯公之名眞不忘銅也遠勝金玉相是宜永爲子孫藏藏之篋衍勿輕用得公佳帖識其旁

大井山房觀朱北山先生畫松歌爲僧睿融作

秋嵐乍洗烟光濃翛然坐我瓊瑤宮陰凝白日黯無色空堂突兀撐長松陡覺靈境闢誰知畫裏逢畫家畫松如畫龍之而鱗爪爭趫雄又或畫松兼畫風杈枒偃蓋紛蒙茸北山先生獨得意外巧疾埽粉本羞雷同勁屈鐵幹左右衝旁搜怪石羅奇峯自高而下不知幾千丈但見夭矯咫尺摩蒼穹亦不辨繪水繪聲何意態恍惚濤飛鶴唳雲濛濛無乃劈就鬼斧詫神工不然何爲百年枝葉猶青蔥古松未必都如畫得非閟自桃源洞口不受秦王封朱住小桃源山僧頗解事索句言多噥滿堂齊太息高唱推羣公恣我觀詩尋畫旨便想看畫

尋仙蹤招提舊占青芙蓉支離樹色交蓬鬆寒生古井無波
水響荅空林霜後鐘時看花開拾瑤草靜聽子落擕疏筇五
釵頂滿玲瓏月雅宜濟坐憐惺忪閒居試領圖中趣一聲長
嘯雲烟空

宋芝山明經爲予兄弟作觀畫圖題詩見贈酬荅

與來同客坐倦即對牀眠自有率眞趣漸忘歸夢牽浮蹤雲
聚散之子月嬋娟一笑成三友爲圖想夙緣

松濤

卷舒清嘯出晴峯似海迴瀾勢更雄影合亂雲迷徑翠光寒
虛谷走長風枯鱗雨化龍吟起偃蓋烟霏鶴唳空記得岱宗
曾聽取浩歌人對月明中

花影

亭亭玉立影纖纖不藉丹青畫稿添偶露幽姿風捲幔自留
清韻月窺簾暗驚鳥夢扶頭起易誤春陰信手拈澹對轉憐
真態好聞鈴空外獨巡檐

荷

儘容白鷺起明沙點綴清流影互遮不定珠光時浥露無邊
錦色欲舒霞心何獨苦偏多子葉已生香不待花回憶昔遊
烟櫂晚采蓮歌靜月初斜

江行雜詠

楚江蔓草勝荒烟九姓生涯自可憐較勝西風黃葉盡留遺
猶有捕魚船

九江詠古

降劉背楚兩無成兔盡終隨走狗烹猶以王封留故號謂英布

秋風何處哭韓彭

鷸蚌爭雄氣未平池魚遺禍及侯生空煩說士冠纓絕難免將軍踐厄名謂左良玉

閱荆軻傳

燕禍起於樊將軍將軍自刎非無因惜哉荆軻殺其身田光之死眞人英

許聿字笠人號竹溪錢唐人乾隆壬午舉人官景寧教諭有竹溪詩鈔

竹溪與魏栁洲夏身山吳太初余秋室金竹坡范鑑湖交契聯社分題殆無虛日一日鑑湖叢碧軒藤花盛開招同人飲花下宵分月上衆皆泥醉竹溪與栁洲身山竹坡猶各浮數大白酕醄出門月下行吟互荅栁洲失足墮地竹溪掖之未起亦墮地身山輩拊掌大笑笑聲中復有墮地者則身山也衆復大笑當時飲趣朋歡睥睨千古其後所遭數奇奔走南北昔時良四雨絕雲散時時有身世牢落之感辛丑題燹屋壁云廿年八上春

官二十四番矮屋今朝永與別離歸去西湖樵牧讀此爲之憮然

乙未春日送徐昭度表弟赴隴西任

萬里隴西郡君今奉檄行蕭關春雨暗榆關燒烟横祿薄勝爲客時平久罷兵裴公湖上水猶照草堂清

和晴嵐楊花四首原韻

何處風亭水榭旁垂楊作絮不成妝沿流那禁隨鶯浪乘勢依然舞夕陽無力難栖紫燕壘有情空惹碧荷香上林多少繁華地欲覓因緣未渺茫

龍池新漲不飛塵一任悠揚自在身得此頻頻迎　御仗遭時故故拂佳人珠簾繡閣尋殘夢錦帳歌筵送晚春可惜風光難耐久此中消息果何因

一望沙隄飛柳棉自來自去有誰憐暫依淺土非長策吹入

青霄待宿緣迷霧斂形同野馬因風得意傲榆錢天涯地角多離思莫惹羈人醉欲顛

擁膝扁舟怯曉寒穿牕入坐正漫漫來從冀北魂應返飄到江南影未殘客路低低纔拂袖瀛洲陣陣已成團一時軒輊憑誰判齊物篇須仔細看

將別晉陽諸友

聚散從來有夙因無端忽又犯征塵卻嫌別友心情惡但喜看山眼界新囊澁羞臨乞米帖緣慳難遇脫驂人翩然且向燕齊去到處烟霞結比鄰

中秋後一日得吟字呈同人

披衣欲起畏秋陰忽見朝曦喜不禁重發梔宜涼露溼已殘荷怯冷風侵栽花客到香盈袖戴笠人歸月滿襟玉宇瓊樓

高處望雁聲嘹亮獨沈吟

得余秋室同年秋居述事詩即次原韻時在遵化書院

廣文苜蓿尚無緣南北奔馳廿五年貌寢自應甘蠖屈才疏空說待鶯遷傳聞截取在即一家骨肉遙天外幾卷圖書短榻前形影相依朝復暮故人書到一欣然

十一月初四日晨起即事

淡日輕寒大雪時那堪無米舉晨炊起來一笑翻書看御是陶潛乞食詩

項豐字文波號水村仁和人乾隆壬午舉人

雨後對月有懷

暮靄空庭影歸鴉樹杪過旅情初別後客意遠懷多沐雨山疑黛銜簾月似波草堂雲外是鄉夢隔烟蘿

温庭鈞字右衡號樵水仁和人乾隆壬午副貢

樵水生及晬每苦啼聞人讀書聲啼輒止已而吚唔有聲則又若效人讀書也年十五補博士弟子二十貢成均其爲學鋭思猛進於六經三史皆能紬其深微以搒然弧腹爲耻同里陳百藥寅湛深經術樵水從之游講析不倦後竟以勤學死年僅二十八易簀前三日猶庽書百藥論韓詩商頌說蔣師爚以詩哭之凡五六百言既惜其才又傷其遇詞意甚沈痛

詠明史小樂府同陳丈寅作

烏龍本無潭名以龍興定風大雲飛揚卅年魚夢醒烏龍潭

周顛雖麤俗未亂告太平試讀御製傳不是李文成告太平

莫縱怒殺人致死者冤枉如思馬后言豈錄胡藍黨姦黨錄

半邊月兒偏影落江湖邊刀環送老佛破鏡還上天半邊月

燕燕尾涎涎高飛上宮殿殿門青銅駝與汝刀頭見燕高飛

此薦文武才彼笑膏粱子惜哉黃子澄耳目迷蛙紫膏粱子

周公輔成王豈可欺莊士翻手殺召公十族同時死十族刑

翁爲龍登天兒爲蛇入甕踐扈一氣同樂安策果中銅缸覆

祭酒荷校辱會昌謫諫伸攻姦解鳴鼓何至兆蒙塵監門枷

不向雲端坐卻向窩兒臥終爲社稷亡誰敢居奇貨窩兒帳

不罪金符盜奪門爲無名危言入肘腋鷺鷥冰上行盜金符

西內護前星刑餘有張說迎兒昭德宮堯母成生訣西內迎

鎮國永昌寺建自左善世忠義惟斯人林後張王繼封善世

阿丑仗兩鉞威寧惜同傳戲笑來丹書此膝不可賤仗兩鉞

寧養張蝦蟇莫問劉棉花蝦蟇上流逆棉花彈愈加劉棉花

紙黏閣老後伴食中書來不與劉謝伍湘江啼子規鷓鴣啼

太陽同萬物劍畫巡邊勅既號大將軍豹房家亦得作豹房

冠履人皆曉檻車悔已遲西江高枕老何用婦言爲憶婁妃

明倫大典成彗星見東井堂堂馮君疏三葉寄首領彗星疏

靈芝五色龜鍊作長生藥宰相撰青詞眞人加伯爵撰青詞

還我秀才去醫方送老癡可憐報恩疏不及扶鸞詞窮秀才

紅粉汗垂貂猩裙駝背翅不是三娘子明君歸漢朝三娘子

奪情任沖子賜以椒花羹色勃如何義敬君休厲聲調椒湯

小爺尚無恙權也獄詞燒何王亦司直左遷士氣銷打小爺

大黃性寒涼紅鉛性燥熱帝腹作戰場斯獄如何決進紅丸

楊左請移宮非不全骨肉何來賈繼春口蜜劍在腹嘒鸞宮

委鬼當頭坐茄花滿地紅依稀趙高傳幸免望夷宮委鬼坐

朋黨漢唐宋神州幾陸沈樹人三百載結局又東林楊東林

飲君杯中酒推臣車下輪大風從乾起黃沙吹殺人風揚沙

天崇數終七燼餘福王一已是小朝廷又生二蠹賊福王

湖上晚歸

湖光清淺雁初飛霜葉紅黃疊翠微游到深秋無熱客行逢好景易斜暉村童折柳穿魚去衲子挑泉換米歸於此時時得佳趣今宵幽夢未相違

西湖雪中泛舟

幾年夢想踏瓊瑰舟重何妨亦溯洄山腹停匀皆飽雪枝頭浸潤欲肥梅銜魚烏起衝風退撐傘人寒裹手來耐冷尋詩休笑我西南林壑實佳哉

西湖采蓴曲

八月西湖湖水寒踏歌聲遍采蓴船不貪絲似雲鬟滑卻愛莖如釵股圓

查鳴昌字傳初海寧人僑居嘉善乾隆壬午順天副貢官

山東曹單同知有萍槎詩草

萍槎晚年究心竺乾之學梵誦清修幾不復與人世相接

江行

日出含羣動江行興灑然推篷朝氣爽趺坐遠觀便沙影浮寒水村聲隔莫烟微風吹習習安穩一帆懸

吳淦字超琦號蒓齋錢唐人乾隆壬午順天副貢官開化教諭有夔閒軒詩草

蒓齋叔祖爲烈承公第三子出嗣書常公後性伉爽議論風發不爲兒女囁嚅態詩稿舊藏横河老屋屋焚稿亦燬今從竹洲秀衍續集錄出若干首

富春江行

再放錢江棹帆開別故城潮迴沙有迹風靜水無聲木脫山全瘦天高霜更清歸來曾幾日忽又數征程

送別金二麗川之晉江

客裏君先別魂銷是暮春不堪羈旅日復送遠行人細草河邊路輕風陌上塵韶華須努力莫負丈夫身

重到維揚

再放維揚棹重過廿四橋埜楳多結子穉麥欲齊腰景物剛三月風光勝六朝舟行佳麗地不覺路迢遙

入峽口占

四壁奇峯合中流帆影分灘聲渾帶雨樹色直連雲虎跡埋秋草猿聲泣夕曛輕橈徐轉處荆蜀嶺頭分峽內有川楚分界之處

雨中春望

溼雲漠漠暗園林東望誰憐此日心竹徑晝飛千點翠柳塘寒鎖一池陰才疏不羨生華筆志傲空懷作賦金典盡春衫

春欲去圖書蓬壁潤相侵

懷大兄鑣二兄顯

不寐閒齋覺夜長茅檐新月漏晴光山當雨後初添翠花到更深別有香四壁蛩聲唫斷續一庭竹影散清涼年年恨作離鄉客爭羨雲邊歸雁行

潼關

潼關直上勢岧嶤三輔中分一髮遙萬里洪流環太華千尋喬木鎖中條西連蜀道行逾險北顧燕山路漸饒聖世豈分秦與晉好從百二漫揭鑣

峽中感懷

峭石奇峯不可攀四圍長劍倚天關直從鳥跡方知路除卻鯨波盡是山午夜幾聞飛雁過終朝只見楚雲還中年又試

川江險愁絶遊人鬢欲斑

曉度大庾嶺

盤空一逕接青天如蟻行人斷復連壘嶂遠遮三楚月茂林濃鎖百蠻烟嶺南尚憶梅花好關外徒傳吏隱賢自愧利名牽未了幾時贏得買山錢

九江晚眺

矗矗桅檣變晚晴大江南北紫烟横潯陽閣外西風急彭蠡湖邊夜月明波影遥連雲影白棹聲低逐雁聲清歸途萬里餘多少回首茫茫百感生

舟行口占

一道清溪兩岸沙夾溪楓桕雜人家舟行盡日渾無事卧看村童折蠟花

秋日訪楊青橋不遇

逕寒塘秋水深荊扉靜掩日沈沈憶君舊日題詩處半榻松風冷玉琴

夜醉北顧山

山光落盞酒光寒碧蕩紅蔆白玉盤泥飲坐移明月影戍樓吹徹角聲殘

朱學周字啓東號巡檐簽唐人乾隆壬午歲貢官定海教諭

湖堤

沙堤一築雨湖分右看青山左白雲走馬直衝花爛漫泛船多傍柳紛紜探奇有路通孤嶼買醉無人不夕曛天事原須工巧補風流宦跡證前聞

懷王穉歡

休論榮枯最不平清時潦倒慨耆英錦江梅嶺空千里酒國詩城寄一生看竹春園迎送暑駕輿雪夜往來輕芳塍東去無多遠塵事羈牽未得行

國朝杭郡詩續輯卷十四終　　錢塘吴慶坻校字

國朝杭郡詩續輯

卷十五 卷十六

卷十七

第五冊

國朝杭郡詩續輯卷十五目 乾隆間人約略爲次

何　琪　朱文藻　朱　彭　聞人儒　單　炤

沈　舲　吳履基　孫　炎　周　鍇　范文偉

姚宏燮　俞葆寅　陳鴻賓　孫以華　吳紹誥

諸省三　諸以淯　徐　煒　金世綬

凡十九人

# 國朝杭郡詩續輯卷十五

錢唐吳振棫毅父氏編

何琪字東甫號春渚錢唐布衣有小山居稾四卷

春渚先生居北郭枯樹灣博學能文章書法絕似董文敏尤工八分以爲世鮮識者故不輕作性兀傲好議論齒鍔犀利秦瀛小峴阿林保雨窗官浙中敦尚風雅以禮延之先生方袍布履直入上座涕唾揮霍意氣自若被酒則嫚罵或大哭嘗有詩云醉裏罵人醒可怕醉裏笑啼醒可訝我非有位如灌夫亦非有才如唐衢奈何故態老仍在二者被酒無時無自紀其實也阮宮保元重其名欲以孝廉方正薦以詩四章辭焉所居地多業漁因號南灣漁叟生平慕石守道唐子方之爲人又號二介居士既而得馬湘蘭所用硯復自號湘硯生其屋榜曰小山居者龔田居侍御嘗書此三字貽其祖佾瞻大令也

立夏友人餽酒

儒生例辛苦力盡謀饔飧今辰瓶有粟頗思閉柴門柴門春已去風雨聲尚驕十丈紅薔花狼籍餘空條有客衝雨至手攜酒一瓻感念故人意慰我岑寂時酒味清以醕絕勝中山

春空堂封乍啟濃香走紛綸挹以奉阿母三爵顏渥丹小兒不解飲到口杯能乾兀兀我已醉徑臥六尺牀一笑語妻子莫問明朝糧

將之廣陵胡葑唐孫半峰項秋子奚鐵生約遊雲林不果遂集招賢寺分韻

貧身敢求閒俗累苦紛擾川塗又將發于役幾時了褰裳赴佳招一雨失昏曉夔此贊公房可以展幽眺荒池透新荷虛廊翳叢篠羣峰淨如拭一覽衆綠繞殷勤感良友昔賢風未邈惠我以瑤華酌我以清醥撫景意欣欣惜別心悄悄好山不能隱低頭愧魚鳥

過吳西林先生故居

春日豈不佳春花亦盈枝感彼泉下人相別曾幾時昔來笑

握手今來攬空帷沙河好煙水中有先生詩風物諒不改吟身見無期不賴蒙莊言何以解吾悲

招慶寺五百羅漢繡帳詩

繡帳鄞邑貞女金氏星月所施捨也貞女許字同里黄大經之子定聲未嫁定聲死女時年十七泣請其父至瀆成服遂不歸發願爲繡五百羅漢以資冥福足跡不下樓者十餘年始成丁巳三月隨父來杭張挂寺中觀者如堵漫成三十韻以記其事俟觀風者採焉

甬上有貞女未嫁所天殞朝來忽聞信脂箱屏勿近毅然往成服事舅日惟謹恐傷堂上心悲來還自忍上樓不下樓歳月從易盡遍繡諸俱那五百無增損吳綾手翦裁還復理鍼管一鍼淚一滴柔腸千萬轉憑空自結撰初不藉粉本或籋

雲縹緲或倚樹偃蹇或俯聽流泉或仰睇蒼巘或撐一臂長或露兩肩袒或伏虎猙獰或乘龍蜒蜿或負梵夾游或跏趺坐隱或恂恂而迂或憨憨而蠢或疎而修脊或豐而隆準或杖而非藤或履而是箭或進而趨承或退而蕭散或搦管而思或持籌而算或縫七條衣執事頗黽勉或三五遨嬉怪誕堪一哂此從扇隙覷彼以手抉眼其餘難悉數或隱或復顯靈芸巧莫加貫休技亦窘羅漢相俱畫經營幾寒暑歷久功乃蕆湖邊古招提施捨夙所選願結再生因慈悲倘許允高懸蓮座前十丈金翠滿其憫貞女貞觀者涕爲隕可憐三春風墜心吹不返

項秋子招集半舫觀董文敏書飲中八仙歌

飲酒豈無謂學仙非偶然才人愛酒兼愛仙傲睨萬物何有

焉八仙品概各不倫杜老眼中如一人請看作詩等作史一
一寫生生氣存孰披肝膽醉益真孰視富貴同浮雲延秋啼
烏幾人見得非以酒藏其身酒豪詩聖天下無墨妙更得思
翁書縱橫十幅挂滿壁仙乎仙乎恍入酒國坐與俱俗書競
尚姿媚耳今觀此書有畫理思翁能飲吾不知筆底烟雲乃
如此借問何如張長史

小玲瓏山館觀汪雪礓所藏宋刻江湖小集

我來廣陵三月半簾幙家家飛紫燕城東有園春尚賒芳樹
初飄花一片主人嗜古兼耽吟歐趙風流今再見朝來示我
詩一編睦親坊刻此爲冠綠蘿陰裏乍開函麄糲古香紛撲
面字閒真行體各殊筆畫精好秀而健緬昔南宋寶紹閒政
出三凶朝野怨也知蒿目到詩人退身空谷甘貧賤可憐楊

栖梧桐句竟坐狂言論城且宗之本是能詩客得以並傳酬素願是集歸君豈偶然五百餘年喜完善神物從來不磨滅偃蹇生前寧足歎

補題方竹樓畫竹

何人畫竹妙一世前有與可後仲昭魯氏孔孫亦好手諸昇俗筆人所嗍眞州方翁號能事尺幅寶貴如瓊瑤寫此贈我已頭白軒開晴綺霜天高寫於江澄里晴綺軒滿堂觀者色飛動解衣礴神情豪霜毫二寸纔落紙斗覺座上風蕭蕭一竿一葉瘦而勁磊落不作低垂梢聞翁早歲工度曲華筵宴客無昏朝牀頭金盡氣猶壯鸘鷞裘敝廿緼袍豪家一筆不肯與翻喜寒餓如吾曹別來倏忽已廿載老我不出棲蓬蒿晴綺主人已物故翁欲不死焉能逃大江回首心忉忉安得一倩巫

陽招

哭顧懷雪

迂疎誰識性情眞祇令生涯到處貧徐悱燮才曾有婦全琮貽米竟無人同看郭外花猶好忍見墳頭草又新從此書堂應永閉春禽無語替悲辛

春日獨遊郊外有懷里中一二亡友

又見佳辰上巳來流光底事苦相催門前一尺水新長村曲數枝花亂開到處空存元亮徑經時不共景山杯幺弦孤韻眞無味向晚含悽獨自回

鮑以文來杭過余草堂出示新詩明日入城訪之不遇

故人蹤跡似閒鷗入世無心汗漫遊五畝幾時歸舊宅一篷

何處覓扁舟餐錢客裏憑誰乞去行卷懷中肯浪投可許重來歡永日論文共對草堂秋

明兵部尚書張公蒼水墓在南屏乾隆丙申年 賜謚忠烈同人設祭立碑敬賦此詩

人人流涕憫孤忠往事寧殊信國公海島兵戈高浪外湖山邱隴冷烟中捐軀昔比鯨鯢慘洗眼今看贔屭雄何幸恭逢寛大詔白楊休更起悲風

陳春渠招同揚州江玉華雨中泛湖

大好春波載畫船老逢酒座儘流連桃花得氣才三日芳草關心又一年何處管絃來雨外幾重樓閣出雲邊竹西舊事從頭話似隔前塵意惘然

嘉慶元年丙辰九月上阮學使辭舉孝廉方正詩四

首

相承

聖聖邁唐堯仰首

龍飛望九霄曠典遠頒歡萬國閒身何幸歷三朝鏡中不恨

朱顏去花底翻憐白髮饒聞道耕氓安楚甸雲開五里霧全

消時聞兩湖蕩平

宗匠衡才實學多重搜獨行到巖阿嗜痂敢舉前人比畫餅

其如小子何出入也防鄰里笑幽明難免鬼神呵他時為駕

誰無忝勝舍眞堪以禮羅

吾家賢令近無儔竊慕當年自挽舟少壯不殊葵向日衰遲

今似樹逢秋闕門養拙原非計覓酒治聾豈易謀自有人中

稱佼佼文章經濟定兼優

章服榮身孰肯辭性耽踈放未能移聞臨淥水荷衣稱深入重雲竹笠宜薦士孔融眞可感思親毛義不勝悲此情尚冀垂憐察況是材非十駕時

題汪水雲集後

舉目河山事已非空宮月黑冷螢飛何人爲墮新亭淚只有錢唐老布衣

一曲泠泠旅夜琴坐中紅粉最知音休疑博取昭儀愛恐是漸離擊筑心

南灣春望

山繞街西水繞東柴門終日在空濛不須更羨元眞子便與浮家泛宅同

芳草初生綠未齊沿流斷影並橋低橛頭船漾春烟裏半是

叉魚半爵泥

朱文藻字映漘號朗齋仁和諸生有碧溪草堂詩文集

朗齋先世居建寧白眉村有泉曰碧溪至其父始徙杭州其業師沈畊寸老病困頓一子遠游因延之共居躬湯藥視寒暖者十餘年及卒爲營喪葬之禮後遷居艮山門外鄰人不戒西林吳先生讓祖宅俾居之宅廣可二十畝南繞一水桑畦麥隴荷池柏林地極幽勝遂名之曰碧溪草堂因以自號不忘祖也朗齋畋獵百氏尤精六書自說文以至佩觿汗簡及鍾鼎款識無不貫穿融會嘗佐王文端公杰校四庫全書佐阮宮保元輯山左金石志佐王少司寇昶輯金石萃編聖教解題各若干卷其他著撰有碧溪詩話碧溪叢鈔東軒遺錄東城小志臯亭小志青烏攷原金箔考茗譜萍譜諸書其稾本不知今在何處惟詩文集藏其弟子胡書農學士家亦未刊行也

題邱至山墨錄

東河先生擅詞翰文字光彩雲霞鮮平生甘苦與墨共外物不足分其專高齋櫝藏形式古爲珪爲璧殊方圓同岑持贈

悉著錄豈謂得魚能忘筌精神感通龍賓至物聚所好成因緣邵羅方程名品備下逮諸家堪並傳編排先後慎登選百十二家名貫穿墨本耐用壽於筆數挺定足支十年先生蓄之何時用著書毋欲追彭籛四明南來京雒返紅梨匣滿奚囊懸松林處晦夜半泣收拾精爽隨行韉先生著述不負汝壽以汝德元之元卽今藏弆未忍試惟靜惟默全其天有時黑蛟起霖雨墨雲一噴萬井烟不才好古見恨晚對此異寶神愕然題詞卷尾勉學步上黨黃山魂夢牽

題邱氏古樹

邱家巨室宋代基堂前三樹蟠蛟螭兩松一柏儼昆弟手足腹心同扶持棋局紛紛甬東路不逐枯槎浮烟霧雅人移植且不能留遺子孫豈偶數行都喬木思秋陰萬松嶺上空蕭

森但有故宮桐井樹西風銀杏飄無心無心銀杏在萬松嶺桐井旁傳是宋樹東河先生重世澤徧乞歌詩篇什積我懷古姿慷慨吟颯颯風濤赴几席

龍井茶歌

采春茶冒春雨風篁嶺南龍井古戴笠攜筐走山女采茶忙焙茶香山泉到厨聲淙淙新茶供客客滿堂有餘時與家人嘗君不見東村蠶娘勤采桑絲成不得爲衣裳

三老尋詩圖爲張若㞳雨村蓀田昆季作用卷中孫二益韻

詩人之思一徑通不尋則與榛莽同尋之有易有不易妙處每在艱難中因苦得甘味始足不知老至忘衰翁若㞳先生有詩癖本無俗累攖心胸雨村蓀田兩昆弟三翁嶰竹吹雌

雄所居卽是深山處大雅可回末俗風江干車馬跡不到東城境僻詩不窮詩情大好荆樹下白首不分榮悴容披圖瞥見尋詩苦如鬪窈窕祛凡庸或占片石或曳杖或已得句求益工不知詩從何處覓刻意所到無不融三翁聯榻歲不數靈江遠溯滄溟東此圖特寫聚首樂傳詩更不煩郵筒我爲題詩寓深意與詩與行知所從

題宗人漢槎所藏方艾山香筆畫蘭冊子

漳州織紙蕪湖鐵一炷名香又可爇　本朝藝事出愈奇畫法迥與前代別沈檀爲屑楡末和其細視綫較寸多霜毫元玉俱退讓拂箋腕下烟雲過點痕著紙成妙用濃淡全憑指輕重躁心鈍質兩無功靜助相看去豪縱崇明李氏畫出羣曾言並擅惟方君不浮山水已妙絕艾山此冊符昔聞蘭花

高潔耽幽谷顔色豈宜涴清淑以香晝出王者香縱使香銷自芳馥吾宗漢槎兼衆長上書善射琴高張偶遇寸技便稱賞題詩祗恐汚鑒藏

妝域歌并序

余見樊榭山房手稾曾有妝域聯句詩謂是明神宗宮人兒嬉之具於後鮑氏知不足齋見有求售者是雕漆所製上刻神宗年號今來沛上黃司馬小松署齋出眎所藏乃琢象齒爲之其體圓徑二寸五分面平而底稍隆起正中有臍六棱突起臍中卓一錐長三分寸之一麤如鐙心而不鋭可使几上旋轉者卽此錐也六棱周刻小楷字自右而左順讀曰甲寅年七月二十四日造李得仁蓋萬歷四十二年也六棱之外雲氣繚繞於僊

山樓閣琪花瑶草之間下有二鹿牝牡相倚文顯而不深其正面則樓館山樹人物皆鏤空飛動窪處大小二艇酒罇舟子相待老羽衣翩然攜琴童子繼至主人謂宜作詩紀之遂爲此歌時癸丑中秋後十日

日月雙跳似丸轉老大頭顱堆雪繭書窗曾見兒嬉物少小情懷忽追緬物名妝域始前明神宗晚歲事遊宴深宮晝閟寂不譁宮人製此長日遣切磋象齒三寸圓中卓鐵錐五分淺傴山樓閣雲樹重二鹿馴行踏蒼蘚一面深刻鏨藏舟仙客攜琴方陟巘甲寅七月二十四李得仁造字可辨此非鐘鼎及刀劍款識何須仿彝典朝家製器小亦謹不使艮工沒其善無如大事荒於嬉玩弄江山任偃蹇傳一二世乾坤傾欲立錐無尺土踐正如此器旋轉休圜輪都付浮雲卷百八

十年物幸存笑語疑聞聚娗變搨文紀事附金石物不足多

事須勉腐儒不敢歲月荒垂語兒曹戒游衍

嘉慶壬戌重陽前一日松江太守張古餘敦仁同郡人陳太守桂堂廷慶錢唐吳祭酒穀人錫麒嘉定錢州判獻之坫談讌於蘭泉書室述庵少寇有詩命和因成四律以紀事

岑寂珠溪館喧傳五馬來趁潮江路闊觀稼隴雲堆赤舄霑

朝露朱顏帶宿酲不教騶入谷簷雀未驚猜

京雒追前事古餘戊戌客京師時常得會詞壇步後塵穀人文字締交者二十餘年龔

黃傳治蹟桂堂守辰州多善政歐趙契先民獻之工篆隸嗜金石桂晚榮詩徑秋

晴健酒人司天占異瑞德聚在江濱

湖海尊耆德烟霞養此身　朝章原尚齒天性愛畱賓洛社

開鐏滿龍門曳屐頻歡然帬屐會韻事一番新褦襶詞多拙衰遲興尚酣散材眞不棄末席每教參古餤藏清閟香光發錦函是日出所藏漢銅雁足鐙及宋槧說文禮書樂書示客賞心交令節新菊勸分箋

六月望日嚴古緣招同黃春帆張夢蘭家根石買舟汎月自曲院步至金沙港口與清溶上人茶話時已夜分上人方庭中澆花盆有佳菊及異種鳳仙紅白毬而緣心者留賞久之觀壁間遊客留題多妙墨因別製挂幅邀同人題詩其上以貽上人識一時佳興云

荷邊涼月椀邊風此福閒僧享未窮瀹茗正宜人慰渴澆花亟與露分功萬家塵夢呼難起一夕承天事偶同走壁龍蛇

看過客爪痕吾亦慕飛鴻

任城南池送別逖庵先生

解維　詔許待春融戀　闕行遲六月中染鬢齊烟連岱邑開襟沛水納荷風香山此日成歸客杜老當時感寓公聞道珠街臨角里珠家角屬青浦縣西門外爲少寇所居角本角四皓有角里先生張大木進士移居珠街詞有地如角里之句角亦音角故詩與公族同叶今吳俗相沿皆以角爲角惟嘉與角里街猶不失舊音耳扁舟過訪乞鷗通

圓津院清華閣訪慧照上人留題

圓津高閣敞清華津逮圓通水四叉閣下水名四叉港殿聳慈門鈴語近潊穿青浦布帆斜談禪恰喜同開士讀畫何曾讓米家一帙詩傳增寓客新題留待補遺加時少寇以青浦詩傳見贈

清華閣送慧照赴金山受具

漕溪水緣泊羣舟高閣重登認舊遊折葦期先春社定擇上人十八日登舟是日春分打包帆向大江收指揮去日天花落滿願歸程隴麥秋添得詩篇并畫軸圖津小志待增修

朱彭字亦籛號青湖錢唐貢生有抱山堂詩集

青湖本馬姓少育于外家朱氏遂冒其姓以詞賦補弟子員省試不遇益攻爲詩專以唐人爲宗尚兼工詩餘所撰日湖船一篇譜王太史夢樓贈句云直繼西泠十才子獨擅南國一詩人阮宮保芸臺贈句云白髮吟詩獨閉關著書常被八人刪龍泓未見山人癖別起書堂又抱山其爲時推重如此嘉慶丙辰詔舉孝廉方正郡縣以名聞固辭不就人益高之家甚貧而著書不輟嘗爲武林談藪南宋古蹟考皆毀于火後爲吳越古蹟考南渡寓賢錄書畫所見集如干卷皆藏于家詩人徐逢吉墓在三台山南麓青湖訪而得之爲重立墓碣此亦見前輩風流好事也年七十三卒子二日棫日壬能以詩世其業

題唐明皇鬭雞圖

旭日射堂人影動丹青黯澹烟光重高叉一幢鬭雞圖矯首

相看便驚竦衣冠約畧皆唐裝人物意態分毫芒賈昌卒童抱雞至花冠上指神揚揚引開草色排春場明皇勒馬駐不發左右環觀顏色悅灑將芥粉颯霜毛薰得貍膏森戰骨低昂怒目光不定金距盤拏各馳突一雞兀立峙山風不虞失勢遭顛蹶一雞佯俯旋聳身意欲中人在倉卒由來狡獪豈自雄外假蠢儒藏其鋒祿山雖伏定飈去敗奚請斬王應從優容翻使全羽翼驕驟西狩傷飄蓬上皇白髮歸來晚空敎蜀道驅長坂鼙鼓喧聲動地來綺羅香影隨烟散爲問雞坊尚有無曲江宮殿長青蒲外作禽荒古有戒令我觀圖增歎呼

走索行

一夫導前鳴銅鉦有婦結束肩隨行三叉路口喚戲索兒童

拍手歡相迎好事圍場斂錢急堵牆觀者羣爭集衆中側出掠雲鬟勢欲騰空翻卻立回眸躍上神力超兩傍齊駭聲喧囂娉婷意態獨整暇垂梛閒擺風中腰高步堂堂一徑拓此時眼底如無索往來絡繹驚飈馳失勢一蹶力不支翻身倒垂猿挂樹半寸脚尖鉤索住旋空忽作轆轤轉亂捲烟雲目爲眩人羨精能伎倆無我獨相看爲歎呼耕耘紡績棄不事輕身重利寧艮圖荅云每官莫嘲讓行乞由來非所尚江田米少征稅無衣食翻懸一繩上頻年踏徧天涯路泣下吞聲難盡訴譁然擁隊人競呼嗚鉦又向前村去

秋夜聞潮有感

錢塘形勝古莫比曲江名從枚乘起一月秋潮兩度來滿城人住江聲裏吾家恰在吳山傍樓高遥見江雲黃夜永鐙昏

羣籟寂耳邊忽覺來洋洋初如春雷乍起蟄殷殷塡塡聲未集旋疑鐵騎金戈奔蕩搖地軸翻雲根馮夷擊鼓浩呼洶想見一氣浮乾坤近聞海上烽烟逼樓船風閃旌旗色武備雖修盜未平出沒波濤頗難測安得壯士縛長鯨灌燧銷鋒靜不驚老夫作罷河淸頌高枕江村聽此聲

題張鐵橋畫馬

鐵橋道人能畫鷹竦身決背思飛騰尤好畫馬窮神力含毫先具空羣識此圖是貌靑花驄標格矯矯如游龍附筋樹骨高四足星輝電閃方雙瞳憶昔春郊騎射時一馬權奇頗似之神全氣穩非凡相那肯輕邀伯樂知奚奴牽出長林下霜鬃霧鬣眞瀟灑躍上雕鞍縱轡馳縱横萬里無原野黃塵滾滾捲空來一陣旋風不見馬廿年過眼定沈淪英姿髣髴丹

青存千令征車須駟鐵歎息人間空市骨不若千金購此圖始知龍馬無時無

招勇將軍寶刀歌

秋河閃閃明星高當天拔鞘天爲搖鯨鯢可斷鐵可截曾見百鍊將軍刀將軍起家備宿衛八尺身長氣精銳引滿時彎玉靶弓騰空獨縱金絲轡龍鱗袋貯呂虔刀獨立昂藏一戎帥憶昔旌麾駐九溪跳梁犵狫喧鼓鼙青布纏髻身裹皮短刀林立利若犀懸崖絕壁紛攀躋綿亙山谷聯東西狠烟沖天鳥不集將軍提刀竟深入一片刀光電影飛鹿駭猿奔盡驚逸五寨居然一日平報捷軍門抑何疾南山大箐賊尚屯將軍開道披荆榛墮坑傷足不暇捫直擣巢穴清餘氛生擒俘虜幾千輩苗欲祈生向刀拜將軍殺叛不殺降那忍株連

同拔薙後車捆載獲芻糧勁卒搜羅陳器械笳鼓喧闐奏凱還鐃歌作罷眞雄快餘苗歸洞荷生成謀建生祠奠醱醽歌呼跳月醉蘆酒五十餘年慶太平近傳驍動辰州傷出洞剽掠還遠颺嗚呼安得再生將軍鎭苗疆賣刀買牛輸官倉

聖世服疇歌樂康

玉岑吟社 在石屋嶺左玉岑山許采書西湖八社之一方九敘號十洲爲玉岑吟社之主

欲坐藍輿汗漫游玉岑當日集吟流平章風月皆餘事管領烟霞有十洲古木倒垂山石下晚鐘敲斷寺門頭指慧因院只今樵逕聞歌處更有何人共唱酬

聞人儒字學山錢唐人郡廩生有學山詩文集

乾隆辛未南巡學山獻詩賦召試列二等與修錢唐縣志纂輯西湖圖說洞霄宮志

題南山亭石壁

松林如畫擁南屏誰闢平岡俯石亭接檻晴峰多湧翠憑闌新鏡半浮青風傳琴韻泉聲細佛證心香鶴夢醒坐久忘歸塵念滌漫將幽趣問山靈

單炤字斗南晚號華藏居士富陽諸生

斗南少失學年十九始讀書寓居仁和茶園衕王文端公杰督浙學愛其才將貢之成均以不就試而罷詩文力追古人顧不輕與人交其論藝多否少可里中後生亦鮮與洽者詩宗少陵榜其齋曰杜可五十後逃於禪盡焚所作文字足不出戸限者逾二十年陳希濂潄水寄懷云早除煩惱惟參佛晚厭聲名并棄詩洵實錄也老而寄居城東靜修僧舍卒年七十二無子以族人祿爲嗣其弟子袁其遺稾得若干卷曰小安養齋集

晨起書壁閒所見同妙蓮

屋瓦漏微明虛室曉生白樹影緣隙來扶疎滿牆壁蠹枝交鹿角細葉點鼠跡偶因風勢搖刺眼森如戟想當幽昧時萬態藏奧宅倏忽天陽熙一一露刻畫惜無荆關手妙筆鉤其

魄下為置茅亭傍更補苔石寫作山水障坐對永朝夕

桐鄉道中與妙蓮讀愚山詩

悠悠素心侶泛泛清川曲論詩麥宣城展向篷窗讀道勝氣自和官貧語無俗摘句補遺圖舟行未遑錄激賞睇遙巘斜陽秀雲木

雞雛詩為妙蓮生作

妙蓮來書迂且奇自言新作雞雛詩消息元化有妙蘊要我捉筆同賦之我方學養木雞術嬾預人事如伏雌曰雛曰健目未見鑿空而出難摘辭憶初兒戲畜鷹鳴呼之喌喌驅嗁嗁目為公子頻上樹號以都尉仍鑽籬偶撑越塍使抱卵以筐籍草防傾攲伏涅始化鶩未出持火日照三四窺上應風精至二九果然脫殼如鶩兒金距鐵距略可辨長鳴短鳴猶

未知物當蒙稚易憐愛躬飼粞米毋使飢漸于籬根及牆腳爬搜俯啄羣相嬉毋張兩翼覆之伏腹下時露頭參差因思性命隨所受由來造化原無私一旦自啄混沌破殺機早寓生身時善乎至人寶寂滅彭殤等死何庸疑髫齡回首掣電過斯理念之恆在茲君參無生夢已覺枕中安假聲喔咿玉衡星散得佳詠書來何不并此貽俾我肖物別有悟折簡拜君爲雞師

雲怡閣夜坐

明月如良友黃昏亦肯來人憑虛閣坐窗向晚涼開世路貧難合鄉心老漸灰結廬他日隱須近飯猿臺

贈金岫雲

愛向精藍住何妨屋蓋茅離家脩梵行破產恤貧交詩卷許

僧讀竺書恆自鈔公榮雖好飲蝦蟹不充庖

題許春庭聽秋圖

寂歷空山裏風來兼衆音始知秋已晚不覺夜將深萬竅憑誰怒千聲只此心許詢應善會莫向樹間尋

岳鄂王墓下作

北渡行看壓虜垣班師詔下竟還轅生憐懷愍君同辱死比韓彭獄更寃繼統有心成内禪事讎無意復中原康王若見冬青引此日泉臺也斷魂

簡萬君近蓬

聞君歸卧曲江頭心折平生馬少游歷下有人傳白雪揚州無夢到青樓論交曾倒中郎屣懷舊空餘季子裘旅館肯來相問訊一叢紅穗海棠秋

雪颿老人張八妙蓮居子見南集余杜可草堂

不慚麤糲亦留賓林下相迎盡率眞天爲斯文遺一老世容吾輩作詩人秋山雨洗精神薄病客涼便莞簟新晝短談諧容易暮數來顏巷未妨貧

題莫栖亭先生栖下勘書圖

栖下繙書倦眼開丹黃有志未能灰功名半爲耽詩誤忠孝都從識字來但授生徒居粟里不貪令史給蘭臺于今若問劉中壘白首龍鍾卧草萊

送錢叔堲之官閬中

金明池上杏花偏猶憶宮袍稱少年家有詩名傳大歷官從雲棧入西川山迴劍閣春風蚤水接嘉陵夜雨懸閩道閬中多勝賞新吟應寫益州箋

春夜檢閲悔庵無題諸作有感即寄四均

贏得中年兩鬢絲，夜闌卻笑寶威癡。遙思紙閣蘆簾下，半臂春寒宛轉時。

不負香奩事早朝，帶圍憔悴臥松寮。百花池畔連宵雨，應有鵞黄上柳條。

曾託微波賦感甄，好詩誰識玉臺新。只餘三五嬋娟影，照見天涯兩恨人。

正變風詩太史陳，包屬卻說女懷春。吳融妙擅香奩體，敢謂冬郎有替人。幼時喜韓致光詩刻冬郎替人小印

別内

水漲鹽官失舊痕，萋萋芳草黯銷魂。相思明日人何處，細雨梅花過石門。

舟夜

兒女閨中興寂寥銀鐙不寐憶頻挑篷窗一夜瀟瀟雨知泊長安第幾橋

沈舲字笠人仁和人

笠人工書畫跌宕詩酒所交皆方外勝流山居畸士尤善南屏僧小顛一臥萬峰山舫恆累月忘歸村居郭北顏其室曰夢禪紙閣疎籬老梅脩竹蕭然塵外觴詠其中無間寒暑著詩千篇皆自寫胸臆而瀟灑峭逸自成一家

游梵天寺酌蠏殼泉

熹微度湖陰初旭散霜影人語喧城根炊烟隔幽嶺紆徐石磴危寺在鐘聲隱山門雙佛幢仰看出雲挺鐫經未磨滅功德侔周鼎因懷坡老詩來搜靈鰻井澄徹古無波坐久生洌凜下分蠏殼泉酌之心骨冷步至法公房山厨羅蔬品醉我

淸醍醐枯吟聊復醒暮色起寒江一一數歸艇何時結重因踏雪南山頂

秋山獨憩圖

高峰白雲外歸鳥白雲邊幽人坐其下塵慮都棄捐黃葉墮流水秋聲荅自然何時入空山相與同周旋

西溪看梅同何春渚吳桂巖蔣山堂作

積雨繞春郭門外波微添放晴鼓游興挐舟循西崦短彴折三五透水纔新兼人家出烟際密樹圍低檐搖漾入香海恍遇風雪嚴淸影上下接皓彩珠璣兼妙有水竹襯到處胸襟恢疎籬若間斷橫枝仍相黏靑睞抉幽境詩句殊難拈移舟泊村舍如坐梅花奩鼻觀通薝蔔卷起南山簾輕風散雲氣吹玉來簷尖寒月吐平巘林杪銜纖纖高士得偃仰美人驚

遲淹綠蘿映紙帳一宿神魂恬人隨孤棹返夢入寒香潛

登北高峰觀日出下至龍泓洞小憩偶得長句

噫咄哉北峰嵳嶬兮顛不知幾千萬佀鷲嶺窅窕兮深不知幾千萬重上有白雲羃於繭下有青松蟠如龍琪花翠影蜿蜒走荼脂雪色靉靆封海上乘査志不遂白榆歷歷銀河空來登絕頂叫天戸東望日觀淨鴻濛道遇扶桑子挽我不肯從手持碧如意一擊停疎鐘琉璃境界如鳥疾泠泠腋下生清風驚濤盪摩瞀雙眼飛瀑斜卷開千谼馮虛徘徊不忍去古苔繡冷烟霞烘洞宇幽扃好眠處曲肱一枕天語通爲言人閒宜著瘦腰客忽吹酒星墮落青芙蓉崑崙一別五千載小天竺國重相逢揮手長嘯躡元氣猿啼隺唳山花紅

秋晚游法淨寺宿白衣房用邱長儒葡萄方丈韻

勸游漸見炊烟白微嵐擁出前山月琳宮碧瓦隱沈沈桂子巖坳墮香雪涼風透袷體欲仙幾人到此換凡骨四圍古木卷潮音儆耳一聲清磬發閒居闃寂人語稀慧業三生靜因結星彩橫空滴露華眼消障礙心除熱老僧頗解文字機詩義禪那不降折寒鐙如豆琉璃青寶光相暎鑑毫髮譚深不覺山雞啼支郗單牀衾似鐵起來坐看雲氣生尺五斜窗曙光潔佛奴婆娑爇炷香靜聽蓮花叫鸞鳩寺後即蓮花峰苦荈浮藝倩客嘗一斛珍珠下喉舌催歸艇子蒻晨波去分分題誰者傑

早秋度慈雲嶺

西風吹不斷暑氣已全收嶺抱知湖曲江空見塔浮白雲山下路黃葉寺門秋正欲尋僧去鐘聲到上頭

庚子上元日山舫有懷桐鄉程葦村郎次其韻

文酒三年別才華久契心桐陰君住好梅味我知深寒雨消鐙市吟儕坐佛林重期湖上路瀟洒一披襟

扁舟秋漲裏小泊過荒園古帖芸籤斷新詩麗句存（嶲惠閣帖佳什）聽鐘黃葉渡沽酒夕陽村別後詩多少山窗待細論

宿雲棲澹竹居

寺絕塵氛跡山含太古情殘星依佛火流水咽鐘聲心自禪棲穩身如匏繫輕起看層嶂碧雲向下方生

訪顚師不值次戴緣疇韻

打槳約高吟蕭蕭蒼蒨林空餘一峰秀（獨秀峰在山舫門外）想見道人心茶竈冷黃葉松窗沈夕陰僧雛解沽酒所樂不虛尋

長至日柴石泉過訪郎次其曉度慈雲嶺韻

湖山兩迢遞振策破西風雁落寒雲外人行曉霧中可堪歸
思亟難得此杯同釀雪天憐客梅花信漸通

平遠樓坐月

浮雲飛欲盡白月上簾鉤露氣搖山影林陰作夜秋亂螢明
遠渡孤塔入虛樓祇恐成輕別新詩儘倡酬

夕陽四首

風號景物未蕭然行盡西山日尚懸欲墮還如初起様橫看
尤似正中圓平移樹影明虛檻倒映波紋浸遠天樵子恰從
雲際出背將晴色下層巔

木落山原靜復幽蒼涼一片散平洲纔隨酒旆竿邊下又入
漁家網裏收何處砧聲鳴水閣幾行雁字過城頭斷霞更襯
胭脂薄望到迷時總認秋

天意人間重此時登樓豁目立遲遲雲分忽覺山容近樹偃潛知塔影移霜葉半邊紅欲滴蘆花高處雪先欺遙看逐隊牛羊下村落家家出晚炊

轉覺巖阿積翠濃翩翩游子漸稀蹤還隨帆影將秋去小駐簾鈎瞥眼逢杜詩落日在簾鈎一例寒江催短笛幾番蕭寺喚疎鐘此情我與顛師領記得同登慧日峰

湖樓坐雨

難得新晴已破慳巖坳猶是水潺潺二分烟柳纔如畫一角湖雲又掩山送盡屐聲幽徑裏泊殘春色矮舫閒高樓容散重陰合騰有雙凫意自閒謂謝雲槎裴守齋兩明府雨阻

庚申春杪偕張埜渠明府至潛州作

山行信宿喜初晴古木幽花夾路明六邑尚如村店冷沿溪

祇覺麥風清日斜僧在天邊出雨過牛從屋上耕欲傍飛泉
擕短榻虛堂涼夜寫琴聲

新栁

畫未成眉鏡閣前已含離思向江天闕山月冷黃於酒庭砌
春深白似緜人倚欄干猶脈脈燕歸消息自年年相逢不是
西風候一捻纖腰倍可憐

連日雨作將訪山堂

緣遍牆陰溼遍苔蝸牛牽粉上窗來小廊微覺茶烟起幽鳥
一聲吹雨開

盆魚潑潑水沄沄竹色纔高綠靄紛深巷酒空無客到荷蓑
惟有訪羊欣

吳履基字後安一字厚庵號嬾雲邦熉子繩基弟仁和監

生有客窗雕蟲二卷

客中晚春

春事半闌珊濃陰漠漠寒蝦簾慵不捲蠹卷喜頻攤溪柳含烟重林花帶雨殘最憐雙燕子終日話檐端

舟行雨霽

積雨空林歇一篙春水平閒鷗沙際宿嬌鳥樹頭鳴野岸雲猶溼池塘草亂生榜人增意氣飽挂片帆行

中秋泛月前邱訪張大明瞻

前溪放棹好一路傍蘋花爲愛中秋月因尋處士家山濃烟霧合風細荻蘆斜斗轉參橫後歸來興未賒

早秋

梧陰初減暑又屬早秋天數點豆花雨半灣葭水烟微雲橫

塞雁疎栖咽溪蟬欲向蘋洲釣鱸魚近正鮮

過可成方丈賦送王栖南

祖餞來蕭寺離懷夕照中一鐙今夜雨百里布帆風征雁催人別寒蛩訴客衷訂期聯詠日開到小梅叢

孫炎字誂伯號又然廷槐子仁和諸生有半畝秋齋詩草

又然幼隨侍觀察公歷官滇楚觀察公倚爲左右手迨觀察致仕家居又然年已逾六十有老萊子奉親之樂晚偕里中詩老唱酬善寫性靈不徒事風雲月露而已

寒夜感懷同詠駿作

弟兄十四五動若參商隔少者苦依人長者工獻策役役渡前川迢迢去古驛五嶺烟瘴濃三韓冰雪烈入室罕知交出門倦遊歷譬如轅下駒躑躅駑駘側而我本腐儒居然尚安宅狂歌撼岳陽痛飲吞夢澤靑雲渺難期念茲那可釋季子

自南來同心比金石握手悵別離聯牀語親切感舊淚潸潸相顧情脈脈人生貴適志何苦事行役憶昔來長安柰爲飢所迫衝風滿鬢塵冒雨雙屨溼奔走逐奴隸往事不堪說朔風助悲涼亂捲寒江雪無言默相對爲君心斷絕

銅香圖歌爲陳某作

周官九府立圜法錢圜函方製該洽禹歷湯莊鑄未窮相權子母無匱乏漢唐宋室法屢更八銖質重三銖輕蠟樣開元字奇古草書滄化何縱横冶卒銅工朝復暮龍文斑駁紛無數上青童子本飛仙青綺文襦薄雲霧世人但識司徒錢致令銅臭遺千年不然緘口似夷甫眼前阿堵如雲烟吁嗟二者兩俱失失則爲貧滿爲溢惟有陳侯寄趣眞白撰青蚨匯甲乙玲瓏厭勝衔流霞精光照耀金銅芽懸黎垂棘詎足比

南金大貝徒虛誇殷勤不覺搜羅苦一幅銅香足千古美人持贈金錯刀志士寧堪棄如土我昔聞錢與富鄰胡爲與子甘清貧錢兮子兮兩奇絕什襲藏茲希世珍

憩夔蓮亭夔蓮亭者在蓮池之陽其地俗名翦刀象形也池中新荷始出如錢如蓋輝映水曲環以綠楙通以畧彴景頗幽勝登樓後偶憩于亭漫成一律

偶憩此亭子清風冉冉來短橋當澗臥細柳夯池栽行客倦將息山僧門自開傍有小寺凭欄一惆悵已自遠塵埃

甲戌冬景田將歸葬其先人詩以送之併期後約

經年欣有侶分手重離思風送歸帆疾波涵落日遲清沙和淚撥古木帶霜移爲廢哀莪什聞聲更可悲

已得眠牛地何愁倚馬才讀書囿舊澤改火動餘哀景田服已逾年未必乘雲去還須破浪來相期花下醉樽酒待君開

薄暮登荆州城樓作

落日桂城西登臨眼易迷潮聲喧草市人語隔沙隄地控秦關壯山連蜀道齊從來征戰地悵望楚雲低

送人南旋

斗邊認劍眼誰明奕奕龍光氣漸平幾樹露瑩秋欲淚一庭月冷夜無聲心隨孤雁馳千里夢逐荒雞到五更我欲登高回首望江南江北路程程

春日郊行

江城漠漠散輕烟紫陌晴光接遠天芳徑無人鶯獨語橫塘著雨柳初眠茶鐺酒榼閒相稱竹杖芒鞵絕可憐又是一年春欲去杏花零落晚風前

懷雙林年丈

十載寒氊歲月賒依然冷宦作生涯擬將詩句誇靈運不愧江山號永嘉名士風流原有主王孫漂泊已無家春來桃李花爭發載酒應添問字車

周鍇字皆山錢唐廩生

東汪魚亭比部乞米

淵明乞食詩魯公乞米帖文采非古人艱難類疇昔以我八口家筆耕計恆拙薄田十畝强去秋半無穫所收盈五庾枝梧到二月缾罄賒未得斗米錢二百入門聞啼飢出戶苦無策退矚三千里原令方作客亦有素心侶同病不可說丈人屢念予倘有釜鍾積春雨漲半潭挹注滿涸轍待到麥秋時十斛擬歸璧一飯且不忘此意當銘骨身在故紙堆朝朝事補綴今吾卽故吾浮沈竟何益自分作乾蠹老母憂詎釋忽

忽百年中幾時見力竭折簡重恨恨雪忘望規責

范文緯原名師佑字文偉後以字行更字讓水錢唐諸生

上巳湖上修禊用梅宛陵韻

一春苦雨滋苔綠羞澀奚囊到昌谷新晴擬作湖上游況有吟朋促投足三月三日晴最佳曾眼湖山畫盈幅第三橋頭春波寬見說流杯曲水曲燕尾涎涎青空開瓠子再行煩不俗平生慣喜春游好幾度嬉春訪鷗族鷗族哂我非閒身那待祓除乃僕僕桃花隖入春山深有意買山山不鬻看山無言瀉白墮百分不醉面如粥我知詩者偕三張定有琳瑯綴爲軸右軍蘭亭但草序曷若羣賢修禊詩悅目

汪復齋輓詩

玉尺詞壇早擅名擁書百卷坐寒檠丁年腹有江都策晚歲

人推洛下英方與鄒枚賦梁苑頓驚丁石返蓉城悲看粉壁
留題處嘯月樓空月尚明
厭俗因爲御埽思湖漘卜築此棲遲一身直是仙兼佛好事
難忘酒與詩沒後曹郎時感舊生前董子但垂帷有兒看叱
岷山馭羨殺王尊庭訓貽

姚宏燮字理齋又字鯉齋錢唐增生有蓮汀集

除夕

普天同醉夜一箇獨醒人瓶貯梅花臘盆燒柏子春熱心酬
竈主冷眼寄門神慈母頻呼飲歡顏慰數巡

醉後

醉後歸心事蒼茫路若迷鐙描人影獨雲壓雁聲低枕滴簷
前雨魂吟夢裏題醒來偏記得歸說與山妻

雪蕉

小小芭蕉似香幽若箇知一莖蘭出土數粒米攢枝可作丁香結休猜栁絮詩孤芳在巖穴相賞耐人思

雨中南樓

最是南樓上雲低溼不飛蘆花烟外重雁影雨中微隔岸提壺屐横橋洗菜磯那知漁艇過驚起水禽飛

偕紱齋師招張瑩庵沈燮庵吳旭堂張起亭王萬宜卓焜如馬靜濤諸先生大明堂看梅

不負看梅約南山去賞之甕開十里酒客載一船詩高閣登臨處平湖烟雨時醉歸風裏別香動兩三枝

環寺皆山也飛花入洞天雲深藏佛日梅老過僧年曲引籬邊路幽鳴竹裏泉梵音聲斷續遙度一林烟

秋祭阜亭山祖塋

張公祠外小溪前繫艇登山挂紙錢擔榼不如牲鼎重提壺尚見子孫賢黃隨霜葉看鴻雁紅入秋花喚杜鵑最是小橋臨澗古每來臨去一流連

和敬業堂同人卽席韻

欲和陽春壽好句此心飛動似葭灰西風迎我橫塘上早是梅花有信來

風頭雨脚度前溪望隔知音在寺西回首暮雲低雁處夕陽紅截半樓齊

俞葆寅字蒼石仁和諸生有可儀堂詩偶存

蒼石困諸生三十年以筆硯爲衣食嘗客游江淮間有河溪泛月圖葦浦諸公皆爲題之性耽詩從吳西林翟晴江研究圭旨家無儋石不以爲憂也

尋白衲庵

雲深不見路林深不見日林深雲復深精舍杳難覓鐘韻一星星山風忽引出

賣餳翁

有來賣餳翁吹簫走井邑銷鍋調蔗飴膠黏勝蜜汁就範方圓成鼓氣形象出果蓏兼蟲魚得售便分給我時立塗中陳說勸此翁智創巧者述技藝迴不同苟堪益人世徒手亦奏功今視翁所爲外脆中復空滅沒等泡影無初焉有終尚難飽螻蟻烏可欺兒童此翁聽方罷熟視轉嗟訝子言似誠篤子見實卑下萬事過眼前何一非虛假昨日花正開今日花已謝多少利名人奄忽隨物化斯理由自然賤業豈行詐我徐思其言曲包至味存乾坤本幻境細眇何足論旋將規戒

意改作笑顏温此翁弄簫去嗚嗚隔前村

雨後偕董北樞觀化遊臥龍山

踏春春未去素侶相因依空山過微雨景色開芳菲和風醉花骨新鳴染苔衣坐對一尊酒頓覺物感稀白雲飛不盡鳴禽聒翠微

南宋石經歌

南宋和議停軍鋒文事豫暇修九重翰墨力學十五載橫斜平直追王鍾高宗翰墨志云凡十五年非大利害相妨未嘗一日暫捨筆墨故晚年得趣平直橫斜隨意所適五經語孟手自寫精心欲究羣儒宗丁丁玉斧開貞石鄭重直擬珪與琮高趺詔立成均裏泮池倒影春波濃神孫嗣統紹厥武光堯傑閣排雲松自光歷寧理度恭降表馳送皐亭峰小朝廷墜海水沸髡徒恣虐妄作凶議徙碑材揩白塔

健挽竊幸申屠逢旋自邑庠遷郡學長廊佩觚聊兼容經生
說經不變經但令剝蝕敧垣墉古來石經凡有七能事特數
漢蔡邕後來紛紛繼刊刻雲烟散漫難追蹤惟唐開成略完
具補綴又苦人才庸此卽歲久多脫闕揮灑當日由飛龍位
置忍教榛榛莽淒淒風雨悲吟蛩誰其寶惜董整頓抉剔手
自除芊茸依舊高軒置爽塏斷裂各使移相從諸生撫摩助
講解橐筆就校忘春冬煌煌聖經耀日月丕丕古物偕鼎鐘
上佐
天子揆文教庶亦有裨時熙雍

呹光觀日出歌

參天萬竹齊舞風浮空翠浪翻重重精廬夐出飛鳥上千盤
磴道穿玲瓏住持解揖客貌閒語從容備誇海日出規仿畫

難工三更展孤眺奇景軒窗逢聞言願覩止夕餼山蔬供徘徊廣殿塵慮斷垂簷星漢窺雕櫳羣峰寂歷夜過半一痕白豁扶桑東雲如絮新擘水如銀就鎔如虹初耀彩如火漸燭空燦爛破冥晦洶湧驚魚龍海若不愛寶滿輪擎出珊瑚紅銅盤金柱少定狀閃閃爍爍直欲令我迷雙瞳往夕繩牀擁衲被鼾呵誤入槐安宮懵然習忘造物妙縱有耳目同盲聾今來混沌頓鑿破軒爽一快平生胸蒲團著壁暫倚倦道者盥沐纔打鐘竹徑靜聞清露滴下山曉色猶朦朧

食豆粥示從姪　炯

鈞籃小摘新雨後糜粥晚炊穰以豆江鄉風味絕可憐菰飯蒓羹此其又暖香鬱發氣浮浮兒女歡呼抵蒸餾較如白傅詠防風古本清甘得餘擻儒生自奉原菲薄詎必豐肴佐醲

酎月來戴勝鳴桑陰緑莢垂垂繞畦繡登庖劇喜乍開園采過三番猶暢茂釜中未聞然萁泣籬下且自擷裾走縱懶每夕具雙弓食肉之譏當我宥說與同餐阿買知山田幾畝須勤守

江行襍興

港汊彎環出菰蒲歷亂遮橋低經漲斷屋小背岡斜稗子挑生菜山農剝早麻尤供行客便處處賣魚蝦

排連厓作障欸乃艣衝波隴闊眠烏犉人閒補緣蓑芳醅鄉店少秋色艤樓多已過盂蘭節花谿尚放荷

漸起深林霧徐歸古寺僧沿籬收酒旆穿樹見村鐙渡口還呼艇溪灣罷采菱移時蘿月上一片雪光凝

金陵

天險不可恃廢興會屢經水連全楚白山帶六朝青寬綽市城地魁奇龍虎形客來尋往蹟金粉易飄零

良辰逢二月滿眼惜芳菲渡口桃爭發風前燕亂飛寒潮分港入舊院得春稀尚有佳公子開尊伎作圍

過臨江鄉贈吳西林先生　穎芳

城東隱君子託迹愛幽深室有高僧伴門無熱客尋茶烟添竹色鶴夢冷花陰幾度乘閒到清言愜素心

湖上襍詩

晴湖二月柳初嬌寶馬香輿漸次饒幾日春光濃似酒桃花紅過段家橋

外湖水深盤細荇裏湖水淺生新蒲羣魚小學游人隊游徧外湖游裏湖

清曉三竺燒頭香徑穿靈隱游弢光回程亟待昭慶去要買
女兒黃竹箱

湖中名勝最關情遠趁鷺花四處行莫訝打包歸客早浴蠶
時節近清明

過巖灘

灘前屬玉去來影灘下畫舡高下聲船頂白雲飛不住一峰
纔送一峰迎

夜抵蘇州

平江遠近起吳謳夜色空濛轉舵樓枕上不知烟水闊艣聲
搖夢到蘇州

陳鴻賓字用儀鴻寶弟錢唐諸生

用儀工畫青浦王述庵司寇有三泖漁莊圖一時海內知名士咸有題詠用儀所爲也

陶然亭雅集賦呈遯庵先生

秋晴喜嘉招眺覽意彌適一逕入葭菼墅水濛空碧有亭翼然起獨向城隅闢宛遊江湖間扁舟傍沙磧西山忽當面爽氣欲迎客變幻雲霞生蔥鬱蒼翠積憑欄肆遐睇紛若成畫格九衢車馬喧塵土苦役役而我物外遊羇懷得暫釋維公金閶彥亦具泉石癖一尊常共攜流連更日夕漠漠昏烟合遲遲歸騎策不省尺五天岧嶤香界隔

己亥臘日爲遯庵廷尉畫三泖漁莊圖并題

小築長耽物外幽漁兄漁弟共汀洲遮門楊柳一株暗照眼芙蓉九朵秋張志和應夢青笠陸天隨合老扁舟分明不似官人樣著個紅衣稱得不

題邱太守學敏古樹

冬青樹失故宮隈人代茫茫付劫灰獨喜君家枝榦別似經新甫陟徂徠

東皐宅裏輪囷樹肯逐朱門受賞移留與諸孫遺蔭遠蒼然常見歲寒枝

孫以華字弈堂號藻川以榮弟仁和人

弈堂困於小試鬱鬱有年三上長安一遊荊楚嘗客同宗介堂岳州守署中復課讀太白樓三年暇即吟詠比歸槖有千數

鸚鵡洲

莫辨由來鸚鵡洲千年故蹟幾沈浮金沙有樹俱懸望赤壁無人記再游水面光搖天半月江心飛過浪中舟遙知此地埋名士漠漠煙波動客愁

吳紹諤字嘉言嗣富從子仁和諸生

擬高齋視事詩

山翠紛葳蕤朝暉駭靈矚好風吹北樓涓洗日鮮縟官廚鶴餘糧幽石咽琴曲昔佳山水清靈寸菲榮辱苦膺一匏繫歲月領簿錄頑豔均齊民子諒慎殊俗仰視孤鴻騫俯窺鷗鳥浴冥冥感雲蜚勞勞厭羈束

諸省三字礪亭號榕齋錢唐人朝棟子有榕齋詩鈔二卷

過學士橋有懷徐紫山先生湖西草堂

偶策溪橋杖低徊憶草堂飛鴻無定爪巢燕有空梁舊雨碧苔滿明湖秋水長高人那可卽佇立意茫茫

游大同塢至中桂山堂小憩

夙有探幽癖重來又一年蘿陰交晴谷石罅響流泉烟寺鐘聲遠山堂日影偏叩門成小憩欲去尚流連

過尹球書齋

先生偏愛客不厭叩柴門綠竹閉幽徑黃花開近村酒清犀醆舊茶熟石鑪溫坐久無多語新詩與細論

月

山山疑積雪月上海門東鷺羽前灘白漁鐙別浦紅周旋千里外歡怨一宵中伴我深更坐艮朋孰與同

春日感懷

貧居絕人事春思不禁愁亂草泥新茁飛花水共流室荒饒燕壘身老戀菟裘萬里滇南客何時返故邱

二兒行役處州寄呈紀游詩草因憶昔年仙居白明府招余同游蒼嶺佳景宛然在目補作三首

行裝整疊五更天健足摳衣上嶺巔一片白雲迎面起山腰

瀑布挂飛泉

滴翠重重染客衣篮舆輕穩逵漁磯四圍雨氣遮螺髻遥指

疏林野店稀

一編呈我紀遊詩頓觸當年攬勝思賢宰風流同策杖豪情

説與後人知

前詩意有未盡復作一首

早發仙居城山岡明遠燎春鳥啼深林駭鹿竄山嶠謖謖松

風涼巖花背人笑物化觀自然偕行得二妙謂顧定山先生家有貞兒清

言沁肝脾紀事貴提要於今閉門久無由覓同調

諸以湣字湣甫號鄧門錢唐廩生有湏跡草

鄧門品端學邃館同里孫氏有年跬步皆循禮法會孫枝歲舍人歿于京邸家人欲返其喪而難其人商之鄧門郎慨然走三千里挈其柩及其細弱以歸孫氏至今德之後屢躓鎖闈賫志蚤卒年僅三十一

午過東平野店

山光圍北郭，策蹇入東平。野火明寒日，村烟淡午晴。撥鑪温薄酒，投箸飽香秔。上車後每日食餅，是日忽得白米粥二盂，旅中飲此勝參蓍矣。揮手從茲去，羣峰撲面迎。

夜過濟寧

薄暮橫梁閉，鄉心積旅程。百泉歸泲水，一葉下任城。把酒懷知己，題詩笑後生。光芒李杜在，慚愧日中行。

天津小泊

回首西山暮靄屯，扁舟乘月下楊村。洪流九派匯河道，丁字雙沽匯海門。夾岸旌旗迷白晝，滿船絲竹醉黃昏。薙奴城畔春陰好，小泊河亭試討論。時適遇鄉人春會。

魏家灣晚霽

又向清平繫越舲淡烟疎靄雨初停雙飛社燕花前樂一色春旂㮇外青歷歷蒲帆依曲岸星星漁火亂遙汀誰人更倚江城笛吹落梅花不忍聽

徐煒字昭文郡人

題諸礪亭榕齋詩鈔

年來心事向誰論小巷人稀早閉門無欲自能躋老壽有書還可教兒孫香飄青桂詩千首霜落紅萸酒一樽笑我風塵空逐逐幾時翦燭共黃昏

金世綬字芭州號岫雲錢唐諸生有蜃閣詩錄六卷

岫雲丈老困名場性耽禪誦足跡不出鄉里湖山佳處輒與朋輩買醉行吟不知老之將至集中附刊蜃閣卝解皆論詩之語如謂詩不可泥學一家泥則功候任到十分究比本人遜一籌譬書家所謂書奴又謂讀好詩如聞快人語字字剴切如痒得搔若語言無味令人生瞌睡惡詩無疑矣皆於此中精微深有所見

過靈壽寺徐香巖讀書處

精舍石橋北苔階明反景譚笑襍鳥喧行坐亂林影溪聲搖竹光蕩漾軒窗冷幽人此讀書清籟一時併

畱龔水南小飲因憶滇南故人

閒園半畝寬蕪穢任秋草板屋兩三間晨興躬灑掃內無襍客蹤入坐惟故好沽酒煑豆羹露坐尊載倒雲藹四垂莫寒叢亂歸鳥茨膏繼桑榆故人似君少滇南二三子愁思惄如擣遠者何時還近者且相保浩歌邀秋風驚葉飛樹杪憂來不可刪一刻令人老

寄吳大秋漁 并序

秋漁少穎異十四遊郡庠領癸卯鄉薦屢蹇禮闈遊幕有年大挑一等補四川中江縣値教匪亂大帥重其才

酉軍中從事五六載庚申軍事少戢擢天全州攝雅安縣辛酉冬巽二袖石同姪端甫送眷之官因附此寄

秋漁東城秀髫歲共徵逐交遊數十輩譽望秋漁獨愜訏五車書不給三冬讀匪予拜下風諸子咸折服謂是希世英出作蒼生福誰道踏靈鼂莫續賦鳴鹿循例赴大挑筮仕在西蜀其年教匪亂生民遭屠戮川楚富庶疆千里少耕牧慷慨赴王事戒旦恐不速大帥重才猷酉幕共行宿從事五六年妖氛蕩窮谷去秋治雅安絃歌易邊俗氓戸誦詩書吏庭空案牘夢協衆惟魚化驗劍換犢政清務閒暇南雲勞盼目尺簡招妻孥萬里沾微祿羨君有鳳雛清聲老鳳續誤擊暫副東南宮操劵卜扶母跋山川省父奉水菽縱然鄉縣殊聊以聚骨肉故人久泥塗甘心委溝瀆作歌寄相思天涯等比屋

安溪田舍三首　錄一

農夫邀我醉歸櫂溯溪灣野色延幽眺風威敵酒顔鳥嘑無靜竹雲滅有遙山那及羣鷗樂飄飄不解還

春原

雨洗溪山春翠濃脩原放眼一扶笻草光帀地迷蝴蝶花氣浮天醉蜜蜂卽景賦詩彌老健呼朋泥酒漸疎慵板橋竹崦行吟處身在雲林畫幾重

東村

漁父園官八九家兒童不笑帽簷斜水村晚有鳧爭路荒逕春無樹著花東嶺月明開戸納西鄰酒美挈瓶賒買山巢隱原多事自分城隅老歲華

醉臥野店醒作

小市孤斟醉夢殘笑余著處當家安日銜山背晚將至風遞村春歲欲闌魚誤疎罾形索寞雁銜澹月響淒寒飛沈各在憂危境得酒如何不喜歡

送施小遠龔非空之滇

錢塘江口舊旗亭萬里行船借暫停明日相思相望處可憐惟有越山青

國朝杭郡詩續輯卷十五終　　錢塘吳慶坻校字

國朝杭郡詩續輯卷十六目 乾隆間人約略爲次

吳霦 吳騫 高樹穎 高樹新 王家駿

汪汝瑮 汪瑜 吳世脺 孫法登 朱點

褚如通 黃庭 黃易 胡上林 王覲

談潮 張沅 金翀 陳祖蕃 丁晉

潘涵 鄒諤 陳寅 姚日宣 趙咸寧

凡二十五人

凡二十五人

湯適　鄭鄂　陳賓　錢日宣　盧茂寅

殷溯　張沅　金榊　陳鴻壽　丁濤

嵇知道　黃庭　黃易　胡士林　汪瀾

汪汝瑮　汪璐　汪世錫　孫法孫　朱鑑

吳森　吳騫　高樹程　高樹然　王鍔

國朝杭郡詩續輯卷十六　　錢唐吳振棫毅父氏編

吳霖字西臺號拙巢老人海寧貢生

庭菊初開引壺自酌

陶令何曾著意培閒心偶寄至今推高風詎敢希籬下且學先生醉幾回

吳騫字槎客號兔牀山人海寧貢生有拜經樓詩集十二卷續編一卷再續編一卷

槎客喜考據尤喜搜羅金石及宋元槧本同時吳門黃蕘圃多藏宋板書顏所居曰百宋一廛槎客欲以千元十架楊榜匹之筆牀茶竈時作近游蹤跡尤與鮑淥飲暱其癖嗜同也工詞有萬花漁唱亦時爲山水小幀嘗考古今尺製之異作尺苑頗詳備所爲拜經樓詩話持擇亦不戾于古中年以妻病託友買婢誤娶妾至乃視爲義女擇佳耦嫁之人服其厚德一時梁學士山舟諸先生皆作詩紀事嘗自製一舟往來郡城有詩云十二橋南烟舍第三溪口漁翁青篛綠蓑歸去桃花細雨東風奚鐵生爲作細雨東風看子圖卽以榜其舟其風趣

又如此後年至八十餘卒一姬亦能詩偶得句云無雨不晴天槎客每向人道之

烈婦吟

婦陳氏山東人睦州守趙公起杲姬也公得暴疾卒于官烈婦即日殉焉葬于郡東桃花塢

青青百尺桐枝葉空紛披哀哀彼烈婦視死忽如歸憶昔離青齊行行指吳越當君牽絲時是妾委身日升堂辭阿母再拜慘不歡戚里共來集遠送之河干使君從門來車騎何雍容結以青玉佩貽以綠綺牕室中何所有錯落雜具陳流蘇八寶帳四角垂錦茵頭上金雀釵耳著明月璫初七及下九挾瑟上高堂高堂深且廣參差蘭蕙發浮雲從東來白日忽西沒之江不可逾五馬徒踟躕君命畢茲夕妾生當何如掩我妝時鏡著我嫁時衣渺焉一孤魂誓言長相依骨埋桃花

鴂血染桃花土桃葉復桃根誰知我心苦

復偕諸子游審山過碧雲寺尋稚川丹井

蒼莽紫硤天停午景猶晦吟朋互牽攀適與雲意會遂扶巖中屐小聽風前唄珠宮隱單椒高標湧香界其下逫佛塲古碣昧人代摩挲綠蘚痕一再丹泉溉五濁倘可蠲千劫理不壞回頭見絕壁竹影動瑣碎奮然木末亭勢壓孤鳥外疎鐘引微徑蛇行出其背方知琪樹林別有天然畫山有天然圖畫閣層欄共徙倚湖海渺襟帶暮靄俄西來松陰欲沈黛平生志邱壑意行隨所屆奚必三山期更把浮邱袂

戲爲畫中八仙歌

笻竹方袍朱雪田暗香疎影妙不傳漁歌唱徹長蘆邊朱春橋方藹湖州老可秀州錢雨葉風梢多自然輔以怪石瘦而堅錢蘀

石載蘭坻日夕聳吟肩，詩中有畫畫有禪，前身得無王輞川。方長
青薰采芝英兮山之巔，作繪先是繡佛莚，能事卻讓閨中仙。采芝
山人汪亮吳下僧繇金粟顛，蒼龍破壁驚蜿蜒，烟波宅外江吞天。
張文漁燕昌蓉裳丹青秀且娟，山莊何必非龍眠，鳳池一去今幾
年。余秋室集宋五由來坦率便，解衣盤礴雅鬟前，頗遭白眼呼老
西。叶山葆涓宋芝鶴渚遙應接，酒泉閑闊誓了山水緣，淋漓醉墨
霑衣船。奚鐵生岡

## 蒙泉畫松歌

吼銀濤舞青雪，支離之叟蒼髯揭，上有太古雷斧皴，至今斑
斑痕未滅。石橋南畔山嵸隆，五鬣不受秦人封，潺湲下注春
流醲。蒙泉飲酣乃畫松，當其興躍心膽麤，滿堂烟靄交模糊。
一斗隃糜傾紙落，大笑韋偃不丈夫。經營壁畫各有意，畫史

如山盡奪氣老幹撐天天日蔽低枝壓面不可避鏗然屈鐵忽有聲旋看筆力破餘地誰家障子高崔巍繚繞寒雲堆不開軒轅臺上一翹首惟見碧眼胡僧坐聽萬壑淸猿哀吁嗟乎蒙泉畫松非松格乃是三千年前不死老龍魄之而夭矯涎蜿蜒怪雨腥風不自澤被誰驅出馮夷宮倒挂靑冥挐霹靂豐隆鬱怒孰可干一朝挾上徂徠巔借問何時始放還會須更待三千年

春晚宿朱錫瑞榕館

別墅依蘭榭開軒枕薜蘿雨餘春樹老風定鳥聲多玉茗初分焙珠泉恰瀉坡明朝櫻筍會已約老僧過

所前橋

掩曲岡回儼臥龍橋邊誰復識英雄千條急澗噴蒼雪一道

寒烟貫白虹沙鳥猶銜西嶺石漁舟幾繫故園風閒來試話君家事大抵功名逆旅中

富春

近遊何處不沈吟至此眞疑畫裏尋十幅曉帆依樹出一江春水抱城深嚴阿不改雲烟色霄漢空懸故舊心祗有閒鷗知此趣浮沈隨意到如今

龍門山晚眺

百折丹梯鳥道傍龍門落日迴蒼蒼危峯石裂雲多變幽壑年深樹有香事往湖樓歌管歇秋來野寺佛鐘涼還舒不盡登臨眼直送江潮過禹航

立夏後一日送陳甫申之太原

漠漠風烟一望開飄零猶賸勒銘才天圍霄首千峯仄日落

雲中萬騎來環珮有人會出塞悲歌無事獨登臺漢家若問籌邊畧愁聽飛狐畫角哀

送趙晉齋游關中

君到長安擁鼻吟天涯羈思若爲禁落花夜覆唐陵淺野鳥春啼漢畤深山拓秦關趨隴右樓高渭水見城陰登臨莫更增惆悵羌笛由來多苦音

題始皇廟壁

振衣直上碧巑岏輦道眞從鳥道援天外薄雷銷蜃市浙東飛雨過蛟門春風不解生民怨山鬼能欺死帝魂至竟神丹何日到年年村社賽雞豚

拜經樓晚望寄仲魚

孤村曲曲通秋水小閣離離映晚楓閒倚西風思去棹一天

涼影雁聲中

石函湖道中卻寄魏叔子

葦花如雪映波明月落沙堤一帶橫旅夢未成歸路遠夜深沽酒過臨平

陳受笙以入關出塞諸集見眎率題三絕句錄一

登樓賦罷不勝情百二關河落木橫猶有秦時明月在秋風吹上受降城

聞受笙有淮上之遊卻寄

春風迢遞木蘭舟醉脫蘭陵玉兔裘樓上燈光簾外月夜深吹笛過揚州

高樹穎字茗發號實菴瀛洲子仁和監生有復齋集

實菴承其先世之學又嘗考充四庫全書館謄錄得讀中秘所藏故其詩多純和醰粹之旨

唐李北海娑羅樹碑

碑在淮陰舊治原刻久泐明嘉靖閒太守陳公從邑人吳承恩所得舊拓本倩沭陽吳從道重摹入石今嵌郡署齋壁

我聞齊竟陵曇花感夢影後來優鉢羅色香蔚芳景試誦嘉州詩中懷常耿耿唐岑參集有優鉢羅花歌訪古到淮陰象教發深省云有娑羅樹華葉會秀挺根原證菩提種應分鷲嶺榮枯歘化生休咎或示警風和翠羽喧雨溼蒼苔冷通津集萬艘膜拜禮其頂娑娑數百年傳聞都引領北海爲撰記豐碑何彪炳雄文闡法輪神筆垂鋒穎發皇暨方國景仰極滄溟至今千載下寶之若彝鼎泐自開元來青珉沒榛梗陳公守郡日舊拓傳嘉靖卓哉兩吳君重摹訖完整嵌壁庋賓館墨本標華

省昔人有名翰多藉招提永區區草木徵得茲亦天幸楚州本巨鎮陳迹渺畦町春暖杏花村泉甘枸杞井何如此冥植生氣猶炯炯不朽惟公書結想契淨境

題張仲雅表弟思歸圖

飢來驅我不得住惘惘出門何所慕舟車荏苒年復年回首家山渺難遇今年買棹重辭家烟花三月揚州路入饌銀鰣得最先翻階紅藥看無數客思渾忘彈鋏歌放懷且覓登樓句君亦浮家二十春淮雨江風等閒度頻歲思歸祇暫歸得歸翻覺如僑寓蝸廬未遂買鄰謀鷦棲止悔生涯誤披圖愛戀不忍釋指點西湖昔游處維君夙負不世才京華早歲馳名譽自從丱角走行縢若水梁溪頻問渡遠登泰岱溯津門勝遊都得江山助會當蓬山振雄筆承明入直含香署不爾

便爲百里侯庶幾驥足始展步卽今止息亦偶耳竹西歌吹蕪城賦與君話舊同慷慨爲君勸駕非馳鶩何妨踏遍輭紅塵歸來重領鄉園趣

雨泊瓜步

蟲語水聲中蕭蕭蘆荻風秋陰偏晻靄沙岸更冥濛山是隔江碧鐙從極浦紅夜闌方就枕鄉夢或先通

送何春渚徵君回里用光漱六孝廉韻

結客天涯願未酬相逢舊雨更綢繆最憐得食籠中雀擬學忘機海上鷗紫蟹銀鱸剛入饌丹楓黃菊好移舟春風遲我歸來早共遡仙源爲小留

高樹新字青雨仁和人瀛洲子官山東陽穀主簿

青雨七言如入夜更看新上月將離還倚舊登樓鬢已漸蒼羞脫帽腰因屢折怕登高皆善寫情事

揚州卽事

欲界仙都亦混茫莫嫌老去易穨唐五更絲竹一聲磬敲散
人間百戲場

王家駿字健菴號桐菴又號篠池仁和人有潄霞閣偶吟
健菴爲袁仍齋大令之甥簡齋嘗摭其佳句入隨園詩話

過吳葉峰書舍

偶過先生宅林閒日已曛沙明雙澗月秋冷半牀雲繞屋無
非竹藏書自有芸門多問字客未許事耕耘

遊慶雲寺

尋幽逕勝來山寺密竹圍環路不分埽徑僧黏雙屐蘚過橋
人踏一溪雲堦前草色侵衣重松裏鐘聲隔水聞貪看林巒
因坐久小僮頻報日斜曛

隨園漫賦

孤懷最喜近烟霞借得山房便是家曲引急流通遠港微删密葉顯新花曉聽出谷鶯聲巧晚愛侵池樹影斜一種幽情誰領畧自裁藤紙寫春華

家居遣興

一生安分便逍遥況值新晴景倍饒徑舞落花風未息泥沾青草漲初消黄嬌味美呼朋飲綠綺聲清對月調今夜庭前明似水教僮銀燭且遲燒

汪汝璟字坤伯號滁原錢唐人憲長子議叙大理寺丞有北牕吟稿

滁原少時頗耽吟詠晚年留心內典不復作詩 高宗
純皇帝詔求遺書恭呈家藏善本六百餘種蒙 頒賜
佩文韻府全部士林榮之

西湖采蓴歌

湖光蕩漾三春時湖中蓴葉抽青絲絲縈千縷漾波綠白花紫葉交層漪層漪翠淨孤山曲一船兩槳人如玉水晶簾破蛟宮開割得龍鬚光綴綠大姑能使瓜皮舟小姑敲榜歌中流爲怕龍涎繞指滑尤憐雉尾迎風柔迎風柔繞指滑拂波痕上巾帨筠籠爭挽夕陽歸湖面千峯暝相戛

同人游韜光用白刺史韻

撰杖尋幽境雲開別有家蕭疎三徑竹寂歷四時花乳竇猶餘滴秋蓮更茁芽山僧愧無酒解渴獻新茶

送秋

一年秋盡更消魂青女凋傷碧草痕籬菊已隨新雨敗寒江欲洗暮烟昏燈留夜課花長結葉盡空山鳥不喧惆悵流光

去何速遺懷惟有酒盈樽

讀馮令南唐書十首錄四

飄蓬淮泗悵何之轉瞬風雲創霸基豈必英雄皆遇蹇從來大業貴乘時兵當破越籌初展亭有延賓望早移時起延賓亭以待多士試較曹瞞比西伯不須惆悵鬢成絲烈祖常理白髭嘆曰國安吾老矣 烈祖

寥落堪傷國運更截江鼙鼓夢魂驚方愁采石橋初繫樊若水請于采石繫浮橋以利轉輓無那黃花漲已平每歲大江春夏暴漲謂之黃花水回首家山雲黯黯登舟風雨淚盈盈滿城梵剎徒灰燼鶴但乘軒不禦兵後主佞佛故云 後主

禁苑深沈鎖碧霞保儀當日擅才華羞將希寵人如玉空道傾城貌似花聽徹春聲歌不到拋殘圖史月初斜那堪回首家山破萬卷灰飛噪暮鴉時小周專房保儀第掌圖籍及城陷俱煬靡有遺者 保儀黃氏

壯志無如國運傾舟師已下石頭城誓畱死骨完初節恥作生俘入上京主已獻降親署款臣猶談戰請提兵城將陷後主自爲降款俾喬與世子仲寓開城納之喬入見曰自古豈有不亡之國乎降無益也臣請城下一戰而死向來負險勞征討拒命甘當死後名又曰臣非死無以報臣死而歸之以逆命之罪陛下保無恙也陳喬

汪瑜字季懷號天潛錢唐人憲季子

天潛伉爽直諒急人之急逾于已事居杭不樂輒移家之吳卜居不果則又歸杭杭凡五次移家所居又不戒于火會子初卒于蜀遂鬱鬱以死其兄春園哭以詩曰力盡五遷人已老病成一慟藥無靈葢深傷之也初字絳人十七補邑諸生屢失意于省試遂入貲爲布庫大使試仕于蜀嘉慶戊辰猓夷作亂從大府至軍營以積勞卒少工詞所爲滄江虹月詞王蘭泉少寇見而激賞焉女端字允莊號小韞七歲能詩有自然好學齋詩適陳裴之詳見裴之傳

揚州瓊花觀懷古

廣陵富媼叢祠煥五時規模泝炎漢遺阯來尋后土祠題名尚識蕃釐觀中有奇葩絕世無一年兩度吐瑤珠淮南江北春三月天上人間玉一株能使至尊輕萬乘卻令黔首委泥塗可憐殿腳歌殘日寂寞蕪城啼夜烏六一先生來守土風流堪與花爲主建亭榜字號無雙日日春風醉簫鼓金八兵下揚州道不見瓊花迎馬笑仙姿一夜返瑤臺二分明月空相照碧蘿覆檻半秋花廢院積垣日易斜古井苔深陰洞閉玉鉤何處問仙家我來投宿影伶仃檐閣淒涼雨打鈴一聲清磬驚鄉夢起看牆東萬點螢

戊辰元日寄兒子初（時寓居舊宅）

門巷仍如舊風光又易新昔爲生我地今作寄巢人俯仰聊隨俗虀鹽且耐貧錦江春漸暖知爾念衰親

春感

白髮蕭蕭滿鏡中半生落拓任東風一年愁緒逢春減五十衰顏借酒紅故里空存懸磬室太湖今作釣魚翁何時歸隱孤山畔笑挈詩瓢上短篷

秋日重登烟雨樓

落木啼鳥正晚秋不逢烟雨亦登樓半湖水碧菱初老千頃雲黃稻未收殘柳蕭疎臨畫檻吳歌斷續起漁舟釣鼇磯畔留題處風景依稀似舊游

落葉

霜寒如水逼簾櫳攪耳淒清入夢中掃徑孤僧驚歲晚繞枝寒鵲感巢空玉闌殘月三聲笛古井荒苔一夜風愁誦蘭成枯樹賦早衰我亦似梧桐

寂寂黃花伴隱居，蕭蕭翠竹繞精廬。捲簾嘗眼青山瘦，覽鏡關心白髮疎。野渡斜陽人別後，寒鐙夜雨雁來初。尊前莫話榮枯事，春到依然萬綠舒。

早梅

芳信幾時動，幽人忽啟關。東風昨夜至，殘雪點空山。

皐亭看桃花

極目遙空遠岫橫，花光分處綠波平。忽看滿谷春雲起，似我詩情得酒生。

人影衣香約略來，載將絲管閙尊罍。繡騘斜插花枝好，日暮永寧橋下回。

吳世驊字稼軒，一字鶴圃，錢唐諸生。

稼軒家業鹽，以商務議叙，得鹽運司運同銜。性喜吟詠，日手一編，如寒士也。銅山金穴中可多得哉。年六十卒。

十三間樓懷古

南朝蘭若四百八劫換紅羊無一剎層樓何有十三間草綠雞翹春雨滑治平改額金重鋪連甍紺碧戶網朱錢氏買鐙歸北宋坡公築堰來西湖西湖名勝天下無坡公爲政神人愉茲樓閒憩亦偶爾令人千載思艮圖不見樓前隄姓蘇

春曉

錦幔香溫滯宿酲胭脂紅日抹牕明春風說破游仙夢一種樓臺燕子聲

孫法登字端飲號南泠錢唐諸生健子

南泠能詩善奕尤豪于飲百榼千鍾醉不及亂晚思自節改號端允中年患耳聾既老猶困塌屋依棲無地日益窮悴而敝衣敗履兀傲自如

夏白紵

珠簾晝捲芙蓉香冰綃霧縠垂明璫雙裦雲舉鸞鳳翔皓齒的歷諧宮商下階小立風吹裳手摘露朶簪鬢旁輕弄玉簫聲悠揚恐驚睡足雙鴛鴦

朱點字脩其號古心仁和諸生有春風草堂詩鈔

古心胸次灑然不爲翕翕熱蹭蹬塲屋數十年老爲塾師顏貌充粹嘗與翟晴江分輯湖山便覽一書頗多考證

王家菴看菜花限九蟹韻

綠苞抽蕓薹三月膚盡解連辰暖氣蒸彌望日光駭黏天黃雲鋪帀地麴塵灑薄霞且暉映輕風乍搖擺點綴及甘薺襯託兼苦蕒愧無劉郎吟妄意王濟買欲去心遲遲卓拄紅藤拐

重集無不宜齋看秋卉改前會韻用去聲

雅賞繼前期折簡隔宿訂好花經雨滋新霽料尤勝聯行涉陶園款扉熟蔣徑瞥眼氣象新望色朝華瑩冠纓整班行朱紫剖符孕屈指幾日來增長訝倍稱巡檐理舊題轉韻撥新興律依金谷園議罰爵有滕枯腸乙乙撥日莫闌干凭詩成歌向花昂頭疑聳聽

同西雍古泉觀水陸寺宋刻石幢

水陸寺界松塘裏昔日東坡曾宿此施生傳有蓮花幢屹立乃自南宋始雨淋日炙六百年里俗何人問存毀古泉癖嗜錄金石暇日招朋歷榛杞佛身蘚錯寺門敧銀杏兩株僵未死當階瞥見六尺强承趺缺齾沍泥滓週遭仿彿鼇頭文剜拭爭先掬溪水摩挲滿半認偏旁會意多從畫腹指紹興之年三月八立石一行差可擬此外一如口被箝十讀纔通二

三止我撫斯幢惋嘆生世事滄桑難究揣光堯石經半摧殘塡咽鴻都事亦已頽石倘非護宥大慈王得不一例移揩垣礎址

翟大星槎烹茶圖

星槎天性寡所偶世味酸鹽肯入口百城但擁阿父書不知此外復何有小癖惟耽陸羽經對此恰助風泠泠西湖二月社雨過仙芽遠擷靈山靈溪前汲引水一斛安置風鑪解事僕火候傳將文武法謖謖松聲閒琴筑紅纖手擘冰芽尖清芬盎盎淩疎檐蟹眼翻餘注縹盞白雲浮處花簾纖一盌兩盌興超越液泛華池清到骨剡溪藤上玉兔飛好句得來圓比月腥膻隊裏不解此枉道文園渴未歇

寄袁秋江

我初未識袁秋江采芳錯過蘭與茳今年介紹得沈約瀟灑頓令粗豪降開匳更睹朱絲印筆力勁可千鈞扛雪漁已逝三橋死眼前得此誰能雙雕蟲于君特小技古雅已足輝書牕讀破萬卷寫心畫蛟螭鬱起翻濤瀧遠從璽節溯來歷一筆不苟危如杠何當袖石一走訪詩壇且得窺旌幢終宵反側不及夢挑燈照壁熒熒釭秋江睎我匪惡客到門亦若聞音跫比隣更卽邀沈約同傾花外琉璃釭

褚如通字旦然號融齋錢唐人　欽賜八品頂帶有讀耕草堂集百花詩草

融齋爲唐僕射公四十世孫篤行勤學老耽吟詠所爲百花詩九稱于時卒年八十六

瑞石古洞

盤崖絕巘聳千重瑤草琪花瑞色濃野鶴已飛丹竈冷虬龍

常臥白雲封烟迷洞口流寒乳風滿崖閒響古松蒼翠襲人
塵思淨一聲春鳥過高峯

蘆花

空江一望渺無涯風緊寒蘆漸作花秋雪菴中誰弄笛月明
烟冷老漁家

黃庭宇夢珠號寶田錢唐人樹穀子有蔗餘堂集綠萍集

寶田居北墅散花灘秋試屢北以貧故奔走四方燕趙齊魯吳楚之郊轍迹幾遍後以事累遣塞外吳門李客山江陰翁霽堂見寶田蔗餘稿翁顧李曰此人詩有遠韻他日當不落寞李曰不然黃氏七世風雅人人有集是子正在妙年固宜弈弈有寶氣然氣雄視高而刻思幽語與人多不相類吾恐其窮而益工也已而李語果驗

湘水來

北風吹湘水江平水更急護田須築隄築隄向隄泣

屋淺水及檐衣短水及襦長官忽民瘼嗟哉民其魚

打八哥

打八哥打八哥八哥無匿處但解陰晴不解飛沙明露白久延佇紅蓼洲青蘆渚兩啁啾告其侶于今高飛亦何益膠網不設黏竿舉吁嗟乎八哥爾何苦鴂舌作人語爾不見人作禽言人不顧禽作人言人捕汝

神龜篇

古泉先生得神龜山遊水泛與其之逢人說龜龜不語屏息怕遇老桑責我聞龜之不死以氣伏不飲不食善信縮貯以華屋毋寧空谷飼以粱肉毋寧濠濮城以南江之北梅雨十日蓮葉青先生不歸龜胡以生

送俞令山回杭州

故國不相識逢君在漢陰那堪江上檝又理匣中琴改歲憶
歡會離羣感素心蒲帆開十幅愁見暮雲深

正好閒頭去湘流綠漲初回看漢陽樹應念武昌魚有客垂
衣帶他時寄素書殷勤須問訊山色近何如

清才誰與敵爲子感遺珠高舉有黃鶴長飢笑白鳬蹔來非
有意相別在須臾但羨還家後花前杖可扶

題史湘筠竹西草堂冊子

即此識幽意伊人愛澗阿酒懷秋後窄詩感畫中多白髮幾
增減青山一撫摩柴桑應有約及蚤訂相過

萍

本性自輕薄相逢感別離漂流對明月疎窗任清漪千里歸
何處一池青未知莫教蹤跡斷珍重與秋期

順風

銅丸走峻坂騏驥不能爭雲影隔檣過浪花隨柁輕始知風有力未信路難行好向長年語兢持戒滿盈

蟬

已能遺世立猶戀綠楊絲曉夢咽殘月秋心冷故枝于何得清化終是處高危別有臨風怨商聲孰與期

江研南夫子將還吾杭適某自都門歸又有楚行賦詩依贈別原韻

一篋新辭富有餘及時歸去樂何如莫因楊柳留春思好傷蒹葭葺水廬營壘何堪憐去燕上竿眞欲笑游魚一帆穩稱秋風便正是金垂橘柚時

烟同幻影水同奔滿地風波眼欲昏晝裏蓬萊成一笑胸中

雲夢許全吞湖山儘足邀眞賞松蔳何曾解市恩可惜大江
千尺浪送人來往棹無痕

盜浦對月

纔得采菱風亂吹一圭寒月浸玻瓈江山如此來何晚雲樹
多情住卻宜烟際鳴蛩空有恨夢中沙鳥不曾知年年好景
誰爲主欲倩篙師問罟師

荻港食鰣魚

船燈歷亂晚潮寬少有鰣魚入市看此去小孤纔上網欲謀
餤醉恰登盤擬同海錯加三等好與天饞佐一餐我憶春波
恰東望櫻桃風起遍江干

破枕

山字裁成密綫縫年來相倚亦從容憐卿染垢痕難洗悞我

攤書手更慵繡出鴛鴦失毛羽折開敗絮笑兒童從今不借遊仙力蕉鹿何煩與夢逢

黃易字小松號秋盦錢唐監生樹穀子官山東運河同知有小蓬萊閣詩

小松世其家學篤嗜金石與松石同官濟寧時凡嘉祥金鄉魚臺間漢碑悉搜而出之而武氏祠堂畫像尤多所見漢石經及范式三公山諸碑皆雙鈎以行於世工畫又工塡詞當代名流多通縞紵小蓬萊閣者其七世祖貞父先生讀書之所在西湖雷峯下今燬

送郭十四南歸

踏雪送君去江南筍正肥花隨春雨密帆逐亂雲飛歸與濃於酒波光綠上衣官閒貧亦好來往總忘機

吳門夜雨

虛負吳閶六日畱殘冬衰柳繫行舟獨聽一夜瀟瀟雨也當

春宵臥小樓

登封九月十三夜作

雞唱蛩吟那得眠高寒古縣早霜天傷心卅八年前事此日辭親上客船

嵩陽舊館圖爲盧雨田作

唐盧顥然嵩山草堂有樾館倒景臺枕烟庭雲錦淙期仙磴滌煩磯羃翠庭洞元室金碧潭諸勝謝時臣手摹此圖頗得幽深之趣今藏姚制府家雨田以素册索畫爲寫此奉報鳥倦知還安居最樂吾兩人志也并系以詩

廿年前見樗仙筆羨煞唐賢舊草堂何事河堤塵衮衮半生辛苦飽風霜

與君把盞更看花不管燈前兩鬢華圖取嵩陽嵐翠好無邊風月屬盧家

胡上林字紫淵號弇庵郡諸生

弇庵性至孝敦行好學趙鹿泉曹儷笙兩先生爲學使時嘗佐校勘之役尤善奕儕耦角伎無有能勝之者

春日袁州道中呈沈大竹士

江樹凝愁思春帆任遠征鄉書空雁字歸夢破鶯聲轉覺花無賴翻嫌月有情客中杯杓在排悶與君傾

宜陽道中

一夜西江洗翠屏碧波搖漾玉瓏玲卻如閨閣初妝罷螺暈分明鏡裏青

王覲字贈璵號五玉海寧諸生有百花詩一卷五玉詩鈔一卷齊齋詩鈔二卷

五玉工擘窠大字且通印人法詩多新思喜爲迴文拆字離合顛倒諸體有春游吟一篇每句以四書人名牽綴其間細意熨帖頗無針線迹也

春草

鬱鬱復芊芊芳隄翠帶連宿烟蝴蝶路新雨杜鵑天送客情千里懷人夢一年平原歸去晚詩思滿吟鞭

春暮閒居懷遠遊諸君子

繞簾花霧正冥冥香氣濃如醉綠醽獨坐何時虛室白相思幾處遠山青愁中舊雨兼新雨夢裏長亭復短亭最是曉風楊柳岸鸎聲滿耳不堪聽

懷蘇六雲臺客楚中

四載荆南託此身流連景物惜芳辰禽關樂意春聲變草帶愁痕雨色新青眼雖逢東道主白頭應念北堂人遥知蘇縮

工書札好寄湘江六六鱗

途中即景

罨彴橫溪綠樹遮東西小住幾人家密濛春雨晚來溼香遍一村蠶豆花

春雨連旬口占一絕

寒雨連緜不放晴曉聰何日聽啼鶯山茶半爛江梅落滴盡春愁是此聲

三女堆

松風謖謖冷烟霄古冢深藏粉黛嬌髣髴玉鉤埋玉處消魂燕子話南朝

蛾眉千古幻花魂葬近花宮得慧根豈似金閶吳幼玉孤飛白鶴弔黃昏

覽物有感紀以小詩

驀地飄來幾陣香引他癡蝶過鄰牆飛花自被遊絲罥錯怨東風不主張

梅雨瀟瀟迸入池氣蒙高柳雜烟絲黄鸝口噤青蠅噪兩樣心情各自知

張羅密捕小飛蟲誤用經綸笑杜公一个壺蠭擒不住公然漏網出虛空

火烈由來畏避多蚩蚩偏有撲燈蛾輕狂甘爲烟花死幾箇飛身出燄摩

談潮字考槃仁和人

考槃教授餘杭之方山遂卜居焉事母以孝聞歿後門人送柩歸殯有白光起柩前移時不散

三月九日同朱清渠賞牡丹席閒偶成

竟夕吟哦不肯休十分佳興羨君優名花旣放不盡放旨酒已篘猶未篘珠玉一堂風雅士圖書滿座水雲儔來朝別去情猶戀攜爾天香上小舟

張沅字錦川號雲谷錢唐人有留雲詩集

雲谷居北郭之方山時仁和談文學潮亦僦居東麓築卷阿石室兩君皆避俗高蹈之士紫芝有曲白雲有謠時以篇翰相贈答焉

書蓬村老人滑穋指頭見龍圖

我聞宋代陳所翁曾於天上見眞龍風雷奮迅破空去指頭撥剌留奇蹤噀水作霧渺無際潑墨出雲千萬重六百年來只駒隙斯人妙蹟殊難逢前此僧繇畫最奇後有董羽張天師精神在筆不在指祇今千載煩相思中閒豈曰無作者得其門者盧或寡譬如凡馬非不具毛骨驊騮未易傾心寫蓬

村老人草太元模糊塗抹驅雲烟指頭歷落風雨驟神龍頭角摩蒼天揚鬐露爪翻海波海波騰沸驚黿鼉滄溟倒立黑風捲日光下射明盤渦此翁指法俱堪羨五十年中幾回見翻覺從前識未眞今朝才悉平生面吁嗟乎世人所好似龍而非眞翁何寫眞欺世人墨池灑作三江雨陽侯鼓浪海若舞雲頭錯落神飛颺腕底蛟螭更無數東坡酒氣十指來蓬村墨神一指取近來刻鵠何紛紛捧心不惜東施苦龍兮龍兮殊未神隱見還憑指屈伸才是硯池一勺水轉眼飛騰驚世人

金獅字振之仁和監生官兩淮板浦塲大使有香涇詩鈔

水仙花分得襪字

春雪壓簷水生骨東園桃李花未發水仙有意淩莫寒素影

朦朧漾殘月我因花事增嘆嗟烟浪微茫夢飛越金支翠旗光有無貝闕珠宮影明滅冰夷擊鼓急響停湘妃奏曲繁聲歇彼姝者予六銖衣微步生塵見羅襪花魂咫尺洵有靈一點冰心慰寥闊憶昔嘉種羅華堂分箋共逞生花筆名並三閭六瓣奇哲兄得句眞淸絕名與三閭並香惟六瓣奇先兄水仙花句也同君解佩返瑤京石上菖蒲空九節欲吟楚些歌大招新詩誰補湘纍缺先兄詩曾言及此故云杜蘅芳芷眼迷離物是人非那忍說仙漿未飲熱中腸聊取寒泉薦淸潔梅兄礬弟倘相攜應到蓬萊水雲窟

陳祖蕃初名景運改名堯後改今名字黻世號鴝軒晚號古歡老人仁和諸生

古歡藝畧皆通工于楷隸畫筌印法亦洞其微而於脈神炊湯之經九精研討尚氣節嗜吟咏舊稿皆燬于湯

遺稿數十篇皆燼餘掇拾也

贈胡約齋名曰樾字行表錢唐縣學生世居響山著有響山集十卷

落拓性所近，山居志不羣。簞瓢有眞樂，富貴等浮雲。繞戸皆花竹，盈牀列典墳。生平重然諾，知我莫如君。

題許榆村桐江垂釣圖

知者心多妙，寄情流水閒。滄浪歌未歇，濠濮意何閒。野荻遠侵岸，夕陽猶在山。孤舟原不繫，直欲釣鼇還。

杜門

明知身是寄，天假一朝閒。茶熟晨餐後，鳥啼午夢還。攤書欣放眼，讀畫勝看山。老大悲岐路，何時可閉關。

題山水畫扇

欲雨不得雨，江雲横翠微。深林人跡少，野艇幾時歸。

辛未立春客四明有感

自慙頭腦笑冬烘浪跡何緣過甬東轉眼桃花新漲暖一春心事雨聲中

丁晉字晉藩號野鶴錢唐諸生

野鶴幼敏悟讀書過目卽能背誦性傲嗜飲不諧於俗年未四十竟以貧死詩盡散佚李西齋緣庵詩話載其五律二章

題友人東甌集

故人東甌返示我東甌吟落落江湖與泠泠山水音仰看雲際瀑自鼓風中琴大雅多淪沒何人知此心

江上訪友人不值

言尋雞黍約江上閉柴關忽遇林中叟同看雲外山潮迴鷗鷺靜飯罷漁樵閒明月生前浦狂歌猶未還

潘涵字宇情郡人官安徽六合知縣

宇情以循吏稱雨子早卒竟無後見隨園詩話

隨園小集

安住林亭遠放舟境隨人轉水隨鷗好山剛近長江口老屋深藏大樹頭叱馭原同招隱别買園先爲種花愁解還墨綬銅章貴換得繁英與素秋

香名弱冠飲鄉城壯志空山踽踽行陶令穫田償酒債敬姜操績伴書聲漁童歌好垂綸聽長者車來拂袖迎一片倉山梅影水回頭還比玉堂清

西亭北榭闌干閣引天風獵獵寒舊約飛魚傳去杳新詩走馬借來看風生咳吐追唐調禮失威儀謝漢官笑我熱中心未死偷閒來弄釣魚竿

鄒謌字灌畦號介石晚號介白山人海寧貢生有介白山人近體詩鈔

介石故居曰小盤谷蓄奇石甚夥中年後迭遭家難乃棄去而局促市塵間貧困牢愁一以詩遣顧性實高簡値歲飢縣官賦詩勸賑和者麕至聞介石名亟徵其詩而詩竟不可得一日奴告糧盡介石欣然曰得矣奴曰何在曰吾覓偶句思苦不屬得汝言續之矣聞者皆匿笑其溺苦如此

麗州登程

舍船舒藤縛快意竹兜便一徑入寒翠數家生夕烟音殊鄉語澀路杳客心縣弛擔臨荒店侵階看落泉

夜雨

涼雨連宵暗蓬門掩水隈一鐙秋影瘦孤枕夜潮回夢醒通禪味身閒本棄才無因貧與賤歧路尚徘徊

衡門

才疎身轉逸終歲託衡門屋老松生瓦谿迴竹抱村乞花娛晚節溫句課童孫但得簷歌樂槃阿矢弗諼

幽築

背市成幽築居然水一方池深魚息影樹老葉生香遠岫澹寒翠孤村沈夕陽閒談接鄰叟今歲晚田荒

放鶴亭

一櫂入深處空亭臨水開梅花自開落鶴去幾時還封禪無遺憾巢居常掩關何人發長嘯餘響答林間

憶絢亭三弟楚南

滿城風雨近重陽關塞遙憐客路長江水低飛孤雁影菊花寒戀故園香折腰枉說求升斗聚首終慙足稻粱此際天涯同悵望暮雲無際遠山蒼

重九日過奉眞道院

風雨不來天氣清香如雲蓋鶴如迎綠總畫靜開金檢紫府秋高動玉笙松蔭石壇塵跡淨花攢籬角晚霞明何須更挈萸囊去錯會僊人出世情

漫成

榆景荒涼對夕暉天時人事總相違飯因儉歲香偏劇書為空函寄轉稀自問銜蘆情已倦早知戀棧計終非閒鷗羨爾眠沙穩烟暖春江伴釣磯

村舍

蠶帖深村掩戶斜提筐一徑綠雲遮鵓鴣向晚啼聲急細雨牆頭溼楝花

見月

打頭一屋小于舟去住何心雲影浮卻怪銀蟾如舊識照人同過水西樓

江樓送客

浪花無際點輕鷗蘆荻蕭蕭兩岸秋一葉蒲颿雲萬疊橫江風雨獨凭樓

陳寅字子畏號畏齋錢唐人郡諸生有聞寒蟬閣吟稿

畏齋與百藥同姓名年二十卒從子鴻壽稱其沈靜好學

和元人五臺懷古

一顧傾城況再顧暗把興亡帳中度作臺長擬貯妖嬈臺若成時妾當去一物能銷羑里愁數言頓撼鴟夷怒國中顰態變東西宮裏謳聲失朝暮夜深誰見越兵來惟有伍員冢頭樹若耶溪上羞再歸百花洲前休更住范郎相對莫相疑但

遇新歡誰憶故要使君心信妾心請君同泛烟波路姑蘇臺
豫樟斷棟連雲起目斷瀟湘一千里臺成遣幣走諸侯魯侯
惆悵荆王喜良弓虛賜復來歸長鬣誰歟紛相禮盜方有寵
樂何如龜豈無知罵朱巳臺上繁華不耐看又向州來破翠
被作臺本爲罪人歡因著王衣代王死莫待投車泣眾兒始
悔當年殺人子請憶巴姬埋璧時小郎豈是諸兒比章華臺
帝穿夔峽埋瑤姬葬號巫二駿龍隨巖封嬌霧曳愁態雌猿
淚激灘鳴悲天上走媒胡不早人間得壻莫教遲長蜺舞旃
珠嚙轂君王來戲春風時春風帖帷贈香夢夢裏看山山夜
飛細腰滿宮妒欲死陽臺粉蠹精靈稀薰羅蘭髻暗歸去羃
雲漏雨昏叢祠雨雲不濕蒼梧路羞遣湘中帝子知朝陽臺
入門照滿黃金色盡掃風雲會東北郭隗未必解亡齊天下

聞之氣先塞不見涓人買駿歸駿歸骨朽空殘質千金一擲爲虛名死馬啣恩生馬泣知己相逢力更雄汝筭故鼎終朝入名城七十盡封疆何況區區莒卽墨天公底用妒臣心地下何顏謝君側欲覓燕臺臺已平望諸墓畔今蕭瑟黃金臺

征驃合沓關西來按劒一叱千山雷江東子弟八千騎朱旗捲日風雲開萬里踏徹馬蹄響十日不散凝塵埃項王彭城晝錦樂亞夫彭城朝露哀垓下楚聲夜深起鴻門意氣胡爲哉時不利兮騅不逝故鄉可迴羞不迴臺邊秣餘生苜蓿陌頭馳過空蒿萊龍顏沐猴安足論蒼茫何處歌風臺戲馬臺

姚日宣字潔士號珠山仁和人郡諸生有珠山稿

秋夜聽琴

一簾花影浸閒庭楚客琴思入杳冥沙岸月明秋落雁石樓

人靜夜飛螢意中流水依稀白紘外高山想象青若把十三徽按偏也應哀怨動湘靈

趙咸寧字首乾號蔗餘錢唐人

七夕

纖月生西林照見東牆白此時樓上女穿鍼情脈脈河漢高無梁飛鵲不見跡燦燦衆星明天人邈相隔秋風吹中園寒螿鳴四壁以此感客心俯仰悵今昔

國朝杭郡詩續輯卷十六終　　錢塘吳慶坻校字

國朝杭郡詩續輯卷十七目乾隆二十八年癸未至三十三年戊子以科目爲次

孫效曾　祝德麟　吳　霽　湯萼棠　徐嗣曾

費　淯　張　培　袁　樹　邵　溥　徐紹安

陳庭松　鍾式欽　許時若　諸以敦　袁　杲

陳昌圖　孫志祖　余　集　王學淳　龔導江

邵　棠　沈赤然　毛郁青　邵志望　洪文炳

施光輅

凡二十六人

凡三十六人



 乾隆二十八年癸未迄三十三年戊子以科目次

國朝杭郡詩續輯卷十七　　錢唐吳振棫毅父氏編

孫效曾字恂士一字心蒔號蘧盦仁和人宗溥子乾隆癸未進士官翰林院侍講有學迂精舍存稾

蘧盦以會試第一人成進士由編修歷官侍講在上書房行走自乙巳歸里家居二十年屢主講席

檃詠後漢書列傳三錄

孫宏與皃寬鴻漸困羊豕姑幕有承宮寄跡無乃似學成始告歸肆力躬剡耜朝右忽聞聲徵車遂強起齗齗吐忠言睔睔懲媚士威名一鏗鍧傾動單于使雖乏魁壘姿寧事江神恥單于遣使求見宮以貌醜請選有威容者乃以大鴻臚魏應代之捉刀乃英雄未聞飾容止莫謂蠻夷中罕識眞男子　承宮

敬通盛文史早歲懷琳琅投閒說廉丹意氣何軒昂走險入河中覯釁思騰驤僕射置偏裨生也輕乘障聖漢方隆興蘇

枯鼬姦猖雖免後至誅負俗終輣張結納得從事罷黜歸田
桑閒昔楚季布賽旗犬吠唐及其漢廷立廉鍔不可當昔爲
更始用葑菲無相妨曳裾新陽侯得無慙剛強淒涼問交篇
折骨徒摧傷義直寧見屈蔚宗以光武不用衍爲義直見顧屈于旣往守節彌阨于將來
言守孤芳　馮衍

龐鴻析萬類仁誼固所樂異稟有醖釀眞精或盤礴相遇得
共儕若巨魚縱壑東京節義林志士爭依託其閒郭有道矯
矯出羣鶴當時獲品藻餘榮擬豐爵班草太學中衆正咸欣
躍黨魁際末造紛紛挂簪紱搤擊痛刑名瞑眩還救藥之子
獨何篡超然去寥廓明哲申屠生庶幾膠漆約碑版付中郎
無俾潛光晷　郭泰

題張月路板橋吟詩圖

寂寞溪橋路疎林帶碧潯川塗愁晚歲風雪託清吟詩骨寒逾健交情別更深月路有同年友懷人詩十首相看圖畫裏流水答遺音

祝德麟號止堂海寧人乾隆癸未進士由編修官御史有

悅親樓集

館選齒最少者謂之館少乾隆癸未止堂與壽光李鐸年皆二十人羨之以爲其年不可及也官翰林時或典試或視學秦隴巴蜀灘危嶺險以暨八閩濱海之區無不備歷及改官御史以言事不合鐫級歸里僑居五湖三泖閒授徒自給日以詩酒友朋之樂宕漾其襟懷

就陸後嬾不作詩車中偶吟一二首旋亦忘之入都應酬麤畢書以自解

詩濤要汪洋詩骨要峻陡詩情尚綺靡詩味貴沈厚更取詩腸寬函納藪衆醜亦須詩境佳天秀富攟取然後發爲文應心斯得手刻礫秋後山婀娜春初柳哀猿叫澗峽寶劍煥星

斗作者攄性情讀者傳不朽今余亦何為迂疎但墨守三年廢禮樂禮樂壞已久言哀且未忘言歡更何有自從郎長逝稍稍啓豐鄗濟江達長淮並岱陟彖阜皇天盛霖潦洶沸溢田畝所歷齊趙郊不辨原與藪局蹐坐柴車下帷閉新婦時遭逆旅欺或被僕夫詬那當行役艱撚髭開笑口昨者八春明息肩弛擔負故交兩三輩開尊勞我酒神魂乍棲泊塵壒漸斗擻行當呼古人晤對商可否與來吟千章情往賦百首蟲能鳴乎秋鳥亦求其友莫將玉抵鵲安用金享帚償璧或籠紗鄰家或覆瓿毀譽聽時流自向元冥叩兵可百歲閒未可一日狃詩可一月廢未可一字苟書成獨賑然付之亡是叟

金山弔韓蘄王

雪花滚滚銀濤舞十丈神魚作前拒還似黃天蕩戰酣中權亂擊夫人鼓維舟入寺一憑欄帆檣百道來蔽天榑桑星星射赤燄又如火箭飛空攢當時南渡中原攺臣欲渡河帝入海猶賴中流擊楫人能以全家當敵壘紅袍玉帶彼健者去如脫兔龍堂下已喜先禽鐵爪鷹恨不盡斫拐子馬偏安半壁要人扶朱仙鎮上忠旅俱東窗老魅正縛虎西湖居士聊騎驢千秋血淚灑英雄可惜飛騰戰伐功今日山川似圖畫滿江猶作雌雄風

楊梅竹斜街藤花廳爲錢唐梁文莊公故第余二十三年前曾一到昨訪客過此已爲逆旅主人藤花正開亦衰悴非復舊觀矣感賦長歌

長安卉木紛如簀端賴名賢留勝迹海波街成詩老廬朱竹垞古

藤書屋在海波寺街今猶存時晴齋說尚書宅汪文端公第藤花最盛相公清望在巖廊第一流傳翰墨香門外沙隄憑護築堂前花簿自平章紫藤舊是前人種繡闥七開蓋無縫分得薇垣色最妍倚來蓮府名尤重偶逢朝罷正花開珠履貂冠笑語陪那欠酒波長似海只嫌蠟淚未成堆賞花不獨將花祝百歲千春因獻壽紅杏春風總吉祥黃花老圃非寒瘦自知驕貴異凡葩花亦奔騰張去聲綺霞夜逐火城相映發朝撐華蓋徧周遮主翁一旦騎箕去折券千緡他姓據門館當時客埽難投巢今聽行人寓襍沓庭階走保傭簾櫳依舊度春風晝梁燕去牽蛛網鉤砌人來捉馬通十丈朱棚半敧側婆娑花意羞無色連檐柯幹盡淒涼滿地飄殘空歎息賢郎與我夙論交官拜司空地位高別構幽軒含窈窕好排奇石出嶁嶆去年歸葬西

湖上一片玲瓏誰作主昨向門前問影蹤傷心付與看錢虜

高門興替幾多時亦等花光有盛衰平津廐庫尋常事華屋山邱無限悲

漆園

豈獨文章妙其書至理存大能尊孔子空不啓禪門夢覺關從闢洪濛局盡翻猶疑身善化蝴蝶滿寒園

題簡田兒所藏李憲喬詩冊

不見李生久杜句清才誰與同詩能摹賈島書可亂邢侗游子太原雪故人京國鴻零縑裝潢得猶有老成風

馬伏波墓

飛鳳山南野草秋鳶聲長嘯使人愁威靈銅柱先諸葛潦霧蠻谿媿少游馬革有情屍可裹雲臺無命像難畱滿墳薏苡

離離實還擬明珠幾斛收

虎牢關

參差廢壘玉門高氣壓巖關逼虎牢六國有兵連上黨三川無險過成皋武莊立國藩籬固楚漢交鋒甲仗鏖千載登臨狂阮籍干卿何事首頻搔

題渭南集二首

寶劍長纓短後衣豪情蟠鬱興遄飛花開命妓朝行酒雪落呼鷹夜打圍肝肺槎枒生傑句江山婠嫿出新機三巴多少詩人蹟工部而還此客稀

投老山陰守故園筆牀茶竈伴籬樊畫來團扇家家看數遍殘碁局局翻大散關猶迴遠夢小朝廷竟忘中原可憐未瞑孤臣目悽絕臨終廿八言

夢儀弟

我未識汝聲汝未識兄面呱呱何物啼夢中乃一見
不能將汝來寄書又不達斗粟一尺布誰復相存活
樓前小桃園是我舊游處汝來戲其下彷彿牽襦袴
黃鵠東西飛兩翅大於輪孤征逐羽翼墮地還踆踆
輾轉牀席間燈火背窗暗攬定起尋蹤屋角殘月瞰

吳霽字偉雲號竹堂錢唐人乾隆癸未進士有晚翠樓集

竹堂貫穿羣籍體大思精嘗讀書南屏萬峯山房長老讓山深相款洽時吾杭名宿丁吳杭厲諸老結茶果之社于萬峯月凡數集而天台齊侍郎來主敷文講席茶香塵影盡付淵源迨學使諸城竇公按臨浙西遂有國士之目乾隆癸未會試中式盛名滿都下旋失意南還四方名山大席引領望其主持風雅初住太平之翠螺後住金閶之平江終老講席造就後進指不勝屈文章最嚴法度而典碩渾厚貽息漢唐工書善畫平生最耽幽勝筆底挾江山奇秀之氣高挹塵寰小楷奄有晉唐丰神絕世晚年焚香滌硯神明湛然嘗自題其畫竹石

云二分水竹一樓書便是倪迂小隱居爲學觀心先鳥起滿林風露共清虛可以想見風流矣沒後羣從掇其殘稾爲晚翠樓集

浣雲池得半字

巖池漱雲腴雲行池自滿盎盎浮春宵沈沈變秋旦林風俄披拂倒影忽淩亂我隨山中僧揭來一清盥不知迴瀫多坐憂餘綺散織女抛機絲靈妃解珠貫懷哉白居士星物幾回換苔壁松瀣垂秀句玉齒粲龍歸或雨餘鶴飛已天半

秋林獨步有懷心舟上人

秋來足幽興隨意步林塘鳥語隔叢竹泉聲到石房遙岑雲自白斜景月俱黃忽念山中侶長謠籬菊芳

山亭春興

山暖全消雪幽尋趣不違泥融先上屐嵐潤欲沾衣蓓蕾梅

梢亞空濛雨點飛自今來往熟烏雀亦忘機

澗館籠蕉葉山亭覆筍皮連城烟澹沱到嶺樹參差苔石琴

分薦冰泉硯冷池賞心兼與曠一上一哦詩

江上愁心

江上愁心山復山平沙縈白斷霞殷風帆淩亂誰相識烟鳥

參差各自還羈客他鄉仍作別幾年征轡幾時閒於今怕有

歸家夢夢裏相看總涕潸

游齊雲作

夔山空復譜圖經使節欣依拜岳靈飛瀑雨餘穿地白亂松

春老入天青誰從劫火參金像廟燬於火新落成自有罡風閟石扃

彈指浮漚更何似結茅巖下讀黃庭

金山小幅

是誰染就羅裙綠恰取浮峯作寶釵日暮收帆望烟水朱霞一抹是秦淮

散花灘早春

小梅落盡更聞香幾日春寒澹夕陽傾取水邊閒意思草痕纔碧柳新黃

湯萼棠字韡齋號諫堂仁和人乾隆癸未進士官江西吉南贛寧兵備道

諫堂長於聽訟舞文吏皆瑟縮無敢骫法者知南安府梅嶺爲江廣通衢曩時擔夫鼠竊詰之則互相諉諫堂飭行戶設保夫責償所失移文廣東南雄府並著爲令行旅便之府志入循吏傳

促織吟

促織鳴聲淒切嬾婦不驚勤婦泣木棉價比湖絲高機杼長抛布斷絕砧杵歇殘燈孤館聲聲急路上行人聽不得

月夜江上聞笛

渺渺寒烟外長江萬里流美人隔天末落月照孤舟雁叫蒼梧野猿吟白帝秋不須聞玉笛愁思滿滄洲

徐嗣曾本姓楊字宛東號兩松海寧人中吉孫詠從子寄籍江蘇丹徒乾隆癸未進士官福建巡撫有思益山房集

兩松爲以齋少司馬曾孫父寓園先生出後丹徒徐氏兩松十歲失怙恃歸鹽官依叔父吟雲先生讀書吟雲先生撫如已子教督備至兩松資性穎異又刻苦力學杭堇浦先生許其遠到旋復楊姓應試登第後視學關右報滿入都始以出繼歸宗始末 陳奏并以徐氏兩世撫育且別無族屬可繼請仍姓徐 高廟深嘉許之其後世世子孫永以徐楊二字爲姓 迨塡撫八閩值林爽文之亂渡海籌邊功成拜花翎之 賜並圖像紫光閣 御製贊語以寵之洵極儒臣之榮遇矣生平清介自持居官惟務夔民敎士於閩振興鼇峯書院人才蔚起至今尸祝陳恭甫編修比之張清恪公誠無愧云方兩松幼時嘗負笈于金沙于翁翁相攸及之而慮其貧弗當女意一日授左傳重耳齊姜事令女咏之口占曰願從公子志不作女兒悲父喜甥館乃定此事詳見錢

孟鈿集中惜于夫人詩未之見也

踏沙行張掖至高臺道中

弱水西復西尾閭貫沙磧似憐沙氣乾傾瀉噓以溼沙水劃陰陽東西別尺籍海若與流沙隱若一敵國百川旣東注千塵乃西宅水弱沙自流水盡沙不澤奚啻精衞鳥塡海思銜石我習踏浪輕不解踏沙澀那持東海竿謬向恆河側我僕苦夜短我馬困天熱曉行未半舍朝陽燿金屑銅鉦過鼓唶火傘奪幟赤未挾煑海威頗作燔沙烈白鳥與醯雞幺麼等粟粒冷沙久殭臥趨炎乃鼓鬣時勞塵尾揮那勝豹腳捷高臺有賢尹謂崔明府南華贈新刻借得天池寬開我車中仄野馬與塵埃相吹六月息山遠樹未稀混沌衆竅塞何處有好風須臾天籟作號宎無所附于喁不拔節西向輿前騶有似退

六鷁酷暑化蟲沙沙蟲化冰雪所欣人意涼頗懼地氣黑風勢鼓亂沙天欲吹海立漫空魚龍舞撲面瓦礫擊斯時恨水弱難與風沙敵誰爲乞龍宮鬃尾挾數滴白雨一以飛黑風頓然默絕似萬枝弩倒作錢唐射旱海斂波濤不敢作潮汐金沙爍炎火需此一噫急風沙伏鬼蜮仗此一洗力嗟哉行路難大矣天地德少頃風雨晴紅燈出古驛一撫七弦琴彈此沙雁迹

謁諸葛武侯祠

漢中王即位五字補天功安見益州牧不爲天下雄琴臺梁父意桑樹布衣風左袒千秋定都歸澹泊中

雄石峽

漫笑秦人築太忙有明中業更積唐那知嗚咽磨刀水忽變

風流祓禊香也擬窮源追月使未能題柱愧仙郎百年遺老消磨盡不記當時舊吉囊

商州懷古

崤函王氣一丸收控扼荆州接豫州三戶亡秦民望楚五星聚井讖歸劉亂山高下周遭在界水東西日夜流今日行窩成樂土新畬已足稻粱謀邵康節客商州所居名行窩

隴頭流水用漁洋秋柳韻

獵獵風旌攬客魂鞭絲漸指隴西門昔年嗚咽磨刀水此日彎環嚙石痕班馬寒嘶丞相壘流鴉亂點古皇村王程浩蕩心猶折烽火淹畱更莫論

隴月高高白似霜亂流直下少迴塘牽愁忍下青絲翦織恨疑開錦字箱虎跡蹤橫迷漢將蛙聲幽咽怨隗王別離南浦

無多日錯認清波是治坊
湔裙初過擣寒衣風景江南未盡非紅豆拋殘鸚鵡去白蘋
吹老鯉魚稀判投玉玦盟難定恨寄刀環夢欲飛遮莫分流
因漢使迢迢星宿路多違
豈獨秦川望可憐遲回閱盡隴頭烟霜橋斷渡橫枯柳雪磵
銜寒發野縣羌笛有情悲遠道玉笙無語泣華年何須九日
窮高望已覺銀華到鬢邊

晚登岳陽樓

南風乍轉雪初收暮送輕帆到岳州豈獨仙人能飲酒欲從
天下一登樓新蟾浴水弦如望殘漲浮空臘亦秋燈火江東
催夜發幾聲漁笛起中流

賦海巡臺灣作

圓融一碧卵中央於廓於昭接混茫六氣馭室衙不動大鈞
吹萬樂初張盪胸星斗如飛練回首江河等濫觴也似天門
臨日觀坐看紅影出扶桑
賦手元虛富採羅誰將巨筆繪洪波迹窮秦漢寧嫌誕才到
韓蘇不患多九萬里風聊復爾妙莊嚴性更如何汪涵
聖量眞無際還仗滄溟一寫摹

永昌紀行

行省清風播詔南（謂孫補山中丞）守來勿失愧何參戍樓夜肅邊烽
靖耕隴春深
帝澤涵自有虹橋通寶象任他鼠穴嫁金蠶（緬酋贅角牙荒于酒色其頭目乘隙蠱惑各思攘奪）封關底借丸泥術籌草蒙茸鬼髮毿

南山

紫芝歌罷楚歌哀鴻羽翻教作雉媒至竟安劉憑將種諸公應悔下山來

費淯字筠浦錢唐人乾隆癸未進士歷官體仁閣大學士謚文恪

湯母石太宜人節壽詩 生崇禎丙子康熙乙巳請旌卒乾隆丁巳壽百有二歲

古有齊賢母期頤老福榮那如貞苦節長此築懷清繞砌金萱茂生庭玉樹橫百年傳獨行搘柱起家聲此日追遺範陳情令伯同灘江翻逝水桂嶺媲清風回首春秋富驚心歲月空芳徽應不朽紀載管彤中

張培字蓉沚錢唐人乾隆癸未進士乙酉 南巡召試一等 欽賜內閣中書歷官吏部郎中

題顧茱厓杏花江店圖

風光一路草萋萋指點斜陽送馬蹄無限閒情何處好青旗
野店小橋西
多情楊柳暗江頭酒壓吳姬待客游何事懷歸歸未得三更
春雨夢揚州

袁樹字香亭仁和人鴻子枚從弟乾隆癸未進士官廣東
肇慶知府

甲寅初夏陳東浦方伯招同姚夢穀張雪鴻毛侯園
馬雨耕黃書厓徐芷庭燕集瞻園賦呈八章

地占無雙勝人欽第一流政因清自簡園以曲增幽謝傳雲
藏墅庾公月滿樓蓬壺行可達何用海中求
雨足三春後風和四月天坐花開廣讌聽鳥代繁絃饌盛頻
傾盞簾疏薄籠烟高懷忘軒冕逸任接籬偏

撐出一園勝爲山九仞高奇峯爭列宿平地疊秋濤迴欲淩
三島空疑駕六鼇元章如得見狂拜定九勞
是最繁華處偏能絕世譁竹深狂迸筍樹異老生花水石無
官樣樓臺入畫家薜蘿高不翦留取宿烟霞
任意行花隝隨風嘯竹林磴移雲棧小洞隱石門深渡澗鷗
驚起探橋鶴引尋頻穿幽徑出空翠滿衣襟
信步都忘倦幽尋往復迴就泉烹紫茗拂石坐青苔綠潤軒
初定濇熙井不開夕陽如好客爲送晚霞來
散坐闌干淨酒醒春服涼池寬澄照影草細靜生香日落松
梢暗烟拖柳線長欲行還不忍餘興遶迴塘
二十年中事身經幾度過風雲來去速亭樹改移多夫子眞
賢達羣英足嘯歌慚同花底鳥也自學吟哦

山中月夕

人靜山空戶不扃銅壺涼帶露華聽池塘當月一方白竹氣沈烟滿屋青高閣出霄窺碧漢長廊排樹挂疎星閒雲伴慣幽人夢飛到藤牀一片停

家人集小倉山房讌梅大雨忽作

爲愛梅花敞綺筵合家春聚畫堂前忽憐香氣傳風外卻喜花開在雨先人影共分千竹翠簾光高捲一山烟知他萬片隨雲去還赴瓊樓讌列仙

卽事

十六窗屏百尺廊綠陰穩護竹匡牀筆因學畫頭先禿指爲彈琴爪易傷芳草綠沈雙蝶影飛花暖撲一簾香自從學得南風操倍覺深山春晝長

春水

春水圍欄東復西多情偏引柳條低笑渠一段流連意慣送飛花過別溪

邵溥字德施一字雨田餘杭人乾隆乙酉舉人官開化訓導

拔達克山進馬歌

拔達克山有名馬瞬息千里汗流赭大宛龍媒未足儔渥洼神物猶居下　皇靈遠震流沙西一朝電閃馳霜蹄幸備天閑受驅策五花雲錦燦金隄遐方慕義識專一詎知聖主長無逸旅獒貢雉非所珍馬駕鼓車奚足恤獨有宵旰求賢心遠勝市骨懸黃金君不見泛駕猶堪歸統御況復材呈六轡調如琴

徐紹安字芳垞號佩堂錢唐人乾隆乙酉舉人

詠燕

春社歸來認舊窩新雛將乳暫蹉跎棲遲畫棟聲偏巧掩映晴窗語最多雨尾斜張翻杏雨雙翎漫鼓掠芹波隋隄漢苑瀟湘水梗陌花垣歷幾何

陳庭松字筠齋號超山仁和人乾隆乙酉舉人有超山詩鈔

超山受知天台齊息園有眞讀書人之目

黃河懷古

浩蕩烟波薄太虛淮河清濁尚堪疏桃花古渡未全漲楊梗新隄看漸舒自昔漢唐無上策至今宋白有成書東南漕粟軍儲備遼海雲帆總不如

題放翁祠在瑞邑署內

四壁藤陰半畝池放翁亭上放翁祠風雲蜀道控弦日書劍羅陽典簿時千載德暉仇覽節一腔忠愛杜陵詩瓣香我欲尋高節江海茫茫入夢遲

明季三奇女

費宮人

刺胸匕首氣飛騰貴主喬妝翠黛凝鼴鼠千鈞空發弩費言本刺一虎誤殺一鼠獨含餘恨殉思陵

秦良玉

胸蟠花繡手長纓蠻髻銅鉦舊建營失險猶能屯石砫張獻忠據成都良玉退保石砫不與賊通可憐開府未知兵川撫邵捷春

沈雲英

南國佳人鎮道州北宮孝女授春秋輿尸兼抱城隅痛湘月江花萬古愁

雲英浙江蕭山人父至緒道州守備與賊戰死雲英帥數十騎詣賊壘奪尸還莊烈嘉之授游擊代父守城後聞許字夫賈萬策遇害襄陽遂辭官歸里聚族姓子弟授經自給終身不嫁

鍾式欽字時風號曉崖海寧人蘭枝子乾隆乙酉舉人官直隸獲鹿知縣有硯北詩鈔

曉崖年十九即舉于鄉後宰七閩移知獲鹿卒之日葛燈布被無以爲斂制府梁公賻之始能治喪

寄懷耐園大兄萍鄉

爲問衡陽雁平安字有無弟兄千里別風雨一燈孤久闕連牀樂翻憐薄宦俱何時歸計遂香味共蓴鱸

九溪道中

曉歷羊腸問地名南游奇絕冠生平萬山圍路聞樵語一徑入雲多鳥聲人捷似猿穿樹出舟輕如鷁逆灘行蠻烟瘴雨

尋常事閫嶠天無十日晴

許時若字蘭耕錢唐人乾隆乙酉舉人

蘭耕工制藝善畫山水

壬辰七月郡門懷王某兼呈裘沈二君

湖山秋且暮披語春風館初我識王濛溫栗心竊罕十旬雲溪廨傾懷恨日短過臘仍來雲水滸周旋棊話飫沖襟乃識沖襟涵素節水貯雲飛卓立森丈夫雅不隨羈絆誰能瑣瑣徇尺尋約言但得仲子契熱腸肯孤朱家心自我常親叔度側時月不致鄙吝深惆悵今春北鼓枻訪君吳門值君季握談出戶走悤悤虎阜迎帆江涌翠漸看春樹間燕雲燕雲躑躅轅車勸住久非無尺素書寥落雙魚不會寄祇今同是秋宵月曾照清譚在疇昔隔窗呼睡起東皋清事沈郎煑茗液

一漱能令喉舌香再煎壁上光移白行廊把椀說與君聚散逾時記此夕聞言四人各悄然彌載清光千里隔吾聞北方風日乾百蟲何早喧夜闌清商幾日方入律不耐階除露氣寒此時蓮幕人倘亦語長安長安仍續煑茗與挑燈我獨誰與寫永歎

諸以敦字夔堂一字藹塘號艮麓錢唐人乾隆乙酉副貢以直隸州州判借補福建侯官大湖縣丞歷署福建屏南長樂知縣

艮麓丈壯歲仕閩以憂歸即不復出生平尚氣誼重然諾尤篤于戚族閒凡有請諉靡不竭心力以赴之卒以之自累弗顧也詩筆豪宕然多不藏稾閒作小詞亦成即棄去故所存寥寥暮年鍵戶著書專攻史籍所著熊方後漢書年表校補東漢朔閏表已刊行尚有淮南子高註校補通志氏族畧辨證及吉莫吉齋叢稾未梓藏于家

短歌一首送吳松溪歸武水

東風吹征衣游子思遠道遠道望不極天涯綠芳草吳生起檇李風流盛文藻壯歲冠詞壇青衫漸窮老文章値數奇翻悔名譽早憶昔訂交時與君日追隨意氣貫金石肝膽照鬚眉君飲金叵羅我持無當巵君吟白雪篇我歌下里詞同時二三子朱（錦昌）查（瀫）其孫（銀槎銘彝）唐（應焻）城東周（鼎樞）與沈（潞）城西李（其瀾）與張（芳桂）時時相過從俯仰形迹忘萍絮有聚散後來各分手余也適南閩折腰爲五斗君獨掩柴扉著書期白首迢迢二千里晨夕思我友昨歲惠然來把袂無諸臺執手話疇昔使我懷抱開涼秋八九月忽奉官檄催感君偕予季從我屏山隈維此羅雀庭嬾散稱非才方期公退時樂聖同銜杯忽得鄉中書中夜起踟躕云有白髮親朝暮倚門

閭遠游既非計胡不歸敝廬菽水可言歡田園猶未蕪攬袂欲留之未言心已悲念亦有老親年來鬢如絲甘旨不親具徇祿空何爲送君涉高岡瞻望徒彷徨寄語承顏者慎勿輕去鄉

送舍弟念齋歸武林

不負連牀約來游閩海間鄉心千里夢客語萬重山意惬憐新雨弟方與來君蘗塘訂交甚密公餘伴小閒何期折新柳催送旅人還

仙侶同舟去弟與松溪偕行聯吟興更豪舉頭楓嶺月照眼海門濤夜靜翻行卷春寒賭濁醪應知風雨夕念我獨蕭騷

旅舍聽雨敧枕口占

游倦翻嫌客路賒旅窗風雨復交加野田一夜足新水山徑明朝踏落花二月餘寒欺酒力五更殘夢繞天涯應知綠盡

王孫草一帶芊緜直到家

來二藁塘自山左寓書勸余出山賦此荅謝

廿載衡門樂退閒那堪重問舊朝班敢云寄傲南窗下自覺相於北郭閒破帽且教從彥道蒼生未必仰東山年來更愧增衰醜霜鬢羞窺鏡裏顔

不藉哀絲慰寂寥勘書每至夜燈挑無憀獨對南湖月有典同聽北里簫半世浮名歸酒盞中年樂事付詩瓢故人遠道情何極朽木居然欲刻雕

蕭然身世兩悠悠何事天涯賦遠游余時客淮右館于韓混淳明府官齋薄宦恐攖簪紱累壯懷甘作稻粱謀割雞自悔鉛刀誤彈鋏寧辭幸舍羞回首舊廬書滿架百城猶擬小諸侯

駱房山張辛齋孫雪帷李散牧同過吉莫吉齋劇談

小飲房山散牧歸步南湖翌晨以詩見贈率賦奉酬

寬鞋大扇接䍦巾觸熱來過意轉親哆口縱談天下事拊膺空愧病餘身小庭簾捲邀涼月高樹風多健酒人清興夜闌猶未滅好攜吟伴坐湖漘

嘉慶壬申秋暮過沈晉笙鍊師丹房觀周穆門丈丙寅湖上展修禊序詩手迹如新年華催邁爲賦絕句四首以誌感云

觴詠風流未可期永和勝迹邈難追當年賴有諸詩老留得湖山展禊辭

曾讀清詩無悔齋每從疑處重徘徊人閒別有蘭亭本無復蕭郎賺辨才無悔齋集中展修禊序與此詳畧不同恐尚有別本爲人所藏

頑骨無由認舊身山中柯爛海揚塵回思七十年前事剛到

人間第六旬余生于乾隆丙寅二月至閏上巳恰五十一日閱今六十七年矣

曾聞避暑向南屏諸老遺蹤尚可尋獨怪琳琅詩滿篋不畱名蹟鎮青林前二年甲子諸前輩避暑南屏萬峯精舍摘韋蘇州精舍避暑詩二十字分韻賦詩恆公繪圖穆門丈作序詩冊向畱山房讓公之法嗣不能珍守輾轉歸予今展讀詩序反歸道藏萬物無常憮然增感

袁果字正泉錢唐人乾隆乙酉拔貢

酬平陽何蓉林明府餽酒饌與諸生同作

忽聞剝啄啓齋扉迓仵使分來宰肉平自昔壺漿分戰士祇今盃酌集儒生吾儕好共今宵醉異日當如明府清翹首高樓應未寢可容踏月過南城時明府居南城

陳昌圖字玉臺號南屏仁和人乾隆丙戌進士歷官直隸通永道有南屏山房集

南屏童年與趙氏谷林意林兩徵君交得盡讀其小山堂藏書故學有根柢又與杭堇浦太史吳西林隱君過

從酬唱迨入詞館高文典冊屢其儕偶嘗充三通館纂修官撰續圖譜畧斷自洎熙訖于明季採諸史志旁及各種書目以類相從考定源流分別得失釐爲記有記無二卷直齋夾漈兼擅其長又分撰嘉禮續典本之正史而外如諸經註疏六典會要典章會典諸編靡不甄綜而類次之其係一時之權宜而法度可傳于後裨及羣儒之辨議有深悉制作之精微者則別爲詮註以資參覈他如遼金元之國禮亦依類增載用存掌故櫂御史觀察通永有北運河添汎加夫及添募河兵派管撥船諸議可謂學有經法通知時事者也女寶月能詩適王慶嵩有簪花閣集

由張家寺過寂照庵

野水流鐘聲破寺背北郭朅來青豆房愛茲好林壑老僧息揵椎枯影瘦于鶴導客泝幽蹊篆路渡畧彴闃然白板扉經寮翦青篛澀蘚繡猊牀空翠撲鴨腳獸碣清泰字曾經千梈拓修修秋竹竿青蒼入簾箔空堂寂無人策策響烟篺初地愜素襟勝引獲所託矯首窣堵波天風戛簷鐸

偕趙珍程之章游南湖慧雲寺登水星閣晚歸同用

昌黎望秋韻

唫秋連襶過北墅香林選佛翻經函穿渠靜聽水瀺灂盤陀巧壘山嵌巉闖空傑閣突兀起躡梯直上摳蕉衫小水晶宮展畫幢蒼然平楚夕照銜挑鬟烟外矗遠翠了了不許雲封緘烏犍臥隴曬穲稏僧雛終歲勤耘芟打鐘埽地無星巖那須肥遯棲荒岩竹鑪蟹眼瀹苦茗泉冽不帶江潮鹹南湖上將荒址在舊蹟指說紛詁諵繁華幻夢一彈指劫灰悲咤誰忠讒遺文剝陊苔繡石斷碑未泐渲熙劉龍華誓願抗牋疏眞宰上訴天帝監嗤余嗜古久成癖譬如嘗鼎恣貪饞鐘魚寥落黃葉舞一袈裟地通至誠歸途酒幔青半幅霜橙香橘試手攕

水星閣之建禳火災也依前韻再賦一篇

東吳禹貢揚州域斗牛分野天文亟棟宇鱗次十萬戶不比草广依邑巉騰烟捲燄災屢告讖謠紅藕兼紅衫見元史本紀及西湖志餘銂童竈妾偶不戒豈關流屋金鵶銜南方之帝赤熛怒蚩廉嘘氣胡可緘譆譆出出秉烈炬三條九市驚夷芟或云土木盛興建劚掘靈脈傷岑嵒何人力拯炎上扼以水潤下乃作鹹國門鼕鼕伐鼛鼓中丞告誡時詁諵夫壬婦丁配德運畚鍤雲集誰譏讒檐牙高矗壓金地大字如斗榜舊劖佛力猛鎮鑄古鐵膜拜仰荷神慈監熒惑退舍習坎洊赤龍何處恣饕饞我來登眺感嘉蹟黔黎蒙庇僉和諴狂歌倚檻喚蟾魄素娥流影光纖纖

飲紫丁香花下

海昌太史卅間屋我昔攜家成小築十年霤抹重卜居春入紫絲紫條花蔟蔟紫府仙鬟笑向人可能作計醅芳春石尉紫絲搴繡幃秦姬紫玉吹朱脣雙株婭姹推絕品雲佩霞裾爛蔟錦邢夫人對尹夫人消受風光可不飲眼前兒女樂團圞開筵莫放瓊卮乾香借好風吹綵歛影邀月上移闌干曾聽鈞天仙曲度祇今負御薇垣樹（前月引見內閣學士未蒙補放故知不免外轉）大家洗盞且連宵明歲看花定何處莫折花枝當酒籌紫姑正怯春風遒好將酒國干𨻶醉解取花魂百結愁

元日寄示女寶月

韶華九十最堪憐欲買春光不惜錢坐月銀笙吹小部懸燈火樹倚層巔詩吟韻竹（齋名時設榻于此）添佳興酒醉流霞養暮年多謝飛奴傳汗簡歸舟指日近天邊

省墓南旋途中雜詠

寫來縲券算郵程翻憶公車昔到京今我已憐非故我霜髭雪鬢老書生出京

濫竽卅載負年光山展田衣戀故鄉檢點歸裝無別物篋中賸有豕衣香

雞聲茅店板橋斜歷落雙輪客路賒一笑歸家良得計豈知卻正是離家

我還吳越爾還燕且莫傷離各著鞭歸語母妻差慶慰鸞章捧去告瀧阡曉發長新店示寶元

布襪青鞋野興多重來風景復如何主人不待詢名姓知我頻年駟馬過寶店

趙北燕南各一涯馬蹄得得走平沙十三橋外烟村少月落

棗林啼曉鴉趙北口

山陽短笛弔幽魂二妙人琴愴莫存悽斷散花洲上客荒燈敗壁詠黃昏廿里鋪壁閒有悼嚴鐵橋陸篠飲兩君詩感而和之

緜駒舊里野棠紅蓬捲沙飛大段風最是無聊數今夕不煩子夜唱玲瓏高唐州

小邑街衢路不平穨檐矮屋掩柴荆迷漫霧裏籠燈去月黑荒城打二更茌平

鐵幹亭亭野路斜一枝拗得最繁花相逢古驛春無主偷載瑤姬上小車桐城驛見梅花戲折一枝插車上

孫志祖字詒穀一字頤谷號約齋仁和人庭蘭子乾隆丙戌進士歷官江南道御史有頤谷吟稾

頤谷由比部郎入諫垣乞病歸里遂不復出年六十五卒中年後鍵戶校書靡間寒暑嘗撰家語疏證六卷甚

王肅假此以難鄭君頤谷條分縷析解其癥結有功鄭學甚大輯風俗通逸文盧抱經采入羣書拾補輯謝承後漢書姚之駰所已采者注明原書其未采者別爲一卷所撰讀書脞錄七卷分說經說史說子襍識則其平日所心得也又輯文選考異四卷選註補正四卷文選理學權輿詳論一卷其于選理可謂精熟詳盡矣

寄懷詠駿弟湖南

別緒思無端難忘送行日風飄短袂寒雨灑庳篷密男兒羨壯游輕裝遽遠出我歸夜已闌秉燭悅有失卻憶對牀時聲聲聽蕭瑟長安名利場迫我離親側獻策笑刖庭讀書慚面壁落拓意何如倏然歸故室渡江得家書字細紙纔一誰知春令飛翻作鴻雁別過廣陵知昆園兒已至粵東念我出游初年纔十六七壬申進京余年十六汝今年略似頗亦愛詩筆洞庭互緜渺騷人代著述橘柚垂秋深烟波澹木末嗟子行役者彈指光陰疾爲詠三陟章安能久鬱鬱

題袁香亭紅豆圖即送其宰正陽

霜風獵獵披葭亂倦客心情繫南雁騎驢自是可憐人落拓逢君誇遠宦文場齟齬猶昔時鎩羽沈鱗十載期爾來堀堁塵中見科第年年易摘髭牽絲行作百里主理縣傳家視成譜才名定可傲機雲政蹟須教方卓魯吾聞經術飾吏事書生所學非祿利但能慈惠活窮黎何取聲華喧長吏板輿白髮高堂扶封鮓清規爲爾圖一絲一粟關民命青氊未礙爲寒儒草堂舊夢試回首萬疊烟巒羅左右新詩清麗疑有神愁滿春潮傳衆口折梛明朝感別筵長歌聊當繞朝鞭郡齋倘憶苕岑侶許寄相思紅豆篇

過南陽

天低湖水闊浩淼入空冥帆影有時側風聲不可聽人家依

淺岸野艇狎浮萍此地經過數今疑到洞庭

冒雪訪袁香亭於湖莊即送其還金陵

紅豆村人寶石莊舊盟鷗鷺未能忘歸來宦海抽身早賭唱旗亭發興狂一月勾留萍偶合卅年閱歷鬢成蒼釣游細數分明在莫認秦淮作故鄉

登樓四望枕湖邊別緒無端意黯然大地忽開詩境界層巒幻出畫雲烟衝寒欲放梅迎櫂待臘初飄雪滿船準擬西風堅後約止愁判袂又經年

落葉

秋霜一下衆林萎葉落成堆未埽時流水年華人易感斵柯消息鳥先知小園竹徑風聲寂遠樹柴門日影移莫道婆娑生意盡憑闌點筆好題詩

過分水懷恂士兄

歸路强弓寸寸彎篙師從此弄潺湲惟餘别後思君意流水無情去復還

自題深栁勘書圖

劉向揚雄今不作校書難比著書難金根日及愁多誤莫妄雌黄子細看

謝家後史誰曾覯應劭遺編僅有存（嘗輯風俗通逸文抱經老人采入羣書拾補中又嘗輯謝承後漢書鮑淥飲擬刻入讀畫齋叢書）排纂苦心忘歲月栁花如絮記春痕

自題空劫集後

笑他磨折破楞圓縛律而今了舊緣成住壞空都是劫如何空劫說跏禪

塵海由來障俗塵不教有夢悟前因箇中一語經拈出笑煞
紛紛劫裏人

余集字蓉裳號秋室仁和人乾隆丙戌進士候選知縣
特徵纂修四庫全書授編修歷官侍讀學士道光壬午重
宴鹿鳴有憶漫菴賸稾梁園歸櫂錄

秋室以修書內徵游歷華資一典蜀試後以大考左遷出主大梁講席者甚久重宴鹿鳴賜還原秩年正八十有五與梁山舟學士丁卯重宴年齒相同亦吾鄉耆英嘉話也少習繪事凡叢蘭幽篠以及花鳥蟲魚無不神妙閒畫馬亦善畫佛維摩像而尤擅長者爲仕女圖霧鬢風鬟意態欲活片縑珍重如周昉屏風都下有余美人之目生平吟詠甚富惜皆散軼龔丈闇齋刊其梁園歸櫂錄憶漫菴賸稾二冊詩詞襍文皆載其內亦不分卷蓋未定稾也有四子且有孫、相繼淪亡遂嗟不祀吁可傷矣

濟寧王生慰祖餉水仙

城南斥鹵不宜木野塘荒草迷秋原故人知我愛嘉樹雙梅

遠寄黃蘐盆吳肯哉自鄢陵寄梅二本任城復見王允道山谷有王允道送水仙詩侵曉小奚來叩門自言家世本南海合致土物酬詩魂湘妃許配羅浮村冰肌雪豔明朝暾嚴灘新月乍出水丹靑倘悅愁王孫此花遠從閩嶠來絕少淺土培孤根我今流落此相見飄零心蹟難同論所幸體素本無垢勺水亦足敷溫磨一朝羣玉照棐几爾如羅韈凌波翻我對此花殊脈脈花亦依約愁無言斜欹金醆屢回顧低頭勸我傾清尊粗才未造山谷門作詩草草聊心存

戴芑塘聽秋卷

長安六月炎敲蒸我欲赤脚無層冰虛堂晝眠蠅可憎淫雨況挾愁雲升欻忽庭宇來秋聲蕭蕭爽籟高天澄是誰丹靑好畫手林坳兀坐吟秋叟綠筠搖碧懸泉飛看取蒼龍中夜

吼聞君擅寫湘江綠墨迹水痕千萬幅風生腕底秋更清何處人間有煩溽

陳寶所給諫卷子

黃葉打屋風入扉冷官寒巷客到稀潁川黃門早見訪朝衫乍卸馬不饑自言老病百事廢新詩到眼猶能披袖中丹青小行看規範玉雪瘦不肥竹聲蕭蕭泉濊濊畫上寒綠猶侵衣盤陀冷坐自瀟灑攜琴洗硯勞雙奚黃門昔年面如玉黃門之詩清可讀妍辭藥省早驚座諫草霜臺屢削牘胡爲一病便抽簪天欲益君無事福嗟哉人生若局促閒鷗笑人歸不速湖上無田亦已矣頗欲相隨結茅屋

庭樹

來時庭樹短隨肩此日梢雲又拂烟物色崢嶸寧厄閏歲華

荏苒孰加鞭廉頗昔尚強能飯陶令今惟醉欲眠坎止流行何復慼但須陶寫借絲絃

寄知不足齋主人 時蒙 恩賜舉人

衰翁與世久相忘 天語傳來姓氏香自分羽陵隨蠹老敢希天祿借藜光冥搜不惜丹鉛憊老健寧愁鬢髮蒼莫羨諸郎通桂籍 殊榮應比伏生強

君開三徑我羊求風雨蕭齋與較讐一自濫竽趨 禁闥幾回清夢繞滄洲尺書迢遞無鴻翼蹤跡飄零少菟裘卻盼秋風決歸計好分烟水狎羣鷗

東范芝巖用酬潘榕皐前韻

辭祿早忘金馬貴遂初還領石湖春詩成一一珠無纇老去亭亭鶴有神息影邱園能厲俗忘機魚鳥也親人玉堂舊夢

難追憶且把深杯莫厭頻

蓮蓬人

荷衣只合伴騷人老態支離劇有神蹤跡難忘鷗鷺侶情懷還認水雲身拋殘青子留遺蛻冷落紅香悟夙因記取涉江懷遠道綠雲圍繞總如塵

沈匏尊納姬詞

窄衫短鬢夜堂逢競說胭脂北地濃前日香廚調芍藥一朝明鏡看芙蓉長條寧許攀韓翃壘騎何勞走仲容不信鳳城寒太劇泥人作可是初冬（姬爲沈姑之婢執炊役）

龔閬齋觀察舟中茶話

平生慣識江湖趣欲聽拏音久未曾今日吳船成小坐恍疑吹笛到松陵

茗芽初剖綠銙封鄉味應爭日鑄濃老我愧非明畧客卻煩
手點密雲龍

題仕女

春愁脈脈濃於酒暎日遲遲永似年昨夜東風吹夢雨海棠
紅退十分妍

爲居生畫扇

白雲黃葉雨紛飛策杖閒來上翠微貪向秋原看落日不知
冷翠溼人衣

畫月中桃花

舊時月色微微在前度桃花冉冉紅我有閒愁銷不得一春
惆悵向東風

王學淳字莘園號聽翁仁和人乾隆丙戌進士官四川大

邑知縣有曉鐘書屋吟稾

讀南宋紀事

恠底愚夫列上臺覆車前鑒棄昏埃無端延敵青衣泣又見
開邊白雁來亡國幾人收碧血窮途有客慟西臺頻看箕尾
傷籌策獨立蒼茫蜀相才謂李忠定綱
迴首臨安往事遙冬青花落富春潮南枝忠魄懸天日北狩
荒城變黍苗精衛死猶填瀚海杜鵑生未識津橋六陵弓劍
常朝殿雨打秋燐骨亦銷

龔導江字岷山仁和人乾隆丙戌進士官山西壽陽知縣

二弟扶櫬歸里詩以憶之

漏永清秋倍愴神孑然形影自隨身功名不達成衰鬢饘粥
難謀奉老親急管繁絃歌夜月蕭帆寒雨渡關津遙知征棹

歸家日應說天涯最苦辛
雁行非不念離羣揮手頻將大義分江上招魂歸故國燈前
含淚讀遺文田耕古硯存心志價重青萍望使君尚有三年
京洛客不堪憔悴話殷勤

邵棠字思周號補硯仁和人乾隆戊子舉人榜姓名徐邵
棠官福建福鼎知縣

海邊晚眺 福鼎濱海時因奉檄稽查鹺務

煑海慚非濟世才卻教匹馬踏潮回占巢鴉逐歸雲去泊港
船迎反照來白浪一天看澤國青山何處問蓬萊望洋莫發
窮途嘆千頃茫茫亦壯哉

湖上暮春

油壁行春望裏遥酒旗風颭賣餳簫萬絲無賴垂楊柳罥斷

斜陽外六橋
何處紅樓蘇小家珠簾落日燕飛斜湖頭春思渾如夢風信
明朝到楝花

渡江口占

擬將修竹報平安黃耳無由爲探看風片雨絲催畫舫十分
春伴到江干
畫船輕放水之隈水上桃花次第開笑折一枝簪鬢上帶他
春色過江來

沈赤然字韞山一字樱山號梅村晚號更生道人德清籍
仁和人乾隆戊子舉人官直隸南宮知縣調豐潤縣以事
貶秩復官大城知縣有五研齋詩鈔二十卷
梅村六試禮部不得志辛丑大挑試吏畿輔尚氣好議
論有倔强令之名年過四十以足疾解職歸僑居德清

之新市鎮楊所居日寄傲軒置書千餘卷吟詠其中敝衣疏食怡如也嘗自言有三不爲不爲兒女子態不爲諂夫面目不爲損人利己事生平勤于著述所見已刊本則有寄傲軒讀書隨筆寒夜叢談公羊穀梁異同合評數種

靜夜思

靜夜思浮雲變蒼狗疾風卷游絲美人豔骨已黃土當年血淚成花枝花枝底事對無語黃土作塵飛向誰

擬古

我有繡枕粲粲如錦持以贈君伴君獨寢枕上斑斑不可拂拭是妾淚痕增君悽惻枕還無期妾往何時同夢者誰莫令見之

自題高栁聽蟬圖

往年伏里門北窗睡過午薄暮遵湖漘垂楊蹴地舞亂蟬戀

斜陽臨風各含吐咢咢復泠泠管絃不可譜笑彼鼓吹聲晨昏誇兩部爾來官北方簿書堆滿牀冠帶坐廳事白汗如翻槳偶因公事出官㮄徒成行豈無蜩與螗風熱塵沙黃下車尚不敢誰能恣徜徉吾兄寫生手濡毫運臂肘坐我㮄陰下廣可蔭十畮清吟來樹端清風生耳後左顧茶一壺右顧酒一斗試問圖中人此樂何時眞

肥水懷古

落日照肥水北風吹浪生下有戰士骨云是苻秦兵當時旌旗蔽千里攻殺王太邱生執徐元喜投鞭斷江眞易耳忽然膽落八公山始覺南朝非蕞爾阻肥水策萬全卻兵令渡毋乃天朱尚書唱陣後陽平公死陣前可憐鐵騎數十萬一朝盡向河流塡悔不項城坐阿堅石打破來時百萬兵去時餘

幾箇卻令千年此水濱白骨化泥血化燐天陰鬼哭怕煞人

題翁學士方綱臨錢舜舉林處士西湖吟趣圖用東坡韻

飛塵不到孤山麓一片湖光浸寒淥就中處士神仙姿皎皎靈臺湛冰玉因緣天遣在梅花但覺紛紛桃李俗含毫覓句聊自怡遲速何須較刻燭眼前妙處本無窮但寫吾心眞趣足賣梅計日食有餘此腹誰能果粱肉自從羽化六百秋宋事淒涼滿遺錄先生坏土獨巋然石磴苔青短垣曲春來花發滿空山疑有吟聲出修竹鶴背歸來誰共談西鄰處士曾傳菊

學稼圖爲方秋穀題

方子本無負郭田豈能躬習耒耜便一身作客不暖席與誰

阡陌日比肩徒以筆耕久慊慨思逢年幡然變計師野老塗泥手足驅烏犍不知犂耙重幾許何似粟尾濡松烟君誠樂此亦易易聽余畧說田家祕從來助長笑揠苗鹵莽爲禾亦所忌三年合有一年餘上農唯供九人食有時耕也餒在中勿恃天功廢人事試持我語問老農苟無異議君當從江南此日足梅雨速去同敲插秧鼓

謝秋穀餉越釀

君不見王定國連車載酒聲轔轔又不見陶靖節一斗自漉頭上巾我今二者不得一世無李白誰汪倫感君有佳釀不惜餉病身泥封未啓喉舌先生津半年飲酒但飲溼藭湯蜜汁強入唇一朝紅友忽相過風味恍如平生親半酣有眞趣獨飲非不仁呼兒捫腹中有浩蕩春只恐鄭蕤掩口笑送酒

不賣眞痴人

熊生元昌餉越釀一盛外施藻繪絕異常罇詢之曰此女兒酒也凡越人遣嫁之夕必以羊酒先之故名女兒酒此卽其壻家轉遺者視他酒尤佳余喜其名頗新因爲作歌

鏡湖水春更淥越州米粲於玉炊飯釀酒嫁女兒不數蒲萄與醽醁和風拂拂桃夭夭滿街簫鼓聲喧嘈魚軒未發酒先往何以佐之雙柔毛女兒酒在甕爹孃心隱痛四目著擔頭直逐黃塵送女兒酒在卮姑嫜酌酳之酒味雖易辨婦心良難知女兒女兒聽我歌莫嫌酒少誇酒多願汝爲婦似酒厚承庥基福垂永久願汝爲婦似酒醑無違夫子宜家人老夫此歌不輕作要與女兒書置座煩生傳語娶婦家一字一壺

不爲過

再題病足圖仍壘前韻

歸來畢影茅檐下越布裁衫纔拂踝習勞薙草更澆花往往青苔韈底惹昨宵兒女展圖看笑指耶今非躃者柰何不去作官人兀坐齋頭將筆把豈知把筆緣無田雖不療貧勝游冶我自甘爲伏卵雌肯教人呼望火馬有花有酒有書看此後餘年盡天假鵾鵬志天衢麋鹿喜山埜性各有所便誰能與物且舊時藤杖好收藏有伴遊山吾往也

遊仙

母事西王母父事東王公廣成弟畜我折簡招我游崆峒崆峒游不足飄然揮手超洪濛天門蕩蕩過不入追逐日月西復東下視海中三山大如粟倦遊捷下蓬萊宮仙人多如麻

乘龍駕虎紫鳳車不能一一問姓氏但覺顏盡如桃花神芝香覆白鹿臥青鸞俯啄黃精芽羣仙爲我酌流霞一飲三百盞醉眠㪍枕須彌瓜醒來不記幾千歲老卻麻姑萼綠華

同友人泛湖晚即止宿僧舍

東風搖曳柳絲斜畫舫紅橋半被遮吾輩性情都似水女兒顏色不如花鱖魚肥稱船頭酒蛺蝶輕隨馬足沙塔外夕陽留不住行吟踏月宿僧家

雨中曉渡黃河喜見淮南風景

滾滾河聲夢乍醒好風微雨正揚舲半生日下人初老九月淮南草尚青入口不辭深淺琖倚舷貪數短長亭兒童也解家鄉近拍手船頭舞不停

到家

初聞雞犬也鄉音草木油然倍有情垂老親朋驚識面熟游坊市笑忘名衣冠小别因歸乍魚筍貪嘗爲價輕樂甚轉疑身似夢茫茫宦海竟還耕

新正苦雨晚飲口占

春前春後連宵雨杯淺杯深背壁燈里俗繁文删漸盡酒家新債料應增會無樂事憐兒女賸有吟情荅友朋憑藉西風翦檐酒獨尋梅去不扶藤

偶題

休思前事太漫漫鷸蚌雞蟲付浩歎率性老憐眞友少俟函貧望報書難此生自料愁中度一卷猶從醉後攤不怕白頭頻攬鏡人間誰得大還丹

太和縣舟中卽目

幾點寒鴉欲暮天空林踈處見炊烟沙頭寂寞人歸晚獨自鞭驢上渡船

毛郁青字潤芝號熙臺錢唐人元存子乾隆戊子舉人榜姓項官鎮海教諭

雨中過崤陵

風雨東來過二陵馬蹄泥陷步淩兢古原極目荒春草陰谷餘寒露雪棱去鳥遠投關樹暗瞑烟高合嶺雲蒸蒼茫回首情無限往事依然感廢興

陝州官舍垂栁

淡碧絲絲弄晚烟雨中春意畫中天多情喚起江南夢幾樹鶯聲泊酒船

邵志望字東表號璜溪餘杭人乾隆戊子舉人榜姓鮑由

中書官廣西西隆知州

寄友楚中

寒溪滴微雨聲滿竹閒樓彷彿楚天遠寂寥雲水秋故人多旅食湘浦滯行舟欲采蘋花贈烟波動晚愁

洪文炳字振文號觀六仁和人乾隆戊子舉人官鄞縣教諭有江干草堂集

觀六爲宋忠宣公裔孫前明宮保尚書襄惠公其十三世祖也子廷亮乾隆戊申舉人孫鼎元道光乙未舉人自明以來代有科名世澤之長罕與爲匹觀六工書得香光神理司鐸于鄞鄞人重之

九日德州道中

寂寂重陽節悤悤客裏過征衣瀸溼雨疲馬怯臨河笑口幾時得羈懷此日多登高一陟岵行役念如何

七夕阻風和曙峯弟韻

歸心同逝水浩浩去難留誰料今宵月猶然獨夜舟風聲響高岸日暮動離愁一夕團圝與無因似女牛

送張明府之當塗任

好是張公子風流晉宋間詩研聲律細碑剔蘚苔斑作吏那辭劇夙心應夔閒公餘且瀟灑游遍謝家山

聯牀經兩月歡溢笑談餘別緒一杯酒豪情千卷書關山衝雨雪驛路接青徐未得從君去淹留歎索居

虎阜後山眺望

海湧峯頭佛寺開側身東望一徘徊原田錯綺依山盡遠樹浮青入檻來徑曲何人通屐齒與移隨意坐莓苔憑高無限蒼茫思巖畔天風起暮哀

春暮索居寄吳耐菴秀才山中即次耐菴新居落成

韻

芳菲又值落花時春去堂堂不少遲此日鬢毛成老大當年竹馬尚童兒清虛靜悟源頭水黑白休爭劫後棊莫向莊生論齊物瞢騰且覆掌中巵

生涯感逝復傷離荏苒心驚淑景移獻賦十年虛遇合閒居半畝足棲遲東西鴻爪原無定浩蕩鷗波任所之邱壑煩君粗料理掉頭他日準相隨

落花

纔見穠華照眼殷又隨流水墮深灣花飄蝶老鶯愁後香八雕梁畫棟閒滿徑綠陰遮欲暗半簾紅雨點成斑馬嵬一去無消息地下何從覓玉環

中秋贈龔玉田孝廉張雲槎同年沈奏堂茂才

一年明月今宵好不柰微雲點綴頻愁裏怕逢佳節至客中還仗故交親空瞻川路音塵闕無復南樓嘯詠新爲語持杯須痛飲天涯同是未歸人

丁巳除夕

小住明州閱歲華那能一棹便還家天寒柰把愁難得地僻村醪尚易賒遲暮生涯驚節物殘年風雨怯交加眼前差喜團欒在贏得妻孥一笑譁

戊午除夕

幾向明州作旅人今宵共度故園春江邊已定新茅屋澤畔重尋舊釣綸卅載科名眞是夢六旬綦縞尚如賓屠蘇飲罷無他願常保尊前現在身

周定齋明府招集郡學泮池觀荷次葉古渠太史韻

斜風披拂午陰涼帶雨凝雲壓院牆高閣延開杯酒色圓荷葉泛露珠光森森古柏浮青黛漉漉新流漲碧塘行樂眼前還戒飲病來聊檢養生方

夏日葉香祖舍人招同人講院小集即次舍人郡庠觀荷原韻

梧竹陰陰几案邊解衣終日試茶烟常懷幽事尋三徑豈把清談慕七賢逭暑欲親寒水玉彈冰誰奏白雲絃（時課肄業諸生）日斜涼意杯盤落蕭颯秋風月榭前

高眠自笑嬾同邊折簡招看竹外烟千載論詩歸月旦一堂角藝有時賢琢成已就珪璋器音審還分燥溼絃擬託餘鐏送襟抱征鴻蹤跡九秋前

施光輅字靜方號梆南錢唐人乾隆戊子舉人官四川敘

州知府

栭南由考取中書入直軍機處由爲荆州同知擢施南知府丁艱服闋再授敘州知府値北塞用兵以遲悞軍餉遣戍伊犂因于塞外築醒園有醒園十二詠今所錄是也越六年奏請賜環賞主事銜還家年六十餘矣憂患餘生萬念俱死終日據榻酣睡不復問世上事未幾旋卒且無子亦可傷也

天涯話舊之堂

萬里逢親舊相於促席談他鄉悲喜共多難別離諳已往嗟何及從今唾亦甘家山歸有日還約結茅菴

青春作伴齋

塞路春多雪還鄉夢亦迷因拈杜陵句聊向草堂題山崦黎花雨湖壖燕子泥他時歸舊隱艮友好相攜

萍泊舫

未有藏舟處浮生任久淹偏敎遷客住錯怪老夫潛蘆戰秋

宵雨霞明晚市帘陸沈人海裏常對雪山尖

方庵

髣髴維摩室幽居意頗便規模存古道棱角忤時賢塞水艱行李山花記歲年蒲團徑三尺閉戶學逃禪

半亭

僅可容吾膝依山也縛茅求全遺物忌得半任人嘲天地蝸牛舍春秋燕子巢客來難揖讓差喜是貧交

倚樓

天末倚樓客哀笳不可聞秋風欺白髮鄉夢隔黃雲蕃落今無事中朝方右文班侯應笑我垂老學從軍

嘯臺

豈善蘇門嘯名臺亦自豪九秋誰念遠萬里獨登高白日無

風雨青山敢遁逃放懷銷塊壘不復夢三刀

小好洞天

雖然巖洞小許我抱雲眠空腹堪容物藏身不計年長來無熱客半醉即神仙何必華陽去迢迢訪稚川

曲池

池小流偏曲荷花種幾灣支橋通宛轉緣岸步彎環巴水前時渡之江夢裏還潺湲肯相送生入玉門關

水來橋

四月垂楊綠天山雪漸消正當盤馬地特築跨虹橋有水來芳沼無人盪畫橈濠梁今日意旅恨忽然銷

瘞鶴龕

魂逐盧耽去孤懷倍惘然山林完潔白風雨葬神仙華表歸

何日穹廬伴幾年夜深松籟起思爾不成眠

待月廊

底事長廊下淸宵獨倚欄祇緣明月好如在故鄉看古戍烟初散荒城漏未殘捲簾頻佇望裘敝不知寒

國朝杭郡詩續輯卷十七終　錢塘吳慶坻校字

# 國朝杭郡詩續輯

卷十八　卷十九

卷二十　卷二十一

第六冊

國朝杭郡詩續輯卷十八目乾隆三十四年己丑至三十六年辛卯以科目爲次

徐烜 沈晨 龔敬身 陸有仁 郭寅

王賓 魯萇 黃國鈞 張雲璈 王官

陳燦 吳玉墀 張時憲 袁攀鳳 舒毓楓

吳安世 施𤋮 孫麗京 朱超之 嚴守田

趙賜珍

凡二十一人

# 國朝杭郡詩續輯卷十八

錢唐吳振棫毅父氏編

徐烜字崑衡一字溉餘錢唐人昀子乾隆己丑會元官直隸廣平知府有溉餘詩稿

溉餘初以工部郎中獲譴出戍伊犂 賜環後由郎中遷御史出守廣平卒于任早歲工為文章中年後始刻意吟咏五言如歸鴻辭旅客黃葉落愁人雲色滄江晚松聲大谷秋輕烟生遠渚獨鳥下寒空皆氣骨挺然不落偎俗

余自春正四日過富春度仙霞入閩以來不覺九閱月矣歲月如流風景頓易感而賦此聊以自嘲云爾

昔日渡江春雨急風高浪湧羣峯立平生意趣本蕭然不解身閒憂更集閩山峩峩閩水深我亦循環出與入乍瞰水窟臥蒼龍旋聽蕭蕭山鬼泣勞勞半載未曾休一夕驚寒秋露裛黃花催雨近重陽鴻雁南來啄殘粒丈夫慷慨恣遨遊歷

險乘危豈於悒燈明月暗計歸程詩入金秋轉悲澀君不見
季鷹鱸鱠思江東倏爾呼童負書笈又不見固言踽踽獨行
時會憶征衣沾柳汁自顧年年嘆轉蓬殘書幾卷時擔拾歸
歟歸歟在今茲鯉魚風起江天溼

沈晨枃名碧城字伊蘭一字元閣仁和人乾隆己丑進士
官甘肅狄道知州

元閣成進士後猶鍵戶讀書不輟于班范兩家書尤爲精熟初宰武威縣地產棉民不知織元閣設織坊製機杼百張給之于民募人教之自是衣被日廣遂名其布曰沈公布

落花

江渚官橋憶昔遊柳陰依舊影紛留乍驚時鳥鳴聲變早惜
年華逐水流錦字書傳紅驛暮梨雲夢斷綠蕪秋苔痕齒齒
春無迹長笛聲中惹客愁

映麗晨光滿院同穠華零落忽成空江潭紅豆傳新譜狂雨
靑衫賦斷蓬蝶夢已沈千里月鵑啼仍恨五更風落英賸有
繽紛影幾處亭臺古翠中
駒步烏飛迅若何三三曉徑積來多春風春雨餘淸怨桃葉
桃根俯逝波天上碧雲方薄暮人閒紅杜有殘柯不如千尺
婆娑桂金粟年年傍絳河
韶景偏疑似早秋蕭蕭深鎖暮山愁波烟冪歷斜陽渡暑杓
橫斜綠水舟春樹懷人吟庾鮑綠苔生閤感應劉東風如夢
繁華過榮悴無煩嘆聚漚

龔敬身字屺懷號匏伯仁和人斌子乾隆已丑進士榜姓
金官雲南迤南道

匏伯先生由儀部郎出守楚雄下車之後革站堂夫停
值日馬愛民束吏有古循吏風是時迤西諸郡以官鹽

泒銷民不勝憤與胥役爲仇有剏其目研其脛者人情日洶洶先生以鄰郡太守往撫諭之民遂帖然服寧台大功廠銅缺額奉檄查辦不踰月而銅額足擢迤南道未赴以憂去官在里中時清約自持無貴俤習與先王父交甚善余家横河先生居泥橋兩老人時相過從方輯杭郡人詩時先生每有所增益見先王父原序中

飲村酒作

予昔善品酒如判人妍媸手必持醅醪劣者輒斥之今宵沽村酒歡然傾一巵村酒薄如水胡爲飲不疑人心貴持平刻覈固非宜絲麻與菅蒯代匱理可推

宿蘄溝村舍

一水前程阻陰陰四野沈行人窘棲託村子忽招尋逕迫瓜畦仄林藏茅屋深殷勤進粗糲澹樸古人心

三間房道上書所見

未殘秫色尚依依中有人家住翠微一架匏瓜寒未摘兒童

對客掩柴扉

陸有仁字樂山號靜巖仁和人乾隆己丑進士榜姓汪累官陝西巡撫

初夏陪侍勤宜軒制府遊晏五泉汪稼門方伯以詩見遺即和其韻

龍湫瀧瀧派初分冰縷千條綴綺紋清讌叨陪庾都督新詩先誦鮑參軍山中畫景烘晴靄天半鐘聲落暮雲愧乏倈鯖堪適口一樽颸館醉斜曛

郭寅原名會宏字臨川號蔆川山東歷城籍仁和人乾隆己丑進士官檢討記名御史有咳芋草堂續稿北遊雜詠

蔆川兩爲同考官頗稱得士沈赤然梅村言其與人交如飲醇醪不覺自醉嘗寓居汪文端公時晴齋山池花木競秀爭妍時約同人觴咏有時晴齋雜興之作

秋日登慧日峯

山空青接雲兀然一峯立飛翠濺人衣陰厓晴亦溼草木多幽香鼻觀通髣髴即此異人境烟霞寥痐疾風聲雜水聲自然入音律此時欲尋詩風光爲收拾嗒然夫何言坐聽秋瑟瑟

風雪遊大明湖

我家住西泠烟水久成癖曾讀漁洋詩明湖擅勝蹟邈矣路三千不得恣遊歷昨歲來灤源神州隔咫尺冉冉又春來江南芳草碧夙願擬一酬呼童理遊屐遲迴走平岡峩峩見城闕天風忽怒號彤雲隱白日六出亂飛花長空聲裂帛忽忽入館舍主人眉百結對客前致辭天公眞不測呼酒壓春寒明湖期後集平生山水情何能畏風伯破浪願乘舟披氅先

踏雪古亭照眼明盈盈一帶隔此時雪意闌風水勢殊逆中流發大波輕橈如賈艄舟人與風戰一篙健于鐵縱目望遠山處處瓊瑤積楊柳待三春芙蓉遲六月感彼滕六神點綴憑賞激惜未載酒過臨風浮大白歸棹順流東直指鵲華石回首水中央烟光互明滅

送沈華田入蜀

畫省分香冠禮曹出膺重寄蒞江皐　朝廷端爲人才惜肯放歸田學楚騷

燕門春意動幽齋不用江頭賦別懷好去紅旗傳吉語全憑鉅手寫平淮

王賓字履平號六四錢唐人景華子乾隆庚寅舉人

六四淵雅多才試輒冠其曹稱生平撰著多如東筍後皆燬于煬

修禊

春深佳事足祓禊喜臨池水曲流觴處風和得句時雲山如舊侶魚鳥總新知俯仰天機滿行行任所之

春閨

東風消息隔蓬廬愁蹙春山鬢嬾梳碧玉倩誰歌樂府白頭空自怨相如憑欄莫禁針拋後倚枕難忘夢醒初尺一鸞牋題錦字寄卿何處覓雙魚

魯蕘字鶴洲錢唐人乾隆庚寅舉人官山東高密知縣

辛卯壬辰間汪勤僖公新視學福建鶴洲入其幕詩見閩南唱和集中

元夕泊瓜洲

卻喜風輕水緩流今宵一棹抵瓜洲半痕天際嵐浮岫數點烟中夜泊舟前路漁燈依古渡誰家玉笛起高樓獨憐海月

清暉滿望裏金焦豁醉眸

過皖上家研山養園

芳園半畝闢城南一徑幽深次第探兄弟至情眞處見林泉佳趣靜中參索書花到隨時種星村有山人多爲乞書來贈我名花取次栽之句故云載酒人來竟日談此後游蹤欣有託頻于皖上駐征驂

大通之青陽舟中作

麥秋天氣曉涼初渡口登船泛碧虛燕子翻風飛掠蝶鷺鷥臨水立窺魚一枝柔櫓搖青荇九點晴山涌翠蕖童埠前途村落好征人又上小籃輿

黃國鈞字秉樞號春帆仁和人乾隆庚寅舉人

春帆赴禮闈試遽歿于京邸凶問未到前數日有鄰媪見之于塗且相喚同人亦多夢見之者

中秋前四日嚴古緣果招同施澹珍炌沈桐溪鵬王

六四賓汪在園寶泉朱青齋琪登丁仙亭小飲

山亭半面夕陽開登覽還同百尺臺一任秋風吹短髮頻看樹影入仙杯烟霞舊迹今猶在嬾散高人去不回知己清游莫忘卻百年能有幾時來

張雲璈字仲雅號簡松晚號復丁老人錢唐人映辰子乾隆庚寅舉人歷官湖南安福湘潭知縣有簡松草堂詩集二十卷蠟味小稿五卷歸艎草一卷知還草四卷復丁老人草二卷

簡松爲藻川侍郎子梁文莊公甥嵇文恭公壻其憑藉可謂至厚乃竟瓠落飢貧客邗上者二十餘年感遇懷鄉故多悲涼伊鬱之語嘗制十無詞謂無米無錢無書無無官無知己無佳山水無花無盛宴故鄉無屋家書無好音也生平服膺簡齋雲松故以簡松自號甌北奇其才與桐鄉程春廬並爲作浙二子歌簡齋則刊其詩入同人集蓋少時已蹲厲詞壇也晚以截取得官爲政寬仁兼善治獄楚人有青天之稱洎解組歸買屋紫荊橋

側與里中胡書農敬黃蘅泉士珣錢蕙窗師曾汪小米遠孫諸君爲槃敦之會簡松年最老而詩必先成意氣全涌不減三五少年所著尚有文集十二卷金牛湖漁唱一卷三影閣箏語四卷選學膠言二十卷選藻八卷四寸學六卷垂綏錄十卷

送兄赴官津門三首

涼風秋八月兄去津門道津門去何爲官路殊杳杳下挈孩稚孫偕行孺人嫂浮家而汎宅行李紛如草向我說別懷未免憂心悄淮揚富鹽筴求官人所禱來此十餘載作官偏遜巧處脂不自潤入山未見寶長蘆地素瘠微祿焉足飽我獨不謂然事固難預曉既云定數定自有造物造好者可以惡惡者可以好人生天地間往往受膠擾安知此一役不能暢懷抱勿嫌出處遲但願奉身早五十雖始衰五十未爲老努力重努力認此雪泥爪

自我成丁來幾及三十霜少小與兄依別緒未久嘗三年苕水上十年西湖塘近今十五年隨宦來維揚中離分攜多終覺聚首長兄今遠行邁從此各參商兄如天邊鴻何處謀稻粱我如粱上燕何處棲華堂不知何時見不見永相望不知何時見得見亦悤忙行者固異地居者豈故鄉客中復作客出門增彷徨客中復送客入室更黯傷兄以官爲家萍梗猶可將一旦得其所意氣當勝常惟我去住難身世尤茫茫人生到此境直如棄路旁誓將返故土此願何由償回首望邱壠邱壠上牛羊

小念父母恩止知顧復計長念父母恩始識終身義老念父母恩全家大關係家有父母在如氣出一鼻家有父母在如物得所繫父母一不存已覺骨肉離父母而偕亡難免兩拋

棄自從來揚州奉母版輿莅朝從母所遊暮從母所憩融融一家中有若兒嬉戲一朝賦蓼莪此身無附麗手足雖連枝各自有所畀合者久必分同者久必異不能論其情但能論其勢乃知此以前盡是母蔭芘並非處富貴此盛已難繼不過暫團欒區區不予畀送君登行舟潸焉自出涕哀我亡父母念我寡兄弟

家蒓客 國華 招食炙鴨賦此志謝得鴨字

晨興食指動自顧荒廚乏吾宗忽見招相對意歡洽謂適市上來買得能言鴨不爲要術煎聊學君舉法堆爐鴿炭青鼓之以輕箑金鉤懸其頭鐵烙貫其胛用猛兼用文火勢取迫脊膚肥菡易消肉嫩爪可掐美比庾悅鵞香勝義興鮑大㦲佐以手肥臠利在梜流膏味逾甘帶血口如歃飽餘尚流涎

饞甚心已怯想當飲豚時菰蒲爭唼喋忽然刀匕供口腹慾一霎君聞大軒渠謂此意殊狹我非殺無故彼自應歷劫安知鼎俎閒不似江湖狎趁兹新釀新浮白且一呷

岳墳鐵像歌

三石像宜速去四鐵像宜永鑄涌幢小品楊連真伽等三髡畫諸佛像以己像雜之刻于飛來峯嘉靖時杭州知府陳仕賢擊下三髡像梟之三日棄于圊去之惟恐衆目汙鑄之足令姦魂怖至今墳上遊人來揞擊一日千百回既壞仍復鑄既鑄又復壞壞者欲其立碎糜鑄者恐其長朽敗如此方使人心快吁嗟鐵人甚矣憊十二金牌三字獄聚鐵之錯已難復當日彈章交上時岳氏奇冤堪痛哭我欲四人增以六何不并鑄何中丞鑄羅御史汝楫一齊長跪加鞭扑我聞丹陽陳少陽墓前亦鑄汪與黃鄭君題柱像立仆既死猶覺心慙

惶丹陽陳少陽墓亦鑄鐵肖汪伯彥黄潛善嘉靖間鄭普過之題柱聯云丹陛披肝千古綱常可託荒庭屈膝兩人富貴何爲二像應筆而仆見湖壖雜記如何四像甘摧折長作鐵囚居穢媟終年裸[illegible][illegible]門前或恐忠靈見之反爲褻究竟是鐵非是人鐵抱無辜不能雪當時惜不將此鑄作尚方劍斫卻姦頭飲姦血鐵人有口終不說此鐵眞堪號頑鐵

楊鄷都殉難詩

楊明府夢槎無錫人乾隆丙子孝廉任四川鄷都令值金酋逆命調赴軍營監製礮位屢有功癸巳六月大軍至木果木山夜半賊劫礮局遂擁公去環叩用礮之法公陽教之而陰詭其製反裂殪賊無算賊酋切齒剮公屍如泥事聞　詔贈兵備道　賜祭葬廕一子如其官

木果山前陣雲赤紅衣大礮轟天坼金酋肉破飛滿空戳骨

千年不能白楊侯手奉將軍令一擊能殲萬人命礮局驚傳製作精鐵騎雖行不敢橫賊冒萬死來急攻計劫礮局先劫公有公不患礮不工首崩厥角請命同公僞大笑欣相從敎之樞紐藏其中忽然反走軍無功奔馬倒蹴深谷窮狂蛟退入馮夷宮賊如落葉隨迅風快埽屯蟻巢爲空殘骸臏體不見蹤人血作雨漫天紅賊衆恥爲公所紿露刃攢公骨俱碎萬點寒沙萬點燐定化陰兵成一隊　朝廷痛惜褒忠魂贈官賜葬蔭子孫賊雖恨公重公義酆都嘖嘖名猶存以賊攻賊賊不知轉環計妙乃若斯君不見楊侯之心本鐵石楊侯之手眞霹靂

德州卽古厭次東方曼倩故里也因作東方先生歌

四十四萬言獨誦二十二歲書自頌九尺三寸身長飢二百

四十錢何用齒編貝目懸珠先生待詔來公車文辭不遜高稱譽如斯之人自宜位不次而乃索米下比騶朱儒拔劍割肉歸遺細君朔來朔來自責無文賜酒一石肉百斤跂跂脈脈善緣壁守宫射覆輒賜帛舍人呼謈榜之百衝口率臆言如流不知其爲滑稽爲俳優跌宕一世巖廊遊狎戲萬乘無與侔狐兔比主父草芥視吾邱詼嘲壓司馬談笑輕夏侯他如公孫嚴徐聾舌齒牙樹頰胲豈與勇捷廉信同其儔自從奉階陳符辟戟諫始向人閒露眞面要知大節在修身先生於世原非玩不信但讀非有之論設容難吁嗟乎用之則爲虎不用亦非鼠雄才大畧如漢武猶令長與枚郭伍先生安得無隱語

詠史

賊人多官兵少賊殺人如刈草初時賊畏官官來賊退事即完後來官畏賊賊來官退賊愈逼星星之火能燎原涓涓之滴成巨淵本期撲滅在旦夕豈料毒流經歲年百姓流離幾曾慣生長承平不知亂無端忽入鬼門關賊殺一半官一半賊殺一半官不知官殺一半當賊算有如驅猛虎但敢譟逐不敢迕又如捕飛蝗死者無幾生者翔兵死百人以一報賊死一人以百告一片沙場肝腦塗戰功還被他人冒巍巍大府居上游牙旗玉帳千貔貅窮追既少斫足馬衝突更無燒尾牛揚兵難爲子儀計灌芻豈有睢陽謀公然縱賊使之去滋蔓一任鄰封憂若教按以失律罪其罪當比輿尸浮嗚呼烏合之勢何時止豈必武臣不惜死君不聞列鎮盡如周將軍此輩那能飛至此

題查氏一門烈女編後并序

前明宛平查振寰國英明寰國才兩先生三世居京師甲申之變振寰妻周氏暨幼女四姑明寰妻張氏暨其女二姑三姑妾廉氏又振寰寡妹適黃氏者及其女三姑并妾廉之母同時投繯殉節越一日賊入室赫然見衆尸之懸也驚而走時家人逃散明寰避兵於外潛歸以次就殮至四姑及妾廉繩將絶胸猶微溫解之而蘇同縊者九人死者七人編中有傳有辨或稱七烈或稱九烈皆紀實也惟顧廷尉汝脩書後則統以查氏一門烈女顏其編時稱允當是編儉堂中丞禮先刻於川北今篆仙觀察湄又重梓於京江予得讀而詠之其詳具原編不贅

闖賊來京城開萬人顏色成死灰海水羣飛天地慘哭聲如雷驚破膽一條死路逼人行丈夫不敢婦女敢婦女誰寃平查死者誰盡一家一家之中非一姓九女同時畢一命幾股紅羅血色殷四圍白面寒光映誰其先者周夫人表率壼內同殺身雖有黃女與廉母統以查氏無主賓死經二宿無生理忽訝雙繯將絕矣幼女廉姬竟復蘇此事須知天所使是日倉皇避兵仗門內何人見死狀天遣二女親述之奇節流傳始非誑二女願死不願生其生與死無二樣若教返盡滿堂魂天亦應無此力量二女可幸亦可危其生幸在賊去時萬一正當賊始至其事仍有不可知始識天教忍死待搖搖兩命如懸絲不但死生有定數亦見鬼神相護持吁嗟乎當日紛紛看鼎沸無數魂貞與魄毅閨閤都無惜死心朝廷尚

有餘生氣

武德騎尉湖北襄陽縣呂堰巡檢王君殉難詩并序

君名翼孫號聽夫長洲人官湖北襄陽縣呂堰驛巡檢嘉慶元年二月邪教倡亂賊起襄陽縣之黃龍瑺蔓延旁近君團練鄉勇立備賊章程八事期與士民死守殺賊甚多會賊大至兵少援絶君知不可爲乃上大橋罵賊爲賊所害死於橋下不得其尸僅遺衣冠而已年才四十事聞　晉階武德騎尉世襲雲騎尉入祀昭忠祠事詳秦小峴觀察行狀及君兄鐵夫廣文行實中

覆舟墮馬落海汊平生奇險呀可怕君平生遇此三險九死不死死有所天遣成名兵刃下蟻賊萬衆趨襄陽驅殺民庶如驅羊烏合之勢孰可當巡檢王君志慨慷官勢雖失氣自揚官力

雖竭心猶強進不可戰退不守擒賊尚欲擒其王赤手不持一寸鐵赤心但有滿腔血上橋罵賊目盡裂賊手刃君完君節骨肉終憐何處寒衣冠常覺當時熱　九重聞之心爲悲褒忠議卹次第施祭有常典祿及世巡檢之官乃不卑八事煌煌計誠遠殘兵無援事已晚斯人自合寄封疆可惜區區一呂堰橋下陰風吹水黑身不殺賊魂殺賊君歿後賊再過呂堰者無不敗蓋君靈陰挫衂之襄陽之人皆動色吁嗟乎生盡職死報　國千載應傳王武德

儀徵張孝女詩并序

嘉慶三年春儀徵貳尹中州申橋門淑泮奉檄治城河至城西北隅見茱園中有臥石詢之土人云昔年相傳有孝女被焚於此往往出爲祟此石所以鎮也申大笑

曰焉有孝女而禍於人者因命啟石視之有大書孝女赴火救父處七字背有記略云孝女張氏巧姑年十四父天相病不仁兩兒皆業木工營作於外惟女侍養乾隆甲子里人不戒於火時女在門外竄身入救父遂與廬舍同燼焉翌日檢其尸見女胸次有四手搤已負父於背而不能出也可哀已貳尹為申於上官得請旌於
朝立祠江干並徵詩文以流傳其事雲璈亦繼詠焉
孝女赴火救父處道旁大書事可據五十五年蹟早湮過者紛紛掉頭去眞州貳尹事疏濬短碣城隅尚堪認問之土人語不詳父女傳聞記同燼冤魂往往出爲祟此石分明遺相鎮貳尹聞之粲然笑孝女作祟吾不信抉苔剔土審視之石猶完好無缺虧其陽有題字其陰有銘辭事頗具顛末一一

無所遺孝女知父不知我孝女見父不見火冒火惟求父得生負父還將火同荷苦向炎威抵死爭不知烈燄隨身裹可憐塗地肉已糜猶覺救親力逾夥一靈幸與所生依百骸寧共飛灰簸女魂不作碧血憐女心定化金蓮朶當時赴火惟女獨或死或生更誰告若非四手宛在胸安得萬人齊屬目貳尹亟向大府陳　朝命一下無邊巡始知顯晦事有數出祟之說非無因孝女魂魄未必更戀此應是多年呵護之鬼神吁嗟乎曹娥十四殉父死巧姑之年亦如此一死於水一死火千載遙遙兩女子水火無情姑勿論我於其事有深恨恨殺當時不反風此咎直欲歸天公

江上見覆舟惻然賦此

江行終日居坎窞天遣書生來習膽江心突見有覆舟使我

魂驚顏色慘帆摧桅折長檣撓浪翻雨打兼風飄不知旋轉
幾晝夜船腹尚在中流拋此中無人有人骨大半已飽千年
蛟先時反覆防罅漏鐵葉聯綴今猶牢我怪舟行何不慎人
言舟行莫太迅不愁上水愁下水不怕風逆怕風順逆風下
水尚可溯上水順風未全趁若教風水得兩兼快意中間安
可問豈無千里一日還願恐難酬事亦僅我揆其說方喟然
中有至理存乎天豈不見駿馬下坂猛于虎銜橜時時折其
股更不見鷙鳥疾飛高入雲毛血忽被罡風分老板聞言必
乍懾遽把高帆攔一葉江船長年三老之屬皆呼老板卸帆謂之攔

搶風行船遇橫風張帆經緯而行謂之折搶此技惟江船能之郎庾闡揚都賦所謂艇子搶風是也搶去聲

橫風吹向船腰過江船走江如織梭經行不憚來往數一葉

翦斷江心波風帆取順不取逆此獨以逆剏一格初從逆勢用其紆繼以順勢得其直似將欲取姑復與要非枉尋僅得尺峭帆時卸或時張遠岸乍南還乍北船舷貼水疾若飛濺沫十丈生珠璣縱橫馳驟多快意那識世間有難事我悟此法爲文章逆筆折筆同挽強善逆始易占地步善折自可畱堅剛楚江老板多嫻雅帆腳能將一手把收放分明控縱如眞箇使船如使馬

江上大霧三日

東風吹來三日霧長江混混疑無路舟師捩柁不敢開只恐船行天外去推篷反疑天地窄天水相看無二色不知是天下低與水平或者是水上升與天逼兩者茫茫不可測但覺漫空高下一氣積一船以外無所見只看船頭人已隔船如

入水有萬重人似去天無一尺初謂濛濛物當是降自天及來江上看霧起竟從水面上薄如雲烟半空未至遽密布頃刻天水相爲連大抵霧有山氣及水氣此是江氣凝結所使然静觀物理或如是雨露不盡皆天專水精宮中萬蛟蜃仰口冷吐氤氳涎浩浩漠漠相緜延一白萬頃茫無邊我聞黃山之雲能作海方之此霧何有焉輕風徐來波不涌耳畔時聞柔櫓動櫓聲隱約無處尋寒意襲人帆影重

曉發

旅客愁侵早郎當聽馱鈴敗牆銜落月渴馬飲寒星沙路光初白霜林氣自青回看茅屋下殘夢鑠重扃

省兄津門二首

今夜天涯雁雙棲不覺寒朔風吹短影春色近長安小住仍

爲客清貧莫厭官惟憑一尊酒且作故鄉看

喜極翻成涕離多又抱愁不堪三載別只許二旬畱苦語燈無餤鄉心月似秋對牀眠未穩敧枕聽更籌

乙未春外舅大司馬嵇公主校禮闈予例不得與試索居寓齋有作二首

陡覺身從局外看閒門忘卻是長安消除熱念何妨嬾束閣陳言亦自寬天上有星仍歷歷人閒無路總漫漫分知落魄年來慣比校心情只一般

銀釭寂寂小牕中不比三條樺燭紅此事眞如羊挂角再來未免鳥驚弓踈才藏得文章拙薄命妝成骨相窮只說桃花貪結子先教零落五更風

雨後偕王燮公龔純穀嵇久之約之法源寺看花

天涯物候客心知又是長安春半時新栭濃于三日酒名花豔過六朝詩臨風寒意還如水滿鬢鄉愁總似絲回首輭紅塵裏望江南歸計已嫌遲

河閒重宿來時旅店用壁閒韻

滿店楊花繫客行長途陳跡笑浮生人逢失意偏多感境到重來便有情矮屋月斜燈半壁虛廊風定柝三更夜涼如水清無寐細數離愁酒獨傾

沅江道中

沅江曾記昔時遊三載重來又繫舟水縮漸看湖有港岸高常覺屋多樓輕紅雲影添斜照危綠楊枝冷素秋爲語長年休打槳前溪相識是沙鷗

初至湘潭

嚴城一帶俯晴臯十里眞如展幅綃（語見邑志）雲罨好山平似岸

雨添橫漲健於潮居人夾道看新尹賤子經年感素標（自量移至今已一年矣）

一吟到玉溪官舍句楚歌湘淚恨難消（李義山有潭州官舍詩）

鄉闈分校四首

霧閣雲牕耐曉寒校將仙籍暫盤桓難從鏡檻畱眉嫵易買

燕支畫牡丹落葉埽完空有恨名花看到卻無端不知門外

銜肩客誰向秋風振羽翰

開卷迷離照眼紅儘教頭腦笑冬烘玉環椎破終非解楮葉

雕完始覺工繡譜敢誇鍼久度文心原似面難同須知無限

憐才意只在沈吟幾欬中

蕭晨列坐靜無譁接席相看似一家往事公榮虛飲酒（庚午曾入內簾收掌故以世說劉公榮不與飲爲喻）鄉心坡老說煎茶治成只恐金還躍琢

去終憐玉有瑕莫怪樓前飛紙盡夜珠明月本才華
恩怨何曾得自由此中消息本難求已知璧是連城貴豈許
珠從按劍投佛力定能超彼岸徧心應不怒虛舟月宮桂子
紛紛落散作人間萬斛秋

王官字寶傳號竹巖錢唐人乾隆庚寅舉人官新昌訓導

函雅園題壁

地鄰蛾墅寂無譁三徑開來似蔣家石圃秋栽書帶草綺牕
夜煑月團茶苔痕幸不將錢買竹影從他當戶遮想見歲寒
瀟灑處滿林深雪凍梅花

游江上西來菴

誰開精舍傍雲根野樹成籬竹有園僧爲灌花頻鑿沼人因
看菊屢敲門海霽天淨濤初白雉堞烟深雨欲翻令我知還

舒倦翮一龕可許共黃昏

春雨

柏堤春水潺潺過入戶低雲曀曀陰黃鳥不啼花自落一窗風雨似秋深

陳燦字健修號濤山錢唐人乾隆庚寅舉人

都門述懷送金苕颿同年歸里七律十首錄二

底須拔劍怨春風自分都歸意料中衣鉢無傳輸范質錦綾有樣誤盧仝崢嶸客鬢驚年長迢遞家山記夢通慚負征衫酬不得祗餘倔強未成翁

呼羣簷雀一聲聲細雨淒風倍愴情是處枌榆原有社向來車笠本無盟青燈照眼初心在綵服畱身客氣平獨有方輪逢世拙迂疏自笑出天成

吳玉墀字蘭陵號小谷又號二雨錢唐人焯子城弟乾隆庚寅順天舉人由太平教諭歷官貴州貴陽府長寨同知有味乳亭初集續集

瓶花齋藏書舊時爲吾郡冠乾隆間開四庫館小谷恭進經部陸氏易解等九十餘種史部四明它山水利備覽等二十餘種子部東宫備覽等三十餘種集部李遐叔文集風雅逸篇石洞遺芳三種欽賜御題宸翰并賜內府初印佩文韻府全函一時傳爲盛事

潄玉池上偶成池在南屏

時雨日夕來幽澗漲新綠白雲被重崖下映寒塘曲里耳悅繁音所取唯絲竹何如此瑽琤風清戛哀玉

獨木橋和鄭筠谷先生橋跨金鯽池

西吳昔住此獨樹作小彴架之達上方撤之謝羣惡我來重徘徊滿目舊林壑臥波尚宛然橫查豈煩索但期樂潛魚無

勞報靈鵲

己丑上巳伯兄甌亭招同葦浦妙峰西林艮園諸丈漁亭秋竹雲溪蓮居菴修禊同用梅宛陵韻

一犂菜甲東風綠三月韶光徧幽谷橫河東折抱城根青豆房開堪聚足洗眼先尋檀園碑棄置牆陰成斷幅迎門老樹僧臘高夾寺烟畦村徑曲吾儕祓禊佛家風舊事浮觴蘭上俗坐中白髮數禪宗始解空王有氏族學詩猶媿非替人成佛應知不到僕及時行樂莫後時曾眼芳春無價鬻日輪西昃戒香消法鼓紞如催焦粥陳迹無憑題句留收藏可擬徐家軸羣公試效伯陽文莫使烟雲空過目

張時憲字禹鐮號辰齋仁和人乾隆辛卯進士

雜詩

庭無積案主人閒我日讎書費力艱只恐學成羅織手又添疑案在人間

一卷殘書一布袍艱于索解鬢長搔輸他裘馬佳公子說短論長與自豪

袁攀鳳字際雲號江村新城人乾隆辛卯舉人有平山詩草

陳焯嘗言江村愛讀史記韓文故制義亦無時下習氣作詩以氣骨勝生平愛才成就後學有前輩風

橋嶺散步

我懷本澄淡來此山水窟況復良友偕焉能坐兀兀迫此春雨多愁畏巖谷滑今晨喜清曠情與共飛越淺雲散林翳暖日烘山骨相攜橋嶺遊仰止何崒屼登頓歷堂皇造頂開天闕古穴動修蛇陰崖竄老鶻迴首眺二川雙流互出沒到此

一束縛俯視窮毫髮側身下石壁小憩坐亭樾巖桂最蕭森似從石罅出潭底影虬龍忽擬泛溟渤矯首得松墩更見花柳發應接眞不暇變幻在倏忽匡廬潭水洄武夷山石凸彷彿遇仙靈詎復憂飢渴緬想桃源人益歎塵世拙生平耽勝遊知已幸不闊相對有餘興開牕候明月

舒毓楓字雨菌一字花農號愚溪仁和人乾隆辛卯舉人官山西太原府同知有粲花樓詩鈔

寄內

木蘭舟泛大江濱夜雨篷窗入夢頻寄語閨中休悵望歸期屈指月中旬

別時湖上蓮初放歸去樓頭雪欲明細數半年相憶苦短吟難寫別離情

吴安世字季儒號闇齋嗣富長子錢唐人乾隆辛卯舉人官建德教諭改餘姚教諭有綺園詩鈔

山行

山石犖确車輪擢羊腸鳥道紛紆迴懸崖迸落星釆散壘嶂排列雲屏開七十二溝繞山足流澌凝白沙成堆一鞭超騰翻俊鶻兩轂磨盪鳴春雷對此豈不怵心目搖搖側側飛塵埃山靈憫余苦煩鬱羣峯拱揖如追陪無聲之詩有情畫口吟手指空中來入險幸爾得異境暫忘鈴轄聲喧豗

晚渡黃河

河水平如掌扁舟打槳斜帆檣依葦岸燈火見人家月暗雲舒葉風微浪捲花有情懷博望何處問仙槎

曉行

月魄堂空大星光入望寬尚愁冬、不雪已覺曉增寒雞唱柴門迴驢鳴古戍殘此身同泛梗轉歎執鞭難

曉渡沂河

荒村薄酒微微醉孤館殘燈耿耿明海日漸紅山欲睡霜風凝白水無聲沙邊野鳥淩寒浴天外征鴻向曙鳴坐擁敝裘還凜冽忍看赤腳踏冰行

梁翼齋招遊檇城西湖

西湖一曲洗塵容良友良時不易逢共度石梁尋古寺還憑水榭望遙峯炎方最喜寒猶燠佳境須知淡勝濃轉憶六橋烟柳景故鄉回首嶺雲重

遊夢筆山瞻江文通遺像兼訪楊文公書堂

江郎千古氣橫秋三石巖巖翠靄浮南浦至今傳別恨西崑

自昔繼風流生花麗句餘香在如夢奇緣勝跡留我欲乞靈

才未盡茗柯遥採薦清羞

聞笛

一聲長笛起鄰家永夜蕭條旅夢賒任爾臨風三弄好驛程

總不見梅花

六月四日曉雨時入伏六日

逸興翛然寄管城乍消煩熱氣逾清薄花蕉葉紛如許獨坐

樓東聽雨聲

施燾字象函錢唐人乾隆辛卯舉人官天台訓導

春暮感興

重來新燕話新愁作客傷懷莫上樓壯志未能酬驥足老成

誰肯讓龍頭花供病眼春如夢酒入情腸熱更柔景物闌珊

已如此名心豪氣一時休

孫麗京字繼章錢唐人乾隆辛卯舉人官直隸趙州知州

有愼旃小草

秋閨

碧梧庭院露初涵簾箔秋光透碧衫羅帶西風腰細細玉簫涼月手摻摻迴文織就抛紅淚紈扇吟成壘素緘短夢忽隨飛雁度葦花江上數征帆

朱超之字子培一字鯨海又字筠岑海寧人乾隆辛卯舉人有筠岑詩集

曝書堂

書癖何時已手藏復手曝時有清風來落花依卷軸還臥夕陽邊撫此便便腹

嚴守田字穀園號歷亭仁和人乾隆辛卯山東運籍舉人官南河同知有晚松軒詩稿

歷亭自負吏才衆中論事輒以氣燄陵出人上雖上游前無所避忌然能折節下士遇卑賤者愈益恭謹公事之暇常集諸名流爲文酒會如東鄉吳蘭雪嵩梁常熟蔣伯生因培吳江袁湘湄棠郭頻伽麐皆其客也嘗有寄伯生詩云客久不來知吏俗君休把我當官看其風趣如此

哭孫補山公相八十韻

申甫歸嵩嶽東南缺地維酬庸　朝典備述感下情私瑣鑠長安客飃零短刺持龍門初晉謁鵠立識丰姿便畧雲泥分蒙將遠大期才疎慚夾袋宦薄出牽絲卻喜旌麾近爲言赤緊宜鄰封交受代榮遇抵遷資詰盜寬贓紇生四許自知措施無掣肘論列得伸眉乾隆庚子守田下第留都中始謁公深被禮遇後作宰粤東公爲巡撫奏移首邑凡治獄事多委任焉閩海妖氛起澎湖戰艦糜漕須蕭相轉兵藉

子交治命贊車中畫因從帳下兒韜鈐親指授杖履撰皐比丁未臺灣林爽文之亂公備兵潮州檄守田從事復値西南徼相攻赤白夷款關頭急搶泣訴面深勢上國申誅討將軍建鼓旗書生仍幕府卒乘綴魚麗馬服能爭險苻堅敢渡淝浮橋乘夜縛畫角向明吹慷慨韡刀誓從容羽扇麾胡牀當箭鏃鳴礮震襜帷列炬增兵氣傳餐恤士飢令嚴軍莫撼持久敵難支齊趖踰溝勇遙窮度嶺追從朝星見再揮日晷行遲轉鬬連三捷封章達九逵上公辭爵賞勞績叙偏裨班幸超鵷鷺冠還 錫駿鸃舉頭 恩覺重顧影意猶疑戊申公總督兩廣値安南國內亂率兵進討球江之捷隔水置陣大戰兩晝夜守田在行間公叙軍功入奏換項帶 賜孔雀翎欲并聊城下終成覆簣基聖心防黷武絕域 詔班師蔡將迎裴度臨淮代子儀珠江聽舵轉桂嶺送車脂己酉春我師既退安南復亂 上以福文襄公督兩廣會安南乞降遂 召公

入爲兵部尚書畢竟宮牆傷無虞仕路歧張溫重外補韓愈恰量移
天語承溫渥江鄉去邇迤門生稱故吏治譜受成規棨戟霜
飄座秦淮月滿陂綠樽罍賭酒紅燭侍彈棊官恐覲需次銓
令試及時權宜畀符篆小校責捐縻庚戌守田隨福公入覲時公出爲兩江總督
上命發守田江南以同知用公卽奏以守田權知淮安府事　暫慶春風坐旋欣霖雨滋民
常歌召杜廷自相咨夔已迫宣麻日休陳臥轍辭臨分神惻
惻握手訓偲偲目斷沙堤杳身憐守土羈高飛鸞奮迅不舞
鶴䙰褷辛亥公入爲吏部尚書協辦大學士守田送公淮上蓋自是不復得見公矣　夢兆三刀叶
巖疆一柱撐北門煩寇準西賊畏韓琦可奈雕題族工爲背
面欺無端揭竿起又費折箠笞萬里來音問千言述苦危命
宮占驛馬暮齒困驅馳分陝肩難卸籌邊功懼隳頻年見烽
火何術補瘡痍故國湖山美勞人顏鬢衰會當舍簪笏相與

老耘耔公入相後旋以西藏用兵權四川總督事平補大學士回駐前藏乙卯復督兵勦逆苗於秀山有書與守田自述年衰任重常恐隕越惟願邊徼封疆既靖即當乞身歸老云更捧吟箋讀驚看麗藻摛羽書雖絡繹翰墨尚淋漓想見軍容壯應同筆陣奇郵筒遙屬和磨楯羨相隨魚雁程纔發龍蛇厄早罹欃槍方待埽箕尾竟先騎公于今春郵示秀山詠懷詩十六首命和守田和成甫寄而公薨于軍中矣喪返詢僮僕詳言各涕洟多緣躬盡瘁非必數逢奇馬援鞍常據廉頗甲屢披蠻溪蒸毒霧瘴嶺絕涼颸薏苡空嘗餌膏肓疾快醫倚牀殫戰策易簀鮮家貲所賴黃腸賜全歸馬革屍一軍皆慟哭四野遍謳思公薨時旁無戚屬以上皆從者所述有道碑堪勒袁宏世共推貽書徵事實立狀戒參差海固窮蠡測斑尤愧管窺平生粗省記報稱此豪氂袁簡齋先生以公墓碑自任書來命守田先立行狀以備采錄石馬公卿墓黃鸝丞相祠人天悲永隔像設仰鴻慈瑣瑣蕪辭獻

盈盈絜酒釃嗚呼魂尚饗彷彿驚文螭

先君子之喪大姊方病甥輩未敢啟知仲弟甫田奔喪來淮因遣其至磁州告哀臨分述此

聚已難堪別可憐愁腸壘壘涕漣漣女兒弱弟分三地孤子鰥夫痛一年多病怕添聞耗後亟歸須及暮秋前輿機擬過重陽發冷雨淒風盼阿連

西湖雜詠和李松雲韻

占斷湖山蕭寺宜烟迷霧鎖路難知雷峯寶叔一雙塔特與遊人作導師

照水山光喜破晴舟師相與裏湖行沿堤處處停篙待尚有遊人未出城

淡紅香白總嫣然草漸成茵柳吐綿山色要晴湖要雨商量

倣出養花天

孤山勢與遠林齊行盡蘇堤轉白堤指點寺牆紅一片夕陽
都在斷橋西

趙賜珍原名珍字天庚號春帆仁和人一清從子乾隆辛
卯副貢有春帆吟稿

春帆以副貢生充內廷教習工篆籀行楷與校西清古鑑年五十二卒于京師府志附文苑趙昱傳

古香堂庭桂盛開集同人小飲分賦

簾捲西風月照廊銀河晚瀉桂秋涼看花對酒無餘事論史
披圖有古香半壁藤蘿懸水石一庭松竹和笙簧十年瞬息
今如昨舊雨何人過草堂

國朝杭郡詩續輯卷十八終　錢塘吳慶坻校字

國朝杭郡詩續輯卷十九目乾隆三十七年壬辰至四十年乙未以科目爲次

景江錦　章煦　沈恩湛　施炌　許肇封

孫傳曾　孫基　何琸　關洵　吳亭

許烜　吳錫麒　陳觀國　駱寬　諸以謙

羅錦森

凡十六人

國朝杭郡詩續輯卷十九　錢唐吳振棫毅父氏編

景江錦字蠡門號穀江又號穀水仁和人乾隆壬辰進士歷官吏部郎中出爲廣東潮州知府

穀江世居揚州父維嵩始徙居于杭其祖運泰猶官吾浙長興尉也穀江官京師時與吳祭酒錫麒施侍御學濂陳給諫鴻寶爲莫逆交退食餘閒來會吟所他人詩成而就正于穀江或易一字如堅城然侍御嘗曰此吾輩針詩手也守潮七年會山水怒漲城不没者三版水退禾稼盡傷亟請之上官捐俸行賑全活幾萬人既引疾歸祭竈請鄰情意周洽年七十一卒

癭尊歌爲莊二編修通敏作時十月一日

君不見宿瘤采桑春提籠道逢君王游郭東朝隨女伴陌頭去冠帔夕入瑯琊宮又不見當陽病癭忍嘲詬江陵城邊瓠繫狗功成破竹吳社墟刻石書名峴山首天公似怪醜勝妍雷雨驅斥蛟龍纏譎爲瘣木怒碨磊更自雕飾登芳筵青蓮

仙人昔酉矚甫里鹿門重見錄銜陳猶貪酒有兵懷貞未要膚無粟流傳既久一尚遺底圓微鋭形半敧主人寶此出娛客滿酌那復論雄雌我雖不飲心自知澆我壘塊真相宜長歌醉語起硉兀合坐聞之聳詩骨淥波倒捲光燭空錯認窗閒瘦搖月

稔山道中

高下迤偏梗崎嶇僕巳厭車聲沙石戛海氣水風兼村落全依樹居民半販鹽應憐步擔婦赤腳踏層尖

哭丁誠齋

吾黨文章貴清雄見此人家傳顏峻筆詩溯謝公津笥草紛如雪風花不當春新詞六幺令腸斷向誰陳

貧來憐骨肉衆裏賤詩書痛飲情無那狂歌恨有餘半生真

骯髒一病此權輿白鶴歸何日青蠅弔總虛

行次石壁入江函境卽事有述

六年留滯隔蓬萊揮手於今謝越臺斗北人方溯源去日南花擬壓裝來情懷儘戀桑三宿涕淚還悲菊兩開贏得踏舷歌小海石頭路滑漫相猜

鎭之前輩以集食硯齋豆棚下詩見示卽用其韻賦呈

庭際西風草欲平翻翻微動袷衣輕主人自嬾趨朝簿秋士能來共野情滿幄涼陰篩布席半園斜日記提罌何當許我重謀醉細聽江南露下聲

六篷竹枝詞

東湖荷花紅可憐妾心自愛藕絲纏歡來一見願如故不遞

賓郎遞熱煙

香緘燕尾墨題鴉拜倩村師錦字斜鐙草有心憑照取與君菩薩結雙花寄所歡書率置鐙草其中湖人呼同心結為菩薩花

章煦字曜青號桐門錢唐人乾隆壬辰進士累官文淵閣大學士謚文簡

吾師文簡公由中書入值樞禁渥被主知出膺列岳之尊入為六官之長謙厚端謹世皆以鉅人長者稱目晚年以足疾乞休予告歸里購嚴侍郎皐園居之花酣酒熟輒招一二故人流連談讌壬午之冬余自京師返杭觴于滄浪書屋語以當官治事之道竟日娓娓不倦迨自滇中歸則吾師已厭世矣彭宣漸老而後堂絲竹無復重聞展視遺篇不勝悽黯

題景福泉諱雪泉圖

欲寫清白意何如此雪泉幾人同臭味一紙感雲烟是見前生相因添現在緣江湖已歲暮相對正怡然

題潛園吟社圖

歸老林泉送歲華過從里巷路非賒　兩朝恩遇眞循吏八社才名此作家同病未知誰健藥（余引疾里居而君亦以養疴不卽起）有詩多半爲題花文章報　國需公等莫遂扁舟隱若耶（君復有耶溪漁隱圖）

沈恩湛字培元號靜天居士錢唐人乾隆壬辰明通榜官內閣中書

靜天以書名於時得官中書遽隕其年人咸惜之

題黄思蔭秋江采魚圖遺墨、

大癡風格最關情莫道鷗波畫不成好似富春山色裏漸聞欸乃兩三聲

帆影紛紛帶夕曛寒江秋老不逢君幾回欲覓桃源洞無數青山鎖白雲

施炌字涵若號澹珍錢唐人乾隆甲午舉人

澹珍少隨外氏宦粵中遇異人授拳勇術防身一銅杵百夫敵也嘗於湖中遇來船有相識者呼與語而風利船去如駛因以手引其船檣兩船屹不得動里社賽神無賴窺婦女相譁麾之以肱無不蹶者書法臨摹晉人請乞者踵相接七十外猶能作蠅頭書胡學士敬其婿也

夢作秋懷詩覺來忘其全篇因續成之

征鴻動哀怨故人天外思淸溪瀉飛泉湖泂竟何之所嗟不得志罔競妍與媸大海多迴風憑誰識雄雌悔將塵中勞凋彼年少姿瀟湘秋水涯佳人去遲遲臨池拂霜毫寫余離索詩涼風吹羅襦月上靑松枝

題壁

幾片落苦花數點沾衣雨不覺幽興闌春光老烟霧羈人倚南榮淡焉鮮所慕繞屋多古榆棲禽自相語日日掩關臥塵

壁挂雙屩于焉觀萬物因之淨百慮簾捲雙燕來窗破一蜂度羣動殊未息寸心渺何處掉首昔已非放眼今始悟脫巾漉新醪頗得此中趣

皐城別蘭皐石丈

薰風拂檻繁英折陰濃綠樹天微熱繞欄開徧玉瓊花枝頭片片飛晴雪披襟坐對兩忘情欲寫新詞未終闋白雲腋上著瑶篇細讀霏霏翻玉屑倡酬良會難久留離家傷懷忽不悅吳山越水路迢遥十載重過情轉切文章氣誼訂金蘭指揮談笑眞英杰同是風簷淪落人遭逢寧愧蘇張舌春花秋實宜自堅壘案詩書爲誰設襟抱牢騷不敢傾明朝又是消魂別

梵村道中次秋雪韻

山村隨遠目梵徑正迢遥疎網挂寒樹平沙落莫潮烟橫疑岸斷霜重感林凋欲問無生訣斜陽唱晚樵

喜妹氏歸

六旬重聚首卅載別衡門嫁三十餘年始歸已六十一矣入里諳鄉語新歸慰夢魂家人不相識家中人俱未曾見老輩久無存歲祀瞻遺像思親拭涕痕

不見攀條處牆東老樹橫荒園老栁凋枯已廿餘年新巢仍燕語古寺罷鐘鳴屋後潮鳴寺前年燬于火風雨綢繆亟鶯花歲月更驚看敝廬在猶賸白頭兄

題畫扇

潑翠輕紅繞砌開離離疎影落蒼苔憑誰小試徐熙手笑挽秋光入扇來

題朱泊翁畫荷

離披花葉墨香清一段秋光妙寫生記取泊翁疏散意挑鐙聽雨宿瓠城

許肇封字州山海寧人乾隆甲午舉人官安徽望江知縣

聚星堂雪用東坡韻

瞑雀枝頭啄凍葉紙窗淅瀝旋飛雪飄搖遠樹覺蕭然妝點小山真峭絕兔園客散綺琴靜驢背人驚竹橋折埽從松逕翠仍溼掬向茶鐺香不滅冰鏡光搖月未通簾旌影壓風先掣閉關處士臥空谷披幄佳人散春纈漸看懸霤列明珠敢有微塵汙芳屑會聞習賞歸來暮但惜華年去飄瞥先賢遺跡聚星堂故事真從汝南說酒酣朗誦歐蘇篇唾壺擊碎如意鐵

塞上送別

我來塞上原爲客及至關前反送行萬里投荒窮北走三邊絕域又西征黃沙捲地陰雲積白草黏天夜月明猶有故人須痛飲不堪城角聽笳鳴

孫傳曾字誦芬號燭溪仁和人乾隆甲午舉人官內閣中書有碧山棲稾

燭溪翁登賢書後一與計偕不再起得官中書舍人亦不就職生平徧及交堇浦太史而師事勾山太僕詩文宗旨故有淵源碧山棲者其家園亭最勝處也藤蘿花竹絡翠縈紅掃地焚香不與塵壒相接故其詩隨意抒寫多嘽緩和樂之音初娶方氏不數月鸞絃遽斷燭溪悼之甚愁言苦語觸緒紛來有不寐七律云如水寒宵瘦骨侵紙窗疏處覺嚴森風酸月苦雁聲斷被冷鐙殘雪意深百計難消千種恨一時併入五更心曉來山鳥呼人起小立池塘空自吟聞者哀之又絕句云清明節近雨兼旬處處提壺上冢人試問海棠開也未可憐紅粉已成塵皆爲此也可謂一往情深矣

上巳

尋芳逢上巳禊事重園林水曲有閒意花寒無競心朱顏驚老至綠鬢畏愁侵且趁新晴色流觴次第斟

輓汪春園

才名聞日下幾度上公車身習太常禮家承中壘書蕭閒甘市隱落拓夔巖居德行兼文藝均堪式里閭

夏夜陪陳句山師杭堇浦先生集南華堂分韻

鑾楂攜來款竹扉華堂軒敞晚涼微月移松影當階覆螢墮樓陰貼水飛林下風流人已渺謂趙意林丈樽前老宿坐相依新詩題罷爭傳寫杖履追隨興不違

過斜塘待潮

疎疎竹影漏雲光野鶻盤空路渺茫我似春潮來有信年年

風雨過斜塘

孫基字在鎬號夔白錢唐人治元孫乾隆甲午歲貢

末伏日用文與可夏日書墨君堂原韻

秋風已生桂涼色漸可人小年忽若除脈脈安吾身吾身與秋宜適居秋潭濱吾身思納爽時復岸吾巾天上河漢闊今年渡鵲頻時閏七月人間二難幷賢主而嘉賓銷夏得神契署迹存其眞何以樂朝夕歌詠歡相親茲當伏之末幽齋澹高辰養生覓靈藥應有明窗塵白詩髣髴明窗塵注云丹砂妙藥也

天南星

偶繙藥譜測天經夔此嘉名協壽星梗直不扶齊渭竹葉生一瓣紀堯蓂生來下土圓如顆飛出寒芒白似螢試劚松苓和术煮那須蛇虎鍊眞形

子午蓮

花放疑澆子午泉泉中浮出小金蓮生來不要霞裳豔淡著嬌黃學水仙

何琸字圓凝一字冬嶺仁和人乾隆年歲貢官湖州府學訓導有冬嶺吟草

冬嶺性豪放以詩酒自娛善畫蘭竹

獨遊平山堂

紅橋修禊事全非烟水蒼茫碧四圍客裏不知春已暮楊花如雪撲征衣

闞洵字瀠川號綽堂仁和人乾隆年歲貢

綽堂陰行善事精於易理著有周易綴餘四卷長子樹棠鄉舉後賀者盈門綽堂愀然曰發越太早恐非壽器未幾果卒人服其遠識

夜宿龍井

雲樹襍秀飛鳥還松門夜靜風爲關猩鼪呼嘯月冏冏窅然巖谷增孱顏羣峰斐亹雁齒列遠似擢玉紆烟鬟我初顧盼有佳意竹色入戶苔斑斑徑垣薇翳綠蘿合蒙茸欄藥不可刪夕蟲息喧巒氣窗淸露冷浥幽花殷暗泉細咽白石底落木紛墜秋雲閒茅堂憩寂不能寐吹鐙山鬼矜天頑精靈驅致百光怪爲我破此一捌慳商颷急起舞寒葉涼雨驟下鳴疏杉四簷傾注響交作澗谷噴玉聲潺湲寺鐘聲動萬籟寂我亦心靜神俱閒

吳亨字次公仁和人乾隆年歲貢有南越新吟

次公與楊制府應琚有同門之誼楊開府粵東次公爲粵游主講陽山書院余所見南越新吟手稾皆粵游時詩也

上十八灘

耳熟十八灘十年未游歷云是章貢二水相合流日夜洶洶瀉向北上有大山排長垣下有怪石列精鐵初從萬安入灘首傾聽水石聲搏擊一灘一灘復一灘灘灘殊狀皆險絶乍疑神龜浮洛水忽訝瘦蛟蟠窟宅又如鄭楚大爭戰鸛鵝魚麗紛陳列激湍流珠夏亦寒漩渦捲浪晴猶雪東盤西折礙行舟約路高低差一尺長年三老好身手解衣徑向灘中立峭帆十幅未招風挽斷長繩不得泊斯須灘盡開偪仄一派天光涵水色呼奴酌酒酹江神醉頭扶起東方白

題杭太史世駿嶺南集

不許先生簪白筆著書充棟亦徒然天留謝傳東山住人仰昌黎北斗懸老去情懷偏跌宕遠來詩格倍清妍莫教流轉

溪蠻手織上弓衣祇浪傳

許烜字樂亭號疊孫錢唐人乾隆乙未進士官編修降補內閣中書有思補軒詩集

題照

梅花三百樹老榦橫如戟春影月疏斜誤認林逋宅中有澹蕩人銜杯共朝夕酒暈上霜肌天然好標格

署堂邑陳明府枚殉難詩

蜂蠆生袖中壯夫且變色矧茲蝮種繁叢毒奮頃刻發于肘腋閒側無嚴兵飭緣土以為城鳴琴而奏績一朝鬭邪謀發捕如火急詎不計反噬鋤莠乃其職羣逆果宵來矢守支獨力獨力安可支巷戰逢路絕至此清正聲猶足緩鋒鏑君義不後死舌斷終罵賊難弟曰元標慷慨同赴節志士在成仁

國典褒忠烈何止桐鄉祀千秋綿廟食

吳錫麒字聖徵號穀人錢唐人乾隆乙未進士歷官國子監祭酒有有正味齋集

祭酒學贍品端爲人倫冠冕方官中朝不屑阿諛貴人屢進階屢乞歸視榮利渺如也高麗流求使人以重金購其集所爲駢體尤名於時踵門乞者幾於一縑一字晚年主講揚州甚久修禊題襟風流斯在胡氏先友記載祭酒洪量無偶方爲諸生時居山兒巷値獻歲列酒甕無算招朋痛飲竟晝夜而酒未罄乃舁至門外人過其門以巨觥沃之能飲者去而復來不能者至委頓乞免其高曠類如此讀書多手錄夜至三鼓輒起從事筆墨五鼓稍臥息天明則又起至晚年且然眞以繼素爲性命者卒年七十三

艮山野望同杭堇浦先生世駿倪丈嘉樹一擎何春渚琪黃相圃模姚春漪思勤黃玉階基倪小迂印元孫竹虛錫分韻

背郭山影低蒼蒼凍雲臥梯苔徑可覓踏葉寒乍破社宇有

神棲樵歌無鳥和疎林抱沙河一支瀉其左烟荒阡草歇日落水風大幾家閒閉門公事了漁課觀逝感歲遷翫物惜羽過蕭然聞松聲蒼鼠竄幾箇

立冬前一日項秋子招同胡葑塘濤何春渚奚鐵生岡孫半峰晉寧曹雲巢光灝項蓮峰朝棻魏春松成憲集壽花軒餞余還京師即席分韻

餞秋復餞客客愁秋共深庭闈滿落葉浩歌游子吟我吟未終曲涼風振繁音美人含窈窕餘芳鬱蘭襟離觴傾向夕情密無疎斟酌茲道路長復念霜雪侵欣戚各殊致永懷在苔岑閒雲偶然出時有還山心天空急哀雁月落停淒砧感我西笑客羨彼南飛禽

十九日同黃相圃湯點山禮祥余慈柏鍔陳仲恬鴻

豫陳秋堂豫鍾　三墊觀梅舟出板橋關

嘯侶踐山期巡烟通艫響鳥亂日已斜帆紆渚疑柸長虹乍超越圓鏡倏開朗青收羣岫回緑瀉一波往似有花光生欲弁夕陰盪依村酒颭旗攏岸漁挂網于野卜同人在阿緬吾黨來去各吟篷津吏莫惆悵

竹素園觀鶴同黄相圃何春渚姚春漪項蓮峰徐也陶大陛倪小迂分韻得七字

塵埃久辱神仙質照水修翮思一櫛露華洗竹夢初歸萬里風烟氣高逸揚州富估騎不去十萬腰纏致何術南飛曲罷腰笛迎昨夜騰騫失其匹相思篆寫青苔斑似荅上天聲一一詩人苦吟偏類爾獨坐涼堂擣病膝鍊形空作紫霞想自出深山少芝朮鶴田有券吾肯書置汝寮中容其七

半村老人蘭亭模本并序

老人姓陳名王謨字朗行號半村錢唐諸生與先大父爲僚壻所居東園饒水木之趣工書法逼近晉人余幼時多仿寫之今老人下世且數載矣令子熙臺表叔燾與余同居長安出示此卷并索余作展視一過不禁泣然時丙午十一月朔越四日

蘭亭記自王右軍今不異昔視此文龍跳虎臥復紙上半村老人書有神老人騎鶴去已久修短隨化嗟何云卅年舊事我能記橙花老屋開新春我祖娛賓呼我出月明照見須如銀我時三尺立公側棃栗與喫情尤親索觀我字醜可怕卻肯妙墨書羊裙臨摹到今無一得空念勖我詞諄諄花開花落淚頻洒撫卷欲染淋漓痕公今有子寶斯本十年傳硯余

慚孫天涯悵望墳墓遠咫尺幸喜精神存弁山既免厄風水玉匣豈慮終埋湮故鄉老輩跋尾徧攜來更踏長安塵晨朝深雪北風冷薑芽斂手題何人巧偷豪奪不可料但防缸面酒邀君

題陳柳樊同年人驥烟波泛宅圖即送其之官蜀中

君不須念西子湖亦不用憶張翰鱸作官正要以水鑒日日清流看此圖此中不必有魚釣但求養活千百魚頗聞巴蜀賢長吏料理百姓非區區蒲鞭不試官課了閉門莫識吏與胥送君此中作宰去可以讀律且讀書百錢一飯食不盡黃雞肥美兼花豬明年孺人挈雞至官齋便是君家廬月支廉俸幾百索比較脩脯豐何如弦歌正好助文字瓜果詎肯通苞苴海棠花底放衙罷但有詩值千明珠烟波百尺錦江好

三十六鱗煩寄余

偕施藻嵐枚蔡栁堂鵬沈臞葊士鉉入楊梅塢訪三祇上人留宿師子林同作二首

幽鳥話溪晚林扉掩薄曛好山都隔竹凍澗易藏雲此地茅茨熟諸天梵唄聞來先參米汁佛見也欣欣

有僧如此少小住亦爲佳明月窺寒榻孤窗逼峭崖鐙前落蒼鼠夢裏健靑鞋半夜松濤發身疑風雨偕

庚寅春再赴嚴江同舍弟錫麟舟中作

聽風兼聽水三度上江船遠樹霽寒雪一帆明夕烟人耽高隱地山媚早春天正擁羊裘臥嵐光墜我前

好句忽飛到與吟惟子由江山如昨夢兄弟此扁舟野水爭灘上閒雲爲竹留他年蒻鐙話毋忘富春游

正月十八日飲高秋崖觀海宅時積雨初晴同胡竹城金篠廬成棟沈梅村赤然潘亞江世鼎朱西崖應登分韻

卽看梅樹易花飄忍不春杯及早邀過眼江山談往日落鐙風雨罷今宵酒人慣作浮雲笑豪士翻愁短燭燒羯鼓幾家猶未歇檐前缺月不禁描

哭倪小迂表弟

難憑玉鯉致相思酸到心來淚已垂一樣新霜涼意味橘枝酬唱少年時記戊子與小迂約爲詩會有橘枝詞酬唱之作

哭子詩成痛阿翁眼花頭白坐書窮禮堂幸有傳人在寫定先應付小同時尊人嘉樹先生方患目疾小同謂令子米樓

十二月十三日大雪病後苦寒懷人成句以下爲娛老集未刊

瞑然雲不飛天遠易成暮農家望三白失喜臘初遇光抱新月移淒約宿烟赴引氣逼淩兢因風流拗怒藉表孤淡姿甘受梅花誤沈沈漏屢轉漫漫勢寧住負痾積朝昏幾忘酒家路昨聞飛雁來遺我故人句似勗君子心固窮諒有素炯炯眞想存炳燭酬冷趣

除蜮行 紀百制使除邪教也

紫金山上營門開隆隆鼙鼓聲如雷鳳凰麒麟有時出怪民奇服何來哉林深路隔行人絶狐鬼跳踉爭窟穴迷離身是逆毛鶬造作神姦那堪說畢逋鳴鳴星出高使者手操蒼水緣飛光搖空快刀斫永夜但聽長風號驅除信荷神靈意正直要爲天下計人痾例入五行書殷鑒宜懲妖異志英姿颯爽淩清秋餘霾盪入空江流治絲有道亂者斬白寒老魅啼

啾啾世間所仗倚天手横海長鯨亦安有一曲聽歌海上謠肘上寧辭印如斗公先以平海奏績翁歸久擅文武名伏波又報側貳平靈談鬼笑爾何物竈上豈足勞經營肆驪開道行千里金支翠蕤光尺咫眼看窫窳靖　堯年一夕功成慰天子蒼生蒼生爾共聞此行最喜梟鸞分嘉禾一氣騰氤氳雨爲甘雨雲油雲我公乃得膺殊勳吾儕小人聽者欣山中行授十賚文

明按察僉事金公對峰墓在今西湖東山衖其族孫孝廉應麟徵詩

逐熱那免冰山吁竊靈行歎神叢枯青蠅貝錦迭相代不知正氣誰撐扶先生身是儒官出養成志節驚頑愚龍蛇變化蟠大澤忠孝根柢須吾徒鈐山何人七年住讀書丁倒憑闌

奴豕冠峩峩一角孤觸邪起挾風雷俱朱門那肯下一鶚白棒恨不誅羣狐如公磊落真丈夫發揮經濟皆良圖頗聞隆慶治河議飛章火速人才需上當曹沛下徐邳功成卽是甘棠湖讒人何者二五耦誤人家國非區區幅巾藤杖曰歸乎孤山吟社從林逋草堂花發故鄉好杜門但聽啼棲烏烏乎有明末造觚不觚元氣無復留斯須何況茄花委鬼國卒瘏先生有道亦安用老死荒江落日晡一身僅得封馬鬣二子行見歸黃壚善人有後公乃無難得錢唐老孫子一盂麥飯哭烟蕪

丁丑人日雪中家暮橋招江漪塘汪澗雲同集齋中出觀文待詔石湖卷子約賦長句

快雪難得人日天主人觴客開初筵酒行未畢出長卷邀我

如泛橫塘船綵雲橋外棹初轉豁然霽色生春妍鷗鳧拍拍
往來熟幾頃似占琉璃田丹黃著筆易蒼老樂此芳草餘新
鮮清風一吹林杪活倒捲湖氣成空烟烟高隨路盤曲折九
級直壓浮圖顛疎鐘緩尋略彴渡密網晴受菰蘆韋石湖湖
口水調發先生萬里歸來年玉堂故事夢可記四時襆興詩
方編依巖隱隱待月出烏巾一角人如仙會須勝處問津筏
卽論畫裏皆因緣人生翰墨擅奇賞快意何啻千秋前白頭
幸喜舊遊在有約細字同雕鐫詩成客散雪未止爬沙響接
江湖邊

平山堂觀木蘭花歌

燦如玉樹流如霞霓裳妙舞來仙家其上羽衣襆鸞鶴其下
鐵骨盤龍蛇平山堂開歌吹起游人襆沓喧蜂衙梅花巳飛

杏花早爭此蓓蕾先萌芽漸蒸日氣入花氣盎盎四面春交加虛空不許薄雲襲沐浴七寶騰紛葩老禪能喻清淨理微妙謂是優曇華我來作禮互圍繞銀幢玉節稱非誇明雲送過烟亦軟宿雨洗出姿無瑕忽然飛光蕩寥廓迷離又被斜陽遮眼中色相亦何定所感來往頻天涯虎邱此會四十載舊雨欲聚如摶沙頗聞此樹近消歇野火燒過成枯槎何如歐蘇昔游在醉筆兀突搖烏紗題詩恰好花四照千幹萬蕊煩梳爬東風豔豔鈴索護艣聲莫促城頭鴉

年來海內名流凋謝大半桐生山尊皆有詩志痛余同其韻二首

迴風一激一波洑不盡蒼茫感積陰黃月難尋前度夢青楓如咽舊時心幾條巷轉愁停屐昨日花飛已獨吟老我江湖

逢歲晚只防猿鶴故山尋

論交四海漸無多淚漬紛紛痛柰何一代文章思老宿十年風雨惜枝柯起居屢向書中問襟袖都憑畫裏摩愁絕西州門外過不堪宿草罥寒坡

梁山舟先生輓詩

錢唐家熟相公呼如此清華近代無少日功名辭　北闕半生山水占西湖書兼逸格高于董詩擅天才俊似蘇身到白頭重拜寵

主恩原許戀菰蘆

神馬尻輪造此行虛空如見斗杓橫水仙薦合尋遺廟佛地歸應證淨名記枉尺書如昨日更誰舊事問先生靈音只在

神風裏九里松濤步屧迎

九兒清鵬余孿生少子也幼繼仲弟爲嗣今年　廷
試以第三人及第劉金門宮保賦詩見賀次荅四首

大江風快遞臚傳報捷書來兩地聯時余館揚州聞報書先已赴浙絡驛宮
花催上苑掀騰莘草慰衰年早知故里新榮被如聽
先皇舊制宣兒輩也邀　天寵渥感　恩那不涕盈顴

儒生家世重傳經鐙影常垂一穗青賴有遺書搜故篋終憑
舊德振先型身叨科第吾原愧蔭美松楸氣已醒隱隱祖功
知不細好勤根柢答　彤廷

卯君才調本軒軒經濟書成理燭垣一世豈無陰德報九原
定許布衣尊嘉慶庚申吾弟在金華佐治水災全活至數萬計方伯劉公甚賞重之　幸分弱息
期垂後得藉餘庥獲拜　恩他日齊詩章句出還煩繁減後
人論後漢書伏恭司徒湛之兄子湛弟黯無子以恭爲後黯明齊詩恭以父章句繁多遂減定爲二十萬言

綵筆如公重紫瀛皐比許我亦齊盟同聲自快傳衣鉢君以己酉探花得承
恩遇小錄猶煩辨姓名報錄初尚誤傳君特為決之游比龍門先借弟歸逢驢背復憐兒時八兒清皐下第歸夔才信有和羹手早晚歡勝
聖主情

魏春松自都下以詩寄懷卽用其韻賦謝二首

舸棱仍作拜
恩人寄我頭銜照眼新想見豐臺花一樣滿天濃雨送餘春

君非司理卻揚州曾約名流韈屐投願得尚書乞歸早江湖先擁載書舟

陳觀國字壽寧號惺齋海寧人乾隆乙未進士歷官江蘇金山蕭甘泉等縣知縣擢海門同知入蕭縣名宦志有惺齋詩草四卷

惺齋爲清恪公元孫生平遊燕遊齊遊粵遊蜀而河洛嵩少之間往來尤數羈旅牢愁奚囊頗富吳穀人錫麒言其詩清遒劉亮信然

寄無爲署同人

白日淡征車同心倏異縣停鞭首重回可望不可見孤嶺暮寒雲長江帶匹練何處指城樓墟烟滿郊甸閒時倦深談別後記歡宴可念長征人短衣躡霜霰投分誠有情勿效素絲變

吾鄉許公勉燉曾宰陳留有惠政今幾及百年矣而尸祝之口至今不絕余過其地聞之作此志慕

陳留古劇郡天寒野蕭蕭病槐餘老幹凍麥含新苗賢宰懷許公兩漢賢良曹不惜催科拙自覺保障勞遺愛及後世俎豆陳牲醪至今三十載民俗猶歌謠天公報不爽孫子皆俊

髦掇科如拾芥鳴鹿歌苹蒿令嗣光基令孫鍊與華鐘相繼俱登科廉吏不可爲此說見已膠驅車一感舊催雪風聲饕

讀高季迪大全集題後

姑蘇城角文星現米堆銅井圍蔥蒨宣洩奇才四百年高文異代流傳遍元季詩慚大雅名競將蘙綵炫春英文妖還誚東維子老吏惟傳虞伯生青邱老八瑑肝腎榛蕪埽闢裁松菌甪里山川異境開松陵唱和陳言盡經史包羅入卷舒心兵八極探虛無秋猿春鳥悲愉判趙瑟虞琴雅豔殊有時幽境開清曠忽爾豪情欲奔放水落瀟湘白月寒風高元菟黃雲壯展卷疑同仙境清丹崖碧草總留八未能燒竈沾丹液已好看棋遠市塵一代風華開後習南園北郭伊誰及苦將瑜亮想當時依稀止是牽肩集名從草野動與王史局編成

金匱藏從祀龍旂趨泰畤講經鶴禁侍青坊拜賜彤廷金輿綺稽古歸來詡多士方期吟嘯繼滄浪豈料君恩難久恃女奴扶醉是耶非不信微詞釀禍機誰向西州慟華屋可憐東市竟朝衣我曾繫棹吳江道欲訪槎軒唯宿草山光水色故依然仙鄉結珮還瑤島此夕長吟篋裏詩感君遭遇忽增悲夜郎流貶瓊崖謫未是才人不幸時

柬張九敘妹丈

憶君家住東郊墅髣髴園林涉成趣緯車杵臼縱橫閒我每停留不忍去瓦屋林梢一角明漁罾橋口曝新晴鳥鳴叢竹貪人靜犬吠疏籬駭客生烟草濛濛松謖謖扶杖鬅肩結寒緣讀書負耒可忘年豈識黃塵困馳逐嗟余蹤跡逐飛蓬病後遊梁司馬同夢轉空牀蛩咽露居鄰寒驛馬嘶風買山無

貲空遠道舊遊回首傷懷抱安得他年傍蒻茅來往風流成二老

奉懷誰園家叔餘杭

不作直廬客翻爲入幕賓文章無往古山水老斯人東閣鐙前酒南湖雪後春遥憐揮翰處嘯傲任天真

孤鐙坐遥夜懷遠意纏綿白眼從當世青衫失壯年劍光揺燭畔笛思滿風前何日停歸棹雄談妙解詮

夜過寶應

夢轉聞人語言過八寶城風鐙漁浦影霜柝戍樓聲酒醒鑪烟燼寒多布被輕推篷一凝眺圓月十分清

晚泊

汴水淨不流清秋美雲樹漁歸野浦寒鳥下烟林暮一洗京

雒塵似返吳淞路何處馬蕭蕭蒼茫望前渡

春日遣興

驚心時序變新鬢見春光柳陌明殘雪鴉聲亂夕陽夜長歸有夢事少醉爲鄉壯歲慙空度明年四十强

丹陽道中

賓鴻點點破寒烟鐵甕江山在眼前古木疎鐘城角寺亂鴉秋水夕陽船解鞍鄉國剛三月策蹇關山已十年買醉曲阿春釀好白雲回首雁聲邊

寄許毓渠山右

黃河聲繞白登臺千里關山匹馬來夜月悲笳通雁塞夕陽衰草上龍堆北朝碑版尋僧剎南國鄉心付酒杯同是飄零定相憶皖江風雨菊初開

將往河南覲省

遠道誰堪風露侵況逢白髮上華簪向平奚抱栖眞願季子猶存負米心家祖母在堂萬里騰驤誰得路十年栽種未成陰自慚老大頭顱在祿養無能涕不禁

宋闕梁園幾廢興河流東注水崩騰才名自古傳枚乘公子何人是信陵每對雲山空極目劇憐風雪又擔簦惟餘舊願堪償在二室峰頭攬轡登

度芙蓉嶺

曾聞太華插芙蓉南國何年削此峰遠嶂寒通深谷水近村晴落上方鐘鳥貪茂密盤孤岫人倦登攀倚古松俯仰曹吳陳迹杳長江東望暮雲濃

憶弟

白晝看雲意渺茫綵衣堂下不成行鱸魚美處偏爲客鴻雁來時最望鄉天爲閏年寒覺早人因愁緒日疑長迴思相送臨江浦新月船頭最斷腸

即事

蕭齋門逕碧苔封日暮空階獨倚笻雲外不知何處寺秋風吹落滿城鐘

秋夜

淡淡銀河露氣清短垣籬缺亂蛩鳴傷秋腸斷江南客又聽孤鴻第一聲

駱寬字海門錢唐人乾隆乙未進士官湖北武昌知縣

贈西昆羊城之行

雪泥鴻爪本行仙忽漫披圖悵別筵翠樹寒烟山似幕畫船

春雨水如天詩情嶺上看梅熟飲興灘頭趁鱠鮮倭髻蠻腰
足佳致笑君怕結女郎緣
陽關壘罷碧雲橫鷓鴣能催送客情舊雨長懷黃叔度新篇
都是謝宣城不辭飽喫廣州飯難忘歡陳穎谷羹看放瘴花
紅似火秋風一度問歸程

諸以謙字撝堂仁和人乾隆乙未進士官河南布政使

汪復齋輓詩

望重文章伯名高通德門清標欽玉立雅度作春溫閒理東
山屐晴開北海樽風流接前輩松菊徑猶存
月掩少微星人閒失典型新詩留幾篋舊雨悵空庭有子超
千里諸孫奉一經　紫泥天上賁詎待綴詞銘

羅錦森字衣樹臨安人乾隆乙未進士官內閣中書

八伏連日大雨

長安暑不酷大椿陰疎櫺方作辟惡餅胡爲怒元冥傾翻大漏天踢倒行雨瓶憑君鞭陽石玉虎何鈴鈴屋溜醆裳素移牀抱鵜經薊門生嫩寒不見西山青憶昔苦爛雨運舟可中庭茲正濯枝候屏翳故效靈話茗捐六角況聞菡萏馨田閒肥新綠一笠歸雲汀詎須米老墨潑出烟雨屏

憶歸客

送客江南去方開玉井荷山連雲氣迴舟繫樹陰多湖海知魚樂關津羨鳥過到家醅正綠風味近如何

夏日憶村居二首

長安居已便當暑卻思家樹下清圓地溪邊細碎花萬山雲氣勢十雨稻生涯不羨松風石清涼鶴頂茶

門放千山入窗橫一榻宜頗思揮麈尾不必覓龍皮白墮騎驢酒文同沸鑊詩一般多苦熱併疊付紅棋

辛丑六月客中懷徐春泉并寄東湖索和二首

七載隨人看㮤花輭紅依舊踏東華月明薊水同爲客草綠江南又到家作字底須門裏鐵冐題好待壁籠紗閒來檢點黃紬被努力春明早放衙

婪尾春深酒共斟碧梧兩地落淸陰到家切莫數鵝鴨赴調底須攜鶴琴不願鬱林惟有石除非伯起可無金尊鱸且飽家鄉味莫到花封卻浪尋

讀晉史三首

洛陽荆棘壅城秋典午東西王氣收一代風流餘麈尾半生名節失枋頭渡江幾擊豫州楫傷月空登都督樓料得書空

徒咄咄鱸魚不解季鷹愁
甕邊鍛下事全虛白眼何知禮法疎豈是圍棋能克敵可憐
玉麈爲驅車生涯鑽得王戎李仔細空回殷浩書此輩多應
高閣束竹頭木屑待何如
鵠隱雲間劍躍津當年莫謂晉無人風流賭墅謝安石慷慨
絶裾温太眞逸少一牀殊浩落士行百甓獨精神珊瑚擊碎
唾壺缺畱得先生漉酒巾

久雨初晴

零陵石燕鎩輕翎報道簷牙雨腳停遠樹滴殘烟裏翠好風
吹出嶺頭青十分霉氣生孤館一段晴光透曲欞買得新茶
試活水開簾待曬換鵝經

風日晴美客中無事喜而有作

好風吹碧衆山頭縱目頻登百尺樓浩落一身天似笠空明萬里水如秋畫中别構王維墅句裏閒尋謝脁洲玉燭調和花鳥樂寸心無地可容愁

國朝杭郡詩續輯卷十九終

錢塘吴慶坻校字

國朝杭郡詩續輯卷二十目 乾隆四十二年丁酉四十三年戊戌以科目爲次

俞　超　許　錬　高家駿　李紹安　俞　理

宋大樽　高樹程　吳　純　汪應紹　應文鶚

蔡廷衡　吳　璥　潘庭筠　江　清　楊元愷

錢　栻

凡十六人

國朝杭郡詩續輯卷二十　錢唐吳振棫毅父氏編

俞超字福先號漱園海寗人廷藻子乾隆丁酉舉人官蕭山教諭有漱園吟草

留別李香湖同年

去歲黃花節君方送我行蒼茫秋色裏又動別離情江闊孤帆影天高過雁聲烟波今夜夢何處話平生

飛舄臨安道西湖結舊緣交情霜後竹詩格水中蓮聚飲剛三日相思動隔年曲江花事好珮馬望朝天（來歲有入都之約）

寄升華甥

宅相今推重文章阿士賢清貧傳故笏辛苦戀寒氊獨夜秋鐙夢長吟海國天雁行迴首斷顧影亦淒然

有毋茹荼苦殷勤望眼賒半生全恃汝昨歲幸宜家桂玉憐

餅磬音塵隔水涯團圞今聚慶陟岵莫生嗟

寒食新晴次韻

餳簫聲裏草痕鮮寒食誰家上冢船小雨踈紅栽藥地暖風新碧焙茶天賣魚翁去衣沾絮驅犢人歸笠帶烟如此風光誰解語呢喃雙燕畫梁前

春寒

澹烟微雨護新春料峭餘寒尚著人一半花枝疑勒住十分酒琖最相親曉妝且擬遮羅幕晚步何由岸葛巾獨有流鶯偏耐冷閒關作意弄芳辰

許鍊字繞百號蔚堂海寧人道基子乾隆丁酉舉人有恭止居集

蔚堂承其世緒績學敦行生平著録甚夥後以教習需次廣文未注選而卒

法相寺

髹塗趺坐者爲誰五季泉州陳氏子生來七歲默無言短髮鬖髿垂兩耳世上已枯毗波黎杖頭忽溢琉璃水天花繚繞空氤氳早休則休止則止一語能教大地瘖再語能使浮雲死長留遺蛻此山中琳堂丹碧巍然峙鐘聲朝隔嶺樹青蒼影夕照江霞紫駢梁蜿蜒走龍蛇飛闥玲瓏結羅綺蓮居雲壑更淸幽僧曰定光棲於此貞林非木又何椽窮極雕繪乃爾爾我來未曉門未開門外鞠䐥閧如市蛇行一步叩頭三博山鑪篆生淨几金鐘寶鐸響噌吰佛號宛轉驚雷似須臾蜂擁滿空庭前者履錯後顛趾大姑婀娜攬紅裙小妹嘈嗸頻呼姊整衣結伴重斂容未到階前早長跪凝眸暗祝不聞聲卻向簾前投玉珥觀之閔默悄焉思如此精誠良得已何

不刺繡藏深閨靚妝飽經衆目視那知祈禱別有因相傳可得宜男喜拈香已罷微啟龕先摩佛項次懷裏闍黎昂首宣佛言一聲高唱千唯唯寅年靈宇散錢刀卯歲德門懸弧矢噫嘻誕謾孰開端奔波習慣渾忘恥磊落燕山五丈夫降生不受鐙王使豈無一二偶然遭事參疑似理無是徒令禪宮淸淨身粉痕香汗襍塵滓可憐老僧寸寸膚莫逃姹女纖纖指生前不樂炫高名死後安能免弔詭永明饒舌何足云饒舌偏從死後起如何幾度祝融威旛幢潛逐回風徙

飛來峰

峭崕倚天靑如葱晴嵐蓊鬱烟濛濛閒道一朝離粟顆颯然而來蒼茫中泉飛暗落亭外寺洞穿明貫江邊虹天鑱無痕心骨露瘦玉漠漠吹寒風石蹲駭豹翳嶂霧壁立奇鬼啼金

狨毛女餐霞黛環彈上元迴輦珠簾烘隩區精液巧縈結孤根拔地天無功惜哉神物剖完璞古壁佛畫勞磨礲外化凡骨媚仙眼中含清氣升清穹蓮花一勺香鑪底莫教照見瞿曇宮芒鞋輕舉踏蒼麓霏微瘦影明雙瞳陽林鳥起葉颯沓陰壑蛇嚬藤覡髩安得仙飇夾兩腋飄飄天際隨輕鴻

桃墟早行

遠樹餘衰柳孤村徧白茅馬寒雲氣溼輪臥石鋒交未抵蝸牛穩寧辭蝜蝂嘲勞人三十里月影尚林梢

篆陰道中

野廟三間古寒鴉幾點青蹤穿高下石目斷短長亭村餅沙如豆荒雞味帶腥聞歌卻投箸嘲哳不堪聽

圓津庵

無意招提境閒雲乍可依雨餘人獨往路轉見雙扉山犹窺
清梵松花點客衣一般無著住領取靜中機

勝果寺

竹風分野色一徑入清幽墖影雲中落湖光檻外浮寒花香
作土獨樹老知秋底事逢僧話沈吟此舊遊

高家駿字仁昭號耒堂仁和人觀鯉子乾隆丁酉舉人官
龍游訓導

過孤山訪林處士舊廬用小隱自題詩韻

何處訪遺廬淒淒夕照餘地閒聞笛遠梅老著花疎蕙帳遲
歸鶴芝田憶荷鉏一聲孤櫂響洞口武陵漁

李紹安字欽思號止溪海寧人乾隆丁酉舉人有止溪詩
稾

止溪家于修川與曹研亭綰何觀瀾之鯨祝月潭維健爲詩友嘗搜輯康熙以來修川耆舊遺篇爲我聞集二冊惜未梓行

襍詩五首

飈風吹浮雲迢迢上無極奄忽隨舒卷悠揚互離卽茲行將何爲蛟龍恃羽翼非無霖雨志時哉杳難得回頭望舊山畱滯空歎息

藩籠鳳無德衆鳥矜其翼泥塗龍無神常魚揚其鱗大運乃翻覆披心欲誰陳夐古世逾疏諧時世逾親親疏非正則何以返吾眞

策馬臨大道大道如青天借問子何之世網豈相牽古之不朽者投筆類從邊一身老阡陌索寞豈能賢南昉窮珠崖北銘勒燕然

中夜百感集振衣庭前立水潔涵星輝草秋具露溼良時不稍留暄氣凝龍蟄秉燭遨遊樂陳篋揣摩汲慷慨懷古人古人非我及

盛名擅八區結納肇其端追攀賢豪侶道義途殊寬昔我同門士鴻軒振羽翰贈君以自愛相期保歲寒何時攜手俱惆悵行路難

書西臺慟哭記後

參軍高臺上慨然望平原黃沙蔽白日萬里風塵昏丞相竟安在無由正乾坤慟哭擊如意北招燕山魂英雄失路後憤懣難具論隻身走江海轉蓬離本根蒼茫鮮同志涕泗誰能捫剡茲滄桑易非徒知遇恩昔讀正氣歌忠義性所敦傷心記慟哭卓犖當並存滔滔浙江水千古寄淚痕江流有時竭

此聲何時吞

有所思

有所思所思奈何許同心而離居美人贈我博山鑪鳳昔報之大秦珠會合一何歡娛越燕北度代馬南驅所思輾轉多憂虞在邇情日新在遠分日疏我心不渝爾心復何如十年不得一書今將就爾天之隅但恐棄我如遺跡不念夙昔攜手俱有所思徒區區

村暮

悠然羣動息散步眺寒原流水斜陽外西風黃葉村牛羊詣曲徑鐙火出籬門保此無荒戒豳春入夜繁

七里灘

故人出處竟相睽獨把漁竿別會稽星伴一身長作客風清

六合邈難齊深山大澤龍蛇遠落日荒林鳥雀喃騰有漢時
秋色在釣臺終古識幽棲

歲暮襍感

三山清水尚揚塵歷盡悲歡悟夙因青鳥雲迷千里道白楊
風送百年身人生到此情無柰我意猶憐夢有神臘月漫傳
春意動傷心節序怕逢春
得食飛鵶亦好音十千美酒共談心未遭險阻無恩怨一夢
羲皇見古今畢竟世途須閱歷空將吾道卜升沈高山流水
依然在市上悲歌欲碎琴
芙蓉江上不知春故我依然總誤身莫怪枯魚懸列肆妄噬
肥馬踏青塵少年努力無今日當世原心有幾人回首生涯
眞一笑猶從帖括問迷津

幡然改計決須臾豈有英名擅八區意外經營忘齟齬空中髣髴覩揶揄荆榛覓路天猶忌木石爲心我亦愚羨煞黃禾羸馬健垂鞭轡鞚使馳驅

我所思兮心事違蓼蟲習苦不言非豎儒安敢輕紈袴大俠從來出布衣魯酒傾樽豪氣熱吳鈎拔鞘練光飛重泉喚起朱家輩參錯塵寰赴事機

已過韶光如隔世去年今日豈知今垂楊白下西風早荒草寒原夕照沈僕本恨人偏感舊士爲知己乃輸心可憐海上羣鷗侶解道忘機意念深

襍感 壬辰春日際百端之交集撫往昔以流連爰綴以韻語非索解人聊以自證耳 詩十首錄六

素縷雙鍼已歷年香車緩駐宿輕牽風高塞北初聞雁霧散江南正見蓮不解爲容猶婉約欲申含意最纏綿四時子夜

期行樂長按歌聲與撥絃

行矣關山怨路長銅龍催曉色蒼蒼一簾芳草難爲別雙淚紅巾忍便忘已至飄零處後約纔分跬步卽殊方情親不敵乖離念但飭程期早斷腸

年光有幾供蹉跎去住蒼黃逐逝波送遠愁聽三弄笛倦游誰諒五噫歌夢回繾綣柔腸繞酒上容華玉豔酡他日相思忘不得一天風露看銀河

落魄生涯似病餘藥鑪經卷伴閒居寧知石鼎生濤處正是蒲團入定初風片雨絲迷弱柳江清月冷過紅蕖可憐阿母猶蕭瑟望斷天關玉女車

榻借維摩鎮寂寥端居坐待豔陽銷青溪祠廟常相近紫玉輝光肯見邀究竟神仙無定宅惟應滄海有迴潮東風且送

瀟瀟雨莫遣春光到栁條

歌傳瓊樹斷新腔凍合頗黎掩玉釭幾度花冠殘月夢半明蠡殼夕陽窗不知桃李多成徑錯憶芙蓉欲涉江惆悵翻憐秋與逸空勞簷燕語雙雙

俞理字燮堂亦作雪堂號秋府錢唐人乾隆丁酉舉人

秋府先生于吾家爲故舊早歲失怙母氏張厲之以學自爲學官弟子即有聲筆耕以養母與同里張訒齋姚成蔣東橋師龠以古學相切劘經史而外旁及六壬九魁三㓨之術屆尼滿室寢饋以之八法六法罔不精妙貌儻蕩而性僻冷抽沈揅淪鮮于遇合受業者無不得氣以去青陽王尙書宗誠昆明錢學使學彬其尤著者也家居素無長物老屋數椽載遷吳回氏之菑一女及笄而殤無子嘉慶壬申卒年六十八平生詩文襍著凡四十餘卷詳魏丈成憲所撰傳

集古歡書屋試龍井明前茶

良會稀所集古歡來遭逢緇塵謝京洛獨往當高春新磁碾

涼玉寒泉瀉春濃細乳舌揀雀碧葉團分龍妙香沁喉吻快飲澆心胸寒食逼尚早活火烹逾釀招邀勝侶試清絕開塵封

尊聞堂詩

范雲濤聘金氏婦三年而雲濤與其尊人章玉及其孤廷樞相繼死五年其母又亡金氏以一婦人始終姑之存沒喪葬既成禮且爲范之宗建祠以祀先人序雲濤父子於昭穆而顏堂曰尊聞誠無愧于節孝之大者黃緒奎殷仲記其略徵作一詩

寒松有本性凌霜乃逾堅寡鶴一一飛孤雲附遥天撫琴動哀操淒絕長吟絃秋原荒草長朔風吹衰烟人生或榮瘁之子良可憐三載骨肉喪遺孤一以殲奉姑乃忍死偷生非苟

全勲劬送姑沒亟欲從黃泉峩峩封馬鬣纍纍歸牛眠拮据構祠屋廟享垂長年凡其所經營皆處至迍邅豈惟伸大節亦以光於前自古重賢孝柏舟胡偶然遲回斯堂下滔滔歎逝川

卜宅山陝巷作移居二詩和陶

自從散室家三年棄安宅依倚素心人羈縻淹晨夕飢來驅我行海邦亟于役轉輾思田廬羸老求牀席鄰曲追古驩招要志疇昔破屋三數閒編籬一相析

攸居近湖岸隨地宜尋詩澄觀適懷抱興寄與子之風雨有奇趣山水諧清思清思不可極游譙夔艮時歲月奄遲莫作達云在茲宵光期秉燭古言不予欺

追和蒙泉詩

乾隆己亥之春與葑唐同用坡翁銅劍篇韻作詩以投蒙泉翼日蒙泉仿一峰老人水村圖題詩次坡韻爲報於今蓋閱三十年兩君先後物故葑唐子通籍刻乃父古歡堂稿此詩既不及登蒙泉子並殤友人爲蒐刻冬花盦燼餘廿載以前詩彌無一二存焉矣予再移家具於山陜巷從破簏中出畫及詩予老不欲生執此以觀痛艮友之云亡恨吾身之不化因疊坡韻重紀斯詞沒或有知尚可述諸地下也

妙墨搜從篋衍出蒼翠遙山犖确石大觀括目勝開廚健句盤空如立壁不見詩人空見畫想像狂歌與醉罵悲嗟過眼騰雲烟多少風流傷逝者窮老不須貪隙光古錐無用餘犢鋌沈吟且斂薑芽手慙對鯨鏗與龍吼

姚春漪屬畫横琴折桂圖以龍井茶聚頭扇爲潤筆

畫師無數多好手前輩擅場昔已有（畫前有吳君設色山水）雲烟滿室向曉窗水墨將來空掉首鴉叉碾玉璧爛銀披縑洒墨需詩人松風桂月有聲寫無聲讓出無窮新長須忽枉般紅紙庫露分來散霞綺漫云小弟能丹青卻教意匠良工擬重鱗輕疊鬬雪光出君懷袖輸我旁羅衫便令西爽集鶴翎未許南薰凉況有兩餅敵雙井碧粉緑花繁翠穎雖靡石鼎與磚鑪自可白雲浮椀頭訶陵之樽五瀉舟貺多若牛皮日休斗酒雙魚同逆旅木瓜安報瓊瑶投懸槌十指吾今似從笑援豪欲逃恥知君變畫誤前身不則夜光抵誰耳

書徐桐華畫沈聽篁臺花吟卷

嗟乎臺花吟奇尤奇哉臺之陽歲除臘盡羣芳開四時花迸

作一氣東皇西毋不得司衡裁藕花菱花更可詫竟與寒梅雪格同胚胎沈子覩止心乎愛矣弗忍去而徘徊作詩三百有餘字如花壓擔傲予寶山空手吟歸來吾杭復出工畫者城北雖美不若公之才砂紅丹綠藤黃泉粉白羅列几梭一十枚右肱運筆左肱承頰以心令手手令指密似鍼線急則風雨摧畫成乃覺春秋冬夏備廿番風信之說眞嬰孩問予何事忽狂笑笑殺古人候氣占埋灰天欲作劇均可爾或暄或冷奚必分四回至若詩翁吩咐要仔細并且不值費我撚于思但請珊瑚格相酬徐玉臺爾亦未知一幀之上胡以有珠蘭金桂白玉梅廣南芭蕉向雪栽人生少見亘足哀夏蟲語冰爲爾咍

奉和陳無軒湘管齋圖元韻

數間而已先生屋未署草堂預插竹望中寫影翠作帷風前激響鏘如玉遮詩石上字塡靑護琴窗子綺含綠文人畫妙軫相迎湖州重與開質谷飛毫箇箇敵梅花勝我含暉洗心目我別無軒四載餘大江中亙詩誰錄春明會合路三千一編出惠空塵俗渭川咫尺變苕溪想見蒼茫烟水曲圖書萬卷盡新奇寶晉停雲猶饜肉吳興今快繼流風何必後來誇仲穆

余新遷一居顏日得樹茅堂奚九鐵生為作圖題者極一時之盛適無軒南歸過訪分得樓字詩成仍步聯吟韻奉謝

我買茅堂乃老屋前有濃陰後修竹閉關方始埽莓苔忽傳咳吐來珠玉談深旋見雨催詩淋漓一洗空庭綠出圖索句

韻分樓即席高吟聲震谷貧交憐我得追攀一次見君一刮目君將詩與萬人傳君今名在先生錄雖云君自足風流我亦愛詩誇不俗遙遙湘管隔雲烟亭亭五栁當河曲（居在五栁巷）來而不往跪致詞無禮渾如齒決肉仰天大笑送出門還整衣冠示肅穆

往題嚴鐵橋畫冊悵不得與定交今年自都下還里而令兄古緣先生復歸道山展觀所圖便面墨色猶新不勝有觸緒傷心之感

豆花籬腳蟋蟀鳴遶廊短步行重行秋風悲涼秋月白落葉蕭蕭吹作聲古緣天竺一先生書畫妙絕我所見把圖雪涕痛已矣今夜不寐空聽更

畫直幅贈陸古漁秀才

我愛居廬傍水村不因客至自傾尊三分睡眼書看足一尺漁竿手把溫老樹任他風脫葉短籬偏有竹爲門幅巾畱得當時樣縱效林宗未可論

得樹茅堂之西插竹編籬藝芭蕉一本構丈室顏曰小綠天庵

數疊青岑傍水寬周遭亞字護橫欄綠陰覆地沿階溼鳥几當窗倒影寒風裏蕭森愁夢破竹邊搖曳泥人看雲廊月榭都休問清簟疏簾足可安

匏庵詰曲似巖阿淸晝翳翳翠黛多花氣春深含露坼雨聲秋老帶烟過濃移書卷光難定冷照池頭淺不波那共丁香愁思結冬郎詩好且高歌

休羨豪家白練幃一庵楮素我平分庾辭省可彈脩竹禊帖

從頭學右軍秋樹根邊時破壘短籬笆外牓遮雲客來莫當
金卮用藤角蒲團皆紙名好作羣
蓬茅安穩住烟霞無夢何勞覆鹿誇多便涼天染雲鬟不妨
雪屋賽梅花瘦邀綠蠟孤吟友淡勝紅蓮有美家一任霜風
過牆角色空空色判生涯

自壽

十年九度常爲客兩世單丁未有兒馬齒枉令加勝壁豹文
那見死留皮飄零湖海休何日老大頭顱謝入時白露淒霜
催短景不堪憔悴再吟詩

老夫

老夫衰病守窮檐長物惟餘似戟髯早已背娘辭庾信更無
通子累陶潛黃壚舊跡荒山墅白板孤村牓酒帘蠹紙殘編

抛不盡縱橫鼯鼠亂書籤

上元夜淫雨不休憶亡女

老夫垂死窮而獨只此嫛婗又早殤淚盡形枯雙病眼人稀戶掩一空房紙錢羹飯空勞祿鬼府神宮混渺茫今日家家上元夜獨聽苦雨坐昏黃

吳退庵學博刻 國朝杭郡詩輯一書嘅然見惠賦長句以張之

命代風騷各建壇護持神物意艱難堂空賜錦龍門闕研絕濡豪鳳咮乾李賀書囊嘔血泯杜陵石斧漑膏殘於今分著功名事天地長留小釣竿

埽除評品署司空彰闡幽潛秉至公撥藻摛華吳地記尋芳拾翠宋皇宮寫將鴻筆喧今雨流到雞林當國風從笑繡絲

偕鑄像冥搜猶泥管螽中

羅絡珊瑚鐵網精盡令英氣劍光騰湖山碧草愴耆宿風雨黃壚見友生蓮社遺篇徵慧業紗帷傳句出香名最後錄緇流閨秀二門鴻施不朽功無量多少才人拜九京

珍狐鱗集倒崇臺編香從參備史才鳳嶺英華隨月攬靈江偉麗挾潮來　五朝文獻貞千古一色丹青燿九垓自此詞場爭鵲起羣誇錦繡萬花裁

題鄭貴妃泥金書普門品經并序

神宗甲辰之年十二月吉日皇貴妃手書觀世音菩薩普門品經一卷題云祝今上聖主祈願萬壽洪福永享康泰安裕吉祥舊藏小山趙氏頃歸仇一漚同年字畫莊麗頗似顏平原筆法前輩厲樊榭丁龍泓兩先生各

系以詩一謳既屬余篆標題于笈上且將彙所致諸詩合之莊寫成冊并乞依舊賦七言截句四章因有是作

薤葉光浮貝葉青華書妙品一函經珠窗日暎金鋪細玉腕揮毫對硯屏

供養蓮臺栢館香願分無量祝無疆五花繡蓋絲三縷不敵泥金字半行

主恩應報佛恩濃畫黛餘閒執筆工寫證菩提祈上壽異他閨範出中宮

流傳三度甲辰年普護還因慧業堅荼服粥魚禪衲外吟香分著浣花箋

宋大樽字左彝號茗香仁和人乾隆丁酉順天舉人官國子監助教有學古集四卷牧牛村舍外集四卷

茗香弱歲嘗刲股愈母疾應禮部試屢報罷歸不復出爲黃山天台鄧尉之游戴笠狂歌不復關慮世事好飲酒喜禪悅醉中歌所作詩及得意處擊案大呼自以爲太白復生也學古集中擬古歌謠爲樸體一卷擬選體爲五言古詩一卷擬太白爲七言古詩一卷擬王孟諸家爲五言今體詩一卷人頗以摹擬少之要其清微之音忽若有悟固非求媚于里耳者也

出門 并序

余出門亦屢矣初極樂繼已少樂多憂今惟有憂而已矣嗟乎哉此詩其烏可已是歲己酉

明知聚首易不久當來歸奈母日以老所愛惟癡兒長妹夫共沒仲弟如繼之父病病不起祇爲多傷悲傷悲母則甚劇敢生別離芳草爭春榮小鳥報母慈欲行不能言過此悔恐遲長跪竟辭母母勸勿淚垂我老猶康强爾去不爾思小弟忽背母嗚咽還語語右手牽我衣左手向膺拊艱難歷儉歲

努力持門戶歲豐有時遇不知誰禦侮小弟且勿悲爾尚依鄉土

發都

來時何遲遲去時何草草希世我未深陷軻已不少蒼天憐薄命禱母以壽考春來付兒書願兒顏色好兒鬢已微斑吁嗟母年老

野老

田廬聚妻子桑麻環繞之今年已七十一日無別離有時互勸飲穨然忘是非醉歌扣牛角牛角向我低客從何方來勞勞已幾時客歸抱黃犢此樂客自知

別吳中友人

錄錄竟何益何如得其真衣食願裁足尤願稱善人羨爾依

草木與我常相親忽然東風來吹遍五湖濱行行荷鉏去誰能負良辰余亦憶江山力耕當及春

喜蒓江姪自秦中歸

溪頭忽喧譁但聞多歡聲開門遥見爾注視真分明便欲攜爾手不知舟未停終歲無書來傳爾在圍城訛言日夕至安知死與生年來百不顧但願逢太平男兒豈餓死傭保亦已矣

過桐柏山下人家述懷

君不見山中樵牧長如此客何爲者不得已爾將長生我愁死長歌短歌無知音美人易老我何任春風吹鬢霜不侵桃花一笑千黃金劉郎已去無處尋山蒼蒼兮深更深

飲維揚酒家送吾漁璜祖望農部漁璜與余同出都未歸里又之安慶

江山忽離別扁舟增暮寒猶持故人酒莫作異鄉看送者有時返此行應更難朔風吹涕淚獨自向長安

月下有懷

獨有銀河水長天萬里流如何流不盡此是古離愁齊縷幾時繫木瓜誰所投攬衣月中起髣髴洞庭秋

贈姚春木椿

黃鶴樓中笛揚州月下簫清音入高詠逸興淩青霄所至輒萬里其人如六朝少年行樂好且莫珥金貂

途中詩

東風吹百草不使冬日芳男兒生兩足不知歸故鄉

寄遠曲

昔日春風香吹栁如儂長今日秋風早吹栁如儂老

古意

近聞頗有鬚昨日何人語如何入夢寐形容尚如許

相逢行 小山堂與月橋弟飲而作

門外靑山舊草堂莫辭連日共銜觴十年兄弟飄零久難得相逢是故鄉

高樹程字蘄至號邁庵仁和人瀛洲子乾隆丁酉副貢有菴羅庵集

邁庵別字靑寗生又稱烟蘿子晚年則署高髯善畫山水時奚蒙泉畫名震一時不輕許可獨賞邁庵畫嘗題其剡溪山色圖云胸中浩氣筆端赴欲使蒼渾生虛明其傾倒亦至矣兼工渲染花卉尤稱于時

對雪三首 錄一

紛色爲天玉爲地萬落千村失烟翠柴門晝閉婦子閒不說奇寒說奇瑞東鄰西舍多農家長林偃仰積垣斜連雲宿麥

已如願醉眠何意聞嘑鴉

辛酉立秋日同趙素門周松泉訪琴隖清平山三首

長林溼翠擁精藍有客高吟正閉關近局最宜文字飲後時應號讀書山坐沾花雨諸天上臥看烟雲尺幅開是日余與松泉各爲圖底用拂塵塵自淨秋光不負此躋攀

萬籟逌然入靜聽倚欄還喜雝梳翎松陰蓄雨連山黑石氣和烟到地青自有巖花供釀酒不妨禪榻與繙經幽居勝事年來少忍向人閒較醉醒

城頭落日馬嘶風聯袂登臨眼界空壘嶂浮沈沙市外亂帆明滅海門東豪情不逐須眉改妙悟翻輸格律工太息君苗焚硯晚老夫頭白已成翁

過琴隖有贈

千仞岡頭屋數椽拂塵誰具出塵緣豐苫片片涼生戶窗樹層層綠到天傑閣豪吟人似玉大江永夜月如烟買山底用生遐想城市如今有散仙

題畫

舊遊閒憶興偏長澤國秋深雁叫霜老樹數株溪一曲分明畫出小滄浪

吳純字葆艮號春林錢唐人霽從子乾隆丁酉拔貢

春林工書詩才賦筆名動公卿庚子甲辰兩次迎鑾召試之後俱以二等一名見放朝士無不惜之遊歷萬里傳食諸侯者四十年一時表奏牋記駢麗之文多出其手精深典贍都下羣公愛其文詞珍其字跡競收藏之所著有二香齋詩文集

月華篇

我昔乘風滄海上曉霞初破紅輪漾十丈高帆錦浪開飛烏

朗射形難狀又向西湖葛嶺遊朝暾夜月迎清秋年年一度磨雙鏡對影澄輝嶺上樓（每年重九日初出時登葛嶺觀海際日月相對磨盪數刻）如此奇觀拋不得羈遊空對蟾蜍魄那知五色晃金波揮毫彩發瓊樓客瀟湘八月雁聲寒九月湖堤木葉乾兩見冰輪麗玉宇總臨三五未成團（兩次俱以十四初更郎在十月亦然）桂華初吐清無滓千縷萬縷如浮瀾空濛掩映光忽放五雲高捧爛銀盤始訝嫦娥開金屋鍊石女媧勤畚築數圍霞綵象車輪虹氣如環光炳昱三霄路近碧雲端鳳舞天門照龍燭仙人控雀下三山羽蓋霓旌悤往還此夜瑤臺奏簫管行雲響遏舞衣斑舞衣飄處月華流江海明珠星漢浮琉璃照眼空明錦擘絮分羅淡不收自有吟情披藻繡昔年勝賞都云陋何當捉管夢生花江淹作賦能描就一種高寒景倍賒初冬晚霽動烟華連

辰不歇空階滴顧兔忽飛影半斜天公有意追前會特地開匳鏡吐花半收兩腳半雲腳萬里馳輝擁碧紗中有迴文錯異采冰丸裹就辭溟海將迎午夜到天中倒覆銅盤仙掌空常使織阿持絳幘更教青女豔霜容倏忽形模千萬變三番同日同時見遙知兒女語鐙前但聞搖櫓思鴻便寄言月下問歸人榮華依舊春風面

長沙懷古

湘流千載為誰清賈誼從王弔屈平夜月至今猶有恨秋風自古總無情文章豈在窮時貴肝膽應從物外輕我欲行歌勸君酒當前蓬鬢一書生

種得春蘭一盆贈客

幸接騷壇夔主盟清風江上寄遙情生來幽谷逢人少貯向

芳庭得月明倚曲有情春欲至挑鐙無酒夢初醒於今深染晴皐露書帶常邀披拂榮

題梅花畫帳

雙清心迹有誰知爲愛春風寄一枝淺水微明山寂處冷烟初上月橫時飛紅帳外能催夢索笑簷前爲解詩記取華林花信好百芳頭上占仙姿

詠樸滿

運甓勞相似癡翁爲蓄錢塗泥堪結構摶埴試迴旋虛腹能藏富無門愛守堅洞深惟拒客管小不窺天但許蚨紛入疇希杖偶懸見時勤下拜招得感垂憐宛向仙壺貯眞敎欲壑塡眼明看赤仄心嬾負青氊是鬼何能使爲奴卻自便郄超施有待崔烈臭難彌井底猶思掘牀頭也伴眠若耶慚舊吏

如願祝新年祇謂金籯好憑將土庫傳驟聞轟若雷幾恨散如烟鼓群同傾耳崩榱等壓焉怒應揮玉斗貪欲徙珠泉知爾慳還破隨人猛似煎轆轤宜轉軸麴蘖尚流涎肯學鄒長倩當期黃子廉滿盈終不儆瓦解更誰全

題聽秋圖

幽人小閣紫菱灣引我遙情恣往還料得催詩雲欲上秋懷多在樹中閒

聽歌伶演題曲

病裏攤書氣力微傷心猶是戀芳菲可憐薄命眞如絮一到沾泥再不飛

席上作

逢場笮木笑婆娑錦瑟年華一倒過小部梨園絲竹下老懷

惆悵爲伊多

汪應紹字賓士號栁湖錢唐人乾隆丁酉拔貢官順天南路同知有養和堂詩集

秋夜道中

荒驛殘鐙古渡頭征人暫此息鳴騶亂雲哀雁千山夢疎雨寒蛩一徑秋草色淒迷侵遠道酒帘搖曳入新愁明朝又渡桑乾去心逐渾河日夜流

途中感懷

明知傀儡強登場爭許鉛刀便善藏殘夢未醒貪覆鹿敗牢難補任亡羊愁牽楊栁絲千尺人隔蒹葭水一方立馬河橋正惆悵嫩蟬疎樹又斜陽

贈趙蘅士表弟

爲憂攤書夜臥遲消寒聊共酌深卮晨星散後逢今日春草
吟成憶昔時壯志消磨長鋏在閒情寂寞短檠知銷魂別有
羅浮路明月梅花慰夢思時出羅浮清夢圖屬題
多情種子可憐人那得尊前自在身紅豆新詞都是恨青衫
往事已成塵風吹槐影繁華夢月上梨花冷澹春解識四禪
清淨業相逢合掌說前因

和吳菊莊嘉平望後對月元韻

空庭如水迴含烟便有疎星逗碧天蘆畫殘灰飛暗室桂留
圓影入新年半生草草烏棲樹千里勞勞雁避弦莫訝澄輝
容易滅謝莊情思總芊眠

鐙花蘅士同作

的的銀荷吐玉蟲畫屏無睡夜方中占來璚苑春光早報得

深閨喜氣融結託孤根憐寸草護持纖影仗紗櫳丁寧莫慢敲棋子悄有人閒怨落紅

重九感懷

海棠開後到如今又採籬花伴獨吟斷續西風悲雁羽蕭騷短髮愧萸簪鑪烟難篆書空字蠟淚能傳惜別心回首高峰何處是一庭黃葉散秋陰

憑欄

天風吹徹玉笙寒起撥熏鑪香又殘窗外梅花花外月更無人處一憑欄

襆感二十首錄四

春來飛絮本無家也傍疏簾學作花畢竟遊絲黏不住隨風零亂向天涯

紅樹多情鳥亂呼花開猶是勸提壺雕粱舊壘依然在不見年時傍母雛

滿階如水自開門千里晴空碧一痕如此黃昏如此月不須離別也銷魂

纔了吟邊又夢邊來如春水去如烟傷心紅豆知多少拋向西風也枉然

應文鷚字仲翔海寧人乾隆丁酉拔貢候補中書科中書

讀項羽本紀

漢家帝業待歌風壯士徒誇汗馬功腸斷美人餘血淚劍揮玉斗失英雄秦關有主憑王氣楚炬何由挽化工子弟八千兵十萬傷心無復到江東

蔡廷衡字咸一號小霞仁和人乾隆戊戌一甲第二名進

士歷官甘肅布政使

將之吳門杜槑溪以詩留花待予歸時識賞既行夜半聞雨聲起而作此寄槑溪

香林菴藹月初斜何事悤悤欲去家知己料應憐我俗留人無計卻留花

柔櫓輕篙悶不禁瀟瀟風雨枕函侵若敎此夕拚花盡孤負憑欄待客心

吳璥字式如號菘圃錢唐人嗣爵子乾隆戊戌進士歷官吏部尚書協辦大學士有楞香齋詩存

菘圃尚書以編修大考一等擢侍講學士戊申典試陝廿越歲有視學安徽之命 召對之次詢其家世因及治水機宜即日改授開歸陳許道詞臣異數此受知高廟之始也晉河南臬藩遂授河督任東河者三任南河者二前後逾三十年宦跡皆在河上與少宰絕相似兩世以行河致顯榮近代亦罕匹也後以病乞休卒年

七十有六

贈孟巖樞部兼懷耕亭前輩卽次孟巖寄懷舫西原韻

鷁行憶昔侍　龍墀忽漫相逢入洛時紙價定因才子貴頭銜休恨省郎遲樊籠詎託摩雲翮杼軸都成織錦絲莫道囊空羞澀甚奚童檢點沐遊詩

萍蹤離合只尋常握手相看總異鄉南國梅開江遶雪大河風急雁嘹霜話逢舊雨頻燒燭譜出新詞試引商好待蓬山旋絳旆金樽仍約醉糟牀

鹿坪使者奉　命赴山東督理運河率成二律送別兼懷程霍樵中丞

秋風銜　命憶郵程送別俄驚歲序更梁雪偶教鴻爪印岱

雲又傷馬頭生東南轉漕闕宵旰汶泗安流仗老成屈指桃花恬浪後遲君重與話春明

臺閣當年物望崇舉朝誰不避青驄帝嘉偉績書屏右人頌甘霖灑粤東世事已隨塵夢過吟情多在客愁中伊川無限停雲意爲道離懷兩地同

潘庭筠字蘭公號德園錢唐人乾隆乙酉舉人己丑中正榜中書戊戌進士授編修擢陝西道御史有稼書堂遺集

德園少年美姿容有璧人之目官侍御後里居養親主講萬松書院長齋學佛喜從方外遊迨封翁以壽終而先生已七十矣尋亦下世

古樹歌

東皋主人抱冬心歲寒與我盟最深自矜草堂三樹古玃髯石骨高千尋酒酣更爲談遺事寒村詩句楝塘記石壇不辱

東沙金畫桂猶存南宋字此樹嬋媛六百年力爭風雨堆蒼烟豈非呵護煩鬼物不爾久作蛟龍顛前賢風雅成今昔賸有孤根閱朝夕才薄愁爲玉局銘興來欲訪光庭宅何時坐我古樹中科頭謖謖聞寒風墨汁三升絹十丈爲君圖寫青童童

題金陀園圖

秀州城西少伯湖橋田竹徑屋數區岳鄂王孫著書地名園歲久傳爲圖秋岳老人開榛蕪環列文史羅弦壺平生慕藺寄別業倦翁倦圃名相符百年樓館又兩姓烟雲過眼眞須臾今之居者亦雅儒山泉花藥供清娛壹此溪山有眞意輒令粉墨重繪摹畫手何似周月如記筆不減小長蘆軟紅少處一開卷蒼茫歸夢尋三吳幾日飛帆春水宅平波淺渚狎

鷗鳧

蜀鏡行爲張同谷時風作

峨嵋明月鏡城花檮杌流傳舊世家錯鑄六州墜金鏡塵昏五季闕銀華銀華半尺空崖得金鏡淪亡悲蜀國故物重將元錫磨土花已被青苔蝕聞道冰匳始淬時成都後主正荒嬉繪山十丈連雲起錦帳千重帀地移可嘆高家恩禮薄鏡不重圓慘寂寞翠輦俄傳幸鳳州繡匳銀帶紛紛作鳳州有美出天雄定鏡難求悔六宮似變愁眉橫遠翠爲憐笑靨繞斜虹一規宜錫光如水鳳倚花中蟾在匣石虎盤龍未始奇菱花飛燕輕相擬想到脂箱黛椀旁玉臺遺助麗人妝曾窺珠戶芙蓉面猶帶蘭宮皂莢香宣華久罷重陽宴狎客才人如露電零落何年石架安淒涼往事江心鍊舍人珍此蜀銅

青也鑑興亡也鑑形垂露篆文摹妙製壽花詞筆證遺銘珊瑚筆格琉璃匣巧挂迴風近簾押乍可閒窺鄒忌容何堪更寄秦嘉劄

元日試筆

草堂春起鳥先知上日關心粉荔枝江柳欲稀雲暖後山梅得氣雪晴時閒情已爲安禪減小病偏于畏客宜結習自憐銷未盡手杯頻改頌花詩

聞滇南班師

今皇聖武復深仁　詔下朱波許自新檻至封狠原易羈綱開貊獸豈難馴漢廷銘獨推元舅蕃部占應利大人天地量包銅柱外籌烟江瘴轉韶春

食蘁

先生學圃續繁露園客送菜來荒疇春盤翦雨綠短短午厨炊雪香浮浮朱門粱肉易生厭貧士虀鹽艱所謀一飽平生意良足萬錢口腹吾何求

秋柳和孫嘉樹前輩韻

已無輕絮墮荒溝幾縷金颸易感秋壯士關河吹笛老美人池館倚欄愁心驚華鬢千絲短腸斷斜陽一樹留惆悵紅驄難繫住更誰走馬再經由

吹到無綿樹力微天涯回首碧依依淡雲疎雨涼蟬歇荒驛高城候雁飛如此樹憐芳緒減那教人恨冶游非欲知門外清陰好只待年年社燕歸

羅兩峰六十

竹西詩叟客都門旅邸重將畫旨論仙佛法中經篋熟公卿

座上布衣尊養生日作烟雲供寓物天教海岳存行篋中有米南宮硯山

從此年年人日後梅花香裏爲開樽

懷顧涑園光

南湖廿載憶鷗盟尚認桃枝識此情寶玉鄉中貧太守香鐙座下老諸生門牆士有諸王貴粥飯僧知長者名高閣不愁風雨至毘盧頂上得游人

懷何春渚琪

遠游處處賦無車江漢歸來更索居買宅近于張外史臨池妙似董尚書百杯以後悲何甚四壁之閒興有餘閩嶠花枝邗上月詩中有畫畫難如

懷范叔度鏊

苦憶仙郎白玉姿往年同直鳳凰池苑花濃映春雲裏宮漏

寒催曉月時霄漢夢游朋舊在江鄉歸臥歲華移遙知肅肅看鴻雁應亦憐余北向遲

臘八粥

八葉蕡舒臘雙林果作饘清齋冬蓄比妙食歲華傳翠釜分初地瓷甌出法筵味兼秔秫美實取栗榛鮮雲子抄還異桃花煑恰先餐須逢蜡日衆豈賣涼天忽憶聞鐘事因參領芋禪防風香易盡吾欲奉金仙

不寐

最無聊賴五更頭鐙影幢幢臥小樓夜雨太多春太冷怕花飄蕩爲花愁

許莊衢招聽蘇生琵琶不赴

曾向天涯感暮春近來杯酒怕沾脣檀槽最是多愁物只恐

新愁似舊人

畫桃栖

濃春都在鏡香中水有蘭橈岸玉驄枝上金衣公子語勸人
莫負酒旗風

江清字抱村號桐敂仁和人乾隆戊戌進士官江蘇松江
府通判有待月山房稾

桐敂作宰泰安頗有惠政蒐采山左金石搨藏數千卷後鐫級歸里鬻書爲衣食資遂怫鬱而死

晚泊金家渡至寶巖寺

野渡悄無人月上衆山頂低篷溯寒流遠入招提境風吹夜
梵聲犬吠棘籬影冥冥見孤鐙石橋一溪冷

楊元愷字湘石錢唐人乾隆戊戌進士官河南葉縣知縣
有是亦草堂稾

石帆工饑隸書尤善擘窠作尋丈字性好飲求書者輒以美醞易之古詩排奡律體對偶工整近劍南者非集中上乘也

白鬚嘆

憶昔少年日容顏藹如雲客有于思者重是前輩人倏忽二十餘鬑鬑頗有鬚攬鏡頗自喜居然成丈夫三十走塵埃驅車太行來風沙入鬚鬢蕭颯如枯荄奔走六七年兩頤鬱蒼然時時一莖落朝沐常自憐今年客淮安家貧離別難思親望明月夜夜西風寒對鏡忽自驚白鬚生兩莖拈之不敢摘摘去空復生木落知歲秋老至壯不留不爲白者慮但爲黑者憂黑時不自覺白來殊可憐至死不相捨化爲墓草烟汝亦不我舍我亦不汝憎吾與汝俱變終焉與化乘憂心忽中起身世知何似前路尚茫茫形容已如此

獨酌

頃來變獨酌頗得酒中趣既無酬酢勞亦無諧謔迕形骸且自外肴核豈必具得酒欣滿斟小醉宜淺注近時飲酒人飲亦循世故天趣苟不存焉得妄余素因茲謝朋好沈冥未爲誤

油然方酣適偶念古人書全章或遺忘數語記有餘在口自咀誦愜理心獨娛庭前海若榴舒丹耀吾廬其下有萱草抽花媚階除一觴且獨進慨此芳歲徂四十而無聞不飲將焉如

毀譽本無端閉門省愆尤窮達自我命通塞皆有由但見得者樂不見失者憂得失兩不化身滅願未酬有願必酬之造物窮其謀解此頗自得泛泛如閒鷗無酒苦寂寞有酒不暇

愁將來百無慮吾當營糟邱

何以觀造化我身來去是旣來孰不去萬物同玆理榮枯隨所值妄念生憂喜結則爲屯雲散則爲覆水千秋萬代人殊塗而同軌吾將埋吾輪沈醉臥不起

人生如一舟大小各殊量置舟風水中夷險各殊向順風與下水快處乃多妨得勢矜喧閙失勢任飄蕩一生負重載終老成空舫未知收帆時前途保無恙

家貧苦無書有書苦不熟中年多遺忘掩卷如未讀一心營百慮螟螣食嘉穀亦知求放心中斷煩屢續獨於飲酒時恬然見來復

草聖嘆

一斗墨汁黑漆光一幅長紙丈六長先生執筆立正直觀者

無聲動顏色落筆數字初不驚蘋末颯颯清風輕倏然飛雹入袖底筆勢騰空墨飛紙毒龍蟠山黑霧昏月闕其圍太陰死峰連巘絕莽迴亙古本長藤挂秋雨霜風忽捲孤蓬根吹入寒空亂飛舞周宣石鼓漢石經古器剝蝕付杳冥草法不從篆隸出縱使絕俗無典型先生運意秦漢上變化開合流風霆嗚呼逸氣東吳精酒酣作書雲烟生散髮大叫輕公卿先生善書亦善飲當筵一舉累十觥世上浮名何足道還從醉墨看崢嶸

詠歸鴉

城頭日落烟滿村歸鴉銜尾風翻翻羣飛相逐相迴旋前者忽後後者前低者仆地高樹顛村南村北樹相接千點萬點如墨黑烏烏啞啞入巢息骨肉滿眼不相失明朝日出飛覓

食

題黃山道人古松長幅

黃山老松青耿耿雪壓千年不知冷石磴雲迷虎豹姿霜潭月射蛟龍影黃山道人誦黃庭蒼髯之叟夜叩扃方瞳一照精氣入放筆直幹排風霆筆化山根紙成石拔石横山一千尺颯颯虛堂寒籟生亭亭素壁孤烟直我夢黃山不得遊道人羽化幾經秋憑軒忽動烟霞想疑有精靈聚上頭

客中厭所聞

北客歸渡河喜聞騾馱鈴鐸空隆聲南客歸渡江喜聞吳船櫂櫓伊啞鳴人情懷土安所習耳目感觸中含情我本杭人變杭語親戚情話相爾汝三年客館厭楚咻一枕淮城驚戍鼓黃河流水鳴濺濺十里五里無人烟鵂鶹嘯樹狼嘷野風

沙刺眼心茫然男兒恥逐衆人走巧笑雌聲亦何有當筵自揭天日心背面忽翻雲雨手老閱人情黯自傷短檠照讀伴宵長五更簾外霜月白惟有雞聲似故鄉

官堤栁

生不願爲官堤栁削皮斬枝若枯帚列樹空存表道名攀條無復行人手漠漠平原一片塵天涯無樹著青春寒鴉落日棲不得孤根月黑如長人人生榮悴都如此得意從來偶然爾靈和風度祇當年江潭搖落秋風裏二月西湖春尚寒萬條低亞玉闌干誰道東風一種樹江南江北不同看

一鷗仇大作以書易酒歌贈余走筆奉和

愷生性愛酒家貧苦不足愷性兼愛書終歲筆盈束愛書初愛學八分光和苦縣徒傳聞漢碑剝蝕典型在靈變縹緲如

祥雲生平嗜好飜成苦一壺聊且慰遲暮醉發長謠盼庭樹今年米貴身愈窮市酤酸薄愁書空飢寒未免憐兒女麴蘖何由使阿翁絕處忽然籌一策以書易酒眞兩得得酒作書時一中酒氣入紙騰蛟龍盤拏崛强雲雷從百金一字準前價一醉日富宜千鍾此事難爲俗士語昔賢風雅都成趣題壁還償酒債歸寫經且換鵝羣去一鷗先生吾至交作詩贈我當解嘲詩筆健淩東野郊我欲和之費推敲詩成有客折柬招揲之以著需五爻

信步

信步踏秋色疎鐘時一聞風清涼似水山遠淡於雲忽叩紫霄觀不逢華蓋君蒼蒼歸路杳松竹帶斜曛

春日招城西諸君飲

今我不爲樂明朝豈便閒梅花滿春寺草色上晴山臥病柴荆晚尋幽石路斑期君定來未同醉白雲閒

秋草

百年身世歎飄蓬望裏萋萋是處同葭菼淨連秋水碧蘼蕪遠帶夕陽紅烟光獨鳥寒城外暝色行人古道中一抹青山愁不斷江南江北總西風

錢栻字希南號次軒仁和人乾隆戊戌進士官廣西桂平梧鬱兼鹽法道有適意吟

次軒由編修歷臺諫觀察粵西以事鐫級捐復原官發往南河署江南鹽巡道復以事鐫級遂引年歸里主講揚州梅花書院終于講席年八十有五居言官時上封事不屑屑于毛舉細故攻擊短長惟以厚風俗敦本務爲國家培養元氣有疏云使天下有布衣可穿菜飯可食則太平不難致也書奏 上深嘉納論者以爲得政體焉視學蜀中嘗川楚白蓮教匪蔓延官兵追勦輒用鄉勇爲前陣以覘進退次軒謂鄉勇雖熟途徑未諳紀

律不可用戰宜令與官兵前後犄角以爲應援則不敗之師矣時經略威勇公額勒登保嘉勇公德楞泰並用其言主講梅花書院十餘年所成就者日益衆暇則與邗上諸先達仿九老會月一課詩筒酒榼更迭唱酬時人比之洛社焉著有眞意齋文槀行于世

題金芸舫采芝圖照

我聞四皓商山中採芝一曲希黃農角綺果然抗奇節衣冠底事來青宮芸舫先生孝友宗少年意趣超凡庸氣象矯矯天上鶴身世落落人中龍不愛花三朵不愛酒一鍾不願朱輪襪遝誇楊惲不願牙籌算計勞王戎但得一邱一壑常自樂入山隔斷浮塵紅翠屏隱隱青芙蓉上有千尺虬枝松神呵鬼護閟靈草紫芝三秀披蒙茸澗童谷女一笑逢白雲深處迷仙蹤飄飄衣袂吹天風采之采之滿藥籠歸來猶帶元霜濃持以高堂奉上壽服之不老顏如童世間萬事如轉蓬

金九跳躑扶桑東名韁利鎖已砍斷青鞵布襪吾相從

國朝杭郡詩續輯卷二十終

錢塘吴慶坻校字